# AGATHA CHRISTIE

# 1

AGATHA

# CHRISTIE

1

LES ANNÉES
1920-1925

Présentation de Jacques Baudou

---

LA MYSTÉRIEUSE AFFAIRE DE STYLES

Mr BROWN

LE CRIME DU GOLF

LES ENQUÊTES D'HERCULE POIROT

L'HOMME AU COMPLET MARRON

LE SECRET DE CHIMNEYS

---

Document inédit
Bibliographie
Filmographie de Jean-Jacques Schléret

*Les illustrations de couverture sont extraites des jaquettes originales du Masque, réalisées par J. Bernard et A. Masson.*

## Présentation
## par Jacques Baudou

# *LA CHANDELLE EMPOISONNÉE*

> « Il m'a toujours été difficile de trouver les mots pour m'exprimer verbalement. « Agatha est tellement *lente* » s'écriait toute la famille. C'était vrai, je le savais et l'acceptais, sans que cela m'inquiète ou me trouble. Je m'étais résignée à être toujours « la moins vive ». Ce n'est que vers vingt ans que je réalisai que les exigences de la famille en la matière étaient très élevées, et qu'en fait j'étais tout aussi vive, sinon plus même, que la moyenne. Mais j'aurais toujours du mal à m'exprimer. C'est probablement une des raisons pour lesquelles je suis devenue écrivain. »
>
> Agatha Christie, *Autobiographie.*

Le 15 septembre 1890, naissait à Torquay, dans le Devon, Agatha Miller, aujourd'hui plus connue sous son nom de femme mariée, et l'auteur de romans policiers le plus lu au monde. C'est en effet sous la signature d'Agatha Christie qu'elle a fait paraître près de 80 romans et recueils de nouvelles, au nombre desquels figurent quelques chefs-d'œuvre du genre : *Le Meurtre de Roger Ackroyd*, *Les Dix petits nègres*, *ABC contre Poirot*, *Le Vallon*, *Le Crime de l'Orient-Express*, pour ne citer que les plus célèbres.

Pourtant, rien ne la prédisposait — apparemment — à devenir la « Reine du crime » à la couronne incontestée...

Sa famille appartenait à la bourgeoisie anglaise aisée. Son père, Frederick Miller, était le fils d'un riche homme d'affaires américain, Nathaniel Frary Miller, et d'une infirmière, Martha Messervey. Né et élevé aux États-Unis, Frederick, à l'âge de 17 ans, rejoignit son père en Angleterre, où celui-ci s'était installé et remarié en 1863 avec Margaret West, et fit la connaissance de sa future femme Clara, alors âgée de 9 ans.

Margaret West, pour venir en aide à sa sœur, demeurée veuve avec cinq enfants à charge, avait recueilli sa nièce, Clara. Après avoir grandi ensemble, les deux cousins par alliance finirent par se marier, en 1878, à l'issue d'une longue « romance ». Janet Morgan rapporte dans sa biographie autorisée d'Agatha Christie[1] que Frederick avait offert à Clara pour ses 17 ans un volume de poèmes avec la dédicace suivante : « À Clara, en gage d'amour ». Ils ne convolèrent pourtant en justes noces que sept années plus tard !

Cette histoire d'amour qu'on croirait tout droit sortie d'un roman victorien, avec ses complications généalogiques, ses revers du Destin, et ses fiançailles à rallonge, devait aboutir à la naissance d'une fille, Margaret Frary Miller (1879), surnommée Madge, qui aura, nous le verrons plus loin, quelque influence sur la vocation littéraire d'Agatha Christie.

Un an plus tard naissait un deuxième enfant, Louis Montant, surnommé Monty, qui deviendra non pas le « vilain canard » de la famille, mais tout du moins le « cas difficile »...

Lors d'un voyage d'affaires impromptu de son mari à New York, Clara acheta, sur un coup de tête et de foudre, une grande maison avec jardin sise à Torquay : Ashfield. On sait par son autobiographie la place qu'occupa dans le cœur et l'esprit d'Agatha ce domaine magique de son enfance...

C'est là, dans cette maison, que naquit Agatha Mary Clarissa Miller. C'est là qu'elle fut élevée, comme une petite fille de la bonne société, coulant une enfance heureuse, pas même assombrie par les difficultés financières rencontrées par ses parents à la suite de mauvais placements, qui les contraignirent à séjourner quelques mois en France, où la vie était moins chère. Ils résidèrent à Paris, à Pau, à Cauterets, dans les Pyrénées, puis Dinard. C'est à cette époque, qu'Agatha Miller, alors âgée de cinq ans, apprit le français et devint l'amie d'une jeune nurse française, Marie Sijë, en qui Janet Morgan voit à juste titre le prototype d'un personnage christien récurrent : « la jeune fille pauvre mais déterminée ».

C'est également à cette époque que la jeune Agatha Christie

1. Janet Morgan, *Agatha Christie*, Luneau Ascot, 1986.

apprit à lire toute seule dans un livre dont on lui avait fait plusieurs fois la lecture à haute voix. Son père décida alors qu'il était temps de lui apprendre à écrire et à compter. À l'exception d'un bref séjour dans une école de jeunes filles à l'âge de treize ans, Agatha Christie fut éduquée à la maison, sans le secours d'un précepteur : son père lui enseigna les mathématiques, sa sœur lui confectionna des exercices d'écriture, et elle lut de façon boulimique. Parallèlement, elle suivit les cours de miss Hickey et apprit la musique sous l'autorité d'un professeur allemand, fraulein Uder, puis d'un certain Mr Trotter, par ailleurs organiste. La musique occupa donc une grande place dans la jeunesse d'Agatha Christie. À bien des égards, on peut même dire qu'elle demeura longtemps sa première vocation. Elle composa des chansons, un petit opéra (*Marjorie*), rêva un moment d'une carrière de concertiste — rapidement abandonnée à la suite de l'exécution d'un morceau devant un public pourtant réduit qui lui parut une épreuve extrêmement pénible. Elle suivit aussi des cours de chant durant plusieurs années avec une certaine ténacité, et envisagea même de devenir cantatrice avant de renoncer à cette ambition...

Le seul drame de cette enfance protégée fut le décès du père d'Agatha, le 26 novembre 1901 : « Après la mort de mon père, la vie prit un aspect complètement différent. Je sortis de mon univers enfantin, un univers de sécurité et d'insouciance, pour aborder au rivage du monde réel. »

Si la diminution de train de vie et l'insécurité financière entraînées par ce décès — accrues par la décision de Clara de garder Ashfield — n'affectèrent guère Agatha Christie, en revanche, elle s'inquiéta beaucoup pour sa mère, sujette à des troubles de santé, et les liens déjà étroits qui les unissaient se renforcèrent. D'autant que quelques mois plus tard, en septembre 1902, Madge se mariait, et quittait le domicile familial.

Puis ce fut l'adolescence, qui se déroula comme il seyait alors à une jeune fille de la bonne société. À 15 ans, elle fut mise en pension à Paris, puis à Auteuil, dans une institution où elle resta plus d'un an et demi, une école très portée sur les pratiques artistiques : le piano, le chant et l'art dramatique. Agatha Christie paraît avoir gardé de ce séjour parisien un merveilleux souvenir, et c'est durant cette période qu'elle sentit s'éveiller son intérêt pour les jeunes gens. Il était temps pour elle de faire, selon la coutume, son « entrée dans le monde ».

Frederick Miller n'avait pas eu les moyens d'offrir à sa fille aînée une « saison » à Londres. Alors, dans les tracas où se débattait Clara, il ne pouvait en être à plus forte raison question. Clara résolut pourtant le problème. Comme les médecins éprouvaient beaucoup de mal à diagnostiquer et soigner ses troubles de santé, elle avait décidé, en guise de thérapie, d'aller passer un hiver en Égypte, et d'en profiter pour lancer là-bas sa fille dans le monde. Au cours des trois mois que dura leur séjour au Caire, elles furent invitées à une cinquantaine de réceptions, et Agatha Christie, tout en s'y amusant beaucoup — elle aimait la danse — s'initia à l'art compliqué et extrêmement codifié du flirt.

Avec le retour en Angleterre, vint le temps des invitations dans les familles amies et son corollaire, le temps des soupirants : Agatha Christie a décrit en détail cette période de sa vie dans un roman, *Portrait inachevé*, (*Unfinished portrait*), qu'elle signa de son pseudonyme Mary Westmacott et qui est, si l'on en croit Max Mallowan, son second mari, très largement autobiographique.

Elle y a transposé ses propres cheminements sur la très conventionnelle carte du Tendre qui régissait à l'époque les rapports entre jeunes gens et jeunes filles.

Tout cela fut balayé par la rencontre au cours d'un bal, le 12 octobre 1912, d'un jeune aviateur du nom d'Archibald Christie, qui ne devait pas tarder à lui déclarer sa flamme et à la demander en mariage. Mais il était sans fortune et venait tout juste d'entrer — pour une solde modeste — dans le « Royal Flying Corps » — où l'on voyait d'un mauvais œil les jeunes officiers mariés.

Ils se fiancèrent pourtant. Leurs situations respectives ne paraissant pas devoir s'améliorer, leurs relations furent plutôt tourmentées, au fil des longs mois de leurs fiançailles. Agatha avait troqué la tiédeur des amitiés vaguement amoureuses pour les affres de l'amour...

Mais au mois d'août 14, un événement allait bouleverser leur existence comme il allait bouleverser le monde : la déclaration de guerre. Le « Royal Flying Corps » fut l'un des premiers corps d'armée mobilisé. Le 12 août, Archibald Christie traversait la Manche avec le corps expéditionnaire britannique, non sans avoir revu trop brièvement Agatha, et se trouva rapidement engagé dans les batailles de Mons et de la Marne. À la première permission d'Archie, le 24 décembre 1914, ils se marièrent dans une sorte d'impérative précipitation. Ils avaient tous deux côtoyé la mort de trop près — lui au front, elle dans l'hôpital où elle travaillait comme aide-soignante — pour repousser encore leur union.

Ils ne devaient entamer véritablement leur vie commune que quatre ans plus tard, en septembre 1918, après la mutation d'Archie au ministère de la Guerre avec le grade de colonel, à l'issue d'un conflit qui lui avait valu quatre citations à l'ordre de la nation et le Distinguished Service Order... Un héros !

Entre-temps, en 1916, alors qu'elle était préparatrice en pharmacie dans un hôpital, Agatha Christie avait commencé à réfléchir à un roman policier, *The mysterious affair at Styles*, et en avait entamé la rédaction. Puis elle avait soumis le manuscrit à divers éditeurs, sans succès.

Mais bien d'autres événements — le retour d'Archie, la fin de la guerre, la naissance de sa fille Rosalind le 5 août 1919, les soucis de l'après-guerre et du retour à la vie normale — devaient reléguer ce premier roman loin dans la hiérarchie de ses préoccupations.

Aussi fut-elle la première surprise quand l'éditeur John Lane décida de le publier. Agatha Christie souhaitait signer son livre d'un pseudonyme, Martin West ou Mostyn Grey, mais son éditeur insista pour qu'elle garde son nom, en pariant sur l'impact de son prénom. En 1920, paraissait *La Mystérieuse Affaire de Styles* : c'était le premier joyau de la couronne de celle qu'on allait surnommer quelques années plus tard la « Reine du crime ».

Mais comment devient-on une reine du crime ? Y a-t-il dans cette biographie esquissée — et qui n'a rien somme toute que de très banal — quelques signes d'une prédisposition à un tel titre ?

Ces questions qu'on ne peut manquer de poser — même si l'on sait ne pas devoir confondre la vie et l'œuvre d'un écrivain — méritent qu'on aille fouiller d'un peu plus près l'*Autobiographie*, et accessoirement la biographie « officielle » de Janet Morgan, qui apporte quelques éclairages indirects, à la recherche de ces indices... Voici ceux qu'il nous a paru intéressant de relever :

*Premier indice* :

Agatha Christie a eu une enfance plutôt solitaire, qu'elle a peuplée très tôt de compagnons imaginaires : Tree, Poodle, Squirrel, les chatons. Plus tard, ce sont sept fillettes d'une même école mais d'âge et d'aspect différents qu'elle fit vivre pendant plusieurs années... Donner naissance à ces écolières, leur inventer des caractères dissemblables et divers destins est bien signe de dispositions inhabituelles à créer un univers et animer son propre peuple de personnages...

*Deuxième indice* :

Dans l'éducation d'Agatha Miller, une part prépondérante avait été accordée aux disciplines artistiques. Elle avait appris la danse, la musique, la peinture, l'art dramatique, et manifesté très tôt de l'intérêt pour le théâtre. Ce type d'éducation était dispensé à toute jeune fille de famille aisée, mais dans le cas d'Agatha, il venait s'ajouter à un terrain familial propice. Clara Miller était une grande lectrice, une amie des lettres, et elle avait reçu à Ashfield la visite de Rudyard Kipling et Henry James. Elle ne dédaignait pas non plus prendre la plume. Elle écrivit des poèmes à son mari — dont un qu'il garda toute sa vie sur lui, dans un portefeuille — et même une nouvelle, *Le fantôme de Mrs Jordan*, signée du pseudonyme de Callis Miller. Janet Morgan, qui en a pris connaissance dans les papiers de la famille Christie, nous dit qu'elle ressemble beaucoup aux premiers écrits de sa fille cadette.

Madge, elle aussi, taquinait la Muse. Elle savait admirablement raconter des histoires et avait, avant son mariage, écrit plusieurs nouvelles dont certaines avaient été publiées dans la revue « Vanity Fair ». Agatha les trouvait amusantes et pleines d'esprit et s'émerveillait de sa façon d'écrire.

Plus tard, une quinzaine d'années après son mariage, Madge écrivit des pièces de théâtre dont l'une, *Le demandeur*, fut montée à Londres au « Royal Theatre ». Rien d'étonnant donc à ce qu'Agatha ait partagé ce goût pour l'écriture et qu'elle ait eu envie de suivre les traces de ses aînées.

À l'âge de onze ans, alors qu'elle résidait chez sa grand-tante à Ealing, elle écrivit un poème pour célébrer l'inauguration d'une ligne de tramway, qui fut publié dans le journal local... Plus tard, elle se mit à écrire de la poésie de façon relativement assidue. Et notamment, vers dix-sept ans, toute une série de poèmes inspirés par la légende d'Arlequin — laquelle impressionna très vivement Agatha ainsi qu'en témoigne *Le Mystérieux Mr Quinn.* Elle fut plusieurs fois publiée dans une revue poétique et remporta même des prix attribués par cette dernière.

Mais pour passer à un format plus conséquent que le poème, il fallait un déclic. À l'instar de nombreux autres écrivains, le génie naquit de l'ennui d'une longue convalescence. Sur la suggestion de sa mère, Agatha profita d'un repos contraint et forcé pour écrire sa première nouvelle : *The house of beauty*, un texte d'une trentaine de pages sur la folie et le rêve, qui dénote une vive imagination, inspirée par les sujets occultes chers à Edgar Poe et May Sinclair, qu'Agatha Christie et ses amis prisaient fort en 1920[2].

Suivirent d'autres nouvelles : *The call of wings (Dans un battement d'ailes),* publiée plus tard dans *The hound of death and other stories (Le flambeau), Le petit dieu solitaire,* une histoire macabre à propos d'une séance de spiritisme qu'Agatha réécrira et un bref dialogue entre une dame sourde et un homme nerveux au cours d'une soirée.

Ces nouvelles, tapées sur la machine de Madge, furent signées de pseudonymes comme Mack Miller, Nathaniel Miller, Sydney West et envoyées, sans succès semble-t-il, à divers magazines.

Puis Agatha s'essaya au roman. Après avoir envisagé tour à tour deux sujets qu'elle ne parvint pas à développer de manière satisfaisante, elle fit un mélange des deux et donna naissance à un roman intitulé *Neige sur le désert.* Sa mère, toujours attentive, lui conseilla de le soumettre à l'examen d'un de leurs voisins, écrivain de quelque renom : Eden Phillpotts[3].

Celui-ci en fit une critique constructive, et donna à l'apprentie romancière quelques judicieux conseils de lecture — dont *Les confessions d'un opiomane anglais* de Thomas de Quincey. Coïncidence troublante, on en conviendra aisément,

2. dans *Agatha Christie* de Janet Morgan, p. 51

3. Eden Phillpotts (1862-1960) : Auteur anglais né aux Indes. Il a écrit de nombreuses pièces, des poésies, des essais. Romancier, il s'est fait connaître par sa série des *Dartmoor novels*, souvent comparée à celle de Thomas Hardy sur le Wessex. Il a écrit aussi quelques romans policiers : *The grey room* (1921), *The Red Redmaynes* (1922), signés de son nom, ou *The thing at their heels*(1923), *Who killed Diana*? (1924) sous le pseudonyme de Harrington Hex.

pour celle qui allait élever justement l'assassinat au rang d'un des beaux-arts...

Le manuscrit fut également soumis à un agent, Hughes Massie, qui conseilla à l'auteur en herbe d'en mettre plutôt un second en chantier. L'essai suivant, tenté quelques années plus tard, fut le bon !

*Troisième indice* :

Agatha Miller éprouva toujours pour la lecture une grande passion. Parmi celles qui l'ont marquée, aux différents âges de sa jeunesse, il y eut les contes de fées, un mélo victorien pour enfants intitulé *Notre violette blanche*, les romans de Dickens, de Walter Scott, de Maurice Hewlett[4], d'Alexandre Dumas, qu'elle lut en français (elle aimait tout particulièrement *Le comte de Monte-Cristo*, avec une préférence pour la première partie, *Le chateau d'If*), et plus tard, alors qu'elle s'essayait à l'écriture, les romans de D.H. Lawrence et surtout de May Sinclair[5] : une nouvelle de cet auteur, *La fêlure dans le cristal*, devait lui inspirer *Vision*.

Elle appréciait aussi beaucoup les histoires policières auxquelles elle avait été initiée par sa sœur : « C'est Madge qui m'avait raconté la première aventure de Sherlock Holmes, *L'escarboucle bleue*. Par la suite, j'insistais toujours pour en entendre d'autres. *L'escarboucle bleue*, *La ligue des rouquins*, *Les cinq pépins d'orange* restaient mes préférées. »

Cette initiation orale s'avéra des plus efficaces puisque Agatha se mit à lire avec intérêt des récits policiers : *The Leavenworth case*, d'Anna Katharina Green (1878, *Le crime de la 5e avenue*, collection Le Masque), les Arsène Lupin auxquels elle prenait beaucoup de plaisir, les nouvelles d'Arthur Morrison mettant en scène le subtil Martin Hewitt...

La lecture du *Mystère de la chambre jaune* de Gaston Leroux ne fut pas sans conséquences. Comme Madge et Agatha se

4. Maurice Hewlett : auteur anglais né en 1861. Devenu célèbre et riche en raison du succès d'un de ses romans *Les amants de la forêt*, il se consacra essentiellement au roman historique avec des titres comme *The mask of dead florentines*, *The queen's quair* ou *The new Canterbury tales*.

5. May Sinclair : auteur anglais né en 1865. Romancière, elle fut active au sein du premier mouvement féministe et signa quelques romans appréciés dont le plus célèbre s'intitule *The divine fire* (1904). Sur la fin de sa vie, elle s'intéressa au spiritisme et au surnaturel et écrivit deux recueils de contes fantastiques : *Uncanny story* (1923) et *The intercessor* (1931), qui se caractérisent par une approche métaphorique de la sexualité.

flattaient d'être des « connaisseuses » en matière de roman policier, elles en débattirent longuement. Et au terme de leur conversation, Agatha déclara qu'elle aimerait bien écrire un roman policier.

« Je ne crois pas que tu en serais capable, répondit Madge, c'est très difficile. J'y ai réfléchi.

— J'aimerais quand même essayer.

— Eh bien, je parie que tu n'y arriveras pas ! dit Madge.

La discussion en resta là. Néanmoins, à partir de cet instant, l'idée avait germé : un jour, j'écrirais un roman policier. »

Ce défi à l'auteur (potentiel) devait rester en suspens quelque temps. Mais il trouverait la conclusion que l'on sait : la réponse fut différée, mais brillante !

*Quatrième indice* :

En 1914, Agatha, qui n'était encore qu'Agatha Miller, s'engagea comme aide-soignante dans un hôpital pour y soigner les blessés de la guerre. Elle y fit connaissance avec la souffrance et la mort.

À partir de 1916, elle fut affectée au laboratoire pharmaceutique de l'hôpital. Elle prépara alors, avec la conscience qui la caractérisait, un diplôme d'aide-chimiste et de préparatrice en pharmacie, et passa quelques examens. Elle y acquit surtout des connaissances précises dans le domaine des poisons, qui lui seront fort utiles dans son œuvre future. C'est dans ce laboratoire, dans cet environnement de flacons dont certains étaient frappés de la tête de mort, qu'aux heures creuses, elle conçut l'intrigue de *La Mystérieuse Affaire de Styles*. Sous la pression de l'arme du crime, en quelque sorte...

Bien sûr, même la somme de ces différents indices ne suffit pas à répondre de façon concluante à la question posée. Tout au mieux ces indices — une imagination vive, un goût prononcé pour l'écriture, un net penchant pour l'encore toute jeune littérature policière, une occasion de passer à l'acte — justifient-ils les premières tentatives d'Agatha Christie dans le champ du roman policier. Avant de devenir la « Reine du crime », il lui restait du chemin à parcourir, un apprentissage à faire, des marques à prendre...

Lorsque Agatha Christie commence à s'adonner au roman policier au début des années 20, le genre est beaucoup moins monolithique qu'on ne l'imagine habituellement, et se scinde même en deux tendances très nettes : le roman d'énigme et le

« thriller », le roman rébus et le roman poursuite, pour reprendre la belle terminologie d'André Berge. Le terme « thriller » n'est à l'époque utilisé qu'en Angleterre. Ancêtre du thriller moderne, il est encore inconnu chez nous, où le type de romans qu'il recouvre est baptisé « romans d'aventures ». En effet, il englobe toutes sortes de romans d'aventures policières dans lesquels l'action, la poursuite prédominent, qu'il s'agisse des romans d'espionnage de Sapper (*Bulldog Drummond* paraît en 1920) ou de Valentin Williams (*L'homme au pied-bot*, 1918), des récits dont le héros est un super-criminel (les *Fu-Manchu* de Sax Rohmer débutés en 1913) ou un émule de Raffles, des histoires de justicier ou de gangsters d'Edgar Wallace (*Les quatre justiciers*, son premier roman, paraît en 1906) ou des romans d'intrigues internationales d'Edgar Phillips Oppenheim (dont la carrière débute en 1892).

Dans les années 20, le « thriller », prolongement direct d'un certain type de littérature populaire anglaise — les « penny dreadfuls » notamment — est donc en plein essor.

Le roman d'énigme, lui, n'en est qu'à ses débuts. Entre 1890 et 1920, ce type de récit qui naît d'un problème, d'un mystère, d'une énigme et court jusqu'à la clef du mystère, à la solution du problème au terme d'une enquête menée par un détective qui fait usage de déduction et de raisonnement, a trouvé dans la nouvelle un format idéal. Le développement de la presse, il est vrai, n'y est pas étranger : les nombreuses revues illustrées du type du *Strand Magazine* sont fort friandes de ce style d'histoires (comme en témoignent les anthologies de Hugh Greene ou de Alan K. Russel sur les rivaux de Sherlock Holmes).

Il y aura certes au cours de ces années-là quelques tentatives pour étendre la formule imaginée par Edgar Poe et portée à maturité par Conan Doyle aux dimensions du roman. L'histoire n'en a retenu que trois, dont deux sont restées longtemps isolées, sans suite. A.E.W. Mason publia la première enquête de l'inspecteur Gabriel Hanaud, de la Sûreté, *At the villa rose*, en 1910, mais ce n'est qu'en 1924 qu'il donnera l'occasion à l'inspecteur Hanaud de prouver à nouveau ses talents de limier. E.C. Bentley signa bien *Trent's last case (L'affaire Manderson)* en 1913, mais il fallut attendre 1936 pour qu'un second roman mette en scène son Philip Trent.

Seul R. Austin Freeman, qui fit ses débuts dans la nouvelle

sous le pseudonyme de Clifford Ashdown, eut une production continue dans le domaine du roman à partir de 1907, avec *The red thumb mark*, qui voyait la naissance du premier scientifique: le Dr John Thorndyke. Mais ce n'est qu'en 1924 qu'il livra, avec un article intitulé *The art of the detective story*, la première approche théorique d'un genre qui n'allait être codifié qu'en 1928 par le célèbre décalogue de monseigneur Ronald Knox.

De fait, si l'on consulte avec attention les bibliographies, on s'aperçoit qu'à l'exception d'Austin Freeman, tous les grands auteurs anglais de romans d'énigme ont fait leurs débuts dans les années 20 : F.W. Crofts en 1920, Dorothy Sayers et Patricia Wentworth en 1923, Philip McDonald et John Rhode en 1924, Anthony Berkeley en 1925, J.J. Connigton et Henry Wade en 1926, Margery Allingham en 1928. (Paul McGuire, E.C.R. Lorac, Ngaïo Marsh attendront même les années 30 pour entrer en scène...)

Ce recadrage chronologique permet de mieux apprécier l'importance des premiers romans d'Agatha Christie mettant en scène Hercule Poirot. Quand Agatha Christie apparaît dans le champ du roman d'énigme, celui-ci n'est pas encore un genre défini ; sa formule n'est pas encore éprouvée, il est dans une phase de construction, d'élaboration. Agatha Christie fait partie de ceux qui lui ont donné sa forme adulte...

Il importe toutefois de noter qu'en 1924, elle n'a pas encore choisi son camp, puisque des cinq romans qui composent ce volume, deux ressortissent au roman d'énigme et les trois autres au roman d'aventures criminelles. C'est qu'Agatha Christie, qui connaît bien la littérature policière de son temps — elle le prouvera d'éclatante façon avec le recueil *Le crime est notre affaire* — s'essaie aux différents styles en vigueur ; elle cherche sa voie, fait ses gammes, bref, effectue son apprentissage.

Sans vraiment le savoir d'ailleurs !

Quand elle commenca à écrire *La Mystérieuse Affaire de Styles*, c'était pour relever un défi, sans avoir aucunement l'idée de devenir un jour écrivain. Elle reprit la plume à plusieurs reprises, poussée par les circonstances et sans non plus imaginer d'en faire un métier : elle pratiquait l'écriture avec dilettantisme, comme un hobby, j'allais dire comme un ouvrage de dames. (Mais pourquoi pas? N'avoue-t-elle pas dans son *Autobiographie* qu'elle considérait qu'écrire des livres n'était que la suite logique de la broderie au petit point ?)

Mais en 1924, quand les droits de *L'Homme au complet marron* furent achetés par un journal qui souhaitait le publier en feuilleton pour la somme de 500 livres et qu'Agatha Christie put ainsi acheter sa première voiture, il est impossible qu'elle n'ait pas songé à devenir écrivain professionnel. Ou que l'idée ne l'ait pas au moins effleurée...

Bientôt, les circonstances l'amèneront à envisager cette possibilité avec beaucoup plus d'attention.

Avant de vous laisser vous plonger dans les œuvres de jeunesse d'Agatha Christie, je voudrais vous faire un aveu. Dans l'*Autobiographie*, j'ai trouvé un cinquième indice, qui me donne aussi l'occasion d'une conclusion toute métaphorique. Agatha Christie y raconte l'anecdote suivante :

« J'étais sur le point de pleurer quand ma mère ajouta : “Mais je vais te raconter l'histoire de la Curieuse Chandelle.” J'eus ainsi droit à deux épisodes de la Curieuse Chandelle, qui était une sorte d'histoire policière. Malheureusement, des visiteurs vinrent passer quelques jours à la maison, et nos jeux cessèrent. Lorsque ces visiteurs repartirent, je réclamai la fin de la Curieuse Chandelle, interrompue au moment le plus palpitant, alors que le “méchant” introduisait du poison dans la chandelle. Ma mère demeura interloquée, ne se souvenant apparemment de rien, et ce feuilleton inachevé continue de me hanter. »

Agatha Christie a-t-elle jamais fait autre chose que tenter de mettre un point final à l'histoire de la Curieuse Chandelle ?

# 1920

# LA MYSTÉRIEUSE AFFAIRE DE STYLES

Traduit de l'anglais par
Thierry Arson

*Ce roman a paru sous le titre original :*
THE MYSTERIOUS AFFAIR AT STYLES

*À ma mère*

1

## Je me rends à Styles

Le vif intérêt que suscita dans le public ce qu'on appela, à l'époque, « L'Affaire de Styles », est aujourd'hui quelque peu retombé. Cette histoire connut néanmoins un tel retentissement que mon ami Poirot et la famille Cavendish elle-même m'ont demandé d'en rédiger le compte rendu. Nous espérons ainsi mettre un terme aux rumeurs extravagantes qui continuent de circuler.

Je vais donc relater, sans m'étendre, les circonstances qui me valurent de m'y trouver mêlé.

Blessé et rapatrié du front, on venait de m'accorder — à l'issue d'un séjour de quelques mois dans une maison de repos plutôt sinistre — un mois de permission. Sans parents proches ni amis, je me demandais ce que je pourrais bien faire lorsque je rencontrai par hasard John Cavendish. Je l'avais quasiment perdu de vue depuis des années. En réalité, je ne l'avais jamais beaucoup fréquenté : bien qu'il ne parût pas ses quarante-cinq ans, il était de quinze ans mon aîné. Mais, dans mon enfance, j'avais effectué de nombreux séjours à Styles, la résidence de sa mère dans le comté d'Essex.

Nous bavardâmes assez longuement du bon vieux temps. Et, pour finir, il m'invita à passer ma permission à Styles.

— Mère sera enchantée de vous revoir après tant d'années, ajouta-t-il.

— Comment se porte-t-elle ? demandai-je.

— À merveille ! Vous savez sans doute qu'elle s'est remariée ?

Je ne parvins pas à cacher mon étonnement. Lorsqu'elle avait épousé le père de John, un veuf avec deux enfants, Mrs Cavendish était une belle femme d'un certain âge, pour autant que je m'en souvienne. Elle ne pouvait donc guère avoir moins de soixante-dix ans aujourd'hui. Je me rappelais sa personnalité énergique et autoritaire. Tout à la fois mondaine et jouant volontiers les dames patronnesses, elle cultivait sa notoriété en inaugurant des fêtes de bienfaisance et en s'adonnant aux bonnes œuvres. Possédant un grand fond de bonté véritable — et une immense fortune personnelle —, elle usait avec prodigalité de celle-ci pour satisfaire celle-là.

Styles Court, leur maison de campagne, avait été acheté par Mr Cavendish au début de leur mariage. Et ce brave homme était à ce point subjugué par sa femme qu'il lui en avait, à sa mort, laissé l'usufruit ainsi que la majeure partie de ses revenus — disposition qui, à l'évidence, lésait ses deux enfants. Mais Mrs Cavendish s'était toujours montrée fort généreuse envers ses beaux-fils. En outre, ils étaient encore très jeunes à l'époque du remariage de leur père — et ils l'avaient toujours considérée comme leur propre mère.

Lawrence, le cadet, avait été un adolescent fragile. Après des études de médecine, il avait renoncé à exercer et était revenu vivre à Styles Court où il avait tenté de se lancer dans la carrière littéraire — ses vers, hélas ! n'avaient jamais remporté le moindre succès.

Après quelques années de barreau, John, l'aîné, avait abandonné la carrière d'avocat au profit de l'existence plus aimable — et plus convenable ! — de gentilhomme campagnard. Il s'était marié deux ans plus tôt et avait emménagé à Styles avec sa jeune épouse. Néanmoins, je soupçonnais qu'il eût préféré recevoir de sa belle-mère une pension plus importante, qui lui aurait permis de vivre ailleurs. Mais Mrs Cavendish avait pour habitude d'établir ses propres plans et d'attendre que l'on s'y rallie de bonne grâce. Dans le cas précis, elle possédait un atout majeur : elle tenait les cordons de la bourse.

John remarqua mon étonnement lorsque j'appris le remariage de sa mère et eut un sourire lugubre.

— Un sale petit gommeux ! fit-il avec rage. Je peux bien vous l'avouer, Hastings, sa présence nous complique pas mal l'existence. Quant à Evie... Vous vous souvenez d'Evie ?

— Non.

— Elle n'était peut-être pas encore là de votre temps. C'est la gouvernante de Mère, sa dame de compagnie... et son homme à tout faire ! Une fille formidable, cette brave Evie. Pas particulièrement jeune ni jolie, mais un cœur d'or...

— Mais qu'alliez-vous me dire sur...

— Ah oui ! sur cet « individu » ! Il a débarqué d'on ne sait où. Officiellement, c'est un cousin éloigné ou un vague parent de notre bonne Evie — bien qu'elle ne semble pas enchantée de ce lien de famille. Il n'est pas du même monde que nous, ça se voit comme le nez au milieu de la figure. Il a une longue barbe noire et porte des bottines vernies par tous les temps ! Il a tout de suite tapé dans l'œil de Mère, et elle l'a engagé comme secrétaire. Vous savez qu'elle s'occupe toujours d'une multitude d'œuvres en tous genres ?

Je me le rappelais en effet.

— Bien sûr, celles-ci se sont multipliées avec la guerre. Pas de doute que ce type l'ait beaucoup aidée. Mais imaginez notre stupeur quand, il y a de cela trois mois, elle nous a annoncé ses fiançailles avec son Alfred ! Cet individu a au moins vingt ans de moins qu'elle ! C'est du maquereautage ostensible. Mais, que voulez-vous : Mère n'en a jamais fait qu'à sa tête, et elle l'a épousé.

— Ça a dû vous créer une situation pénible.

— Pénible ? Infernale, oui !

C'est ainsi que, trois jours plus tard, j'arrivais à Styles Saint-Mary, petite gare absurde et sans raison d'être apparente, plantée au milieu de prairies verdoyantes et de chemins vicinaux. John Cavendish m'attendait sur le quai et nous nous dirigeâmes vers son automobile.

— Nous arrivons encore à obtenir trois gouttes d'essence, m'expliqua-t-il. Surtout grâce aux œuvres de Mère.

Le village de Styles Saint-Mary se trouvait à trois bons kilomètres de la gare, et Styles Court quinze cents mètres plus loin. C'était une belle journée de juillet. Devant ces plaines bucoliques de l'Essex qui s'étendaient sous le chaud soleil de l'après-midi, il était difficile d'imaginer que là-bas, pas si loin, une guerre se poursuivait. J'eus la soudaine impression de pénétrer dans un autre univers.

— J'ai bien peur que vous ne trouviez la vie ici quelque peu monotone, Hastings, me dit John tandis que nous franchissions les grilles du parc.

— Mon cher ami, je ne cherche rien d'autre.

— Bah ! c'est assez agréable si on a envie de couler une

existence oisive. Je m'entraîne avec les volontaires deux fois par semaine, et à l'occasion je donne un coup de main aux fermiers. Ma femme travaille régulièrement « sur le terrain ». Tous les jours, elle se lève à 5 heures du matin pour traire les vaches, et elle ne dételle pas jusqu'au déjeuner. Ce serait somme toute la belle vie — s'il n'y avait pas ce fichu Alfred Inglethorp !

Il ralentit et jeta un coup d'œil à sa montre.

— Je me demande si nous avons le temps de passer prendre Cynthia... Non. À cette heure-ci, elle a déjà quitté l'hôpital.

— Cynthia ? Ce n'est pas votre femme ?

— Non. C'est une protégée de Mère. La fille d'une de ses anciennes amies de pensionnat. Elle avait épousé un avocat véreux, lequel a fait faillite. Quand Cynthia s'est retrouvée orpheline et sans le sou, Mère l'a prise sous son aile. Cynthia vit à Styles depuis bientôt deux ans. Elle travaille à l'hôpital de la Croix-Rouge de Tadminster, à une douzaine de kilomètres d'ici.

Nous étions arrivés devant la superbe vieille demeure. Une femme vêtue d'une jupe de tweed épais était penchée sur un massif de fleurs. Elle se redressa à notre approche.

— Salut, Evie ! Je vous présente notre blessé de guerre : l'héroïque Mr Hastings... miss Howard.

Miss Howard me gratifia d'une poignée de main franche et presque trop vigoureuse. Je fus frappé par le bleu intense de ses yeux qu'accentuait le hâle de son visage. D'un physique agréable, elle pouvait avoir une quarantaine d'années. Elle parlait d'une voix profonde, presque masculine, et ses pieds chaussés de lourdes bottes de travail donnaient la mesure d'un corps solidement charpenté. Je découvris bientôt qu'elle s'exprimait volontiers en style télégraphique.

— Mauvaises herbes — poussent comme du chiendent. Impossible en venir à bout. Tâcherai de vous mobiliser. Méfiez-vous.

— Je serai enchanté de me rendre utile, répondis-je.

— Dites pas ça. Jamais. Après, on regrette.

— Vous êtes cynique, Evie, dit John en riant. Où prenons-nous le thé aujourd'hui ? Dedans ou dehors ?

— Dehors. Trop beau pour rester cloîtré.

— Venez. Vous avez fait assez de jardinage pour aujourd'hui. Toute peine mérite salaire, et vous avez besoin de vous rafraîchir.

Miss Howard ôta ses gants de jardinage.

— À tout prendre, j'aurais assez tendance à être d'accord avec vous sur ce point, acquiesça-t-elle — et ce fut la phrase la plus longue qu'elle ait probablement jamais prononcée.

Elle nous fit faire le tour de la maison et nous conduisit jusqu'à la table de jardin où le thé était servi sous un sycomore majestueux.

Une jeune femme se leva d'un fauteuil en osier et vint à notre rencontre.

— Hastings... ma femme, dit John en guise de présentations.

Jamais je n'oublierai cette première rencontre avec Mary Cavendish. Sa silhouette élancée se découpait dans la lumière éclatante du soleil. Ses beaux yeux fauves — des yeux tels que je n'en avais jamais vu chez aucune femme — brillaient comme un feu sous la braise ; et, derrière son extraordinaire sérénité apparente, on devinait qu'un caractère indomptable habitait ce corps aux proportions exquises. Tout ceci reste gravé au fer rouge dans ma mémoire. Et je ne l'oublierai jamais.

Elle me souhaita la bienvenue d'une voix à la fois grave et claire. Soudain ravi d'avoir accepté l'invitation de mon ami, je pris place dans un fauteuil d'osier. Mrs Cavendish me servit du thé, et les quelques remarques frappées au coin du bon sens qu'elle m'adressa ne firent que renforcer la fascination qu'elle exerçait déjà sur moi. N'était-ce pas agréable de trouver un auditoire qui appréciait ma conversation ? Je relatai — avec un humour qui ne manqua pas d'amuser mon hôtesse — certaines anecdotes relatives à mon séjour dans la maison de convalescence. Peut-être convient-il de préciser que John, malgré ses belles qualités, ne passait pas pour un brillant causeur.

Une voix que je n'avais pas oubliée nous parvint alors par une porte-fenêtre entrouverte.

— Après le thé, Alfred, vous écrirez à la princesse. J'écrirai moi-même à lady Tadminster pour lui demander de présider la seconde journée. À moins que nous n'attendions la réponse de la princesse ? Si celle-ci refuse, lady Tadminster pourrait présider la première journée, et Mrs Crosbie la seconde. Et n'oublions pas d'écrire à la duchesse pour lui rappeler la fête de l'école.

Une voix d'homme se fit entendre, puis la nouvelle Mrs Inglethorp répondit :

— Oui, bien sûr. Après le thé, ce sera parfait. Vous êtes si prévenant, Alfred chéri.

La porte-fenêtre s'ouvrit un peu plus et une femme sortit, qui se dirigea vers la pelouse. Encore belle, avec ses cheveux blancs et son port altier, elle était suivie d'un homme à l'allure déférente.

Mrs Inglethorp m'accueillit avec effusion :

— Mr Hastings ! quel plaisir de vous revoir après tant d'années ! Alfred chéri, voici Mr Hastings. Mon mari.

Je regardai « Alfred chéri » avec curiosité. Il détonnait d'étrange façon dans notre petit groupe. Rien de surprenant que sa barbe déplût à John : c'était une des plus longues et des plus noires qu'il m'ait été donné de voir. Il arborait un pince-nez cerclé d'or et son visage paraissait figé dans une curieuse impassibilité. Sans doute eût-il été très à son aise sur une scène de théâtre, mais il me sembla bizarrement déplacé dans la vie réelle. Sa poignée de main était sans conviction, sa voix basse et onctueuse :

— Ravi de faire votre connaissance, Mr Hastings. (Puis, se tournant vers son épouse :) Emily, ma chérie, je crains que ce coussin n'ait un peu pris l'humidité.

Elle le couva d'un regard pâmé tandis qu'il lui changeait son coussin avec toutes les marques de la plus tendre attention. Étrange aveuglement chez une femme par ailleurs si raisonnable !

Avec l'arrivée de Mr Inglethorp, une atmosphère de gêne mêlée d'hostilité voilée parut s'installer. Miss Howard, en particulier, ne fit aucun effort pour masquer ses sentiments. Quant à Mrs Inglethorp, elle ne semblait rien remarquer d'anormal. Elle avait conservé cette volubilité dont je me souvenais après tant d'années, et elle noya l'assistance sous un flot verbal où il était beaucoup question de la kermesse qu'elle organisait pour les jours suivants. De temps à autre elle consultait son mari sur un problème de jours ou de dates. Celui-ci ne se départit à aucun moment de son attitude vigilante et attentive. Il m'inspira dès l'abord une antipathie aussi violente que définitive, et je me flatte de ce que mes premières impressions sont rarement infirmées par la suite.

Lorsque Mrs Inglethorp se tourna vers Evie Howard pour

lui donner diverses instructions au sujet de son courrier, son mari me demanda, de sa voix appliquée :

— Êtes-vous militaire de carrière, Mr Hastings ?

— Non. Avant la guerre, je travaillais pour la Lloyds.

— Et vous comptez réintégrer la banque après la fin des hostilités ?

— Peut-être. À moins que je ne me lance dans une nouvelle carrière.

Mary Cavendish se pencha vers moi :

— Quel métier choisiriez-vous, si vous n'écoutiez que votre cœur ?

— Cela dépend...

— N'avez-vous pas de marotte inavouée ? insista-t-elle. Allons ! Tout le monde en a au moins une ! Et c'est souvent un peu ridicule.

— Vous allez vous moquer de moi.

Elle sourit :

— Ça, ce n'est pas impossible.

— Eh bien, figurez-vous que depuis toujours, je caresse le rêve d'être détective !

— Un vrai détective ? Je veux dire inspecteur, comme à Scotland Yard ? Ou bien Sherlock Holmes ?

— Oh ! Sherlock Holmes, sans aucune hésitation ! Mais, toute plaisanterie mise à part, c'est vraiment cela qui m'attire. J'ai rencontré un jour en Belgique un inspecteur célèbre qui m'a fasciné. Un petit homme extraordinaire. Un véritable dandy, mais d'une intelligence hallucinante. Selon lui, un bon détective se juge à sa méthode. J'ai fondé mon système sur le sien, mais j'y ai, bien entendu, ajouté quelques perfectionnements de mon cru.

— Un bon roman policier moi, ça me plaît, intervint miss Howard. Mais on écrit trop de bêtises ! Le coupable découvert au dernier chapitre. Et à la stupeur générale ! Mon œil, oui ! Un vrai crime, on saurait tout de suite qui a fait le coup.

— Il y a pourtant en un bon nombre de crimes sans solutions, fis-je remarquer.

— Pensais pas à la police... Mais aux gens proches. À la famille... Pas possible de les rouler, à mon avis. Ils sauraient illico.

— Alors, répliquai-je, car la conversation m'amusait, si

d'aventure vous étiez mêlée à un crime, vous seriez à même de désigner le coupable au premier coup d'œil ?

— Bien sûr ! Peut-être pas de le prouver à une bande d'hommes de loi : mais s'il s'approchait de moi, je le détecterais du bout des doigts.

— Le coupable pourrait être une coupable...

— Possible. Mais le meurtre sous-entend la violence. Et cette violence, je l'associerai plutôt avec un homme.

— Cette théorie ne vaut pas dans le cas d'un empoisonnement. (La voix claire de Mary Cavendish me fit tressaillir.) Hier encore, poursuivit-elle, le Dr Bauerstein me disait que les médecins sont dans une telle ignorance des poisons les plus subtils que d'innombrables cas de meurtres par substances toxiques ne sont pas résolus.

— Voyons, Mary ! s'exclama Mrs Inglethorp. Quelle conversation sinistre ! J'en ai la chair de poule... Ah ! voilà Cynthia.

Une jeune fille vêtue de l'uniforme des Aides Volontaires traversait la pelouse en courant.

— Eh bien, Cynthia, vous êtes en retard, aujourd'hui. Je vous présente Mr Hastings... Miss Murdoch.

Cynthia Murdoch était une charmante jeune personne, pleine de vie. Elle ôta sa petite coiffe d'infirmière et j'admirai la lourde masse ondulée de ses cheveux auburn et la blanche délicatesse de la main qu'elle tendit pour prendre son thé. Avec des yeux et des cils foncés, elle eût été sensationnelle. Elle se laissa tomber sur la pelouse près de John. Je lui tendis l'assiette de sandwiches et elle leva vers moi un visage souriant :

— Asseyez-vous donc sur l'herbe ! On y est tellement mieux.

Je m'exécutai de bonne grâce :

— Vous travaillez à Tadminster, n'est-ce pas, miss Murdoch ?

— Hélas ! J'y rachète mes péchés !

— Ils vous briment donc tellement ?

— Ça, ils ne s'y risqueraient pas ! se récria Cynthia avec un air de dignité offensée.

— Une de mes cousines est aide-soignante, et elle a une peur bleue des infirmières en chef.

— Ça ne m'étonne pas ! Si vous les voyiez, Mr Hastings !

Vous ne pouvez pas imaginer ! Mais, Dieu merci, je ne suis pas aide-soignante : je travaille au laboratoire de l'hôpital.

— Et combien de personnes avez-vous déjà empoisonnées ? plaisantai-je.

— Bah ! des centaines..., rétorqua-t-elle avec un sourire.

— Cynthia ! intervint Mrs Inglethorp, j'aurai quelques lettres à vous dicter...

— Certainement, tante Emily.

Elle sauta sur ses pieds, et je devinai dans son comportement la situation subalterne qu'elle occupait dans cette maison. Mrs Inglethorp, en dépit de sa profonde bonté, ne lui permettait pas de l'oublier.

Mon hôtesse se tourna vers moi :

— John va vous montrer votre chambre. Le dîner est servi à 7 heures et demie. Depuis quelque temps, nous avons renoncé à souper plus tard. Lady Tadminster, qui est la fille de feu lord Abbotsbury et l'épouse de notre représentant à la Chambre des Communes, fait de même. Elle pense comme moi qu'il nous incombe de donner l'exemple. D'ailleurs, Styles Court vit à l'heure de la guerre. Rien ici n'est gaspillé : les moindres bouts de papier sont collectés et expédiés dans des sacs pour contribuer à l'effort national.

J'exprimai mon approbation, puis John m'accompagna jusqu'à la maison et nous gravîmes le grand escalier qui, à mi-hauteur, se divisait en deux branches desservant chaque aile de l'édifice. Ma chambre se trouvait dans l'aile gauche et donnait sur le parc.

John me laissa seul et, quelques instants plus tard, je le vis traverser la pelouse d'un pas lent, Cynthia Murdoch à son bras. J'entendis alors la voix de Mrs Inglethorp appeler « Cynthia ! » avec impatience. La jeune fille tressaillit et courut vers la maison. Au même moment, un homme surgit de derrière un arbre et s'engagea sans hâte dans la même direction. Il me parut âgé d'une quarantaine d'années, et je notai sur son visage imberbe et hâlé les signes d'une profonde mélancolie. Il semblait la proie d'une émotion violente. Quand il leva les yeux vers ma fenêtre, je le reconnus immédiatement, bien qu'il eût beaucoup changé depuis notre dernière rencontre, quinze ans auparavant. C'était Lawrence Cavendish, le frère cadet de John. Je m'interrogeai sur ce qui avait bien pu faire naître cette étrange expression sur son visage. Puis, sans plus y songer, je repris le fil de mes propres pensées.

Cette première soirée à Styles Court fut agréable ; et je rêvai cette nuit-là de la femme énigmatique qui avait nom Mary Cavendish.

Le lendemain matin se leva, clair et ensoleillé. Mon séjour s'annonçait délicieux. Je ne vis Mrs Cavendish qu'à l'heure du déjeuner. Elle me proposa une promenade en sa compagnie, et nous passâmes un après-midi charmant à flâner dans les bois.

Lorsque nous rentrâmes vers 17 heures, John nous fit signe de le rejoindre dans le fumoir. À son expression tendue, je devinai sans peine qu'il s'était produit un incident fâcheux. Il referma la porte derrière nous.

— Mary, nous voici dans de beaux draps. Evie a eu une prise de bec avec Alfred Inglethorp, et elle nous quitte !

— Evie ? Elle s'en va ?

John prit un air lugubre :

— Oui. Elle a exigé une entrevue avec Mère et... tiens, la voilà.

Les lèvres serrées, l'air décidé, une petite valise à la main, miss Howard paraissait à la fois nerveuse et sur la défensive.

— En tout cas, s'écria-t-elle, je lui aurai dit ce que j'ai sur le cœur !

— Ma chère Evelyn, dit Mrs Cavendish. Ce n'est pas possible !

Miss Howard secoua la tête d'un air buté :

— C'est parfaitement possible, au contraire. Ce que j'ai dit à Emily, elle ne l'oubliera pas, et elle ne me le pardonnera pas d'ici longtemps. Et tant pis si c'est un coup d'épée dans l'eau ! Tant pis si ça ne lui a fait ni chaud ni froid ! Je le lui ai pourtant dit tout net : « Vous êtes une vieille bonne femme, et il n'y a pas pire imbécile qu'un vieil imbécile ! Ce type a vingt ans de moins que vous. Et ne vous bercez pas d'illusions sur les raisons qui l'ont poussé à vous épouser. L'argent ! Alors, ne lui en donnez pas trop ! Raikes le fermier a une très jolie femme. Demandez donc à votre Alfred combien de temps il passe là-bas ! » Emily était furieuse. Normal. Moi, j'ai continué : « Il faut que je vous prévienne, même si ça vous déplaît. Cet homme a autant envie de vous assassiner dans votre lit que de vous y voir. C'est un sale type. Vous pouvez dire tout ce que vous voudrez, moi, je vous aurai avertie. C'est un sale type. »

— Et qu'a-t-elle répondu ?

Miss Howard fit une grimace des plus expressives :

— « Cher Alfred »... « Alfred adoré »... « affreuses calomnies »... « affreux mensonges »... quelle « mauvaise femme » d'accuser ainsi son « cher mari »... Plus tôt je partirai, mieux cela vaudra. Alors, je m'en vais.

— Mais, pas tout de suite ?

— À l'instant.

Pendant quelques secondes, nous la dévisageâmes avec stupéfaction. Enfin, comprenant qu'aucun argument ne la ferait revenir sur sa décision, John sortit de la pièce pour aller consulter l'indicateur ferroviaire. Sa femme le suivit, non sans avoir murmuré qu'elle tenterait de raisonner Mrs Inglethorp.

Dès qu'ils eurent quitté le fumoir, miss Howard changea d'expression. Elle se pencha vivement vers moi :

— Mr Hastings, vous êtes honnête. Puis-je vous faire confiance ?

Je restai quelque peu interdit. Elle me posa la main sur le bras et réduisit sa voix à un chuchotement :

— Veillez sur elle, Mr Hastings. Ma pauvre Emily ! Ce sont des requins — tous. Oh ! je sais de quoi je parle ! Il n'y en a pas un qui ne soit pas fauché et qui n'essaye pas de la dépouiller. Je l'ai protégée aussi longtemps que j'ai pu. Maintenant que je pars, ils vont lui tondre la laine sur le dos.

— Bien sûr, miss Howard, dis-je, je vous promets de faire tout ce que je pourrai. Mais je crois que vous êtes à bout de nerfs et que vous vous laissez emporter...

Mais elle m'interrompit en agitant l'index :

— Croyez-moi, jeune homme. J'ai vécu en ce bas monde plus longtemps que vous. Ayez l'œil. Vous verrez ce que je vous disais.

Le bruit d'un moteur nous parvint par la fenêtre ouverte et nous entendîmes la voix de John. Miss Howard se dirigea vers la porte. La main sur la poignée, elle tourna la tête vers moi et me fit un signe :

— Et surtout, Mr Hastings, surveillez son ignoble mari.

Miss Howard n'eut pas le temps d'en dire davantage,

assaillie qu'elle était par un chœur de formules d'adieu et de protestations d'amitié. Les Inglethorp ne se montrèrent pas.

Tandis que la voiture s'éloignait, Mrs Cavendish s'écarta brusquement du groupe et traversa la pelouse pour se porter à la rencontre d'un homme grand et barbu. Elle lui tendit la main en rougissant un peu. Instinctivement, j'éprouvai de la méfiance à son égard.

— Qui est-ce ? demandai-je à John.

— Le Dr Bauerstein !

— Et qui est le Dr Bauerstein ?

— Il fait une cure de repos ici au village, suite à une crise de neurasthénie aiguë. Il vient de Londres. C'est un des plus grands experts actuels en matière de toxicologie.

— Et un grand ami de Mary, ne put s'empêcher d'ajouter l'irrépressible Cynthia.

John Cavendish fronça les sourcils et changea de sujet :

— Allons faire un tour, Hastings. Tout ceci est bien triste. Elle n'a jamais mâché ses mots, mais il n'y a pas d'amie plus sûre qu'Evelyn Howard.

Nous nous enfonçâmes dans les bois qui longeaient la propriété et descendîmes jusqu'au village.

À notre retour, alors que nous franchissions les grilles, une très belle jeune femme, de type bohémien, nous croisa et nous salua d'un sourire.

— Jolie fille ! fis-je remarquer.

Le visage de John se durcit de nouveau.

— C'est Mrs Raikes.

— Celle que miss Howard ?...

— Précisément ! dit John avec une brusquerie inutile.

Je pensai à la vieille dame aux cheveux blancs, dans son château, et au fin visage espiègle qui nous avait souri. Et un frisson trouble me glaça tout à coup, tel un pressentiment que je repoussai aussitôt.

— Styles est vraiment un endroit superbe, dis-je à John.

Il acquiesça sans se départir de son air sombre :

— Oui, c'est une belle propriété. Un jour, elle sera à moi... D'ailleurs, elle m'appartiendrait déjà, si seulement mon père avait fait un testament convenable. Et je ne tirerais pas le diable par la queue comme c'est le cas pour le moment.

— Vous tirez vraiment le diable par la queue ?

— Mon cher Hastings, je peux bien vous l'avouer : je ne sais plus où donner de la tête pour trouver trois sous.

— Votre frère ne pourrait pas vous aider ?

— Lawrence ? Il a dilapidé jusqu'à sa chemise pour publier ses vers infects dans des éditions de luxe. Non, nous sommes fauchés comme les blés. Je dois reconnaître que Mère s'est toujours montrée généreuse avec nous. Jusqu'à présent du moins... Depuis son mariage, bien sûr...

Il fronça les sourcils et laissa la phrase en suspens.

Pour la première fois, je sentis qu'avec le départ d'Evelyn Howard quelque chose d'indéfinissable avait changé. Sa présence était synonyme de sécurité. À présent, cette sécurité avait disparu et l'atmosphère s'était chargée de suspicion. Je passai en revue tous les membres de la maisonnée et me remémorai le visage inquiétant du Dr Bauerstein. L'espace d'un instant, j'eus le pressentiment d'un malheur proche.

## 2

### Le 16 et le 17 juillet

Mon arrivée à Styles remontait au 5 juillet. Et le départ en tempête de cette bonne Evelyn, au 6. J'en viens maintenant aux événements des 16 et 17 de ce même mois. Afin d'éclairer au mieux le lecteur, je résumerai avec la plus grande précision possible les incidents de ces deux jours. Ils ont été mis ultérieurement en lumière, pendant le procès, au cours de contre-interrogatoires aussi longs que fastidieux.

Je reçus une lettre d'Evelyn Howard, deux jours après son départ, me disant qu'elle avait trouvé un poste d'infirmière à l'hôpital de Middlingham, cité industrielle distante de quelque vingt kilomètres, et me suppliant de l'avertir si Mrs Inglethorp montrait la moindre velléité de réconciliation.

Seule ombre à mon séjour, par ailleurs très paisible, Mrs Cavendish manifestait envers le Dr Bauerstein une étonnante inclination que, pour ma part, je ne m'expliquais pas. Ce qu'elle pouvait bien lui trouver m'était un mystère, mais elle l'invitait constamment à Styles, quand elle ne partait pas avec lui pour d'interminables promenades. Je dois confesser mon incapacité à juger de ses charmes.

Le 16 juillet tombait un lundi. La journée se passa dans la fébrilité. La fameuse vente de charité s'était déroulée le samedi 14, et une soirée, au cours de laquelle Mrs Inglethorp avait projeté de déclamer un poème sur le thème de la guerre, était prévue pour ce lundi. Toute la matinée, nous fûmes accaparés par la décoration de la salle communale. Après un déjeuner tardif, nous nous reposâmes dans le parc le reste de l'après-midi. Je notai chez John un comportement assez inhabituel. Il semblait nerveux et ne tenait pas en place.

Après le thé, Mrs Inglethorp monta s'allonger afin d'être en forme pour la soirée, tandis que j'affrontais Mary Cavendish au tennis.

Aux environs de 7 heures moins le quart, Mrs Inglethorp nous rappela de nous presser car le dîner serait servi plus tôt qu'à l'accoutumée. Nous n'eûmes que le temps de nous préparer, et nous n'avions pas fini le repas que la voiture nous attendait déjà devant la porte.

La soirée fut très réussie, et des applaudissements nourris saluèrent le poème de Mrs Inglethorp. Il y eut ensuite quelques saynètes auxquelles participa Cynthia. Au retour, elle nous quitta pour aller souper avec les autres comédiens improvisés.

Le lendemain, Mrs Inglethorp, assez fatiguée, se fit servir le petit déjeuner au lit. Toutefois, c'est en pleine forme qu'elle descendit vers midi et demi pour m'entraîner, ainsi que Lawrence, à un déjeuner.

— C'est si gentil de la part de Mrs Rolleston de nous avoir conviés. Saviez-vous que c'est la sœur de lady Tadminster ? Les Rolleston ont débarqué avec Guillaume le Conquérant — c'est l'une de nos plus anciennes familles.

Arguant d'un rendez-vous avec le Dr Bauerstein, Mary avait décliné l'invitation.

Le repas fut des plus agréables. Et, au retour, Lawrence suggéra que nous fassions un détour par Tadminster — ce qui ne rallongerait guère notre chemin que d'un kilomètre et demi — pour passer voir Cynthia au laboratoire. Mrs Inglethorp trouva l'idée excellente mais, comme elle avait encore des lettres à écrire, elle se contenta de nous déposer : nous pourrions très bien revenir avec Cynthia dans la carriole.

Le portier de l'hôpital nous retint sous bonne garde jusqu'à l'arrivée de notre amie, qui nous apparut enfin, fraîche et charmante dans sa longue blouse blanche. Elle nous conduisit dans son bureau et nous fîmes la connaissance de sa collègue, jeune femme d'aspect redoutable à laquelle Cynthia donnait joyeusement du « Votre Seigneurie ».

— Que de flacons ! remarquai-je avec étonnement, après avoir jeté un coup d'œil circulaire sur le petit laboratoire. Vous savez vraiment ce qu'il y a dans tout ça ?

Cynthia laissa échapper un soupir :

— Vous ne pourriez pas vous montrer un peu original ? Tous les gens qui entrent ici posent la même question. À tel point que nous avons l'intention bien arrêtée d'offrir une récompense à la première personne qui ne dira pas : « Que de flacons ! » Je sais d'ailleurs ce que vous allez nous débiter maintenant : « Combien de gens avez-vous empoisonnés ? » Je me trompe ?

Je plaidai coupable en riant.

— Si vous saviez comme la moindre erreur peut être fatale, vous ne plaisanteriez pas sur ce sujet... Allons ! c'est l'heure du thé. Nous avons des trésors de provisions cachés dans ce placard. Non, Lawrence, pas celui-ci, c'est l'armoire aux poisons. Celui-là, le grand.

Nous prîmes le thé dans la plus franche gaieté, puis nous aidâmes Cynthia à laver les tasses. La dernière cuillère était à peine rangée qu'on frappa à la porte. Aussitôt une expression fermée durcit les traits de Cynthia et de Sa Seigneurie.

— Entrez ! cria notre amie sur un ton d'une sécheresse toute professionnelle.

Une aide-soignante, l'air apeuré, poussa la porte. Elle tenait à la main une fiole qu'elle tendit à Sa Seigneurie, mais celle-ci lui désigna Cynthia avec cette formule sibylline :

— Aujourd'hui, je ne suis pas vraiment présente.

Aussi impassible qu'un juge, Cynthia s'empara de la fiole et l'examina.

— J'aurais dû la recevoir ce matin.

— Un oubli de l'infirmière en chef. Elle vous prie de l'excuser.

— Elle devrait lire le règlement affiché derrière cette porte.

Je devinai à l'expression de la jeune aide-soignante qu'il y avait peu de chance qu'elle ait le cran de rapporter cette admonestation à la redoutable infirmière en chef.

— Du coup, la solution ne sera pas prête avant demain, conclut Cynthia.

— Ne serait-il pas possible de l'avoir... ce soir ?

— Le problème, confia Cynthia dans un effort d'amabilité, c'est que nous sommes submergées, mais si nous trouvons le temps, nous la préparerons pour ce soir.

Sitôt la jeune aide-soignante repartie, Cynthia prit un bocal sur une étagère, emplit la fiole et la posa sur la table près de la porte.

J'éclatai de rire :

— De la discipline avant tout, n'est-ce pas ?

— Tout à fait. Venez donc sur notre petit balcon : vous verrez tous les pavillons de l'hôpital.

Je suivis Cynthia et son amie, et elles me désignèrent les différents pavillons. Lawrence était resté à l'intérieur mais, après quelques instants, Cynthia l'appela par-dessus son épaule et il vint nous rejoindre. Puis elle consulta sa montre :

— Plus rien à faire, Votre Seigneurie ?

— Non.

— Parfait. Alors nous pouvons boucler et partir.

Au cours de l'après-midi, j'avais découvert Lawrence sous un jour nouveau. Timide et effacé, il était l'opposé de John. Sa personnalité paraissait bien difficile à cerner. Néanmoins, il se dégageait de lui un certain charme, et je devinais qu'il pouvait inspirer une affection sincère à qui le connaissait bien. J'avais toujours imaginé, en voyant son comportement réservé, que Cynthia l'intimidait, et qu'elle-même se sentait mal à l'aise en sa présence. Cet après-midi-là, pourtant, ils bavardèrent ensemble, gais comme des enfants.

Alors que nous traversions Tadminster, je voulus acheter des timbres et nous fîmes halte au bureau de poste.

J'en ressortais quand je bousculai un petit homme venant en sens inverse. Confus, je lui cédai le passage, mais il me prit soudain dans ses bras avec un cri de surprise ravie et me couvrit — à la mode continentale — de baisers chaleureux.

— Mon bon ami Hastings ! s'exclama-t-il. Mais oui, c'est bien mon bon ami Hastings !

— Poirot !

Je me retournai vers la carriole.

— Vous me voyez très heureux de cette rencontre, miss Cynthia. Permettez-moi de vous présenter M. Poirot, un ami de longue date que je n'avais pas revu depuis une éternité.

— Nous connaissons M. Poirot ! répliqua-t-elle joyeusement. Mais je n'avais pas la moindre idée qu'il était de vos amis.

— C'est exact, dit Poirot posément. Je connais miss Cynthia. Et ma présence ici doit beaucoup à la bonté de Mrs Inglethorp. (Devant mon regard interrogateur, il ajouta :) Oui, mon cher ami, elle a généreusement offert l'hospitalité à sept de mes compatriotes qui, par malheur, ont dû fuir leur terre natale. Nous autres Belges nous souviendrons toujours d'elle avec gratitude.

Poirot était un homme au physique extraordinaire. Malgré son petit mètre soixante-deux, il était l'image même de la dignité. Son crâne affectait une forme ovoïde, et il tenait toujours la tête légèrement penchée de côté. Sa moustache, cirée, lui conférait un air martial. Le soin qu'il apportait à sa tenue était presque incroyable, et je suis enclin à penser qu'il aurait souffert davantage d'un grain de poussière sur ses vêtements que d'une blessure par balle. Pourtant ce petit homme original, ce parfait dandy — qui, je le voyais avec une peine infinie, traînait maintenant la patte — avait été en son temps l'un des plus fameux inspecteurs de la police belge. Doué d'un flair prodigieux, il s'était en effet illustré en élucidant les cas les plus mystérieux de son époque.

Il me montra la maisonnette où il logeait avec ses compatriotes, et je promis de lui rendre visite sous peu. Puis il souleva son chapeau d'un geste ample pour saluer Cynthia et nous reprîmes notre route.

— C'est un homme adorable, commenta Cynthia. Mais je ne savais pas que vous le connaissiez.

— Saviez-vous que vous hébergiez une célébrité ? répliquai-je.

Et, pendant tout notre voyage de retour à Styles, je leur contai les exploits d'Hercule Poirot...

À notre arrivée, nous étions d'excellente humeur. Comme nous entrions dans le vestibule, Mrs Inglethorp surgit de son boudoir. Le visage empourpré, elle avait de toute évidence l'air contrarié.

— Oh ! c'est vous, lâcha-t-elle.

— Quelque chose ne va pas, tante Emily ? s'enquit Cynthia.

— Absolument pas, rétorqua Mrs Inglethorp d'un ton sec. Y aurait-il une raison pour que quelque chose n'aille pas ?

Puis, comme elle voyait Dorcas, la femme de chambre, qui se dirigeait vers la salle à manger, elle lui demanda d'apporter des timbres dans le boudoir.

— Bien, madame, fit la vieille caméριste avant d'ajouter, d'une voix hésitante : Madame a l'air bien fatiguée. Ne feraitelle pas mieux d'aller s'étendre ?

— Vous avez peut-être raison, Dorcas... oui... je veux dire non... pas maintenant. Je dois finir quelques lettres avant la levée. Je vous ai demandé d'allumer du feu dans ma chambre. L'avez-vous fait ?

— Oui, madame.

— Alors j'irai au lit sitôt après le dîner.

Et elle regagna le boudoir sous le regard étonné de Cynthia.

— Bonté divine ! Qu'est-ce qui a bien pu se passer ? demanda-t-elle à Lawrence.

Il ne semblait pas l'avoir entendue, car il tourna les talons sans un mot et ressortit de la maison.

Je lançai l'idée d'une courte partie de tennis avant le dîner et, Cynthia ayant accepté, je me précipitai dans ma chambre pour y prendre ma raquette.

Dans l'escalier, je croisai Mrs Cavendish. Peut-être était-ce le fruit de mon imagination mais, elle aussi, elle semblait bizarre et profondément troublée.

— Vous vous êtes bien promenée avec le Dr Bauerstein ? fis-je d'un ton aussi détaché que possible.

— Je n'y suis pas allée, répondit-elle d'un ton brusque. Où est Mrs Inglethorp ?

— Dans le boudoir.

La main crispée sur la rampe de l'escalier, elle semblait appréhender une rencontre. Me laissant là, elle dévala les dernières marches, traversa le vestibule et entra dans le boudoir dont elle referma la porte.

Quelques instants plus tard, comme je courais vers le tennis, je passai devant la fenêtre du boudoir. Elle était ouverte et je surpris sans le vouloir les lambeaux de dialogue suivants.

Mary parlait d'une voix qu'elle s'efforçait désespérément de maîtriser :

— Donc vous refusez de me le montrer ?

Ce à quoi Mrs Inglethorp lui répondit :

— Ma chère Mary, cela n'a rien à voir avec ce qui vous préoccupe.

— Alors vous pouvez me le montrer.

— Je vous répète que ce n'est pas ce que vous croyez. Cela ne vous concerne pas le moins du monde.

Ce à quoi Mary Cavendish rétorqua d'une voix de plus en plus amère :

— Bien sûr ! J'aurais dû me douter que vous le protégeriez !

Sur le court, Cynthia m'attendait avec impatience :

— Vous vous rendez compte ? Il y a eu une bagarre terrible ! Dorcas vient de tout me raconter.

— Quel genre de bagarre ?

— Une scène entre tante Emily et *lui*. Oh ! j'espère qu'elle l'a enfin percé à jour !

— Dorcas y était, alors ?

— Non, bien sûr que non ! Elle « passait par hasard devant la porte ». Une vraie scène à tout casser. Je donnerais cher pour avoir les détails !

Je me remémorai le visage espiègle de Mrs Raikes et les avertissements d'Evelyn Howard, mais j'eus la sagesse de n'en pas parler. Cependant, Cynthia passait en revue toutes les hypothèses possibles pour finalement souhaiter avec véhémence que « tante Emily le flanque à la porte et ne lui adresse plus jamais la parole ».

J'avais très envie de m'entretenir avec John, mais il était introuvable. À l'évidence, un fait capital s'était produit durant cet après-midi-là. Je tentai de chasser de mon esprit les quelques mots que j'avais surpris en passant près du boudoir ; mais, malgré tous mes efforts, je n'y parvins pas. En quoi Mary Cavendish pouvait-elle bien être concernée par les derniers événements ?

Quand je descendis à l'heure du dîner, Mr Inglethorp se trouvait au salon. Son visage était plus impassible que jamais et, de nouveau, l'irréalité du personnage me frappa.

Mrs Inglethorp fut la dernière à descendre. Elle paraissait encore agitée, et un silence gêné pesa sur tout le repas.

Inglethorp restait étonnamment silencieux. Comme à son habitude, il entourait sa femme d'attentions délicates, lui calant le dos avec un coussin et jouant à la perfection son rôle de mari attentionné. Dès la fin du repas, Mrs Inglethorp retourna s'enfermer dans son boudoir :

— Faites-moi porter mon café, Mary. Il ne me reste que cinq minutes avant la levée du courrier.

J'allai m'asseoir au salon avec Cynthia, près d'une fenêtre ouverte. Mary Cavendish vint nous apporter le café. Je la trouvai agitée.

— Souhaitez-vous un peu de lumière ? À moins que vous ne préfériez celle du crépuscule ? Cynthia, vous voulez bien porter son café à Mrs Inglethorp ? Je vais le servir.

— Ne vous dérangez pas, Mary, intervint Inglethorp. Je le porterai moi-même à Emily.

Il emplit une tasse et l'emporta avec précaution.

Lawrence le suivit, et Mrs Cavendish vint s'asseoir près de nous.

Nous restâmes tous trois silencieux un moment. Chaude, calme, la nuit était superbe. Mrs Cavendish s'éventait nonchalamment avec une feuille de palmier.

— Il fait presque trop chaud, murmura-t-elle. Nous allons avoir de l'orage...

Hélas ! ces instants de paix ne durent jamais. Ma douce béatitude prit fin le plus brutalement du monde au son d'une voix cordialement détestée et que je reconnus aussitôt. Elle venait du vestibule.

— Dr Bauerstein ! s'exclama Cynthia. Quelle drôle d'heure pour faire des visites !

Je jetai un regard jaloux à Mary Cavendish mais son visage restait serein et aucune rougeur n'était venue colorer la pâleur diaphane de ses joues.

Lorsqu'Alfred Inglethorp introduisit le médecin, ce dernier protestait encore en riant que sa mise était peu présentable. Il offrait en effet un spectacle pitoyable : il était littéralement couvert de boue.

— Que vous est-il arrivé ? s'exclama Mrs Cavendish.

— Je suis confus, répondit Bauerstein. Je n'avais aucunement l'intention d'entrer et n'eût été l'insistance de Mr Inglethorp...

— Eh bien ! Vous voilà dans un triste état, fit John qui

venait nous rejoindre. Prenez-donc un bon café et racontez-nous vos mésaventures.

— J'accepte avec plaisir. Merci.

Avec un rire quelque peu forcé, il nous expliqua comment — après avoir repéré dans un endroit particulièrement difficile d'accès une variété de fougère rarissime — il avait perdu l'équilibre en essayant de l'atteindre et avait glissé lamentablement dans une mare en contrebas.

— Le soleil a très vite séché mes vêtements, conclut-il. Mais je dois avoir l'air d'un égoutier.

Sur ces entrefaites, Mrs Inglethorp appela Cynthia et la jeune fille sortit du salon à la hâte pour la rejoindre dans le vestibule.

— Montez-moi ma mallette, ma chère petite. Je vais me coucher.

La porte entre le salon et le hall était grande ouverte. Je m'étais levé en même temps que Cynthia, et John se trouvait juste à côté de moi. Nous sommes donc trois témoins oculaires à pouvoir certifier que Mrs Inglethorp tenait à la main la tasse de café à laquelle elle n'avait pas encore goûté.

Ma soirée était entièrement gâchée par la présence du Dr Bauerstein. On eût dit que cet individu ne partirait jamais. Il finit pourtant par se lever, et je poussai un soupir de soulagement.

— Je vous accompagne jusqu'au village, lui dit Mr Inglethorp. Je dois voir notre régisseur pour régler avec lui ces problèmes de terrains. (Puis, se tournant vers John :) Inutile de m'attendre. Je prendrai la clef.

# 3

## La nuit de la tragédie

Pour être parfaitement clair, je reproduis ici un plan du premier étage de Styles.

Par la porte B, on accède aux chambres des domestiques. Celles-ci ne communiquent pas avec l'aile droite où se trouvent les appartements des Inglethorp.

J'eus l'impression qu'on était en pleine nuit lorsque Lawrence Cavendish vint me réveiller. À la lueur de la bougie dont il s'était muni, je pus lire sur son visage bouleversé qu'un événement grave venait de se produire.

— Que se passe-t-il ? le questionnai-je en me redressant dans mon lit et en faisant un effort pour reprendre mes esprits.

— Mère est au plus mal. Comme si elle avait eu une sorte d'attaque. Malheureusement, elle a verrouillé sa chambre de l'intérieur.

— J'arrive.

Je bondis hors de mon lit et, tout en passant ma robe de chambre, suivis Lawrence dans le couloir puis le long de la galerie qui menait à l'aile droite de la maison.

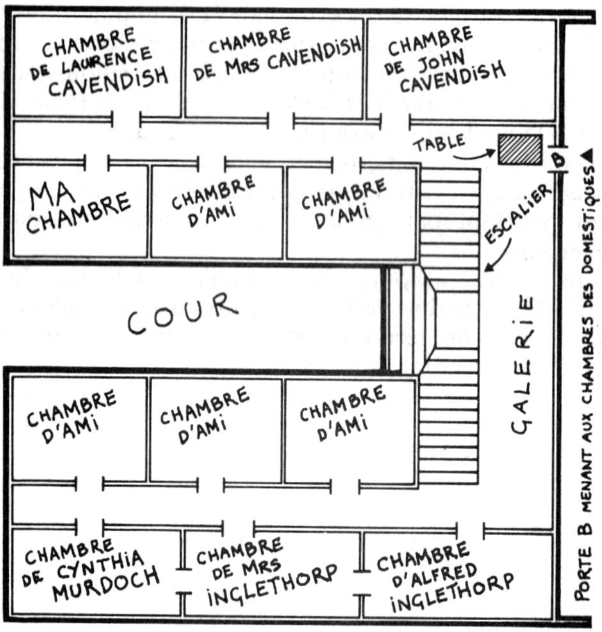


John Cavendish nous rejoignit, ainsi que deux ou trois domestiques qui, terrorisés, ne semblaient bons qu'à tourner en rond. Lawrence se raccrocha à son frère :

— Qu'est-ce que tu crois qu'il vaut mieux faire ?

Jamais, je crois, indécision congénitale n'était apparue aussi clairement.

John secoua de toutes ses forces la poignée de la porte, mais en vain. Il était évident qu'elle était fermée de l'intérieur.

Toute la maison était maintenant réveillée. Les bruits les plus inquiétants nous parvenaient à travers la cloison. Il devenait urgent d'intervenir.

— Essayez de passer par la chambre de Mr Inglethorp, Monsieur ! lança Dorcas d'une voix stridente. Oh ! ma pauvre Madame !

Soudain je me rendis compte qu'Alfred Inglethorp ne se trouvait pas parmi nous, que lui seul ne s'était pas manifesté. John ouvrit la porte de sa chambre. L'obscurité y était totale, mais Lawrence suivait son frère avec la bougie, et, à sa faible lueur, nous vîmes que le lit n'était pas défait et que rien n'indiquait qu'Alfred Inglethorp avait dormi ici.

Sans perdre un instant, nous nous dirigeâmes vers la porte de communication entre les deux chambres. Celle-là aussi était fermée de l'intérieur.

— Mon Dieu ! monsieur, criait Dorcas en se tordant les mains, qu'allons-nous faire ?

— Nous allons essayer d'enfoncer cette porte. Mais ce ne sera pas une mince affaire. Qu'une des bonnes descende réveiller Baily. Et qu'il coure chez le Dr Wilkins. Quant à nous, nous allons nous occuper de cette porte... Mais, attendez ! Est-ce que la chambre de miss Cynthia ne communique pas elle aussi avec celle de ma belle-mère ?

— Si, monsieur. Mais la porte est toujours fermée à clef. On ne l'ouvre jamais.

— Vérifions cela quand même ! lança John.

Il se précipita dans le couloir jusqu'à la chambre de Cynthia. Mary Cavendish s'y trouvait déjà. Elle secouait la jeune fille qui paraissait plongée dans un profond sommeil.

Deux secondes plus tard, John nous rejoignait dans la chambre d'Alfred Inglethorp :

— Inutile. Elle aussi est verrouillée. Je crois que celle-ci est un peu moins solide que celle du couloir.

Malgré nos efforts conjugués, le battant de bois résista un long moment. Enfin, sous notre poussée, il céda dans un craquement assourdissant.

Emportés par notre élan, nous trébuchâmes dans la pièce, mais Lawrence parvint à garder la bougie allumée.

Mrs Inglethorp était allongée sur son lit, et tout son corps se tordait sous l'effet de violentes convulsions — ce qui expliquait sans doute que sa table de chevet soit renversée. À peine étions-nous entrés que ses membres se détendirent et qu'elle s'affaissa contre les oreillers.

John traversa la pièce et alluma l'éclairage au gaz. Puis il demanda à Annie, l'une des femmes de chambre, de descendre au plus vite chercher un verre de cognac à la salle à manger. Enfin il s'approcha du lit tandis que je déverrouillais la porte donnant sur le couloir.

Ma présence étant devenue inutile, je voulus annoncer à Lawrence mon intention de réintégrer ma chambre, mais les mots moururent sur mes lèvres. Jamais je n'avais vu un visage d'une telle pâleur, sa main, qui tenait la bougie, tremblait si fort que des gouttes de cire tombaient sur le tapis, et ses yeux, pétrifiés de terreur — ou d'une émotion du même ordre —, étaient braqués sur le mur derrière moi. On eut dit qu'il avait vu quelque chose qui l'avait changé en statue. Par réflexe je me retournai et cherchai le point qu'il fixait, mais je ne remarquai rien d'anormal. Les bibelots impeccablement disposés sur la cheminée et le feu qui se mourait dans l'âtre ne représentaient certes pas une menace.

La crise qui avait terrassé Mrs Inglethorp paraissait avoir diminué en intensité. La malheureuse parvenait même à parler, dans une sorte d'étrange hoquet :

— Je vais mieux... ça s'est passé si vite !... stupide de ma part... de m'être enfermée...

Une ombre passa sur le lit et, levant les yeux, je vis Mary Cavendish près de la porte, un bras passé autour de la taille de Cynthia. On eût dit qu'elle aidait la jeune fille à se tenir debout. Celle-ci semblait complètement hébétée, ce qui ne lui ressemblait guère. Elle avait le visage rouge brique et bâillait sans désemparer.

— Notre pauvre Cynthia est terrorisée, expliqua Mrs Cavendish à voix basse.

Elle-même portait sa blouse de fermière. Il devait donc être plus tard que je ne l'avais cru. En effet je constatai que les premiers rayons de l'aube filtraient à travers les rideaux, et que la pendule, sur la cheminée, indiquait presque 5 heures.

Un cri étranglé montant du lit me fit sursauter. Une nouvelle crise terrassait la pauvre femme. Ses spasmes étaient d'une violence insoutenable. Un vent de panique souffla sur la pièce. Nous entourâmes la malheureuse, mais nous étions dans l'incapacité totale de l'aider ou même d'atténuer ses souffrances. Une ultime convulsion arqua son corps, avec une brutalité telle qu'elle parut ne plus reposer que sur la nuque et les talons. En vain John et Mary essayèrent-ils de lui faire avaler un peu de cognac. Après quelques secondes de répit, le corps se souleva de la même façon.

C'est alors que le Dr Bauerstein se fraya un passage parmi nous. En découvrant la scène, il resta un instant sans bouger et Mrs Inglethorp, fixant le nouveau venu, poussa une exclamation étranglée :

— Alfred !... Alfred !...

Puis elle retomba, inerte, sur le lit.

Le médecin se pencha sur elle, lui saisit les bras et, avec des mouvements énergiques, pratiqua sur elle ce que je savais être la respiration artificielle. D'un ton sec, il lança quelques directives aux domestiques. Un geste autoritaire nous fit reculer vers le seuil. Nous continuions de l'observer avec une sorte de fascination, même si, à cet instant, nous avions tous deviné, je crois, qu'il était déjà trop tard, et que rien ne pouvait plus être tenté. Lui-même ne semblait guère se bercer d'illusions.

Avec un lent hochement de tête, il finit par renoncer. C'est alors que nous perçûmes des pas dans le couloir, et que le Dr Wilkins fit irruption dans la chambre — petit homme rondouillard et maniéré, médecin attitré de Mrs Inglethorp.

Bauerstein lui raconta en deux mots qu'il passait devant les grilles de Styles Court au moment précis où l'automobile sortait. Il s'était précipité jusqu'à la maison pendant qu'on allait chercher son confrère. D'un geste de la main, il désigna le corps immobile sur le lit.

— Quel-le tra-gé-die ! murmura le Dr Wilkins. Quel-le tra-gé-die ! Pauvre chère Mrs Inglethorp ! Elle en a toujours beaucoup trop fait... beaucoup trop... en dépit de tous mes conseils. Je l'avais pourtant prévenue. Son cœur n'était pas des plus solides ! « Ménagez-vous ! lui disais-je. Mé-na-gez-vous ! » Mais non... la ferveur qu'elle mettait à s'occuper de ses œuvres charitables aura été la plus forte... La nature s'est rebellée... La-na-tu-re-s'est-re-bel-lée.

Je notai le regard appuyé que le Dr Bauerstein fixait sur le praticien.

— La violence des spasmes était tout à fait singulière, Dr Wilkins. Dommage que vous soyez arrivé trop tard pour les observer vous-même. Ils présentaient un caractère... tétanique.

— Ah ! fit l'autre d'un air entendu.

— J'aimerais vous parler en privé, ajouta Bauerstein avant de se tourner vers John. Si vous n'y voyez pas d'objection, bien entendu.

— Je vous en prie.

Nous sortîmes dans le couloir pour laisser les deux médecins en tête à tête. Avec un cliquetis métallique, la clef tourna aussitôt dans la serrure.

Lentement nous regagnâmes le rez-de-chaussée. J'étais dans un état de grande agitation. Je possède incontestablement un certain talent de déduction, et le comportement du Dr Bauerstein avait jeté mon esprit dans un labyrinthe d'hypothèses échevelées.

Mary Cavendish posa la main sur mon bras.

— Que se passe-t-il ? murmura-t-elle. Pourquoi le Dr Bauerstein a-t-il l'air si... bizarre ?

Je plantai mon regard dans le sien.

— Vous voulez mon avis ?

— Bien sûr.

— Écoutez-moi. (D'un regard circulaire, je m'assurai que les autres ne pouvaient m'entendre. Puis je chuchotai :) J'ai la conviction que Mrs Inglethorp a été empoisonnée. Et je suis sûr que le Dr Bauerstein partage mes soupçons.

— *Quoi ?*

Ses pupilles se dilatèrent et elle se blottit contre le mur. Puis, avec un cri qui me fit tressaillir, elle s'exclama :

— Non ! non... pas ça... pas ça !

Et, s'écartant de moi, elle se précipita vers les escaliers.

Je la suivis car je redoutais qu'elle ne fût prise d'un malaise. Le visage blafard, elle s'était arrêtée et s'appuyait sur la rampe de l'escalier. Quand je voulus m'approcher, elle m'écarta d'un geste excédé :

— Non ! non... laissez-moi. Je préfère rester seule. Laissez-moi tranquille une ou deux minutes. Retournez en bas avec les autres.

Je m'exécutai à regret. John et Lawrence étaient dans la salle à manger. Je les y rejoignis. Mais nous ne trouvâmes rien à dire. Je finis par rompre ce silence tendu, et je crois que mes propos reflétaient la pensée des deux frères :

— Où est Mr Inglethorp ?

— Pas dans la maison, en tout cas, répondit John.

Je croisai son regard. Où pouvait bien se trouver Alfred Inglethorp ? Son absence était aussi bizarre qu'incompréhensible. Les derniers mots de Mrs Inglethorp me revinrent en mémoire. Quelle signification pouvaient-ils avoir ? Que nous aurait-elle révélé si la mort lui en avait laissé le temps ?

Enfin les deux médecins redescendirent. Le Dr Wilkins, toujours aussi imbu de sa personne, était visiblement surexcité malgré le calme de façade qu'il affichait. Quant au Dr Bauerstein, son visage ne laissait rien deviner de ses émotions. Le Dr Wilkins semblait leur porte-parole à tous les deux. Il s'adressa à John :

— Mr Cavendish, j'aimerais votre accord pour une autopsie.

— Est-ce indispensable ? demanda John d'une voix enrouée, les traits déformés par le chagrin.

— Absolument, confirma le Dr Bauerstein.

— Vous voulez dire que...

— Que suite aux résultats des premiers examens, pas plus le Dr Wilkins que moi même ne saurions délivrer un permis d'inhumer.

John baissa la tête :

— Dans ce cas, je ne peux qu'accepter.

— Merci, fit aussitôt le Dr Wilkins. Elle pourrait avoir lieu demain soir. (Voyant les premiers rayons du soleil par la fenêtre, il rectifia :) Je veux dire... ce soir-même. Étant donné les circonstances, une enquête sera, hélas ! inévitable. Ce genre de formalité est obligatoire et je vous conjure de ne pas vous en sentir trop affectés.

Un silence salua cette déclaration, puis le Dr Bauerstein sortit deux clefs de sa poche et les tendit à John.

— Ce sont celles des deux chambres. Je les ai fermées à double tour et je pense qu'il serait sage de les laisser ainsi pour le moment.

Sur quoi les deux médecins prirent congé.

Je tournais et retournais depuis quelques minutes une idée dans ma tête et je jugeai le moment venu d'en faire part. Néanmoins j'éprouvais encore quelque réticence. Je savais que John redoutait par-dessus tout le qu'en dira-t-on et que son optimisme insouciant l'inclinait sans doute à éviter les complications. J'aurais du mal à le convaincre de l'intérêt de mon plan. Lawrence, en revanche, moins attaché aux conventions et doté de plus d'imagination, compterait sûrement au nombre de mes alliés.

— John? Je voudrais vous demander quelque chose.

— Je vous écoute.

— Je vous ai déjà parlé de mon ami Poirot, ce Belge réfugié au village. C'est un détective renommé...

— Et alors?

— Je voudrais que vous m'autorisiez à l'appeler pour qu'il enquête sur cette affaire.

— Quoi?... maintenant? Avant l'autopsie?

— Précisément! La question de temps est primordiale si... si... le décès de Mrs Inglethorp n'est pas... euh... naturel.

— C'est absurde! s'emporta Lawrence. Tout ça, c'est le résultat des théories fumeuses de Bauerstein! Wilkins n'aurait jamais eu une idée pareille s'il ne s'était pas laissé bourrer le crâne! Comme tous les spécialistes, Bauerstein n'a qu'une idée en tête. Les poisons sont sa marotte, alors, bien entendu, il en voit partout!

Je dois reconnaître que cette violente réaction me surprit: il était si rare que Lawrence se laissât aller ainsi.

John hésita:

— Je ne suis pas de ton avis, Lawrence, dit-il enfin. Je donnerais bien carte blanche à Hastings, mais peut-être serait-il préférable d'attendre un peu. Il faut éviter le scandale à tout prix.

— Avec Poirot, vous n'avez rien à craindre! assurai-je avec chaleur. C'est la discrétion personnifiée!

— Eh bien, soit. Faites comme vous voudrez. Vous avez ma confiance. Pourtant, si ce que nous soupçonnons est exact, l'affaire est entendue. Et si je fais fausse route, que Dieu me pardonne d'avoir accablé cet individu sans preuves!

Je consultai ma montre. Il était 6 heures. Déjà 6 heures du matin!

Je m'accordai cependant cinq minutes de délai et les consacrai à fouiller la bibliothèque jusqu'à ce que j'y trouve un ouvrage de médecine qui donnait une bonne description de l'empoisonnement à la strychnine.

# 4

## Poirot enquête

La maison qu'occupaient les réfugiés belges dans le village était située non loin des grilles du parc. On pouvait gagner du temps en empruntant une sente qui coupait à travers les herbes hautes au lieu de suivre les méandres de l'allée principale. Je pris donc ce raccourci.

J'avais presque atteint le pavillon du gardien quand mon attention fut attirée par la silhouette d'un homme qui arrivait en courant dans ma direction. C'était Mr Inglethorp. Où s'était-il terré pendant tout ce temps? Comment allait-il justifier son absence?

Il m'aborda sans ambage.

— Mon Dieu ! Quelle horreur ! Ma femme chérie ! Je viens seulement de l'apprendre !

— Où étiez-vous ?

— Chez Denby. Nous n'en avons terminé qu'à 1 heure du matin. Là-dessus, je me suis aperçu que j'avais oublié de prendre la clef ! Je ne voulais pas réveiller toute la maison, et Denby m'a donné un lit.

— Comment diable êtes-vous au courant ? m'étonnai-je.

— Par Wilkins, qui est venu tirer Denby du lit pour lui annoncer le décès. Ma pauvre Emily ! Elle qui se dévouait pour les autres... qui avait une telle grandeur d'âme ! Elle aura abusé de ses forces...

Une vague de dégoût me submergea. Quel parfait hypocrite que cet individu !

— Il faut que je me dépêche, l'interrompis-je, soulagé qu'il ne me demande pas où je me précipitais ainsi.

Quelques minutes plus tard je frappais à la porte de Leastways Cottage.

Personne ne venant m'ouvrir, j'insistai. Au-dessus de ma tête, une fenêtre s'entrouvrit avec circonspection, et la tête de Poirot lui-même apparut dans l'entrebâillement.

Il poussa une exclamation étonnée. En quelques mots, je lui racontai la tragédie qui venait d'avoir lieu et lui dis que j'avais besoin de son aide.

— Attendez, mon bon ami. Je descends vous ouvrir. Vous pourrez me raconter tout ça avec plus de détails pendant que je m'habillerai.

Il ôta bientôt la barre de la porte et je le suivis dans sa chambre. Là, il me désigna un fauteuil et je lui relatai la soirée dans ses moindres détails, sans en omettre aucun — pas même le plus insignifiant —, tandis qu'il se livrait à sa toilette avec un soin maniaque.

Je lui narrai mon brusque réveil, les derniers mots prononcés par la mourante, l'étrange absence de son mari, la dispute de la veille et les lambeaux de conversation surpris en passant devant la fenêtre ouverte du boudoir, sans oublier la scène entre Mrs Inglethorp et Evelyn Howard — ni les insinuations de cette dernière.

Mes explications, hélas ! ne furent pas aussi claires que je l'aurais souhaité. Je me répétai plusieurs fois et il me fallut, à maintes reprises revenir sur un détail omis. Poirot m'observait avec un sourire indulgent :

— Votre esprit est un peu embrouillé, n'est-ce pas ? Prenez votre temps, mon bon ami. Vous êtes agité, vous perdez pied — quoi de plus naturel ! Dès que nous nous serons un peu calmés, nous pourrons agencer les faits selon un ordre cohérent, les mettre chacun à sa vraie place. Nous les analyserons, et puis nous ferons le tri. Ceux qui nous paraîtront significatifs, nous les garderons — quant aux autres... (Il gonfla comiquement ses joues et souffla :) Pouf ! Nous les chasserons !

— Tout ça est bel et bon, objectai-je. Mais comment allez-vous décider de ce qui est important et de ce qui ne l'est pas ? Ça a toujours été pour moi la principale difficulté.

Poirot secoua la tête d'un air de profonde commisération. Puis il entreprit de lisser sa moustache avec une méticulosité renversante.

— Pas du tout. Voyons ! un fait en amène un autre. Il suffit de suivre leur enchaînement. Le suivant s'accorde-t-il au précédent ? Merveilleux ! Nous progressons. Manque-t-il un maillon à la chaîne de notre raisonnement ? Nous disséquons. Nous cherchons... Et ce détail apparemment insignifiant qui — n'est-ce pas curieux ? — ne semble pas avoir de rapport avec le reste... mais il s'ajuste parfaitement ! (Il eut un geste plein d'emphase.) Tout devient limpide ! c'est prodigieux !

L'anglais balbutiant de Poirot et son excécrable prononciation, qui n'avaient guère changé en Belgique, me déchiraient ici les tympans. Par tendresse pour ce petit homme au brillant passé — et par courtoisie envers mon malheureux lecteur — je me garde bien de les transcrire ici. Quant à son insupportable suffisance, en revanche, elle fait tellement partie de son personnage — et elle m'exaspère à un point tel — qu'il serait tout à la fois frustrant et malhonnête de ne pas la laisser entrevoir.

— Euh... oui..., balbutiai-je pour tenter d'endiguer son flot d'éloquence fleurie.

Poirot agita soudain son index sous mon nez, et je ne pus retenir un mouvement de recul.

— Mais attention ! Le danger de l'échec guette celui qui décrète : « Ce détail est si minime qu'il ne peut être qu'inutile. Ignorons-le. » Celui-là se perd par négligence. Dans toute enquête, le moindre fait peut se révéler primordial !

— J'en ai bien conscience. Vous me l'avez souvent répété. Et c'est pour cette raison que je vous ai rapporté tous les détails de cette affaire, qu'ils m'aient paru significatifs ou non.

— Et je suis content de vous. Votre mémoire est excellente, et vous m'avez fidèlement rapporté les faits. Sur la façon confuse dont vous me les avez énumérés, je m'abstiendrai de commentaire — c'est tout bonnement lamentable ! Mais je vous pardonne — vous êtes encore sous le coup de l'émotion. Cet état vous vaut d'ailleurs d'avoir omis un point d'une importance capitale.

— Lequel ? m'étonnai-je.

— Vous ne m'avez pas précisé si Mrs Inglethorp avait mangé de bon appétit, hier soir.

Je ne cachai pas ma stupeur inquiète. Sans aucun doute, la guerre avait altéré les capacités intellectuelles de l'ex-inspecteur. Il brossait méthodiquement son manteau avant de l'enfiler et semblait très absorbé par cette tâche.

— Je ne sais plus très bien, dis-je. Et, de toute façon, je ne vois pas...

— Vous ne voyez pas ? Mais c'est primordial !

— Je ne vous suis pas, répliquai-je, quelque peu irrité. Mais pour autant que je m'en souvienne, elle a picoré dans son assiette. Elle était manifestement bouleversée, et son appétit s'en ressentait. Ce qui est bien compréhensible.

— Oui, approuva pensivement Poirot. Bien compréhensible, en effet.

Il prit une petite trousse dans un tiroir puis se tourna vers moi :

— Me voici prêt. Nous irons tout d'abord à Styles Court afin de commencer les investigations sur les lieux mêmes du drame. Pardonnez-moi, mon bon ami, mais je vois que vous vous êtes vêtu en hâte. Votre cravate est de travers. Si vous le permettez...

D'une main preste, il l'arrangea :

— Voilà qui est mieux ! Nous y allons ?

Nous traversâmes le village d'un pas vif et, laissant le pavillon du gardien derrière nous, nous nous enfonçâmes dans le parc. Poirot fit halte quelques secondes, et son regard erra tristement sur la propriété verdoyante qui s'étendait devant nous, encore toute scintillante de la rosée du matin.

— C'est si beau ! Dire que la famille est frappée par le malheur et plongée dans l'affliction...

En prononçant ces mots il m'observa avec attention et je me sentis rougir.

La famille était-elle aussi abattue qu'il le disait ? Et la mort de Mrs Inglethorp avait-elle provoqué une peine aussi profonde ? Je me rendis soudain compte que l'atmosphère de la maison n'était pas au chagrin. Mrs Inglethorp n'avait pas eu le don de se faire aimer. Certes, son décès tragique causait un choc, mais il y avait fort à parier qu'elle ne serait pas désespérément pleurée.

Poirot semblait lire dans mes pensées. Il hocha gravement la tête :

— Non, vous avez raison, dit-il. Ce n'est pas comme si les liens du sang les unissaient. Mrs Inglethorp s'est montrée d'une grande bonté envers ces Cavendish, mais elle ne pouvait prétendre remplacer leur mère. C'est le sang qui parle — n'oubliez pas ça, mon bon ami—, c'est toujours le sang qui parle !

— Poirot, dis-je, pourquoi donc vouliez-vous savoir comment avait mangé Mrs Inglethorp? J'ai beau me creuser la cervelle, je ne vois toujours pas le rapport...

Il garda le silence un moment encore tandis que nous poursuivions notre marche.

— Vous savez, dit-il enfin, qu'il n'est pas dans mes habitudes de donner des explications tant que je n'ai pas résolu un cas. Néanmoins, je veux bien faire une exception pour vous. Pour l'instant, l'hypothèse la plus probable serait celle d'un empoisonnement à la strychnine, diluée sans doute dans son café. Nous sommes bien d'accord?

— Oui.

— Bien. À quelle heure a été servi le café?

— Aux environs de 20 heures.

— On peut donc présumer que Mrs Inglethorp a bu le sien entre 20 heures et 20 h 30, au plus tard. La strychnine est un poison à effet rapide. Elle aurait dû agir très vite — dans un délai n'excédant pas une heure. Or, dans le cas qui nous intéresse, les symptômes ne sont apparus que vers 5 heures du matin, le lendemain — neuf heures plus tard! Mais un repas copieux, ingéré juste avant le poison, aurait pu retarder notablement son action, bien qu'un tel laps de temps me semble quelque peu disproportionné. Et selon vous, elle s'est contentée hier soir de « picorer dans son assiette ». Voilà un faisceau d'éléments bien curieux, mon bon ami. L'autopsie nous permettra peut-être d'y voir plus clair. En attendant, gardez cette énigme à l'esprit.

Comme nous atteignions la maison, John sortit à notre rencontre. L'air hagard, il paraissait épuisé.

— Ce drame est horrible, Mr Poirot, dit-il. Hastings vous a-t-il précisé que nous tenions à éviter le qu'en-dira-t-on?

— Je comprends parfaitement.

— Voyez-vous, nous n'avons jusqu'ici que des soupçons. Rien de probant.

— Précisément. Considérez ma présence ici comme une sorte d'assurance contre l'erreur.

John se tourna vers moi, prit une cigarette dans son étui et l'alluma:

— Vous savez qu'Inglethorp a réapparu?

— Oui, je l'ai croisé.

Il jeta l'allumette dans un parterre — mais c'en était trop pour Poirot qui, choqué, la ramassa et l'enterra proprement.

— Difficile de savoir quelle attitude adopter à son égard.

— Cette difficulté disparaîtra sous peu, le rassura le détective d'un ton paisible.

Visiblement désarçonné par cette assertion sibylline, John me tendit les deux clefs que lui avait confiées le Dr Bauerstein.

— Montrez à Mr Poirot tout ce qu'il désirera voir.

— Les chambres sont fermées à clef? fit mon ami belge.

— Le Dr Bauerstein a jugé cette précaution souhaitable.

— Il semble très sûr de son fait, fit le détective pensif. Fort bien, cela nous simplifiera la tâche.

Nous gagnâmes ensemble la chambre de la défunte. Pour éclairer le lecteur sur la disposition des lieux voici le croquis de cette pièce et des principaux meubles.

CHAMBRE A COUCHER DE MRS INGLETHORP

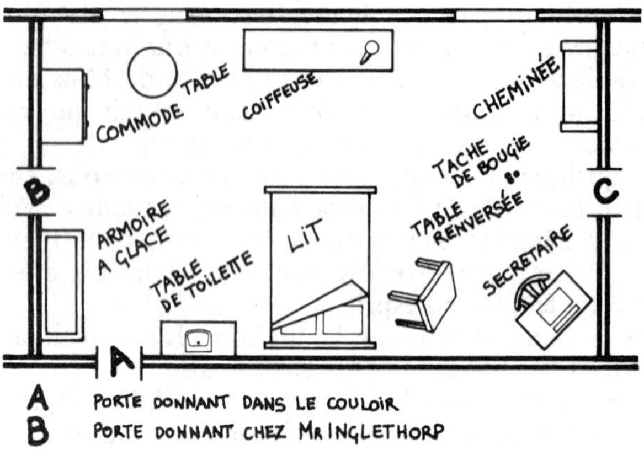


A PORTE DONNANT DANS LE COULOIR
B PORTE DONNANT CHEZ MR INGLETHORP
C PORTE DONNANT CHEZ CYNTHIA MURDOCH

Une fois à l'intérieur de la chambre, Poirot en referma la porte à clef. Puis il procéda à une inspection minutieuse, passant d'un coin à un autre avec la vivacité d'une sauterelle. Je restai immobile près de la porte, de peur d'effacer un indice. Cette précaution n'eut cependant pas l'heur de plaire à Poirot.

— Qu'avez-vous donc, mon bon ami? me lança-t-il. Vous restez planté comme un... — comment dit-on, déjà? — ... comme un épouvantail!

Je lui expliquai que je craignais de faire disparaître des empreintes de pas.

— Des empreintes de pas ? Quelle idée ! Il est déjà passé une armée dans cette pièce ! Quelles empreintes pourrions-nous trouver ? Non, venez plutôt m'aider. Je vais abandonner ma trousse ici. Je n'en ai pas besoin pour l'instant.

Il la posa sur une table ronde près de la fenêtre. C'était là une bien mauvaise idée, car le plateau, mobile, se redressa à la verticale et la trousse fut précipitée à terre.

— En voilà, une table ! s'exclama Poirot. Ah, mon bon ami ! On peut vivre dans une grande et belle demeure et tout ignorer du confort !

Et, sur cette phrase pleine de philosophie, il se remit à passer la pièce au peigne fin.

Sur le secrétaire, une mallette violette parut retenir un instant son attention. Il ôta la clef de la serrure et me la tendit. Après un examen attentif, je ne lui trouvai rien de particulier. C'était une clef de sûreté très ordinaire, de type Yale, avec un bout de fil de fer entortillé dans l'anneau.

Il examina ensuite le chambranle de la porte défoncée, et vérifia que le verrou en avait bien été poussé. Puis il traversa la pièce et s'approcha de la porte donnant dans la chambre de Cynthia. Comme je l'ai déjà dit, elle était verrouillée elle aussi. Néanmoins, il se donna la peine de l'ouvrir et de la refermer à plusieurs reprises, en prenant grand soin de ne faire aucun bruit. Soudain un détail sembla le captiver. Il examina le verrou un long moment, puis tira de sa trousse une paire de pinces très fines avec lesquelles il préleva quelques particules microscopiques qu'il glissa dans une enveloppe.

Sur la commode était placé un plateau. Et sur ce plateau un réchaud à alcool surmonté d'une casserole. Il restait un peu de liquide brunâtre au fond du récipient, à côté duquel on avait abandonné une tasse et une soucoupe sales.

Comment avais-je pu me montrer à ce point étourdi ? J'étais passé près d'un indice de première importance sans même le remarquer ! Poirot plongea délicatement l'index dans le résidu liquide, le goûta du bout de la langue et fit une grimace :

— Du cacao... parfumé... au rhum..., si je ne m'abuse.

Puis, à genoux, il examina le sol, là où la table de nuit avait été renversée. Une lampe de chevet, quelques livres, des allumettes, un trousseau de clefs et les débris d'une tasse à café jonchaient le parquet.

— Tiens ! c'est curieux, murmura-t-il.

— Je dois reconnaître que je ne vois là rien de particulièrement curieux.

— Vous ne voyez rien de curieux? Regardez bien cette lampe. Le verre en est cassé à deux endroits, et les morceaux se trouvent là où ils sont tombés. Maintenant observez la tasse à café : elle a été littéralement réduite en poussière !

— Quelqu'un a dû l'écraser en marchant dessus, dis-je sans enthousiasme.

— Précisément, approuva Poirot sur un ton étrange. Quelqu'un a marché dessus...

Il se remit debout et se dirigea lentement vers la cheminée où il tripota les bibelots d'une main distraite avant de les aligner dans un ordre impeccable — une de ses manies quand il était troublé.

— Mon ami, dit-il en se tournant vers moi, quelqu'un a piétiné cette tasse dans le but de la réduire en miettes et je vois deux raisons à cela : soit elle contenait de la strychnine, soit — ce qui serait beaucoup plus intéressant — elle n'en contenait pas !

Mon ahurissement m'empêcha de répondre. Je savais par expérience qu'il ne servirait à rien de lui demander des éclaircissements.

Au bout d'un instant il parut sortir de ses cogitations et reprit son inspection. S'emparant du trousseau de clefs et les faisant passer successivement entre ses doigts, il en isola une, plus brillante que les autres, qu'il introduisit dans la serrure de la mallette violette. C'était la bonne et la malette s'ouvrit, mais, après quelques secondes d'hésitation, il la referma à clef et empocha le trousseau d'un geste aussi naturel que s'il lui avait appartenu de longue date.

— Je n'ai pas l'autorisation de lire ces papiers. Pourtant, il faudrait le faire, et sans tarder !

Ayant fouillé méticuleusement les tiroirs de la table de toilette, il se dirigea vers la fenêtre de gauche. À peine discernable sur le tapis brun foncé, une tache circulaire attira son regard. Il s'agenouilla et l'examina longuement, allant jusqu'à se pencher pour la renifler.

Pour finir, il versa quelques gouttes de cacao dans une éprouvette qu'il reboucha avec soin.

Sur quoi il sortit de sa poche un petit carnet.

— Nous avons trouvé dans cette chambre six éléments d'importance, me dit-il tout en griffonnant. Désirez-vous les énumérer, ou préférez-vous que je le fasse moi-même ?

— Faites donc ! m'empressai-je de répondre.

— Fort bien. Premièrement, une tasse à café réduite en poussière, à dessein. Deuxièmement, une mallette avec une clef dans la serrure. Troisièmement, une tache sur le tapis.

— Elle pourrait être antérieure à la tragédie ? l'interrompis-je.

— Non. Parce qu'elle n'est pas encore sèche : il s'en dégage toujours une odeur de café. Quatrièmement, un ou deux brins — seulement — d'une étoffe d'un vert foncé très facilement reconnaissable.

— C'est donc cela que vous avez glissé sous enveloppe ? m'exclamai-je.

— Exact. Ils proviennent peut-être d'une des robes de feu Mrs Inglethorp, auquel cas cette trouvaille n'aura aucune répercussion sur notre enquête. Nous le saurons bientôt. Cinquièmement, *ceci* !

D'un geste théâtral il me montra une tache de bougie qui maculait le tapis près du secrétaire.

— Elle n'a pu être faite qu'hier, m'expliqua-t-il. Toute femme de chambre consciencieuse l'aurait fait disparaître à l'aide d'une feuille de papier buvard et d'un fer chaud. Un jour, un de mes plus beaux chapeaux... mais je m'égare.

— Elle peut très bien avoir été faite par nous cette nuit. Nous étions dans un tel état d'agitation...Ou peut-être est-ce Mrs Inglethorp elle-même qui a laissé tomber sa bougie.

— Vous n'aviez qu'une bougie avec vous quand vous êtes entrés ici ?

— Oui. C'était Lawrence Cavendish qui la tenait. Il était très secoué. Quelque chose, là... (Je me souvins d'un détail et désignai la cheminée :) Quelque chose, là, a paru le pétrifier d'épouvante.

— Voilà qui est intéressant, commenta Poirot. Voilà qui est très intéressant. (Son regard parcourait le mur sur toute sa longueur.) Mais ce n'est pas sa bougie qui a fait cette tache, car on voit tout de suite que cette cire est blanche. Tandis que la bougie de Mr Lawrence — comme vous pouvez le constater puisqu'elle est encore là, sur la table de toilette —, la bougie de Mr Lawrence, disais-je, était rose. D'autre part, Mrs Inglethorp n'avait pas de bougeoir dans cette pièce. Uniquement une lampe de chevet.

— Alors ? quelle conclusion ?

Ce à quoi mon ami rétorqua en me conseillant d'utiliser mes propres facultés de raisonnement, ce qui ne manqua pas de m'irriter quelque peu.

— Et votre sixième élément ? m'enquis-je. Sans doute s'agit-il de votre échantillon de cacao ?

— Non, répondit Poirot, l'air méditatif. J'aurais certes pu le mentionner en sixième position, mais je ne l'ai pas fait... Non, je préfère ne rien dévoiler de ce sixième élément pour l'instant.

Des yeux, il balaya rapidement la chambre.

— Je crois que nous avons appris de cette pièce tout ce qu'elle avait à nous livrer... (Son regard s'attarda sur les cendres dans l'âtre.) À moins que... oui, bien sûr ! Le feu brûle et détruit, mais parfois, par chance... voyons un peu !

Il se jeta à quatre pattes et commença à faire tomber méticuleusement les cendres de la grille dans le tiroir. Soudain il poussa un cri étouffé :

— Hastings ! Mes pinces !

Je les lui passai et, très adroitement, il extirpa des cendres un fragment de papier aux bords calcinés.

— Regardez, mon bon ami ! s'écria-t-il. Que pensez-vous de ça ?

J'examinai le papier. En voici une reproduction fidèle :

J'étais perplexe. Son épaisseur le différenciait complètement du papier ordinaire. Soudain je crus comprendre :

— Poirot ! Mais c'est un fragment de testament !

— Exact.

Je le dévisageai :

— Et cela ne vous étonne pas ?

— Pas du tout, répliqua-t-il d'un ton grave. C'est ce que j'escomptais.

Je lui rendis ce nouvel indice qu'il glissa dans sa trousse avec ce soin extrême qui le caractérisait. Mon cerveau était dans un état de confusion totale. Ce testament compliquait les choses. Qui l'avait brûlé ? La personne qui avait laissé la tache de cire sur le tapis ? De toute évidence. Mais comment avait-elle réussi à pénétrer dans cette pièce ? Toutes les portes étaient fermées de l'intérieur !

— Et maintenant, allons-y, mon bon ami, fit Poirot. J'aimerais poser quelques questions à la femme de chambre... Dorcas, c'est bien ça ?

Nous passâmes par la chambre d'Alfred Inglethorp où Poirot fureta brièvement, sans toutefois rien négliger. Puis nous ressortîmes en fermant la porte à double tour — comme nous l'avions fait pour celle de Mrs Inglethorp, en les laissant ainsi que nous les avions trouvées en arrivant.

Je le conduisis jusqu'au boudoir, qu'il voulait visiter, et l'y abandonnai là pour aller chercher Dorcas.

À mon retour, il avait disparu.

— Poirot ! m'écriai-je. Où êtes-vous ?

— Je suis ici, mon bon ami.

Il était sorti par la porte-fenêtre et, immobile, contemplait les parterres de fleurs.

— Admirable ! s'extasia-t-il à voix basse. Admirable ! Quelle symétrie ! Ces figures géométriques ! Quelle joie pour l'œil ! Cet arrangement floral est récent, n'est-ce pas ?

— Oui, je crois me souvenir qu'on y travaillait encore hier après-midi. Mais rentrez donc... Dorcas est là.

— Voyons, voyons, mon bon ami ! Voudriez-vous me priver de ce bonheur des yeux ?

— Non, mais l'affaire qui nous occupe est beaucoup plus importante.

— Et qu'est-ce qui vous permet d'affirmer que ces bégonias n'ont pas eux aussi leur importance ?

Je haussai les épaules. Argumenter avec Poirot était inutile.

— Vous n'êtes pas convaincu ? C'est pourtant exact... Fort bien, rentrons donc pour poser quelques questions à cette brave Dorcas.

Les mains croisées devant elle, la domestique attendait debout dans le boudoir. Les ondulations raides de ses cheveux gris dépassaient de sa coiffe blanche, complétant l'image parfaite de la femme de chambre à l'ancienne mode.

Dans son attitude envers Poirot, on devinait une certaine méfiance, mais le petit Belge eut tôt fait de l'amadouer.

— Veuillez vous asseoir, mademoiselle.

— Merci, monsieur.

— Vous avez été au service de votre maîtresse durant de longues années, n'est-il pas vrai ?

— Dix ans, monsieur.

— Une telle durée témoigne de votre fidélité. Vous lui étiez très attachée, bien sûr ?

— Elle a toujours été pour moi très bonne patronne, monsieur.

— Je pense donc que vous accepterez de répondre à mes questions. Je ne me permets de vous les poser qu'avec l'accord de Mr Cavendish.

— Bien sûr, monsieur.

— Je vous interrogerai donc tout d'abord sur ce qui s'est passé hier, dans l'après-midi. Votre maîtresse a eu une altercation... ?

— C'est exact, monsieur ; mais je ne sais pas si je dois...

La domestique hésita, et Poirot lui jeta un regard pénétrant.

— Ma bonne Dorcas, il m'est nécessaire de connaître tous les détails de cette querelle. Ne pensez pas que ce serait trahir les secrets de votre maîtresse. Elle est morte et, si nous voulons la venger, il nous faut avoir le plus de précisions possible. Rien ne la ramènera à la vie, mais nous espérons, si ce décès est d'origine criminelle, livrer le coupable à la justice.

— Pour ça, je suis d'accord ! dit farouchement Dorcas. Et sans vouloir dénoncer personne, il y a quelqu'un à Styles Court que nous n'avons jamais pu souffrir... Et le jour où il a souillé le seuil de cette maison est à marquer d'une pierre noire !

Poirot attendit patiemment que la domestique eût recouvré son calme avant de l'interroger de son ton le plus professionnel :

— Revenons à cette altercation, si vous le voulez bien. À quel moment en avez-vous eu connaissance?

— Eh bien, monsieur, je passais par hasard dans le vestibule...

— Quelle heure était-il?

— Je ne pourrais vous le dire avec certitude, mais ce n'était pas encore l'heure de servir le thé. Peut-être 16 heures, ou un peu plus. Donc je traversais le vestibule quand j'ai entendu des voix qui venaient d'ici... La porte était fermée, et je ne voulais pas écouter, mais la pauvre madame parlait si fort et d'un ton tellement aigu que je n'ai pas pu m'empêcher d'entendre. Alors je me suis arrêtée. « Vous m'avez menti et vous m'avez trompée! » criait Madame. Je n'ai pas pu saisir ce qu'a répondu Monsieur: il parlait bien plus bas. Alors Madame s'est emportée: « Comment osez-vous? Je vous ai entretenu, vêtu, nourri! Vous me devez tout! Et c'est ainsi que vous me remerciez? En couvrant notre nom de honte! » Comme la première fois, je n'ai pas entendu ce qu'il répliquait, mais elle a poursuivi: « Rien de ce que vous pouvez dire ne me fera dévier d'un pouce! J'y vois clair, à présent. Et ma décision est prise. N'espérez pas que la peur du qu'en-dira-t-on ni le scandale parce qu'il s'agit d'un sordide problème de couple me fassent fléchir! » À ce moment j'ai eu l'impression qu'ils approchaient de la porte pour sortir, et je me suis éloignée.

— C'était bien la voix de Mr Inglethorp que vous avez entendue? Vous êtes catégorique?

— Oh oui! monsieur. D'ailleurs, qui est-ce que ça aurait pu être?

— Bien. Et ensuite, que s'est-il passé?

— J'ai retraversé le vestibule un peu plus tard, mais tout était calme. À 17 heures, Mrs Inglethorp m'a sonnée. Elle voulait que je lui apporte une tasse de thé — sans rien à manger — dans le boudoir. Je lui ai trouvé une mine épouvantable — elle était toute pâle et crispée. « Dorcas, je suis bouleversée », m'a-t-elle dit. « J'en suis bien désolée pour Madame, mais Madame ira mieux quand elle aura avalé une bonne tasse de thé bien chaud », lui ai-je répondu. Elle tenait une feuille à la main, je ne sais pas si c'était une lettre ou un simple bout de papier, mais il y avait quelque chose d'écrit dessus, et elle n'arrêtait pas de le regarder comme si elle ne pouvait en croire ses yeux. Elle se parlait tout haut, comme si elle avait oublié que j'étais là : « Rien que quelques mots... et plus rien n'est pareil. » Puis elle m'a dit : « Ne faites jamais confiance à un homme, Dorcas ! Ils n'en valent pas la peine ! » Je me suis dépêchée d'aller lui chercher une bonne tasse de thé bien fort. Elle m'a remerciée et m'a assurée qu'elle irait mieux dès qu'elle l'aurait bue. Et elle a ajouté : « Je ne sais plus quoi faire, Dorcas. Le scandale qui frappe un couple est un drame affreux. Si je le pouvais, je préférerais enterrer cette affaire et oublier... tout oublier... » Mrs Cavendish est entrée à ce moment-là, et ma maîtresse n'en a pas dit davantage.

— Tenait-elle toujours à la main cette feuille de papier dont vous venez de parler ?

— Oui, monsieur.

— Savez-vous ce qu'elle a pu en faire ensuite ?

— Je ne sais pas, monsieur, mais je suppose qu'elle l'a rangée dans sa mallette violette.

— Elle avait l'habitude d'y garder ses papiers importants, n'est-ce pas ?

— Oui, monsieur. Elle la descendait de sa chambre chaque matin, et chaque soir elle la remontait en allant se coucher.

— Quand en a-t-elle perdu la clef ?

— Elle s'en est rendu compte hier, à l'heure du déjeuner, et elle m'a demandé de la chercher partout. Elle était très ennuyée de ne pas la retrouver.

— Mais elle en possédait bien un double ?

— Bien sûr, monsieur.

Dorcas fixait sur mon ami un regard intrigué, et je crois que je devais partager cette attitude. À quoi rimait toute cette histoire de clef égarée ?

— Ne vous mettez pas martel en tête, Dorcas, la rassura-t-il avec un sourire. Cela fait partie de mon travail d'être au courant de ce genre de détails. Est-ce cette clef-là qui avait disparu ?

Et il sortit de sa poche celle qu'il avait trouvée un peu plus tôt fichée dans la serrure de la mallette violette.

— C'est bien elle, monsieur, pas de doute ! fit Dorcas, les yeux exorbités. Où l'avez-vous trouvée ? J'avais pourtant fouillé partout !

— Ah ! mais, voyez-vous, elle n'était sans doute pas au même endroit hier et aujourd'hui... À présent, j'aimerais aborder un autre sujet : dans sa garde-robe, votre maîtresse possédait-elle une robe vert foncé ?

Dorcas parut quelque peu déconcertée par cette question inattendue :

— Non, monsieur.

— En êtes-vous certaine ?

— Tout à fait, monsieur.

— Et quelqu'un d'autre dans cette maison a-t-il un vêtement de cette couleur ?

Dorcas prit un temps pour réfléchir.

— Miss Cynthia possède une robe du soir verte, oui.

— Vert clair ou foncé ?

— Clair, monsieur. En mousseline de soie, ça s'appelle.

— Ce n'est pas ce que je cherche. Personne d'autre ne s'habille en vert ?

— Non, monsieur. Pas à ma connaissance.

À voir le visage impassible de Poirot, il était difficile de dire si ces réponses l'avaient ou non déçu.

— Fort bien ; passons à un autre sujet, se borna-t-il à déclarer. Avez-vous une raison quelconque de penser que votre maîtresse ait pris une poudre somnifère hier soir ?

— En tout cas pas hier soir, monsieur ! j'en suis sûre.

— Et d'où vous vient cette certitude ?

— Il n'y en avait plus dans la boîte. Elle l'avait finie il y a deux jours, et elle n'en avait pas fait refaire depuis.

— Vous en êtes certaine ?

— Sûre et certaine, monsieur.

— Voilà donc un point éclairci. Autre chose : votre maîtresse ne vous a pas demandé hier de signer un papier quelconque ?

— Absolument pas, monsieur.

— À leur retour hier soir, Mr Hastings et Mr Lawrence ont trouvé Mrs Inglethorp occupée à rédiger son courrier. Avez-vous une idée des destinataires de ces lettres ?

— Oh ! non, monsieur ! C'était ma soirée de congé. Interrogez plutôt Annie, elle pourra peut-être vous renseigner, bien qu'elle soit assez distraite. Elle n'a même pas débarrassé les tasses à café hier soir ! Voilà le genre de choses qui arrive quand je ne suis pas là pour surveiller !

— Si elles ont été oubliées, je préférerais que vous n'y touchiez pas, Dorcas. Pour que je puisse les examiner.

— Comme vous voudrez, monsieur.

— À quelle heure êtes-vous sortie, hier soir ?

— Aux environs de 18 heures, monsieur.

— Merci, Dorcas, c'est tout ce que j'avais à vous demander. (Il se leva et s'approcha de la porte-fenêtre.) Encore un détail, pourtant : j'ai été très impressionné par ces magnifiques parterres de fleurs. Combien y a-t-il de jardiniers ?

— Ils ne sont plus que trois. Avant la guerre, ils étaient cinq, quand la propriété était encore entretenue comme il se doit. Vous auriez dû la voir, monsieur. Un véritable enchantement pour les yeux, monsieur ! À présent, il ne reste que le vieux Manning, le petit William et une de ces femmes jardinières qui s'habillent en homme ! Ah ! nous vivons une drôle d'époque !

— Les beaux jours reviendront, Dorcas. Du moins, je l'espère. Maintenant, si vous vouliez bien dire à Annie de venir ici ?

— Tout de suite, monsieur. Merci, monsieur.

Dès que la domestique eut quitté le boudoir, je posai à Poirot les questions qui depuis un moment déjà me brûlaient les lèvres :

— Comment avez-vous deviné que Mrs Inglethorp prenait une poudre somnifère ? Et qu'est-ce que c'est que cette histoire de double de clef et de clef égarée ?

— Un problème à la fois, si vous le voulez bien, mon bon ami. En ce qui concerne la poudre somnifère, voici ce qui m'a renseigné.

Il sortit de sa poche une petite boîte en carton semblable à celles qu'utilisent les pharmaciens pour leurs préparations.

— Où l'avez-vous trouvée ?

— Dans le tiroir de la table de toilette. C'était le fameux sixième élément de ma liste.

— Mais puisque la dernière prise de poudre remonte à deux jours, je suppose que ce détail est sans grande incidence.

— Voire... Ne remarquez-vous rien de particulier sur cette boîte ?

— Non, je ne vois rien, fis-je en examinant l'objet.

— Regardez l'étiquette.

Je lus : « Pour Mrs Inglethorp. Une dose de poudre au coucher si nécessaire. » Je dus reconnaître que rien de cela ne m'apparaissait digne d'intérêt.

— Et le fait qu'aucun nom de pharmacien ne soit mentionné n'éveille pas votre curiosité ?

— Ça par exemple ! Oui, c'est vrai que c'est bizarre !

— Connaissez-vous un préparateur qui enverrait une commande sans mention de nom sur l'emballage ?

— Bien sûr que non !

Voilà qui devenait passionnant, mais Poirot tempéra mon enthousiasme en ajoutant :

— Et pourtant l'explication est des plus simples. Ne bâtissez pas de châteaux en Espagne, mon bon ami.

Je n'eus pas le loisir de répliquer car un pas se fit entendre et Annie entra. C'était une belle fille, bien bâtie, en proie à une grande agitation, due sans doute au plaisir quelque peu macabre d'être mêlée au drame.

Sans préambule, avec son habituelle efficacité, Poirot entra dans le vif du sujet :

— Je vous ai fait venir, Annie, car je pense que vous serez en mesure de nous fournir quelques détails au sujet des lettres que Mrs Inglethorp a écrites hier soir. Combien y en avait-il ? Et pouvez-vous m'indiquer quelques-uns des noms et des adresses figurant sur les enveloppes ?

Annie réfléchit un instant :

— Il y avait quatre lettres, monsieur. L'une pour miss Howard ; une autre pour Mr Wells, l'avoué... Mais je n'arrive pas à me souvenir des deux autres... Ah ! ça me revient, maintenant : la troisième était adressée à Mr Ross, un de nos fournisseurs à Tadminster. Mais la quatrième, je ne me rappelle pas...

— Faites un effort, insista Poirot.

Annie fouilla dans sa mémoire, en vain :

— Je suis désolée, monsieur, mais ça m'échappe. À moins que je ne l'aie même pas remarquée.

— Aucune importance, fit Poirot sans manifester la moindre déception. À présent, j'ai autre chose à vous demander. Il y avait une casserole dans la chambre de Mrs Inglethorp, avec un peu de cacao au fond. Prenait-elle cette boisson tous les soirs ?

— Oui, monsieur. On en montait dans sa chambre tous les soirs, et elle s'en faisait réchauffer une tasse, quand elle en avait envie.

— Qu'est-ce que c'était ? Du cacao pur ?

— Oui, monsieur, avec un peu de lait, une petite cuillerée de sucre et deux de rhum.

— Qui lui a porté son cacao, hier soir ?

— Moi, monsieur.

— Et les autres soirs ?

— C'était toujours moi, monsieur.

— À quelle heure ?

— D'habitude, quand j'allais dans sa chambre pour tirer les rideaux.

— Et vous le montiez directement de la cuisine ?

— Non, monsieur. Voyez-vous, on manque de place sur le fourneau à gaz. C'est pourquoi la cuisinière le préparait toujours plus tôt, avant de faire cuire les légumes pour le repas du soir. Ensuite, j'allais le déposer sur la table du premier, près de la porte de service. Et je ne l'apportais que plus tard à Mrs Inglethorp.

— Cette porte est située dans l'aile gauche ?

— Oui, monsieur.

— Et la table est de ce côté-ci de la porte ou de l'autre, vers les chambres des domestiques ?

— De ce côté-ci, monsieur.

— Hier soir, quelle heure était-il quand vous avez déposé le cacao sur la table ?

— Je pense qu'il devait être 19 h 15, monsieur.

— Et quand l'avez-vous porté dans la chambre de Mrs Inglethorp ?

— Quand je suis entrée pour tirer les rideaux. Il pouvait être 20 heures. Mrs Inglethorp est montée se coucher avant que je m'en aille.

— Donc, entre 19 h 15 et 20 heures, le cacao est resté sur la table dans le couloir ?

— Oui, monsieur.

Le visage d'Annie s'était empourpré et soudain elle ne put y tenir plus longtemps et s'exclama :

— Mais s'il y avait du sel dans son cacao, je n'y suis pour rien, monsieur ! Je n'ai jamais approché une salière de la tasse, je le jure !

— Pourquoi pensez-vous qu'il aurait pu y avoir du sel dans le cacao ?

— Parce que j'en ai vu sur le plateau, monsieur.

— Vous avez vu du sel sur le plateau ?

— Oui, monsieur. Et c'était même du gros sel de cuisine. Je ne l'avais pas remarqué quand j'ai monté le plateau. C'est en le portant dans la chambre de Madame que je m'en suis aperçue. Bien sûr, j'aurais dû le redescendre et demander à la cuisinière de préparer un autre cacao ; mais il fallait que je me dépêche : c'était le jour de sortie de Dorcas, et j'étais seule. Et puis j'ai pensé que le gros sel n'était tombé que sur le plateau, et pas dans le cacao. J'ai donc essuyé le plateau avec mon tablier et je l'ai porté dans la chambre de Madame.

J'éprouvai les plus grandes difficultés à dissimuler mon exaltation. À son insu, Annie venait de nous révéler un fait essentiel. Qu'aurait-elle dit si elle avait compris que son « gros sel » était en fait de la strychnine, l'un des poisons les plus foudroyants qui existent ? Le calme de Poirot m'impressionna. Il possédait une stupéfiante maîtrise de soi. J'attendais avec impatience sa question suivante, mais je fus déçu.

— Quand vous êtes entrée dans la chambre de Mrs Inglethorp, la porte de communication avec la chambre de miss Cynthia était-elle verrouillée ?

— Bien sûr, monsieur. Elle l'a toujours été. On ne l'ouvre jamais.

— Et celle donnant sur la chambre de Mr Inglethorp ? Avez-vous remarqué si elle était elle aussi fermée à double tour ?

Annie marqua un temps d'hésitation.

— Je ne pourrais l'affirmer, monsieur. Elle était fermée, ça oui. À double tour, je n'y ai pas fait attention.

— Quand vous êtes sortie, Mrs Inglethorp a-t-elle verrouillé sa porte derrière vous ?

— Je ne l'ai pas entendue le faire, mais elle a sûrement poussé le verrou plus tard, comme toutes les nuits. Je parle de la porte qui donne sur le couloir.

— Avez-vous remarqué une tache de bougie sur le parquet quand vous avez fait sa chambre, hier ?

— De la bougie ? Bien sûr que non, monsieur. D'ailleurs, Madame n'avait pas de bougie dans sa chambre, seulement une lampe de chevet.

— S'il y avait eu une grosse tache de bougie sur le sol, vous êtes sûre que vous l'auriez remarquée ?

— Oh ! oui, monsieur ! Et je l'aurais fait disparaître avec un fer chaud et une feuille de papier buvard.

Poirot lui posa alors la même question qu'à Dorcas :

— Mrs Inglethorp possédait une robe verte ?

— Non, monsieur.

— Un manteau ? Ou une cape ? Ou... comment dites-vous ? une veste ?

— Rien de vert, monsieur.

— Quelqu'un d'autre dans la maison ?

Annie réfléchit.

— Non, monsieur, dit-elle enfin.

— Vous en êtes sûre ?

— Certaine, monsieur.

— Bien ! Je crois que ce sera tout, Annie. Je vous remercie.

Avec un petit gloussement nerveux, la domestique sortit d'une démarche pesante. Je pus alors donner libre cours à ma jubilation :

— Toutes mes félicitations, Poirot ! Voilà une découverte d'envergure !

— Quelle découverte, mon bon ami ?

— Eh bien, que c'est le cacao et non le café qui était empoisonné. Tout concorde. Mrs Inglethorp n'a bu son cacao que tard dans la nuit, ce qui explique pourquoi la strychnine n'a pas agi avant l'aube.

— Ainsi donc vous en déduisez que le *cacao* — écoutez-moi bien, Hastings — que le cacao contenait de la strychnine ?

— C'est l'évidence même ! Sinon qu'était donc ce « gros sel » sur le plateau ?

— Du sel, tout simplement.

Devant l'air placide de Poirot, je haussai les épaules. À quoi bon discuter ? Pour la seconde fois dans la journée, je songeai avec regret que Poirot vieillissait. Et je me félicitai intérieurement d'être là avec mon esprit plus ouvert.

Le regard pétillant de malice, mon ami belge m'observait.

— Vous paraissez déçu de mes propos. Je me trompe ?

— Mon cher Poirot, dis-je d'un ton froid, je ne me permettrais pas de vous dicter la marche à suivre. Votre idée sur l'affaire est respectable, tout comme la mienne.

— Voilà une opinion qui vous honore, commenta-t-il en se levant brusquement. Je crois en avoir fini avec cette pièce. Au fait, savez-vous à qui est ce petit secrétaire à cylindre, dans le coin, là ?

— À Mr Inglethorp.

— Tiens !

Il tenta de l'ouvrir, sans succès.

— Fermé ! Mais le trousseau de Mrs Inglethorp comporte peut-être notre sésame ?

Il essaya plusieurs clefs avant de pousser un cri de satisfaction :

— Et voilà ! Ce n'est pas la bonne clef mais elle fait l'affaire quand même !

Il releva le cylindre et jeta un regard perçant sur les papiers soigneusement classés. Pourtant, il ne les examina pas, ce qui m'étonna fort.

— Décidément, Mr Inglethorp est un homme d'ordre, se contenta-t-il d'observer avec une certaine admiration.

Pour mon ami belge, c'était le plus grand compliment qu'il pût faire. Une fois encore je me dis que les facultés de Poirot déclinaient quand il eut cette réflexion surprenante :

— Pas le moindre timbre dans ce secrétaire, mais il a pu y en avoir, n'est-ce pas, mon bon ami ? A-t-il pu y en avoir ? (Il laissa errer son regard dans le boudoir.) Bon ! Nous ne trouverons rien de plus dans cette pièce. Notre pêche est d'ailleurs assez maigre... nous n'avons que ceci !

De sa poche il sortit une enveloppe froissée qu'il me tendit. C'était un curieux document. D'un modèle des plus ordinaires, elle était sale et portait quelques mots griffonnés apparemment au hasard. En voici un fac-similé :

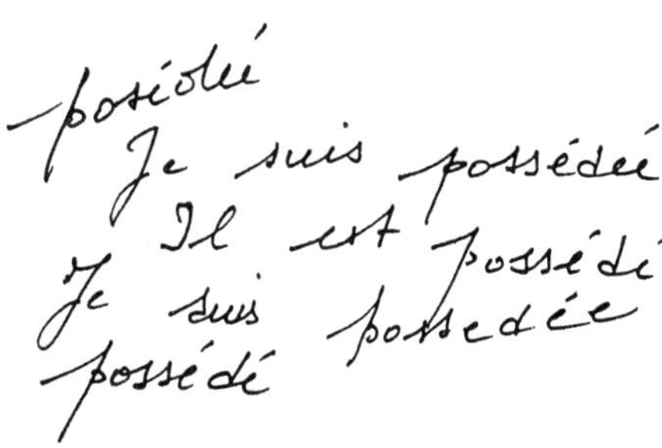

# 5

## PAS QUESTION DE STRYCHNINE, BIEN SÛR

— Où l'avez-vous découverte? demandai-je, dévoré de curiosité.

— Dans la corbeille à papier. L'écriture ne vous est pas inconnue, sans doute.

— Bien sûr que non. C'est celle de Mrs Inglethorp. Mais qu'est-ce que cela signifie?

— Impossible de le dire pour le moment, fit Poirot avec un haussement d'épaules. Mais c'est une trouvaille intéressante.

Une explication, assez osée je l'avoue, me vint à l'esprit. Et si Mrs Inglethorp avait souffert de dérangement mental? Elle aurait pu croire à ces sornettes de possession par le démon. Dans une telle hypothèse, le suicide ne devenait-il pas plausible?

Je m'apprêtais à soumettre à Poirot cette théorie quand celui-ci me coupa dans mon élan:

— Venez, dit-il. Allons examiner ces tasses à café.

— Voyons, mon cher Poirot! À quoi bon, maintenant que nous savons ce qu'il en est à propos du cacao?

— Oh là là! Encore cette histoire de cacao! s'exclama Poirot avec quelque désinvolture.

Apparemment très amusé par ma remarque, il eut un petit rire et leva les bras au ciel dans une parodie de désespoir qui me sembla d'un extrême mauvais goût.

— De surcroît, ajoutai-je avec une froideur croissante, n'oubliez pas que Mrs Inglethorp a monté elle-même son café dans sa chambre. J'imagine donc mal ce que vous pensez découvrir; à moins que vous n'espériez trouver un sachet de strychnine sur le plateau.

Poirot reprit aussitôt son sérieux.

— Allons, allons, mon bon ami! dit-il en me prenant le bras. Ne prenez pas la mouche! Permettez-moi de m'intéresser à mes histoires de tasses à café, et je respecterai votre fascination pour les tasses de cacao. N'est-ce pas là une mesure équitable?

Il était si drôle que je ne pus m'empêcher de rire, et nous

entrâmes de concert dans le salon. Les tasses étaient restées sur le plateau, telles que nous les avions laissées la veille.

Poirot me demanda un récit détaillé du moment où nous avions pris le café. Il m'écouta avec une grande concentration et vérifia la position de chaque tasse.

— Mrs Cavendish se tenait donc près du plateau et c'est elle qui a servi le café. Bien. Ensuite elle s'est approchée de la fenêtre, où vous étiez assis avec miss Cynthia. C'est bien cela ? Oui, voici vos trois tasses... Quant à celle que je vois sur la cheminée, à moitié vide, ce ne peut être que celle de Mr Lawrence. Et celle-ci, sur le plateau ?

— C'est la tasse de John. Je l'ai vu la poser là.

— Parfait. Cela nous fait donc cinq tasses. Mais où est donc celle de Mr Inglethorp ?

— Il ne boit pas de café.

— Alors, le compte est bon. Un instant, mon bon ami.

Avec un soin infini, il préleva quelques gouttes au fond de chaque tasse, qu'il mit dans de petits tubes aussitôt bouchés, sans oublier de goûter chaque prélèvement. Son visage changea brusquement d'expression et afficha un curieux mélange de surprise et de soulagement.

— Hé oui ! dit-il enfin. C'est l'évidence même. Ma première idée était totalement erronée, c'est clair... et pourtant il y a quelque chose d'étrange. Enfin, peu importe !

Et, avec ce haussement d'épaules qui lui était coutumier, il chassa de son esprit ce qui le tracassait. Depuis le début, j'aurais pu lui dire que ses recherches obstinées à propos du café ne pouvaient le conduire qu'à une impasse mais je préférai m'abstenir. Même si ses facultés avaient baissé, Poirot méritait de conserver son prestige de jadis.

— Le petit déjeuner est servi, annonça John Cavendish, venant du hall. Vous joindrez-vous à nous, Mr Poirot ?

Mon ami accepta. J'observai John. Il était revenu à l'état normal. Si les événements qui avait marqué cette nuit tragique l'avaient un moment perturbé, son tempérament égal lui avait permis de se remettre très vite. Homme de peu d'imagination, il offrait en cela un contraste saisissant avec son frère, qui, lui, en avait peut-être trop !

Depuis les premières heures de la matinée, John avait été très occupé à envoyer des télégrammes (dont l'un des tout premiers était destiné à miss Howard) et à rédiger des notices nécrologiques pour les différents journaux. De plus, il avait pris en charge toutes les pénibles corvées qui résultent d'un décès.

— Puis-je vous demander où vous en êtes ? s'enquit-il. Votre enquête va-t-elle conclure à une mort naturelle de notre mère ou... ou devons-nous nous préparer au pire ?

— Mr Cavendish, fit Poirot d'un ton grave, vous devriez renoncer à vous bercer de faux espoirs. Quel est le sentiment des autres membres de la famille ?

— Mon frère, Lawrence, est persuadé que nous nous agitons à tort. Pour lui, tout indique qu'il s'agit d'un simple accident cardiaque.

— Vraiment ? Ça, c'est très intéressant... oui, très intéressant, murmura Poirot. Et que pense Mrs Cavendish ?

Le visage de John se rembrunit.

— Je n'ai pas la moindre idée de ce que peut penser ma femme.

Cette réponse provoqua une gêne passagère. Un lourd silence s'ensuivit, que John parvint enfin à rompre :

— Vous ai-je dit que Mr Inglethorp était revenu ?

Poirot hocha la tête.

— La situation est difficile pour nous tous. Bien sûr, nous devons continuer à le traiter comme par le passé, mais tout de même ! Cela soulève le cœur de partager sa table avec un meurtrier présumé !

— Je comprends ce que cette situation peut avoir de pénible. Cependant j'aimerais vous poser une question. Si je ne me trompe, la raison pour laquelle Mr Inglethorp n'est pas rentré hier soir, c'est qu'il avait oublié sa clef. C'est bien cela ?

— Oui.

— Naturellement, vous êtes sûr qu'il avait effectivement oublié cette clef ? Qu'il ne l'avait pas sur lui ?

— Je n'en ai pas la moindre idée. Je n'ai pas pensé à vérifier. Nous la laissons toujours dans un tiroir du vestibule. Je vais voir si elle y est encore.

Poirot eut un petit sourire.

— Trop tard, Mr Cavendish. Je suis certain qu'elle s'y trouve. S'il l'a prise hier, Mr Inglethorp a eu tout le temps de la remettre à sa place depuis.

— Vous croyez que...

— Je ne crois rien. Si quelqu'un avait vu la clef dans le tiroir ce matin, avant son retour, ç'aurait été un bon point en sa faveur, c'est tout.

John paraissait perplexe.

— Ne vous en faites donc pas, dit Poirot d'une voix douce. Ne laissez pas ce détail vous inquiéter... Et, puisque vous me l'avez proposé si gentiment, si nous allions prendre le petit déjeuner ?

Tout le monde était réuni dans la salle à manger. Après les événements tragiques de la nuit, l'ambiance n'était guère à la franche gaieté. La réaction à ce genre de choc est toujours pénible et je crois que nous en souffrions encore. Certes, décorum et bonne éducation nous imposaient un comportement aussi normal que possible, mais je ne pouvais m'empêcher de me demander si, pour la plupart d'entre nous, cela représentait un véritable effort : pas d'yeux rougis, aucun signe d'un chagrin contenu à grand-peine — ce qui me conforta dans l'idée que Dorcas était la seule personne vraiment affectée par la disparition de sa maîtresse.

Je ne m'étendrai pas sur le compte de Mr Inglethorp jouant son rôle de veuf éploré avec une hypocrisie révoltante. Savait-il que nous le soupçonnions ? Malgré nos efforts pour le cacher, il ne pouvait l'ignorer. Ressentait-il les affres d'une peur secrète ou croyait-il à son impunité ? L'atmosphère pesante devait l'avertir qu'il faisait figure d'accusé.

Mais tout le monde le soupçonnait-il ? Qu'en était-il de Mrs Cavendish ? Assise en bout de table, elle donnait l'image d'une grâce quelque peu affectée, énigmatique. Dans sa robe gris perle, dont les poignets à ruchés blancs retombaient élégamment sur ses mains fines, elle était extrêmement belle. Pourtant je savais que, si elle le désirait, son visage pouvait devenir aussi impénétrable que celui du sphinx. Elle ne desserra guère les lèvres, mais j'eus la curieuse impression que sa forte personnalité nous dominait tous.

Et la jeune Cynthia ? Soupçonnait-elle la même personne que nous ? Elle me parut bien pâle, souffrante même. Elle avait le geste lourd, l'élocution pâteuse. Quand je lui demandai si elle ne se sentait pas bien, elle me répondit avec franchise :

— Non. J'ai un mal de tête épouvantable.

— Prenez donc un autre café, proposa Poirot avec sollicitude. Cela vous revigorera. Et rien de tel pour combattre la migraine.

Il s'empressa de lui prendre sa tasse.

— Non, merci, lui dit Cynthia comme il saisissait la pince à sucre.

— Pas de sucre ? Restriction de guerre, c'est ça ?

— Non, je ne sucre jamais mon café.

— Tiens donc ! marmonna Poirot avant de poser devant elle la tasse qu'il venait de remplir.

Il avait parlé si bas que je fus le seul à l'entendre. Intrigué, je levai les yeux et vis sur son visage tous les signes d'une exultation secrète. Ses prunelles brillaient du plus beau vert comme celles d'un matou sur le sentier de l'amour. Pour être aussi enthousiaste, il avait certainement remarqué quelque chose. Mais quoi ? Je ne me considère pas comme totalement stupide, mais je dois avouer que rien de particulier n'avait attiré mon attention.

La porte s'ouvrit et Dorcas entra.

— Mr Wells désirerait vous voir, monsieur, dit-elle à John.

Je connaissais ce nom : c'était l'avoué à qui Mrs Inglethorp avait écrit la veille.

John se leva.

— Faites-le entrer dans mon bureau, Dorcas. (Puis, se tournant vers nous :) Mr Wells est l'avoué de ma belle-mère. Il est aussi coroner... si vous voyez ce que je veux dire. Peut-être aimeriez-vous venir avec moi ?

Nous acceptâmes de concert et quittâmes la salle à manger avec lui. John ouvrait la marche et j'en profitai pour murmurer à l'oreille de mon ami :

— Il y aura donc une enquête ?

Il hocha la tête d'un air absent. Il semblait à tel point plongé dans ses pensées que je ne pus refréner ma curiosité :

— Que se passe-t-il ? Vous m'écoutez à peine.

— C'est vrai, mon bon ami ; je suis très ennuyé.

— Pour quoi ça ?

— Parce que miss Cynthia ne prend jamais de sucre dans son café.

— Pardon ? Vous plaisantez ?

— Je suis très sérieux au contraire. Ah ! Il y a là un point qui m'échappe ! Mon intuition ne m'avait pas trompé.

— Quelle intuition ?

— Celle qui m'a poussé à examiner les tasses à café. Mais chut ! Plus un mot là-dessus.

Nous suivîmes John dans son bureau, et il referma la porte derrière nous.

Mr Wells était un homme entre deux âges, à la physionomie avenante. Ses yeux vous radiographiaient et ses lèvres possédaient l'ourlet propre à la catégorie des hommes de loi. John nous présenta et lui expliqua les raisons de notre présence à Styles Court.

— Vous comprendrez, Wells, que tout ceci doit rester strictement entre nous. Nous espérons encore qu'une enquête se révélera inutile.

— Bien entendu, répondit l'avoué, apaisant. Hélas ! j'aurais aimé vous éviter l'épreuve et le qu'en-dira-t-on qui accompagnent toujours une enquête judiciaire, mais, en l'absence d'un permis d'inhumer délivré par un médecin, elle devient indispensable.

— Oui, je comprends.

— Un homme remarquable, ce Bauerstein. Une autorité en matière de toxicologie, je crois ?

— En effet, reconnut John avec réticence avant d'ajouter, d'une voix hésitante : Devrons-nous comparaître comme témoins ? Je veux dire... tous ?

— Vous, très certainement. Ainsi que... euh... hum... Mr... euh... Inglethorp.

L'avoué laissa passer quelques secondes avant de poursuivre de sa voix lénifiante :

— Les autres dépositions n'auront pour but que de confirmer vos dires. Simple formalité.

— Je vois.

Une expression ressemblant à du soulagement passa sur le visage de John. Cette réaction m'étonna, car elle ne me semblait pas justifiée.

— Si vous n'y voyez pas d'inconvénient, reprit Mr Wells, j'ai pensé à vendredi pour recueillir les témoignages. Cela nous laissera le temps d'obtenir les conclusions du légiste. L'autopsie doit être pratiquée ce soir, je crois ?

— C'est exact.

— Bien. Nous sommes donc d'accord sur la date ?

— Tout à fait.

— Inutile de vous dire, mon cher Cavendish, combien je suis bouleversé par cette tragique affaire.

— Ne pourriez-vous nous aider à la résoudre, monsieur? intervint alors Poirot qui n'avait encore rien dit.

— Moi?

— Nous savons que Mrs Inglethorp vous a adressé un courrier juste avant son décès. Vous l'avez sans doute reçu ce matin?

— Effectivement, mais cette lettre ne contenait rien de particulier. Un simple mot me demandant de venir la voir, précisément ce matin, car elle souhaitait mes conseils sur une question importante.

— Elle ne vous a donné aucun indice sur la nature de cette question?

— Hélas! non.

— Quel dommage! dit John.

— C'est en effet grandement dommage, renchérit gravement Poirot.

Un silence s'ensuivit. Poirot restait plongé dans ses pensées. Finalement, il se tourna vers l'avoué:

— Mr Wells, j'ai une question à vous poser, si toutefois elle n'est pas en contradiction avec votre obligation de réserve. À la disparition de Mrs Inglethorp, qui doit hériter de ses biens?

L'homme de loi hésita un peu avant de répondre:

— La réponse sera bientôt connue de tous, et si Mr Cavendish n'y voit pas d'objection...

— Aucune, dit aussitôt John.

— Dans ce cas, rien ne s'oppose à ce que je réponde à votre question, Mr Poirot. Dans son dernier testament, enregistré au mois d'août de l'année dernière — et à part quelques legs de peu d'importance en faveur des domestiques, etc. — Mrs Inglethorp laissait toute sa fortune à son beau-fils, Mr John Cavendish.

— Veuillez excuser cette remarque, Mr Cavendish — ces dispositions n'étaient-elles pas quelque peu injustes envers Mr Lawrence Cavendish, son autre beau-fils?

— Non, je ne pense pas. Voyez-vous, d'après les termes du testament de son père, John héritait de la propriété, tandis que Lawrence, à la mort de sa belle-mère, recevrait la fortune considérable dont elle était usufruitière. Mrs Inglethorp a souhaité léguer sa propre fortune à John, sachant qu'il en aurait besoin pour entretenir Styles Court. À mon avis, cette répartition était tout à fait équitable.

La mine pensive, Poirot acquiesça.

— Je comprends. Mais ai-je raison de prétendre que, d'après la loi anglaise, ce testament a été automatiquement annulé par le remariage de Mrs Inglethorp ?

Mr Wells acquiesça d'un signe de tête.

— J'allais le dire, Mr Poirot. Ce testament est en effet nul et non avenu.

— Tiens, tiens ! fit Poirot, toujours pensif. Mrs Inglethorp connaissait-elle cette particularité juridique ?

— Je n'en sais rien. C'est possible.

— Elle la connaissait, intervint John, à notre grande surprise. Nous discutions encore de ces testaments annulés pour cause de remariage pas plus tard qu'hier.

— Ah ! Une dernière question, Mr Wells. Vous avez dit : « dans son dernier testament ». Est-ce que cela signifie qu'elle en avait déjà rédigé d'autres ?

— Elle en faisait au moins un nouveau chaque année, répondit Mr Wells avec le plus grand sérieux. Elle avait tendance à changer fréquemment de dispositions testamentaires. Elle avantageait tantôt un membre de sa famille, tantôt un autre.

— Supposons alors, Mr Wells, qu'elle ait rédigé à votre insu un nouveau testament favorisant un étranger à la famille — disons : miss Howard, par exemple. Cela vous paraîtrait-il surprenant ?

— Pas du tout.

— Ah !

Poirot semblait en avoir fini avec ses questions. Pendant que l'avoué et John se demandaient s'il était opportun de prendre connaissance des papiers de Mrs Inglethorp, je m'approchai de mon ami.

— Vous pensez que Mrs Inglethorp aurait pu rédiger un testament faisant de miss Howard sa légataire universelle ? lui demandai-je à voix basse.

Poirot sourit.

— Non.

— Alors pourquoi cette question ?

— Chut !

John Cavendish s'était tourné vers lui.

— Si vous voulez nous accompagner, Mr Poirot? Nous allons examiner les papiers de ma mère. Mr Inglethorp consent à nous laisser ce soin, à Mr Wells et à moi-même.

— Voilà qui simplifie les choses, dit l'avoué à mi-voix. Légalement, il aurait été en droit de...

Il laissa sa phrase en suspens.

— Nous commencerons par le secrétaire du boudoir, décida John. Ensuite nous monterons dans sa chambre. Elle conservait les documents les plus importants dans une mallette violette. Ceux-là, il nous faudra les éplucher avec le maximum de soin.

— En effet, dit l'avoué. On ne peut écarter l'hypothèse d'un testament plus récent que celui en ma possession.

— Ce n'est pas une hypothèse, dit Poirot, mais une réalité.

— Pardon?

Éberlués, John et Mr Wells dévisageaient mon ami.

— Ou, pour être précis, fit Poirot sans sourciller, c'était une réalité.

— Expliquez-vous! Où est ce testament?

— Parti en fumée. Brûlé.

— Brûlé?

— Oui. Voyez vous-même.

Il exhiba le bout de papier aux bords calcinés qu'il avait récupéré dans la cheminée de la chambre et le tendit à Mr Wells. Brièvement, il précisa l'endroit et la manière dont il l'avait découvert.

— C'est peut-être un testament plus ancien.

— Cela m'étonnerait fort. J'ai la quasi-certitude que celui-ci n'a pas été rédigé avant hier après-midi.

— Comment? Mais c'est impossible! s'exclamèrent les deux hommes d'une seule et même voix.

Poirot se tourna vers John:

— Permettez-moi de faire venir le jardinier, et je pense être à même de vous le démontrer.

— Euh... très bien... mais je ne vois pas...

— Accédez à ma requête, insista Poirot. Ensuite vous pourrez me poser toutes les questions que vous voudrez.

— Comme il vous plaira, fit John en tirant le cordon de la sonnette.

Quelques instants plus tard, Dorcas entrait dans la pièce.

— Veuillez faire venir Manning, Dorcas. J'ai à lui parler.

— Bien, monsieur, dit la domestique qui se retira aussitôt.

Nous gardâmes un silence tendu jusqu'à l'arrivée du jardinier. Seul Poirot semblait parfaitement à son aise. D'un geste machinal il essuya un coin d'étagère dans la bibliothèque.

Le gravier crissa sous les lourdes chaussures ferrées de Manning et ce dernier apparut à la porte-fenêtre. Comme John interrogeait Poirot du regard, mon ami l'encouragea d'un signe de tête.

— Entrez, Manning, dit John. J'ai à vous parler.

Le jardinier ne fit que passer le seuil de la porte-fenêtre. Visiblement mal à l'aise, il tournait et retournait sa casquette entre ses doigts. Malgré son dos voûté, il ne devait pas être aussi âgé qu'il le paraissait. Son regard vif brillait d'intelligence, démentant son parler à la lenteur circonspecte.

— Manning, annonça John, ce monsieur va vous poser quelques questions auxquelles je vous prie de répondre.

— Bien, m'sieur.

Poirot fit un pas en avant. Le jardinier lui jeta un regard nuancé de condescendance.

— Hier après-midi, vous étiez occupé à planter un parterre de bégonias près de la façade sud, n'est-ce pas ?

— C'est exact, m'sieur. Même que William me prêtait la main.

— Et Mrs Inglethorp vous a appelés par la porte-fenêtre du boudoir, n'est-ce pas ?

— Oui, m'sieur. C'est ben vrai, ça.

— Dites-moi, dans vos propres termes, ce qui s'en est suivi.

— Ben, pas grand-chose, m'sieur. Madame a ordonné comme ça à William de descendre à vélo jusqu'au village et de lui ramener une feuille de papier timbré, je crois. Elle lui a mis par écrit ce qu'elle voulait au juste.

— Et puis ?

— Ben, William, il a fait ce que Madame elle voulait, m'sieur.

— Bien. Et ensuite ?

— Ben, nous deux, William et moi, on s'en est retournés nous occuper des bégonias, m'sieur.

— Mrs Inglethorp ne vous a-t-elle pas appelé un peu plus tard ?

— Si, m'sieur. Moi et William, tous les deux.

— Continuez.

— Elle nous a fait entrer et elle nous a demandé de signer sur une grande feuille de papier timbré, sous sa signature à elle.

— Vous souvenez-vous de ce qui était écrit au-dessus de sa signature ?

— Non, m'sieur. Elle avait mis un morceau de papier buvard pour le cacher.

— Vous avez donc signé à l'endroit qu'elle vous a montré ?

— Oui, m'sieur. D'abord moi, et puis ensuite William.

— Et qu'a-t-elle fait de cette feuille ?

— Elle l'a mise dans une longue enveloppe qu'elle a rangée dans une espèce de boîte violette sur le secrétaire.

— À quelle heure vous a-t-elle appelés la première fois ?

— À peu près 16 heures, m'sieur.

— N'était-il pas plutôt 15 h 30 ?

— Non, m'sieur. Même qu'il était sûrement 16 heures passées. Pas moins.

— Eh bien, je vous remercie, Manning. Ce sera tout, dit Poirot sur un ton cordial.

Le jardinier jeta un coup d'œil à John qui lui fit un signe de tête. Alors Manning porta un doigt à son front, marmonna quelques mots incompréhensibles et sortit par où il était entré.

Nous nous entreregardâmes un instant.

— Seigneur ! balbutia John. Quelle coïncidence extraordinaire !

— Comment cela, une coïncidence ?

— Que ma mère ait fait un testament le jour même de sa mort !

Mr Wells s'éclaircit la voix, puis d'un ton sec :

— Vous croyez vraiment qu'il s'agit là d'une coïncidence, Cavendish ?

— Que voulez-vous dire ?

— Votre mère, vous me l'avez dit vous-même, avait eu une violente altercation avec... avec quelqu'un, hier après-midi.

— Que voulez-vous dire ? répéta John qui avait pâli et dont la voix tremblait.

— Juste après cette altercation, continua l'avoué, Mrs Inglethorp a rédigé à la hâte un nouveau testament dont nous ne connaîtrons sans doute jamais le contenu. Elle n'a parlé à personne des dispositions qu'elle y prenait. Il ne fait aucun doute qu'elle m'aurait demandé mon avis ce matin, mais on ne lui en a pas laissé le temps. Ce document disparaît en fumée, et votre mère emporte son secret dans la tombe. Cavendish, j'ai bien peur qu'on ne puisse voir là une simple coïncidence. Mr Poirot sera de mon avis si je dis que ces faits sont très révélateurs.

— Qu'ils le soient ou non, l'interrompit John, nous devons remercier Mr Poirot d'avoir élucidé cette énigme. Sans sa perspicacité, jamais nous n'aurions soupçonné l'existence de ce testament. Je suppose, monsieur, que ce n'est pas la peine de vous demander ce qui vous a amené à imaginer cela.

Poirot sourit :

— Une vieille enveloppe griffonnée. Et un parterre de bégonias fraîchement plantés.

John l'eût sans doute pressé de s'expliquer si nous n'avions été distraits par le vrombissement d'un moteur. Nous nous retournâmes vers la fenêtre au moment où l'automobile passait.

— Evie ! s'exclama John. Veuillez m'excuser, Wells, poursuivit-il — et, sans attendre, il sortit dans le vestibule.

Poirot me questionna du regard.

— Miss Howard, lui expliquai-je.

— Ah ! Je suis heureux qu'elle soit venue. Voilà une femme intelligente et dotée d'un grand cœur. Dommage que le Créateur ne lui ait pas donné la beauté en prime.

Je suivis John à temps pour accueillir miss Howard dans le vestibule. Elle s'appliquait à se dégager des amples voiles de deuil qui lui enveloppaient la tête. Quand ses yeux se posèrent sur moi, j'éprouvai un sentiment de remords. Cette femme m'avait mis en garde solennellement, et je n'avais guère prêté attention à ses avertissements. Non sans un certain dédain, je les avais aussitôt chassés de mon esprit. Maintenant que les événements tragiques de la nuit lui donnaient raison, j'avais honte. Elle ne connaissait que trop bien Mr Inglethorp. Le drame aurait-il eu lieu sans son départ de Styles Court ? Le meurtrier n'aurait-il pas redouté sa vigilance ?

Elle me prit la main qu'elle secoua avec cette énergie dont je me souvenais si bien, et j'en fus soulagé. Son regard rencontra le mien et, s'il était voilé par la tristesse, je n'y lus aucun reproche. À ses yeux rougis, je voyais bien qu'elle avait beaucoup pleuré, mais elle conservait dans son comportement sa rudesse habituelle.

— Je me suis mise en route sitôt reçu le télégramme. Je sortais de mon travail. J'ai loué une automobile. Pour arriver au plus vite.

— Evie, avez-vous eu le temps de manger quelque chose, ce matin ? s'enquit John.

— Non.

— C'est bien ce que je pensais. Venez. La table du petit déjeuner n'a pas encore été débarrassée, et on va vous faire préparer du thé. (Il se tourna vers moi.) Vous voulez bien vous occuper d'elle, Hastings ? Je dois retourner auprès de Wells. Oh ! Evie, je vous présente Mr Poirot. Il nous aide... beaucoup.

Miss Howard tendit la main à mon ami mais, par-dessus son épaule, elle jeta un regard intrigué à John.

— Comment cela : il vous aide ?

— À poursuivre notre enquête.

— Quelle enquête ? Il n'y a rien à enquêter. Ils ne l'ont pas encore jeté en prison ?

— Jeté qui en prison ?

— Qui ? Alfred Inglethorp, évidemment !

— Allons, ma bonne Evie ! Un peu de prudence. Lawrence pense que notre mère a succombé à une crise cardiaque.

— Quel idiot, ce Lawrence ! rétorqua miss Howard. Alfred Inglethorp a tué cette pauvre Emily — je vous avais bien dit qu'il en arriverait là !

— Ne criez pas comme ça, ma chère Evie ! Quels que soient notre avis ou nos soupçons, il vaut mieux en dire le moins possible pour le moment. L'enquête officielle ne débutera que vendredi.

— Et puis quoi encore ? s'exclama-t-elle, superbe dans son indignation. Vous avez tous perdu la tête ! Ce type aura quitté le pays depuis longtemps ! Pas si bête ! Il ne va pas attendre ici qu'on l'arrête pour le pendre !

Et comme John Cavendish ne trouvait rien à dire :

— Oh, je comprends ! lança-t-elle. Vous avez écouté les sornettes des médecins ! La chose à ne jamais faire ! Qu'est-ce qu'ils y connaissent ? Rien de rien, ou juste assez pour être dangereux ! J'en sais quelque chose : mon père était médecin ! Ce petit Wilkins est le plus parfait imbécile que j'aie jamais vu ! Une crise cardiaque ! Ça ne m'étonne pas ! N'importe quel individu qui n'écouterait que son bon sens verrait tout de suite que c'est son mari qui l'a empoisonnée ! Je l'avais bien dit, qu'il l'assassinerait dans son lit, ma pauvre Emily ! Et c'est ce qu'il a fait ! Et vous vous contentez de bafouiller des âneries : « C'est une crise cardiaque » ! « L'enquête officielle ne débutera que vendredi » ! Vous devriez avoir honte, John Cavendish !

— Qu'est-ce que vous voulez que je fasse ? demanda John qui ne put réprimer un petit sourire. Je ne peux quand même pas le prendre par la peau du cou et l'emmener au commissariat !

— Vous pourriez au moins vous remuer. Trouver comment il s'y est pris. C'est un type rusé ! Il a dû faire une décoction de papier tue-mouches ! Demandez à la cuisinière s'il lui en manque.

Je compris sans l'ombre d'un doute que réussir à faire cohabiter miss Howard et Alfred Inglethorp représentait une tâche herculéenne, et je plaignis sincèrement John. À l'évidence, il était conscient de cette difficulté. Il chercha momentanément refuge dans la retraite et nous quitta avec une certaine précipitation.

Lorsque Dorcas apporta le thé, Poirot quitta l'embrasure de la fenêtre où il s'était retiré et s'attabla en face de miss Howard.

— J'ai un service à vous demander, dit-il d'un ton empreint de gravité.

— Demandez toujours, répondit la digne personne sans enthousiasme excessif.

— J'aimerais pouvoir compter sur votre aide.

— Si c'est pour faire pendre Alfred Inglethorp, avec plaisir ! lâcha-t-elle d'un ton farouche. Encore que ce soit une fin trop douce pour lui ! Il mériterait l'écartèlement, comme dans le bon vieux temps !

— Nous sommes d'accord là-dessus, approuva Poirot. Je désire moi aussi envoyer le coupable à la potence.

— Alfred Inglethorp ?

— Lui, ou un autre.

— Pas question d'un autre ! Avant qu'il ne pointe le bout de son nez, cette pauvre Emily n'avait jamais été assassinée, que je sache ! Je ne dis pas qu'elle était entourée d'anges ! Mais ces requins-là ne convoitaient que son porte-monnaie ! Au moins, sa vie n'était pas menacée. Survient Mr Alfred Inglethorp et — en deux mois — le tour est joué !

— Croyez-moi, miss Howard, affirma Poirot, si Mr Inglethorp est notre homme, il ne m'échappera pas. Sur mon honneur, je le ferai pendre haut et court !

— J'aime mieux ça ! approuva miss Howard déjà plus favorablement disposée.

— Mais je dois vous demander de me faire confiance. Votre concours peut m'être très précieux. Je vais vous dire pourquoi : dans cette maison frappée par le deuil, vous êtes la seule à avoir pleuré.

Miss Howard cligna plusieurs fois des paupières, et sa voix prit une intonation plus douce.

— Si vous voulez dire par là que j'avais de l'affection pour elle, eh bien, c'est vrai. Vous savez, Emily était une vieille femme égoïste, à sa manière. Elle était très généreuse, mais il lui fallait quelque chose en retour. Elle rappelait toujours aux gens ce qu'elle avait fait pour eux. C'est pourquoi elle n'était pas aimée. Elle ne s'en rendait d'ailleurs pas compte, et ça ne lui manquait pas. Du moins, j'espère. Pour moi, c'était différent. Dès le premier jour, je lui avais dit : « Je vaux tant de livres par an, un point c'est tout. Pas de gratifications par-ci par-là ! Pas de paire de gants en cadeau, ni de places de théâtre gratuites ! » Au début, elle n'avait pas compris. Je crois même qu'elle en était vexée. Elle me traitait de sotte et d'orgueilleuse ! Ce n'était pas vrai, mais je ne pouvais pas le lui dire. Mais c'est comme ça que j'ai gardé ma fierté ! Et j'étais la seule qui pouvait se permettre de l'aimer ! Je prenais soin d'elle. Je la protégeais des autres. Mais voilà qu'arrive une fripouille aux discours sucrés et pfft !... toutes ces années de dévouement ne comptent plus !

Poirot acquiesça avec un sourire compatissant :

— Je devine ce que vous ressentez, mademoiselle. C'est bien naturel. Vous nous jugez trop timorés — vous pensez que nous manquons d'ardeur à la tâche — mais croyez-moi, ce n'est pas le cas.

La porte s'ouvrit soudain et John passa la tête pour nous inviter tous deux à l'accompagner dans la chambre de Mrs Inglethorp : Mr Wells et lui avaient fini d'examiner le secrétaire du boudoir.

Alors que nous montions à l'étage, John lança un regard vers la porte de la salle à manger et me glissa à l'oreille :

— À votre avis, que se passera-t-il quand ces deux-là se rencontreront ?

Je secouai la tête en signe d'impuissance.

— J'ai recommandé à Mary de les tenir éloignés autant que faire se pourra.

— Elle y parviendra ?

— Dieu seul le sait ! Mais il y a fort à parier qu'Inglethorp ne cherchera pas à provoquer une rencontre.

— C'est vous qui avez toujours la clef, n'est-ce pas, Poirot ? demandais-je comme nous atteignions la porte de la chambre.

John la lui prit des mains et ouvrit. Nous entrâmes dans la chambre de la défunte et Mr Wells se dirigea directement vers le secrétaire, suivi de John.

— Ma mère gardait les papiers importants dans cette mallette, je crois, expliqua-t-il.

Poirot sortit le trousseau de clefs de sa poche.

— Permettez. Par mesure de précaution je l'ai fermée à clef ce matin.

— Mais elle n'est pas fermée !

— Impossible !

— Voyez vous-même.

— Mille tonnerres ! jura Poirot, abasourdi. J'ai pourtant les deux clefs dans ma poche !

Il saisit la mallette et blêmit.

— Ça, par exemple ! Eh bien elle n'est pas mauvaise, celle-là ! Messieurs, on a forcé cette serrure !

— Quoi ?

Poirot reposa la mallette.

— Qui a bien pu la forcer ?... Et pourquoi ?... Quand ?... Mais la porte était verrouillée !

Nous parlions tous en même temps. Poirot reprit chacune de ces exclamations de façon systématique :

— Qui ? C'est la question principale. Pourquoi ? J'aimerais bien le savoir. Quand ? Depuis que je suis sorti d'ici, c'est-à-dire il y a moins d'une heure. Quant à la porte, sa serrure est des plus ordinaires, et n'importe quelle autre clef du même modèle peut l'ouvrir.

Nous échangeâmes des regards consternés. Cependant Poirot s'était approché de la cheminée. S'il donnait l'impression de conserver son calme, je notai que ses mains tremblaient tandis qu'il corrigeait machinalement, sur le manteau de marbre, l'alignement des vases emplis d'allume-feu.

— Voyons, dit-il après un temps, nous pouvons aisément retracer l'enchaînement des faits. Cette mallette contenait une preuve, peut-être anodine en elle-même, mais qui pouvait conduire à l'identification du meurtrier. Il était donc vital pour celui-ci de la faire disparaître avant qu'on en découvre la signification réelle. C'est pourquoi il a pris le risque, le très grand risque, de s'introduire ici. Trouvant la mallette fermée à clef, il s'est vu obligé d'en forcer la serrure, trahissant ainsi sa manœuvre. Mais pour qu'il ait encouru le danger d'être démasqué, il fallait que cette preuve fût accablante...

— Qu'était-ce, à votre avis ?

— Ah ! s'exclama Poirot avec un geste trahissant sa colère. C'est ce que j'aimerais savoir ! Un document quelconque, selon toute probabilité. Il pourrait s'agir de cette feuille de papier que Dorcas a vue entre les mains de Mrs Inglethorp hier après-midi. Et moi... (son énervement décupla soudain) misérable imbécile que je suis ! Je ne l'ai pas deviné ! Je me suis comporté comme le dernier des idiots ! Jamais je n'aurais dû laisser la mallette dans cette chambre. J'aurais dû la garder auprès de moi. Ah ! triple buse que vous êtes, Hercule Poirot ! Par votre négligence, cette preuve a disparu. Sans doute a-t-elle été détruite. À moins que... S'il reste la plus infime chance, nous ne devons pas la négliger...

Il sortit de la pièce avec une précipitation telle que je mis un temps avant de réagir et de le suivre. Mais il avait déjà disparu quand j'arrivai en haut des marches.

Sur le palier, Mary Cavendish, immobile, l'avait suivi du regard.

— Quelle mouche a donc piqué votre extraordinaire ami, Mr Hastings ? Il vient de dévaler l'escalier tête baissée.

— Il s'est énervé sur un détail, répondis-je vaguement, car je n'étais pas du tout certain que Poirot apprécierait une indiscrétion de ma part.

Un vague sourire détendit les lèvres de Mrs Cavendish et je tentai de changer de sujet.

— Ils ne se sont pas encore croisés ?

— De qui parlez-vous ?

— De miss Howard et d'Alfred Inglethorp !

Le regard qu'elle posa sur moi avait quelque chose de déroutant.

— Vous pensez vraiment que leur rencontre serait dramatique ?

— Ce n'est pas votre avis ? répliquai-je avec quelque étonnement.

Elle eut ce sourire serein qui lui allait si bien.

— Non. Ça ne me déplairait pas d'assister à une belle altercation. Voilà qui dégagerait peut-être l'atmosphère. Tout le monde réfléchit beaucoup trop, en ce moment, et personne ne dit ce qu'il a sur le cœur !

— John ne partage pas cet avis. Il fait tout pour les tenir éloignés l'un de l'autre.

— Oh ! John...

Quelque chose en elle commençait à m'agacer et je ne pus m'empêcher de m'exclamer :

— John est un très chic type !

Elle m'observa avec un certain étonnement, puis, à ma stupeur, elle constata :

— Vous faites preuve d'une grande loyauté envers votre ami. C'est une chose qui me plaît en vous.

— N'êtes-vous pas mon amie, vous aussi ?

— Je suis une très mauvaise amie.

— Pourquoi dites-vous ça ?

— Parce que c'est la vérité. Je suis toute à mes amis un jour, et le lendemain je les ignore complètement.

Je ne sais pourquoi, mais décidément l'agacement me gagnait. Avec un manque de tact regrettable, je lançai :

— Pourtant vous semblez toujours disponible pour le Dr Bauerstein !

À peine eus-je lâché ces mots que je me maudis. Les traits de Mrs Cavendish se durcirent, comme si un masque rigide se posait sur son visage. Les lèvres serrées, elle tourna les talons et monta l'escalier d'une démarche raide. Écrasé par ma propre stupidité, je restai immobile, bouche bée, à la regarder s'éloigner.

Les échos d'une violente diatribe me ramenèrent à la réalité. Je reconnus la voix de Poirot et son exécrable salmigondis de français mêlé à notre belle langue. Il confessait son erreur à la cantonade, comme désireux de l'expliquer à tous. J'en fus quelque peu vexé : les trésors de diplomatie que j'avais su déployer étaient réduits à néant — navré aussi : ce procédé me paraissait pour le moins discutable — peiné par-dessus tout : la propension de Poirot, l'âge venant, à perdre tout contrôle dans les moments de tension me frappa à nouveau douloureusement. Je descendis rapidement dans le vestibule. Dès qu'il me vit, le petit Belge parut recouvrer son calme. Je le pris à l'écart.

— Allons, mon ami, lui dis-je, avez-vous perdu tout sens commun ? Vous voulez donc que tout Styles Court apprenne la disparition de cet indice ? Votre comportement fait le jeu du coupable !

— C'est ce que vous pensez, Hastings ?

— J'en ai la certitude.

— Fort bien, mon bon ami. Je m'en remets à vous.

— Voilà qui est mieux. Mais je ne vous cache pas qu'il est un peu tard...

— Certes.

Il paraissait tellement penaud que j'en éprouvai quelque remords, et cependant mes remontrances ne m'en semblaient pas moins justifiées.

— Eh bien, dit-il après un long moment de silence, si nous partions, mon bon ami ?

— Vous n'avez plus rien à faire ici ?

— Non ; du moins pour l'instant. M'accompagnerez-vous jusqu'au village ?

— Avec plaisir.

Il prit sa trousse et nous sortîmes par la porte-fenêtre du salon. Nous croisâmes Cynthia Murdoch qui venait du jardin, et Poirot s'écarta pour lui laisser le passage.

— Excusez-moi, mademoiselle. Rien qu'une minute.

Elle lui lança un regard interrogateur.

— Oui, qu'y a-t-il ?

— Vous est-il arrivé de préparer les remèdes de Mrs Inglethorp ?

Une légère rougeur envahit ses pommettes et elle eut soudain l'air embarrassé :

— Non.

— Simplement ses poudres, peut-être ?

— Ça, oui ! répondit-elle en continuant de rougir. Une fois, je lui ai préparé quelques doses de poudre somnifère.

— Comme... ceci ? demanda Poirot en exhibant la petite boîte trouvée dans la chambre de la défunte.

Elle acquiesça.

— Pourriez-vous me préciser leur composition ? Ces doses étaient-elles à base de sulphonal ? De véronal ?

— Non. De bromure.

— Ah ! Je vous remercie, mademoiselle, et vous souhaite une bonne journée.

D'un pas rapide, nous nous éloignâmes de Styles Court. Je lançai à mon ami des regards furtifs. J'avais déjà noté que le vert de ses yeux — tout comme chez le chat — s'accentuait sous le coup d'une vive excitation. En cet instant ils brillaient comme des émeraudes.

— Mon bon ami, déclara-t-il enfin, j'ai une petite théorie. Assez étrange et peut-être erronée... et pourtant, elle cadre à merveille avec la trame de notre affaire.

J'eus un haussement d'épaules. Poirot me paraissait un peu trop sujet aux idées saugrenues. Dans le cas qui nous occupait, la solution de l'énigme crevait pourtant les yeux.

— Vous avez donc trouvé l'explication du nom manquant sur l'étiquette de la boîte, dis-je. Très simple, en effet. Je me demande d'ailleurs pourquoi je n'y avais pas songé.

Poirot ne semblait guère me prêter attention.

— Ils ont découvert autre chose, là-bas, fit-il en désignant du pouce Styles Court. Mr Wells m'en a fait part alors que nous montions inspecter la chambre.

— De quoi s'agit-il ?

— Ils ont trouvé, dans le secrétaire fermé à clef du boudoir, un autre testament rédigé par Mrs Inglethorp. Celui-ci porte une date antérieure à son mariage avec Alfred Inglethorp et qui correspond sans doute à l'époque de leurs fiançailles. Wells et Cavendish en ignoraient l'existence. Mrs Inglethorp y lègue tous ses biens à son futur mari. C'est écrit en toutes lettres sur un formulaire imprimé, contresigné par deux des domestiques : mais pas Dorcas.

— Et Alfred Inglethorp était au courant de l'existence d'un tel document ?

— Il m'a affirmé le contraire.

— Déclaration qu'on peut ne pas prendre pour argent comptant ! fis-je remarquer. Tous ces testaments rendent les choses bien confuses. Au fait, dites-moi : comment les quelques mots griffonnés sur cette enveloppe vous ont-ils permis de déduire qu'un testament avait été rédigé hier après-midi ?

— Mon bon ami, répondit Poirot en souriant, vous est-il déjà arrivé d'hésiter sur l'orthographe d'un mot, au moment de l'employer dans une lettre ?

— Oui, en plus d'une occasion. Et tout le monde a ce genre d'hésitation.

— Justement. Et n'avez-vous pas alors écrit le mot une ou deux fois, sur votre buvard ou sur un papier quelconque pouvant servir de brouillon, pour mieux voir si son orthographe vous paraissait correcte ? Eh bien, c'est précisément ce qu'a fait Mrs Inglethorp. Le participe « possédé » est écrit une première fois avec un seul *s*, puis correctement, avec deux. Pour mieux juger, elle l'a ensuite employé dans une phrase : « Je suis possédée ». Où cela nous mène-t-il ? Mrs Inglethorp a donc écrit ce mot : « possédée » hier après-midi ; en faisant le rapprochement avec le morceau de papier retrouvé dans les cendres de la cheminée, l'éventualité d'un nouveau testament a pris corps, car c'est un verbe fort usité dans un tel document. Un autre indice est venu conforter cette théorie. Dans l'affolement général qui a marqué la matinée, on a oublié de faire le ménage dans le boudoir. Près du secrétaire j'ai relevé de nombreuses traces de terreau et de terre de jardin. Or, le temps est sec depuis plusieurs jours, et aucune chaussure « civilisée » n'aurait laissé de traces aussi importantes.

» J'ai regardé par la porte-fenêtre du boudoir et j'ai découvert le parterre de bégonias fraîchement plantés. Le terreau est identique à celui qui macule le tapis. Et vous m'avez appris qu'on avait planté ces bégonias hier après-midi. J'en ai donc conclu qu'un des jardiniers, et plus probablement les deux, puisqu'il y avait deux séries d'empreintes différentes sur le parterre, étaient entrés dans le boudoir. Si Mrs Inglethorp avait simplement voulu leur dire un mot, elle serait allée jusqu'à la porte-fenêtre ; ils n'auraient donc pas pénétré dans la pièce. La déduction s'est imposée d'elle-même : elle venait de rédiger un testament et les avait fait venir pour le contresigner. La suite a prouvé que j'avais vu juste.

Je ne pouvais que m'incliner devant la qualité de ces déductions.

— Très ingénieux. Et je dois avouer que je m'étais fourvoyé, ajoutai-je. Les conclusions que j'avais tirées de ces quelques mots griffonnés sur l'enveloppe étaient totalement fausses.

Poirot eut un sourire plein d'indulgence.

— Vous avez lâché la bride à votre imagination. L'imagination est une qualité lorsqu'elle sert, mais un défaut si elle commande. Plus l'explication est simple, plus elle est probable.

— Autre chose : comment avez-vous su que la clef de la mallette violette avait été égarée ?

— Mais je ne le savais pas ! C'était une simple supposition, qui s'est heureusement révélée juste. Vous vous souvenez du morceau de fil de fer entortillé autour de l'anneau ? J'en ai immédiatement déduit que la clef avait sans doute été arrachée d'un porte-clefs peu solide. D'autre part, si Mrs Inglethorp l'avait perdue, puis retrouvée, elle l'aurait remise avec son trousseau. Or, sur celui-ci se trouvait un double flambant neuf, au brillant caractéristique. D'où mon hypothèse : quelqu'un d'autre avait mis l'original dans la serrure de la mallette.

— Et ce quelqu'un ne peut être qu'Alfred Inglethorp, enchaînai-je.

Poirot me considéra avec étonnement :

— Vous êtes certain de sa culpabilité ?

— Bien sûr ! Chaque nouvel indice l'accuse plus clairement.

— C'est tout le contraire, affirma Poirot, paisible. Plusieurs faits plaident en sa faveur.

— Vous plaisantez ?

— Non.

— Des faits qui plaident en sa faveur, comme vous dites, je n'en vois qu'un.

— Et c'est ?

— Son absence de Styles Court hier soir.

— Vous n'avez vraiment pas tapé dans le mille, mon bon ami ! C'est d'après moi le seul point qui parle en sa défaveur.

— Et pourquoi donc ?

— Parce que c'est exactement ce qu'il aurait fait s'il avait su que sa femme allait être empoisonnée cette nuit. Le prétexte qu'il a invoqué est de toute évidence un faux prétexte et ne s'explique que de deux manières : ou bien il savait ce qui allait se produire, ou bien son absence était motivée par une autre raison.

— Laquelle, d'après vous ? demandai-je, sceptique.

— Comment la connaîtrais-je ? répliqua-t-il en haussant les épaules. Mais elle est sans doute inavouable. Ce Mr Inglethorp me semble appartenir à la catégorie des franches canailles... ce qui n'en fait toutefois pas d'emblée un meurtrier.

J'étais peu convaincu et ne cherchai pas à le cacher.

— Vous ne partagez pas mon avis, je vois ? fit Poirot. Eh bien, laissons cela pour le moment. L'avenir se chargera de nous départager. Intéressons-nous plutôt à d'autres aspects de cette affaire. Par exemple les portes de la chambre de Mrs Inglethorp, qui étaient toutes verrouillées de l'intérieur. Qu'en déduisez-vous ?

Cette question me prit quelque peu au dépourvu.

— Eh bien... ce fait doit pouvoir s'expliquer d'un point de vue logique...

— Exact.

— Alors voici ce que je pense : les portes étaient bien verrouillées, comme nous avons pu le constater de nos propres yeux. Mais l'existence de la tache de bougie sur le tapis et la destruction du testament prouvent que quelqu'un s'est introduit dans la chambre pendant la nuit. Vous êtes d'accord jusqu'à maintenant ?

— Tout à fait. Votre exposé est d'une remarquable limpidité. Mais poursuivez, je vous prie.

— Merci, dis-je, encouragé. L'intrus n'a pu entrer ni par la fenêtre ni par l'opération du Saint-Esprit. C'est donc Mrs Inglethorp elle-même qui a dû lui ouvrir. Cela me conforte dans ma conviction qu'il s'agit du mari, car c'est la personne qu'elle aurait sans doute laissée entrer le plus facilement.

Mais Poirot secoua la tête.

— Vous croyez ça ? Rappelez-vous qu'elle avait verrouillé la porte de communication entre leurs deux chambres. C'est un fait dont elle n'était pas coutumière, mais une violente altercation les avait opposés l'après-midi même. Non, son mari était bien la dernière personne qu'elle aurait laissée entrer cette nuit-là.

— Pourtant la porte n'a pu être ouverte que par Mrs Inglethorp elle-même, vous êtes d'accord sur ce point ?

— Il existe une autre explication. Et si, avant de se coucher, elle avait oublié de verrouiller la porte donnant sur le couloir ? N'aurait-elle pu se relever plus tard, disons vers l'aube, pour la fermer ?

— Poirot, sérieusement et tout à fait entre nous, c'est là votre thèse ?

— Je n'ai pas dit cela ; mais c'est une possibilité. Abordons maintenant cette affaire sous un autre angle. Comment expliquez-vous ces bribes de conversation, que vous avez entendues par hasard, entre Mrs Cavendish et sa belle-mère ?

— Cela m'était sorti de l'esprit, dis-je pensivement. Et je dois avouer que je ne comprends toujours pas. J'imagine mal pourquoi une femme comme Mrs Cavendish, qui est aussi fière que réservée, se serait immiscée avec une telle passion dans une affaire qui ne devait pas la regarder.

— Précisément. Voilà un comportement bien surprenant chez une femme de son éducation.

— Assez surprenant, en effet, mais sans grande importance, à mon avis. Je pense que nous pouvons laisser de côté ce détail.

Poirot laissa échapper un son plaintif.

— Oublieriez-vous ce que je vous ai maintes fois répété ? Aucun détail ne doit être négligé. S'il ne cadre pas avec la théorie, alors c'est elle qui est fautive !

— Eh bien, nous verrons, rétorquai-je, un peu agacé.

— Exactement. Nous verrons.

Nous étions arrivés devant Leastways Cottage. Poirot m'invita dans sa chambre et m'offrit une de ces petites cigarettes russes qu'il fumait à l'occasion. Non sans amusement, je vis qu'il conservait avec un soin maniaque les allumettes utilisées dans un petit pot en porcelaine. J'en oubliai mon irritation.

Poirot avait disposé deux fauteuils devant la fenêtre ouverte qui donnait sur la rue principale du village. Un léger courant d'air, agréablement tiède, annonçait que la journée serait chaude.

Soudain mon regard fut attiré par un jeune homme qui descendait la rue d'un pas pressé. Il était extraordinairement maigre, mais c'est surtout son visage qui retint mon attention : on y lisait un curieux mélange de terreur et d'agitation.

— Vous avez vu, Poirot ?

Mon ami se pencha pour regarder.

— Tiens ! Mr Mace, le préparateur de la pharmacie. Et il vient par ici...

Arrivé devant la villa, le jeune homme hésita un instant, puis frappa énergiquement à la porte.

— Une minute ! lui cria Poirot par la fenêtre. Je descends.

Il me fit signe de l'accompagner. Dès qu'il eut ouvert, Mr Mace se mit à parler :

— Oh ! Mr Poirot, croyez bien que je suis désolé de venir ainsi vous importuner chez vous, mais j'ai appris que vous reveniez à l'instant de Styles Court.

— C'est exact.

Notre visiteur humecta ses lèvres sèches, tandis que son visage trahissait un trouble profond.

— Le village entier ne parle que de la disparition brutale de Mrs Inglethorp. Et certains vont même jusqu'à prétendre que... (sa voix devint un murmure prudent) que sa mort serait due à un empoisonnement.

Poirot gardait une impassibilité totale.

— Seuls les médecins sont qualifiés pour le confirmer ou l'infirmer, Mr Mace.

— Euh... oui, bien sûr.

Le jeune homme hésita encore un peu, puis, n'y tenant plus, il agrippa le bras de Poirot et, baissant encore la voix :

— Rassurez-moi, Mr Poirot... Il n'est pas question de strychnine, au moins ?

Je ne saisis pas ce que répondit mon ami, mais sans doute resta-t-il assez vague. Le jeune homme tourna les talons et repartit. Poirot referma la porte et son regard croisa le mien.

— Hé oui, fit-il avec un lent hochement de tête. Il lui faudra venir témoigner à l'enquête.

Nous regagnâmes sa chambre sans hâte. J'allais dire quelque chose mais Poirot, d'un geste, m'intima le silence.

— Pas maintenant, mon bon ami. Il me faut réfléchir. Une certaine confusion règne dans mon esprit, et il serait fâcheux qu'elle s'installât...

Pendant les dix minutes qui suivirent, il ne desserra pas les lèvres et garda une immobilité parfaite, si l'on excepte les mouvements légers mais expressifs de ses sourcils. Le vert de ses yeux s'accentua notablement. Un profond soupir annonça la fin de ses cogitations.

— Bien. Le mauvais moment est passé. À présent les choses se présentent dans un ordre cohérent. On ne doit jamais laisser la confusion s'installer dans son esprit. Pourtant notre affaire n'est pas encore résolue. Certes non ! Car elle est extrêmement complexe. Si complexe que j'en suis encore dérouté, *moi*, Hercule Poirot ! Deux points sont d'une portée capitale.

— Lesquels ?

— D'abord, le temps qu'il faisait hier. C'est d'une grande importance.

— Mais il faisait très beau ! m'écriai-je. Allons, Poirot ! Vous me faites marcher, avouez-le !

— Pas le moins du monde. Le thermomètre a atteint 26°C à l'ombre. Gardez cela en tête, car c'est la clef du mystère.

— Et le second point ?

— Les goûts vestimentaires singuliers de Mr Inglethorp, sa longue barbe noire et ses lunettes.

— Poirot, vous n'êtes pas sérieux ?

— Je n'ai jamais été aussi sérieux, je vous l'assure.

— Mais c'est puéril !

— Non, c'est capital.

— Alors supposons que le jury du coroner conclue à la culpabilité de Mr Inglethorp et l'accuse de meurtre avec préméditation, que deviennent vos belles théories ?

— L'erreur de douze hommes stupides ne pourrait les ébranler. Mais cela n'arrivera pas. En premier lieu parce qu'un jury de campagne n'a aucune envie d'endosser semblable responsabilité, et que Mr Inglethorp occupe ici, de fait, la position d'un hobereau. Et surtout, ajouta-t-il avec le plus grand sérieux, parce que je ne permettrais pas une chose pareille.

— Vous ne le permettriez pas ?

— Non.

Partagé entre l'amusement et l'exaspération, je regardai cet extraordinaire petit bout d'homme. Il paraissait si sûr de son fait ! Il eut un léger hochement de tête, comme s'il pouvait lire mes pensées.

— Oh ! non, mon bon ami. Ce ne sont pas des paroles en l'air.

Il se leva et vint poser une main sur mon épaule. Son visage changea du tout au tout, et je vis des larmes briller dans ses yeux.

— Dans toute cette affaire, voyez-vous, je songe à cette malheureuse Mrs Inglethorp qui n'est plus. Elle n'a certes pas inspiré beaucoup d'amour. Mais elle a fait preuve d'une très grande bonté envers nous autres, Belges, et je me sens une dette à son égard.

Sans se laisser interrompre, il poursuivit :

— Que je vous dise encore ceci, Hastings : si je laissais arrêter Alfred Inglethorp maintenant — quand un seul mot de moi pourrait le sauver — elle ne me le pardonnerait jamais !

## 6

## L'enquête judiciaire

Jusqu'à l'ouverture de l'enquête judiciaire, Poirot redoubla d'activité. Par deux fois il discuta en privé avec Mr Wells. Il s'adonna également à de longues promenades en solitaire dans la campagne environnante. Si ses recherches progressaient, il ne me mit pas dans la confidence, attitude qui me blessa, d'autant plus que je ne voyais pas dans quelle direction il s'orientait.

Je le soupçonnai d'être allé rôder près de la ferme des Raikes. Il n'était pas chez lui quand j'y passai le mercredi en début de soirée ; je décidai alors d'aller rôder aux alentours de la ferme, en coupant à travers champs, dans l'espoir de le rencontrer. Mais je ne vis aucun signe de sa présence, et répugnais à m'approcher de la ferme. Alors que je m'en retournais, je croisai un vieux paysan qui m'inspecta de la tête aux pieds de son regard rusé.

— Pour sûr, vous v'nez du château, pas vrai ? lança-t-il.

— Oui. Et je suis à la recherche d'un ami qui est peut-être passé par ici.

— Ah ! un p'tit bonhomme, qui parle autant avec les mains qu'avec la bouche ? Fait partie de ces Belges qui se sont installés au village, pas vrai ?

— C'est bien lui. Il était dans les parages?

— Si l'était dans les parages! Plutôt deux fois qu'une, même. Une connaissance à vous, pas vrai? Ah! vous autres du château, vous faites une sacrée brochette, pour sûr!

Et il m'observa de ses yeux malicieux. De mon ton le plus détaché, j'en profitai pour m'enquérir:

— Pourquoi donc? Beaucoup de gens du «château» viennent par ici?

Il me gratifia d'un clin d'œil plein de sous-entendus.

— Un monsieur en particulier, m'sieur. Pas la peine de l'nommer, pas vrai? Mais il hésite pas à mettre la main au portefeuille, ça non!... Ah! merci à vous aussi, m'sieur, pour sûr!

Je rentrai d'un pas vif. Evelyn Howard ne s'était donc pas trompée, et un dégoût profond m'envahit à la pensée qu'Alfred Inglethorp avait dépensé sans retenue l'argent de sa femme. Était-ce pour le visage piquant de Mrs Raikes et son charme de gitane que le crime avait été commis, ou pour un motif plus indigne encore: l'argent? Un subtil mélange des deux, sans doute.

Un point paraissait obséder curieusement Poirot. À une ou deux reprises, il m'avait confié que Dorcas avait dû mal juger de l'heure de l'altercation. Et plus d'une fois il lui avait demandé s'il n'était pas 16 h 30 plutôt que 16 heures quand elle avait surpris les éclats de voix dans le boudoir.

Mais la domestique ne voulait pas en démordre. Une heure, peut-être même un peu plus, s'était écoulée entre le moment où elle avait perçu la querelle et 17 heures, quand elle avait apporté son thé à Mrs Inglethorp.

L'audition des témoins eut lieu le vendredi suivant, aux *Stylites Arms*, l'auberge du village. Avec Poirot, nous vînmes en spectateurs, car aucun de nous n'avait été cité à comparaître.

Une fois les préliminaires d'usage accomplis, le jury fut invité à examiner le cadavre, et John Cavendish à l'identifier formellement.

Ensuite il fut le premier à être interrogé. Il décrivit son réveil à l'aube et les circonstances dans lesquelles était morte sa belle-mère.

Puis ce fut le tour des médecins, qui exposèrent leurs conclusions dans un silence attentif. Tous les regards convergeaient sur ce fameux spécialiste de Londres, la plus haute autorité en matière de toxicologie.

En quelques phrases concises, il résuma les conclusions tirées de l'autopsie. Si l'on passait sur les termes obscurs de la technique médicale, il résultait que le décès de Mrs Inglethorp était imputable à un empoisonnement à la strychnine. Le Dr Bauerstein évaluait la quantité ingérée à trois quarts de grammes, sans doute davantage.

— La victime a-t-elle pu avaler le poison par inadvertance? demanda le coroner.

— Selon moi, c'est peu probable. À la différence d'autres substances toxiques, la strychnine n'est pas employée dans les produits domestiques. De plus, elle n'est vendue que sur ordonnance.

— Vos constatations vous permettent-elles de déterminer la façon dont a été administré le poison?

— Non.

— Vous êtes arrivé à Styles avant le Dr Wilkins, je crois?

— C'est exact. Je passais devant les grilles du parc quand l'automobile est sortie. On m'a prévenu et j'ai couru aussi vite que j'ai pu jusqu'à la maison.

— Pouvez-vous nous donner un compte rendu précis des événements qui ont suivi?

— Je suis allé à la chambre de Mrs Inglethorp. J'ai constaté tout de suite qu'elle était dans une phase de convulsions tétaniques caractérisées. Elle s'est tournée vers moi et s'est écriée: « Alfred! Alfred! ».

— D'après vous, la strychnine pouvait-elle se trouver dans le café que lui a apporté son mari après le repas?

— C'est possible. Néanmoins la strychnine est un poison à effet rapide. Les premiers symptômes apparaissent une ou deux heures après l'ingestion. Ils peuvent être retardés dans certaines circonstances, toutes absentes dans le cas qui nous intéresse. Je suppose que Mrs Inglethorp a bu son café vers 20 heures. Or, les réactions physiques à l'empoisonnement ne sont apparues qu'aux premières heures, le lendemain matin, ce qui semble indiquer que l'absorption s'est située nettement plus tard, au cours de la nuit.

— Mrs Inglethorp avait l'habitude de boire une tasse de cacao pendant la nuit. La strychnine a-t-elle pu être mélangée à ce breuvage?

— Non. J'ai fait analyser un échantillon de cacao prélevé dans la casserole. Aucune trace de strychnine n'est discernable.

À côté de moi, je perçus le petit rire étouffé de Poirot.

— Vous vous en doutiez donc ? lui murmurai-je.

— Écoutez plutôt.

— Je me dois d'ajouter, continuait le Dr Bauerstein, que tout autre résultat m'eût considérablement surpris.

— Pourquoi ?

— Tout simplement parce que la strychnine est particulièrement amère. On la décèle dans une solution au soixante-dix millième, et seul un aliment très parfumé pourrait la neutraliser. Le cacao ne parviendrait en aucun cas à ce résultat.

Un des jurés demanda s'il en allait de même pour le café.

— C'est différent. Son amertume propre pourrait couvrir celle de la strychnine.

— Vous pensez donc qu'il est plus probable que le poison a été mélangé au café mais que ses effets en ont été retardés pour une raison inconnue ?

— Oui. Hélas ! il nous est impossible d'analyser le contenu de la tasse qu'on a retrouvée réduite en miettes.

La déposition du Dr Wilkins vint confirmer en tous points celle de son confrère. Quant à l'hypothèse du suicide, il la réfuta avec la dernière énergie. Si la disparue n'avait plus le cœur très solide, sa santé générale restait très satisfaisante et elle jouissait d'une nature dynamique et équilibrée. D'après le Dr Wilkins, elle eût été la dernière à envisager le suicide.

Lawrence Cavendish fut le suivant à comparaître. Ses déclarations, qui reprenaient celles de son frère, n'apportèrent aucune révélation. Néanmoins, alors qu'il allait se retirer, il se ravisa et, d'un regard humble, interrogea le coroner :

— Puis-je me permettre une suggestion ?

— Je vous en prie, Mr Cavendish, répondit aussitôt Mr Wells. Notre présence ici a pour seul but de faire toute la lumière sur le décès de Mrs Inglethorp. Nous sommes prêts à entendre tout ce qui pourrait nous aider en ce sens.

— C'est une idée qui m'est venue, commença Lawrence non sans hésitation, et je me trompe peut-être, mais... Mais il me semble qu'une cause naturelle pourrait expliquer le décès de ma mère.

— Qu'est-ce qui vous fait penser cela, Mr Cavendish ?

— Depuis quelque temps, ma mère prenait régulièrement un fortifiant contenant de la strychnine.

— Ah ! lâcha le coroner.

Le jury était tout oreilles.

— Si je ne me trompe, poursuivit Lawrence, on a connu des cas semblables où l'accumulation d'une certaine drogue contenue dans un médicament pris quotidiennement a fini par causer le décès du patient. Par ailleurs, ma mère ne se serait-elle pas administré, par inadvertance, une dose massive — et mortelle — de fortifiant ?

— Nous vous sommes très reconnaissants de cette précision, Mr Cavendish. Nous ne savions pas que votre mère prenait un médicament contenant de la strychnine.

Mais le Dr Wilkins, rappelé à la barre pour donner son avis, réfuta une telle hypothèse.

— Cette suggestion n'est absolument pas valable. Tout médecin vous en dira autant. Si la strychnine fait partie des substances toxiques susceptibles de s'accumuler dans l'organisme, elle ne peut en aucun cas provoquer une mort aussi soudaine. D'ailleurs, dans ces circonstances, le décès aurait été précédé de troubles chroniques que j'aurais aussitôt remarqués. Cette hypothèse est absurde.

— Et la seconde suggestion de Mr Cavendish ? Mrs Inglethorp peut-elle avoir succombé à une prise accidentelle et trop importante de son fortifiant ?

— La mort n'aurait pu résulter de l'ingestion simultanée de trois ou même quatre doses. Certes, Mrs Inglethorp avait toujours à portée de main une réserve importante de ce fortifiant, car elle s'approvisionnait directement chez Coots, le pharmacien en gros de Tadminster. Mais il lui aurait fallu vider le flacon entier pour expliquer le taux de strychnine découvert à l'autopsie.

— Vous jugez donc que le fortifiant ne peut avoir causé la mort de Mrs Inglethorp ?

— Absolument. Cette supposition est dénuée de tout sens commun.

Le juré qui était déjà intervenu lança l'idée d'une erreur de dosage du préparateur.

— Une erreur humaine est certes toujours possible, admit le médecin.

Avec Dorcas, qui déposa après le Dr Wilkins, cette

hypothèse se révéla nulle et non avenue. Mrs Inglethorp avait pris la dernière dose du flacon de fortifiant le jour même de sa mort ; le remède ne venait donc pas d'être préparé.

On abandonna la piste du fortifiant, et le coroner poursuivit ses auditions. Dorcas raconta son réveil brutal à la suite du violent coup de sonnette de sa maîtresse, et la façon dont elle s'était prise pour tirer toute la maisonnée du sommeil. Mr Wells s'intéressa ensuite à l'altercation de l'après-midi précédente. Le témoignage de Dorcas à ce sujet ne fut qu'une répétition de ce que Poirot et moi avions déjà entendu. Je m'abstiendrai donc de le transcrire ici.

Puis Mary Cavendish prit la suite de la domestique. Elle se tenait très droite et fit sa déposition avec une grande clarté et un calme souverain.

Comme le coroner lui demandait à quelle heure elle s'était réveillée, elle déclara s'être levée à 4 h 30, comme tous les jours. Le bruit sourd d'une chute l'avait fait sursauter tandis qu'elle s'habillait.

— C'était sans doute la table de chevet qu'on a retrouvée renversée ? commenta le coroner.

— J'ai ouvert ma porte pour écouter, poursuivit Mary Cavendish. Il y a eu un violent coup de sonnette et Dorcas est arrivée en hâte pour réveiller mon mari. Ensuite, nous sommes tous allés jusqu'à la chambre de ma belle-mère, mais la porte était fermée...

— Je pense qu'il est inutile de vous ennuyer avec la relation de ce qui a suivi, intervint le coroner. Nous avons déjà toutes les précisions nécessaires. En revanche, si vous vouliez bien nous parler de cette altercation que vous avez entendue la veille ?

— Moi ?

Je discernai une pointe d'insolence dans sa voix. D'une main, et tout en détournant légèrement la tête, elle ajusta le volant de dentelle qui ornait le col de sa robe. J'eus soudain le sentiment qu'elle tentait de gagner du temps.

— Oui, reprit Mr Wells sans se démonter. J'ai cru comprendre que vous lisiez sur le banc situé sous la fenêtre du boudoir. Est-ce exact ?

Je n'étais pas au courant de ce fait et, coulant un regard oblique vers Poirot, je gageai qu'il en allait de même pour lui.

Elle marqua une hésitation à peine perceptible avant d'acquiescer :

— C'est exact, en effet.

— Et cette fenêtre était ouverte, si je ne me trompe ?

Son visage pâlit tandis qu'elle répondait par l'affirmative :

— Oui.

— Donc, la dispute qui se déroulait dans le boudoir n'a pu vous échapper, d'autant qu'elle était assez... vive. En fait, vous entendiez certainement mieux les voix d'où vous vous trouviez que si vous aviez été dans le vestibule...

— Peut-être bien.

— Voudriez-vous nous répéter les propos que vous avez surpris ?

— Je n'en garde aucun souvenir.

— Vous prétendez ne pas avoir perçu la moindre bribe de cette altercation ?

— Oh, si ! J'ai bien entendu des voix, mais je n'ai pas fait attention à ce que ces voix pouvaient bien dire. (Ses joues rosirent un peu, et elle ajouta :) Je n'ai pas l'habitude d'écouter les conversations privées.

— Et vous ne vous souvenez même pas du mot ou de la phrase indiquant qu'il s'agissait bien là de ce que vous appelez une « conversation privée » ? insista le coroner.

Un instant, elle sembla s'absorber dans ses réflexions. Puis elle déclara, toujours aussi calmement :

— Si. Je me souviens que Mrs Inglethorp a dit quelque chose — mais je ne me rappelle pas exactement quoi — à propos d'un scandale possible entre époux.

L'air satisfait, le coroner se renversa dans son fauteuil :

— Eh bien, voilà qui corrobore la déposition de Dorcas sur ce point. Veuillez pardonner mon insistance, Mrs Cavendish, mais comment se fait-il que vous ne vous soyez pas éloignée, puisque vous veniez de comprendre qu'il s'agissait d'un entretien de caractère privé ? Vous êtes donc restée assise sur votre banc ?

Les yeux fauves de la jeune femme brillèrent d'un bref éclat et j'eus la certitude qu'elle aurait volontiers mis en pièces ce petit homme de loi aux questions lourdes d'insinuations.

Pourtant c'est encore d'une voix posée qu'elle répondit :

— Oui. Je m'y trouvais très bien et j'étais absorbée par ma lecture.

— C'est là tout ce que vous pouvez nous apprendre ?

— C'est tout.

J'avais la très nette impression que Mr Wells n'était pas convaincu et qu'il la soupçonnait de taire bien des choses.

Amy Hill, caissière de son état, lui succéda à la barre. Le 17 juillet dans l'après-midi, confirma-t-elle, elle avait vendu une feuille de papier timbré à William Earl, aide-jardinier à Styles Court. Ce dernier ainsi que Manning vinrent ensuite déclarer à la barre avoir contresigné un document le même jour, à la demande de Mrs Inglethorp. Manning affirma qu'il devait être 16 h 30, tandis que William Earl situait ce moment un peu plus tôt.

Puis ce fut le tour de Cynthia Murdoch de témoigner. En fait, elle avait peu de choses à dire, étant restée endormie jusqu'au moment où Mrs Cavendish l'avait tirée de son sommeil.

— Vous n'avez pas entendu tomber la table de chevet ?

— Non, je dormais à poings fermés.

— Vous dormiez du sommeil du juste, approuva Mr Wells avec un sourire. Merci, miss Murdoch, ce sera tout... Miss Howard, s'il vous plaît.

Evie montra au coroner la lettre que lui avait adressée Mrs Inglethorp le soir du 17. Bien sûr Poirot et moi l'avions déjà lue. Elle n'éclairait d'ailleurs en rien notre affaire. En voici la reproduction :

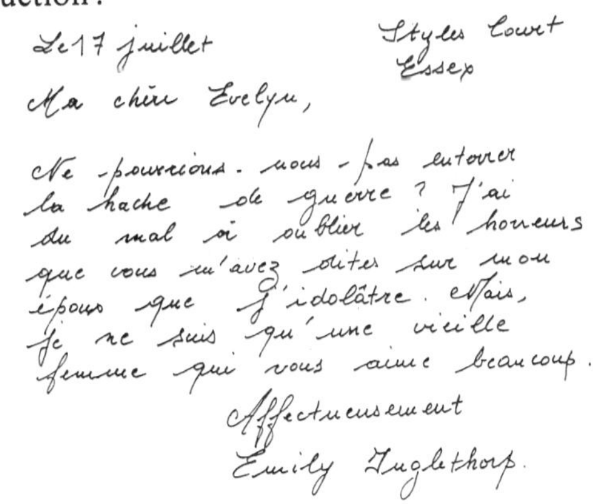
Le 17 juillet

Styles Court
Essex

Ma chère Evelyn,

Ne pourrions-nous pas enterrer la hache de guerre ? J'ai du mal à oublier les horreurs que vous m'avez dites sur mon époux que j'idolâtre. Mais, je ne suis qu'une vieille femme qui vous aime beaucoup.

Affectueusement
Emily Inglethorp.

Mr Wells la fit passer aux membres du jury, qui l'examinèrent avec le plus grand soin.

— Elle ne nous sera pas d'un très grand secours, soupira l'homme de loi. Il n'y est fait mention d'aucun détail ayant trait à cet après-midi-là.

— Pour moi, c'est pourtant clair comme de l'eau de roche ! riposta miss Howard. Elle prouve bien que ma pauvre vieille amie avait compris qu'on s'était fichu d'elle !

— Rien de tel n'est suggéré dans ces quelques lignes, fit remarquer le coroner.

— Parce qu'Emily n'a jamais su admettre ses erreurs. Mais moi, je la connaissais bien ; elle voulait que je revienne. Seulement pas question pour elle d'avouer que j'avais raison ! Oh non ! Elle a donc esquivé le problème. La plupart des gens font pareil. Mais moi, ce n'est pas mon genre !

Mr Wells eut du mal à dissimuler un sourire, et il en allait de même, remarquai-je, de plusieurs des membres du jury. Miss Howard et ses foucades étaient bien connues de tous.

— Ce qui est sûr, reprit-elle en toisant le jury d'un regard méprisant, c'est que tous ces papotages nous font perdre du temps ! Papotez... papotez... papotez tout ce que vous voudrez ! Mais tout le monde sait très bien que...

— Merci, miss Howard, coupa le coroner qui ne voulait pas en entendre davantage. Ce sera tout.

Je crois bien qu'il eut un soupir de soulagement lorsqu'elle quitta la barre.

Le témoignage suivant fit sensation. C'était celui d'Albert Mace, le préparateur en pharmacie, ce garçon mince et nerveux, au visage livide, qui nous avait rendu visite à Leastways Cottage. En réponse aux questions de Mr Wells, il déclina sa qualification et indiqua qu'il ne travaillait au village que depuis peu. Il remplaçait le préparateur en titre appelé sous les drapeaux.

Ces précisions établies, le coroner en vint au fait :

— Mr Mace, avez-vous récemment vendu de la strychnine sans ordonnance.

— Oui, monsieur.

— Quand cela s'est-il passé ?

— Lundi en fin d'après-midi, monsieur.

— Lundi ? Pas plutôt mardi ?

— Non, monsieur. Lundi dernier, le 16 juillet.

— Pourriez-vous nous révéler l'identité de votre acheteur ?

On aurait entendu une mouche voler.

— Certainement, monsieur: il s'agissait de Mr Inglethorp.

Tous les regards convergèrent sur ce dernier, vivante image du flegme et de l'impassibilité. Au moment où ces mots accusateurs tombèrent des lèvres du préparateur, il eut un tressaillement — à peine perceptible. J'aurais juré qu'il allait bondir, mais il n'en fit rien et se contenta d'afficher un étonnement remarquablement feint.

— Mr Mace, êtes-vous bien-sûr de ce que vous avancez? insista le coroner avec une certaine gravité.

— Sûr et certain, monsieur.

— Et vous avez l'habitude de vendre ainsi de la strychnine à tout un chacun?

Le pauvre garçon parut se recroqueviller sous le regard sévère du coroner.

— Oh! non, monsieur... Bien sûr que non! Mais en reconnaissant Mr Inglethorp, de Styles Court, je ne me suis pas inquiété. Il m'a dit qu'il en avait besoin pour empoisonner un chien.

En moi-même, je compatissais. Quoi de plus humain, en effet, que de se montrer arrangeant avec le « château »? D'autant que ce simple geste aurait pu inciter le hobereau à transférer sa clientèle de chez Coots à la pharmacie locale.

— D'habitude, tout acheteur d'une substance toxique ne doit-il pas signer un registre que vous lui présentez?

— Si, monsieur. Et c'est ce qu'a fait Mr Inglethorp.

— Pourriez-vous produire ce registre?

— Oui, monsieur.

Et le préparateur le tendit à Mr Wells. Celui-ci mit fin au supplice du pauvre garçon après quelques mots de remontrance.

Puis, tout le monde retint sa respiration et Alfred Inglethorp fut appelé à son tour. Comprenait-il à quel point la corde se resserrait autour de son cou?

Le coroner n'y alla pas par quatre chemins:

— Avez-vous acheté, lundi soir dernier, de la strychnine dans le but d'empoisonner un chien?

— Non, répondit Alfred Inglethorp d'un ton parfaitement calme. À Styles Court, il n'y a d'ailleurs qu'un chien de berger, qui est en parfaite santé.

— Vous niez donc avoir acheté lundi dernier à Mr Mace une certaine quantité de strychnine sous ce prétexte ?

— Je le nie.

— Niez-vous également ceci ? dit Mr Wells en lui tendant le registre ouvert à la page où était apposée sa signature.

— Absolument. L'écriture est très différente de la mienne, et je peux vous le prouver sur-le-champ.

Tirant de sa poche une enveloppe usagée, il y apposa sa signature et la donna au jury. Les deux écritures étaient effectivement très dissemblables.

— Alors comment expliquez-vous la déclaration de Mr Mace ?

— Mr Mace a dû se tromper, répondit froidement Mr Inglethorp.

Un moment, le coroner hésita ; puis il demanda :

— Simple formalité, Mr Inglethorp. Cela ne vous ennuie-t-il pas de nous dire où vous vous trouviez en fin d'après-midi ce lundi 16 juillet ?

— J'ai beau chercher... je ne m'en souviens pas.

— C'est absurde, Mr Inglethorp ! s'emporta le coroner. Réfléchissez encore.

Inglethorp secoua la tête :

— Rien à faire. Je crois que j'étais sorti me promener.

— Dans quelle direction ?

— Aucune idée.

Le visage du coroner se ferma :

— Vous promeniez-vous avec quelqu'un ?

— Non.

— Avez-vous rencontré quelqu'un en chemin ?

— Non.

— Dommage, commenta Mr Wells d'un ton sec. Je dois en conclure que vous refusez de nous dire où vous vous trouviez au moment où Mr Mace affirme que vous entriez dans sa pharmacie pour acheter de la strychnine.

— Concluez comme il vous plaira.

— Faites attention, Mr Inglethorp.

Poirot se trémoussait nerveusement.

— Sacré nom ! murmura-t-il. Est-ce que cet imbécile tient à être inculpé ?

À l'évidence, Mr Inglethorp faisait mauvaise impression. Ses vaines dénégations n'auraient pas convaincu un enfant. Quoi qu'il en soit, le coroner sauta à la question suivante, et Poirot poussa un profond soupir de soulagement.

— Vous avez eu une dispute avec votre épouse mardi 17 au cours de l'après-midi, si mes renseignements sont bons.

— Toutes mes excuses, répliqua Mr Inglethorp, mais vos renseignements sont mauvais. Je ne me suis pas querellé avec mon épouse, que j'aimais tendrement. Cette histoire est fausse de bout en bout. J'étais absent de Styles Court tout l'après-midi.

— Quelqu'un peut-il témoigner en ce sens ?

— Vous avez ma parole ! rétorqua Mr Inglethorp avec hauteur.

Le coroner ne prit pas la peine de commenter cette réponse.

— Deux témoins sont prêts à jurer qu'ils vous ont entendu vous quereller avec votre femme, Mr Inglethorp...

— Ces témoins se sont trompés.

J'étais désarçonné. Le calme et l'assurance de cet homme me sidéraient. Je jetai un coup d'œil à Poirot. Une expression de jubilation avait envahi ses traits et je ne parvenais pas à en déceler la cause. Était-il enfin convaincu de la culpabilité d'Inglethorp ?

— Vous avez entendu les témoins précédents, reprit le coroner. Avez-vous une théorie concernant les derniers mots de votre épouse ?

— Oui.

— Nous vous écoutons.

— Cela me semble assez simple : la pièce était mal éclairée. La taille et la corpulence du Dr Bauerstein sont très proches des miennes et il porte la barbe comme moi. Dans la lumière diffuse de la chambre, ma pauvre femme, qui souffrait alors le martyre, nous a confondus.

— Eh ! murmura Poirot pour lui-même. Mais c'est une idée, ça !

— Vous croyez que c'est vrai ? soufflai-je.

— Je n'ai pas dit ça. Mais il faut reconnaître que cette explication est ingénieuse.

— Vous avez pris les derniers mots prononcés par ma femme pour une accusation, continuait Alfred Inglethorp, alors qu'ils n'étaient au contraire qu'un appel au secours.

Le coroner médita un instant, puis demanda :

— Sauf erreur de ma part, Mr Inglethorp, c'est bien vous qui avez rempli la tasse à café de votre femme et qui la lui avez portée, ce soir-là ?

— Je l'ai remplie, oui. Mais je ne la lui ai pas portée. J'en avais l'intention, quand j'ai été prévenu de la visite d'un ami qui m'attendait à la porte d'entrée. J'ai donc laissé la tasse sur la table du vestibule. Quand je suis revenu, quelques minutes plus tard, elle n'y était plus.

Vraie ou fausse, cette affirmation ne me parut guère disculper Inglethorp. Dans un cas comme dans l'autre, il avait eu tout le temps de verser le poison dans la tasse.

D'un petit coup de coude, Poirot me fit remarquer deux hommes assis non loin de la porte. Le premier était de petite taille, brun, avec un visage de fouine et une expression rusée ; le second était grand et blond.

Perplexe, j'interrogeai Poirot des yeux, et il approcha ses lèvres de mon oreille :

— Vous ne reconnaissez pas le plus petit des deux ?

Je secouai la tête.

— C'est l'inspecteur James Japp, de Scotland Yard — Jimmy Japp. L'autre appartient aussi à Scotland Yard. La situation évolue à toute vitesse, mon bon ami.

J'observai les deux hommes avec attention. Aucun des deux ne ressemblait à un limier du Yard, et jamais je n'aurais soupçonné leur identité.

J'en étais là de mes réflexions quand le verdict me fit sursauter :

— Assassinat avec préméditation par un ou plusieurs inconnus.

## 7

## Poirot paie ses dettes

En sortant des *Stylites Arms*, Poirot me prit le bras pour m'attirer à l'écart. Je ne tardai pas à découvrir le but de la manœuvre : il guettait les deux hommes de Scotland Yard.

Lorsqu'ils sortirent à leur tour, Poirot accosta le plus petit des deux :

— J'ai bien peur que vous ne me reconnaissiez pas, inspecteur Japp...

— Ça, par exemple ! Mais c'est *môssieu* Poirot ! s'exclama l'inspecteur avant d'expliquer à son collègue : vous m'avez entendu parler de *môssieu* Poirot, non ? Lui et moi, on a fait équipe en 1904, sur l'affaire des faux d'Abercrombie — ce salopard est tombé à Bruxelles, vous vous souvenez. Ah ! c'était une grande époque ; oui, *môssieu* ! Et le « Baron » Altara, vous vous rappelez ? Encore un drôle de truand ! Il avait réussi à échapper à toutes les polices d'Europe. Mais nous l'avons épinglé à Anvers, et ce, grâce à *môssieu* Poirot...

Je m'étais approché tandis que s'échangeaient ces souvenirs communs et Poirot me présenta à l'inspecteur Japp, qui lui-même nous présenta le superintendant Summerhaye.

— Je pense, messieurs, qu'il est inutile de vous demander pourquoi vous êtes ici aujourd'hui, fit Poirot.

Japp eut un clin d'œil de connivence :

— C'est assez évident, en effet. Tout comme ce cas, qui me semble limpide.

Le visage de Poirot se fit grave :

— Voilà un point de vue que je ne partage pas.

— Allons donc ! intervint Summerhaye pour la première fois. L'affaire est pourtant claire. Cet homme a été pris la main dans le sac. Seule sa stupidité m'étonne !

Cependant Japp scrutait le visage de Poirot.

— Prudence, Summerhaye ! fit-il sur le ton de la plaisanterie. *Môssieu* et moi sommes de vieilles connaissances, et son jugement prime pour moi sur n'importe quel autre. À moins d'une grossière erreur, j'ai l'impression qu'il garde un atout dans sa manche. Je me trompe, Mr Poirot ?

Poirot sourit :

— Je suis parvenu à certaines conclusions... c'est exact.

Si Summerhaye conservait une expression sceptique, Japp continuait d'observer Poirot.

— Jusqu'ici, dit-il, nous n'avons vu cette affaire que de l'extérieur. Dans ce genre de cas, où le meurtre n'est admis qu'en première conclusion de l'enquête, Scotland Yard est très désavantagé. Il faut être sur les lieux aussitôt, et c'est pourquoi Mr Poirot a une longueur d'avance sur nous. Sans ce médecin, qui s'est montré assez intelligent pour nous prévenir par l'intermédiaire du coroner, nous ne serions pas encore sur le pied de guerre ! Mais vous, Mr Poirot, qui êtes sur les lieux depuis le début du drame, vous avez peut-être glané quelques indices intéressants. D'après les témoignages que nous venons d'entendre, il est évident que Mr Inglethorp a empoisonné son épouse, et si un autre que vous paraissait en douter, je lui éclaterais de rire au nez ! Je suis même surpris, je vous l'avoue, que le jury n'ait pas déjà demandé son inculpation pour meurtre avec préméditation. Sans le coroner, qui m'a semblé les freiner, je suis sûr que les jurés auraient conclu à sa culpabilité.

— Mais qui sait si vous n'avez pas dans votre poche un mandat d'arrêt à son nom ? insinua Poirot.

Le masque impénétrable du parfait policier tomba immédiatement sur le visage d'habitude expressif de Japp.

— Qui sait ? répondit-il froidement.

Poirot lui jeta un regard pensif :

— Messieurs, je tiens beaucoup à ce que cet homme ne soit pas arrêté.

— Et puis quoi, encore ? objecta Summerhaye, sarcastique.

Japp considérait Poirot avec une perplexité assez comique.

— Soyez chic, Mr Poirot. Donnez-nous un début de piste, vous qui suivez l'affaire depuis le début... Le Yard n'aime guère commettre des erreurs, vous le savez.

— Je le crois volontiers, approuva mon ami avec un hochement de tête. Aussi, je peux vous dire une bonne chose : utilisez votre mandat et arrêtez Mr Inglethorp si vous le désirez, mais vous n'en récolterez aucun laurier : les charges contre lui tomberont immédiatement ! Comme ça !

Et il claqua des doigts pour illustrer son propos.

Le visage de Japp devint grave tandis que Summerhaye poussait un grognement incrédule.

Pour ma part, j'étais ébahi. Une seule conclusion me vint à l'esprit : Poirot avait perdu la tête !

Japp sortit son mouchoir et se tamponna le front.

— Je ne peux prendre ce risque, Mr Poirot. En ce qui me concerne, votre parole me suffit. Mais une partie de ma hiérarchie me demandera quelle mouche m'a piqué. Ne pourriez-vous éclairer un peu ma lanterne ?

— S'il le faut, concéda Poirot après quelques secondes de

réflexion. Mais c'est contre ma volonté. On me force la main. J'aurais préféré travailler dans le secret pour le moment, mais votre remarque est justifiée. L'avis d'un inspecteur belge — à la retraite, qui plus est — ne peut suffire ! Et Alfred Inglethorp ne doit pas être arrêté ! J'en ai fait le serment, mon ami Hastings en est témoin. Fort bien ! Alors, mon bon Japp, vous vous rendez à Styles sans plus attendre ?

— D'ici une demi-heure, seulement. Nous devons d'abord voir le coroner et le médecin.

— Bien. J'habite la dernière maison du village : passez donc me prendre, et nous ferons le chemin ensemble. À Styles, vous obtiendrez de Mr Inglethorp, ou plus probablement de moi-même, les preuves qui vous convaincront de l'inanité d'une telle accusation. Ce marché vous convient-il ?

— Marché conclu ! répondit Japp, ravi. Et, au nom de Scotland Yard, je vous remercie — bien que je ne voie pas pour l'instant ce qui pourrait disculper ce Mr Inglethorp, je vous l'avoue ! Mais vous avez toujours eu tant de flair ! Eh bien, à tout de suite, *môssieu* !

Les deux policiers s'éloignèrent d'un pas vif, mais Summerhaye avait conservé son air incrédule.

— Alors, mon bon ami ! me lança Poirot avant que j'aie eu le temps d'ouvrir la bouche. Qu'en pensez-vous ? Mon Dieu ! j'ai eu quelques inquiétudes, tout à l'heure ! Je n'aurais pas cru cet individu entêté au point de garder le silence. Il s'est comporté comme un imbécile !

— Hum ! J'y vois d'autres explications que la sottise, répliquai-je. S'il n'est pas soupçonné à tort, quelle autre tactique aurait-il pu adopter pour sa défense ?

— Mais il existe toutes sortes de façons plus ingénieuses les unes que les autres ! s'écria Poirot. Tenez : imaginons que je sois le criminel. Je peux inventer sept histoires tout à fait crédibles ! Beaucoup plus convaincantes, en tout cas, que les froides dénégations qu'il leur a opposées !

Je ne pus m'empêcher de rire :

— Mon cher Poirot, je suis persuadé que vous seriez capable d'inventer soixante-dix histoires pour vous disculper. Mais revenons aux choses sérieuses. En dépit de ce que vous avez dit aux inspecteurs du Yard, vous ne pouvez tout de même plus envisager l'innocence de Mr Inglethorp ?

— Et pourquoi moins maintenant qu'auparavant ? Il n'y a aucun élément nouveau.

— Allons ! Les témoignages sont accablants !

— Un peu trop, même...

Nous passâmes la grille de Leastways Cottage et gravîmes les marches déjà familières.

— Oui, trop accablants ! continua Poirot plus pour lui-même qu'à mon adresse. En règle générale, les indices sont vagues et peu parlants. On doit les examiner avec le plus grand soin, et les passer au crible. Mais ici, tout concorde si parfaitement... Non, mon bon ami, le faisceau des preuves a été assemblé avec un art consommé, et sa perfection même dessert son but !

— Comment en arrivez-vous à cette conclusion ?

— C'est bien simple : tant que les indices contre Inglethorp restaient de simples soupçons imprécis, ils étaient difficiles à réfuter. Mais, dans sa panique, le véritable criminel a tissé un filet de présomptions si serré autour d'Alfred Inglethorp que le moindre accroc le déchirera...

Devant mon silence dubitatif, Poirot continua :

— Abordons le problème sous l'angle suivant : a priori, nous nous trouvons face à un homme qui a décidé d'empoisonner son épouse. D'après les bruits qui courent, il a vécu jusqu'alors d'expédients, ce qui suppose une certaine ingéniosité ; contentons-nous de le créditer d'un minimum de bon sens. Or, comment prépare-t-il son forfait ? Effrontément, il se rend à la pharmacie du village et achète lui-même de la strychnine, sous un prétexte si ridicule qu'il ne tient pas deux secondes au moindre examen. De plus, il n'utilise pas le poison le soir même, mais attend d'avoir eu avec son épouse une altercation assez violente pour que toute la maisonnée en soit informée, ce qui, bien entendu, attire tous les soupçons sur lui. Enfin, il ne peut ignorer que le préparateur de la pharmacie sera interrogé ; pourtant, il ne se cherche aucun alibi... Allons donc ! Vous ne me ferez jamais croire qu'on puisse être assez stupide pour agir de la sorte ! Seul un fou, un malade qui voudrait se suicider en se servant du verdict de la justice, pourrait imaginer un tel stratagème !

— Pourtant, je ne vois toujours pas...

— Moi non plus, mon bon ami ! Je dois bien le reconnaître, cette affaire me laisse perplexe, moi, Hercule Poirot !

— Mais si vous le tenez pour innocent, comment expliquez-vous qu'il ait acheté de la strychnine ?

— Le plus simplement du monde : ce n'était pas lui.

— Mace l'a pourtant identifié !

— Pardon, le préparateur a servi un individu arborant une barbe noire semblable à celle d'Alfred Inglethorp, portant les vêtements d'Alfred Inglethorp, qui sont assez reconnaissables, ainsi que des lunettes semblables à celles d'Alfred Inglethorp. Rappelez-vous que Mr Mace n'est à Styles Saint-Mary que depuis une quinzaine de jours, et qu'il n'a sans doute vu Alfred Inglethorp que de loin, d'autant que Mrs Inglethorp avait pour habitude de se fournir chez Coots, à Tadminster.

— Et vous en déduisez...

— Vous rappelez-vous, mon bon ami, les deux points que je vous avais cités comme étant capitaux ? Laissons de côté le premier pour l'instant. Vous souvenez-vous du second ?

— Le fait qu'Alfred Inglethorp affectionne les vêtements singuliers, qu'il porte une barbe noire et des lunettes ; c'est bien cela ?

— Tout à fait. À présent, imaginez quelqu'un qui voudrait usurper la personnalité de John ou de Lawrence Cavendish. Le pourrait-il aisément ?

— Certes non, répondis-je. Encore que, un bon comédien...

Mais Poirot m'empêcha de poursuivre :

— Et pourquoi donc la tâche serait-elle malaisée ? Je vais vous le dire : parce que les deux frères Cavendish sont imberbes. Or, pour parvenir à une ressemblance acceptable avec l'un ou l'autre en plein jour, il faudrait un acteur de génie présentant déjà quelque similitude morphologique avec son modèle. Reprenons le cas d'Alfred Inglethorp. Il est beaucoup plus simple : au premier abord, son apparence est largement déterminée par sa barbe, ses vêtements et les lunettes qui lui cachent les yeux. Et ce que cherche avant tout un criminel intelligent, c'est à éloigner les soupçons de sa personne, n'est-ce pas ? La meilleure façon de parvenir à ce résultat n'est-elle pas de les faire peser sur quelqu'un d'autre ? Eh bien ! Dans l'affaire qui nous occupe, la victime de cette machination était toute trouvée ! Il était évident que tout le monde accepterait a priori la culpabilité de Mr Inglethorp, mais le criminel a jugé nécessaire la présence d'une preuve tangible : d'où l'achat du poison. L'apparence d'Alfred Inglethorp facilitait grandement la réussite de ce plan. De plus, vous vous en souvenez certainement, le jeune Mace n'avait jamais parlé à Mr Inglethorp. Comment aurait-il pu douter de l'identité d'un homme qui portait les mêmes lunettes, la même barbe et les mêmes vêtements ?

L'éloquence de Poirot m'emplissait d'une sorte de fascination.

— Certes, dis-je, mais, même en admettant cette hypothèse, pourquoi refuse-t-il de dire où il se trouvait lundi soir, à 18 heures ?

— Oui, pourquoi, en effet, approuva Poirot d'un ton plus calme. S'il était arrêté, il parlerait, je n'en doute pas — mais cette solution est à éviter. Il est de mon devoir de lui démontrer la gravité de sa position actuelle. Il se tait pour cacher quelque fait indigne. S'il n'a pas assassiné sa « chère épouse », comme il dit, il n'en reste pas moins une canaille — une canaille qui a quelque chose à cacher, même si c'est sans rapport avec le meurtre de Mrs Inglethorp.

Sur le moment, j'adhérai à la théorie de Poirot et me pris à chercher la nature de ce secret. Néanmoins je conservais une nette préférence pour la thèse la plus évidente.

— De quoi peut-il s'agir ? murmurai-je.

— Vous ne devinez pas ? dit Poirot avec un petit sourire.

— Non. Et vous ?

— Si, bien sûr. Depuis quelque temps déjà, j'avais ma petite idée sur ce point ; et je l'ai déjà vérifiée.

— Vous ne m'en avez pas parlé, remarquai-je, assez vexé.

Poirot écarta les bras dans un geste de repentir :

— Pardonnez-moi, mon bon ami, mais vous me paraissiez assez peu réceptif. (Puis, sur un ton plus grave :) J'espère que vous comprenez maintenant pourquoi son arrestation serait une erreur ?

— C'est possible, répondis-je sans grande conviction.

En vérité, le sort de cet individu me laissait froid. Et je pensais même qu'une bonne dose de frousse ne lui ferait pas de mal.

Poirot m'observa un moment avec attention, puis il poussa un soupir et changea de sujet :

— Allons, mon bon ami, abandonnons le cas d'Alfred Inglethorp. Qu'avez-vous appris des autres dépositions ?

— Guère plus que ce que j'en attendais.

— Rien qui ait éveillé votre curiosité ?

Je pensai à Mary Cavendish et préférai éluder la question :

— De quelle façon ?

— Eh bien, la déposition de Mr Lawrence Cavendish, par exemple...

— Oh, Lawrence ! dis-je, soulagé. Non, pas particulièrement. Ça a toujours été un garçon nerveux et imprévisible.

— Et quand il a suggéré que sa mère était peut-être morte par accident, à cause de son fortifiant. L'étrangeté du propos ne vous a pas frappé ?

— Non, pas vraiment. Cela n'a rien d'étonnant de la part d'un profane. D'ailleurs, les médecins ne se sont pas gênés pour le tourner en ridicule.

— Justement. Mr Lawrence n'est pas un profane. C'est vous-même qui m'avez informé des études de médecine qu'il a poursuivies jusqu'au diplôme...

— C'est pourtant vrai ! admis-je, tout d'un coup très frappé. Je n'y avais pas pensé... En effet, c'est très étrange !

— Son comportement est étrange depuis le début, approuva Poirot. De tous les habitants de Styles Court, il est le seul capable d'interpréter les symptômes de sa belle-mère comme ceux d'un empoisonnement à la strychnine. Or, il est également le seul à défendre la thèse d'une mort naturelle. Je pourrais comprendre que Mr John tienne un tel discours, car il est ignorant en la matière et par nature dépourvu de toute imagination. Mais Mr Lawrence... Décidément, non ! Et aujourd'hui même, devant le jury, il suggère une explication dont il ne peut ignorer l'absurdité. Voilà qui donne matière à réflexion, mon bon ami...

— C'est très déroutant, en effet.

— Et n'oublions pas Mrs Cavendish, continua Poirot. Elle non plus ne dit pas tout ce qu'elle sait. Comment interprétez-vous son comportement ?

— Je ne sais trop qu'en déduire. J'ai beaucoup de mal à concevoir qu'elle puisse protéger Alfred Inglethorp. Et pourtant, c'est l'impression qu'elle donne.

L'air songeur, Poirot acquiesça :

— Oui. C'est très curieux. Ce qui ne fait aucun doute, c'est qu'elle a entendu beaucoup plus de cette « conversation privée » que ce qu'elle a daigné en rapporter au coroner.

— Elle est pourtant la dernière personne que l'on pourrait soupçonner d'écouter aux portes !

— C'est exact. Mais au moins sa déposition m'a-t-elle éclairé sur un point : je m'étais trompé — l'altercation s'est bien déroulée un peu plus tôt dans l'après-midi que je ne le croyais, vers 16 heures, comme l'a toujours affirmé Dorcas.

Je n'avais jamais très bien saisi l'importance que mon ami accordait à ce détail, et je le regardai d'un air étonné.

— Oui, reprit-il, bien des questions sont soulevées par les dépositions que nous avons entendues aujourd'hui. Prenez le Dr Bauerstein. Que faisait-il, debout et tout habillé, à une heure aussi matinale ? Je suis stupéfait que personne n'ait relevé ce fait.

— Il est sujet aux insomnies, d'après ce qu'on m'a dit, arguai-je sans grande conviction.

— Explication qui ne peut être que très bonne ou très mauvaise, jugea Poirot. Elle couvre tout sans répondre à rien, voyez-vous. Il me faudra surveiller de près notre très brillant Dr Bauerstein.

— Avez-vous noté d'autres failles dans les dépositions ? demandai-je avec une pointe de sarcasme dans la voix.

— Mon bon ami, répondit très sérieusement Poirot, la méfiance est de rigueur dès que vous découvrez que les gens ne vous disent pas la stricte vérité. Et, à moins d'une grossière erreur de ma part, il n'y a guère qu'une personne, deux tout au plus, qui aient parlé sans rien dissimuler ni sans rien omettre.

— Allons, Poirot ! La cause est entendue pour Lawrence et Mrs Cavendish, mais John et miss Howard ! N'ont-ils pas dit la vérité ?

— Tous les deux, mon bon ami ? L'un d'eux, je vous l'accorde — mais les deux...

Cette réponse teintée d'ironie me fit un effet des plus déplaisants. Le témoignage de miss Howard, s'il n'avait qu'une importance relative, était empreint d'une telle spontanéité et d'une telle franchise que je n'avais pas envisagé une seconde de le mettre en doute. Néanmoins j'éprouvais un grand respect pour la sagacité de Poirot, à l'exception de ses « crises d'entêtement stupide », comme je nommais mentalement ces moments-là.

— Vous le pensez vraiment ? m'étonnai-je. Miss Howard

m'a toujours paru faire preuve d'une honnêteté totale, pour ne pas dire encombrante.

Poirot me lança un regard singulier que je ne pus déchiffrer. Il parut sur le point de s'expliquer, puis se ravisa.

— Quant à miss Murdoch, continuai-je, rien en elle ne permet de suspecter le mensonge.

— Certes. Mais n'est-il pas curieux qu'elle n'ait perçu aucun bruit alors qu'elle dormait dans la chambre voisine ? Notez, en revanche, que Mrs Cavendish, dont la chambre est située beaucoup plus loin, dans l'autre aile de la maison, a fort bien entendu la chute de la table de chevet.

— Miss Murdoch est jeune, et elle jouit d'un profond sommeil, voilà tout, avançai-je.

— Ah, ça ! Son sommeil devait être fort profond, j'en conviens !

À ce point de notre conversation, son ironie me dérangeait. C'est alors qu'on tambourina à la porte d'entrée. Nous nous penchâmes par la fenêtre pour découvrir les deux hommes de Scotland Yard qui nous attendaient dans la rue.

Poirot prit son chapeau. D'un mouvement décidé, il tordit les pointes de sa moustache, puis épousseta sa manche qui n'en avait besoin que dans son imagination. Enfin il donna le signal du départ. Nous rejoignîmes les deux policiers dans la rue et notre petit groupe prit la direction de Styles Court.

Je crois que l'arrivée des hommes du Yard provoqua un certain choc, en particulier chez John. Pour avoir entendu les conclusions du jury, il savait pourtant que leur venue ne pouvait tarder. En tout cas, il parut prendre conscience de la situation avec une acuité toute nouvelle.

Tandis que nous cheminions vers Styles Court, Poirot et Japp avaient discuté à voix basse. L'inspecteur demanda aux occupants de la maison, à l'exclusion des domestiques, de nous rejoindre dans le salon. La raison de cette réunion m'apparut aussitôt : le moment était venu pour Poirot de démontrer que ses dires n'étaient pas de simples rodomontades.

Pour ma part, j'étais assez pessimiste. Poirot avait peut-être d'excellentes raisons de croire Alfred Inglethorp innocent, il devrait néanmoins fournir des preuves solides à quelqu'un de la trempe de Summerhaye et je doutais fort que mon ami y parvînt.

Il ne fallut pas longtemps pour que nous nous trouvions tous assemblés dans le salon. Japp ferma la porte. Toujours courtois, Poirot disposa des chaises pour tout le monde. Les hommes de Scotland Yard étaient l'objet de l'attention générale. Je crois qu'à cet instant chacun prit pleinement conscience qu'il ne s'agissait pas d'un mauvais rêve mais de la réalité. Nous avions tous déjà entendu parler de ce genre d'histoires, mais cette fois nous étions les acteurs du drame. Demain, tous les quotidiens d'Angleterre annonceraient, à grand renfort de manchettes accrocheuses :

MYSTÉRIEUSE TRAGÉDIE DANS LE COMTÉ D'ESSEX
UNE RICHE LADY EMPOISONNÉE

Les articles seraient illustrés de photographies de Styles Court et d'instantanés de « la famille à la sortie de la séance des dépositions », car le photographe local n'avait pas chômé ! Toutes ces histoires que chacun a lues une centaine de fois dans son journal et qui n'arrivent qu'aux autres, jamais à vous. Et pourtant, dans cette demeure où nous nous trouvions, un assassinat avait bel et bien été commis, et nous avions en face de nous les « inspecteurs chargés de l'enquête ». Toutes ces pensées défilèrent dans mon esprit dans les quelques secondes qui précédèrent l'intervention de Poirot.

Le fait que ce fût lui qui prît la parole et non les inspecteurs du Yard parut surprendre tout le monde.

— Mesdames et messieurs, dit-il avec une petite courbette digne d'un conférencier en vogue, j'ai souhaité cette réunion dans un but bien précis, qui intéresse plus particulièrement Mr Alfred Inglethorp.

Inconsciemment, je suppose que les autres avaient éloigné leur chaise de l'homme, car il était assis un peu à l'écart. À l'énoncé de son nom, il tressaillit légèrement.

— Mr Inglethorp, dit mon ami en se tournant vers lui, une ombre très noire plane sur cette demeure : celle du meurtre.

Inglethorp acquiesça, l'air accablé.

— Ma pauvre femme, balbutia-t-il. Pauvre Emily ! C'est terrible...

— Je n'ai pas l'impression, monsieur, que vous compreniez vraiment à quel point la situation pourrait se révéler terrible... pour vous.

Et pour se faire mieux comprendre, Poirot ajouta :

— Vous courez un très grave danger, Mr Inglethorp.

Les deux hommes du Yard s'agitèrent sur leurs sièges, et

j'imaginais la formule rituelle : « Tout ce que vous direz pourra être retenu contre vous », articulée mentalement par Summerhaye.

— Suis-je assez clair, monsieur ?

— Non ! Que voulez-vous dire ?

— Je veux dire, martela Poirot, que vous êtes soupçonné d'empoisonnement à l'encontre de votre épouse.

Un cri de surprise courut dans l'assistance. Inglethorp se leva d'un bond.

— Dieu Tout-Puissant ! s'écria-t-il. Moi, empoisonner mon Emily adorée ! Mais quelle idée monstrueuse !

Poirot l'observait avec insistance :

— Je crois que vous n'avez pas été sensible à l'impression désastreuse qu'a provoquée votre attitude lors des dépositions. Mr Inglethorp, après ce que je viens de vous apprendre, refuserez-vous toujours de nous dire où vous vous trouviez lundi à 18 heures ?

Avec un gémissement, l'homme se laissa retomber sur sa chaise et se cacha le visage dans ses mains. Poirot s'approcha de lui jusqu'à le dominer de sa petite taille.

— Parlez ! s'écria-t-il d'une voix menaçante.

Dans un effort de volonté, Inglethorp releva la tête et la secoua lentement sans marquer le moindre fléchissement.

— Vous refusez ?

— Non... Je me refuse à croire que quiconque puisse être assez monstrueux pour m'accuser d'une telle horreur.

Avec l'air sombre de quelqu'un qui vient de prendre une grave décision, Poirot conclut :

— Soit. Il est donc de mon devoir de parler à votre place.

Alfred Inglethorp leva vers lui un regard incrédule.

— Vous ? Comment le pourriez-vous ? Vous ne pouvez savoir que...

Il se tut brusquement.

Poirot se retourna vers nous :

— Mesdames et messieurs, veuillez écouter ce que je vais dire ! Moi, Hercule Poirot, j'affirme que l'individu qui est entré lundi à 18 heures dans la pharmacie pour y acheter de la strychnine n'était pas Mr Inglethorp, car à ce moment-là ledit Alfred Inglethorp raccompagnait chez elle Mrs Raikes, et tous deux revenaient d'une ferme voisine. Je peux produire ici au moins cinq témoins qui jurent les avoir vus ensemble à 18 heures ou peu après. Or, comme vous ne l'ignorez certainement pas, la ferme de l'Abbaye, domicile de Mrs Raikes, se trouve à plus de trois kilomètres du village. Par conséquent, l'alibi est indiscutable !

## 8

## Nouveaux soupçons

Un silence stupéfait tomba sur l'assistance. Japp, qui semblait le moins surpris de nous tous, fut le premier à prendre la parole :

— Ma parole ! Vous êtes ahurissant ! s'exclama-t-il. Mais entendons-nous bien, Mr Poirot. Vous êtes sûr de vos témoins, j'imagine ?

— Tenez, voici leurs noms et adresses. Je vous laisse les interroger ; vous pourrez constater par vous-même qu'ils sont dignes de foi.

— Je n'en doute pas un instant, l'assura Japp. (Puis, baissant le ton :) Je vous suis très reconnaissant. Avec cette arrestation, nous aurions fait une drôle de boulette ! (Il se tourna vers Inglethorp :) Pardonnez-moi ma curiosité, mais j'aimerais bien savoir ce qui vous empêchait de nous avouer ça au cours des dépositions ?

— Je peux vous en donner la raison, intervint Poirot. Une rumeur insistante courait...

— Aussi fausse que méchante ! s'écria Mr Inglethorp d'une voix aiguë.

— Et Mr Inglethorp souhaitait avant tout qu'aucun scandale n'éclate pour le moment. C'est bien cela ?

— C'est exact. Avec ma pauvre Emily qui n'est même pas encore enterrée, vous pouvez bien comprendre que je voulais couper court à toute nouvelle rumeur mensongère !

— Pour être tout à fait franc avec vous, monsieur, dit Japp, je préférerais les pires rumeurs sur mon compte à une inculpation pour meurtre. Et je crois pouvoir affirmer que votre défunte épouse aurait été de mon avis. Sans la présence providentielle de Mr Poirot, vous auriez été arrêté, c'est sûr et certain !

— J'ai agi stupidement, c'est un fait, reconnut Inglethorp. Mais vous n'imaginez pas à quel point on m'a rendu la vie impossible, inspecteur, ni combien j'ai été calomnié !

Ce disant, il regarda Evelyn Howard d'un œil mauvais. Japp se tourna vers John Cavendish.

— À présent, monsieur, je voudrais visiter la chambre de la défunte, si vous n'y voyez pas d'inconvénient. Ensuite j'aurai un petit entretien avec les domestiques. Mais ne vous dérangez pas : Mr Poirot me servira de guide.

Tandis qu'ils sortaient tous du salon, Poirot, d'un signe discret, m'invita à le suivre à l'étage. Là, il me prit par le coude et m'attira à l'écart.

— Vite, allez dans l'autre aile de la maison. Restez derrière la porte matelassée et n'en bougez pas jusqu'à ce que je vous y retrouve.

Sur ces mots il me planta là et rejoignit les hommes du Yard.

Je suivis ses instructions à la lettre et allai me poster derrière la porte de service, bien que l'utilité de ma présence à cet endroit me restât totalement incompréhensible. Pourquoi monter la garde à cet endroit précis ? Tout en réfléchissant, je surveillais le couloir devant moi. Une explication me vint à l'esprit : à l'exception de celle de Cynthia, toutes les chambres donnaient sur cette aile gauche. Peut-être devais-je noter tout mouvement dans le couloir ? Les minutes s'écoulèrent. J'étais resté au poste une bonne vingtaine de minutes sans voir personne quand Poirot me rejoignit enfin.

— Vous n'avez pas bougé ?

— Non. Je suis resté ici tout le temps, aussi immobile qu'une statue. Et il ne s'est rien passé.

— Ah ! s'exclama-t-il.

Je n'aurais pu dire s'il manifestait là sa joie ou sa déception.

— Et vous n'avez rien vu ?

— Absolument rien.

— Mais sans doute avez-vous entendu quelque chose ? Un bruit sourd ? Alors, mon bon ami ?

— Rien.

— Comment est-ce possible ? Ah ! Mais voilà qui me

contrarie grandement ! Je suis d'habitude plutôt adroit... Voyez-vous, je n'ai fait qu'un petit mouvement — je connais fort bien la précision de mes mouvements — de la main gauche, et la table de chevet s'est renversée !

Il semblait en proie à une déception si puérile que je m'empressai de le réconforter :

— Allons, mon cher, cela n'a pas d'importance ! Votre succès éclatant, tout à l'heure dans le salon, vous est sans doute monté à la tête. Laissez-moi vous dire que, vous avez étonné tout le monde ! Les relations de Mr Inglethorp avec Mrs Raikes doivent être plus sérieuses que nous ne le pensions pour qu'il refuse ainsi de parler. Et maintenant, quelle va être votre ligne d'action ? Où sont nos amis du Yard ?

— Ils sont descendus interroger les domestiques. Je leur ai montré tous nos indices. À la vérité, Japp m'a quelque peu déçu : il manque de méthode...

À ce moment je cessai de l'écouter et regardai par la fenêtre.

— Bonjour ! criai-je en reconnaissant l'arrivant. (Puis, à l'adresse de Poirot :) C'est le Dr Bauerstein. Je crois que je partage votre opinion à son sujet, Poirot : je n'aime pas cet homme-là.

— Il est intelligent, marmonna Poirot, pensif.

— Diablement intelligent, ça oui ! Je ne vous cache pas que l'état dans lequel il est arrivé mardi soir m'a réjoui le cœur ! Vous n'en avez aucune idée !

Et je lui relatai la mésaventure du médecin.

— Il ressemblait à un épouvantail à moineaux ! conclus-je. Couvert de boue de la tête aux pieds !

— Vous l'avez vu ? de vos yeux vu ?

— Oui. C'était juste après le repas. Évidemment, il ne tenait pas à entrer comme ça dans le salon, mais Mr Inglethorp a insisté.

Poirot me saisit brusquement par les épaules. Il paraissait en proie à une véritable frénésie.

— Quoi ? s'écria-t-il. Le Dr Bauerstein était à Styles Court mardi soir ? Et vous ne m'en avez rien dit ! Pourquoi ? Mais pourquoi ne m'en avez-vous pas parlé ?

— Allons, mon cher Poirot ! Je n'avais pas pensé que ce détail vous intéresserait à ce point. Je ne savais pas que sa présence ici revêtait une telle importance.

— Mais c'est de la plus haute importance, au contraire ! Ainsi, le Dr Bauerstein était ici mardi soir, le soir du meurtre ! Hastings, ne comprenez-vous pas ? Cela change tout ! Absolument tout !

Jamais encore je ne l'avais vu aussi bouleversé. Il me relâcha et, d'un geste machinal, redressa deux bougies sur le chandelier.

— Cela change tout, oui, marmonna-t-il encore.

Il parut soudain prendre une décision :

— Allons ! dit-il. Il nous faut agir sur-le-champ. Où se trouve Mr Cavendish ?

Nous trouvâmes John dans le fumoir. Poirot l'aborda sans préambule :

— Mr Cavendish, j'ai à faire à Tadminster : un nouvel indice à vérifier. Puis-je me permettre d'emprunter votre automobile ?

— Mais bien sûr ! Vous voulez partir tout de suite ?

— Si possible.

John sonna et ordonna qu'on avançât la voiture. Dix minutes plus tard, nous sortions du parc et prenions à vive allure la route de Tadminster.

— Maintenant, mon cher Poirot, allez-vous finir par me dire de quoi il retourne ? demandai-je, résigné.

— Mon bon ami, vous pouvez le deviner en partie vous-même. Il vous est sans doute apparu que la disculpation de Mr Inglethorp changerait bien des données. Nous devons à présent résoudre une énigme entièrement nouvelle. Nous avons la certitude qu'une personne au moins — Mr Inglethorp — n'a pas acheté la strychnine, et nous avons balayé les faux indices. Voyons maintenant les vrais. À l'exception de Mrs Cavendish, qui jouait au tennis avec vous, n'importe qui a pu se faire passer pour Alfred Inglethorp lundi soir. J'ai vérifié. D'autre part, si nous en croyons sa déposition, il a posé la tasse de café sur la table du vestibule. Depuis le début de l'enquête, personne n'a été très attentif à ce détail, mais il prend à présent un relief tout particulier. Nous devons découvrir qui a finalement apporté ce café à Mrs Inglethorp, ou qui a traversé le vestibule alors que la tasse était encore sur la table. D'après votre récit, nous pouvons affirmer que seules deux personnes n'ont pu se trouver à proximité de la tasse de café : Mrs Cavendish et miss Cynthia.

— Tout à fait exact.

Je ressentis un soulagement indicible : ainsi Mary Cavendish ne pouvait être soupçonnée.

— Pour disculper Alfred Inglethorp, poursuivit Poirot, j'ai dû dévoiler mes batteries plus tôt que je ne l'aurais voulu. Tant qu'il pouvait me croire acharné à démontrer la culpabilité d'Inglethorp, le véritable meurtrier ne se méfiait pas trop de moi. À présent il sera doublement sur ses gardes... Dites-moi, Hastings, vous ne soupçonnez personne en particulier ?

J'eus un moment d'hésitation. Pour dire la vérité, le matin même une idée assez extravagante m'avait traversé l'esprit à une ou deux reprises. Bien qu'elle m'eût semblé stupide, je ne pouvais la chasser.

— C'est à peine un soupçon, dis-je à voix basse. Et c'est tellement absurde !

— Allons ! m'encouragea Poirot. Ne soyez pas si timoré ! Dites. Il faut toujours écouter la petite voix de son intuition !

— Très bien : c'est insensé, et je le sais, mais je ne peux m'empêcher de penser que miss Howard n'a pas dit tout ce qu'elle savait.

— Miss Howard ?

— Oui... Vous allez vous moquer...

— Certainement pas. Pourquoi ?

— C'est plus fort que moi. J'ai l'impression que nous l'avons écartée de la liste des suspects un peu trop facilement, sur le simple fait qu'elle se trouvait loin de Styles Court. Mais une vingtaine de kilomètres, ce n'est pas grand-chose. En automobile, il ne faut guère plus d'une demi-heure pour les parcourir. Alors pouvons-nous être tout à fait sûrs qu'elle était absente la nuit du meurtre ?

— Nous le pouvons, mon ami, répondit Poirot à ma grande surprise. Un de mes premiers soucis a été de téléphoner à l'hôpital où elle travaille.

— Et alors ?

— Eh bien, elle était de garde mardi après-midi. Un convoi de blessés que l'on n'attendait pas est arrivé dans la journée. Devant ce surcroît de travail, miss Howard a très gentiment offert de faire une garde de nuit, ce dont on lui a été fort reconnaissant. Voilà qui règle la question.

— Ah ! fis-je, quelque peu dépité. En fait, c'est sa violence à l'égard de Mr Inglethorp qui m'avait alerté. Je persiste à croire qu'elle ferait n'importe quoi pour lui nuire. Et j'ai pensé qu'elle savait peut-être quelque chose à propos de ce testament qui a disparu. Elle le déteste au point qu'elle aurait très bien pu brûler le dernier testament en date par méprise, croyant détruire celui qui avantageait Mr Inglethorp.

— Pour vous, sa haine est exagérée?

— Eh bien... oui. Elle est tellement violente! C'est à se demander si cette femme n'est pas un peu détraquée.

Mais Poirot secoua la tête avec la plus grande énergie:

— Non, non. Là vous faites fausse route. Aucune faiblesse d'esprit, aucune dégénérescence chez miss Howard, je vous l'assure. Elle est l'exemple même du bon sens britannique. C'est une femme à l'esprit aussi robuste que le corps.

— Pourtant sa haine envers Mr Inglethorp prend des allures d'obsession. Ma première idée, bien ridicule j'en conviens, était qu'elle avait voulu l'empoisonner, lui, et que par le plus grand des hasards c'est Mrs Inglethorp qui avait absorbé le poison. Mais à présent, la chose me paraît impossible. Ma théorie était absurde...

— Pourtant, sur un point vous êtes dans le vrai. C'est faire preuve de sagesse que de soupçonner tout le monde tant que l'innocence de chacun n'est pas établie de façon rationnelle et satisfaisante pour l'esprit. Quels arguments peut-on donc opposer à la thèse selon laquelle miss Howard aurait délibérément empoisonné Mrs Inglethorp?

— Quelle idée! m'exclamai-je. Elle lui était totalement dévouée!

— Pffttt! siffla Poirot agacé. Vous raisonnez comme un enfant! Si miss Howard était capable d'empoisonner Mrs Inglethorp, elle serait non moins capable de faire croire à son dévouement. Non, nous devons chercher dans une autre direction. Vous trouvez sa rancœur envers Alfred Inglethorp exagérée, et je suis d'accord avec vous sur ce point. Mais je ne partage pas les déductions que vous en tirez. J'ai défini moi-même un certain schéma, qui me semble juste, mais je préfère n'en pas parler pour l'instant. D'après moi, il existe une raison majeure qui empêche miss Howard de faire une coupable plausible.

— Et laquelle?

— Le mobile, qui est à la base de chaque meurtre. Or, la

mort de Mrs Inglethorp ne pouvait nullement profiter à miss Howard.

— Mrs Inglethorp n'aurait-elle pu rédiger un testament en sa faveur ? hasardai-je après un temps de réflexion.

Poirot répondit d'un simple signe de tête négatif.

— C'est pourtant une hypothèse que vous avez soumise à Mr Wells, lui rappelai-je — ce qui le fit sourire.

— Fausse piste. Je ne désirais pas dévoiler le véritable nom que j'avais à l'esprit. Miss Howard ayant une fonction très similaire, je l'ai citée à la place.

— Il n'en reste pas moins que Mrs Inglethorp aurait pu agir ainsi. Pourquoi ce testament rédigé l'après-midi précédant sa mort n'aurait-il pu...

Mais Poirot secoua la tête avec une telle conviction qu'il m'arrêta net.

— Non, mon bon ami. D'ailleurs j'ai déjà une petite théorie quant au contenu de ce testament. Et je peux vous garantir une chose : il n'était pas en faveur de miss Howard.

Bien que les raisons d'une telle certitude me fussent encore incompréhensibles, je ne la mis pas en doute.

— Fort bien, fis-je avec un soupir résigné. Nous mettrons donc miss Howard hors de cause. Mais je tiens à vous signaler que je ne la soupçonnais qu'en fonction de ce que vous aviez dit de sa déposition...

— Pouvez-vous me rappeler mes propos à ce sujet ? demanda Poirot, quelque peu étonné.

— Vous ne vous en souvenez pas ? Je l'avais citée, tout comme John Cavendish, comme ne faisant pas partie des suspects possibles, et...

— Ah, oui ! Cela me revient...

Il semblait un peu perdu mais se reprit rapidement.

— Au fait, Hastings, j'aimerais vous demander un service.

— Bien sûr. De quoi s'agit-il ?

— La prochaine fois que vous vous trouverez seul avec Lawrence Cavendish, je voudrais que vous lui disiez ceci : « J'ai un message pour vous de la part de Poirot : *Retrouvez la tasse à café manquante et vous retrouverez la paix* ! » Ni plus. Ni moins.

— « Retrouvez la tasse à café manquante et vous retrouverez la paix ! » répétai-je, perplexe. C'est bien ça ?

— C'est parfait.

— Mais qu'est-ce que ça signifie ?

— Ah ! ça je vous le laisse deviner ! Vous avez tous les faits en main, mon ami ! Répétez-lui la phrase, et notez bien ce qu'il vous répondra.

— D'accord. Mais tout ceci est bien mystérieux !

Cependant nous roulions déjà dans Tadminster et Poirot prit la direction du laboratoire d'analyses.

Aussitôt le moteur arrêté, il sauta du véhicule et entra dans le local. Quelques minutes plus tard, il en ressortait.

— Voilà qui est fait !

— Et qu'aviez-vous à faire ici ? demandai-je, impatient d'en savoir plus.

— J'ai confié un échantillon aux fins d'analyse.

— Un échantillon de quoi ?

— Du cacao prélevé dans la casserole.

Les bras m'en tombaient.

— Mais il a déjà été analysé ! finis-je par m'exclamer. À la demande du Dr Bauerstein lui-même. Et je crois même me souvenir que vous avez ri à l'idée que le cacao pouvait contenir de la strychnine !

— Je sais fort bien que le Dr Bauerstein l'a fait analyser, répondit calmement Poirot.

— Mais alors ?

— J'avais simplement envie d'une seconde analyse, voilà tout.

Et je ne pus rien en tirer d'autre. Je n'en étais pas moins fort intrigué. Je ne voyais à cette démarche ni rime ni raison. Néanmoins, ma confiance en lui ne s'en trouva pas ébranlée. Si j'avais eu quelque motif de douter de ses méthodes, la manière éclatante dont il avait démontré l'innocence de Mr Inglethorp avait balayé tous mes doutes à son égard.

L'enterrement de Mrs Inglethorp eut lieu le lendemain. Et, le lundi, comme je descendais assez tard pour prendre mon petit déjeuner, John m'attira à l'écart. Il voulait m'informer du départ imminent de Mr Inglethorp, qui avait décidé de s'installer aux *Stylistes Arms* le temps de prendre ses dispositions.

— C'est un véritable soulagement pour nous, ajouta mon ami avec la plus grande honnêteté. Sa présence nous était déjà pénible, lorsque nous le soupçonnions ; mais je vous jure que c'est pire maintenant, car nous nous sentons tous coupables. Il faut bien le reconnaître : notre attitude était odieuse. Certes, tout paraissait l'accuser... Je ne vois pas comment on pourrait nous reprocher d'avoir conclu à sa culpabilité. Mais les faits sont là : nous nous trompions, et nous nous sentons tous un peu mal à l'aise : nous devrions lui présenter nos excuses, mais c'est bien difficile car aucun de nous n'a pour autant envers lui davantage de sympathie qu'avant ! La situation est bien délicate, et je lui sais gré d'avoir le tact de quitter les lieux. Dieu merci, ma mère ne lui a pas légué Styles Court ! Qu'il garde l'argent, je n'y vois pas d'inconvénient ! Mais je n'aurais pu supporter qu'il devienne le maître ici !

— Mais aurez-vous les moyens d'entretenir la propriété ?

— Oh, oui ! Bien sûr, nous devrons acquitter les droits de succession, mais la moitié de l'argent laissé par mon père est destinée à Styles Court. De plus, Lawrence va rester avec nous pour le moment, donc sa part s'ajoute à l'ensemble. Dans les premiers temps, notre budget sera serré, car, comme je vous l'ai dit, mes finances ne sont guère brillantes. Néanmoins les créanciers accepteront un délai.

Le départ imminent d'Alfred Inglethorp avait singulièrement allégé l'atmosphère, et nous prîmes le petit déjeuner le plus détendu depuis le drame. Cynthia, que son entrain naturel avait remise d'aplomb, était redevenue la jolie jeune fille dynamique que nous connaissions. À l'exception de Lawrence, toujours aussi sombre et nerveux, nous étions tous assez enjoués et confiants en un avenir plein de promesses.

Bien entendu, la presse, à grand renfort de titres tapageurs, avait largement commenté la tragédie. La biographie de chacun des habitants de Styles Court avait voisiné avec les insinuations les plus subtiles. On assurait bien sûr que la police était sur une piste. Bref, rien ne nous fut épargné. Hasard de l'actualité, les opérations militaires marquaient le pas, et les pigistes en mal de copie se jetèrent sur ce crime mondain. « La mystérieuse affaire de Styles » devint le sujet de conversation à la mode.

Cette période — est-il besoin de le préciser — fut très pénible pour les Cavendish. Des journalistes assiégeaient la maison sans relâche. Comme on leur refusait l'entrée, ils rôdaient dans le village et sillonnaient le parc, ne manquant aucune occasion de photographier tout membre de la famille qui risquait son nez dehors. Nous subîmes tous le tourbillon d'une publicité dont nous nous serions bien passés. Les hommes du Yard passaient les lieux au peigne fin, examinaient le moindre détail, posaient une foule de questions, œil de lynx et bouche cousue tout à la fois. Quelle piste privilégiaient-ils? Leur enquête progressait-elle ou finirait-elle dans les archives à la section des affaires classées? Nous n'en avions aucune idée.

Je terminais mon petit déjeuner lorsque Dorcas vint me trouver, l'air mystérieux. Elle avait quelque chose à me confier.

— Bien sûr, Dorcas. Parlez, je vous écoute.

— Eh bien, voilà, monsieur: vous verrez sûrement le monsieur belge dans la journée... (Et comme j'acquiesçais:) Vous vous souvenez, monsieur, comme il a insisté pour savoir si ma maîtresse — ou quelqu'un d'autre — possédait un vêtement vert?

— Bien sûr! Vous en avez trouvé un dans la maison? fis-je, soudain très intéressé.

— Non, monsieur. Mais je me suis souvenue de ce que les jeunes messieurs (Lawrence et John étaient toujours les «jeunes messieurs» pour la domestique) appelaient leur «malle aux déguisements». C'est un grand coffre rempli de vêtements usagés, de costumes de fantaisie et de bricoles dans ce genre-là, monsieur. Il se trouve dans le grenier. D'un seul coup, j'ai pensé qu'il contenait peut-être quelque chose de vert. Alors, si vous vouliez bien en parler au monsieur belge, monsieur...

— Je le ferai, promis-je.

— Merci bien, monsieur. Lui, c'est un vrai gentleman. Pas comme ces deux policiers de Londres qui fouinent partout et interrogent tout le monde. En général, je n'ai pas beaucoup de goût pour les étrangers. Mais si j'en crois les journaux, ces Belges sont de braves gens. Pas des étrangers comme les autres, quoi! Et votre ami est un véritable gentleman.

Brave Dorcas! Elle se tenait là devant moi, son visage franc levé vers le mien, et je ne pouvais m'empêcher de penser qu'elle était une digne représentante de cette race de domestiques à l'ancienne qui se fait, hélas! de plus en plus rare.

Je résolus de descendre au village sans tarder, afin d'avertir Poirot. Je n'eus que la moitié du chemin à parcourir, car il venait en sens inverse. Aussitôt, je lui rapportai les propos de la domestique.

— Ah ! cette brave Dorcas ! Eh bien, nous allons jeter un coup d'œil à ce coffre, bien que... Enfin, peu importe !

Nous pénétrâmes dans la maison par une porte-fenêtre. Le vestibule était désert, et nous montâmes directement au grenier.

Le coffre en question était bien là, d'un modèle ancien, joliment décoré de clous en cuivre, et il débordait de vêtements en tous genres.

Sans précautions particulières Poirot entreprit de renverser le tout sur le sol. Nous tombâmes sur deux pièces d'étoffes vertes, de teintes différentes, que Poirot écarta sans hésiter. Il paraissait assez peu convaincu par cette recherche, comme s'il n'en espérait pas grand-chose. Soudain il poussa un cri de surprise.

— Qu'y a-t-il ?

— Regardez !

Il avait presque vidé le coffre. Tout au fond, venait d'apparaître une magnifique barbe d'un noir de jais. Poirot s'en saisit, la tourna et la retourna, plongé dans un examen attentif.

— Oh ! oh ! fit-il. Oh ! oh ! voilà un postiche flambant neuf...

Il hésita une seconde, replaça la barbe là où il l'avait trouvée et les diverses étoffes par-dessus. Puis il sortit du grenier d'un pas rapide et descendit jusqu'à l'office où je le suivis. Nous trouvâmes Dorcas occupée à frotter l'argenterie.

— Nous venons de fouiller le coffre que vous avez signalé à mon ami, lui annonça Poirot après l'avoir saluée avec infiniment de courtoisie. Et je vous suis très reconnaissant de cette indication. Nous y avons découvert une belle collection de vêtements. Si je puis me permettre une telle question, servent-ils fréquemment ?

— À vrai dire, monsieur, moins souvent qu'à une certaine époque. Mais les jeunes messieurs donnent encore de temps à autre ce qu'ils appellent « une soirée costumée ». Parfois, on s'amuse vraiment beaucoup ! Mr Lawrence est d'un comique, à ces moments-là ! Je me souviendrai toujours du soir où il s'était habillé en *Char* de Perse. C'est une sorte de roi d'Orient. Il tenait le grand coupe-papier à la main, et il m'a dit : « Prenez garde, Dorcas ! Manquez-moi de respect, et je vous coupe la tête avec ce cimeterre que j'ai aiguisé spécialement pour la soirée ! » Miss Cynthia s'était habillée en « apache », une sorte de coupe-jarrets français, si j'ai bien compris. Il fallait la voir ! Jamais vous ne croiriez qu'une gentille jeune fille comme elle puisse jouer aussi bien les graines de potence ! Personne ne l'avait reconnue !

— Ces soirées devaient être très amusantes, je n'en doute pas, approuva Poirot avec bienveillance. Quand il s'est déguisé en Shah de Perse, je suppose que Mr Lawrence portait la belle barbe noire qui se trouve dans le coffre ?

Dorcas eut un large sourire.

— Il avait bien une barbe, monsieur. Je m'en souviens comme si c'était hier parce qu'il m'avait emprunté deux écheveaux de laine pour la confectionner. De loin, elle avait vraiment l'air naturelle. Mais je ne savais pas qu'il y avait une fausse barbe dans la « malle aux costumes ». C'est qu'on l'a achetée il y a peu. Je me souviens d'une perruque rousse, mais c'est tout. Pour imiter la barbe, ils utilisent en général du bouchon brûlé, et c'est diablement difficile à faire partir ! Miss Cynthia s'en était servie une fois pour se déguiser en négresse, et ensuite elle a eu toutes les peines du monde à se débarbouiller !

Lorsque nous nous retrouvâmes dans le vestibule, Poirot était pensif.

— Dorcas ne sait rien de cette barbe noire, fit-il.

— Vous croyez que c'est celle-là ? murmurai-je aussitôt.

— À mon avis, oui. Avez-vous remarqué la façon dont elle est taillée ?

— Non.

— Exactement comme celle de Mr Inglethorp. Et j'ai trouvé plusieurs mèches de cheveux coupés. Mon ami, tout cela est bien mystérieux.

— Qui l'a cachée dans le coffre, voilà la question !

— Quelqu'un de très astucieux, rétorqua Poirot d'un ton sec, et qui a choisi l'endroit de la maison où cette barbe aurait sa place normale. Oui, il est intelligent. Mais nous le serons plus encore en lui faisant croire que nous ne le sommes pas du tout !

J'étais tout à fait de cet avis.

— Et pour ce faire, mon bon ami, vous allez m'être fort utile.

Ce compliment me flatta, d'autant qu'à certains moments j'avais eu la très nette impression que Poirot ne m'appréciait pas à ma juste valeur. L'air songeur, il me considéra quelques secondes :

— Oui, votre aide me sera extrêmement précieuse.

J'en éprouvais un vif plaisir, mais je dus aussitôt déchanter :

— Maintenant, ce qu'il faut, c'est que je me trouve un allié dans la place.

— Mais je suis là ! m'insurgeai-je.

— Certes. Mais ce n'est pas suffisant.

J'étais offusqué. Poirot le remarqua et il s'empressa d'ajouter :

— Ne vous méprenez pas, mon bon ami. Tout le monde sait que nous travaillons ensemble. Or, il nous faut un allié qu'on ne soupçonne pas.

— Ah, je comprends ! Que diriez-vous de John ?

— Non, je ne crois pas...

— Pas assez brillant, peut-être, ce cher garçon ? reconnus-je après réflexion.

— Tiens, voici miss Howard ! fit brusquement Poirot. C'est elle qu'il nous faut. Elle ne me porte pas dans son cœur depuis que j'ai disculpé Mr Inglethorp. Mais essayons toujours.

Il lui demanda quelques minutes d'attention, et elle y consentit d'un hochement de tête revêche. Nous nous rendîmes dans le petit salon dont Poirot referma la porte.

— Bon ! fit aussitôt miss Howard d'un ton assez peu amène, de quoi s'agit-il ? Soyez bref, je vous prie. Je suis très occupée.

— Vous vous souvenez sans doute que je vous ai demandé de m'aider, il y a quelque temps ?

— Exact, acquiesça la chère femme. Et je me rappelle aussi ma réponse : d'accord si c'est pour envoyer Alfred Inglethorp à la potence !

— Ah !

Le visage grave, Poirot observa un moment son interlocutrice :

— Miss Howard, je vais vous poser une question. Je vous prie instamment d'y répondre en toute franchise.

— Je ne mens jamais !

— Fort bien. Êtes-vous toujours persuadée que Mrs Inglethorp a été empoisonnée par son mari ?

— Comment cela ? fit-elle avec acrimonie. N'allez pas croire que je me laisse impressionner par vos belles théories ! Il n'a pas acheté la strychnine, ça, je veux bien. Et alors ? Je vous ai dit dès le début qu'il avait fait une décoction de papier tue-mouches.

— Il s'agirait alors d'arsenic et non de strychnine, fit aimablement remarquer Poirot.

— Quelle importance ? L'arsenic aurait aussi bien fait l'affaire ! Il voulait se débarrasser d'Emily, un point c'est tout ! Si je suis convaincue qu'il l'a tuée, peu m'importe par quel moyen !

— Justement, fit Poirot de son ton le plus calme. Vous dites : « *Si* je suis convaincue qu'il l'a tuée », aussi formulerai-je ma question différemment : avez-vous bien l'intime conviction que Mrs Inglethorp a été empoisonnée par son mari ?

— Bon Dieu ! s'emporta miss Howard. Ne vous ai-je pas dit et répété que c'était un salopard ? Et qu'il l'assassinerait dans son propre lit ? J'ai toujours détesté cet individu !

— Justement, répéta Poirot avec la même douceur. Voilà qui confirme ma théorie.

— Quelle « théorie » ?

— Miss Howard, vous souvenez-vous d'une conversation qui a eu lieu le jour où mon ami Hastings est arrivé ici ? Il me l'a répétée. Une phrase de vous m'a beaucoup marqué. Vous avez affirmé que, si un de vos proches était assassiné, votre instinct vous désignerait le meurtrier, même si vous ne possédiez aucune preuve tangible contre lui. Vous en souvenez-vous ?

— Oui, j'ai dit cela. Et je le pense toujours. Évidemment, vous trouvez cela stupide ?

— Pas le moins du monde.

— Mais vous ne m'écoutez pas quand je vous dis qu'Alfred Inglethorp est coupable ?

— C'est exact, répliqua Poirot. Parce que votre instinct ne vous dit pas que c'est Mr Inglethorp.

— Quoi ?

— Non. Vous désirez croire de toutes vos forces qu'il a commis le meurtre. Vous l'en estimez capable. Mais votre instinct vous affirme qu'il est innocent. Et il vous dit autre chose... Dois-je continuer ?

Elle le regardait, fascinée. Puis elle fit un geste de la main en signe d'acquiescement.

— Faudra-t-il que j'explique la raison de votre agressivité envers Mr Inglethorp ? C'est fort simple : vous voulez croire ce qui vous arrange. Parce que vous essayez de faire taire votre instinct qui vous dicte un autre nom...

— Non ! non ! non ! s'exclama miss Howard en agitant les mains. Ne le prononcez pas ! Je vous en supplie, ne le prononcez pas! Ce n'est pas vrai ! C'est impossible ! Je ne sais pas ce qui m'a mis une idée aussi folle... aussi horrible dans la tête !

— Ainsi j'ai vu juste ? demanda Poirot.

— Oui, oui... Vous devez être un sorcier pour l'avoir deviné ! Mais ce n'est pas possible... ce serait trop monstrueux, trop atroce ! Il faut que ce soit Alfred Inglethorp !

Poirot hocha gravement la tête.

— Ne me posez pas de questions ! poursuivit miss Howard. Je ne répondrai pas ! Je ne peux l'admettre, même en pensée ! Je dois être folle d'y avoir songé !

Poirot acquiesça. Il paraissait satisfait :

— Je ne vous demanderai rien. Votre réaction me suffit. Mon instinct me parle également, miss Howard. C'est pourquoi je crois que nous pourrons travailler ensemble à un but commun.

— Ne me demandez pas de vous aider ! Je ne lèverai pas le petit doigt pour... pour...

La gorge nouée, elle laissa sa phrase en suspens.

— Vous m'aiderez malgré vous. Je ne vous demanderai rien... et pourtant vous serez mon alliée. Vous ne pourrez vous en empêcher. Et vous ferez l'unique chose que j'attends de vous.

— Et c'est ?

— De garder l'œil ouvert !

Evelyn Howard baissa la tête :

— Ça, je ne peux pas m'en empêcher. Je n'arrête pas de garder l'œil ouvert ! Et j'espère toujours que les faits me donneront tort.

— Si nous sommes dans l'erreur, parfait, approuva Poirot.

Je serai le premier à m'en réjouir. Mais si nous ne nous trompons pas ? Dans quel camp vous placerez-vous ?

— Je... je ne sais pas...

— Allons, miss Howard !

— L'affaire pourrait être... étouffée.

— C'est hors de question !

— Pourtant, Emily elle-même n'aurait pas...

— Miss Howard ! Une telle pensée est indigne de vous !

Brusquement elle enfouit son visage dans ses mains.

— C'est vrai, admit-elle après un moment, d'une voix redevenue calme. Ce n'était pas réellement moi qui parlais. (Fièrement, elle releva la tête.) Mais la véritable Evelyn Howard est là, et bien là ! Et elle sera toujours du côté de la Justice, quel que soit le prix à payer !

Sur ces mots, elle quitta la pièce d'un pas digne, sous le regard impénétrable de Poirot.

— Nous avons là une alliée précieuse, fit-il dès qu'elle eut disparu. Mon ami, cette femme a autant d'intelligence que de cœur.

Je m'abstins de tout commentaire.

— L'instinct est un don merveilleux, reprit Poirot. Inexplicable, certes, mais qu'il faut prendre en compte.

— Miss Howard et vous-même semblez vous comprendre à merveille, lui dis-je alors avec quelque froideur. Mais peut-être n'avez-vous pas remarqué que je n'étais pas dans la confidence ?

— Pas possible ? C'est vrai, mon bon ami ?

— Oui. Éclairez-moi, s'il vous plaît...

Pendant quelques secondes, Poirot se contenta de m'observer avec attention. Enfin, à mon grand étonnement, il secoua la tête :

— Non, mon bon ami.

— Oh, voyons ! Pourquoi non ?

— On ne peut pas être plus de deux à partager un secret.

— Permettez-moi de vous dire que je trouve très désobligeant de votre part de me cacher quelque chose !

— Mais je ne vous cache rien : tous les indices en ma possession vous sont également connus. Il ne vous reste qu'à en tirer les déductions qui s'imposent. Cette fois-ci, c'est une question de raisonnement.

— Néanmoins, ça m'intéresserait de savoir.

Poirot me regarda bien en face et secoua de nouveau la tête d'un air triste :

— Voyez-vous, mon cher Hastings, je crains que l'instinct ne vous fasse cruellement défaut.

— Mais vous parliez de raisonnement à l'instant.

— L'un ne va pas sans l'autre, murmura Poirot d'un ton mystérieux.

J'estimai la remarque de trop mauvais goût pour être relevée. Et je me promis, quand je ferais des découvertes d'importance — ce qui ne saurait manquer d'arriver —, de ne pas les divulguer afin d'ébahir Poirot en lui amenant la solution de l'énigme.

Un peu plus tôt, un peu plus tard, le moment arrive toujours où le plus impérieux de vos devoirs est de savoir vous imposer.

## 9

## Le dr Bauerstein

Je n'avais pas encore trouvé le moment propice pour transmettre à Lawrence le message de Poirot. Enfin, tandis que je déambulais dans le parc en maudissant les directives autoritaires de mon ami, j'aperçus Lawrence Cavendish sur la pelouse de croquet, où il envoyait promener dans tous les sens des boules visiblement fatiguées en les frappant avec un maillet qui, lui aussi, avait connu des jours meilleurs.

L'instant me parut opportun pour accomplir ma mission. Je risquais autrement d'être doublé par Poirot. Il est vrai que je ne saisissais pas clairement le sens de cette démarche, mais je me flattais que la réponse de Lawrence — sitôt soumis à un interrogatoire adroit — m'aiguillerait sur la bonne piste. Je l'abordai donc.

— Cela fait un bon moment que je vous cherche ! mentis-je allégrement.

— Que vous me... ?

— Oui. À vrai dire, j'ai un message pour vous... de la part de Poirot.

— Ah bon ?

— Il m'a recommandé d'attendre que nous soyons seuls...

J'avais baissé le ton pour donner à cette révélation une certaine emphase, et je le surveillais ostensiblement du coin de l'œil. J'ai toujours eu un certain don pour créer ce que l'on pourrait appeler une « atmosphère ».

— Eh bien ?

Le visage de Lawrence Cavendish, empreint d'une sombre mélancolie, n'a pas changé d'expression. Se doutait-il de ce que j'allais lui dire ?

— Voici le message, fis-je dans un murmure de conspirateur : « Retrouvez la tasse à café manquante et vous retrouverez la paix. »

Lawrence ne chercha pas à cacher son étonnement.

— Que diable veut-il dire par là ?

— Vous ne le savez pas ?

— Pas le moins du monde. Et vous ?

Je ne pus que répondre par la négative.

— De quelle tasse à café manquante parle-t-il ?

— Je n'en ai aucune idée.

— Si les tasses à café l'intéressent, il ferait mieux de s'adresser à Dorcas ou à une autre des domestiques ! C'est leur domaine, pas le mien. Je ne sais rien sur ce sujet, si ce n'est que nous en possédons de divines dont nous ne nous servons jamais. En vieux Worcester. Vous êtes connaisseur en la matière, Hastings ?

— Non.

— Vous ne savez pas ce que vous perdez ! Tenir entre ses doigts ou simplement contempler une pièce parfaite en porcelaine ancienne, je vous assure que ça procure un plaisir rare !

— Je n'en doute pas. Mais que dois-je répondre à Poirot ?

— Dites-lui que je ne comprends rien à ce qu'il raconte ; que pour moi, c'est du chinois !

— Très bien.

Je rebroussais chemin vers la maison quand il me rappela soudain :

— Hastings ! Comment se terminait le message ? Pourriez-vous me le répéter, s'il vous plaît ?

— « Retrouvez la tasse à café manquante et vous retrouverez la paix. » Vous ne voyez toujours pas ce que cela peut signifier ?

— Non, répondit-il, l'air rêveur. Mais je... je donnerais cher pour le savoir.

Le gong résonna dans la maison, et nous fîmes notre entrée ensemble. John avait invité Poirot à déjeuner, et il était déjà à table.

Sans même nous consulter, nous évitâmes pendant tout le repas de faire la moindre allusion au drame. La conversation roula sur la guerre et sur quelques sujets éloignés de nos préoccupations du moment. Pourtant, après le fromage et les biscuits, lorsque Dorcas eut quitté la pièce, Poirot se pencha soudain vers Mrs Cavendish :

— Pardonnez-moi, madame, de revenir sur un sujet aussi douloureux, mais j'ai une petite théorie (les « petites théories » de Poirot devenaient proverbiales !) et je voudrais vous poser quelques questions.

— À moi ? Mais volontiers.

— Vous êtes trop aimable, chère madame. Voici : la porte entre les chambres de Mrs Inglethorp et de miss Cynthia était bien verrouillée ?

— Mais oui, elle était verrouillée, répondit Mary Cavendish, surprise. Je l'ai d'ailleurs dit lors de ma déposition.

— Verrouillée ?

— Oui, répondit-elle encore, l'air intrigué.

— Entendez-moi bien, précisa Poirot : vous êtes certaine qu'elle était verrouillée et non simplement fermée à clef ?

— Ah ! je comprends, à présent. Non, je ne sais pas. J'ai dit « verrouillée » parce qu'il était impossible de l'ouvrir... mais je crois qu'on a trouvé toutes les portes verrouillées de l'intérieur.

— Cependant, pour vous, la porte aurait aussi bien pu être tout bonnement fermée à clef ?

— Euh... oui.

— Quand vous êtes entrée dans la chambre de Mrs Inglethorp, vous n'avez pas remarqué si cette porte était verrouillée ou non ?

— Je... je crois qu'elle l'était.

— Mais vous ne l'avez pas constaté ?

— Non. Je n'ai pas vraiment regardé.

— Moi, si ! intervint brusquement Lawrence. Et je puis vous affirmer qu'elle était bien verrouillée.

— Voici donc un point éclairci, conclut Poirot.

Il semblait assez déçu et, malgré moi, j'éprouvai un certain plaisir à voir réduite à néant une de ses « petites théories ».

Après le repas, Poirot me demanda de l'accompagner chez lui. J'acceptai sans enthousiasme excessif. Alors que nous traversions le parc, il me fit remarquer d'une voix inquiète :

— Vous me paraissez contrarié, mon bon ami.

— Absolument pas.

— Eh bien, j'en suis heureux ! Vous me soulagez d'un grand poids.

Je ne m'attendais pas à cela. J'avais espéré qu'il remarquerait ma froideur. Mais la sincérité de cette déclaration fit fondre mon agacement bien compréhensible et je me déridai aussitôt :

— À propos, j'ai transmis votre message à Lawrence.

— Ah ! Et qu'a-t-il dit ? Était-il plongé dans la perplexité ?

— Oui. J'ai eu la très nette impression qu'il ne comprenait pas un mot de ce que vous vouliez dire.

Je m'attendais à ce que Poirot soit déçu. Mais, à mon intense surprise, il me répondit qu'il espérait cette réaction et qu'il s'en réjouissait. Mon amour-propre m'interdit de l'interroger plus avant.

Poirot passa d'ailleurs aussitôt à un autre sujet.

— Je n'ai pas vu miss Cynthia au déjeuner. Savez-vous pourquoi ?

— Elle est retournée à l'hôpital. Elle reprenait le travail aujourd'hui.

— Voilà une jeune femme qui me semble aussi active que jolie, dit-il. Elle me fait penser à ces tableaux que j'ai tant admirés en Italie. J'aimerais beaucoup visiter son laboratoire. Pensez-vous qu'elle accepterait de me le montrer ?

— Elle en serait ravie, j'en suis sûr. C'est d'ailleurs un endroit très intéressant.

— Elle y travaille tous les jours ?

— Oui, à l'exception du mercredi, qui est son jour de repos. Le samedi, elle revient déjeuner ici. Ce sont ses deux seuls moments libres.

— Je m'en souviendrai, fit-il. Les femmes accomplissent de

grandes tâches, de nos jours, et miss Cynthia est futée — oui, elle a quelque chose dans le crâne, ça ne fait aucun doute !

— Oui ; je crois d'ailleurs qu'elle vient de passer un examen assez difficile.

— Cela ne m'étonne pas. Après tout, elle occupe un poste de responsabilités. Ils doivent avoir des poisons très violents dans ce laboratoire ?

— Oui, elle nous les a d'ailleurs montrés. Ils sont enfermés dans une petite armoire, et je crois savoir qu'on exige des infirmières beaucoup de précautions. Elles ne laissent jamais la clef sur la porte quand elles s'absentent.

— Tiens donc... L'armoire en question est à proximité de la fenêtre ?

— Non. De l'autre côté de la pièce... Pourquoi ?

— Simple curiosité, éluda Poirot avec un petit haussement d'épaules.

Nous étions arrivés devant Leastways Cottage.

— Voulez-vous monter un instant ? me proposa-t-il.

— Merci, mais je pense rentrer par les bois.

Les alentours de Styles Court étaient d'une grande beauté. Après avoir traversé le parc à découvert, l'ombre des frondaisons dispensait une agréable fraîcheur. Les feuillages frissonnaient à peine sous une très légère brise, et même le pépiement des oiseaux semblait feutré. Pendant un moment, je flânai le long d'une sente. Puis je m'assis au pied d'un hêtre vénérable. Gagné par l'atmosphère bucolique des lieux, je me mis à songer au genre humain avec bienveillance. J'en vins à pardonner à Poirot son mauvais anglais, sa faconde toute continentale... et sa stupide manie des secrets. Je me sentais en paix avec le monde entier, et je bâillai bientôt à me décrocher la mâchoire.

Je repensai à la tragédie qui me paraissait soudain très lointaine, presque irréelle.

Je bâillai de nouveau...

Et si le drame n'avait jamais eu lieu ? Si ce n'était en fait qu'un mauvais rêve ? En réalité, n'était-ce pas plutôt Lawrence Cavendish qui avait assassiné Alfred Inglethorp avec un maillet de croquet ? La réaction de John n'en restait pas moins tout à fait inconvenante. Pourquoi courait-il partout en criant : « Écoutez-moi bien, je ne le supporterai pas ! » ?

Je sortis tout d'un coup de mon assoupissement, pour

m'apercevoir que je me trouvais dans une situation fort déplaisante.

À trois ou quatre mètres de moi, une altercation opposait John et Mary Cavendish. Visiblement, ils ne m'avaient pas vu. En effet, avant que j'aie pu m'éloigner ou signaler ma présence, John répéta la phrase qui m'avait sorti de ma torpeur :

— Je ne le supporterai pas !

— Ça vous va bien, à *vous*, de critiquer mes actes ! répliqua Mary, glaciale.

— Mais tout le village va en faire des gorges chaudes ! Ma mère a été enterrée samedi, et vous paradez déjà en compagnie de cet individu !

— Si vous ne vous souciez que des ragots qui peuvent courir dans le village !

— Il ne s'agit pas que de cela ! J'en ai assez de le voir tourner autour de vous ! D'ailleurs, c'est un juif polonais !

— Un peu de sang juif n'a jamais fait de mal à personne, rétorqua Mary qui le regarda droit dans les yeux avant de poursuivre. La lourdeur et la stupidité de l'Anglais moyen ne pourraient qu'y gagner.

Ses yeux lançaient des éclairs mais sa voix restait glaciale. Je ne fus pas étonné de voir s'empourprer le visage de John.

— Mary !

— Eh bien ?

— Dois-je en déduire que vous continuerez à voir Bauerstein contre ma volonté expresse ?

— Oui, si j'en ai envie.

— Vous me défiez ?

— Non. Mais je ne vous reconnais pas le droit de critiquer mes actes. N'avez-vous pas d'amies qui me déplaisent ?

John fit un pas en arrière, et le sang reflua peu à peu de son visage.

— Qu'insinuez-vous ? balbutia-t-il.

— Ah ! Je vois que vous saisissez ! Vous saisissez enfin que vous êtes bien mal placé pour juger du choix de mes relations ! Votre propre conduite vous l'interdit. Vous n'en avez plus aucun droit.

Le regard de John était devenu suppliant :

— Aucun droit ? N'ai-je donc aucun droit, Mary ? (Dans un geste pathétique, il tendit les mains vers elle.) Mary...

Pendant une seconde, je crus qu'elle allait fléchir, et une

ombre de douceur passa sur ses traits. Mais elle se détourna, avec une sorte de brutalité :

— Aucun !

Et elle s'éloigna. John bondit à sa suite et lui saisit le bras.

— Mary ! dit-il, soudain très calme. Vous êtes amoureuse de ce Bauerstein ?

Cette fois elle sembla hésiter. Son visage trahit une expression singulière, faite de résignation et de sagesse juvénile. Ainsi aurait sans doute souri quelque sphinx de l'Égypte antique.

Doucement, elle se dégagea et lança par-dessus son épaule :

— Qui sait ?

Puis elle s'éloigna à grands pas, laissant John dans la clairière, figé comme une statue.

Je m'approchai de lui d'un pas lourd, en m'arrangeant pour faire craquer quelques branches mortes. Il se retourna. Par chance, il crut que je venais d'arriver.

— Salut, Hastings. Avez-vous ramené chez lui sain et sauf votre étrange compagnon ? Quel curieux personnage ! Il est vraiment à la hauteur de sa réputation ?

— En son temps, il était considéré comme un fin limier.

— Eh bien, essayons de nous persuader qu'il y a une part de vrai dans cette gloire passée... Mais, dans quel monde affreux vivons-nous !

— Vous le pensez vraiment ?

— Mon Dieu, oui ! Depuis cette tragédie, la maison est devenue une annexe de Scotland Yard. On ne sait jamais où on va trouver ses sbires ! Et nos malheurs font la une de tous les journaux ! Ces journalistes, je les... ! Savez-vous qu'il y avait foule derrière les grilles du parc, et qu'ils sont restés là toute la matinée, à espionner ? On se croirait au musée des Horreurs de Mme Tussaud, le jour où l'entrée est gratuite !

— Allons, John ! Du cran. Ça ne durera pas toujours.

— Vraiment ? Assez longtemps quand même pour qu'aucun de nous n'ose plus jamais marcher la tête haute !

— Mais non ! Cette histoire vous monte à la tête...

— Vous trouvez qu'il n'y a pas de quoi ? On se sent continuellement épié par ces fichus journalistes et dévisagé par une bande d'imbéciles au regard bovin ! Mais tout ça, ce n'est encore rien !

— Qu'y a-t-il d'autre ?

John baissa le ton :

— Avez-vous songé, Hastings — c'est devenu un cauchemar pour moi — à l'identité du coupable ? À certains moments, il m'arrive de croire que c'est un accident. Parce que... qui aurait pu commettre une telle horreur ? Maintenant qu'Inglethorp est innocenté, il ne reste personne... personne sauf l'un d'entre nous !

Je comprenais fort bien ce que cette pensée avait de cauchemardesque. L'un d'entre nous... Oui, il ne pouvait en être autrement. À moins que...

Une nouvelle hypothèse me vint à l'esprit. À l'examen, elle me semblait se confirmer. La conduite énigmatique de Poirot, ses sous-entendus, tout concordait ! Quel idiot j'avais été de ne pas y penser plus tôt ! Et quel soulagement pour nous tous !

— Non, John. Il ne s'agit pas de l'un d'entre nous. Ça n'est pas possible, voyons.

— Je le sais ! Mais alors... qui ?

— Vous ne devinez pas ?

— Non.

Je jetai un coup d'œil prudent alentour avant de murmurer :

— Le Dr Bauerstein.

— Impossible !

— Pas du tout.

— Quel profit pouvait-il tirer du décès de ma mère ?

— Ce point est encore à éclaircir, concédai-je. Mais je peux vous affirmer ceci : Poirot est sur la même piste que moi.

— Poirot ? C'est vrai ? Comment le savez-vous ?

Je lui parlai de l'agitation qui avait saisi mon ami lorsqu'il avait appris la présence du médecin à Styles Court le soir du drame.

— Par deux fois, il a dit : « Cela change tout », ajoutai-je. Cette réaction m'a donné à réfléchir. Rappelez-vous : Inglethorp a déclaré qu'il avait posé la tasse de café sur la table du vestibule pour accueillir Bauerstein. N'est-il pas possible que votre fameux docteur y ait laissé tomber la strychnine en passant ?

— Hum ! Ç'aurait été très risqué.

— Oui, mais c'était faisable !

— Admettons. Mais comment aurait-il su que c'était son

café à elle? Non, mon vieux, votre théorie ne tient pas debout.

C'est alors qu'un autre détail me revint à la mémoire.

— Vous avez raison. Les choses ne se sont pas passées comme ça. Écoutez-moi.

Et je lui parlai de l'échantillon de cacao que Poirot avait fait analyser.

— Mais Bauerstein ne l'avait pas déjà fait analyser?

— Justement! Je viens de comprendre. Réfléchissez: c'est Bauerstein qui a été chargé de faire procéder à l'analyse. Si c'est lui le meurtrier, il n'a eu aucune difficulté à échanger l'échantillon empoisonné contre du cacao ordinaire, et de l'envoyer au laboratoire. Bien sûr, aucune trace de strychnine n'a été décelée. Et personne n'a osé soupçonner Bauerstein ni prélever un autre échantillon de cacao... sauf Poirot, ajoutai-je en hommage (tardif il est vrai) à la perspicacité de mon ami.

— Et que faites-vous de cette amertume que le cacao ne peut masquer?

— Il est seul à le prétendre. Et puis on peut envisager d'autres possibilités. Bauerstein est reconnu comme l'un des plus grands toxicologues au monde et...

— L'un des plus grands, quoi? Voulez-vous me répéter ça, s'il vous plaît?

— Il en sait plus sur les poisons que n'importe qui, ou peu s'en faut. Et je me dis qu'il a peut-être trouvé le moyen d'ôter à la strychnine son amertume. À moins qu'il ne se soit pas agi de strychnine, mais d'un autre poison, si rare que personne n'en a jamais entendu parler et qui produit les mêmes effets.

— Hum! C'est possible en effet, reconnut John. Mais il y a un hic: comment aurait-il pu empoisonner ce cacao? Il ne se trouvait pas dans le vestibule, lui?

— C'est exact, dus-je admettre.

Soudain une hypothèse effarante me traversa l'esprit. Je priai pour que John n'y pensât pas de son côté. Je lui jetai un coup d'œil à la dérobée. Les sourcils froncés par la concentration, il était visiblement un peu perdu et je réprimai un soupir de soulagement. Car il venait de m'apparaître que le Dr Bauerstein n'aurait pu réussir son forfait qu'avec l'aide d'un complice. Ou d'une complice...

Mais une telle infamie était impossible à imaginer! Une femme aussi jolie que Mary Cavendish ne pouvait être une meurtrière. Pourtant, des créatures non moins séduisantes qu'elle avaient été des empoisonneuses...

Je me remémorai alors la première conversation à laquelle j'avais participé, le jour de mon arrivée à Styles Court. Nous prenions le thé sur la pelouse, et je me rappelai fort bien la lueur dans ses yeux quand elle avait déclaré que le poison était une arme de femme. Et cette étrange agitation dont elle avait fait preuve le mardi soir... Mrs Inglethorp avait-elle découvert la relation qu'elle entretenait avec le Dr Bauerstein ? La vieille dame l'avait-elle menacée de tout révéler à John, et les deux amants avaient-ils décidé de la supprimer pour éviter le scandale ?

La conversation énigmatique entre Poirot et miss Howard ne prenait-elle pas dès lors tout son sens ? N'était-ce pas cette hypothèse monstrueuse qu'Evelyn avait refusé d'envisager ?

Hélas ! tout paraissait concorder.

Quoi d'étonnant alors que miss Howard eût proposé « d'étouffer » l'affaire. Sa phrase inachevée, « Emily elle-même n'aurait pas... » devenait enfin compréhensible. Mrs Inglethorp aurait certainement préféré laisser son meurtre impuni plutôt que de voir le nom des Cavendish souillé par l'infamie.

— Il y a autre chose, dit John, si soudainement que j'en sursautai. Une chose qui me fait douter de votre hypothèse.

Selon toute apparence, il ne se demandait pas comment le poison avait pu être versé dans le cacao, et j'en fus soulagé.

— De quoi s'agit-il ?

— Eh bien, le fait que Bauerstein ait jugé l'autopsie nécessaire. Il n'était absolument pas obligé de l'exiger. Et ce n'est pas ce fantoche de Wilkins qui en aurait eu l'idée : la crise cardiaque le satisfaisait pleinement.

— Peut-être. Mais est-ce vraiment une preuve ? Bauerstein n'a-t-il pas joué la sécurité à long terme en demandant l'autopsie ? L'étrangeté du décès risquait malgré tout de s'ébruiter, et les autorités judiciaires auraient pu ordonner l'exhumation. L'affaire aurait alors éclaté au grand jour, et il se serait trouvé en fâcheuse posture. Comment croire qu'un homme jouissant d'une telle réputation ait pu commettre l'erreur d'attribuer la mort à une simple crise cardiaque ?

— Votre raisonnement se tient, reconnut John. Mais du diable si je lui trouve un mobile plausible !

De nouveau, le doute m'assaillit.

— Allons ! je me trompe peut-être. Quoi qu'il en soit, que cela reste entre nous...

— Cela va sans dire.

Tout en parlant, nous étions parvenus à la petite grille du jardin. Des voix toutes proches nous parvinrent. Le thé avait été servi à l'ombre du sycomore, comme au jour de mon arrivée.

Cynthia était revenue de l'hôpital, et j'approchai un siège du sien. Je lui transmis la demande de Poirot.

— Oh ! mais bien sûr ! Je serai enchantée de lui faire visiter le labo. Le mieux serait qu'il vienne prendre le thé un jour. Nous conviendrons d'une date. C'est un petit homme si charmant. Mais il est vraiment bizarre ! Figurez-vous qu'il m'a fait ôter mon épingle de foulard, l'autre jour, pour la remettre lui-même parce qu'elle n'était pas parfaitement droite !

— C'est une manie chez lui ! constatai-je en riant.

— Ça m'en a tout l'air, en effet.

Nous gardâmes le silence un temps. Puis Cynthia jeta un coup d'œil furtif à Mary Cavendish et murmura :

— Mr Hastings ?

— Oui ?

— J'aimerais vous parler seule à seul, après le thé.

J'avais surpris le regard de Mrs Cavendish. Je devinais que les deux femmes ne sympathisaient guère, et je me mis à songer pour la première fois à l'avenir de la jeune fille. Si Mrs Inglethorp n'avait pris aucune disposition particulière à son égard, j'étais convaincu que John et Mary lui proposeraient de partager leur foyer, du moins jusqu'à la fin de la guerre. Je savais que John l'aimait bien et qu'il serait désolé de la voir partir.

C'est alors que John ressortit de la maison. Son visage, habituellement jovial, était crispé de fureur :

— J'en ai par-dessus la tête de ces maudits inspecteurs ! Que cherchent-ils encore ? Ils ont profité de notre absence pour mettre la maison sens dessus dessous ! C'en est trop ! J'en parlerai à Japp dès que je le verrai !

— Bande de fouineurs ! maugréa miss Howard.

Lawrence, quant à lui, déclara que les flics — en bons flics qu'ils étaient — se croyaient obligés de se montrer efficaces.

Mary Cavendish ne fit aucun commentaire.

Après le thé, je proposai une promenade à Cynthia, et nous nous éloignâmes en direction des bois.

Dès que la végétation nous eut cachés aux yeux des autres, je me tournai vers elle.

— Eh bien ?

Avec un soupir Cynthia se laissa tomber à terre et ôta son chapeau. Un rayon de soleil filtra à travers les frondaisons, transformant sa chevelure rousse en or vivant.

— Mr Hastings... Vous avez toujours été si gentil, et vous avez tant d'expérience...

Quel charme se dégageait de cette jeune femme ! Un charme bien plus réel que celui de Mary, qui ne parlait jamais ainsi !

— Eh bien ? répétai-je doucement, car elle hésitait.

— Je voulais vous demander votre opinion. Quel parti dois-je prendre ?

— Pardon ?

— Voilà : Tante Emily m'a toujours affirmé que je n'avais aucun souci à me faire pour mon avenir. Peut-être l'a-t-elle oublié, à moins qu'elle n'ait pas pensé à sa disparition... Le fait est qu'elle n'a pris aucune disposition à mon sujet, et que je me retrouve dans le flou le plus total ! Pensez-vous que je devrais partir d'ici sans tarder ?

— Bien sûr que non ! Et je suis certain que personne ici ne veut vous voir partir !

Cynthia resta un instant silencieuse, arrachant des brins d'herbe de ses doigts délicats.

— Mrs Cavendish, si, lâcha-t-elle enfin. Elle me déteste !

— Elle vous déteste ? répétai-je, stupéfait.

— Oui. Je ne sais pourquoi, mais elle ne peut pas me supporter. Pas plus que lui, d'ailleurs.

— Alors là, vous vous mettez le doigt dans l'œil — si j'ose m'exprimer ainsi : John a beaucoup d'estime pour vous.

— John ? Oh ! lui, bien sûr ! Mais je voulais parler de Lawrence. Qu'il me haïsse ou non m'importe peu, mais c'est affreux de sentir que personne ne vous aime. Vous ne trouvez pas ?

— Mais on vous aime, ma chère Cynthia ! affirmai-je avec le plus grand sérieux. Vous vous trompez, j'en suis sûr. La preuve : il y a John... et miss Howard...

— Oui, peut-être, dit-elle sans enthousiasme. John m'aime bien, du moins je le pense. Evie aussi, bien sûr. Malgré ses manières un peu frustes, elle ne ferait pas de mal à une mouche. Mais Lawrence ne m'adresse jamais la parole s'il peut éviter de le faire, et Mary doit se forcer pour être simplement polie avec moi. Elle a demandé à Evie de rester, elle l'a suppliée. Mais elle ne veut pas de moi et... et je ne sais plus quoi faire !

Sur quoi la malheureuse fondit en larmes.

Je ne pourrais dire ce qui me prit alors. Peut-être était-ce sa beauté : elle était assise là, sans défense, sa chevelure magnifique illuminée par le soleil ; ou encore le soulagement que j'éprouvais face à quelqu'un de si évidemment extérieur à la tragédie ; à moins que ce ne fût pure compassion pour la détresse d'un être si jeune et si seul... Je me penchai vers elle et pris une de ses petites mains dans les miennes.

— Épousez-moi, Cynthia, dis-je avec une certaine maladresse.

Sans le vouloir le moins du monde, je venais de trouver un remède souverain contre ses larmes. Elle se redressa aussitôt, retira sa main et me lança sans ménagement :

— Ne soyez pas stupide !

Je me trouvai bien embarrassé.

— Je ne suis pas stupide. Je vous demande de me faire l'honneur d'être ma femme.

À ma grande surprise, elle éclata de rire et me traita de « sale farceur » !

— C'était vraiment adorable de votre part ! ajouta-t-elle avec un petit rire dans la voix, mais vous savez bien que vous n'en avez pas la moindre envie !

— Mais si ! Je possède...

— Peu importe ce que vous possédez ! Vous n'en avez pas la moindre envie... Ni moi non plus, d'ailleurs.

— Eh bien, alors, n'en parlons plus ! rétorquai-je assez sèchement. Mais je ne vois pas ce qu'il y a de si drôle dans une demande en mariage.

— Vous avez raison ! Mais méfiez-vous quand même : la prochaine fois, quelqu'un pourrait vous dire « oui » ! Allons ! Au revoir et merci ! Vous m'avez vraiment remonté le moral !

Et, avec un dernier éclat de rire, elle disparut entre les arbres.

Je gardais de cette entrevue, il me faut bien l'admettre, un sentiment de profonde frustration.

Je décidai brusquement de descendre au village et d'aller voir Bauerstein. Quelqu'un devait surveiller cet individu de près. Par la même occasion, je profiterais de ma visite pour le rassurer, s'il se croyait soupçonné. Je me rappelais combien Poirot avait confiance en mon sens de la diplomatie. J'allai donc frapper à la porte de la maison où il avait loué un appartement meublé.

Une vieille femme vint m'ouvrir.

— Bonjour, madame, dis-je aimablement. Le Dr Bauerstein est chez lui ?

Elle me regarda avec des yeux ronds :

— N'êtes pas au courant ?

— Au courant de quoi ?

— De c'qui lui est arrivé, pardi !

— Et qu'est-ce qu'il lui est arrivé ?

— Ben, l'est... parti, quoi...

— Parti ? Il est mort ?

— Mais non ! L'est parti avec la police !

— Vous voulez dire qu'il a été arrêté ? m'exclamai-je.

— Ben oui, c'est ça. Et...

Je n'entendis pas la suite. Je courais déjà dans le village à la recherche de Poirot.

## 10

### L'ARRESTATION

À mon grand dépit, Poirot n'était pas chez lui. Le vieux Belge qui vint m'ouvrir la porte me confia qu'il le croyait parti pour Londres.

La nouvelle me laissa pantois. Pourquoi diable Poirot avait-il décidé de partir ? Projetait-il déjà ce voyage avant que nous nous séparions, quelques heures plus tôt, ou cette idée lui était-elle venue subitement ?

Assez contrarié, je repris le chemin de Styles. Poirot absent, que devais-je faire ? Mon ami avait-il prévu cette arrestation ? N'en était-il pas à l'origine, comme cela me paraissait probable ? Autant de questions sans réponses. En attendant, qu'allais-je décider ? Devais-je ou non annoncer la nouvelle à Styles ? Je me refusais à l'admettre, mais penser à Mary Cavendish m'était pénible. Serait-elle bouleversée ? À cet instant, j'écartais d'elle tout soupçon. Elle ne pouvait être impliquée, je l'aurais su.

Par ailleurs, comment lui cacher l'arrestation du Dr Bauerstein ? Tous les journaux en parleraient dès le lendemain. Néanmoins l'idée de la lui annoncer moi-même me répugnait. Si j'avais pu le joindre, j'aurais demandé conseil à Poirot. Quelle mouche l'avait piqué de filer ainsi à Londres de façon aussi inopinée ?

Je ne pouvais m'empêcher d'admirer son pouvoir de déduction. Aurais-je jamais pensé à soupçonner le médecin si Poirot ne m'avait mis sur la voie ? Décidément, ce petit bout d'homme avait oublié d'être bête !

Après avoir pesé le pour et le contre quelques instants, je résolus de n'en parler qu'à John. Il déciderait lui-même s'il convenait ou non de propager la nouvelle.

Il poussa un long sifflement.

— Eh ben mon vieux ! s'exclama-t-il. Vous aviez donc vu juste ! Quand vous m'en avez parlé, je n'arrivais pas y croire.

— À première vue, l'idée surprend, mais on est vite convaincu devant des faits qui s'imbriquent si parfaitement. À présent, qu'allons-nous faire ? Il est évident que tout le monde sera au courant demain...

— Alors attendons, dit John après un temps de réflexion. Inutile de divulguer la nouvelle pour l'instant. On l'apprendra bien assez tôt, vous avez raison.

Le lendemain matin, je me levai aux aurores et parcourus aussitôt les journaux. Quel ne fut pas mon étonnement de n'y lire aucune mention de l'arrestation ! Un article de remplissage, intitulé « Styles, une histoire de poison », n'apportait aucun élément nouveau. Je ne voyais à ce silence qu'une explication : pour une raison quelconque, Japp ne désirait pas de publicité sur ce dernier rebondissement de l'affaire. Peut-être allait-il y avoir d'autres arrestations, ce qui ne m'enchantait guère.

Après le petit déjeuner, je décidai de me rendre au village pour voir si Poirot était revenu. J'étais sur le point de me mettre en route quand un visage bien connu apparut à l'une des portes-fenêtres, et une voix reconnaissable entre toutes lança :

— Bonjour, mon bon ami !

— Poirot ! m'exclamai-je, soulagé.

Et je lui pris les mains pour l'entraîner à l'intérieur.

— Jamais je n'ai eu autant de plaisir à voir quelqu'un. Écoutez : je n'ai soufflé mot à personne de ce que vous savez, excepté à John. Ai-je eu raison ?

— Le problème, mon bon ami, c'est que je ne sais pas de quoi vous parlez...

— Mais de l'arrestation du Dr Bauerstein, bien sûr !

— Bauerstein a donc été arrêté ?

— Vous n'étiez pas au courant ?

— Je l'ignorais totalement. Néanmoins, je n'en suis pas étonné outre mesure. La côte n'est qu'à une demi-douzaine de kilomètres, ne l'oublions pas.

— La côte ? répétai-je sans comprendre. Quel rapport ?

Poirot eut un haussement d'épaules :

— Le rapport est pourtant évident.

— Eh bien, il m'échappe toujours ! Je suis certes lent d'esprit, mais je ne saisis pas ce qu'il peut y avoir de commun entre le fait que la côte soit toute proche et le décès de Mrs Inglethorp !

— C'est qu'il n'y en a aucun, bien entendu, répondit Poirot avec un sourire. Mais je croyais que nous parlions de l'arrestation du Dr Bauerstein ?

— Eh bien ! il a été arrêté pour le meurtre de Mrs Inglethorp !

— Quoi ? s'écria Poirot avec toutes les apparences de l'étonnement sincère. Le Dr Bauerstein a été arrêté pour le meurtre de Mrs Inglethorp ?

— Oui.

— Mais c'est impossible ! Grotesque ! Qui vous a raconté ça, mon bon ami ?

— Eh bien, personne ne me l'a vraiment raconté sous cette forme, avouai-je. Mais il a été arrêté, c'est un fait.

— Cela, je le comprends. Mais pour espionnage, mon bon ami, pour espionnage !

— Pour espionnage ? soufflai-je, incrédule.

— Exactement.

— Et pas pour le meurtre de Mrs Inglethorp ?

— Bien sûr que non, à moins que notre ami Japp ait perdu la tête.

— Mais... Je pensais que vous étiez tous deux du même avis...

Poirot m'observa un moment et je lus dans ses yeux de la compassion doublée de la certitude qu'une telle idée relevait de la plus totale absurdité.

— Selon vous, le Dr Bauerstein est donc un espion? balbutiai-je, mettant quelques secondes à assimiler cette nouvelle information.

— Vous ne vous en doutiez pas?

Je dus admettre que l'idée ne m'avait jamais effleuré.

— Vous n'avez pas été intrigué par le fait qu'une sommité de Londres vienne prendre sa retraite dans un trou perdu ni qu'il se promène partout, vêtu de pied en cap, à toute heure de la nuit?

— Non, cela ne m'avait jamais frappé.

— Il est allemand de naissance, bien entendu, expliqua Poirot. Mais il est installé depuis si longtemps en Angleterre qu'on a oublié ses origines. Il s'est d'ailleurs fait naturaliser il y a une quinzaine d'années. Un homme d'une grande intelligence, vraiment — un juif, bien entendu.

— Un salopard, oui! m'exclamai-je, outré.

— Pas du tout. Un véritable patriote, au contraire. Pensez à tout ce qu'il risque de perdre. Pour ma part, j'éprouve une certaine admiration à son égard.

Mais je ne pouvais adhérer à cette vision philosophique des choses.

— Et dire que c'est avec cet individu que Mrs Cavendish s'est affichée partout! m'écriai-je sans dissimuler mon indignation.

— Certes, et je suppute qu'il a trouvé sa compagnie fort utile, remarqua Poirot. Aussi longtemps qu'on jasait sur leurs promenades, on ne s'occupait pas de ses autres excentricités.

— Vous pensez donc qu'il ne l'a jamais vraiment aimée?

Malgré moi, j'avais posé cette question avec une ferveur quelque peu déplacée, étant donné les circonstances.

— Sur ce point, je ne saurais bien évidemment me montrer catégorique. Pourtant... Mais j'ai ma petite idée. Voulez-vous la connaître?

— Je vous en prie.

— La voici donc : je crois que Mrs Cavendish n'éprouve rien, et n'a jamais rien éprouvé pour le Dr Bauerstein.

— C'est votre opinion ? fis-je sans parvenir à cacher ma satisfaction.

— Oui, et je la crois fondée. Voulez-vous savoir pourquoi ?

— Bien sûr !

— Parce que son cœur bat pour un autre, mon bon ami.

— Ah !

Qu'entendait-il par là ? Malgré moi, je sentis une douce chaleur m'envahir. Je ne suis pas homme à me vanter de mes succès féminins, mais certains détails, peut-être enregistrés avec trop de légèreté sur le moment, me revinrent alors à l'esprit. À la réflexion...

Ces pensées fort agréables furent soudain interrompues par l'arrivée de miss Howard. D'un coup d'œil circulaire, elle s'assura que nous étions seuls, puis exhiba une feuille jaunie qu'elle tendit à Poirot en murmurant ces mots mystérieux :

— Sur le haut de l'armoire !

Et elle quitta aussitôt la pièce.

Poirot déplia le papier sans perdre un instant. Puis, avec une exclamation satisfaite, il l'étala sur la table :

— Venez voir, mon bon ami ! Et dites-moi quelle initiale vous lisez ici. Un J ou un L ?

C'était une feuille de papier d'emballage, de format courant, assez sale, comme si elle était restée un certain temps exposée à la poussière. L'en-tête de l'étiquette était celle de la firme Parkson & Parkson, réputée comme un des meilleurs costumiers de théâtre. Mais c'est plus particulièrement l'adresse qui retenait l'attention de Poirot : (l'initiale à vérifier) *Cavendish Esq. Styles Court, Styles St. Mary, Essex.*

Après quelques bonnes minutes je déclarai :

— Un T ou un L, mais certainement pas un J.

Poirot replia le papier.

— Parfait. Je suis tout à fait de votre avis. Et vous pouvez parier sur le L sans risque !

— D'où est-ce que ça sort ? Ça a une grande importance ?

— Une importance relative. Mais ce papier confirme une hypothèse que j'avais formulée, et qui supposait l'existence d'un tel document. J'ai donc demandé à miss Howard de le chercher, mission qu'elle a menée à bien, comme vous pouvez le constater.

— Que voulait-elle dire par : « Sur le haut de l'armoire » ?

— C'est l'endroit où elle a découvert cette feuille, tout simplement.

— Curieux endroit pour ranger un papier, remarquai-je.

— Je ne partage pas cet avis, mon bon ami. Le haut d'une armoire est l'endroit idéal où ranger papiers d'emballage et cartons. Je les mets là moi-même. Si l'opération est menée avec ordre et méthode, il n'y a rien là qui puisse offenser la vue.

Je revins à un sujet beaucoup plus sérieux :

— Poirot, avez-vous réussi à vous faire une idée précise sur ce crime ?

— Oui... En fait, je crois savoir comment il a été perpétré.

— Ah !

— Malheureusement, c'est une simple théorie que ne vient étayer aucune preuve. À moins que... (Soudain il m'empoigna le bras et m'entraîna dans le vestibule. Dans son excitation, il se mit à vociférer en français :) *Mademoiselle Dorcas ! Un moment, s'il vous plaît !*

Inquiète, la domestique sortit de l'office en courant.

— Ma bonne Dorcas, j'ai une petite idée — une petite idée qui, si elle se révélait juste, nous ferait faïre un formidable bond en avant ! Dites-moi, Dorcas : lundi — et non pas mardi, j'insiste sur la date —, le lundi qui a précédé le drame. La sonnette de Mrs Inglethorp fonctionnait-elle normalement ?

La domestique parut fort étonnée.

— Eh bien non, monsieur, cela me revient, maintenant que vous le dites ; mais je me demande bien comment vous l'avez deviné. Une souris a dû ronger le fil. Un ouvrier est venu le changer mardi matin.

Poirot manifesta son ravissement par une exclamation prolongée et nous retournâmes dans le petit salon.

— Voyez-vous, je crois qu'il est inutile de chercher des indices, mon ami ! La raison devrait suffire. Mais la chair est faible, et c'est une consolation de se dire que nous sommes sur la bonne voie. Ah ! mon bon ami ! Regardez-moi. Je cours, je saute, le géant que je suis a repris des forces.

Et il sortit par la porte-fenêtre et s'éloigna en gambadant sur la pelouse.

— Qu'arrive-t-il à votre étonnant petit ami ? fit une voix dans mon dos.

Mary Cavendish se tenait derrière moi. Elle me sourit et je lui rendis son sourire.

— Que se passe-t-il ?

— Vraiment, je n'en sais rien ! Il a interrogé Dorcas à propos d'une sonnette, et sa réponse l'a enchanté au point qu'il s'est mis à faire des bonds de cabri, comme vous le voyez !

Mary se mit à rire.

— C'est ridicule ! Il sort du parc. Est-ce qu'il va revenir aujourd'hui ?

— Je n'en ai pas la moindre idée. J'ai cessé de faire des pronostics à son sujet !

— Il est vraiment fou ?

— Comment savoir ? J'ai parfois l'impression très nette qu'il est fou à lier ; puis, au moment où sa folie me semble la plus évidente, je découvre une logique au cœur même de cette folie.

— Je vois.

Mary se mit à rire, mais elle me paraissait soucieuse, ce matin-là. Elle était grave, presque triste.

Je jugeai le moment opportun pour aborder le sujet de Cynthia, ce que je fis avec une grande diplomatie, du moins me semble-t-il. Pourtant elle m'interrompit sans ménagement avant que j'aie pu aller jusqu'au bout :

— Vous feriez un avocat remarquable, Mr Hastings, j'en suis persuadée. Mais vous gaspillez votre talent en pure perte, car Cynthia n'a rien à craindre de ma part.

Je bredouillais lamentablement qu'il ne fallait surtout pas qu'elle aille penser que... mais elle m'interrompit de nouveau, et je m'attendais si peu à ce qu'elle me dit alors que j'en oubliai Cynthia et ses problèmes.

— Mr Hastings, pensez-vous que nous formions un couple heureux, mon mari et moi ?

Pris au dépourvu, je me surpris à murmurer que je ne me permettrais pas ce genre de réflexion.

— Eh bien, moi je me permets de vous révéler que ce n'est pas le cas, dit-elle calmement.

J'attendis la suite en silence.

Elle se mit à arpenter lentement la pièce, la tête penchée. Son corps mince et souple ondulait doucement au rythme de ses pas. Soudain elle s'arrêta et me dévisagea :

— Vous ne savez rien de moi, n'est-ce pas ? D'où je viens, qui j'étais avant d'épouser John ? Non, vous ne savez rien ! Eh bien, je vais vous le dire. Vous serez mon confesseur. Je crois que vous êtes un bon... Oui, je suis sûre que vous êtes bon.

D'une certaine manière, le compliment ne me flatta pas autant qu'il l'aurait dû. Cynthia avait utilisé le même genre de préambule avant de se confier à moi, et il me semblait que le rôle de confesseur convenait mieux à une personne d'âge mûr qu'à l'homme jeune que j'étais.

— Mon père était anglais, reprit Mrs Cavendish, mais ma mère était russe.

— Ah ! voilà l'explication...

— L'explication de quoi ?

— De ce sentiment de charme étrange... oui, étrange... que j'ai toujours éprouvé en face de vous.

— Ma mère était, paraît-il, très belle. En fait, je n'en sais rien, car je ne l'ai jamais vue. J'étais toute petite quand elle est morte, dans des circonstances tragiques. Elle a pris par erreur une dose trop forte de somnifère. Mon père en a eu le cœur brisé. Peu après, il est entré au Service consulaire, et je l'ai accompagné partout. À vingt-trois ans j'avais presque fait le tour du monde. C'était une existence merveilleuse, que j'adorais.

Le visage rejeté en arrière, elle souriait doucement. Elle semblait revivre ces jours heureux.

— Puis mon père est mort, me laissant sans ressources. J'ai dû accepter l'hospitalité de vieilles tantes dans le Yorkshire... (Un frisson la parcourut.) Vous comprenez bien que c'était une existence sinistre. Surtout pour une jeune fille élevée comme je l'avais été. La vie était si monotone, si étriquée, que j'ai cru devenir folle...

Quand elle reprit, après un long silence, son ton avait changé :

— C'est alors que j'ai rencontré John Cavendish...

— Oui ?

— Pour mes tantes, c'était un excellent parti, vous le pensez bien. En toute honnêteté, je peux vous affirmer que l'aspect financier n'a pesé d'aucun poids dans ma décision. Il m'offrait simplement le moyen d'échapper à cette monotonie que je ne pouvais plus supporter.

Comme je restais silencieux, elle reprit bientôt :

— Mais ne vous méprenez pas : j'ai été parfaitement franche. Je lui ai expliqué que je l'aimais beaucoup, ce qui était la stricte vérité, et que j'espérais que ce sentiment grandirait encore, mais que je n'étais pas amoureuse de lui. Il m'assura que cela lui suffisait et... nous nous sommes mariés.

Elle se tut de nouveau un long moment, le front soucieux, comme plongée dans le souvenir du passé.

— Je crois, je suis même sûre qu'au début il m'aimait. Mais sans doute n'étions-nous pas faits l'un pour l'autre, car notre couple s'est très vite défait. Il s'est... — et tant pis pour mon orgueil, mais c'est ainsi —, il s'est très rapidement lassé de moi. Oh si ! Très rapidement ! ajouta-t-elle comme je tentais de protester. Cela n'a plus d'importance, à présent, car nous sommes arrivés à la croisée des chemins...

— Que voulez-vous dire ?

— Que je n'ai pas l'intention de rester à Styles Court, répondit-elle avec une calme détermination.

— John et vous allez partir d'ici ?

— John, peut-être pas. Moi, oui.

— Vous allez le quitter ?

— Oui.

— Mais... pourquoi ?

Elle marqua un temps d'hésitation avant de répondre.

— Peut-être... parce que je veux être... libre !

J'imaginai soudain de grands espaces, des forêts vierges immenses, des terres inexplorées... et je compris ce que signifiait le mot liberté pour quelqu'un comme Mary Cavendish. J'eus l'impression de la découvrir telle qu'elle était, créature farouche et fière, aussi peu polie par la civilisation qu'un oiseau dans le ciel. Un gémissement lui tomba des lèvres :

— Vous ne savez pas, vous ne pouvez pas savoir quelle prison a été pour moi cet endroit effroyable !

— Je comprends, l'assurai-je. Mais n'agissez pas sur un coup de tête !

— Un coup de tête !

Sa voix prit une intonation moqueuse. Je lui posai alors une question que je regrettai aussitôt :

— Savez-vous que le Dr Bauerstein a été arrêté?

Un masque de froideur figea les traits de la jeune femme:

— John a eu l'obligeance de m'en informer ce matin.

— Et... qu'en pensez-vous? continuai-je d'une voix sourde.

— De quoi?

— De cette arrestation...

— Que voulez-vous que j'en pense? Il semble que ce soit un espion allemand, c'est du moins ce que le jardinier a dit à John.

Sa voix était aussi dénuée d'expression que son visage. Cette nouvelle la touchait-elle?

Elle s'éloigna de quelques pas et, d'un doigt, effleura un des vases.

— Ces fleurs sont fanées. Il faut que je les change. Pouvez-vous me laisser passer...? Merci, Mr Hastings.

Et elle sortit tranquillement en me saluant d'une petite inclinaison de la tête.

Non, elle ne tenait certainement pas à ce Bauerstein. Aucune femme ne pourrait jouer ainsi cette indifférence glacée.

Le lendemain matin, contrairement à son habitude, Poirot ne se montra pas. Quant aux hommes du Yard, ils semblaient, eux aussi, s'être volatilisés.

À l'heure du déjeuner arriva pourtant un nouvel indice, négatif d'ailleurs. Nous avions en effet tenté de retrouver trace de la quatrième lettre rédigée par Mrs Inglethorp le soir précédant son décès, et avions fini par y renoncer dans l'espoir qu'elle réapparaîtrait bien un jour. C'est exactement ce qui se produisit. Une réponse arriva à Styles Court par le deuxième courrier. Elle émanait d'une société d'édition de musique française qui accusait réception d'un chèque de Mrs Inglethorp et regrettait de ne pouvoir trouver certain recueil de chansons populaires russes. Ainsi devions-nous renoncer à trouver dans la correspondance de Mrs Inglethorp l'énigme de cette tragédie.

Juste avant l'heure du thé, je descendis au village pour transmettre à Poirot cette mauvaise nouvelle. J'éprouvai une certaine irritation lorsque j'appris qu'il était sorti, une fois de plus.

— Est-il reparti pour Londres?

— Non, monsieur. Il a juste pris le train pour Tadminster. Il m'a dit qu'il allait « visiter le laboratoire où travaille une jeune personne de sa connaissance ».

— Mais quel idiot ! m'exclamai-je. Je lui ai pourtant bien dit que le mercredi est le seul jour où elle n'y est pas ! Eh bien, soyez assez aimable de lui dire de venir nous voir, dès demain matin.

— Je lui transmettrai votre message, monsieur.

Mais Poirot ne se manifesta pas non plus le lendemain, et cela commença à m'irriter. Sa désinvolture passait vraiment les bornes !

Après le déjeuner, Lawrence voulut me parler seul à seul. Il me demanda si j'avais l'intention de descendre au village pour voir Poirot.

— Non, je ne crois pas. S'il veut nous voir, il n'a qu'à venir !

Cette réponse parut déconcerter Lawrence, et je remarquai chez lui une certaine nervosité qui ne lui était pas coutumière.

— Que se passe-t-il ? demandai-je, intrigué. Si c'est important, je peux y aller, bien sûr.

— Oh ! Ce n'est pas grand-chose, mais... bon, si vous changiez d'avis... (sa voix n'était plus qu'un chuchotement) pourriez-vous lui dire que je crois avoir retrouvé la tasse à café manquante ?

L'énigmatique message de Poirot m'était presque sorti de l'esprit, mais Lawrence refusa de satisfaire ma curiosité. Faisant taire mon amour-propre, je résolus de retourner à Leastways Cottage.

Cette fois, on m'y accueillit avec un sourire, et l'on m'annonça que Mr Poirot était bien dans ses appartements. Voulais-je me donner la peine de monter ? Comme l'on pense bien, je me donnai la peine en question.

Mon ami était assis à sa table, la tête enfouie dans ses mains. Il se redressa vivement.

— Que se passe-t-il ? m'enquis-je avec sollicitude. Vous n'êtes pas malade, j'espère ?

— Non, non, pas malade du tout. Mais je dois prendre une décision d'une importance capitale.

— Faut-il ou non coincer le coupable, c'est ça ? plaisantai-je.

Mais, à ma grande surprise, Poirot accueillit ma boutade sans rire.

— « Parler ou ne pas parler, telle est la question » comme l'a si justement dit votre grand Shakespeare.

Je ne pris pas la peine de rectifier cette malheureuse citation.

— Vous parlez sérieusement, Poirot ?

— Très sérieusement. Car la chose la plus sérieuse au monde se trouve dans la balance, voyez-vous.

— Et c'est ?

— Le bonheur d'une femme, mon ami.

Cette réponse me laissa sans argument, mais Poirot continuait déjà :

— Le moment est venu, et j'hésite. L'enjeu est de taille et je ne sais quelle carte jouer. Et personne d'autre que moi, Hercule Poirot, ne le risquerait.

Et il ponctua cette déclaration orgueilleuse en se frappant la poitrine.

Je lui laissai quelques instants pour savourer l'effet produit, puis lui rapportai la réponse de Lawrence.

— Ah ! Il a donc retrouvé la tasse manquante ! s'exclama-t-il. Bien ! Votre Mr Lawrence fait preuve de plus d'intelligence que ne le laisse augurer son visage de carême !

Pour ma part, les facultés intellectuelles de Lawrence me paraissaient en effet assez réduites, mais je m'abstins de toute polémique à ce sujet, et réprimandai amicalement Poirot pour avoir oublié que le mercredi était le jour de repos de Cynthia.

— Vous avez raison. Ma mémoire est une vraie passoire ! Néanmoins l'autre jeune femme m'a reçu fort aimablement. Sans doute ma déception lui a-t-elle fait pitié car elle m'a montré tout ce que je voulais voir avec une grande gentillesse.

— Alors tout est pour le mieux. Il faudra quand même que vous alliez prendre le thé avec Cynthia un autre jour.

Puis je lui parlai de la quatrième lettre écrite par Mrs Inglethorp.

— C'est bien dommage, avoua-t-il. Je comptais beaucoup sur cette lettre, mais ç'aurait été trop beau. Cette affaire doit se résoudre de l'intérieur. (De l'index, il se tapota le front.) Ces petites cellules grises ; à elles de jouer, comme on dit ! (Puis, sans transition, il me demanda :)

— Êtes-vous expert en empreintes digitales, mon bon ami ?

— Non, répondis-je sans dissimuler mon étonnement. Je sais qu'il n'en existe pas deux semblables, mais là se limitent mes connaissances en ce domaine.

— Elles n'en sont pas moins exactes.

Il alla ouvrir un petit tiroir et en sortit quelques photographies qu'il disposa devant moi, sur la table.

— Je les ai numérotées : 1, 2, 3. Auriez-vous l'obligeance de me les décrire ?

Je me concentrai un moment sur les clichés :

— Ce sont des agrandissements, à ce que je vois. Je pense que l'empreinte n° 1 appartient à un homme ; pouce et index. La 2 est plus menue, et très différente ; sans doute celle d'une femme. Quant à la 3... il me semble qu'il y a plusieurs empreintes mêlées, mais je reconnais la n° 1, ici, très nettement.

— Recouvrant les autres ?

— Exactement.

— Vous êtes catégorique ?

— Sans hésitation.

Poirot approuva d'un hochement de tête, puis il ramassa les photographies et les rangea.

— Bien entendu, et comme d'habitude, vous ne me donnerez pas d'explication ? dis-je, un peu vexé.

— Mais si ! Le premier cliché représente les empreintes de Mr Lawrence. Le deuxième, celles de miss Cynthia. Elles n'ont qu'une importance relative. Je ne les ai prises que dans un but comparatif. La photographie n° 3 est un peu plus complexe.

— Ah ?

— Elle est très agrandie, vous l'avez noté. Vous avez peut-être remarqué cette tache sur le cliché. Je ne vous expliquerai pas le procédé que j'ai utilisé, poudre, appareil, etc. Il est commun à toutes les polices et permet de révéler en très peu de temps les empreintes relevées sur n'importe quel objet. Je vous ai montré les empreintes, mon bon ami... Il me reste donc à vous apprendre sur quel objet elles ont été relevées.

— Allez-y ! je bous d'impatience !

— Eh bien ! Le cliché n° 3 est l'agrandissement d'une petite fiole qui se trouve dans l'armoire aux poisons du dispensaire de l'hôpital de la Croix-Rouge, à Tadminster... Lieu qui semble aussi fréquenté qu'un hall de gare !

— Bon Dieu ! m'exclamai-je. Mais que font les empreintes de Lawrence Cavendish sur cette fiole ? Pas un instant il ne s'est approché de l'armoire le jour où nous sommes allés au laboratoire !

— Et pourtant !

— Mais c'est impossible ! Nous sommes restés ensemble tout le temps de notre visite !

Mais Poirot ne semblait pas de cet avis.

— Mon bon ami, il y a bien eu un moment pendant lequel vous n'étiez pas ensemble, et c'est pourquoi vous avez appelé Lawrence pour qu'il vous rejoigne sur le balcon...

— C'est vrai. J'avais oublié ce détail... Mais cela n'a duré que quelques secondes.

— Elles lui ont suffi.

— Pour quoi faire ?

Poirot eut un petit sourire indéfinissable.

— Pour permettre à un monsieur qui a autrefois étudié la médecine de satisfaire une curiosité bien légitime.

Nos regards se croisèrent. Celui de Poirot me parut assez satisfait. Il se leva et se mit à fredonner un petit air. Je l'observai avec une certaine méfiance.

— Poirot, que contenait la fiole en question ?

Il s'approcha de la fenêtre et regarda au-dehors.

— Hydrochlorure de strychnine, lança-t-il sans se retourner (et il reprit sa petite chanson).

— Mon Dieu ! dis-je sans autre commentaire, car je m'attendais à cette réponse.

— L'hydrochlorure pur est d'un usage peu fréquent. Il n'entre que dans la composition de certaines pilules. C'est la solution officielle, « Hydrochl. de Strychnine Liq. », que l'on utilise habituellement. Voilà pourquoi les empreintes sont encore sur cette fiole.

— Comment avez-vous réussi à prendre ces clichés ?

— J'ai laissé tomber mon chapeau du balcon. Les visiteurs n'étant pas admis dans la cour à ce moment-là, la camarade de travail de miss Cynthia a bien été obligée de descendre le ramasser. Je lui ai naturellement présenté toutes mes excuses.

— Vous saviez donc ce que vous alliez découvrir ?

— En fait, je n'en savais rien. Mais, d'après votre compte

rendu, j'avais compris que Mr Lawrence avait pu aller jusqu'à l'armoire, et je voulais en avoir le cœur net.

— Poirot, votre expression réjouie vous trahit : ce point était très important pour vous.

— Je n'en suis pas sûr. Mais un détail m'a frappé, et je parie qu'il n'a pas échappé à votre vigilance.

— De quoi s'agit-il ?

— Eh bien, il y a vraiment trop de strychnine dans cette affaire ! Cela fait la troisième fois que nous en découvrons. Il y avait de la strychnine dans le fortifiant de Mrs Inglethorp. C'est de la strychnine que Mr Mace a vendue, à la pharmacie de Styles Saint-Mary. Et voici maintenant une fiole de strychnine qui porte les empreintes des membres de la maisonnée. C'est à s'y perdre, et, vous le savez, je n'aime pas le désordre.

Nous fûmes interrompus par un des résidents belges de Leastways Cottage qui passa la tête par la porte.

— Une dame est en bas et demande Mr Hastings.

— Une dame ?

Je me précipitai dans l'étroit escalier, Poirot sur mes talons. Mary Cavendish attendait sur le seuil.

— Je suis allée rendre visite à une petite vieille qui habite le village, expliqua-t-elle, et comme je savais par Lawrence que vous étiez parti chez Mr Poirot, je me suis permis de venir vous chercher.

— Hélas, madame ! fit Poirot comiquement, moi qui espérais avoir enfin l'honneur de votre visite !

— Si vous m'invitez, c'est avec plaisir que je viendrai vous voir un jour, répondit-elle en souriant.

— Vous m'en voyez ravi. Et rappelez-vous : au cas où vous auriez besoin d'un confesseur (à ce mot elle tressaillit), papa Poirot est toujours à votre disposition.

Elle le dévisagea un instant, comme si elle cherchait à percer le sens caché de ses paroles. Puis elle détourna la tête d'un mouvement brusque :

— Allons, monsieur Poirot ! Vous ne voulez pas nous accompagner à Styles ?

— Mais si, et avec grand plaisir, madame.

Tout au long du chemin, Mary parla avec volubilité. Je crus remarquer que le regard de Poirot la rendait nerveuse.

Le temps avait changé, et un petit vent aigu, presque

automnal, refroidissait l'atmosphère. Mary frissonna et releva le col de son manteau. Dans les arbres, la bise soufflait de façon lugubre — on eût dit un géant invisible qui soupirait.

Dès que nous eûmes franchi les grilles de Styles, nous sûmes qu'il s'était passé quelque chose d'anormal.

Dorcas se précipita en courant à notre rencontre. En larmes, elle se tordait les mains de désespoir. Dans le vestibule, tous les autres domestiques se tenaient alignés, yeux écarquillés et, à coup sûr, oreilles aux aguets.

— Oh ! madame ! madame ! Je ne sais pas comment vous l'annoncer...

— Que se passe-t-il, Dorcas ? m'impatientai-je. Allons, parlez !

— Ces maudits inspecteurs de Scotland Yard... Ils l'ont arrêté... Ils ont arrêté Monsieur !

— Ils ont arrêté Lawrence ?

Dorcas me jeta un regard étrange.

— Non, monsieur. Pas Mr Lawrence... Mr John.

Avec un cri sauvage, Mary Cavendish s'abattit contre moi. Et, tandis que je me retournais pour la soutenir, j'entrevis une lueur de triomphe dans les yeux de Poirot.

## 11

## Le procès

Deux mois après ces événements, John Cavendish comparaissait devant la justice pour le meurtre de sa belle-mère.

Il y a peu à dire sur les semaines qui précédèrent l'ouverture du procès. Mon admiration et ma sympathie allèrent sans réserve à Mary Cavendish. Rejetant avec mépris l'idée même que son mari fût coupable, elle se battit bec et ongles à ses côtés.

Comme je faisais part de mon admiration à Poirot, il m'approuva d'un air songeur :

— Oui. Elle fait partie de ces femmes qui se montrent sous leur meilleur jour dans l'épreuve. C'est là qu'elles sont les plus tendres et les plus loyales. Quant à son orgueil et à sa jalousie...

— Sa jalousie ?

— N'avez-vous pas remarqué l'incommensurable jalousie qu'elle porte en elle ? Comme je vous le disais donc et — au risque de vous choquer — comme on le dit en français vulgaire : « son orgueil et sa jalousie, elle s'est assise dessus ». Elle ne pense qu'à son mari et à l'épouvantable menace qui pèse sur lui.

Il avait dit cela avec une certaine émotion, et je me rappelai ce jour où il s'était demandé s'il devait parler ou non, où il avait parlé tendrement du « bonheur d'une femme ». Je me réjouis que la décision n'ait pas dépendu de lui.

— Aujourd'hui encore, j'ai du mal à y croire, dis-je. Voyez-vous, jusqu'à la dernière minute j'ai eu la conviction que c'était Lawrence.

Poirot eut un sourire en coin :

— Je savais que c'était là votre idée.

— Mais John ! Mon vieil ami John !

— Chaque assassin est le vieil ami de quelqu'un, observa Poirot avec philosophie. On ne devrait jamais confondre sentiment et raisonnement.

— Je dois dire que j'aurais apprécié que vous me mettiez sur la bonne piste.

— Peut-être m'en suis-je abstenu précisément parce qu'il était votre vieil ami...

Je fus quelque peu décontenancé par cette remarque. Ne m'étais-je pas empressé de rapporter à John ce que je croyais être l'opinion de Poirot à propos de Bauerstein ? Soit dit en passant, celui-ci avait été lavé des accusations d'espionnage qui pesaient contre lui. Néanmoins, il avait beau s'être montré, cette fois-ci, plus malin que la justice, il n'en avait pas moins laissé quelques plumes dans l'histoire.

Je demandai à Poirot s'il pensait que John serait condamné. Il me surprit une fois de plus en déclarant que, bien au contraire, l'acquittement lui paraissait très probable.

— Mais, mon cher Poirot...

— Allons, mon bon ami ! Ne vous ai-je pas dit et répété depuis le début de cette affaire que je n'avais pas de preuves formelles ? Savoir qu'un homme est coupable est une chose, encore faut-il le prouver. Or, dans le cas présent, les preuves font particulièrement défaut. Là réside toute la difficulté. Moi,

Hercule Poirot, je sais, mais il manque un maillon. Et à moins que je ne trouve ce maillon manquant...

— Quand avez-vous commencé à soupçonner John Cavendish ? demandai-je après un long silence.

— Vous-même, ne l'avez-vous jamais soupçonné ?

— Non, jamais.

— Pas même après ce fragment de conversation que vous avez surpris entre Mrs Cavendish et sa belle-mère ? Ni plus tard, lors des témoignages, quand la jeune femme s'est montrée si peu coopérative ?

— Non.

— Est-ce que vous n'avez pas compris que un et un font deux, et que si ce n'était pas Alfred Inglethorp qui avait eu une scène violente avec sa femme — ce qu'il a énergiquement nié à l'enquête, rappelez-vous —, il ne pouvait s'agir que de John ou de Lawrence ? Or, l'attitude de Mary Cavendish ne se justifiait que si c'était son mari qui se trouvait en cause, et non pas Lawrence.

Et la lumière se fit soudain jour en moi :

— Ainsi, c'est donc John qui a eu cette altercation avec sa belle-mère cet après-midi-là ?

— Exactement.

— Et vous le saviez depuis le début ?

— Bien sûr. Comment expliquer autrement la conduite de Mary Cavendish ?

— Et vous dites pourtant qu'il a de grandes chances d'être acquitté !

Poirot haussa les épaules :

— Je le dis et je le répète. Lors de l'audience préliminaire, nous prendrons connaissance de l'acte d'accusation, mais ses avocats conseilleront certainement à John de réserver sa défense. Ce sera le coup de théâtre de l'ouverture du procès proprement dit. Ah ! pendant que j'y pense, notez bien ceci sur vos tablettes, mon bon ami. Ce procès, je n'ai pas la moindre intention d'y assister.

— Quoi ?

— Non. Officiellement, je n'ai rien à voir dans cette affaire. Tant que je n'aurai pas découvert le maillon manquant, je dois rester dans la coulisse. Mrs Cavendish doit s'imaginer que j'œuvre dans l'intérêt de son époux, et pas contre lui.

— Permettez-moi de vous dire que je trouve votre politique indigne et... euh... « au ras des pâquerettes » !

— Allons bon ! Quand vous utilisez une de nos expressions françaises les plus imagées, tâchez de le faire avec plus d'à-propos. Non, sérieusement. Nous sommes confrontés à un individu sans scrupules, doué d'une intelligence remarquable, ce qui nous autorise à nous servir de tous les moyens — honnêtes ou à la limite du déshonnête — dont nous pouvons disposer. Sinon, il nous filera entre les doigts ! C'est pourquoi j'ai pris soin de me faire des plus discrets. Toutes les découvertes ont été faites par Japp ; et Japp en retirera tout le bénéfice. Et si je devais être appelé à la barre, ajouta-t-il avec un large sourire, ce serait probablement en qualité de témoin de la défense.

Je n'en croyais pas mes oreilles !

— C'est de bonne guerre, poursuivit Poirot. Curieusement, je pourrais d'ailleurs fournir un témoignage qui réduirait à néant un des points forts de l'accusation.

— Lequel ?

— Celui concernant la destruction du testament. Ce n'est pas John Cavendish qui l'a brûlé.

Poirot était un véritable prophète. J'épargnerai au lecteur les méandres fastidieux de la procédure judiciaire pour dire simplement que John Cavendish réserva sa défense et fut incarcéré jusqu'au procès.

Septembre nous trouva tous à Londres. Mary avait loué une maison à Kensington, où Poirot fut hébergé. Quant à moi, le ministère de la Guerre me proposa une sinécure, ce qui me permit de leur rendre visite aussi souvent que je le désirais.

Les semaines passaient et l'état nerveux de Poirot se faisait de plus en plus pénible à supporter. Le « chaînon manquant » dont il m'avait parlé manquait toujours. Je souhaitais pour ma part qu'il ne le découvrît jamais, car si son époux n'était pas acquitté, quel bonheur pouvait espérer Mary Cavendish ?

Le 15 septembre, John Cavendish se présenta au banc des accusés de l'Old Bailey. Il se vit signifier son inculpation pour « meurtre avec préméditation sur la personne d'Emily Agnes Inglethorp » et plaida non coupable.

Il avait pris pour assurer sa défense sir Ernest Heavywether, le célèbre avocat de la Couronne. Me Philips, également avocat de la Couronne, ouvrit, pour sa part, le procès *au nom* de la Couronne.

Selon lui, le meurtre avait été soigneusement prémédité et accompli de sang-froid. Il ne s'agissait ni plus ni moins que de juger l'assassinat par le poison d'une vieille dame, aimante et confiante, par son beau-fils qu'elle avait pourtant chéri plus qu'une mère. Elle avait pourvu à tous ses besoins depuis sa plus tendre enfance. Son épouse et lui avaient vécu à Styles Court dans le luxe, entourés de l'affection attentionnée de la vieille dame qui s'était montrée une bienfaitrice généreuse.

Me Philips se proposait donc d'appeler à la barre un certain nombre de témoins afin de prouver que l'accusé, individu débauché et dépensier, non seulement s'était retrouvé sans argent mais avait entretenu une liaison avec Mrs Raikes, l'épouse d'un fermier du voisinage. Mise au courant de la situation, Mrs Inglethorp lui avait adressé des reproches l'après-midi précédant sa mort. La discussion s'était envenimée et on en avait surpris les échos. La veille, l'accusé avait acheté de la strychnine à la pharmacie du village, non sans prendre la précaution de se déguiser et de se faire passer pour l'époux de Mrs Inglethorp. Il espérait ainsi faire accuser cet homme — qu'il détestait — du crime prémédité. Par chance, Mr Alfred Inglethorp avait pu produire un alibi irréfutable.

Le 17 juillet, poursuivit Me Philips, juste après cette querelle qui l'avait opposée à son beau-fils, Mrs Inglethorp avait rédigé un nouveau testament, que l'on devait retrouver, le lendemain matin, détruit dans la cheminée de sa chambre. Néanmoins, on pouvait affirmer que cet acte avantageait notablement son époux. La défunte avait déjà fait testé en faveur d'Alfred Inglethorp, mais c'était avant leur mariage et (l'avocat brandit un index pour appuyer son discours) l'accusé n'en savait rien. Pourquoi la défunte s'était-elle décidée à rédiger un nouveau testament, alors que l'ancien existait toujours ? Cela, l'accusation ne pouvait le dire pour l'instant. Mrs Inglethorp était une personne âgée ; elle avait pu oublier l'existence du précédent. Ou bien — et Me Philips accordait plus de crédit à cette seconde hypothèse — elle se doutait que l'ancien était annulé par le mariage, puisqu'elle avait débattu de ce sujet. Les femmes ne sont pas toujours très au fait de la législation. Un an plus tôt environ, elle avait rédigé un autre testament, en faveur de l'accusé celui-là. Me Philips entendait prouver que c'était bien John Cavendish qui avait apporté son café à Mrs Inglethorp, le soir de la tragédie. Plus tard, il avait réussi à pénétrer dans la chambre de sa belle-mère et à détruire le nouveau testament, dont la disparition rendrait toute sa validité à celui qui avait été rédigé en sa faveur.

C'était grâce à l'inspecteur Japp, brillant inspecteur du Yard, que l'accusé avait été arrêté. On avait en effet découvert dans sa chambre une fiole de strychnine identique à celle qui avait été vendue la veille du crime au prétendu Mr Inglethorp par le pharmacien du village. Il incombait au jury de décider si ce faisceau de preuves accablantes permettait ou non de définir avec certitude la culpabilité de l'accusé.

Ayant subtilement conclu qu'il paraissait difficilement concevable qu'un jury n'en arrive pas à cette conclusion, Me Philips se rassit et s'épongea le front.

Pour la plupart, les premiers témoins appelés à la barre furent ceux qui avaient déposé aux *Stylites Arms* lors de l'enquête préliminaire, et tout d'abord les médecins.

Sir Ernest Heavywether, célèbre dans toute l'Angleterre pour la manière dont il déstabilisait les témoins, ne posa que deux questions au Dr Bauerstein :

— Si mes renseignements sont exacts, la strychnine est une drogue à effet rapide ?

— Oui.

— Dont vous ne pouvez expliquer l'effet retard que l'on note dans le cas présent ?

— Non.

— Je vous remercie.

Mr Mace reconnut la fiole que lui montra Me Philips comme étant celle qu'il avait vendue à « Mr Inglethorp ». Questionné plus précisément, il admit ne connaître Mr Inglethorp que de vue et ne lui avoir jamais parlé auparavant. Son témoignage se limita à ces précisions.

Alfred Inglethorp le remplaça à la barre et nia formellement avoir acheté la strychnine ou s'être querellé avec son épouse. Divers témoins suivirent, qui confirmèrent cette déclaration.

Les jardiniers furent ensuite appelés et déposèrent au sujet de leur contre-signature sur le testament. Puis ce fut au tour de Dorcas.

Fidèle à ses chers « jeunes messieurs », la domestique décréta qu'en ce qui concernait la voix qu'elle avait entendue, il ne pouvait s'agir de celle de John. Avec la même fougue, elle affirma que c'était Mr Inglethorp qui se trouvait dans le boudoir avec son épouse. Dans le box des accusés, John eut un sourire mélancolique. Il ne savait que trop l'inutilité de cette intervention loyale: la défense n'avait aucunement l'intention de nier ce point. Comme on s'en doute, Mrs Cavendish ne fut pas appelée à la barre pour déposer contre son mari.

Après diverses questions mineures à Dorcas, Me Philips lui demanda:

— Au mois de juin, est-ce que vous vous souvenez d'avoir réceptionné un paquet envoyé par la firme Parkson & Parkson et adressé à Mr Lawrence Cavendish?

— Non, monsieur. Bien sûr, c'est possible. Mais Mr Lawrence a été absent une partie du mois de juin.

— Supposons qu'un paquet soit arrivé en l'absence de Mr Lawrence Cavendish. Qu'en aurait-on fait?

— Il aurait été déposé dans sa chambre ou on l'aurait fait suivre.

— C'est vous qui en auriez pris l'initiative?

— Non, monsieur. J'aurais laissé le paquet sur la table du vestibule. C'est miss Howard qui s'en serait chargée.

Evelyn Howard fut ensuite appelée à la barre. Après quelques questions sur des points de détail, elle fut interrogée sur le fameux paquet.

— Je ne sais plus. On reçoit beaucoup de paquets. Je ne me souviens pas de celui-là en particulier.

— Vous ne savez pas si ce paquet a été réexpédié à Mr Lawrence Cavendish au Pays de Galles, ou s'il a été déposé dans sa chambre?

— Réexpédié, je ne crois pas. Je m'en souviendrais.

— Admettons qu'un paquet soit arrivé pour Mr Lawrence Cavendish, et qu'il ait ensuite disparu. Auriez-vous remarqué cette disparition?

— Non, je ne crois pas. J'aurais pensé que quelqu'un d'autre s'en était chargé.

— Si je ne me trompe, c'est vous, miss Howard, qui avez découvert cette feuille de papier?

Et il brandit la feuille défraîchie que moi-même et Poirot avions examinée dans le petit salon de Styles.

— Oui, c'est moi.

— Pouvez-vous nous expliquer pourquoi vous l'avez cherchée ?

— Parce que le détective qui s'intéresse à cette affaire me l'a demandé.

— Et où l'avez-vous trouvée ?

— Sur le haut d'une... d'une armoire.

— L'armoire de l'accusé ?

— Je... je crois.

— Ne l'avez-vous pas trouvée vous-même ?

— Si.

— Vous devez donc savoir où vous l'avez trouvée ?

— Oui... Sur l'armoire de l'accusé.

— Voilà qui est mieux.

Un représentant de la firme Parkson & Parkson, costumiers, attesta qu'ils avaient vendu une barbe noire le 29 juin à un Mr L. Cavendish, après commande passée par lettre accompagnée d'un mandat. Non, ils ne gardaient pas le courrier mais les commandes figuraient dans leurs livres. La barbe avait été envoyée à L. Cavendish Esq., Styles Court, comme demandé par le client.

Avec une lenteur étudiée, sir Ernest Heavywether se leva.

— D'où venait cette lettre ? demanda-t-il.

— De Styles Court.

— L'adresse même à laquelle vous avez envoyé la commande ?

— Oui.

Avec l'agressivité d'un prédateur, Heavywether attaqua le pauvre représentant de Parkson & Parkson :

— Comment pouvez-vous l'affirmer ?

— Je... Je ne comprends pas...

— Avez-vous la certitude que cette lettre venait de Styles Court ? Vous vous souvenez du cachet de la poste ?

— Non... Mais...

— Ah ! Vous ne vous en souvenez pas ! Ce qui ne vous empêche pourtant pas d'affirmer avec aplomb que cette lettre venait de Styles. Le cachet de la poste aurait pu être celui de n'importe quel autre endroit, non ?

— Euh... oui.

— De fait, cette lettre, même rédigée sur du papier à en-tête de Styles Court, aurait pu être postée n'importe où, n'est-ce pas ? Au Pays de Galles, par exemple ?

Le témoin dut admettre qu'il aurait pu en être ainsi, et sir Ernest se déclara satisfait.

Elisabeth Wells, deuxième femme de chambre à Styles, succéda au représentant de Parkson & Parkson. Après s'être couchée elle s'était souvenue qu'elle avait verrouillé la porte d'entrée, alors que Mr Inglethorp avait prié qu'on se contente de la fermer à clef. Elle avait donc décidé de redescendre au rez-de-chaussée. Surprenant un léger bruit en provenance de l'aile ouest, elle avait jeté un coup d'œil dans le couloir et avait vu Mr John Cavendish qui frappait à la porte de Mrs Inglethorp.

Sous le feu roulant de ses questions, sir Ernest Heavywether amena impitoyablement Elisabeth à se contredire. Puis, avec un sourire satisfait, l'avocat de la défense la renvoya et se rassit.

Ce fut alors le tour d'Annie. Elle parla de la tache de bougie sur le tapis et jura avoir vu l'accusé apporter le café dans le boudoir. Ce fut le dernier témoin de la journée, et l'audience fut suspendue jusqu'au lendemain.

Alors que nous quittions les lieux, Mary Cavendish eut des paroles amères à l'encontre de l'avocat de la Couronne.

— Quel horrible personnage ! Quel filet il resserre autour de mon pauvre John ! Et cette façon dont il dénature chaque détail afin de lui faire dire le contraire de ce qu'il dit !

— Allons, allons ! demain, ce sera le contraire, dis-je d'un ton consolant.

— Oui, fit-elle, songeuse. (Puis, en baissant la voix :) Mr Hastings, vous ne croyez pas... non, ça ne peut pas être Lawrence ?... Oh, non ! ce n'est pas possible !

J'étais moi-même assez décontenancé par la tournure du procès. Aussi, dès que je me trouvai seul avec Poirot, je lui demandai s'il avait une idée de la tactique employée par sir Ernest.

— Ah ! lâcha mon ami, en connaisseur. Il est très fort, ce sir Ernest !

— D'après vous, il croit Lawrence coupable ?

— À mon avis, il ne croit rien du tout et il s'en moque ! Non, il essaye simplement de créer une telle confusion dans l'esprit des jurés qu'ils en arrivent à être divisés sur la culpabilité de l'un ou l'autre des deux frères. Il s'évertue à démontrer qu'il existe autant de preuves accablant Lawrence que John... et je me demande s'il n'y parviendra pas.

L'inspecteur Japp fut le premier témoin appelé à la barre le lendemain. Il déposa avec brièveté et précision. Après avoir rappelé les événements précédents, il poursuivit :

— Suite à certaines informations qui nous avaient été communiquées, le commissaire Summerhaye et moi-même avons profité de l'absence de l'accusé pour procéder à une fouille méthodique de sa chambre. Dans sa commode, cachées parmi des sous-vêtements, nous avons trouvé : primo, une paire de lunettes à monture en or que voici, identiques à celles que porte Mr Inglethorp ; secundo, cette fiole.

Le flacon était celui qu'avait déjà reconnu Mr Mace, le préparateur : une petite fiole de verre bleu, contenant un peu de poudre cristalline blanche, et dont l'étiquette portait la mention : « Hydrochlorure de strychnine. POISON. »

Depuis la séance des dépositions préliminaires aux *Stylites Arms*, les enquêteurs du Yard avaient découvert un nouvel indice, glissé dans le chéquier de Mrs Inglethorp. Il s'agissait d'une longue bande de papier buvard qui avait très peu servi. En le tenant devant un miroir, on pouvait lire distinctement : « ...je lègue tout ce que je possède à mon époux bien-aimé, Alfred Ing... » Ce nouvel élément prouvait sans contestation possible que le testament détruit avait été rédigé en faveur du mari de la défunte. Japp montra ensuite le fragment de papier calciné retrouvé dans la cheminée de la chambre et termina son témoignage par la fausse barbe découverte dans le coffre du grenier.

Mais sir Ernest contre-attaqua immédiatement :

— À quelle date avez-vous fouillé la chambre de l'accusé ?

— Le mardi 24 juillet.

— Soit une semaine exactement après le drame ?

— Oui.

— Donc vous avez découvert ces deux objets dans la commode. Était-elle fermée à clef ?

— Non.

— Ne vous semble-t-il pas étonnant qu'un meurtrier conserve les preuves de son crime dans un meuble que n'importe qui peut fouiller sans difficulté ?

— Il les a peut-être cachées là parce qu'il était pressé.

— Je vous rappelle qu'une semaine entière s'était écoulée

depuis le crime. Il avait donc eu cent fois la possibilité de les détruire !

— Peut-être, oui.

— Il n'y a pas de « peut-être » qui tienne ! Avait-il, oui ou non, le temps matériel de faire disparaître ces objets ?

— Oui.

— Les sous-vêtements parmi lesquels étaient cachés ces objets étaient-ils épais ou légers ?

— Plutôt épais.

— Autrement dit, c'étaient des sous-vêtements d'hiver. Il est donc évident que l'accusé n'aurait aucune raison d'ouvrir ce tiroir avant longtemps, n'est-ce pas ?

— C'est possible, en effet.

— Veuillez répondre avec plus de précision, je vous prie. Était-il probable que l'accusé, alors que nous sommes dans la période la plus chaude d'un été torride, ouvre ce tiroir précis, qui contient des sous-vêtements d'hiver ? Oui ou non ?

— Non.

— En ce cas, n'est-il pas possible que ces deux objets aient été placés dans ledit tiroir par une tierce personne, et que l'accusé ait ignoré leur présence ?

— Cela me paraît assez improbable.

— Mais possible ?

— Oui.

— Ce sera tout.

D'autres témoignages suivirent, qui mirent en évidence les difficultés pécuniaires de l'accusé à la fin du mois de juillet, ainsi que sa liaison avec Mrs Raikes. Pauvre Mary, cela dut être atroce à entendre pour une femme possédant un tel amour-propre ! Les faits rapportés par Evelyn Howard étaient donc bien réels, mais sa haine pour Alfred Inglethorp l'avait poussée à conclure un peu vite que la personne concernée n'était autre que lui.

Ce fut ensuite le tour de Lawrence. D'une voix sourde, en réponse aux questions de Me Philips, il nia avoir commandé quelque article que ce fût à la firme Parkson & Parkson au mois de juin. D'ailleurs, le 29 de ce mois, il se trouvait au Pays de Galles.

Aussitôt sir Ernest intervint, le menton agressif :

— Vous niez avoir commandé une barbe noire à la firme Parkson & Parkson le 29 juin ?

— Je le nie.

— Ah ! Et s'il arrivait quelque chose à votre frère John, qui hériterait de Styles Court ?

La brutalité de la question fit monter le rouge aux joues habituellement pâles de Lawrence. Le juge laissa échapper un murmure désapprobateur et, dans le box des accusés, John se pencha en avant dans un mouvement de colère.

Mais sir Heavywether n'en avait cure :

— Veuillez répondre à ma question.

— Je crois que ce serait moi.

— Que voulez-vous dire par « je crois » ? Votre frère n'a pas d'enfants. Donc vous hériteriez, n'est-ce pas ?

— Oui.

— Ah ! Voilà qui est mieux ! lâcha sir Heavywether avec une ardeur féroce. Et, si je ne me trompe, vous hériteriez également d'une somme d'argent confortable, non ?

— Voyons, sir Ernest, protesta le juge, ces questions sont déplacées.

Sir Heavywether s'inclina, mais il avait décoché son trait.

— Le mardi 17 juillet, poursuivit-il, vous avez visité en compagnie d'un ami le laboratoire de l'hôpital de la Croix-Rouge, à Tadminster. Est-ce exact ?

— Oui.

— Alors que, par le plus grand des hasards, vous vous trouviez seul un instant, n'avez-vous pas ouvert l'armoire aux poisons pour examiner certains des flacons ?

— Je... je... il est possible que...

— Je vous demande si vous l'avez fait ou non ?

— Oui.

La question suivante de sir Ernest partit comme un boulet de canon.

— Vous êtes-vous intéressé à un flacon en particulier ?

— Non, je ne crois pas.

— Prenez garde, Mr Cavendish. Je parle d'une petite fiole d'hydrochlorure de strychnine...

Le visage de Lawrence Cavendish prit une teinte cadavérique :

— N-non... Je suis sûr que non !

— Alors veuillez expliquer au jury comment il se fait qu'on ait retrouvé vos empreintes sur cette fiole ?

Cet interrogatoire agressif faisait merveille sur une nature aussi fragile :

— Il... Il est possible que j'aie touché cette fiole, mais...

— Très possible, en effet ! Avez-vous prélevé une partie du contenu de cette fiole ?

— Absolument pas !

— Alors pourquoi l'avez-vous touchée ?

— J'ai fait des études de médecine, et ces choses-là m'intéressent tout naturellement.

— Ah ! Ainsi, les poisons vous intéressent ? Vous n'en avez pas moins attendu d'être seul pour satisfaire cet « intérêt », n'est-ce pas ?

— Non, c'était par hasard. Si les autres avaient été là, j'en aurais fait autant.

— Mais à ce moment, justement, les autres n'étaient pas là.

— C'est exact, mais...

— Pendant tout l'après-midi, vous n'avez été seul que deux minutes. Or, il semble que vous ayez précisément profité de ces deux minutes pour satisfaire votre « intérêt » pour l'hydrochlorure de strychnine.

— Je... je..., bredouilla pitoyablement Lawrence.

Visiblement satisfait, sir Ernest conclut, le visage empreint d'une expression pleine de sous-entendus :

— Je n'ai pas d'autre question à vous poser, Mr Cavendish.

Cet interrogatoire avait déclenché l'émoi dans la salle. Les élégantes de l'assistance, tête contre tête, se chuchotaient leurs commentaires. Et le brouhaha devint tel que le juge menaça de faire évacuer la salle.

Il y eut encore quelques témoignages. Des experts en graphologie vinrent donner leurs conclusions sur la signature apposée dans le registre de la pharmacie. Tous affirmèrent que c'était un faux, et qu'il pouvait s'agir de l'écriture déguisée de l'accusé. Poussés dans leurs retranchements, ils admirent qu'il pouvait également s'agir d'une habile contrefaçon de l'écriture de l'accusé.

La plaidoirie que prononça sir Ernest Heavywether pour la défense ne dura guère, mais fut rehaussée par l'éloquence emphatique du personnage. Jamais, au cours de sa longue carrière, affirma-t-il, il n'avait vu un homme accusé d'homicide volontaire sur des preuves plus légères. Elles étaient indirectes, et la plupart d'entre elles ne résistaient pas à l'analyse. Que le jury prenne la peine d'étudier en détail, et avec toute l'impartialité souhaitable, ce qu'on pouvait tirer des dépositions. De la strychnine avait été découverte dans un tiroir de la commode se trouvant dans la chambre de l'accusé. Or, ce tiroir n'était pas fermé à clef. On ne pouvait en déduire formellement que l'accusé y eût caché le poison ; pour sa part, sir Ernest y voyait la mise en scène diabolique d'une tierce personne cherchant à faire porter les soupçons sur son client. Le ministère public avait été incapable de prouver que John Cavendish avait effectivement commandé la barbe noire chez Parkson & Parkson. Quant à la querelle qui avait opposé l'accusé à sa belle-mère, elle avait certes eu lieu, mais on en avait décuplé l'importance, tout comme on avait exagéré ses problèmes financiers.

Son éminent confrère (sir Ernest désigna sir Philips d'un signe de tête désinvolte) avait relevé que, si l'accusé était innocent, il aurait dû déclarer spontanément que la personne qui s'était querellée avec Mrs Inglethorp n'était pas son mari mais lui-même. Sir Ernest pensait que les faits avaient été mal présentés. Voici, en fait, ce qui s'était passé : à son retour à Styles Court, le mardi soir, John Cavendish avait appris de source sûre qu'une violente querelle avait opposé Mr et Mrs Inglethorp. L'accusé n'avait pas imaginé un instant qu'on pût confondre sa voix avec celle de Mr Inglethorp ; il en avait donc conclu que sa belle-mère avait eu deux altercations dans la même journée.

Le lundi 16 juillet, prétendait l'accusation, John Cavendish avait poussé la porte de la pharmacie du village, sous l'apparence de Mr Alfred Inglethorp. En réalité, l'accusé se trouvait à ce moment précis dans un endroit reculé appelé Marston's Spinney, attiré là par une lettre anonyme qui le menaçait de révéler à son épouse certains de ses agissements s'il ne se rendait pas à ce rendez-vous. John Cavendish avait donc obtempéré, et attendu en vain pendant une demi-heure, avant de rentrer à Styles Court. La malchance avait voulu qu'il ne rencontra personne en chemin : il ne pouvait par conséquent produire aucun témoin pour alléguer ses dires. Néanmoins, il avait eu la bonne idée de conserver la lettre de chantage, qu'il tenait à la disposition de la justice.

En ce qui concernait le testament détruit, l'accusé, de par sa formation d'avocat, savait fort bien que le testament en sa faveur était automatiquement annulé par le remariage de sa belle-mère. Sir Ernest avait l'intention d'appeler à la barre plusieurs témoins afin de déterminer qui avait brûlé le testament, et il était fort possible que l'affaire prenne à cette occasion un tour bien différent.

Pour finir, il démontrerait au jury que des présomptions autrement plus sérieuses pesaient sur d'autres personnes que son client, et sur Mr Lawrence Cavendish en particulier.

Cela dit, il appela John Cavendish à la barre.

Celui-ci s'acquitta fort bien de son rôle. Magistralement guidé par les questions de sir Ernest, il déposa de façon convaincante. La lettre anonyme qui l'avait attiré à Marston's Spinney circula parmi le jury. La bonne volonté avec laquelle il décrivit ses ennuis d'argent et son différend avec la défunte ajoutèrent un certain crédit à ses dénégations.

Une fois l'interrogatoire terminé, il marqua un temps d'hésitation puis ajouta :

— Je tiens à préciser un point. Je désapprouve catégoriquement les insinuations de sir Ernest Heavywether à l'encontre de mon frère. J'ai la conviction que Lawrence n'a pas plus à voir dans ce crime que moi-même.

Sir Ernest se contenta de sourire. Il ne pouvait échapper à son sens aigu de l'observation que ces dernières paroles avaient produit un effet très favorable sur les jurés.

Le moment était venu du contre-interrogatoire de l'accusation, mené par Me Philips :

— J'ai cru comprendre que l'idée ne vous avait jamais effleuré que les témoins aient pu confondre votre voix avec celle de Mr Inglethorp. N'est-ce pas plutôt surprenant ?

— Non, je ne trouve pas. On m'avait dit qu'une querelle avait opposé ma belle-mère et son époux, et je n'avais aucune raison de mettre en doute cette information.

— Pas même quand Dorcas, la domestique, a répété certaines phrases de cette altercation, phrases dont vous auriez dû vous souvenir ?

— Je ne m'en suis pas souvenu.

— Vous avez une mémoire bien courte !

— Nous étions tous deux très en colère et je crois que nos

propos ont dépassé notre pensée. Sur le moment, j'ai prêté très peu d'attention aux termes employés par ma mère.

Me Philips émit un reniflement incrédule — artifice de plaidoirie d'une efficacité indéniable. Puis il enchaîna sur le problème de la lettre anonyme reçue par John Cavendish :

— Cette « preuve » manuscrite vient fort à propos ! Dites-moi, cette écriture ne vous semble pas familière ?

— Pas que je sache !

— N'y voyez-vous pas une ressemblance frappante avec votre propre écriture... mal imitée ?

— Non, je ne trouve pas !

— J'affirme qu'il s'agit là de votre propre écriture !

— Non !

— Et moi, j'affirme que, soucieux de vous constituer un alibi, vous avez imaginé ce rendez-vous par ailleurs assez improbable et avez écrit vous-même cette lettre « anonyme » pour appuyer votre déclaration !

— Non !

— N'est-il pas exact que, à l'heure où vous prétendez avoir attendu dans un endroit isolé et peu fréquenté, vous vous trouviez en réalité dans la pharmacie du village, occupé à acheter de la strychnine sous l'identité de Mr Alfred Inglethorp ?

— Non, c'est un mensonge !

— J'affirme que c'était vous, affublé d'une fausse barbe taillée à la ressemblance de celle de Mr Inglethorp et vêtu d'un de ses costumes ! Et j'affirme que vous avez imité sa signature sur le registre !

— C'est absolument faux !

— Alors je laisserai aux jurés le soin de constater la remarquable similitude qui existe entre la signature du registre, votre lettre « anonyme » et un échantillon de votre écriture.

Ayant ainsi conclu, Me Philips se rassit. Sur son visage se lisait la satisfaction du devoir accompli, mêlée à l'indignation que cette suite de dénégations éhontées avaient éveillée.

Vu l'heure tardive, l'audience fut suspendue jusqu'au lundi suivant.

Poirot me parut passablement découragé. Il avait entre les sourcils ce petit pli soucieux que je ne lui connaissais que trop bien.

— Qu'avez-vous ? demandai-je.

— Ah ! mon bon ami, cette affaire prend une mauvaise tournure, une bien mauvaise tournure...

Malgré moi, j'eus un soupir de soulagement : John Cavendish allait sans doute être acquitté.

De retour à la maison de Kensington, mon ami repoussa la tasse de thé que lui présenta Mary Cavendish.

— Non, madame, je vous remercie. Je vais monter dans ma chambre.

Je le suivis. Les sourcils toujours froncés, il prit un jeu de patience dans le tiroir du bureau. Puis il s'assit et, sous mes yeux incrédules, se mit avec le plus grand sérieux à construire un château de cartes !

Il dut remarquer mon expression ahurie, car il crut bon de s'expliquer :

— Non, mon bon ami, je ne suis pas retombé en enfance ! Simplement, je me calme les nerfs. Cet exercice réclame une grande précision des gestes. La précision des gestes entraîne celle du cerveau. Et jamais plus que maintenant je n'en ai eu autant besoin !

— Que se passe-t-il ? m'inquiétai-je au bout d'un moment.

D'un coup de poing sur la table, Poirot avait fait s'écrouler le fragile édifice.

— Il se passe, mon bon ami, que je peux construire des châteaux de cartes de sept étages, mais que je suis toujours incapable (nouveau coup sur la table) de... (bang !) de trouver ce... (bang !) ce chaînon manquant dont je vous ai parlé !

Ne sachant trop que dire, je me cantonnai dans un silence prudent et le regardai s'atteler à la construction d'un second château de cartes. Lentement il superposa les petits cartons en lançant des bribes de phrases :

— C'est comme ça qu'il faut œuvrer... En plaçant... un élément après l'autre... avec une précision... mathématique !

J'observai le château de cartes s'élever étage par étage. Jamais mon ami ne marqua la moindre hésitation ni ne commit la moindre erreur. Son adresse égalait celle d'un prestidigitateur.

— Vous possédez une sûreté de gestes remarquable, fis-je remarquer. Je crois n'avoir vu trembler vos mains qu'en une seule occasion.

— Une occasion où je devais être bien énervé, alors, commenta Poirot sans se départir de son calme.

— En effet ! Vous étiez hors de vous. Ne vous en souvenez-vous pas ? C'était dans la chambre de Mrs Inglethorp, lorsque vous avez découvert que la serrure de la mallette avait été forcée. Vous vous teniez près de la cheminée, et je vous ai vu aligner les bibelots sur le marbre, selon votre habitude ; à cet instant, votre main tremblait comme une feuille ! Je dois avouer que...

Je ne pus en dire davantage. Car Poirot poussa un cri rauque et inarticulé et détruisit une nouvelle fois sa construction. Puis, plaquant ses mains sur ses yeux, il commença à se balancer d'avant en arrière sur sa chaise, comme s'il souffrait le martyre.

— Seigneur ! Poirot, que vous arrive-t-il ? Vous ne vous sentez pas bien ?

— Si, Si ! souffla-t-il. Mais je viens tout d'un coup d'entrevoir une théorie...

— Ah ! m'exclamai-je avec soulagement. Une de vos fameuses « petites théories » !

— Ah ! ma foi, non ! rétorqua Poirot avec un accent de sincérité totale. Cette fois, il s'agit d'une théorie fantastique ! Prodigieuse ! Et c'est vous, mon bon ami, vous qui me l'avez suggérée !

Il bondit de sa chaise et, m'étreignant avec fougue, m'embrassa sur les deux joues. Avant même que je fusse revenu de ma surprise, il était sorti en trombe de la pièce.

À ce moment, Mary Cavendish entra.

— Qu'arrive-t-il donc à Mr Poirot ? s'étonna-t-elle. Je viens de le croiser dans l'escalier. Il dévalait les marches et m'a crié au passage : « Un garage ! Pour l'amour du ciel, madame, indiquez-moi un garage ! » Mais il n'a même pas attendu ma réponse et s'est précipité dehors !

Je me ruai à la fenêtre. Il dévalait en effet la rue en courant à perdre haleine et en gesticulant. Il n'avait même pas pris le temps de mettre son chapeau ! Je me retournai vers Mary Cavendish avec un geste d'impuissance :

— Il va se faire arrêter par un agent ! Il tourne déjà le coin de la rue !

Nous nous regardions, totalement désemparés.

— Que peut-il bien lui passer par la tête ?

— Je n'en ai aucune idée, répondis-je. Il était en train de construire un château de cartes, quand il m'a déclaré soudain avoir la révélation d'une de ses « théories » — et il s'est précipité dehors comme vous l'avez constaté vous-même.

— J'espère, soupira Mary Cavendish, qu'il rentrera pour dîner.

Mais la nuit tomba, et Poirot n'était toujours pas rentré.

## 12

## Le chaînon manquant

Le départ précipité de Poirot nous avait tous fort intrigués. La matinée du dimanche se passa sans que nous le revoyions. Vers 3 heures de l'après-midi, un coup de klaxon tonitruant nous attira à la fenêtre. Nous vîmes Poirot qui descendait d'une automobile, suivi de Japp et de Summerhaye. Le petit homme paraissait transformé. Il affichait une autosatisfaction qui frisait la caricature. Il salua Mary Cavendish avec une politesse exagérée :

— Madame, puis-je solliciter de votre bienveillance la permission d'organiser une petite réunion dans votre salon ? La présence de chacun d'entre vous sera nécessaire.

Mary eut un léger sourire teinté de tristesse.

— Vous savez bien, Mr Poirot, que je vous laisse toujours carte blanche.

— Vous êtes trop aimable, madame.

Toujours épanoui, Poirot nous rassembla dans le salon et disposa les sièges à notre intention :

— Miss Howard, ayez la bonté de prendre place ici. Miss Cynthia... Mr Lawrence... Notre brave Dorcas... Et Annie, là... Bien. Nous allons attendre pour commencer l'arrivée de Mr Inglethorp. Je lui ai envoyé un message.

Miss Howard se leva d'un bond :

— Si cet homme franchit le seuil de cette maison, je m'en vais !

— Voyons ! Voyons !

Poirot s'approcha d'elle et lui parla à mi-voix. Finalement elle parut se laisser convaincre et retourna s'asseoir. Un instant plus tard, Alfred Inglethorp entrait.

Plus personne ne manquait à l'appel. Poirot se leva, tel un

conférencier à la mode, et exécuta une courbette face à son public :

— Mesdames et messieurs, comme vous le savez tous, c'est à la demande de Mr John Cavendish que je suis venu à Styles, dans le but de résoudre cette douloureuse affaire. Mon premier soin a été d'examiner la chambre de la défunte. Sur recommandation des médecins, cette pièce avait été gardée fermée à clef, dans l'état où elle se trouvait au moment de la tragédie. Mes premières recherches m'ont permis de trouver : primo, un fragment d'étoffe de couleur verte ; secundo, une tache encore humide sur le tapis près de la fenêtre ; tertio, une boîte vide ayant contenu de la poudre de bromure.

» Considérons tout d'abord le fragment d'étoffe verte. J'en ai découvert quelques fibres coincées dans le verrou de la porte de communication entre la chambre de miss Cynthia et celle de Mrs Inglethorp. J'ai remis cet indice à la police, qui ne s'y est guère intéressée et en tout cas n'a pas su en définir la provenance : il s'agit en fait d'un morceau d'étoffe appartenant à une salopette de travailleur agricole.

Un frisson parcourut l'assistance.

— Or, une seule et unique personne à Styles Court travaille la terre : Mrs Cavendish. C'est donc forcément elle qui a pénétré dans la pièce par la porte donnant sur la chambre de miss Cynthia.

— Mais cette porte était verrouillée de l'intérieur ! m'exclamai-je.

— C'était le cas quand j'ai examiné la chambre. Mais pour affirmer qu'elle l'était auparavant, nous n'avons que la parole de Mrs Cavendish, puisque c'est elle-même qui a essayé de l'ouvrir. Or, dans la confusion qui a suivi, il est évident qu'elle a eu amplement le temps de pousser le verrou. J'ai vérifié cette hypothèse dès que j'en ai eu l'occasion. Tout d'abord, je me suis aperçu que le fragment d'étoffe verte correspondait exactement à une déchirure dans la salopette de Mrs Cavendish. De plus, au cours de sa déposition préliminaire aux *Stylites Arms*, Mrs Cavendish a affirmé avoir entendu de sa chambre tomber la table de chevet. J'ai également vérifié ce point en demandant à mon ami Hastings de se poster dans l'aile gauche de la maison, de l'autre côté de la porte de Mrs Cavendish. Puis je me suis rendu en compagnie de la police dans la chambre de la défunte et j'ai renversé la table de chevet en feignant un geste maladroit : mon ami Hastings n'a rien entendu. Cela m'a conforté dans l'idée que Mrs Cavendish ne disait pas la vérité quand elle prétendait se trouver dans sa chambre au moment du drame. En vérité, j'étais déjà persuadé que Mrs Cavendish se trouvait en réalité dans la chambre de Mrs Inglethorp quand l'alarme a été donnée.

Je lançai un coup d'œil en direction de Mary Cavendish. Elle était pâle mais souriante.

— Partant de là, j'ai poursuivi mon raisonnement. Mrs Cavendish se trouve dans la chambre de sa belle-mère ; nous dirons qu'elle y cherche quelque chose qu'elle n'a pas encore trouvé. Soudain, Mrs Inglethorp se réveille, saisie par une douleur inquiétante. Dans une convulsion, un de ses bras renverse la table de chevet, puis l'agonisante saisit le cordon d'appel. Affolée, Mrs Cavendish fait tomber sa bougie puis la ramasse, laissant une tache sur le tapis. Elle se réfugie en hâte dans la chambre de Cynthia dont elle referme la porte. Elle se précipite dans le couloir car elle ne veut pas que les domestiques la trouvent là. Trop tard ! Elle entend des pas dans la galerie reliant les deux ailes du bâtiment. Que va-t-elle faire ? Sans tergiverser, elle retourne dans la chambre de miss Cynthia et secoue la jeune fille pour la réveiller. Toute la maisonnée arrive dans le couloir et l'on s'attaque à la porte verrouillée de Mrs Inglethorp. Personne ne remarque que Mrs Cavendish n'est pas arrivée en même temps que les autres. Pourtant, et ce détail retiendra mon attention, je ne trouverai personne non plus qui l'ait vue venir de l'autre aile. Tout cela est-il exact, madame ? demanda Poirot.

— Parfaitement exact, acquiesça-t-elle. Vous comprenez bien que j'aurais moi-même révélé ces faits si j'avais pensé que ça puisse aider mon époux. Mais ils ne m'ont pas semblé pouvoir influer sur la question de son innocence ou de sa culpabilité.

— En un sens, vous avez raison, madame. Mais ils m'ont permis d'abandonner certaines fausses pistes et d'attribuer à d'autres faits leur signification réelle.

— Le testament ! s'exclama soudain Lawrence. C'est donc vous, Mary, qui l'avez détruit ?

Mrs Cavendish répondit d'un signe de tête négatif, imitée en cela par Poirot qui poursuivit d'une voix posée :

— Non. Une seule personne avait la possibilité de détruire le testament : Mrs Inglethorp elle-même.

— C'est invraisemblable ! m'écriai-je. Elle venait de le rédiger l'après-midi même !

— C'est pourtant elle qui l'a brûlé, mon bon ami. Comment expliqueriez-vous autrement qu'elle ait demandé qu'on allume un feu dans sa chambre, alors que la journée avait été l'une des plus chaudes de l'été ?

Je ne pus réprimer un haut-le-corps. Quels imbéciles nous avions été de ne pas relever l'incongruité de ce feu ! Mais Poirot poursuivait sa démonstration :

— Le thermomètre a grimpé ce jour-là jusqu'à 30°C à l'ombre. Pourquoi Mrs Inglethorp aurait-elle demandé du feu dans sa chambre, si ce n'est pour brûler un papier ? Rappelez-vous que, pour obéir aux consignes d'économie de guerre décrétées à Styles Court, le moindre morceau de papier est soigneusement récupéré. Il n'y avait donc aucun moyen de détruire un document aussi épais qu'un testament. Dès le moment où j'ai appris qu'un feu avait été allumé dans sa chambre, j'en ai déduit qu'il n'avait d'autre utilité que la destruction d'une pièce importante, un testament peut-être. C'est pourquoi la découverte du fragment calciné dans les cendres ne m'a pas le moins du monde étonné. Bien sûr, à ce moment-là, je ne savais pas encore que ce testament avait été rédigé l'après-midi même, et je dois reconnaître qu'en apprenant cela, j'ai commis une grossière erreur : j'ai en effet établi une relation directe entre la décision de détruire le testament et la querelle de l'après-midi qui, pour cette raison, n'a pu avoir lieu qu'après la rédaction du document.

» Là comme nous le savons, je me trompais et j'ai dû abandonner cette idée. J'ai alors abordé le problème selon un angle différent. À 16 heures, Dorcas a entendu sa maîtresse dire sur le ton de la colère : « J'y vois clair, à présent. Et ma décision est prise. N'espérez pas que la peur du qu'en-dira-t-on ni le scandale parce qu'il s'agit d'un sordide problème de couple me fassent fléchir ! » J'en ai déduit, avec raison, comme la suite l'a prouvé, que ces paroles étaient adressées non pas à son époux, mais à Mr John Cavendish. À 17 heures, soit une heure plus tard, elle se sert presque des mêmes mots, mais le point de vue a changé. Elle confie à Dorcas : « Je ne sais plus quoi faire. Le scandale qui frappe un couple est un drame affreux. Si je le pouvais, je préférerais enterrer cette affaire. Et oublier... tout oublier... » À 16 heures, elle s'est fâchée tout en se dominant. Une heure plus tard, elle avoue qu'elle est dans le désespoir et qu'elle a subi un effroyable choc.

» J'ai donc considéré le problème sous son aspect psychologique, et j'en ai tiré une conclusion qui m'a immédiatement paru irréfutable. La seconde fois qu'elle parle de « scandale », il ne s'agit pas du même ! À l'évidence, ce second scandale la touche personnellement.

» Assemblons tous ces éléments : à 16 heures, Mrs Inglethorp a une altercation avec son beau-fils. Elle menace de le dénoncer à son épouse, laquelle, incidemment, entend la majeure partie de cette conversation. Une demi-heure plus tard, ayant eu précédemment un entretien sur la validité des testaments, Mrs Inglethorp en rédige un en faveur de son époux et le fait contresigner par les deux jardiniers. À 17 heures, Dorcas trouve sa maîtresse en proie à un émoi intense, une feuille de papier à la main (peut-être une lettre, pense Dorcas). C'est alors qu'elle ordonne qu'un feu soit allumé dans sa chambre. On peut donc déduire qu'entre 16 h 30 et 17 heures un fait nouveau est survenu qui a totalement modifié son état d'esprit, puisqu'elle est maintenant aussi résolue à détruire le testament qu'elle l'était à le rédiger une demi-heure plus tôt. Quel est ce fait nouveau ?

» Pour autant que nous le sachions, elle est restée seule pendant cette demi-heure. Personne n'est entré ni sorti de ce boudoir. D'où vient donc ce brusque revirement ?

» Nous en sommes réduits aux suppositions, mais la mienne me paraît bonne. Mrs Inglethorp n'a plus de timbres dans son secrétaire. Nous le savons puisqu'elle demandera plus tard à Dorcas de lui en faire porter. Mais, dans le coin opposé du boudoir, elle voit le secrétaire de son mari. Il est fermé à clef, mais elle est pressée de trouver des timbres et, si j'extrapole correctement, elle essaie de l'ouvrir avec ses propres clefs. Je vérifierai plus tard que l'une d'entre elles a fonctionné. En cherchant des timbres, elle trouve cette feuille de papier que Dorcas a vue dans sa main, et qui ne lui était certes pas destinée. De son côté, en revanche, Mrs Cavendish croit que cette lettre qu'elle voit dans les mains de sa belle-mère est une preuve écrite de l'infidélité de son époux. Elle la réclame à Mrs Inglethorp qui lui rétorque en toute franchise que ce document ne la concerne pas. Mais, certaine que sa belle-mère cherche à protéger John, Mrs Cavendish ne la croit pas. Or Mrs Cavendish est une personne très résolue et, derrière sa réserve de façade, elle cache une jalousie féroce. Bien décidée à s'emparer de ce document à tout prix, elle voit la chance lui sourire. Elle trouve, par le plus grand des hasards, la clef de la mallette que Mrs Inglethorp a égarée le matin même. Or, elle n'ignore pas que c'est dans cette mallette que sa belle-mère conserve tous ses papiers importants.

» Mrs Cavendish conçoit alors un plan comme seule une femme dévorée par la jalousie peut en imaginer. Au cours de la soirée, elle va déverrouiller la porte de miss Cynthia. Probablement prend-elle la précaution de huiler les gonds ; car je constaterai qu'elle s'ouvre sans bruit. Par prudence, elle repousse l'exécution de son projet aux premières lueurs de l'aube, car les domestiques sont habitués à l'entendre aller et venir dans sa chambre à pareille heure. Elle enfile sa salopette, traverse sans bruit la chambre de miss Cynthia et pénètre dans celle de Mrs Inglethorp.

Poirot fit une pause que Cynthia mit à profit pour intervenir :

— Si quelqu'un avait traversé ma chambre, je me serais réveillée !

— Sauf si vous aviez été droguée, mademoiselle.

— Droguée ?

— Mais oui ! répondit Poirot. (Puis, s'adressant de nouveau à nous tous :) Souvenez-vous que miss Cynthia a continué de dormir malgré le tumulte dans la chambre voisine. À cela, deux explications possibles : soit elle fait semblant de dormir, ce que je ne pense pas ; soit son état d'inconscience résulte d'un facteur artificiel.

» Cette seconde hypothèse à l'esprit, j'examine toutes les tasses à café avec le plus grand soin, car — je m'en souviens — c'est Mrs Cavendish qui a porté son café à miss Cynthia le soir précédent. Je prélève un échantillon dans chaque tasse pour le faire analyser. Sans résultat. Je compte les tasses, dans l'hypothèse qu'on en ait enlevé une. Mais six personnes ont pris le café, et il y a six tasses. Sur le moment, je crois avoir fait fausse route.

» Puis je découvre que j'ai négligé un fait de première importance : ce soir-là, le Dr Bauerstein est venu à Styles, et le café a été servi à sept personnes, et non à six. Ce qui change tout, puisqu'il manque dès lors une tasse. Les domestiques n'ont rien remarqué d'anormal. Annie, la femme de chambre, a amené sept tasses car elle ne sait pas que Mr Inglethorp ne prend jamais de café ! Quant à Dorcas, qui débarrasse les tasses le lendemain matin, elle en ramène six à l'office, comme d'habitude. Ou plutôt cinq, à strictement parler, puisque la sixième est celle que l'on retrouve pulvérisée dans la chambre de Mrs Inglethorp.

» J'ai la conviction que la tasse manquante est celle de miss Cynthia. Le fait que miss Cynthia ne sucre jamais son café me conforte dans mon hypothèse, car tous les échantillons que je relève au fond des tasses contiennent du sucre. Puis je m'intéresse à ce « gros sel » qu'Annie a trouvé sur le plateau près du cacao qu'elle apporte chaque soir à Mrs Inglethorp. Je prélève un échantillon de ce cacao et le fais analyser.

— Mais le Dr Bauerstein l'avait déjà fait ! intervint Lawrence.

— Pas exactement. Lui, il avait demandé au chimiste de chercher des traces de strychnine ; moi, je lui demande de chercher des traces de somnifère.

— De somnifère ?

— Oui. Et voici le rapport d'analyse. Mrs Cavendish a administré un somnifère, puissant mais tout à fait inoffensif, à Mrs Inglethorp et à miss Cynthia. Et c'est pourquoi elle a dû passer un bien mauvais quart d'heure ! Imaginez son affolement quand sa belle-mère est soudain prise de violentes convulsions puis meurt ! Et on prononce le mot « poison » ! Elle qui pensait que ce somnifère ne présentait aucun danger, elle est terrifiée à l'idée d'avoir provoqué la mort de la vieille dame ! Sous l'emprise de la panique, elle se précipite au rez-de-chaussée, subtilise la tasse et la soucoupe utilisées par miss Cynthia et les cache dans un grand vase de cuivre, où Mr Lawrence les retrouvera plus tard. Elle n'ose pas toucher au reste de cacao, car elle se sait surveillée. Imaginez son soulagement quand elle entend parler de strychnine. En fin de compte, elle n'est donc pas responsable de ce drame.

» Nous pouvons maintenant expliquer pourquoi les symptômes qui caractérisent l'empoisonnement par la strychnine ont été si lents à se manifester. Un somnifère absorbé en même temps que le poison en retarde les effets de plusieurs heures.

Poirot s'interrompit un instant. Mary Cavendish le regarda et son visage reprit quelque couleur :

— Tout ce que vous venez de dire est exact, Mr Poirot. J'ai passé les moments les plus affreux de mon existence, et jamais je ne les oublierai. Mais vous êtes vraiment étonnant ! À présent, je comprends...

— ... pourquoi je vous disais que vous pouviez vous confesser à papa Poirot en toute sécurité, c'est bien cela ? Mais vous ne me faisiez pas confiance.

— Maintenant, je comprends tout ! s'exclama Lawrence. Absorbé après le café empoisonné, le cacao contenant le somnifère en a retardé les effets !

— Exactement. Mais le café était-il ou non empoisonné ? Là surgit un petit problème, car Mrs Inglethorp n'a jamais bu ce café...

— Quoi ?

Ce cri de surprise avait été poussé par tout le monde à la fois.

— Non, elle ne l'a pas bu. Vous vous souvenez que j'ai parlé d'une tache sur le tapis, dans la chambre de la défunte ? Or, cette tache présentait certaines caractéristiques. Tout d'abord, elle était encore humide quand je l'avais examinée, et il s'en dégageait une forte odeur de café. Pris dans les fibres du tapis, j'avais retrouvé de minuscules fragments de porcelaine. Tout s'était éclairé pour moi, car je venais de poser ma trousse sur la table proche de la fenêtre, et le plateau avait basculé, faisant tomber ma trousse à l'endroit précis de la tache. La veille, quand elle était entrée dans sa chambre, Mrs Inglethorp avait posé son café sur cette table, et le meuble lui avait joué le même mauvais tour.

» La suite des événements, je n'ai pu que la conjecturer. Je pense que Mrs Inglethorp ramasse alors les morceaux de la tasse qu'elle pose sur sa table de chevet. En guise de stimulant, elle réchauffe un peu de cacao qu'elle absorbe immédiatement. Nous voici donc confrontés à une nouvelle énigme : nous savons que le cacao ne contient pas de strychnine, et que le café n'a pas été bu ; pourtant le poison a dû être ingéré entre 19 et 21 heures, ce soir-là. Par quel autre moyen la strychnine a-t-elle pu être consommée sans que son goût ne transparaisse ? Eh bien, il est si extraordinaire que personne n'y a pensé !

Poirot interrogea son public d'un regard circulaire avant de répondre à sa propre question dans une envolée dramatique :

— Son fortifiant !

— Vous voulez dire que le meurtrier avait mis le poison dans le fortifiant ?

— Il n'y a pas ajouté le poison, puisque celui-ci s'y trouve déjà ! La strychnine qui va causer la mort de Mrs Inglethorp est celle prescrite par le Dr Wilkins ! Afin de mieux vous éclairer, permettez-moi de vous lire un court extrait tiré d'un manuel de préparateur que j'ai trouvé au laboratoire de l'hôpital de la Croix-Rouge de Tadminster ; ce passage est célèbre dans les classes de pharmacologie :

*Sulfate de strychnine............................................1 cent.*
*Bromure de Potassium .................................18 grammes.*
*Eau distillée..................................................24 grammes.*

*Cette solution dépose en quelques heures la plus grande part du sel de strychnine sous forme de cristaux transparents d'un bromure insoluble. En Angleterre, une dame mourut après avoir absorbé un remède contenant cette composition. Le précipité de strychnine s'était concentré au fond de la bouteille, et la patiente l'avait avalé dans sa presque totalité lorsqu'elle avait ingéré la dernière dose.*

» Bien entendu, la prescription du Dr Wilkins ne contient pas de bromure. Pourtant, vous vous en souviendrez peut-être, j'ai déjà mentionné la présence d'une boîte vide de poudre de bromure. Une simple pincée de cette poudre, mélangée au fortifiant de Mrs Inglethorp, a donc pu précipiter la strychnine au fond de la bouteille, comme le décrit le passage du manuel que je viens de vous lire, et elle aura été absorbée avec la dernière dose. Comme vous l'apprendrez plus tard, la personne qui avait pour habitude de servir son fortifiant à Mrs Inglethorp prenait grand soin de ne pas agiter la solution afin de laisser le précipité au fond de la bouteille.

» Au cours de l'enquête, plusieurs indices m'ont confirmé que le meurtre avait été planifié pour la nuit du lundi. Ce jour-là, le cordon de la sonnette de Mrs Inglethorp est sectionné ; miss Cynthia doit passer la soirée chez des amis. Dans l'aile droite, Mrs Inglethorp se trouve ainsi isolée de toute assistance, et il est fort probable qu'elle mourra avant d'avoir pu bénéficier d'aucun secours médical. Mais, pressée de se rendre à la fête du village, la victime désignée oublie de prendre son fortifiant. Le lendemain, elle déjeune chez des amis. Voilà pourquoi la dernière dose, la dose mortelle, sera prise un jour plus tard que ne l'a prévu l'assassin. Et c'est grâce à ce délai fortuit que j'ai aujourd'hui entre les mains la preuve irréfutable, ce chaînon qui a si longtemps manqué à mon raisonnement.

Conscient de la tension muette qui s'était installée dans l'assistance, Poirot brandit alors trois étroites bandes de papier :

— Voici une lettre écrite par l'assassin lui-même, mes chers amis ! Si elle avait été rédigée en des termes plus transparents, tout laisse à penser que Mrs Inglethorp, alertée à temps, aurait pu en réchapper. En tout état de cause, la défunte, si elle se savait en danger, n'en connaissait pas l'origine.

Dans un silence total, Poirot assembla les trois bandes de papier. Puis, s'étant éclairci la gorge, il lut :

*Ma très chère Evelyn,*

*Sans doute êtes-vous inquiète de ne pas recevoir de nouvelles. Tout va bien. Simplement, cela aura lieu ce soir au lieu d'hier soir. Vous me comprenez. Nous nous paierons du bon temps quand la vieille, une fois morte, ne sera plus dans nos jambes. Personne ne pourra m'attribuer le crime. Votre idée d'utiliser la poudre de bromure était un trait de génie ! Mais nous devons rester très prudents. Le moindre faux pas...*

— Ici s'arrête cette lettre, mes chers amis. Sans doute son auteur a-t-il été interrompu. Mais il ne peut y avoir aucun doute quant à son identité ! Nous connaissons tous cette écriture, et...

Un cri rageur, presque un hurlement, s'éleva dans le silence :

— Démon ! Comment avez-vous obtenu cette lettre ?

Un siège fut renversé. Poirot bondit lestement de côté. Il eut un geste rapide comme l'éclair. Et son assaillant, déséquilibré, s'écroula de tout son poids.

— Mesdames, messieurs, annonça Poirot avec un certain panache, permettez-moi de vous présenter l'assassin : Mr Alfred Inglethorp !

## 13

## LES EXPLICATIONS DE POIROT

— Poirot, vous n'êtes qu'un vieux gredin, et j'ai presque envie de vous étrangler ! Comment avez-vous pu me mener à ce point en bateau ?

Nous étions installés dans la bibliothèque. Les derniers jours avaient été assez éprouvants. À l'étage inférieur, John et Mary Cavendish étaient à nouveau réunis tandis qu'Alfred Inglethorp et Evelyn Howard se préparaient à moisir derrière les barreaux. Quant à moi, j'avais enfin l'oreille de Poirot, et je n'avais pas l'intention de laisser passer cette occasion de satisfaire ma curiosité.

Poirot mit un temps avant de me répondre :

— Je ne vous ai pas mené en bateau, mon bon ami. Tout au plus vous ai-je empêché de vous fourvoyer vous-même.

— Oui, mais pourquoi ?

— Ah ! mon bon ami ! C'est difficile à dire. Voyez-vous, vous êtes d'un tempérament si honnête, et d'une nature si franche que... Enfin, disons qu'il vous est impossible de dissimuler vos sentiments. Si je vous avais fait part de mes petites théories, l'homme astucieux qu'est Alfred Inglethorp aurait flairé le danger dès la première rencontre avec vous. Et dans ce cas, adieu à nos chances de le démasquer !

— Je crois avoir un peu plus de diplomatie que vous ne m'en prêtez !

— Allons, mon bon ami ! fit Poirot désolé. Je vous en prie, ne vous vexez pas ! Votre aide m'a été des plus utiles. Seule l'incommensurable honnêteté de votre belle nature a dicté ma réserve.

— Je veux bien l'admettre, maugréai-je, un peu apaisé. Je continue néanmoins d'estimer que vous auriez pu me mettre sur la voie.

— Et c'est ce que j'ai fait, mon bon ami ! À plusieurs reprises. Mais vous n'avez pas compris. Rappelez-vous : vous ai-je jamais dit que je croyais à la culpabilité de John Cavendish ? Ne vous ai-je pas confié, bien au contraire, que son acquittement était presque certain ?

— C'est vrai, mais...

— Et n'ai-je pas ensuite souligné les difficultés qu'il y avait à amener l'assassin devant la justice? Ne vous est-il pas alors apparu que je parlais de deux personnes entièrement différentes?

— Non, cela ne m'est pas apparu clairement!

— Et ne vous ai-je pas dit à plusieurs reprises, au début de cette affaire, que je ne voulais pas que l'on arrêta Mr Inglethorp à ce moment-là? Voilà qui aurait dû pourtant vous mettre sur la voie!

— Voulez-vous dire que vous le soupçonniez déjà à ce moment-là?

— C'est exact. Pour commencer, s'ils étaient plusieurs à pouvoir tirer profit de la mort de Mrs Inglethorp, son époux n'en restait pas moins le principal intéressé. C'était l'évidence même. Ce premier jour où nous nous sommes rendus ensemble à Styles, je n'avais aucune idée de la façon dont avait été perpétré le crime. Mais d'après le peu que je savais déjà de Mr Inglethorp, je me doutais bien qu'il me serait très difficile de l'impliquer dans cette affaire. Une fois sur les lieux, j'ai immédiatement compris que c'était Mrs Inglethorp qui avait brûlé le testament. Et puisque j'aborde ce sujet, vous ne pouvez m'accuser de ne pas vous avoir fait remarquer l'incongruité d'un feu de cheminée en plein été.

— Oui, je le reconnais! concédai-je avec une certaine impatience. Mais poursuivez...

— Eh bien, mon bon ami, ma théorie sur la culpabilité d'Alfred Inglethorp me parut très vite bien fragile. Les indices qui l'accusaient étaient si nombreux que j'avais plutôt tendance à le croire innocent.

— Quand avez-vous changé d'avis?

— Quand j'ai découvert que plus j'essayais de le disculper, plus il s'efforçait de se faire arrêter. Puis je me suis rendu compte qu'il n'avait aucune liaison avec Mrs Raikes. John Cavendish, en revanche, n'était pas resté insensible au charme de cette dame, j'en eus vite la certitude.

— Quel rapport?

— Il est très simple. Si Alfred Inglethorp entretenait des relations coupables avec Mrs Raikes, son silence était tout à fait compréhensible. Mais quand j'ai su que tout le village était au courant de la liaison entre John Cavendish et Mrs Raikes, ce même silence prenait un tout autre sens. Il était ridicule de penser qu'il se taisait par peur du scandale, puisqu'il n'avait aucune raison de le redouter. Cela m'a donné à réfléchir, et je suis peu à peu arrivé à la conclusion que Mr Alfred Inglethorp voulait être arrêté. Eh bien ! Dès cet instant j'ai décidé de tout faire pour qu'il ne le soit pas.

— Attendez ! Je ne comprends pas pourquoi il voulait se faire arrêter !

— Mon bon ami, il existe dans votre pays une loi qui stipule qu'un homme acquitté ne peut être rejugé pour la même affaire. Ah ! l'idée était ingénieuse ! À l'évidence, c'est un individu d'une rare intelligence ! Sa position eut fatalement attiré les soupçons sur lui, il en était conscient. Aussi a-t-il conçu ce stratagème remarquable : confectionner des indices qui l'accableraient. Il voulait être arrêté. Il lui eut alors suffi de dévoiler son alibi, qu'il savait irréfutable, et il eut été tranquille jusqu'à la fin de ses jours !

— Mais je ne comprends toujours pas comment il a pu se construire un alibi tout en se rendant à la pharmacie...

Poirot me regarda avec stupeur.

— Mon pauvre ami ! Est-il donc possible que vous n'ayez pas encore compris ? C'est miss Howard qui est allée acheter la strychnine à la pharmacie !

— Miss Howard ?

— Bien sûr ! Qui d'autre ? Rien de plus simple. Sa taille correspond à celle d'Alfred Inglethorp ; sa voix est grave, masculine ; atout supplémentaire, elle a un lien de parenté avec Inglethorp et lui ressemble beaucoup, surtout par son port et sa démarche. Donc rien de plus simple. Quel couple redoutable !

— Je demeure encore un peu dans le flou quant à l'utilisation du bromure, avouai-je.

— Allons bon ! Je vais donc démonter pour vous mon raisonnement. J'ai tendance à penser que c'est miss Howard le cerveau dans cette affaire. Peut-être vous rappelez-vous le jour où elle a parlé de son père médecin ? On peut supposer qu'elle avait l'habitude de lui préparer certains remèdes ; à moins qu'elle n'ait trouvé l'idée du bromure dans l'un des nombreux ouvrages de pharmacologie qui traînaient à Styles pendant la période où miss Cynthia préparait son examen. Toujours est-il qu'elle connaît l'effet de la poudre de bromure dans une solution contenant de la strychnine : la concentration rapide du poison sous forme de précipité. L'idée a dû lui venir tout d'un coup. Mrs Inglethorp disposait en permanence d'un mélange de poudre de bromure qu'elle prenait parfois le soir, en guise de somnifère. Quoi de plus facile que de dissoudre une pincée de poudre de bromure dans la bouteille de fortifiant lorsque celui-ci est livré par le pharmacien ? Le risque est pratiquement nul. La prise fatale n'aura pas lieu avant une quinzaine de jours, et si quelqu'un a surpris l'un des deux la bouteille de fortifiant à la main, ce détail sera oublié depuis longtemps au moment du drame. Entre-temps, miss Howard se sera querellée avec sa maîtresse et aura quitté Styles. Le délai et son éloignement écarteront d'elle tout soupçon. Oui, une idée géniale ! S'ils s'étaient contentés de l'appliquer, il est fort probable que jamais on ne les aurait soupçonnés. Mais cela ne les satisfait pas, et ils pèchent par excès d'intelligence. C'est ce qui a causé leur perte.

Les yeux fixés au plafond, Poirot tira une bouffée de sa minuscule cigarette, puis il continua :

— Ils imaginent un stratagème pour diriger les soupçons sur John Cavendish : ils achètent de la strychnine à la pharmacie du village et signent le registre en imitant son écriture.

»Le lundi, Mrs Inglethorp doit logiquement prendre sa dernière dose de fortifiant. C'est pourquoi, à 18 heures ce même jour, Alfred Inglethorp s'arrange pour être vu par plusieurs personnes en un lieu très éloigné du village. Miss Howard a déjà répandu l'histoire inventée de toutes pièces de sa liaison avec Mrs Raikes, ce qui justifiera le silence obstiné de son complice. À 18 heures donc, miss Howard, sous l'apparence d'Alfred Inglethorp, entre dans la pharmacie ; elle raconte son histoire de chien à empoisonner et obtient la strychnine. Elle signe le registre du nom de son acolyte en imitant l'écriture de John Cavendish, qu'elle s'est auparavant entraînée à contrefaire.

»Mais tous ces efforts ne serviront à rien si John, lui aussi, peut fournir un alibi. C'est pourquoi elle rédige à son intention une lettre anonyme — toujours en copiant son écriture — qui l'envoie à l'heure dite dans un endroit si isolé qu'il y a fort peu de chances pour que quelqu'un l'aperçoive.

»Jusque-là, tout va bien. Miss Howard retourne à Middlingham, et Alfred Inglethorp à Styles. Ce dernier ne peut être compromis : car c'est miss Howard qui a gardé la strychnine, laquelle n'est d'ailleurs qu'un leurre destiné à orienter les soupçons sur John Cavendish.

»Arrive l'imprévu. Mrs Inglethorp ne prend pas son fortifiant ce soir-là. La sonnette rendue inutilisable, l'absence de Cynthia — combinée par Alfred Inglethorp avec l'aide inconsciente de son épouse —, toutes ces précautions se révèlent inutiles. Et c'est alors qu'Alfred Inglethorp commet un faux pas.

» Mrs Inglethorp est sortie. Assis à son bureau, il écrit une lettre à sa complice qui, voyant leur plan échouer, risque de s'inquiéter. Mrs Inglethorp rentre sans doute plus tôt que prévu. Pris de court, Alfred Inglethorp referme à clef son bureau. S'il reste dans le boudoir, il craint d'avoir à l'ouvrir de nouveau, auquel cas son épouse pourrait entrevoir la lettre avant qu'il ait pu la subtiliser. Il sort donc se promener dans les bois, n'imaginant pas un instant que Mrs Inglethorp puisse ouvrir son bureau et découvrir la lettre.

»C'est pourtant ce qu'elle va faire, comme nous le savons. Elle lit ces lignes et comprend la perfidie de son mari et d'Evelyn Howard. L'allusion au bromure, hélas ! n'éveille pas sa méfiance. Certes, elle pressent un danger, mais elle ne peut le localiser. Elle prend la décision de ne rien dire à son mari de sa découverte, mais elle conserve la lettre. Elle écrit à son avoué pour lui demander de venir la voir le lendemain matin et décide de détruire au plus vite le testament qu'elle vient de rédiger.

— C'est donc pour retrouver la lettre adressée à miss Howard qu'Alfred Inglethorp a forcé la serrure de la mallette ?

— Exactement. Et, au risque énorme qu'il n'hésite pas à courir pour la récupérer, on mesure l'importance qu'il donne, à juste titre d'ailleurs, à cette missive. À part cette lettre, rien ne le relie au crime qui se prépare.

— Il y a pourtant une chose que je n'arrive pas à comprendre : dès qu'il l'a eue en sa possession, pourquoi ne l'a-t-il pas détruite ?

— Parce qu'il n'a pas osé prendre le risque suprême : celui de garder la lettre sur lui !

— Je ne vous suis pas.

— Envisagez le problème de son point de vue. J'ai calculé qu'il n'aurait eu que cinq minutes pour mettre la main sur la lettre. Ensuite nous arrivions. Avant cela, Annie balayait l'escalier : elle aurait vu quiconque passait dans l'aile droite. Imaginez maintenant la scène : il pénètre dans la chambre de sa femme à l'aide d'une de ses clefs — les serrures de la maison sont toutes très semblables — et se précipite sur la mallette. Elle est fermée, et il ne parvient pas à trouver la clef. Saisi de panique, il comprend que sa présence dans la chambre sera découverte, mais qu'il doit tout tenter pour récupérer cette preuve accablante. À l'aide d'un canif, il force la serrure et fouille la mallette. À présent, un autre problème se pose à lui : il court un risque énorme à garder la lettre sur lui. On peut le voir sortir de la chambre, le fouiller... Et si on découvre ce papier sur lui, il est perdu ! Il est probable qu'il entend à ce moment-là John et Mr Wells sortir du boudoir. Il faut qu'il agisse au plus vite. Où peut-il dissimuler la lettre ? Dans la corbeille à papiers ? Son contenu est soigneusement conservé, et de toute façon on l'examinera certainement. La détruire ? Il n'en a aucun moyen. Affolé, il regarde autour de lui et... que croyez-vous qu'il voie, mon bon ami ?

Je secouai la tête.

— Il ne lui faut que quelques secondes pour déchirer la feuille en plusieurs bandes, qu'il tortille pour leur donner l'apparence d'allume-feu de papier. Il ne lui reste plus qu'à les ajouter à ceux qui sont déjà dans le vase, sur la cheminée, et le tour est joué !

Je poussai une exclamation de surprise.

— Personne ne penserait à regarder à cet endroit-là, reprit Poirot. Il lui suffira de revenir dans la chambre dès que l'occasion se présentera et de détruire cette unique preuve de sa culpabilité.

— Ainsi, cette preuve, nous l'avions sous les yeux pendant tout ce temps, dans le vase à allume-feu de Mrs Inglethorp !

— Eh oui, mon bon ami ! C'est là que se trouvait le chaînon manquant de mon raisonnement, et c'est à vous que je dois de l'avoir découvert.

— À moi ?

— Mais oui. Rappelez-vous. Vous m'avez parlé du tremblement insolite de mes mains quand j'alignais les bibelots sur la cheminée ?

— Oui, mais je ne comprends toujours pas...

— Mais moi, j'ai compris ! Voyez-vous, mon bon ami, cela

m'a fait penser à une chose: la première fois que nous étions entrés ensemble dans la chambre de Mrs Inglethorp, j'avais déjà aligné les objets sur la cheminée. Or, s'ils étaient alignés, je n'avais aucune raison de recommencer cette opération un peu plus tard... sauf si quelqu'un, entre-temps, y avait touché !

— Mon Dieu! murmurai-je. Voilà donc l'explication de votre comportement! Vous vous précipitiez à Styles pour récupérer la lettre !

— Oui... Une course contre la montre !

— Pourtant, je ne comprends toujours pas comment Alfred Inglethorp a pu être assez fou pour ne pas détruire la lettre plus tôt. Les occasions ne lui ont sans doute pas manqué.

— Détrompez-vous ! J'ai tout fait pour l'en empêcher !

— Vous ?

— Oui. Ne m'avez-vous pas reproché de mettre toute la maisonnée dans la confidence ?

— Ça oui, alors !

— Eh bien, mon bon ami, c'était pour conserver une chance d'acculer Inglethorp. Je n'étais pas certain de sa culpabilité, mais dans cette hypothèse je me doutais qu'il n'aurait pas gardé le papier sur lui. Il l'aurait caché quelque part en attendant de pouvoir le détruire. Je me suis donc assuré la complicité de toute la maisonnée afin de contrer ses plans. Il faisait déjà figure de suspect aux yeux de tous ; en rendant la chose publique, je le plaçais sous la surveillance incessante de dix détectives amateurs. Dans ces conditions, il n'allait pas prendre le risque de détruire la lettre. Il s'est donc vu contraint de quitter Styles en la laissant dans le vase à allume-feu.

— Mais miss Howard aurait dû avoir de nombreuses occasions d'agir à sa place ?

— À cela près qu'elle ignorait totalement l'existence de cette lettre. Suivant la stratégie qu'ils avaient élaborée, elle ne lui adressait jamais la parole. N'oublions pas qu'ils étaient censés se détester, n'est-ce pas ? Ils auraient sans doute attendu la condamnation de John Cavendish pour se rencontrer. Bien sûr, Alfred Inglethorp était sous surveillance constante, car j'espérais qu'il me conduirait un jour ou l'autre à la lettre. Mais il était trop rusé pour prendre ce genre de risques. La lettre était apparemment en sécurité là où elle se trouvait ; personne n'avait pensé à fouiller le vase à allume-feu les premiers jours, il était donc peu probable qu'on le fasse par la suite. Sans la révélation que provoqua chez moi votre remarque, nous n'aurions sans doute jamais pu le livrer à la justice.

— Je comprends mieux, maintenant. Mais, dites-moi, quand avez-vous commencé à soupçonner miss Howard?

— Lors de l'enquête préliminaire. J'ai compris qu'elle mentait au sujet de la lettre que lui avait adressée Mrs Inglethorp.

— Comment?

— Vous avez vu la lettre, n'est-ce pas? Pourriez-vous me la décrire?

— Oui... Enfin, plus ou moins.

— Peut-être vous rappelez-vous alors l'écriture de Mrs Inglethorp, caractérisée par de larges espaces entre les mots? Or, si vous aviez regardé la date placée en haut de la lettre, « le 17 juillet », vous auriez noté qu'elle était très différente. Voyez-vous où je veux en venir?

— Pas le moins du monde, avouai-je.

— Simplement à ceci : à l'origine, cette lettre était datée du 7 juillet, et non pas du 17. Le 1 fut rajouté dans l'espace entre l'article et le 7 pour transformer la date.

— Soit. Mais dans quel but?

— C'est exactement la question que je me suis posée. Pourquoi miss Howard avait-elle substitué à la lettre effectivement écrite le 17 une autre lettre, du 7 celle-là, dont elle avait maquillé la date? Évidemment parce qu'elle ne désirait pas montrer la véritable lettre du 17. Mais pourquoi? C'est à partir de ce moment-là que j'ai eu des soupçons. Ne vous ai-je pas répété maintes fois qu'il faut se méfier des gens qui ne disent pas la vérité?

— Et cependant, m'écriai-je avec indignation, vous m'avez donné deux raisons pour lesquelles miss Howard ne pouvait avoir commis le crime!

— Et même d'excellentes raisons! ajouta Poirot. À tel point qu'elles m'arrêtèrent longtemps. Puis je me suis remémoré un fait significatif: miss Howard et Alfred Inglethorp étaient cousins. Si elle n'avait pu commettre le crime seule, rien ne l'empêchait d'y avoir participé. Et puis, il y avait cette antipathie plutôt excessive! Et qui cachait en fait un sentiment tout à fait contraire. Il est évident qu'un lien passionnel les unissait bien avant l'arrivée d'Alfred Inglethorp à Styles. Leur infâme projet avait été conçu de longue date. Il épouserait cette vieille femme aussi crédule que fortunée; il la pousserait à rédiger un testament en sa faveur; ensuite, il leur suffirait de la faire disparaître selon un plan remarquablement élaboré pour profiter de ses richesses par voie d'héritage. Si tout s'était déroulé sans accroc, ils auraient sans aucun doute quitté l'Angleterre un peu plus tard, pour vivre ensemble avec l'argent de leur malheureuse victime.

» Ils forment un couple dont le machiavélisme n'a d'égal que le manque de scrupules. Tandis que l'on commence à le soupçonner, elle dispose tranquillement les éléments qui doivent conduire l'enquête à un dénouement tout différent. Quand elle arrive de Middlingham, elle apporte tous les indices compromettants. Nul ne la soupçonne, bien entendu, et elle jouit d'une totale liberté de mouvement dans la maison. Elle va donc cacher la strychnine et les lunettes dans la chambre de John, puis elle place le postiche au fond de la malle, dans le grenier. Elle s'arrange ensuite pour que ces objets soient découverts.

— Ce que je ne saisis pas, c'est pourquoi ils ont cherché à faire porter les soupçons sur John, remarquai-je. Lawrence aurait beaucoup mieux convenu.

— Vous avez raison; mais les indices qui le rendaient suspect sont dus au seul hasard. En fait, je pense que cela a plutôt contrarié nos deux meurtriers.

— Son comportement a été très maladroit, dis-je après réflexion.

— Certes. Mais, bien sûr, vous avez compris ce qui le motivait?

— Non.

— Ne vous êtes-vous pas rendu compte qu'il croyait Cynthia coupable?

— Non! Mais c'est invraisemblable!

— C'était très vraisemblable, au contraire. Et j'ai bien failli partager cette idée. Je l'avais en tête lorsque j'ai questionné Mr Wells pour la première fois au sujet du testament. Et n'oubliez pas ces poudres de bromure qu'elle avait préparées pour Mrs Inglethorp, ni cette aptitude remarquable à se déguiser en homme, comme nous l'a raconté Dorcas. Non, vraiment, elle se prêtait plus aux soupçons que n'importe qui d'autre!

— Allons, Poirot! Vous plaisantez!

— Pas le moins du monde. Vous dirai-je ce qui a tant fait blêmir Mr Lawrence quand il est entré dans la chambre de sa belle-mère cette nuit fatale? Alors que la vieille dame, visiblement empoisonnée, agonisait sur son lit, il a vu derrière vous la porte donnant sur la chambre de miss Cynthia, et il a remarqué que le verrou n'était pas poussé.

— Mais il a déclaré le contraire! m'insurgeai-je.

— Justement, rétorqua Poirot. Et c'est bien pourquoi j'ai soupçonné que la porte n'était pas verrouillée. Il cherchait ainsi à protéger miss Cynthia.

— Pourquoi diable voulait-il la protéger?

— L'amour, mon bon ami! Il est amoureux d'elle.

Je ne pus me retenir de rire:

— Là, Poirot, vous vous égarez. J'ai appris par hasard que, bien loin d'en être amoureux, Lawrence ne peut pas la souffrir.

— Et d'où tenez-vous cette certitude, mon bon ami?

— De Cynthia elle-même.

— La pauvre petite! Et vous a-t-elle dit si elle souffrait de cette attitude?

— Non. Elle m'a même assuré que c'était le dernier de ses soucis.

— Elle en éprouve donc une peine réelle, en déduisit Poirot. Elles sont toutes pareilles... Ah! les femmes...

— Je suis très surpris de ce que vous me dites au sujet de Lawrence.

— Pourquoi? Ça crevait les yeux. Chaque fois que miss Cynthia discutait ou plaisantait avec son frère, l'humeur de Mr Lawrence s'assombrissait notablement. Il s'était persuadé qu'elle était amoureuse de Mr John. Quand il est entré dans la chambre de sa belle-mère, il a aussitôt compris qu'elle avait été empoisonnée. Il en a conclu bien hâtivement que miss Cynthia n'était pas étrangère au drame et en a conçu un désespoir affreux. Il s'est souvenu que miss Cynthia était montée avec sa belle-mère dans cette chambre la veille au soir. Afin d'empêcher toute analyse, il a mis la tasse à café en miettes, sans doute en l'écrasant sous son talon. C'est aussi pourquoi il a soutenu à fond, contre toute vraisemblance, la thèse du « décès par causes naturelles ».

— Et ce message énigmatique concernant « la tasse manquante »?

— J'étais pratiquement sûr qu'elle avait été cachée par Mrs Cavendish, mais il me fallait en avoir la certitude. Au départ, Mr Lawrence n'avait aucune idée de ce que signifiait ce message ; à la réflexion, toutefois, il a conclu qu'en trouvant cette tasse manquante il laverait de tout soupçon la dame de son cœur. Ce en quoi il avait tout à fait raison.

— Autre chose : quel sens donnez-vous aux ultimes paroles de Mrs Inglethorp ?

— Elle accusait son époux, bien entendu.

— Eh bien, Poirot, dis-je avec un soupir, je pense que vous avez expliqué tous les points qui me restaient encore obscurs. Je suis heureux que cette affaire se soit terminée aussi bien. Même John et Mary se sont réconciliés.

— Grâce à moi.

— Comment ça, grâce à vous ?

— Mon cher ami, ne voyez-vous pas que c'est uniquement l'épreuve du procès qui les a rapprochés ? Que John aime toujours son épouse, je n'en ai jamais douté, pas plus que je n'ai douté des sentiments qu'elle continuait à lui porter. Mais, avec le temps, ils s'étaient éloignés l'un de l'autre. Tout provenait d'un malentendu. Elle l'avait épousé sans amour, et il le savait. Mais, à sa façon, John est un homme sensible, et il refusait de s'imposer à elle. Or, à mesure qu'il s'éloignait d'elle, Mary sentait grandir son amour pour lui. Mais tous deux sont tellement orgueilleux que tout rapprochement était impossible. Lui s'égara dans une liaison avec Mrs Raikes, tandis qu'elle se mettait à fréquenter le Dr Bauerstein. Souvenez-vous, le jour de l'arrestation de John Cavendish, j'ai longuement hésité à prendre une lourde décision...

— Certes, et j'ai fort bien compris votre accablement.

— Pardonnez-moi, mon bon ami, mais j'ai bien peur que vous n'ayez rien compris du tout... Je me demandais s'il convenait que j'innocente John Cavendish d'entrée de jeu. J'avais tous les atouts en main pour le faire... mais il m'aurait été plus difficile ensuite de confondre les véritables coupables. Jusqu'au dernier moment, ceux-ci se sont complètement trompés sur ma position, ce qui explique en bonne partie ma réussite.

— Vous voulez dire que vous auriez pu éviter à John Cavendish l'épreuve d'un procès ?

— Oui, mon bon ami. Mais j'ai finalement décidé de

privilégier le bonheur d'une femme. Seule la terrible épreuve qu'ils viennent de subir pouvait réunir ces deux âmes fières.

Je regardai mon ami avec ahurissement. Quel aplomb colossal chez ce petit homme ! Qui d'autre que lui eût laissé accuser un homme de meurtre dans le seul but de restaurer son bonheur conjugal ?

— Je lis dans vos pensées, mon bon ami ! dit-il avec un sourire. Non, personne hormis Hercule Poirot n'aurait osé prendre un tel risque ! Mais vous avez tort de lui en faire grief : le bonheur d'une femme, et d'un homme, est le bien le plus précieux au monde.

À ces mots, je me remémorai les événements qui avaient précédé cette conversation. Livide, au dernier degré de l'épuisement, Mary Cavendish était étendue sur le canapé. Elle attendait quelque chose... Puis un coup de sonnette s'était fait entendre au rez-de-chaussée, et elle s'était levée d'un bond. Poirot avait ouvert la porte et son regard avait rencontré celui, implorant, de la jeune femme. Il avait alors hoché doucement la tête.

— Oui, madame, avait-il dit, je vous l'ai ramené.

Puis il s'était écarté pour laisser le passage à John et, tandis que nous nous éclipsions, j'avais surpris le feu qui brûlait dans les yeux de Mary Cavendish que son époux serrait dans ses bras.

— Peut-être avez-vous raison, Poirot, dis-je, radouci. C'est le bien le plus précieux au monde...

On frappa soudain à la porte, et la tête de Cynthia parut dans l'entrebâillement :

— Je... je voulais juste...

— Entrez donc, m'empressai-je de dire en me levant.

Elle entra mais ne fit pas mine de s'asseoir.

— Je venais simplement pour vous dire...

— Oui ?

Elle tortillait quelque chose dans ses mains.

— Vous êtes deux amours, voilà ! dit-elle enfin.

Sur quoi elle m'embrassa, embrassa Poirot et sortit de la pièce en courant.

— Qu'est-ce que diable cela peut bien signifier ? demandai-je, éberlué.

Recevoir un baiser de Cynthia était certes très agréable, mais cette démonstration publique avait quelque peu gâté mon plaisir.

— Cela signifie qu'elle vient de se rendre compte que Mr Lawrence ne la déteste pas autant qu'elle le pensait, répondit Poirot avec le plus grand sérieux.

— Mais...

— Justement, voici l'intéressé.

À ce moment, en effet, Lawrence passa devant la porte entrouverte.

— Eh bien, Mr Lawrence ! lança Poirot. Il semblerait que vous méritiez quelques félicitations, non ?

Lawrence rougit puis réussit à sourire d'un air penaud. En vérité, l'homme amoureux offre un spectacle bien ridicule ! Le trouble de Cynthia, en revanche, m'avait paru tout à fait touchant.

Je soupirai.

— Qu'avez-vous, mon bon ami ?

— Oh, rien ! dis-je, morose. Ces deux femmes sont exquises !

— Et ni l'une ni l'autre n'est pour vous, n'est-ce pas ? compléta Poirot. Mais quelle importance, mon bon ami ? Consolez-vous : bientôt, peut-être, une nouvelle enquête nous réunira. Et alors qui sait...

## *Postface*

*« L'idée d'écrire un roman policier me vint tandis que je travaillais au laboratoire de pharmacie de l'hôpital... Je me mis à réfléchir au type d'intrigue que je pouvais utiliser. Comme j'étais encore entourée de poisons, peut-être était-il assez naturel que je choisisse la mort par empoisonnement. »*

*Dans son* Autobiographie, *Agatha Christie s'étend longuement sur la gestation de* La Mystérieuse Affaire de Styles, *sur sa recherche des personnages, sa conception de l'intrigue : « Tout le problème d'un bon roman policier, c'est qu'il doit y avoir un coupable évident, dont on doit découvrir, pour une raison quelconque, que sa culpabilité n'est pas si évidente que ça et même qu'il n'a pas pu commettre le crime dont on l'accuse. Bien qu'au bout du compte, et cela va sans dire, ce soit bel et bien lui qui ait fait le coup. »*

*Nourrie à la tradition holmesienne, elle envisageait un détective du même genre, accompagné lui aussi d'un faire-valoir. C'est alors qu'elle pensa aux réfugiés belges qui vivaient dans une commune avoisinante : « Il y avait toutes sortes de réfugiés. Pourquoi pas un officier de police en retraite ?... Bref, je me décidai pour un détective belge. Il aurait été inspecteur, afin de posséder de solides connaissances en matière criminelle. Il serait méticuleux, très ordonné. Je le voyais nettement comme un petit homme tiré à quatre épingles, aimant les choses qui vont par paires, carrées plutôt que rondes. Il serait très intelligent. Il ferait travailler ses petites cellules grises — c'était là une bonne phrase à retenir. Il aurait un nom qui sonne bien, dans le genre de celui de Sherlock Holmes et de ses proches. Pourquoi ne pas appeler mon petit homme Hercule ? Quant à Poirot, je ne sais pas comment je l'ai trouvé : dans ma tête, dans un journal, au cours d'une lecture... Quoi qu'il en soit, Hercule Poirot sonnait bien... et j'étais débarrassée d'un gros souci. »*

*Hercule Poirot était né. Toutefois, Agatha Christie ne se souvient pas de ce qui la décida pour le patronyme de Poirot. Les spécialistes n'ont pas manqué de relever les similitudes avec le personnage d'Hercule Popeau, créé par Marie Belloc Lowndes (1868-1947), auteur de policiers des années 30, mais la genèse de Poirot demeure tout de même une énigme à percer pour les exégètes... Après maturation de l'intrigue, Agatha Christie se mit à taper chapitre après chapitre sur la machine à écrire de sa sœur. À la moitié de son roman, alors qu'elle était empêtrée dans les dédales de l'intrigue, sa mère lui suggéra de prendre des vacances pour l'achever. Au bout de quinze jours à Dartmoor, le manuscrit était presque terminé.*

*« Raisonnablement satisfaite » de son ouvrage, elle envoya le manuscrit chez Hodder Stoughton, qui le lui retourna avec un « refus pur et simple ». Elle l'adressa aussitôt à un autre éditeur.*

*Pourtant écrit en 1916,* The Mysterious Affair at Styles *ne paraîtra qu'en 1920, chez John Lane, le directeur de la maison d'édition The Bodley Head. Agatha Christie lui avait envoyé son manuscrit depuis dix-huit mois déjà, après avoir essuyé six refus, et dans l'excitation qui suivit la fin de la guerre, le retour d'Archie et la naissance de sa fille Rosalind, elle avait complètement oublié son roman. C'est alors qu'elle reçut une lettre de John Lane, lui demandant de passer à son bureau. Il lui annonça que son comité de lecture avait trouvé le livre suffisamment intéressant pour être publié à condition qu'elle y apporte quelques modifications et en particulier qu'elle reprenne complètement le chapitre final. Agatha Christie, enthousiasmée à l'idée que son premier roman allait être enfin publié, signa un contrat peu rémunérateur : « Il est certain qu'à ce moment-là je n'envisageais pas d'écrire d'autres romans. Si l'on m'avait posé la question, j'aurais répondu que j'écrirais probablement encore des nouvelles de temps en temps. J'étais l'amateur, au sens strict du terme. J'écrivais pour le plaisir. »*

*Puis elle rentra chez elle tout raconter à Archie et ils se rendirent ensemble au palais de la danse de Hammersmith pour célébrer l'événement : « Je ne le savais pas, mais il y avait un troisième convive avec nous, ce soir-là ; Hercule Poirot, mon héros belge, était pendu à mon cou. »*

The Mysterious Affair at Styles — *malgré son copyright de 1920 — ne fut mis en vente qu'en février 1921, et parut en feuilleton dans* The Weekly Times, *ce qui rapporta 25 livres sterling à son auteur.*

*La critique qui fit le plus plaisir à Agatha Christie fut celle du* Pharmaceutical Journal, *parce qu'on y soulignait les connaissances de l'écrivain en matière de poison en les opposant au cliché de la substance « inconnue et indécelable » trop souvent utilisée dans certain type de romans policiers : « Miss Agatha Christie connaît son métier ».*

# 1922

# MR BROWN

Traduit de l'anglais par
Albine Vigroux

*Ce roman a paru sous le titre original :*
THE SECRET ADVERSARY

*À tous ceux qui mènent une existence monotone,*
*Pour qu'ils vivent par procuration les délices et les dangers de l'aventure.*

## Prologue

Il était 14 heures en ce tragique 7 mai 1915. Le *Lusitania*, touché coup sur coup par deux torpilles, sombrait rapidement. Des canots étaient mis à la mer, tandis que les femmes et les enfants, en longues files, attendaient leur tour de quitter le navire. Désespérément on se cramponnait à son mari, à son père, on étreignait ses enfants.

Seule, une jeune fille se tenait à l'écart. Elle n'avait pas dix-huit ans. Elle ne manifestait aucune peur. Ferme face au danger, l'œil sombre, elle regardait droit devant elle.

— Excusez-moi...

Une voix derrière elle la fit se retourner. Elle avait déjà remarqué cet homme parmi les passagers de première classe. Il planait autour de lui une sorte de mystère qui avait éveillé sa curiosité. Il ne parlait jamais à personne et si d'aventure quelqu'un lui adressait la parole, il s'empressait de couper court à la conversation. Il avait aussi une curieuse façon de jeter des regards soupçonneux tout autour de lui.

À cette minute, il paraissait encore plus agité que d'habitude. Son front ruisselait de sueur. De toute évidence, il était sous le coup d'une peur incontrôlée, et pourtant, il n'avait rien d'un homme que la mort effraie.

— Oui ?

Sans ciller, elle l'interrogea du regard tandis qu'il restait planté devant elle, indécis, comme désespéré.

— Il faut que je me décide, murmura-t-il entre ses dents. Oui... oui, c'est la seule solution. (Puis à haute voix :) Vous êtes américaine ?

— Oui.

— Et vous aimez votre pays ?

La jeune fille rougit :

— Je ne vois pas de quel droit vous me posez une telle question. Bien sûr que j'aime mon pays !

— Ne le prenez pas mal. Si vous saviez ce qui est en jeu... Il faut que je fasse confiance à quelqu'un... et il est indispensable que ce soit une femme.

— Pourquoi ?

— Parce que « les femmes et les enfants d'abord »... (Il regarda autour de lui et baissa la voix :) J'ai sur moi des documents... des documents d'un intérêt capital. Ils peuvent modifier le cours de l'histoire pour les Alliés. Comprenez-vous ? Ces documents *doivent* être sauvés. Ils auront plus de chances de l'être avec vous qu'avec moi. Acceptez-vous de les prendre ?

La jeune fille tendit la main.

— Attendez..., il faut que je vous prévienne. Si j'ai été suivi, vous serez en danger. Je ne le pense pas, mais on ne sait jamais. Avez-vous le courage de risquer le tout pour le tout ?

La jeune fille sourit :

— Ne vous inquiétez pas. Je m'en tirerai. Je suis très fière que vous m'ayez choisie. Mais après, qu'est-ce qu'il faudra que je fasse ?

— Lisez le journal ; je prendrai contact avec vous en faisant passer dans le *Times* une petite annonce qui commencera ainsi « Compagnon de voyage désire renouer contact avec... ». Si au bout de trois jours, vous n'avez pas de mes nouvelles, eh bien... c'est que j'aurai eu de sérieux ennuis. Alors vous porterez ce paquet à l'ambassade des États-Unis. Et vous le remettrez à l'ambassadeur en mains propres. C'est clair ?

— Très clair.

— Alors à vous de jouer. Nous allons nous quitter, maintenant. (Et, lui prenant la main :) Au revoir ! Et bonne chance ! ajouta-t-il en haussant la voix.

La jeune fille se retrouva avec un paquet enveloppé de toile cirée dans la main.

Le *Lusitania* donnait de plus en plus de la bande. Le commandant de bord lança un ordre et la jeune fille embarqua sur un canot de sauvetage.

# 1

## « Les Jeunes Aventuriers, S.A »

— Tommy, mon petit vieux !

— Tuppence, ma vieille branche !

Les deux jeunes gens se jetèrent dans les bras l'un de l'autre, bloquant ainsi momentanément la sortie de métro à Dover Street. Les qualificatifs « vieux » et « vieille » n'étaient guère du genre bien choisi... À eux deux, Tommy et Tuppence ne devaient pas totaliser plus de quarante-cinq ans.

— Ça fait des siècles que je ne t'ai pas vue ! s'exclama le jeune homme. Où est-ce que tu cours comme ça ? Si nous allions prendre une tasse de thé ? D'ailleurs, nous provoquons un embouteillage et les gens commencent à nous regarder de travers. Viens !

La jeune fille acquiesça et tous deux dévalèrent Dover Street en direction de Piccadilly.

— Où veux-tu aller ? demanda Tommy.

Miss Prudence Cowley, surnommée Tuppence par ses intimes pour d'obscures raisons, décela comme une légère inquiétude dans la voix de son compagnon. Aussitôt, elle déclara :

— Tommy, tu es fauché !

— Pas du tout, répondit Tommy sans conviction. Je roule sur l'or.

— Tu as toujours été un sale menteur, riposta Tuppence en affectant un ton sévère. Tu te souviens du jour où tu as fait croire à l'infirmière en chef que le médecin t'avait prescrit de la bière pour te remonter mais qu'il avait oublié de le marquer sur ton ordonnance ?

Tommy éclata de rire :

— Tu penses, si je m'en souviens ! La colère qu'elle a piquée quand elle a découvert le pot aux roses ! Pourtant, ce n'était pas un mauvais cheval, cette brave miss Greenbank ! L'hôpital n'était pas mal non plus, d'ailleurs. Au fait, tu as été démobilisée comme tout le monde ?

— Oui, fit Tuppence. Toi aussi ?

— Depuis deux mois.

— Et ta prime de démobilisation ?

— Partie en fumée...

— Tommy, voyons !

— Non, ma vieille, je ne me suis pas roulé dans la débauche. Loin de là ! De nos jours, le coût de la vie, les petites dépenses quotidiennes, je t'assure, tu n'es peut-être pas au courant, mais...

— Mon cher enfant, il n'y a rien que je ne connaisse aussi bien que le coût de la vie ! Tiens, nous voici devant le *Lyon's* ; allons-y et chacun payera sa part, d'accord ?

Et, sans attendre de réponse, elle s'engagea dans l'escalier.

Le salon de thé était plein à craquer et ils se mirent à la recherche d'une table, captant çà et là des bribes de conversation :

— Non, mais vous vous rendez compte ! elle s'est effondrée quand je lui ai annoncé que je ne pourrais pas lui céder mon appartement.

— Une affaire en or, ma chérie, un tailleur comme celui que Mabel Lewis s'est rapporté de Paris !

— Qu'est-ce qu'on n'entend pas ! murmura Tommy. Tout à l'heure, dans la rue, j'ai croisé deux individus qui parlaient d'une fille, une certaine Jane Finn. Drôle de nom, tu ne trouves pas ?

À cet instant précis, deux femmes d'un certain âge se levèrent et ramassèrent leurs paquets. Tuppence se précipita pour s'installer à leur table.

Tommy commanda du thé et des *buns*, Tuppence du thé et des toasts.

— Et deux théières ! précisa Tuppence d'un ton ferme.

Tommy s'assit en face d'elle. Il arborait une somptueuse tignasse rousse, soigneusement plaquée en arrière. Son visage, banal, d'une laideur sympathique, était celui de tout gentleman et de tout sportif qui se respecte. Il portait un costume marron, de bonne coupe, mais qui avait connu des jours meilleurs.

Tuppence, qu'on ne pouvait qualifier de jolie, ne manquait ni de charme ni de caractère, avec ses traits fins, son menton volontaire et ses grands yeux gris très clairs sous des sourcils foncés. Une petite toque d'un vert vif tranchait sur sa chevelure brune et bouclée ; sa jupe quelque peu élimée découvrait des chevilles d'une rare finesse. De toute évidence, Tuppence faisait l'impossible pour paraître élégante.

Un couple résolument moderne que ces deux jeunes gens attablés chez *Lyon's*.

On apporta le thé et Tuppence, s'arrachant à sa méditation, fit le service.

— Et maintenant, déclara Tommy, en mordant avec un bel appétit dans son *bun*, si nous nous racontions un peu nos vies ! Nous ne nous sommes plus revus depuis l'hôpital, et c'était en 1916...

— Allons-y ! approuva Tuppence en croquant dans un des toasts qu'elle venait de beurrer généreusement. Biographie succincte de miss Prudence Cowley — Tuppence pour ses amis et connaissances —, cinquième fille du pasteur Cowley, de Little Missendell, Suffolk.

»Au début de la guerre, miss Cowley quitte les délices — et les corvées domestiques — du foyer paternel. Elle se rend à Londres où elle prend du service dans un hôpital militaire. Premier mois : vaisselle — six cent quarante-huit assiettes par jour. Second mois : grâce à une promotion inespérée, essuyage des assiettes en question. Troisième mois, encore une promotion : à l'épluchage des pommes de terre. Quatrième mois : coupe le pain et beurre les tartines. Cinquième mois : grimpe d'un étage, est promue fille de salle, armée d'un seau et d'un balai. Sixième mois : promue au service des repas. Septième mois : son physique agréable et ses bonnes manières lui valent l'honneur suprême de servir les infirmières elles-mêmes ! Huitième mois : incident de parcours. La surveillante Bond ingurgite l'œuf de la surveillante Westhaven. J'en prends pour mon grade ! La fille de salle est décrétée coupable ! Une faute d'inattention dans une affaire de cette importance ne saurait être trop sévèrement punie. Retour au seau et au balai ! Plus dure sera — ou plutôt fut — la chute ! Neuvième mois : de nouveau promue au balayage des salles, je tombe sur un ami d'enfance, le lieutenant Thomas Beresford (redresse-toi Tommy !), que je n'avais pas vu depuis cinq ans. Retrouvailles émouvantes ! Dixième mois : surprise par la surveillante en chef au cinéma, en compagnie d'un blessé de l'hôpital, le susmentionné lieutenant Thomas Beresford, je reçois un blâme. Les onzième et douzième mois, je recommence à servir à table avec brio si bien qu'à la fin de l'année, je quitte l'hôpital auréolée de gloire.

»Après toutes ces aventures, la brillante miss Cowley

conduit une camionnette de livraison puis un camion avant de devenir le chauffeur d'un général, ce qui, à tout prendre, est plus agréable. Il faut dire que le général en question est fort jeune...

— Qu'est-ce que c'était que ce type? demanda Tommy. Je trouve ça écœurant, la manière dont les officiers d'état-major se sont fait conduire pendant toute la guerre du ministère de la Guerre au *Savoy* et du *Savoy* au ministère de la Guerre!

— Je ne sais plus, j'ai oublié son nom, avoua Tuppence. Bref, c'était l'apogée de ma carrière. Ensuite, je suis entrée dans je ne sais plus quel ministère. Nous y avons vécu de grands moments: des thés mondains inoubliables. Puis j'ai été successivement travailleuse à la terre, postière et conductrice de bus — hélas! l'Armistice est venu mettre un terme à cette ascension sociale. Je me suis cramponnée à mon poste comme un naufragé à une épave, mais ils ont fini par réussir à me flanquer dehors. Et depuis, je cherche du boulot. Bon, maintenant... c'est ton tour.

— De mon côté, c'est encore moins brillant, répondit Tommy d'un ton lugubre, et beaucoup moins varié. Tu te souviens qu'on m'avait envoyé en France. De là, on m'a expédié en Égypte où j'ai été blessé une seconde fois — et à nouveau bon pour l'hôpital.

»J'ai donc été bloqué là-bas jusqu'à l'Armistice; j'y ai traîné mes guêtres et, comme je te l'ai déjà dit, j'ai fini par être démobilisé. Depuis, et cela fait maintenant dix longs mois, je me suis tué à chercher du travail; mais il n'y a pas de travail — et s'il y en avait, on ne me le confierait pas. Je suis bon à quoi? Qu'est-ce que je connais aux affaires? Rien!

— Et les colonies?

— Je n'aimerais pas les colonies; et je suis certain qu'elles me le rendraient bien.

— Aucun parent fortuné?

Tommy secoua la tête.

— Même pas une grand-tante?

— J'ai un vieil oncle qui roule plus ou moins sur l'or, mais c'est sans espoir.

— Pourquoi?

— Quand j'étais gosse, il a voulu m'adopter. Je l'ai envoyé paître.

— J'en ai entendu parler, dit Tuppence, d'un air songeur. Tu as refusé à cause de ta mère, non?

— Si, ça n'aurait pas été chic vis-à-vis de maman, confirma Tommy en rougissant. Comme tu le sais, elle n'avait que moi. Le cher homme la détestait — il voulait me séparer d'elle à tout prix. Par pure méchanceté!

— Ta mère est morte, non? demanda doucement Tuppence.

Tommy aquiesça. Quant aux beaux yeux gris de Tuppence, ils se firent brumeux:

— Tu es un type bien, Tommy. Je l'ai toujours su.

— Foutaises! Tu vois où j'en suis? Ma situation est quasi désespérée.

— Et la mienne donc! J'ai tenu aussi longtemps que possible. J'ai joué toutes mes cartes. J'ai répondu à toutes les petites annonces. J'ai tout essayé: je me suis serré la ceinture, j'ai rogné sur tout, j'ai tiré le diable par la queue. Rien à faire: il va falloir que je retourne à la maison.

— Et cela ne te dit rien?

— Bien sûr que non! Inutile de faire du sentiment. Papa est un amour et je l'adore, mais tu ne peux savoir à quel point je le scandalise! Il vit encore en pleine ère victorienne, pour lui, porter des jupes courtes ou fumer, c'est immoral. Tu vois quelle croix je représente pour lui.

»Il a été bien soulagé quand la guerre l'a débarrassé de moi. Tu comprends, nous sommes sept à la maison. C'est horrible! le ménage, les ventes de charité... j'ai toujours été le vilain petit canard de la famille et je n'ai aucune envie de retourner là-bas. Mais Tommy, franchement, qu'est-ce que je peux faire d'autre?

Tommy secoua tristement la tête. Il y eut un silence. Et soudain Tuppence éclata:

— L'argent! l'argent, toujours l'argent! J'y pense vingt-quatre heures sur vingt-quatre. J'ai l'air pingre et intéressée, mais je n'y peux rien!

— J'en suis au même point, gémit Tommy.

— J'ai pensé à tous les moyens imaginables de se procurer de l'argent, poursuivit Tuppence. C'est bien simple: il n'en existe que trois: faire un héritage, se marier, ou en gagner. Le premier, n'en parlons pas: je n'ai pas de parents vieux et riches. Tout ce que ma famille compte de vieillards survit dans des maisons pour gâteux. J'aide toujours les vieilles dames à traverser la rue, je ramasse les paquets des vieux messieurs dans l'espoir de rencontrer des millionnaires excentriques. Mais aucun d'entre eux ne m'a jamais demandé mon nom et la plupart du temps ils ne me disent même pas merci.

Il y eut un nouveau silence.

— Bien sûr, reprit Tuppence, le mariage représente ma meilleure chance. Toute petite, j'avais déjà décidé de décrocher le gros lot. C'est le cas de toutes les filles sensées ! Parce que je ne suis pas romantique pour deux sous. À ton avis, je suis romantique ?

— Certainement pas, répondit précipitamment Tommy. Qui aurait l'idée de t'associer à une quelconque idée de sentiment !

— Ça, ce n'est pas très aimable. Mais il faut bien avouer que tu as raison. Quoi qu'il en soit, je suis prête à tout, mais je ne rencontre jamais d'hommes riches. Tous ceux que je connais sont aussi fauchés que moi.

— Et le général ? demanda Tommy.

— En temps de paix, je parie qu'il tient un magasin de vélos. Non, rien à faire. Mais *toi*, pourquoi n'épouserais-tu pas une fille riche ?

— Pour la même raison que toi : je n'en connais pas.

— Et alors ? Tu peux toujours en rencontrer une. Moi, si je vois un homme en pelisse de fourrure sortir du *Ritz*, je ne peux décemment pas l'aborder et lui dire : Mon vieux, vous m'avez l'air plein aux as. Si nous faisions connaissance ?

— Es-tu en train de suggérer que c'est ce que je devrais faire avec une jeune fille bien sapée ?

— Ne sois pas stupide. Tu lui marches sur le pied, tu lui ramasses son mouchoir, quelque chose dans ce goût-là. Si elle pense que tu as envie de faire sa connaissance, elle sera flattée, et elle te facilitera la manœuvre.

— Je crois que tu surestimes mes talents de séducteur, murmura Tommy.

— Décidément, le mariage est bourré de difficultés. Gagner de l'argent, il n'y a pas d'autre solution.

— Nous avons déjà essayé, et ça n'a pas marché, rappela Tommy.

— C'est vrai, mais par des moyens orthodoxes. Si nous

cherchions maintenant des moyens hétérodoxes ? Oh ! Tommy, si nous devenions des aventuriers ?

— Pourquoi pas ? acquiesça joyeusement Tommy. Par quel bout commençons-nous ?

— Tout le problème est là ; faisons-nous connaître et quelqu'un nous engagera peut-être pour commettre un crime à sa place.

— C'est charmant, commenta Tommy. Et dire que tu es une fille de pasteur !

— Il serait responsable. Pas nous. Reconnais qu'il y a une différence entre voler un collier de diamants pour son compte et le voler pour le compte d'un tiers.

— Si nous étions pris en flagrant délit, je te garantis que ça ne ferait pas la moindre différence !

— Peut-être. Mais on ne m'attraperait pas. Je suis bien trop intelligente.

— La modestie a toujours été ton péché mignon.

— Trêve de plaisanteries ! Bon, Tommy, tu es d'accord, on s'associe ?

— On fonde une société de vols de bijoux ?

— Ce n'était qu'un exemple. Créons — voyons — je ne sais plus comment les comptables appellent ça...

— Je ne sais pas, je n'ai jamais tenu de comptabilité !

— Moi si ; j'ai d'ailleurs toujours tout confondu : je mettais les crédits dans la colonne des débits et vice versa, si bien qu'ils ont fini par me renvoyer... Ah oui ! je me souviens, une « société en participation ». Au milieu de colonnes de chiffres rébarbatifs, ça m'a paru une expression parfaitement romantique. Elle a un petit parfum élisabéthain, qui évoque pour moi des galions et des doublons. Une société en participation !

— Nous l'appellerions « Les Jeunes Aventuriers S.A.R.L. », c'est bien ton idée, Tuppence ?

— Tu peux toujours rire. Moi, je pense qu'il y a là une idée à creuser.

— Et comment envisages-tu d'entrer en contact avec nos hypothétiques employeurs ?

— Par petites annonces, répondit Tuppence sans hésiter. Tu as un papier et un crayon ? Aussi vrai que toutes les femmes ont dans leur sac un poudrier et du rouge à lèvres, les hommes ont toujours de quoi écrire.

Tommy exhuma un vieux carnet vert et Tuppence se mit à écrire fébrilement.

— Nous pourrions commencer comme ça : « Jeune officier, deux fois blessé au front... »

— Certainement pas.

— Bien, bien, mon cher. Sache pourtant que ce genre de précision peut toucher le cœur d'une vieille fille. Elle serait capable de t'adopter et tu n'aurais même pas besoin de devenir un jeune aventurier.

— Je n'ai aucune envie d'être adopté.

— J'oubliais ton parti pris contre l'adoption. Je te taquinais, c'est tout. Mais les journaux sont bourrés de ce genre d'annonces. Enfin, écoute-moi, que penses-tu de ceci ? « Deux jeunes aventuriers, prêts à tout, n'importe où, contre rémunération substantielle. » Autant être très clairs là-dessus dès le départ... Nous pourrions ajouter : « Aucune proposition raisonnable ne sera écartée. » Comme pour les appartements.

— Dans ce cas, toutes les propositions que nous allons recevoir seront « déraisonnables » !

— Tommy, tu es génial ! Voilà qui est encore beaucoup plus chic : « Aucune proposition — même déraisonnable — ne sera écartée, mais forte prime exigée. »

— Moi, je ne parlerais pas deux fois d'argent ; ça fait intéressé.

— Moins que je ne le suis en réalité ! Mais tu as peut-être raison. Je te relis l'ensemble : « Deux jeunes aventuriers, prêts à tout, n'importe où, contre rémunération substantielle. Aucune proposition — même déraisonnable — ne sera écartée. » Quelle serait ta réaction si tu lisais cette annonce dans un journal ?

— Je penserais soit à un canular, soit à une histoire de fou.

— En tout cas, c'est beaucoup moins idiot que ce que j'ai lu ce matin et qui commençait par : « Pétunia » et c'était signé : « le meilleur des hommes. »

Elle arracha la feuille et la tendit à Tommy :

— Tiens, le *Times* fera l'affaire. Réponse : B.P. numéro tant. Ça nous coûtera pas loin de cinq shillings. En voici la moitié.

Tommy contemplait la feuille d'un air songeur. Son visage s'empourpra :

— Si on essayait vraiment? demanda-t-il enfin. Si on essayait, Tuppence? Rien que pour nous amuser.

— Tommy, tu es merveilleux! J'étais sûre que tu marcherais! Buvons à nos succès.

Elle versa quelques gouttes de thé froid dans les tasses.

— À notre association... longue vie et prospérité!

— Aux « Jeunes Aventuriers Associés S.A.R.L. », enchaîna Tommy.

Ils reposèrent leurs tasses, avec un petit rire gêné.

— Je dois regagner ma somptueuse suite au Foyer de Jeunes Filles, dit Tuppence en se levant.

— C'est aussi l'heure que je retourne au *Ritz*, ajouta Tommy en grimaçant un sourire. Quand et où nous revoyons-nous?

— Demain, à midi. À la sortie du métro Piccadilly, ça te convient?

— Mon temps n'appartient qu'à moi, répondit Tommy, grand seigneur.

— Alors, à demain!

— Salut!

Les jeunes gens se séparèrent.

Le Foyer de Tuppence était situé dans un quartier charitablement baptisé « Belgravia Sud ». Par souci d'économie, la jeune fille ne prit pas le bus. Elle traversait St. James's Park quand elle entendit une voix d'homme dans son dos.

— Excusez-moi. Pourrais-je vous dire deux mots?

## 2

## L'offre de Mr Whittington

Tuppence se retourna brusquement, mais les mots moururent sur ses lèvres car l'allure et les manières de l'inconnu ne justifiaient pas ses craintes. Elle hésita. Comme s'il avait deviné sa pensée, l'inconnu s'empressa d'ajouter:

— Ne craignez rien, je n'ai aucune intention déshonnête.

Il paraissait sincère et Tuppence était toute prête à penser qu'il ne cherchait pas à l'importuner comme elle l'avait tout d'abord cru. Cependant, d'instinct, elle le jugea louche et antipathique. Grand, rasé de près, l'inconnu avait une mâchoire lourde, de petits yeux fourbes et un regard fuyant.

— Eh bien, que voulez-vous ? demanda-t-elle après l'avoir ainsi dévisagé.

— J'ai entendu une partie de votre conversation avec ce jeune homme, au *Lyon's*, répondit l'homme en souriant.

— Bon, et alors ?

— Alors, je pense pouvoir vous aider.

— Et vous m'avez suivie jusqu'ici ?

— Oui, j'ai pris cette liberté !

— Et de quelle manière pensez-vous pouvoir m'aider ?

Sortant une carte de sa poche, l'inconnu la lui tendit en s'inclinant. Elle était ainsi libellée : « Mr Edward Whittington, Verreries de l'Esthonie & Cie. » Suivait l'adresse du bureau de la City.

— Si vous vous présentez demain matin, à 11 heures, reprit l'homme, je vous détaillerai ma proposition.

— À 11 heures ? demanda Tuppence, avec un peu d'hésitation. (Puis se décidant :) Très bien, j'y serai.

— Je vous en remercie. Bonsoir !

Whittington salua la jeune fille d'un grand coup de chapeau et s'éloigna. Pendant quelques secondes, Tuppence le suivit du regard, puis elle s'ébroua curieusement, comme un jeune chien qui sort de l'eau.

»Les aventures ont commencé, se dit-elle. Qu'est-ce qu'il veut que je fasse ? Ça, je me le demande ! Il y a en vous, Mr Whittington, quelque chose que je n'aime pas. Mais d'un autre côté, vous ne me faites pas peur du tout. Tuppence, ma fille, ce n'est ni la première fois ni la dernière fois que tu le dis : tu n'as besoin de l'aide de personne !

Comme pour souligner cette assertion, la jeune fille hocha la tête puis elle s'éloigna d'un pas alerte. Cependant, elle fit un crochet par le bureau de poste et là, un formulaire de télégramme à la main, réfléchit quelques instants. La perspective de dépenser cinq shillings peut-être pour rien la décida à agir et elle prit le parti de ne miser que neuf pences.

Dédaignant le stylo usé et empâté que l'État mettait généreusement à sa disposition, Tuppence extirpa de son sac celui de Tommy qu'elle s'était approprié au passage et écrivit d'une traite : « Ne passe pas l'annonce. Je t'expliquerai demain. » Elle adressa le message à Tommy, au club qu'il devrait quitter à la fin du mois à moins qu'un miracle ne lui permette de payer sa cotisation. « Ça lui parviendra peut-être. En tout cas, ça vaut la peine d'essayer. »

Ayant remis le pli au guichet, elle se hâta de rentrer après avoir acheté pour trois pences de *buns* frais à la boulangerie.

Elle passa la soirée dans sa minuscule chambre sous les toits, à grignoter ses *buns* tout en réfléchissant à l'avenir. Quel genre de société pouvait bien être les « Verreries de l'Esthonie & Cie » et quel besoin pouvait-elle bien avoir de ses services ? Tuppence se sentait délicieusement excitée ; en tout cas, le presbytère campagnard était de nouveau relégué à l'arrière-plan de ses préoccupations et le lendemain s'annonçait plein de promesses.

Tuppence eut du mal à s'endormir et quand elle finit par sombrer dans le sommeil, ce fut pour rêver que Mr Whittington l'avait recrutée pour laver une pile de Verreries de l'Esthonie qui ressemblaient à s'y méprendre... aux assiettes de l'hôpital.

À 11 heures moins cinq, Tuppence était devant l'immeuble qui abritait les « Verreries de l'Esthonie & Cie ». Se présenter avant l'heure, c'était montrer trop d'impatience ; aussi décida-t-elle de faire les cent pas sur le trottoir. À 11 heures précises, elle s'engouffra dans l'entrée de l'immeuble. Les locaux des « Verreries de l'Esthonie & Cie » étaient situés au dernier étage. Bien qu'il y eût un ascenseur, Tuppence décida de monter à pied.

Un peu essoufflée, elle s'arrêta quelques instants devant une porte vitrée où l'on pouvait lire : « Les Verreries de l'Esthonie & Cie. »

Elle frappa. « Entrez », lui répondit une voix. Elle poussa la porte et pénétra dans un bureau d'une propreté douteuse. Un employé entre deux âges était perché sur un tabouret, devant une table près de la fenêtre. Il vint à sa rencontre, l'air interrogateur.

— J'ai rendez-vous avec Mr Whittington, déclara Tuppence.

— Si vous voulez bien me suivre, dit l'employé en se dirigeant vers une porte marquée « Privé ».

Il frappa, ouvrit et s'effaça pour laisser passer la jeune fille.

Whittington était assis derrière un immense bureau couvert

de papiers. Tout de suite, Tuppence éprouva la même impression que la première fois. Quelque chose la gênait chez cet homme. Cette apparente prospérité alliée à un regard fuyant n'avait rien pour plaire.

Il leva les yeux et eut un hochement de tête approbateur.

— Ainsi vous vous êtes décidée à venir ? Parfait, asseyez-vous, je vous en prie.

Tuppence prit place en face de lui. Ce matin-là, elle paraissait plus petite et plus réservée que d'habitude, les yeux modestement baissés, tandis que Whittington triait des documents dans un grand bruissement de papiers. Finalement, il les mit de côté et planta les coudes sur le bureau :

— Et maintenant, jeune fille, parlons affaires. (Un large sourire éclaira son visage.) Vous cherchez du travail ? Bon, j'ai quelque chose à vous proposer. Que diriez-vous de cent livres d'acompte tout de suite, tous frais payés ?

Whittington se renversa dans son fauteuil et glissa ses pouces dans les emmanchures de son gilet.

Tuppence le regarda d'un air circonspect :

— Et de quel travail s'agit-il ?

— Fictif, purement fictif ; un voyage d'agrément, sans plus.

— Où ça ?

— À Paris, répondit Mr Whittington avec un sourire.

— Oh !

Tuppence était perplexe. Dans son for intérieur, elle pensait : « Si papa entendait ça, il aurait une attaque... et pourtant, je n'arrive pas à imaginer ce Whittington dans le rôle du joyeux séducteur. »

— Oui, poursuivit Whittington. Franchement, quoi de plus charmant ? Remonter le temps de quelques années — oh ! très peu — j'en suis sûr — et retourner dans un de ces exquis « pensionnats de jeunes filles » tels qu'il en existe à Paris.

— Un pensionnat ?

— Oui, celui de Mme Colombier, avenue de Neuilly.

Tuppence connaissait de nom cet établissement, le plus chic de tout Paris. Plusieurs de ses amies américaines l'avaient fréquenté. De plus en plus intriguée, elle demanda :

— Vous voulez que j'aille chez Mme Colombier ? Et pendant combien de temps ?

— Je ne sais pas encore. Disons, trois mois.

— C'est tout? Y a-t-il d'autres conditions?

— Aucune. Naturellement, vous serez considérée là-bas comme ma pupille et vous n'entretiendrez aucune relation avec vos amis. Pendant toute cette période, j'exige de vous la plus grande discrétion. À propos, vous êtes anglaise, n'est-ce pas?

— Oui.

— Alors comment se fait-il que vous vous exprimiez avec une pointe d'accent américain?

— À l'hôpital, ma meilleure camarade était américaine. C'est d'elle que je tiens mon accent. Mais je peux m'en débarrasser rapidement.

— Au contraire! Ce sera plus simple pour vous de passer pour une Américaine. Vous n'aurez pas à vous expliquer sur votre vie en Angleterre. Oui... à la réflexion, ce sera mieux ainsi. D'ailleurs...

— Un instant, Mr Whittington. Vous faites comme s'il allait de soi que j'avais accepté.

— Vous ne pensez tout de même pas refuser mon offre! s'exclama Whittington au comble de la surprise. Vous savez bien que le pensionnat de Mme Colombier est le plus chic et le mieux pensant qui soit. De surcroît, les conditions sont très avantageuses.

— C'est vrai, et c'est là que le bât blesse; ces conditions sont beaucoup trop avantageuses, Mr Whittington. Je ne vois pas pour quelles raisons vous m'engagez à un tarif aussi élevé.

— Vous ne comprenez pas? Eh bien, je vais vous l'expliquer, poursuivit Whittington avec douceur. Bien sûr, je pourrais prendre quelqu'un d'autre qui me coûterait bien moins cher. Mais je préfère payer le prix fort pour une jeune fille intelligente, dotée d'assez de présence d'esprit pour bien jouer son rôle et suffisamment discrète aussi pour ne pas me poser trop de questions.

Tuppence esquissa un sourire. Whittington venait de marquer un point.

— Autre chose. Jusqu'à présent, il n'a pas été question de Mr Beresford. Quel rôle aura-t-il à jouer?

— Mr Beresford?

— Mon associé, précisa Tuppence très sérieusement. Vous nous avez vus ensemble hier.

— Ah oui! À vrai dire, nous n'aurons pas besoin de lui.

— Alors, n'en parlons plus, dit Tuppence en se levant. C'est lui et moi ou personne. Je suis désolée, mais c'est comme ça. Au revoir, Mr Whittington.

— Attendez ! Essayons de trouver une solution ! Asseyez-vous, miss...

Visiblement il attendait qu'elle se présente. À la pensée de son respectable père, Tuppence éprouva un remords de conscience. Aussi lança-t-elle le premier nom qui lui passa par la tête. À peine avait-elle répondu « Jane Finn » qu'elle resta bouche bée, interloquée par l'effet que produisit ce nom. Le visage de Mr Whittington avait perdu son expression aimable. Rouge de colère, les veines du front saillantes, au comble de l'incrédulité, il se pencha et siffla d'une voix furieuse :

— Alors c'est donc cela votre petit jeu ?

Tuppence, stupéfaite, réussit à garder son calme. Si elle n'avait pas la moindre idée de ce que pouvait bien signifier ce nom, elle était assez futée pour comprendre qu'il était indispensable qu'elle donne le change.

— Et pendant tout ce temps, vous avez joué au chat et à la souris avec moi ? Vous saviez ce que j'attendais de vous, mais vous avez continué votre petite comédie ? C'est bien cela, n'est-ce pas ?

Peu à peu Whittington se maîtrisa et son visage reprit une couleur normale :

— Qui a bavardé ? Rita ? demanda-t-il sans la quitter des yeux.

Tuppence avait beau ignorer combien de temps elle pourrait encore faire illusion, elle sentait bien qu'il ne fallait pas mêler à l'affaire cette Rita dont elle ignorait tout.

— Non, répondit-elle, parfaitement sincère. Rita ignore jusqu'à mon existence.

Whittington n'en continua pas moins de la dévisager de son regard perçant.

— Que savez-vous au juste ? lança-t-il.

— Peu de chose en vérité.

Tuppence nota avec plaisir que l'embarras de Whittington, loin de se dissiper, ne cessait de croître. Si elle s'était vantée d'en connaître davantage, il aurait eu des doutes.

— En tout cas, grommela-t-il, vous en savez suffisamment pour être venue jusqu'ici me jeter ce nom à la tête.

— Et si c'était le mien ? hasarda Tuppence.

— Comme s'il était vraisemblable que deux filles portent ce même nom !

— Mais j'aurais pu tomber dessus par hasard, poursuivit Tuppence, grisée par les résultats que lui valait sa franchise.

Whittington frappa un grand coup de poing sur son bureau.

— Arrêtez de dire des sottises ! Que savez-vous ? Combien voulez-vous ?

Cette dernière question impressionna d'autant plus favorablement Tuppence qu'elle s'était contentée de dîner de quelques *buns* et le matin même d'un maigre petit déjeuner. Le rôle qu'elle avait à jouer désormais était celui d'une aventurière et non plus d'un personnage dans une aventure quelconque. Les possibilités n'en étaient pas moins intéressantes. Elle se redressa et arbora le sourire de quelqu'un qui maîtrise parfaitement la situation :

— Cher Mr Whittington, jouons cartes sur table et, je vous en prie, ne vous mettez plus en colère. Hier vous m'avez entendue : je disais que j'avais l'intention de me lancer dans l'aventure. Je viens de vous prouver que j'en suis capable. C'est vrai que j'ai connaissance d'un certain nom mais il est possible que je n'en sache pas davantage.

— Peut-être bien que oui, peut-être bien que non.

— Décidément, vous me jugez mal, murmura Tuppence avec un soupir.

— Je vous l'ai déjà dit, arrêtez vos entourloupes et parlons affaires. Ne faites pas l'innocente. Vous en savez beaucoup plus que vous ne voulez bien le dire.

Assez satisfaite de la façon dont elle avait conduit la conversation, Tuppence continua d'une voix égale :

— Je m'en voudrais de vous contredire, Mr Whittington.

— Bon, nous en venons à la question habituelle : combien voulez-vous ?

Tuppence était perplexe. Jusque-là, elle avait brillamment dupé Whittington. Mais si elle exigeait de lui une somme trop importante, ne risquait-elle pas de lui mettre la puce à l'oreille ? Elle eut la présence d'esprit de répondre :

— Disons, une petite avance tout de suite, et nous reparlerons du reste plus tard.

— C'est du chantage ?

Whittington jeta un regard sombre à Tuppence qui s'empressa de rectifier avec un sourire angélique :

— Oh, non ! il s'agit plutôt d'une avance pour les services que je vais vous rendre. Voyez-vous, je ne suis pas une femme d'argent !

— Eh bien, vous au moins, vous n'avez pas froid aux yeux ! marmonna Whittington qui ne voulait pas paraître trop admiratif. Vous m'avez eu jusqu'au trognon. Et moi qui pensais que vous n'étiez qu'une petite gamine juste assez maligne pour exécuter mes plans !

— Que voulez-vous ! La vie nous réserve bien des surprises, commenta Tuppence d'un ton moralisateur.

— Quelqu'un a parlé. Et ça n'est pas Rita. Entrez !

L'employé entra et déposa une feuille sur la table de son patron.

— Un message téléphonique pour vous, monsieur.

Whittington le parcourut, soucieux.

— Parfait, Brown, vous pouvez disposer.

L'employé sortit en prenant soin de refermer la porte derrière lui.

Whittington se tourna vers Tuppence :

— Revenez demain, à la même heure. J'ai à faire maintenant. Voilà cinquante livres pour commencer, ajouta-t-il en sortant quelques billets de son portefeuille et en les jetant sur le bureau.

Puis il se leva, visiblement impatient de la voir s'en aller.

En vraie femme d'affaires, elle compta les billets, les rangea soigneusement dans son sac et se leva.

— Bonne journée, Mr Whittington ! ou plutôt, *au revoir*, dit-elle en français.

— C'est cela, *au revoir*.

Whittington était redevenu presque aimable, ce qui ne laissa pas d'inquiéter Tuppence :

— *Au revoir*, chère et brillante jeune personne !

Elle s'élança dans l'escalier, folle de joie. Il était midi moins 5 à l'horloge du quartier. « Et si je faisais une surprise à Tommy ? » songea-t-elle, et elle s'empressa de héler un taxi.

Tommy, qui attendait devant la bouche du métro, ouvrit de grands yeux et aida Tuppence à descendre de voiture. Elle lui sourit avec tendresse et, d'une voix légèrement affectée, laissa tomber :

— Paye la course, veux-tu, mon vieux ? Je n'ai rien de plus petit qu'un billet de cinq livres.

## 3

## Revers de fortune

L'instant ne fut pas aussi glorieux qu'il eût été souhaitable. D'abord parce que les ressources de Tommy étaient quelque peu limitées — il ne parvint que péniblement à réunir le montant de la course, complété par une vulgaire pièce de deux pence retrouvée par la demoiselle. Ensuite parce que le chauffeur, la main remplie de piécettes, ne se résignait pas à partir, occupé u'il était à demander au jeune homme s'il avait pensé au pourboire.

— Je crois que tu lui as donné trop d'argent et qu'il veut t'en rendre, déclara innocemment Tuppence.

Ce fut sans doute cette remarque qui incita le chauffeur à démarrer.

Enfin libre de laisser libre cours à son étonnement, Tommy s'exclama :

— Pourquoi diable as-tu pris un taxi ?

— Je craignais d'être en retard et de te faire attendre.

— Quoi ! Tu-craignais-d'être-en-retard ! Non mais je rêve !

— Tu sais minauda Tuppence en jouant de la prunelle, c'est la stricte vérité : je n'avais rien de plus petit qu'un billet de cinq livres...

— Tu as bien joué ton rôle, ma vieille, mais le chauffeur n'y a pas cru un instant.

— Non, constata Tuppence, il ne m'a pas crue. C'est drôle, quand on dit la vérité, personne ne vous croit. J'ai découvert ça ce matin. Et maintenant, si nous allions déjeuner ? Que dirais-tu du *Savoy* ?

— Pourquoi pas le *Ritz* ?

— Finalement, j'aime mieux le *Piccadilly* ; c'est plus près. Et nous n'aurons pas besoin d'un autre taxi. Alors, tu viens ?

— C'est une nouvelle lubie ou tu as le cerveau dérangé ?

— Ta dernière hypothèse est la bonne. La fortune a fondu sur moi et je n'ai pas supporté le choc. Pour ce genre de trouble, un éminent médecin recommande des hors-d'œuvre à volonté, du homard à l'américaine, un poulet en cocotte et une pêche Melba. Allons-y !

— Tuppence, ma vieille, qu'est-ce qui t'est arrivé ?

— Oh, esprit sceptique ! (D'un geste brusque, Tuppence ouvrit son sac.) Regarde ! Mais regarde donc !

— Allons, mon chou, cesse donc de brandir tous ces billets d'une livre !

— Ce ne sont pas des billets d'une livre, mais de cinq livres, de dix livres !

— J'ai dû boire et je ne m'en souviens plus ! Tuppence, je rêve ou est-ce que tu es vraiment en train d'agiter dangereusement une liasse de billets de cinq livres ?

— Tu ne rêves pas, ô mon prince. Et maintenant si nous allions déjeuner ?

— J'irai où tu voudras. Mais qu'as-tu fait ? Tu as dévalisé une banque ?

— Chaque chose en son temps. Piccadilly Circus est un endroit d'une laideur ! Tiens, voilà un énorme bus. Il ne manquerait plus que cela pour qu'il réduise nos billets à néant.

— Et si nous allions au grill ? demanda Tommy lorsqu'ils eurent traversé la rue sans encombres.

— Le restaurant est plus cher, objecta Tuppence.

— Mais c'est de la folie pure ! Allons donc au grill !

— Crois-tu que je trouverai là tout ce dont j'ai envie ?

— Ce menu incroyablement malsain dont tu parlais à l'instant ? Bien sûr que oui, ou en tout cas tout ce que tu seras capable d'avaler...

Et comme ils s'attablaient devant les nombreux hors-d'œuvre rêvés par Tuppence, Tommy, incapable de contenir plus longtemps sa curiosité, la pria de tout lui raconter par le menu.

— Et le plus curieux de l'histoire, conclut-elle, c'est que j'ai vraiment inventé ce nom de Jane Finn ! Je ne voulais pas donner le mien par égard pour mon pauvre papa, au cas où j'aurais été mêlée à une affaire louche.

— C'est ce que tu crois, dit Tommy en pesant ses mots. Mais en réalité, tu ne l'as pas inventé.

— Comment ?

— Eh oui ! C'est moi qui t'en ai parlé. Tu ne te souviens pas ? Hier, je t'ai dit que j'avais entendu deux individus qui parlaient d'une certaine Jane Finn. Voilà pourquoi ce nom t'est venu spontanément à l'esprit.

— Tu as raison, je m'en souviens maintenant. C'est extraordinaire. (Tuppence demeura silencieuse un instant, puis, elle s'exclama :) Tommy, comment étaient les deux hommes que tu as croisés ?

Tommy fronça les sourcils dans un effort de réflexion :

— L'un des deux était grand, fort, rasé de près et brun, il me semble.

— C'est lui ! s'écria Tuppence d'une voix aiguë, c'est Whittington ! Et l'autre, comment était-il ?

— Je ne m'en souviens pas. Je n'ai pas fait attention à lui. C'est ce nom, inhabituel chez nous, qui m'a frappé.

— Quand on dit que les coïncidences n'existent pas, murmura Tuppence en s'attaquant joyeusement à sa pêche Melba.

Mais Tommy paraissait préoccupé :

— Sérieusement ma vieille, à quoi tout cela va-t-il nous conduire ?

— À de l'argent.

— Ça, je sais. Tu n'as que cette idée en tête. Mais qu'est-ce qui va se passer maintenant ? Comment vas-tu faire pour continuer à mener ce Whittington en bateau ?

— Là, tu me poses une vraie colle.

Tuppence reposa sa petite cuillère sur la table.

— Tu ne pourras pas le bluffer éternellement. Tôt ou tard, tu commettras une gaffe. En plus, c'est punissable par la loi. C'est du chantage, tu sais.

— Tu dis des âneries, Tommy. Faire du chantage, c'est menacer de faire des révélations à moins qu'on ne vous donne de l'argent. Dans mon cas, je ne peux rien dire, parce que je ne sais rien.

— Bon, mais qu'allons-nous faire ? Ce matin, Whittington était pressé de te voir partir, mais la prochaine fois, il voudra en savoir un peu plus avant de te donner de l'argent. Il cherchera à découvrir ce que tu sais, où tu l'as appris et une foule d'autres détails encore. Autant de questions auxquelles tu seras bien incapable de répondre. Alors qu'est-ce que tu feras ?

— Réfléchissons ! Tommy, commande un café noir pour stimuler notre cerveau. Mon Dieu ! Je crois que j'ai trop mangé !

— Dis plutôt que tu t'es goinfrée ! Je n'ai pas jeûné non plus, mais je peux me vanter d'avoir choisi mon menu plus judicieusement que toi. Garçon ! Deux cafés ! Un noir et un crème.

Tuppence se mit à siroter son café d'un air inspiré et fit signe à Tommy de se taire :

— Attends, je réfléchis !

— Je me tais, ô grandissime cerveau ! se contenta de dire Tommy.

— Voilà !... je tiens mon plan ! Il est clair que nous devons tout faire pour en savoir plus long sur cette histoire. Ne te moque pas de moi, poursuivit Tuppence comme Tommy applaudissait. Nous ne pourrons avancer que grâce à Whittington. Nous devons découvrir où il habite et ce qu'il fait. Bref, nous devons l'espionner ! Maintenant qu'il me connaît, je ne peux plus m'en charger. Mais toi, il t'a seulement aperçu un instant au *Lyon's*. Il est probable qu'il ne te reconnaîtra pas. D'ailleurs, qu'est-ce qui ressemble plus à un jeune homme qu'un autre jeune homme ?

— Je m'inscris en faux. Je suis certain que mon physique agréable et ma distinction naturelle font de moi un garçon inoubliable.

— Voici mon plan, continua Tuppence sans se démonter. Demain, j'irai seule chez lui. Je lui donnerai le change tout comme aujourd'hui. Tant pis si cette fois je n'obtiens pas d'argent. Cinquante livres devraient nous permettre de tenir deux ou trois jours.

— Ou même davantage !

— Tu resteras dehors. Quand je sortirai, je ne t'adresserai pas la parole, pour le cas où il m'observerait. Mais je me posterai à proximité de l'immeuble et, quand il sortira, j'agiterai un mouchoir et tu te mettras en route.

— En route pour où ?

— Pour le suivre, nigaud ! Que penses-tu de mon idée ?

— C'est le genre de choses qu'on lit dans les romans. Dans la réalité, quelqu'un qui reste planté dans la rue, sans rien faire, a toujours l'air idiot. Les gens vont se demander ce que je fais.

— Pas dans la City. Tout le monde est pressé. Les gens ne te remarqueront même pas.

— C'est la seconde fois que tu me fais une réflexion de ce genre. Passons ! Je te pardonne ! De toute façon, ce sera une expérience amusante. Et cet après-midi, que fais-tu ?

— Eh bien, j'ai pensé à des chapeaux, ou peut-être à des bas de soie, ou peut-être encore..., murmura Tuppence, songeuse.

— Attention, sermonna Tommy. Cinquante livres ne nous mèneront pas bien loin. Mais offrons-nous toujours un dîner et un spectacle.

— Pourquoi pas ?

La journée se déroula agréablement. Il en alla de même pour la soirée. Deux livres sur cinq s'étaient à jamais volatilisées.

Ils se retrouvèrent le lendemain, et se rendirent dans la City. Tuppence pénétra dans l'immeuble tandis que Tommy restait sur le trottoir d'en face.

Tommy gagna à petits pas l'extrémité de la rue, puis revint en sens inverse. Comme il arrivait à la hauteur de l'immeuble, Tuppence lui fonça dessus.

— Tommy !

— Qu'est-ce qu'il y a ?

— C'est fermé. Personne ne répond.

— Étrange...

— Monte avec moi. Nous allons réessayer.

Comme ils parvenaient au troisième étage, un jeune employé sortit d'un bureau. Il hésita puis, s'adressant à Tuppence :

— Vous cherchez les Verreries de l'Esthonie ?

— Oui.

— Il n'y a plus personne. Depuis hier après-midi. Il paraît que la société a déménagé. Je ne l'ai pas entendu dire personnellement, mais ce qu'il y a de sûr, c'est que les locaux sont à louer.

— Merci, bredouilla Tuppence. Vous n'avez pas l'adresse de Mr Whittington, par hasard ?

— Non, je suis désolé. Ils sont partis si vite...

Tommy remercia le jeune employé. Ils redescendirent et, une fois dans la rue, se regardèrent, déconcertés.

— Il ne manquait plus que cela, déclara finalement Tommy.

— Ça, je ne l'avais pas prévu, se lamenta Tuppence.

— Courage, ma vieille, nous n'y pouvons rien.

— Mais si, au contraire ! (Tuppence releva le menton d'un air de défi.) Tu crois que c'est la fin ? Dans ce cas, tu te trompes, mon bonhomme. Ce n'est que le début.

— Le début de quoi ?

— De l'aventure, Tommy. Tu ne comprends donc pas que s'ils sont assez inquiets pour s'enfuir comme ça, c'est la preuve que cette affaire Jane Finn est vraiment sérieuse. Il faut que nous sachions de quoi il retourne. Nous les démasquerons. Nous allons devenir des espions pour de bon.

— Oui, sauf que nous n'avons personne à espionner.

— C'est pourquoi nous devons tout reprendre depuis le commencement. Passe-moi ton stylo. Attends. Tais-toi.

Tuppence griffonna quelques lignes et les relut avec une certaine délectation.

— De quoi s'agit-il ?

— D'une annonce.

— Tu ne vas pas l'insérer à nouveau, après tout ce qui s'est passé ?

— Ce n'est pas la même.

Elle lui tendit la feuille et Tommy lut à haute voix :

« Recherche tous renseignements concernant Jane Finn. Contacter J. A. »

## 4

## Qui est Jane Finn ?

La journée du lendemain passa lentement. Il fallait songer à faire des économies. Judicieusement administrées, quarante livres pouvaient durer un certain temps. Par bonheur, il faisait beau et Tuppence décréta que « la marche était le moyen de transport le plus économique ». Dans la soirée, ils allèrent voir un film dans un cinéma de quartier.

Le jour de la grande désillusion avait été le mercredi. Le

jeudi, comme prévu, l'annonce parut dans le *Times*. Le vendredi les réponses étaient censées arriver chez Tommy. Il avait juré que s'il avait des lettres dans sa boîte, il ne les ouvrirait pas mais se rendrait à la National Gallery où son associée l'attendrait à 10 heures.

Arrivée la première au rendez-vous, Tuppence se cala dans un fauteuil de velours rouge et contempla des Turner sans les voir jusqu'à ce que Tommy pénètre à son tour dans la salle.

— Alors ?

— Alors, enchaîna Tommy, taquin, quel est ton tableau préféré ?

— Ne sois pas odieux ! Y a-t-il ou non des réponses ?

Tommy adopta un air sombre et soupira, avec un ton de mélancolie théâtrale.

— Je ne voudrais pas te décevoir, ma vieille. Mais rien ne va plus. Nous avons gaspillé notre bel argent... Voilà, suite à la parution de l'annonce, nous n'avons reçu... que deux réponses...

— Tommy, tu es ignoble ! s'écria Tuppence d'une voix aiguë. Donnes-les-moi. Comment peux-tu être aussi infect ?

— Je t'en prie, surveille un peu ton langage ! Nous sommes à la National Gallery ! On ne plaisante pas ici, c'est un musée national. Et comme je te l'ai déjà dit plusieurs fois, rappelle-toi que, en tant que fille de pasteur...

— ... Je devrais monter sur les planches !

— Mais non, ce n'est pas ce que je voulais dire. Maintenant que tu es au comble de la joie après avoir été au comble du désespoir, grâce à mes bons offices, retournons à nos moutons, comme on dit.

Sans vergogne, Tuppence arracha les deux précieuses enveloppes des mains de son compagnon et les examina attentivement :

— Le papier est épais. Ça fait riche. Gardons celle-ci pour la fin et ouvrons d'abord l'autre.

— Tu as raison, vas-y !

D'un coup de pouce, Tuppence décacheta l'enveloppe et ils lurent :

*Cher monsieur,*

*Suite à votre annonce, parue dans le journal de ce matin, je pense pouvoir vous être de quelque utilité. Consentiriez-vous à passer me voir, demain matin, à 11 heures, à l'adresse indiquée ?*

*Sincèrement vôtre,*

*A. Carter*

— 27, Carshalton Garden, déchiffra Tuppence. C'est du côté de Gloucester. Si nous prenons le métro, nous avons tout le temps.

— À moi, maintenant, dit Tommy. Voici mon plan de campagne : Je suis en présence de Mr Carter. Après les salutations d'usage, il me dit : « Je vous en prie, asseyez-vous, Mr... euh... Mr ? » Ce à quoi je m'empresse de répondre, d'un air entendu : « Edouard Whittington ». Carter devient rouge comme une pivoine et, dans un hoquet, il me demande : « Combien ? » J'empoche les cinquante livres d'usage, je te rejoins dehors, nous nous rendons à l'autre adresse, et nous refaisons notre petit numéro.

— Tommy, arrête de faire l'idiot ! Vite, l'autre lettre ! Fichtre ! Elle vient du *Ritz* !

— Alors ce sera cent livres au lieu de cinquante.

*Cher monsieur,*

*En réponse à votre annonce, je vous prie de bien vouloir venir me voir vers midi.*

*Sincèrement vôtre,*

*Julius P. Hersheimmer*

— Tiens ! s'exclama Tommy. S'agit-il d'un Allemand ou seulement d'un millionnaire américain d'origine douteuse ? Quoi qu'il en soit, nous irons le voir vers midi. N'est-ce pas une bonne heure, qui peut nous valoir un déjeuner en prime ? Et maintenant, commençons par Carter ! Grouillons-nous.

Carshalton Terrace offrait un ensemble harmonieux de demeures que Tuppence qualifia d'« aristocratiques ».

Ils sonnèrent au 27. La domestique qui leur ouvrit était si respectable qu'elle mit Tuppence mal à l'aise. Elle les introduisit dans un petit salon. Une minute à peine s'était écoulée qu'un homme de haute taille, au visage émacié et au profil aquilin, les rejoignit.

— Mr J.A. ? demanda-t-il avec un sourire charmant malgré la fatigue qui marquait ses traits. Mais asseyez-vous tous deux, je vous en prie.

Il prit place en face de Tuppence et le sourire engageant qu'il lui adressa eut pour effet de lui faire perdre toute contenance.

Comme il ne semblait pas décidé à parler, elle prit les devants :

— Nous voudrions savoir... c'est-à-dire... seriez-vous assez aimable pour nous dire ce que vous savez de Jane Finn ?

— Jane Finn ? Hé, Hé ! fit Carter d'un air pensif. La question serait plutôt de savoir ce que vous, vous savez d'elle...

— Je ne vois pas le rapport, répliqua sèchement Tuppence.

— Non ? Mais moi, je vous assure qu'il y en a un, rétorqua-t-il avec un sourire las. Revenons à nos moutons. Que savez-vous de Jane Finn ?

Comme Tuppence restait silencieuse, il se pencha vers elle, et d'un ton persuasif malgré sa voix éteinte :

— Pour avoir passé cette annonce, vous savez forcément quelque chose...

— Nous ne vous cracherons pas le morceau, n'est-ce pas, Tommy ? déclara Tuppence qui tentait d'échapper au magnétisme qui se dégageait de Mr Carter.

Mais à sa grande surprise, son compagnon n'abonda pas dans son sens.

— Nous ne savons pas grand-chose qui puisse vous intéresser, monsieur, mais nous serons heureux de vous le confier, dit-il d'une voix particulièrement respectueuse.

— Tommy ! s'exclama Tuppence.

Carter avait fait pivoter son fauteuil et interrogeait le jeune homme du regard.

— Je vous ai tout de suite reconnu, monsieur, expliqua ce dernier. Je vous ai rencontré en France, quand je travaillais dans les services secrets. Dès que vous êtes entré, je vous ai reconnu.

D'un geste, Carter coupa la parole à Tommy :

— Pas de nom, je vous en prie. Ici, on m'appelle Carter. Cette maison est celle de ma cousine. Elle me la prête de temps en temps quand je m'occupe officieusement d'une affaire. Bien. Et maintenant, qui de vous deux me met au courant ?

— À toi l'honneur, Tuppence ! Après tout, c'est ton histoire.

— Oui, jeune fille, dites-moi tout.

Docilement, Tuppence narra leurs aventures depuis la

création de leur société jusqu'à leur visite à Carshalton Garden.

Le visage toujours marqué par la fatigue, Carter écoutait en silence. À plusieurs reprises, il réprima un sourire avant de conclure gravement :

— C'est peu. Mais c'est intéressant. Très intéressant. Permettez-moi de vous le dire : vous êtes un jeune couple étonnant. Qui sait ?... Vous pourriez peut-être réussir là où d'autres ont échoué...je crois à la chance, moi... j'y ai toujours cru...

Après avoir marqué un temps, il reprit :

— Vous êtes en quête d'aventures. Voudriez-vous travailler pour moi ? Pas de manière officielle, bien sûr. Défrayés, et avec un salaire modeste ?

Tuppence le contempla, bouche bée, les yeux écarquillés.

— Et qu'aurons-nous à faire ? demanda-t-elle dans un souffle.

— Rien de plus que ce que vous faites en ce moment : retrouver Jane Finn.

— Oui, mais... qui est Jane Finn ?

Mr Carter hocha gravement la tête :

— Bien sûr. Vous avez le droit de le savoir. Du moins, je le pense.

Il se laissa aller dans son fauteuil, croisa les jambes et, tout en jouant avec ses doigts, commença d'une voix basse et monotone :

— Je ne vous parlerai pas du Renseignement diplomatique — politique presque toujours déplorable, d'ailleurs. Je me contenterai de vous dire qu'un projet d'accord occulte, une sorte de traité secret, avait été élaboré dans les derniers jours de 1915. Rédigé aux États-Unis — encore neutres, à ce moment-là —, prêt à être signé par les parties intéressées, il avait été envoyé en Angleterre par un messager spécialement sélectionné pour cette mission — un jeune homme du nom de Danvers. On espérait naturellement qu'aucune information ne transpirerait. En général, ce genre d'espoir est déçu. Quelqu'un finit toujours par parler !

»Danvers avait donc embarqué sur le *Lusitania* pour rejoindre l'Angleterre. Il portait le précieux document dans un pli enveloppé de toile cirée et cousu dans sa chemise. C'est précisément au cours de cette traversée que le *Lusitania* sombra après avoir été torpillé. Danvers fut porté au nombre des disparus. Plus tard, son corps fut retrouvé sur le rivage et identifié sans le moindre doute possible. Quant au pli enveloppé de toile cirée, il avait bel et bien disparu !

»Le lui avait-on enlevé? L'avait-il lui-même remis à quelqu'un? Certains indices rendent cette thèse plausible. Dès que le navire avait été touché par la torpille, tandis qu'on mettait les canots à la mer, des passagers virent Danvers parler avec une jeune Américaine. Lui a-t-il confié les papiers? On n'en sait rien. Mais c'est bien possible. Pour moi, je crois qu'il a confié le document à la jeune fille, pensant qu'une femme aurait plus de chance que lui d'être sauvée. Si tel fut bien le cas, qui était cette jeune fille et qu'a-t-elle fait du document? Plus tard, les Américains nous informèrent que Danvers avait probablement été suivi tout au long de la traversée. Cette fille était-elle en cheville avec ses ennemis? Ou bien a-t-elle été espionnée à son tour et contrainte à remettre le précieux paquet?

»C'est alors que nous avons commencé à la rechercher, ce qui s'est révélé extrêmement difficile. Si son nom, Jane Finn, était inscrit en toutes lettres sur la liste des survivants, elle semblait avoir complètement disparu. Une enquête sur ses parents n'a pas mené à grand-chose. Orpheline, elle était devenue enseignante dans une petite école de l'Ouest. Engagée volontaire, elle avait obtenu un visa pour la France où elle devait travailler comme volontaire dans un hôpital. Ayant lu son nom sur la liste des rescapés du *Lusitania*, l'hôpital avait été surpris de ne pas la voir rejoindre son poste ni donner signe de vie. Bref, tous les efforts pour retrouver sa trace ont été vains. Nous l'avons recherchée en Irlande, mais personne n'avait entendu parler d'elle depuis qu'elle avait débarqué. Aucune suite ne fut donnée à ce projet de traité — ce qui était pourtant du domaine du possible — et nous en avons conclu que Danvers l'avait finalement détruit. La guerre entra dans une autre phase, la situation diplomatique évolua en conséquence, et on ne procéda pas à une nouvelle rédaction de ce projet. Tous les bruits relatifs à l'existence de ce document furent fermement démentis. On ne parla plus de la disparition de Jane Finn et l'affaire sombra dans l'oubli.

Carter se tut, mais Tuppence ne put s'empêcher de demander :

— Pourquoi l'affaire a-t-elle ressurgi ? La guerre est finie, que je sache !

— Parce qu'il semble en fin de compte que ce document n'ait pas été détruit et qu'il pourrait bien refaire surface un de ces jours. Ce qui aurait des conséquences dramatiques.

Tuppence écarquilla les yeux. Et Carter hocha la tête :

— Il y a cinq ans, ce projet de traité représentait une arme entre nos mains. Aujourd'hui, cette arme est dirigée contre nous. Car ce projet était une erreur monstrueuse. Si ses termes en étaient rendus publics, cela pourrait déclencher une nouvelle guerre pas avec l'Allemagne, cette fois-ci ! D'accord, cette éventualité est peut-être un peu tirée par les cheveux, et pour ma part, je n'y crois guère. Mais il n'en demeure pas moins certain que ce document implique des hommes politiques qu'il vaut mieux éviter de mettre en cause à l'heure actuelle. Un tel déballage ne manquerait pas de rameuter tous les Travaillistes. Or, un gouvernement travailliste dans la situation actuelle poserait de graves problèmes à l'économie britannique. Mais tout ceci n'est rien à côté du vrai danger.

»Peut-être avez-vous lu ou entendu dire que l'agitation ouvrière actuelle serait commanditée par les bolcheviques ?

Tuppence acquiesça.

— Eh bien c'est exact. L'or bolchevique afflue dans ce pays dans le seul but de déclencher la révolution. Et il existe un homme dont personne ne connaît le vrai nom et qui travaille dans l'ombre, pour son propre compte. Si les bolcheviques sont derrière l'agitation ouvrière, lui, il est derrière les bolcheviques. Nous ignorons qui il est, mais il se fait appeler d'un nom passe-partout, « Brown », et une chose est certaine ; c'est le plus génial des criminels de notre époque. Il contrôle une organisation qui fonctionne à merveille, il a des espions partout. Pendant la guerre, toute la propagande pacifiste et défaitiste a été orchestrée et financée par lui.

— C'est un Allemand naturalisé ? demanda Tommy.

— Pas du tout. J'ai de bonnes raisons de croire au contraire qu'il est anglais. Il était pro-Allemand, comme il aurait été pro-Boer. Son but, nous ne le connaissons pas. Sans doute prendre le pouvoir suprême — du jamais vu dans l'histoire de l'humanité. Nous ne possédons pas l'ombre d'un indice sur sa personnalité. On prétend que ses propres complices ne savent pas qui il est. Chaque fois que nous avons failli lui mettre le grappin dessus, il se contentait d'un rôle secondaire, un de ses complices jouant le rôle principal. Et nous finissons toujours par mettre la main sur un lampiste, un domestique ou un employé que personne n'a remarqué — tandis que l'insaisissable Mr Brown nous échappe, une fois de plus...

Tuppence sursauta soudain :

— Je me demande...

— Oui ?

— Ça me revient tout d'un coup. Quand j'étais dans le bureau de Whittington, son employé... son employé... il l'appelait Brown. Et si...

— C'est très probable. Curieusement, notre homme use toujours de ce patronyme. C'est chez lui une sorte de manie. Pourriez-vous me décrire votre Brown ?

— Je n'ai vraiment pas fait attention à lui. Il était très ordinaire, très effacé, le parfait Monsieur-Tout-le-monde.

— C'est toujours la même description, soupira Mr Carter. Il apportait un message téléphonique à Whittington, c'est cela ? Avez-vous remarqué un téléphone dans le bureau de Brown ?

— Non, je pense qu'il n'y en avait pas, répondit Tuppence après réflexion.

— Vous avez raison. Ce « message téléphonique » n'est qu'une manière de donner des ordres à son subordonné. Naturellement, il avait écouté votre conversation. C'est ensuite que Whittington vous a remis l'argent et vous a dit de revenir le lendemain ?

Tuppence acquiesça.

— C'est signé Brown. Vous voyez maintenant à qui vous avez affaire ? Probablement l'un des criminels les plus doués du siècle. Tout cela ne me plaît guère. Vous êtes si jeunes tous les deux. Ça m'ennuierait qu'il vous arrive quelque chose.

— Il ne nous arrivera rien, s'empressa de décréter Tuppence d'une voix ferme.

— Je veillerai sur elle, ajouta Tommy.

— Et moi, je veillerai sur toi, rétorqua Tuppence, irritée par cette assertion toute masculine.

— Alors, veillez l'un sur l'autre, conclut Carter en souriant, et revenons à notre affaire. Il y a autour de ce projet de traité un point que nous n'avons pas encore éclairci. La menace que nous avons reçue est sans ambiguïté : l'extrême gauche a carrément déclaré que le document était entre ses mains et qu'elle avait l'intention de le rendre public du jour au lendemain. Par ailleurs, il est évident qu'elle ignore la plus grande partie de ses articles. Le gouvernement considère que c'est du bluff et, à tort ou à raison, nie catégoriquement l'existence de ce traité. Pour ma part, je ne serais pas aussi affirmatif. Un certain nombre d'indiscrétions laissent à supposer que cette menace est fondée, qu'ils ont mis la main sur ce fameux document mais qu'ils ne parviennent pas à le déchiffrer sous prétexte qu'il est codé. Or, nous savons pertinemment que ce projet n'était pas codé — ce n'était pas l'usage pour ce genre de texte. Donc, tout cela ne tient pas debout. Mais il y a cependant quelque chose. Bien entendu, Jane Finn est peut-être morte..., mais je ne le crois pas. Car ce qui est quand même étrange, c'est qu'ils essayent de nous soutirer des informations à son sujet.

— Quoi ?

— Oui. Nous avons déjà quelques indices, et votre histoire, jeune fille, confirme mes hypothèses. Ils savent que nous sommes à la recherche de Jane Finn. Aussi vont-ils produire une Jane Finn de « leur cru », que nous « découvrirons » — par exemple — dans un pensionnat parmi les plus huppés de Paris.

Devant l'air ébahi de Tuppence, Carter sourit :

— Finalement, personne ne sait le moins du monde de quoi elle a l'air, ce qui les arrange bien. On lui compose un passé, forgé de toutes pièces, et son objectif est de rassembler un maximum d'informations. Vous voyez un peu le topo ?

Tuppence mit un certain temps à analyser cette hypothèse :

— Donc, à votre avis..., ils voulaient m'envoyer à Paris pour que je joue le rôle de Jane Finn ?

Mr Carter sourit, l'air plus épuisé que jamais :

— Voyez-vous, je crois beaucoup aux coïncidences.

# 5

## Julius P. Hersheimmer

— Eh bien, commenta Tuppence en recouvrant ses esprits, il faut croire que c'était écrit.

Carter hocha la tête :

— Je comprends ce que vous voulez dire. Je suis moi-même superstitieux. Le hasard, la chance... Le sort semble vous avoir choisie pour débrouiller cette affaire.

Tommy se permit un petit rire :

— Bon sang ! Je ne m'étonne plus que Whittington soit sorti de ses gonds quand Tuppence lui a jeté ce nom à la figure ! À sa place j'en aurais fait autant ! Mais, monsieur, nous abusons de votre temps. Avez-vous des consignes à nous donner avant que nous nous mettions en piste ?

— Non. Mes experts, qui emploient des méthodes classiques, ont échoué. Usez de votre esprit d'initiative. Ne vous découragez pas si vous ne réussissez pas tout de suite. Il faudra vous adapter aux circonstances.

Mais pour Tuppence, certains points demeuraient obscurs. Aussi Carter poursuivit-il :

— Quand vous avez eu cet entretien avec Whittington, ils avaient du temps devant eux. Je sais qu'ils ont décidé de frapper un grand coup au début de l'année prochaine. Mais le gouvernement envisage une action pour contrecarrer toute menace de grève. Très vite, ils auront vent de cette décision — si ce n'est déjà fait —, alors il se peut qu'ils accélèrent le processus. Pour ma part, c'est ce que je souhaite. Moins ils auront de temps pour mettre au point leur tactique, mieux cela vaudra. Tout cela pour vous dire que vous n'avez pas beaucoup de marge devant vous. Et qu'en cas d'échec, vous ne devez pas vous laisser abattre. Vous avez une lourde tâche sur les bras. Voilà, c'est tout.

— Je vais me montrer femme d'affaires, dit Tuppence en se levant. Dans quelle mesure pouvons-nous — concrètement — compter sur vous, monsieur ?

— Un revenu raisonnable, des informations détaillées à tout moment et aucune reconnaissance officielle, répondit Carter en esquissant un sourire. Je veux dire par là qu'en cas de bisbille avec la police, je ne pourrai pas vous tirer du pétrin. Vous ne devrez compter que sur vous-mêmes.

— Cela va de soi, répondit Tuppence. Quand j'aurai eu le temps de mettre la situation à plat, je vous poserai des tas d'autres questions. Et pour ce qui est de l'argent...

— Oui, miss Tuppence? Vous voulez savoir de combien vous disposerez?

— Pas vraiment. Nous avons ce qu'il nous faut pour l'instant. Mais par la suite...

— Eh bien, je serai là.

— Bien sûr, mais sans vouloir me montrer déplaisante à l'égard de notre gouvernement, vous savez qu'il faut un temps fou pour en obtenir quoi que ce soit. Et si nous devons remplir un formulaire bleu, puis l'envoyer à un bureau pour, trois mois plus tard, en recevoir un vert et ainsi de suite... Ce sera du temps perdu, non?

— Ne vous inquiétez pas, miss Tuppence, dit Carter en éclatant de rire. Vous m'adresserez une demande personnelle à cette adresse et vous recevrez l'argent en billets par retour du courrier. Quant au salaire, disons trois cents livres par an? Et la même somme pour Mr Beresford.

— Formidable! s'écria Tuppence, radieuse. Vous êtes un chou! J'adore l'argent! Je vous ferai de superbes relevés, avec le débit, le crédit et le solde; à droite, en bas de la page, je tracerai un trait rouge et j'inscrirai les totaux. Je sais très bien faire ce genre de trucs, quand je m'en donne la peine.

— Je n'en doute pas un instant! Alors, au revoir et bonne chance.

Carter leur serra la main et quand ils se retrouvèrent dans l'escalier, quelques instants plus tard, la tête leur tournait un peu.

— Tommy, dis-moi vite qui est ce Mr Carter?

Tommy lui murmura un nom à l'oreille.

— Bon sang! s'exclama Tuppence, impressionnée.

— Et je t'assure, ma vieille, que c'est un homme formidable.

— Bon sang, répéta Tuppence avant d'ajouter: je l'aime beaucoup. Pas toi? Il a l'air si fatigué, si désenchanté et pourtant on sent bien qu'il est solide comme un roc, vif comme l'éclair, dangereux comme... Oh, bon sang! (Elle esquissa un pas de danse.) Pince-moi, Tommy, je t'en prie... je n'arrive pas à croire que je ne suis pas en train de rêver !

Beresford pinça fort obligeamment son associée.

— Aïe ! ça suffit ! Non, nous ne rêvons pas. Nous avons trouvé un job.

— Et quel job ! L'aventure à deux va commencer.

— C'est beaucoup plus respectable que ce que je pensais, commenta Tuppence, pensivement.

— Dieu merci, je n'ai pas ta passion pour le crime ! À propos, quelle heure est-il ? Si nous allions déjeuner ? Et... oh ! mince, alors !

Ils y avaient pensé tous les deux en même temps. Mais Tommy fut le premier à prononcer son nom :

— Julius P. Hersheimmer !

— Nous n'en avons même pas parlé à Carter !

— Tant que nous ne l'avons pas vu, nous n'avions pas grand-chose à lui dire. Allez, viens, sautons dans un taxi !

— Dis-moi, Tommy, tu ne deviendrais pas un peu dépensier ?

— Souviens-toi : « Défrayés .» Allez, en route !

— Quoi qu'il en soit, notre arrivée en taxi sera du meilleur effet, murmura Tuppence en se laissant aller voluptueusement sur la banquette. Je suis sûre que les maîtres chanteurs ne se déplacent pas en autobus.

— Nous ne sommes plus des maîtres chanteurs.

— Je n'en suis pas aussi sûre que toi, répliqua Tuppence d'un air sombre.

Au *Ritz*, ils demandèrent Mr Hersheimmer et on les conduisit immédiatement à sa suite. Le chasseur avait à peine frappé qu'une voix impatiente cria : « Entrez. »

Julius P. Hersheimmer était beaucoup plus jeune que Tommy et Tuppence ne l'avaient imaginé. Elle lui donna trente-cinq ans. De taille moyenne, aussi carré d'épaules que de mâchoire, l'air bagarreur mais sympathique, il avait tout du parfait Américain, même s'il parlait pratiquement sans accent.

— Bien reçu mon mot ? Asseyez-vous et dites-moi tout ce que vous savez de ma cousine.

— Votre cousine ?

— Ouais ! Jane Finn.

— C'est votre cousine ?

— Mon père et sa mère étaient frère et sœur, précisa Hersheimmer.

— Ah ! s'exclama Tuppence. Vous savez donc où elle est !

— Non ! vociféra Hersheimmer en donnant un grand coup de poing sur la table. Jamais de la vie ! Et vous, vous le savez ?

— Nous avons passé une annonce pour recueillir des informations, non pour en donner, remarqua Tuppence sèchement.

— J'avais compris, merci, je sais lire. Mais j'avais dans l'idée que c'était peut-être des recherches sur son passé que vous faisiez et que vous saviez où elle se trouve maintenant.

— Eh bien, mais nous serions heureux, en effet, d'en savoir davantage sur son passé.

Hersheimmer parut soudain se méfier.

— Hé là ! On n'est pas en Sicile ! Vous n'allez tout de même me demander une rançon ou me menacer de lui couper une oreille si je refuse de cracher le morceau ! Nous sommes dans les Îles Britanniques, alors arrêtez votre petit jeu ou je siffle ce magnifique policeman anglais là en bas.

Tommy s'empressa de mettre les choses au point :

— Nous n'avons pas kidnappé votre cousine. Au contraire, nous cherchons à la retrouver. Nous sommes payés pour ça.

Hersheimmer s'enfonça dans son fauteuil :

— Affranchissez-moi !

Tommy lui donna une version prudente de la disparition de Jane Finn, suggérant qu'elle avait peut-être été mêlée sans le savoir à une « affaire politique ». Il mentionna que lui-même et Tuppence étaient des détectives privés chargés de la retrouver, et conclut qu'ils seraient très heureux de connaître tous les détails que leur charmant interlocuteur pourrait leur fournir.

— Bon, ça va. J'ai pris la mouche un peu vite. Mais Londres me tape sur les nerfs. Moi, je ne jure que par mon bon vieux New York. Allez-y, posez-moi des questions, et je vous répondrai.

Pendant quelques secondes, une telle franchise désarma les Jeunes Aventuriers, mais Tuppence reprit le dessus. Se remémorant les romans policiers qu'elle avait lus, elle se jeta à l'eau :

— Quand avez-vous vu pour la dernière fois la déf... votre cousine ?

— Je ne l'ai jamais vue.

— Quoi ! lança Tommy, abasourdi.

Hersheimmer se tourna vers lui :

— Non, monsieur. Je vous l'ai déjà dit, mon père et sa mère étaient frère et sœur, comme vous deux sans doute (Tommy ne fit rien pour rectifier), mais ils ne s'entendaient pas très bien. Et quand ma tante a décidé d'épouser Amos Finn, enseignant pauvre dans une école perdue au fin fond de l'Ouest, mon père est devenu fou de rage. Il lui a dit que s'il faisait fortune — il était bien parti pour —, il ne lui donnerait jamais un centime. Finalement, tante Jane est partie dans l'Ouest et nous n'en avons plus entendu parler.

» Quant à mon père, il a fait fortune comme prévu. Il s'est occupé de pétrole, puis d'acier. Il s'est ensuite intéressé aux chemins de fer, et je peux vous garantir que Wall Street n'en est pas revenu. Et puis il est mort — l'automne dernier —, et j'ai hérité de son tas de dollars. Croyez-moi ou pas, ma conscience s'est mise à me tarabuster. Régulièrement, une petite voix me disait : « Et que devient donc ta tante Jane, perdue au fin fond de l'Ouest ? » Ça me tracassait. Je me doutais bien qu'Amos Finn ne s'en tirerait jamais. Ce n'était pas un battant. Finalement, j'ai engagé un détective privé pour la retrouver. Résultat : elle était morte, son mari aussi, mais ils laissaient une fille, Jane, qui se rendait à Paris, à bord du *Lusitania*, quand il a été torpillé. Elle a été sauvée, d'accord, mais impossible d'avoir de ses nouvelles. J'ai pensé qu'on ne devait pas trop se bousculer pour la rechercher, c'est pourquoi j'ai décidé de venir accélérer les choses. J'ai commencé par téléphoner à Scotland Yard et au ministère de la Marine. Si le ministère de la Marine m'a envoyé promener, en revanche, à Scotland Yard, ils ont été très aimables. Ils m'ont dit qu'ils allaient faire une enquête et, ce matin, ils ont même envoyé quelqu'un chez moi prendre la photo de ma cousine. Demain, je vais à Paris, voir ce qu'ils font à la Préfecture. Je parie que si je les titille un peu, ils vont finir par s'activer.

Une telle énergie forçait l'admiration.

— Mais dites-moi, ajouta-t-il, vous ne la recherchez pas pour un délit quelconque, au moins ? Du genre outrage au tribunal ou à quelque institution bien britannique ? Une jeune Américaine qui n'a pas froid aux yeux pourrait bien juger vos lois et vos règlements de temps de guerre un peu dépassés et

« s'asseoir dessus », comme on dit. Si c'est le cas, et s'il faut payer quelques pots-de-vin, je cracherai au bassinet.

Sur ce point, Tuppence put rassurer le jeune Américain.

— C'est bien. Dans ce cas, travaillons ensemble. Si nous passions à table ? Est-ce que nous faisons monter le déjeuner ou bien préférez-vous descendre au restaurant ?

Tuppence opta pour la seconde solution et Julius l'approuva. Les huîtres venaient de faire place à la sole Colbert, quand le chasseur apporta une carte à Hersheimmer.

— Inspecteur Japp. Scotland Yard de nouveau. C'est un autre, cette fois-ci. Il s'attend à quoi ? J'ai déjà tout dit à son collègue. J'espère qu'ils n'ont pas perdu la photo. L'atelier du photographe a brûlé, tous les négatifs ont été détruits et ce cliché était le seul qui existait. C'est la directrice du collège qui me l'a donné.

Une vague crainte envahit Tuppence :

— Vous... vous vous souvenez du nom de l'homme qui est venu ce matin ?

— Oui. Ou plutôt non. Attendez... deux secondes. J'ai vu sa carte. Ah oui ! ça me revient. Inspecteur Brown. Un type plutôt ordinaire, plutôt effacé. Monsieur-Tout-le-monde, quoi !

## 6

## Un plan de campagne

Jetons un voile sur les événements de la demi-heure qui suivit et bornons-nous à préciser que l'« inspecteur Brown » était inconnu à Scotland Yard. La photo de Jane Finn, qui aurait été si utile à la police, était bel et bien perdue. Une fois de plus, Mr Brown avait gagné.

Cet incident eut pour effet immédiat de rapprocher Julius Hersheimmer des Jeunes Aventuriers. Toutes les barrières tombèrent comme par enchantement et Tommy, tout comme Tuppence, eut l'impression d'avoir toujours connu le jeune Américain.

Abandonnant leur réticence à parler de leur activité d'agents secrets, les deux jeunes gens révélèrent à leur nouvel ami — qui la jugea follement amusante — toute l'histoire de leur association.

Quand Tuppence en eut fini, il s'écria :

— Jusqu'à présent, je pensais que les jeunes Anglaises étaient des créatures victoriennes, douces et démodées, incapables de faire trois pas sans un valet de pied ou un chaperon. Je crois que mes renseignements n'étaient pas à jour !

Pour fêter cette amitié, Tommy et Tuppence transportèrent leurs pénates au *Ritz*, afin, déclara Tuppence, de rester en contact étroit avec le seul parent vivant de Jane Finn.

— Et dis-toi bien, précisa-t-elle à Tommy sur le ton de la confidence, que personne ne pourra faire de remarques désobligeantes sur cette dépense.

En effet, personne n'en fit, et ce fut bien agréable.

— Et maintenant, au travail ! lança la jeune fille dès le lendemain de leur installation.

Tommy posa le *Daily Mail* dans lequel il était plongé et applaudit avec une vigueur quelque peu ostentatoire ; son associée le pria poliment de ne pas faire l'idiot.

— Bon sang, Tommy ! Nous ne sommes tout de même pas payés pour ne rien faire !

— C'est vrai, ça, soupira Tommy. Je crains que notre bon gouvernement ne nous entretienne pas toute notre vie à flemmarder au *Ritz*.

— C'est bien ce que je viens de te dire : il faut nous remuer !

— D'accord, acquiesça Tommy en reprenant son journal. Vas-y, je t'en prie, je ne t'interromprai pas.

— Vois-tu, je pensais...

La jeune fille fut à nouveau interrompue par une salve d'applaudissements.

— C'est sûrement divin, Tommy, de rester dans son fauteuil à faire le clown. Mais te creuser la cervelle ne te ferait pas de mal non plus.

— Tuppence, voyons, tu sais bien que mon syndicat m'interdit de travailler avant 11 heures !

— Si tu ne veux pas que je te flanque ton journal à la figure, arrête. Nous devons dresser un plan de campagne sans perdre une seconde.

— Bravo !

— Eh bien, allons-y.

— Tuppence, tu parles comme un livre. Vas-y, je t'écoute, dit Tommy en se décidant à reposer son journal.

— D'abord, sur quelles bases pouvons-nous démarrer ?

— Aucune, déclara gaiement Tommy.

— Faux ! dit Tuppence en brandissant un index énergique. Nous avons deux pistes.

— Lesquelles ?

— Primo : nous connaissons un des membres de la bande.

— Whittington ?

— Oui. Je le reconnaîtrais n'importe où.

— Est-ce vraiment une piste ? fit Tommy avec une moue dubitative. Tu ne sais pas où le trouver et il y a à peu près une chance sur mille que tu le rencontres par hasard.

— Je n'en suis pas si sûre. J'ai souvent remarqué que quand les coïncidences commencent, elles n'en finissent pas de se produire. C'est une loi naturelle et merveilleuse que l'homme n'a pas eu à découvrir. Mais tu as raison, on ne peut pas vraiment compter là-dessus. N'empêche qu'il y a dans Londres des endroits où tout un chacun est amené à passer un jour ou l'autre, Piccadilly Circus, par exemple. Et si je m'y installais là tous les jours avec un stand de petits drapeaux ?

— Et pour les repas ? demanda Tommy, toujours pratique.

— Voilà bien une préoccupation d'homme ! Quelle importance, la nourriture ?

— Tout cela est bel et bon. Tu as dans l'estomac un petit déjeuner du tonnerre. Mais personne n'a meilleur appétit que toi. Et dès 4 heures de l'après-midi, tu dévoreras tout ce qui te tombera sous la main : drapeaux, épingles, et tout ce qui s'en suit... Non, en toute honnêteté, ton idée ne me paraît pas géniale. Whittington n'est peut-être plus à Londres.

— C'est possible. De toute façon, la piste numéro deux s'annonce mieux.

— Je t'écoute.

— C'est seulement un prénom que Whittington a mentionné l'autre jour : Rita.

— Tu veux passer une troisième annonce : « Recherchons une femme, appartenant à une bande d'escrocs et prénommée Rita » ?

— Non. Je veux simplement raisonner logiquement. Le

messager, Danvers, a été espionné pendant la traversée. Et il est fort probable que c'était par une femme.

— Je ne vois pas pourquoi.

— Moi, si. Non seulement c'était une femme, mais encore une jolie femme, décréta Tuppence.

— Pour ce qui est des détails techniques, je te fais confiance.

— Or, cette femme, quelle qu'elle soit, a été sauvée.

— Et pourquoi donc ?

— Parce que si elle ne l'avait pas été, comment auraient-ils su que Jane Finn avait les documents ?

— C'est juste. Continue, Sherlock Holmes.

— Il y a une chance — une chance sur cent, je l'admets — que cette femme ait été Rita.

— Et si c'est le cas ?

— Si c'est le cas, nous devons étudier la liste des survivants du *Lusitania* jusqu'à ce que nous trouvions son nom.

— Commençons donc par nous procurer la liste des survivants.

— Je l'ai. J'avais envoyé à Carter une liste de tous les renseignements que je souhaitais obtenir ; j'ai reçu sa réponse ce matin et, entre autres, la liste des survivants du naufrage. Est-ce que je ne suis pas extraordinaire ?

— Dix sur dix en dynamisme, zéro en modestie. Mais la vraie question est : y a-t-il une Rita sur la liste ?

— Je n'en sais rien, avoua Tuppence. Regarde. (Ensemble ils se penchèrent sur la feuille.) Les prénoms sont rarement mentionnés. Les noms des femmes sont précédés de Mrs ou de miss.

— Voilà qui complique la tâche.

Tuppence s'ébroua à la manière d'un fox-terrier en folie, comme elle le faisait toujours en pareil cas.

— Nous n'avons plus qu'à nous atteler à la tâche. Commençons par Londres et sa proche banlieue. Pendant que je mets mon chapeau, recopie en vitesse les adresses de toutes les femmes qui habitent le secteur.

Cinq minutes plus tard, le jeune couple roulait en taxi vers les Lauriers, 7 Glendower Road, résidence de Mrs Edgar Keith, le premier des sept noms figurant sur la liste de Tommy.

Les Lauriers était une maison délabrée, construite un peu en retrait de la rue ; quelques bosquets jaunis faisaient office de jardin. Tommy paya le taxi et ils se dirigèrent vers la porte.

Comme Tuppence s'apprêtait à sonner, Tommy l'arrêta :

— Que vas-tu dire ?

— Eh bien... je vais dire... eh bien, je ne sais pas. C'est très ennuyeux.

— C'est bien ce que je pensais, déclara Tommy avec satisfaction. Tu n'es pas une femme pour rien ! Aucune vue à long terme ! Pousse-toi un peu, tu vas voir comment un homme digne de ce nom maîtrise ce genre de situation.

Tandis qu'il sonnait, Tuppence s'éloigna de quelques pas.

Une souillon, affligée de strabisme convergent et traînant la savate, vint leur ouvrir.

— Bonjour ! clama allègrement Tommy, son stylo et son carnet à la main. Hampstead Borough Council. Recensement des électeurs. Mrs Edgar Keith, c'est bien ici ?

— Ouais, répondit la domestique.

— Prénom ?

— Le prénom de Madame ? Eleanor Jane.

— E.L.E.A.N.O.R, épela Tommy. A-t-elle des enfants majeurs ?

— Non, non.

— Merci. (Un claquement sec, Tommy avait refermé son carnet.) Au revoir !

— Alors, ce n'est pas vous qui venez pour le gaz ? Je pensais que c'était peut-être vous, marmonna-t-elle dans sa moustache, avant de refermer la porte.

Tommy rejoignit sa complice :

— Tu as vu, Tuppence ? C'est un jeu d'enfant pour un cerveau masculin.

— J'avoue que, pour une fois, tu t'en es sorti avec brio. Je n'aurais pas pensé à ça !

— C'est une bonne astuce, non ? Et elle marche autant de fois que l'on veut.

Au déjeuner, ils dévorèrent un bifteck et des frites dans une gargote. Ils avaient découvert une Gladys, une Marie, une Marjorie et subi une déconvenue avec une rescapée qui avait changé d'adresse. Une Américaine exaltée leur infligea un long discours sur les vertus du suffrage universel. Ils finirent par apprendre qu'elle s'appelait Sadie.

Après avoir avalé une bonne gorgée de bière, Tommy déclara :

— Ah ! je me sens mieux ! Quelle est la prochaine étape ?

Tuppence s'empara du carnet et lut : « Mrs Vandemeyer, 20, South Audley Mansions. Miss Wheeler, 43, Clapington Road, Battersea. » C'est une femme de chambre, pour autant que je m'en souvienne. Elle sera absente et je doute qu'il s'agisse d'elle.

— Eh bien, prenons-les dans l'ordre : allons chez cette Mrs Vandemeyer, à Mayfair.

— Tommy..., je commence à désespérer !

— Du cran, ma vieille ! nous savions depuis le début qu'il n'y avait qu'une chance sur cent. Et puis, nous commençons à peine. Si nous échouons à Londres, nous pouvons encore faire le tour de l'Angleterre, de l'Irlande, de l'Écosse !

— C'est vrai ! s'exclama Tuppence, reprenant du poil de la bête. Et tous frais payés ! Mais j'aime quand les choses ne traînent pas. Jusqu'à présent les aventures se sont succédé sans interruption. Ce matin tout va de travers.

— Mets une sourdine à ton goût pour les sensations fortes, Tuppence, et dis-toi que si Brown est bien tel qu'on nous l'a décrit, c'est un miracle qu'il ne nous ait pas encore fait passer de vie à trépas. Belle phrase, non ? avec un relent tout ce qu'il y a de plus littéraire ?

— Tu es encore plus vaniteux que moi et tu as moins d'excuses ! Il n'en demeure pas moins étrange que Mr Brown n'ait pas encore sur nous assouvi sa vengeance — tu vois, je sais causer aussi bien que toi ! — et que nous continuions indemnes notre petit bonhomme de chemin.

— Peut-être juge-t-il qu'il n'a pas à se méfier de nous !

Cette remarque déplut fortement à Tuppence qui s'exclama :

— Arrête de proférer des insanités ! C'est comme si nous comptions pour du beurre !

— Je suis désolé, Tuppence, je voulais juste dire que nous opérons comme des taupes au plus profond de leurs galeries et qu'ils ne soupçonnent pas nos plans infâmes autant que ténébreux. Ha ! ha !

Tous deux éclatèrent de rire et se mirent en route.

South Audley Mansions était un ensemble d'immeubles imposants situés en bordure de Park Lane. Le numéro 20 se trouvait au second étage. Tommy avait mis au point son numéro et il débita son laïus à une personne d'un certain âge — gouvernante plus que femme de chambre — qui vint leur ouvrir.

— Prénom ?

— Margaret.

Tommy se mit à épeler, mais elle l'interrompit :

— Non G.U.E.

— Ah oui ! Marguerite ! À la française. (Puis, se jetant à l'eau :) Sur ma liste je vois « Rita Vandemeyer ». Mais c'est une erreur, sans doute.

— C'est comme ça qu'on l'appelle le plus souvent, mais son vrai nom est Marguerite.

— Merci. Ce sera tout. Au revoir !

Contenant à peine son excitation, Tommy dégringola l'escalier.

— Tu as entendu ? demanda-t-il à Tuppence qui l'attendait plus bas.

— Oh, oui ! Oh, Tommy !

Tommy lui étreignit le bras :

— Oui, je sais. Je pense comme toi.

— C'est merveilleux d'imaginer des choses puis de les voir se réaliser ! s'exclama Tuppence, dans un grand élan d'enthousiasme.

Main dans la main, ils avaient atteint le hall d'entrée. De l'escalier, au-dessus de leurs têtes, leur parvint un bruit de pas et de voix. Soudain, au grand étonnement de Tommy, Tuppence l'entraîna à côté de l'ascenseur, dans un coin sombre.

— Qui est-ce...

— Chut !

Deux hommes descendaient l'escalier. Quand ils furent sortis, Tuppence serra le bras de Tommy.

— Vite, suis-les. Moi, je n'ose pas. Il pourrait me reconnaître. Je ne sais pas qui est l'autre, mais le plus grand, c'est Whittington.

## 7

## La maison de Soho

Whittington et son compagnon marchaient d'un bon pas. Tommy se lança immédiatement à leur poursuite et arriva à temps pour les voir tourner au coin de la rue. Grâce à ses grandes jambes, il les rattrapa, et lorsque, à son tour, il atteignit le coin de la rue, la distance entre eux avait sensiblement diminué. Les ruelles de Mayfair étaient presque désertes et il jugea prudent de ne pas les perdre de vue. C'était pour lui un sport d'un genre nouveau : bien que la technique de la filature lui fût familière à travers ses lectures, il n'avait jamais essayé de suivre quelqu'un — et il s'aperçut d'emblée que, dans la pratique, c'était un exercice semé d'embûches. Et si, par exemple, ils hélaient un taxi ? Dans les romans, on saute dans un autre taxi, on promet au chauffeur une livre ou son équivalent au cours du jour et le tour est joué. Mais dans le cas présent, il était peu probable que Tommy trouvât un second taxi. Il devrait donc courir. Et que pouvait-il arriver à un jeune homme qui courait sans s'arrêter dans les rues de Londres ? Dans une avenue, on pourrait penser qu'il cherchait à attraper son autobus. Mais dans ces petites rues aristocratiques, il aurait de fortes chances d'être arrêté par un agent et assailli de questions.

À cet instant précis, un taxi dont le drapeau était relevé tourna le coin. Tommy retint son souffle. Et si les deux hommes lui faisaient signe ? Ouf ! il n'en fut rien. Leur parcours en zig zag devait les conduire aussi rapidement que possible vers Oxford Street. Quand finalement ils y débouchèrent pour se diriger vers l'est, Tommy commença à marcher un peu plus vite. Petit à petit, il se rapprocha d'eux. Le trottoir était très fréquenté et il avait peu de chances de se faire remarquer. Si seulement il pouvait capter des bribes de leur conversation ! Rien à faire : ils parlaient tout bas et le vacarme de la circulation couvrait complètement leurs voix.

Juste avant la station de métro de Bond Street, ils traversèrent, Tommy toujours sur leurs talons, et entrèrent au *Lyons*. Ils montèrent au premier et s'attablèrent devant la fenêtre. Il était tard, et la salle se vidait peu à peu. De peur d'être reconnu, Tommy prit place juste derrière Whittington. Il pouvait ainsi étudier à loisir le second personnage. Blond, les traits lourds, antipathique, d'origine russe ou polonaise sans doute, il devait avoir une cinquantaine d'années. Quand il parlait, il se courbait en avant, et ses yeux, petits et sournois, furetaient partout.

Ayant déjà déjeuné de bon cœur, Tommy commanda pour la forme un Welsh rarebit et un café. Whittington commanda un déjeuner substantiel. Quand la serveuse se fut éloignée, il rapprocha sa chaise de la table et ils commencèrent à parler à voix basse. Tendant l'oreille autant que possible, Tommy put saisir un ou deux mots, essentiellement des directives, des ordres que le plus grand des deux donnait à son compagnon, lequel n'avait pas toujours l'air d'accord. Whittington l'appelait Boris. Les mots « Irlande » et « propagande » revinrent à plusieurs reprises mais aucune mention ne fut faite de Jane Finn. Une soudaine accalmie dans le brouhaha de la salle permit à Tommy de capter une phrase entière de Whittington : « Ah ! mais vous ne connaissez pas Flossie ! Une petite merveille ! On lui donnerait le Bon Dieu sans confession. Elle imite les voix à la perfection et c'est vraiment le plus important. »

Tommy n'entendit pas la remarque de Boris, mais Whittington répondit : « Bien entendu, seulement en cas de nécessité absolue. »

Il avait à nouveau perdu le fil de la conversation quand certaines phrases redevinrent distinctes, soit que les autres aient insensiblement élevé la voix, soit que l'ouïe de Tommy se soit affinée. Deux mots que prononça Boris, « Mr Brown », le firent sursauter. Whittington parut sur le point de réprimander son compagnon, mais il se contenta de rire.

— Et pourquoi pas, cher ami ? reprit l'autre. C'est un nom des plus respectables, des plus communs. N'est-ce pas pour cette raison qu'il l'a choisi ? Ah ! j'aimerais tellement le rencontrer, ce Mr Brown !

— Qui sait ? Peut-être l'avez-vous déjà rencontré, répliqua Whittington d'une voix glaciale.

— Bah ! c'est une fable d'enfant de chœur, une histoire pour la police. Vous savez ce que je me dis parfois ? C'est une fable inventée par l'Organisation, un épouvantail pour nous faire peur. C'est possible après tout.

— Le contraire est également possible.

— Je me demande... est-ce vrai qu'il est avec nous, parmi nous, inconnu de tous, sauf de quelques élus ? Auquel cas son secret est bien gardé et son idée est bonne. On ne sait jamais. Nous nous regardons les uns les autres ; l'un d'entre nous *est* Mr Brown. Oui, mais lequel ? Il donne des ordres, mais il en exécute également. Dire qu'il est parmi nous, l'un des nôtres et que personne ne le connaît...

S'efforçant de revenir à la réalité le Russe regarda sa montre.

— Oui, murmura Whittington. Il est temps d'y aller.

Il appela la serveuse et régla l'addition. Tommy fit de même et, quelques minutes plus tard, il descendait l'escalier derrière les deux hommes. Une fois dans la rue, Whittington héla un taxi et ordonna au chauffeur de les conduire à la gare de Waterloo. Comme il y avait beaucoup de taxis, Whittington était à peine monté dans le sien que Tommy en arrêtait un, d'un geste impérieux.

— Suivez cette voiture, ne la perdez pas de vue, ordonna-t-il au chauffeur.

Ce dernier, un homme d'un certain âge, ne manifesta aucune curiosité particulière. Il se contenta d'émettre un grognement et d'abaisser son drapeau. La course se déroula sans incident. Le taxi de Tommy vint se ranger à hauteur du quai des départs, derrière la voiture des deux hommes. Au guichet, Whittington prit un aller simple pour Bornemouth et Tommy en fit autant.

— Vous êtes en avance. Il vous reste encore une demi-heure, fit remarquer Boris, après avoir jeté un coup d'œil à l'horloge.

Ainsi Whittington allait voyager seul et son compagnon restait à Londres. Il devait donc choisir celui des deux qu'il allait suivre. De toute évidence, il ne pouvait pas les suivre tous les deux, à moins que... Comme Boris, il jeta un coup d'œil sur l'horloge puis sur le tableau affichant le départ des trains. Le train pour Bornemouth partait à 15 h 30. Il était 15 h 10. Tandis que Whittington et Boris faisaient les cent pas devant le kiosque à journaux, Tommy hésita un instant, leur jeta un coup d'œil, puis se précipita dans la cabine téléphonique la plus proche. Il ne prit pas le risque de gaspiller des minutes précieuses à essayer de joindre Tuppence qui devait être encore du côté de South Audley Mansions. Mais il lui restait un autre allié. Il composa le numéro du *Ritz* et demanda Julius Hersheimmer. Il y eut un déclic suivi d'un bourdonnement. Ah ! si seulement le jeune Américain pouvait être dans son appartement ! Un autre déclic précéda un « Hullo ! » prononcé avec cet inimitable accent d'outre-Atlantique.

— Allô ! Hersheimmer ? Beresford à l'appareil. Je suis à la gare de Waterloo. J'y ai suivi Whittington et un autre individu. Je n'ai pas le temps de vous expliquer. Whittington va partir pour Bornemouth par le train de 15 h 30. Pouvez-vous être ici à temps ?

La réponse « oui, je me grouille » fut on ne peut plus rassurante.

Tommy raccrocha avec un soupir de soulagement. Il ne mettait pas en doute la vélocité de Julius. Instinctivement, il sentait que l'Américain arriverait à temps. Whittington et Boris étaient toujours là où il les avait laissés. Si Boris restait jusqu'au départ de son ami, tout irait bien. Tommy vérifia le contenu de son portefeuille ; bien qu'on lui eût donné carte blanche, il n'avait pas encore pris l'habitude d'avoir beaucoup d'argent sur lui. Après avoir pris un billet de première classe pour Bornemouth, il n'avait plus que quelques shillings en poche. Il ne lui restait qu'à espérer que le portefeuille de Julius serait mieux garni.

Pendant ce temps, les minutes s'égrenaient... 15 h 15... 15 h 20, 15 h 25, 15 h 27. Et si Julius n'arrivait pas ? 15 h 29. Les portes claquaient. Tommy se sentit envahi par une vague de désespoir. Soudain, une main se posa sur son épaule :

— Me voici, vieux. On peut dire que vos embouteillages anglais valent le détour ! Montrez-moi nos oiseaux !

— Voilà Whittington, le grand brun qui s'approche de nous. L'autre, c'est l'étranger avec lequel il est en train de parler.

— J'y suis. Je prends lequel ?

Tommy avait déjà réfléchi à la question :

— Vous avez de l'argent sur vous ?

Julius fit signe que non et le visage de Tommy se crispa.

— Non, je ne dois pas avoir plus de trois ou quatre cents dollars sur moi.

— Ouf ! s'exclama Tommy, soulagé. Vous, les millionnaires, on peut dire que vous ne parlez pas la même langue que nous !

Montez vite dans le compartiment. Voici votre billet. Ne perdez pas Whittington !

Le train s'ébranlait quand Julius grimpa sur le marchepied.

— À nous deux, Whittington ! déclama Julius sur le mode tragique, avant d'ajouter : À bientôt Tommy !

Le train quitta la gare et Tommy poussa un gros soupir de soulagement. Boris venait à sa rencontre le long du quai. Dès qu'ils se furent croisés, le jeune homme prit de nouveau l'étranger en chasse. Boris s'engouffra dans le métro et descendit à Piccadilly. Il longea Shaftesbury en direction de Soho, Tommy toujours derrière lui, juste à la bonne distance.

Ils finirent par déboucher sur une place assez minable. Les maisons sales et à l'abandon étaient sinistres, Boris jeta un coup d'œil circulaire, et Tommy se glissa sous une porte cochère. La place était presque déserte. Et comme il s'agissait d'un cul-de-sac, les voitures n'y passaient pas. La manière furtive dont l'autre avait inspecté les environs ne manquait pas d'intriguer Tommy. De son poste d'observation, il vit l'homme gravir les marches d'une maison à l'air louche et frapper plusieurs coups à la porte selon un rythme bien précis. Il dit un ou deux mots au gardien qui lui ouvrit tout de suite, entra dans la maison. La porte se referma sur lui.

C'est à cet instant que Tommy perdit la tête. Ce qu'il aurait dû faire, ce que tout homme sensé aurait fait, c'était de rester patiemment là où il était et d'attendre que l'étranger ressorte. Mais il fit une chose contraire au bon sens, lequel constituait pourtant d'ordinaire l'une de ses principales qualités. Comme il le déclara par la suite, quelque chose se déclencha dans son cerveau. À son tour, sans perdre le temps de réfléchir, il gravit lui aussi les marches et frappa tant bien que mal à la porte sur le rythme utilisé par Boris. Elle s'ouvrit tout aussi vite que la première fois. Un homme à la physionomie peu engageante et aux cheveux coupés ras se tenait sur le seuil.

— Ouais ? grogna-t-il.

C'est à cet instant que Tommy se rendit pleinement compte de sa folie. Ne pouvant plus reculer, il lança les premiers mots qui lui vinrent à l'esprit :

— Mr Brown.

À sa vive stupéfaction, l'homme le fit entrer.

— En haut, deuxième porte à gauche, précisa-t-il en pointant son pouce par-dessus son épaule.

## 8

## Les aventures de Tommy

Tout ébahi qu'il fût par l'accueil du gardien, Tommy n'hésita pas une seconde. Puisque l'audace l'avait mené aussi loin, il ne lui restait plus qu'à espérer qu'elle le conduirait plus loin encore. Il entra et gravit l'escalier délabré. Tout était d'une saleté indicible. La tapisserie crasseuse dont on ne parvenait plus à distinguer les motifs tombait en lambeaux. Et il y avait des toiles d'araignée dans tous les coins.

Tommy monta sans se presser. Comme il parvenait au premier, il entendit le gardien se retirer dans une des pièces du rez-de-chaussée. Il était clair qu'on ne le soupçonnait pas encore. Se présenter à la porte d'entrée, demander « Mr Brown » semblait la chose la plus naturelle au monde.

Sur le palier, Tommy s'arrêta pour réfléchir. En face de lui, il découvrit un étroit couloir percé de portes de chaque côté. De la plus proche, à droite, lui parvenait un murmure de voix étouffées. C'est là qu'on lui avait dit d'entrer. À cet instant son attention fut attirée par un petit renfoncement, à sa droite, d'un mètre carré environ, à demi masqué par un rideau de velours déchiré. Situé en face de la porte de gauche, mais placé dans l'angle, il commandait aussi l'escalier. C'était là une cachette idéale pour un homme, deux au besoin. Tommy était fortement tenté de s'y réfugier.

Réfléchissant lentement et posément, selon son habitude, il décida que « Mr Brown » était sinon une personne, du moins un mot de passe utilisé par la bande. Quoi qu'il en fût, ce nom lui avait permis de franchir le seuil. Jusqu'à présent, personne ne le soupçonnait, mais il devait décider rapidement de la suite des opérations. Entrer hardiment dans la pièce à gauche du couloir? Suffirait-il pour cela d'avoir été admis dans la maison? Ou bien lui demanderait-on un autre mot de passe ou au moins une preuve de son identité? Si, de toute évidence, le concierge ne connaissait pas de vue tous les membres de la bande, à l'étage ce devait être différent. La chance l'avait bien servi jusque-là mais pouvait-il continuer à croire en sa bonne étoile ? Une fois dans la pièce le jeu devenait périlleux car il ne pouvait espérer donner le change indéfiniment. Tôt ou tard, il serait conduit à se trahir et perdrait sa dernière chance par pure témérité.

Des coups semblables aux précédents venaient d'être frappés à la porte d'entrée. Sans plus hésiter, Tommy s'empressa de se glisser dans le renfoncement et tira prudemment le rideau de manière à être complètement dissimulé. Des fentes et des déchirures dans le tissu lui permettaient de voir ce qui se passait. Il observerait le déroulement des événements et, quand il le souhaiterait, pourrait rejoindre les autres en adoptant le même comportement que le nouvel arrivant.

Tommy n'avait jamais vu l'homme qui montait l'escalier d'un pas furtif sans le moindre bruit. Visiblement issu des bas-fonds de la société, avec ses sourcils bas et menaçants et ses traits bestiaux, il aurait été identifié du premier coup d'œil par Scotland Yard. L'individu passa devant le renfoncement en soufflant comme un phoque. Il s'arrêta devant la porte située en face et frappa plusieurs coups bien rythmés, comme il venait de le faire à la porte d'entrée.

De l'intérieur, on cria quelque chose. L'homme ouvrit la porte et entra, permettant à Tommy d'entrevoir l'intérieur de la pièce. Quatre ou cinq personnes étaient assises autour d'une longue table qui occupait presque toute la salle. Il y avait surtout parmi eux un homme de haute taille aux cheveux coupés ras et à la courte barbe pointue, qui présidait l'assemblée, un dossier ouvert devant lui. Comme le nouvel arrivant pénétrait dans la pièce, il le dévisagea et, dans un anglais correct, mais avec une élocution bizarre, lui demanda :

— Votre numéro, camarade ?

— Quatorze, chef, répondit l'autre d'une voix rauque.

— Exact.

Et la porte se referma.

« Si ce n'est pas un Boche, moi je suis hollandais, pensa Tommy. Et il dirige la séance avec ordre et méthode, comme ils savent si bien le faire. J'ai été bien inspiré de ne pas aller me fourrer là-dedans. J'aurais donné un faux numéro et ç'aurait été le bouquet. Il faut que je reste planqué ici. Tiens, on frappe, en bas ! »

Le nouveau visiteur ne ressemblait en rien au précédent. Tommy vit tout de suite qu'il s'agissait d'un indépendantiste irlandais. De toute évidence, l'organisation de Mr Brown avait des ramifications partout : le criminel de droit commun, le gentleman irlandais bien élevé, le Russe blafard et l'efficace maître des cérémonies allemand. Quelle assemblée étrange et sinistre ! Qui était donc cet homme qui tenait entre ses mains les maillons si disparates de cette chaîne inconnue ?

Cette fois encore, la procédure fut rigoureusement identique : les coups frappés à la porte, la question sur le numéro — et la réponse. De nouveau, par deux fois très rapprochées, on frappa à la porte d'entrée.

Le premier des deux hommes était totalement inconnu de Tommy. L'air posé et intelligent, la tenue miteuse, il avait tout d'un employé de la City. Quant au second, c'était un ouvrier dont le visage ne semblait pas inconnu à notre héros.

Trois minutes plus tard, apparut un homme visiblement habitué au commandement, vêtu avec une élégance parfaite et chez qui tout révélait la noblesse des origines. Bien que Tommy ne pût mettre un nom sur son visage, il ne lui était pas inconnu non plus.

S'ensuivit une longue attente. Estimant que l'assemblée était au grand complet, Tommy s'apprêtait à sortir de sa cachette sur la pointe des pieds quand un nouveau coup frappé à la porte du rez-de-chaussée l'obligea à faire prestement marche arrière.

Le dernier arrivant gravit les escaliers si doucement que Tommy eut à peine le temps de le voir arriver. Hormis ses pommettes saillantes à la manière slave, rien ne permettait de deviner la nationalité de cet homme de petite taille, à l'air doux, presque efféminé. Il tourna la tête en passant et son regard parut transpercer le rideau. Persuadé que l'homme l'avait découvert, Tommy ne put s'empêcher de frissonner. Bien qu'il ne fût pas plus impressionnable que la plupart des jeunes Anglais de son temps, il sentit qu'un étrange pouvoir émanait de cet homme. Cette créature lui rappelait un serpent venimeux.

Cette impression ne tarda d'ailleurs pas à se confirmer. Le nouvel arrivant frappa à la porte comme tous les autres, mais il fut reçu de tout autre façon. Tous se levèrent. Le barbu vint serrer la main du visiteur en claquant des talons.

— C'est pour nous un honneur, un très grand honneur... J'avais tellement peur que ce ne soit pas possible.

— Cela n'a pas été sans mal, répondit l'autre d'une voix basse et légèrement sifflante. J'ai bien peur que cela ne puisse plus se reproduire. Mais cette rencontre est essentielle pour la suite des opérations. Je ne peux rien faire sans... sans Mr Brown. Est-il parmi nous ?

Une légère hésitation fut perceptible dans la réponse de l'Allemand :

— Nous avons reçu un message. Il lui a été impossible de venir...

Puis il se tut, donnant l'impression de laisser sa phrase inachevée. L'autre esquissa un sourire et regarda les visages gênés qui l'entouraient.

— Ah ! Je vois ! Je connais ses méthodes. Il travaille dans l'ombre et ne fait confiance à personne. Malgré tout, il est peut-être ici, parmi nous...

Il jeta un regard circulaire et une expression de crainte figea de nouveau tous les visages. Chacun regardait son voisin avec suspicion. Le Russe se tapota la joue.

— Quoi qu'il en soit, commençons.

Reprenant ses esprits, l'Allemand désigna au Russe la place qu'il avait occupée au bout de la table et, devant son hésitation, insista :

— C'est la seule place possible pour le numéro 1. Numéro 14, si vous voulez bien fermer la porte.

Aussitôt, Tommy se retrouva face au panneau de bois. Et les voix ne furent plus qu'un murmure indistinct. Il commença à trépigner. Le fragment de conversation déjà surpris avait éveillé sa curiosité. Il lui fallait coûte que coûte en entendre davantage.

Aucun bruit ne parvenait plus d'en bas et il était peu probable que le gardien monte à l'étage. Tommy resta encore un instant à écouter, puis il passa la tête hors du rideau : le couloir était désert. Abandonnant ses chaussures, il se dirigea prudemment, pieds nus, vers la porte. Là, il s'agenouilla et colla son oreille contre le chambranle. Mais les sons n'étaient guère plus distincts. Seul lui parvenait un mot de temps à autre quand quelqu'un élevait la voix, ce qui ne faisait qu'accroître son désir d'en entendre davantage.

Il examina la poignée de la porte. Parviendrait-il à la tourner petit à petit, si doucement et si imperceptiblement que dans la pièce personne ne s'en aperçût? Moyennant beaucoup de doigté, cela semblait faisable. Très lentement, en retenant son souffle, il commença à la tourner par petites pressions. Encore un peu, encore un peu... En verrait-il jamais la fin? Ah! Enfin! la poignée s'immobilisa.

Il attendit une minute ou deux, respira à fond, et commença à pousser tout doucement la porte. Celle-ci ne bougea pas. Tommy se renfrogna. S'il appuyait plus fort, on l'entendrait grincer. Il attendit que les voix s'élèvent pour recommencer. Cette satanée porte était-elle coincée? En désespoir de cause, il poussa de toutes ses forces. Mais la porte resta fermée et il se trouva devant l'évidence: le verrou avait été poussé de l'intérieur. Pendant quelques secondes, l'indignation le submergea.

— Ah! les salauds! murmura-t-il entre ses dents. Ils m'ont bien eu!

Son calme retrouvé, Tommy examina la situation. La première chose à faire était de replacer la poignée dans sa position originale. S'il la lâchait d'un coup, ils s'en apercevraient. Avec la même application, il refit donc le même travail, dans l'autre sens. Tout se passa bien et le jeune homme se releva avec un soupir de soulagement. Aussi obstiné qu'un bouledogue, Tommy avait du mal à s'avouer vaincu. Et même si ses projets étaient contrecarrés pour l'instant, il était loin d'abandonner la partie. Plus décidé que jamais à entendre ce qui se disait derrière cette porte fermée, il en vint à la conclusion que, ce plan ayant échoué, il devait en trouver un autre.

Il regarda autour de lui. Un peu plus loin, à gauche, il découvrit encore une porte. Il s'en approcha sans bruit et, après avoir prêté l'oreille pendant quelques minutes, tourna la poignée qui céda. C'était une chambre à coucher, inoccupée, au mobilier délabré, encore plus sale que le reste de la maison. Mais ce qui intéressait Tommy, c'est précisément ce qu'il avait espéré trouver: une porte de communication entre les deux pièces, à gauche de la fenêtre. Après avoir soigneusement refermé derrière lui, il examina l'autre porte dont le verrou rouillé n'avait pas servi depuis longtemps. En l'actionnant délicatement de droite à gauche, Tommy parvint à le tirer sans faire de bruit. Puis il recommença la même manœuvre avec la poignée et, cette fois, avec un franc succès. La porte s'entrouvrit suffisamment pour qu'il puisse entendre ce qui se disait. Un rideau de velours lui masquait la vue mais il reconnaissait les voix. L'indépendantiste irlandais à l'accent inimitable disait :

— Tout cela, c'est très joli. Mais il nous faut davantage d'argent. Sans argent, pas de résultat.

Une autre voix, qui devait être celle de Boris, répliqua :

— Nous garantissez-vous les résultats ?

— D'ici un mois — un peu plus tôt, un peu plus tard — je vous garantis que nous ferons régner en Irlande une vague de terreur telle que nous ébranlerons sur ses bases tout l'Empire Britannique.

Après un silence, le numéro 1 répondit de sa voix douce et sifflante :

— Bon, vous aurez l'argent. Boris, vous vous en occuperez.

— On passe par les Irlandais d'Amérique et Mr Polter, comme d'habitude ?

— Je pense que ça ira, déclara une nouvelle voix à l'accent américain, mais je dois vous prévenir tout de suite que les choses deviennent un peu difficiles. On ne rencontre plus la même sympathie qu'avant, et on a de plus en plus tendance à laisser les Irlandais régler leurs affaires entre eux sans l'intervention de l'Amérique.

— Où est le problème, puisque l'argent ne viendra des États-Unis qu'en théorie ? fit remarquer Boris.

— La plus grosse difficulté, reprit l'Irlandais, c'est la livraison des munitions. L'argent, lui, est acheminé assez facilement, grâce à nos collègues d'ici.

Une autre voix s'éleva, sans doute celle de l'homme habitué au commandement et que Tommy croyait connaître :

— Pensez un peu à ce que diraient vos amis de Belfast s'ils vous entendaient !

— Alors, affaire réglée ! trancha la voix sifflante. Passons maintenant à ce journal anglais et à ce problème de prêt. Boris, vous avez arrangé les détails de manière satisfaisante ?

— Je crois, oui.

— C'est bien. S'il le faut, on demandera un démenti officiel à Moscou.

Le silence qui s'ensuivit fut rompu par la voix sonore de l'Allemand :

— Je suis chargé par... par Mr Brown de vous soumettre les comptes rendus concernant les différentes corporations. Celui des mineurs est le plus satisfaisant. Quant aux cheminots, nous devons les calmer. Il pourrait y avoir des incidents avec le syndicat.

Il y eut un silence, troublé seulement par le froissement des papiers et les explications fournies de temps à autre par l'Allemand. Puis quelqu'un tambourina sur la table.

— La date, cher ami ? demanda le numéro 1.

— Le 29.

— C'est un peu tôt, commenta le Russe après réflexion.

— Je sais bien, mais c'est la date fixée par les principaux leaders Travaillistes et nous ne devons pas trop intervenir. Il faut qu'ils aient l'impression d'agir de leur propre initiative.

Le Russe se mit à rire doucement :

— Oui, oui. Vous avez raison. Ils ne doivent pas soupçonner que nous nous servons d'eux. Ce sont des gens honnêtes et c'est ce qui fait leur prix à nos yeux. C'est étrange, mais on ne peut pas faire de révolution sans des hommes honnêtes. L'instinct du peuple est infaillible. (Il se tut puis, comme enchanté par sa formule, déclama d'une voix sinistre :) Chaque révolution a eu ses hommes honnêtes. On s'en débarrasse après coup.

L'Allemand reprit la parole :

— Nous devons nous débarrasser de Clymes. Il devient trop perspicace. Le numéro 14 s'en chargera.

Une voix rauque se fit entendre :

— D'accord, chef. Et si je suis pris ?

— Vous serez défendu par le meilleur avocat d'Angleterre, répondit calmement l'Allemand. De toute façon, vous aurez des gants portant les empreintes d'un cambrioleur connu. Vous n'avez rien à craindre.

— Je ne crains rien, chef. Du moment que c'est pour le bien de la cause... Le sang coulera dans les rues, à ce qu'il paraît, ajouta-t-il d'un ton sinistre. Des fois, j'en rêve. Les diamants et les perles tomberont du ciel et tout le monde pourra s'en mettre plein les poches.

Il y eut un bruit de chaises puis le numéro 1 prit la parole :

— Donc, tout est prévu. Nous sommes sûrs du succès ?

— Oui, je crois.

La voix de l'Allemand avait perdu son assurance habituelle.

— Où est le problème ?

Numéro 1 avait changé de ton.

— Nulle part, mais...

— Mais quoi ?

— Les leaders syndicaux. Sans eux, comme vous le dites, nous ne pouvons rien faire. S'ils ne déclarent pas la grève générale le 29...

— Et pourquoi ne le feraient-ils pas ?

— Vous l'avez dit tout à l'heure : ce sont des gens honnêtes. Et malgré tout ce que nous avons fait pour discréditer le gouvernement à leurs yeux, je me demande s'ils n'ont pas toujours confiance en lui, même s'ils ne l'avouent pas...

— Mais...

— Je sais bien. Ils le malmènent en permanence. Mais dans l'ensemble, l'opinion publique penche plutôt du côté du gouvernement. Ils ne feront rien contre lui.

Le Russe se remit à tambouriner sur la table :

— Revenons à l'essentiel, mon ami. J'avais cru comprendre qu'il existait un document qui nous assurait le succès.

— C'est exact. Si nous mettions ce document sous les yeux des leaders syndicaux, le résultat serait immédiat. Ils le publieraient dans toute l'Angleterre et se prononceraient en faveur de la révolution sans l'ombre d'une hésitation. Le gouvernement serait définitivement coulé.

— Alors que voulez-vous de plus ?

— Le document, répondit l'Allemand sans détour.

— Parce que vous ne l'avez pas ?... Mais vous savez tout de même bien où il se trouve, non ?

— Non.

— Quelqu'un sait-il où il est ?

— Une personne. Peut-être. Et encore nous n'en sommes pas sûrs.

— Et qui est cette personne ?

— Une jeune fille.

Tommy retint son souffle.

— Une jeune fille ? s'écria le Russe d'une voix méprisante.

Et vous ne l'avez pas fait parler ? Dans mon pays, nous avons des méthodes pour faire parler des jeunes filles.

— Il s'agit d'un cas particulier, précisa l'Allemand d'une voix sombre.

— Un cas particulier ? Où est cette jeune fille actuellement ?

— La jeune fille ?

— Oui.

— Elle est...

Mais Tommy n'entendit pas la suite. Il eut l'impression que le plafond lui tombait sur la tête. Et il sombra, happé par les ténèbres.

## 9

## Tuppence devient femme de chambre

Quand Tommy s'était lancé sur les traces des deux hommes, Tuppence avait dû se retenir pour ne pas l'accompagner. À la réflexion, elle se consola en se disant que les événements lui avaient sans doute donné raison. Sans aucun doute, les deux hommes venaient de l'appartement du second, et le simple prénom de Rita avait une fois de plus mis les Jeunes Aventuriers sur la piste des ravisseurs de Jane Finn.

Que faire maintenant ? Là était la question ! Tuppence n'était pas du genre à rester les deux pieds dans le même sabot. Tommy était occupé, et elle s'était interdit de le rejoindre. Dans son désœuvrement, elle revint sur ses pas et pénétra dans le hall de l'immeuble. Il n'était plus désert : un petit liftier était en train de faire briller des cuivres en sifflant la dernière chanson à la mode avec autant d'enthousiasme que d'approximation.

Quand Tuppence fut près de lui, il lui lança un coup d'œil. Restée gamine par bien des côtés, la jeune fille se sentait toujours à l'aise avec les adolescents. D'emblée, la sympathie fut réciproque. Tuppence pensa qu'un allié dans le camp ennemi, pour ainsi dire, n'était pas un élément négligeable.

— Alors, William, s'exclama-t-elle dans le style enjoué de l'infirmière qui prend son service le matin, on m'a bien astiqué tout ça ?

— Pas William, miss. Albert, corrigea-t-il.

— Va pour Albert !

Elle jeta autour d'elle un regard mystérieux et d'autant plus appuyé qu'elle voulait s'assurer qu'Albert le remarquerait. Puis, se penchant vers lui, elle lui murmura à l'oreille :

— J'aimerais te dire deux mots, Albert.

Albert, bouche bée, cessa illico de s'occuper de ses cuivres.

— Regarde, tu reconnais cela ?

D'un geste dramatique, elle souleva le revers de son manteau pour exhiber un petit insigne émaillé. Il était peu probable qu'Albert le reconnût — ce qui aurait porté un coup fatal au plan de Tuppence —, puisque l'insigne en question était l'emblème d'un groupe sportif créé dans le village par son père au début des hostilités.

La jeune fille avait gardé cet insigne qui lui avait servi la veille à épingler une fleur à sa boutonnière. Dotée d'une excellente vue, elle avait remarqué qu'un roman policier à quatre sous sortait de la poche d'Albert. Par ailleurs les yeux écarquillés du gamin lui confirmèrent que sa tactique était bonne et que le poisson mordait à l'hameçon.

— Force d'Intervention des Détectives Américains, souffla-t-elle.

Albert tomba dans le piège.

— Oh, mon Dieu ! murmura-t-il émerveillé.

Tuppence le gratifia du clin d'œil que l'on réserve en général à de vieux complices. Puis, de sa voix la plus cordiale :

— Tu devines qui je traque ?

Albert, les yeux ronds, retenant son souffle, articula :

— Quelqu'un de l'immeuble ?

Tuppence opina du chef et pointa son pouce en direction des escaliers :

— Numéro 20. Elle se fait appeler Vandemeyer. Vandemeyer, mon œil, oui !

Albert fit le geste de mettre sa main dans sa poche.

— Une voleuse ?

— Et quelle voleuse ! Aux États-Unis, on l'appelle Rita-la-Roulotte !

— Rita-la-Roulotte, répéta Albert tout joyeux. Comme au cinéma !

C'était en effet du cinéma, et Tuppence était une habituée des salles obscures.

— Annie a toujours dit que c'était une garce.

— Qui est Annie ? demanda Tuppence d'un ton détaché.

— Sa femme de chambre. Elle quitte sa place aujourd'hui. Combien de fois, elle m'a répété : « Retiens bien ce que je te dis, Albert, je ne serais pas étonnée si la police montait un de ces quatre. » N'empêche qu'elle est drôlement bien roulée, non ?

— Pas mal, oui, admit Tuppence sans autre précision. D'ailleurs, ça lui sert dans ses affaires, pas vrai ? À propos, tu l'as déjà vue porter les émeraudes ?

— Les émeraudes ? C'est des pierres vertes, pas vrai ?

Tuppence hocha la tête et ajouta :

— C'est cela que nous recherchons. Tu as entendu parler du vieux Rysdale ?

— Non.

— Peter B. Rysdale, le roi du pétrole ?

— J'ai dû en entendre parler, oui.

— Ces pierres lui appartenaient. C'est la plus belle collection d'émeraudes au monde. Elle vaut un million de dollars !

— Mon Dieu ! s'exclama Albert, en transe. On se croirait de plus en plus au cinéma.

Tuppence sourit, satisfaite du résultat :

— Nous ne possédons pas encore toutes les preuves. Mais nous l'avons à l'œil, et cette fois, elle ne nous échappera pas, ajouta-t-elle en ponctuant sa phrase d'un clin d'œil appuyé.

Comblé, Albert émit un son inarticulé.

— Mais attention, mon petit, pas un mot à qui que ce soit. Je n'aurais même pas dû t'en parler, mais nous, les Américaines, nous savons reconnaître un type bien quand on en croise un.

— Je ne dirai rien à personne... Est-ce que je ne pourrais pas faire quelque chose pour vous donner un coup de main ? Un peu de filature par exemple ?

Tuppence fit mine de réfléchir puis secoua la tête :

— Pas pour l'instant, mais en cas de besoin, je ferai appel à toi. Parle-moi un peu de cette femme de chambre qui s'en va.

— Annie ? Elles ont régulièrement des prises de bec. Comme

dit Annie, une femme de chambre, c'est quelqu'un, de nos jours, et il faut la traiter en conséquence. Et si Annie répète à tout un chacun ce qu'elle a sur le cœur, Rita-la... la-Roulotte — c'est bien ça ? — aura du mal à la remplacer.

— Tu crois ? ajouta Tuppence, songeuse. Je me demande...

Une idée lui était venue à l'esprit. Elle tapa sur l'épaule d'Albert :

— Écoute-moi, mon petit, j'y pense. Que se passerait-il si tu disais que tu as une cousine ou qu'un de tes amis a une cousine qui conviendrait pour cette place ? Tu vois ce que je veux dire ?

— Je vous suis. Laissez-moi m'en occuper, miss, et je vous arrange le coup en deux temps trois mouvements.

— Tu es un gars du tonnerre ! Tu pourras dire que la jeune femme en question peut commencer tout de suite. Tu me tiens au courant et si c'est d'accord, je serai là demain matin à 11 heures.

— Où est-ce que je peux vous joindre ?

— Au *Ritz*, répondit Tuppence, laconique. Mon nom est Cowley.

Albert la regarda avec envie :

— Ce doit être un bon métier, ce travail de détective.

— C'est vrai, répondit Tuppence d'un air évasif. Surtout quand c'est le vieux Rysdale qui paye les frais. Mais ne t'inquiète pas, mon petit, si tout se passe bien, tu auras ta part du gâteau.

Sur cette promesse, Tuppence salua son nouvel allié et, très satisfaite de sa matinée, quitta South Audley Mansions d'un pas alerte. Mais elle n'avait pas de temps à perdre. Elle rentra directement au *Ritz* et écrivit un mot à Carter. Cela fait, comme Tommy n'était toujours pas de retour — ce qui ne la surprenait pas outre mesure —, elle partit faire des courses. Ses emplettes, ainsi que son thé copieusement accompagné de gâteaux à la crème, l'occupèrent jusqu'à 6 heures passées. Elle regagna l'hôtel, éreintée mais ravie de ses achats. Elle avait d'abord couru les magasins de confection puis les boutiques de vêtements d'occasion pour terminer chez un bon coiffeur. Maintenant, dans la solitude de sa chambre, elle déballait son dernier achat. Cinq minutes plus tard, elle se regardait dans la glace en souriant. Elle avait quelque peu modifié au crayon l'arc de ses sourcils, ce qui, ajouté à une profusion de boucles blondes, la changeait tellement que même si elle se trouvait en face de Whittington, il ne la reconnaîtrait pas. Elle porterait des talonnettes dans ses chaussures, sans parler de sa coiffe et de son tablier de femme de chambre qui constituaient les éléments les plus importants de son déguisement. Elle savait par expérience que souvent les malades ne reconnaissent pas leur infirmière quand elle n'est pas en tenue.

— Oui, déclara Tuppence à haute voix, en se contemplant malicieusement dans la glace, tu feras l'affaire.

Puis, ayant repris son apparence normale, elle dîna toute seule, un peu étonnée que Tommy ne fût pas encore de retour. Julius était également absent, ce qui s'expliquait plus facilement. Il exerçait ses activités débordantes bien au-delà de Londres, et les Jeunes Aventuriers étaient habitués à le voir disparaître brusquement pour des raisons professionnelles. Il était tout à fait possible que Julius P. Hersheimmer fût parti pour Constantinople pour peu qu'il pensât y découvrir un indice lui permettant de retrouver sa cousine. Ce dynamique jeune homme avait réussi à rendre la vie impossible à plusieurs fonctionnaires de Scotland Yard, et les standardistes du ministère de la Marine appréhendaient son « hullo ! » qu'elles reconnaissaient immédiatement. À Paris, pendant trois heures, il avait harcelé les employés de la Préfecture et il en était revenu avec l'idée — qu'avait dû lui souffler un fonctionnaire français, fatigué de le voir — que la clé du mystère se trouvait en Irlande.

« Qui sait s'il n'est pas parti là-bas ? pensa Tuppence. Tout ça c'est bien beau, mais c'est très ennuyeux pour moi. Je suis là, j'ai plein de nouvelles à raconter et personne à qui en parler. Tommy aurait pu m'envoyer un télégramme ! Je me demande où il est ! En tout cas, il ne peut avoir perdu leurs traces. Tiens ! à propos... » Miss Cowley sortit de sa méditation et fit venir le garçon d'étage.

Dix minutes plus tard, la jeune personne était confortablement installée dans son lit. Le paquet de cigarettes à portée de la main, elle se plongea dans l'étude de *Garnaby Williams, jeune détective*, un des quatre romans à trois pence chacun qu'elle avait envoyé chercher. Elle pensait, fort justement d'ailleurs, qu'avant de développer ses relations avec Albert, il était bon qu'elle s'imprégnât de l'atmosphère chère au jeune liftier.

Le lendemain matin, elle reçut une lettre de Carter ainsi libellée :

*Chère miss Tuppence,*

*Vous avez effectué un superbe démarrage et je vous en félicite. Cependant, je voudrais une fois de plus attirer votre attention sur les risques que vous courez, surtout si vous continuez dans le sens que vous m'avez indiqué. Ces gens sont aux abois et inaccessibles à la pitié ou à la compassion. Je crois que vous sous-estimez le danger et tiens à vous rappeler que je ne puis vous promettre ma protection. Vous nous avez procuré de précieux renseignements et si vous souhaitiez maintenant vous retirer de l'affaire, personne ne vous en blâmerait. En tout cas, réfléchissez avant de prendre une décision.*

*Si, en dépit de mes avertissements, vous décidiez de continuer, sachez que tout est arrangé. Pendant deux ans, vous avez vécu auprès de miss Dufferin (Le Prieuré, Llannelly). Mrs Vandemeyer peut lui demander vos références.*

*Puis-je vous donner un ou deux conseils ? Restez aussi près que possible de la vérité, ce qui vous mettra à l'abri d'éventuelles étourderies. Présentez-vous simplement comme une ex-infirmière de l'armée qui a choisi d'entrer au service d'un particulier. Il y en a beaucoup dans ce cas. Cela expliquera certaines intonations ou certains comportements qui autrement pourraient faire naître les soupçons.*

*Quelle que soit votre décision, je vous souhaite bonne chance.*

*Votre ami sincère,*

*Mr Carter*

Tuppence ne se laissa nullement abattre. Elle avait beaucoup trop confiance en elle pour prêter la moindre attention à ce genre d'avertissements. Elle n'en renonça pas moins à l'intéressant rôle de soubrette demeurée qu'elle s'était inventé. Tout en jugeant qu'elle aurait pu assumer ce rôle pendant un temps indéfini, elle avait assez de bon sens pour comprendre le bien-fondé des arguments de Carter.

Tommy n'avait toujours pas donné signe de vie, quand, au courrier du matin, Tuppence reçut une carte postale crasseuse avec au dos quelques mots griffonnés : « Tout va bien. »

À 10 h 30, elle contempla avec une certaine fierté la malle en fer légèrement cabossée qui contenait sa nouvelle garde-robe. Une ficelle artistement disposée en ajustait le couvercle.

Quelque peu rougissante, elle sonna et demanda qu'on la chargeât dans le coffre d'un taxi.

Elle se fit conduire à Paddington et déposa sa malle à la consigne. Puis, ne gardant que son sac à main, elle gagna la salle d'attente réservée aux dames. Dix minutes plus tard, c'est une Tuppence métamorphosée, arborant un air modeste, qui sortait de la gare pour monter dans un autobus.

À 11 heures passées, elle pénétra dans le hall d'entrée de South Audley Mansions. À son poste, Albert vaquait sans conviction à ses occupations. Tout d'abord, il ne reconnut pas la jeune fille. Puis il manifesta une admiration sans bornes :

— Ma parole ! Dire que j'ai failli ne pas vous reconnaître ! Quel accoutrement extraordinaire !

— Ravie que vous l'aimiez, Albert, répondit Tuppence avec modestie. Alors je suis votre cousine, oui ou non ?

— Votre accent aussi ! s'extasia le gamin. Tout ce qu'il y a de plus anglais moyen ! Non, vous n'êtes pas ma cousine, mais l'amie d'un de mes amis. Annie n'était pas très contente ! Elle est restée jusqu'à aujourd'hui, soi-disant pour rendre service, mais en fait c'est pour vous monter contre la patronne.

— Adorable gamine, déclara Tuppence à Albert qui n'y vit aucune ironie.

— Elle a de la classe, et elle sait défendre ses intérêts, mais elle a un de ces caractères ! Vous voulez monter, miss ? Vous m'avez dit le 20 ? ajouta-t-il avec un clin d'œil.

La jeune fille le remit en place d'un regard sévère et pénétra dans l'ascenseur. Tandis qu'elle sonnait à la porte nº 20, elle sentait, fixé sur elle, le regard d'Albert qui redescendait.

Une jeune femme délurée lui ouvrit la porte.

— Je viens pour la place, déclara Tuppence.

— C'est une place pourrie, répondit l'autre du tac au tac. Cette vieille bique se mêle de tout. Elle m'a accusée de farfouiller dans sa correspondance. Moi ! La lettre était à moitié décachetée ! Et il n'y a jamais rien dans la corbeille à papiers : elle brûle tout ! Une horrible mégère, voilà ce qu'elle est. De belles fringues mais aucune classe. La cuisinière sait des trucs sur son compte, mais elle n'ose pas les dire. Elle en a une peur bleue ! Et soupçonneuse, avec ça : dès que vous parlez à un jules, elle est sur votre dos. Moi, je peux vous dire que...

Mais Tuppence ne devait jamais connaître la suite parce qu'à cet instant une voix claire au timbre métallique cria :

— Annie !

La jeune femme délurée bondit, comme si on lui avait tiré dessus :

— Oui, madame ?

— À qui parlez-vous ?

— C'est la personne qui vient pour la place, madame.

— Faites-la entrer. Immédiatement.

— Oui, madame.

Tuppence fut conduite dans une des pièces donnant sur un long corridor. Une femme se tenait debout près de la cheminée. Elle n'était plus de la première jeunesse : son visage était flétri, ses traits durcis, mais, naguère, elle avait dû être éblouissante. Ses cheveux, retenus sur la nuque, étaient d'un blond quelque peu artificiel. Ses yeux perçants, bleu d'acier, semblaient capables de lire dans les âmes. Sa silhouette élégante était mise en valeur par une superbe robe en crêpe georgette indigo. En dépit de sa grâce ondoyante et de la beauté éthérée de son visage, on sentait en elle quelque chose d'inflexible et de menaçant, une sorte de dureté qui s'exprimait dans la voix et le regard.

Pour la première fois, Tuppence eut peur. Elle n'avait pas eu peur de Whittington, mais avec cette femme, c'était différent. Comme fascinée, elle contemplait les lèvres rouges et cruelles et, de nouveau, elle sentit la panique l'envahir. Son habituelle confiance en elle l'abandonna. Confusément, elle sut que duper cette femme serait plus difficile que de duper Whittington. Les avertissements de Carter lui revinrent à l'esprit. Ici, en effet, elle ne devait espérer aucune pitié.

Dominant la panique qui l'engageait plutôt à s'enfuir à toutes jambes, Tuppence soutint le regard de Mrs Vandemeyer avec autant de respect que de fermeté.

Comme si ce premier examen avait été satisfaisant, Mrs Vandemeyer lui indiqua une chaise :

— Asseyez-vous. Comment avez-vous appris que je cherchais une femme de chambre ?

— Par un ami qui connaît le liftier de l'immeuble. Il a pensé que la place pourrait me convenir.

De nouveau, Mrs Vandemeyer la transperça du regard :

— Vous vous exprimez comme quelqu'un qui a reçu une certaine instruction.

Avec une relative aisance, Tuppence retraça sa carrière

imaginaire, dont les grandes lignes lui avaient été suggérées par Carter. Au fur et à mesure qu'elle parlait, il lui semblait que Mrs Vandemeyer se détendait.

— Je vois, dit-elle quand Tuppence en eut terminé. À qui puis-je écrire pour avoir des références sur vous ?

— Ma dernière place était chez miss Dufferin, le Prieuré, Llanelly. J'y suis restée deux ans.

— Et puis vous vous êtes dit qu'à Londres vous gagneriez plus ? Chez moi, vous aurez entre cinquante et soixante livres, ni plus ni moins. Pouvez-vous commencer tout de suite ?

— Oui, madame. Aujourd'hui, si vous voulez. J'ai laissé mes affaires à Paddington.

— Prenez un taxi, et allez les chercher. Vous verrez, c'est une place agréable. Je sors beaucoup. À propos, comment vous appelez-vous ?

— Prudence Cooper, madame.

— Très bien, Prudence. Allez chercher vos affaires. Je ne suis pas là pour le déjeuner. La cuisinière vous fera visiter la maison.

— Merci, madame.

Tuppence se retira. La belle Annie avait disparu. Dans le hall d'entrée, un superbe concierge avait relégué Albert à l'arrière-plan. En sortant avec le maintien modeste exigé par sa condition, Tuppence ne lui adressa même pas un regard.

L'aventure avait commencé, mais elle n'éprouvait pas la même jubilation qu'en début de matinée. Il lui vint à l'esprit que si Jane Finn était tombée entre les mains de Mrs Vandemeyer, elle avait dû en voir de toutes les couleurs.

## 10

## Sir James Peel Edgerton entre en scène

Tuppence ne commit aucune maladresse dans l'exercice de ses nouvelles fonctions. Car les filles du pasteur avaient reçu une solide expérience des tâches ménagères. Elles étaient également très douées pour former les « nouvelles » avec un résultat toujours identique : sitôt formée, la recrue les quittait pour une autre place où son savoir fraîchement acquis lui assurait une rémunération plus substantielle que ne le permettait le maigre budget du pasteur.

Tuppence ne redoutait donc guère de ne pas être à la hauteur de sa tâche. La cuisinière de Mrs Vandemeyer qui, de toute évidence, vivait dans la terreur de sa maîtresse, l'intriguait. La jeune fille en conclut que celle-ci avait sans doute un moyen de pression sur sa domestique. Pour le reste, c'était un vrai chef, comme Tuppence eut l'occasion de s'en rendre compte le soir même. Mrs Vandemeyer attendait un invité et Tuppence mit le couvert pour deux, sur la belle table vernie. En attendant ce visiteur, elle se sentait un peu soucieuse. Il y avait des chances pour que ce fût Whittington. Même si elle était convaincue qu'il ne la reconnaîtrait pas, elle préférait que l'invité en question fût un inconnu. De toute façon, que faire, sinon espérer ?

À 8 heures passées de quelques minutes, la sonnette retentit et Tuppence, le cœur battant, alla ouvrir. Quel ne fut pas son soulagement de voir que le visiteur se trouvait être le second des deux hommes que Tommy s'était mis en devoir de filer. Il se présenta : comte Stepanov. Tuppence l'annonça et Mrs Vandemeyer, visiblement ravie, se leva de son divan pour aller à la rencontre de son invité.

— Quel bonheur de vous voir, Boris Ivanovitch !

— Tout le bonheur est pour moi, madame, répondit-il en lui baisant la main.

Tuppence retourna à la cuisine :

— Comte Stepanov ou quelque chose dans ce goût-là, annonça-t-elle avant d'affecter la plus franche curiosité : Qui est-ce ?

— Un Russe, je crois.

— Il vient souvent ?

— De temps en temps. Pourquoi vous me demandez ça ?

— Je pensais qu'il avait peut-être un faible pour la patronne, expliqua la jeune fille qui ajouta d'un air maussade : Vous avez une façon de rabrouer les gens !

— Je ne suis pas tranquille avec mon soufflé.

Toi, tu sais quelque chose, pensa Tuppence en son for intérieur, avant d'ajouter à haute voix :

— Je peux commencer à servir ? Eh bien allons-y, c'est parti !

Tout en faisant le service, Tuppence ne perdait pas une miette de ce qui se disait. L'invité était bien l'homme que Tommy avait suivi la dernière fois qu'elle l'avait vu. Déjà, bien qu'elle ne voulût pas l'admettre, elle s'inquiétait pour son associé. Où se trouvait-il? Pourquoi ne recevait-elle aucun message de lui? Avant de quitter le *Ritz*, elle s'était arrangée pour qu'on lui déposât son courrier chez un petit marchand de journaux tout proche où Albert se rendait fréquemment. Bien sûr, elle n'était séparée de Tommy que depuis la veille et il était absurde de s'inquiéter à son sujet. Tout de même, il était étonnant qu'il ne lui eût pas envoyé le moindre mot.

Elle avait beau écouter, la conversation n'apportait aucun éclaircissement. Boris et Mrs Vandemeyer abordèrent des sujets totalement neutres : les pièces de théâtre, les danses à la mode, les derniers potins mondains. Après le dîner, ils se retirèrent dans le boudoir où Mrs Vandemeyer, étendue sur le divan, paraissait plus redoutablement belle que jamais. Tuppence apporta le café et les liqueurs. Puis elle se retira, bien à regret.

Comme elle quittait la pièce, Boris demanda :

— C'est une nouvelle ?

— Elle n'est là que depuis ce matin. L'autre était une peste. Celle-ci a l'air bien et elle sait faire le service.

Tuppence s'attarda à côté de la porte qu'elle avait soigneusement évité de fermer et entendit l'homme demander :

— Elle est tout à fait sûre, j'imagine ?

— Vraiment, Boris, vous êtes d'une méfiance absurde. Je crois qu'elle est la cousine du portier ou quelque chose dans ce genre-là. Par ailleurs, personne ne se doute que j'ai des relations avec notre ami commun, Mr Brown.

— Pour l'amour du ciel, Rita, soyez prudente ! Cette porte n'est pas fermée.

— Eh bien, allez donc la fermer ! dit Mrs Vandemeyer d'un air moqueur.

Tuppence s'éloigna rapidement. N'osant rester loin de l'office plus longtemps, elle débarrassa et lava la vaisselle avec la rapidité fulgurante qu'elle avait acquise à l'hôpital. Puis, de nouveau, elle se glissa derrière la porte du boudoir. La cuisinière, qui prenait son temps, était encore occupée à ses fourneaux ; si elle s'apercevait de son absence, elle la croirait en train de faire la couverture.

Hélas ! à l'intérieur, la conversation se poursuivait à voix trop basse pour qu'elle pût rien entendre. Elle n'osa pas rouvrir la porte, même doucement. Mrs Vandemeyer lui faisait face et Tuppence redoutait ses yeux de lynx. Elle aurait pourtant donné beaucoup pour savoir ce qui se passait. S'il s'était produit des événements imprévus, elle aurait peut-être des nouvelles de Tommy.

Elle se creusa la tête pendant quelques instants puis son visage s'épanouit : elle traversa rapidement le couloir et entra dans la chambre à coucher de Mrs Vandemeyer dont les fenêtres donnaient sur un grand balcon qui faisait tout le tour de l'appartement. Se glissant par la fenêtre de la chambre, elle parvint jusqu'à celle du boudoir. Entrouverte — comme Tuppence l'avait prévu — celle-ci permettait d'entendre distinctement les voix.

Il n'était toujours pas question de Tommy. Mrs Vandemeyer et son interlocuteur semblaient en désaccord sur un sujet donné, et finalement le Russe s'écria avec aigreur :

— Votre insouciance perpétuelle finira par nous perdre !

Rita se mit à rire :

— Une notoriété de bon aloi, rien de plus efficace pour détourner les soupçons. Vous vous en rendrez compte un de ces jours, peut-être plus tôt que vous ne le pensez.

— En attendant, on vous voit partout en compagnie de Peel Edgerton. Non seulement c'est l'avocat le plus célèbre d'Angleterre, mais encore la criminologie est sa passion ! C'est de la folie !

— Je sais que son éloquence a sauvé beaucoup d'hommes de la potence, répondit calmement Mrs Vandemeyer. Et dans ce domaine, moi aussi, je peux aussi avoir besoin de lui un de ces jours. Si tel est le cas, quelle chance d'avoir un tel ami à la Cour de Justice — ou peut-être devrais-je dire qui nous fasse la cour.

Très nerveux, Boris se mit à arpenter la pièce de long en large.

— Vous êtes une femme intelligente, Rita, mais cela ne vous empêche pas d'être stupide. Suivez mon conseil, et renoncez à Peel Edgerton.

Mrs Vandemeyer secoua doucement la tête :

— Non.

— Vous refusez ?

Il y avait comme une menace dans la voix du Russe.

— Oui.

— Dans ce cas, gronda le Russe, nous aviserons.

Mrs Vandemeyer se leva à son tour. Ses yeux brillaient :

— Vous oubliez, Boris, que je n'ai de comptes à rendre à personne. Je ne reçois d'ordres que de Mr Brown.

— Vous êtes impossible ! marmonna Boris en levant les bras au ciel. Impossible ! Il est peut-être déjà trop tard. On dit que Peel Edgerton flaire les criminels. Pourquoi pensez-vous qu'il s'intéresse subitement à vous ? Ses soupçons sont peut-être déjà éveillés. Il a deviné que...

Mrs Vandemeyer eut un regard plein de mépris :

— Rassurez-vous, mon cher Boris, il ne se doute de rien. Vous êtes moins galant que d'habitude. Vous semblez oublier qu'on me considère généralement comme une très belle femme. Et c'est ce qui intéresse Peel Edgerton.

Sceptique, Boris secoua la tête :

— Il a étudié la criminologie comme aucun autre homme ne l'a fait en Angleterre et vous pensez pouvoir le tromper ?

— S'il est tout ce que vous dites, cela m'amusera d'essayer.

— Bon Dieu, Rita !

— D'ailleurs, ajouta Mrs Vandemeyer, il est extrêmement riche, et je ne suis pas de celles qui méprisent l'argent. Comme vous le savez, mon cher Boris, c'est le nerf de la guerre.

— L'argent ! L'argent ! C'est toujours le danger avec vous, Rita. Vous vendriez votre âme pour de l'argent !

Il se tut quelques secondes puis, d'une voix basse et sinistre, il ajouta en pesant ses mots :

— Il m'arrive même de penser que vous seriez capable de nous vendre aussi... *nous* !

Mrs Vandemeyer eut un haussement d'épaules.

— De toute façon, le prix serait beaucoup trop élevé, lança-t-elle désinvolte. C'est largement au-dessus des moyens du commun des mortels ! Seul un milliardaire pourrait payer.

— Vous voyez bien, grogna le Russe, je n'avais pas tort.

— Mon cher Boris, vous ne comprenez donc pas la plaisanterie ?

— C'était une plaisanterie ?

— Naturellement.

— Alors tout ce que je peux vous dire, c'est que vous avez un sens de l'humour un peu particulier, ma chère Rita...

Mrs Vandemeyer se contenta d'un sourire :

— Cessons de nous quereller, Boris. Sonnez, nous allons prendre un verre.

Tuppence battit en retraite et vérifia son apparence devant le long miroir de Mrs Vandemeyer. Puis elle se présenta, l'air modeste.

La conversation qu'elle avait surprise, si intéressante fût-elle — car elle prouvait la complicité de Rita et de Boris —, ne jetait qu'une faible lumière sur ses préoccupations du moment. Le nom de Jane Finn n'avait même pas été prononcé. Échangeant quelques mots avec Albert le lendemain matin, elle apprit qu'aucun message ne l'attendait chez le marchand de journaux. Il semblait incroyable que Tommy — si tout allait bien — ne se manifestât pas. Elle sentait l'angoisse lui étreindre le cœur... Et si... Courageusement, elle chassa ses craintes. S'inquiéter ne servait à rien. Elle sauta sur la chance que lui offrit Mrs Vandemeyer.

— Quel est votre jour de congé habituel, Prudence ?

— Le vendredi, madame.

— Et justement, nous sommes vendredi ! Mais comme vous êtes arrivée hier, vous n'avez sans doute pas l'intention de sortir aujourd'hui ?

— Si, j'allais justement vous demander cette permission, madame.

Mrs Vandemeyer la contempla un instant, puis sourit :

— J'aimerais bien que le comte Stepanov vous entende. Il a émis des suppositions à votre sujet, hier soir. (Son sourire s'élargit, félin :) Votre requête est très... typique. Vous m'en voyez satisfaite. Vous ne pouvez pas comprendre ce que je veux dire, mais je vous autorise à prendre votre fin de journée. Cela m'est égal, je ne dîne pas à la maison.

— Merci, madame.

Aussitôt sortie de la pièce, Tuppence ressentit un soulagement intense. Une fois de plus, elle dut s'avouer qu'elle avait terriblement peur de cette belle femme au regard cruel.

Elle astiquait l'argenterie quand elle fut dérangée par la sonnette de la porte d'entrée. Ce n'était ni Whittington ni Boris, mais un homme d'apparence tout à fait inhabituelle.

D'une taille à peine supérieure à la moyenne, il donnait l'impression d'être grand. Son visage expressif rasé de près révélait une puissance et une force peu communes. Un réel magnétisme émanait de sa personne.

Était-ce un acteur ou un homme de loi ? En même temps que son nom, le visiteur apporta la réponse : sir James Peel Edgerton.

Tuppence l'observa avec un intérêt redoublé ; c'était donc lui, le fameux avocat dont le nom était sur toutes les lèvres ! On disait qu'il serait un jour Premier Ministre. Il avait déjà refusé cette fonction dans l'intérêt de sa profession, préférant siéger comme député de l'Écosse au Parlement.

Tuppence retourna à l'office, pensive. Cet homme célèbre l'avait impressionnée. Elle pouvait comprendre l'inquiétude de Boris : Peel Edgerton ne devait pas être un homme facile à duper.

Un quart d'heure plus tard, la sonnerie retentit et Tuppence regagna le vestibule pour raccompagner le visiteur. Il lui avait jeté un regard perçant et maintenant, tandis qu'elle lui tendait son chapeau et sa canne, il l'observait avec toute son attention. Comme elle ouvrait la porte et s'effaçait pour le laisser sortir, il s'arrêta sur le seuil :

— Vous ne faites pas cela depuis longtemps, n'est-ce pas ?

Tuppence leva les yeux, étonnée. Dans son regard, elle lut de la gentillesse et quelque chose de beaucoup plus difficile à déchiffrer. Elle répondit d'un signe de tête affirmatif.

— Infirmière licenciée, n'est-ce pas ?

— C'est Mrs Vandemeyer qui vous l'a dit ? demanda Tuppence, soupçonneuse.

— Non, mon petit, c'est votre regard qui me le dit. Alors, c'est une bonne place, ici ?

— Très bonne, monsieur, je vous remercie.

— Vous savez, il y a beaucoup de bonnes places, de nos jours. Et le changement ne fait jamais de mal à personne.

— Vous voulez dire que...

Il se retourna et lui lança un regard empreint de perspicacité et de bienveillance :

— Oh ! ce n'était qu'une remarque en passant...

Là-dessus, Tuppence s'en retourna à l'office, plus songeuse que jamais.

## 11

## L'histoire de Julius

Vêtue comme il se devait, Tuppence se mit en route, pour son « après-midi de sortie ». Albert n'étant pas à son poste habituel, Tuppence se rendit chez le marchand de journaux pour vérifier que rien n'y avait été déposé pour elle. Puis elle gagna le *Ritz* où elle apprit que Tommy n'était pas revenu. Elle s'attendait à cette réponse qui cependant accrut son inquiétude. Elle décida d'en référer à Carter en précisant quand et où Tommy avait commencé son enquête et en lui demandant de faire quelque chose pour le retrouver. Rassurée par cette perspective, elle s'enquit de Julius. On lui répondit que, rentré une demi-heure plus tôt, le jeune homme était immédiatement ressorti.

Tuppence se sentit encore plus rassurée ; ce serait une bonne chose de revoir Julius. Peut-être trouverait-il le moyen de découvrir ce qu'était devenu Tommy. Elle écrivait un petit mot à Carter dans le salon du jeune Américain et rédigeait l'enveloppe quand la porte s'ouvrit brusquement.

— Bon Dieu, qu'est-ce que vous... ! commença Julius — mais il s'arrêta net. Excusez-moi, Tuppence, ces idiots de la réception m'ont raconté que Beresford n'avait pas reparu depuis mercredi. C'est vrai ?

Tuppence acquiesça et demanda d'une voix éteinte :

— Vous ne savez pas où il est ?

— Moi ? Mais comment voulez-vous que je le sache ! Je n'ai pas reçu le moindre message de lui bien que je lui aie envoyé un télégramme hier matin.

— Votre télégramme doit être à la réception, personne ne l'aura réclamé.

— Mais où est Tommy ?

— Je n'en sais rien. J'espérais que vous le sauriez.

— Mais je me tue à vous dire que je n'ai pas eu le moindre message de lui depuis que nous avons quitté la gare, mercredi.

— Quelle gare ?

— Waterloo.

— Waterloo ? fit Tuppence en fronçant les sourcils.

— Eh bien, oui, quoi ! Il ne vous en a pas parlé ?

— Je ne l'ai pas vu depuis, répéta Tuppence, excédée. Mais continuez, à propos de Waterloo. Qu'est-ce que vous fabriquiez donc dans cette fichue gare ?

— Il m'avait téléphoné pour me dire de le rejoindre tout de suite. Il filait deux gangsters.

— Oh ! s'exclama Tuppence en ouvrant de grands yeux. Je vois. Continuez.

— Je me suis précipité là-bas. J'y ai retrouvé Beresford. Il m'a montré les deux gangsters ; le mien, c'était le grand, celui que vous aviez roulé dans la farine. Tommy m'a fourré un billet dans la main et m'a dit de sauter dans le train. Lui, il se chargeait d'espionner l'autre... Je pensais que vous saviez tout cela !

— Julius, déclara fermement Tuppence, arrêtez de vous promener de long en large, vous me donnez le vertige ! Asseyez-vous dans ce fauteuil et racontez-moi toute l'histoire avec le moins de fioritures possible.

— Entendu. Par où dois-je commencer ?

— Là où vous en êtes resté : à Waterloo.

— Parfait. Je suis donc monté dans un de ces vieux compartiments comme vous les affectionnez en Angleterre. Le train partait. Pour commencer, un contrôleur est venu m'informer très poliment que je n'étais pas dans un compartiment fumeurs. Je lui ai donné un demi-dollar et l'affaire a été classée. Je me suis promené un peu dans le couloir. Whittington était toujours dans le wagon d'à côté. Quand j'ai vu ce malotru avec sa grosse figure luisante et que j'ai pensé à cette pauvre petite Jane qui est entre ses griffes, j'ai vraiment regretté de ne pas avoir mon revolver sur moi. J'aurais volontiers bousculé un peu ce gros lard.

»Nous sommes arrivés à Bornemouth. Whittington est monté dans un taxi et a donné au chauffeur le nom d'un hôtel. J'ai fait pareil. Idem quand il a retenu une chambre. Jusque-là, tout marchait comme sur des roulettes. Il ne soupçonnait pas que quelqu'un le suivait. Il s'est installé dans le salon de l'hôtel et s'est mis à lire les journaux jusqu'à l'heure du dîner. Il n'avait pas l'air pressé.

»Je commençais à penser qu'il était juste venu là histoire de prendre un peu l'air quand je me suis aperçu qu'il ne s'était pas changé pour le dîner alors que nous étions dans un établissement plutôt chic. J'en ai déduit qu'il allait ressortir pour s'occuper enfin de ses affaires.

»En effet, vers 9 heures, il a pris une voiture. Il a traversé la ville qui est d'ailleurs assez jolie. J'y emmènerai Jane passer un week-end quand je l'aurai retrouvée. Il a payé le taxi puis, une fois hors de l'agglomération, l'a renvoyé pour se promener à travers un bois de sapins en bordure de la falaise. Bien entendu, j'étais sur ses talons. Nous avons marché une demi-heure environ. Peu à peu les villas se sont espacées, et nous sommes parvenus à la dernière, une grande maison entourée de pins.

»La nuit était noire et la route qui conduisait à la maison dans l'obscurité totale. Si je ne pouvais pas le voir, je l'entendais. Je devais marcher sans faire de bruit pour qu'il ne s'aperçoive pas qu'il était suivi. Je me suis arrêté à un tournant, juste à temps pour le voir sonner à la porte et entrer. Il commençait à pleuvoir et j'ai bientôt été trempé jusqu'aux os. En plus, il faisait un froid de canard.

»Whittington ne ressortait pas de la maison. Alors, petit à petit, je suis devenu nerveux et j'ai commencé à examiner les lieux. Toutes les fenêtres du rez-de-chaussée étaient hermétiquement fermées, mais à l'étage je pouvais voir une fenêtre éclairée dont les rideaux n'étaient pas tirés. Et, juste en face de cette fenêtre, un arbre. Il n'était qu'à une dizaine de mètres de la maison et je me suis dit que si je l'escaladais, je pourrais probablement voir ce qui se passait dans cette pièce. Bien sûr, il n'y avait pas de raison particulière pour que Whittington se trouve dans cette pièce plutôt que dans une autre au contraire, même : il y avait fort à parier qu'il se trouvait dans l'une des pièces de réception du rez-de-chaussée. Mais j'allais attraper le cafard à rester si longtemps sous la pluie et il fallait que je fasse quelque chose, n'importe quoi, plutôt que de rester à attendre. Alors j'ai grimpé à l'arbre, ce qui n'était pas une mince affaire car la pluie avait rendu les branches glissantes. Mais petit à petit, je me suis débrouillé et je me suis trouvé à la hauteur de la fenêtre.

»Là, j'ai été déçu. J'étais beaucoup trop à gauche ; je ne pouvais voir qu'un coin de la pièce : un morceau de rideau et un mètre carré de tapisserie. Tout cela ne faisait pas mon affaire ; j'allais abandonner et redescendre tout penaud quand quelqu'un s'est déplacé à l'intérieur et a projeté son ombre sur mon bout de mur. Et bon Dieu ! c'était Whittington ! Mon sang n'a fait qu'un tour. Il fallait à tout prix que je voie ce qui se passait dans cette chambre. Oui, mais comment ? C'est alors que j'ai remarqué une grande branche qui poussait en direction de la fenêtre. Si je parvenais à me glisser jusqu'au milieu de cette branche, le problème serait résolu. Restait à savoir si elle pouvait supporter mon poids. Décidant de risquer le coup, très prudemment, centimètre par centimètre, j'ai rampé le long de la branche. Elle craquait et se balançait de façon pas plaisante pour deux sous. Et penser à une éventuelle chute n'arrangerait rien. Mais, pour finir, je suis arrivé sain et sauf à l'endroit voulu.

»La pièce, de taille moyenne, était meublée comme une chambre d'hôpital. Au milieu, je distinguais une table éclairée par une lampe et, assis à cette table, juste en face de moi... Whittington. Il parlait à une femme en tenue d'infirmière, et qui me tournait le dos. Les stores étaient levés mais, avec la fenêtre fermée, je ne saisissais pas un mot de ce qu'ils disaient. Seul Whittington parlait, l'infirmière se bornait à l'écouter. Elle hochait la tête, tantôt en signe d'assentiment, tantôt pour répondre à une question. Whittington parlait en gesticulant. À une ou deux reprises, il a donné un grand coup de poing sur la table. La pluie avait cessé et le ciel s'éclaircissait très vite comme cela arrive souvent.

»Tout d'un coup, il a semblé avoir dit tout ce qu'il avait à dire. Quand il s'est levé, elle l'a imité. Il s'est tourné vers la fenêtre et lui a posé une question, probablement au sujet de la pluie. Quoi qu'il en soit, elle a regardé dehors. Juste à cet instant la lune est sortie de derrière les nuages. Éclairé comme je l'étais, j'ai eu peur qu'elle ne m'aperçoive et j'ai essayé de reculer : la secousse a été trop forte pour cette vieille branche pourrie. Elle est tombée dans un bruit épouvantable... et Julius Hersheimmer avec !

— Oh ! Julius, s'exclama Tuppence, comme c'est excitant ! Continuez !

— Eh bien, par bonheur, je suis tombé au milieu d'une plate-bande du genre moelleux, ce qui ne m'a pas empêché d'être dans les brumes pendant un bon bout de temps. Tout ce dont je me souviens, c'est que je me suis retrouvé dans un lit. À mon chevet se tenaient une infirmière — mais pas celle de Whittington — et un petit homme barbu avec des lunettes dorées, le prototype du toubib comme on n'en fait plus. Comme j'ouvrais les yeux, il s'est frotté les mains, a haussé les sourcils et a déclaré :

» — Ah ! Voilà notre jeune ami qui revient à lui ! Parfait ! Parfait !

» Alors, moi, j'ai fait le cirque habituel : « Qu'est-ce qui m'est arrivé ? Mais où suis-je ? » Naturellement, je connaissais les réponses... Je ne suis pas né d'hier !

» — Ce sera tout pour l'instant, a dit le petit homme à l'infirmière qui a filé avec une vivacité toute professionnelle, mais non sans me regarder d'un air intrigué.

» Cela m'a donné une idée : « Quel est le diagnostic, docteur ? »

» J'ai essayé de m'asseoir dans mon lit mais j'ai senti un vilain élancement dans mon pied gauche.

» — C'est une petite entorse, a précisé le médecin. Rien de bien méchant. Dans vingt-quatre heures, vous ne sentirez plus rien.

— J'avais remarqué que vous boitiez, l'interrompit Tuppence.

Mais Julius se contenta de hocher la tête et poursuivit son récit :

» — Comment est-ce arrivé ? ai-je demandé.

» Il m'a répondu assez vertement :

» — Vous êtes tombé, avec la branche maîtresse d'un de mes plus beaux arbres, sur l'un de mes parterres de fleurs fraîchement plantés. » Ce type m'était sympathique. Il avait le sens de l'humour. J'étais sûr qu'il était tout à fait franc du collier. J'ai ajouté :

» — ... Docteur, je suis désolé pour l'arbre et je vous offrirai de nouveaux bulbes... Mais peut-être aimeriez-vous savoir ce que je faisais dans votre jardin ?

» — Je crois en effet que vous me devez une explication...

» — Eh bien, tout d'abord, je dois vous dire que je n'étais pas là pour voler vos petites cuillères.

» — Ç'avait été ma première hypothèse, dit-il en souriant. Mais j'ai vite changé d'avis. Vous êtes américain, non ?

» Je me suis présenté et j'ai ajouté :

» — À qui ai-je l'honneur ?

» — Je suis le Dr Hall et vous êtes, vous ne l'ignorez sans doute pas, dans ma clinique privée.

»Je l'ignorais, mais ne lui en ai rien laissé voir. Je lui étais très reconnaissant de l'information. Cet homme me plaisait, mais je n'allais pas lui raconter toute mon histoire, pour une bonne raison au moins : il ne m'aurait pas cru.

»Je me suis décidé en deux secondes :

» — Docteur, je vais vous paraître complètement cinglé, mais je vous assure que je n'en avais pas à votre argenterie...

»Et j'ai enchaîné sur toute une histoire au sujet d'une jeune fille vissée par un tuteur sévère, victime d'une dépression, etc. Finalement, je lui ai expliqué que j'avais cru la reconnaître parmi ses patientes, d'où mes aventures nocturnes. Je crois que c'était tout à fait le genre d'histoire auquel il s'attendait. Quand j'ai terminé, il s'est exclamé avec bienveillance : « Mais c'est un vrai roman ! » Alors, j'ai continué :

» — Maintenant, docteur, répondez-moi franchement : avez-vous ou avez-vous eu au nombre de vos patientes une jeune fille nommée Jane Finn ?

» Il a répété le nom plusieurs fois avant de me répondre par la négative. J'étais contrarié et il a dû s'en apercevoir. J'ai insisté :

» — Vous êtes bien sûr ?

» — Sûr et certain, Mr Hersheimmer. C'est un nom peu commun et je m'en serais souvenu.

»On ne pouvait être plus catégorique. Je suis resté comme deux ronds de flan pendant un petit moment. Moi qui espérais que mes recherches étaient sur le point d'aboutir !

» — Tant pis, ai-je conclu. Passons à autre chose : quand je me cramponnais à cette satanée branche, hier soir, j'ai cru reconnaître un de mes vieux amis qui bavardait avec une de vos infirmières.

» Naturellement, j'avais pris soin de ne donner aucun nom. Dans la clinique de Hall, peut-être Whittington était-il connu sous un autre patronyme. Mais il m'a répondu immédiatement :

» — Il s'agit peut-être de Whittington ?

» — Lui-même. Que faisait-il chez vous ? Ne me dites pas qu'il a une dépression nerveuse !

»Hall s'est mis à rire :

» — Non. Il est venu rendre visite à une de mes infirmières, Edith, sa nièce.

» — Ça, par exemple ! me suis-je exclamé. Et il est encore là ?

» — Non, il est reparti en ville tout de suite après l'avoir vue.

» — Quel dommage ! Mais peut-être pourrai-je parler à sa nièce, Edith, c'est bien cela ?

» — Je suis désolé, mais c'est impossible. Edith est partie elle aussi la nuit dernière avec une de nos patientes.

» — Je n'ai vraiment pas de chance ! Connaissez-vous l'adresse de Whittington ? J'aimerais bien aller le voir quand je reviendrai.

» — Non. Mais si vous le souhaitez, je peux écrire à Edith pour la lui demander.

» Je le remerciai après avoir précisé :

» — Ne lui dites pas qui la lui demande, je voudrais faire une petite surprise à Whittington.

» Je ne pouvais pas faire grand-chose d'autre. Naturellement, si la jeune fille était vraiment la nièce de Whittington, elle serait trop rusée pour tomber dans le piège, mais cela valait le coup d'essayer. Après quoi, j'ai envoyé un télégramme à Beresford. Je lui donnais mon adresse, en lui demandant de venir me voir s'il n'avait rien de mieux à faire, car j'étais immobilisé par une foulure à la cheville. Il fallait que je reste prudent dans mon message. Quoi qu'il en soit, je n'ai pas entendu parler de lui. Mon pied s'est remis en vitesse. Ce n'était qu'une petite foulure de rien du tout. Ce matin, j'ai quitté mon nouveau copain, le Dr Hall, en lui demandant de m'envoyer un mot s'il recevait des nouvelles d'Edith, et je suis rentré directement. Mais Tuppence, pourquoi êtes-vous si pâle ?

— C'est à cause de Tommy. Qu'est-ce qui a bien pu lui arriver ?

— Un peu de cran ! Je suis sûr qu'il va bien ! Pourquoi est-ce que ça ne serait pas le cas ? Le gars qu'il suivait, c'était un étranger. Ils sont peut-être partis pour... je ne sais pas moi... la Pologne, par exemple.

— Il n'a pas pu partir comme ça, sans passeport, sans ses affaires. Et puis j'ai vu cet homme depuis, ce Boris je ne sais plus comment. Il a dîné avec Mrs Vandemeyer, hier soir.

— Mrs quoi... ?

— Ah oui ! j'oubliais. C'est vrai, je ne vous ai pas encore raconté.

— Je vous écoute, affranchissez-moi, déclara Julius en employant une de ses expressions favorites.

Tuppence lui relata alors les événements des deux jours précédents. Julius ne ménagea ni son étonnement ni son admiration.

— Bravo ! Vous imaginer en domestique, vous ! Ça me fait mourir de rire ! (Puis, redevenant sérieux :) Vous savez, je n'aime pas du tout ça, Tuppence. Vous ne manquez pas de cran, mais j'aimerais bien que vous restiez en dehors de toute cette affaire. Ces gangsters que nous poursuivons n'hésiteraient pas à supprimer une femme.

— Vous croyez que j'ai peur ? s'écria Tuppence indignée en chassant courageusement de sa mémoire les lueurs cruelles qui brillaient dans les yeux de Mrs Vandemeyer.

— Je viens de vous dire que vous avez un fichu cran. Mais cela ne change rien aux faits.

— Laissez tomber. Réfléchissons plutôt à ce qui a bien pu arriver à Tommy. J'ai d'ailleurs écrit à Carter, ajouta la jeune femme.

Elle résuma le contenu de sa lettre et Julius hocha gravement la tête.

— Si ça ne fait pas de bien, ça ne peut pas faire de mal. Mais c'est quand même à nous d'agir.

— Comment ? demanda Tuppence en reprenant courage.

— Le mieux serait de filer Boris. Vous dites qu'il est venu chez Mrs Vandemeyer. Il reviendra sûrement.

— C'est possible. Je n'en sais rien.

— Ah ! Eh bien, je vais acheter une voiture de luxe, m'habiller en chauffeur et attendre devant la maison. Si Boris vient, vous me ferez un signe, et je le filerai. Qu'en dites-vous ?

— C'est une excellente idée. Mais s'il reste des semaines sans venir ?

— Nous pouvons toujours essayer. Je suis heureux que mon plan vous convienne, dit Julius en se levant.

— Où allez-vous ?

— Acheter la voiture, bien sûr, répondit Julius, surpris. Quelle marque préférez-vous ? Vous aurez l'occasion de monter dedans avant que nous ayons terminé cette affaire.

— Eh bien, murmura Tuppence, j'adore les Rolls, mais...

— Vos désirs sont des ordres, je vais en acheter une.

— Mais vous ne pouvez pas en obtenir une comme cela ! s'écria Tuppence. On attend parfois des années.

— Pas ce cher petit Julius. Ne vous inquiétez pas. Je serai là dans une demi-heure. Avec la voiture.

Tuppence se leva à son tour :

— Vous êtes merveilleux, Julius. Mais je parie que votre plan est voué à l'échec. J'aurais plutôt tendance à placer tous mes espoirs en Carter.

— Vous avez tort.

— Pourquoi ?

— J'ai ma petite idée.

— Mais Carter *doit* faire quelque chose ! Il n'y a que lui qui puisse faire quelque chose ! À propos, j'ai oublié de vous signaler un truc bizarre qui est arrivé ce matin.

Et Tuppence raconta sa rencontre avec sir James Peel Edgerton.

— Qu'a bien pu vouloir dire ce type ? demanda Julius.

— Je n'en sais rien. Mais je crois que — sur le mode ambigu, dépassionné et légalement irréprochable des hommes de loi — il essayait de me mettre en garde.

— Et pourquoi ça, à votre avis ?

— Je ne sais pas, avoua Tuppence. Il semblait à la fois gentil et terriblement perspicace. J'ai presque envie d'aller le voir pour tout lui raconter.

À sa grande surprise, Julius s'y opposa énergiquement :

— Ne mêlons pas d'avocat à cette affaire. Ce type ne nous serait d'aucune utilité.

— Moi, je crois que si, répéta Tuppence avec obstination.

— Vous vous trompez. En attendant, salut ! Je serai là dans une demi-heure.

Trente-cinq minutes plus tard, Julius était de retour. Il prit Tuppence par le bras et la conduisit à la fenêtre :

— La voilà.

— Oh ! s'exclama Tuppence, une pointe d'admiration dans la voix.

— Et je peux vous assurer qu'elle marche, ajouta Julius avec une certaine complaisance.

— Comment avez-vous fait ? demanda Tuppence tout ébaubie.

— On allait la livrer à un gros bonnet !

— Et alors ?

— Alors, je suis allé chez lui et je lui ai dit : « J'ai calculé qu'une voiture comme celle-ci vaut vingt mille dollars. Si vous me la cédez, je vous en donne cinquante mille. »

— Et alors ? murmura Tuppence, médusée.

— Alors, conclut Julius, il a craqué. C'est tout.

## 12

### UN AMI DANS LE BESOIN

Le vendredi et le samedi se déroulèrent sans incidents. Tuppence reçut une brève réponse de Carter lui rappelant que les Jeunes Aventuriers avaient entrepris ce travail à leurs risques et périls et avaient été prévenus des dangers qu'ils couraient. S'il était arrivé quelque chose à Tommy, il le déplorait, mais n'y pouvait rien.

Ce n'était pas d'un grand réconfort. D'une certaine façon, sans Tommy l'aventure perdait toute sa saveur et, pour la première fois, Tuppence douta du succès de l'entreprise. Tant qu'ils avaient été tous les deux, jamais elle n'avait envisagé l'éventualité d'un échec. Bien que la jeune fille fût habituée à prendre des initiatives, bien qu'elle se flattât de tout comprendre à la vitesse de l'éclair, elle s'était toujours beaucoup plus appuyée sur Tommy qu'elle n'en avait conscience. Tommy, c'était la pondération, les idées claires, le bon sens, une saine appréciation des événements. Sans lui, Tuppence se sentait comme un navire sans gouvernail. Curieusement, Julius, qui était indéniablement beaucoup plus intelligent, ne lui donnait pas ce sentiment de sécurité. Elle avait accusé Tommy de pessimisme. C'est vrai qu'il mettait toujours l'accent sur les inconvénients et sur les difficultés qu'elle-même, dans son optimisme béat, était encline à sous-estimer. Néanmoins, elle comptait beaucoup sur lui. Peut-être se montrait-il parfois un petit peu lambin sur les bords, mais avec lui on se sentait en sécurité.

Pour la première fois la jeune fille se rendait compte du caractère sinistre de cette mission qu'ils avaient entreprise avec tant d'allégresse. L'aventure avait commencé comme un beau roman. Maintenant, vidée de son charme, elle tournait à la mauvaise farce. Tommy seul comptait. À plusieurs reprises dans la journée, Tuppence refoula ses larmes en se disant : « Idiote, ne pleurniche pas. Tu l'aimes bien, d'accord. Tu le connais depuis ta plus tendre enfance. Mais ce n'est pas une raison pour donner dans le sentimentalisme .» Quant à Boris, il ne se montrait toujours pas. Il ne vint pas à South Audley Mansions où Julius et la voiture l'attendirent en vain. Tuppence se plongea dans de nouvelles réflexions. Tout en admettant que les objections de Julius étaient fondées, elle n'avait pas entièrement renoncé à faire appel à sir James Peel Edgerton. Elle avait même été jusqu'à rechercher son adresse dans le Bottin mondain. Avait-il voulu la mettre en garde l'autre jour, et dans ce cas, pourquoi ? Elle était en droit de lui demander une explication. Il lui avait parlé avec une telle gentillesse ! Peut-être serait-il en mesure de lui donner des renseignements concernant Mrs Vandemeyer et qui pourraient la conduire jusqu'à Tommy.

Finalement, se secouant selon son habitude à la manière d'un fox-terrier ivre, elle décida que cela valait la peine d'essayer. Le dimanche, elle avait son après-midi de sortie. Elle verrait Julius et le convaincrait de se rendre dans l'antre du lion.

Le jour dit, il fallut déployer des trésors de persuasion pour convaincre Julius. Mais Tuppence sut se montrer ferme. « Si ça ne fait pas de bien, ça ne peut pas faire de mal », tel fut son leitmotiv jusqu'à la reddition du jeune Américain. Dès que Julius eut cédé, ils se rendirent en voiture à Carlton House Terrace.

Un majordome stylé vint leur ouvrir. Tuppence se sentait un peu nerveuse. Après tout sa démarche était d'une audace inouïe. Au banal : « Sir James est-il là ? », elle préféra une formulation plus personnelle : « Voulez-vous prier sir James de venir quelques instants ? J'ai un message important pour lui. »

Le majordome revint et annonça :

— Sir James va vous recevoir. Si vous voulez bien me suivre...

Il les introduisit dans la bibliothèque. Tous les livres étaient d'une grande qualité. Des rayons entiers étaient consacrés à des ouvrages de criminologie. De profonds fauteuils de cuir et une cheminée à l'ancienne meublaient la pièce. Le maître de céans était assis derrière un bureau couvert de papiers. Il se leva pour les accueillir :

— Vous avez un message pour moi ? (Reconnaissant Tuppence, il lui sourit.) Ah, c'est vous ! Vous m'apportez sans doute un message de Mrs Vandemeyer ?

— Pas précisément. En réalité, j'ai dit cela pour que vous me receviez. Ah ! j'oubliais : Mr Hersheimmer, sir James Peel Edgerton.

— Enchanté, déclara l'Américain en tendant la main.

— Asseyez-vous, dit sir James en approchant deux sièges.

— Sir James, commença Tuppence, jouant le tout pour le tout, vous allez me trouver très impertinente d'être venue ainsi chez vous. Parce que, bien sûr, vous n'avez rien à voir avec toute cette affaire et puis vous êtes quelqu'un de très important, alors que Tommy et moi sommes des gens très ordinaires.

— Tommy ? demanda sir James en regardant l'Américain.

— Non, lui, c'est Julius. Je suis nerveuse, c'est pourquoi je m'exprime mal. En fait, voici ce que je voudrais savoir : qu'avez-vous voulu me dire l'autre jour ? Vouliez-vous me mettre en garde contre Mrs Vandemeyer ?

— Chère mademoiselle, pour autant que je m'en souvienne, je vous ai seulement dit qu'il y avait de bonnes places ailleurs.

— Oui, mais vous sous-entendiez quelque chose, non ?

— Peut-être, admit sir James d'un ton grave.

— Bon. Je veux en savoir plus. Je tiens à savoir pourquoi vous avez dit cela.

— Et si Mrs Vandemeyer me fait traduire en justice pour calomnie et diffamation ?

— Oh ! je sais bien que les avocats sont toujours d'une prudence extrême, admit Tuppence. Mais si vous commenciez votre phrase par « sans vouloir porter préjudice », vous pourriez ensuite me dire tout ce que vous voulez.

— Eh bien, sans vouloir porter préjudice à quiconque, si j'avais une jeune sœur obligée de gagner sa vie, je n'aimerais pas qu'elle soit au service de Mrs Vandemeyer. J'ai pensé qu'il était de mon devoir de vous donner ce petit conseil : ce n'est pas une place pour une jeune fille inexpérimentée. C'est tout ce que je peux vous dire.

— Je vois, répondit Tuppence, songeuse. Je vous remercie de votre conseil, mais je ne suis pas vraiment inexpérimentée, vous savez. Je savais pertinemment que Mrs Vandemeyer était un drôle d'oiseau quand j'ai pris cette place. C'est même précisément la raison pour laquelle je l'ai choisie... Je pense, sir James, que je ferais peut-être mieux de tout vous avouer. J'ai le sentiment que si je ne vous dis pas toute la vérité, vous la devinerez, alors autant que vous sachiez tout depuis le début. Qu'en pensez-vous, Julius ?

— Maintenant que vous êtes allée aussi loin, continuez, répondit l'Américain qui n'avait rien dit jusque-là.

— Allez, videz votre cœur, suggéra sir James. Je veux savoir qui est ce Tommy.

Ainsi encouragée, Tuppence raconta toute l'histoire, que l'homme de loi écouta avec la plus grande attention.

— Tout cela est fort intéressant, dit-il quand elle eut terminé. Une bonne partie de ce que vous me dites là, mon enfant, n'est pas une découverte pour moi. Au sujet de cette Jane Finn, j'ai quelques théories personnelles. Vous avez fait du très bon travail mais ce n'est guère prudent de la part de... — comment l'appelez-vous déjà ? — ... de Mr Carter de bombarder deux gosses comme vous dans une affaire de cette envergure. Au fait, comment Mr Hersheimmer se trouve-t-il mêlé à tout cela ? Vous ne m'en avez rien dit.

Julius prit la parole :

— Je suis le cousin germain de Jane, expliqua-t-il en soutenant le regard pénétrant de l'avocat.

— Ah, je comprends !

— Sir James, s'exclama Tuppence, d'après vous, qu'est-il arrivé à Tommy ?

— Hum... (L'homme de loi se leva et se mit à arpenter la pièce.) Quand vous êtes arrivés, jeune fille, j'étais en train de préparer mes cannes. Je comptais prendre le train de nuit pour aller pêcher pendant quelques jours en Écosse. Mais il y a différentes sortes de pêches et j'ai bien l'intention de rester ici pour voir si nous pouvons repêcher ce jeune homme.

Enthousiasmée, Tuppence battit des mains.

— Quoi qu'il en soit, comme je vous l'ai déjà dit, je

n'approuve pas ce Carter d'avoir confié un travail de ce genre à deux gamins. Ne soyez pas vexée, mademoiselle...

— Cowley. Prudence Cowley. Mais mes amis m'appellent Tuppence.

— Va pour miss Tuppence ! Car je vais certainement devenir un de vos amis. Ne vous vexez pas si je vous traite de gamine. La jeunesse est un défaut que l'on perd trop facilement. Quant à votre Tommy...

— Oui, souffla Tuppence, les mains crispées en signe de prière.

— Franchement, la situation se présente mal. Il a dû aller fourrer ses pieds dans un endroit où il était indésirable. Je ne vois que cette explication. Mais ne perdez pas espoir.

— Et vous allez vraiment nous aider ? Vous voyez, Julius ! Il ne voulait pas venir ! ajouta-t-elle en guise d'explication.

— Hum... et pourquoi donc ? demanda l'avocat en jetant à nouveau un regard perçant à Julius.

— Je pensais que cela ne valait pas la peine de vous ennuyer avec une petite histoire de ce genre.

— Oui, mais voyez-vous, cette petite histoire, comme vous dites, est liée à une affaire très importante, beaucoup plus importante sans doute que vous ne le soupçonnez. Si ce jeune homme est encore en vie, il peut nous apporter des informations très précieuses. Il faut que nous le retrouvions.

— Oui, mais comment ? s'écria Tuppence. J'ai déjà envisagé tous les moyens possibles.

— Et pourtant vous avez tout près de vous une personne qui, selon toute vraisemblance, sait où il est — ou bien où il a des chances d'être.

— Qui ça ? demanda Tuppence, intriguée.

— Mrs Vandemeyer.

— Mais elle ne voudra jamais nous le dire.

— C'est là que j'interviens. Il est tout à fait possible que je parvienne à faire parler Mrs Vandemeyer.

— Comment ? demanda Tuppence en ouvrant de grands yeux.

— Tout simplement en lui posant des questions, répondit sir James avec désinvolture. C'est ainsi que nous procédons, voyez-vous.

Il pianota sur son bureau. Un magnétisme extraordinaire se dégageait de cet homme.

— Et si elle ne parle pas ? demanda Julius.

— Je crois qu'elle parlera. J'ai un ou deux moyens de pression non négligeables. Et, en dernier ressort, il nous reste la corruption.

— Alors c'est là que j'entre dans la danse ! s'exclama Julius en donnant un formidable coup de poing sur la table. Vous pouvez compter sur moi. Si nécessaire, j'irai jusqu'à un million de dollars. Oui, un million de dollars.

Sir James se rassit et dévisagea Julius :

— Mr Hersheimmer, il s'agit là d'une très grosse somme...

— Il faut bien. Ce n'est pas le genre de créature à laquelle on peut proposer de la petite monnaie.

— Au taux actuel, cela va chiffrer bien au-delà de deux cent cinquante mille livres.

— Exact. Vous croyez peut-être que je parle à tort et à travers, mais je peux allonger l'argent sur la table sans problème et il me restera encore de quoi vous payer vos honoraires.

Sir James rougit quelque peu :

— Il n'est pas question d'honoraires, Mr Hersheimmer. Je ne suis pas détective privé.

— Pardonnez-moi. J'ai parlé un peu vite, mais cette question d'argent m'agace. Il y a quelques jours, je voulais offrir une grosse récompense à qui me donnerait des nouvelles de Jane, mais ces croûtons de Scotland Yard m'en ont empêché en me disant que ce n'était pas souhaitable du tout.

— Ils avaient sans doute raison, rétorqua sèchement sir James.

— Vous savez, Julius n'est pas en train de se moquer de vous. Ce qu'il dit est vrai. Il roule sur l'or.

— Mon père avait le chic pour entasser les gros sous, expliqua Julius. Mais passons aux choses concrètes. Quelle est votre idée ?

— Il n'y a pas de temps à perdre, répondit l'homme de loi après un instant de réflexion. Plus vite nous commencerons, mieux ce sera. Miss Tuppence, savez-vous si Mrs Vandemeyer dîne dehors ce soir ?

— Oui. Mais elle ne rentrera pas tard. Sinon, elle aurait pris la clé de la porte d'entrée.

— Bien. J'irai lui rendre visite vers 10 heures. À quelle heure devez-vous rentrer ?

— Vers 9 h et demie, 10 heures. Mais je peux rentrer plus tôt.

— Pas question. Sous aucun prétexte. Si vous ne faisiez pas comme d'habitude, vous éveilleriez des soupçons. Rentrez vers 9 h et demie ; je serai là vers 10 heures. Mr Hersheimmer attendra en bas, dans un taxi.

— Il vient de s'acheter une Rolls, précisa Tuppence, non sans quelque fierté.

— C'est encore mieux. Si je parviens à obtenir l'adresse, nous pourrons nous y rendre immédiatement en emmenant Mrs Vandemeyer au besoin. C'est entendu ?

— Parfait ! s'écria Tuppence en bondissant sur ses pieds, ravie. Je me sens tellement mieux !

— Ne vous réjouissez pas trop tôt, miss Tuppence. Du calme !

— Je passe vous prendre avec la voiture vers 9 h 30 ? demanda Julius à l'avocat.

— C'est la meilleure solution. Inutile d'avoir deux voitures. Maintenant, miss Tuppence, suivez mon conseil : allez déguster un bon dîner, un très bon dîner et surtout ne vous faites pas de mauvais sang.

Là-dessus, ils se serrèrent la main. À peine étaient-ils dehors que Tuppence s'exclama, euphorique :

— C'est un trésor, non ? Un vrai trésor, non ?

— J'admets qu'il a l'air du brave mec, régulier et tout. Et je me fourrais le doigt dans l'œil quand je disais que ça ne valait pas le coup d'aller le voir. Nous rentrons directement au *Ritz* ?

— Je préfère marcher un peu. Je suis tellement énervée. Déposez-moi devant le parc. À moins que vous ne vouliez m'accompagner ?

— Non, il faut que j'aille prendre de l'essence et que j'envoie quelques télégrammes.

— Alors, rendez-vous au *Ritz* à 7 heures. Nous dînerons dans votre suite. Je ne peux pas me montrer au restaurant accoutrée comme je suis.

— Vous avez raison. Je demanderai à Félix de nous choisir le menu. C'est un maître d'hôtel de tout premier ordre. À tout à l'heure !

Tuppence marcha d'un pas alerte en direction de la Serpentine. Il était presque 6 heures. Elle se souvint qu'elle n'avait pas pris son thé, mais son esprit battait trop la campagne pour qu'elle puisse avoir faim. Elle marcha jusqu'à Kensington Gardens et revint lentement sur ses pas, toute ragaillardie par l'exercice et le grand air. Quant à suivre le conseil de sir James et chasser de son esprit les événements à venir, ça n'était pas facile. Comme elle se trouvait à proximité de Hyde Park Corner, elle éprouva la tentation irrésistible de retourner à South Audley Mansions. « Si ça ne fait pas de bien, ça ne fera pas de mal que j'aille jeter un coup d'œil sur l'immeuble. Et puis ça m'aidera à patienter jusqu'à 10 heures », pensa-t-elle.

South Audley Mansions offrait son aspect habituel. Tuppence n'aurait pas su dire à quoi elle s'était attendue, mais la vue de cette masse de brique rouge apaisa l'inquiétude grandissante et irraisonnée qui s'était emparée d'elle.

Elle s'apprêtait à rebrousser chemin quand elle entendit un sifflement perçant. Son fidèle Albert sortit en courant de l'immeuble. Quel ennui ! Elle qui voulait justement éviter d'attirer l'attention ! Mais Albert la rejoignit, rouge d'émotion :

— Eh ! miss ! ... miss ! Elle s'en va !

— Qui ?

— L'escroque, comme dit l'autre. Rita-la-Roulotte, Mrs Vandemeyer. Elle est en train de boucler ses malles et elle m'a fait passer un mot, histoire de me demander d'aller lui chercher un taxi.

— Quoi ? s'exclama Tuppence étreignant le bras d'Albert.

— C'est vrai, miss, je vous jure. J'ai pensé que vous n'étiez peut-être pas au courant. C'est pour ça que je me suis permis de...

— Albert, tu es un frère ! Sans toi, nous aurions perdu sa trace !

Ravi, Albert piqua un nouveau fard.

— Il n'y a pas une minute à perdre, décida Tuppence en traversant la rue. Il faut que je l'empêche de filer. Il faut que je la retienne à tout prix ici jusqu'à ce que... Albert, y a-t-il un téléphone au rez-de-chaussée ?

— Non. La plupart des appartements ont leur propre appareil. Mais il y a une cabine au coin de la rue.

— Alors, fonces-y tout de suite et appelle le *Ritz*. Demande qu'on te passe Mr Hersheimmer et dis-lui de courir chercher sir James tout de suite. Dis-lui aussi que Mrs Vandemeyer essaye de mettre les voiles. Si tu n'arrives pas à le joindre, téléphone à sir James Peel Edgerton. Tu trouveras son numéro dans l'annuaire. Raconte-lui ce qui se passe. Tu n'oublieras pas les noms, hein ?

Albert les répéta sans hésiter.

— Faites-moi confiance, miss, tout ira bien. Mais vous, vous n'avez pas peur de vous jeter dans la gueule du loup ?

— Non. Ne t'inquiète pas pour moi. Mais grouille-toi de téléphoner.

Ayant longuement inspiré pour se donner du courage, Tuppence pénétra dans l'immeuble et sonna chez Mrs Vandemeyer. Comment allait-elle s'y prendre pour retenir sa patronne jusqu'à ce que les deux hommes arrivent ? Parce qu'il n'y avait pas trente-six solutions : il faudrait bien qu'elle se débrouille toute seule.

Qu'est-ce qui provoquait le départ précipité de sa patronne ? Mrs Vandemeyer la soupçonnerait-elle ?

Inutile de se perdre en spéculations oiseuses. Tuppence appuya de nouveau énergiquement sur le bouton de sonnette. La cuisinière lui apprendrait peut-être quelque chose.

Pas de réponse. Au bout de quelques minutes, Tuppence sonna une nouvelle fois et maintint son doigt sur le bouton pendant un bon moment. Finalement, il y eut un bruit de pas et Mrs Vandemeyer elle-même ouvrit la porte. Elle parut étonnée :

— Vous ?

— J'ai une rage de dents, madame, annonça Tuppence d'une traite. J'ai pensé qu'il valait mieux que je rentre et que je passe une soirée tranquille.

— Vous n'avez pas de chance, déclara froidement Mrs Vandemeyer en laissant entrer Tuppence. Le mieux, c'est que vous alliez vous coucher.

— Oh, je serai bien à la cuisine, madame. La cuisinière...

— La cuisinière est sortie. Je lui ai donné quartier libre. Vous voyez que vous feriez mieux d'aller au lit, ajouta-t-elle sur un ton assez désagréable.

Soudain, Tuppence prit peur. Tandis que Mrs Vandermeyer la poussait lentement dans le couloir, elle perçut dans sa voix une intonation qu'elle n'aimait pas du tout. Inquiète, Tuppence murmura :

— Je ne veux pas...

En un éclair, un canon d'acier froid lui effleura la tempe et la voix de Mrs Vandemeyer s'éleva, glaciale et menaçante :

— Petite gourde ! Vous vous imaginez que je ne sais rien ! Taisez-vous. Si vous vous débattez ou si vous criez, je vous abats comme un chien.

Mrs Vandemeyer appuya le canon d'acier un peu plus fortement sur la tempe de la jeune fille.

— Et maintenant, en route, continua-t-elle. Par ici, dans ma chambre ! Dans une minute, quand j'en aurai fini avec vous, vous irez au lit. Et vous dormirez ! Oh oui, mon petit espion, vous dormirez comme un ange.

Il y avait dans ces derniers mots une intonation à la fois aimable et terrifiante qui ne présageait rien de bon. Pour le moment, il n'y avait rien à faire et, le pistolet toujours contre sa tempe, elle marcha docilement vers la chambre de Mrs Vandemeyer. La pièce était dans un désordre indescriptible: partout des vêtements, une boîte à chapeaux sur une valise à moitié pleine, au beau milieu de la chambre. Tuppence fit un effort pour se maîtriser. Sa voix tremblait un peu, mais elle s'écria, bravache :

— Voyons, c'est de la folie ! Vous n'allez pas tirer ! Tous les habitants de l'immeuble entendraient la détonation.

— Je n'hésiterais pas à courir ce risque, déclara de bonne grâce Mrs Vandemeyer. Mais aussi longtemps que vous n'appellerez pas au secours, vous serez saine et sauve. Et je ne pense pas que vous le ferez. Vous êtes trop intelligente. Vous m'avez bien eue ! Dire que je ne vous soupçonnais pas ! Je suis sûre que vous comprenez laquelle de nous deux désormais a les cartes en main. Allez, asseyez-vous sur le lit, les mains sur la tête et, si vous tenez à la vie, ne bougez pas !

Tuppence obéit. Son bon sens lui soufflait qu'il n'y avait rien d'autre à faire. Si elle appelait au secours, il y avait très peu de chance pour que quelqu'un l'entende alors qu'il y en avait beaucoup plus pour que Mrs Vandemeyer mît sa menace à exécution. Mais en attendant, chaque minute qui passait était une minute de gagnée.

Mrs Vandemeyer posa son revolver sur le bord de la coiffeuse, à portée de la main, en dardant sur la jeune fille son regard de lynx, pour le cas où celle-ci tenterait de bouger. Puis, s'emparant d'un petit flacon, elle en versa quelques gouttes dans un verre qu'elle remplit d'eau.

— Qu'est-ce que c'est? demanda Tuppence d'une voix aiguë.

— Quelque chose qui vous fera dormir profondément.

Tuppence pâlit.

— Vous voulez m'empoisonner? murmura-t-elle dans un souffle.

— Peut-être, répondit Mrs Vandemeyer, avec un bon sourire.

— Alors, je ne boirai pas, répliqua Tuppence, catégorique. J'aime encore mieux que vous me tiriez dessus. Au moins il y aura du bruit et quelqu'un pourra l'entendre. Mais pas question que je me laisse tuer en douce comme l'agneau qui vient de naître.

Mrs Vandemeyer tapa du pied.

— Ne soyez pas stupide! Vous croyez vraiment que j'ai envie d'être accusée de meurtre? Si vous aviez pour deux sous de bon sens, vous comprendriez que vous empoisonner ne m'avancerait à rien. C'est juste un somnifère. Demain, vous vous réveillerez indemne. Je ne veux pas avoir à vous attacher et à vous bâillonner. C'est à vous de choisir, mais vous n'aimerez pas la seconde solution, autant vous en prévenir : pour peu que j'aie envie de m'en donner la peine, je suis très brutale. Allez, avalez-moi cela comme une bonne petite fille, vous n'en mourrez pas!

Au fond d'elle-même, Tuppence la croyait : ses arguments sonnaient vrai. C'était une manière simple et efficace de se débarrasser d'elle pour le moment. Cependant la jeune fille n'acceptait pas de gaieté de cœur de se laisser docilement endormir sans faire la moindre tentative pour recouvrer sa liberté. Une fois que Mrs Vandemeyer l'aurait endormie, son dernier espoir de retrouver Tommy s'évanouirait. Tuppence avait l'esprit vif. En quelques secondes, elle fit le tour du problème et s'aperçut qu'il lui restait une chance infime. Alors, elle décida de jouer le tout pour le tout dans un suprême effort : elle se laissa tomber du lit et se jeta à genoux devant Mrs Vandemeyer, se cramponnant comme une folle à sa jupe.

— Je ne vous crois pas! gémit-elle. C'est du poison. Je sais que c'est du poison. Ne me forcez pas à le boire ! (Et, se mettant à hurler d'une voix stridente, elle répéta :) Ne me forcez pas à le boire !

Le verre à la main, Mrs Vandemeyer contempla avec une moue méprisante ce soudain effondrement.

— Allez, debout, petite idiote ! Cessez donc de radoter ! Je me demande comment vous avez pu avoir le cran de jouer votre rôle ! (Elle tapa du pied.) Allez ! Levez-vous !

Mais Tuppence continuait à se cramponner et à sangloter, ne cessant par instants de gémir que pour demander grâce.

Chaque minute comptait, et qui plus est, tout en rampant, elle se rapprochait imperceptiblement de son objectif. Excédée, Mrs Vandemeyer se mit à la secouer :

— Buvez immédiatement.

Et d'autorité, elle lui mit le verre entre les lèvres.

Tuppence poussa un dernier gémissement.

— Vous me jurez que cela ne me fera pas de mal ?

— Mais bien sûr, ne soyez pas stupide !

— Vous me le jurez vraiment ?

— Oui, oui, repondit l'autre, à bout de patience.

Tuppence leva une main tremblante, comme pour prendre le verre. Mrs Vandemeyer poussa un soupir de soulagement et relâcha son attention. Alors, rapide comme l'éclair, Tuppence jeta le contenu de son verre dans la figure de Mrs Vandemeyer qui suffoqua, le visage ruisselant. Profitant de cet instant, Tuppence s'empara du revolver. Puis elle bondit en arrière et, d'une main qui ne tremblait pas, mit Mrs Vandemeyer en joue.

En cet instant de victoire, Tuppence se laissa aller à une explosion triomphale peu digne d'un sportif qui se respecte et cria :

— Alors, laquelle de nous deux a les cartes en main, maintenant ?

Devant le visage convulsé de son ennemie, Tuppence craignit un instant qu'elle ne lui saute à la gorge, ce qui l'aurait placée dans une situation désagréable car elle n'avait pas vraiment l'intention de tirer.

Cependant, Mrs Vandemeyer parvint à se contrôler et, peu à peu, un sourire diabolique déforma ses traits :

— Vous n'êtes pas aussi bête que je le pensais, après tout !

C'est bien joué, ma grande, mais vous me le payerez. Oh oui, vous me le payerez. J'ai une bonne mémoire, vous savez.

— Je m'étonne d'avoir réussi à vous rouler aussi facilement, ironisa Tuppence. Vous pensiez vraiment que j'étais du genre à se rouler par terre pour demander grâce ?

— Cela pourrait bien vous arriver un jour, fit l'autre d'un air entendu.

Ces propos étaient chargés d'une telle menace que Tuppence sentit son sang se glacer, mais elle n'allait pas baisser pavillon pour autant.

— Asseyons-nous, proposa-t-elle dans un élan de courtoisie. Notre attitude est quelque peu mélodramatique. Non, pas sur le lit. Approchez un fauteuil de la table. Je vais me mettre en face de vous avec le revolver, pour éviter tout grabuge intempestif. Voilà, c'est parfait. Et maintenant, causons un peu.

— De quoi ? demanda Mrs Vandemeyer, de mauvaise grâce.

Tuppence la contempla pensivement. Certains détails lui revenaient à l'esprit, comme l'expression de Boris : « Il m'arrive même de penser que vous seriez capable de nous vendre », et la réponse de Rita : « Le prix serait beaucoup trop élevé. » Cet échange, certes, ne contenait-il pas un fond de vérité ? Quelques jours auparavant Whittington ne lui avait-il pas demandé : « Qui a bavardé ? Rita ? » Et si Rita était précisément le point faible dans l'armure de Mr Brown ?

Alors, tout en regardant Mrs Vandemeyer dans les yeux, Tuppence répondit tranquillement :

— D'argent.

Mrs Vandemeyer eut un haut-le-corps. De toute évidence, elle ne s'attendait pas à cette sortie :

— Que voulez-vous dire ?

— Ceci : vous venez de dire que vous avez une bonne mémoire. Mais une bonne mémoire est moins utile qu'un portefeuille bien garni. Bien sûr, vous aimeriez vous défouler en me faisant plein de trucs, tous plus horribles les uns que les autres. Mais est-ce bien raisonnable ? La revanche n'apporte pas autant de satisfaction qu'on pourrait le croire, tout le monde est d'accord sur ce point. Mais l'argent... (Tuppence parlait en connaissance de cause.) Allez, franchement, qu'est-ce qui rapporte plus de satisfaction que l'argent ?

— Parce que vous pensez, répliqua Mrs Vandemeyer, que je suis le genre de femme qui vend ses amis ?

— Oui, répondit Tuppence sans l'ombre d'une hésitation. Si le prix est suffisamment élevé.

— Une misérable centaine de livres, par exemple !

— Non. Je dirais plutôt cent mille livres.

Son sens de l'économie l'avait empêchée de monter jusqu'au million de dollars proposé par Julius.

Mrs Vandemeyer rougit violemment.

— Comment dites-vous ? demanda-t-elle en jouant nerveusement avec la broche qui retenait son corsage.

À cet instant, Tuppence comprit que le poisson était ferré et pour la première fois elle eut en horreur son propre amour de l'argent qui la plaçait dans la même catégorie que cette femme abominable.

— Cent mille livres, répéta Tuppence.

L'éclat qui avait brillé dans les yeux de Mrs Vandemeyer disparut et elle se rejeta dans son fauteuil :

— Bah ! vous ne les avez pas !

— C'est exact, admit Tuppence. Je ne les ai pas, mais je connais quelqu'un qui les a.

— Qui ?

— Un de mes amis.

— Il doit être millionnaire, remarqua Mrs Vandemeyer, sceptique.

— On ne saurait mieux dire. C'est un Américain. Il payera sans discuter. Je vous donne ma parole que ma proposition est sérieuse.

Mrs Vandemeyer se redressa :

— J'ai bien envie de vous croire, déclara-t-elle. Que veut-il savoir, votre ami ?

Après avoir hésité, Tuppence se rappela qu'il s'agissait de l'argent de Julius et que ses intérêts devaient passer en priorité :

— Il veut savoir où se trouve Jane Finn.

Mrs Vandemeyer ne manifesta aucune surprise :

— Je ne sais pas au juste où elle se trouve en ce moment.

— Mais vous pourriez le savoir ?

— Bien sûr. Ce n'est pas sorcier.

— Et puis... ajouta Tuppence dont la voix se mit à trembler quelque peu. Et puis... il y a un garçon... un de mes amis. Je...

je crains qu'il ne lui soit arrivé des ennuis, par la faute de votre petit ami Boris.

— Comment s'appelle-t-il ?

— Tommy Beresford.

— Je n'ai jamais entendu parler de lui. Mais je demanderai à Boris. Il me dira tout ce qu'il sait.

— Merci.

Tuppence se sentait revivre et son audace s'en trouva accrue. Elle se pencha pour murmurer :

— Une chose encore : qui est Mr Brown ?

Le beau visage de Mrs Vandemeyer pâlit subitement ; elle fit un effort pour se ressaisir et retrouver son assurance, mais le résultat fut peu concluant.

— Vous n'avez pas appris grand-chose sur notre compte si vous ignorez encore que personne ne sait qui est Mr Brown, dit-elle en haussant les épaules.

— Personne, peut-être, mais vous, sûrement, répliqua tranquillement Tuppence.

À nouveau, Mrs Vandemeyer blêmit :

— Qu'est-ce qui vous fait supposer cela ?

— Je n'en sais rien, répondit la jeune fille avec franchise. Mais j'en suis certaine.

— Oui, répondit Rita, d'une voix rauque. Moi, je sais. J'ai été belle, vous savez, très belle.

— Vous l'êtes encore, avoua Tuppence avec une certaine admiration.

Mrs Vandemeyer hocha la tête. Une étrange lueur passa dans ses yeux d'un bleu métallique.

— Plus assez, murmura-t-elle d'une voix dangereusement douce. Je ne suis plus assez belle. Quelquefois, au cours de ces derniers temps, il m'est arrivé d'avoir peur. On est toujours en danger quand on en sait trop. (Elle se pencha vers Tuppence :) Jurez-moi que personne ne saura jamais rien.

— Je vous le jure. Une fois qu'il sera arrêté, vous ne serez plus en danger.

Une ombre de terreur passa sur le visage de Mrs Vandemeyer :

— Vous êtes sûre ? Plus jamais en danger ? (Elle étreignit le bras de Tuppence :) Pour l'argent, c'est toujours d'accord ?

— Tout à fait.

— Quand l'aurai-je ? Je ne peux pas attendre.

— Mon ami devrait déjà être là. Il avait quelques télégrammes à envoyer, je crois. Mais il ne sera pas en retard, il est très expéditif.

Cette fois Mrs Vandemeyer semblait décidée :

— Vous m'avez convaincue. C'est une forte somme. En outre (un sourire énigmatique passa sur ses lèvres), ce serait très imprudent d'essayer de rouler une femme comme moi.

Elle souriait en pianotant sur la table quand, subitement, elle s'interrompit et blêmit :

— Qu'est-ce que c'est ?

— Je n'entends rien.

Mrs Vandemeyer jeta autour d'elle un regard épouvanté.

— Si quelqu'un nous écoutait ?

— Mais non, c'est absurde. Qui voulez-vous que ce soit ?

— Les murs ont des oreilles, répondit-elle dans un souffle. Je vous dis que j'ai peur. On voit que vous ne le connaissez pas !

— Songez plutôt aux cent mille livres, conseilla Tuppence.

Mrs Vandemeyer passa sa langue sur ses lèvres desséchées.

— Vous ne le connaissez pas, répéta-t-elle d'une voix rauque. Il est... ah !...

Elle poussa un hurlement de terreur et se leva en pointant son doigt au-dessus de la tête de Tuppence. Puis elle tomba, sans connaissance. Tuppence se retourna pour voir ce qui lui avait fait si peur. Sur le seuil se tenaient sir James Peel Edgerton et Julius Hersheimmer.

## 13

## La veillée

Sir James écarta Julius et se pencha sur la femme étendue à terre.

— Le cœur, déclara-t-il brièvement. Nous avoir brusquement aperçus lui a donné un choc. Du cognac, vite, ou elle risque de nous filer entre les doigts.

Julius se précipita vers la coiffeuse. Mais Tuppence l'arrêta :

— Non, pas là. Dans le buffet de la salle à manger. Deuxième porte à gauche, dans le couloir.

Sir James et Tuppence transportèrent la femme sur son lit et lui aspergèrent le visage, sans résultat. L'avocat lui prit le pouls.

— Ce n'est pas brillant, grommela-t-il. J'aimerais bien que votre jeune ami se dépêche avec le cognac.

À cet instant, Julius réapparut, avec un verre qu'il tendit à sir James. Tuppence souleva la tête de la femme et l'avocat essaya de verser quelques gouttes d'alcool entre ses lèvres serrées. Quand elle commença à ouvrir les yeux, Tuppence lui tendit le verre et lui ordonna de boire. Mrs Vandemeyer s'exécuta. Le sang afflua à ses joues et elle recouvra ses esprits à une vitesse étonnante. Elle tenta de se redresser sur son séant puis retomba sur l'oreiller avec un gémissement, en portant la main à sa poitrine.

— Mon cœur, murmura-t-elle. Il ne faut pas que je parle — et elle resta étendue, les yeux clos.

Sir James lui prit le pouls :

— Tout va bien maintenant.

Tuppence et les deux hommes s'écartèrent et se mirent à parler à voix basse. Tous éprouvaient une certaine déception. Il était hors de question pour le moment d'interroger cette femme. Leurs projets étaient contrariés et ils n'y pouvaient rien.

Tuppence fit le point pour ses compagnons. Mrs Vandemeyer s'était déclarée en mesure de révéler l'identité de Mr Brown, et avait consenti à leur révéler le lieu où se trouvait Jane Finn. Julius la félicita :

— C'est merveilleux, miss Tuppence. Extraordinaire. Cent mille livres lui paraîtront demain matin aussi séduisantes que ce soir. Nous n'avons pas à nous inquiéter. De toute façon, je parie qu'elle ne parlera pas avant d'avoir l'argent.

Tuppence se sentit réconfortée par ces propos pleins de bon sens.

— Vous avez raison, approuva sir James. Je regrette cependant que nous vous ayons dérangées à cet instant précis, mais enfin tant pis. Il ne nous reste qu'à attendre jusqu'à demain matin.

Il jeta un coup d'œil sur le corps de Mrs Vandemeyer. Elle reposait, inerte, les yeux clos.

— Eh bien, déclara Tuppence, avec une feinte gaieté, nous attendrons donc jusqu'à demain matin. Ce n'est pas un drame ! Mais il vaudrait mieux que nous ne partions pas d'ici.

— Et si nous laissions ce jeune garçon si dégourdi monter la garde ?

— Albert ? Et si elle reprend ses esprits et veut s'en aller ? Albert ne pourra pas la retenir.

— Je ne pense pas qu'elle veuille disparaître sans l'argent.

— Ce n'est pourtant pas impossible. Elle semblait terrifiée par Mr Brown.

— Quoi ? Elle est effrayée à ce point ?

— Oui. Elle a inspecté la pièce et a même dit que les murs avaient des oreilles.

— Elle pensait peut-être à un micro, suggéra Julius.

— Miss Tuppence a raison, déclara sir James. Nous ne devons pas quitter l'appartement, ne serait-ce que pour protéger Mrs Vandemeyer.

Julius parut stupéfait :

— Vous pensez qu'il pourrait s'en prendre à elle ? Entre maintenant et demain matin ? Comment peut-il être au courant de ce qui s'est passé ?

— Vous oubliez votre propre hypothèse du micro, lança sir James. Nous avons affaire à un adversaire redoutable. Si nous prenons toutes les précautions nécessaires, il y a de bonnes chances pour qu'il tombe entre nos mains. Mais nous ne devons négliger aucune précaution. Nous disposons d'un important témoin, qu'il nous faut protéger. Je propose que Tuppence aille se coucher et que Mr Hersheimmer et moi-même montions la garde ensemble.

Tuppence allait protester quand elle jeta par hasard un regard vers le lit : Mrs Vandemeyer était étendue là, les yeux mi-clos, les traits défigurés par une telle terreur et une telle méchanceté que ses objections tombèrent. Pendant quelques secondes, elle se demanda si cet évanouissement et cette attaque cardiaque n'étaient pas une gigantesque imposture. Mais une telle pâleur rendait cette hypothèse peu probable. Puis, comme par magie l'expression mauvaise disparut et Tuppence n'eut plus sous les yeux qu'une forme inerte. Peut-être était-ce le fruit de son imagination. Il fallait néanmoins rester sur ses gardes.

— J'estime, déclara Julius, que nous ferions aussi bien de sortir de la pièce.

Les autres aquiescèrent. Sir James reprit le pouls de Mrs Vandemeyer.

— Tout à fait satisfaisant, commenta-t-il à voix basse. Après une nuit de repos, elle sera rétablie, ajouta-t-il à l'intention de Tuppence.

La jeune fille hésita un peu, tant elle avait été impressionnée par l'expression qu'elle avait surprise sur le visage de la femme. Celle-ci ouvrit les yeux, comme si elle voulait parler. Tuppence se pencha vers elle.

— Ne... me... quittez pas.

Incapable de continuer, elle murmura le mot « sommeil » et fit une nouvelle tentative. Tuppence se pencha un peu plus. La voix n'était plus qu'un souffle...

— Mr Brown...

Elle n'alla pas plus loin mais ses yeux mi-clos semblaient transmettre encore un message torturant.

Mue par une soudaine impulsion, la jeune fille déclara :

— Je ne quitterai pas l'appartement. Je veillerai ici toute la nuit.

Une lueur de soulagement passa dans les yeux de Mrs Vandemeyer qui baissa les paupières. Apparemment, elle s'était endormie. Mais ses dernières paroles avaient de nouveau provoqué l'inquiétude de Tuppence. Qu'avait-elle voulu dire ? « Mr Brown » ? Tuppence jeta un regard nerveux par-dessus son épaule. L'immense garde-robe lui apparaissait sous un jour menaçant. Elle était bien assez grande pour qu'un homme pût s'y cacher. Un peu honteuse, Tuppence l'ouvrit et regarda à l'intérieur. Il n'y avait bien évidemment personne. Elle se pencha pour regarder sous le lit car il n'y avait pas d'autre cachette possible. Elle se secoua, à la manière d'un fox-terrier hargneux, cette fois. Absurde. Elle n'allait pas craquer ! Elle sortit doucement de la pièce. Julius et Sir James s'entretenaient à voix basse. Sir James se tourna vers elle :

— Fermez la porte de l'extérieur et prenez la clé. Personne ne doit pénétrer dans cette pièce.

Le ton était grave et impressionnant. Du même coup, la jeune fille se sentit moins honteuse d'avoir cédé à la panique.

— Dites-moi, déclara soudain Julius, il y a le jeune ami de

Tuppence. Je pense qu'il faudrait que je descende le rassurer. C'est un garçon formidable.

— Mais au fait, comment êtes-vous entrés ? J'ai oublié de vous le demander.

— Albert m'a téléphoné comme convenu. Je suis passé prendre sir James et nous sommes venus directement. Le gamin nous attendait. Il était inquiet à votre sujet ; il était venu écouter à la porte mais n'avait rien entendu. Il nous a proposé de prendre l'escalier de service plutôt que de sonner. Nous avons atterri dans l'arrière-cuisine et nous vous avons cherchée. Albert est toujours en bas et doit se faire du mauvais sang.

Sur ce, Julius quitta brusquement la pièce.

— Miss Tuppence, déclara sir James, vous connaissez les lieux mieux que moi. Où pensez-vous que nous pourrions nous installer ?

Après réflexion, Tuppence déclara que le boudoir de Mrs Vandemeyer serait l'endroit le plus confortable et ils s'y rendirent.

Sir James regarda autour de lui d'un air approbateur.

— Pour moi, c'est parfait. Et maintenant, jeune fille, vous devriez vous fourrer au lit et dormir.

Mais Tuppence secoua la tête d'un air résolu :

— Je vous remercie mais je ne peux pas : je rêverais de Mr Brown toute la nuit.

— Mais, mon enfant, vous allez être fatiguée !

— Tant pis, je préfère veiller.

Il n'y avait pas à insister.

Julius réapparut quelques minutes plus tard. Il avait rassuré Albert et l'avait généreusement récompensé de ses services. À son tour, il tenta de persuader Tuppence d'aller se coucher, mais en vain, puis il déclara :

— De toute façon, il faut que vous avaliez quelque chose ! Où est le garde-manger ?

Sur les indications de Tuppence, il disparut et revint quelques minutes plus tard avec un pâté froid et trois assiettes.

Après ce dîner réconfortant, Tuppence commença à se sentir moins angoissée. Le pouvoir de l'argent était infaillible. Mrs Vandemeyer se laisserait séduire par les cent mille livres.

— Et maintenant, miss Tuppence, racontez-nous vos aventures, déclara sir James.

— Mais oui, Tuppence, allez-y, renchérit Julius.

Non sans une certaine complaisance, Tuppence raconta les événements du début de la soirée. De temps à autre, Julius l'interrompait d'un « c'est fantastique ! » admiratif. Quand elle eut terminé, sir James qui était resté silencieux laissa tomber un « bien joué, miss Tuppence » qui la fit rougir de plaisir.

— Il y a une chose que je ne comprends pas, remarqua Julius. Qu'est-ce qui a bien pu la pousser à vouloir s'enfuir ?

— Ça, je n'en sais rien, avoua Tuppence.

Pensivement, sir James se caressait le menton :

— Sa chambre était en désordre, ce qui laisse supposer que sa fuite n'était pas préméditée. C'est plutôt comme si elle avait reçu un avertissement soudain.

— Mr Brown, peut-être, ironisa Julius.

L'avocat ne se priva pas de dévisager le jeune homme.

— Et pourquoi pas ? Souvenez-vous que vous-même, vous avez été battu par lui à plates coutures.

Julius, vexé, rougit :

— Quand je pense que je lui ai donné sans broncher la photo de Jane ! Bon sang ! si jamais je remets la main sur lui, il me le payera cher, je vous le garantis.

— Éventualité fort peu probable, remarqua sir James, pince-sans-rire.

— Vous avez raison, admit Julius en toute franchise. Quoi qu'il en soit, ce n'est pas la photo, c'est l'original que je recherche. Où pensez-vous qu'elle puisse être, sir James ?

— Difficile à dire. Mais je peux dire où elle a été.

— Vraiment ? Où ça ?

Sir James eut un sourire :

— Dans ce qui a servi de décor à vos aventures nocturnes : la maison de santé de Bornemouth.

— Là-bas ? C'est impossible ! J'ai posé la question.

— Eh non, cher monsieur ! Vous avez demandé si quelqu'un du nom de Jane Finn avait séjourné là-bas. Or, si la jeune fille a été admise dans cet établissement, c'était certainement sous un faux nom !

— Chapeau ! s'écria Julius. Je n'y aurais jamais pensé !

— C'est l'évidence même, rétorqua l'autre.

— Le médecin est peut-être complice, suggéra Tuppence.

— Je ne le pense pas. J'ai tout de suite éprouvé de la sympathie pour lui. Non, je suis sûr de lui. Ce Dr Hall est quelqu'un de bien.

— Vous avez bien dit « Hall » !, s'exclama sir James. C'est curieux ! C'est extrêmement curieux !

— Pourquoi ? demanda Tuppence.

— Parce que je l'ai rencontré ce matin. Nous nous sommes un peu fréquentés, pendant quelques années, et pas plus tard que ce matin, je l'ai rencontré dans la rue. Il m'a dit qu'il était descendu au *Metropole.* (Se tournant vers Julius, sir James ajouta :) Ne vous avait-il pas dit qu'il venait à Londres ? Non ? Bizarre. Vous n'avez pas cité son nom cet après-midi, sinon je vous aurais conseillé d'aller le voir de ma part, pour lui demander de plus amples informations.

— Je suis stupide, reconnut Julius avec une humilité inhabituelle chez lui. J'aurais dû penser à cette combine de fausse identité.

— Comment pouviez-vous penser à quoi que ce soit après être tombé de cet arbre ? s'exclama Tuppence. N'importe qui d'autre aurait été tué sur le coup !

— Tout cela n'a plus beaucoup d'importance, maintenant. Nous tenons Mrs Vandemeyer à notre merci, et c'est le principal.

— Oui, approuva Tuppence — mais sa voix manquait d'assurance.

Le silence tomba sur le petit groupe. Peu à peu la magie de la nuit commença à s'emparer d'eux : les craquements dans les meubles, le bruissement des rideaux. Soudain, Tuppence sauta sur ses pieds en poussant un cri :

— Je n'en peux plus. Je sens que Mr Brown est dans l'appartement. Je sens qu'il est là.

— Voyons, Tuppence, comment pourrait-il être là ? Cette porte donne sur le vestibule. Personne n'aurait pu entrer sans que nous le voyions ou que nous l'entendions.

— C'est plus fort que moi. Je sens qu'il est là.

Elle jeta un regard éploré vers sir James qui lui répondit gravement :

— Avec tout le respect que je porte à vos impressions, miss Tuppence — et aux miennes par la même occasion —, je ne vois vraiment pas comment quelqu'un pourrait se trouver dans cet appartement à notre insu.

— Les nuits de veille me portent toujours un peu sur les nerfs, avoua-t-elle, quelque peu réconfortée.

— C'est que nous sommes dans les mêmes conditions que les gens qui se réunissent pour une séance de spiritisme. Si un médium était parmi nous, nous obtiendrions peut-être des résultats exceptionnels.

— Vous croyez au spiritisme? demanda Tuppence en ouvrant de grands yeux.

L'avocat haussa les épaules :

— Nul doute qu'il y a dans tout cela une part de vérité. Mais aux Assises, la plupart de ces témoignages ne parviendraient à convaincre personne.

Les heures passèrent. Aux premières lueurs de l'aube, sir James tira les rideaux. Ils contemplèrent ce que peu de Londoniens voient d'habitude : le lent lever du soleil sur la ville endormie. Quoi qu'il en soit, à la lumière du jour naissant, les craintes et les fantasmes de la nuit parurent absurdes. Même Tuppence se sentit revivre.

— Hourra ! s'exclama-t-elle. Cette journée va être superbe. Nous allons retrouver Tommy et Jane Finn, et tout sera pour le mieux dans le meilleur des mondes. Je demanderai à Mr Carter de m'accorder une belle décoration.

À 7 heures, Tuppence se proposa pour aller faire du thé. Elle revint avec un plateau chargé d'une théière et de quatre tasses.

— Pour qui est la quatrième? s'enquit Julius.

— Pour notre prisonnière, naturellement. C'est bien ainsi que nous pouvons la nommer?

— Une tasse de thé, voilà qui la réconfortera après la nuit qu'elle a dû passer, déclara Julius, pensif.

— Certainement, approuva Tuppence. Allons-y. Vous pourriez peut-être m'accompagner tous les deux pour le cas où elle me sauterait dessus ? Nous ne savons pas dans quel état d'esprit elle va se réveiller.

Sir James et Julius l'accompagnèrent jusqu'à la porte de la chambre.

— Où est la clé ? Ah oui, j'oubliais, je l'ai sur moi !

Elle introduisit la clé dans la serrure, la tourna puis, avant d'ouvrir :

— Et si, après tout, elle s'était échappée..., murmura-t-elle.

— Totalement impossible, répliqua Julius confiant.

Sir James, quant à lui, ne fit pas de commentaires. Tuppence prit une longue inspiration et pénétra dans la chambre. Elle poussa un soupir de soulagement en voyant Mrs Vandemeyer étendue sur son lit.

— Bonjour ! lança-t-elle, joyeuse. Je vous apporte un peu de thé.

Mrs Vandemeyer ne répondit pas. Tuppence posa la tasse sur la table de nuit et alla tirer les rideaux. Quand elle se retourna, la femme n'avait toujours pas bougé. Le cœur battant, en proie à une soudaine frayeur, Tuppence se précipita vers le lit et hurla. La main qu'elle saisit était glacée... Désormais, Mrs Vandemeyer ne parlerait plus... Alertés par le cri, les autres se précipitèrent. Quelques minutes leur suffirent pour constater que Mrs Vandemeyer était morte depuis plusieurs heures. De toute évidence, elle avait succombé pendant son sommeil.

— Ça alors, pour un hasard malheureux, se lamenta Julius, c'est vraiment un hasard mal...

L'avocat était plus calme mais une étrange lueur brillait dans ses yeux :

— Parce que vous croyez au hasard, vous ?

— Vous ne pensez pas... c'est hors de question... personne n'aurait pu entrer...

— Je ne vois pas non plus comment ils auraient pu entrer, admit sir James. Et pourtant... elle est sur le point de trahir Mr Brown et... elle meurt. Est-ce bien le fruit du hasard ?

— Mais comment diable... ?

— Oui, comment ? C'est ce qu'il nous faut découvrir.

Il resta planté là à se caresser le menton.

— C'est ce qu'il nous faut découvrir, insista-t-il d'un ton posé.

Et Tuppence songea que si elle avait été à la place de Mr Brown, elle n'aurait pas aimé la façon dont il avait dit cela.

— La fenêtre est ouverte, remarqua Julius. Pensez-vous que...

Tuppence secoua la tête :

— Le balcon ne va que jusqu'au boudoir, et nous y étions.

— Il a pu ramper, suggéra Julius.

— Les méthodes de Mr Brown ne sont pas aussi frustes,

objecta sir James. Nous devons faire venir un médecin, mais auparavant, si nous nous assurions qu'il n'y a rien dans cette pièce qui puisse avoir de la valeur pour nous?

C'est ce qu'ils firent sans perdre de temps. Un tas de cendres dans la cheminée prouvait que Mrs Vandemeyer avait brûlé des papiers avant de songer à s'enfuir. Il ne restait rien d'important ni dans la chambre ni dans les autres pièces de l'appartement qu'ils fouillèrent également.

— Et ça? demanda Tuppence en désignant un petit coffre-fort vieillot encastré dans le mur. C'est pour les bijoux, mais il peut contenir autre chose.

La clé étant dans la serrure, Julius l'ouvrit et procéda à une inspection minutieuse.

— Alors? interrogea Tuppence, à bout de patience.

— Rien, fit-il en refermant la porte du coffre.

Cinq minutes plus tard, arrivait un jeune et fringant médecin, convoqué à la hâte. Il manifesta une profonde déférence à l'égard de sir James qu'il reconnut immédiatement.

— Crise cardiaque ou peut-être trop forte absorption de somnifère. (Il renifla.) On jurerait qu'il y a une odeur de chloral dans l'air.

Tuppence se souvint du verre qu'elle avait renversé et se dirigea machinalement vers la coiffeuse. Elle aperçut le petit flacon dont Mrs Vandemeyer avait versé quelques gouttes. À ce moment-là il était rempli aux trois quarts. Maintenant... il était vide...

## 14

## Une consultation

Rien ne pouvait surprendre et émerveiller davantage Tuppence que la facilité avec laquelle tout fut arrangé, grâce à l'habileté de sir James. Le médecin accepta la thèse selon laquelle Mrs Vandemeyer avait absorbé par hasard une trop forte dose de chloral. Il ne pensait pas qu'une enquête serait nécessaire. Si tel était le cas, il en informerait sir James. On lui expliqua que Mrs Vandemeyer était à la veille d'un départ pour l'étranger et que ses domestiques étaient déjà partis. Sir James et ses jeunes amis étaient venus prendre congé d'elle quand elle avait été terrassée par une soudaine syncope. Ils avaient passé la nuit dans son appartement, préférant ne pas la laisser seule.

Lui connaissaient-ils des parents ? Non, mais sir James lui donna le nom de son notaire.

Quelques minutes plus tard, une infirmière vint prendre le relais et les autres quittèrent l'immeuble fatal.

— Et maintenant ? demanda Julius avec un geste de désespoir. J'ai bien peur que nous soyons définitivement le bec dans l'eau.

— Non, répliqua sir James très calme, en se caressant le menton. Il nous reste une chance : que le Dr Hall ait quelque chose à nous apprendre.

— C'est pourtant vrai ! Je l'avais oublié !

— Les chances sont minces mais nous ne devons pas les négliger. Je vous ai dit qu'il était descendu au *Metropole*. Je propose que nous allions le voir dès que possible. Après un bon bain et un petit déjeuner, par exemple ?

Il fut décidé que Tuppence et Julius retourneraient au *Ritz* et passeraient ensuite chercher sir James en voiture. Ce programme fut exécuté à la lettre et, à 11 heures, ils s'arrêtèrent devant le *Metropole*. Ils demandèrent le Dr Hall qu'un jeune chasseur alla chercher. Quelques instants plus tard, le petit médecin se précipitait à leur rencontre.

— Pouvez-nous nous accorder quelques minutes, docteur Hall ? lui demanda aimablement sir James. Permettez-moi de vous présenter miss Cowley. Quant à Mr Hersheimmer, je crois que vous le connaissez déjà.

En serrant la main de Julius, le médecin lui lança un regard intrigué :

— Ah oui ! Mon jeune ami qui tombe des arbres ? Et votre cheville ?

— Guérie, grâce à votre excellent traitement, docteur.

— Et vos peines de cœur ?

— Je cherche toujours, répondit Julius, laconique.

— Pour en venir au fait, déclara sir James, pouvez-vous nous recevoir sans témoins ?

— Bien sûr. Il y a un petit salon dans lequel nous ne serons pas dérangés.

Ils lui emboîtèrent le pas. Le médecin, ayant installé ses visiteurs, interrogea sir James du regard.

— Docteur Hall, il faut absolument que je retrouve une jeune fille dont je veux obtenir une déclaration. J'ai de bonnes raisons de penser qu'elle a séjourné dans votre établissement, à Bornemouth. J'espère que je ne vous obligerai pas à trahir le secret professionnel.

— C'est pour un témoignage ?

Après une légère hésitation, sir James répondit par l'affirmative.

— Je serai très heureux de vous donner toutes les informations dont je dispose. Quel est le nom de cette jeune fille ? Je me souviens que Mr Hersheimmer...

— Le nom, intervint sir James brusquement, n'a aucune importance. Il est presque certain qu'on vous l'a envoyée sous un faux nom. Mais je voudrais savoir si vous connaissez une certaine Mrs Vandemeyer.

— Mrs Vandemeyer, qui demeure au n° 20, South Audley Mansions ? Oui, un peu.

— Vous n'êtes pas au courant de ce qui lui est arrivé ?

— Que voulez-vous dire ?

— Vous ne savez pas qu'elle est morte ?

— Mon Dieu, non ! je n'en ai pas eu connaissance. Quand est-ce arrivé ?

— Elle a pris une trop forte dose de chloral, hier soir.

— Intentionnellement ?

— Non. Je pense qu'il s'agit d'un accident. Mais je préfère ne pas me prononcer. Quoi qu'il en soit, on l'a retrouvée morte, ce matin.

— C'est bien triste. C'était une femme exceptionnellement belle. J'imagine que vous étiez de ses amis pour être au courant de tous ces détails ?

— Je suis au courant de tous ces détails parce que... eh bien parce que c'est moi qui l'ai trouvée... euh...

— Vraiment !

— Eh oui ! dit sir James en se caressant le menton.

— C'est une bien triste nouvelle, mais excusez-moi... quel est le rapport avec votre enquête ?

— Le rapport est simple : Mrs Vandemeyer ne vous avait-elle pas confié une de ses jeunes parentes ?

Julius buvait les paroles du médecin.

— Si, répondit Hall sans se troubler.

— Et sous quel nom ?

— Janet Vandemeyer. C'était sa nièce, si j'ai bien compris.

— Quand a-t-elle été admise chez vous ?

— C'était en juin ou en juillet 1915, si mes souvenirs sont exacts.

— Un cas de folie ?

— Non. Elle est en parfaite santé, si c'est ce que vous voulez savoir. Mrs Vandemeyer m'a appris que cette jeune fille était avec elle à bord du *Lusitania* quand ce bateau maudit a été torpillé et elle en a été profondément ébranlée.

— Nous voilà sur la bonne piste, non ? demanda sir James en se tournant vers ses compagnons.

— Je l'ai déjà dit, mais je le répète : je suis un crétin, déclara Julius.

Le médecin les regarda tous avec curiosité.

— Vous vouliez obtenir d'elle une déclaration ? Et si elle était incapable de la faire ?

— Mais... Vous venez de dire qu'elle était en parfaite santé.

— En effet. Mais si vous voulez qu'elle témoigne pour des événements antérieurs au 7 mai 1915, elle en sera incapable.

Ils regardèrent le petit homme avec stupéfaction. Celui-ci prit un air réjoui.

— C'est dommage, c'est vraiment dommage. Surtout si, comme je le comprends, il s'agit d'une affaire importante. Mais c'est ainsi. Elle ne peut rien dire.

— Mais pourquoi ? Sacré nom d'un chien, pourquoi ? s'écria Julius.

Le petit homme posa un regard bienveillant sur le fougueux Américain :

— Parce que Janet Vandemeyer souffre d'amnésie.

— Quoi ?

— Eh oui ; c'est un cas intéressant, très intéressant même. Il en existe quelques autres du même genre. Mais c'est le premier qui m'ait été confié et je dois reconnaître que c'est tout à fait passionnant.

Il y avait quelque chose d'un peu cynique dans la satisfaction du petit homme.

— Et elle ne se souvient de rien? demanda lentement sir James.

— Rien d'antérieur au 7 mai 1915. Après cette date, sa mémoire est aussi bonne que la vôtre ou la mienne.

— Quelle est la première chose dont elle se souvienne?

— Son débarquement avec les autres survivants. Pour tout ce qui précède, c'est le néant. Elle ne savait même pas son nom, ni d'où elle venait, ni où elle se trouvait. Elle ne parlait même plus sa propre langue.

— Mais tout cela est très inhabituel, non? avança Julius.

— Non, cher monsieur. C'est même assez banal, compte tenu des circonstances. Elle a subi un choc nerveux important. La perte de la mémoire génère presque toujours des manifestations de ce genre. J'ai proposé que l'on consulte un spécialiste. Il y en a un fameux à Paris, qui étudie des cas analogues. Mais Mrs Vandemeyer s'y est opposée à cause de la publicité qu'entraîne un tel traitement.

— Cela ne m'étonne pas, fit remarquer sir James d'un ton lugubre.

— J'ai abondé dans son sens. Il se produit toujours un certain battage autour de ces cas, et la jeune fille en question était toute jeune. Elle devait avoir dix-neuf ans. Il eût été regrettable que l'on parle de sa maladie, cela pouvait nuire à son avenir. En outre, il n'y a pas de traitement spécial pour des cas semblables. Il faut attendre.

— Attendre?

— Oui. Tôt ou tard, la mémoire revient. Aussi subitement qu'elle est partie. Mais il est probable que cette jeune personne aura entièrement oublié toute la période intermédiaire. Sa mémoire renaîtra là où elle l'a quittée : au moment du naufrage du *Lusitania*.

— Et quand cela peut-il se produire?

— Je ne peux vous le dire. C'est parfois l'affaire de quelques mois, mais dans certains cas, il a fallu attendre vingt ans. Parfois, c'est un autre choc qui remet les choses en place.

— Un autre choc? répéta Julius songeur.

— Mais oui. Dans le Colorado, il y a eu un cas de ce genre.

Le petit homme devenait bavard, volubile, d'un enthousiasme à peine contenu.

Julius n'écoutait plus. Plongé dans ses pensées, il fronçait les sourcils. Soudain, il sortit de sa réflexion et donna un coup de poing tel que tout le monde sursauta, le médecin le premier :

— Ça y est ! Docteur, j'aimerais avoir un avis clinique sur le plan que je viens d'élaborer. Si Jane traversait de nouveau cette mare aux canards et que la même chose se reproduise ? Le sous-marin et ses torpilles, le bateau qui coule, les passagers qui embarquent dans les canots, etc. ? Est-ce que cette situation ne donnerait pas à son inconscient — pour employer votre jargon — un bon choc qui remettrait tout en place ?

— C'est un raisonnement très intéressant, Mr Hersheimmer. Cette méthode pourrait être efficace, en effet. Mais il n'y a aucune chance, hélas ! pour que les conditions que vous venez de décrire se reproduisent.

— De manière naturelle, certainement pas. Mais on peut les recréer artificiellement.

— Artificiellement ?

— Mais oui. Où est la difficulté ? On loue un paquebot...

— Un paquebot..., balbutia Hall.

— On loue des passagers, un sous-marin. C'est sans doute le plus difficile. Les gouvernements sont sûrement un peu regardants pour ce qui touche à leurs machines de guerre. Ils ne doivent pas les vendre au premier venu. Enfin, je crois qu'on pourra s'arranger. Vous connaissez le principe du pot-de-vin ? Eh bien, le pot-de-vin vient à bout de toutes les difficultés. Je pense que nous n'aurons pas besoin de lancer des torpilles. Si tout le monde se met à courir et à hurler que le bateau est en train de couler, ce sera suffisant pour une jeune fille innocente comme Jane. D'ici qu'elle endosse une ceinture de sauvetage et qu'on la pousse dans un canot avec des figurants qui joueront les hystériques sur le pont, elle se croira en mai 1915. Que dites-vous de cette idée ?

Le Dr Hall dévisagea Julius. Son regard exprimait tout ce qu'il était présentement incapable de dire.

— Non, je ne suis pas fou, crut bon de préciser Julius. C'est tout à fait réalisable. Aux États-Unis, on fait ça tous les jours, pour les films. Au cinéma, vous avez déjà vu des trains qui entrent en collision ? Entre un train et un paquebot, où est la différence ? Il suffit d'acheter le matériel nécessaire, et en avant !

Hall retrouva sa voix :

— Mais la dépense, cher monsieur. (Sa voix monta dans les aigus.) La dépense ! Elle sera colossale !

— L'argent, c'est ce qui manque le moins, expliqua Julius avec une belle simplicité.

Déconcerté, Hall se tourna vers sir James qui souriait.

— Mr Hersheimmer est à l'aise. Très à l'aise même !

Le médecin regarda de nouveau Julius, mais d'un œil nouveau, plus attentif. Il ne le considérait plus comme un excentrique habitué à tomber des arbres, mais comme un homme très riche, donc respectable.

— Votre plan est remarquable. Tout à fait remarquable ! Les films, bien sûr ! Très intéressant. Nos méthodes sont certainement moins avancées que les vôtres... Et vous voulez vraiment réaliser ce plan remarquable ?

— Et comment, que je le veux !

Le médecin le crut — ce qui était un hommage rendu aux Américains. Si un Anglais lui avait fait la même suggestion, il aurait douté de sa santé mentale.

— Que les choses soient bien claires, fit-il remarquer, je ne vous garantis pas la guérison.

— C'est entendu. Vous m'amenez Jane et je me charge du reste.

— Jane ?

— Miss Janet Vandemeyer, si vous préférez. Pouvons-nous joindre votre établissement et demander à votre personnel de nous la confier ? Ou dois-je aller la chercher en voiture ?

Le médecin regardait Julius, bouche bée :

— Je vous demande pardon, Mr Hersheimmer. Je pensais que vous aviez compris.

— Compris quoi ?

— Que miss Vandemeyer n'est plus sous ma surveillance.

## 15

## Tuppence est demandée en mariage

— Quoi ? bondit Julius.

— Je pensais que vous étiez au courant.

— Quand est-elle partie ?

— Voyons... Aujourd'hui, nous sommes lundi, non ? Ce devait être mercredi dernier. Oui, c'est cela, le soir où... où vous avez atterri dans mes plates-bandes.

— Ce soir-là ? Avant ou après ?

— Attendez... c'était après. Nous avons reçu un message urgent de Mrs Vandemeyer. La jeune fille et l'infirmière qui s'occupait d'elle sont parties par le train de nuit.

Julius s'écroula dans son fauteuil.

« Edith est partie elle aussi la nuit dernière avec une de nos patientes. » Je m'en souviens, murmura-t-il. Bon Dieu ! dire que je touchais au but !

Le Dr Hall le contemplait, stupéfait :

— Je ne comprends pas. La jeune fille n'est donc pas auprès de sa tante ?

Tuppence secoua la tête. Elle s'apprêtait à parler quand le regard de sir James l'arrêta. L'avocat se leva :

— Je vous suis très obligé, docteur Hall. Nous vous sommes très reconnaissants de ce que vous nous avez confié. Mais nous devons recommencer à chercher miss Vandemeyer. Quant à son infirmière, vous ne savez pas où nous pourrions la joindre ?

— Je n'ai plus entendu parler d'elle, en fait. J'ai cru comprendre qu'elle devait rester avec miss Vandemeyer pendant un certain temps. Mais qu'est-ce qui a bien pu arriver à cette fille ? Elle n'a pas été kidnappée, au moins ?

— C'est ce que nous allons voir, répondit sir James soucieux.

— Pensez-vous que je doive avertir la police ? demanda Hall après une légère hésitation.

— Non. Il est probable que la jeune fille se trouve chez d'autres parents.

L'explication n'était pas très satisfaisante, mais sir James semblait bien déterminé à ne pas en dire davantage. Tenter d'extorquer de sa bouche d'autres informations était donc peine perdue. Le médecin souhaita bonne chance à ses visiteurs. Après un bref « au revoir », ils se retirèrent.

— C'est à devenir fou ! s'exclama Tuppence dès qu'ils se retrouvèrent à la voiture. Penser que Julius a été sous le même toit qu'elle pendant plusieurs heures.

— Ce que j'ai pu être idiot ! marmonna Julius, lugubre.

— Vous ne pouviez pas le savoir, murmura Tuppence en guise de consolation. N'est-ce pas, sir James ?

— Ne vous tourmentez pas, ajouta ce dernier gentiment. Ça n'a jamais servi à rien de ressasser les erreurs passées.

— Et maintenant, qu'allons-nous faire ? demanda Tuppence, toujours pratique.

Sir James haussa les épaules :

— Vous pourriez passer une annonce pour retrouver l'infirmière qui accompagnait la jeune fille. C'est la seule chose que je puisse vous suggérer, mais le résultat me paraît douteux. Il n'y a rien d'autre à faire pour le moment.

— Rien ?... répéta Tuppence, le visage dénué d'expression. Et Tommy ?

— Il ne nous reste qu'à espérer, déclara sir James. Oui, ne perdons pas espoir.

Comme elle avait la tête baissée, le regard de l'avocat croisa celui de Julius et il lui fit un léger signe de tête. Le jeune Américain blêmit : l'homme de loi considérait le cas comme désespéré. Sir James prit la main de Tuppence :

— Prévenez-moi s'il y a du nouveau. On me fait toujours suivre mon courrier.

Tuppence le dévisagea, l'air égaré cette fois :

— Vous partez ?

— Je vous l'ai déjà dit. Vous ne vous en souvenez pas ? Je vais en Écosse.

— Oui... Mais je pensais...

— Chère amie, je crois que je ne peux rien faire de plus. Toutes nos pistes se sont évanouies comme des mirages. Croyez-moi quand je vous dis qu'il n'y rien d'autre à faire. Si quelque fait nouveau se produisait, je serais heureux de vous conseiller dans toute la mesure de mes possibilités.

Tuppence était effondrée.

— Vous devez avoir raison. Je vous remercie beaucoup d'avoir essayé de nous aider. Au revoir !

Une lueur de compassion passa dans le regard de sir James.

— Ne soyez pas aussi triste, miss Tuppence, murmura-t-il. Vous savez, les vacances ne sont pas seulement consacrées aux loisirs. On peut aussi y faire du bon travail.

Tuppence releva la tête et scruta son visage. Il eut un sourire :

— Non, je ne vous en dirai pas davantage. C'est toujours une grave erreur de trop parler. Souvenez-vous de ceci : il ne faut jamais dire tout ce que l'on sait, même aux personnes que l'on connaît le mieux. Compris ? Au revoir !

Tuppence le regarda s'éloigner. Elle commençait à comprendre les manières de procéder de sir James. Une fois déjà, il lui avait parlé par allusion, de la même façon détachée. Était-ce une nouvelle allusion ? Quel était le sens caché de ses paroles ? Voulait-il dire qu'après tout, il n'abandonnait pas l'affaire ? Qu'il allait continuer de s'en occuper ?

Le cours de ses pensées fut interrompu par Julius qui la priait de monter en voiture.

— Vous avez l'air préoccupé, remarqua-t-il en démarrant. Le vieux vous a-t-il dit autre chose ?

Spontanément, Tuppence ouvrit la bouche... pour la refermer aussitôt. Les paroles de sir James résonnaient encore à ses oreilles : il ne faut jamais dire tout ce que l'on sait, même aux personnes que l'on connaît le mieux. Et, dans un éclair, un autre souvenir jaillit de sa mémoire : Julius devant le coffre, dans l'appartement de Mrs Vandemeyer, sa question à elle, le temps qu'il avait mis à répondre : « rien ». N'y avait-il vraiment rien ou avait-il trouvé quelque chose qu'il voulait garder pour lui ? S'il faisait de la rétention d'information, elle pouvait en faire aussi.

— Rien de spécial, répondit-elle.

Elle sentit plus qu'elle ne vit le regard de Julius sur elle :

— Si nous allions faire un tour dans le parc ?

— Comme vous voudrez.

Ils marchèrent un moment en silence sous les arbres. La journée était magnifique. L'air était si frais et si pur que Tuppence en retrouva sa joie de vivre.

— Dites-moi, Tuppence, vous pensez que je vais finir par retrouver Jane ?

Il y avait du découragement dans cette question. Un état

d'esprit si inhabituel chez Julius que Tuppence le regarda avec étonnement.

— Eh oui, c'est comme ça. Cette affaire me met dans tous mes états. Aujourd'hui sir James a perdu tout espoir, je l'ai bien vu. Je ne peux pas l'encaisser — peut-être sommes-nous trop différents l'un de l'autre —, mais il est très malin et s'il y avait la moindre chance de succès, il n'abandonnerait pas maintenant, n'est-ce pas ?

Tuppence se sentait plutôt mal à l'aise mais elle se souvint que Julius lui avait caché quelque chose et elle s'en tint à ce qu'elle avait décidé.

— Il nous a tout de même conseillé de faire paraître une annonce pour retrouver l'infirmière, lui rappela-t-elle toutefois.

— Oui, mais sur un ton qui disait assez que c'était sans espoir. Non, je suis dégoûté. J'ai presque envie de rentrer aux États-Unis.

— Oh, non ! s'écria Tuppence. Nous devons retrouver Tommy !

— C'est vrai. J'oubliais Beresford, avoua Julius d'un air contrit. Vous avez raison, nous devons le retrouver. Mais après... eh bien... Depuis que je suis parti, j'ai rêvé tout éveillé mais tous mes rêves ont tourné au vinaigre et m'en voilà délivré. Tuppence, j'aimerai vous demander quelque chose.

— Oui ?

— Qu'y a-t-il entre Beresford et vous ?

— Je ne vois pas ce que vous voulez dire, répondit Tuppence froidement. (Puis dans un bel élan d'illogisme :) Et de toute manière, vous vous trompez.

— Vous n'éprouvez pas une sorte de tendresse l'un pour l'autre ?

— Bien sûr que non, répliqua Tuppence, avec véhémence. Tommy et moi sommes des amis, rien de plus.

— C'est ce que disent tous les amoureux à un moment quelconque...

— Eh bien c'est idiot, lança Tuppence d'un ton cassant. Est-ce que j'ai l'air d'une fille qui tombe amoureuse de tous les hommes qu'elle rencontre ?

— Non, mais vous avez l'air d'une fille dont on tombe souvent amoureux.

— Ça, par exemple ! s'exclama Tuppence, abasourdie. C'est un compliment ?

— Oui. Disons les choses comme elles sont. Si vous ne retrouvez jamais Beresford et que...

— Ça va... dites-le. Je peux regarder la vérité en face. S'il est mort... c'est bien cela ?

— ... et que cette affaire s'enlise. Que deviendrez-vous ?

— Je ne sais pas, avoua Tuppence, piteuse.

— Vous serez sacrément seule, ma pauvre petite.

— Tout ira bien, rétorqua Tuppence avec son habituel mépris pour tout ce qui ressemblait de près ou de loin à la compassion.

— Et le mariage ? Y avez-vous déjà songé ?

— J'ai l'intention de me marier... Mais seulement si... (Elle se tut, tentée de faire machine arrière, puis courageusement fit feu :)... si je trouve un homme suffisamment riche pour que le jeu en vaille la chandelle. Je suis franche, non ? Vous avez le droit de me mépriser.

— Je ne méprise jamais les gens qui ont le sens des affaires, rétorqua Julius. Et quel genre avez-vous en tête ?

— Quel genre ? demanda Tuppence, embarrassée. Vous voulez dire : grand ou petit ?

— Non, je veux parler du genre de revenus... du montant de la fortune, quoi !

— Je... je n'y ai jamais songé !

— Que pensez-vous de moi ?

— Vous ?

— Oui, moi.

— Oh ! mais... mais c'est impossible...

— Pourquoi ?

— Parce que c'est impossible.

— Mais enfin pourquoi ?

— Ce serait déloyal.

— Je ne vois pas en quoi. Jouons cartes sur table. Je vous admire énormément, Tuppence, plus qu'aucune autre jeune fille que j'aie jamais rencontrée. Vous avez un tel cran ! J'aimerais vous offrir une vie facile. Dites-moi oui et nous allons immédiatement chez un grand bijoutier pour régler l'affaire de la bague.

— Je ne peux pas, répondit Tuppence, dans un hoquet.

— À cause de Beresford ?

— Non, non !

— Pourquoi, alors ?

Tuppence se contenta de secouer violemment la tête.

— Vous ne pouvez pas espérer une plus grosse fortune que la mienne.

— Oh ! ce n'est pas cela. (Elle éclata d'un rire presque hystérique.) Merci beaucoup, vous êtes très gentil, mais je préfère vous dire non.

— Puis-je vous demander une faveur ? Réfléchissez-y jusqu'à demain.

— C'est inutile.

— Faites-le tout de même.

— Très bien, finit par répondre Tuppence.

Ils n'échangèrent plus un mot jusqu'au *Ritz*.

Tuppence monta dans sa chambre. Après l'effort qu'elle avait dû fournir pour tenir tête à Julius, elle se sentait moralement épuisée. Elle se contempla dans son miroir.

— Folle, murmura-t-elle en se faisant une grimace. Complètement folle. Tout ce que tu voulais, tout ce que tu espérais... et voilà que tu te mets à bêler comme un agneau stupide : non... non... non... C'est ta seule chance. Pourquoi ne la prends-tu pas ? Attrape-la ! Empoigne-la ! Que veux-tu de plus ?

Comme en réponse à sa question, ses yeux tombèrent sur une petite photo qui trônait dans un cadre miteux sur sa table de nuit. Pendant quelques instants elle résista puis, abandonnant tout amour-propre, elle le porta à ses lèvres et éclata en sanglots.

— Oh, Tommy, Tommy ! s'écria-t-elle. Je t'aime... je t'aime et peut-être que je ne te reverrai plus jamais.

Au bout de cinq minutes, elle se leva, se moucha et se recoiffa.

— Ça suffit, déclara-t-elle sévèrement. Regardons les faits en face. Il semblerait que je sois tombée amoureuse d'un crétin qui, selon toutes probabilités, se moque éperdument de moi. (Elle se tut puis, s'adressant à un interlocuteur imaginaire :) De toute façon, il n'aurait jamais osé m'en parler. J'ai toujours dit le plus grand mal de tout ce qui est sentiment et me voilà en train de battre tous les records de sentimentalité. Les filles sont stupides ! C'est bien ce que j'ai toujours pensé ! Et maintenant, je vais dormir avec sa photo sous mon oreiller et rêver à lui toute la nuit. C'est horrible de faillir ainsi à ses principes.

Tuppence hocha tristement la tête en songeant à ce qu'elle venait de vivre.

— Je ne sais vraiment pas quoi dire à Julius. Quelle imbécile je fais ! Il faut que je lui réponde quelque chose. Il est tellement américain et obstiné qu'il insistera jusqu'à ce que je cède. Je me demande s'il a trouvé quelque chose dans ce coffre...

Les pensées de Tuppence prirent un autre cours. Elle continuait de revivre mentalement les événements de la nuit passée. Quelque part, ils avaient un lien avec les propos énigmatiques de sir James. Soudain, Tuppence bondit. Son visage devint exsangue. Les prunelles dilatées, elle regardait fixement dans le vide.

— C'est impossible, murmura-t-elle. Impossible ! Pour penser à des choses pareilles, il faut que je sois devenue complètement folle. C'est monstrueux et pourtant cela explique tout.

Après un temps de réflexion, elle s'assit et rédigea un billet dont elle pesa chaque mot. Satisfaite du résultat, elle le glissa dans une enveloppe sur laquelle elle écrivit le nom de Julius. Elle traversa le couloir, frappa à la porte de son salon. Comme elle s'y attendait, il était vide. Elle posa la lettre sur la table. Comme elle retournait dans sa chambre, un petit chasseur attendait devant sa porte.

— Un télégramme pour vous, miss.

Tuppence le prit sur le plateau d'argent et l'ouvrit négligemment.

Elle poussa un cri : c'était de Tommy.

## 16

### Suite des aventures de Tommy

Émergeant d'une obscurité profonde que trouaient de violents éclairs, Tommy revenait lentement à lui. Quand enfin il ouvrit les yeux, ce fut pour éprouver une atroce douleur aux tempes. Il avait vaguement conscience de se trouver dans un lieu qui ne lui était pas familier. Mais où ? Que lui était-il arrivé ? Il entrouvrit les paupières. Il ne se trouvait donc pas dans sa chambre au *Ritz*? Et pourquoi diable sa tête lui faisait-elle aussi mal?

— Bon Dieu! s'exclama-t-il —, et il tenta de s'asseoir.

Peu à peu la mémoire lui revenait. Il était dans cette sinistre maison de Soho. Il poussa un gémissement et retomba. À travers ses paupières mi-closes, il entreprit de reconnaître le terrain.

— Il revient à lui, déclara quelqu'un, tout près de lui.

Instantanément, il reconnut l'Allemand barbu et efficace. Il demeura sans bouger, sentant bien qu'il n'avait pas intérêt à revenir à lui trop tôt: tant que la douleur serait aussi violente, il se sentait incapable de raisonner. Il essaya péniblement de reconstituer les événements. Quelqu'un avait dû se glisser dans son dos pendant qu'il écoutait à la porte et lui assener un coup sur la tête. Maintenant, ils savaient qu'il était un espion et ils allaient rapidement se débarrasser de lui. Il était dans ce que l'on nomme communément une mauvaise passe. Personne ne sachant où il se trouvait, il ne devait attendre aucune aide de l'extérieur mais compter uniquement sur sa présence d'esprit.

Bon! Allons-y, se dit Tommy, et à voix haute, il répéta: « Bon Dieu! » Cette fois-ci, il parvint à s'asseoir.

Aussitôt, l'Allemand s'approcha, lui glissa un verre entre les lèvres et lui ordonna de boire, ce qu'il fit. Le liquide était si fort qu'il faillit s'étouffer, mais ses idées s'éclaircirent de façon spectaculaire. Il était allongé sur un divan, dans la pièce où s'était tenue la réunion. À sa droite se tenait l'Allemand, à sa gauche, le gardien au visage patibulaire qui lui avait ouvert la porte. Un peu plus loin, les autres formaient un petit groupe. Il en manquait un cependant, celui qu'on appelait numéro 1 avait disparu.

— Vous vous sentez mieux? demanda l'Allemand en reprenant le verre vide.

— Oui, merci, répondit Tommy, ragaillardi.

— Mon jeune ami, c'est une chance pour vous que votre crâne soit aussi résistant. Ce bon vieux Conrad frappe fort, ajouta-t-il en désignant le gardien à la mine patibulaire.

Celui-ci fit une grimace tandis que Tommy s'efforçait de se tourner vers lui:

— Oh! c'est vous, Conrad? J'ai dans l'idée que c'est aussi une chance pour vous que mon crâne soit aussi résistant.

Quand je vous regarde, je regrette de vous avoir permis d'échapper à la potence.

Le portier rugit et le barbu déclara avec le plus grand calme :

— Il n'encourra jamais quoi que ce soit.

— Vous croyez ? Je sais bien que c'est à la mode de dénigrer la police, mais moi, je crois encore à son efficacité.

Il affectait une grande désinvolture. Tommy Beresford était de ces jeunes Anglais qui ne se distinguent pas par des qualités intellectuelles exceptionnelles mais qui donnent le meilleur d'eux-mêmes dans ce qu'on appelle les mauvaises passes. Leur manque de confiance et leur réserve habituelle disparaissent comme par magie. Tommy se rendit compte qu'il devrait son salut à sa présence d'esprit et, tout en affectant un air détaché, il réfléchissait à fond.

D'une voix glaciale, l'Allemand reprit :

— Avez-vous quelque chose à dire avant d'être condamné à mort pour espionnage ?

— Un tas de choses, répondit Tommy, toujours aussi courtois.

— Niez-vous avoir écouté à la porte ?

— Non. Je devrais vous présenter des excuses, mais votre conversation était si intéressante qu'elle a étouffé mes scrupules.

— Comment êtes-vous entré ?

— Grâce à ce vieux Conrad. (Il lui lança un sourire désapprobateur.) Je regrette de devoir incriminer un fidèle serviteur, mais franchement, vous devriez recruter un meilleur chien de garde.

Conrad grogna et, comme le barbu allait lui sauter dessus, il s'écria, furieux :

— Il m'a donné le mot de passe. Comment je pouvais savoir ?

— Mais oui, renchérit Tommy. Comment pouvait-il savoir ? Ne blâmez pas ce pauvre type. Grâce à sa diligence, j'aurai eu le plaisir de vous voir tous en face de moi.

Ces mots parurent causer un certain trouble dans le groupe. Mais, toujours vigilant, l'Allemand y mit fin d'un geste de la main.

— Les morts ne parlent pas, se borna-t-il à déclarer d'une voix unie.

— Je ne suis pas encore mort !

— Vous le serez bientôt, mon jeune ami.

Un murmure d'assentiment s'éleva. Tommy sentit son cœur battre plus vite, mais il demeura parfaitement affable.

— Je ne le pense pas, déclara-t-il avec fermeté. Je suis très réticent à l'idée de mourir.

Il lut une certaine perplexité dans le regard de son geôlier.

— Et pour quelle raison nous ne vous tuerions pas ? demanda l'Allemand.

— Il y en a plusieurs. Vous m'avez posé des tas de questions. Si je vous en posais une, pour changer un peu ? Pourquoi ne m'avez-vous pas supprimé avant que je ne reprenne conscience ?

L'Allemand hésitant à répondre, Tommy en profita pour ajouter :

— Parce que vous ne savez pas ce que je sais, ni d'où je le tiens, et si vous me tuez maintenant, vous ne le saurez jamais.

C'en était plus que Boris ne pouvait supporter : il se précipita sur Tommy, le poing levé.

— Vous n'êtes qu'une ordure d'espion ! hurla-t-il. On va vous expédier en quatrième vitesse. Tuons-le ! Tuons-le tout de suite !

Les autres applaudirent.

— Vous avez entendu ? Qu'avez-vous à répondre à ça ? demanda l'Allemand en regardant Tommy au fond des yeux.

— Ce que j'ai à répondre, moi ? (Tommy haussa les épaules.) Quelle bande d'imbéciles ! Qu'ils répondent eux-mêmes à quelques-unes de mes questions : comment suis-je entré ici ? Souvenez-vous de ce qu'a dit ce cher vieux Conrad. Avec votre propre mot de passe. Et comment se fait-il que je le connaisse ? Vous ne pensez tout de même pas que j'ai franchi le seuil de la maison par hasard et que j'ai dit la première chose qui me soit passée par la tête ?

Tommy était assez satisfait de sa dernière trouvaille. Son seul regret étant que Tuppence ne fût pas là pour en apprécier tout le sel.

— C'est vrai, dit tout à coup l'ouvrier. Camarades, nous avons été trahis !

Un murmure de colère s'éleva. Tommy adressa au groupe un sourire encourageant :

— Voilà qui est mieux ! Comment voulez-vous arriver à quelque chose si vous ne faites pas fonctionner votre cerveau ?

— Vous allez nous dire qui nous a trahis, déclara l'Allemand. Mais cet aveu ne vous sauvera pas. Oh, que non ! Vous allez nous dire tout ce que vous savez. Nous avons les moyens de vous faire parler, n'est-ce pas, Boris ?

— Bah ! laissa tomber Tommy d'un ton méprisant et en s'efforçant de combattre la sensation désagréable qu'il éprouvait au creux de l'estomac. Vous ne me torturerez pas et vous ne me tuerez pas.

— Et pourquoi pas ? demanda Boris.

— Parce que vous ne tuerez pas la poule aux œufs d'or, répondit tranquillement Tommy.

Il y eut un silence. L'assurance que n'avait cessé de manifester Tommy allait finir par jouer en sa faveur. Ils n'étaient plus aussi sûrs d'eux.

L'homme aux vêtements élimés scruta Tommy et déclara tranquillement :

— Boris, il est en train de nous bluffer.

Tommy sentit naître en lui de la haine à l'égard de ce type. Ce salaud l'avait-il percé à jour ?

L'Allemand se tourna vers Tommy :

— Qu'est-ce que cela signifie ?

— Comment voulez-vous que je le sache, riposta Tommy tout en se creusant la cervelle.

Brusquement, Boris bondit sur lui et brandit son poing :

— Tu vas parler, espèce de cochon d'Anglais ?... Tu vas parler ?

— Du calme, cher ami. C'est le drame avec vous, les étrangers, vous ne savez pas rester calmes. Maintenant, regardez-moi : est-ce que j'ai l'air de croire que vous allez me tuer ?

Il les examina tous d'un air confiant, heureux qu'ils ne puissent pas entendre les battements de son cœur qui démentaient ses paroles.

— Non, finit par admettre Boris, de mauvaise grâce, vous n'en avez pas l'air.

Dieu merci, il ne lit pas dans les cœurs, pensa Tommy qui poursuivit son avantage :

— Et pourquoi suis-je aussi confiant ? Parce que je sais

quelque chose qui me met en situation de vous proposer un marché.

— Un marché? fit le barbu, tout à coup intéressé.

— Oui, un marché. Ma vie et ma liberté... contre...

Il marqua un temps d'arrêt.

— Contre quoi?

Le groupe retenait son souffle. On aurait pu entendre une mouche voler.

— Les documents que Danvers a transportés d'Amérique sur le *Lusitania*, déclara-t-il lentement.

Ces mots produisirent un effet foudroyant. Ils sautèrent tous sur leurs pieds. L'Allemand leur fit signe de reculer. Rouge comme un coq, il se pencha vers Tommy:

— *Himmel*! C'est vous qui les avez?

Avec un calme superbe, Tommy secoua la tête.

— Alors vous savez où ils sont?

— Pas le moins du monde.

— Mais alors... alors...

Furieux et déçu, les mots lui échappaient.

Tommy regarda les autres.

La colère et l'étonnement se peignaient sur leurs visages mais sa tranquille assurance avait fait son œuvre: tous étaient convaincus qu'il y avait du vrai dans ce qu'il venait de dire.

— Je ne sais pas où sont les papiers. Mais je crois pouvoir les trouver. J'ai une idée.

— Tu parles!

D'un geste, Tommy rétablit le silence:

— Je vous dis que ce n'est qu'une idée, mais elle repose sur des faits, des faits connus de moi seul. De toute façon, qu'avez-vous à perdre? Si je vous donne les documents, en échange, vous me rendez ma liberté. D'accord?

— Et si nous refusons? demanda l'Allemand d'une voix calme.

Tommy se rallongea sur le divan.

— Le 29, murmura-t-il, pensif. Cela me laisse moins de quinze jours.

Le président hésita un instant, puis fit signe à Conrad:

— Emmenez-le dans la pièce à côté.

Pendant cinq minutes, Tommy resta assis sur le lit de la pièce voisine, aussi sale que tout le reste de la maison. Son cœur battait à tout rompre. Il avait tout misé sur ce coup.

Qu'allaient-ils décider ? Tandis que cette angoissante question le torturait, il échangea des propos futiles avec Conrad — déjà grincheux de nature — au point de le faire sortir de ses gonds.

Enfin, la porte s'ouvrit et, d'un ton impérieux, l'Allemand demanda à Conrad de revenir dans la pièce où se tenait la réunion.

— Pourvu que le juge soit indulgent ! lança Tommy d'un ton léger. Allons-y, Conrad ! Au pas ! Messieurs, le prisonnier est à la barre.

L'Allemand avait repris la place qu'il occupait à la table. Il fit signe à Tommy de s'asseoir en face de lui.

— Nous acceptons, annonça-t-il d'une voix caverneuse. À certaines conditions. Dès que nous serons en possession des papiers, nous vous libérerons.

— C'est idiot ! lança aimablement Tommy. Comment voulez-vous que je les trouve si vous me gardez ici pieds et poings liés ?

— Alors quoi ?

— Il faut que je sois libre pour conduire mes recherches à ma guise.

L'Allemand éclata de rire :

— Vous nous croyez suffisamment naïfs pour vous laisser partir contre des promesses ridicules ?

— Non, répondit Tommy, songeur. Bien que ce soit pour moi le plus simple, je pensais bien que vous ne seriez pas d'accord. Mais nous pouvons trouver un compromis. Si vous attachiez ce vieux Conrad à ma personne ? C'est un compagnon fidèle, et qui a un bon coup de poing.

— Nous préférons que vous restiez ici, répondit l'Allemand d'un ton glacial. L'un de nous exécutera vos ordres dans les moindres détails. En cas de complications, il viendra vous faire un rapport et vous lui donnerez de nouvelles instructions.

— Vous m'empêchez d'agir, murmura Tommy d'une voix plaintive. C'est une affaire très délicate et celui qui s'en chargera va tout me bousiller. Qu'est-ce que je ferai après ? Je ne pense pas qu'aucun d'entre vous ait suffisamment de tact...

L'Allemand donna un coup de poing sur la table :

— Nos conditions ou la mort. À vous de choisir.

Tommy baissa la tête, d'un air las :

— J'aime votre style — bref mais charmeur. Bien, c'est entendu. Mais il y a une chose essentielle: je dois impérativement voir la fille.

— Quelle fille?

— Jane Finn, bien sûr.

Comme les autres le regardaient d'un drôle d'air, lentement, en choisissant ses mots, il ajouta:

— Vous ne savez donc pas qu'elle ne peut rien vous dire?

Le cœur de Tommy battit plus vite. Parviendrait-il à rencontrer celle qu'il cherchait?

— Je n'ai pas l'intention de lui demander quoi que ce soit de précis, expliqua-t-il. Et en tout cas, pas d'entrer dans les détails.

— Alors pourquoi la rencontrer?

— Pour observer son visage, quand je lui poserai une certaine question, répondit Tommy après un silence.

De nouveau, le président eut une expression que Tommy ne put interpréter:

— Elle ne pourra pas répondre à votre question.

— Peu importe! Je l'aurais eue en face de moi en la lui posant.

— Et vous croyez que cela vous apportera un élément utile?

Il eut un rire désagréable. Plus encore que précédemment, Tommy comprit que quelque chose lui échappait. L'Allemand le regardait toujours d'un air interrogateur.

— Après tout, je me demande si vous en savez autant que nous le pensons, dit-il d'une voix douce.

Tommy sentit qu'il perdait son avantage, que son emprise sur le groupe était en train de faiblir. Mais il ne savait que faire. À quel moment avait-il commis une erreur? Mû par une impulsion subite, il ajouta:

— Il y a peut-être des choses que vous savez et que j'ignore. Je n'ai jamais prétendu connaître tous les détails de votre affaire. Mais de mon côté, j'ai dans ma manche certains atouts que vous ne possédez pas, ce qui me permettra de marquer des points. Danvers était un type sacrément intelligent...

Il s'interrompit comme s'il en avait déjà trop dit.

Mais le visage de l'Allemand s'était éclairé.

— Danvers, je vois, murmura-t-il, (Puis il fit un signe à Conrad.) Embarquez-le où vous savez, en haut.

— Une minute. Et pour la fille ?
— Ça pourra se faire.
— Il le faut.
— Nous verrons. Une seule personne peut prendre la décision.
— Qui ?
Tommy posait la question mais il en connaissait la réponse.
— Mr Brown.
— Pourrai-je le voir ?
— Peut-être.
— En route, dit rudement Conrad.

Tommy se leva docilement. Son geôlier lui fit monter l'escalier en le suivant de près. Sur le palier, il ouvrit une porte et Tommy pénétra dans une petite pièce. Conrad alluma une lampe à gaz et sortit. Tommy entendit le grincement de la clé dans la serrure. Il se mit en devoir d'examiner sa prison. La pièce était plus petite que celle du bas et l'air y était particulièrement confiné. Car il n'y avait pas de fenêtre. Il fit le tour du local. Les murs étaient horriblement sales, comme dans tout le reste de la maison d'ailleurs. Quatre reproductions sous verre, accrochées de guingois, représentaient des scènes de Faust : Marguerite avec son coffret à bijoux, la scène de l'église, Siebel et ses fleurs, Faust et Méphisto. Le dernier tableau lui fit penser à Mr Brown. Dans cette pièce isolée, avec sa lourde porte fermée à double tour, il se sentait coupé du monde et la sinistre puissance du roi des criminels lui parut plus réelle encore. Même s'il poussait des hurlements, personne ne l'entendrait. Il était comme emmuré vivant... Dans un effort pour reprendre courage, il se jeta sur le lit et se mit à réfléchir. Sa tête lui faisait très mal. De plus, il mourait de faim. Le silence des lieux ajoutait à son découragement.

« Après tout, se dit Tommy pour se ragaillardir, je verrai leur chef, le mystérieux Mr Brown et avec un peu de chance, si je bluffe bien, je verrai aussi la mystérieuse Jane Finn. Après ça... »

Après ça, Tommy fut bien forcé d'admettre que les perspectives n'étaient guère réjouissantes.

## 17

## ANNETTE

Les ennuis à venir s'estompèrent peu à peu pour laisser place aux ennuis présents dont le plus immédiat et le plus pressant était la faim. Tommy était doté du robuste appétit d'un jeune homme en bonne santé. Le steak et les pommes de terre frites avalés au déjeuner semblaient appartenir à une époque reculée. Il devait admettre qu'il n'irait pas loin avec une grève de la faim. Sans cesse, il arpentait sa prison. Parfois même, abandonnant toute dignité, il se mettait à frapper à grands coups sur la porte. Mais personne ne répondit à ses appels.

« Après tout, je m'en moque, songea-t-il avec indignation. Ils ne peuvent tout de même pas me laisser mourir de faim ! » Une nouvelle crainte l'assaillit : et s'il s'agissait d'un de leurs charmants moyens pour le faire parler — un de ces fameux moyens dont Boris était spécialiste ? Mais à la réflexion, il abandonna cette idée. « Ce doit être la faute de cette sombre brute de Conrad, pensa-t-il. Voilà bien quelqu'un sur qui j'aimerais cogner un de ces jours. Je suis sûr que c'est par rancune. » Plus il y pensait, plus Tommy aurait voulu écrabouiller le crâne en forme d'œuf du gardien et, tout en caressant doucement son propre crâne, le jeune homme laissa libre cours à son imagination. C'est alors qu'une idée lumineuse lui vint à l'esprit: pourquoi ne pas transformer le rêve en réalité ? Conrad était sans doute le locataire de la maison. Les autres, hormis peut-être l'Allemand barbu, s'en servaient uniquement comme lieu de rendez-vous. Alors pourquoi ne pas tendre une embuscade à Conrad ? Il suffirait de se mettre derrière la porte pour lui fracasser gracieusement sur la tête une chaise ou l'un de ces vieux sous-verre. Il faudrait naturellement faire attention de ne pas le tuer. Et puis... et puis tout simplement s'en aller. S'il rencontrait quelqu'un sur son chemin... Tommy se réjouissait à l'idée de faire usage de ses poings. Tout cela était infiniment plus dans ses cordes que la joute verbale de cet après-midi. Enchanté par son plan, il décrocha le tableau représentant Faust et Méphisto et se mit en position. L'humeur était à l'optimisme: son plan lui semblait aussi simple qu'excellent.

Du temps passa et Conrad n'apparaissait toujours pas. Les jours et les nuits étaient semblables dans la prison mais la montre de Tommy, dont le degré de précision était remarquable, l'informa qu'il était 9 heures du soir. Tommy songea avec tristesse que si le dîner n'arrivait pas bientôt, il lui faudrait attendre le petit déjeuner. À 10 heures, tout espoir l'abandonna et il se jeta sur son lit pour trouver une consolation dans le sommeil. En cinq minutes, ses malheurs étaient oubliés.

Le bruit de la clé dans la serrure le réveilla. N'appartenant pas à ce type de héros bien connus pour être, dès le réveil, en pleine possession de leurs moyens, Tommy cligna des yeux en se remémorant vaguement où il se trouvait. Puis la mémoire lui revint et il consulta sa montre : 8 heures.

— C'est soit le thé du matin, soit le petit déjeuner, en déduisit le jeune homme. Pourvu qu'il s'agisse du second.

La porte s'ouvrit. Tommy se souvint trop tard de son projet concernant le rébarbatif Conrad. Tant mieux d'ailleurs. Car ce n'était pas Conrad, mais une jeune fille. Elle portait un plateau qu'elle posa sur la table.

À la faible lueur de la lampe à gaz, Tommy la regarda en clignant des paupières. Tout de suite, il décida que c'était l'une des plus belles filles qu'il avait jamais rencontrées. Elle avait une chevelure d'un brun chaud —, qu'illuminaient des reflets d'or, comme si elle avait emprisonné les rayons du soleil —, un teint de rose et de grands yeux noisette, avec des paillettes d'or qui rappelaient les reflets de ses cheveux. Une idée folle traversa l'esprit de Tommy.

— Êtes-vous Jane Finn ? demanda-t-il en retenant son souffle.

La jeune fille secoua la tête, l'air surpris.

— Mon nom est Annette, monsieur...

Elle s'exprimait dans un anglais lent et malaisé.

— Oh ! s'exclama Tommy, déçu. Vous êtes française ? hasarda-t-il.

— Oui, monsieur. Monsieur parle français ?

— Il y a longtemps que je ne l'ai pas parlé. Qu'est-ce que c'est ? Le petit déjeuner ?

La jeune fille acquiesça. Tommy sauta du lit et vint inspecter le plateau ; du pain, de la margarine et un pot de café.

— Ce n'est pas le *Ritz*, fit-il remarquer en soupirant. Mais je remercie Dieu de tout mon cœur pour ce qu'il veut bien me donner. Amen !

Il prit une chaise et la jeune fille se dirigea vers la porte.

— Une seconde ! s'écria Tommy. J'ai un tas de questions à vous poser, Annette. Que faites-vous dans cette maison ? Ne me dites pas que vous êtes la nièce de Conrad, sa fille ou quelque chose dans ce goût-là, parce que je ne vous croirais pas.

— Je fais le service, monsieur. Je ne suis la parente de personne, ici.

— Je vois. Vous avez compris ce que je vous ai demandé tout à l'heure ? Vous avez déjà entendu ce nom ?

— Je crois que j'ai entendu des gens parler d'elle.

— Vous ne savez pas où elle se trouve ?

Annette secoua la tête.

— Elle n'est pas dans cette maison, par exemple ?

— Oh, non, monsieur ! Je dois y aller, maintenant. Ils m'attendent.

Elle sortit et la clé tourna dans la serrure.

« Je me demande qui "ils" sont, s'interrogea Tommy en entamant la miche de pain. Avec un peu de chance, cette fille pourrait m'aider à sortir d'ici. Elle n'a pas l'air de faire partie de la bande. »

À 1 heure, Annette réapparut, chargée d'un autre plateau, mais cette fois-ci accompagnée par Conrad.

— Bonjour ! lança aimablement Tommy, vous n'avez pas trop forcé sur la mousse à raser, je vois ? (Et comme Conrad commencait à grogner d'un air menaçant :) Vous n'avez pas le sens de la repartie, vieux ! Bon, d'accord, on ne peut pas être tous beaux et intelligents ! Qu'avons-nous pour déjeuner ? Du ragoût ? Comment l'ai-je deviné ? Élémentaire, mon cher Watson: l'odeur des oignons est une odeur qui ne trompe pas.

— Cause toujours, grommela l'homme, t'en as peut-être plus pour longtemps...

C'était une remarque déplaisante par ce qu'elle insinuait, mais Tommy décida de l'ignorer et s'attabla.

— Tu peux disposer, valet, dit-il avec un geste de la main. Va et que je ne t'entende plus, vil maraud !

Le soir, assis sur son lit, Tommy cogita. Conrad accompagnerait-il à nouveau la jeune fille ? S'il ne le faisait pas, prendrait-il le risque de s'en faire une alliée ? Il décida de ne laisser passer aucune chance. Il était décidément dans une situation désespérée.

À 8 heures, entendant le bruit familier de la clé tournant dans la serrure il sauta sur ses pieds. La jeune fille était seule.

— Fermez la porte, ordonna-t-il. Il faut que je vous parle.

Elle s'exécuta.

— Écoutez, Annette. Je veux que vous m'aidiez à sortir d'ici.

— Impossible. Ils sont trois à l'étage en dessous.

— Ah, ah ! (Tommy la remercia en son for intérieur de cette information.) Mais si vous le pouviez, vous m'aideriez ?

— Non, monsieur.

— Pourquoi ?

Elle hésita :

— Parce que... parce que je suis à leur service. Vous les avez espionnés. Ils ont le droit de vous garder ici.

— Ce sont de mauvaises gens, Annette. Si vous m'aidez, je vous emmènerai loin d'eux et vous ramasserez un bon paquet d'argent.

Mais elle secouait toujours la tête.

— Je n'ose pas, monsieur, ils me font peur.

Et elle fit mine de sortir.

— Feriez-vous quelque chose pour aider une jeune fille comme vous ? Du même âge que vous ? Vous ne la sauveriez pas de leurs griffes ?

— Vous voulez parler de Jane Finn ?

— Oui.

— C'est pour elle que vous êtes venu ici ? C'est ça ?

— C'est ça.

La jeune fille le regarda et se passa la main sur le front :

— Jane Finn... Ce nom, je l'entends sans cesse... Il m'est familier...

Tommy s'approcha d'elle, désireux d'en apprendre davantage :

— Vous savez bien quelque chose à son sujet ?

Mais Annette se dirigea brusquement vers la porte. Soudain, elle poussa un hurlement et Tommy comprit : elle avait aperçu la reproduction qu'il avait posée contre le mur la nuit d'avant. Il lut de la terreur dans son regard. Puis, tout aussi inexplicablement, à cette terreur fit place un certain soulagement. Alors très vite, elle sortit de la chambre. Que s'était-il passé ? Avait-elle cru qu'il voulait l'attaquer ? Certainement pas. Pensif, il raccrocha le sous-verre.

Trois jours se passèrent encore, dans l'inaction et la morosité. Tommy était dans un état de grande nervosité. Hormis Conrad et Annette, il ne voyait personne. La jeune fille était devenue presque muette, ne s'exprimant plus que par monosyllabes. Il y avait, au fond de ses yeux, une sombre méfiance. Il apprit par Conrad que les autres attendaient les ordres de Mr Brown. Peut-être était-il absent de Londres — ou même à l'étranger — et devaient-ils attendre son retour.

Mais le soir du troisième jour lui apporta une amère déconvenue. Il était à peine 7 heures quand il entendit des bruits de pas dans le couloir. La porte s'ouvrit et Conrad entra accompagné du numéro 14 au visage si peu engageant.

Tommy sentit la peur l'envahir.

— Bonsoir, chef, dit l'homme en le regardant de côté. Tu as la corde, mon pote ?

En silence, Conrad sortit un bout de cordelette. Une minute plus tard, avec une atroce dextérité, le numéro 14 commençait à lui attacher les bras et les jambes tandis que Conrad le maintenait.

— Pourquoi, diable..., commença Tommy.

Mais le silence grimaçant de Conrad, plus taciturne que jamais, arrêta les mots au bord de ses lèvres.

Numéro 14 exécuta prestement sa tâche et, au bout d'une minute, Tommy était ficelé comme un paquet. Ce fut Conrad qui parla :

— Vous avez voulu nous bluffer, hein ? Avec ce que vous saviez, et ce que vous saviez pas ! Passer un marché avec nous ! Et tout ça, c'était que du bluff ! Vous en savez moins qu'un agneau qui vient de naître ! Mais votre numéro est fini, maintenant, espèce de salaud !

Tommy garda le silence. Il n'avait rien à ajouter. Il avait échoué. Quelqu'un, peut-être le tout-puissant Mr Brown, l'avait démasqué. Soudain, il lui vint une idée.

— Bien parlé, Conrad, dit-il sur un ton approbateur. Mais pourquoi ces liens et ces entraves ? Pourquoi ne pas laisser ce charmant monsieur ici présent me couper la gorge séance tenante ?

— Penses-tu, répondit inopinément numéro 14. Tu nous crois assez naïfs pour te liquider ici et avoir la police sur le dos ? Non, mais ! Nous avons commandé le carosse de Sa Majesté pour demain matin, mais en attendant, nous ne voulons courir aucun risque avec toi.

— Rien ne saurait être plus clair que vos propos, déclara Tommy, si ce n'est vos visages.

— Ferme-la ! lança numéro 14.

— Avec plaisir, répliqua Tommy. Vous êtes en train de commettre une grave erreur, vous la regretterez.

— N'essaye pas de nous la faire une fois de plus, rétorqua numéro 14. Tu nous parles comme si tu étais toujours en train de parader au *Ritz* !

Tommy ne répondit pas. Ainsi Mr Brown avait découvert son identité. Tuppence, au comble de l'angoisse, avait dû se précipiter à la police. Sa disparition ayant été rendue publique, la bande n'avait pas été longue à opérer le rapprochement.

Les deux hommes quittèrent la pièce en claquant la porte, laissant Tommy à sa méditation qui était loin d'être gaie. Déjà, il souffrait d'ankylose et de crampes. Réduit à l'impuissance, il sentait bien qu'il n'y avait plus aucun espoir.

Il s'était écoulé environ une heure quand il entendit la clé tourner doucement. La porte s'ouvrit : c'était Annette. Le cœur de Tommy se mit à battre un peu plus vite. Il avait complètement oublié la jeune fille. Et si elle était venue pour l'aider ?

Soudain, il entendit la voix de Conrad :

— Sors de là, Annette. Il ne dîne pas ce soir.

— Oui, oui, je le sais bien. Mais il faut que je reprenne le plateau. Nous en avons besoin.

— Alors, dépêche-toi, grommela Conrad.

Sans regarder Tommy, la jeune fille se dirigea vers la table et prit le plateau. Elle leva la main et éteignit la lampe.

— Qu'est-ce que tu fous ? (Conrad était venu jusqu'à la porte.) Pourquoi as-tu éteint ?

— J'éteins toujours. Vous ne m'avez jamais rien dit. Dois-je rallumer, Mr Conrad ?

— Non, sors de là.

— Oh, le beau petit monsieur ! s'exclama Annette, en s'arrêtant près du lit dans l'obscurité. Vous l'avez bien ficelé, hein ? On dirait un poulet à la broche !

Tommy n'appréciait pas du tout ces propos moqueurs, mais à cet instant, à son grand étonnement, il sentit la main de la jeune fille sur ses liens et elle déposa au creux de sa paume un objet froid et de petite taille.

— Allez, viens, Annette !

— Me voilà !

On repoussa la porte et Tommy entendit la voix de Conrad :

— Ferme et donne-moi la clé.

Les pas s'éloignèrent. Tommy était abasourdi. L'objet qu'Annette avait glissé dans sa main était un petit canif ouvert. À la manière dont elle avait soigneusement évité de le regarder, à la façon dont elle avait éteint la lumière, il en conclut que la pièce était surveillée. Il devait y avoir un judas quelque part dans un des murs. Se souvenant combien elle avait toujours été prudente, il songea qu'il avait dû être épié depuis le début. S'était-il trahi lui-même ? C'était peu probable. Il avait révélé son désir de fuir et son souhait de rencontrer Jane Finn, mais il n'avait rien dit qui ait pu fournir un indice sur son identité. Certes, quand il avait questionné Annette, il avait avoué qu'il ne connaissait pas personnellement Jane Finn, mais il n'avait jamais prétendu le contraire. Annette en savait-elle plus qu'elle ne l'avait dit ? Ses dénégations étaient-elles simplement destinées à tromper ceux qui les écoutaient ? Sur ce point, il ne savait que penser.

Mais une autre préoccupation, plus vitale, chassait les autres. Ficelé comme il l'était, parviendrait-il à couper ses liens ? Il essaya prudemment de frotter la lame sur la corde qui liait ses deux poignets ensemble. C'était horriblement difficile et il laissa échapper un « aïe » de douleur quand le couteau pénétra dans sa chair. Mais, lentement, obstinément, il continua à scier jusqu'à ce que la corde cède. Une fois qu'il eut les mains libres, le reste fut facile. Et, cinq minutes plus tard, il parvenait à se lever malgré ses membres ankylosés. Son premier soin fut de se panser le poignet puis il s'assit au bord du lit pour réfléchir. Conrad ayant pris la clé de la porte, il ne pouvait compter sur l'aide d'Annette. La seule issue étant la porte, il devait nécessairement attendre que les deux hommes viennent le chercher. Mais alors, quand ils viendraient...

Tommy sourit. Se déplaçant avec d'infinies précautions dans la pièce obscure, il trouva le fameux sous-verre. Au moins son premier plan allait-il être mis à exécution. Maintenant il n'avait plus qu'à attendre. Et il attendit.

La nuit passa lentement. Les heures s'écoulaient, interminables. Enfin, Tommy entendit des pas. Il se mit debout, prit sa respiration et saisit le tableau d'une main ferme. La porte s'ouvrit. Une faible lueur, venue de l'extérieur, pénétra à l'intérieur de la pièce. Conrad s'approcha de la lampe pour l'allumer. Tommy regretta de tout son cœur qu'il fût entré le premier. Il aurait bien aimé se colleter avec Conrad. Numéro 14 suivait. Comme il franchissait le seuil, Tommy lui assena un formidable coup sur la tête avec le sous-verre. Numéro 14 s'écroula dans un gigantesque fracas de verre brisé. Une seconde plus tard, Tommy se glissait dehors et refermait la porte. La clé était dans la serrure. Il donna un tour et la retira juste au moment où Conrad, de l'autre côté, se jetait contre le battant en dévidant un chapelet d'injures.

Un instant, Tommy hésita. À l'étage au-dessous, quelqu'un bougea. Puis la voix de l'Allemand lui parvint:

— *Gott im Himmel*, Conrad ! Qu'est-ce qui se passe ?

Tommy sentit une petite main presser la sienne. Annette était derrière lui. Elle lui montra du doigt l'échelle branlante qui semblait conduire à une mansarde :

— Vite ! Montez !

Elle le précéda et ils débouchèrent dans le grenier poussiéreux, encombré de tout un fatras de vieux meubles. Tommy regarda tout autour de lui :

— Mais c'est une souricière ! Il n'y a pas d'issue !

La jeune fille mit un doigt sur ses lèvres :

— Chut, attendez.

Elle retourna à l'échelle pour prêter l'oreille. Conrad donnait de grands coups dans la porte. L'Allemand et un autre homme essayaient de la forcer.

Dans un souffle, Annette chuchota :

— Ils pensent que vous êtes encore à l'intérieur. Ils n'entendent pas ce que dit Conrad. La porte est trop épaisse.

— Je croyais que l'on pouvait entendre ce qui se dit dans la pièce ?

— Il y a un judas dans le mur. Vous avez bien deviné. Mais ils n'y penseront pas. Ils n'ont qu'une idée en tête : entrer dans la pièce.

— Oui... mais...

— Faites-moi confiance.

Elle se pencha. Sous les yeux étonnés de Tommy elle attacha

une longue corde à l'anse d'un broc fêlé. Puis elle se tourna vers Tommy :

— Vous avez la clé de la porte ?

— Oui.

— Donnez-la-moi.

Il la lui tendit.

— Je retourne au rez-de-chaussée. Vous pensez que vous pourrez descendre jusqu'à la moitié de l'échelle puis vous élancer derrière pour qu'ils ne vous voient pas ? (Tommy acquiesça.) Il y a une grande armoire dans l'angle sombre où vous atterrirez : cachez-vous derrière. Prenez le bout de cette corde et, quand j'aurai fait sortir les autres... tirez dessus ! Tirez fort !

Et, avant qu'il ait pu l'interroger davantage, elle était redescendue.

— Mon Dieu ! mon Dieu ! Mais qu'est-ce qu'il y a ? s'époumona-t-elle une fois qu'elle eut rejoint la bande.

L'Allemand se tourna vers elle en jurant comme un arracheur de dents :

— Sors d'ici, espèce de... File dans ta chambre !

Avec souplesse, Tommy se laissa tomber derrière l'échelle. Aussi longtemps qu'ils ne se retourneraient pas, tout irait bien. Il s'accroupit dans l'ombre de l'armoire. Les autres se tenaient toujours entre l'escalier et lui.

— Ah !

Annette avait fait mine de trébucher sur quelque chose et elle s'exclama :

— Seigneur Jésus, voilà la clé !

L'Allemand la lui arracha des mains et ouvrit la porte. Conrad sortit en titubant et en jurant :

— Où il est ? Vous l'avez vu ?

— Nous, on n'a vu personne, répondit l'Allemand d'une voix cassante. Qu'est-ce que vous voulez dire ?

Conrad poussa un juron :

— Il s'est sauvé.

— Impossible ! Il serait passé devant nous !

C'est l'instant que choisit Tommy pour tirer sur la corde avec un sourire d'extase. Un fracas épouvantable retentit dans le grenier. En un clin d'œil ils se précipitèrent tous sur l'échelle et disparurent dans les ténèbres. Vif comme l'éclair, Tommy quitta sa cachette et dévala les escaliers quatre à quatre, entraînant la jeune fille dans sa course. Il n'y avait personne dans l'entrée. Il actionna les verrous et la chaîne. La porte était dure, mais elle finit par céder. Quand il se retourna, Annette avait disparu. Tommy était pétrifié. Était-elle remontée? Quelle folie avait bien pu s'emparer d'elle? Bouillant d'impatience, il ne pouvait cependant se résigner à faire un pas de plus. Il ne partirait pas sans elle. Soudain, venant de l'étage au-dessus, il entendit l'Allemand qui criait et la voix d'Annette, claire et distincte:

— Ma foi, oui! Il s'est enfui! Et vite, avec ça! Qui aurait pu imaginer une chose pareille!

Tommy restait planté là, incapable de bouger. Lui donnait-elle l'ordre de partir? Sur le coup, c'est ce qu'il pensa. Puis, d'une voix plus forte encore, elle s'écria soudain:

— C'est une maison abominable ici. Je veux retourner chez Marguerite! Chez Marguerite! Chez Marguerite...

Tommy s'était précipité au pied de l'escalier. Elle voulait donc qu'il parte sans elle? Mais pourquoi? Il fallait absolument qu'elle vienne avec lui. Tout à coup son cœur se mit à battre la chamade: Conrad descendait l'escalier en courant. Il poussa un hurlement sauvage en le voyant. Les autres suivaient. Tommy arrêta la course de Conrad d'un direct du droit. Il le toucha à la mâchoire et l'autre s'écroula comme une masse. Le deuxième trébucha sur le corps et s'affala. Du haut de l'escalier un coup de feu retentit et une balle frôla l'oreille de Tommy. Il comprit qu'il était préférable pour sa santé de quitter cette maison au plus vite. Il ne pouvait rien faire pour Annette. Il avait au moins la satisfaction d'avoir envoyé un coup de poing du tonnerre à Conrad.

Il se précipita vers la porte et la claqua violemment derrière lui. La place était déserte. En face de la maison, il vit une camionnette de boulanger. C'est dans cette voiture qu'on l'aurait emmené. Et on aurait retrouvé son corps à des kilomètres de Soho. Le chauffeur bondit sur le trottoir et tenta de lui barrer la route. Une fois encore, Tommy dut lever le poing et le chauffeur s'étala. Tommy prit ses jambes à son cou. Il était temps! La porte d'entrée s'ouvrit et les balles se mirent à pleuvoir dans sa direction. Par bonheur, aucune ne l'atteignit. Il tourna au coin de la place. « Ils ne peuvent pas continuer à tirer, sans ameuter la police, pensa-t-il. Je suis même étonné qu'ils aient pris ce risque. »

Entendant ses poursuivants derrière lui, il redoubla de vitesse. Une fois sorti de ces ruelles, il serait en sécurité. Il devait bien y avoir un agent en faction quelque part. Non qu'il souhaitât l'intervention de la police. Cela signifierait devoir donner des explications et mettre tout le monde dans l'embarras. La minute d'après, il bénit sa chance : il avait trébuché sur le corps d'un homme couché par terre et qui détala en poussant de grands cris. Tommy se glissa sous une porte cochère. Une minute plus tard, il eut le plaisir de voir ses poursuivants — dont l'Allemand — courir sur les traces du poivrot.

Tommy s'assit par terre et attendit d'avoir repris son souffle. Puis il se dirigea à petits pas dans l'autre sens. Il était 5 heures et demie du matin. Le jour se levait rapidement. Au premier tournant, il croisa un agent qui le regarda d'un air soupçonneux, ce qui était plutôt vexant. Mais en passant la main sur son visage, il se mit à rire : il y avait trois jours qu'il ne s'était ni lavé ni rasé. Il devait avoir une de ces têtes !

Sans plus de façons, il se dirigea vers un bain turc ouvert toute la nuit. Quand il en ressortit, le jour était levé et il se sentait à nouveau lui-même et capable de travailler à de nouveaux projets.

D'abord, il devait se sustenter car il n'avait rien avalé depuis le déjeuner de la veille. Il entra dans un bar, commanda des œufs au bacon et du café. Tout en mangeant, il parcourut le journal qui était sous ses yeux. Un titre le fit sursauter. Le journal consacrait un long article à Kraménine, présenté comme l'homme qui tirait les ficelles du bolchevisme en Union soviétique. Il venait d'arriver à Londres, dans le cadre d'une mission qui, pensait-on, n'avait rien d'officiel.

L'article retraçait brièvement sa carrière et décrétait que c'était lui le véritable instigateur de la révolution russe et non les leaders officiels qui lui avaient servi de prête-noms. Au milieu de la page s'étalait son portrait.

— Ainsi, c'est lui le numéro 1, murmura Tommy, la bouche pleine. Pas de doute, il faut que je me dépêche.

Il régla et prit la direction de Whitehall. Là, il fit passer sa carte avec le mot « Urgent ». Quelques minutes plus tard, il se trouvait en présence de l'homme au visage morose et fatigué qui, ici, ne portait pas le nom de Carter. Son visage exprimait le mécontentement :

— Vous savez pourtant bien que vous ne devez pas venir me voir ici ! Je croyais que c'était clair, non ?

— Très clair, monsieur. Mais j'ai pensé qu'il était important de ne pas perdre de temps.

Aussi succinctement que possible, il raconta ce qu'il avait vécu au cours de ces derniers jours. Carter l'interrompit pour donner quelques ordres sybillins par téléphone. Toute trace de mécontentement avait disparu de son visage. Quand Tommy eut terminé, il approuva de la façon la plus énergique :

— C'est parfait. Chaque minute compte. J'ai peur que nous soyons déjà en retard. Ils n'attendront pas. Ils vont prendre la poudre d'escampette. Peut-être ont-ils laissé derrière eux quelque chose qui nous servira d'indice. Vous dites avoir reconnu le numéro 1 en la personne de Kraménine. C'est important. Nous devons retenir contre lui quelque chose d'assez grave pour que les autorités ne se cassent pas le nez. Et les autres ? Vous dites que deux d'entre eux vous étaient familiers ? L'un d'eux, pensez-vous, est un Travailliste ? Jetez donc un coup d'œil sur ces photos et voyez si vous pouvez l'identifier.

Lorsque Tommy en tendit une à Carter, celui-ci manifesta une certaine surprise.

— Tiens, Westway ! Je n'aurais jamais cru cela de lui ! Il passe pour un modéré. Pour ce qui est de l'autre, je peux émettre quelques hypothèses. (Il tendit une autre photo à Tommy et sourit à l'exclamation qu'il poussa.) J'ai donc raison ! Un Irlandais ! Un Unioniste important, membre du Parlement, et qui œuvre dans la clandestinité, bien sûr. Nous le soupçonnions, mais nous n'avions aucune preuve. Vous avez fait du très bon travail, jeune homme. La date est le 29, dites-vous ? Cela nous laisse très peu de temps... vraiment très peu de temps.

— Mais...

Tommy hésitait et Carter lut dans ses pensées.

— Nous pourrons peut-être éviter la grève générale. Nous jouons à pile ou face, mais cela vaut le coup d'essayer. Cependant si le projet de traité remonte à la surface, nous sommes perdus. L'Angleterre sombrera dans l'anarchie. Qu'est-ce que c'est ? La voiture ? Venez, Beresford. Nous allons jeter un coup d'œil sur cette maison.

Deux agents étaient en faction devant la maison de Soho.

L'inspecteur fit un rapport à Carter et son collègue se tourna vers Tommy :

— Les oiseaux se sont envolés, comme nous le craignions. Nous devrions tout de même entrer.

En visitant la maison déserte, Tommy crut rêver. Tout était à sa place. La chambre qui lui avait servi de prison, avec les vieux sous-verre, le broc cassé dans le grenier, la pièce où s'était tenue la réunion autour de la grande table. Mais nulle trace de papiers. Tous les documents avaient dû être détruits ou emportés. Nulle trace d'Annette non plus.

— Ce que vous m'avez dit au sujet de cette fille m'étonne, déclara Carter. Vous croyez vraiment qu'elle est remontée de son plein gré ?

— J'en ai bien l'impression, monsieur. Elle est remontée en courant pendant que j'essayais d'ouvrir la porte.

— Hum ! étant femme, elle n'aura pas eu le courage d'assister à la mise à mort d'un charmant jeune homme. Cependant elle fait sûrement partie de la bande.

— J'ai du mal à penser qu'elle est leur complice, monsieur. Elle semblait si différente d'eux tous.

— Elle est mignonne, j'imagine ? demanda Carter avec un sourire qui fit rougir Tommy jusqu'à la racine des cheveux.

Un peu gêné, il dut bien admettre qu'Annette était plutôt jolie fille.

— À propos, avez-vous rendu visite à miss Tuppence ? Elle m'a bombardé de courriers à votre sujet.

— Tuppence ? J'ai bien peur qu'elle n'ait été un peu secouée. Elle s'est rendue à la police ? Non ? Alors, je me demande comment ils ont découvert mon identité.

Comme Carter ne semblait pas comprendre, Tommy s'expliqua.

— C'est vraiment curieux, en effet, fit Carter pensif. À moins qu'ils n'aient mentionné le *Ritz* par hasard.

— C'est possible, monsieur, mais ils ont quand même bien dû être renseignés sur mon compte.

— Quoi qu'il en soit, déclara Carter en regardant autour de lui, nous n'avons plus rien à faire ici. Si vous déjeuniez avec moi ?

— Merci infiniment, monsieur. Je pense que je ferais mieux de rentrer et de me mettre à la recherche de Tuppence.

— Bien sûr. Transmettez-lui mon bon souvenir et dites-lui aussi qu'elle ne vous enterre pas aussi vite la prochaine fois.

— Je suis coriace, monsieur, répondit Tommy en riant.

— Je vois, je vois. Eh bien, au revoir, et souvenez-vous que vous êtes repéré, maintenant. Alors prenez bien soin de vous.

— Oui, monsieur. Merci.

Sans plus s'attarder, Tommy héla un taxi et se fit conduire au *Ritz*, savourant par avance le plaisir de surprendre Tuppence. « Je me demande ce qu'elle a fait pendant tout ce temps, pensa-t-il. Elle a sans doute dû traquer Rita. À propos, c'est d'elle que parlait Annette quand elle a crié "Marguerite". Sur le moment, je n'y ai pas pensé. »

Tommy n'aimait pas cette idée : cela prouvait que Mrs Vandemeyer et la jeune fille se connaissaient bien.

Le taxi s'arrêta devant le *Ritz*. Tommy s'élança dans le célèbre hall mais son entrain fut de courte durée : miss Cowley était sortie un quart d'heure auparavant.

## 18

## Le télégramme

Très déçu, Tommy se rendit au restaurant où il commanda un déjeuner de tout premier choix. Quatre jours passés en prison lui avaient appris à apprécier la bonne chère.

Comme il s'apprêtait à engloutir une bouchée particulièrement délectable de « Sole à la Jeannette », il vit entrer Julius. Il agita joyeusement son menu pour attirer l'attention de son ami. Julius ouvrit des yeux comme des soucoupes. Il traversa la salle et serra la main du jeune homme avec une force qui lui parut très exagérée.

— Bon Dieu de bois ! Mais c'est bien vous !

— Bien sûr que c'est moi ! Qui voulez-vous que ce soit ?

— Nous vous avons cru mort et, pour un peu, nous aurions fait chanter un requiem pour le repos de votre âme.

— Qui pensait que j'étais mort ?

— Tuppence.

— Elle devait avoir en tête le dicton bien connu : « Ce sont toujours les meilleurs qui partent les premiers. » Ou bien encore : « Les bons s'en vont, les mauvais restent. » Pour avoir survécu, je dois être marqué par le péché originel. À propos, où est Tuppence ?

— Elle n'est pas là ?

— Non, à la réception, ils m'ont dit qu'elle venait de sortir.

— Elle a dû aller faire des courses. Je viens de la déposer ici, il y a environ une demi-heure. Mais abandonnez donc votre flegme britannique et dites-moi tout. Que diable avez-vous fabriqué pendant tout ce temps ?

— Si vous déjeunez ici, commandez tout de suite. Je vous préviens : l'histoire est longuette.

Julius avança une chaise et s'assit en face de Tommy. Ayant passé sa commande, il prit une mine gourmande :

— Allez-y ! Si je comprends bien, vous avez vécu quelques aventures...

— Une ou deux, répondit modestement Tommy.

Et il commença son récit.

Julius l'écoutait bouche bée. Il en oubliait de manger. Finalement, il poussa un grand soupir :

— Fabuleux ! C'est un vrai roman de gare !

— Et de votre côté ? demanda Tommy en se choisissant une pêche bien mûre.

— Euh... répondit Julius d'une voix traînante, je dois bien reconnaître que nous avons eu nous aussi quelques modestes aventures...

Et à son tour, il raconta.

Il commença par son exploration infructueuse de Bournemouth, puis relata son retour à Londres, l'achat de la voiture, l'inquiétude grandissante de Tuppence, l'intervention de sir James et les extraordinaires événements de la nuit passée.

— Mais qui l'a tuée ? Je ne comprends pas bien, avoua Tommy. Elle a été empoisonnée, ça d'accord, mais par qui ?

— Le toubib se répète à lui-même qu'elle a piqué au truc elle-même.

— Et sir James ? Qu'est-ce qu'il en pense, lui ?

— À l'instar de tous les grands hommes de loi, il est muet comme une carpe. Je dirais qu'il... réserve son jugement.

Et Julius poursuivit avec les événements de la matinée.

— Elle a perdu la mémoire ! s'exclama Tommy. Nom d'une pipe ! Voilà pourquoi ils me regardaient si curieusement quand je parlais de lui poser des questions. Là, j'ai commis une gaffe, mais ce n'est pas le genre de trucs qu'on peut deviner.

— Ils ne vous ont pas donné la moindre indication concernant l'endroit où se trouve Jane ?

— Désolé. Pas un mot. Mais je ne suis pas très futé, vous le savez bien. J'aurais pu leur soutirer bien plus d'informations.

— Je pense surtout que vous avez de la chance d'être ici ! Vous les avez superbement bluffés. Comment avez-vous pu combiner tout ça ? J'en suis comme deux ronds de flan.

— J'avais une telle frousse que j'étais bien obligé de trouver une solution, répondit Tommy avec simplicité.

Puis Tommy revint à la mort de Mrs Vandemeyer :

— Il n'y a aucun doute ? C'était bien du chloral ?

— Oui. Finalement, on a dit que c'était un arrêt cardiaque dû à l'absorption d'une trop forte dose ou je ne sais plus quel bobard. C'était parfait : nous ne tenions pas à avoir une enquête sur le dos. Mais Tuppence et moi, et même le génial sir James, avons eu la même idée.

— Mr Brown ? hasarda Tommy.

— Et comment !

Mais Tommy avait l'air songeur :

— Oui, mais quand même... Mr Brown n'a pas des ailes. Je ne vois pas comment il serait entré et ressorti.

— Et s'il s'était agi d'un phénomène de transmission de pensée ? D'une influence magnétique qui aurait conduit Mrs Vandemeyer à se suicider ?

Tommy dévisagea Julius avec respect :

— Bravo, Julius. Bravissimo !... Surtout pour la phraséologie. Mais elle me laisse froid. Je penche pour un vrai Mr Brown, en chair et en os. J'estime que de jeunes détectives talentueux doivent se mettre au travail, examiner les entrées et les sorties et se creuser la cervelle jusqu'à ce qu'ils découvrent la clé du mystère. Allons sur les lieux du crime, mais avant, je voudrais bien retrouver Tuppence. Le *Ritz* pourra se réjouir d'être le théâtre d'heureuses retrouvailles.

Mais à la réception, on leur apprit que Tuppence n'était toujours pas de retour.

— Je vais voir en haut, annonça Julius. Elle est peut-être dans mon salon.

Et il disparut.

Soudain, un petit chasseur aborda Tommy :

— La jeune dame... Elle a pris le train, monsieur, murmura-t-il avec embarras.

— Quoi ?

Tommy pirouetta sur lui-même et le jeune garçon devint écarlate :

— Elle est partie en taxi. Je l'ai entendue dire au chauffeur : « Charing Cross, et que ça gaze ! »

Tommy regardait le chasseur, les yeux écarquillés. Enhardi, le petit continua :

— Avant, elle m'avait demandé l'indicateur des chemins de fer.

— À quel moment ?

— Quand je lui ai remis son télégramme, monsieur.

— Un télégramme ?

— Oui, monsieur.

— Quelle heure était-il ?

— Environ midi et demi, monsieur.

— Racontez-moi exactement ce qui s'est passé.

Le petit prit son souffle :

— J'ai apporté un télégramme pour le n° 891. La dame était là. Elle l'a ouvert, elle a sursauté puis elle a eu l'air toute contente : « Apportez-moi l'indicateur des chemins de fer, et que ça saute, Henry ! » Je ne m'appelle pas Henry, mais...

— Je me fiche pas mal de votre prénom ! s'impatienta Tommy, continuez, bon sang !

— Bien, monsieur. Je le lui ai apporté. Elle m'a demandé d'attendre et elle a cherché quelque chose. Alors elle a regardé sa montre et m'a dit : « Demandez-leur un taxi, et plus vite que ça ! » Elle a mis son chapeau devant la glace et, en deux secondes, presque en même temps que moi, elle était en bas. Je l'ai vue monter dans le taxi et dire ce que je viens de vous répéter.

Le gamin s'arrêta encore une fois pour reprendre son souffle. Tommy le regardait fixement. À cet instant, Julius le rejoignit, une lettre à la main.

— Figurez-vous, Hersheimmer, que Tuppence est partie mener sa petite enquête pour son compte.

— Allons donc !

— Mais si. Après avoir reçu un télégramme, elle s'est précipitée en taxi à Charing Cross.

Ses yeux tombèrent sur la lettre que Julius tenait à la main.

— Elle vous a laissé un petit mot ? Parfait ! Où est-elle allée ?

Machinalement, il tendit la main pour prendre la lettre, mais Julius la replia et la remit dans sa poche. Il semblait quelque peu embarrassé :

— Ça n'a rien à voir. C'est au sujet de quelque chose d'autre. C'est une réponse à une question que je lui ai posée.

— Ah bon ! dit Tommy, surpris, comme s'il attendait d'autres explications.

— Après tout, déclara Julius à brûle-pourpoint, autant vous mettre au courant. Ce matin, j'ai demandé Tuppence en mariage.

— Ah bon ! répéta Tommy machinalement.

Il s'attendait si peu à ce genre de révélations qu'il en demeurait ébahi.

— Je tiens à vous préciser qu'avant de parler à Tuppence, je lui ai clairement déclaré que je ne voulais absolument pas me mettre entre vous deux.

— C'est parfait, dit Tommy en se redressant. Tuppence et moi sommes copains depuis des années, rien de plus. (D'une main qui tremblait légèrement, il alluma une cigarette.) C'est parfait. Tuppence disait toujours qu'elle cherchait un homme bourré de picaillons et qui...

Il se tut brusquement, rouge de confusion. Mais Julius ne semblait pas choqué le moins du monde.

— Oui, je suis persuadé que mes dollars finiront par la décider. D'ailleurs Tuppence me l'a dit elle-même. Elle est très franche. Nous devrions bien nous entendre.

Tommy le regarda curieusement, comme s'il allait se lancer dans un discours, puis changeant d'avis, il garda le silence. Tuppence et Julius ! Pourquoi pas, après tout ? Ne s'était-elle pas plainte de ne pas connaître d'hommes plein aux as ? N'avait-elle pas ouvertement proclamé son intention de faire un mariage d'intérêt si elle en avait l'occasion ? Sa rencontre avec le jeune Américain millionnaire lui avait donné cette chance, alors pourquoi n'aurait-elle pas sauté dessus ? Elle aimait l'argent et ne l'avait jamais caché. Pourquoi lui en vouloir d'avoir été fidèle à ses convictions? Cependant, Tommy lui en voulait. Il était en proie à une rancune violente et tout à fait illogique. Ces choses-là, on les disait, mais on ne les faisait pas. Une jeune fille bien ne se mariait pas pour du fric. Tuppence était égoïste au dernier degré et totalement dépourvue de sentiments. Il serait heureux de ne plus jamais la revoir. Le monde était pourri jusqu'à la moelle! La voix de Julius interrompit sa méditation:

— Oui, je suis sûr que nous nous entendrons bien. On dit souvent que, la première fois, les jeunes filles disent toujours non. C'est une sorte de convention.

Tommy saisit Julius par le bras:

— Disent toujours non? Qu'est-ce que vous voulez dire?

— Mais oui. Je ne vous l'ai pas précisé? Elle m'a juste balancé un « non » sans me donner la moindre justification. Les Boches appellent cela « l'éternel féminin ». Mais elle se rendra à la raison. Il est possible que je l'aie un peu bousculée.

Renonçant à y mettre les formes, Tommy demanda brutalement:

— Que dit-elle dans ce billet?

Julius le lui tendit obligeamment.

— Il n'y a aucun indice sur l'endroit où elle est allée, assura-t-il. Voyez vous-même, si vous ne me croyez pas.

D'une écriture appliquée d'écolière qu'il aurait reconnue entre mille, Tuppence avait rédigé ces quelques mots:

*Cher Julius,*

*Je suis d'avis qu'il faut toujours mettre les choses noir sur blanc. Il m'est impossible de penser au mariage tant que Tommy ne sera pas retrouvé. Nous en reparlerons à ce moment-là.*

*Bien affectueusement,*
*Tuppence.*

Rayonnant, Tommy rendit la lettre à Julius. Ses sentiments avaient changé du tout au tout: Tuppence était devenue la femme la plus noble, la plus désintéressée au monde. N'avait-elle pas refusé l'offre de Julius sans l'ombre d'une hésitation? Bien sûr, son billet manquait de fermeté. Mais elle était excusable. Elle faisait une sorte d'avance à Julius pour l'inciter à retrouver Tommy, mais elle ne s'était pas exprimée aussi franchement. Cette chère Tuppence! Aucune fille au monde ne lui arrivait à la cheville. Quand il la reverrait... Soudain, il redescendit sur terre.

— Vous avez raison, dit-il en se ressaisissant, il n'y a pas la moindre allusion à l'endroit où elle a pu se rendre. Hé, Henry !

Le gamin s'approcha et Tommy sortit cinq shillings :

— Autre chose : vous souvenez-vous de ce que la dame a fait du télégramme ?

— Oui, monsieur. Elle l'a roulé en boule et l'a jeté dans la cheminée en émettant un étrange borborygme du genre « Youpi », monsieur.

— Bien décrit, Henry. Voilà cinq shillings. Venez, Julius, tâchons de retrouver ce télégramme.

Ils montèrent aussitôt. Tuppence avait laissé la clé sur la porte. La chambre était dans l'état où elle l'avait laissée. Dans la cheminée, il y avait une boule orange et blanche. Tommy la déplia soigneusement et défroissa le télégramme qu'il lut à haute voix :

— *Rapplique illico, Moat House, Ebury, Yorkshire. Il y a du nouveau, Tommy.*

Ils se regardèrent, stupéfaits. Ce fut Julius qui parla le premier :

— Ce n'est pas vous qui l'avez envoyé ?

— Bien sûr que non. Bon Dieu ! Qu'est-ce que ça signifie ?

— Le pire, répondit Julius d'une voix égale. Ils l'ont eue.

— Qu-quoi ? s'étrangla Tommy.

— Eh bien oui, quoi ! Ils ont signé de votre nom... et elle est tombée en plein dans le panneau.

— Mon Dieu ! Mais qu'est-ce qu'on va pouvoir faire ?

— Nous lancer à sa recherche. Et illico, comme ils disent ! Il n'y a pas une seconde à perdre. C'est une chance qu'elle n'ait pas emporté ce télégramme avec elle. Si elle l'avait fait, nous n'aurions jamais retrouvé sa trace. Mais il faut nous grouiller. Où est l'indicateur ?

L'énergie de Julius était communicative. Livré à lui-même, Tommy se serait probablement assis pour réfléchir, perdant ainsi une bonne demi-heure avant de décider d'un plan d'action. Mais avec Julius Hersheimmer dans les parages, il n'était pas question de traîner.

Après avoir marmonné quelques jurons, il tendit l'indicateur à Tommy, plus habitué que lui aux mystères de cette publication.

— Nous y voici : Ebury, Yorks. Au départ de King's Cross ou de St Pancras. (Le gamin s'était trompé, il s'agissait de King's Cross et non de Charing Cross.) 12 h 50 : c'est le train qu'elle a pris. 14 h 20 : celui-là est déjà parti. 15 h 30 : c'est le prochain et c'est un sacré tortillard !

— Et si nous prenions la voiture ?

— Prenez-la si vous voulez, mais nous ferions mieux de nous en tenir au train. L'important, c'est de rester calme, déclara Tommy.

— D'accord, grogna Julius. Mais cela me rend cinglé de savoir que cette gamine innocente court un danger.

Tommy ne l'écoutait plus.

— Qu'est-ce qu'ils peuvent bien lui vouloir ? demanda-t-il soudain.

— Que voulez-vous dire ?

— Ce n'est pas dans leur intérêt de lui faire du mal, expliqua Tommy qui s'efforçait de raisonner. C'est pour eux un otage. Pour le moment, elle n'est pas en danger, mais si nous découvrons quelque chose, elle leur sera diablement utile. Aussi longtemps qu'ils la retiendront prisonnière, ils auront tous les atouts.

— Ouais, vous avez raison.

— En outre, ajouta Tommy en poursuivant son raisonnement, j'ai en Tuppence une confiance absolue.

Arrêts innombrables et wagons bondés, le voyage fut éprouvant. Il y eut deux changements ; le premier à Doncaster, le second dans un patelin perdu. Ebury était une gare déserte, avec un porteur solitaire et désœuvré auquel Tommy s'adressa :

— Pourriez-vous m'indiquer le chemin pour Moat House ?

— Moat House ? C'est à un bout de route d'ici. Vous parlez bien de la grande maison au bord de la mer ?

Sans l'ombre d'une hésitation, Tommy opina du chef. Le porteur se lança dans des indications précises mais compliquées et ils quittèrent la gare. Il commençait à pleuvoir. Remontant le col de leur veste ils se mirent à cheminer cahin-caha dans la boue.

Soudain, Tommy s'arrêta :

— Attendez-moi une seconde.

Il retourna en courant jusqu'à la gare et entreprit de nouveau le porteur :

— Dites-moi, vous ne vous souvenez pas d'une jeune fille qui est arrivée par le premier train de Londres, celui de 12 h 50 ? Elle ne vous a pas aussi demandé le chemin de Moat House ?

Il traça tant bien que mal le portrait de Tuppence. Mais le porteur secoua la tête. Plusieurs voyageurs étaient descendus du train en question et il ne se souvenait d'aucune jeune fille en particulier. Mais il était presque sûr que personne ne lui avait demandé le chemin de Moat House.

Tommy rejoignit Julius et lui rapporta sa conversation avec le porteur. Convaincu que leur enquête ne les mènerait nulle part, il sombrait dans le découragement. L'ennemi avait trois heures d'avance sur eux. Trois heures étaient plus que suffisantes pour Mr Brown qui n'exclurait pas la possibilité que le télégramme ait été retrouvé.

Le chemin paraissait sans fin. Ils commencèrent par se tromper de route et firent un détour de presque un kilomètre. Il était 7 heures passées quand un petit garçon leur dit : « Moat House ? Juste après le tournant. » Un portail rouillé grinçait lugubrement et le chemin était recouvert d'un épais tapis de feuilles mortes. En frissonnant, ils s'engagèrent dans le sentier désert. Les feuilles amortissaient le bruit de leurs pas. La lumière du jour baissait. Au-dessus de leurs têtes, les branches craquaient mélancoliquement et, parfois, une feuille en tombant laissait une trace humide sur leur joue. Ils auraient tout aussi bien pu se trouver dans un univers de fantômes. À un tournant, ils découvrirent la maison qui semblait déserte, tout comme le jardin. Les volets étaient clos, les marches du perron recouvertes de mousse. Était-ce vraiment dans cet endroit désolé que Tuppence avait été attirée ? On avait du mal à croire que quelqu'un avait pu marcher là récemment.

Julius tira sur la sonnette rouillée. Une clochette grelottante, au timbre fêlé, résonna dans le vide. Personne ne vint ouvrir. Il sonna à plusieurs reprises : aucun signe de vie à l'intérieur. Ils firent le tour de la maison. Partout ce n'était que silence et fenêtres fermées. De toute évidence, la maison était inoccupée.

— Rien à faire, conclut Julius.

Ils retournèrent lentement vers le portail.

— Il doit y avoir un village à proximité, enchaîna le jeune Américain. Il vaudrait mieux poursuivre notre enquête là-bas. Ils pourront nous renseigner sur la maison et nous dire si quelqu'un y est venu récemment.

— Oui, ce n'est pas une mauvaise idée.

Ils parvinrent bientôt aux abords d'un hameau et arrêtèrent un ouvrier, son sac à outils sur l'épaule.

— Moat House? Oh! la maison est vide. Vide depuis des années. Mrs Sweeny a la clé, si vous voulez la visiter. Elle habite à côté de la poste.

Tommy le remercia. Ils eurent tôt fait de trouver le bureau de poste — qui faisait en même temps fonction d'épicerie — et frappèrent à la porte de la maison voisine.

Une femme proprement vêtue et au visage avenant vint leur ouvrir. Elle leur remit la clé de Moat House en précisant :

— Je ne pense pas que ce soit le genre d'endroit qui vous convienne, monsieur. Il y a d'énormes réparations à faire, les plafonds s'écroulent et le reste est à l'avenant. Il faudrait pas mal d'argent pour tout remettre en état.

— Merci, répondit Tommy avec entrain. C'est peut-être un gros investissement, mais de nos jours, les maisons sont si rares...

— Ça, c'est bien vrai. Ma fille et mon gendre sont à la recherche d'une bicoque convenable depuis je ne sais pas combien de temps. C'est de la faute de la guerre. Elle a fait terriblement monter les prix. Mais excusez-moi, monsieur, il va faire trop sombre pour que vous puissiez bien voir la maison. Vous ne préférez pas attendre jusqu'à demain ?

— Bah ! ça ira. Nous y jetterons un coup d'œil. Nous nous sommes égarés, ce qui nous a retardés. Où pouvons-nous passer la nuit ?

— Aux *Armes du Yorkshire*, mais ce n'est peut-être pas le genre d'établissement qui conviendra à ces messieurs.

— Ce sera parfait. Merci. À propos, une jeune fille n'est-elle pas venue aujourd'hui vous demander la clé ?

Mrs Sweeny secoua la tête :

— Il y a belle lurette que personne n'a visité cette maison !

Ils rebroussèrent chemin jusqu'à Moat House. La porte d'entrée grinça sur ses gonds et Julius craqua une allumette afin d'examiner soigneusement le sol.

— Je suis sûr que personne n'est passé par là. Regardez

cette épaisse couche de poussière. Il n'y a pas une seule empreinte.

Ils firent le tour de la maison déserte. Partout, la poussière n'avait pas été remuée depuis des lustres.

— Cela me dépasse, déclara Julius. Je ne peux pas croire que Tuppence soit venue ici.

— Et pourtant c'est ce qu'elle a dû faire !

Julius ne répondit rien mais Tommy continua :

— Nous reviendrons demain. À la lumière du jour, nous y verrons mieux.

Le lendemain, ils reprirent leurs recherches pour aboutir une fois de plus à la conclusion que personne n'avait pénétré dans la maison depuis fort longtemps. Ils auraient définitivement quitté le village sans une heureuse découverte de Tommy. Comme ils se dirigeaient vers le portail, le jeune homme poussa un cri et ramassa quelque chose qui était tombé dans les feuilles. C'était une petite broche d'or qu'il tendit à Julius :

— Cela appartient à Tuppence !

— Vous en êtes sûr ?

— Certain, je l'ai souvent vue la porter.

Julius inspira profondément :

— Eh bien, voilà qui prouve qu'elle est bien venue jusqu'ici. Nous allons faire de cette gargote notre quartier général et nous remuerons ciel et terre jusqu'à ce que nous la retrouvions. Quelqu'un doit bien l'avoir vue !

Ils se mirent immédiatement en campagne. Ils travaillèrent d'abord séparément puis ensemble, mais le résultat n'en fut pas amélioré pour autant. Aucune jeune femme correspondant à la description de Tuppence n'avait été vue dans le voisinage. S'ils étaient déçus, ils n'en gardaient pas moins courage. Finalement, ils changèrent de tactique. Tuppence n'était certainement pas restée dans les environs de Moat House. On avait dû l'y amener puis la transporter ailleurs en voiture. Ils recommencèrent à poser des questions. Quelqu'un avait-il vu une voiture stationner aux abords de Moat House le jour fatal ? Cela n'aboutit à aucun résultat.

Julius télégraphia à Londres qu'on lui envoyât sa voiture et chaque jour ils fouillèrent les environs avec une ardeur égale. Une limousine grise sur laquelle ils avaient misé tous leurs espoirs se révéla appartenir à une respectable douairière.

Chaque jour, ils entreprenaient une nouvelle quête. Julius

était comme un chien en laisse : il suivait les moindres pistes, recherchait toutes les automobiles qui avaient traversé le village le jour fatal. Il s'introduisait dans les propriétés pour soumettre les gens qui possédaient des voitures à des contre-interrogatoires. Ses excuses paraissaient aussi sérieuses que ses méthodes, il parvenait presque toujours à calmer les esprits. Mais les jours passaient et le moins qu'on puisse dire c'est que les résultats n'étaient guère concluants. L'enlèvement avait été si bien organisé que la jeune fille semblait s'être littéralement volatilisée.

Un autre souci commençait à tracasser Tommy.

— Savez-vous depuis combien de temps nous sommes ici ? demanda-t-il un matin à Julius en s'asseyant en face de lui pour le petit déjeuner. Une semaine ! Nous n'avons toujours pas retrouvé Tuppence. Et samedi prochain, c'est le 29.

— Diable ! J'avais presque oublié cette échéance. Je ne pensais qu'à Tuppence !

— Moi aussi. Je n'avais pas oublié le 29, mais c'était secondaire. L'urgence, c'était de retrouver Tuppence. Mais aujourd'hui, nous sommes le 23 et il nous reste peu de temps. Si nous voulons la tirer de là, il faut que ce soit avant le 29. Après, je ne donne pas cher de sa peau car son rôle d'otage sera terminé. Je commence à croire que nous avons commis une énorme bourde. Nous avons perdu un temps fou et nous n'avons pas progressé d'un pouce.

— Je suis de votre avis. Nous nous sommes conduits comme deux andouilles qui se prendraient pour des phénix. J'abandonne cette comédie. J'en ai assez. Je vais faire ce que nous aurions dû faire il y a huit jours. Je vais aller tout raconter à Scotland Yard.

— Vous avez raison. C'est ce que nous aurions dû faire tout de suite.

— Mieux vaut tard que jamais. Nous avons joué à « Promenons-nous dans le bois ». Je vais demander à Scotland Yard de me montrer comment on s'y prend quand on veut vraiment obtenir un résultat. Les professionnels finissent toujours par battre les amateurs. M'accompagnez-vous ?

— À quoi bon ? Inutile d'y aller à deux. Je vais rester ici et continuer à fureter dans le coin. On ne sait jamais.

— C'est vrai. Alors, à bientôt ! je serai de retour sous peu, avec quelques inspecteurs. Je leur demanderai de me donner les meilleurs et les plus brillants d'entre eux.

Mais les événements n'allaient pas se dérouler comme Julius l'avait prévu. Dans la journée, Tommy reçut un télégramme :

*Rejoignez-moi, Midland Hotel, Manchester. Nouvelles importantes. Julius*

À 19 h 30, Tommy descendit d'un tortillard de campagne. Julius l'attendait sur le quai :

— Je pensais bien que vous arriveriez par ce train si vous étiez là pour recevoir mon télégramme.

Tommy lui saisit le bras :

— Qu'y a-t-il ? Tuppence est retrouvée ?

— Non, mais voici ce que j'ai trouvé à Londres en arrivant. On venait de le recevoir.

Et il tendit un télégramme que Tommy lut avec stupeur :

*Jane Finn retrouvée. Venez immédiatement, Midland Hotel, Manchester. Peel Edgerton.*

Julius récupéra le télégramme et le replia.

— Étrange, murmura-t-il, pensif. Je pensais que cet avocat avait abandonné l'affaire.

## 19

## JANE FINN

— Mon train est arrivé il y a une demi-heure, expliqua Julius comme ils quittaient la gare. J'avais calculé que vous débarqueriez de celui-ci et, avant de quitter Londres, j'ai télégraphié à sir James. Il nous a retenu des chambres et viendra nous rejoindre pour dîner à 20 heures.

— Pourquoi pensiez-vous qu'il avait cessé de s'intéresser à l'affaire ? demanda Tommy.

— Parce qu'il l'avait dit, se contenta de répondre Julius. Cet oiseau-là est muet comme une carpe. Ils sont tous pareils, il ne voulait pas se compromettre avant d'être sûr de son coup !

— Je me demande si...

— Qu'est-ce que vous vous demandez ?

— Si c'est la vraie raison.

— Bien sûr. Je vous parie tout ce que vous voulez.

Mais Tommy paraissait peu convaincu.

Ponctuel, sir James arriva à 20 heures et Julius lui présenta Tommy à qui il serra chaleureusement la main.

— Ravi de faire votre connaissance, Mr Beresford. J'ai tellement entendu parler de vous par miss Tuppence (il ne put s'empêcher de sourire) que j'ai l'impression de déjà bien vous connaître.

— Merci, monsieur, répondit Tommy avec un sourire joyeux, tout en scrutant le célèbre avocat.

Tout comme Tuppence, il était sensible au magnétisme d'autrui et il songea à Carter. Les deux hommes, si totalement différents par leur physique, se ressemblaient par l'impression qu'ils produisaient. Sous les manières désinvoltes de l'un et la réserve professionnelle de l'autre, on perçait le même esprit fin et pénétrant. De son côté, Tommy sentait que sir James l'examinait et lisait en lui comme dans un livre ouvert. Il aurait bien aimé savoir comment sir James le jugeait, mais il y avait peu de chance pour qu'il l'apprenne jamais. S'il assimilait tout, l'homme de loi ne disait que ce qu'il voulait bien dire. Ils en eurent la preuve sur-le-champ. Après les salutations d'usage, Julius se lança dans un flot de questions pressantes : comment sir James avait-il réussi à retrouver la trace de la jeune fille ? Pourquoi ne leur avait-il pas fait savoir qu'il travaillait toujours sur l'affaire ? etc., etc.

Sir James se caressait le menton en souriant. Finalement il déclara :

— Allons, allons ! Elle est retrouvée ! Et c'est tout ce qui compte, non ? Voyons, c'est bien tout ce qui compte ?

— Euh... oui... bien sûr. Mais dites-nous simplement comment vous avez retrouvé sa trace. Miss Tuppence et moi pensions que vous aviez abandonné l'affaire pour de bon.

— Ciel ! (L'homme de loi lança à l'Américain un regard vif, puis recommença à se caresser le menton.) Vraiment ? C'est ce que vous pensiez ? En voilà bien une autre, par exemple !

— Mais apparemment, nous nous fourrions le doigt dans l'œil.

— Je n'irai pas jusque-là. Mais c'est certainement une bonne chose pour tout le monde que nous soyons parvenus à retrouver votre jeune cousine.

— Mais où est-elle? demanda Julius, qui n'écoutait plus. J'étais sûr que vous l'auriez amenée.

— Cela m'aurait été très difficile, répondit sir James d'une voix grave.

— Pourquoi?

— Parce qu'elle a été renversée par une voiture et qu'elle souffre de légères blessures à la tête. On l'a conduite à l'hôpital. Et, quand elle a recouvré ses esprits, elle a dit qu'elle s'appelait Jane Finn. Dès que... dès que j'ai entendu cela, je me suis arrangé pour la faire transporter dans la clinique d'un médecin — un ami — et je vous ai télégraphié. Elle a de nouveau sombré dans l'inconscience. Et elle n'a pas reparlé depuis.

— Elle n'est pas grièvement blessée?

— Oh! quelques plaies et bosses. De l'avis des spécialistes, ces blessures sont bien trop légères pour l'avoir mise dans cet état. Il faut plutôt l'attribuer au choc qu'elle a subi en recouvrant la mémoire.

— Elle l'a retrouvée? s'écria Julius, au comble de l'excitation.

Sir James pianota sur la table avec une certaine impatience.

— Cela ne fait aucun doute, Mr Hersheimmer, puisqu'elle a pu fournir son vrai nom. Je pensais que vous l'auriez compris tout seul.

— Et vous vous trouviez précisément sur les lieux, fit remarquer Tommy. C'est un vrai conte de fées!

Mais sir James était beaucoup trop avisé pour donner une vraie réponse.

— Les coïncidences sont chose curieuse, répliqua-t-il, pince-sans-rire.

Quoi qu'il en soit, Tommy était désormais sûr de ce qu'il n'avait fait que soupçonner auparavant: la présence de sir James à Manchester n'était pas le fruit du hasard. Loin d'abandonner l'enquête comme Julius le croyait, il avait, grâce à ses propres méthodes, retrouvé la trace de la jeune fille. Alors pourquoi tant de mystère? Ce devait être par déformation professionnelle.

— Après le dîner, décréta Julius, j'irai voir Jane.

— Inutile, répliqua sir James. Il est fort probable qu'on ne l'autorisera pas à recevoir des visites à cette heure-ci. Demain matin, vers 10 heures, ce sera parfait.

Julius rougit. Sir James suscitait en lui une certaine hostilité comme il arrive souvent entre deux fortes personnalités.

— J'irai tout de même là-bas si je peux les convaincre de changer leurs stupides règlements.

— Ce sera tout à fait inutile, Mr Hersheimmer !

Ces mots partirent comme un coup de feu, et Tommy sursauta. Julius paraissait fort agité. Il tremblait en portant le verre à ses lèvres, mais son regard défiait sir James. Pendant quelques secondes l'hostilité entre les deux hommes parut sur le point d'éclater. Mais Julius finit par baisser les yeux, vaincu.

— Pour le moment, je reconnais que c'est vous le patron.

— Merci, répondit l'autre. Nous disons donc 10 heures ? (Puis avec une aisance étudiée, il se tourna vers Tommy :) Je dois avouer, Mr Beresford, que j'ai été surpris de vous voir ici ce soir. La dernière fois que j'ai entendu parler de vous, vos amis étaient fort inquiets à votre sujet. On avait perdu votre trace depuis plusieurs jours et miss Tuppence commençait à penser que vous aviez de sérieux problèmes.

— C'était effectivement le cas, fit Tommy avec une grimace. De ma vie, je n'avais jamais connu phase aussi difficile.

Sollicité par sir James, il fit un bref compte rendu de ses aventures. Le juriste l'écouta avec un intérêt croissant jusqu'à la fin.

— Vous vous en êtes bien tiré, dit-il gravement. Je vous en félicite. Vous avez fait preuve d'une grande présence d'esprit et joué votre rôle à merveille.

Tommy devint rouge comme une cerise.

— Je ne m'en serais jamais tiré sans cette fille, monsieur.

— C'est vrai. (Sir James eut un sourire en coin.) C'est une chance pour vous qu'elle vous ait... pris en affection. (Et comme Tommy allait protester :) Elle doit faire partie de la bande, non ?

— Je ne crois pas, monsieur. À mon avis, ils devaient la retenir de force. Mais la façon dont elle s'est finalement comportée ne colle pas avec cette hypothèse... puisqu'elle retournait auprès d'eux alors qu'elle aurait pu s'enfuir.

— Qu'a-t-elle dit ? Qu'elle voulait retourner chez Marguerite ?

— Oui, monsieur. Elle voulait sans doute parler de Mrs Vandemeyer.

— Mrs Vandemeyer signait toujours Rita et c'est ainsi que ses amis l'appelaient. J'en déduis donc que notre jeune personne avait l'habitude de l'appeler par son nom en entier. Et précisément au moment où elle l'appelait, cette femme se mourait ou était déjà morte. Comme c'est curieux ! Un ou deux points me paraissent obscurs... leur brusque changement d'attitude à votre égard, par exemple. À propos, la maison a été passée au peigne fin, naturellement ?

— Oui, monsieur, mais la bande avait tout déménagé.

— C'est la moindre des choses, sourit sir James.

— Sans laisser le moindre indice derrière eux...

— Je me demande...

L'avocat se mit à pianoter sur la table. Il y avait une tonalité singulière dans sa voix — comme s'il avait vu quelque chose qui aurait échappé à Julius et à Tommy.

— J'aurais aimé que vous soyez là pour examiner la maison, lança impulsivement ce dernier.

— J'aurais aimé y être. (Il resta silencieux un moment, puis regarda de nouveau Tommy :) Et depuis ? Qu'avez-vous fait ?

Tommy écarquilla les yeux, stupéfait. Puis il comprit. L'homme de loi n'était au courant de rien.

— J'ai... j'ai oublié que vous ne saviez pas ce qui est arrivé à Tuppence, bégaya-t-il.

L'épouvantable angoisse, un moment oubliée quand il avait appris que Jane Finn était enfin retrouvée, l'étreignit de nouveau.

Sir James posa brusquement son couteau et sa fourchette.

— Il est arrivé quelque chose à Tuppence ? demanda-t-il d'une voix dure.

— Elle a disparu.

— Quand ?

— Il y a une semaine.

— Comment ?

Ce fut une vraie salve de questions. Tommy et Julius relatèrent la semaine qu'ils avaient vécue et leurs vaines recherches.

Sir James reprit les choses au commencement.

— Un télégramme signé de votre nom ? Ils vous connaissent donc assez pour pouvoir agir ainsi ? Ils ne savaient pas au juste ce que vous avez appris dans cette maison. L'enlèvement de miss Tuppence a un rapport direct avec le fait que vous soyez parvenu à vous enfuir. En cas de besoin, ils pouvaient vous réduire au silence en menaçant de se venger sur elle.

— C'est bien ce que j'ai pensé, monsieur, acquiesça Tommy.

Sir James lui lança un regard narquois :

— Vous êtes parvenu à cette conclusion tout seul ? Pas mal... pas mal du tout. Vous êtes en progrès, jeune homme ! Si, si... Le plus curieux de l'affaire, c'est qu'ils ne savaient probablement rien de vous quand ils vous ont fait prisonnier. Vous êtes sûr de n'avoir rien dévoilé de votre identité ?

Tommy fit un signe de dénégation.

— Ce qui tendrait à prouver, que, intervint Julius, quelqu'un les a renseignés. Mais pas avant dimanche après-midi.

— Oui, mais qui ?

— L'omniscient Mr Brown, bien sûr.

Le ton légèrement railleur du jeune Américain n'avait pas échappé à sir James.

— Vous ne croyez pas à l'existence de Mr Brown, Mr Hersheimmer.

— Non, répliqua le jeune homme avec emphase. Pas en tant qu'individu, je veux dire. Je pense que c'est un nom, un simple nom, une sorte d'épouvantail tout juste bon à effrayer les enfants. Le vrai chef dans cette affaire, c'est Kraménine, le Russe. Je le crois tout à fait capable d'organiser des troubles dans trois pays en même temps, pour peu qu'il le décide. Et Whittington est probablement à la tête de l'organisation anglaise.

— Je ne suis pas de votre avis, objecta sir James. Mr Brown existe. (Il se tourna vers Tommy.) Avez-vous regardé d'où la dépêche vous avait été envoyée ?

— Non, monsieur, j'avoue que non.

— Hum... Je vois, vous l'avez ?

— Oui, monsieur, en haut, dans mes affaires.

— J'aimerais y jeter un coup d'œil. Mais cela ne presse pas, vous avez perdu une semaine (Tommy baissa la tête), alors, un jour de plus... un jour de moins... Occupons-nous d'abord de miss Finn. Ensuite nous essayerons d'arracher miss Tuppence à sa prison. Mais je ne crois pas qu'elle soit en danger aussi longtemps qu'ils ignorent que nous avons retrouvé Jane Finn et que la mémoire lui est revenue. Il faut le leur cacher à tout prix. Compris ?

Les deux autres acquiescèrent et, ayant pris rendez-vous pour le lendemain, l'homme de loi les salua.

À 10 heures, les deux jeunes gens se retrouvèrent à l'endroit convenu. Et sir James les rejoignit à la porte de l'établissement. Lui seul semblait calme. Il présenta ses deux compagnons au médecin :

— Mr Hersheimmer, Mr Beresford, Dr Roylance. Comment va notre malade ?

— Bien. Évidemment, elle n'a aucune notion du temps. Ce matin elle a demandé combien de passagers du *Lusitania* avaient été sauvés du naufrage et si les journaux en avaient déjà parlé. C'est tout à fait le comportement auquel nous nous attendions. Cependant, elle paraît préoccupée.

— Nous pourrons peut-être la rassurer. Si nous montions ?

— Allons-y.

Le cœur de Tommy battait à tout rompre tandis qu'ils gravissaient les escaliers à la suite du médecin... Jane Finn, enfin ! L'introuvable, la mystérieuse, l'insaisissable Jane Finn. Pourtant, Dieu que la réussite avait paru incertaine ! Et voici que dans cette maison, se trouvait la jeune fille à la mémoire miraculeusement retrouvée et qui tenait entre ses mains l'avenir de l'Angleterre.

Une plainte sauvage s'échappa de ses lèvres. Si au moins Tuppence s'était trouvée à ses côtés pour partager ce triomphe final ! Il chassa résolument Tuppence de ses pensées. Il avait en sir James une confiance croissante. C'était lui l'homme qui, à tous les coups, parviendrait à retrouver Tuppence. Et, en attendant, Jane Finn ! Mais soudain son cœur se serra. C'était trop simple... Tuppence... S'ils la trouvaient morte... abattue par Mr Brown ?

Une minute plus tard, il se moquait de ses idées mélodramatiques.

Le médecin ouvrit la porte d'une chambre. Sur un lit blanc, des bandages autour de la tête, une jeune fille reposait. Il y avait dans cette scène quelque chose d'irréel qui était si exactement conforme à ce qu'ils avaient imaginé qu'elle donnait l'effet d'avoir été magnifiquement mise en scène.

La jeune fille les regarda tour à tour avec des grands yeux étonnés. Sir James prit la parole :

— Miss Finn, voici votre cousin, Mr Julius P. Hersheimmer.

La jeune fille rougit légèrement quand Julius s'avança pour lui serrer la main.

— Comment allez-vous, ma cousine? demanda-t-il, d'un ton qui se voulait léger.

Mais Tommy perçut un tremblement dans sa voix.

— Vous êtes vraiment le fils d'oncle Hiram? demanda-t-elle étonnée.

Elle avait une voix émouvante, avec les intonations chaudes des habitants de l'Ouest. Cette voix n'était pas inconnue à Tommy, mais il chassa cette impression.

— Naturellement.

— Nous avons lu bien des choses sur oncle Hiram dans des journaux, poursuivit-elle de sa voix basse, mais je n'avais jamais pensé qu'un jour je vous rencontrerais. Maman pensait qu'oncle Hiram ne se réconcilierait jamais avec elle.

— Il était comme ça, admit Julius. Mais nous sommes d'une autre génération. Ne nous occupons pas de ces querelles de famille. La première chose à laquelle j'ai pensé, sitôt la guerre finie, c'était de partir à votre recherche.

Une ombre passa sur le visage de la jeune fille.

— Ils m'ont dit des choses... des choses terribles... Que j'avais perdu la mémoire... que je ne saurais jamais rien d'une certaine période... que ce seraient des années perdues.

— Vous ne vous en rendiez pas compte vous-même?

— Mon Dieu, non, répondit-elle, l'air étonné. C'est comme si je venais d'être poussée dans ce canot de sauvetage. Je m'y revois encore.

Elle ferma les yeux en frissonnant. Julius jeta un coup d'œil à sir James qui acquiesça.

— Ne vous inquiétez pas, cela ne sert à rien. Maintenant, Jane, il y a une chose que nous voudrions savoir : à bord, il y avait un homme qui transportait des documents très importants, et certains gros bonnets, ici, en Angleterre, pensent qu'il vous les a remis. Est-ce exact?

La jeune fille hésita. Son regard allait de l'un à l'autre. Sentant ses réticences, Julius précisa :

— Mr Beresford est chargé par le gouvernement anglais de retrouver ces documents. Sir James Peel Edgerton est membre du Parlement et pourrait, s'il le souhaitait, jouer un rôle très important dans la vie politique anglaise. C'est grâce à lui que nous avons fini par vous dénicher. Aussi vous pouvez nous parler librement. Danvers vous a-t-il remis les papiers?

— Oui, en me disant qu'ils seraient plus en sécurité avec moi parce qu'on sauverait les femmes et les enfants d'abord.

— C'est bien ce que nous pensions, déclara sir James.

— Il a ajouté que ces documents étaient très importants, au point de pouvoir changer le sort des Alliés. Mais c'était il y a bien longtemps. La guerre est finie, quelle importance tout cela peut-il avoir?

— L'histoire est un éternel recommencement, Jane. Il y a eu beaucoup de bruit autour de ces documents, puis on les a oubliés, et maintenant c'est de nouveau l'ébullition, pour des raisons différentes. Bref, pouvez-vous nous les rendre?

— Non.

— Pourquoi?

— Je ne les ai plus.

— Vous ne les avez plus? bégaya Julius.

— Non, je les ai cachés.

— Vous les avez cachés?

— Oui. J'étais très inquiète. J'avais l'impression d'être surveillée. J'ai eu peur. (Elle se prit la tête entre les mains.) C'est à peu près la seule chose dont je me souvienne avant mon réveil à l'hôpital.

— Continuez, suggéra sir James d'une voix rassurante. De quoi vous souvenez-vous?

Elle se tourna docilement vers lui:

— C'était à Holyhead. On nous avait débarqués là-bas, je ne sais pas trop pourquoi...

— Peu importe, continuez.

— Au milieu de la confusion générale, sur le quai, je me suis enfuie, personne ne m'a vue. J'ai pris un taxi et j'ai dit au chauffeur de me conduire en dehors de la ville. Quand nous sommes arrivés sur la route, j'ai regardé derrière nous: aucune voiture ne nous suivait. Au bord de la route j'ai vu un sentier et j'ai demandé au chauffeur de m'arrêter. (Elle marqua un temps d'arrêt avant d'enchaîner:) Le sentier menait à une falaise et descendait vers la mer. De chaque côté, il y avait de gros buissons de genêts: on aurait dit de grandes flammes. J'ai jeté un coup d'œil autour de moi: personne à l'horizon. Au-dessus de ma tête, il y avait un creux dans le rocher, assez petit

— je pouvais juste y mettre la main — mais profond. J'ai pris le paquet recouvert de toile cirée que j'avais autour du cou et je l'ai enfoncé aussi loin que j'ai pu. Puis j'ai arraché une touffe de genêts — Aïe, les piquants ! — et j'ai bouché la cavité de manière qu'on ne puisse plus la voir. Enfin j'ai soigneusement repéré l'endroit pour être à même de le retrouver. Il y avait justement un caillou de forme bizarre — on aurait dit un chien faisant le beau. Sur la route, la voiture m'attendait et j'ai repris le train. J'avais un peu honte d'avoir inventé toute cette histoire, mais dans le train, un homme assis en face de moi faisait un clin d'œil à une femme assise à côté de moi. De nouveau j'ai eu peur et j'étais contente d'avoir mis les papiers en lieu sûr. Je suis sortie prendre un peu l'air dans le couloir. Je pensais aller m'installer dans un autre wagon. Mais la femme m'a rappelée pour me dire que j'avais laissé tomber quelque chose. Quand je me suis penchée pour regarder, on m'a frappée là. (Elle désigna sa nuque.) À partir de ce moment et jusqu'à mon réveil à l'hôpital je ne me souviens de rien.

Il y eut un silence.

— Merci, miss Finn. J'espère que vous n'êtes pas trop fatiguée ? demanda sir James.

— Oh non ! j'ai un peu mal à la tête, sinon, je vais bien.

Julius se leva et lui serra la main.

— À bientôt, ma cousine. Je vais me dépêcher de retrouver ces papiers et je serai de retour en deux temps trois mouvements. Je vous embarquerai à Londres, et nous y passerons un peu de bon temps avant de retourner en Amérique. C'est promis... alors dépêchez-vous de guérir !

## 20

### Trop tard

Une fois dans la rue, ils tinrent un véritable conseil de guerre. Sir James sortit sa montre de son gousset.

— Le train pour Holyhead s'arrête à Chester à 12 h 40. Si vous partez tout de suite, vous pourrez attraper la correspondance.

Tommy le regarda, étonné :

— Il y a vraiment urgence, monsieur ? Nous ne sommes que le 24.

— Le monde appartient à ceux qui se lèvent tôt, déclara Julius avant que l'homme de loi n'ait eu le temps de répondre. Nous allons filer tout de suite à la gare.

— Je regrette de ne pouvoir vous accompagner, précisa sir James l'air soucieux. Je dois prendre la parole à une réunion à 14 heures. C'est bien dommage...

Si sir James paraissait sincèrement ennuyé, il était non moins clair que Julius était enchanté de se passer de sa compagnie.

— Je ne pense pas que ce soit très compliqué, remarqua-t-il. C'est une sorte de jeu de cache-cache.

— Je le souhaite, répliqua sir James.

— Il n'y a pas de raison. Que voulez-vous que ce soit d'autre ?

— Vous êtes encore bien jeune, Mr Hersheimmer. Quand vous aurez mon âge, vous saurez qu'il ne faut jamais mésestimer son adversaire.

Si cette remarque impressionna Tommy, elle n'eut que peu d'effet sur Julius.

— Vous pensez que Mr Brown peut surgir parmi les genêts ? Si c'est cela, je suis prêt. (Il donna une petite tape sur sa poche.) J'ai mon revolver sur moi. Mon petit Willie m'accompagne partout. (Il exhiba un automatique à l'aspect redoutable et le caressa tendrement avant de le rempocher.) Mais il ne servira pas cette fois-ci. Personne ne peut renseigner Mr Brown sur nos projets.

L'homme de loi haussa les épaules :

— Il n'y avait personne pour apprendre à Mr Brown que Mrs Vandemeyer était sur le point de le trahir. Et pourtant elle est morte sans avoir parlé.

Pour une fois, Julius ne trouva rien à répondre. Et sir James ajouta d'un ton léger :

— Je tenais simplement à vous mettre sur vos gardes. Au revoir et bonne chance ! Dès que vous aurez les documents, ne prenez pas de risques inutiles. Si vous avez la moindre raison de croire que vous avez été suivis, détruisez-les immédiatement. Bonne chance ! À vous de jouer !

Et il leur serra la main à tous les deux.

Dix minutes plus tard, les jeunes gens étaient installés en première classe, direction Chester.

Pendant un certain temps, ni l'un ni l'autre ne parlèrent. Finalement Julius rompit le silence pour faire une remarque totalement inattendue :

— Dites, ça vous est déjà arrivé de tomber amoureux fou d'un visage ?

Son premier étonnement passé, Tommy fouilla dans ses souvenirs.

— Je ne pense pas, répondit-il enfin. En tout cas, je ne m'en souviens pas. Pourquoi ?

— Parce que, au cours de ces deux derniers mois, je me suis comporté vis-à-vis de Jane comme un idiot et un sentimental. Dès que j'ai posé les yeux sur sa photo, mon cœur m'a fait le genre de cinéma qu'on lit dans les romans à l'eau-de-rose. J'ai honte de l'avouer mais j'étais venu ici avec la ferme intention de la retrouver, de conclure l'affaire et de la ramener en Amérique comme Mrs Julius P. Hersheimmer.

— Ça, par exemple ! s'exclama Tommy, ahuri.

— Cela vous prouve à quel point je suis stupide. Un seul regard sur cette fille en chair et en os et j'ai été guéri.

De plus en plus interloqué, Tommy fit entendre un nouveau : Ça, par exemple !

— Ce n'est pas pour dénigrer Jane, voyez-vous. Elle est charmante et je suis sûr que n'importe qui peut avoir le coup de foudre pour elle, mais...

— Je l'ai trouvée très jolie, dit Tommy, revenu de sa surprise.

— Moi aussi, mais elle ne ressemble pas le moins du monde à la photo. C'est-à-dire, si, d'une certaine manière, parce que je l'ai reconnue. Si je l'avais aperçue dans la foule, j'aurais dit, sans hésiter : voilà un visage que je connais. Mais il y avait dans cette photo quelque chose de... Ah ! l'amour est une chose bien étonnante...

— Ça, je m'en doute répliqua froidement Tommy. Si vous pouvez être amoureux d'une fille et proposer le mariage à une autre que vous ne connaissez que depuis quinze jours...

Julius eut le bon goût de paraître gêné :

— C'est-à-dire... voyez-vous... j'avais le sentiment que je ne retrouverais jamais Jane. J'étais fatigué... tout ça me paraissait de la folie pure. Et puis... euh... eh bien, les Français, par exemple, sont beaucoup plus sensés dans leur manière d'envisager l'existence. Ils ne confondent pas l'amour et le mariage. Et...

Tommy devint écarlate.

— Je veux bien être pendu ! Si c'est ça que...

— Attendez ! Un peu de calme ! Comprenez-moi. Je crois que les Américains ont une plus haute idée de la morale que vous. Quant aux Français, comme je vous le disais, le mariage est pour eux une affaire comme une autre. Deux personnes qui vont bien ensemble examinent le problème financier, étudient l'aspect pratique de la question...

— Si vous voulez mon avis, nous sommes devenus beaucoup trop pratiques, de nos jours. Nous nous posons toujours la question : qu'est-ce que cela va me rapporter ? Les hommes sont écœurants et les femmes encore bien davantage.

— Du calme, mon petit vieux, ne vous énervez pas comme cela.

— Je suis énervé !

Julius jugea plus sage de ne rien ajouter. De toute manière, Tommy avait le temps de se calmer avant Holyhead. Et de fait, quand ils arrivèrent à destination, il était tout sourire.

Après avoir posé des questions à droite et à gauche puis consulté une carte routière, ils tombèrent d'accord. Ils hélèrent un taxi sans plus de façons et prirent la route menant à Treaddur Bay.

Le chauffeur fut prié de rouler lentement et ils regardèrent de chaque côté de la route pour ne pas manquer le sentier. Ils y parvinrent peu de temps après avoir quitté la ville et Tommy fit arrêter la voiture. D'un air détaché il demanda au chauffeur si le sentier menait à la mer. Puis ils ajoutèrent un généreux pourboire au prix de la course.

Quelques minutes plus tard, le taxi reprenait la route de Holyhead. Dès qu'il fut hors de vue, Tommy et Julius descendirent le petit chemin.

— J'espère que c'est le bon, déclara Tommy, sceptique. Il doit y en avoir des tas dans le coin.

— C'est sûrement le bon. Regardez ces genêts. Vous vous souvenez de ce qu'a dit Jane ?

Tommy regarda les haies couvertes de fleurs d'or de chaque côté du sentier. C'était sûrement là. Ils descendirent l'un derrière l'autre, Julius en tête. Par deux fois, Tommy regarda par-dessus son épaule. Il était inquiet. Julius s'en aperçut.

— Qu'y a-t-il ?

— Je ne sais pas, j'ai la frousse. Comme si quelqu'un nous suivait.

— Ce n'est pas possible, affirma Julius, nous l'aurions vu.

C'était l'évidence. Néanmoins, Tommy se sentait de plus en plus mal à l'aise. Malgré lui, il croyait en l'omniscience de l'ennemi.

— Si seulement ce type arrivait, ajouta Julius. (Il tapota sa poche.) Little William souffre précisément de manque d'exercice.

— Vous le portez toujours sur vous ? demanda Tommy, étonné.

— La plupart du temps. On ne sait jamais ce qui peut arriver.

Tommy garda un silence respectueux. Little William l'impressionnait. Le revolver écartait toute menace de la part de Mr Brown.

Le sentier descendait le long de la falaise, parallèlement à la mer. Soudain, Julius s'arrêta si brusquement que Tommy le heurta :

— Qu'y a-t-il ?

— Regardez ! Ça, c'est la meilleure !

Un gros rocher barrait à demi le passage. Il ressemblait étrangement à un chien faisant le beau.

— C'est ce que nous nous attendions à voir, non ? fit Tommy s'efforçant de rester calme.

Julius le regarda en secouant tristement la tête :

— Le flegme britannique ! Bien sûr que nous nous y attendions. Mais tout de même, ça me dépasse de le trouver là, précisément à l'endroit où nous nous attendions à le trouver !

Tommy, dont le calme était peut-être plus feint que réel, s'impatienta.

— Eh bien, avancez ! Où est cette cavité ?

Ils examinèrent attentivement la paroi de la falaise.

— Le genêt n'y sera plus, après tant d'années ! s'entendit marmonner bêtement Tommy.

— Vous avez raison, répondit Julius.

Brusquement, Tommy désigna quelque chose d'une main tremblante :

— Que pensez-vous de cette fissure ?

— C'est sûrement ça, répondit Julius impressionné.

Ils se regardèrent.

— Quand j'étais en France, se remémora Tommy, chaque fois que mon ordonnance ne parvenait pas à me joindre, il disait qu'il ressentait quelque chose de bizarre. Je ne l'ai jamais cru. Mais qu'il l'ait ressenti ou pas, cette sensation existe. Je l'éprouve en ce moment. Très fort.

Il regarda le rocher avec une sorte d'angoisse.

— Nom de Dieu ! s'exclama-t-il. C'est impossible ! Cinq ans ! Pensez donc ! Les gamins qui viennent dénicher les oiseaux, les pique-niques, les milliers de gens qui sont passés par là. On a une chance sur mille de retrouver le document ! C'est de la folie !

Pour lui, c'était impossible. Surtout parce qu'il ne pouvait croire à leur réussite là où tant de gens avaient échoué. C'était trop simple. À tous les coups la cavité serait vide ! Mais Julius le regardait avec un large sourire.

— Cela vous épate. Bon, allons-y ! (Il plongea la main dans la fissure et grimaça.) C'est plutôt étroit. Jane doit avoir des mains beaucoup plus fines que les miennes. Je ne sens rien. Non... mais... qu'est-ce que c'est ? Hurrah ! (D'un grand geste, il exhuma un paquet décoloré.) Et voilà la marchandise ! Enveloppée dans de la toile cirée. Tenez-la pendant que je cherche mon canif.

L'incroyable s'était produit. Tommy tenait le précieux paquet entre ses mains. Ils avaient réussi !

— C'est étrange, murmura-t-il, pensif. On aurait pu penser que les coutures seraient pourries. Elles ont l'air neuves !

Ils les coupèrent soigneusement et ôtèrent la toile cirée. À l'intérieur se trouvait une petite feuille de papier. Les doigts tremblants, ils la déplièrent. Elle était blanche ! Ils se regardèrent, stupéfaits !

— Un faux ! lança Julius. Danvers n'était donc qu'un appât !

Mais Tommy secouait la tête. Cette solution ne le satisfaisait pas. Soudain son visage s'éclaira :

— J'ai trouvé ! C'est de l'encre sympathique !

— Vous croyez ?

— Essayons toujours ! La chaleur va nous donner la réponse. Ramassons du bois sec et faisons du feu.

En quelques minutes, un feu de brindilles et de feuilles flambait joyeusement. Le papier se racornit légèrement sous l'effet de la chaleur. Rien d'autre. Soudain, Julius saisit Tommy par le bras : des caractères de couleur brune apparaissaient peu à peu.

— Hurrah ! Nous y sommes ! Vous avez eu une idée géniale ! Je n'y aurais jamais pensé !

Tommy maintint la feuille au-dessus du feu pendant quelques minutes. Estimant qu'elle avait atteint la température voulue, il la retira et poussa un cri. En travers de la feuille, en caractères bruns soigneusement imprimés, on pouvait lire :

« Avec les compliments de Mr Brown. »

## 21

### Tommy fait une découverte

Un instant, ils se regardèrent, sans comprendre, anéantis. Ainsi, inexpliquablement, Mr Brown les avait devancés. Si Tommy accepta la défaite avec sérénité, ce ne fut pas le cas de Julius.

— Bon Dieu de bois, comment a-t-il pu nous devancer ? Cela me dépasse.

— Voilà pourquoi les coutures étaient en si bon état, murmura sombrement Tommy. Nous aurions pu y penser...

— Au diable ces fichues coutures ! Comment s'est-il débrouillé pour passer avant nous ? Nous avons pourtant fait le maximum. Personne ne pouvait arriver ici plus rapidement que nous. D'ailleurs, comment a-t-il pu savoir ?... Et s'il y avait un micro dans la chambre de Jane ? C'est sûrement ce qui s'est passé.

Avec son bon sens habituel, Tommy objecta :

— Personne ne pouvait savoir d'avance qu'elle irait dans cette clinique et encore moins dans cette chambre.

— C'est vrai, admit Julius. Alors, une des infirmières devait faire partie de la bande et a écouté derrière la porte? Que pensez-vous de ça?

— Peu importe, répondit Tommy d'une voix découragée. Il a pu trouver la cachette il y a des mois et prendre les documents puis... Mais non... ça ne colle pas... À ce moment-là les documents auraient été rendus publics tout de suite.

— C'est certain. Non, quelqu'un nous a précédés aujourd'hui, d'une heure ou deux. Mais comment y sont-ils parvenus, je n'en sais fichtre rien.

— Si seulement le vieux Peel Edgerton était avec nous, murmura pensivement Tommy.

— Pourquoi? Le mal était fait quand nous sommes arrivés.

— Oui...

Tommy ne savait pas comment formuler ce qu'il ressentait. C'était comme si la présence de l'avocat aurait pu, d'une certaine manière, conjurer la catastrophe. Il en revint à sa première idée :

— Inutile de discuter sur ce qui a pu se passer. Nous avons perdu la partie. Il ne me reste plus qu'une chose à faire.

— Laquelle?

— Rentrer à Londres le plus tôt possible et avertir Mr Carter. Il n'y a plus que quelques heures avant que cette bombe explose. Mais de toute façon, il faut qu'il apprenne au plus vite cette mauvaise nouvelle.

C'était un devoir pénible entre tous, mais Tommy n'avait nullement l'intention de s'y dérober. Il devait mettre Carter au courant de son échec. Il partit pour Londres à midi. Quant à Julius, il avait décidé de passer la nuit à Holyhead.

Une demi-heure après son arrivée, pâle et défait, Tommy se fit annoncer.

— Je viens au rapport, monsieur. J'ai échoué. Lamentablement.

Carter posa sur lui un regard pénétrant :

— Vous voulez dire que le traité...

— ... entre les mains de Mr Brown, monsieur.

— Ah ! s'exclama Carter.

Son visage ne marqua aucune émotion, mais dans son regard passa une lueur de détresse. Après cette dernière tentative, il n'y avait plus d'espoir.

— Eh bien, ajouta Carter, nous n'allons pas passer toute la

sainte journée à nous lamenter. Je préfère être fixé une fois pour toutes. Nous ferons ce que nous pourrons.

Mais Tommy avait la certitude qu'il n'y avait plus rien à espérer et que Carter le savait.

— Ne prenez pas cet échec trop à cœur, ajouta gentiment Carter. Vous avez fait de votre mieux. Vous aviez contre vous l'un des plus grands cerveaux du siècle. Et vous avez failli réussir ! Ne l'oubliez pas.

— Merci, monsieur. Vous êtes vraiment très chic.

— Je m'en veux. Je m'en veux depuis que j'ai appris d'autres nouvelles.

Quelque chose dans sa voix alerta Tommy. Une nouvelle crainte l'étreignit.

— Tuppence... ? balbutia-t-il.

— J'en ai bien peur.

Carter attrapa une feuille posée sur son bureau :

— Lisez vous-même.

Des mots en caractères d'imprimerie se mirent à danser sous ses yeux. C'était la description d'une toque verte et d'un manteau avec, dans la poche, un mouchoir aux initiales P.L.C. Il questionna Carter d'un regard chargé d'angoisse. L'autre lui répondit :

— Échoués sur la côte du Yorkshire, près d'Ebury. J'ai bien peur que... que ce ne soit leur œuvre.

— Seigneur... Ces bandits... Je le leur ferai payer... Je les traquerai... Je...

Mais en voyant la compassion qui se peignait sur le visage de Carter il se tut.

— Je comprends ce que vous ressentez, mon pauvre garçon. Mais ce n'est pas une solution. Vous dépenseriez vos forces en vain. C'est dur, mais je vous conseille de ne plus y penser. Le temps vous aidera. Vous finirez par oublier.

— Oublier Tuppence ? Jamais.

— C'est ce que vous croyez. Cela ne sert à rien de penser à cette chère petite. Je suis désolé de toute cette affaire. Vraiment désolé...

— Je ne veux pas vous retenir plus longtemps, monsieur, fit Tommy dans un effort pour se reprendre. Nous avons été fous d'accepter un tel travail. Vous nous aviez bien avertis. J'aurais préféré que ce soit moi qui écope. Au revoir, monsieur.

De retour au *Ritz*, l'esprit ailleurs, Tommy emballa

machinalement ses quelques affaires. Il était encore bouleversé par l'irruption du malheur dans son existence jusque-là joyeuse et sans vrais problèmes. Comme ils s'étaient bien amusés, Tuppence et lui ! Et maintenant... oh ! non... il ne pouvait pas y croire. C'était impossible ! Tuppence morte ! Cette petite Tuppence, si débordante de vie. C'était un cauchemar. Un horrible cauchemar, rien de plus.

On lui apporta un billet : quelques mots de sympathie de Peel Edgerton qui avait appris la nouvelle par le journal. Il y avait eu un gros titre : « Une ex-infirmière noyée. » La lettre se terminait par une offre d'emploi dans le ranch en Argentine où sir James avait des intérêts.

— Le cher homme, murmura Tommy en jetant le billet sur une table.

La porte s'ouvrit et Julius fit irruption dans la pièce avec son impétuosité coutumière. Il tenait un journal à la main.

— Qu'est-ce que c'est ? Qu'est-ce qu'ils racontent au sujet de Tuppence ? Ils sont fous !

— C'est la vérité, répondit calmement Tommy.

— Vous pensez qu'ils l'ont supprimée ?

Tommy acquiesça :

— Quand ils ont eu le traité... elle ne leur servait sans doute plus à rien et ils ont eu peur de la laisser partir.

— Sacrebleu ! s'écria Julius. Cette petite Tuppence... C'était vraiment la plus courageuse...

Soudain Tommy, perdant tout sang-froid, se leva :

— Sortez ! Allez au diable ! ça vous est bien égal, ce qui arrive ! Vous lui avez peut-être demandé de vous épouser avec votre pragmatisme à la noix, mais moi je l'aimais. J'aurais donné ma vie pour elle. Si elle avait voulu vous épouser, je n'aurais rien dit, parce que vous pouviez lui donner tout ce qu'elle désirait. Tandis que moi je ne suis qu'un pauvre type sans le sou.

— Écoutez..., commença Julius pour tenter de le calmer.

— Fichez le camp ! Je ne supporte plus de vous entendre parler de cette « petite Tuppence » ! Allez retrouver votre cousine ! Tuppence est à moi. Je l'ai toujours aimée, depuis l'époque où nous faisions des châteaux de sable. Nous avons grandi mais mes sentiments n'ont jamais changé. Je n'oublierai jamais quand j'étais à l'hôpital et qu'elle est arrivée affublée de cette coiffe ridicule et de son tablier. C'était un miracle : la fille que j'aimais transformée en infirmière !

Mais Julius lui coupa la parole :

— Un uniforme d'infirmière ! Nom d'un chien ! Je suis bon pour l'asile d'aliénés. Je jurerais que j'ai vu Jane elle aussi avec une coiffe d'infirmière. Or, c'est rigoureusement impossible ! Et pourtant si, fichtre ! Je l'ai bel et bien vue. C'est elle... elle qui parlait avec Whittington à la clinique de Bornemouth. Cette clinique, elle n'y était pas en tant que malade, mais en tant qu'infirmière.

— Dans ce cas-là, s'écria Tommy en colère, elle est dans le coup depuis le début. Je ne serais pas étonné d'apprendre qu'elle a volé les documents à Danvers.

— Je ne vous permets pas ! hurla Julius. C'est ma cousine et elle est aussi patriote que vous et moi.

— Je m'en fiche, sortez d'ici ! cria Tommy.

Ils étaient sur le point d'en venir aux mains quand soudain, comme par magie, la colère de Julius tomba :

— D'accord, je m'en vais. Je ne vous en veux pas de ce que vous venez de dire. Je préfère même que vous l'ayez dit. Je me suis conduit comme le plus parfait imbécile que la terre ait jamais porté. (Et, alors que Tommy recommençait à s'impatienter : ) Calmez-vous. Je file. Je vais droit au London and North Western Railway, si vous voulez savoir.

— Je me fiche bien de savoir où vous pouvez aller !

Dès que la porte se fut refermée sur Julius, Tommy se remit à préparer ses bagages.

— Voilà une affaire réglée, murmura-t-il.

Et il sonna :

— Descendez mes bagages.

— Oui, monsieur. Monsieur s'en va ?

— Oui, je vais au diable, répondit Tommy sans se soucier de ce que l'employé pouvait penser de lui.

Ce dernier se contenta d'ajouter :

— Bien, monsieur. Dois-je appeler une voiture ?

Tommy acquiesça d'un signe de tête.

Où aller ? Il n'en n'avait pas la moindre idée. À part son désir, plus tenace que jamais, de se venger de Mr Brown, il n'avait aucun projet. Il relut la lettre de sir James : Tuppence devait être vengée, mais la proposition de l'avocat partait d'un bon sentiment et il jugea préférable de lui répondre. Il s'installa au bureau. Avec la fantaisie qui règne toujours dans les articles de papeterie que l'on trouve dans les chambres d'hôtel, il trouva beaucoup d'enveloppes mais aucune feuille. Il sonna. Personne ne vint. Tommy fulminait, puis il se rappela qu'il y avait du papier dans le salon de Julius. L'Américain ayant annoncé son départ immédiat, il ne risquait pas de tomber sur lui. D'ailleurs s'il le rencontrait, ce serait aussi bien: il commençait à regretter ce qu'il lui avait dit. Ce brave Julius avait bien pris l'algarade. S'il se trouvait là, il lui présenterait ses excuses.

Mais la chambre était vide. Tommy se dirigea vers le bureau et ouvrit le tiroir du milieu. Une photo attira son attention. Sidéré, il prit le cliché, referma le tiroir, se dirigea à pas lents vers le fauteuil et s'assit. Au nom du ciel, que faisait la photo d'Annette, la petite Française, dans le bureau de Julius Hersheimmer?

## 22

## Chez le Premier Ministre

Le Premier Ministre pianotait nerveusement sur la table. Son visage exprimait un profond découragement. Il reprit sa conversation avec Carter au point où il l'avait laissée.

— Je ne comprends pas. Vous croyez vraiment qu'après tout, la situation n'est pas désespérée?

— C'est ce que ce jeune homme semble penser.

— Montrez-moi cette lettre.

Carter lui tendit la missive de Tommy, rédigée d'une grosse écriture enfantine.

*Cher Mr Carter,*

*Je viens de découvrir quelque chose qui m'a donné un choc. Il est possible que je fasse complètement fausse route, mais je ne le pense pas. Si mes conclusions sont exactes, la jeune fille de Manchester n'est pas Jane Finn. Tout a été manigancé. Le paquet était faux, comme tout le reste d'ailleurs, dans le but de nous faire croire que les jeux étaient faits.*

*Ce qui m'incite à penser que nous avons été bien près de la vérité. Je crois savoir qui est la véritable Jane Finn et même où se trouve le document. Naturellement ce n'est qu'une supposition, mais j'ai le sentiment de ne pas me tromper. Quoi qu'il en soit, je vous adresse ci-joint une enveloppe scellée: je vous prie instamment de ne l'ouvrir qu'au dernier moment, c'est-à-dire le 28 à minuit. Voici pourquoi: j'ai dans l'idée que les vêtements de Tuppence que l'on a retrouvés font également partie d'une machination et qu'elle n'est pas plus noyée que vous et moi. Et ceci tout simplement parce qu'en dernier recours ils laisseront Jane Finn s'enfuir dans l'espoir qu'elle a simulé l'amnésie et que, sitôt libre, elle se rendra directement à sa cachette. Bien sûr, c'est pour eux un énorme risque, puisqu'elle sait tout de leur organisation, mais ils sont prêts à n'importe quoi pour retrouver le document. S'ils apprennent qu'il est entre nos mains, les deux jeunes filles sont perdues. Je dois essayer de retrouver Tuppence avant que Jane ne s'échappe.*

*J'aimerais disposer d'une copie du télégramme qui a été envoyé à Tuppence au* Ritz. *Sir James Peel Edgerton m'a dit que vous pourriez me la procurer. Il est terriblement intelligent.*

*Une dernière chose encore: ayez l'obligeance de faire surveiller la maison de Soho jour et nuit.*

*Votre dévoué,*
*Tommy Beresford.*

— Et l'enveloppe scellée? demanda le Premier Ministre.

Carter se força à sourire:

— À la banque dans un coffre. Je ne veux prendre aucun risque.

— Ne pensez-vous pas, suggéra le Premier Ministre après une courte hésitation, qu'il serait préférable de l'ouvrir maintenant?

»Nous devons bien sûr mettre ce document en sécurité, si la supposition de ce jeune homme se révèle exacte. Personne ne saurait que nous en avons pris connaissance.

— Je n'en suis pas aussi sûr que vous. Nous sommes entourés d'espions. Dès qu'on le saura, je ne donnerais pas cela (et il claqua des doigts) de la vie de ces deux jeunes filles. Non, ce garçon m'a honoré de sa confiance et je ne le trahirai pas.

— Bien, bien. Dans ce cas, attendons. Qui est au juste ce jeune homme?

— À première vue, c'est un jeune Anglais comme tant d'autres, sain et même un peu lourdaud. Lent dans ses raisonnements, incapable de se laisser entraîner par son imagination, pour la bonne raison qu'il en est dépourvu. Difficile à tromper. Il réfléchit lentement et, quand il a une idée en tête, il ne la lâche pas. La jeune fille est tout à fait différente. Plus d'intuition et moins de bon sens. Ils forment un couple charmant et une bonne association : pondération et dynamisme.

— Il paraît croire en son plan, murmura le Premier Ministre.

— Oui, et c'est bien ce qui me donne l'espoir. Il appartient à cette catégorie de jeunes gens méfiants qui ont besoin d'être complètement sûrs d'eux avant de hasarder une opinion quelconque.

L'autre esquissa un sourire :

— Et c'est ce garçon qui va vaincre le plus grand criminel de notre époque ?

— Oui, ce garçon comme vous dites, mais dans l'ombre, derrière lui, je soupçonne quelqu'un d'autre...

— Qui ?

— Peel Edgerton.

— Peel Edgerton ? répéta le Premier Ministre, étonné.

— Oui. Je sens sa présence dans cette affaire. (Il reprit la lettre.) Il est là, œuvrant dans l'ombre, en silence, discrètement... J'ai toujours pensé que s'il y avait un homme capable d'affronter Mr Brown, ce serait Peel Edgerton. D'ailleurs il vient de m'adresser une curieuse requête.

— Ah bon ?

— Il m'a envoyé une coupure de journal américain mentionnant le cadavre d'un homme trouvé sur les docks de New York, il y a environ trois semaines. Il m'a prié de recueillir tous les renseignements possibles sur cette affaire.

— Et alors ?

Carter haussa les épaules :

— Je n'ai pas appris grand-chose. Un jeune type dans les trente-cinq ans, pauvrement vêtu, complètement défiguré. On n'a pas pu l'identifier.

— Et vous pensez qu'il y a un rapport entre les deux affaires ?

— Oui. Mais je peux me tromper. (Après un silence, Carter reprit :) J'ai demandé à Peel Edgerton de venir nous rejoindre et il ne va plus tarder. Nous ne tirerons rien de lui qu'il ne veuille dire : il est prudent, comme tous les hommes de loi. Mais nul doute qu'il pourra éclaircir un ou deux points de la lettre du jeune Beresford. Tiens !... le voici !

Les deux hommes se levèrent pour accueillir le visiteur.

« C'est peut-être lui mon successeur », pensa le Premier Ministre, non sans une certaine ironie.

— Nous avons reçu une lettre du jeune Beresford, déclara Carter en entrant directement dans le vif du sujet. Vous l'avez vu, sans doute ?

— Pas du tout, répondit sir James.

— Oh ! fit Carter, interloqué.

— Mais il m'a téléphoné, reconnut l'avocat qui se caressa le menton en souriant.

— Verriez-vous une objection à nous répéter votre entretien ?

— Nullement. Il m'a remercié de la lettre dans laquelle je lui offrais une situation. Puis il m'a rappelé quelque chose que je lui avais dit à Manchester à propos de ce télégramme destiné à faire tomber miss Cowley dans un piège. Je lui ai demandé si un élément nouveau était intervenu. Il m'a répondu que dans un tiroir de la chambre de Mr Hersheimmer, il avait découvert une photo. Je lui ai demandé si ce cliché portait le nom et l'adresse d'un photographe californien. Il m'a répondu « oui, tout à fait », puis il a ajouté un détail que j'ignorais : c'est la photo d'Annette, la jeune Française qui lui a sauvé la vie.

— Quoi ?

— Parfaitement ! Curieux d'en savoir davantage, je lui ai demandé ce qu'il avait fait de cette photo. Il m'a répondu qu'il l'avait remise là où il l'avait trouvée. (L'homme de loi se tut quelques secondes avant d'ajouter :) C'est ce qu'il fallait faire. Ce jeune homme sait faire fonctionner ses méninges. Cette découverte était providentielle. Naturellement, à partir du moment où la jeune fille de Manchester n'était plus Jane Finn, cela changeait tout. Le jeune Beresford s'en est aperçu tout seul, sans que je le lui dise. Mais au sujet de miss Cowley, il ne savait que penser. Il voulait savoir si je la croyais vivante. Après mûre réflexion, je lui ai répondu qu'il y avait de fortes chances pour qu'elle le soit, ce qui nous a ramenés au télégramme.

— Et alors ?

— Je lui ai conseillé de vous demander une copie de

l'original. Une idée m'est venue : après que miss Cowley eut jeté ce télégramme dans la cheminée, on a pu effacer et changer certains mots, dans le but d'aiguiller sur une fausse piste ceux qui partiraient à sa recherche.

Carter, qui paraissait de cet avis, sortit un papier de sa poche et lut à haute voix :

*Rapplique illico, Astley Priors, Gatehouse, Kent. Il y du nouveau.*

*Tommy.*

— C'est à la fois très simple et très ingénieux. Quelques mots de changés et le tour est joué ! Et ils ont négligé l'indice le plus important.

— Lequel ?

— Selon le petit chasseur, miss Cowley s'était fait conduire à Charing Cross. Ils étaient tellement sûrs d'eux qu'ils ont cru que le gamin s'était trompé.

— Et où se trouve actuellement le jeune Beresford ?

— À Gatehouse, dans le Kent, si je ne me trompe.

Carter le regarda avec curiosité :

— Je m'étonne que vous n'y soyez pas également, Peel Edgerton.

— Je suis sur une affaire importante.

— Je pensais que vous étiez en vacances ?

— Disons que l'affaire ne m'a pas été officiellement confiée ; il serait sans doute plus exact de vous dire que je travaille sur un dossier. Avez-vous du nouveau pour moi, au sujet de cet Américain ?

— Non. Est-ce si important d'établir son identité ?

— Oh ! son identité, je la connais ! Bien que je ne sois pas encore en mesure de fournir des preuves.

Les deux autres ne posèrent plus de questions : ils savaient qu'ils perdraient leur temps.

— Ce que je ne comprends pas, dit soudain le Premier Ministre, c'est comment cette photo s'est trouvée dans le tiroir de Mr Hersheimmer.

— Elle ne l'a peut-être jamais quitté, suggéra le juriste.

— Et le faux inspecteur ? L'inspecteur Brown ?

— Bof ! se borna à répondre sir James, plus évasif que jamais. (Il se leva.) Je ne veux pas vous retenir plus longtemps. Occupez-vous des affaires du royaume. Quant à moi, je vais vaquer aux miennes.

Deux jours plus tard, Julius Hersheimmer revint de Manchester. Sur son bureau, il trouva un billet de Tommy :

*Cher Hersheimmer*

*Désolé de m'être laissé emporter. Au cas où je ne vous reverrais pas, adieu. On m'a proposé une situation en Argentine et ce que j'ai de mieux à faire, c'est d'accepter.*

*Bien à vous,*
*Tommy Beresford.*

Un sourire singulier s'attarda sur le visage de Julius. Il jeta la lettre au panier.

— Quel triple buse ! murmura-t-il.

## 23

### La course contre la montre

Après qu'il eut téléphoné à sir James, Tommy se rendit à South Audley Mansions. Il y trouva Albert en train de vaquer à ses occupations et se présenta comme un ami de Tuppence. Albert fut immédiatement conquis.

— Il ne s'est rien passé ici ces derniers temps, dit-il avec tristesse. J'espère que la jeune dame va bien, monsieur.

— C'est ça le problème, Albert. Elle a disparu.

— Vous ne voulez pas dire que les bandits l'ont enlevée ?

— Si.

— Elle est dans les bas-fonds ?

— Que voulez-vous dire ?

— C'est une expression toute faite, monsieur, expliqua Albert. Dans les films, les bandits ont toujours un repaire dans les bas-fonds. Mais vous ne pensez tout de même pas qu'ils l'ont tuée, monsieur ?

— J'espère que non. À propos, auriez-vous par hasard une tante, une cousine, une grand-mère ou une vieille parente dont vous pourriez dire qu'elle est sur le point de rendre l'âme ?

Un sourire enthousiaste illumina le visage d'Albert :

— Bien sûr ! Ma pauvre tante qui habite à la campagne est depuis longtemps à l'article de la mort et elle demande toujours à me voir avant de rendre le dernier soupir.

— Voilà qui est parfait. Pouvez-vous en informer vos chefs et me rejoindre à la gare de Charing Cross d'ici une heure ?

— J'y serai, monsieur, vous pouvez compter sur moi.

Tommy l'avait prévu, le fidèle Albert se révéla un allié précieux. Tous deux s'installèrent à l'auberge de Gatehouse. Albert avait pour mission de recueillir le plus de renseignements possible. Ce ne fut pas difficile. Aux dires de l'hôtelier, Astley Priors appartenait à un certain Dr Adams, médecin à la retraite, qui avait conservé une petite clientèle privée. (Et là l'hôtelier mit son index sur son front et ajouta :) « Tous des cinglés, si vous voyez ce que je veux dire. » Au village le médecin était très populaire, membre honoraire de toutes les associations locales, apprécié pour sa gentillesse.

Était-il là depuis longtemps ? « Oh, une dizaine d'années, peut-être un peu plus. » Un praticien réputé. Toutes les couches de la société venaient de Londres pour le consulter. Sa maison était très accueillante, toujours pleine.

Tommy était perplexe. Cet honorable et sympathique personnage pouvait-il être un dangereux criminel ? Il paraissait si franc, si loyal ! Rien de sinistre en lui. Tommy eut froid dans le dos. Était-il en train de commettre une grossière erreur ? Puis il se souvint de la clientèle : « tous des cinglés » ! Il demanda prudemment s'il y avait une jeune femme parmi eux et traça le portrait de Tuppence. Mais on ne savait rien des malades. On les voyait quelquefois dehors, sur les pelouses de la propriété. D'Annette non plus, l'hôtelier ne savait rien.

Astley Priors était une belle villa de brique rouge entourée d'arbres qui la cachaient aux yeux des passants. Dès le premier soir, Tommy, accompagné d'Albert, se livra à une reconnaissance du terrain. Sur les instances du gamin, ils rampèrent à plat ventre, exercice fort pénible qui fit beaucoup plus de bruit que s'ils avaient marché normalement. D'ailleurs ces précautions étaient totalement inutiles. La nuit tombée, le jardin, comme celui des autres villas, n'était pas sous surveillance. Tommy avait redouté la présence de féroces chiens de garde. Albert, quant à lui, redoutait plutôt l'attaque d'un puma ou d'un cobra apprivoisé. Mais c'est sans incidents qu'ils atteignirent un bosquet situé près de la maison.

Les rideaux de la salle à manger n'étaient pas tirés. De nombreux convives étaient attablés. Le porto passait de main en main. C'était une joyeuse assemblée, où tout semblait normal. À travers les fenêtres ouvertes, des bribes de conversation leur parvenaient dans la nuit. Le cricket faisait l'objet d'une discussion animée.

De nouveau, Tommy s'interrogeait. Était-il possible que ces gens fussent différents de ce qu'ils paraissaient? L'avait-on dupé une fois de plus? L'homme qui présidait ce souper, avec sa belle barbe et ses lunettes, semblait incroyablement honnête et normal.

Cette nuit-là, Tommy dormit mal. Le lendemain matin, l'infatigable Albert ayant passé un pacte avec le commis du marchand de légumes, il prit sa place et s'insinua dans les bonnes grâces de la cuisinière de Malthouse. Il revint, persuadé qu'elle appartenait à la bande d'escrocs, mais Tommy se méfiait de son imagination débordante. Le garçon ne pouvait rien prouver, sinon que la cuisinière n'était pas banale, ce qui se voyait au premier coup d'œil.

Le lendemain, ils opérèrent la même substitution — au grand avantage pécuniaire du véritable commis — et Albert rapporta la première nouvelle encourageante: il y avait une jeune Française dans la maison. Tommy, reprenant espoir, vit là une confirmation de sa théorie. Mais le temps passait. On était le 27. Le 29 était le jour dont il avait tant été question pour la grève générale. Toutes sortes de rumeurs couraient concernant une émeute. Les journaux s'agitaient. On faisait ouvertement allusion à un coup d'État. Le gouvernement ne se prononçait pas. On l'avait informé et il était prêt à toute éventualité.

On parlait également de dissensions chez les leaders Travaillistes. Ils ne parvenaient pas à se mettre d'accord. Les plus prévoyants d'entre eux se rendaient compte que ce qu'ils proposaient porterait un coup fatal à l'Angleterre que pourtant ils chérissaient. Ils hésitaient devant la misère et les problèmes qu'entraînerait une grève générale et se déclaraient disposés à rencontrer le gouvernement pour trouver un terrain d'entente. Mais des forces subtiles et profondes étaient à l'œuvre, on reparlait des erreurs passées, on désapprouvait les demi-mesures peu courageuses, on créait des malentendus. Grâce à Carter, Tommy avait une vision précise de la situation. Si le fatal document se trouvait aux mains de Mr Brown le jour J, l'opinion publique pencherait du côté des extrémistes et des révolutionnaires. Dans le cas contraire, la bataille n'était pas perdue. Le gouvernement, assisté d'une armée et d'une police loyales, pourrait l'emporter, mais au prix d'immenses sacrifices. Tommy, cependant, nourrissait un rêve absurde. Il pensait — à tort ou à raison — qu'une fois Mr Brown démasqué, l'organisation tout entière s'effondrerait d'un seul coup — lamentable baudruche — puisqu'elle reposait en fait sur l'étrange et diffuse influence de son invisible chef. Sans lui, Tommy prévoyait qu'elle serait en proie à une panique immédiate. Les hommes honnêtes livrés à eux-mêmes, une réconciliation de dernière heure serait possible.

«Tout repose sur un seul homme, pensa Tommy. Et je dois capturer cet homme.» C'était en partie pour servir cet ambitieux dessein qu'il avait prié Carter de ne pas ouvrir l'enveloppe scellée. Le projet de traité serait l'appât qu'il tenait en réserve pour Mr Brown. Il lui arrivait d'être sidéré par sa propre présomption. Comment osait-il espérer qu'il allait réussir là où tant d'hommes, plus expérimentés et plus intelligents que lui, avaient échoué? Cependant il s'accrochait à son idée.

Ce soir-là, il pénétra une nouvelle fois avec Albert dans le parc d'Astley Priors. Son but était de trouver le moyen de s'introduire dans la maison. Comme ils s'en approchaient prudemment, Tommy étouffa une exclamation: au deuxième étage, devant la fenêtre d'une chambre éclairée, une silhouette venait de se dessiner. Tommy l'aurait reconnue entre toutes: c'était celle de Tuppence! Tuppence était dans la maison!

Il empoigna l'épaule d'Albert:

— Restez ici. Quand je commencerai à chanter, regardez bien cette fenêtre.

Il fonça vers l'allée centrale et se mit à brailler le refrain suivant en avançant d'une démarche mal assurée:

*J'suis un soldat anglais*
*Un joyeux soldat anglais*
*Comment qu'vous savez qu'j'suis un troupier?*
*Z'avez qu'à m'regarder les pieds*

À l'hôpital, Tuppence avait souvent passé cet air à la mode sur son tourne-disque. Elle le reconnaîtrait et saurait à quoi s'en tenir. Tommy chantait faux, mais il était doté d'excellents poumons. On l'entendit dans toute la maison.

Aussitôt, un impeccable maître d'hôtel, accompagné d'un non moins impeccable valet, sortit sur le perron. Le maître d'hôtel se lança dans de vives remontrances. Tommy n'en continuait pas moins à chanter, traitant affectueusement le domestique de « brave petit gars ». Le valet le prit par un bras, le maître d'hôtel par l'autre, et ils l'expulsèrent proprement du jardin en le menaçant d'appeler la police s'il s'introduisait de nouveau dans la propriété. C'était magnifiquement joué, avec talent et sobriété. On aurait juré que le maître d'hôtel était un vrai maître d'hôtel et le valet un vrai valet. Seulement voilà... le maître d'hôtel n'était autre que Whittington.

Tommy retourna à l'auberge et attendit le retour d'Albert. Finalement ce valeureux jeune homme fit son apparition.

— Eh bien? demanda Tommy, impatient.

— Tout va bien. Pendant qu'ils vous raccompagnaient au portail, la fenêtre s'est ouverte et on a jeté quelque chose.

Il tendit à Tommy un petit morceau de papier roulé en boule et sur lequel on avait gribouillé :

*Demain, même heure* !

— C'est fabuleux ! On va y arriver ! s'écria Tommy.

— J'ai écrit un message, je l'ai enroulé autour d'un caillou et je l'ai lancé dans la fenêtre, continua Albert à bout de souffle.

— Votre zèle va finir par nous perdre, grommela Tommy. Que disiez-vous dans ce billet ?

— *Sommes à l'auberge. Si vous pouvez vous échapper, venez et coassez comme une grenouille.*

— Elle saura qu'il s'agit de vous, déclara Tommy en poussant un soupir de soulagement. Vous savez, Albert, vous vous laissez emporter par votre imagination. Vous croyez que vous pourriez reconnaître le coassement d'une grenouille ?

Albert prit un air penaud.

— Courage ! Ça n'est pas grave ! Ce maître d'hôtel est un vieil ami à moi. Je parie qu'il m'a reconnu même s'il n'en a rien laissé voir... ce n'est pas dans leur intérêt de laisser transparaître leurs soupçons. C'est pourquoi nous avons eu la partie belle : ils ne veulent pas me décourager complètement, tout en ne voulant pas trop me faciliter les choses. Je suis un pion dans leur jeu, rien d'autre. Voyez-vous, Albert, si l'araignée laisse la mouche s'enfuir trop facilement, la mouche pensera tout de suite qu'il s'agit d'un coup monté. D'où l'utilité de ce jeune homme prometteur, Mr T. Beresford, qui a mis les pieds dans le plat juste au bon moment. Mais ensuite, ledit Beresford aurait intérêt à être prudent.

C'est dans un état d'exaltation intense que Tommy monta se coucher. Il avait soigneusement élaboré son plan pour le soir suivant, persuadé qu'à Astley Priors on ne contrarierait pas ses projets jusqu'à un certain point. C'est ensuite que Tommy se proposait de leur réserver une surprise.

Cependant, vers minuit, sa tranquillité fut rapidement mise à l'épreuve. On vint lui dire que quelqu'un le demandait au bar. Il s'agissait d'un charretier un peu rustaud, aux vêtements couverts de boue.

— Eh bien, mon ami qu'y a-t-il ?

— Ce ne serait pas pour vous, monsieur ?

Le charretier lui présenta une feuille de papier pliée et sale sur laquelle on pouvait lire :

*À apporter au jeune homme qui est à l'auberge près d'Astley Priors. Il vous remettra dix shillings en échange.*

C'était l'écriture de Tuppence. Tommy apprécia sa présence d'esprit. Elle avait deviné qu'il pouvait être descendu à l'auberge sous un faux nom. Il voulut s'emparer de la feuille.

— Oui, c'est pour moi.

— Holà ! et mes dix shillings ? dit l'homme sans desserrer les doigts.

Tommy lui donna un billet et l'homme lui abandonna sa trouvaille.

Tommy la déplia aussitôt et commença à lire :

*Cher Tommy,*

*J'ai bien compris que c'était toi, la nuit dernière. Ne viens pas ce soir, ils t'attendent. Ils nous emmènent demain matin. J'ai entendu parler du pays de Galles, quelque chose comme Holyhead. Si je peux, je laisserai tomber cette feuille sur la route. Annette m'a raconté comment tu t'es échappé. Courage !*

*Bien à toi,*
*Tupence.*

Tommy n'avait pas fini de prendre connaisance de cette pittoresque missive, qu'il criait à Albert :

— Faites mes bagages ! On s'en va !

— Bien, monsieur.

On entendit Albert monter les escaliers en courant.

— Holyhead ? Cela signifiait-il qu'après tout...

Tommy était intrigué. Il poursuivit lentement sa lecture. Au-dessus, Albert continuait à s'agiter.

Soudain Tommy cria :

— Albert ! Je suis complètement idiot ! Défaites mes bagages !

— Oui, monsieur.

Tommy replia la feuille, songeur, et ajouta tout doucement :

— Oui, je suis un bel idiot, mais je ne suis pas le seul, et maintenant je sais qui est l'autre.

## 24

### Julius prend les choses en main

Dans sa suite du *Claridge*, allongé sur un divan, Kraménine dictait son courrier — en russe — à son secrétaire.

La sonnerie du téléphone retentit. Le secrétaire prit le récepteur, parla un instant puis se tourna vers son patron :

— Il y a en bas quelqu'un qui vous demande.

— Qui est-ce ?

— Mr Julius P. Hersheimmer.

— Hersheimmer, répéta Kraménine songeur. Ce nom me dit quelque chose.

— Son père était l'un des rois de l'acier en Amérique, expliqua le secrétaire dont la fonction était de tout savoir. Ce jeune homme doit être plusieurs fois millionnaire.

L'autre ferma à demi les yeux, puis :

— Descendez donc voir ce qu'il veut, Ivan.

Le secrétaire sortit et referma la porte sans bruit. Quelques minutes plus tard, il était de retour.

— Il refuse de me dire de quoi il s'agit. Il dit que c'est une affaire privée et qu'il doit vous voir personnellement.

— Plusieurs fois millionnaire, murmura Kraménine. Faites-le monter, mon cher Ivan.

Le secrétaire redescendit pour revenir, escorté de Julius.

— Mr Kraménine ? demanda ce dernier sans plus de façons.

Le Russe l'examina de ses yeux pâles et durs puis s'inclina.

— Ravi de vous rencontrer, déclara l'Américain. J'aimerais vous parler d'une affaire extrêmement importante. En tête à tête, ajouta-t-il en désignant le secrétaire.

— Mon secrétaire, Mr Grieber, pour lequel je n'ai aucun secret.

— Vous, peut-être, mais pas moi, répliqua Julius sur un ton cassant. Et je vous serais obligé de lui dire de disparaître.

— Ivan, dit le Russe d'une voix douce, peut-être pourriez-vous passer dans la pièce voisine ?

— Non, pas dans la pièce voisine, l'interrompit Julius. Je connais bien ces suites princières et je veux que celle-ci soit totalement vide, qu'il n'y ait vraiment que vous et moi. Envoyez-le vous acheter pour deux sous de caramels mous.

S'il n'appréciait guère ce style désinvolte, Kraménine était dévoré par la curiosité.

— Est-ce que ce sera long ?

— Si ça marche, cela peut nous prendre toute la soirée.

— Très bien. Ivan, je n'ai plus besoin de vous ce soir. Allez donc au théâtre.

— Merci beaucoup, Votre Excellence.

Le secrétaire s'inclina et sortit. De la porte, Julius le regarda s'éloigner puis il poussa un soupir, referma la porte et reprit sa place, au milieu de la pièce.

— Maintenant, Mr Hershcimmer, peut-être aurez-vous l'obligeance de m'expliquer de quoi il s'agit.

— Cela ne prendra pas longtemps, répondit Julius d'une voix traînante. (Puis changeant brusquement de ton, il ajouta :) Haut les mains ou je tire !

Kraménine commença par fixer l'automatique, puis, avec une hâte presque comique, mit les mains sur la tête. À cet instant, Julius prit sa mesure. L'homme qu'il avait devant lui était physiquement un lâche, le reste serait facile.

— Mais c'est indigne ! s'écria le Russe, d'une voix hystérique. C'est parfaitement indigne ! Vous voulez me tuer ?

— Pas si vous vous taisez. Ne vous approchez pas de la sonnette, je vous le conseille.

— Que voulez-vous ? Réfléchissez avant d'agir. Rappelez-vous que ma vie est très précieuse pour mon pays. On vous a peut-être dit du mal de moi.

— Je crois, dit Julius, que je rendrais un grand service à l'humanité en vous supprimant. Mais ne vous inquiétez pas : je n'ai pas l'intention de le faire, à condition bien sûr que vous vous montriez raisonnable.

Le Russe ne s'y trompa pas. Il y avait une menace réelle dans le regard de Julius, il passa sa langue sur ses lèvres desséchées.

— Que voulez-vous ? De l'argent ?

— Non, je veux Jane Finn.

— Jane Finn ? Je n'ai jamais entendu parler d'elle.

— Vous êtes un sacré menteur. Vous savez parfaitement de qui je veux parler.

— Je vous répète que je n'ai jamais entendu parler de cette fille.

— Et moi, enchaîna Julius, je vous précise que Little Willie ici présent meurt d'envie de vous envoyer une petite balle dans le cœur.

Visiblement, le Russe perdait contenance :

— Vous n'oseriez pas !

— Oh ! que si, mon petit vieux !

Kraménine comprit que l'Américain ne plaisantait pas et, de mauvaise grâce, il demanda :

— Bon. Supposons que je sache de qui vous parlez, que voulez-vous ?

— Vous allez me dire tout de suite où elle se trouve.

— Je ne peux pas.

— Pourquoi ?

— Je ne peux pas. Ce que vous me demandez est impossible.

— Vous avez peur, hein ? De qui ? De Mr Brown ? Ah, tiens ! Rien que son nom vous terrifie ? Je m'en doutais.

— Je l'ai vu, murmura lentement le Russe. Je lui ai parlé comme je vous parle. Je n'ai su qu'après qu'il s'agissait de lui. C'était dans la foule. Si je le revoyais, je ne le reconnaîtrais pas. Qui est-il en réalité ? Je l'ignore. Tout ce que je sais, c'est qu'il est redoutable.

— Mais il n'en saura rien.

— Il sait tout. Et sa vengeance est immédiate. Même moi, Kraménine, je ne lui échapperai pas.

— Vous ne ferez donc pas ce que je vous demande ?

— Vous me demandez l'impossible.

— C'est bien dommage pour vous, déclara Julius gentiment. Mais ce sera un bon débarras pour tout le monde.

Et il pointa son revolver.

— Stop ! hurla le Russe. Vous n'allez tout de même pas tirer !

— Bien sûr que si ! J'ai toujours entendu dire que les révolutionnaires attachaient peu de prix à la vie, mais quand il s'agit de sa propre vie, ce n'est pas la même chose ! Je vous donne une chance de sauver votre sale peau et vous ne la saisissez pas.

— Ils me tueront !

— Bien, déclara Julius, sur le mode plaisant, comme vous voudrez. Mais je viens de vous le dire : avec Little Willie, vous mourrez à coup sûr. Alors moi, à votre place, je risquerais ma chance contre Mr Brown.

— Si vous me tuez, vous serez pendu, marmonna le Russe sans conviction.

— Vous vous trompez, monsieur l'étranger. Vous oubliez mes dollars. Une foule d'avocats se mettront au travail : ils confieront le dossier à quelques sommités médicales qui finiront par conclure que j'ai le cerveau dérangé. Je passerai quelques mois au vert dans une maison de santé tranquille. Les médecins déclareront que je suis à nouveau sain d'esprit et tout se terminera pour le mieux dans le meilleur des mondes pour ce bon Julius. Je suis prêt à endurer une retraite de quelques mois pour la joie de vous supprimer, mais ne vous bercez pas d'illusions : on ne me pendra pas pour ça !

Le Russe ne mit pas en doute cette déclaration. Étant lui-même corrompu, il croyait profondément au pouvoir de l'argent. Il avait lu des comptes rendus de procès en Amérique du genre de celui que venait d'évoquer Julius. Lui-même avait rendu la justice, à sa façon. Ce jeune et énergique Américain, avec son accent traînant, avait barre sur lui.

— Je vais compter jusqu'à cinq, continua Julius. Si à quatre vous ne m'avez pas arrêté, vous n'aurez pas à vous inquiéter de Mr Brown. Il enverra peut-être des fleurs à vos obsèques, mais vous ne sentirez pas leur parfum. Vous êtes prêt ? Je commence : un, deux, trois, quatre.

Le Russe poussa un hurlement :

— Ne tirez pas ! Je ferai tout ce que vous voudrez.

— Je pensais bien que vous redeviendriez raisonnable, dit Julius en abaissant le revolver. Où est la jeune fille ?

— À Gatehouse, dans le Kent. La propriété s'appelle Astley Priors.

— Elle est prisonnière ?

— On ne lui permet pas de sortir de la maison, mais elle ne court aucun danger. Cette gourde a perdu la mémoire !

— Voilà qui a dû être bien ennuyeux pour vous et vos amis, j'imagine. Et l'autre jeune fille, celle que vous avez attirée dans un piège la semaine dernière ?

— Elle est là-bas également, ajouta le Russe, de mauvaise grâce.

— C'est bien. Est-ce que tout ne s'organise pas merveilleusement ? En plus il fait une nuit idéale pour notre promenade !

— Quelle promenade ? demanda Kraménine, le regard fixe.

— C'est à Gatehouse que nous allons, naturellement. Je suis sûr que vous adorez les promenades en voiture.

— Que voulez-vous dire ? Je refuse de sortir.

— Pas d'affolement. Vous vous rendez compte que je ne suis pas assez naïf pour vous laisser ici. La première chose que vous feriez serait de téléphoner à vos amis. (L'autre blêmit.) C'est ce que vous auriez fait, non ? Eh bien, vous allez m'accompagner. La pièce à côté, c'est bien votre chambre ? Allez-y. Little Willie et moi, nous vous suivons. Mettez un bon pardessus. Doublé de vison ? Et vous êtes socialiste ? Nous sommes prêts ? Descendons. Ma voiture nous attend en bas. Et n'oubliez pas que je ne vous quitterai pas des yeux. Et que je n'hésiterai pas à tirer à travers la poche de mon pardessus. Un mot ou un regard à un de ces domestiques en livrée et vos amis peuvent convoquer les Pompes Funèbres.

Ils descendirent l'escalier ensemble et s'approchèrent de la voiture. Le Russe écumait de rage. Les chasseurs du *Claridge* évoluaient autour d'eux. Il faillit crier mais, au dernier moment, ses nerfs le trahirent. Il savait que l'Américain tiendrait parole. Quand ils arrivèrent à la voiture, Julius poussa un soupir de soulagement : la peur avait réussi à hypnotiser l'homme.

— Montez, ordonna Julius.

Interceptant le regard que le Russe adressait en douce au chauffeur, il s'empressa d'ajouter :

— Non, le chauffeur ne vous aidera pas. Il était dans la

Marine, à bord d'un sous-marin, quand la révolution a éclaté. Vous avez massacré un de ses frères. George !

— Oui, monsieur? répondit le chauffeur en tournant la tête.

— Notre ami est un Russe bolchevique. Nous ne voulons pas le tuer, mais ce sera peut-être nécessaire. Vous voyez ce que je veux dire ?

— Très bien, monsieur.

— Nous allons à Gatehouse, dans le Kent. Vous connaissez la route ?

— Oui, monsieur. Nous y serons dans une heure et demie.

— Dans une heure. Je suis pressé.

— Je vais faire de mon mieux, monsieur.

Et la voiture partit comme une flèche.

Julius s'installa confortablement à côté de son prisonnier. Tout en gardant la main dans la poche de son pardessus, il restait tout à fait homme du monde.

— Un jour, dans l'Arizona, commença-t-il avec entrain, j'ai tué un homme...

À la fin du trajet, le malheureux Kraménine était plus mort que vif. Après l'épisode de l'Arizona, il avait eu droit à un autre récit qui se déroulait à San Francisco, suivi d'un épisode dans les Rocheuses. Pour ne pas être toujours conformes à la vérité, les histoires de Julius n'en étaient pas moins pittoresques. Le chauffeur ralentit et, jetant un coup d'œil par-dessus son épaule, signala qu'ils arrivaient à Gatehouse. Julius ordonna au Russe de lui indiquer le chemin. Son plan était de se rendre directement à la maison. Là, Kraménine, auquel Julius expliqua qu'il ne tolérait aucune fantaisie, demanderait à voir les deux jeunes filles. Little Willie était là, prêt à intervenir. Le Russe n'était plus qu'un pantin : la vitesse avec laquelle ils avaient roulé lui avait fait perdre ses moyens. À chaque virage, il avait cru mourir. La voiture s'engagea dans l'allée et s'arrêta devant le perron. Le chauffeur se retourna pour recevoir les instructions.

— George, mettez la voiture dans le sens du départ, puis sonnez et revenez vous asseoir. N'arrêtez pas le moteur et soyez prêt à démarrer en trombe dès que je vous le dirai.

— Très bien, monsieur.

Le maître d'hôtel ouvrit la porte. Kraménine sentit le revolver de Julius contre ses côtes.

— Allez-y tout de suite, souffla Julius. Et pas d'imprudence !

Le Russe fit un signe de la main. Ses lèvres étaient blêmes, sa voix tremblante :

— C'est moi, Kraménine. Faites immédiatement descendre la fille. Il n'y a pas de temps à perdre.

Whittington était descendu. En voyant le Russe, il poussa une exclamation d'étonnement.

— C'est vous ? Qu'est-ce qui vous arrive ? Vous savez certainement que...

Kraménine l'interrompit et, employant des mots qui avaient déjà par le passé causé tant de panique, déclara d'une traite :

— Nous avons été trahis. Il faut abandonner nos projets si nous voulons sauver notre peau. La fille ! Tout de suite ! C'est notre seule chance.

Whittington marqua une légère hésitation :

— Vous avez des ordres ? De lui ?

— Bien sûr ! Autrement je ne serais pas là. Vite ! Il n'y a pas de temps à perdre. Faites aussi descendre l'autre idiote.

Whittington courut à l'intérieur de la maison. Quelques minutes angoissantes s'ensuivirent. Enfin, deux silhouettes drapées dans des capes apparurent sur le seuil et furent poussées dans la voiture. La plus petite des deux semblait vouloir résister mais Whittington la poussa sans ménagement. Julius se pencha et, à cet instant, la lumière du vestibule éclaira son visage. L'homme qui se trouvait sur les marches, derrière Whittington, poussa une exclamation : ils étaient découverts.

— Allez-y, George, foncez ! cria Julius.

Le chauffeur débraya et, dans un bond, la voiture démarra.

L'homme en haut des marches poussa un juron et tira précipitamment un revolver de sa poche. La balle effleura la plus grande des deux jeunes filles.

— Baissez-vous, Jane ! cria Julius. À plat ventre dans la voiture.

Il la poussa, se redressa, visa et tira.

— Vous l'avez touché ? s'écria Tuppence.

— Oui. Mais je ne l'ai pas tué. La vermine a la peau dure. Tout va bien, Tuppence ?

— Très bien. Où est Tommy ? Qui c'est, celui-là ? ajouta-t-elle en désignant Kraménine, plus tremblant que jamais.

— Tommy s'est embarqué pour l'Argentine. Il croyait que vous n'étiez plus de ce monde. George, attention au portail ! Il leur faudra au moins cinq minutes avant de se lancer à notre poursuite. Ils vont téléphoner aux autres. Alors, méfiez-vous des pièges et ne prenez pas la route directe. Tuppence, vous me demandiez qui c'est ? Permettez-moi de vous présenter Mr Kraménine. Je l'ai persuadé de venir faire un petit tour avec moi, c'est excellent pour sa santé.

L'autre restait muet, figé par la terreur.

— Mais pourquoi nous ont-ils laissés partir ? demanda Tuppence, méfiante.

— Mr Kraménine que voilà le leur a demandé si gentiment qu'ils n'ont pas osé refuser !

C'en était trop pour le Russe qui éclata :

— Soyez maudit ! Ils savent que je les ai trahis. Je ne peux plus rester dans ce pays, je n'y suis plus en sécurité.

— C'est vrai, approuva Julius. Je vous conseille de retourner tout de suite en Russie.

— Alors, laissez-moi partir ! s'écria Kraménine. J'ai fait ce que vous m'aviez demandé. Pourquoi me gardez-vous ?

— Ce n'est pas pour vos beaux yeux. Si vous voulez descendre, ne vous gênez pas. Je pensais que vous préfériez que je vous ramène à Londres.

— Vous n'atteindrez peut-être jamais Londres, grogna l'autre. Laissez-moi descendre tout de suite.

— Avec plaisir. Arrêtez-vous, George, Monsieur ne voyage pas avec nous pour le retour. Si jamais je vais en Russie, Mr Kraménine, je m'attends de votre part à un accueil chaleureux et...

Mais avant que Julius eût terminé sa phrase, et avant que la voiture ne fût totalement arrêtée, le Russe avait sauté et disparaissait dans la nuit.

— Un peu impatient de nous quitter, non ? commenta Julius comme la voiture repartait. Mesdames, il ne vous a même pas dit au revoir ! Jane, vous pouvez vous asseoir, maintenant.

Pour la première fois, la jeune fille ouvrait la bouche :

— Comment avez-vous fait pour le « persuader » ?

Julius mit la main sur son revolver :

— Le mérite en revient à Little Willie !

— Sensationnel ! s'écria la jeune fille, elle rougit en lançant un regard admiratif à Julius.

— Annette et moi ne savions vraiment pas ce qui allait nous arriver, enchaîna Tuppence. Le vieux Whittington est venu nous chercher comme des moutons que l'on conduit à l'abattoir.

— Annette, répéta Julius, c'est comme ça que vous l'appelez ?

— C'est son nom, répondit Tuppence en ouvrant de grands yeux.

— Allons donc ! rétorqua Julius. Elle croit peut-être que c'est son nom parce qu'elle a perdu la mémoire, pauvre gosse. Mais en réalité, c'est la seule, la vraie, l'unique Jane Finn.

— Quoi ! s'exclama Tuppence.

Mais elle fut interrompue par le sifflement d'une balle qui vint terminer sa course à l'arrière de la voiture, juste derrière sa nuque.

— Baissez-vous, cria Julius. C'est un traquenard ! Ces bandits ont fait drôlement vite ! Accélérez, George !

La voiture fonça de plus belle. Trois autres balles sifflèrent, mais elles manquèrent leur but. Julius se retourna.

— Personne sur qui tirer, dit-il d'une voix sombre. Mais j'ai bien peur qu'il y ait de nouveau une petite fête ! Ah !

Il porta sa main à sa joue.

— Vous êtes blessé ? demanda aussitôt Annette.

— Seulement une égratignure.

La jeune fille se redressa :

— Laissez-moi, laissez-moi descendre, arrêtez la voiture. C'est moi qu'ils veulent. Moi seule. Je ne veux pas qu'ils vous tuent à cause de moi. Laissez-moi descendre.

Ce disant, elle se mit à tripoter la poignée de la porte. Julius lui saisit les deux bras mais surtout il la dévisagea avec attention : elle s'était exprimée sans aucune trace d'accent étranger.

— Rasseyez-vous, ma petite, dit-il d'une voix douce. Je parie que vous n'avez jamais perdu la mémoire et que vous les avez fait marcher pendant tout ce temps, non ?

La jeune fille le regarda, acquiesça et éclata en sanglots. Julius lui tapota l'épaule :

— Allez ! allez ! asseyez-vous. Restez tranquille. Nous n'allons pas vous abandonner.

Au milieu de ses sanglots, la jeune fille balbutia :

— Vous, vous êtes de mon pays. Je le reconnais à votre accent. Et j'ai la nostalgie de mon pays.

— Bien sûr que je suis de votre pays. Je suis votre cousin, Julius Hersheimmer. Je suis venu en Europe pour vous retrouver et je vous assure que cela n'a pas été la fête tous les jours !

La voiture ralentit et George lança par-dessus son épaule :

— Nous sommes à un carrefour, monsieur, et je ne suis plus très sûr de la route à suivre.

La voiture continua de ralentir et s'immobilisa presque. À cet instant, une silhouette, émergeant de derrière la voiture, plongea la tête la première entre les deux jeunes gens.

— Désolé, fit Tommy en se relevant.

Il fut accueilli par un concert d'exclamations confuses. Il répondit à tous à la fois :

— J'étais dans les buissons, près de la route. Je me suis accroché derrière la voiture. Je n'ai pas pu vous le dire tant vous rouliez vite. La seule chose que je pouvais faire, c'était me cramponner. Et maintenant, les filles, descendez !

— Descendre ?

— Oui. Il y a une gare là, au bord de la route. Vous avez un train dans trois minutes. Dépêchez-vous de l'attraper.

— Que diable essayez-vous de faire ? demanda Julius. Vous croyez que nous pourrons les tromper en quittant la voiture ?

— Il n'y a que les filles qui s'en vont. Nous, nous restons.

— Vous êtes fou, Beresford ! Fou à lier ! Vous ne pouvez pas les laisser partir toutes seules ! Ce sera la fin de tout !

— Descendez tout de suite de voiture, Tuppence. Emmène-la avec toi et fais ce que je te dis. Personne ne vous fera de mal. Vous serez en sécurité. Prenez le train pour Londres. Allez tout droit chez sir Peel Edgerton. Carter habite en dehors de la ville, mais vous serez plus en sécurité chez lui.

— Ma parole ! s'écria Julius. Vous êtes fou ! Jane, ne bougez pas.

Soudain, d'un mouvement brusque, Tommy arracha le revolver que Julius tenait encore à la main et le braqua sur lui.

— Vous me prenez au sérieux maintenant ? Sortez toutes les deux, faites ce que je vous dis, ou je tire.

Tuppence sauta à terre, entraînant Jane qui se débattait de toutes ses forces.

— Vite, allons-y ! Si Tommy le dit, c'est qu'il croit qu'il faut le faire. Ne ratons pas le train.

Elles se mirent à courir. Julius éclata enfin :

— Nom de Dieu...

Tommy l'interrompit :

— Silence ! J'ai quelques mots à vous dire, Mr Julius Hersheimmer.

## 25

## Le récit de Jane

Tirant Jane derrière elle, Tuppence parvint à la gare au moment où le train arrivait.

— Dépêchons-nous, dit-elle, d'une voix haletante, sinon nous allons le manquer.

Elles atteignirent le quai à l'instant où le train s'immobilisait. Tuppence ouvrit la portière d'un compartiment de première classe et, à bout de souffle, les deux jeunes filles se laissèrent tomber sur les banquettes. Un homme glissa un regard vers elles puis se dirigea vers le compartiment voisin. Jane tressaillit, les yeux dilatés de terreur. Elle lança un regard interrogateur à Tuppence.

— Vous croyez qu'il fait partie de la bande ? souffla-t-elle.

— Non, non, tout va bien. (Elle prit la main de Jane dans les siennes.) Tommy ne nous aurait pas dit de faire cela s'il n'avait pas été sûr de lui.

— Mais il ne les connaît pas comme moi ! (Elle eut un frisson.) Vous ne pouvez pas comprendre. Cinq ans. Cinq longues années ! Parfois, je pensais que j'allais devenir folle.

— Ne vous inquiétez pas, c'est fini.

— Vous êtes sûre ?

Le train, prenant de la vitesse, s'enfonçait dans la nuit. Soudain, Jane sursauta.

— Qu'est-ce que c'était ? J'ai vu un visage à travers la vitre...

— Mais non, il n'y a rien.

Tuppence se dirigea vers la fenêtre, tira sur le cordon et ferma le rideau.

— Vous êtes sûre ?

— Tout à fait sûre.

— Je suis comme une bête aux abois, mais je n'y peux rien. S'ils me rattrapent maintenant...

Elle eut un regard horrifié.

— Calmez-vous, je vous en prie. Détendez-vous et n'y pensez plus. Vous pouvez être tout à fait sûre que Tommy ne nous aurait jamais dit que nous étions en sécurité, si ce n'était pas le cas.

— Mais mon cousin n'était pas de cet avis. Il ne voulait pas que nous partions.

— C'est vrai, acquiesça Tuppence, plutôt embarrassée.

— À quoi pensez-vous ? s'empressa d'ajouter Jane.

— Pourquoi ?

— Vous avez l'air si mystérieuse...

— Je pensais à quelque chose en effet, avoua Tuppence, mais je préfère ne pas vous en parler. Pas maintenant. Il est possible que je me trompe, mais je ne crois pas. C'est juste une idée qui m'est venue à l'esprit, il y a longtemps, et je suis presque certaine que Tommy a la même en tête. Mais ne vous inquiétez pas : nous aurons tout le temps d'en parler. Et puis, peut-être que je me trompe, après tout ! Faites ce que je vous dis : détendez-vous et ne pensez plus à rien.

— Je vais essayer.

Les longs cils se refermèrent sur les yeux couleur noisette. De son côté, Tuppence s'assit, droite comme un piquet, dans l'attitude du chien de garde. Bien qu'elle s'en défendît, elle se sentait nerveuse et surveillait sans relâche les deux fenêtres. Elle chercha des yeux la sonnette d'alarme. Ce qu'elle craignait, elle aurait été bien en peine de le dire, mais elle était loin d'être aussi rassurée qu'elle le prétendait. Si sa confiance en Tommy était totale, elle se demandait par moments avec angoisse si un homme aussi simple et aussi honnête que lui pouvait rivaliser avec la diabolique subtilité du plus grand des criminels. Si elles arrivaient saines et sauves chez sir James Peel Edgerton, tout irait pour le mieux. Mais y parviendraient-elles ? Les forces silencieuses de Mr Brown ne s'étaient-elles pas déjà liguées contre elles ? Même la dernière vision qu'elle avait de Tommy, un revolver à la main, ne parvenait pas à la réconforter. À cet instant, il était peut-être déjà maîtrisé, vaincu par le nombre de ses ennemis. Tuppence se mit à dresser un plan de campagne.

Lorsque, enfin, le train entra lentement en gare de Charing Cross, Jane Finn se redressa brusquement :

— Nous sommes arrivées ? Je pensais que nous n'y réussirions jamais.

— Oh ! j'ai toujours pensé que nous atteindrions Londres ! S'il doit y avoir du grabuge, c'est maintenant. Allez ! Vite ! Sautons dans un taxi !

Elles quittèrent rapidement le quai, sortirent de la gare et montèrent dans une voiture.

— King's Cross ! ordonna Tuppence au chauffeur.

Soudain, elle eut un choc : comme ils démarraient, un homme jeta un regard par la portière. Elle était presque sûre qu'il s'agissait de l'individu qui était monté dans le compartiment voisin du leur.

Elle eut l'horrible sensation que, peu à peu, elles étaient cernées.

— Voyez-vous, expliqua-t-elle à Jane, s'ils pensent que nous nous rendons chez sir James, nous les aiguillons sur une fausse piste : ils vont penser que nous allons chez Mr Carter, qui habite quelque part au nord de Londres.

Au premier carrefour, ils tombèrent sur un embouteillage et le taxi dut s'arrêter. C'est ce qu'attendait Tuppence.

— Vite, chuchota-t-elle, ouvrez la portière de votre côté.

Les deux jeunes filles descendirent de la voiture. Deux minutes plus tard, elles prenaient place dans un autre taxi et rebroussaient chemin vers Carlton House Terrace.

— Ouf ! murmura Tuppence, avec un soupir de soulagement, je crois que ça va aller, maintenant. Je ne peux pas m'empêcher de penser que je suis vraiment maligne. L'autre chauffeur doit jurer comme un charretier. Mais j'ai pris son numéro et je lui enverrai un mandat-poste demain : il ne perdra rien pour avoir été confiant. Mais qu'est-ce que c'est que cet écart ? Oh !...

Il y eut un crissement suivi d'une secousse. Un autre taxi venait de les percuter de plein fouet. En deux secondes, Tuppence fut sur le trottoir. Un agent s'approchait. Avant qu'il n'arrive à la hauteur des véhicules, Tuppence avait déjà donné cinq shillings au chauffeur et s'était mêlée à la foule avec Jane.

— Nous sommes tout près maintenant, déclara-t-elle hors d'haleine.

La collision avait eu lieu à Trafalgar.

— C'était un accident ou un coup monté ?

— Je n'en sais rien. Tout est possible.

Bras dessus, bras dessous, les deux jeunes filles hâtaient le pas.

— Je ne sais pas si mon imagination me joue des tours, déclara brusquement Tuppence, mais j'ai l'impression que quelqu'un nous suit.

— Vite, murmura l'autre, plus vite.

Elles avaient atteint l'angle de Carlton House Terrace et reprenaient confiance. Soudain, un homme d'une taille imposante et apparemment ivre leur barra le chemin.

— Bonsoir, mesdames, dit-il entre deux hoquets. Où donc allez-vous si vite ?

— Laissez-nous passer, s'il vous plaît, ordonna Tuppence.

— Je veux juste dire un mot à votre petite camarade.

Il avança une main tremblante vers Jane et lui saisit l'épaule. Tuppence entendit derrière elle des pas se rapprocher. Elle ne prit pas le temps de s'interroger pour savoir s'il s'agissait d'amis ou d'ennemis. Se baissant, elle eut recours à une technique bien connue des enfants : elle fonça la tête la première dans l'estomac de leur agresseur. Le résultat de cette défense — certes peu élégante — ne se fit pas attendre : l'homme tomba assis sur le trottoir. Et Tuppence et Jane prirent leurs jambes à leur cou. La maison qu'elles voulaient à tout prix atteindre n'était plus qu'à quelques mètres. Elles entendirent d'autres pas résonner derrière elle. Quand elles parvinrent à la porte de sir James, elles étaient à bout de souffle. Tuppence se suspendit à la sonnette et Jane cogna de toutes ses forces sur la porte avec le heurtoir.

L'homme qui les avait accostées atteignit à son tour les premières marches. Il hésita quelques instants pendant lesquels la porte s'ouvrit. Elles se ruèrent à l'intérieur. À cet instant sir James apparut sur le seuil de sa bibliothèque.

— Voyons, qu'est-ce que c'est ?

Comme Jane chancelait, il passa son bras autour d'elle et la porta à moitié jusqu'au divan de cuir. Puis il versa quelques gouttes de cognac dans un verre et l'obligea à boire. Elle se redressa avec un soupir, les pupilles toujours dilatées par la terreur.

— Tout va bien. N'ayez pas peur, mon enfant. Vous êtes ici en sécurité.

La respiration de la jeune fille redevint normale, et le sang afflua à ses joues.

Sir James gratifia Tuppence d'un sourire railleur :

— Alors, miss Tuppence, vous n'êtes pas morte ? Pas plus que votre ami Tommy ?

— Les Jeunes Aventuriers ont la peau dure, répondit Tuppence, non sans un soupçon de vantardise.

— C'est bien ce que je vois, répliqua sir James, narquois. Ai-je raison en pensant que la société des Jeunes Aventuriers clôt l'enquête en beauté et que cette personne (il se tourna vers la jeune fille allongée sur le divan) n'est autre que Jane Finn ?

Jane se redressa.

— Oui, répondit-elle posément. Je suis bien Jane Finn, et j'ai des révélations à vous faire.

— Quand vous aurez repris des forces.

— Non. Tout de suite, dit-elle d'une voix plus ferme. Je serai plus rassurée quand je vous aurai tout dit.

— Comme vous voudrez, répondit l'homme de loi.

Il s'installa dans un des grands fauteuils de cuir qui faisaient face au divan. À voix basse, Jane commença son récit :

— J'avais embarqué sur le *Lusitania*, pour rejoindre mon poste à Paris. J'étais terriblement touchée par la guerre, et je mourais d'envie d'être utile à quelque chose. J'étudiais le français et mon professeur disait qu'ils avaient besoin d'aide dans les hôpitaux parisiens. J'ai donc écrit pour poser ma candidature et on m'a répondu favorablement. J'étais seule au monde, ce qui arrangeait bien des choses.

»Quand le *Lusitania* a été torpillé, un homme s'est approché de moi. Je l'avais déjà remarqué plus d'une fois, et je m'étais dit qu'il devait avoir peur de quelqu'un ou de quelque chose. Il m'a demandé si j'aimais mon pays, puis il a ajouté qu'il portait sur lui des documents décisifs pour la victoire des Alliés. Il m'a demandé de les prendre. Je devais répondre à une petite annonce du *Times*. Si cette annonce ne paraissait pas, je devais remettre le document à l'ambassadeur des États-Unis.

»Ce qui a suivi est toujours un cauchemar pour moi. J'en rêve souvent la nuit... Je ne vous donnerai pas les détails. Danvers m'avait recommandé d'être sur mes gardes. Peut-être l'avait-on suivi depuis New York. Au début, je ne soupçonnais personne, mais sur le bateau qui nous conduisait à Holyhead, j'ai commencé à me sentir mal à l'aise. Il y avait une femme, une certaine Mrs Vandemeyer, qui ne cessait de rechercher ma compagnie et qui voulait visiblement se lier avec moi. Au début, je la trouvais gentille, mais il y avait en elle quelque chose qui ne me plaisait pas. Sur ce bateau irlandais, j'ai vu qu'elle parlait avec des individus un peu louches et à la façon dont ils me regardaient, j'ai compris qu'il s'agissait de moi. Alors, je me suis souvenue qu'elle se tenait près de moi, sur le *Lusitania*, quand Danvers m'avait remis le paquet et qu'avant cela, elle avait tenté, à une ou deux reprises, d'engager la conversation avec lui. J'ai commencé à avoir peur, mais je ne savais pas quoi faire.

»J'ai eu l'idée un peu bizarre de m'arrêter à Holyhead et de ne pas me rendre à Londres le jour même. Mais je me suis aperçue que c'était de la folie pure. La seule chose qui me restait à faire était de me comporter comme si je n'avais rien vu et d'espérer que tout irait pour le mieux. Si je me méfiais d'eux, je ne voyais pas comment ils pourraient arriver à leurs fins. J'avais déjà pris la précaution de découdre la toile cirée du paquet et de remplacer le document par une feuille blanche. De sorte que si quelqu'un parvenait à me le voler, ce serait sans conséquence.

»Ce que je devais faire du vrai document me tracassait plus que tout. J'ai fini par ouvrir le paquet : il y avait seulement deux feuillets. Je les ai placés entre les pages de publicité d'un magazine que j'ai collées entre elles avec le rabat d'une enveloppe. La revue dépassait négligemment de la poche de ma gabardine.

»À Holyhead, j'ai tout fait pour monter dans un compartiment occupé par des gens qui avaient l'air bien. Mais, étrangement, il y avait toujours une foule autour de moi, qui me bousculait et me poussait justement là où je ne voulais pas aller. Ça avait un côté bizarre, angoissant. Pour finir, je me suis retrouvée dans le même wagon que Mrs Vandemeyer. Je suis sortie dans le couloir, mais tous les autres compartiments étaient pleins, alors je suis revenue et je me suis assise. Dans ce compartiment — et cela me rassurait un peu —, il y avait un homme tout à fait sympathique, accompagné de sa femme, assise juste en face de lui.

»J'étais donc tranquille jusqu'à ce que l'on arrive aux abords de Londres. Les yeux fermés, j'avais appuyé ma tête sur le dossier de la banquette, et ils ont dû penser que je dormais. À travers mes paupières mi-closes, j'ai vu soudain l'homme qui paraissait sympathique sortir quelque chose de son sac et le tendre à Mrs Vandemeyer avec un clin d'œil.

»Je ne peux pas vous dire à quel point j'étais terrifiée. Je n'avais qu'une idée en tête : sortir dans le couloir le plus rapidement possible. Je me suis levée, essayant de paraître naturelle et décontractée. Peut-être se sont-ils aperçus de quelque chose — je ne sais pas —, mais soudain Mrs Vandemeyer a dit : « maintenant », et a jeté quelque chose sur mon nez et sur ma bouche pour étouffer mes cris. Au même moment, j'ai reçu un coup terrible sur la nuque.

Elle eut un long frisson. Sir James murmura quelques paroles de réconfort et elle poursuivit :

— Je ne sais pas combien de temps s'est écoulé avant que je reprenne conscience. Je me sentais faible, malade. J'étais couchée sur un lit crasseux, avec un paravent tout autour. Dans la pièce, deux personnes parlaient, dont Mrs Vandemeyer. Je les entendais mal, alors j'ai tendu l'oreille. Mais au début je ne comprenais pas grand-chose. Quand enfin j'ai commençé à saisir ce qui se disait, j'ai eu si peur que je m'étonne encore de ne pas avoir hurlé. Ils n'avaient pas trouvé les documents mais ils avaient mis la main sur le paquet enveloppé de toile cirée contenant la feuille blanche. Ils étaient fous de rage. Bien entendu, ils ne savaient pas si j'avais remplacé le vrai document par un faux ou si Danvers avait été chargé d'un faux message pendant que le vrai transitait par un autre chemin. Ils parlaient (elle ferma les yeux à ce souvenir) de me torturer pour découvrir la vérité.

»Auparavant, je n'avais jamais connu la peur, la vraie peur. Quand ils se sont approchés de moi, j'ai fermé les yeux et j'ai fait semblant d'être encore inconsciente. Mais j'étais folle de terreur à l'idée qu'ils entendent les battements de mon cœur. Ils se sont éloignés, que pouvais-je faire ? Je savais que je ne résisterais pas longtemps à la torture.

»Brusquement, je me suis souvenue de tout ce que j'avais

appris sur l'amnésie. Le phénomène m'avait toujours intéressée et j'avais lu des tas de livres sur le sujet. Je connaissais la question sur le bout des doigts. Si je parvenais à les tromper, j'étais sauvée. J'ai fait une prière, j'ai pris ma respiration, puis j'ai ouvert les yeux et j'ai commencé à parler en français. Mrs Vandemeyer est arrivée derrière le paravent. Son visage exprimait une telle méchanceté que j'ai cru défaillir. Mais j'ai vaguement souri et, en français, je lui ai demandé où je me trouvais. Surprise, elle a appelé l'homme avec lequel elle bavardait. Il se tenait à côté, le visage dans l'ombre. Il m'a répondu en français. Il avait une voix banale, calme. Mais, d'une certaine façon, je ne sais pas pourquoi, il me semblait pire que la femme. J'ai eu l'impression qu'il m'avait percée à jour mais j'ai continué à jouer mon rôle. J'ai demandé une nouvelle fois où j'étais, puis j'ai ajouté qu'il y avait quelque chose dont je devais me souvenir — absolument me souvenir — mais que pour le moment, je ne me rappelais plus rien. J'ai tout fait pour avoir l'air de plus en plus agité. Il m'a demandé mon nom : je lui ai répondu que je ne le savais pas et que je ne me souvenais de rien du tout.

»Alors, il s'est jeté sur mon poignet et a commencé à le tordre. Je hurlais autant que je pouvais en français. Je ne sais pas combien de temps j'aurais pu tenir, mais par bonheur je me suis évanouie au moment où il disait : « Ce n'est pas du bluff. D'ailleurs une gamine de son âge n'en sait pas assez pour jouer cette comédie. » Il ignorait que les jeunes Américaines sont plus mûres pour leur âge que les jeunes filles anglaises et qu'elles ont plus de connaissances dans les sujets scientifiques.

»Quand je suis revenue à moi, Mrs Vandemeyer s'est montrée d'une douceur angélique. Je pense qu'elle avait reçu des ordres dans ce sens. Elle me parlait en français, me disait que j'avais reçu un choc, que j'avais été très malade, mais que bientôt j'irais mieux. J'ai fait semblant d'être hébétée et j'ai ajouté quelque chose au sujet du « médecin » qui m'avait tordu le poignet. En m'écoutant, elle a paru soulagée et elle n'a pas tardé à sortir de la chambre.

»Méfiante, je suis restée étendue pendant quelques minutes. Puis je me suis levée. J'ai fait le tour de la pièce pour l'examiner. Je me disais que même si quelqu'un m'observait, mon attitude semblerait naturelle, compte tenu des circonstances. L'endroit était sale, sordide même. Il n'y avait pas de fenêtre, ce qui me paraissait bizarre. La porte devait être fermée à clé... je n'ai même pas essayé de l'ouvrir. Sur les murs étaient accrochés des vieux sous-verre décrépits représentant des scènes de Faust.

D'une même voix, Tuppence et sir James poussèrent un « ah ! » d'étonnement et la jeune fille hocha la tête :

— Oui, c'était la maison de Soho où Mr Beresford avait été emprisonné.

»Naturellement, à ce moment-là, je ne savais même pas que je me trouvais à Londres. Une chose me préoccupait affreusement, et je fus bien soulagée de voir ma gabardine jetée sur le dossier d'une chaise. Le magazine était toujours dans la poche ! Comment savoir si je n'étais pas surveillée ! J'ai examiné attentivement les murs. Il ne semblait pas y avoir de judas ou de truc de ce genre. Néanmoins, il valait mieux que je m'en assure. Alors, je me suis assise, j'ai posé mes coudes sur la table, et j'ai mis mon visage entre mes mains en sanglotant : « Mon Dieu ! mon Dieu ! » J'ai l'ouïe fine. J'ai entendu distinctement le frou-frou d'une robe ainsi qu'un léger craquement. Voilà qui était suffisant : on m'observait.

»Je me suis rallongée sur le lit et Mrs Vandemeyer est venue m'apporter à souper. Elle était toujours aussi douce. On avait dû lui dire d'essayer de gagner ma confiance. Sans me quitter de ses yeux de lynx, elle m'a montré le paquet recouvert de toile cirée et m'a demandé si je le reconnaissais. Je l'ai pris, l'ai retourné dans tous les sens d'un air embarrassé. Puis j'ai hoché la tête : j'ai dit que j'avais bien conscience que je devais me souvenir de quelque chose. Tout semblait me revenir, puis au dernier moment, tout disparaissait. Alors, elle m'a dit que j'étais sa nièce et que je devais l'appeler tante Rita, ce que je fis docilement. Elle a ajouté que je ne devais pas m'inquiéter et que ma mémoire reviendrait bientôt.

»J'ai passé une nuit horrible. Mais j'avais élaboré un plan. Si jusque-là, le document était en sécurité, je ne pouvais pas prendre le risque de le laisser plus longtemps dans ma poche : à chaque instant, ils pouvaient jeter le magazine. Je suis restée éveillée jusqu'à environ 2 heures du matin. Puis je me suis levée le plus doucement possible, je me suis glissée dans le noir le long du mur de gauche. Sans bruit, j'ai décroché l'un des tableaux — celui qui représente Marguerite avec son coffret à bijoux —, j'ai pris le magazine dans ma gabardine et une ou deux vieilles enveloppes que j'y avais glissées. Puis j'ai été au lavabo, j'ai humidifié les bords du papier brun qui était placé derrière la gravure et j'ai pu ainsi le retirer. J'avais déjà arraché les deux pages collées du magazine et je les ai glissées avec leur précieux contenu entre la gravure et le papier brun. Les bords de l'enveloppe m'ont servi à recoller l'ensemble. Personne ne devinerait jamais qu'on avait bricolé ce tableau. Je l'ai remis au mur, j'ai de nouveau fourré le magazine dans ma poche de gabardine, puis je suis retournée me glisser dans mon lit. J'étais enchantée de ma cachette. Ils ne penseraient jamais à mettre en pièces un de leurs tableaux. Ils en concluraient que Danvers avait transporté un faux message et, à la fin, ils me libéreraient.

»Je crois que c'est ce qu'ils ont tout d'abord pensé, et, d'une certaine manière, c'était dangereux. J'ai appris plus tard qu'ils avaient failli me supprimer tout de suite et qu'il n'y avait plus aucune chance qu'ils me laissent partir. Mais l'homme qui m'avait parlé le premier (le patron) préférait me laisser en vie pour le cas où j'aurais caché le document et serais capable d'indiquer l'endroit — si la mémoire me revenait. Ils m'ont surveillée pendant des semaines. Ils me questionnaient de longues heures d'affilée. Ils connaissaient tous les trucs pour faire parler les gens, mais j'ai réussi à jouer le jeu malgré la tension nerveuse que cela exigeait.

»Ils me ramenèrent en Irlande et nous avons refait toutes les étapes du voyage dans l'hypothèse où j'aurais caché les papiers en route. Mrs Vandemeyer et une autre femme ne me lâchaient pas d'une semelle. Elles disaient à tout le monde que j'étais une jeune parente de Mrs Vandemeyer, dont le cerveau était dérangé depuis le choc subi sur le *Lusitania*. Je ne pouvais pas appeler à l'aide sans éveiller leur attention. Je risquais d'échouer. Et Mrs Vandemeyer paraissait si riche, si élégante, qu'on aurait pris son parti contre le mien. On m'aurait taxée de la maladie de la persécution. Les horribles traitements qu'ils me réservaient seraient encore plus épouvantables s'ils apprenaient que je les avais trompés.

Sir James écoutait ce récit avec une attention pleine de sympathie :

— Mrs Vandemeyer possédait une grande force de caractère. Grâce à cela et à sa position sociale, elle n'aurait eu aucune difficulté à imposer sa version des faits. Vous auriez eu du mal à faire croire que vos révélations sensationnelles avaient le moindre fondement.

— C'est bien ce que je pensais. Finalement, on m'a envoyée dans une maison de santé de Bornemouth. Au début, je ne parvenais pas à savoir si j'en avais vraiment besoin ou si c'était une ruse de leur part. Je bénéficiais d'un traitement spécial: j'avais une infirmière qui semblait si gentille et si honnête que j'avais décidé de me confier à elle. La providence m'a sauvée de justesse. Ma porte était entrouverte et je l'ai entendue parler à quelqu'un dans le couloir. Elle faisait partie de la bande! Ils soupçonnaient encore que je leur jouais la comédie et son rôle était de s'en assurer. Cela acheva de me démoraliser et je n'osai plus me confier à personne.

»J'étais comme hypnotisée. J'en finis presque par oublier qui j'étais réellement. Je faisais un tel effort pour jouer le rôle de Janet Vandemeyer que mes nerfs ont commencé à me jouer des tours. Je suis tombée vraiment malade et pendant plusieurs mois j'ai sombré dans une sorte de léthargie. Je croyais que j'étais sur le point de mourir et tout me devenait indifférent. On dit qu'une personne normale enfermée dans un asile de fous finit par devenir folle: c'était mon cas. Mon rôle était devenu une seconde nature. Je n'étais même plus malheureuse, je sombrais dans l'apathie. Rien n'avait d'importance et les années passèrent.

»Et puis, tout d'un coup, les choses ont changé. Mrs Vandemeyer arriva de Londres. Le médecin et elle me posèrent des questions, expérimentèrent divers traitements. On parla de m'envoyer chez un spécialiste, à Paris. Finalement, ils n'osèrent pas prendre de risque. J'ai entendu des rumeurs. Il semblait que des gens — des amis — me recherchaient. Plus tard, j'ai appris que l'infirmière qui s'était occupée de moi était allée à Paris, consulter un spécialiste en prenant mon identité. Il lui avait fait passer un certain nombre de tests et lui avait déclaré qu'elle n'était qu'une simulatrice. Mais elle avait retenu ses méthodes et les expérimenta sur moi. Je dois avouer que je n'aurais pas trompé un spécialiste une seconde, mais, une fois de plus, je réussis à les duper. Je ne m'étais plus considérée comme Jane Finn pendant si longtemps que cela me facilitait les choses.

»Une nuit, on me fit partir précipitamment pour Londres et

on me ramena dans la maison de Soho. Aussitôt sortie de la clinique, je me sentis différente — comme si quelque chose qui avait été enterré depuis longtemps en moi se réveillait. On m'envoya faire le service dans la chambre où Mr Beresford était prisonnier. Naturellement, à ce moment-là, je ne connaissais pas son nom. Je me méfiais. Je pensais qu'il s'agissait d'un nouveau piège, mais il semblait si honnête que j'avais du mal à le croire. Quoi qu'il en soit, je décidai de rester prudente dans tout ce que je disais parce que je savais que nous pouvions être entendus : il y avait un petit trou dans un des murs.

»Le dimanche après-midi, on apporta un message qui troubla profondément tout le monde. Je les écoutais à leur insu : on leur avait donné l'ordre de tuer le jeune homme. Je n'ai pas besoin de vous raconter la suite, vous la connaissez. Je pensais avoir le temps de monter à toute vitesse, de sortir le document de sa cachette mais ils m'ont rattrapée. Alors, pendant qu'il s'enfuyait, j'ai crié que je voulais retourner chez Marguerite. J'ai crié ce nom trois fois. Les autres allaient penser que je parlais de Mrs Vandemeyer tandis que pour Mr Beresford, cela évoquerait peut-être le tableau. Le premier jour, il en avait décroché un, c'est pourquoi je me demandais si je pouvais lui faire confiance.

— Donc, demanda lentement sir James, le document est dans cette pièce, derrière le tableau ?

Après un signe d'acquiescement, la jeune fille était retombée sur le divan, épuisée par son long récit. Sir James se leva et regarda sa montre :

— Venez, dit-il, nous devons y aller tout de suite.

— Cette nuit ? demanda Tuppence, surprise.

— Demain, il sera peut-être trop tard. En outre, en y allant cette nuit, nous avons une chance de capturer cet homme exceptionnel, ce super-criminel — Mr Brown.

Il y eut un profond silence puis sir James reprit :

— Vous avez été suivies jusqu'ici, cela ne fait aucun doute. Quand nous quitterons la maison, nous serons de nouveau suivis, mais on ne nous fera pas de mal car le plan de Mr Brown consiste à se laisser guider par nous. Or, la maison de Soho est sous surveillance de la police nuit et jour : plusieurs hommes y sont en faction. Quand nous y entrerons, Mr Brown risquera le tout pour le tout dans l'espoir de recueillir l'étincelle qui mettra le feu au pays. D'ailleurs, il imagine que le risque est limité puisqu'il portera le masque d'un ami.

— Mais il y a une chose que vous ignorez... que nous ne vous avons pas dite, dit Tuppence en rougissant et en regardant Jane.

— Qu'y a-t-il? demanda sir James avec une certaine brusquerie. Pas d'hésitations, miss Tuppence, nous devons agir en toute sincérité.

Mais pour une fois la jeune fille semblait muette :

— C'est tellement difficile, vous comprenez, et si je me trompe, ce serait affreux.

Elle fit une grimace en désignant Jane qui reposait les yeux mi-clos.

— Elle ne me le pardonnerait jamais, ajouta-t-elle, énigmatique.

— Vous voulez que je formule les choses à votre place?

— Oui. Je vous en prie. Vous savez qui est Mr Brown, n'est-ce pas?

— Oui, répondit sir James. Enfin, je le sais.

— Enfin? demanda Tuppence, sceptique. Oh! mais je pensais que...

— Vous avez vu juste, miss Tuppence. Je suis convaincu de son identité depuis un certain temps — depuis que Mrs Vandemeyer a si mystérieusement trouvé la mort.

— Ah! souffla Tuppence.

— À partir de là, nous devons considérer la logique des faits. Il n'y a que deux solutions : ou bien elle s'est elle-même administré le chloral — théorie que je rejette entièrement, ou bien...

— Oui?

— Ou alors le chloral lui a été administré dans le cognac que vous lui avez servi. Seules trois personnes ont eu ce verre de cognac entre les mains : vous, moi, et un autre... Mr Julius Hersheimmer...

Jane Finn s'agita, s'assit et regarda sir James avec de grands yeux étonnés.

— Au début, la chose paraissait totalement impossible. Mr Hersheimmer, fils d'un millionnaire en vue, était un Américain connu. Il semblait impossible que Hersheimmer et Brown ne fassent qu'un. Mais on n'échappe pas à la logique des faits. Puisque telle était la situation, il fallait l'accepter.

Souvenez-vous de l'agitation aussi soudaine qu'inexplicable de Mrs Vandemeyer. C'était une nouvelle preuve, si besoin en était. Plus tard, j'ai cru bon de faire une allusion à votre intention. Grâce à quelques mots prononcés par Mr Hersheimmer à Manchester, j'en ai déduit que vous aviez compris et agi en conséquence. Dès lors, je me suis efforcé de démontrer que l'impossible était possible. Mr Beresford m'a téléphoné et m'a dit — ce que je soupçonnais déjà — que la photo de miss Jane Finn n'avait jamais cessé d'être en possession de Mr Hersheimmer.

Mais la jeune fille l'interrompit. Se levant d'un bond, elle s'écria :

— Que voulez-vous dire ? Qu'essayez-vous de nous faire croire ? Que Mr Brown est Julius ? Julius, mon cousin ?

— Non, miss Finn, l'interrompit sir James, contre toute attente. Ce n'est pas votre cousin. L'homme qui se fait appeler Julius Hersheimmer ne vous est nullement apparenté.

## 26

## Mr Brown

Cette déclaration fit l'effet d'une bombe. Pétrifiées, les deux jeunes filles se regardèrent. Le juriste prit sur son bureau une coupure de journal qu'il tendit à Jane. Tuppence lut par-dessus son épaule un fait divers que Carter connaissait et qui relatait la mort mystérieuse d'un homme, à New York.

— Comme je le disais à miss Tuppence, reprit l'homme de loi, je me suis efforcé de prouver que l'impossible était possible. La pierre d'achoppement était le fait indéniable que Julius Hersheimmer ne pouvait être un faux nom. Quand je suis tombé sur ce fait divers, mon problème a été résolu. Julius Hersheimmer avait décidé de savoir ce qu'était devenue sa cousine. Il partit dans l'Ouest où il retrouva sa trace et mit la main sur une photo d'elle qui l'aida dans ses recherches. La veille de son départ de New York, il fut agressé et assassiné. Son cadavre fut habillé de vieux vêtements et on le défigura pour empêcher toute possibilité d'identification. Mr Brown prit sa place et s'embarqua le soir même pour l'Angleterre. Aucune relation, aucun intime du vrai Hersheimmer ne le vit avant son départ. D'ailleurs, même s'ils l'avaient vu, cela n'aurait eu que peu d'importance, tant il l'imitait à la perfection. Depuis, il a travaillé main dans la main avec ceux qui étaient acharnés à sa propre perte. Il avait découvert tous leurs secrets. Une seule fois, il a frôlé le désastre. Mrs Vandemeyer connaissait son secret. Il ne faisait pas partie de ses plans qu'une aussi forte somme d'argent soit offerte à cette femme. Sans l'heureux changement de tactique de miss Tuppence, elle aurait quitté son appartement avant que nous n'arrivions. La crainte d'être trahi le bouleversa : il commit un acte désespéré, croyant que sur sa bonne mine, on ne le soupçonnerait pas. Il faillit réussir...

— Je ne peux y croire, murmura Jane. Il avait l'air d'un si chic type.

— Le vrai Julius Hersheimmer était un type formidable et Mr Brown est un acteur consommé. Mais demandez donc à miss Tuppence si elle n'a pas eu elle aussi des soupçons.

Sans un mot, Jane se tourna vers Tuppence.

— Je ne voulais pas vous le dire. Je savais que cela vous ferait de la peine. Et après tout, je n'étais sûre de rien. Si c'est bien lui Mr Brown, je ne comprends toujours pas pourquoi il nous a aidées à fuir.

— Est-ce que c'est bien Julius Hersheimmer qui vous a aidées à vous échapper ?

Tuppence raconta brièvement les événements de la soirée qui n'expliquaient en aucune façon le comportement de Julius.

— Vous ne comprenez pas ? Eh bien moi, si. Le jeune Beresford aussi, à en juger par ce qu'il a fait. En dernier recours, il fallait laisser Jane Finn s'échapper. Et sa fuite devait être organisée de telle manière qu'elle ne soupçonne pas que c'était un coup monté. C'est pourquoi ils n'empêchèrent pas le jeune Beresford de rôder dans les parages et même de communiquer avec vous. Ils l'auraient supprimé au bon moment. C'est alors que surgit Julius Hersheimmer qui, chevaleresque comme un héros de roman de cape et d'épée, vous enlève. Des balles sifflent mais ne touchent personne. Que serait-il arrivé ensuite ? Vous seriez allées directement à la maison de Soho pour mettre en sécurité le document que Jane Finn aurait probablement confié à son cousin. Ou bien, s'il était entré le premier, il aurait prétendu que la cachette avait déjà été visitée. Il aurait eu toutes sortes de possibilités de se sortir de cette situation, et le résultat aurait été le même. Puis je crois qu'il vous serait arrivé un accident à toutes les deux. Voyez-vous, vous en saviez trop. Ce n'était pas bon pour vous. J'admets qu'il m'a eu. Mais quelqu'un ne s'est pas laissé rouler !

— Tommy ? demanda Tuppence à voix basse.

— Oui. Au moment où ses adversaires allaient se débarrasser de lui, il s'est montré le plus malin. Cependant, je ne suis pas très rassuré sur son sort.

— Pourquoi ?

— Parce que Julius Hersheimmer est Mr Brown, répliqua sèchement sir James, et il faut plus qu'un homme armé d'un revolver pour tenir tête à Mr Brown.

— Que pouvons-nous faire ? demanda Tuppence, très pâle.

— Rien avant de nous être rendus dans la maison de Soho. Si Beresford a gardé le dessus, nous n'avons rien à craindre. Sinon, notre ennemi tombera sur nous... et il ne nous trouvera pas les mains vides !

Il prit dans un des tiroirs de son bureau un revolver qu'il mit dans la poche de son pardessus.

— Nous sommes prêts. Miss Tuppence, inutile de suggérer que nous pourrions y aller sans vous.

— Tout à fait inutile, en effet.

— En revanche, je suggère que miss Finn reste ici. Elle y sera en sécurité. Et je la crois beaucoup trop épuisée par toutes les épreuves qu'elle a traversées.

Mais, à la surprise de Tuppence, Jane refusa :

— Non. Je vous accompagne. C'est à moi qu'on avait confié ce document et je dois accomplir ma mission jusqu'au bout. D'ailleurs je me sens beaucoup mieux.

On avança la voiture de sir James. Durant le trajet, le cœur de Tuppence battit à tout rompre. En dépit de l'inquiétude que, par moments, lui inspirait le sort de Tommy, elle éprouvait une sorte d'exaltation. Enfin ils touchaient au but !

La voiture s'arrêta à l'angle du square et ils en descendirent. Sir James s'approcha du policier en civil qui montait la garde et lui adressa quelques mots avant de rejoindre les deux jeunes filles.

— Personne n'est entré dans la maison. C'est d'autant plus certain que l'autre façade est également surveillée. Quiconque essayerait d'entrer derrière nous serait arrêté sur-le-champ. Nous y allons ?

Un policier leur tendit la clé. Tout le monde connaissait sir James. Ils avaient en outre reçu des ordres au sujet de Tuppence. Seule Jane Finn leur était totalement inconnue. Tous trois pénétrèrent dans la maison et refermèrent la porte derrière eux. Ils montèrent lentement l'escalier aux marches usées. Sur le palier, ils découvrirent le rideau en lambeaux qui cachait le renfoncement où s'était dissimulé Tommy. Tuppence avait entendu raconter cet épisode par Jane qu'elle croyait alors être « Annette ». Maintenant encore, elle aurait juré que ce rideau bougeait comme s'il y avait quelqu'un derrière. L'illusion était si forte qu'elle crut presque entrevoir une silhouette... Et si Mr Brown — Julius — était là, à guetter ?

C'était impossible, naturellement. Et pourtant elle faillit retourner sur ses pas pour vérifier.

Ils entrèrent dans la pièce qui avait servi de prison. Là, au moins, il n'y avait aucun endroit où se cacher, songea Tuppence avec un soupir de soulagement et tout en se gourmandant intérieurement. Il ne fallait pas qu'elle se laisse emporter par son imagination... Elle devait réprimer cette impression aussi curieuse qu'insistante : « et si Mr Brown se trouvait dans la maison ? » Qu'est-ce que c'était ? Un bruit de pas furtif dans l'escalier ? Il y avait quelqu'un dans la maison ! Grotesque ! Elle devenait hystérique !

Jane était allée droit au tableau représentant Marguerite et son coffret à bijoux et le décrocha sans hésiter. Il était couvert d'une épaisse couche de poussière et plein de toiles d'araignée. À l'aide du canif que lui tendit sir James, elle arracha le papier brun collé au dos du tableau. Les pages du magazine tombèrent à terre et Jane les ramassa. Séparant les bords collés, elle extirpa les deux minces feuillets couverts d'une fine écriture. Cette fois-ci ce n'était pas un faux mais le bon document !

— Enfin ! déclara Tuppence... Nous l'avons !

Ce fut un moment chargé d'émotion. Oubliés les craquements légers, les bruits imaginaires ! Tous trois n'avaient d'yeux que pour les papiers que Jane tenait entre ses mains. Sir James les prit et les examina.

— Oui, déclara-t-il. C'est bien ce maudit projet de traité !

— Nous avons réussi, dit Tuppence d'une voix qui trahissait une sorte de crainte mêlée d'incrédulité.

— Réussi, répéta sir James en repliant soigneusement le document et en le plaçant dans un carnet qu'il sortit de sa poche tandis qu'il jetait un coup d'œil circulaire sur la pièce sordide. C'est bien là que votre jeune ami a été emprisonné si longtemps, n'est-ce pas? C'est vraiment un endroit sinistre. Vous avez remarqué l'absence de fenêtre et l'épaisseur de la porte. Quoi qu'il puisse se passer ici, personne n'en saurait jamais rien.

Tuppence frissonna : ces mots éveillaient en elle une étrange frayeur. Et si quelqu'un se cachait vraiment dans cette maison ? Quelqu'un qui, par exemple, refermerait cette porte sur eux et les laisserait mourir comme des rats dans une souricière ? Puis elle comprit l'absurdité de ses craintes. La maison était gardée par la police qui, s'ils tardaient à reparaître, n'hésiterait pas à enfoncer la porte et à faire des recherches. Elle sourit de sa propre sottise puis, levant brusquement les yeux, elle surprit le regard de sir James.

— Bien vu, miss Tuppence. Vous flairez le danger. Moi aussi. Miss Finn également.

— C'est vrai, avoua Jane. C'est absurde, mais c'est plus fort que moi.

— Vous sentez... comme nous le sentons tous... *la présence de Mr Brown*, n'est-ce pas ?

Tuppence eut un mouvement de recul.

— Oui, reprit sir James. Il n'y a plus de doute... *Mr Brown est bien ici...*

— Dans la maison ?

— Dans cette pièce... Vous n'avez pas encore compris ? *Je suis Mr Brown...*

Pétrifiées, n'en croyant pas leurs oreilles, les deux jeunes filles le dévisagèrent. Ses traits même avaient changé. Elles avaient en face d'elles un homme différent, qui arborait un sourire cruel :

— Ni l'une ni l'autre, vous ne quitterez cette pièce vivantes. Vous venez de dire que nous avons réussi ! *J'ai* réussi ! Ce projet de traité est à moi ! (Il regarda Tuppence et son sourire s'épanouit.) Voulez-vous que je vous dise comment les choses vont se dérouler ? Tôt ou tard, la police fera irruption dans la pièce pour y découvrir les trois victimes de Mr Brown. Trois, non deux, vous saisissez ? Mais heureusement, la troisième ne sera pas morte, elle sera seulement blessée et elle pourra décrire l'attaque avec une grande profusion de détails. Le traité ? Aux mains de Mr Brown, bien sûr ! Personne n'aura l'idée d'aller le chercher dans les poches de sir James Peel Edgerton ! (Puis se tournant vers Jane :) Vous vous êtes montrée plus maligne que je ne le pensais. Je vous en félicite. Mais vous ne recommencerez plus.

C'est alors qu'il y eut un léger bruit derrière lui. Mais, grisé par son succès, il ne tourna pas la tête. Il plongea la main dans sa poche et leva lentement son automatique :

— Échec aux Jeunes Aventuriers !

Mais comme il accomplissait ce geste, une poigne de fer le saisit par-derrière. On lui arracha son revolver et une voix traînante déclara :

— Nous vous prenons la main dans le sac avec le butin !

Le célèbre avocat devint tout rouge mais il fit preuve d'un remarquable sang-froid en regardant à tour de rôle Julius et Tommy.

— Vous, Tommy ! murmura-t-il. Vous ! J'aurais dû m'en douter.

Voyant qu'il n'offrait aucune résistance, ils relâchèrent leur étreinte. Rapide comme l'éclair, il porta à sa bouche sa main gauche, celle qu'ornait une chevalière.

— *Ave Cesar, qui morituri te salutant*, dit-il en regardant fixement Tommy.

Puis ses traits s'altérèrent et, dans un frémissement convulsif, il s'écroula tandis qu'une odeur d'amandes amères envahissait la pièce.

## 27

## UN SOUPER AU *SAVOY*

Le souper offert par Mr Julius Hersheimmer à quelques-uns de ses amis, le 30, restera longtemps dans les annales des fournisseurs. Il se déroula dans un salon particulier. Les ordres de Mr Hersheimmer étaient clairs et précis : il avait donné carte blanche au maître d'hôtel, et quand un millionnaire donne carte blanche, il est généralement bien servi ! Les tables regorgeaient de ce que chaque saison de l'année peut offrir de plus délicat. Les garçons, avec leurs grands crus millésimés, se suivaient en un cortège solennel. La décoration florale défiait les saisons et tous les fruits de la terre — qu'on cueille au printemps ou à l'automne — se trouvaient réunis. La liste des invités était courte mais choisie avec soin : l'ambassadeur des États-Unis, Mr Carter qui avait pris la liberté d'amener avec lui un de ses vieux amis, sir William Beresford, le pasteur Cowley, le Dr Hall, les deux Jeunes Aventuriers — miss Prudence Cowley et Tommy Beresford — et enfin et surtout miss Jane Finn. Julius s'était employé à faire de sa présence le clou de la soirée. Le matin même, un coup discret avait été frappé à la porte de l'appartement que Tuppence partageait avec la jeune fille : c'était Julius, un chèque dans la main.

— Dites-moi, Tuppence, vous voudriez bien me rendre un petit service ? Prenez ça et débrouillez-vous pour que Jane soit sur son trente et un ce soir : vous venez tous dîner au *Savoy* avec moi. D'accord ? Et ne regardez pas à la dépense, hein ?

— Compris, compris. Nous allons nous amuser comme des folles. Ce sera un plaisir d'habiller Jane. C'est la plus charmante fille que j'aie jamais rencontrée.

— C'est ce que je pense aussi, déclara Hersheimmer avec une sorte de ferveur dans la voix.

Tuppence ne manqua pas de la remarquer et de s'en amuser.

— À propos, Julius, ajouta-t-elle, impassible, je ne vous ai toujours pas donné ma réponse.

— Votre réponse ? dit-il en devenant tout pâle.

— Vous vous souvenez... quand vous m'avez demandé de vous épouser..., balbutia Tuppence, les yeux baissés à la manière des jeunes héroïnes de l'époque victorienne, et que vous ne vouliez pas d'un refus. J'ai réfléchi, depuis...

— Oui ? dit Julius.

Comme la sueur perlait à son front, Tuppence se laissa attendrir :

— Vous n'êtes qu'un grand nigaud ! Quelle mouche vous avait piqué pour me parler ainsi ? Je voyais bien que vous n'éprouviez pas une once de sentiment pour moi.

— C'est faux. J'avais et j'ai toujours la plus grande estime, le plus profond respect et la plus vive admiration pour vous.

— Hum..., déclara Tuppence. C'est bien là le genre de sentiments qui fondent comme neige au soleil quand on en éprouve d'autres. Vous ne croyez pas, mon vieux?

— Je ne vois pas de quoi vous voulez parler, déclara Julius d'un air pincé mais en devenant rouge comme une tomate.

— Mon œil! répliqua Tuppence. (Elle éclata de rire puis, faisant mine de fermer la porte, elle ajouta de son ton le plus digne:) Moralement, je considérerai toujours que j'ai été abandonnée.

— Qui était-ce? demanda Jane.

— Julius.

— Que voulait-il?

— En fait, je pense qu'il voulait vous voir. Mais je ne le lui ai pas permis. Pas jusqu'à ce soir... Ce soir où vous allez être plus éblouissante qu'une princesse des Mille et Une Nuits. Allez, venez, nous-allons-faire-des-courses!!!

Pour la plupart des gens, le 29, le grand jour de grève générale, tant annoncé, s'était déroulé comme tous les autres jours. Il y avait eu des discours à Hyde Park et à Trafalgar Square. Des défilés clairsemés s'étaient formés çà et là. Les plus hardis avaient entonné des chansons partisanes en déambulant dans les rues sans grande conviction. Les journaux, qui avaient annoncé une grève générale et le début d'une ère de terreur, furent contraints d'avouer qu'ils s'étaient montrés un peu trop hâtifs. Les plus culottés et les plus rusés d'entre eux tentèrent de prouver que la paix avait été préservée grâce à eux. Dans la presse du dimanche, on annonça la disparition soudaine du célèbre avocat sir James Peel Edgerton. L'édition du lundi retraça la brillante carrière du défunt. La manière exacte dont il avait trouvé la mort ne fut jamais révélée au public.

Tommy avait vu juste: toute l'affaire ne reposait que sur un seul homme. Privée de son chef, l'organisation avait cessé d'exister. Fuyant l'Angleterre dès le samedi matin, Kraménine avait regagné son pays. La bande, saisie de panique, avait abandonné Astley Priors, laissant derrière elle, dans sa hâte, toutes sortes de documents qui la compromettaient définitivement. Grâce à ces preuves laissées par les conspirateurs, grâce aussi à un petit journal de bord trouvé dans la poche du mort et qui contenait un plan aussi complet que lumineux de tout le complot, le gouvernement avait tenu une session d'urgence. Les leaders travaillistes durent admettre qu'ils avaient été les dindons de la farce. Le gouvernement fit certaines concessions qui furent acceptées avec empressement. Ce ne serait pas la guerre mais la paix !

Mais au Ministère, on savait pertinemment que l'on avait échappé de justesse au désastre. Carter gardait, gravée dans sa mémoire, l'étrange scène qui s'était déroulée la veille dans la maison de Soho. Il était entré dans une pièce sordide pour y découvrir un grand homme, un ami de longue date, mort, coupable de son propre aveu. Dans sa poche, il avait trouvé le fatal projet de traité et, sur-le-champ, en présence des trois autres témoins, l'avait réduit en un petit tas de cendres. L'Angleterre était sauvée !

Et maintenant, en cette soirée du 30, dans le salon particulier du *Savoy*, Mr Julius Hersheimmer recevait ses invités. Carter arriva le premier, accompagné d'un monsieur d'un certain âge, type même de l'homme irascible. Tommy, tout rougissant, s'approcha de lui.

— Ah ! s'exclama le vieil homme, prêt à exploser, c'est vous mon neveu ? Rien à dire, il paraît que vous avez fait du bon travail. Votre mère a dû vous élever comme il faut, après tout ! Le passé est le passé, hein ? Vous êtes mon héritier, n'est-ce pas ? À l'avenir, je me propose de vous verser une rente. Et vous pouvez considérer Chalmers Park comme votre maison.

— Merci, monsieur, c'est vraiment très, très... chic de votre part.

— Où est cette jeune personne dont on m'a tant parlé ?

Tommy présenta Tuppence.

— Hé, hé ! s'exclama sir William, en la détaillant. Les jeunes filles ne sont plus ce qu'elles étaient de mon temps !

— Mais si, répliqua Tuppence. Leurs vêtements sont peut-être différents mais elles sont restées les mêmes.

— Oui, vous avez peut-être raison. Friponnes elles étaient, friponnes elles demeurent !

— C'est vrai, acquiesça Tuppence. Moi-même, je suis terriblement friponne.

— Cela ne m'étonne pas, déclara le vieil homme en gloussant et en tirant l'oreille de Tuppence dans un élan de bonne humeur.

La plupart des jeunes femmes étaient terrifiées par cet« ours mal léché », comme elles le surnommaient. Mais l'effronterie de Tuppence enchanta le vieux misogyne.

Ensuite, arriva le pasteur, quelque peu effarouché par la brillante compagnie au sein de laquelle il se trouvait. Tout heureux que sa fille se fût ainsi distinguée, il ne pouvait s'empêcher toutefois de la regarder de temps en temps avec une certaine appréhension. Mais Tuppence se comportait parfaitement bien. Elle ne croisa pas une seule fois les jambes, tint plus ou moins sa langue et refusa net toutes les cigarettes qu'on lui offrit.

Puis vint le Dr Hall, suivi de l'ambassadeur des États-Unis.

— Prenons place, proposa Julius après avoir fait les présentations. Tuppence, si vous voulez bien...

D'un geste, il lui indiqua la place d'honneur.

Mais Tuppence refusa :

— Non, c'est la place de Jane ! Quand on pense à tout ce qu'elle a enduré pendant toutes ces années, quoi de plus naturel qu'elle soit la reine de la soirée !

Julius lui jeta un regard reconnaissant et Jane s'avança timidement vers la place d'honneur. Elle avait toujours été jolie, mais maintenant, habillée avec élégance, elle était ravissante. Tuppence avait remarquablement joué son rôle. La robe haute couture de Jane s'intitulait « Lys tigré ». Ce n'était qu'ors, rouges, bruns, mettant en valeur la blancheur de sa gorge tandis que la masse de ses cheveux encadrait son charmant visage. Tous la regardaient avec admiration.

Bientôt la fête battit son plein et Tommy fut sommé par toute la compagnie de fournir une explication complète de l'affaire.

— Vous avez été fichtrement discret tout au long de cette affaire, déclara Julius sur un ton de reproche. Vous m'avez fait croire que vous partiez pour l'Argentine... et je pense que vous aviez de bonnes raisons de le faire. Mais l'idée que Tuppence et vous m'ayez pris pour Mr Brown me rend fou.

— Ce n'était pas leur idée, précisa Carter. On la leur a inculquée et le poison leur a été inoculé très subtilement par un maître de la persuasion. L'article du journal new-yorkais lui a inspiré un plan qui a failli vous être fatal.

— Je n'ai jamais pu l'encaisser, avoua Julius. Dès le premier instant, j'ai senti qu'il y avait en lui quelque chose de mauvais. Et j'ai toujours soupçonné que c'était lui qui avait définitivement réduit Mrs Vandemeyer au silence. Mais c'est seulement quand j'ai su que l'ordre d'exécuter Tommy avait immédiatement suivi notre visite chez lui, ce fameux dimanche, que j'ai vraiment compris : c'était lui le grand patron.

— Dire que je ne l'ai pas soupçonné un instant ! se lamenta Tuppence. J'ai toujours pensé que j'étais beaucoup plus intelligente que Tommy mais il est indéniable qu'il m'a battue, là, à plates coutures.

Julius était bien d'accord :

— C'est Tommy qui nous a tirés de ce mauvais pas ! Au lieu de rester muet comme une carpe et rouge comme une pivoine, qu'il nous raconte tout.

— Il n'y a pas grand-chose à raconter, commença Tommy, très mal à l'aise. Je me suis comporté comme une andouille jusqu'à ce que je découvre la photo d'Annette et que je comprenne qu'elle et Jane Finn ne faisaient qu'un. À ce moment-là, je me suis souvenu de l'insistance avec laquelle elle avait crié « Marguerite » à plusieurs reprises. Sur quoi j'ai repensé aux tableaux, et voilà, c'est tout. Alors, du coup, j'ai repassé toute l'affaire dans ma tête pour découvrir à quel moment je m'étais comporté comme le dernier des imbéciles.

— Allez, continuez, l'encouragea Carter comme Tommy faisait mine, une fois de plus, de se réfugier dans le silence.

— Toute cette affaire Vandemeyer me tracassait depuis que Julius m'en avait parlé. À première vue, c'était sir James ou lui qui avait fait le coup. Et je ne savais pas lequel des deux. Comme j'avais découvert cette photo dans le tiroir et que d'après Julius l'inspecteur Brown la lui avait prise, c'est lui que j'ai soupçonné. Puis je me suis souvenu que c'était sir James qui avait découvert la fausse Jane Finn. Comme je ne parvenais pas à me décider sur la culpabilité de l'un ou de l'autre, j'ai choisi de ne prendre aucun risque. J'ai laissé un mot à Julius — pour le cas où il aurait été Mr Brown —, lui précisant que je partais pour l'Argentine et j'ai laissé traîner, à côté de son bureau, la lettre de sir James me proposant un travail là-bas, pour qu'il soit sûr qu'il ne s'agissait pas d'une feinte. Puis j'ai écrit à Mr Carter et téléphoné à sir James. Le mieux était de mettre ce dernier dans la confidence. Aussi lui ai-je tout dit sans toutefois lui parler de l'endroit où je pensais que le document était caché. La manière dont il m'a aidé à retrouver la trace de Tuppence et d'Annette m'a un peu désarmé, mais pas trop. Je les avais tous les deux à l'œil. C'est alors que j'ai reçu le mot truqué de Tuppence et là, j'ai tout compris.

— Mais comment ?

Tommy sortit de sa poche le mot en question et le fit circuler tout autour de la table.

— Bien sûr, c'est son écriture. Mais à la signature j'ai vu que ce n'était pas elle qui avait écrit ce mot. Elle n'a jamais orthographié son surnom « Tupence » mais quelqu'un qui ne le savait pas aurait pu croire qu'elle ne mettait qu'un « p » au lieu de deux. Julius *avait déjà vu* la signature de Tuppence — il m'a montré un mot qu'elle lui avait envoyé — *mais sir James*, non. Dès lors, tout devenait simple comme bonjour. Je me suis empressé d'envoyer Albert chez Mr Carter. J'ai fait mine de partir, puis je suis revenu. Quand Julius est arrivé en trombe avec sa voiture, j'ai compris que ce n'était pas prévu au plan de Mr Brown et qu'il y aurait du grabuge. À moins que sir James ne soit pris en flagrant délit, pour ainsi dire, je savais que Mr Carter ne le croirait jamais coupable sur ma parole.

— C'est vrai, dut reconnaître Carter.

— C'est pourquoi j'ai envoyé les filles chez sir James. J'étais sûr que tôt ou tard ils iraient dans la maison de Soho. Si j'ai menacé Julius avec le revolver, c'est parce que je voulais que Tuppence le répète à sir James et qu'il ne s'occupe plus de nous.

»Dès que les filles sont parties, j'ai demandé à Julius de foncer à Londres et, en route, je lui ai raconté toute l'histoire. Nous sommes arrivés à temps à la maison de Soho et y avons retrouvé Mr Carter. Après l'avoir mis au courant de la situation, nous sommes entrés dans la maison et nous nous sommes cachés dans le renfoncement derrière le rideau. Il avait donné l'ordre aux agents de déclarer à quiconque les interrogerait qu'il n'y avait personne dans la maison. Voilà. Cette fois, c'est tout.

Tommy s'arrêta à bout de souffle et il y eut un silence.

— À propos, déclara Julius, pour la photo de Jane, vous vous trompez tous. On me l'avait bien prise et je l'ai retrouvée !

— Où ça ? s'écria Tuppence.

— Dans le petit coffre encastré dans le mur de la chambre de Mrs Vandemeyer.

— Je savais bien que vous aviez trouvé quelque chose, déclara Tuppence sur un ton de reproche. Pour être franche, c'est à partir de là que j'ai commencé à vous soupçonner. Pourquoi n'avez-vous rien dit ?

— J'avais certains soupçons, moi aussi. La photo m'avait été enlevée une fois et j'étais bien décidé à ne pas m'en séparer avant qu'un photographe ne m'ait fait une douzaine de copies !

— Nous avons tous dissimulé quelque chose, ajouta pensivement Tuppence. J'imagine que c'est le fait de travailler pour les services secrets !

Rompant le silence qui s'était de nouveau installé, Carter sortit de sa poche un petit carnet à la couverture usée.

— Beresford vient de dire que je n'aurais jamais cru sir James Peel Edgerton coupable avant de le prendre en flagrant délit. C'est vrai, et encore je n'aurais peut-être même pas cru à sa culpabilité si je n'avais pas lu les déclarations contenues dans ce petit journal de bord. Ce carnet va être remis à Scotland Yard mais son contenu ne sera jamais révélé au public. La carrière juridique de sir James rend la chose impossible. Mais pour vous qui connaissez la vérité, je vais lire certains passages qui éclaireront l'extraordinaire cheminement de ce grand homme.

Ouvrant le carnet, il se mit à le feuilleter.

*... C'est une folie de conserver ce carnet. Je le sais. C'est un document, une preuve qui se retournera contre moi. Mais je n'ai jamais hésité à prendre des risques. Et je ressens un indicible besoin de m'exprimer... C'est sur mon cadavre que l'on trouvera ce carnet...*

*... Je n'étais encore qu'un enfant quand j'ai compris que je possédais des dons exceptionnels. Seuls les sots se sous-estiment. Mon intelligence se situait bien au-dessus de la moyenne. J'étais né pour réussir mais mon physique jouait contre moi : insignifiant, banal, quelconque au dernier degré...*

*... Adolescent, j'assistai au procès d'un assassin célèbre. Je fus profondément impressionné par l'éloquence de son défenseur. C'est alors que j'ai envisagé d'exercer mes talents dans ce milieu si particulier... Puis j'ai observé le comportement du criminel... Cet homme était stupide, incroyablement stupide, et l'éloquence*

*de son avocat avait peu de chances de le sauver... J'ai éprouvé pour lui un incommensurable mépris... Alors il m'est venu à l'esprit que le niveau des criminels, en général, était très bas. C'étaient des ratés, les déclassés, les rebuts de la société qui s'adonnaient au crime... Étonnant, non, que les hommes intelligents n'aient jamais compris les extraordinaires possibilités qui s'offraient à eux dans cette voie ! Je me suis mis à jouer avec cette idée... Quel magnifique champ d'activité ! Sans aucune limite ! J'en avais le vertige...*

*... Je lus tous les ouvrages classiques sur le crime et les criminels. Ils me confirmèrent dans mon opinion : dégénérescence, maladie — jamais plan de carrière d'un homme avisé. J'ai alors réfléchi. Supposons que mes plus grandes ambitions se concrétisent — que je devienne le meilleur avocat, que je m'occupe de politique et que je devienne, pourquoi pas, Premier Ministre ? Et après ? Était-ce cela le pouvoir ? Être entravé dans chacun de mes mouvements par mes collègues, lié par le système démocratique dont je ne serais jamais que la figure de proue. Non le pouvoir dont je rêvais était un pouvoir absolu. Devenir un autocrate, un dictateur ! Mais un tel pouvoir ne pouvait être exercé qu'en marge de la loi. Exploiter la faiblesse de la nature humaine puis celle des nations — mettre sur pied et contrôler une vaste organisation pour finalement renverser l'ordre établi et gouverner ! Cette idée m'enivrait...*

*... Je compris qu'il me fallait mener deux vies parallèles. Un homme comme moi est appelé à se faire remarquer. Je devais avoir une carrière brillante qui masquerait mes activités réelles... Je devais me composer une personnalité. Je modelai mon attitude sur celle d'avocats célèbres, imitant leurs manières avec ce qu'elles comportaient de spécifique, cultivant leur magnétisme. Si j'avais choisi de devenir acteur, je serais devenu le plus grand ! Pas de costumes, pas de maquillages, pas de fausses barbes, mais une personnalité ! Quand je quittais cette personnalité d'emprunt, je redevenais moi-même, un homme tranquille, effacé, un homme comme tant d'autres. Je me faisais appeler Mr Brown. Il y a des centaines d'hommes qui s'appellent Mr Brown... il y a des centaines d'hommes qui me ressemblent...*

*... Je réussis dans ma fausse carrière. J'étais né pour le succès. Je réussirais dans l'autre aussi. Un homme comme moi ne connaît pas l'échec...*

*... J'ai lu une vie de Napoléon. Nous avons beaucoup de points communs...*

*... Je défends des criminels. Un homme se doit de s'occuper des gens de son milieu...*

*... À une ou deux reprises, j'ai eu peur. La première fois, c'était en Italie, au cours d'un dîner auquel assistait le Pr D., le célèbre aliéniste. On parla de la folie et il déclara : « Beaucoup d'hommes sont fous sans que personne ne le sache. Eux-mêmes l'ignorent. » Je n'ai pas compris pourquoi il me regardait d'une manière étrange en prononçant cette phrase. Je n'ai pas aimé cela...*

*... La guerre a dérangé mes plans... Je pensais au contraire qu'elle les favoriserait. Les Allemands sont si efficaces ! Ce sont également d'excellents espions. Les rues regorgent de ces garçons en kaki. Des garçons stupides à la tête vide... Et cependant... ils ont gagné la guerre... Cela m'inquiète...*

*... Mes affaires vont bien. Une fille nous est arrivée... Je ne pense pas qu'elle soit réellement au courant de quoi que ce soit. Mais nous devons abandonner les Verreries de l'Esthonie. Ne prenons pas de risques.*

*... Tout va bien. Cette perte de la mémoire me contrarie. Il n'est pas possible que ce soit du trucage. Aucune fille ne parviendrait à me bluffer, moi.*

*... Le 29, c'est bientôt...*

— Je ne vais pas vous lire en détail le coup qu'il avait monté, dit Carter. Mais il y a juste deux petits paragraphes qui se rapportent à vous trois. Compte tenu de ce qui est arrivé, ces lignes ne manquent pas de sel.

*... En suggérant à la petite de venir me voir de son plein gré, je suis parvenu à la désarmer. Mais elle a des éclairs d'intuition qui peuvent être dangereux... Il faudra se débarrasser d'elle...*

*... Je ne peux rien faire avec l'Américain. Il me soupçonne et ne m'aime pas... Quelquefois, je crains d'avoir sous-estimé l'autre garçon. Il n'est pas intelligent, mais il n'est pas commode de le rendre aveugle aux réalités...*

Carter referma le carnet.

— Un grand homme, déclara-t-il. Génie ou folie ? Qui peut le dire ?

Il y eut un long silence. Puis Carter se leva :

— Je voudrais porter un toast aux Jeunes Aventuriers dont l'entreprise a si magnifiquement réussi.

On but avec force acclamations.

— Il y a autre chose que nous voudrions savoir, poursuivit Carter. (Il regarda l'ambassadeur des États-Unis :) Je parle également en votre nom. Nous allons prier miss Jane Finn de nous raconter son histoire que seule Tuppence a entendue jusqu'à présent. Mais avant, buvons à sa santé ! Je lève mon verre à la santé d'une des filles les plus courageuses d'Amérique, et qui mérite la reconnaissance de deux grands pays !

## 28

## Et après

— C'était un bien beau toast, Jane, déclara Julius Hersheimmer tandis qu'il raccompagnait sa cousine au *Ritz* en Rolls-Royce.

— Le toast aux Jeunes Aventuriers ?

— Non, le toast en votre honneur. Aucune autre jeune fille au monde ne serait capable de faire ce que vous avez fait. Vous avez été merveilleuse.

— Je ne me sens pas merveilleuse. Au fond de moi-même, je me sens lasse et solitaire et j'ai la nostalgie de mon pays.

— Je voulais justement vous parler de cela. J'ai entendu l'ambassadeur vous transmettre l'invitation de sa femme à venir habiter chez eux. Ce n'est pas une mauvaise idée, mais j'ai un autre projet. Jane, je veux que vous m'épousiez. Ne me dites pas non tout de suite et ne vous inquiétez pas. Je sais bien que vous ne pouvez pas m'aimer tout de suite, c'est impossible. Mais moi, je vous aime depuis l'instant où j'ai jeté les yeux sur votre photo. Et maintenant que je vous connais je suis tout simplement fou de vous. Si vous consentiez à m'épouser, je ne vous ennuierais pas. Je vous laisserais tout le temps qu'il faudra. Peut-être ne m'aimerez-vous jamais. Dans ce cas, je vous rendrai votre liberté. Mais je veux avoir le droit de vous protéger et de prendre soin de vous.

— Mais c'est précisément ce que je souhaite, répondit la jeune fille d'un air mélancolique. Quelqu'un qui soit avec moi. Vous n'imaginez pas à quel point je me sens seule !

— Oh si ! Alors, tout est arrangé. Et, dès demain matin, j'irai voir l'archevêque pour qu'il nous délivre une dérogation.

— Oh, Julius !

— Je ne veux pas vous bousculer, Jane. Mais différer notre mariage ne rimerait à rien. Ne soyez pas inquiète. Je ne m'attends pas à ce que vous m'aimiez tout de suite.

À cet instant une petite main se glissa dans la sienne :

— Julius, je vous aime déjà. Je vous ai aimé tout de suite, dans la voiture, quand la balle a effleuré votre joue.

Quelques minutes plus tard la jeune fille murmura :

— Je ne connais pas très bien Londres, Julius, mais le chemin est-il vraiment aussi long du *Savoy* au *Ritz* ?

— Tout dépend de l'itinéraire que l'on choisit, répondit Julius sans le moindre embarras. Nous faisons le détour par Regent's Park.

— Oh ! Julius, que va donc penser le chauffeur ?

— Vu les appointements que je lui verse, il juge préférable de ne pas penser par lui-même ! Vous savez, Jane, j'ai organisé ce souper au *Savoy* dans un seul but : pouvoir vous raccompagner à l'hôtel. Je ne voyais pas comment je pourrais vous parler en tête à tête. Tuppence et vous étiez rivées l'une à l'autre comme des sœurs siamoises. Un jour de plus, Beresford et moi, nous devenions enragés !

— Oh ! parce qu'il...

— Bien sûr, comme un fou !

— Je m'en doutais, ajouta Jane pensive.

— Pourquoi ?

— À cause de ce que Tuppence ne m'a pas dit !

— Là, vous me battez, conclut Julius.

Jane se contenta de rire.

Pendant ce temps, les Jeunes Aventuriers, raides comme la justice, atrocement guindés et mal à l'aise, regagnaient le *Ritz* dans un taxi qui, par un curieux manque d'originalité, passait lui aussi par Regent's Park.

Une terrible gêne les engonçait. Sans qu'ils se rendent bien compte de ce qui s'était passé, tout semblait changé. Ils étaient muets, paralysés. Leur vieille camaraderie s'était envolée. Tuppence cherchait en vain quelque chose à dire. Et Tommy avait le même problème.

Tendus et contractés, ils évitaient même de se regarder.

Pour finir, Tuppence lança dans un effort désespéré :

— C'était plutôt sympathique, non ?

— Plutôt.

Nouveau silence.

— J'aime bien Julius, hasarda Tuppence.

Cette phrase eut le don de galvaniser Tommy.

— Tu ne l'épouseras pas, tu m'entends ? Je te l'interdis.

— Oh !

— Je te l'interdis absolument, c'est clair ?

— Il n'a pas l'intention de m'épouser. Il me l'avait simplement proposé par gentillesse.

— Je n'en suis pas si sûr.

— C'est pourtant la vérité. Il est fou de Jane. Je suis certaine qu'en ce moment même, il est en train de la demander en mariage.

— Elle lui conviendra parfaitement, répliqua Tommy d'un ton condescendant.

— Ne trouves-tu pas que c'est la plus jolie jeune fille que l'on puisse rencontrer dans tout Londres ?

— Sans doute.

— Mais rien ne vaut l'argent, n'est-ce pas, Tommy ? dit Tuppence avec son air de sainte nitouche.

— Oh ! Tuppence, laisse tomber, tu veux...

— J'aime beaucoup ton oncle, Tommy, ajouta la jeune fille pour créer une diversion. À propos, que fais-tu ? Tu acceptes l'offre de Carter, ce poste de fonctionnaire, ou tu choisis la proposition de Julius, cet emploi si rémunérateur dans un ranch, en Amérique ?

— L'offre de Hersheimmer est très avantageuse, c'est vrai. Et pourtant je pense rester ici dans notre bon vieux pays. D'ailleurs, tu te sentiras mieux à Londres.

— Je ne vois pas ce que je viens faire là-dedans.

— Moi si.

— Il y a aussi l'argent, fit observer Tuppence sur un ton pensif en le regardant du coin de l'œil.

— Quel argent ?

— Carter a dit que nous allions recevoir chacun un chèque.

— Tu lui en as demandé le montant ? s'écria Tommy.

— Oui. Mais je ne te le dirai pas.

— Tuppence, tu passes les bornes !

— C'était amusant, non ? J'espère que nous aurons encore des tas d'aventures...

— Tuppence, tu es insatiable. Pour le moment, moi, j'en ai assez.

— C'est vrai que de faire des achats, ça n'est pas mal non plus. (Tuppence prit un air songeur.) Pense un peu, acheter des meubles anciens, des tapis d'Orient, des rideaux de soie futuristes, unc table de salle à manger vernie et un divan avec des tas de coussins !

— Minute ! Pour quoi faire ?

— Pour une maison... mais je pencherais plutôt pour un appartement.

— Quel appartement ?

— Tu crois que ça m'embête de le dire ! Mais non, cela ne me gêne absolument pas. Pour *notre* appartement.

— Oh, ma chérie ! s'exclama Tommy en la prenant dans ses bras. J'avais décidé que je t'obligerais à le dire toi-même ! Il faut bien que je me venge de la façon dont tu m'as rembarré chaque fois que j'ai voulu être un peu sentimental !

Tuppence tourna son visage vers lui :

— Tommy, tu ne m'as pas fait une vraie demande. Ce que nos grands-mères appelaient une « demande en mariage ». Mais après avoir entendu celle de ce nigaud de Julius, je suis encline à t'en dispenser.

— De toute façon, tu ne pourras pas faire autrement que de m'épouser, alors où est le problème ?

— Comme ce sera amusant ! répondit Tuppence. Le mariage est considéré comme un refuge, un asile, le comble de la félicité ou de l'esclavage et bien d'autres choses encore. Mais moi, je sais ce que c'est...

— Qu'est-ce que c'est ?

— Une aventure.

— Et une sacrée aventure, même ! conclut Tommy.

# *Postface*

*C'est à cause d'Ashfield, la maison de Torquay où elle était née et avait passé son enfance, qu'Agatha Christie reprit la plume pour signer son second roman policier. Depuis la faillite Chaflin qui les avait à demi ruinés, la mère d'Agatha éprouvait des difficultés financières à tenir une maison de cette importance. Et Agatha regrettait de ne pouvoir contribuer à son entretien par une pension, comme le faisait sa sœur Madge. Elle s'en ouvrit à son mari Archie, qui lui suggéra d'écrire un nouveau livre. Agatha répliqua aussitôt qu'elle n'avait touché qu'une somme de 25 livres alors même que 2 000 exemplaires de* La Mystérieuse Affaire de Styles *avaient été vendus : ce qui, pour un roman policier d'auteur inconnu, était fort honorable. Archie rétorqua qu'un second livre lui assurerait sans doute des revenus plus importants. L'argument fut décisif...*

*Agatha Christie se mit donc à la recherche d'un sujet et de personnages. Le déclic créateur fut une conversation surprise dans un salon de thé : deux personnes y parlaient d'une certaine Jane Fish. Agatha Christie trouva le nom intéressant : Jane Fish, ou mieux encore Jane Finn, et l'idée d'une conversation où il serait prononcé. Un embryon d'intrigue se dessinait. Restait à trouver les personnages qui en seraient les héros.*

*Frappée du spectacle fort répandu de ces jeunes gens qui avaient fait la guerre et qui, une fois démobilisés, éprouvaient bien du mal à trouver du travail, elle décida d'utiliser deux personnages de ce genre : une jeune fille qui avait été dans la V.A.D. (Volunteer aid detachment), les groupes d'aide aux blessés — dont elle-même avait fait partie —, et un jeune homme qui, après avoir fait la guerre dans l'aviation, comme Archie, venait d'être démobilisé. Tommy et Tuppence Beresford*[1] *étaient nés. Tous deux à la recherche d'un travail, ils se trouveraient mêlés, à cause de l'énigmatique Jane Finn, à une affaire d'espionnage.*

*« C'est cela : ce serait un roman d'espionnage, un "Thriller" sans énigme. Ce serait un changement, après le travail de "détection" de* La Mystérieuse Affaire de Styles. *J'esquissai donc mon histoire à grands traits. Dans l'ensemble, ce fut amusant et, comme toujours, beaucoup plus facile à écrire qu'un roman de détection. »*

*D'abord intitulé* La Joyeuse Aventure, *puis* Les Jeunes Aventuriers, *il finit par devenir* The Secret Adversary. *L'éditeur John Lane n'apprécia pas beaucoup le manuscrit, qu'il trouva d'un genre trop différent du premier, mais se décida pourtant à le publier.*

Mr Brown, *à l'instar de* La Mystérieuse Affaire de Styles, *fut publié dans « The Weekly Times » et se vendit assez bien. Il rapporta 50 livres à son auteur, qui trouva l'affaire encourageante mais pas au point d'imaginer en faire son métier.*

*Agatha Christie garda pour ce couple de jeunes aventuriers, en qui on ne peut s'empêcher de voir une version idéalisée de celui qu'elle formait avec Archie, une tendresse particulière. Elle les mit en scène à plusieurs reprises, à intervalles irréguliers, et leur consacra le dernier roman qu'elle ait écrit,* Le Cheval à Bascule *(1973).*

1. Ou, pour être plus précis, Tommy Beresford et Prudence Cowley, surnommée Tuppence (ou miss Quat'sous dans la première version française), avant qu'ils ne convolent en justes noces, après la fin du roman.

# 1923

# LE CRIME DU GOLF

Traduit de l'anglais par
Françoise Bouillot

*Ce roman a paru sous le titre original :*
MURDER ON THE LINKS

1

## UNE COMPAGNE DE VOYAGE

Tout le monde connaît l'histoire de ce jeune écrivain qui, pour forcer l'attention du plus blasé des éditeurs, n'avait pas craint de commencer son roman par la réplique fameuse: « Nom de Dieu ! dit la duchesse. »

Mon histoire débute assez curieusement de la même façon, à ceci près que la jeune personne qui venait de lancer cette exclamation n'avait rien d'une duchesse.

Nous étions dans les premiers jours de juin. J'étais venu régler quelques affaires à Paris et j'avais pris l'express du matin pour retourner à Londres, où je partageais encore un appartement avec mon vieil ami Hercule Poirot, l'ex-inspecteur belge.

Le train était pratiquement vide et nous n'étions que deux voyageurs dans mon compartiment. Parti de l'hôtel assez précipitamment j'étais, au moment où le convoi s'ébranla, encore occupé à vérifier que je n'avais rien oublié. Jusque-là, je n'avais pas prêté grande attention à ma compagne de voyage, mais elle se chargea soudain de me rappeler son existence. Bondissant en effet sur ses pieds, elle baissa la vitre, passa la tête au-dehors et la retira aussitôt avec un sonore:

— Nom de Dieu !

Je reconnais appartenir à la vieille école. J'estime que la première qualité d'une dame est la féminité, et n'éprouve aucune sympathie pour les jeunes névrosées qui gesticulent du matin au soir sur des rythmes de jazz, fument comme des sapeurs et jurent comme des charretiers.

Comme je levais les yeux avec un froncement de sourcils quelque peu horrifié, je vis un joli visage effronté, encadré d'épaisses boucles noires et surmonté d'un petit chapeau rouge posé de façon fort désinvolte. Je ne donnai guère plus de dix-sept ans à la péronnelle, bien qu'elle eût les joues enfouies sous de la poudre et les lèvres peintes d'un rouge invraisemblable.

Elle me rendit mon regard sans montrer le moindre embarras, et me fit même une petite grimace.

— Oh là là, voilà que j'ai choqué ce bon monsieur ! lança-t-elle à l'adresse d'un public imaginaire. Veuillez excuser mes écarts de langage. Ils sont indignes d'une vraie dame, je ne vous le fais pas dire. Mais enfin, j'ai une bonne raison pour tempêter ! Savez-vous que j'ai perdu ma sœur unique ?

— Vraiment ? dis-je poliment. Vous m'en voyez navré.

— Mais c'est qu'il me réprouve ! fit remarquer la jeune personne. Il nous réprouve totalement, ma sœur et moi — ce qui est fort injuste pour ma sœur, qu'il n'a jamais vue !

Je fis mine de protester, mais elle prit les devants :

— N'ajoutez rien ! Personne ne m'aime ! Je vais aller me cacher et on ne me retrouvera plus jamais ! Bouuuh ! Je suis au désespoir !

Là-dessus, elle disparut derrière un immense journal satirique français ; mais au bout de quelques instants, elle me lança un regard furtif par-dessus les pages déployées. Je ne pus me retenir de sourire, et elle s'empressa de baisser son journal avec un grand éclat de rire.

— Je savais bien que vous n'étiez pas aussi tarte que vous en avez l'air ! s'écria-t-elle.

Elle avait un rire si contagieux que je ne pus m'empêcher de l'imiter, bien que je n'eusse apprécié qu'à moitié le qualificatif de « tarte ».

— Voilà ! Nous sommes amis, désormais ! déclara la jeune espiègle. Dites-moi que vous êtes désolé pour ma sœur !

— Je suis effondré !

— C'est bien, on fera quelque chose de vous.

— Laissez-moi finir. J'allais ajouter que, tout effondré que je sois, je peux fort bien me passer de sa présence.

J'accompagnai cette déclaration d'un petit salut. Mais cette demoiselle, déconcertante entre toutes, secoua la tête :

— Changez de disque. À choisir, je préfère encore le coup de la « digne réprobation ». Oh! si vous aviez vu votre trombine ! « Elle n'est pas de notre monde », voilà ce qu'elle disait, votre binette. Sur ce point, vous aviez raison, bien que ce ne soit pas si facile à discerner, de nos jours : il n'est pas donné à tout le monde de distinguer une cocotte d'une duchesse. Allons bon ! voilà que je vous ai encore choqué ! Vous m'avez tout l'air de sortir de votre cambrousse. Ça ne me dérange pas, d'ailleurs. Des types dans votre genre, il en faudrait davantage. J'ai horreur des gens culottés. Ça me met en furie !

Elle accompagna ce petit discours d'un vigoureux hochement de tête.

— Et à quoi ressemblez-vous quand vous êtes en furie ? demandai-je avec un sourire.

— À un vrai démon ! Dans ces moments-là, je me fiche bien de ce que je dis ou de ce que je fais. J'ai failli descendre un type, une fois. C'est vrai ! Mais il faut avouer qu'il ne l'avait pas volé.

— Alors, je vous en prie, ne vous mettez pas en furie contre moi !

— Non, c'est promis. Vous m'avez plu dès la première minute. Mais vous aviez un air si écœuré que je n'aurais jamais pensé que nous pourrions devenir amis.

— Eh bien, c'est fait. Parlez-moi de vous maintenant.

— Je suis danseuse. Oh, non! pas du genre auquel vous pensez. Je vis sur les planches depuis l'âge de six ans — je fais des sauts périlleux.

— Pardon ?

— Vous n'avez jamais vu d'enfants acrobates ?

— Ah ! Je comprends...

— Je suis née en Amérique, mais j'ai passé presque toute ma vie en Angleterre. Nous avons un spectacle en ce moment...

— Nous ?

— Ma sœur et moi. De la danse, des chansons, quelques acrobaties et un soupçon de boniment. L'idée est originale et ça marche à merveille. Il y a de l'argent à faire avec ça...

Ma nouvelle connaissance se pencha vers moi et se lança dans un discours volubile, truffé d'expressions énigmatiques. Pourtant, je ne pouvais m'empêcher de lui porter un intérêt croissant. Il y avait en elle un curieux mélange de femme et d'enfant. Bien qu'elle me parût tout à fait capable de se débrouiller seule — comme elle ne manqua pas de me le préciser —, son attitude résolue face à la vie et sa profonde détermination à « faire son chemin » avaient quelque chose de curieusement ingénu.

Comme nous traversions Amiens, une foule de souvenirs

m'assaillit. Ma compagne parut deviner ce qui se passait en moi.

— Vous pensez à la guerre, n'est-ce pas?

Je hochai la tête.

— Vous l'avez faite, je suppose?

— Plutôt, oui ! J'ai été blessé une fois, et après la Somme ils m'ont rapatrié définitivement. Maintenant, je sers plus ou moins de secrétaire privé à un député.

— Oh ! C'est sûrement très calé, non?

— Pas du tout. Je n'ai quasiment rien à faire. Tout au plus deux heures de travail par jour, et d'un travail très ennuyeux. En fait, je me demande ce que je deviendrais si je n'avais pas de quoi m'occuper par ailleurs.

— Ne me dites pas que vous collectionnez les insectes !

— Pas du tout, mais je partage l'appartement d'un homme passionnant. C'est un inspecteur belge à la retraite. Il s'est installé à Londres à titre privé, et il s'en sort remarquablement bien. C'est un petit bonhomme épatant. Il lui est arrivé bien souvent de voir juste, là où la police avait échoué.

Ma compagne m'écoutait en ouvrant de grands yeux.

— Alors ça, c'est passionnant ! Si, si ! J'adore les crimes. Je vais voir tous les films policiers, et quand il y a une affaire de meurtre, je dévore les journaux.

— Vous rappelez-vous l'affaire de Styles? demandai-je.

— Voyons voir, ce n'était pas une histoire de vieille dame empoisonnée? Quelque part dans le Sussex?

Je confirmai d'un hochement de tête :

— La première grande affaire de Poirot. Sans lui, l'assassin s'en serait certainement tiré avec les honneurs. Un remarquable exemple de son talent de détective.

Pris par mon sujet, je lui décrivis les grandes lignes de l'affaire, jusqu'au dénouement imprévu qui avait consacré le triomphe de Poirot. Ma compagne de voyage m'écoutait, subjuguée. Nous étions si absorbés que nous ne nous étions même pas aperçus que le train entrait en gare de Calais.

Je fis signe à deux porteurs et nous descendîmes sur le quai. Ma compagne me tendit la main.

— Au revoir. Je tâcherai de surveiller mon langage, à l'avenir.

— Oh ! mais vous allez bien me permettre de vous tenir compagnie sur le bateau !

— Il faut d'abord que je m'assure que mon écervelée de sœur n'est pas quelque part dans le train. Merci quand même !

— Mais nous allons nous revoir, n'est-ce pas ? Vous ne voulez même pas me dire votre nom ? lui demandai-je comme elle tournait les talons.

— Cendrillon ! lança-t-elle par-dessus son épaule.

Et elle se mit à rire.

J'étais loin de me douter alors des circonstances dans lesquelles j'allais être amené à revoir Cendrillon.

## 2

## Un appel au secours

Il était 9 heures à peine passées, le lendemain matin, quand j'entrai dans notre salon commun pour le petit déjeuner. Mon ami Poirot, d'une scrupuleuse ponctualité comme à son habitude, cassait délicatement la coquille de son deuxième œuf.

Il m'accueillit avec un sourire radieux.

— Vous avez bien dormi ? Vous êtes remis de cette terrible traversée ? C'est extraordinaire, vous êtes presque à l'heure, ce matin. Ah ! Pardon, mais votre cravate est légèrement de travers. Laissez-moi vous arranger ça.

J'ai déjà décrit Hercule Poirot à maintes reprises. L'étonnant individu ! Un mètre soixante, une tête en forme d'œuf légèrement penchée de côté, des yeux brillant d'un éclat vert quand il est en proie à l'émotion, une moustache de style militaire et un air de parfaite dignité. D'apparence soignée, recherchée même, il éprouve pour l'ordre sous toutes ses formes une passion exclusive. Un bibelot posé de travers, le moindre grain de poussière, le plus léger désordre dans vos vêtements sont pour le cher homme une véritable torture. « L'Ordre » et « la Méthode » sont ses dieux. Il affecte un certain dédain pour les preuves tangibles, telles que les empreintes de pas ou les cendres de cigarette. Il prétend qu'en elles-mêmes, elles ne suffisent jamais au détective pour résoudre un problème. Puis il tapote non sans complaisance son crâne ovoïde et énonce d'un air de profonde satisfaction — et avec un accent effroyable qui ne saurait être transcrit dans un ouvrage qui se respecte :

— Le véritable travail s'accomplit *à l'intérieur. Les petites cellules grises,* n'oubliez jamais les petites cellules grises, mon bon ami.

Je me glissai à ma place tout en faisant négligemment remarquer à Poirot qu'une heure de traversée entre Calais et Douvres ne méritait guère l'épithète de « terrible ».

— Rien d'intéressant au courrier ? demandai-je.

Poirot secoua la tête d'un air mécontent :

— Je ne l'ai pas encore ouvert, mais il n'arrive plus rien d'intéressant, de nos jours. Il n'y a plus de grands criminels, de ces criminels qui avaient de la *méthode.*

Il avait l'air si abattu que je ne pus m'empêcher d'éclater de rire.

— Courage, Poirot, la chance va tourner ! Ouvrez donc vos lettres. Après tout, rien ne dit qu'une grande affaire ne se profile pas à l'horizon.

Poirot consentit à sourire et, s'emparant du charmant petit coupe-papier qui lui servait à ouvrir sa correspondance, il ouvrit soigneusement les enveloppes posées à côté de son assiette.

— Une facture. Encore une facture. Ah! mais, c'est que je deviens dépensier, sur mes vieux jours. Tiens ! un mot de Japp.

— Ah oui ? dis-je en dressant l'oreille.

Japp, inspecteur à Scotland Yard, nous avait souvent amené des affaires intéressantes.

— Il me remercie, avec la simplicité qui le caractérise, d'avoir éclairé sa lanterne sur un détail de l'Affaire Aberystwyth. Je suis enchanté d'avoir pu lui rendre ce menu service.

Poirot continua à parcourir placidement sa correspondance.

— On me propose de donner une conférence pour les scouts du coin. La comtesse de Forfanock me serait très obligée de bien vouloir passer la voir. Encore une histoire de chien perdu, je suppose ! Et voici la dernière. Ah...!

Le changement de ton me fit aussitôt lever les yeux. Poirot

était plongé dans une lecture attentive. Un instant plus tard, il me tendait une lettre ouverte.

— Voilà qui sort de l'ordinaire, mon ami. Lisez vous-même.

La lettre était rédigée d'une écriture hardie et très personnelle, sur un type de papier qu'on ne trouve guère en Angleterre.

*VILLA GENEVIÈVE*
*MERLINVILLE-SUR-MER*
*FRANCE*

*Monsieur,*

*Les services d'un détective privé me seraient nécessaires car, pour des raisons que je vous indiquerai plus tard, je ne désire pas avoir recours à la police officielle. J'ai entendu parler de vous à plusieurs reprises, et tous ces témoignages me portent à croire que vous êtes non seulement un homme d'une grande habileté, mais également un homme discret. Je préfère ne pas en confier les détails à la poste, mais, en un mot, je détiens un secret qui me fait craindre tous les jours pour ma vie. Convaincu de l'imminence du danger, je vous prie instamment de venir en France dans les délais les plus brefs. Si vous voulez bien me télégraphier l'heure de votre arrivée, j'enverrai une voiture vous chercher à Calais. Je vous serais fort obligé d'abandonner toutes vos affaires en cours pour vous consacrer à mes seuls intérêts. Je suis prêt à payer le dédommagement que vous demanderez. J'aurai sans doute besoin de vos services pendant une longue période, puisqu'il vous faudra peut-être vous rendre à Santiago, où j'ai passé plusieurs années de ma vie. Vous voudrez bien fixer vous-même le montant de vos honoraires. En vous assurant une fois encore qu'il s'agit d'une affaire urgente, je vous prie d'agréer...*

*Paul Renauld*

La signature était suivie d'un post-scriptum hâtivement griffonné, presque illisible : *Venez, pour l'amour du ciel !*

Mon pouls battait plus vite quand je rendis la lettre à Poirot.

— Enfin ! Voici quelque chose qui sort vraiment de l'ordinaire !

— En effet, dit pensivement Poirot.

— Vous irez, bien sûr ?

Plongé dans de profondes réflexions, Poirot hocha la tête.

Finalement, il parut avoir pris un parti et jeta un coup d'œil à la pendule. Son visage était grave.

— Voyez-vous, mon bon ami, nous n'avons pas de temps à perdre. L'express continental part de Victoria Station à 11 heures. Ne vous affolez pas, nous pouvons quand même prendre dix minutes pour discuter de l'affaire. Vous m'accompagnez, n'est-ce pas?

— Eh bien...

— Vous m'avez dit vous-même que votre employeur n'avait pas besoin de vos services dans les semaines à venir.

— Le problème n'est pas là. Mais M. Renauld insiste beaucoup sur le fait qu'il s'agit d'une question privée.

— Taratata. M. Renauld, j'en fais mon affaire. À propos, ce nom ne m'est pas inconnu...?

— Il y a un millionnaire sud-americain qui s'appelle Renauld. C'est peut-être lui.

— Sans doute. Voilà pourquoi Santiago. Santiago est au Chili, et le Chili est en Amérique du Sud! Ah mais, nous progressons! Vous avez remarqué le post-scriptum? Qu'en dites-vous?

Je pris un temps de réflexion.

— Il est clair qu'il a réussi à se maîtriser tant qu'il rédigeait sa lettre, mais vers la fin il n'a pu conserver son sang-froid et, sous l'impulsion du moment, il a tracé à la hâte ces quelques mots désespérés.

Mon ami secoua énergiquement la tête:

— Vous êtes dans l'erreur. Vous ne voyez pas que l'encre de la signature est presque noire, alors que celle du post-scriptum est toute pâle?

— Eh bien? dis-je, perplexe.

— Mon Dieu, mon bon ami, mais servez-vous donc de vos petites cellules grises! N'est-ce pas l'évidence? M. Renauld a écrit cette lettre. Il l'a relue attentivement sans en sécher l'encre. Puis, non pas sous le coup d'une impulsion mais de façon tout à fait délibérée, il a ajouté ces quelques mots qu'il a séchés aussitôt.

— Mais pourquoi?

— Parbleu! Pour qu'ils produisent sur moi l'effet qu'ils ont produit sur vous.

— Comment cela?

— Mais pour être certain que je vienne ! Il a relu sa lettre et n'en a pas été satisfait. Elle n'était pas assez pressante !

Il fit une pause. Ses yeux brillaient d'un éclat vert, signe chez lui d'une agitation intense. Puis il ajouta doucement :

— Puisque ce post-scriptum a été ajouté de sang-froid, c'est que l'affaire est d'une extrême urgence. Nous devons nous mettre en rapport avec M. Renauld le plus vite possible.

— Merlinville, murmurai-je pensivement. Il me semble en avoir déjà entendu parler.

Poirot acquiesça :

— C'est une petite station balnéaire tranquille, mais élégante, à mi-chemin entre Boulogne et Calais. M. Renauld a une maison en Angleterre, je suppose ?

— Oui, à Rutland Gate, si ma mémoire est bonne. Il est aussi propriétaire campagnard, quelque part dans le Hertfordshire. Mais il n'est guère mondain et je sais très peu de chose sur son compte. Je crois qu'il gère de puissants intérêts sud-américains dans la City et qu'il a passé la majeure partie de sa vie au Chili et en Argentine.

— Eh bien, il nous donnera les détails nécessaires lui-même. Allons faire nos bagages. Une valise chacun, et en route pour la gare.

À 11 heures, le train s'ébranlait de Victoria Station et nous étions en route pour Douvres. Avant de partir, Poirot avait expédié à M. Renauld un télégramme lui indiquant l'heure de notre arrivée à Calais.

Pendant la traversée, je me gardai bien de troubler la solitude de mon ami. Le temps était splendide et la mer d'huile, aussi ne fus-je pas surpris de retrouver un Poirot tout sourire en débarquant à Calais. Une déception nous y attendait pourtant, car personne n'était venu nous chercher. Poirot mit ce fait sur le compte d'un retard dans la distribution du télégramme.

— Eh bien, allons louer une voiture ! dit-il d'un ton enjoué.

Quelques minutes plus tard, nous nous dirigions cahin-caha vers Merlinville, dans la guimbarde la plus déglinguée qui ait jamais aspiré au titre de voiture de louage.

J'étais de la meilleure humeur du monde, mais mon ami m'observait d'un air grave.

— Vous avez l'air comme envoûté, Hastings. Cela ne présage rien de bon.

— Sornettes ! En tout cas, vous ne partagez pas mes sentiments.

— Non, moi j'ai peur.

— Peur de quoi ?

— Je n'en sais rien. J'ai un pressentiment. Un je-ne-sais-quoi me turlupine.

Il parlait si sérieusement que j'en fus impressionné — et ce, en dépit des gallicismes qui dénaturaient les plus banales de ses phrases.

— J'ai le sentiment, dit-il lentement, que nous abordons une affaire d'importance, un problème long et compliqué qu'il ne sera pas facile de résoudre.

Je l'aurais volontiers questionné plus longuement, mais nous venions d'entrer dans la petite station de Merlinville. Nous ralentîmes pour demander le chemin de la villa Geneviève.

— Tout droit, monsieur. Vous traversez l'agglomération, et la villa Geneviève se trouve environ huit cents mètres plus loin. C'est une grande maison qui domine la mer, vous ne pouvez pas la manquer.

Nous le remerciâmes et, reprenant notre route, laissâmes Merlinville derrière nous. Bientôt une patte d'oie nous obligea à une seconde halte. Un paysan se dirigeait vers nous d'un pas lent. Il y avait une villa au bord de la route, mais trop modeste et trop délabrée pour être celle que nous cherchions. Soudain, la porte de la maison s'ouvrit et une jeune fille en sortit.

Le paysan nous avait rejoints. Le chauffeur se pencha par la portière pour s'informer auprès de lui du chemin à suivre.

— La villa Geneviève ? À quelques pas d'ici sur la droite, monsieur. S'il n'y avait pas le tournant, vous la verriez déjà.

Le chauffeur le remercia et nous repartîmes. J'étais fasciné par la jeune fille qui nous observait, immobile, une main sur la porte. Je suis un fervent admirateur de la beauté, et celle-ci en était une qu'on ne pouvait manquer de remarquer. Très grande, le corps d'une Vénus, des cheveux blonds resplendissant au soleil, c'était ma foi une des plus belles filles que j'eusse jamais vues. Comme nous nous engagions dans le tournant, je tournai la tête pour la regarder une fois encore.

— Bon sang, Poirot ! m'exclamai-je. Vous avez vu cette jeune déesse ?

Poirot haussa les sourcils.

— Ça commence ! murmura-t-il. Voilà que vous avez déjà vu une déesse !

— Mais enfin, bon sang ! n'en était-ce pas une ?

— C'est possible, je ne l'ai pas remarquée.

— Mais vous l'avez bien vue, tout de même !

— Mon ami, il est bien rare que deux personnes voient la même chose. Vous, par exemple, vous avez vu une déesse. Moi...

Il hésita.

— Eh bien ?

— Je n'ai vu qu'une jeune fille aux yeux inquiets, dit-il d'un ton grave.

Mais à ce moment précis la voiture freina devant un grand portail vert et une même exclamation nous échappa. La grille était gardée par un imposant sergent de ville qui nous barrait le chemin.

— On ne passe pas, messieurs.

— Mais nous voulons voir M. Renauld ! m'exclamai-je. Nous avons rendez-vous. C'est bien sa villa, n'est-ce pas ?

— En effet, monsieur, mais...

Poirot sortit la tête par la vitre baissée :

— Mais quoi ?

— M. Renauld a été assassiné ce matin !

## 3

## La villa Geneviève

Poirot bondit hors de la voiture, les yeux brillant d'un éclat vert.

— Vous dites ? Assassiné ? Quand ? Comment ?

Le sergent de ville se redressa avec dignité.

— Je ne peux répondre à aucune question, monsieur.

— C'est juste. Je comprends.

Poirot réfléchit un instant.

— Le commissaire est ici ?

— Oui, monsieur.

Poirot sortit une carte de son portefeuille et y griffonna quelques mots.

— Voilà ! Auriez-vous la bonté de lui faire passer cette carte au plus vite ?

L'agent la prit, tourna la tête et lança un coup de sifflet. Un de ses collègues apparut aussitôt et se chargea du message de Poirot. Au bout de quelques minutes d'attente, nous vîmes un petit bonhomme rondouillard et affublé d'une énorme moustache se hâter vers la grille. Le sergent de ville salua et s'effaça pour le laisser passer.

— Mon cher monsieur Poirot, s'écria le nouveau venu, quel plaisir de vous voir ! Laissez-moi vous dire que vous tombez à pic !

Le visage de Poirot s'éclaira.

— Monsieur Bex ! Tout le plaisir est pour moi ! Permettez-moi de faire les présentations : le capitaine Hastings, M. Lucien Bex.

J'échangeai avec le commissaire un salut cérémonieux, puis M. Bex se tourna de nouveau vers Poirot.

— Je ne vous ai pas revu depuis l'affaire d'Ostende, en 1909, mon vieux, vous vous rappelez ? Auriez-vous cette fois encore des éléments susceptibles d'éclairer notre lanterne ?

— Vous les avez peut-être aussi. Vous saviez qu'on avait fait appel à mes services ?

— Non. Qui vous a appelé ?

— Le mort en personne. Il semble avoir eu conscience qu'on en voulait à sa vie. Hélas ! il s'est décidé trop tard.

— Sacré tonnerre ! s'écria le Français. Alors comme ça, il avait prévu son propre meurtre. Voilà qui bouleverse toutes nos théories. Mais entrez donc, je vous en prie.

M. Bex nous ouvrit la grille et poursuivit :

— Il nous faut sans retard communiquer ce fait à M. Hautet, le juge d'instruction. Il vient d'inspecter le théâtre du crime, et il s'apprête à commencer les interrogatoires.

— Quand le meurtre a-t-il été commis ? demanda Poirot.

— Le corps a été découvert ce matin vers 9 heures. Le témoignage de Mme Renauld et celui des médecins concordent : la mort a dû survenir vers 2 heures du matin... Après vous, je vous en prie.

Nous gravîmes les marches du perron et pénétrâmes dans le

vestibule. Un autre sergent de ville se leva en voyant entrer le commissaire.

— Où est M. Hautet en ce moment? demanda celui-ci.

— Dans le salon, monsieur.

M. Bex nous ouvrit une porte sur la gauche. Le magistrat et son greffier étaient assis à une grande table ronde. Le commissaire nous présenta et expliqua la raison de notre présence.

Le juge d'instruction était un homme grand et maigre, aux yeux sombres et inquisiteurs. Il portait une courte barbe grise, taillée avec soin, qu'il caressait machinalement en parlant. Il nous présenta à son tour un homme plus âgé, aux épaules légèrement voûtées, appuyé contre le manteau de la cheminée : le Dr Durand.

— Voilà qui est extraordinaire, commenta M. Hautet quand le commissaire lui eut relaté les faits. Avez-vous cette lettre sur vous, monsieur?

Poirot la lui tendit.

— Hum! Il fait mention d'un secret. Quel dommage qu'il n'ait pas été plus explicite. Nous avons une grande dette envers vous, monsieur Poirot, et j'aimerais que vous nous fassiez l'honneur de nous aider dans cette enquête. À moins que vos obligations ne vous rappellent d'urgence à Londres?

— Monsieur le juge, je me proposais déjà de rester ici. Je suis arrivé trop tard pour prévenir l'assassinat de mon client, mais je me sens tenu par un devoir sacré de découvrir son meurtrier.

Le magistrat s'inclina gravement.

— Ce sont là des sentiments qui vous honorent, monsieur. Il ne fait aucun doute que Mme Renauld voudra à son tour s'attacher vos services. Nous attendons d'un moment à l'autre M. Giraud, de la Sûreté de Paris, avec qui vous pourrez sans doute collaborer de façon fructueuse. Est-il besoin d'ajouter que toutes les informations qui pourraient vous être utiles sont à votre entière disposition?

— Je vous remercie, monsieur. Vous comprendrez aisément que je suis pour l'instant dans l'obscurité la plus complète. Je ne sais strictement rien.

M. Hautet fit un signe de tête au commissaire, qui reprit :

— En descendant prendre son service ce matin, Françoise, la vieille gouvernante, a trouvé la porte d'entrée entrouverte.

Craignant tout d'abord une visite de cambrioleurs, elle a regardé dans la salle à manger. Quand elle a vu que l'argenterie était à sa place, elle ne s'est pas inquiétée davantage et en a conclu que son maître avait dû se lever tôt pour aller faire un petit tour.

— Veuillez excuser cette interruption, mais était-ce dans les habitudes de l'intéressé ?

— Non, pas du tout. Mais la vieille Françoise partage le préjugé commun concernant les Anglais — à savoir qu'ils sont tous un peu cinglés et capables de toutes les extravagances ! En allant réveiller sa maîtresse à l'heure habituelle, Léonie, la jeune femme de chambre, a eu l'affreuse surprise de la découvrir ligotée et bâillonnée. Presque au même moment, on apprenait que le corps de M. Renauld venait d'être découvert, un poignard fiché dans le dos.

— Où donc ?

— C'est là l'un des aspects les plus stupéfiants de cette affaire, monsieur Poirot. Le corps était couché face contre terre, dans une tombe ouverte.

— Quoi ?

— Parfaitement. La fosse était fraîchement creusée, à quelques mètres à peine des limites de la propriété.

— Il était mort depuis combien de temps ?

Le Dr Durand prit la parole.

— J'ai examiné le corps ce matin à 10 heures. La mort avait dû survenir au moins sept heures plus tôt, voire dix heures.

— Hum ! Ce qui situe l'heure du crime entre minuit et 3 heures du matin.

— Exactement. Le témoignage de Mme Renauld permet de la situer après 2 heures, ce qui réduit encore le champ des conjectures. La mort a dû être instantanée, et il ne peut naturellement s'agir d'un suicide.

Poirot approuva et le commissaire reprit :

— Mme Renauld a été rapidement libérée de ses liens par les servantes horrifiées. Elle était dans un état de faiblesse extrême, et la douleur causée par ses liens l'avait laissée à demi inconsciente. Deux hommes masqués avaient fait irruption dans la chambre, l'avaient ligotée et bâillonnée tandis qu'on enlevait son mari. Nous tenons cela des domestiques car Mme Renauld, en apprenant la tragique nouvelle, est tombée dans un état d'agitation alarmant. Le Dr Durand, alerté, a aussitôt prescrit un sédatif, et nous n'avons pas pu encore l'interroger. Sans doute va-t-elle se réveiller beaucoup plus calme et en état de répondre à nos questions.

Le commissaire fit une pause.

— Et les autres habitants de la maison, monsieur?

— Il y a la vieille Françoise, la gouvernante, qui a longtemps été au service des précédents propriétaires de la villa Geneviève. Également deux jeunes filles, des sœurs, Denise et Léonie Oulard, qui sont d'une famille honorablement connue de Merlinville. Puis le chauffeur, que M. Renauld a ramené d'Angleterre, mais qui est actuellement en congé. Enfin Mme Renauld et son fils, M. Jack Renauld, qui est également absent de la maison pour l'instant.

Poirot hocha la tête.

— Marchaud! appela M. Hautet.

Le sergent de ville apparut.

— Faites entrer la dénommée Françoise.

L'homme salua et disparut. Il revint quelques instants plus tard, escortant une Françoise pas trop rassurée.

— Vous vous appelez Françoise Arrichet?

— Oui, monsieur.

— Vous servez depuis longtemps à la villa Geneviève?

— J'ai passé onze ans au service de Mme la vicomtesse. Et puis, quand elle a vendu la villa au printemps dernier, j'ai accepté de rester avec le milord anglais. Je n'aurais jamais pensé...

Le juge d'instruction coupa court.

— Sans doute, sans doute. Mais pour l'instant, Françoise, voyons cette histoire de porte d'entrée: qui avait la charge de la fermer pour la nuit?

— Moi, monsieur. J'y ai toujours veillé.

— Et la nuit dernière?

— Je l'ai verrouillée comme d'habitude.

— Vous en êtes certaine?

— Je le jure par tous les saints, monsieur.

— Quelle heure était-il?

— Comme tous les soirs, monsieur, 10 heures et demie.

— Et où était le reste de la maisonnée? Tout le monde était allé se coucher?

— Madame s'était retirée depuis un petit moment. Denise et

Léonie sont montées avec moi. Monsieur était encore dans son bureau.

— Donc, si quelqu'un a rouvert la porte ensuite, ce ne pouvait être que M. Renauld lui-même ?

Françoise haussa ses larges épaules.

— Pourquoi l'aurait-il fait ? Avec tous les voleurs et les assassins qui courent les routes ! Ah, la belle idée ! Monsieur n'était pas un imbécile. Ce n'est pas comme s'il avait eu à faire sortir la dame...

Le magistrat l'interrompit brusquement :

— La dame ? De quelle dame parlez-vous ?

— Eh bien, de celle qui venait le voir.

— Vous voulez dire qu'une dame est venue le voir ce soir-là ?

— Mais oui, monsieur — comme beaucoup d'autres soirs, d'ailleurs.

— Qui était-ce ? Vous la connaissiez ?

Une expression rusée passa sur le visage de la vieille femme.

— Comment pourrais-je savoir qui c'était ? grommela-t-elle. Je ne l'ai pas fait entrer hier soir.

— Ah ! gronda le magistrat en frappant du plat de la main sur la table. On se moque de la police, c'est ça ? J'exige à l'instant le nom de la femme qui venait voir M. Renauld le soir.

— La police, la police ! grommela Françoise. Je n'aurais jamais cru avoir un jour affaire à elle. Je sais très bien qui est cette dame : c'est Mme Daubreuil.

Le commissaire ne put retenir une exclamation et se pencha en avant, stupéfait.

— Mme Daubreuil, celle qui habite la villa Marguerite, juste après le tournant ?

— C'est bien ce que j'ai dit, monsieur. Oh ! c'est un numéro, celle-là !

La vieille femme eut un hochement de tête dédaigneux.

— Mme Daubreuil..., murmura le commissaire. C'est impossible.

— Voilà ! grommela Françoise. Voilà ce qu'on gagne à dire la vérité !

— Pas du tout, dit le juge d'instruction d'un ton apaisant. Cela nous étonne, voilà tout. Alors, Mme Daubreuil et

M. Renauld étaient... (Il s'interrompit avec tact.) Hein? c'est bien ça?

— Qu'est-ce que j'en sais, moi? Que voulez-vous, Monsieur était un lord anglais très riche, et Mme Daubreuil est pauvre, elle, mais quand même très élégante, bien qu'elle vive retirée avec sa fille. Aucun doute, c'est une femme qui a un passé! Elle n'est plus de la première jeunesse, mais ma foi, moi qui vous parle, j'ai vu des hommes se retourner sur son passage. D'ailleurs, ces derniers temps, elle avait beaucoup plus d'argent à dépenser — toute la ville le sait. Ah! C'était bien fini, les économies de bout de chandelle!

Et Françoise hocha la tête d'un air entendu.

M. Hautet se caressait pensivement la barbe.

— Et Mme Renauld? finit-il par dire. De quel œil voyait-elle cette... amitié?

Françoise haussa les épaules.

— Bah! elle était toujours bien polie, bien aimable. À croire qu'elle ne soupçonnait rien. Mais tout de même, monsieur, le cœur souffre, allez! Jour après jour, j'ai vu Madame devenir plus pâle et plus maigre. Ce n'était plus la même femme que celle qui était arrivée ici il y a un mois. Monsieur avait bien changé, lui aussi. On voyait qu'il avait des soucis, il avait l'air au bord de la dépression nerveuse. Ça n'a rien d'étonnant, d'ailleurs, quand on mène une aventure de pareille façon! Aucune retenue, aucune discrétion. Style anglais, sans doute!

Je sursautai d'indignation sur ma chaise, mais le juge d'instruction poursuivit son interrogatoire sans se laisser distraire par des considérations annexes.

— Vous dites que M. Renauld n'a pas eu besoin d'ouvrir la porte pour Mme Daubreuil. Pourquoi? Elle était déjà partie?

— Oui, monsieur. Je les ai entendus sortir du bureau et passer dans le vestibule. Monsieur lui a souhaité le bonsoir, et il a refermé la porte derrière elle.

— Quelle heure était-il?

— Environ 10 h 25, monsieur.

— Savez-vous quand M. Renauld est allé se coucher?

— Je l'ai entendu monter environ dix minutes après nous. Les marches craquent tellement, qu'on entend tout le monde monter et descendre.

— Et c'est tout? Aucun bruit suspect au cours de la nuit?

— Absolument rien, monsieur.

— Qui, parmi les domestiques, est descendue la première ce matin ?

— C'est moi, monsieur. Et j'ai vu tout de suite que la porte était ouverte.

— Toutes les fenêtres du rez-de-chaussée étaient verrouillées ?

— Toutes sans exception. Il n'y avait rien de bizarre ni de dérangé nulle part.

— C'est bon. Vous pouvez aller, Françoise.

La vieille femme se dirigea vers la porte d'un pas traînant. Sur le seuil, elle se retourna.

— Laissez-moi vous dire une chose, monsieur. Cette Mme Daubreuil, c'est une mauvaise ! Voyez-vous, les femmes se connaissent entre elles. Celle-ci est mauvaise, sachez-le.

Et tout en secouant la tête d'un air avisé, Françoise quitta la pièce.

— Léonie Oulard ! appela le magistrat.

Léonie apparut en larmes, au bord de la crise d'hystérie. M. Hautet l'interrogea avec beaucoup de doigté. Son témoignage portait sur la découverte de sa maîtresse ligotée et bâillonnée, dont elle fit un récit passablement grandiloquent. Tout comme Françoise, elle n'avait rien entendu.

Sa sœur, Denise, lui succéda. Elle confirma que son maître avait beaucoup changé ces derniers temps.

— Il était chaque jour plus morose. Il ne mangeait plus. Il était toujours déprimé.

Mais Denise avait sa propre théorie :

— À coup sûr, il était poursuivi par la Mafia. Deux hommes masqués — que voulez-vous que ce soit d'autre ? Ce sont des gens terribles ! Ceux-là !

— C'est une possibilité, bien sûr, déclara doucement le juge d'instruction. Mais dites-moi, ma fille, c'est vous qui avez fait entrer Mme Daubreuil hier soir ?

— Pas hier soir, monsieur, le soir avant.

— Mais Françoise vient de nous dire que Mme Daubreuil était ici hier soir ?

— Non, monsieur. Il y a bien une dame qui est venue voir M. Renauld hier soir, mais ce n'était pas Mme Daubreuil.

Surpris, le magistrat insista, mais la fille ne voulut pas en démordre. Elle savait fort bien à quoi ressemblait

Mme Daubreuil. Cette dame aussi avait les cheveux noirs, mais elle était plus petite, et bien plus jeune. Rien ne put l'ébranler sur ce point.

— Aviez-vous déjà vu cette dame auparavant ?

— Jamais, monsieur. Mais je crois, ajouta-t-elle timidement, qu'elle était anglaise.

— Anglaise ?

— Oui, monsieur. Elle a demandé à voir M. Renauld en bon français, mais l'accent... même léger, on le sent. Et puis, quand ils sont sortis du bureau, ils parlaient anglais.

— Vous avez entendu ce qu'ils disaient ? Je veux dire, vous avez compris quelque chose ?

— Moi, je parle l'anglais très bien, déclara fièrement Denise. La dame parlait trop vite pour moi, mais j'ai entendu les derniers mots de Monsieur quand il lui a ouvert la porte.

Elle fit une pause, puis répéta laborieusement :

— « Yesse, yesse, beutte for Gaud'saïke gau, nao ! »

— Oui, oui, mais pour l'amour du ciel, partez, à présent ! traduisit le magistrat.

Il renvoya Denise puis, après quelques instants de réflexion, rappela Françoise. Il lui demanda si elle était certaine de ne pas s'être trompée au sujet de la visite de Mme Daubreuil. Mais Françoise fit preuve d'une obstination surprenante. Mme Daubreuil était venue le soir précédent. C'était bien elle, il n'y avait pas l'ombre d'un doute. Denise avait voulu faire l'intéressante, voilà tout ! C'est pour ça qu'elle avait inventé cette histoire de dame étrangère. Et elle voulait faire voir son anglais, aussi ! Sans doute Monsieur n'avait-il jamais prononcé cette phrase en anglais, et même s'il l'avait fait, ça ne prouvait rien du tout. Mme Daubreuil parlait parfaitement l'anglais, et utilisait souvent cette langue quand elle parlait à M. et Mme Renauld :

— Voyez-vous, M. Jack, le fils de Monsieur, habite le plus souvent ici, et il parle très mal le français.

Le magistrat n'insista pas. Il se renseigna sur le chauffeur et apprit ainsi que M. Renauld avait justement déclaré la veille qu'il n'avait pas besoin de la voiture pour le moment, et que Masters pouvait prendre un congé.

Je vis Poirot froncer les sourcils d'un air perplexe.

— Qu'y a-t-il ? chuchotai-je.

Il secoua la tête avec impatience et demanda :

— Excusez-moi, monsieur Bex, mais il arrivait sans doute à M. Renauld de conduire lui-même sa voiture ?

Le commissaire regarda Françoise, qui répondit vivement :

— Non, Monsieur ne conduisait jamais lui-même.

Les sourcils de Poirot se rapprochèrent encore.

— J'aimerais bien savoir ce qui vous inquiète, dis-je avec impatience.

— Vous ne voyez pas ? Dans sa lettre, M. Renauld propose de m'envoyer une voiture à Calais.

— Il voulait peut-être parler d'une voiture de louage, suggérai-je.

— Sans doute. Mais pourquoi louer une voiture quand on en a une ? Et pourquoi choisir la journée d'hier pour donner brusquement congé au chauffeur ? Aurait-il voulu par hasard se débarrasser de lui avant notre arrivée ?

## 4

## La lettre signée Bella

Françoise avait quitté la pièce. Le juge d'instruction tambourinait pensivement sur la table.

— Monsieur Bex, dit-il au bout d'un moment, nous avons ici deux témoignages totalement contradictoires. Qui devons-nous croire, Françoise ou Denise ?

— Denise, répondit le commissaire d'un ton ferme. C'est elle qui a fait entrer la visiteuse. Françoise est une vieille obstinée, et il est clair qu'elle ne porte pas Mme Daubreuil dans son cœur. Nous savons en outre qu'il y avait encore une autre femme dans la vie de Renauld.

— Tiens c'est vrai ! s'écria M. Hautet. Nous avons oublié d'en informer M. Poirot.

Après avoir fouillé parmi les papiers amoncelés sur la table, il finit par en extraire celui qu'il cherchait. Il le tendit à mon ami.

— Voilà, monsieur Poirot. Nous avons trouvé cette lettre dans la poche du pardessus du mort.

Poirot prit la lettre et l'ouvrit. Passablement chiffonnée et cornée, elle était rédigée en anglais, d'une main assez maladroite.

*Mon amour, pourquoi ne m'as-tu pas écrit depuis si longtemps ? Tu m'aimes toujours, n'est-ce pas ? Le ton de tes dernières lettres était si différent, froid et lointain... Et à présent, ce long silence. Cela me fait peur. Si tu avais cessé de m'aimer ! Non, c'est impossible — quelle stupide gamine je fais, à m'imaginer sans arrêt des choses ! Mais si vraiment tu ne m'aimais plus, je ne sais ce que je ferais —, je me tuerais, peut-être ! Je ne pourrais pas vivre sans toi. Parfois, je me dis qu'il y a une autre femme dans ta vie. Alors, qu'elle prenne garde, et toi aussi ! Je te tuerai plutôt que de la laisser te prendre à moi ! Je parle sérieusement.*

*Oh ! À quoi bon ? Je n'écris que des bêtises. Tu m'aimes et je t'aime ! Oui, je t'aime, je t'aime !*

*À toi pour la vie, Bella*

La lettre ne portait ni date ni adresse. Poirot la rendit au magistrat, le visage grave.

— Et vous en déduisez...?

Le magistrat haussa les épaules.

— À l'évidence, M. Renauld poursuivait une intrigue avec cette Anglaise, Bella ! Il s'installe ici, rencontre Mme Daubreuil et entame une nouvelle aventure avec celle-ci. Ses sentiments pour l'autre se refroidissent, et Bella soupçonne aussitôt quelque chose. Cette lettre contient une menace non déguisée. À première vue, monsieur Poirot, l'affaire semblait fort simple : la jalousie ! Et le fait que M. Renauld ait été poignardé dans le dos semblait bien prouver que c'était l'œuvre d'une femme.

Poirot hocha la tête.

— Le coup dans le dos, oui, mais pas la tombe ! C'est un travail de force et, à parler franc, monsieur, je ne vois pas une femme en train de creuser une tombe. Ça, c'est du travail d'homme !

Le commissaire poussa une exclamation :

— Mais oui, vous avez tout à fait raison ! Nous n'y avions pas pensé.

— Comme je vous le disais, poursuivit M. Hautet, l'affaire

paraissait claire, mais les hommes masqués et la lettre que vous a adressée M. Renauld viennent compliquer les choses. C'est comme si nous avions là deux séries d'événements distincts, sans relations entre eux. À propos de la lettre qu'il vous a envoyée, croyez-vous qu'il ait pu considérer cette « Bella » comme une menace?

Poirot secoua la tête.

— J'en doute fort. Un homme comme M. Renauld, qui a mené une vie aventureuse dans des contrées lointaines, ne doit pas être de ceux qui appellent un détective à l'aide contre une femme.

Le juge d'instruction approuva avec énergie.

— C'est bien mon point de vue. Alors, il faut chercher l'explication de cette lettre...

— À Santiago, compléta le commissaire. Je vais câbler sans délai à la police de cette ville pour qu'elle nous fournisse des renseignements détaillés sur la vie qu'il a menée là-bas: ses intrigues amoureuses, ses relations d'affaires, ses amitiés, et surtout ses inimitiés! Ce serait bien le diable si nous ne tirions pas de tout cela un indice qui nous mette sur la voie.

Le commissaire regarda autour de lui, quêtant une approbation.

— Excellent! dit Poirot. Vous n'avez pas trouvé d'autres lettres de cette Bella parmi les effets de M. Renauld? ajouta-t-il.

— Non. Notre premier soin a bien sûr été de fouiller dans sa correspondance privée, rangée dans le tiroir de ce bureau. Mais nous n'avons rien découvert qui présente un intérêt quelconque. Tout semblait parfaitement en ordre. Seul son testament sortait de l'ordinaire: le voici, d'ailleurs.

Poirot parcourut le document.

— Je vois. Un legs de mille livres à M. Stonor... et qui est ce M. Stonor?

— Le secrétaire de M. Renauld. Il habite en Angleterre, mais il passe souvent le week-end ici.

— Tout le reste revient sans condition à sa femme bien-aimée, Eloïse. Un document formulé de façon simple, mais parfaitement légal. Les deux domestiques, Denise et Françoise, ont servi de témoins. Rien d'extraordinaire là-dedans, conclut-il en rendant le document au juge.

— Mais peut-être n'avez-vous pas remarqué...

— La date? dit vivement Poirot. Mais si, je l'ai remarquée. Le document a été rédigé voici une quinzaine de jours. C'est à ce moment-là qu'il a dû pressentir le danger pour la première fois. Bien des hommes riches meurent intestat faute d'envisager qu'ils puissent mourir un jour. Mais il serait dangereux de tirer d'une simple date des conclusions prématurées. Quoi qu'il en soit, ce document nous prouve qu'il portait à sa femme une véritable affection, en dépit de ses intrigues amoureuses.

— Peut-être, dit M. Hautet d'un air de doute. Mais ce n'est pas très juste pour son fils, qu'il laisse ainsi sous l'entière dépendance de sa mère. Si elle se remariait, et que son second mari eût un fort ascendant sur elle, ce garçon pourrait bien ne jamais toucher un centime de la fortune paternelle.

Poirot haussa les épaules.

— L'homme est un animal vaniteux. Sans doute M. Renauld a-t-il pensé que sa veuve ne se remarierait jamais. Et quant au fils, c'était peut-être une sage précaution que de laisser tout l'argent entre les mains de sa mère. Ces gosses de riches sont souvent fort prodigues.

— Vous avez sans doute raison. Maintenant, monsieur Poirot, vous souhaitez sans doute inspecter le lieu du crime. Le corps a déjà été enlevé, vous m'en voyez désolé, mais il a été photographié sous tous les angles possibles et imaginables. Les clichés seront à votre disposition dès que nous les recevrons.

— Je vous remercie de votre obligeance.

Le commissaire se leva.

— Suivez-moi, messieurs.

Il ouvrit la porte et s'inclina cérémonieusement pour laisser passer Poirot. Ne voulant pas être en reste, celui-ci recula avec un petit salut.

— Monsieur...

Ils réussirent enfin à sortir dans le vestibule.

— Cette pièce-là, c'est le bureau, non? demanda soudain Poirot en désignant de la tête la porte opposée.

— Oui. Vous aimeriez le voir?

Le juge d'instruction l'ouvrit et nous y fit entrer.

La pièce que M. Renauld s'était réservée pour son usage personnel était petite, mais confortable et meublée avec goût. Un vaste bureau, aux tiroirs nombreux, était placé devant la fenêtre. Deux fauteuils de cuir faisaient face à la cheminée, séparés par une table ronde couverte de livres et de revues récentes.

Poirot resta un moment sur le seuil, flairant l'atmosphère. Puis il alla passer la main sur le dos des fauteuils, prit un magazine sur la table, et effleura d'un doigt circonspect la surface du buffet de chêne. Son visage exprimait une entière approbation.

— Pas de poussière ? demandai-je avec un sourire.

Il me sourit aussi, appréciant ma connaissance de ses petites manies.

— Pas une once, mon ami ! Et pour une fois, c'est peut-être grand dommage.

Ses petits yeux, vifs comme ceux d'un oiseau, se posaient çà et là dans la pièce.

— Ah ! dit-il soudain d'un air soulagé, la carpette est de travers.

Comme il se baissait pour la redresser, il poussa une petite exclamation. Quand il se releva, il tenait à la main un fragment de papier rose.

— Je vois qu'en France, comme en Angleterre, les domestiques omettent de passer le balai sous les tapis...

Bex s'empara du bout de papier et je m'approchai pour l'examiner à mon tour.

— Vous connaissez cela, hein, Hastings ?

Je secouai la tête, perplexe. Cette teinte particulière de rose m'était pourtant très familière.

Le cerveau du commissaire fonctionnait plus vite que le mien.

— C'est un fragment de chèque ! s'exclama-t-il.

Le petit bout de papier ne faisait guère plus de deux centimètres sur deux. On y voyait, tracé à la plume, le mot « Duveen ».

— Bon ! dit Bex. Ce chèque était à l'ordre de — ou tiré par — quelqu'un nommé Duveen.

— Plutôt à l'ordre de, dit Poirot. Si je ne m'abuse, l'écriture est celle de M. Renauld.

Ce point fut rapidement établi en comparant le fragment à une note qui traînait sur le bureau.

— Vraiment, murmura le commissaire, atterré, je me demande comment j'ai pu laisser passer ça.

Poirot se mit à rire.

— « Regardez toujours sous les tapis ! », voilà la morale de l'histoire. Mon ami Hastings ici présent vous dira que tout ce qui n'est pas symétrique est une véritable torture pour moi. Dès que j'ai vu la carpette de travers, je me suis dit : « Tiens ! Tiens ! Les pieds du fauteuil se sont pris dedans quand on l'a repoussé. Peut-être y a-t-il là-dessous quelque chose qui aura échappé à cette bonne Françoise.

— À Françoise ?

— Ou à Denise, ou à Léonie, enfin à celle des trois qui a fait cette pièce. S'il n'y a pas de poussière, c'est que quelqu'un est passé ici ce matin. Je reconstitue les faits de la façon suivante : hier, et peut-être même hier soir, M. Renauld a rédigé un chèque à l'ordre d'un dénommé Duveen. Après quoi, on a déchiré ce chèque et les morceaux ont été éparpillés sur le sol. Ce matin...

Mais M. Bex tirait déjà avec impatience sur le cordon de la sonnette.

Ce fut Françoise qui répondit. Oui, elle avait trouvé plein de petits bouts de papiers par terre. Ce qu'elle en avait fait ? Elle les avait jetés dans la cuisinière, bien sûr ! Qu'aurait-elle pu en faire d'autre ?

Bex la renvoya d'un geste las. Puis son visage s'éclaira et il courut vers le bureau. Un instant plus tard, il parcourait le carnet de chèques du mort, qu'il laissa bientôt retomber avec le même geste de lassitude : la dernière souche était vierge.

— Courage ! s'écria Poirot en lui tapotant le dos. Sans doute Mme Renauld sera-t-elle en mesure de nous renseigner sur la mystérieuse personne nommée Duveen.

Le commissaire se détendit :

— C'est juste. Poursuivons nos investigations.

Au moment de sortir de la pièce, Poirot remarqua incidemment :

— C'est bien ici que M. Renauld a reçu sa visiteuse hier soir, n'est-ce pas ?

— C'est ici... mais comment le savez-vous ?

— Grâce à ceci. Je l'ai trouvé au fond du fauteuil de cuir, dit-il en nous montrant ce qu'il tenait entre le pouce et l'index : un long cheveu noir, un cheveu de femme !

M. Bex nous mena ensuite jusqu'à une petite remise adossée à l'arrière de la maison. Il sortit une clé de sa poche et ouvrit la porte.

— Le corps est ici. Nous l'y avons transporté juste avant votre arrivée, dès que les photographes en ont eu fini avec lui.

Nous pénétrâmes dans la remise. L'homme assassiné était étendu sur le sol, recouvert d'un drap que M. Bex releva d'un geste expert. Renauld était un homme de taille moyenne, élancé et souple, qui paraissait environ cinquante ans ; ses cheveux bruns étaient parsemés de gris. Il avait le visage glabre, un long nez fin, les yeux assez rapprochés et la peau très bronzée d'un homme qui a passé la majeure partie de sa vie sous les tropiques. Ses lèvres retroussées découvraient ses dents, et ses traits livides étaient figés dans une expression de stupéfaction et de terreur absolues.

— On voit à son faciès qu'il a été frappé dans le dos, remarqua Poirot.

Il retourna très doucement le cadavre. Là, juste entre les deux omoplates, une tache ronde et sombre maculait le léger pardessus beige, et l'étoffe était fendue en son milieu. Poirot l'examina attentivement.

— Vous avez une idée de l'arme dont on s'est servi ?

— Bien sûr. Elle était restée fichée dans la blessure.

Le commissaire se saisit d'un grand bocal en verre. L'objet qu'il contenait avait plutôt l'aspect d'un coupe-papier, avec un manche noir et une lame fine et brillante. Le tout ne faisait pas plus de vingt-cinq centimètres de long. Avec précaution, Poirot éprouva la pointe du doigt.

— Ma foi, plutôt tranchante ! Joli petit instrument de mort !

— Malheureusement, nous n'y avons pas trouvé traces d'empreintes digitales, dit M. Bex d'un ton de regret. Le meurtrier devait porter des gants.

— Évidemment, dit Poirot d'un air dégoûté. Même à Santiago ils doivent savoir ça. Tout amateur de romans policiers le sait, grâce à la publicité que la presse a faite à la méthode Bertillon. De toute façon, je trouve bien utile de savoir qu'il n'y avait pas d'empreintes du tout. C'est si facile de laisser les empreintes de quelqu'un d'autre ! Avec ça, la police est contente. (Il secoua la tête.) J'ai bien peur que notre criminel ne soit guère méthodique — ou alors, il était pressé par le temps. Enfin, nous verrons bien.

Il laissa retomber le corps dans sa position première.

— Je vois qu'il ne portait que ses sous-vêtements sous son pardessus.

— Oui. Le juge d'instruction trouve d'ailleurs cela assez bizarre.

On frappa à la porte. Bex alla ouvrir. Françoise se tenait sur le seuil et s'efforçait de percer l'obscurité de la remise avec une avide curiosité.

— Oui, qu'y a-t-il ? demanda Bex avec impatience.

— C'est Madame. Elle vous fait dire qu'elle se sent beaucoup mieux et qu'elle est prête à recevoir le juge d'instruction.

— Bien, dit vivement M. Bex. Avertissez M. Hautet que nous serons là dans un instant.

Poirot resta un moment à traîner et à contempler le cadavre. Je crus un instant qu'il allait l'apostropher, lui jurer qu'il n'aurait ni trêve ni repos tant qu'il n'aurait pas découvert son meurtrier. Mais quand il ouvrit enfin la bouche, ce fut pour lâcher un commentaire ridicule et déplacé, à cet instant solennel :

— Il portait un pardessus bien long ! remarqua-t-il.

## 5

## LE RÉCIT DE MME RENAULD

M. Hautet nous attendait dans le vestibule. Nous gravîmes l'escalier de concert, précédés de Françoise qui nous montrait le chemin. Poirot montait en zigzag, ce qui ne laissa pas de m'intriguer, jusqu'à ce qu'il me glissât à l'oreille avec une grimace complice :

— Pas étonnant que les domestiques aient entendu M. Renauld monter : toutes les marches craquent à réveiller les morts !

En haut de l'escalier, un corridor étroit bifurquait.

— Il mène aux chambres des domestiques, expliqua M. Bex.

Nous nous engageâmes dans un autre couloir à la suite de Françoise, qui alla frapper à la dernière porte sur la droite.

Une voix éteinte nous pria d'entrer. Nous pénétrâmes dans une vaste pièce ensoleillée donnant sur la mer qu'on apercevait au loin, miroitante et bleue.

Une femme d'une grande beauté était étendue sur un canapé, soutenue par quantité de coussins ; à son chevet se tenait le Dr Durand. Elle approchait sans doute de la cinquantaine, et sa chevelure jadis noire était maintenant presque entièrement argentée. Mais il émanait d'elle une intense vitalité, une force indomptable. On se sentait immédiatement en présence de ce que les Français appellent une « maîtresse femme ».

Elle nous accueillit d'un léger signe de tête plein de dignité.

— Veuillez vous asseoir, messieurs.

Nous obtempérâmes à cette aimable invitation, et le greffier alla s'installer à une autre petite table ronde.

— J'espère, madame, ne pas abuser de vos forces en vous demandant de nous raconter ce qui s'est passé cette nuit ?

— Pas du tout, monsieur. Je sais combien votre temps est précieux si vous voulez confondre et punir ces odieux assassins.

— Fort bien, madame. Je crois que toute cette procédure sera moins éprouvante pour vous si vous vous bornez à répondre aux questions que je vais vous poser. À quelle heure vous êtes-vous couchée hier soir ?

— À 9 heures et demie. J'étais très lasse.

— Et votre mari ?

— Environ une heure plus tard, me semble-t-il.

— Avait-il l'air troublé ou inquiet ?

— Non. Pas plus que d'habitude.

— Que s'est-il passé ensuite ?

— Nous nous sommes endormis. J'ai été réveillée par une main qu'on pressait sur ma bouche. J'ai voulu crier, mais la main m'en a empêchée. Il y avait deux hommes dans la chambre, et tous les deux portaient des masques.

— Pouvez-vous nous en donner une description, madame ?

— L'un d'eux était très grand, avec une longue barbe noire, et l'autre petit et trapu, avec une barbe rousse. Ils portaient chacun un chapeau enfoncé sur les yeux.

— Hum ! dit le magistrat d'un air pensif. Un peu trop de barbes, à mon avis.

— Vous voulez dire qu'elles étaient fausses ?

— Oui, madame. Mais poursuivez votre récit.

— C'était le petit qui me tenait. Il m'a enfoncé un bâillon dans la bouche, puis il m'a ligoté les pieds et les mains à l'aide d'une corde. L'autre se tenait au-dessus de mon mari. Il s'était emparé de mon coupe-papier, un petit poignard que je laisse habituellement sur la coiffeuse, et il en pressait la pointe contre son cœur. Quand le petit homme trapu en a eu fini avec moi, il a rejoint le grand, et ils ont alors contraint mon mari à se lever et à les suivre dans le cabinet de toilette, juste à côté. J'étais presque évanouie de terreur, mais je m'efforçais désespérément d'entendre ce qu'ils disaient. Ils parlaient trop bas pour que je puisse saisir leurs paroles, mais j'ai bien reconnu la langue : un espagnol mêlé de mots indiens, que l'on parle dans certaines contrées d'Amérique du Sud.

» Ils semblaient exiger quelque chose de mon mari et, à un moment donné, la colère leur a fait hausser un peu la voix. Je crois que c'était le grand qui parlait. « Vous savez ce que nous voulons, disait-il. Le secret ! Où est-il ? » Je n'ai pas entendu la réponse de mon mari, mais l'autre a répliqué d'un ton féroce : « Vous mentez ! Nous savons que vous l'avez. Où sont vos clés ? » Et puis j'ai entendu des bruits de tiroirs qu'on ouvrait. Le coffre-fort encastré dans le mur du cabinet de toilette de mon mari contient toujours une somme assez importante en argent liquide. Léonie m'a dit que ce coffre-fort avait été forcé et que l'argent avait disparu, mais visiblement, ce qu'ils cherchaient n'était pas dedans. En effet, j'ai bientôt entendu le plus grand des deux pousser un juron et ordonner à mon mari de s'habiller. Ils ont dû être dérangés par un bruit quelconque, parce qu'ils sont entrés en hâte dans ma chambre, poussant mon mari à demi vêtu.

— Pardon, interrompit Poirot, mais n'y a-t-il pas une autre issue à ce cabinet de toilette ?

— Non, monsieur. Il n'y a que la porte qui communique avec ma chambre. Ils ont poussé mon mari à l'intérieur : le petit le précédait, et le plus grand fermait la marche, tenant toujours le poignard à la main. Paul a essayé de leur échapper pour venir à moi. Je lisais l'angoisse dans ses yeux. Il s'est retourné vers ses agresseurs en disant : « Il faut que je parle à ma femme. » Puis, il s'est approché du lit et s'est penché sur moi : « Ce n'est rien, Éloïse. N'aie pas peur. Je serai de retour avant l'aube. » Mais il avait beau s'efforcer de parler d'un ton ferme, je lisais la terreur dans ses yeux. Puis ils l'ont entraîné vers la porte en disant : « Vous êtes prévenu : un mot, un geste, et vous êtes mort ! » Après, poursuivit Mme Renauld, j'ai dû m'évanouir. Tout ce que je me rappelle, c'est Léonie en train de me frotter les poignets et de me faire avaler du cognac.

— Madame Renauld, dit le magistrat, avez-vous une idée de ce que les assassins pouvaient bien chercher ?

— Aucune, monsieur.

— Saviez-vous que votre mari redoutait quelque chose ?

— Oui. J'avais remarqué qu'il avait changé.

— Depuis combien de temps ?

Mme Renauld réfléchit.

— Une dizaine de jours, peut-être.

— Pas plus ?

— Peut-être plus. Mais je ne m'en étais pas aperçue auparavant.

— Avez-vous interrogé votre mari sur les causes de ce changement ?

— Une seule fois, et il s'est montré évasif. Je sentais bien qu'il se rongeait d'inquiétude, mais comme il semblait vouloir à tout prix m'en dissimuler la cause, j'ai essayé de faire comme si je n'avais rien vu.

— Saviez-vous qu'il avait fait appel aux services d'un détective ?

— Un détective ? s'exclama Mme Renauld d'un ton fort surpris.

— Oui, ce monsieur ici présent — M. Hercule Poirot. (Poirot s'inclina.) Il est arrivé aujourd'hui même, répondant à une lettre que lui avait adressée votre mari.

Il sortit de sa poche la lettre de M. Renauld et la tendit à sa veuve.

Elle la lut avec une stupéfaction qui paraissait sincère.

— Je n'étais pas au courant de cette lettre. Il semble avoir été tout à fait conscient du danger qui le menaçait.

— À présent, madame, je vais vous demander de me répondre en toute franchise. S'est-il produit dans la vie de votre mari en Amérique du Sud un incident susceptible de jeter quelque lumière sur son assassinat ?

Mme Renauld réfléchit profondément, puis secoua la tête.

— Je ne vois rien de ce genre. Mon mari avait certes de

nombreux ennemis, des gens sur qui il l'avait emporté dans diverses circonstances, mais je ne puis me souvenir d'un cas précis, ou d'un incident particulier. Je ne dis pas qu'un tel incident ne se soit pas produit : simplement, je n'en ai pas eu connaissance.

Le juge d'instruction se caressa la barbe d'un air découragé.

— Et pouvez-vous nous indiquer l'heure de l'agression ?

— Oui, je me souviens d'avoir entendu sonner 2 heures à la pendule de la cheminée.

Elle désigna une pendulette de voyage dans un écrin de cuir, posée au beau milieu de la tablette de la cheminée.

Poirot se leva, alla examiner la petite pendule avec soin et hocha la tête d'un air satisfait.

— Ici aussi, s'écria soudain M. Bex, il y a une montre-bracelet ! Les assassins ont dû la faire tomber de la coiffeuse par mégarde, et elle s'est brisée en mille morceaux. Ils ne devaient guère se douter qu'elle servirait de pièce à conviction contre eux.

Il ramassa avec précaution les fragments de verre brisé. Soudain, son visage exprima la plus profonde stupéfaction.

— Mon Dieu ! s'exclama-t-il.

— Qu'y a-t-il ?

— Les aiguilles indiquent 7 heures !

— Quoi ? s'écria le juge d'instruction.

Poirot, avec sa vivacité habituelle, prit le bijou cassé des mains du commissaire et le porta à son oreille. Puis il eut un sourire :

— Le verre est brisé, mais la montre fonctionne toujours.

L'explication de ce mystère fut accueillie avec des soupirs de soulagement. Pourtant une autre question surgit aussitôt à l'esprit du juge d'instruction :

— Mais il n'est pas encore 7 heures ?

— Non, dit doucement Poirot. Il est 5 heures passées de quelques minutes. Sans doute votre montre avance-t-elle, madame ?

Mme Renauld fronça les sourcils, l'air perplexe.

— Elle avance, c'est vrai, reconnut-elle. Mais jamais à ce point !

Avec un geste d'impatience, le juge d'instruction écarta ce problème et reprit son interrogatoire.

— Madame, on a trouvé la porte d'entrée entrebâillée. Il semble pratiquement établi que les meurtriers se sont introduits par là, sans qu'il y ait pourtant la moindre trace d'effraction. Avez-vous une explication à nous suggérer?

— Mon mari est peut-être allé faire un petit tour avant de monter se coucher et il aura oublié de la verrouiller en rentrant.

— Cela pouvait lui arriver?

— Oh! certainement. Mon mari était un homme d'une rare distraction.

Elle fronça légèrement les sourcils, comme si ce trait de caractère du mort l'avait souvent agacée.

— Je crois que nous pouvons tirer au moins une déduction de ce récit, dit tout à coup le commissaire. Si ces hommes ont tellement insisté pour que M. Renauld s'habille, c'est que l'endroit où ils voulaient l'emmener, l'endroit où était caché « le secret » se trouvait à une certaine distance.

Le juge d'instruction approuva de la tête.

— Une certaine distance, mais pas trop loin quand même, puisqu'il pensait être de retour ce matin.

— À quelle heure le dernier train passe-t-il à Merlinville? demanda Poirot.

— Dans un sens à 23 h 50, et dans l'autre à 0 h 17. Mais il est plus probable qu'une voiture les attendait.

— Bien sûr, reconnut Poirot.

— D'ailleurs, ce pourrait être un bon moyen de les retrouver, poursuivit le magistrat, plein d'espoir. Une voiture avec deux étrangers a des chances de se faire remarquer. Voilà un bon point d'acquis, monsieur Bex.

Il eut un sourire satisfait, puis reprit son air grave pour s'adresser à Mme Renauld:

— Une question, encore. Connaissez-vous quelqu'un du nom de Duveen?

— Duveen? répéta Mme Renauld en réfléchissant. Non, pour l'instant, cela ne me revient pas.

— Vous n'avez jamais entendu votre mari mentionner ce nom?

— Jamais.

— Connaissez-vous quelqu'un dont le prénom est Bella?

Il regarda attentivement Mme Renauld, cherchant à surprendre le moindre signe de colère ou de trouble, mais elle se borna à secouer la tête d'un air très naturel. Il poursuivit son interrogatoire.

— Saviez-vous que votre mari avait reçu une visite hier soir ?

Cette fois il vit une légère rougeur lui monter aux joues, mais elle répondit d'un ton calme :

— Non, qui était-ce ?

— Une dame.

— Vraiment ?

Pour le moment, le juge d'instruction n'en dit pas davantage. Mme Daubreuil n'avait sans doute rien à voir avec le crime, et il était soucieux de ne pas troubler Mme Renauld plus que nécessaire.

Il fit signe au commissaire, qui répondit par un hochement de tête. Il s'en alla et revint avec le bocal en verre que nous avions vu dans la remise. Il en sortit le poignard.

— Madame, reconnaissez-vous ceci ? demanda-t-il doucement.

Elle jeta un cri.

— Mais oui, c'est mon coupe-papier.

Puis elle aperçut la tache sur la pointe, et elle recula, les yeux agrandis par l'horreur.

— C'est... du sang ?

— Oui, madame. C'est avec cette arme qu'on a tué votre mari.

Il l'escamota rapidement.

— Êtes-vous certaine que c'est bien celle qui se trouvait hier sur votre coiffeuse ?

— Oh, oui ! C'est un cadeau de mon fils. Il était dans l'aviation pendant la guerre. Il a devancé l'appel en trichant sur son âge, ajouta-t-elle avec une note d'orgueil maternel dans la voix. Ce coupe-papier a été fabriqué à partir d'un fragment de fuselage d'avion, et il me l'a donné comme un souvenir de guerre.

— Je comprends, madame. Cela nous amène à une autre question. Où se trouve votre fils en ce moment ? Nous devons lui télégraphier sans perdre une minute.

— Jack ? Il est en route pour Buenos Aires.

— Comment ?

— Oui, mon mari lui a télégraphié hier. Il l'avait envoyé à Paris pour affaires, mais il s'est brusquement aperçu que Jack devait s'embarquer d'urgence pour l'Amérique du Sud. Il lui a donc envoyé une dépêche lui enjoignant de prendre le bateau qui partait hier soir de Cherbourg à destination de Buenos Aires.

— Connaissez-vous la nature des affaires qu'il s'en allait traiter là-bas ?

— Non, monsieur. Je l'ignore, mais je sais que Buenos Aires n'était pas sa destination finale : de là, Jack devait prendre un avion pour Santiago.

Le juge d'instruction et le commissaire s'exclamèrent d'une seule voix :

— Santiago ! Encore Santiago !

Ce fut alors qu'au milieu de la stupeur générale, Poirot s'approcha de Mme Renauld. Jusque-là, il s'était tenu près de la fenêtre, comme plongé dans de profondes pensées ; je doutais même qu'il eût pleinement conscience de ce qui se disait. Il s'inclina et demanda :

— Pardon, madame, pourrais-je examiner vos poignets ?

Quoique légèrement surprise, Mme Renauld les lui tendit. Ils portaient chacun une profonde marque rouge à l'endroit où la corde avait entamé la chair. Tandis qu'il procédait à cet examen, je crus voir s'éteindre la brève lueur d'excitation qui avait brillé dans ses yeux un instant.

— Ces marques doivent être fort douloureuses, observa-t-il, l'air de nouveau perplexe.

Le juge d'instruction se mit à parler avec volubilité.

— Nous devons câbler à M. Renauld fils sans perdre un instant. Il est essentiel pour l'enquête qu'il nous communique tout ce qu'il sait de cette expédition à Santiago.

Puis, se tournant vers Mme Renauld, il ajouta d'un ton hésitant :

— J'espérais qu'il se trouverait dans les parages, ce qui nous aurait permis de vous épargner une bien pénible épreuve, madame.

Il se tut, sans oser en ajouter davantage.

— Vous pensez à... l'identification du corps de mon mari ? dit-elle très bas.

Le magistrat hocha la tête.

— Je suis très forte, monsieur, et capable de supporter tout ce que vous me demanderez. Je suis prête. Allons-y.

— Oh! mais cela peut attendre demain, je vous assure...

— J'aimerais autant en finir tout de suite, reprit-elle d'une voix sourde, avec un rictus douloureux. Si vous voulez avoir la bonté de me donner le bras, docteur ?

Le médecin se hâta de lui poser une cape sur les épaules, et nous redescendîmes l'escalier en une lente procession. M. Bex nous précéda pour aller ouvrir l'appentis. Mme Renauld parut quelques minutes plus tard, pâle, mais résolue. Elle prit son visage dans ses mains.

— Un instant, je vous prie, messieurs, laissez-moi rassembler mes forces.

Puis elle découvrit son visage et regarda le mort. Alors, l'extraordinaire sang-froid qui l'avait soutenue jusque-là l'abandonna brusquement.

— Paul ! cria-t-elle. Mon mari ! Oh, Seigneur !

Elle s'affaissa soudain et tomba inanimée sur le sol. En une seconde, Poirot avait bondi et s'était accroupi près d'elle ; il lui souleva la paupière, tâta son pouls. Quand il se fut convaincu qu'elle était bel et bien évanouie, il recula et me prit le bras.

— Je ne suis qu'un pauvre imbécile, mon ami ! Si j'ai jamais entendu de l'amour et du désespoir dans la voix d'une femme, c'était bien celle-là ! Ma petite idée était complètement fausse. Eh bien ! Je n'ai plus qu'à tout reprendre à zéro !

## 6

## Le théâtre du crime

Le médecin et le magistrat transportèrent Mme Renauld inanimée jusqu'à la maison. Le commissaire les suivit des yeux en hochant la tête.

— Pauvre femme ! murmura-t-il. Le choc a été trop grand pour elle. Enfin, nous n'y pouvons rien. À présent, monsieur Poirot, si vous voulez examiner le lieu du crime... ?

— Mais très volontiers, monsieur Bex.

Nous traversâmes le rez-de-chaussée et ressortîmes par la porte d'entrée. En passant, Poirot avait jeté un regard à l'escalier tout en secouant la tête d'un air perplexe.

— Je trouve incroyable que les domestiques n'aient rien

entendu. Le craquement de ces marches, surtout si trois personnes les descendaient, aurait suffi à réveiller un mort !

— N'oubliez pas que c'était au beau milieu de la nuit, et qu'à cette heure-là, toute la maisonnée devait être profondément endormie.

Mais Poirot continua de secouer la tête, comme si l'explication ne le satisfaisait pas. En tournant le coin de l'allée, il s'arrêta pour contempler la villa.

— Qu'est-ce qui a pu les pousser à essayer d'abord la porte d'entrée ? Les chances de la trouver ouverte étaient bien minces. Il eût été plus logique d'essayer de forcer une fenêtre.

— Toutes les fenêtres du rez-de-chaussée sont protégées par des volets métalliques, objecta le commissaire.

Poirot en désigna une au premier étage.

— C'est bien celle de la chambre d'où nous sortons, n'est-ce pas ? Regardez cet arbre, ses branches la touchent presque. C'eût été un jeu d'enfant de l'escalader.

— Possible, admit l'autre. Mais dans ce cas, ils auraient laissé leurs empreintes dans le massif de fleurs.

Je reconnus la justesse de cette objection. Le perron qui menait à la porte d'entrée était flanqué de deux massifs de forme ovale, plantés de géraniums rouges. L'arbre en question plongeait ses racines derrière l'un des massifs, et il eût été impossible de tenter l'escalade sans le piétiner.

— Avec la sécheresse que nous subissons depuis quelque temps, poursuivit le commissaire, les allées ne conservent aucune empreinte. Mais sur le terreau régulièrement arrosé des massifs, c'eût été une autre histoire.

Poirot s'approcha du massif et l'examina avec attention. Comme l'avait dit M. Bex, le terreau en était parfaitement lisse. Il ne portait pas la moindre trace de pas ou de râteau.

Poirot hocha la tête, apparemment convaincu, et nous nous apprêtions à repartir quand il fit soudain volte-face et se mit en devoir d'examiner le second massif.

— Venez voir monsieur Bex ! Il y a plein d'empreintes pour vous, ici !

Le commissaire le rejoignit et sourit.

— Mon cher monsieur Poirot, ce sont sans doute les empreintes laissées par les gros brodequins ferrés du jardinier. De toute façon, elles n'offrent aucun intérêt, puisqu'il n'y a pas d'arbre de ce côté, et donc aucun moyen d'atteindre la fenêtre du premier étage.

— C'est juste, reconnut Poirot, l'oreille basse. Vous pensez donc que ces empreintes n'ont aucune importance ?

— Absolument aucune, croyez-moi.

À ma grande stupéfaction, Poirot répliqua :

— Je ne suis pas d'accord avec vous. À mon avis, ces empreintes sont les indices les plus importants que nous ayons relevés jusqu'ici.

M. Bex se contenta de hausser légèrement les épaules, sans répondre. Il était bien trop courtois pour formuler tout haut sa véritable opinion.

— Nous pourrions peut-être continuer ? suggéra-t-il.

— Certainement. Je m'occuperai de ces empreintes plus tard, dit Poirot avec bonne humeur.

Au lieu de suivre l'allée jusqu'à la grille, M. Bex emprunta un sentier qui tournait à angle droit. Légèrement en pente et bordé de chaque côté d'une haie exubérante, il contournait la maison sur la droite et débouchait sur une clairière qui donnait sur la mer. On avait placé un banc à cet endroit, non loin d'une petite remise, sorte de cabane à outils passablement délabrée. À quelques mètres de là, une rangée de buissons soigneusement taillés marquait la limite de la propriété. M. Bex s'y fraya un passage, et nous nous retrouvâmes sur une vaste étendue à découvert. Je regardai autour de moi et, non sans quelque étonnement, finis par comprendre où nous étions.

— Mais c'est un terrain de golf ! m'écriai-je.

Bex hocha la tête.

— Les links ne sont pas encore terminés, expliqua-t-il. On compte les ouvrir au public le mois prochain. C'est un terrassier qui a découvert le corps, aux premières heures de la matinée.

Je poussai une exclamation. Jusque-là, je n'avais pas prêté attention à ce qui se trouvait sur ma gauche ; mais cette fois, je vis une fosse longue et étroite, au bord de laquelle gisait, face contre terre, le corps d'un homme ! Mon cœur bondit dans ma poitrine, et j'eus l'affreux pressentiment que la tragédie de la veille venait de se répéter. Le commissaire dissipa cette illusion en exprimant son mécontentement :

— Mais que font donc mes agents ? Ils avaient reçu l'ordre

formel d'interdire l'accès à toute personne qui ne serait pas munie d'un sauf-conduit !

L'homme allongé sur le sol tourna la tête :

— Mais j'ai un sauf-conduit ! dit-il en se relevant avec précaution.

— Mon cher monsieur Giraud ! s'écria le commissaire. J'ignorais votre arrivée. Le juge d'instruction est impatient de vous voir.

J'examinai le nouveau venu avec la plus vive curiosité. Je connaissais de nom ce fameux inspecteur de la Sûreté de Paris, mais je ne l'avais encore jamais vu en chair et en os. De très haute taille, les cheveux roux, la moustache rousse et le maintien militaire, il devait avoir une trentaine d'années. À la pointe d'arrogance qui perçait dans ses manières, on sentait qu'il avait conscience de son importance. Bex nous présenta, en ajoutant que Poirot était un de ses collègues. Une lueur d'intérêt s'alluma dans les yeux du policier.

— Je vous connais de nom, monsieur Poirot. Vous étiez un personnage, autrefois, n'est-ce pas ? Mais à présent, les méthodes ont beaucoup changé.

— Pourtant, les crimes continuent de se ressembler singulièrement, fit remarquer Poirot avec douceur.

Je compris aussitôt que Giraud lui était hostile. Il supportait mal sa présence, et j'eus l'impression que s'il tombait sur un indice de quelque importance, il aurait soin de le garder pour lui.

— Le juge d'instruction..., reprit Bex.

Giraud l'interrompit brutalement :

— Au diable le juge d'instruction ! Le plus important, c'est la lumière et nous n'y verrons plus rien d'ici une demi-heure. Je connais tous les détails de l'affaire, et les gens de la maison peuvent attendre jusqu'à demain. Mais si nous voulons trouver une piste, c'est ici et nulle part ailleurs que nous la découvrirons. Ce sont vos agents qui ont tout piétiné ? Je les croyais un peu plus évolués, de nos jours !

— Et ils le sont, en effet. Les empreintes dont vous vous plaignez sont celles des terrassiers qui ont découvert le corps.

L'autre poussa un grognement dégoûté.

— J'ai trouvé l'endroit où les trois hommes ont franchi la haie, bien que les meurtriers aient pris grand soin d'effacer leurs traces. On voit que les empreintes au centre sont celles de

M. Renauld, mais les autres, de chaque côté, ont été brouillées à dessein. Oh ! on ne risquait guère de relever quoi que ce soit sur un sol aussi sec, mais ils ont voulu mettre toutes les chances de leur côté.

— L'indice matériel, hein ? dit Poirot. C'est cela que vous cherchez ?

L'autre le dévisagea.

— Évidemment !

Poirot esquissa un très léger sourire. Il parut sur le point de parler, mais il se ravisa. Puis il remarqua une bêche qui traînait par terre.

— On peut supposer, sans grand risque de se tromper, que la tombe a été creusée avec ça, dit Giraud. Mais vous n'en tirerez rien. C'est la bêche de Renauld, et l'homme qui l'a utilisée portait des gants. Les voici, ajouta-t-il en poussant du pied deux gants maculés de terre. Ils appartiennent aussi à Renauld, ou tout au moins à son jardinier. Croyez-moi, ceux qui ont concocté ce crime n'ont pas pris de risques. L'homme a été tué avec son propre poignard et on a creusé sa tombe avec sa propre bêche. Ainsi on ne laissait pas le moindre indice... Mais je les aurai ! Il y a toujours quelque chose ! Et ce quelque chose, je le trouverai !

Poirot semblait à présent s'intéresser à un petit bout de tuyau de plomb qu'il avait trouvé par terre, à côté de la bêche. Il l'effleura du doigt.

— Selon vous, cette chose appartenait aussi au mort ? demanda-t-il sur un ton où je crus discerner une subtile nuance d'ironie.

Giraud haussa les épaules pour signifier qu'il l'ignorait et ne s'en souciait guère.

— Elle traîne peut-être là depuis des semaines. De toute façon, ce bout de tuyau ne m'intéresse pas.

— Moi, au contraire, je le trouve du plus grand intérêt, répliqua Poirot d'un ton suave.

J'eus l'impression qu'il cherchait surtout à agacer l'inspecteur parisien et, si c'était le cas, il y réussit à merveille. L'autre lui tourna ostensiblement le dos en déclarant qu'il n'avait pas de temps à perdre. Puis, les yeux braqués de nouveau vers le sol, il reprit sa minutieuse inspection.

Comme frappé par une inspiration subite, Poirot franchit la

haie et alla essayer d'ouvrir la porte de la remise. Giraud tourna la tête :

— Elle est verrouillée, dit-il. Ce n'est qu'une vieille remise, et seul le jardinier s'en sert. La bêche ne vient pas de là mais de la cabane à outils située près de la maison.

— Merveilleux, me souffla M. Bex d'un air extatique. Ça ne fait pas une demi-heure qu'il est là, et il est déjà au courant de tout ! Quel homme ! Giraud est sans conteste le plus grand limier de son époque.

Bien que le limier en question me déplût souverainement, il m'impressionnait malgré moi. C'était l'efficacité en personne. Je ne pouvais m'empêcher de penser que Poirot ne s'était guère distingué jusqu'alors, et j'en ressentis un certain dépit. Il semblait fixer son attention sur toutes sortes de puérilités qui n'avaient rien à voir avec l'affaire. Et de fait, il demanda brusquement :

— Monsieur Bex, auriez-vous l'obligeance de me dire à quoi correspond cette ligne tracée à la craie autour de la tombe ? Est-ce l'œuvre de la police ?

— Non, monsieur Poirot, cette ligne a été tracée pour le parcours de golf. Elle sert à indiquer l'emplacement d'un futur « bunker ».

Poirot se tourna vers moi :

— Un « bunker » ? C'est un trou irrégulier rempli de sable avec un remblai sur le côté, n'est-ce pas ?

Je confirmai.

— M. Renauld jouait sans doute au golf ?

— Oui, et fort bien. C'est d'ailleurs grâce à sa générosité que l'on a pu poursuivre les travaux. Il avait même participé en personne à l'élaboration du projet.

Poirot hocha la tête et fit remarquer :

— Ils n'ont pas fait un très bon choix — je parle de l'endroit où enterrer le cadavre. Les terrassiers ne pouvaient manquer de le découvrir dès qu'ils commenceraient à creuser.

— Exactement ! s'écria Giraud triomphant. C'est bien ce qui prouve que c'étaient des étrangers ! Voilà un parfait exemple de preuve indirecte.

— Oui, dit Poirot d'un air de doute. Quiconque était au courant de ces travaux aurait enterré le corps ailleurs — à moins d'avoir voulu qu'on le découvre... Mais ça, ce serait franchement absurde, n'est-ce pas ?

Giraud ne se donna même pas la peine de répondre.

— Oui, dit Poirot d'un ton plutôt mécontent, oui, sans aucun doute, c'est absurde !

## 7

## LA MYSTÉRIEUSE MME DAUBREUIL

Comme nous retournions à la maison, M. Bex nous pria de l'excuser : il lui fallait informer sans tarder le juge d'instruction de l'arrivée de l'inspecteur Giraud. Ce dernier, de son côté, n'avait pas caché sa satisfaction quand Poirot avait déclaré avoir vu tout ce qu'il voulait voir. La dernière image que nous emportâmes de Giraud était celle d'un homme à quatre pattes, poursuivant ses recherches avec une méticulosité que je ne pus m'empêcher d'admirer. Poirot dut lire dans mes pensées, car dès que nous fûmes seuls il me glissa avec ironie :

— Eh bien, vous venez de voir en action le genre de détective que vous admirez, le chien de chasse humain ! Ai-je tort, mon bon ami ?

— Lui, au moins, il fait quelque chose, rétorquai-je sans mâcher mes mots. S'il y a quelque chose à trouver, on peut être sûr qu'il le trouvera. Tandis que vous...

— Eh bien ! J'ai trouvé quelque chose, moi aussi ! Un bout de tuyau de plomb.

— Vous voulez rire, Poirot ! Vous savez fort bien qu'il n'a rien à voir avec l'affaire. Je parlais de ces choses minuscules, ces traces infimes qui mènent infailliblement aux coupables.

— Mon bon ami, un indice de soixante centimètres de long n'a pas moins de valeur qu'un indice de deux millimètres ! Mais votre incorrigible penchant pour le romanesque vous porte à croire qu'un véritable indice se doit d'être lilliputien. Et quant à l'importance de ce tuyau de plomb, vous ne faites que répéter les paroles de Giraud. Non ! dit-il en écartant d'un geste la question que je m'apprêtais à lui poser, je n'ajouterai pas un mot. Laissez Giraud à ses recherches, et moi à mes petites idées. L'affaire paraît assez simple à première vue, et pourtant... Pourtant, mon bon ami, je ne suis pas satisfait ! Et savez-vous pourquoi? À cause de la montre-bracelet qui avance de deux heures. Il reste en outre quelques curieux petits détails qui n'ont pas l'air de vouloir s'accorder. Tenez, par exemple: si la vengeance était le véritable mobile du crime, pourquoi les meurtriers n'ont-ils pas tout simplement poignardé Renauld dans son sommeil?

Poirot s'était exprimé dans l'étrange sabir qui lui est coutumier et que, par charité, j'éviterai de reproduire ici, préférant accorder indûment au grand homme le bénéfice d'un anglais certes confus mais à tout le moins correct.

— Mais vos meurtriers, ils voulaient aussi « le secret », lui rappelai-je.

D'un air vaguement dégoûté, Poirot ôta d'une pichenette un grain de poussière sur sa manche.

— Eh bien, où est-il donc, ce fameux « secret »? Sans doute à quelque distance d'ici, puisqu'ils lui ont ordonné de s'habiller. Et pourtant, on le retrouve assassiné à une portée de fusil de sa maison. En outre, il est pour le moins troublant qu'ils aient eu ainsi sous la main, traînant par hasard sur le meuble, une arme aussi efficace que ce petit poignard.

Puis après un instant de réflexion, il ajouta:

— Enfin, pourquoi les domestiques n'ont-ils rien entendu? Ont-ils été drogués? Y avait-il un complice dans la maison, et ce complice s'est-il chargé de laisser la porte ouverte? Je me demande...

Dans l'allée qui menait à la maison, il s'arrêta net et se tourna vers moi.

— Mon ami, ce que je vais vous dire va vous surprendre et vous faire plaisir. J'ai pris vos reproches très à cœur et nous allons examiner sans délai certaines empreintes de pas!

— Où cela?

— Là-bas, dans le massif de fleurs situé à droite de la porte. M. Bex dit que le jardinier y a laissé ses empreintes. Allons vérifier si c'est bien vrai. Regardez, le voilà justement qui arrive avec sa brouette.

En effet, un homme âgé traversait l'allée, poussant une brouette pleine de jeunes plants. Lorsque Poirot l'eut appelé, il la posa là et vint vers nous en clopinant.

— Vous voulez lui demander de vous prêter un de ses brodequins pour comparer les empreintes? lui soufflai-je.

J'avais retrouvé un peu de ma foi en Poirot. S'il affirmait

que les empreintes laissées dans le massif de droite avaient de l'importance, c'est à coup sûr qu'elles en avaient.

— C'est exactement ce que je vais faire, confirma Poirot.

— Mais il ne va pas trouver ça un peu bizarre ?

— Il ne va rien trouver du tout.

Je n'eus pas le loisir de poser d'autres questions : le vieux nous avait rejoints.

— Vous vouliez me voir, monsieur ?

— Oui. Vous êtes dans la maison depuis longtemps, n'est-ce pas ?

— Depuis vingt-quatre ans, monsieur.

— Et vous vous appelez...?

— Auguste, monsieur.

— J'étais en train d'admirer ces magnifiques géraniums. Ils sont vraiment splendides. Cela fait longtemps que vous les avez plantés ?

— Déjà un bon petit moment. Mais bien sûr, si on veut avoir des beaux massifs, il faut les entretenir régulièrement : on est toujours à repiquer de nouvelles pousses et à arracher les mauvaises herbes.

— Je vois que vous en avez repiqué hier, n'est-ce pas ? Celles-là, là-bas, au milieu. Et j'en vois aussi dans l'autre massif.

— Ah ! on peut dire que Monsieur a l'œil ! Il faut toujours un jour ou deux pour qu'elles reprennent bien. Oui, j'ai mis dix nouveaux plants dans chaque massif hier soir. Comme Monsieur le sait certainement, il ne faut jamais repiquer les plantes en plein soleil.

Ravi de l'intérêt que Poirot manifestait pour ses plantations, Auguste était tout disposé à se montrer bavard.

— J'en vois là-bas un splendide spécimen, poursuivit Poirot en désignant une fleur. Pourriez-vous m'en donner une bouture ?

— Mais certainement, monsieur.

Le vieux posa un pied sur la plate-bande et coupa soigneusement une bouture de la fleur que Poirot désirait.

Celui-ci le remercia avec effusion, et Auguste alla reprendre sa brouette.

— Vous voyez? dit Poirot avec un sourire, tout en examinant l'empreinte laissée par le brodequin du jardinier. C'est d'une simplicité désarmante.

— Je n'avais pas compris...

— Qu'il y avait un pied dans le brodequin? Mon bon ami, vous n'exercez pas assez vos remarquables facultés mentales. Alors, que pensez-vous de ces empreintes?

J'examinai la terre meuble avec attention.

— Elles ont toutes été laissées par les mêmes semelles, déclarai-je au terme d'un examen scrupuleux.

— C'est votre avis? Eh bien, je suis d'accord avec vous sur ce point, répondit machinalement Poirot, comme s'il pensait à autre chose.

— En tout cas, fis-je remarquer, vous voilà enfin débarrassé d'une marotte.

— Ce qui signifie?

— Que désormais, vous n'aurez plus à vous préoccuper de ces empreintes.

À ma grande surprise, Poirot secoua la tête.

— Mais si, mon bon ami. Je tiens enfin la bonne piste. Je suis encore dans le noir, mais comme je l'ai laissé entendre tout à l'heure à M. Bex, ces empreintes sont ce qu'il y a de plus important et de plus significatif dans cette affaire. Ce pauvre Giraud... Cela ne m'étonnerait pas qu'il n'y ait prêté aucune attention.

À ce moment, la porte d'entrée s'ouvrit et M. Hautet, flanqué du commissaire, descendit les marches du perron.

— Ah ! monsieur Poirot, dit le juge d'instruction, nous vous cherchions justement. Bien qu'il se fasse tard, je souhaiterais rendre visite à Mme Daubreuil. La mort de M. Renauld a dû la bouleverser, et nous aurons peut-être la chance de tirer d'elle quelque chose. Ce fameux secret qu'il n'a pas voulu dire à sa femme, esclave de l'amour, il peut l'avoir confié à une maîtresse. Nous savons tous par où pèchent nos Samson !

Poirot ne répondit rien, mais emboîta le pas au magistrat. Je suivais un peu en retrait, avec le commissaire.

— Il ne fait aucun doute que le récit de Françoise est en gros conforme à la vérité, me glissa ce dernier sur le ton de la confidence. J'ai passé un certain nombre de coups de téléphone, d'où il ressort qu'au cours des six dernières semaines — c'est-à-dire depuis l'arrivée de M. Renauld à Merlinville — de fortes sommes en liquide ont été déposées par trois fois sur le compte de Mme Daubreuil. La somme totale atteint deux cent mille francs !

— Soit quatre mille livres, dis-je pensivement. C'est considérable !

— Oui. Il devait en être très épris. Mais il nous reste encore à vérifier s'il lui a confié son secret. Le juge d'instruction se montre optimiste sur ce point, mais je suis loin de partager ses vues.

Tout en devisant, nous parvînmes à une bifurcation. C'était là que nous avions demandé notre chemin en arrivant. Je compris que la villa Marguerite, où demeurait la mystérieuse Mme Daubreuil, était justement la petite maison d'où avait surgi la ravissante jeune fille.

— Mme Daubreuil habite ici depuis des années, dit le commissaire. Elle mène une vie très calme, très retirée, et elle ne semble pas avoir d'autres amis que les quelques relations qu'elle s'est faites à Merlinville. Elle ne parle jamais de son passé, ni de son mari. En fait, on ne sait même pas s'il est mort ou vivant ! Il plane un certain mystère autour d'elle.

Je sentais mon intérêt pour la villa Marguerite s'accroître de minute en minute.

— Et... sa fille ? hasardai-je.

— Une fort belle jeune fille, modeste, pieuse, la perfection même. On la plaint, pourtant, car si elle ne connaît rien de son passé, l'homme qui viendra demander sa main voudra sans doute en savoir plus, et alors...

Le commissaire eut un haussement d'épaules cynique.

— Mais elle n'y est pour rien ! m'écriai-je avec indignation.

— Sans doute. Mais que voulez-vous ? Les hommes sont chatouilleux sur les antécédents de leur femme.

Nous étions arrivés à la porte de la villa, ce qui coupa court à la discussion. M. Hautet tira sur la sonnette. Au bout de quelques minutes, nous entendîmes un bruit de pas, et la porte s'ouvrit. Sur le seuil se tenait ma jeune déesse de l'après-midi. Elle devint pâle comme la mort en nous voyant, et ouvrit de grands yeux inquiets. Aucun doute, cette jeune fille avait peur !

— Mademoiselle Daubreuil, dit M. Hautet en ôtant son chapeau, nous sommes confus de vous déranger, mais la Loi a ses exigences... Si vous vouliez présenter mes respects à Madame votre mère et lui demander de nous accorder quelques minutes d'entretien...?

La jeune fille resta quelques instants immobile. Elle pressait sa main contre sa poitrine, comme pour calmer la soudaine agitation de son cœur. Mais elle se reprit rapidement et dit à voix basse :

— Je vais voir. Veuillez entrer, je vous prie.

Elle disparut à gauche du vestibule, dans une pièce d'où nous parvint bientôt le murmure de sa voix. Puis une autre voix, au timbre presque semblable, mais avec une inflexion plus dure derrière son apparente douceur, répondit :

— Mais certainement. Fais-les entrer.

Un instant plus tard, nous étions en face de la mystérieuse Mme Daubreuil. Elle était nettement plus petite que sa fille, et ses formes pleines avaient toute la grâce de la maturité. À la différence de sa fille, elle avait des cheveux noirs, séparés en deux bandeaux, à la façon d'une madone, et ses lourdes paupières dissimulaient à demi ses yeux bleus. Bien qu'admirablement conservée, elle n'était sans doute plus très jeune. Mais le charme qui se dégageait d'elle était de ceux qui résistent aux années.

— Vous désirez me voir, monsieur ? demanda-t-elle.

— Oui, madame. (M. Hautet s'éclaircit la gorge.) Je suis chargé de l'enquête sur la mort de M. Renauld. Sans doute en avez-vous entendu parler ?

Elle inclina la tête en silence. L'expression de son visage demeura impénétrable.

— Nous sommes venus vous demander si vous seriez en mesure de... de nous éclairer sur les circonstances de cette mort ?

— Moi ? dit-elle sur un ton de surprise parfaite.

— Oui, madame. Nous avons des raisons de croire que vous aviez l'habitude d'aller rendre visite le soir à M. Renauld. C'est exact ?

Les joues pâles de la dame se colorèrent, mais elle répondit avec calme :

— Vous n'avez pas le droit de me poser cette question.

— Madame, nous enquêtons sur un meurtre.

— Et alors ? Je n'ai rien à voir avec ce crime.

— Oh ! madame, je ne prétends rien de tel. Mais vous connaissiez bien le défunt. Vous avait-il jamais confié qu'un danger le menaçait ?

— Jamais.

— A-t-il jamais fait allusion devant vous à sa vie à Santiago, ou aux ennemis qu'il aurait pu se faire là-bas ?

— Non.

— Vous ne pouvez nous être d'aucun secours ?

— Hélas non. D'ailleurs, je ne comprends vraiment pas pourquoi vous êtes venus me voir. Sa femme ne peut pas vous dire ce que vous désirez savoir ?

Il y avait une légère trace d'ironie dans sa voix.

— Mme Renauld nous a confié tout ce qu'elle savait.

— Ah...! dit Mme Daubreuil. Je me demande...

— Quoi donc, madame ?

— Rien.

Le juge d'instruction la regarda droit dans les yeux. Il avait conscience d'être engagé dans un duel et d'avoir devant lui un adversaire redoutable.

— Vous persistez à déclarer que M. Renauld ne s'est jamais confié à vous ?

— Mais qu'est-ce qui vous incite à penser qu'il aurait pu le faire ?

— Un homme, madame, raconte souvent à sa maîtresse ce qu'il ne confie pas à sa femme, répliqua le juge avec une brutalité voulue.

Mme Daubreuil bondit, et ses yeux lancèrent des éclairs :

— Vous m'insultez, monsieur ! Et devant ma fille ! Je n'ai rien à vous dire, et je vous prierai de sortir de chez moi.

Sans conteste, elle s'en tirait avec les honneurs de la guerre. Nous quittâmes la villa Marguerite comme une bande d'écoliers pris en faute. Le juge d'instruction grommelait dans sa barbe. Poirot semblait perdu dans ses pensées. Il sortit soudain de sa rêverie pour demander à M. Hautet s'il connaissait un bon hôtel à proximité.

— Mais oui, vous avez l'*Hôtel des Bains*, un petit établissement à quelques centaines de mètres d'ici. Vous serez à pied d'œuvre pour poursuivre votre enquête. Nous nous reverrons demain matin, sans doute ?

— À la première heure. Je vous remercie pour tout, monsieur Hautet.

Nous nous séparâmes après les politesses d'usage. Nous reprîmes, Poirot et moi, le chemin de Merlinville. Les autres se dirigèrent vers la villa Geneviève.

— La police française est remarquablement organisée, dit

Poirot en les regardant s'éloigner. C'est extraordinaire les renseignements qu'elle possède sur la vie de chacun. M. Renauld n'a passé ici qu'un peu plus de six semaines, et elle connaît déjà ses moindres faits et gestes. Quant à Mme Daubreuil, en un clin d'œil cette même police peut produire tous les renseignements sur son compte en banque et les sommes qu'elle y a déposées depuis peu ! Ah ! on ne dira pas le contraire, le « dossier » est une belle institution. Mais qu'y a-t-il ?

Il se retourna brusquement. Une jeune femme dévalait la route pour nous rattraper. C'était Marthe Daubreuil.

— Excusez-moi ! s'écria-t-elle en arrivant, tout essoufflée. Je sais que je ne devrais pas faire ça. Je vous en prie, ne le dites pas à ma mère. C'est vrai ce qu'on raconte ? Que M. Renauld aurait fait appel à un détective juste avant sa mort — et que ce détective, ce serait vous ?

— Mais oui, mademoiselle, dit doucement Poirot. C'est la pure vérité. Comment l'avez-vous appris ?

— C'est Françoise qui l'a dit à Amélie, notre domestique, dit Marthe en rougissant.

Poirot fit une petite grimace.

— La discrétion est impossible dans une affaire de ce genre, n'est-ce pas ? C'est sans importance, d'ailleurs. Eh bien, mademoiselle, que désirez-vous savoir ?

La jeune fille hésitait, comme partagée entre la peur et l'envie de parler. Enfin, elle demanda dans un souffle :

— Soupçonne-t-on quelqu'un ?

Poirot eut un de ses regards perçants, mais c'est sur un ton évasif qu'il répondit :

— La suspicion est dans l'air, mademoiselle.

— Je... je sais, mais soupçonne-t-on quelqu'un en particulier ?

— Pourquoi voulez-vous le savoir ?

La jeune fille parut terrifiée et il me revint soudain en mémoire que cet après-midi, Poirot l'avait appelée « la jeune fille aux yeux inquiets ».

— M. Renauld a toujours été très bon pour moi, finit-elle par dire. Il est normal que je m'intéresse à sa mort.

— Je vois, dit Poirot. Eh bien, mademoiselle, les soupçons se portent actuellement sur deux personnes.

— Deux ?

J'aurais juré avoir perçu une note de surprise et de soulagement dans sa voix.

— Nous ne connaissons pas leurs noms, mais on présume qu'il s'agit de deux Chiliens de Santiago. Ah ! vous voyez, mademoiselle, ce que c'est qu'être jeune et belle ! Je viens de trahir pour vous un secret professionnel !

La jeune fille eut un petit rire et remercia timidement Poirot.

— Il faut que je retourne à la maison. Maman va se demander où je suis passée.

Là-dessus, elle tourna les talons et, comme Atalante repartit en courant. Je la suivis des yeux.

— Mon ami, dit Poirot d'un ton de douce ironie, allons-nous rester plantés là toute la nuit pour la seule raison qu'une belle jeune fille vous a tourné la tête ?

— Mais elle est vraiment très belle, Poirot, dis-je en riant. J'ai des excuses, elle tournerait la tête à n'importe qui !

À ma surprise, Poirot répliqua avec beaucoup de sérieux :

— Ah ! mon ami, ne donnez pas votre cœur à Marthe Daubreuil. Elle n'est pas pour vous ! Faites confiance à votre vieux papa Poirot.

— Comment ! m'exclamai-je. Le commissaire m'a assuré qu'elle était aussi bonne que belle ! Un ange !

— Certains des plus grands criminels que j'ai rencontrés avaient des visages d'ange, répondit Poirot avec sérénité. Une malformation des cellules grises n'est pas incompatible avec des traits de madone.

— Poirot ! m'écriai-je, horrifié. Vous n'allez pas me dire que vous soupçonnez cette enfant innocente ?

— Taratata ! Ne vous emballez pas comme ça ! Je n'ai pas dit que je la soupçonnais. Mais reconnaissez que son inquiétude et sa curiosité ont quelque chose de louche.

— Pour une fois, rétorquai-je, c'est moi qui vois plus loin que vous. Ce n'est pas pour elle-même qu'elle a peur, c'est pour sa mère.

— Mon ami, répondit Poirot, vous ne voyez rien du tout, comme d'habitude. Mme Daubreuil est parfaitement capable de se défendre toute seule. C'est vrai que je vous taquine, mais je ne retire pas un mot de ce que je viens de dire. Ne vous emballez pas, cette fille n'est pas pour vous ! Moi, Hercule

Poirot, je le sais. Mais bon sang ! Si je pouvais me rappeler où j'ai déjà vu ce visage.

— Lequel ? Celui de la fille ?

— Non, celui de la mère... Mais oui, c'est comme ça ! ajouta-t-il comme j'avais l'air surpris. C'était il y a très longtemps, quand j'appartenais encore à la police belge. En fait, je n'ai jamais vu cette femme, mais j'ai vu son portrait — à propos d'une certaine affaire. Et j'ai bien l'impression...

— Oui ?

— Je peux me tromper, mais je crois bien qu'il s'agissait d'une affaire de meurtre !

## 8

## Une rencontre inattendue

Le lendemain, nous étions de retour à la villa aux premières heures de la matinée. Cette fois, l'agent de service ne nous barra pas la porte : il nous salua respectueusement, s'écarta, et nous pénétrâmes dans la maison. Léonie, la femme de chambre, descendait justement l'escalier, tout à fait disposée à bavarder un peu.

Poirot s'enquit de la santé de Mme Renauld, et Léonie répondit en hochant la tête :

— Elle est terriblement bouleversée, la pauvre dame. Elle ne mange rien — pas ça ! Et elle est pâle comme une morte. Ça nous brise le cœur. Ah ! ce n'est pas moi qui me mettrais dans des états pareils pour un homme qui m'aurait trompée avec une autre.

Poirot acquiesça avec sympathie.

— Vous avez raison, mais que voulez-vous ? Une femme amoureuse pardonne bien des choses. N'empêche, ils ont dû avoir des scènes fréquentes, tous les deux, au cours de ces derniers mois.

— Jamais, monsieur. Je n'ai jamais entendu Madame lui adresser un seul mot de reproche ! elle avait un caractère d'ange — pas comme celui de Monsieur.

— M. Renauld n'avait pas bon caractère ?

— C'est le moins qu'on puisse dire ! Quand il piquait une colère, toute la maison était au courant. Le jour où il s'est disputé avec monsieur Jack, tenez ! On a dû les entendre jusqu'au village, ma foi, tellement ils criaient fort !

— Vraiment ? dit Poirot. Et quand se sont-ils disputés ainsi ?

— Juste avant que monsieur Jack s'en aille à Paris. Il a failli manquer son train. Il est sorti comme un diable de la bibliothèque et il a attrapé son sac, qu'il avait laissé dans le vestibule. L'auto était en réparation, et il fallait encore qu'il coure jusqu'à la gare. Je faisais la poussière dans le salon, et je l'ai vu passer : il avait la figure blanche — mais blanche ! — avec deux taches rouges sur les joues. Ah ! mais, c'est qu'il était dans une de ces colères !

Léonie se délectait de son récit.

— Et ils se disputaient à propos de quoi ?

— Ah ! ça, je ne sais pas, avoua-t-elle. Ils criaient si fort et ils parlaient tellement vite qu'il aurait fallu connaître très bien l'anglais pour comprendre ce qu'ils disaient. Ce qui est sûr, c'est qu'après ça, Monsieur n'a pas été à prendre avec des pincettes de toute la journée. Il trouvait à redire à tout.

Le bruit d'une porte se refermant au premier étage coupa court à la loquacité de Léonie.

— Et Françoise qui doit m'attendre ! s'exclama-t-elle, soudain rappelée à ses devoirs. Elle est toujours après moi, celle-là.

— Un instant, mademoiselle. Savez-vous où est le juge d'instruction ?

— Ils sont sortis pour aller voir l'auto dans le jardin. Monsieur le commissaire se demandait si elle n'avait pas servi le soir du crime.

— Quelle idée ! murmura Poirot, tandis que Léonie s'éclipsait.

— Voulez-vous que nous allions les rejoindre ?

— Non, je vais attendre leur retour au salon. Il y fait plus frais que dans le jardin.

Cette passivité ne me convenait guère.

— Si vous n'y voyez pas d'inconvénient, dis-je d'un ton hésitant, je...

— Faites donc... Vous voulez mener votre propre enquête, c'est ça ?

— Eh bien... J'aimerais savoir ce que fait Giraud. Si jamais il avait découvert quelque chose...

— Ah ! le chien de chasse humain, murmura Poirot en se calant confortablement dans son fauteuil et en fermant les yeux. Faites, mon ami, faites. Au revoir.

Je me hâtai vers la porte d'entrée et repris sous un soleil accablant le sentier que nous avions suivi la veille. J'avais l'intention d'examiner par moi-même le lieu du crime. Mais, plutôt que d'y aller directement, je longeai un moment la haie, de façon à déboucher sur les links une centaine de mètres plus à droite. Les buissons étaient beaucoup plus denses à cet endroit, et j'eus du mal à m'y frayer un chemin. Je me retrouvai sur le terrain de golf presque par surprise, et si brusquement que je me cognai contre une jeune fille adossée à la haie.

Elle poussa un cri bien compréhensible, mais je m'exclamai à mon tour : la jeune dame n'était autre que ma compagne de voyage. Cendrillon !

— Vous !

La surprise était réciproque. La jeune fille fut la première à se reprendre.

— Ça alors ! s'écria-t-elle. Qu'est-ce que vous faites ici ?

— Et vous-même ? lui rétorquai-je.

— La dernière fois que je vous ai vu, vous étiez en route pour l'Angleterre, comme un petit garçon bien sage.

— Et la dernière fois que je vous ai vue, vous retourniez à la maison avec votre sœur, comme une petite fille bien comme il faut. À propos, comment va votre sœur ?

— Comme c'est gentil à vous de me le demander, répondit-elle en me gratifiant d'un sourire éblouissant. Ma sœur se porte à merveille, je vous remercie.

— Elle est avec vous ?

— Elle est restée en ville, dit la petite espiègle d'un ton très digne.

— Je doute fort que vous ayez une sœur, répondis-je en riant. Ou alors, elle doit avoir de la moustache et s'appeler Harry.

— Vous vous souvenez de mon nom à moi ? demanda-t-elle d'un air mutin.

— Cendrillon. Mais cette fois, j'espère bien que vous allez me dire votre vrai nom !

Elle secoua la tête avec un regard malicieux.

— Et vous n'allez même pas me dire ce que vous faites ici ?

— Oh, ça ! On a dû vous apprendre que même les danseuses se reposent, de temps en temps ?

— Dans des stations balnéaires françaises qui coûtent les yeux de la tête ?

— Qui sont très bon marché si on sait où aller.

Je la dévisageai longuement.

— Pourtant, vous n'aviez pas l'intention de venir ici quand je vous ai rencontrée, il y a deux jours ?

— On ne sait pas toujours ce qu'on veut, dans la vie, répliqua Cendrillon d'un ton sentencieux. Voilà, vous savez maintenant tout ce que vous avez besoin de savoir. Les petits garçons ne doivent pas se montrer trop curieux. Et vous ? Vous ne m'avez pas encore dit ce que vous faisiez ici.

— Vous vous rappelez cet ami détective dont je vous ai parlé ?

— Eh bien ?

— Eh bien, peut-être avez-vous entendu parler de ce crime à la villa Geneviève ?

Elle écarquilla les yeux.

— Vous n'allez pas me dire que vous travaillez là-dessus ?

Je confirmai cette supposition, conscient que je venais de marquer un point. Elle me considéra en silence pendant quelques secondes encore, avec une émotion visible.

— Vous, alors, vous tombez à pic ! Allez, faites-moi faire le grand tour. Je veux voir toutes les horreurs.

— Qu'entendez-vous par là ?

— Ce que j'ai dit. Ne vous ai-je pas expliqué que j'adorais les crimes ? Je suis là à fureter partout depuis des heures, et j'ai la chance folle de tomber sur vous. Venez, montrez-moi tout.

— Mais... Hé là ! un instant. C'est impossible. Personne n'a le droit de passer. Ils sont très stricts là-dessus.

— Mais vous n'êtes pas les grands manitous, vous et votre ami ?

Je n'avais guère envie de renoncer à cette auréole de gloire.

— Pourquoi y tenez-vous à ce point ? demandai-je, soudain moins catégorique. Et que voulez-vous voir, au juste ?

— Oh, mais tout ! L'endroit où ça s'est passé, l'arme, le

corps, les empreintes digitales, enfin bref, toutes les choses intéressantes ! Je n'ai encore jamais vu un crime de près. C'est l'occasion de ma vie !

Je me détournai, écœuré. Où en étaient arrivées les femmes, aujourd'hui ? L'excitation avide de cette fille me donnait la nausée.

— Allez, quittez vos grands airs, dit-elle soudain. Quand on vous a appelé pour faire ce boulot, vous n'avez pas répondu d'un air dégoûté que c'était une sale histoire et que vous ne vouliez pas y être mêlé ?

— Non, certes, mais...

— Si vous étiez en vacances ici, vous ne seriez pas en train de fureter comme moi, peut-être ? Bien sûr que si.

— Oui, mais moi je suis un homme, et vous êtes une femme.

— Et pour vous, une femme est quelqu'un qui grimpe sur une chaise en poussant des cris dès qu'elle aperçoit une souris ? Vous sortez tout droit du paléolithique, vous ! Mais vous allez tout me montrer quand même, n'est-ce pas ? Ça pourrait être très important pour moi.

— En quoi ?

— On refoule systématiquement tous les journalistes, et ça pourrait me faire un vrai scoop ! Vous n'imaginez pas combien on paye pour quelques informations de première main !

J'hésitais encore. Elle glissa une douce petite main dans la mienne.

— Je vous en prie. Soyez gentil.

Je capitulai, sentant à part moi que ce rôle de guide me déplaisait moins que je ne voulais l'avouer.

Nous commençâmes par l'endroit où l'on avait trouvé le corps. Le policier de garde me connaissait de vue et me salua avec respect, sans poser de questions sur ma compagne. Sans doute devait-il estimer que je répondais d'elle. J'expliquai à Cendrillon dans quelles conditions le corps avait été découvert, et elle m'écouta attentivement, posant ici et là quelques questions fort pertinentes. Puis nous revînmes sur nos pas en direction de la villa. J'avançais avec prudence, car pour tout dire, je ne tenais guère à rencontrer quelqu'un. J'entraînai la jeune fille dans le sous-bois derrière la maison, où nous marchâmes à couvert jusqu'à la remise. Je me souvenais que la veille au soir, après avoir refermé la porte, M. Bex en avait confié la clé au sergent de ville Marchaud, « au cas où M. Giraud en aurait besoin pendant que nous interrogeons Mme Renauld ». Après avoir inspecté les lieux, le policier avait dû la rendre à Marchaud. Laissant la jeune fille dissimulée dans le sous-bois, je pénétrai dans la maison. Marchaud était de garde à l'entrée du salon, et j'entendis un murmure de voix venant de l'intérieur de la pièce.

— Monsieur cherche M. Hautet ? Il est dans le salon, en train d'interroger à nouveau Françoise.

— Non, dis-je vivement, mais j'aimerais beaucoup avoir la clé de la remise, si aucun règlement ne s'y oppose.

— Certainement, monsieur, la voilà, dit Marchaud en me la tendant. M. Hautet a donné des ordres pour que toutes facilités vous soient données dans la poursuite de votre enquête. Simplement, vous voudrez bien me la rendre quand vous aurez fini.

— Bien entendu.

Un frisson de satisfaction me parcourut l'échine à l'idée que pour Marchaud, j'avais la même importance que Poirot. Je rejoignis la jeune fille, qui jeta une exclamation de plaisir en voyant la clé dans ma main.

— Alors, ils vous l'ont donnée ?

— Bien sûr, dis-je d'un ton dégagé. Tout de même, tout cela est très irrégulier, vous savez !

— Vous êtes un amour, et je m'en souviendrai. Venez. On ne peut pas nous voir de la maison, n'est-ce pas ?

— Attendez une minute.

Je l'arrêtai alors qu'elle commençait déjà à dévaler le sentier.

— Si vous tenez absolument à entrer là-bas, je n'ai pas l'intention de vous en empêcher. Mais êtes-vous certaine de le désirer vraiment ? Vous avez vu la tombe, le lieu du crime, et vous connaissez tous les détails de l'affaire. Cela ne vous suffit pas ? Le spectacle qui vous attend est plutôt macabre.

Elle me considéra un moment avec une expression que je ne pus pas bien déchiffrer. Puis elle se mit à rire.

— J'adore les horreurs ! Allons, venez.

Nous parvînmes en silence à la porte de la remise. J'introduisis la clé dans la serrure, et nous entrâmes. Je me dirigeai vers le corps et soulevai doucement le drap, comme l'avait fait Bex la veille. Une exclamation étouffée jaillit des lèvres de la jeune fille. Je me retournai pour la regarder. Son visage exprimait l'horreur. Elle avait perdu son air bravache. Elle n'avait pas voulu écouter mes conseils, et elle s'en trouvait bien punie. Mais je ne lui ferais grâce de rien. Puisqu'elle l'avait voulu, elle devrait aller jusqu'au bout. Je retournai doucement le corps.

— Vous voyez, dis-je, il a été poignardé dans le dos.

— Avec quoi? demanda-t-elle d'une voix sans timbre.

Je désignai le bocal en verre.

— Ce petit poignard.

Soudain, la jeune fille chancela et s'affaissa. Je me précipitai vers elle.

— Vous vous trouvez mal. Sortons d'ici. L'épreuve était trop dure pour vous.

— De l'eau, murmura-t-elle. Vite, de l'eau.

Je la laissai pour me ruer dans la maison. Grâce au ciel, je ne croisai personne et je pus, sans être vu, remplir un verre d'eau dans lequel j'ajoutai quelques gouttes de cognac. Tout cela ne m'avait pris que quelques minutes. Je retrouvai la jeune fille dans l'état où je l'avais laissée, mais ces quelques gorgées d'eau additionnée de cognac la ranimèrent aussitôt. Elle s'écria en frissonnant :

— Faites-moi sortir d'ici — vite, vite !

En la soutenant, je l'amenai dehors, à l'air. Elle tira la porte derrière elle et prit une longue inspiration.

— Je me sens mieux. Ah, c'était horrible ! Pourquoi m'avez-vous laissée entrer là-dedans ?

Cette réflexion me parut si bien refléter la nature féminine que je ne pus m'empêcher de sourire. Au fond, je n'étais pas mécontent qu'elle se fût évanouie. C'était la preuve qu'elle était plus sensible que je ne le croyais. Après tout, c'était encore presque une enfant, et sa curiosité était sans doute le fruit de l'inconscience.

— Vous reconnaîtrez que j'ai fait tout ce que j'ai pu pour vous en empêcher, dis-je doucement.

— Sans doute. Eh bien, au revoir.

— Je ne peux pas vous laisser partir toute seule, comme ça. Vous n'êtes pas encore d'aplomb. J'insiste pour vous raccompagner à Merlinville.

— Vous voulez rire. Je me sens parfaitement bien.

— Et si vous aviez un nouveau malaise en route ? Non, je viens avec vous.

Mais elle combattit ma proposition avec la dernière énergie. À force d'insistance, je finis par obtenir de l'accompagner jusqu'aux abords de la ville. Nous revînmes sur nos pas, repassâmes devant la tombe et fîmes un détour pour rejoindre la route. Quand nous parvînmes aux premières boutiques de la ville, elle s'arrêta et me tendit la main.

— Au revoir, et merci. J'espère que vous n'aurez pas d'ennuis pour m'avoir montré tout cela !

J'écartai ce risque d'un geste insouciant.

— Eh bien, adieu !

— Au revoir, m'empressai-je de corriger. Si vous restez encore un peu, nous nous reverrons.

Elle me fit un sourire.

— C'est juste. Au revoir, donc.

— Une minute, vous ne m'avez pas donné votre adresse.

— Oh, je suis descendue à l'*Hôtel du Phare.* C'est modeste, mais tout à fait décent. Venez donc me voir demain.

— Je viendrai, dis-je avec un empressement excessif.

Je la suivis du regard tandis qu'elle s'éloignait, puis je tournai les talons et retournai à la villa. Je me souvins tout à coup que j'avais oublié de refermer la remise à clé. Fort heureusement, personne n'avait remarqué ma négligence. Je fis tourner la clé dans la serrure et j'allai la remettre au sergent de ville. Ce faisant, je songeai que si Cendrillon m'avait donné son adresse, en revanche je ne savais toujours pas son nom.

## 9

## GIRAUD TROUVE DES INDICES

Je trouvai le juge d'instruction au salon, fort occupé à questionner Auguste, le vieux jardinier. Poirot et le commissaire assistaient à l'interrogatoire et saluèrent mon entrée l'un d'un sourire, l'autre d'un signe poli. Je me glissai discrètement sur une chaise. M. Hautet, malgré tous ses efforts, n'arrivait pas à tirer d'Auguste la moindre indication décisive.

Auguste avait reconnu sans difficulté que les gants de jardinage lui appartenaient. Il s'en servait quand il lui fallait manier une certaine variété de primevère vénéneuse. Non, il ne se souvenait plus quand il les avait portés pour la dernière fois. En tout cas, il ne s'était pas aperçu de leur disparition. Où il les rangeait ? Eh bien, pas toujours au même endroit. Il mettait généralement la bêche dans la petite cabane à outils. Cette cabane était-elle fermée à clé ? Bien entendu. Et où gardait-on la clé ? Mais sur la serrure, parbleu ! Il n'y avait rien à voler, dans cette cabane. Et puis, qui aurait pu s'attendre à voir débarquer des bandits ou des assassins ? Ces choses-là n'arrivaient pas du temps de Mme la vicomtesse.

M. Hautet lui ayant fait signe qu'il en avait fini avec lui, le vieil homme se retira en grommelant. Je me souvenais de la curieuse insistance de Poirot au sujet des empreintes laissées dans les deux massifs, et j'avais scruté attentivement le visage du jardinier pendant sa déposition. Soit il n'avait rien à voir avec le crime, soit c'était un acteur consommé. Mais au moment où il franchissait la porte, une idée soudaine me frappa.

— Pardon, M. Hautet, m'écriai-je, m'autorisez-vous à lui poser une question ?

— Certainement, monsieur.

Ainsi encouragé, je me tournai vers Auguste :

— Où mettez-vous vos brodequins, habituellement ?

— À mes pieds, grommela le vieil homme. Où voulez-vous que je les mette ?

— Mais quand vous vous couchez, le soir ?

— Sous mon lit.

— Et qui les nettoie ?

— Personne. Est-ce qu'ils ont besoin d'être nettoyés ? Vous me voyez paradant sur la promenade comme un jeune homme ? Le dimanche, je ne dis pas, j'ai mes chaussures du dimanche. Mais pour le reste...

Il haussa les épaules et je secouai la tête, découragé.

— C'est bon, c'est bon, fit le magistrat. Nous ne sommes guère plus avancés. Je crains que nous ne soyons bloqués tant que Santiago n'aura pas répondu à notre dépêche. Quelqu'un a-t-il vu Giraud ? Vraiment, ce n'est pas la politesse qui l'étouffe, celui-là. J'ai bonne envie de l'envoyer chercher !

— Vous n'aurez pas besoin d'aller le chercher très loin, dit une voix douce.

Nous sursautâmes. Giraud était dehors et nous regardait par la fenêtre ouverte. Il entra d'un bond léger et s'avança vers la table.

— Je suis à votre disposition. Et veuillez m'excuser de ne pas m'être présenté plus tôt.

— Je vous en prie, ce n'est rien, dit le juge d'instruction, assez confus.

— Bien sûr, enchaîna l'autre, je ne suis qu'un policier et je ne connais rien en matière d'interrogatoires. Mais si je devais en mener un, j'inclinerais à le faire toutes fenêtres fermées. N'importe qui peut entendre au-dehors ce qui se dit ici. Enfin, passons.

M. Hautet rougit de colère. À l'évidence, les rapports entre le juge d'instruction et l'inspecteur chargé de l'affaire manquaient de chaleur : les deux hommes s'étaient déplu dès leur première rencontre. Mais peut-être en eût-il été ainsi de toute façon : pour Giraud, tous les juges d'instruction étaient de vieilles badernes, et M. Hautet, qui prenait sa fonction très au sérieux, ne pouvait que se sentir offensé des manières désinvoltes de l'inspecteur parisien.

— Eh bien, monsieur Giraud, dit le magistrat d'un ton sec, vous avez sans nul doute bien employé votre temps ? Je suppose que vous nous apportez le nom des assassins, ainsi que l'endroit exact où ils se trouvent en ce moment ?

Sans s'émouvoir, M. Giraud répliqua :

— Je sais au moins d'où ils sont venus.

Il sortit de sa poche deux menus objets qu'il posa délicatement sur la table. Nous nous agglutinâmes autour. C'étaient des objets très simples : un mégot et une allumette qui n'avait pas servi. L'inspecteur se tourna vers Poirot :

— Que voyez-vous là ? demanda-t-il.

La note de brutalité que je perçus dans sa voix me fit rougir, mais Poirot ne parut même pas s'en apercevoir ; il se contenta de hausser les épaules.

— Un mégot et une allumette.

— Et que vous apprennent-ils ?

Poirot écarta les bras dans un geste d'impuissance :

— Ils ne m'apprennent...strictement rien !

— Ah ! fit Giraud d'un air satisfait. Il est vrai que vous

n'avez guère étudié ces choses-là. Eh bien, il ne s'agit pas d'une allumette ordinaire — en tout cas en France. En revanche c'est un modèle très courant en Amérique du Sud. Heureusement qu'elle n'a pas servi, sans quoi j'aurais eu du mal à l'identifier. Il est clair qu'un des hommes a jeté sa cigarette et en a allumé une autre. Ce faisant, il a laissé tomber par mégarde une allumette de sa boîte.

— Et l'autre allumette ? demanda Poirot.

— Quelle allumette ?

— Celle qui a servi à allumer la cigarette. Vous l'avez trouvée, elle aussi ?

— Non.

— Peut-être n'avez-vous pas cherché avec assez de soin ?

— Pas assez de soin...!

Je crus un instant que l'inspecteur allait exploser, mais il parvint à se contenir.

— Je vois que vous aimez plaisanter, monsieur Poirot. Mais de toute façon, allumette consumée ou pas, ce mégot nous suffit amplement. C'est une cigarette sud-américaine fabriquée avec du papier pectoral à goût de réglisse.

Poirot s'inclina. Le juge d'instruction reprit la parole :

— Le mégot et l'allumette pouvaient appartenir à M. Renauld. Songez qu'il n'est revenu d'Amérique du Sud que depuis deux ans.

— Non, rétorqua l'autre avec assurance. J'ai déjà examiné les effets de M. Renauld. Il ne fumait pas ce genre de cigarettes et n'utilisait pas ce type d'allumettes.

— Vous ne trouvez pas un peu curieux, intervint Poirot, que ces étrangers soient arrivés sans armes, sans gants et sans bêche, et que tous ces objets leur soient tombés sous la main aussi commodément ?

Giraud eut un sourire de supériorité.

— C'est étrange, en effet. Je dirais même que sans la théorie que j'ai élaborée, ce serait franchement inexplicable.

— Tiens, tiens ! fit M. Hautet. Un complice dans la maison ?

— Ou à l'extérieur, dit Giraud avec un sourire.

— Mais il a bien fallu que quelqu'un les fasse entrer. Nous ne pouvons admettre que par un surcroît de bonne fortune, ils aient trouvé la porte entrouverte, comme ça, par hasard !

— On leur a ouvert, c'est certain. Mais quelqu'un a fort bien pu les faire entrer de l'extérieur — si ce quelqu'un possédait une clé !

— Et qui donc possédait une clé ?

Giraud haussa les épaules.

— Ça ! Nul ne va venir s'en vanter. Mais plusieurs personnes sont susceptibles d'en avoir une. M. Jack Renauld, par exemple. C'est vrai qu'il est en route pour l'Amérique du Sud, mais il a pu perdre sa clé ou se la faire voler. Il y a aussi le jardinier, qui habite ici depuis des années. Une des jeunes domestiques peut fort bien avoir un amoureux, et rien n'est plus facile que de prendre l'empreinte d'une clé pour en faire un double. Il existe bien d'autres possibilités. Enfin, si je ne m'abuse, il y a encore quelqu'un qui pourrait en posséder une...

— Qui donc ?

— Mme Daubreuil, déclara l'inspecteur.

— Ah ! fit le juge d'instruction. Alors, vous êtes au courant de cette histoire ?

— Je suis au courant de tout, dit le policier d'un ton sentencieux.

— Je suis certain que vous ignorez au moins une chose, dit M. Hautet, sautant sur l'occasion pour lui montrer qu'il en savait plus long que lui.

Et il se mit à raconter par le menu l'histoire de la mystérieuse visiteuse du soir précédent. Il parla également du chèque établi au nom de Duveen et, pour finir, tendit à Giraud la lettre signée « Bella ».

— Tout cela est fort intéressant. Mais cela ne change rien à ma théorie.

— Et quelle est votre théorie ?

— Je préfère n'en rien dévoiler pour le moment. N'oubliez pas que je n'en suis qu'au tout début de mon enquête.

— Dites-moi une chose, monsieur Giraud, intervint soudain Poirot. Selon votre théorie, on a ouvert la porte aux assassins. Mais pourquoi l'a-t-on ensuite laissée ouverte ? N'aurait-il pas été plus naturel de la refermer en partant ? Si un sergent de ville était monté jusqu'à la villa, comme ils le font parfois au cours de leurs rondes, les bandits risquaient d'être découverts et arrêtés aussitôt.

— Bah ! ils auront oublié de le faire. Une erreur de leur part, je vous l'accorde.

Alors, à ma grande surprise, Poirot répéta presque mot pour mot ce qu'il avait déclaré à Bex le soir précédent :

— Je ne suis pas d'accord avec vous. Laisser la porte ouverte fait partie d'un plan, ou a été dicté par la nécessité, et toute théorie qui ne prend pas ce fait en compte est nulle et non avenue.

Tous les regards convergèrent vers lui. Je l'avais cru humilié par l'aveu d'ignorance que lui avait extorqué Giraud à propos du mégot et de l'allumette ; mais il avait l'air aussi satisfait de lui-même qu'à l'accoutumée, et il tenait tête à Giraud sans sourciller. L'inspecteur tortilla sa moustache en le fixant d'un air peu amène.

— Vous n'êtes pas d'accord, hein ? Eh bien, qu'est-ce qui vous frappe, vous, dans cette affaire ? Donnez-nous votre point de vue.

— Il y a une chose qui me paraît significative. Dites-moi, monsieur Giraud, cette affaire ne vous évoque-t-elle pas quelque chose ? Elle ne vous rappelle rien de familier ?

— De familier ? J'aurais du mal à répondre comme ça, à brûle-pourpoint. Pourtant non, je ne pense pas.

— Vous vous trompez, dit tranquillement Poirot. Un crime presque similaire a déjà été commis.

— Quand ? Où ?

— Hélas ! Je n'arrive pas à m'en souvenir pour l'instant, mais ça me reviendra. J'espérais que vous pourriez m'y aider.

Giraud eut un grognement incrédule.

— Nous avons eu beaucoup d'affaires d'hommes masqués. Je ne peux pas me rappeler chacune d'elles en détail. Les crimes se ressemblent tous plus ou moins.

— Chacun porte pourtant ce que j'appelle sa marque individuelle, dit Poirot qui avait pris soudain son ton de conférencier et s'adressait à toute l'assistance. Je veux parler de l'aspect psychologique du crime. L'inspecteur Giraud sait fort bien que chaque criminel a sa méthode propre ; ainsi, quand la police est appelée à enquêter sur un cambriolage, par exemple, le simple examen de la méthode utilisée peut suffire à la mettre sur la piste des auteurs du délit. Japp vous dirait la même chose, Hastings. L'homme est un animal d'habitudes. Il a ses habitudes dans la légalité, dans la respectabilité de sa vie quotidienne, mais il en a tout autant dans l'illégalité et dans le crime. Si un homme commet un meurtre, tous ceux qu'il pourra commettre ensuite ressembleront singulièrement au premier. Ce criminel anglais qui s'est débarrassé de ses femmes successives en les noyant dans sa baignoire illustre parfaitement cette loi. S'il avait changé de méthode, peut-être courrait-il encore à l'heure qu'il est. Mais il a obéi à ce que lui commandait la nature humaine, qui croit bien à tort que ce qui a réussi une fois réussira toujours. Ce qu'il a payé, c'est son manque d'originalité.

— Et où tout cela nous mène-t-il? ricana Giraud.

— À ceci : lorsque vous avez deux crimes similaires, tant dans le dessein que dans l'exécution, vous trouverez derrière le même cerveau à l'œuvre. C'est ce cerveau que je cherche, monsieur Giraud, et je le trouverai. Nous disposons ici d'un véritable indice — un indice psychologique. Vous êtes peut-être spécialiste des mégots et des bouts d'allumettes, mais moi, Hercule Poirot, je suis spécialiste de la nature humaine.

Giraud ne parut guère s'émouvoir de ce discours.

— Pour votre gouverne, poursuivit Poirot, je tiens à vous signaler un fait que vous ignorez sans doute. La montre-bracelet de Mme Renauld, le jour qui a suivi la tragédie, avait pris deux heures d'avance.

Giraud le toisa.

— Elle avançait peut-être régulièrement?

— C'est en effet ce qu'on m'a dit.

— Eh bien, alors...!

— Tout de même, deux heures, c'est beaucoup, dit doucement Poirot. Et puis, il y a cette histoire d'empreintes dans le massif de fleurs.

Il désigna la fenêtre ouverte. Giraud l'atteignit en deux enjambées et regarda dehors.

— Je ne vois aucune empreinte.

— Non, dit Poirot en remettant d'aplomb une pile de livres sur la table. Il n'y en a pas.

Un instant, le visage de Giraud exprima une fureur meurtrière. Il fit un pas vers son tortionnaire, mais à ce moment précis la porte du salon s'ouvrit, et Marchaud annonça :

— M. Stonor, le secrétaire de M. Renauld, arrive d'Angleterre à l'instant. Dois-je le faire entrer?

# 10

## Gabriel Stonor

L'homme qui pénétra dans la pièce était remarquable à tous égards. De très haute taille, le corps souple et athlétique et le visage hâlé, il dominait nettement l'assemblée. Giraud lui-même paraissait rabougri à côté de lui. Lorsque je le connus mieux, je compris combien la personnalité de Gabriel Stonor sortait de l'ordinaire. Anglais de naissance, il avait roulé sa bosse un peu partout dans le monde. Il avait chassé le grand fauve en Afrique, voyagé en Corée, possédé un ranch en Californie, et fait du négoce dans les îles des mers du Sud.

Il posa sur M. Hautet un regard franc.

— Vous êtes sans doute le juge d'instruction chargé de l'affaire ? Enchanté de vous rencontrer, monsieur. Comment se porte Mme Renauld ? Se remet-elle un peu de cette épreuve ? Ce drame a dû lui causer un choc épouvantable.

— Terrible, en effet, dit M. Hautet. Permettez-moi de vous présenter M. Bex, notre commissaire de police, et M. Giraud, de la Sûreté de Paris. Voici également M. Hercule Poirot, que M. Renauld avait appelé à son secours mais qui est arrivé trop tard pour prévenir la tragédie. Enfin, le capitaine Hastings, qui est un ami de M. Poirot.

Stonor regarda Poirot sans dissimuler son intérêt.

— Il avait sollicité votre aide, c'est bien ça ?

— Vous ignoriez donc que M. Renauld avait l'intention de faire appel aux services d'un détective ? intervint M. Bex.

— Oui, je l'ignorais. Mais je n'en suis pas surpris.

— Pourquoi ?

— Parce que le vieux était très inquiet. Je ne sais pas à quel propos, car nous n'étions pas assez intimes pour qu'il me fasse des confidences. Mais pour ce qui est d'être inquiet — il l'était, et pas qu'un peu !

— Hum ! fit M. Hautet. Et vous n'avez aucune idée des raisons de cette inquiétude ?

— C'est ce que je viens de vous dire, monsieur.

— Veuillez m'excuser, monsieur Stonor, mais il nous faut commencer par les formalités d'usage. Votre nom ?

— Gabriel Stonor.

— Depuis combien de temps êtes-vous au service de M. Renauld ?

— Depuis son retour d'Amérique du Sud, il y a environ deux ans. Nous nous sommes rencontrés grâce à un ami commun, et il m'a offert ce poste de secrétaire. Je dois dire que c'était un patron du tonnerre.

— Vous a-t-il beaucoup parlé de sa vie en Amérique du Sud ?

— Pas mal, oui.

— Savez-vous s'il est jamais allé à Santiago ?

— Oui, plusieurs fois, à ce qu'il me semble.

— Il n'a jamais parlé d'un incident qui se serait produit là-bas, quelque chose qui aurait pu appeler une vengeance ?

— Non, jamais.

— Vous a-t-il parlé d'un secret qui serait tombé entre ses mains au cours de son séjour là-bas ?

— Pas que je me souvienne. Mais il y avait un mystère dans sa vie, c'est certain. Je ne l'ai jamais entendu parler de son enfance, par exemple, ni faire mention d'aucune anecdote précédant son arrivée en Amérique du Sud. Il était canadien français, me semble-t-il, mais il ne parlait jamais de sa vie au Canada. Il pouvait rester fermé comme une huître, quand il le voulait.

— À votre connaissance, donc, il n'avait pas d'ennemis, et vous ne pouvez nous fournir aucun indice sur un secret qu'il aurait eu en sa possession et qui aurait justifié son assassinat ?

— C'est bien cela.

— Monsieur Stonor, avez-vous jamais entendu prononcer le nom de Duveen dans l'entourage de M. Renauld ?

— Duveen... Voyons... (Il répéta le nom à plusieurs reprises, d'un air pensif.) Je ne crois pas. Et pourtant, cela me dit quelque chose...

— Connaissez-vous une dame, une amie de M. Renauld, qui aurait pour prénom Bella ?

Gabriel Stonor secoua de nouveau la tête.

— Bella Duveen ? C'est son nom ? C'est curieux, je suis sûr de l'avoir déjà entendu. Mais pour le moment, je suis incapable de vous le situer.

Le juge d'instruction toussota.

— Voyez-vous, monsieur Stonor, vous ne devez rien nous

cacher. Vous pourriez, par délicatesse envers Mme Renauld — pour qui vous avez, j'imagine, beaucoup d'estime et d'affection — être tenté de... Enfin, bref ! conclut M. Hautet, emberlificoté dans sa phrase, il faut tout nous dire, tout !

Stonor le considéra avec stupeur, puis une lueur de compréhension passa dans ses yeux.

— Je ne vous suis pas tout à fait, dit-il doucement. Qu'a donc à voir Mme Renauld avec tout ceci ? J'ai pour cette dame beaucoup d'affection et un immense respect ; c'est une femme charmante et tout à fait remarquable de surcroît. Mais je ne vois pas en quoi elle pourrait être affectée par mes réserves ou mon indiscrétion ?

— Et s'il s'avérait que Bella Duveen était pour son mari un peu plus qu'une simple amie ?

— Ah ! dit Stonor, je vois où vous voulez en venir. Mais je suis prêt à parier ma chemise que vous faites fausse route. Le vieux ne regardait jamais un jupon ! Il était profondément amoureux de sa femme. Ils formaient le couple le plus uni que j'aie jamais rencontré.

M. Hautet secoua gentiment la tête.

— Monsieur Stonor, nous avons la preuve absolue du contraire : une lettre d'amour écrite par cette Bella à M. Renauld, où elle l'accuse de s'être lassé d'elle. De plus, nous avons la preuve qu'au moment de sa mort, il était engagé dans une autre aventure, avec une Française cette fois, une certaine Mme Daubreuil qui loue la villa voisine.

Le secrétaire plissa le front.

— Un instant, monsieur. Vous êtes lancé sur une fausse piste. Je connaissais bien Paul Renauld. Ce que vous venez de dire est tout à fait impossible. Il faut qu'il y ait une autre explication.

— Quelle autre explication pourrait-il y avoir ? grommela le juge d'instruction en haussant les épaules.

— Et d'abord, qu'est-ce qui vous fait croire à une intrigue amoureuse ?

— Mme Daubreuil avait l'habitude de venir lui rendre visite le soir. En outre, depuis que M. Renauld s'est installé à la villa Geneviève, de grosses sommes ont été déposées en liquide sur son compte, pour un montant total équivalant à quatre mille livres anglaises.

— C'est bien cela, en effet, dit tranquillement Stonor. Je lui ai moi-même remis cet argent, en liquide comme elle le demandait. Mais il ne s'agissait pas d'une intrigue amoureuse.

— Et de quoi, alors?

— De chantage! dit sèchement Stonor en frappant du poing sur la table. Voilà ce que c'était!

— Comment! s'écria le magistrat, incapable de dissimuler son émotion.

— Du chantage, répéta Stonor. Le vieux était saigné à blanc, et à bonne allure, encore! Quatre mille livres en deux mois, vous vous rendez compte? Je vous ai dit tout à l'heure qu'il y avait un mystère autour de lui. Il est clair que cette Mme Daubreuil en savait assez long pour lui mettre le couteau sur la gorge.

— C'est possible, au fond! s'exclama le commissaire d'une voix troublée. Oui, c'est tout à fait possible!

— Possible? gronda Stonor. C'est certain, oui. Dites-moi, avez-vous parlé à Mme Renauld de cette histoire d'intrigue amoureuse?

— Non, monsieur. Nous ne voulions pas lui infliger une peine supplémentaire si nous pouvions la lui épargner.

— De la peine? Mais elle vous rirait au nez! Je vous affirme qu'elle et Renauld formaient un couple modèle.

— Ah! cela me rappelle autre chose, dit soudain M. Hautet. M. Renauld vous a-t-il jamais fait part de ses dispositions testamentaires?

— Oui, je suis au courant. J'ai porté moi-même le testament à ses avoués après qu'il l'eut rédigé. Je peux vous donner le nom de leur étude, si vous désirez entrer en contact avec eux. Ce testament est très simple: la moitié de sa fortune revient à sa femme qui en a l'usufruit, et l'autre moitié à son fils, sans compter quelques menus legs. Je crois qu'il m'a laissé mille livres.

— Quand ce testament a-t-il été rédigé?

— Il y a un an et demi environ.

— Seriez-vous très surpris, monsieur Stonor, d'apprendre que M. Renauld a fait un autre testament voici une quinzaine de jours?

Stonor était à l'évidence extrêmement surpris.

— Je n'en avais aucune idée. Quels en sont les termes?

— L'intégralité de son immense fortune revient à sa femme. Il n'est fait aucune mention de son fils.

Gabriel Stonor laissa échapper un long sifflement.

— Voilà qui me paraît dur pour le garçon. Sa mère l'adore, bien sûr, mais tout le monde verra là un manque de confiance de la part de son père. Sa fierté risque d'en souffrir. En tout cas, cela ne fait que confirmer ce que je vous disais : Renauld et sa femme étaient dans les meilleurs termes.

— Certes, certes, dit M. Hautet. Il n'est pas exclu qu'il nous faille réviser notre jugement sur certains points. Nous avons envoyé une dépêche à Santiago, et nous attendons une réponse d'une minute à l'autre. Il y a de fortes chances pour que nous soyons alors fixés. Par ailleurs, si votre hypothèse de chantage se révélait exacte, Mme Daubreuil devrait être en mesure de nous fournir quelques renseignements d'importance.

Poirot posa une question :

— Masters, le chauffeur anglais, était-il depuis longtemps au service de M. Renauld, monsieur Stonor ?

— Un peu plus d'un an.

— Savez-vous par hasard s'il s'est jamais rendu en Amérique du Sud ?

— Je suis certain qu'il n'y a jamais mis les pieds. Avant d'être au service de M. Renauld, il est resté des années chez une famille du Gloucestershire que je connais très bien.

— En clair, vous pouvez garantir qu'il est au-dessus de tout soupçon ?

— Tout à fait.

Poirot semblait assez déconfit.

Entre-temps, le juge d'instruction avait fait appeler Marchaud.

— Allez présenter mes respects à Mme Renauld et dites-lui que j'aimerais avoir avec elle quelques minutes d'entretien. Dites-lui aussi qu'elle ne se donne pas la peine de venir. Je monterai la voir.

Marchaud salua et disparut.

Nous attendîmes quelques minutes, puis la porte s'ouvrit et, à notre grande surprise, Mme Renauld entra, pâle comme la mort et en grand deuil.

M. Hautet lui avança une chaise en protestant vigoureusement, et elle le remercia d'un sourire. Stonor retint une de ses mains dans les siennes avec toutes les marques d'une profonde sympathie. On sentait bien que les mots lui manquaient. Mme Renauld se tourna vers M. Hautet.

— Vous vouliez me demander quelque chose ?

— Si vous le permettez, madame. Je crois comprendre que votre mari était né au Canada français. Pouvez-vous me dire quelque chose sur son enfance ou sa jeunesse ?

Elle secoua la tête.

— Mon mari parlait fort peu de lui-même, monsieur. Je sais qu'il était du Nord-Ouest, mais je présume qu'il a eu une enfance assez malheureuse, car il n'aimait guère évoquer cette période de son existence. Nous vivions entièrement dans le présent et dans l'avenir...

— Son passé recelait-il un mystère ?

Mme Renauld eut un léger sourire.

— Rien de bien romanesque, à mon avis.

M. Hautet sourit à son tour.

— C'est juste, évitons de sombrer dans le mélodrame. Il y a encore une chose...

Le juge hésitait. Stonor intervint avec impétuosité :

— Ils se sont mis en tête une idée bien extravagante, Mme Renauld. Ils s'imaginent que M. Renauld menait une intrigue amoureuse avec une Mme Daubreuil qui habite, paraît-il, la villa voisine.

Les joues de Mme Renauld s'enflammèrent. Elle redressa brusquement la tête et se mordit la lèvre, bouleversée. Stonor la regardait avec stupéfaction, tandis que M. Bex se penchait vers elle et disait doucement :

— Nous sommes désolés de vous causer de la peine, madame, mais avez-vous quelque raison de croire que Mme Daubreuil était la maîtresse de votre mari ?

Avec un sanglot, Mme Renauld enfouit son visage dans ses mains. Finalement, elle releva la tête et dit d'une voix brisée :

— Elle l'a peut-être été !

Jamais, de toute ma vie, je n'avais vu stupeur aussi grande que celle qui se peignit alors sur le visage de Stonor. À l'évidence, il n'en croyait pas ses oreilles.

# 11

## Jack Renauld

Je ne saurais dire quel tour aurait pris la conversation, si à ce moment précis la porte ne s'était ouverte à la volée. Un grand jeune homme fit irruption dans la pièce.

Un court instant, j'eus l'irréelle sensation que le mort était revenu à la vie. Puis je m'aperçus qu'aucun fil gris ne striait cette chevelure brune, que c'était presque un gamin qui venait de nous tomber dessus avec aussi peu de cérémonie. Il alla droit à Mme Renauld sans se soucier de nous.

— Mère !

— Jack ! Mon chéri ! s'écria-t-elle en l'entourant de ses bras. Que fais-tu ici ? Ne devais-tu pas embarquer avant-hier à Cherbourg, sur l'*Anzora* ?

Puis, se rappelant soudain notre présence, elle se tourna vers nous d'un air digne :

— Mon fils, messieurs.

— Ah ! fit M. Hautet en saluant le jeune homme d'un signe de tête. Alors, vous n'avez pas embarqué sur l'*Anzora* ?

— Non, monsieur. Comme je m'apprêtais à l'expliquer à ma mère, l'*Anzora* a été retenu à quai pendant vingt-quatre heures à cause d'une avarie. J'aurais dû monter à bord hier soir, mais il se trouve que j'ai acheté par hasard un journal, et j'y ai lu le compte rendu de... de l'horrible tragédie qui vient de nous frapper...

Sa voix se brisa et ses yeux se remplirent de larmes.

— Mon pauvre père. Mon Dieu, mon pauvre père !

Tout en continuant de le fixer comme une apparition, Mme Renauld répéta :

— Mais alors, tu n'as pas embarqué ?

Puis, avec un geste d'extrême lassitude, elle murmura comme pour elle-même :

— Après tout, cela n'a plus d'importance, à présent.

— Asseyez-vous, je vous en prie, dit M. Hautet en lui présentant une chaise. Laissez-moi vous exprimer ma profonde sympathie. Ce doit être un choc terrible d'apprendre de cette façon une nouvelle aussi affreuse. Il est néanmoins fort heureux que vous ayez été empêché d'embarquer. J'ose espérer que vous serez à même de nous fournir les indications qui nous manquent pour éclaircir ce mystère.

— Je suis à votre entière disposition, monsieur. Posez-moi toutes les questions que vous voudrez.

— Tout d'abord, j'ai cru comprendre que vous entrepreniez ce voyage à la demande de votre père ?

— C'est exact, monsieur. Il m'a envoyé un télégramme me priant de me rendre sans délai à Buenos Aires, puis de là à Valparaiso via les Andes, et enfin à Santiago.

— Ah ! Et le but de ce voyage... ?

— Je n'en ai pas la moindre idée.

— Comment ?

— Non. Tenez, voici le télégramme que j'ai reçu.

Le juge d'instruction s'en empara et lut à haute voix :

— « Va immédiatement à Cherbourg. Embarque sur l'*Anzora* qui part ce soir pour Buenos Aires. Destination finale Santiago. Autres instructions t'attendront à Buenos Aires. Je compte sur toi. Affaire de la plus haute importance. RENAULD. » Et vous n'aviez échangé aucune correspondance préalable ?

— Non. Ce sont les seules instructions que j'ai reçues. Je savais bien sûr qu'après y avoir vécu aussi longtemps, mon père conservait de nombreux intérêts en Amérique du Sud. Mais jusqu'à présent, il n'avait jamais parlé de m'envoyer là-bas.

— Vous aussi, monsieur Renauld, vous avez dû vivre assez longtemps en Amérique du Sud ?

— Oui, quand j'étais enfant. Puis on m'a envoyé au collège en Angleterre, et j'ai passé la plupart de mes vacances ici, de sorte que je connais beaucoup moins bien l'Amérique du Sud que vous ne pourriez le croire. Voyez-vous, j'avais dix-sept ans quand la guerre a éclaté.

— Vous avez servi dans l'aviation, n'est-ce pas ?

— Oui, monsieur.

S'étant fait confirmer ce détail, M. Hautet poursuivit son interrogatoire suivant un scénario désormais classique. À ses questions, Jack Renauld répondit fermement qu'il ne connaissait aucun des ennemis qu'aurait pu se faire son père à Santiago ou ailleurs sur le continent sud-américain, qu'il n'avait remarqué aucun changement dans l'attitude de son père ces derniers temps, et qu'il ne l'avait jamais entendu parler d'un quelconque secret. Il avait cru que sa mission en Amérique du Sud concernait des transactions commerciales.

M. Hautet marqua une pause, et l'on entendit la voix tranquille de Giraud :

— J'aimerais poser moi-même quelques questions à M. Renauld, monsieur le juge.

— Je vous en prie, monsieur Giraud, faites donc, répondit froidement le magistrat.

Giraud rapprocha un peu sa chaise de la table.

— Étiez-vous en bons termes avec votre père, monsieur Renauld ?

— Bien sûr, répliqua le jeune homme avec hauteur.

— Vous l'affirmez ?

— Oui.

— Jamais de petites querelles ?

Jack haussa les épaules.

— Il arrive à tout le monde d'avoir des divergences d'opinion de temps à autre.

— Sans doute, sans doute. Mais si quelqu'un affirmait que vous avez eu une violente dispute avec lui juste avant de partir pour Paris, pourriez-vous certifier que cette personne ment ?

Je ne pus m'empêcher d'admirer le savoir-faire de Giraud. « Je suis au courant de tout ! » avait-il jeté au magistrat, et il ne s'était pas vanté : Jack Renauld avait été visiblement décontenancé par sa question.

— Nous... Nous avons eu des mots en effet, admit-il enfin.

— Ah, des mots ! Et au cours de cet échange de mots, avez-vous, oui ou non, prononcé cette phrase : « Quand vous serez mort, je pourrai faire ce qu'il me plaira ! »

— C'est possible, murmura le jeune homme. Je ne sais plus.

— Et votre père vous a-t-il répondu : « Mais je ne suis pas encore mort ! » À quoi vous auriez rétorqué : « Si seulement vous l'étiez ! »

Le garçon ne répondit rien. Il paraissait nerveux et tripotait les objets posés sur la table devant lui.

— Je dois vous prier de me donner une réponse, monsieur Renauld, dit sèchement Giraud.

Avec une exclamation de colère, le jeune homme balaya de la main un lourd coupe-papier qui tomba sur le sol.

— Qu'est-ce que ça peut bien vous faire ? Oh ! autant vous le dire, à présent ! Oui, je me suis disputé avec mon père. Il est possible que j'aie prononcé ces mots — j'étais tellement en colère que je ne me souviens même plus de ce que j'ai dit ! J'étais fou de rage, et je l'aurais tué, sur le moment ! Voilà, tirez-en les conclusions qu'il vous plaira.

Il se redressa et s'appuya sur son dossier, le visage empourpré et les yeux pleins de défi. Giraud sourit, recula un peu sa chaise et conclut :

— C'est tout. Vous préférez sans doute reprendre vous-même l'interrogatoire, monsieur Hautet.

— En effet, confirma le magistrat. Et quel était l'objet de cette dispute ?

— Je refuse de vous le dire.

M. Hautet se redressa.

— Monsieur Renauld, s'exclama-t-il, vous n'avez pas le droit d'entraver le cours de la justice ! Encore une fois, quel était l'objet de cette dispute ?

Le jeune Renauld resta silencieux, son visage enfantin tout gonflé de colère. Mais une voix s'éleva, imperturbable, la voix d'Hercule Poirot.

— Je vais vous le dire, moi, si vous le désirez.

— Vous le savez ?

— Certainement. L'objet de cette dispute était Mlle Marthe Daubreuil.

Le jeune Renauld sursauta, stupéfait. Le juge d'instruction se pencha vers lui.

— Est-ce vrai, monsieur ?

Jack Renauld confirma d'un signe de tête.

— Oui, admit-il. J'aime Mlle Daubreuil et je souhaite l'épouser. Quand j'ai fait part de mes intentions à mon père, il est entré dans une violente colère. Bien sûr, je n'ai pas pu supporter d'entendre insulter la jeune fille que j'aimais, et la colère m'a gagné à mon tour.

M. Hautet regarda Mme Renauld.

— Étiez-vous au courant de cette... inclination, madame ?

— Je la redoutais, répondit-elle simplement.

— Comment, mère ? s'écria le jeune homme. Toi aussi ? Marthe est aussi bonne que belle. Qu'avez-vous contre elle ?

— Je n'ai absolument rien contre Mlle Daubreuil. Mais j'aimerais mieux te voir épouser une Anglaise, et s'il faut que ce soit une Française, pas une jeune fille dont la mère a des antécédents douteux !

Sa voix exprimait toute sa rancœur, et j'imaginais fort bien ce qu'elle avait pu ressentir en voyant son fils s'éprendre de la fille de sa rivale.

Mme Renauld poursuivit, tournée vers le juge d'instruction :

— J'aurais peut-être dû toucher un mot à mon mari de cette histoire, mais j'espérais que ce n'était qu'un flirt sans conséquence qui s'interromprait de lui-même si on ne lui prêtait pas une attention exagérée. Je m'en veux aujourd'hui de ce silence, mais, comme je vous l'ai dit, mon mari semblait préoccupé, différent de ce qu'il était d'habitude, et j'étais surtout soucieuse de ne pas lui donner de nouveaux sujets d'inquiétude.

M. Hautet approuva du chef.

— Quand vous avez informé votre père de vos intentions à l'égard de Mlle Daubreuil, reprit-il, vous a-t-il paru étonné ?

— Il a eu l'air bouleversé. Puis il m'a dit d'un ton péremptoire qu'il était inutile d'y songer, qu'il ne donnerait jamais son consentement à ce mariage. Stupéfait, je lui ai demandé ce qu'il avait contre Mlle Daubreuil. Il n'a rien trouvé à me répondre, mais il a fait des allusions désobligeantes au mystère qui entourait la mère et la fille. Je lui ai répondu que j'épousais Marthe et non son passé, mais il a refusé tout net de continuer à discuter sur ce sujet. Il fallait renoncer à ce mariage, point final. Cette injustice et cet abus d'autorité m'ont rendu fou furieux, d'autant plus que lui-même se mettait en quatre pour les Daubreuil et insistait toujours pour qu'on les invitât à la maison. J'ai perdu la tête et nous nous sommes terriblement disputés. Mon père m'a rappelé que je dépendais entièrement de lui, et c'est là que j'ai dû répondre que s'il mourait, je n'en ferais qu'à ma tête...

— Vous connaissiez donc les dispositions testamentaires de votre père ? demanda Poirot.

— Je savais qu'il m'avait laissé la moitié de sa fortune, et que l'autre moitié, laissée en usufruit à ma mère, me reviendrait à la mort de celle-ci.

— Poursuivez votre récit, dit le juge.

— Après cela, nous avons continué à crier à tue-tête jusqu'à ce que je m'aperçoive que j'allais manquer le train de Paris. J'ai couru à la gare, toujours dans une colère folle. Mais une fois dans le train, je me suis calmé. J'ai écrit à Marthe pour lui raconter ce qui s'était passé, et sa réponse m'a totalement apaisé. Elle m'a conseillé de m'armer de patience, en ajoutant que l'opposition de mes parents céderait tôt ou tard devant notre détermination. Nous devions avoir le courage de mettre nos sentiments à l'épreuve, et quand mes parents comprendraient qu'il ne s'agissait pas d'une simple toquade, leur attitude changerait. Bien sûr, je ne lui avais pas parlé de la principale objection de mon père. Mais j'ai compris que la violence ne me mènerait à rien.

— Passons à autre chose : avez-vous parmi vos relations quelqu'un du nom de Duveen, monsieur Renauld ?

— Duveen ? répéta Jack.

Il se pencha pour ramasser le coupe-papier qu'il avait fait tomber quelques instants plus tôt. Quand il releva la tête, son regard croisa celui de Giraud, qui l'observait avec attention.

— Duveen ? Non, je ne vois pas.

— Voulez-vous lire cette lettre, et me dire si vous avez une idée de l'identité de la personne qui l'a adressée à votre père ?

Jack Renauld prit la lettre que lui tendait le juge ; à mesure qu'il la parcourait, le rouge lui montait au front.

— Adressée à mon père ? s'exclama-t-il d'un ton où perçait une indignation émue.

— Oui, nous l'avons trouvée dans la poche de son pardessus.

— L'avez-vous montrée à ... ?

Il s'interrompit, jetant un coup d'œil rapide à sa mère. Le magistrat comprit.

— Non, pas encore. Pouvez-vous nous fournir un quelconque indice sur son auteur ?

— Je n'en ai pas la moindre idée.

M. Hautet poussa un soupir.

— Voilà décidément une affaire fort mystérieuse. Bien, je crois que nous pouvons laisser cette lettre de côté pour le moment. Voyons, où en étions-nous ? Ah oui, l'arme du crime. Je crains que cela ne vous affecte beaucoup, monsieur Renauld. J'ai cru comprendre que c'était un souvenir que vous aviez offert à votre mère... Cela n'en rend que plus tragique...

S'il avait rougi en lisant la lettre signée Bella, Jack Renauld était à présent d'une pâleur de craie.

— Comment ! Vous voulez dire... c'est avec le coupe-papier découpé dans le fuselage d'un avion que mon père... Mais c'est impossible ! Un si petit objet !

— Hélas, monsieur Renauld, ce n'est que trop vrai ! Je crains que ce ne soit justement l'arme idéale : très pointue et facile à manier.

— Où est-il ? Puis-je le voir ? Il est resté dans... le corps ?

— Non, non, il est ici. Désirez-vous vous assurer qu'il s'agit bien du vôtre ? Ce serait préférable, bien que votre mère l'ait déjà identifié... Monsieur Bex, puis-je vous prier...

— Mais certainement. Je vais le chercher tout de suite.

— Ne vaudrait-il pas mieux mener M. Renauld à l'appentis ? suggéra Giraud d'une voix douce. Ce jeune homme voudra sans doute voir le corps de son père.

Jack Renauld fit un geste éperdu de dénégation, et le juge d'instruction, toujours prêt à contredire le policier, répliqua :

— Mais non, voyons, pas maintenant. M. Bex va avoir la bonté de nous apporter l'arme ici.

Comme le commissaire quittait la pièce, Stonor se dirigea vers Jack et lui serra la main. Poirot s'était levé pour redresser une paire de chandeliers. Le juge relisait une fois encore la mystérieuse lettre d'amour, s'accrochant avec l'énergie du désespoir à sa première théorie d'un drame de la jalousie s'achevant par un coup de poignard dans le dos.

Tout à coup, la porte s'ouvrit et le commissaire entra, hors d'haleine.

— Monsieur le juge ! Monsieur le juge !

— Oui. Qu'y a-t-il ?

— Le poignard ! Il n'est plus là !

— Comment ça, plus là ?

— Envolé, disparu ! Le bocal où il se trouvait est vide !

— Comment ? m'écriai-je. Mais c'est impossible ! Je l'ai encore vu ce matin...

Je me mordis la langue, mais trop tard. Tous les regards s'étaient portés sur moi.

— Que dites-vous ? s'exclama le commissaire. Ce matin ?

— Je l'ai vu ce matin, dis-je d'une voix ferme. Il y a environ une heure et demie, pour être plus précis.

— Vous êtes allé à la remise ? Comment avez-vous obtenu la clé ?

— Je l'ai demandée au sergent de ville.

— Et pourquoi êtes-vous allé là-bas ?

Je balançai un moment, puis je me résolus à soulager ma conscience.

— Monsieur Hautet, dis-je, j'ai commis une faute grave pour laquelle je dois solliciter votre indulgence.

— Poursuivez, monsieur.

— Le fait est, monsieur, repris-je en souhaitant être à dix pieds sous terre, que j'ai rencontré une jeune femme de mes amies. Elle m'a exprimé son désir de jeter un coup d'œil sur tout ce qu'il était possible de voir, et je... enfin... bref, j'ai pris la clé pour lui montrer le corps.

— Ah ! s'écria le juge d'instruction, indigné. C'est là une faute très grave, capitaine Hastings. Vous n'auriez jamais dû vous autoriser cette folie.

— Je sais, répondis-je humblement. Rien de ce que vous pourrez dire ne sera trop dur pour qualifier ce que j'ai fait.

— Vous n'avez pas invité cette personne à venir ici ?

— Bien sûr que non. Je l'ai rencontrée par hasard. C'est une jeune Anglaise qui séjourne actuellement à Merlinville mais j'ignorais tout de sa présence ici.

— Je vois, je vois, dit le magistrat en s'adoucissant. C'était on ne peut plus irrégulier, mais la jeune personne est sans doute très jolie. Ce que c'est que d'être jeune !

Il soupira, attendri. Le commissaire, moins romantique et plus terre à terre, reprit le fil de l'histoire :

— Vous n'avez pas refermé et verrouillé la porte en partant ?

— C'est précisément ce que je me reproche, dis-je lentement. Mon amie s'est trouvée mal à la vue du cadavre. J'ai couru lui chercher un peu d'eau et de cognac, et j'ai ensuite insisté pour la raccompagner en ville. Sous le coup de l'émotion, j'ai oublié de refermer la porte. Je ne l'ai fait qu'en rentrant.

— Ce qui représente vingt minutes au bas mot, dit lentement le commissaire.

— C'est bien cela.

— Vingt minutes...! répéta pensivement le commissaire.

— C'est déplorable, reprit M. Hautet, qui avait repris son ton sévère. C'est sans précédent.

Soudain une autre voix se fit entendre.

— Vous trouvez cela déplorable? demanda Giraud.

— Sans aucun doute!

— Et moi, je trouve cela admirable! déclara l'autre sans se démonter.

Ce secours inattendu me laissa sans voix.

— Admirable, monsieur Giraud? demanda le juge d'instruction en lui lançant un regard soupçonneux.

— C'est bien le mot.

— Et puis-je savoir en quoi?

— Parce que nous savons désormais que l'assassin, ou l'un de ses complices, se trouvait à proximité de la villa il y a moins d'une heure. Ce serait bien le diable si, sachant cela, nous ne mettions pas rapidement la main sur lui.

Il poursuivit, avec une nuance de menace dans la voix:

— Il a risqué gros pour rentrer en possession de ce poignard. Peut-être craignait-il qu'on y trouve des empreintes digitales.

Poirot se tourna vers Bex:

— Vous disiez qu'il n'y en avait pas.

Giraud haussa les épaules:

— Peut-être n'en était-il pas sûr.

Poirot le regarda bien en face.

— Vous vous trompez, monsieur Giraud. L'assassin portait des gants. Il doit donc être certain qu'il n'y en avait pas.

— Je n'ai pas dit que c'était l'assassin lui-même qui avait volé le poignard. Ce pouvait être un complice qui ignorait ce détail.

Le greffier se mit à rassembler ses papiers et M. Hautet déclara:

— Notre travail ici est terminé. Monsieur Renauld, voulez-vous avoir l'obligeance d'écouter attentivement pendant qu'on relit votre déposition. J'ai volontairement mené cette procédure aussi officieusement que possible. On m'a déjà reproché l'originalité de mes méthodes, mais je maintiens qu'il y a beaucoup à dire en faveur de l'originalité. Cette affaire est désormais entre les mains expertes de l'illustre M. Giraud. Nul doute qu'il saura s'y distinguer. Je suis d'ailleurs surpris qu'il n'ait pas déjà mis la main au collet des meurtriers! Madame, laissez-moi vous assurer, une fois encore, de ma profonde sympathie. Messieurs, je vous souhaite le bonjour.

Et il sortit d'un air digne, flanqué de son greffier et du commissaire.

Poirot extirpa de sa poche le gros oignon qui lui servait de montre et regarda l'heure.

— Retournons déjeuner à l'hôtel, mon ami. Vous me raconterez par le menu vos imprudences matinales. Personne ne nous regarde. C'est le moment de nous retirer discrètement.

Nous sortîmes tranquillement du salon. Déjà la voiture du juge d'instruction disparaissait à nos yeux. Je descendais les marches du perron quand je fus arrêté par la voix de Poirot :

— Un instant, mon ami.

Il sortit vivement son mètre à ruban et entreprit avec solennité de mesurer un pardessus accroché dans le vestibule, du col à l'ourlet. Je n'avais encore jamais vu ce pardessus, et je supposai qu'il appartenait soit à M. Stonor, soit à Jack Renauld.

Puis, avec un petit grognement de satisfaction, Poirot remit le mètre dans sa poche et me suivit dehors.

## 12

### Poirot élucide certains points

— Pourquoi avez-vous mesuré ce pardessus ? demandai-je, intrigué, alors que nous cheminions à pas lents sous un soleil accablant.

— Parbleu ! Pour connaître sa longueur, répondit Poirot, imperturbable.

Je fus vexé. Cette incorrigible manie qu'il a de faire un mystère de tout m'a toujours irrité. Je me réfugiai dans le silence, et suivis le cours de mes propres pensées. Bien que je n'y eusse pas prêté attention sur le moment, certaines paroles que Mme Renauld avait adressées à son fils me revenaient en mémoire, chargées d'une signification nouvelle. « Tu n'as donc pas embarqué ? » avait-elle demandé, avant d'ajouter : « Après tout, cela n'a plus d'importance, à présent. »

Qu'avait-elle voulu dire par là ? Ces mots étaient énigmatiques, mais peut-être lourds de sens. Se pouvait-il qu'elle en sût plus que nous le supposions ? Elle avait nié avoir eu connaissance de la mystérieuse mission dont son mari avait chargé son fils, mais était-elle aussi ignorante qu'elle le prétendait ? Aurait-elle pu éclaircir certains points, et son silence ne faisait-il pas partie d'un plan soigneusement orchestré ?

Plus j'y réfléchissais, plus j'étais certain d'avoir raison. Mme Renauld en savait beaucoup plus qu'elle n'avait voulu le dire. Dans sa surprise de revoir son fils, elle s'était trahie un instant. J'eus la conviction qu'à défaut des meurtriers eux-mêmes, elle connaissait au moins le motif du meurtre, mais que de puissantes raisons l'obligeaient à se taire.

— Vous êtes profondément perdu dans vos pensées, mon ami, remarqua Poirot, interrompant ainsi le cours de mes réflexions. Qu'est-ce donc qui vous intrigue à ce point ?

Je le lui dis, convaincu du bien-fondé de mes déductions, tout en craignant qu'il ne tourne mes soupçons en ridicule. À ma grande surprise, il m'approuva :

— Vous avez raison, Hastings. J'étais certain depuis le début qu'elle nous dissimulait quelque chose. J'ai commencé par la soupçonner, sinon d'avoir été l'instigatrice du meurtre, du moins d'en avoir été la complice.

— Vous la soupçonnez, elle ? m'écriai-je.

— Mais certainement. Elle tire un énorme bénéfice de la mort de son mari ; en fait, avec ce nouveau testament, elle est la seule à qui profite le crime. Aussi ai-je tout d'abord concentré mon attention sur elle. Vous avez peut-être remarqué que j'ai saisi la première occasion d'examiner ses poignets. Je voulais voir si elle avait pu se bâillonner et se ligoter elle-même. Mais j'ai constaté aussitôt que les marques qu'elle portait aux poignets étaient bien réelles : les cordes avaient entamé la chair. Voilà qui excluait la possibilité qu'elle ait commis ce crime toute seule. Restait l'éventualité qu'elle y ait participé, ou qu'elle en ait été l'instigatrice. En outre, l'histoire qu'elle nous a racontée m'était familière : les hommes masqués qu'elle n'a pas pu reconnaître, la mention d'un « secret » — j'ai déjà entendu, ou lu tout cela ailleurs, en une autre occasion. Un dernier petit détail a achevé de me convaincre qu'elle ne disait pas la vérité. La montre-bracelet, Hastings ! La montre-bracelet !

Encore cette montre ! Poirot me regardait bizarrement du coin de l'œil.

— Vous saisissez, mon ami ? Vous voyez ?

— Non, répliquai-je avec humeur. Je ne saisis rien et je ne vois rien. Vous ne cessez de faire des mystères à tout propos, et ce n'est même pas la peine de vous demander des explications. Vous gardez toujours une carte dans votre manche jusqu'à la dernière seconde.

— Ne vous fâchez pas, mon bon ami, dit Poirot en souriant. Je vais vous l'expliquer, puisque tel est votre désir. Mais pas un mot à Giraud, c'est entendu ? Il me traite comme une vieille potiche, une quantité négligeable ! On va voir ce qu'on va voir ! J'ai déjà joué franc jeu avec lui, je l'ai mis sur une piste. S'il ne veut pas s'en servir, c'est son affaire.

J'assurai Poirot qu'il pouvait compter sur ma discrétion.

— C'est bien ! À présent, faisons fonctionner nos petites cellules grises. Dites-moi, mon ami, à quelle heure selon vous la tragédie a-t-elle eu lieu ?

— Eh bien, vers 2 heures du matin environ, répondis-je, surpris. Rappelez-vous, Mme Renauld nous a dit qu'elle avait entendu la pendule sonner pendant que les hommes étaient dans la chambre.

— Exact. Et sur la foi de ce récit, vous, le juge d'instruction, Bex et tous les autres, vous avez accepté cette heure comme étant celle du crime sans poser de questions. Mais moi, Hercule Poirot, j'affirme que Mme Renauld a menti. Le crime a été commis deux heures plus tôt.

— Mais les médecins...

— Après examen du corps, ils ont déclaré que la mort remontait à plus de sept heures et moins de dix heures. Pour une raison que j'ignore, il fallait impérativement que le crime eût l'air d'avoir été commis plus tard qu'il ne l'a été en réalité. Vous avez déjà lu des histoires de montres brisées permettant de déterminer l'heure exacte du crime ? Pour que l'heure ne repose pas uniquement sur le témoignage de Mme Renauld, quelqu'un a amené les aiguilles de la montre sur 2 heures, et l'a ensuite écrasée par terre. Mais comme il arrive souvent dans ces cas-là, ils ont voulu trop bien faire. Le verre s'est brisé, mais le mécanisme de la montre, lui, n'a pas souffert ! C'était une manœuvre désastreuse de leur part, parce qu'elle a attiré mon attention sur deux points : d'abord, sur le fait que Mme Renauld mentait ; ensuite, elle m'a incliné à penser qu'ils devaient avoir une raison vitale de vouloir retarder l'heure du crime.

— Et quelle pouvait être cette raison ?

— Ah ! c'est bien là la question ! C'est là tout le mystère. Pour l'instant, je suis incapable de vous en donner une explication. Il ne me vient qu'une seule idée susceptible d'avoir un lien avec tout cela.

— À savoir ?

— Que le dernier train part de Merlinville à 0 h 17.

Je m'efforçai de suivre son raisonnement.

— Donc, si le crime semblait avoir été commis deux heures plus tard, quiconque partant par ce train avait un alibi en béton armé !

— Très bien, Hastings ! Vous y êtes !

Je sautai sur mes pieds.

— Mais il faut aller enquêter à la gare ! On n'aura pas manqué de remarquer deux étrangers qui partaient par ce train ! Allons-y sur-le-champ !

— Vous croyez, Hastings ?

— Mais bien sûr. Tout de suite !

Poirot me toucha le bras pour calmer mon ardeur.

— Allez, allez, mon bon ami, je ne veux pas vous en empêcher. Mais à votre place, je ne chercherais pas à me renseigner sur deux étrangers.

Comme je restais éberlué, il ajouta avec une certaine impatience :

— Oh ! là ! là ! Vous n'allez pas me dire que vous croyez à cette comédie ? Aux hommes masqués et à toute cette histoire !

Je fus si déconcerté par ces paroles que je restai sans voix. Poirot poursuivit d'un air serein :

— Vous m'avez bien entendu dire à Giraud que les détails de ce crime m'étaient familiers ? Eh bien, il n'y a à cela que deux explications possibles : soit le cerveau qui a conçu le premier crime a également conçu celui-ci, soit la lecture du compte rendu d'une cause célèbre a marqué profondément l'inconscient de notre meurtrier et lui a indiqué la marche à suivre. Je serai en mesure de me prononcer là-dessus dès que...

Il s'interrompit brusquement. Je réfléchissais, retournant dans tous les sens les pièces du puzzle.

— Mais la lettre de M. Renauld? Elle fait clairement mention d'un secret et de Santiago !

— Il ne fait pas l'ombre d'un doute qu'il y avait un secret dans la vie de M. Renauld. D'un autre côté, le mot de « Santiago » me fait l'effet d'un leurre, d'un chiffon rouge qu'on nous agite en permanence devant les yeux pour nous faire perdre la piste. Il n'est pas exclu qu'on s'en soit servi de la même façon sur M. Renauld, pour éviter que ses soupçons ne portent dans une direction plus proche de lui. Oh ! soyez-en certain, Hastings, le danger qui le menaçait n'était pas à Santiago ; il était en France, tout près d'ici.

Il parlait avec une telle gravité et une telle assurance que je fus convaincu malgré moi. Je risquai malgré tout une dernière objection :

— Et l'allumette? Et le mégot qu'on a trouvés près du corps? Qu'en dites-vous ?

Poirot rayonna soudain.

— Un leurre ! Délibérément planté là pour permettre à Giraud ou à un autre de son espèce de le découvrir ! Voyez le bon chien de chasse ! Il arrive avec son mégot, tout content de lui. Quatre heures, il s'est traîné sur le ventre ! Et conclusion : « Regardez ce que j'ai trouvé ! » Et à moi : « Que voyez-vous ici ? » Et moi, je lui réponds, ce qui est la pure vérité : « Rien du tout. » Et voilà Giraud, le grand Giraud, qui rigole, qui se dit en lui-même : « Oh ! quel imbécile, ce vieux-là ! » Eh bien, on verra...

Pendant ce discours, j'avais passé en revue les éléments essentiels de l'affaire.

— Alors, toute cette histoire d'hommes masqués...?

— ...est fausse de A à Z.

— En ce cas, que s'est-il réellement passé ?

Poirot haussa les épaules.

— Une seule personne pourrait nous le dire, c'est Mme Renauld. Mais elle ne le fera pas. Ni la menace ni la prière ne pourront en venir à bout. Une femme remarquable, croyez-moi, Hastings. J'ai compris dès que je l'ai vue que nous étions devant une force de caractère peu commune. Comme je vous l'ai dit, je l'ai d'abord soupçonnée d'avoir pris part au meurtre. Mais j'ai changé d'avis.

— Et pourquoi ?

— Sa réaction, devant le corps de son mari, était vraie et spontanée. Je suis prêt à jurer que son cri de douleur était authentique.

— Oui, dis-je pensivement. Ces choses-là ne trompent pas.

— Je vous demande pardon, mon ami — elles peuvent toujours vous tromper. Prenez une grande actrice : la manière qu'elle a d'exprimer la douleur peut vous transporter et vous impressionner, comme si cette douleur était réelle. Non, quelles que soient ma conviction ou mon impression, il me faut d'autres preuves pour me déclarer satisfait. Un grand criminel peut être un grand acteur. Dans cette affaire, je fonde ma certitude non pas sur ma seule impression, mais sur ce fait indéniable que Mme Renauld s'est bel et bien évanouie. J'ai soulevé ses paupières et tâté son pouls. Ce n'était pas une feinte — mais une authentique perte de conscience. À partir de là, j'ai commencé à penser que sa détresse était réelle. En outre, petit détail sans importance, Mme Renauld n'avait nul besoin d'étaler ainsi son chagrin. Elle l'avait déjà manifesté en apprenant la mort de son mari, rien ne l'obligeait à recommencer en voyant son cadavre. Non, Mme Renauld n'a pas tué son mari. Mais alors, pourquoi a-t-elle menti ? Elle a menti à propos du bracelet-montre, des hommes masqués, et d'autre chose encore. Dites-moi, Hastings, comment expliquez-vous l'histoire de la porte restée ouverte ?

— Eh bien, dis-je, passablement embarrassé, je suppose que c'était une négligence de leur part. Ils ont oublié de la refermer.

Poirot secoua la tête avec un profond soupir.

— Ça, c'est une explication à la Giraud. Elle ne me satisfait pas. Cette porte ouverte a une signification que je n'arrive pas à saisir pour l'instant. Mais il y a une chose dont je suis à peu près sûr, c'est qu'ils ne sont pas partis par la porte. Ils sont partis par la fenêtre.

— Quoi ?

— Sans aucun doute.

— Mais il n'y avait pas d'empreintes dans le massif de fleurs sous la fenêtre !

— Non, et il aurait dû y en avoir. Écoutez, Hastings. Auguste, le jardinier, a fait des plantations dans ces deux massifs la veille dans l'après-midi — il vous l'a dit lui-même. Dans le premier, nous relevons quantité d'empreintes de ses gros brodequins ferrés; dans l'autre, pas une seule! Vous saisissez? Des gens ont emprunté ce chemin, et pour effacer leurs traces, ont égalisé la terre à l'aide d'un râteau.

— Et où ont-ils pris ce râteau?

— Là où ils ont pris la bêche et les gants de jardinage, répliqua Poirot avec impatience. Ce point ne soulève aucune difficulté.

— Qu'est-ce qui vous fait penser qu'ils ont pris ce chemin? Ne sont-ils pas plutôt entrés par la fenêtre et sortis par la porte?

— C'est possible, évidemment. Mais je suis presque sûr qu'ils sont sortis par la fenêtre.

— Je pense que vous vous trompez.

— Peut-être, mon bon ami.

Je me replongeai dans mes pensées, réfléchissant au nouveau champ de conjectures que venaient de m'ouvrir les déductions de Poirot. Je me rappelai ma surprise en entendant ses allusions au massif de fleurs et au bracelet-montre. Sur le coup, ces remarques m'avaient paru dénuées de sens, mais cette fois je compris enfin qu'à partir de quelques indices d'apparence mineure, il venait de lever une grande partie du mystère qui entourait cette affaire. Je lui rendis un hommage tardif.

— Pour l'instant, repris-je pensivement, bien que nous en sachions beaucoup plus qu'au début, nous sommes encore loin de savoir qui a tué M. Renauld.

— En effet, dit joyeusement Poirot. Nous n'en avons jamais été si loin!

Cela semblait lui procurer une telle satisfaction que je le contemplai avec stupeur. Mon regard le fit sourire.

Puis, tout à coup, tout s'éclaira.

— Poirot! Mme Renauld! Je comprends, maintenant. Elle doit protéger quelqu'un!

Le voyant si peu impressionné par ma découverte, j'en déduisis que cette idée lui était venue depuis longtemps.

— Oui..., dit-il, rêveur. Protéger quelqu'un, masquer quelqu'un... L'un ou l'autre.

Puis, comme nous entrions dans l'hôtel, d'un geste il m'enjoignit le silence.

## 13

## La jeune fille aux yeux inquiets

Nous déjeunâmes d'excellent appétit. Le repas débuta en silence, puis Poirot me glissa d'un air malicieux :

— Eh bien ! Et vos imprudences ? Vous ne me racontez rien ?

Je me sentis rougir.

— Oh ! vous voulez parler de ce matin ? dis-je d'un ton qui se voulait dégagé.

Mais je n'étais pas de taille face à Poirot. En quelques minutes, il m'avait extorqué toute l'histoire, qu'il écouta les yeux pétillant de malice.

— Tiens, tiens ! Une histoire bien romanesque. Et comment s'appelle cette charmante jeune personne ?

Je dus avouer que je l'ignorais.

— Encore plus romantique ! Une première rencontre dans le train de Paris, une seconde ici... Ne dit-on pas que les voyages finissent en rendez-vous d'amour ?

— Ne soyez pas stupide, Poirot.

— Hier c'était Mlle Daubreuil, aujourd'hui Mlle... Cendrillon ! Vous avez décidément un cœur de Turc, Hastings. Vous devriez fonder un harem.

— C'est ça, moquez-vous de moi à votre aise. Mlle Daubreuil est une jeune fille ravissante et je ne crains pas d'avouer mon admiration pour elle. L'autre ne compte absolument pas pour moi, et je ne la rencontrerai sans doute plus jamais.

— Vous n'avez pas l'intention de la revoir ?

C'était bien une question, et je remarquai le regard aigu qui l'accompagnait. Devant mes yeux s'inscrivirent en lettres de feu les mots « *Hôtel du Phare* », j'entendis de nouveau sa voix me dire : « Venez me voir » et ma réponse empressée : « Je n'y manquerai pas. »

— Elle m'a demandé de passer la voir, mais je n'irai pas, évidemment, lançai-je de mon ton le plus détaché.

— Pourquoi, « évidemment » ?

— Eh bien, disons que je n'en ai pas envie.

— Vous m'avez bien dit que Mlle Cendrillon était descendue à l'*Hôtel d'Angleterre*, n'est-ce pas ?

— Non, à l'*Hôtel du Phare.*

— Ah ! c'est vrai, j'ai dû confondre.

Un instant, un doute me traversa l'esprit. J'étais presque certain de ne pas avoir fait allusion à un hôtel. Je jetai un coup d'œil à Poirot et je me sentis rassuré. Il était occupé à découper son pain en petits carrés parfaitement égaux, et cette tâche l'absorbait entièrement. Il avait dû rêver que je lui avais parlé d'un hôtel.

Nous prîmes le café face à la mer. Poirot fuma une de ses minuscules cigarettes, puis il sortit sa montre de sa poche.

— Le train pour Paris part à 14 h 25, fit-il remarquer. Il faudrait que je me mette en route.

— Paris ? m'écriai-je.

— C'est bien ce que j'ai dit, mon ami.

— Vous allez à Paris ? Mais pour quoi faire ?

Il répliqua, très sérieux :

— Pour chercher l'assassin de M. Renauld.

— Vous pensez qu'il est à Paris ?

— Je suis certain au contraire qu'il n'y est pas. Et pourtant, c'est bien là qu'il faut le chercher. Je vous expliquerai tout cela en temps voulu. Croyez-moi, ce voyage à Paris est tout à fait nécessaire. Je ne resterai pas absent longtemps. Je serai sans doute de retour dès demain. Je ne vous propose pas de m'accompagner : restez ici, et gardez un œil sur Giraud. Vous pouvez également cultiver la société de M. Renauld fils.

— À ce propos, dis-je, je voulais justement vous demander comment vous saviez, pour ces deux-là ?

— Mon ami, je connais la nature humaine. Mettez ensemble un beau garçon comme le jeune Renauld et une splendide jeune fille comme Mlle Marthe, et vous pouvez être certain du résultat. Et puis, la dispute ! C'était soit à propos d'argent, soit à propos d'une femme. En réfléchissant à la description que m'avait faite Léonie de la colère du jeune homme, j'ai opté pour la deuxième solution. Ce n'était qu'une supposition — mais elle s'est révélée juste.

— Vous soupçonniez déjà qu'elle aimait le jeune Renauld?

Poirot eut un sourire.

— En tout cas, j'ai vu qu'il y avait de l'inquiétude dans ses yeux. C'est toujours de cette façon que je me représente Mlle Daubreuil : une jeune fille aux yeux inquiets.

Sa voix était grave, et je me sentis soudain mal à l'aise.

— Que voulez-vous dire par là, Poirot?

— Mon ami, je crois bien que nous le saurons avant peu. Mais il faut que j'y aille.

— Je vais vous accompagner au train, dis-je en me levant.

— Vous ne ferez rien de ce genre. Je vous l'interdis.

Son ton était si péremptoire que j'en restai sans voix.

— Je parle sérieusement, mon ami, fit-il avec énergie. Au revoir.

Après que Poirot m'eut quitté, je me sentis désœuvré. Je descendis sans me presser jusqu'à la plage et je contemplai les baigneurs, sans trouver le courage de me joindre à eux. Cendrillon s'ébattait peut-être là, dans un maillot sensationnel, mais je ne la vis nulle part. J'errai sans but jusqu'au bout de la ville. Après tout, si j'allais la voir ce ne serait que pure politesse de ma part, et cela m'éviterait bien des ennuis par la suite. Il n'en serait plus jamais question, et je n'aurais plus à me soucier d'elle. Mais si je n'y allais pas, elle risquait de venir à la villa.

En conséquence, je tournai le dos à la plage et m'enfonçai dans la ville. Je trouvai bientôt l'*Hôtel du Phare*, bâtisse plutôt minable. J'étais gêné de ne même pas connaître le nom de la dame de mes pensées. Pour sauver ma dignité, je décidai d'entrer et de jeter un coup d'œil dans le hall. Elle n'y était pas. J'attendis un certain temps, puis perdant patience, je pris le concierge à part et lui glissai cinq francs dans la main.

— Je voudrais voir une dame qui est descendue ici. Une jeune Anglaise, petite et brune. Je ne suis pas sûr de son nom.

L'homme secoua la tête et parut réprimer un sourire.

— Nous n'avons aucune dame qui corresponde à cette description.

— Mais elle m'a indiqué cet hôtel!

— Monsieur a dû se tromper — ou plutôt c'est la jeune dame qui a dû se tromper, vu qu'un autre monsieur est déjà venu la demander.

— Que dites-vous ? m'exclamai-je, stupéfait.

— Mais oui, monsieur. Un monsieur qui l'a décrite exactement comme vous venez de le faire.

— À quoi ressemblait-il ?

— Un monsieur de petite taille, bien mis, bien propre, impeccable, avec une moustache très raide, une tête d'une drôle de forme et des yeux verts.

Poirot ! C'était pour cela qu'il avait refusé que je l'accompagne à la gare ! Quel culot ! À son retour, je le prierai vertement de se mêler de ses propres affaires. S'imaginait-il que j'avais besoin d'une nurse, comme un bébé ?

Je remerciai le concierge et m'en fus, un peu décontenancé et toujours furieux contre mon trop curieux ami.

Mais où donc était passée la jeune fille ? J'oubliai un peu ma colère pour examiner ce problème. À l'évidence, elle s'était trompée en me donnant le nom de son hôtel. Puis une autre idée me frappa soudain. S'était-elle vraiment trompée ? Ou m'avait-elle délibérément caché son nom et donné une fausse adresse ?

Plus j'y réfléchissais, et plus j'étais convaincu que ma deuxième supposition était la bonne. Pour une raison quelconque, elle n'avait pas voulu que nos rapports se transforment en amitié. Et bien qu'une demi-heure plus tôt j'eusse partagé ce point de vue, il m'était très désagréable de voir la situation se retourner contre moi. Toute cette affaire était profondément déplaisante et je regagnai la villa Geneviève de fort mauvaise humeur. Au lieu d'aller jusqu'à la maison, j'empruntai le petit sentier et j'allai m'asseoir sur le banc qui faisait face à la mer, près de la remise.

Je fus tiré de mes pensées par des voix qui venaient du jardin de la villa Marguerite et qui se rapprochaient rapidement. Celle d'une jeune fille d'abord, que je reconnus aussitôt : c'était la belle Marthe Daubreuil.

— C'est bien vrai, mon chéri ? disait-elle. Tous nos ennuis sont terminés ?

— Tu le sais bien, Marthe, répondit Jack Renauld. Rien ne peut plus nous séparer, mon amour. Le dernier obstacle à notre union a disparu. Rien ne peut plus t'enlever à moi.

— Plus rien ? murmura la jeune fille. Oh ! Jack, Jack, j'ai peur !

Je m'apprêtai à m'éloigner, gêné par mon involontaire

indiscrétion. En me levant, je les aperçus à travers un trou de la haie. Ils me faisaient face, le jeune homme avait passé un bras autour des épaules de la jeune fille, et ils se regardaient intensément. Ils formaient un couple splendide, cet athlétique garçon aux cheveux noirs et cette jeune déesse blonde. Faits l'un pour l'autre et heureux en dépit de la terrible tragédie qui pesait sur leurs jeunes vies.

Mais le visage de la jeune fille restait sombre. Son compagnon dut s'en apercevoir, car il dit en la serrant plus fort contre lui :

— De quoi as-tu peur, ma chérie? Qu'avons-nous à craindre, à présent ?

Alors je vis dans ses yeux l'expression dont parlait Poirot, et elle dit tout bas, si bas que je distinguai à peine ses paroles :

— J'ai peur... Pour toi.

Je n'entendis pas la réponse du jeune Renauld, l'attention soudain attirée par une forme étrange un peu plus loin dans la haie : un buisson aux feuilles jaunies, ce qui était pour le moins étrange en ce début d'été. Je m'avançai dans cette direction pour voir ça de plus près, mais à mon approche, le buisson recula précipitamment et m'enjoignit le silence en mettant un doigt sur ses lèvres. C'était Giraud.

Prudemment, il me conduisit de l'autre côté de la remise, hors de portée d'oreille.

— Que faisiez-vous là ? demandai-je.

— Exactement la même chose que vous : j'écoutais.

— Mais moi, je ne le faisais pas exprès !

— Ah ! dit Giraud. Eh bien moi, si.

Une fois de plus, je ne pus m'empêcher de l'admirer, malgré l'antipathie qu'il m'inspirait. Il m'examinait de la tête aux pieds, mécontent et vaguement méprisant.

— Votre arrivée n'était pas des plus heureuses, et le moins qu'on puisse dire, c'est qu'elle n'a pas arrangé mes affaires : ce que je m'apprêtais à surprendre était sans doute fort instructif. Enfin, passons. Qu'avez-vous fait de votre vieux fossile ?

— M. Poirot est allé à Paris, répliquai-je froidement.

Giraud claqua des doigts d'un air dédaigneux.

— À Paris, hein ? Ça, au moins, c'est une bonne chose. Qu'il y reste le plus longtemps possible. Mais qu'est-ce qu'il s'imagine pouvoir trouver là-bas ?

Je crus discerner une pointe d'inquiétude dans cette question. Je me redressai dignement.

— Je ne suis pas autorisé à vous le dire.

Giraud me jeta un regard perçant.

— Il a sans doute assez de bon sens pour ne pas vous l'avoir dit non plus, répliqua-t-il grossièrement. Bonsoir. J'ai à faire.

Et là-dessus, il tourna les talons et me planta là sans autre forme de procès.

Tout paraissait calme à la villa Geneviève. À l'évidence, Giraud se passait fort bien de ma compagnie, et d'après ce que j'avais vu, Jack Renauld s'en passait encore mieux.

Je retournai donc à Merlinville et allai me baigner avant de rentrer à l'hôtel. Je me couchai tôt, en me demandant ce que nous réservait le lendemain.

En réalité, j'étais loin de me douter de ce qui nous attendait. J'étais en train de prendre mon petit déjeuner dans la salle à manger, quand le garçon, qui parlait dehors avec quelqu'un, rentra précipitamment, les yeux hors de la tête. Il hésita un instant, tritura sa serviette, puis se jeta à l'eau :

— Monsieur voudra bien me pardonner, mais il travaille sur l'affaire de la villa Geneviève, je crois ?

— En effet. Pourquoi ?

— Monsieur n'est donc pas au courant ?

— Au courant de quoi ?

— Il y a eu un autre meurtre là-bas la nuit dernière !

— Quoi ?

Plantant là mon déjeuner, je saisis mon chapeau au vol et courus aussi vite que je pus. Un autre meurtre — et Poirot était absent ! Une vraie fatalité. Mais qui donc avait été tué ?

J'arrivai comme une bombe à la grille. Un groupe de domestiques parlait haut et gesticulait dans l'allée. Je saisis la vieille Françoise par le bras.

— Que s'est-il passé ?

— Oh, monsieur ! C'est terrible ! Encore un meurtre ! Il y a une malédiction sur cette maison, oui, c'est bien ce que je dis, une malédiction ! Il faut faire venir M. le curé avec de l'eau bénite. Je ne passerai pas une nuit de plus sous ce toit. Qui sait ?... Ça pourrait bien être mon tour, la prochaine fois, qui sait ?

Elle se signa.

— Oui, oui, m'écriai-je, mais qui a été tué ?

— Est-ce que je sais, moi ? Un homme, un étranger. Ils l'ont trouvé là-bas, dans la cabane à outils, à cent mètres même pas de l'endroit où ils ont trouvé ce pauvre Monsieur. Mais ce n'est pas tout. Il a été poignardé en plein cœur, monsieur, et avec le même poignard !

## 14

## Le second cadavre

Sans en écouter davantage, je tournai les talons et pris en courant le sentier qui menait à la remise. Les deux agents de police s'effacèrent pour me laisser passer et je m'y engouffrai.

Il faisait sombre dans cette cabane, une grossière construction en bois où l'on rangeait les vieux pots et les instruments de jardinage. J'étais entré en courant mais je m'arrêtai net, fasciné par le spectacle qui s'offrait à moi.

Giraud était à quatre pattes et, à l'aide d'une torche, il inspectait minutieusement le sol. Il fit une grimace en voyant quelqu'un entrer, puis il me reconnut et prit un air de condescendance amusée.

— Il est là-bas, dit-il en braquant sa torche vers le fond de la remise.

Je m'approchai.

Le mort était étendu sur le dos. De taille moyenne, le teint basané, il pouvait avoir dans les cinquante ans. Il était correctement vêtu d'un costume bleu nuit assez usagé, mais qui sortait sans doute de chez un bon tailleur. Son visage était terriblement convulsé, et du côté gauche, juste au-dessus du cœur, un poignard était fiché, noir et brillant. Je le reconnus aussitôt : c'était le même que j'avais vu dans un bocal de verre le matin précédent !

— J'attends le médecin d'une minute à l'autre, m'expliqua Giraud. Ce n'est pas que nous ayons grand besoin de lui : la cause de la mort ne fait aucun doute. Il a été poignardé en plein cœur, et la mort a dû être presque instantanée.

— Quand a-t-il été tué ? Hier soir ?

Giraud secoua la tête.

— J'en doute. Je ne suis pas très ferré en matière de médecine légale, mais cet homme est mort depuis au moins douze heures. Quand dites-vous avoir vu ce poignard pour la dernière fois ?

— Vers 10 heures, hier matin.

— Alors, je pense que le crime a été commis peu après.

— Mais des gens n'ont cessé de passer et repasser devant cette cabane à outils !

Giraud eut un rire déplaisant.

— Vous faites des progrès étonnants ! Qu'est-ce qui vous dit qu'il a été tué ici ?

— Eh bien, je... c'est une supposition, dis-je, décontenancé.

— Ah, l'excellent détective ! Regardez le corps. Est-ce qu'un homme poignardé en plein cœur tombe comme ça, bien sagement, les jambes allongées et les bras le long du corps ? Non. Et est-ce qu'un homme couché sur le dos se laisse poignarder de face sans même lever une main pour se défendre ? Absurde, n'est-ce pas ? Mais regardez ici... Et ici...

Il dirigea sa torche sur le sol, et je distinguai des marques irrégulières dans la poussière.

— On l'a amené ici après l'avoir tué. Il a été en partie traîné, en partie porté par deux personnes. Ils n'ont pas laissé d'empreintes sur le sol dur dehors, et ils ont bien pris la précaution de les effacer ici ; mais quand même, l'un des deux était une femme, mon jeune ami.

— Une femme ?

— Parfaitement.

— Mais comment le savez-vous, puisqu'ils ont effacé leurs empreintes ?

— Parce que même à moitié effacées, on reconnaît toujours les traces d'une chaussure féminine. Et aussi à cause de ça.

Et, se penchant, il tira quelque chose du manche du poignard qu'il tint devant mes yeux. C'était un long cheveu de femme, un cheveu noir semblable à celui que Poirot avait trouvé au fond du fauteuil, dans le bureau de Renauld.

Avec un petit sourire ironique, il l'enroula de nouveau autour du poignard.

— Laissons les choses en l'état, autant que faire se peut.

Cela fait plaisir au juge d'instruction. Bon, vous n'avez rien remarqué d'autre ?

Je fus forcé d'avouer que non.

— Regardez ses mains.

Je les regardai. Elles étaient calleuses, avec des ongles cassés et décolorés. Tout cela ne m'éclairait pas autant que je l'eusse souhaité et je lançai un regard interrogateur à Giraud.

— Ce ne sont pas les mains d'un monsieur, dit Giraud en réponse à ma question muette. Et pourtant, il porte un costume d'homme riche. C'est pour le moins curieux, n'est-ce pas ?

— Très curieux, en effet.

— Et son linge n'est pas marqué. Qu'est-ce que cela nous apprend ? Que cet homme essayait de se faire passer pour quelqu'un d'autre. Il était déguisé. Pourquoi ? Craignait-il quelque chose ? Essayait-il d'échapper à un danger sous ce déguisement ? Nous ne le savons pas encore, mais une chose est sûre : il était aussi soucieux de dissimuler son identité que nous de la découvrir !

Son regard revint se poser sur le corps.

— Comme pour le premier, il n'y a aucune empreinte sur le poignard. Là aussi, l'assassin portait des gants.

— Vous pensez donc qu'il s'agit du même meurtrier ?

Giraud prit un air impénétrable.

— Ne vous occupez pas de ce que je pense. Nous verrons bien. Marchaud !

Le sergent de ville apparut.

— Monsieur l'inspecteur ?

— Pourquoi Mme Renauld n'est-elle pas encore là ? Je l'ai envoyé chercher il y a un quart d'heure.

— Elle arrive, justement, monsieur l'inspecteur, et son fils l'accompagne.

— Bien. Mais ne les faites pas entrer ensemble.

Marchaud salua et disparut. Il revint une minute plus tard, accompagné de Mme Renauld.

Giraud s'avança et la salua d'une sèche inclinaison de la tête.

— Par ici, madame.

Il la conduisit au fond de la cabane et s'écarta brusquement :

— Voici l'homme, dit-il. Le reconnaissez-vous ?

Il ne la quittait pas des yeux, cherchant à lire dans ses pensées et à surprendre la moindre altération de ses traits.

Mais Mme Renauld demeura parfaitement calme — trop calme, à mon avis. Elle contempla le corps sans manifester d'intérêt, en tout cas sans se troubler et sans avoir l'air de le reconnaître.

— Non, dit-elle finalement. Je n'ai jamais vu cet homme de ma vie. Il m'est totalement inconnu.

— Vous en êtes sûre?

— Tout à fait certaine.

— Vous ne reconnaissez pas en lui un de vos agresseurs, par exemple?

— Non.

Elle parut hésiter, comme frappée par une idée soudaine.

— Non, je ne le pense pas. Bien sûr, ils portaient des barbes — fausses, d'ailleurs, s'il faut en croire le juge d'instruction. Mais même comme ça... Non, il ne ressemble à aucun des deux, ajouta-t-elle d'un ton catégorique cette fois.

— Bien, madame. Ce sera tout.

Elle sortit la tête droite, ses cheveux argentés brillant au soleil. Jack Renauld lui succéda. Il déclara à son tour, d'un air fort naturel, n'avoir jamais vu cet homme.

Giraud se contenta de grommeler vaguement. Je n'aurais pu dire s'il était déçu ou non. Il appela de nouveau Marchaud.

— L'autre est ici?

— Oui, monsieur l'inspecteur.

— Alors, faites-la entrer.

« L'autre », comme disait Giraud était Mme Daubreuil. Elle entra d'un air indigné, en protestant avec véhémence.

— Je proteste, monsieur! C'est un scandale! Qu'ai-je à faire avec tout ceci?

— Madame, dit brutalement Giraud, j'enquête non plus sur un meurtre, mais sur deux! Pour autant que je sache, vous avez pu commettre les deux.

— Comment osez-vous? s'écria-t-elle. Comment osez-vous me faire l'insulte d'une accusation aussi grave? C'est infâme!

— Infâme, vraiment?

Il alla reprendre le cheveu sur le poignard et le tint entre le pouce et l'index.

— Vous voyez ceci, madame? (Il fit un pas vers elle.) Vous permettez que je compare?

Elle poussa un cri et se rejeta en arrière, les lèvres blêmes.

— C'est faux, je le jure! Je ne sais rien sur ce crime — ni sur l'autre. Quiconque affirme le contraire est un menteur! Mon Dieu! Mais que puis-je faire?

— Calmez-vous, madame, dit froidement Giraud. Personne ne vous accuse encore. Mais vous feriez mieux de répondre à mes questions sans faire plus de manières.

— Tout ce que vous voudrez, monsieur.

— Regardez le mort. Avez-vous déjà vu cet homme?

Tandis qu'un peu de couleur revenait à ses joues, Mme Daubreuil s'approcha et contempla le cadavre avec une certaine curiosité. Puis elle secoua la tête.

— Je ne le connais pas.

Il semblait impossible de mettre sa parole en doute: les mots étaient sortis si naturellement... Giraud la renvoya d'un signe de tête.

— Vous la laissez partir? lui demandai-je à voix basse. Est-ce raisonnable? On dirait bien que ce cheveu noir lui appartient.

— Je n'ai pas besoin qu'on m'apprenne mon métier, dit Giraud d'un ton sec. Elle est sous surveillance constante et je n'ai pas l'intention de l'arrêter pour l'instant.

Il contempla de nouveau le corps, les sourcils froncés.

— Diriez-vous que cet homme a le type espagnol? demanda-t-il soudain.

Je l'examinai attentivement.

— Non, décrétai-je enfin. Je dirais plutôt qu'il a l'air d'un Français.

Giraud poussa un grognement de mécontentement.

— Moi aussi!

Il resta planté là un moment, puis m'écartant d'un geste autoritaire, il se remit à quatre pattes et reprit ses investigations. Il était extraordinaire. Rien ne lui échappait. Il inspectait le sol centimètre par centimètre, retournant des pots, examinant de vieux sacs. Il ramassa un tas de chiffons près de la porte, mais il ne s'agissait que d'un vieux manteau et d'un pantalon sur lesquels il ne s'attarda pas. Deux paires de vieux gants ne retinrent pas non plus son attention. Puis, revenant aux pots, il les retourna l'un après l'autre, méthodiquement. Il finit par se remettre debout l'air déçu et perplexe. Je crois qu'il avait totalement oublié ma présence.

C'est alors qu'on entendit un remue-ménage à l'extérieur, et notre vieil ami le juge d'instruction, flanqué de son greffier et de M. Bex, entra très affairé, le médecin légiste sur ses talons.

— C'est inimaginable, monsieur Giraud ! s'exclama le magistrat. Un autre crime ! Ah ! Nous ne sommes pas encore au bout de nos peines ! Il y a là un profond mystère ! Qui est la victime, cette fois-ci ?

— C'est justement ce que personne n'est en mesure de nous dire, monsieur. Le cadavre n'a pas encore été identifié.

— Où est le corps ? demanda le médecin légiste.

Giraud se poussa un peu de côté.

— Dans le coin, là-bas. Il a été poignardé en plein cœur, comme vous pouvez le constater. Et avec le poignard volé hier matin. Je suppose que le meurtre a suivi de peu le vol — mais c'est à vous de vous prononcer là-dessus. Vous pouvez manipuler le poignard, il ne porte aucune empreinte.

Le médecin s'accroupit près du corps, et Giraud se tourna vers le juge d'instruction.

— Un beau petit problème, n'est-ce pas ? Mais vous verrez, je le résoudrai.

— Alors comme ça, personne ne peut l'identifier ? dit pensivement le magistrat. Pourrait-il être l'un des assassins ? Ils ont peut-être réglé leurs comptes entre eux...

Giraud avait l'air dubitatif.

— Cet homme est français, j'en mettrais ma tête à couper.

Mais il fut interrompu par le médecin, toujours accroupi et qui paraissait perplexe.

— Vous pensez qu'il a été tué hier matin ?

— J'ai dit ça en fonction du vol du poignard, expliqua Giraud. Mais il peut fort bien avoir été tué plus tard dans la journée.

— Plus tard dans la journée ? Balivernes ! Cet homme est mort depuis au moins quarante-huit heures, et sans doute depuis plus longtemps encore.

Nous nous regardâmes en silence, abasourdis.

## 15

## UNE PHOTOGRAPHIE

La déclaration du médecin était si stupéfiante que nous restâmes un moment sans voix. Il y avait là un homme assassiné avec un poignard dont nous savions qu'il avait été volé vingt-quatre heures auparavant, et pourtant le Dr Durand nous assurait formellement que sa mort remontait à quarante-huit heures au moins ! Toute l'affaire prenait une allure fantastique.

À peine étions-nous remis de notre stupeur que l'on apporta un télégramme pour moi : l'hôtel l'avait fait suivre à la villa. Je l'ouvris en hâte. Poirot m'annonçait son retour à Merlinville par le train de 12 h 28.

Consultant ma montre, je m'aperçus que j'avais tout juste le temps d'aller l'accueillir à la gare. Le plus urgent était de lui communiquer sans délai la nouvelle tournure que venait de prendre l'affaire.

À l'évidence, Poirot n'avait pas eu de grandes difficultés à trouver ce qu'il était allé chercher à Paris. La promptitude de son retour en était la meilleure preuve : quelques heures à peine lui avaient suffi. Je me demandai comment il accueillerait les nouvelles sensationnelles que j'avais à lui communiquer.

Le train avait quelques minutes de retard. J'arpentais le quai, désœuvré, quand il me vint l'idée d'aller poser quelques questions sur les voyageurs qu'on avait vus le soir du drame.

Je m'approchai du porteur, un homme au visage intelligent et ouvert, et n'eus aucune difficulté à amener la conversation sur le sujet. C'était une honte pour la police, affirma-t-il sans mâcher ses mots, que tant de brigands et d'assassins puissent ainsi courir impunément les routes. Comme je suggérai qu'ils étaient peut-être repartis par le dernier train, il repoussa cette idée avec la plus grande énergie. Il n'y avait guère eu qu'une vingtaine de voyageurs au train de minuit, et il aurait forcément remarqué la présence de deux étrangers.

Je ne sais pas ce qui me poussa à poser la question suivante, peut-être la profonde angoisse que j'avais perçue dans le ton de Marthe Daubreuil. En tout cas, je demandai abruptement :

— Et le jeune M. Renauld, il n'a pas pris ce train, lui non plus ?

— Ah ! non, monsieur. Arriver pour repartir au bout d'une demi-heure, ça n'aurait vraiment pas été drôle pour lui.

Effaré, je le regardai, sans saisir d'abord le sens de ses paroles. Puis je compris :

— Vous voulez dire, demandai-je le cœur battant, que M. Jack Renauld est arrivé ce soir-là à Merlinville ?

— Mais oui, monsieur. Par le dernier train, celui de 23 h 50.

Tout se mit à tourbillonner dans ma tête. Telle était donc la raison de la poignante inquiétude de Marthe Daubreuil. Jack Renauld était à Merlinville le soir du crime. Mais pourquoi ne pas l'avoir dit ? Pourquoi nous avoir fait croire qu'il était resté à Cherbourg ? Je revoyais le visage franc et ouvert du garçon, et j'avais du mal à l'imaginer mêlé à ce meurtre. Mais alors, pourquoi ce silence de sa part sur un point d'une importance cruciale ? Une chose était certaine, c'est que Marthe Daubreuil l'avait toujours su. D'où son inquiétude, et ses questions angoissées au sujet d'éventuels suspects.

Le train entra en gare, interrompant mes cogitations, et j'allai accueillir Poirot. Le petit homme rayonnait. Il gesticulait, vociférait, et même, oubliant ma réserve toute britannique, il me gratifia d'une chaleureuse accolade au beau milieu du quai.

— J'ai réussi, mon cher ami, bien au-delà de mes espérances !

— Vraiment ? Vous m'en voyez ravi. Et vous connaissez les dernières nouvelles de Merlinville ?

— Comment voulez-vous que je les connaisse ? Il y a du nouveau ? Ce brave Giraud a procédé à une arrestation ? Deux, peut-être ? Ah ! Mais il va voir de quel bois je me chauffe, celui-là ! Mais où m'emmenez-vous, mon ami ? Nous n'allons pas à l'hôtel ? Il faut absolument que j'arrange un peu mes moustaches, elles sont dans un état déplorable, avec cette chaleur. Et mon manteau doit être plein de poussière. Sans compter ma cravate, qui est de travers, je suppose ?

Je coupai court à ses protestations.

— Mon cher Poirot, laissez cela pour l'instant. Nous devons retourner à la villa sur-le-champ. Il y a eu un second meurtre !

De ma vie, je n'avais vu un homme aussi stupéfait. Il ouvrit la bouche et me contempla, la mâchoire pendante. Toute joie semblait l'avoir abandonné. Il me regardait d'un air hébété.

— Que dites-vous? Un second meurtre? Mais alors, je me suis trompé sur toute la ligne! J'ai échoué! Giraud peut se moquer de moi à son aise, il aura bien raison!

— Vous ne vous y attendiez pas, alors?

— Moi? Jamais de la vie. Cela démolit de fond en comble toute ma théorie, cela... Ah, et puis non!

Il s'arrêta net et se frappa la poitrine.

— C'est impossible. Je ne peux pas me tromper. Les faits, considérés avec méthode et dans le bon ordre, n'admettent qu'une explication et une seule. Je dois avoir raison. Et d'ailleurs, j'ai raison!

— Mais alors...

— Attendez, mon ami. J'ai forcément raison, et donc ce nouveau meurtre est impossible, à moins que... Oh! attendez un moment, je vous en supplie. Ne dites rien.

Il se concentra en silence pendant quelques instants, puis il reprit son ton habituel et dit d'un air tranquille et assuré:

— La victime est un homme d'âge moyen. On a trouvé son corps dans la cabane à outils, tout près du théâtre du premier crime, et il est mort depuis quarante-huit heures au moins. Il est probable qu'il a été poignardé, tout comme M. Renauld, mais pas forcément dans le dos.

Ce fut à mon tour de rester bouche bée. Depuis que je connaissais Poirot, c'était bien la déduction la plus stupéfiante que je l'avais vu faire. Aussitôt, un doute me traversa l'esprit:

— Poirot, m'écriai-je, vous vous moquez de moi! On vous a déjà tout raconté.

Il me regarda d'un air de profond reproche.

— Croyez-vous que je ferais une chose pareille? Je vous assure que personne ne m'a soufflé mot de tout ça. D'ailleurs, vous avez pu voir le choc que m'a causé cette nouvelle.

— Mais alors, comment diable pouvez-vous le savoir?

— Alors, j'ai raison? J'en étais sûr! Les petites cellules grises, mon ami, les petites cellules grises! Ce sont elles qui me l'ont dit. C'est dans ces conditions, et pas autrement, qu'il pouvait y avoir un second meurtre. Et maintenant, racontez-moi tout. Passons par ici: nous prendrons un raccourci à travers le golf qui nous amènera directement derrière la villa Geneviève.

Nous empruntâmes le sentier qu'il indiquait et, tout en marchant, je lui racontai ce que je savais. Poirot écoutait avec la plus grande attention.

— Vous dites que le poignard était resté fiché dans la blessure? Ça, c'est curieux. Êtes-vous sûr qu'il s'agit bien du même?

— Je suis formel sur ce point. C'est bien ce qui rend la chose impossible.

— Rien n'est impossible. Il peut exister deux poignards.

Je levai les sourcils.

— Mais c'est quand même hautement improbable! Ce serait une coïncidence vraiment stupéfiante.

— Vous parlez sans réfléchir, Hastings, comme toujours. Dans certains cas, l'existence de deux armes identiques serait en effet hautement improbable. Mais pas ici. L'arme en question était un souvenir de guerre qui a été fabriqué sur l'ordre de Jack Renauld. Ce qui est fort peu probable, en fait, c'est qu'il n'en ait fait faire qu'une seule. Il en a sans doute conservé une autre pour son usage personnel.

— Mais personne n'a jamais mentionné ce fait, objectai-je.

— Mon ami, reprit Poirot sur son ton de conférencier, quand on travaille sur une affaire, on ne s'intéresse pas uniquement aux faits qui nous sont « mentionnés ». Il n'y a souvent aucune raison de mentionner certains faits qui peuvent avoir leur importance. De même, il y a souvent une excellente raison pour ne pas les mentionner. À vous de choisir.

Je restai silencieux, impressionné malgré moi. Quelques minutes plus tard, nous étions parvenus à la remise. Nous retrouvâmes toutes nos connaissances et, après un bref échange de civilités, Poirot se mit au travail.

Ayant déjà vu Giraud à la tâche, je considérai Poirot avec grand intérêt. Il se contenta d'embrasser la cabane à outils d'un bref coup d'œil. La seule chose qu'il examina avec attention fut le tas de vêtements près de la porte. Giraud eut un petit sourire de dédain et Poirot, comme s'il l'avait remarqué, laissa retomber le manteau et le pantalon.

— De vieux vêtements du jardinier? demanda-t-il.

— Exactement, dit Giraud.

Poirot s'agenouilla près du corps. Ses gestes étaient rapides et méthodiques. Il examina la texture des vêtements et constata par lui-même que le linge n'était pas marqué. Il soumit les chaussures et les ongles cassés à une inspection particulièrement attentive. Tout en examinant ces derniers, il s'adressa à Giraud.

— Vous les avez vus ?

— Oui, je les ai vus, répliqua l'autre, le visage impénétrable.

Poirot se raidit soudain.

— Docteur Durand !

— Oui ? répondit le médecin en s'approchant.

— Il a de l'écume aux lèvres. Vous l'avez remarqué ?

— Je dois reconnaître que je n'y ai pas prêté attention.

— Mais vous le voyez, à présent ?

— Oh ! Certainement.

Poirot se tourna de nouveau vers Giraud.

— Vous, vous l'avez remarqué, évidemment ?

L'autre ne répondit rien et Poirot poursuivit son examen. On avait ôté le poignard de la blessure et on l'avait déposé dans un bocal en verre près du corps. Poirot inspecta l'arme, puis étudia attentivement la blessure. Quand il leva les yeux, j'y vis briller cette lueur verte que je connaissais si bien.

— Ça, c'est vraiment une blessure bizarre ! Elle n'a pas saigné, les vêtements sont indemnes, seule la lame du poignard est très légèrement tachée. Qu'en dites-vous, monsieur le docteur ?

— Que c'est tout à fait anormal.

— Ce n'est pas anormal du tout. C'est très clair, au contraire. Cet homme a été poignardé après sa mort.

Apaisant d'un geste les exclamations qui s'élevaient dans l'assistance, Poirot se retourna vers Giraud et ajouta :

— D'ailleurs, l'inspecteur Giraud est d'accord avec moi là-dessus, n'est-ce pas, monsieur l'inspecteur ?

Quelle qu'ait été la conviction profonde de Giraud, il acquiesça sans qu'un muscle de son visage ne bougeât. D'un ton calme, où perçait même une pointe de dédain, il répondit :

— Je suis tout à fait d'accord.

Cette déclaration souleva un nouveau murmure de surprise et d'intérêt.

— Quelle idée ! s'écria M. Hautet. Poignarder un homme après sa mort ! Mais c'est barbare ! Inouï ! Une haine sans merci, peut-être... ?

— Non, dit Poirot. J'incline à penser qu'on a exécuté cela de parfait sang-froid, dans le but de créer une illusion.

— Quelle illusion ?

— Celle qu'on a bien failli réussir à créer, répliqua Poirot sur un ton d'oracle.

Pendant ce temps, M. Bex se livrait à ses propres réflexions.

— Alors, comment cet homme a-t-il été tué ?

— Il n'a pas été tué. Il est mort. Et mort, si je ne m'abuse, d'une crise d'épilepsie !

Cette dernière déclaration provoqua de nouveaux remous. Le Dr Durand s'accroupit encore et reprit son examen. Quand il se releva, il s'adressa à mon ami :

— Monsieur Poirot, j'incline à penser que votre affirmation est exacte. Je me suis trompé dès le départ. Le fait indéniable que cet homme avait été poignardé a distrait mon attention et m'a lancé sur une fausse piste.

Poirot fut le héros de l'heure. Le juge d'instruction ne lui ménagea pas ses compliments. Poirot lui répondit les choses les plus gracieuses, avant de prétexter que ni lui ni moi n'avions encore déjeuné et qu'après ce voyage il voulait réparer un peu le désordre de sa tenue. Alors que nous nous dirigions vers la porte, Giraud s'approcha de nous :

— Une dernière chose, monsieur Poirot, dit-il d'un ton suave et légèrement moqueur. Nous avons trouvé ceci enroulé autour du manche du poignard. C'est un cheveu de femme.

— Ah ! dit Poirot, un cheveu de femme ? De quelle femme, je me le demande ?

— Je me le demande aussi, dit Giraud.

Et après un léger salut, il s'en fut.

— C'est qu'il insistait, ce brave Giraud, dit pensivement Poirot tandis que nous marchions en direction de l'hôtel. Je me demande sur quelle piste il a l'intention de me lancer ? Un cheveu de femme, hein ?

Nous déjeunâmes de grand appétit, mais Poirot me parut distrait. Dès que nous nous retrouvâmes dans notre salon privé, je le priai de me raconter par le menu son mystérieux voyage à Paris.

— Volontiers, mon ami. Je suis allé à Paris pour chercher ceci.

Et il sortit de sa poche une petite coupure de presse jaunie. C'était un portrait de femme. Il me la tendit, et je jetai une exclamation.

— Vous la reconnaissez ?

Bien que la photo remontât à plusieurs années et que la coiffure fût différente, la ressemblance était frappante.

— Mme Daubreuil ! m'exclamai-je.

— Ce n'est pas tout à fait exact, mon bon ami, rectifia Poirot avec un sourire. Elle ne portait pas ce nom-là, à l'époque. Vous avez devant vous une photographie de la fameuse Mme Beroldy !

Mme Beroldy ! En un éclair, tout me revint en mémoire. Le procès pour meurtre qui avait suscité un intérêt passionné dans le monde entier.

L'affaire Beroldy !

## 16

## L'affaire Beroldy

Une vingtaine d'années environ avant le début de notre histoire, M. Arnold Beroldy, natif de Lyon, débarquait à Paris avec sa jolie jeune femme et leur fillette qui n'était encore qu'un bébé. M. Beroldy était le plus jeune associé d'une firme de négociants en vins. C'était un homme d'âge moyen, assez fort, qui appréciait les bonnes choses de la vie, portait un dévouement sans bornes à sa charmante jeune épouse, et ne se distinguait en dehors de cela par aucune qualité remarquable. La firme pour laquelle il travaillait n'était pas très importante, et sans le laisser à proprement parler dans la misère, elle ne lui rapportait pas un bien gros revenu. Les Beroldy s'installèrent dans un petit appartement et vécurent d'abord sur un pied modeste.

Mais si M. Beroldy n'avait rien de remarquable, sa femme, elle, était pourvue d'une quantité de dons. Jeune et jolie, dotée en outre d'un charme singulier, Mme Beroldy fit bientôt sensation dans le quartier. Sa réputation grandit encore quand on se mit à chuchoter qu'un mystère entourait sa naissance. Des gens affirmaient qu'elle était la fille illégitime d'un grand-duc russe. D'autres prétendaient qu'elle était issue de l'union morganatique d'un archiduc autrichien. Mais toutes ces histoires s'accordaient au moins sur un point : Jeanne Beroldy était au cœur d'un passionnant mystère.

Les Beroldy comptaient parmi leurs amis et connaissances un jeune avocat du nom de Georges Conneau. Il fut bientôt évident pour tout le monde que la belle Jeanne l'avait ensorcelé. Mme Beroldy encouragea discrètement les avances du jeune homme, tout en continuant de clamer bien haut son entière dévotion à son mari. Néanmoins, il se trouva plus d'une méchante langue pour affirmer que Georges Conneau était son amant — et qu'il était loin d'être le seul !

Les Beroldy étaient installés à Paris depuis environ trois mois quand un nouveau personnage entra en scène. Il s'agissait de Mr Hiram P. Trapp, un Américain nanti d'une immense fortune. Présenté à la mystérieuse Mme Beroldy, il tomba bientôt sous le charme. Il ne dissimulait point son admiration, qui restait toutefois strictement platonique.

Vers cette époque, les confidences de Mme Beroldy se firent plus précises. Elle affirma à quelques amis qu'elle était très inquiète pour son mari. À l'entendre, il s'était laissé entraîner dans une conspiration d'ordre politique. Elle fit également allusion à d'importants papiers concernant un « secret » d'une importance capitale pour l'Europe entière. Ces papiers avaient été confiés à son mari pour égarer les recherches de ceux qui voulaient s'en emparer. Ayant reconnu parmi les suspects des membres importants du Cercle Révolutionnaire de Paris, Mme Beroldy était fort inquiète.

Le drame éclata le matin du 28 novembre. La femme de charge qui venait tous les jours s'occuper du ménage des Beroldy eut la surprise de trouver la porte de l'appartement grande ouverte. Entendant des gémissements dans la chambre à coucher, elle entra. Un terrible spectacle s'offrit à ses yeux : Mme Beroldy était couchée par terre, pieds et poings liés, geignant faiblement après avoir réussi à se débarrasser de son bâillon. Sur le lit, M. Beroldy était étendu dans une mare de sang, un poignard planté en plein cœur.

Le récit de Mme Beroldy fut assez clair. Réveillée en sursaut, elle avait vu deux hommes masqués penchés sur elle. Pour étouffer ses cris, ils l'avaient bâillonnée et ligotée. Ils avaient ensuite demandé à M. Beroldy de leur livrer le fameux « secret ».

Mais l'intrépide négociant en vins avait refusé tout net. Furieux, l'un des deux hommes lui avait aussitôt plongé un poignard dans le cœur. Puis, s'étant emparés des clés du mort, ils avaient ouvert le coffre-fort et étaient partis en emportant de nombreux documents. Les deux hommes portaient de grandes barbes et ils étaient masqués, mais Mme Beroldy affirma catégoriquement que c'étaient des Russes.

L'affaire fit sensation. Le temps passa, sans qu'on pût retrouver la trace des mystérieux barbus. Puis, au moment où le public commençait à oublier l'affaire, celle-ci connut un étonnant rebondissement : Mme Beroldy fut arrêtée et accusée du meurtre de son mari.

Le procès suscita un intérêt passionné. La jeunesse, la beauté de l'accusée, ainsi que son mystérieux passé, en firent une cause célèbre.

Il fut abondamment prouvé que les parents de Jeanne Beroldy étaient un simple couple d'épiciers, fort respectables au demeurant, installés dans les faubourgs de Lyon. Le grand-duc russe, les intrigues royales et les menées politiques — autant d'histoires qui sortaient tout droit de l'imagination de la jeune femme ! Implacable, l'accusation étala au grand jour tous les détails de sa vie privée. Il apparut que le meurtre avait pour mobile Mr Hiram P. Trapp. Celui-ci fit de son mieux pour défendre la jeune femme, mais, soumis à un interrogatoire serré, il fut forcé d'admettre qu'il l'aimait, et que, si elle avait été libre, il lui aurait demandé de l'épouser. Le fait que leurs relations fussent restées strictement platoniques ne fit que renforcer les charges contre l'accusée. Puisque ce riche Américain refusait, par droiture, de faire d'elle sa maîtresse, Jeanne Beroldy avait conçu le monstrueux projet de se débarrasser de son trop vieux et médiocre mari pour pouvoir convoler en justes noces avec lui.

Tout au long du procès, Mme Beroldy tint tête à ses accusateurs avec un exceptionnel sang-froid. Jamais elle ne varia dans ses déclarations et maintint jusqu'au bout qu'elle était d'origine royale et qu'on l'avait substituée à sa naissance à la fille d'un marchand de légumes. Aussi absurdes et peu fondées qu'aient pu être ces déclarations, il se trouva beaucoup de gens pour leur accorder crédit.

Mais l'instruction fut sans pitié. Elle dénonça les « Russes » masqués comme une pure fable, et affirma que le meurtre avait été commis par Mme Beroldy et son amant, Georges Conneau. Un mandat d'arrêt fut lancé contre lui, mais il avait eu la sagesse de disparaître. Il fut démontré que les cordes qui ligotaient Mme Beroldy étaient si lâches qu'elle aurait pu s'en libérer seule sans aucun mal.

Et puis, vers la fin du procès, une lettre postée de Paris parvint au procureur de la République. Elle émanait de Georges Conneau et contenait une confession complète : sans révéler l'endroit où il se trouvait, Georges Conneau s'avouait coupable du meurtre. Il déclarait avoir porté lui-même le coup fatal à l'instigation de Mme Beroldy. Ils avaient conçu l'assassinat ensemble. Convaincu que son mari la maltraitait, et aveuglé par une passion qu'il croyait payée de retour, il avait prémédité le crime et porté le coup qui devait délivrer d'un odieux esclavage la femme qu'il aimait. Il venait de découvrir l'existence de Mr Hiram P. Trapp, et de comprendre que sa maîtresse l'avait trahi. Ce n'était pas par amour pour lui qu'elle souhaitait être libre, mais pour pouvoir épouser un riche Américain ! Elle s'était servie de lui comme d'un simple instrument et à présent, fou de jalousie, il se retournait contre elle et la dénonçait à son tour, déclarant qu'il avait agi à son instigation.

Ce fut alors que Mme Beroldy montra quelle femme remarquable elle était. Sans la moindre hésitation, elle abandonna son premier système de défense et reconnut que les « Russes » masqués étaient une pure invention de sa part. Georges Conneau était bien le véritable assassin. Il avait commis ce crime, aveuglé par sa passion pour elle, en lui jurant que si elle le dénonçait, sa vengeance serait terrible. Terrifiée par ses menaces, elle avait consenti à se taire ; de plus, elle craignait d'être accusée de complicité si elle révélait le nom du véritable coupable. Mais elle n'avait plus jamais voulu revoir l'assassin de son mari, et c'était pour se venger de son attitude qu'il l'accusait aujourd'hui. Elle jura solennellement qu'elle était innocente de toute préméditation et que, au cours de cette nuit mémorable, elle s'était simplement réveillée pour trouver

Georges Conneau penché sur elle, le poignard, taché du sang de son mari, encore à la main.

L'issue de l'affaire se joua à fort peu de chose. Le récit de Mme Beroldy était à peine croyable, mais son appel au jury fut un chef-d'œuvre d'éloquence. Les joues inondées de larmes, elle parla de son enfant, de son honneur de femme, de son désir de garder sa réputation intacte pour l'amour de sa fille. Elle admettait que, Georges Conneau ayant été son amant, on pouvait la tenir pour moralement responsable de ce crime, et qu'elle avait commis une faute grave en ne dénonçant pas l'assassin. Mais elle déclara d'une voix brisée qu'aucune femme n'aurait voulu dénoncer son amant. Elle l'avait aimé ! Pouvait-elle prendre l'initiative de l'envoyer à la guillotine ? Certes elle était grandement coupable, mais — elle le jurait devant Dieu ! — innocente du terrible crime qu'on lui imputait.

Quelle qu'ait pu être la vérité, son éloquence et son charme l'emportèrent. Au cours d'une séance inoubliable, dans un tumulte et une émotion indescriptibles, Mme Beroldy fut en fin de compte acquittée.

Malgré tous les efforts de la police, Georges Conneau ne fut jamais retrouvé. Quant à Mme Beroldy, on n'entendit plus parler d'elle. Emmenant sa fille, elle avait quitté Paris pour recommencer une nouvelle vie.

## 17

## Où nous poursuivons nos recherches

Je viens d'exposer l'affaire Beroldy dans son entier. Il va sans dire que les détails ne me revinrent pas aussitôt dans cet ordre. Néanmoins, je gardais un souvenir assez précis de cette affaire. Elle avait suscité un immense intérêt à l'époque, et les journaux anglais en avaient largement rendu compte, de sorte que je n'eus pas à faire un grand effort de mémoire pour en retrouver les faits les plus marquants.

Sous le coup de l'émotion, il me parut que l'affaire Beroldy éclairait toute l'affaire Renauld. Il faut admettre que je suis très impulsif, et Poirot a coutume de déplorer ma façon de tirer trop vite les conclusions. Mais il me semble que, dans ce cas, j'avais quelques excuses. Cette découverte justifiait totalement le point de vue de Poirot, et c'est ce qui me frappa tout d'abord.

— Toutes mes félicitations, Poirot. J'y vois clair, à présent.

Poirot alluma une de ses minuscules cigarettes avec sa précision habituelle.

— Eh bien, mon ami, puisque vous y voyez clair, ditcs-moi ce que vous voyez au juste ?

— Que c'est Mme Daubreuil, ou Beroldy, qui a assassiné M. Renauld. La similitude entre les deux affaires en est la preuve absolue.

— Vous estimez donc que Mme Beroldy a été acquittée à tort, et qu'elle était coupable de complicité dans le meurtre de son mari ?

J'écarquillai les yeux.

— Mais bien sûr ! Pas vous ?

Poirot remit machinalement une chaise en place et finit par dire d'un ton pensif :

— Oui, c'est mon opinion. Mais cela n'a rien d'évident, mon ami. Juridiquement parlant, Mme Beroldy est innocente.

— Du premier crime, peut-être. Pas de celui-ci.

Poirot vint se rasseoir près de moi et me regarda d'un air plus pensif encore.

— Votre opinion est faite, alors, Hastings ? C'est bien Mme Daubreuil qui a assassiné M. Renauld ?

— Oui.

— Et pourquoi ?

La brutalité de la question me déconcerta un moment.

— Pourquoi ? bredouillai-je. Pourquoi ? Eh bien, parce que...

Je restai court. Poirot secoua la tête.

— Vous voyez, vous vous heurtez aussitôt à une difficulté. Pourquoi Mme Daubreuil — je l'appellerai ainsi par commodité — aurait-elle assassiné M. Renauld ? Je ne peux lui trouver l'ombre d'un mobile. Elle ne tire aucun profit de sa mort ; qu'elle ait été sa maîtresse ou son maître chanteur, elle y perd dans les deux cas. Il n'y a jamais de meurtre sans mobile. Pour le premier assassinat, c'était une autre histoire : il y avait un riche amant en jeu, prêt à prendre la place laissée toute chaude par le mari.

— L'argent n'est pas l'unique mobile de tous les meurtres, objectai-je.

— C'est juste, approuva placidement Poirot, il en existe encore deux. Le crime passionnel en est un autre. Le dernier est encore plus rare, c'est le meurtre pour une idée, qui suppose le plus souvent un certain dérangement mental chez le meurtrier. La manie homicide et le fanatisme religieux appartiennent également à cette catégorie, que nous pouvons écarter d'office dans l'affaire qui nous intéresse.

— Mais que dites-vous du crime passionnel ? Pouvez-vous l'écarter, lui aussi ? Si Mme Daubreuil était la maîtresse de Renauld et qu'elle a senti chez lui un refroidissement, ou si sa jalousie a été éveillée pour une raison quelconque, n'a-t-elle pas pu le poignarder dans un accès de fureur ?

De nouveau, Poirot secoua la tête.

— Si — et je dis bien si — Mme Daubreuil était la maîtresse de Renauld, il n'a pas eu le temps de se lasser d'elle. Et de toute façon, vous vous trompez sur son caractère. C'est une femme capable de simuler une profonde émotion, une actrice consommée. Considérée d'un œil impartial, sa vie tout entière dément son apparence passionnée. Si nous réfléchissons bien, nous voyons qu'elle a toujours calculé toutes ses actions avec le plus grand sang-froid. Ce n'était pas pour vivre libre avec son jeune amant qu'elle s'est rendue coupable de complicité de meurtre : elle avait pour objectif le riche Américain, dont elle se souciait sans doute comme d'une guigne. Si elle devait commettre un crime, ce serait toujours avec l'espoir d'y gagner quelque chose. Or, ici, elle n'y gagne rien. D'autre part, comment expliquez-vous qu'elle ait creusé une tombe ? Ça, c'était un travail d'homme.

— Elle pouvait avoir un complice, suggérai-je, peu disposé à renoncer à mon hypothèse.

— J'ai encore une autre objection. Vous avez parlé de la similitude entre les deux crimes. Où donc voyez-vous une telle similitude, mon cher ami ?

Je le regardai avec stupéfaction.

— Mais enfin, Poirot, c'est vous-même qui l'avez remarquée ! L'histoire des hommes masqués, le « secret », les papiers !

Poirot eut un petit sourire.

— Là, là, calmez-vous, mon ami. Je ne renie rien de ce que j'ai dit. Les deux histoires ont un lien indéniable entre elles. Mais réfléchissez à présent à ce fait curieux : ce n'est pas Mme Daubreuil qui nous a raconté cette fable — si c'était elle, tout irait en effet comme sur des roulettes — mais c'est Mme Renauld. Les deux femmes seraient-elles de connivence ?

— J'ai du mal à le croire, dis-je lentement. Si c'est vraiment le cas, Mme Renauld est la meilleure actrice que j'aie jamais rencontrée.

— Taratata, fit Poirot avec impatience. Vous vous fondez encore une fois sur le sentiment et non sur la logique ! S'il faut à toute force qu'une criminelle soit une actrice consommée, alors ne vous gênez pas pour la supposer telle. Mais est-ce bien nécessaire ? Je ne crois pas que Mme Renauld soit de connivence avec Mme Daubreuil, pour diverses raisons, dont je vous ai déjà énuméré une partie. Les autres vont de soi. En conséquence, une fois éliminée cette possibilité, nous approchons enfin de la vérité, laquelle est, comme toujours, très curieuse.

— Poirot, m'écriai-je, que me cachez-vous, encore ?

— Mon ami, il faut faire vos propres déductions. Vous avez tous les éléments en main. Faites fonctionner vos petites cellules grises. Tâchez de raisonner non pas comme Giraud, mais comme Hercule Poirot !

— Mais... vous êtes sûr ?

— Mon ami, je me suis conduit à bien des égards comme un imbécile. Mais cette fois j'y vois clair !

— Vous savez tout ?

— J'ai découvert ce que M. Renauld m'avait demandé de découvrir.

— Et vous connaissez l'assassin ?

— Je connais un assassin.

— Que voulez-vous dire ?

— Tout dépend de quoi nous parlons. Il n'y a pas un crime, mais deux. J'ai résolu le premier, mais pour ce qui est du second... eh bien, je dois avouer que je ne suis sûr de rien !

— Mais enfin, Poirot, je croyais vous avoir entendu dire que l'homme trouvé dans la cabane à outils était mort de mort naturelle ?

— Taratata ! répéta Poirot avec une impatience accrue.

Vous ne comprenez toujours pas. On peut parfois avoir un crime sans meurtrier, mais pour deux crimes, il nous faut impérativement deux cadavres.

Cette remarque me parut si dépourvue de sens commun que je regardai mon ami avec une certaine inquiétude. Mais il avait l'air dans son état normal. Soudain, il se leva et alla à la fenêtre.

— Le voici, dit-il.

— Qui donc ?

— M. Jack Renauld. Je lui ai envoyé un petit mot le priant de passer me voir.

Cela fit dévier le cours de mes pensées. Je demandai à Poirot s'il savait que Jack Renauld était à Merlinville le soir du crime. J'avais espéré prendre en défaut mon astucieux ami, mais comme toujours, il était déjà au courant. Lui aussi s'était renseigné à la gare.

— Et nous ne sommes sans doute pas les seuls à avoir eu cette idée, Hastings. Cet excellent Giraud a dû faire sa petite enquête, lui aussi.

— Vous ne croyez quand même pas... (Je me tus brusquement.) Oh ! non, ce serait trop terrible !

Poirot me jeta un coup d'œil inquisiteur, mais je n'ajoutai rien. L'idée venait de me traverser l'esprit que s'il y avait sept femmes impliquées à des degrés divers dans l'affaire — Mme Renauld, Mme Daubreuil et sa fille, la mystérieuse visiteuse du soir et les trois domestiques —, il n'y avait, à l'exception du vieil Auguste qui ne comptait guère, qu'un seul homme : Jack Renauld. Et la tombe avait forcément été creusée par un homme.

Je n'eus pas le temps de m'attarder davantage sur cette affreuse idée, car Jack Renauld fut introduit dans la pièce.

Poirot l'accueillit de la façon la plus naturelle.

— Veuillez vous asseoir, monsieur. Je regrette infiniment de vous avoir dérangé, mais vous comprendrez que l'atmosphère de la villa ne me convient guère. M. Giraud et moi avons certaines divergences de vues. Il n'a pas fait preuve d'une politesse exquise à mon égard, et vous imaginez sans peine que je ne tiens pas à le faire bénéficier de mes éventuelles découvertes.

— Vous avez parfaitement raison, monsieur Poirot, répondit le jeune homme. Ce Giraud est d'une muflerie inqualifiable, et je serais enchanté de voir quelqu'un le remettre à sa place.

— Dans ce cas, voudriez-vous m'accorder une petite faveur ?

— Certainement.

— Je vais vous prier de vous rendre à la gare et de prendre le premier train pour Abbalac, la station suivante. Vous demanderez à la consigne si deux étrangers n'y ont pas déposé une valise la nuit du meurtre. C'est une toute petite gare, et il est presque certain qu'ils s'en souviendront. Pouvez-vous faire cela pour moi ?

— Mais bien sûr, répondit le jeune homme intrigué, mais tout disposé à rendre service.

— Voyez-vous, mon ami et moi nous avons à faire ailleurs, expliqua Poirot. Il y a un train dans un quart d'heure, et je ne veux pas que vous repassiez par la villa : je ne tiens pas à ce que Giraud ait vent de vos allées et venues.

— Très bien, j'irai directement à la gare.

Il se levait déjà, mais Poirot l'arrêta.

— Un instant, monsieur Renauld, il y a encore une chose qui m'intrigue. Pourquoi n'avez-vous pas dit à M. Hautet que vous vous trouviez à Merlinville la nuit du crime ?

Le visage de Jack Renauld s'empourpra. Il fit un effort visible pour se maîtriser.

— Vous faites erreur. Je me trouvais à Cherbourg, comme je l'ai dit ce matin au juge d'instruction.

Poirot le regarda en plissant les yeux comme un chat, jusqu'à ce qu'ils ne soient plus que deux fentes vertes.

— Alors, j'ai commis là une erreur bien singulière, puisque tout le personnel de la gare a commis la même. On dit que vous êtes arrivé par le train de 23 h 50.

Jack Renauld hésita un court instant, puis finit par se décider :

— Et quand ce serait vrai ? Chercheriez-vous à m'accuser d'avoir trempé dans le meurtre de mon père ?

Il avait posé cette question d'un ton hautain, la tête rejetée en arrière.

— J'aimerais bien connaître la raison qui vous a amené ici.

— C'est très simple. Je suis venu voir ma fiancée, Mlle Daubreuil. J'étais à la veille de partir pour un long voyage, sans trop savoir quand je reviendrais. Je désirais la rencontrer avant mon départ, pour l'assurer une fois encore de mon entière dévotion.

— Et vous l'avez vue ? demanda Poirot sans lâcher le jeune homme du regard.

Il y eut un long silence, puis Jack Renauld finit par dire :

— Oui.

— Et ensuite ?

— Je me suis aperçu que j'avais manqué le dernier train. J'ai marché jusqu'à Saint-Beauvais, j'ai frappé à la porte d'un garage et loué une voiture pour regagner Cherbourg.

— Saint-Beauvais ? C'est à quinze kilomètres d'ici. Une bien longue promenade, monsieur Renauld

— Je... J'avais envie de marcher.

Poirot inclina la tête pour montrer qu'il acceptait cette explication. Jack Renauld attrapa son chapeau, sa canne, et s'en fut. Poirot bondit aussitôt :

— Vite, Hastings. Nous allons le prendre en filature.

Tout en maintenant une bonne distance entre notre proie et nous, nous le suivîmes par les rues de Merlinville. Mais quand Poirot le vit tourner en direction de la gare, il s'arrêta net.

— Tout va bien. Il a mordu à l'hameçon. Il va aller à Abbalac, s'enquérir d'une valise imaginaire déposée par d'imaginaires étrangers. Oui, mon ami, tout ceci n'était qu'une petite astuce de ma part.

— Vous vouliez vous débarrasser de lui ! m'exclamai-je.

— Hastings, votre capacité de pénétration me laissera toujours pantois. Et maintenant, si vous n'y voyez pas d'inconvénient, en route pour la villa Geneviève !

## 18

## Giraud passe à l'action

Une fois à la villa, Poirot se dirigea aussitôt vers la petite remise où avait été découvert le second cadavre. Mais au lieu d'entrer, il resta planté près du banc dont j'ai déjà parlé, situé à quelques mètres de là. Il le contempla un moment, puis s'approcha avec précaution de la haie qui marquait la limite entre la villa Geneviève et la villa Marguerite. Il revint vers le banc en hochant la tête d'un air concentré, puis repartit une fois encore vers la haie, dont il écarta les buissons des deux mains.

— Avec un peu de chance, me lança-t-il, nous trouverons Mlle Marthe au jardin. J'aimerais lui dire quelques mots, sans pour autant aller sonner à la porte de la villa Marguerite. Ah ! C'est parfait, la voici, justement. Psst, mademoiselle ! Un instant, s'il vous plaît !

Je le rejoignis au moment où Marthe Daubreuil, un peu surprise, s'approchait à son tour de la haie.

— Auriez-vous la bonté de m'accorder quelques minutes d'entretien, mademoiselle ?

— Mais certainement, monsieur Poirot.

Bien qu'elle eût répondu sans hésiter, elle paraissait troublée, effrayée.

— Mademoiselle, vous rappelez-vous avoir couru après moi sur la route, le jour où je suis venu chez vous avec le juge d'instruction ? Vous m'avez demandé si les soupçons se portaient sur une personne en particulier.

— Oui, et vous m'avez parlé de deux Chiliens.

Sa voix n'était qu'un souffle, et elle pressait sa main contre sa poitrine.

— Voudriez-vous me reposer la même question à présent, mademoiselle ?

— Où voulez-vous en venir ?

— À ceci : si vous me posiez la même question aujourd'hui, ma réponse serait bien différente. On soupçonne quelqu'un, en effet, mais ce n'est pas un Chilien.

— Qui donc, alors ? demanda-t-elle faiblement.

— M. Jack Renauld.

— Quoi ? dit-elle dans un cri. Jack ? C'est impossible. Qui ose le soupçonner ?

— Giraud.

— L'inspecteur Giraud ! (La jeune fille blêmit.) Cet homme me fait peur. Il est cruel. Il est capable de...

Sa voix se brisa. Puis je la vis rassembler ses forces, et, à son expression déterminée, je compris que cette frêle jeune fille avait le caractère d'une lutteuse. Poirot la regardait lui aussi avec attention.

— Vous savez, bien sûr, que Jack Renauld était ici la nuit du crime ? demanda-t-il.

— Oui, répondit-elle machinalement, il me l'a dit.

— Il n'était guère prudent de chercher à le dissimuler, remarqua Poirot.

— Je sais, répondit-elle avec impatience. Mais à quoi bon se perdre en vains regrets, à présent ? Nous devons trouver un moyen de le sauver. Il est innocent, bien sûr ; mais cela ne pèse pas lourd pour un homme comme Giraud, qui ne pense qu'à sa réputation. Il faut à toute force qu'il arrête quelqu'un, et ce quelqu'un va être Jack.

— Les faits témoignent contre lui, déclara Poirot. Vous vous en rendez compte ?

Elle le regarda droit dans les yeux.

— Je ne suis plus une enfant, monsieur. Je peux me montrer courageuse et regarder les choses en face. Il est innocent, et nous devons à tout prix le sauver.

Elle avait parlé avec une sorte d'énergie désespérée ; puis elle resta silencieuse un moment, perdue dans ses réflexions.

— Mademoiselle, dit Poirot en l'observant attentivement, vous ne nous cachez pas quelque chose ?

Elle hocha la tête d'un air perplexe.

— Si, en effet. Mais cela paraît si absurde que je me demande si vous allez le croire.

— Dites toujours, mademoiselle.

— Voici. L'inspecteur Giraud m'a fait appeler après tous les autres, pour voir si je pouvais identifier l'homme qu'on a trouvé là. (Elle désigna la cabane à outils d'un signe de tête.) Je ne l'ai pas reconnu. En tout cas, pas sur le moment. Mais depuis, j'ai réfléchi...

— Eh bien ?

— Cela semble tellement bizarre... Et pourtant, j'en suis presque sûre. Voilà : le matin du jour où M. Renauld a été assassiné, je me promenais ici dans le jardin, quand j'ai entendu le bruit d'une dispute entre deux hommes. J'ai écarté un peu les buissons et j'ai regardé à travers la haie. L'un des deux était M. Renauld, et l'autre un vagabond, un individu horrible, tout en haillons. Il passait de la supplication à la menace. J'ai supposé qu'il demandait de l'argent, mais ma mère m'a appelée juste à ce moment-là. C'est tout, sauf que je suis pratiquement sûre que le vagabond et le mort qu'on a trouvé dans la cabane ne font qu'un.

— Mais enfin, pourquoi ne pas l'avoir dit tout de suite, mademoiselle ?

— Le visage m'était vaguement familier, mais l'homme était habillé tout autrement, il semblait occuper une position sociale très supérieure...

Une voix l'appela soudain de la maison.

— C'est maman, chuchota Marthe, il faut que j'y aille.

Elle disparut à travers les arbres.

— Venez, dit Poirot.

Il me prit le bras et m'entraîna vers la villa.

— Que pensez-vous de ça ? demandai-je avec curiosité. C'est vrai, ou l'a-t-elle inventé de toutes pièces pour détourner les soupçons de son fiancé ?

— C'est une bien curieuse histoire, dit Poirot, mais je la crois tout à fait vraie. Sans le vouloir, Mlle Marthe nous a dit la vérité sur un autre point, donnant ainsi un démenti à Jack Renauld. Vous avez remarqué son hésitation quand je lui ai demandé s'il avait vu Marthe Daubreuil la nuit du crime ? Il a attendu avant de répondre « oui », et je l'ai soupçonné de mentir. Du coup, il fallait que je voie Mlle Marthe avant qu'il ait eu le temps de la mettre en garde. Trois petits mots m'ont suffi. Quand je lui ai demandé si elle savait que Jack Renauld était ici cette nuit-là, elle a répondu : « Il me l'a dit. » À présent, Hastings, que faisait Jack Renauld ici par une nuit pareille ? Et s'il n'a pas vu Mlle Marthe, qui d'autre a-t-il vu ?

— Mais enfin, Poirot, m'écriai-je hébété, vous ne pensez tout de même pas que ce garçon a tué son père !

— Mon ami, rétorqua Poirot, votre incroyable sentimentalité vous perdra ! J'ai vu des mères assassiner leurs enfants en bas âge pour toucher l'assurance-vie ! Après ça, on peut s'attendre à tout.

— Et le motif ?

— L'argent, bien sûr. N'oubliez pas qu'à la mort de son père, Jack Renauld pensait hériter de la moitié de sa fortune..

— Mais le vagabond ? Que vient-il faire là-dedans ?

Poirot haussa les épaules.

— L'inspecteur Giraud vous dirait que c'était un complice —

un apache quelconque qui a aidé le jeune Renauld à commettre son forfait et dont le jeune homme s'est débarrassé ensuite.

— Mais le cheveu enroulé autour du poignard ? Le cheveu de femme ?

— Ah ! dit Poirot avec un large sourire. Ça, c'est le clou du petit numéro de Giraud. À l'entendre, ce n'est pas du tout un cheveu de femme. Etant donné que les jeunes gens d'aujourd'hui se coiffent en arrière et font tenir leurs cheveux avec toutes sortes de brillantines, certains cheveux d'hommes atteignent une longueur considérable.

— Et vous le croyez aussi ?

— Non, dit Poirot avec un curieux sourire. Parce que je sais bien que c'est un cheveu de femme — et je sais même à quelle femme il appartient !

— À Mme Daubreuil, dis-je fermement.

— Peut-être, répondit Poirot en me regardant du coin de l'œil.

Cette fois, je refusai d'entrer dans son jeu.

— Qu'allons-nous faire, à présent ? demandai-je comme nous passions le seuil de la villa Geneviève.

— Je veux examiner les affaires de Jack Renauld. C'est pourquoi je me suis débarrassé de lui pour quelques heures.

Avec ordre et méthode, Poirot se mit en devoir d'ouvrir un tiroir après l'autre, d'en passer en revue le contenu et de tout remettre à sa place. C'était là une tâche fort peu palpitante. Poirot farfouillait encore dans un amas de cols, de chemises et de chaussettes quand un bruit de moteur m'attira à la fenêtre. Je revins instantanément à la vie.

— Poirot ! m'écriai-je. Il y a une voiture dans la cour, et Giraud vient d'en descendre, avec Jack Renauld encadré de deux gendarmes.

— Sacré tonnerre ! gronda Poirot. Cet animal de Giraud ne pouvait pas attendre un peu ? Je ne vais pas avoir le temps de ranger le dernier tiroir. Faisons vite.

Sans plus de cérémonie, il en renversa le contenu sur le plancher. Puis avec un cri de triomphe, il fonça soudain sur un petit carré de carton, à l'évidence une photographie. Il la fourra dans sa poche, remit pêle-mêle dans le tiroir les cravates et les mouchoirs, et, m'attrapant par le bras, me traîna hors de la pièce. En bas, dans le vestibule, Giraud contemplait son prisonnier.

— Bonjour, monsieur Giraud, dit Poirot. Qui donc avez-vous attrapé là ?

Giraud désigna Jack Renauld d'un signe de tête.

— Il a tenté de s'échapper, mais j'ai été plus rapide que lui. Je viens de l'arrêter pour le meurtre de son père, Paul Renauld.

Poirot se retourna pour faire face au garçon adossé au chambranle, le visage mortellement pâle.

— Et vous, jeune homme, qu'en dites-vous ?

Jack Renauld le fixa d'un œil éteint.

— Rien du tout, répondit-il.

## 19

### Où je fais fonctionner mes cellules grises

Je restai confondu. Jusqu'alors, je n'avais pu me résoudre à croire Jack Renauld coupable. J'attendais de vigoureuses protestations d'innocence en réponse au défi de Poirot. Mais, en le voyant appuyé, blême et défait, contre le mur, et en entendant l'aveu tomber de ses lèvres, je ne doutai plus.

Poirot s'adressa à Giraud.

— Sur quoi vous fondez-vous pour l'arrêter ?

— Vous ne croyez quand même pas que je vais vous le dire ?

— Bien sûr que si, ne serait-ce que par simple courtoisie.

Giraud lui jeta un regard hésitant, écartelé entre l'envie d'opposer un refus grossier à son adversaire et le plaisir de triompher de lui.

— Vous croyez que je me suis trompé, sans doute ? ricana-t-il.

— Ça ne m'étonnerait qu'à moitié, répondit Poirot avec une pointe de malice.

Giraud vira au rouge brique.

— Eh bien, dans ce cas, suivez-moi. Vous jugerez vous-même.

Il ouvrit à la volée la porte du salon et nous entrâmes, laissant Jack Renauld sous la garde des deux gendarmes.

— Et maintenant, monsieur Poirot, dit Giraud d'un ton de mépris en jetant son chapeau sur la table, je vais vous faire un petit cours sur le métier de détective. Je vais vous montrer comment travaille l'école moderne.

— Parfait ! dit Poirot en s'installant commodément pour l'écouter. Et moi, je vais vous montrer comment la vieille garde sait écouter.

Il se cala contre son dossier et ferma les yeux ; mais il les rouvrit aussitôt :

— Ne craignez pas que je m'endorme. Je vous écoute avec la plus grande attention.

— Évidemment, commença Giraud, j'ai compris tout de suite que cette histoire de Chiliens n'était que de la poudre aux yeux. Il y avait bien deux hommes dans l'affaire, mais ce n'étaient pas de mystérieux étrangers ! Tout cela n'était qu'un leurre.

— Admirablement raisonné jusqu'ici, mon cher Giraud, murmura Poirot. Surtout après le gentil petit tour qu'ils vous ont joué avec leur mégot.

Giraud lui jeta un regard meurtrier, mais poursuivit.

— Il fallait qu'il y ait un homme impliqué dans cette affaire, à cause de la tombe. Aucun homme ne profite du crime, mais il y en a au moins un qui croyait en bénéficier. J'avais entendu parler de la dispute entre Jack Renauld et son père, et des menaces qu'il avait proférées. Nous tenions déjà le mobile. À présent, les moyens : Jack Renauld était à Merlinville cette nuit-là. Il nous a dissimulé ce fait — ce qui a changé mes soupçons en certitude. Puis nous avons trouvé une seconde victime, frappée avec le même poignard. Nous savons quand ce poignard a été dérobé. Le capitaine Hastings ici présent nous a permis de fixer l'heure exacte de ce vol. Jack Renauld, arrivant de Cherbourg, est la seule personne qui a pu s'en emparer. J'ai vérifié l'emploi du temps de tout le reste de la maisonnée.

Poirot l'interrompit.

— Vous vous trompez. Quelqu'un d'autre pouvait s'emparer de ce poignard.

— Vous voulez parler de M. Stonor ? Il est arrivé devant le perron, dans une automobile qui l'amenait directement de Calais. Ah ! Vous pouvez me croire, j'ai tout passé au peigne fin. Jack Renauld est venu en train, et il s'est écoulé une heure entre son arrivée et le moment où il s'est présenté à la villa.

Sans l'ombre d'un doute, il a vu le capitaine Hastings et sa compagne quitter la remise, il s'y est glissé à son tour, a saisi le poignard et a frappé son complice...

— Qui était déjà mort !

Giraud haussa les épaules.

— Il a pu ne pas s'en rendre compte, et s'imaginer qu'il dormait. Nous pouvons être certains qu'ils avaient rendez-vous. Il savait en tout cas que ce prétendu second meurtre compliquerait sérieusement l'affaire, ce qui n'a pas manqué, d'ailleurs.

— L'inspecteur Giraud, lui, ne s'y est pas trompé, murmura Poirot.

— Vous pouvez rire ! Mais je vais vous donner une preuve définitive. L'histoire de Mme Renauld était fausse — une pure fable du début jusqu'à la fin. Nous pensons que Mme Renauld aimait son mari, et pourtant elle a menti pour protéger son meurtrier. Pour qui une femme ment-elle ? Parfois pour elle-même, souvent pour l'homme qu'elle aime, toujours pour ses enfants. Voici ma dernière preuve, et celle-ci est irréfutable !

Giraud s'arrêta, écarlate et triomphant. Poirot le considéra placidement.

— Voilà ma théorie, dit Giraud. Qu'avez-vous à lui reprocher ?

— Un simple détail que vous avez négligé de prendre en compte.

— Quoi donc ?

— On peut supposer que Jack Renauld était au courant de l'aménagement du golf. Quand il a entrepris de creuser cette tombe, il savait pertinemment que le corps serait découvert presque aussitôt.

Giraud eut un gros rire :

— Mais c'est idiot, ce que vous dites là ! Il voulait qu'on le découvre, le corps ! Tant qu'il ne serait pas retrouvé, il était impossible de prouver le décès, et il ne pouvait entrer en possession de son héritage !

Je vis une brève lueur verte passer dans les yeux de Poirot.

— Alors, pourquoi l'enterrer ? demanda-t-il avec douceur. Réfléchissez, Giraud. Si Jack Renauld avait intérêt à ce que le corps soit découvert le plus vite possible, pourquoi s'est-il donné la peine de creuser une tombe ?

Giraud ne répondit pas. Visiblement la question le prenait de court. Il haussa les épaules, comme pour signifier que ce point n'avait aucune importance. Poirot se dirigea vers la porte et je le suivis.

— Il y a encore un détail que vous avez oublié, lança-t-il à Giraud.

— Lequel ?

— Le tuyau de plomb, dit Poirot en sortant.

Jack Renauld était toujours debout dans le vestibule, blême et impassible, mais il leva vivement les yeux en nous voyant. Au même moment, on entendit un bruit de pas dans l'escalier, et Mme Renauld apparut. À la vue de son fils entre deux gendarmes, elle s'arrêta net, pétrifiée.

— Jack, dit-elle d'une voix mal assurée. Jack, que signifie tout cela ?

— Ils m'ont arrêté, mère.

— Quoi ?

Elle poussa un cri perçant et, avant qu'aucun de nous ait pu intervenir, elle chancela et s'écroula sur le sol. Nous nous précipitâmes pour la relever. Poirot se redressa aussitôt.

— Elle s'est fait une grave coupure à la tête sur l'angle des marches. Je crois qu'elle souffre aussi d'une légère commotion cérébrale. Si Giraud veut l'interroger, il va devoir attendre. Elle risque de rester inconsciente une bonne semaine.

Denise et Françoise s'étaient précipitées vers leur maîtresse et, la laissant à leurs soins, Poirot sortit de la maison. Il marchait la tête penchée, les sourcils froncés. Je restai un moment silencieux, puis je finis par risquer une question :

— Croyez-vous qu'en dépit des apparences, Jack Renauld puisse ne pas être coupable ?

Poirot ne répondit pas tout de suite, mais au bout d'un long moment il déclara gravement :

— Je ne sais pas, Hastings. C'est une possibilité. Bien sûr, Giraud se trompe sur toute la ligne. Si Jack Renauld est coupable, c'est en dépit de ses arguments, et non pas à cause d'eux. Et la plus grave présomption contre lui n'est connue que de moi seul.

— De quoi parlez-vous ? demandai-je, impressionné.

— Si vous faisiez fonctionner vos petites cellules grises, vous le sauriez et vous auriez une vue de l'affaire aussi claire que la mienne, mon bon ami.

Cela faisait partie des réponses de Poirot que je trouvais si irritantes. Il poursuivit, sans me laisser le temps d'intervenir :

— Longeons la mer de ce côté. Nous irons nous asseoir sur cette petite dune qui domine la plage, et nous passerons toute l'affaire en revue. Vous allez savoir tout ce que je sais, mais j'aimerais mieux vous voir parvenir à la vérité par vos propres moyens, sans que j'aie besoin de vous tenir la main.

Nous nous installâmes sur le monticule herbeux qu'avait désigné Poirot, face à la mer.

— Réfléchissez, mon ami, dit Poirot d'un ton encourageant. Ordonnez vos idées. Soyez méthodique. C'est là le secret de la réussite.

Je fis de mon mieux pour lui obéir, repassant dans mon esprit tous les détails de l'affaire. Et soudain, une idée d'une clarté lumineuse me traversa l'esprit. J'examinai mon hypothèse en tremblant.

— À ce que je vois, vous avez une petite idée, mon ami ! C'est capital. Nous progressons.

J'allumai une pipe pour mieux me concentrer.

— Poirot, dis-je, il semble que nous ayons été étrangement négligents. Je dis « nous », bien que cette négligence soit plutôt la mienne, sans doute. Mais vous payez ainsi le prix de tous vos petits mystères. Donc, je le répète, nous avons été bien négligents. Nous avons oublié quelqu'un.

— Et qui donc ? demanda Poirot, les yeux brillants.

— Georges Conneau !

## 20

### Une affirmation stupéfiante

Poirot me planta un chaleureux baiser sur la joue.

— Enfin ! Vous y êtes arrivé ! Et tout seul, c'est splendide ! Poursuivez votre raisonnement. Vous avez raison. Oui, nous avons eu tort d'oublier Georges Conneau.

J'étais si flatté de son approbation que j'avais du mal à réfléchir. Je finis par reprendre mes esprits et je continuai :

— Georges Conneau a disparu il y a vingt ans, mais nous n'avons aucune raison de penser qu'il est mort.

— Aucune, approuva Poirot. Poursuivez.

— Nous supposerons donc a priori qu'il est vivant.

— Très bien.

— Ou qu'il était encore vivant il y a peu.

— De mieux en mieux !

— Nous supposerons donc, dis-je avec un enthousiasme croissant, qu'après sa fuite il a mal tourné. Il est devenu un criminel, un apache, un vagabond, ce que vous voulez. Le hasard l'amène à Merlinville, et là, il retrouve la femme qu'il n'a jamais cessé d'aimer.

— Hé ! Gare à la sentimentalité, gronda Poirot.

— La haine n'est jamais que l'autre face de l'amour, citai-je, probablement de travers. En tout cas il la retrouve, vivant sous un faux nom. Mais elle a un nouvel amant, un Anglais, Paul Renauld. De vieilles jalousies se réveillent dans le cœur de Georges Conneau, et il se querelle avec ce Renauld. Il le guette au moment où il vient rendre visite à sa maîtresse, et il le poignarde dans le dos. Terrifié par son acte, il entreprend de creuser une tombe. Je vois assez bien Mme Daubreuil sortant à la recherche de son amant et ayant une scène terrible avec Conneau. Celui-ci l'entraîne dans la cabane à outils, où il est terrassé par une crise d'épilepsie. Supposons maintenant que Jack Renauld apparaisse précisément à ce moment-là. Mme Daubreuil lui raconte tout et lui laisse entrevoir les terribles conséquences qu'aurait pour sa fille le rappel du scandale passé. Le meurtrier de son père est mort, le mieux à présent est de tout dissimuler. Jack Renauld accepte, il court à la villa où il a un entretien avec sa mère, qu'il gagne à son point de vue. Reprenant à son tour l'histoire que Mme Daubreuil a suggérée à son fils, elle accepte de se laisser ligoter et bâillonner. Voilà, Poirot, qu'en pensez-vous ?

Je me calai dans le sable, rouge de fierté. Poirot me considéra d'un air pensif.

— Je pense que vous devriez écrire pour le cinéma, mon ami, laissa-t-il enfin tomber.

— Vous voulez dire...

— Je veux dire que l'histoire que vous venez de me raconter ne ferait pas un mauvais film, mais elle n'a aucun rapport avec la réalité.

— J'admets que je n'ai pas encore considéré tous les détails, mais...

— Vous avez fait plus ! Vous les avez superbement ignorés, oui. Qu'avez-vous à dire sur la façon dont les deux hommes étaient habillés ? Voulez-vous insinuer qu'après avoir poignardé sa victime, Georges Conneau lui a ôté son costume, l'a enfilé à son tour, et a remis le poignard en place ?

— Je ne vois pas où est le problème, dis-je avec humeur. Sous la menace, il peut avoir extorqué des vêtements et de l'argent à Mme Daubreuil plus avant dans la journée.

— Sous la menace, hein ? Vous parlez sérieusement ?

— Bien sûr. Il pouvait la menacer de révéler à Renauld sa véritable identité, réduisant ainsi à néant l'espoir de voir sa fille mariée.

— Vous vous trompez, Hastings. Il ne pouvait pas la faire chanter, parce que c'était elle qui détenait les cartes maîtresses. N'oubliez pas que Georges Conneau est toujours recherché pour meurtre. Elle n'avait qu'un mot à dire pour l'envoyer à la guillotine.

Je fus contraint, à mon corps défendant, de reconnaître la justesse de cette objection.

— Votre théorie à vous, dis-je d'un ton aigre, est évidemment exacte dans les moindres détails ?

— Ma théorie est la vérité, dit tranquillement Poirot. Et la vérité est nécessairement exacte. Dans la vôtre, vous avez commis une erreur fondamentale, vous avez laissé votre imagination s'égarer dans des histoires de rendez-vous nocturnes et de scènes d'amour passionnées. Quand on enquête sur un meurtre, il faut s'en tenir à ce qu'il y a de plus ordinaire. Voulez-vous que je vous fasse une démonstration de ma méthode ?

— Bien sûr ! Faites-moi donc cette démonstration !

Poirot s'assit, le torse très droit, et se mit à parler en agitant énergiquement l'index pour appuyer ses dires :

— Je commencerai, comme vous l'avez fait, par l'existence de Georges Conneau. Nous savons que l'histoire des « Russes » qu'a racontée Mme Beroldy devant la Cour était une fable. Si elle était innocente de toute complicité avec ce crime, alors c'est elle qui a inventé cette histoire. Si les deux amants étaient complices, alors l'histoire a pu être inventée soit par elle, soit par Georges Conneau.

» Voici que nous retrouvons cette même fable dans l'affaire qui nous intéresse. Or, les faits étant ce qu'ils sont, il est peu probable qu'elle ait été inspirée cette fois-ci par Mme Daubreuil. Nous en revenons donc à l'hypothèse que cette fable est née de l'imagination de Georges Conneau. Bien. Georges Conneau a donc prémédité ce crime avec Mme Renauld pour complice. Elle se trouve sur le devant de la scène, et, derrière elle, se tient la silhouette d'un homme dont nous ignorons l'identité pour l'instant.

» À présent, reprenons l'affaire Renauld de A à Z, mais en plaçant chaque fait significatif dans l'ordre chronologique. Vous avez un calepin et un stylo? Bien. Alors, par où commençons-nous?

— Par la lettre qu'il vous a envoyée?

— C'est la première fois que nous en avons entendu parler, mais ce n'est pas le véritable début de l'affaire. Je dirais plutôt que le premier fait significatif est le changement observé chez M. Renauld peu après son arrivée à Merlinville, attesté par plusieurs témoins. Nous devons également prendre en compte son amitié pour Mme Daubreuil et les fortes sommes en liquide qu'il lui a versées. De là, nous pouvons sauter directement au 23 mai.

Poirot prit le temps de s'éclaircir la gorge, et me fit signe d'écrire :

*23 mai : M. Renauld se dispute avec son fils quand celui-ci lui exprime le désir d'épouser Marthe Daubreuil. Le fils part pour Paris.*

*24 mai : M. Renauld modifie son testament, laissant toute sa fortune à sa femme.*

*7 juin : Dispute avec un vagabond dans le jardin. Témoin : Marthe Daubreuil.*

*Lettre à M. Poirot implorant son aide.*

*Télégramme à M. Jack Renauld, lui ordonnant de s'embarquer sur l'*Anzora *à destination de Buenos Aires.*

*Masters, le chauffeur, reçoit sans préavis une semaine de congé.*

*Visite d'une dame ce soir-là. En la raccompagnant, Renauld s'exclame : « Oui, oui ! Mais pour l'amour du ciel, partez, maintenant ! »...*

Poirot s'arrêta.

— Et maintenant, Hastings, prenez chacun de ces faits un

par un, examinez-les attentivement en eux-mêmes et en relation avec l'ensemble, et voyez si toute l'affaire ne s'éclaire pas d'une lumière nouvelle.

Je m'efforçai consciencieusement de faire ce qu'il me demandait. Au bout d'un moment, je dis en hésitant :

— Avant toute chose, il me paraît nécessaire de choisir entre deux théories : celle du chantage ou celle de l'amour.

— Le chantage, sans l'ombre d'un doute. Vous avez entendu ce qu'a dit Stonor du caractère de Renauld.

— Mme Renauld n'a pas confirmé ce point de vue, objectai-je.

— Nous avons déjà eu l'occasion de constater que le témoignage de Mme Renauld est sujet à caution. Il nous faut donc nous en remettre à Stonor sur ce point.

— Pourtant, si Renauld avait une aventure avec une dénommée Bella, il n'est pas du tout impossible qu'il en ait eu une autre avec Mme Daubreuil.

— En effet, Hastings, ce n'est pas impossible. Mais a-t-il eu une telle aventure ?

— La lettre, Poirot ! Vous oubliez la lettre.

— Non, je ne l'oublie pas. Mais qu'est-ce qui vous fait penser qu'elle était adressée à M. Renauld ?

— Eh bien, on l'a trouvée dans sa poche, et de plus...

— Et c'est strictement tout ! coupa Poirot. Rien ne permettait d'identifier le destinataire. Nous avons supposé qu'elle était adressée au mort parce qu'elle était dans la poche de son pardessus. Seulement, mon ami, ce pardessus avait quelque chose de bizarre qui m'a frappé aussitôt. Je l'ai mesuré, et je vous ai fait remarquer que Renauld portait son pardessus bien long. Cette remarque aurait dû vous donner à penser.

— J'ai cru que c'était juste histoire de dire quelque chose, confessai-je.

— Ah, quelle idée ! Plus tard, vous m'avez vu mesurer le pardessus de M. Jack Renauld. Eh bien, Jack Renauld, lui, portait son pardessus vraiment très court. À ces deux faits, ajoutez que M. Jack Renauld est sorti de la maison en courant pour ne pas manquer son train, et dites-moi ce que vous en déduisez !

— Je vois, dis-je en me pénétrant lentement du sens de ses

paroles. La lettre a été écrite à Jack Renauld et non à son père. Dans sa hâte et son agitation, il s'est trompé de pardessus !

Poirot hocha la tête.

— Précisément. Nous reviendrons plus tard sur ce point. Pour le moment, bornons-nous à retenir que la lettre n'a rien à voir avec M. Renauld père, et passons au fait suivant.

— Le 23 mai, je lis : « M. Renauld se dispute avec son fils quand ce dernier lui exprime son désir d'épouser Marthe Daubreuil. Le fils part pour Paris. » Je ne vois pas de remarque particulière à faire là-dessus, et la modification de son testament dans les jours qui suivent semble la conséquence directe de cette querelle.

— Nous sommes d'accord, mon ami, au moins sur la cause. Mais quel motif précis a dicté cet acte à M. Renauld ?

J'écarquillai les yeux de surprise.

— Sa colère contre son fils, bien sûr !

— Pourtant, il lui écrit des lettres affectueuses à Paris...

— C'est ce que dit Jack Renauld, mais il est incapable de produire ces lettres.

— Bien, passons là-dessus.

— Nous en arrivons maintenant au jour du drame. Vous avez placé les événements de la matinée dans un certain ordre. Comment le justifiez-vous ?

— J'ai vérifié que la lettre qu'il m'a envoyée a été postée en même temps que le télégramme à son fils. Peu après, il a donné une semaine de congé à son chauffeur. À mon avis, la dispute avec le chemineau se place avant cette série d'événements.

— Je vois mal comment vous pouvez fixer cela de façon certaine, à moins d'interroger de nouveau Mlle Daubreuil.

— C'est inutile. Je suis sûr de mon fait. Et si vous ne voyez pas pourquoi, Hastings, c'est que vous ne voyez rien du tout !

Je le contemplai un instant.

— Bien sûr ! Que je suis bête ! Si le vagabond était Georges Conneau, c'est après leur orageux entretien que M. Renauld a commencé à redouter un danger. Il a renvoyé le chauffeur, qu'il soupçonnait d'être à la solde de l'autre, il a télégraphié à son fils et a fait appel à vous.

Un léger sourire passa sur les lèvres de Poirot.

— Vous ne trouvez pas étrange qu'il ait utilisé dans sa lettre les termes exacts dont s'est servie Mme Renauld plus tard ? Si

Santiago était un leurre, pourquoi Renauld l'aurait-il mentionné, et qui plus est, pourquoi envoyer son fils là-bas ?

— C'est déroutant, je l'admets volontiers, mais nous trouverons peut-être une explication plus tard. Nous en arrivons maintenant à la soirée, et à la mystérieuse visiteuse. J'avoue que cela me laisse franchement perplexe, à moins qu'il ne s'agisse de Mme Daubreuil elle-même, comme Françoise le soutient depuis le début.

Poirot secoua la tête.

— Vous vous égarez, mon ami. Rappelez-vous le fragment de chèque, et le fait que le nom de Bella Duveen était vaguement familier à Stonor. À partir de là, je pense que nous pouvons tenir pour acquis que Bella Duveen est le nom de la correspondante inconnue de Jack Renauld, et que c'est elle qui est venue ce soir-là à la villa Geneviève. Je ne sais pas si elle cherchait à voir Jack ou si elle voulait s'adresser à son père, mais il n'est pas difficile de reconstituer ce qui s'est passé. Elle a dû se plaindre de Jack, montrer les lettres qu'il lui avait écrites, et le père a essayé de l'acheter, mais elle a déchiré le chèque avec indignation. Les termes de sa lettre sont ceux d'une femme profondément amoureuse, et elle a dû se sentir gravement offensée en se voyant offrir de l'argent. Renauld a fini par se débarrasser d'elle, mais les derniers mots qu'il lui a dits sont lourds de sens.

— « Oui, oui, mais pour l'amour du ciel, partez, à présent », répétai-je. Le ton est peut-être un peu véhément, c'est tout.

— C'est suffisant. Il mourait d'envie de voir partir la jeune fille, n'est-ce pas ? Et pourquoi ? Parce que l'entretien était déplaisant ? Non, mais parce que le temps passait, et que pour une raison quelconque, le temps était précieux.

— Pourquoi ? demandai-je avec stupéfaction.

— C'est bien ce que nous devons chercher. Pourquoi, en effet ? Plus tard, l'incident de la montre brisée nous prouvera une fois encore que le temps joue un rôle considérable dans cette affaire. Nous approchons rapidement de la tragédie. Il est 22 h 30 quand Bella Duveen s'en va, et la montre-bracelet nous indique que le crime a été commis — ou devait paraître avoir été commis — avant minuit. Nous avons passé en revue tous les événements antérieurs au crime, et il n'en reste qu'un qui n'a pas encore trouvé sa place. D'après le témoignage du médecin, le vagabond était mort depuis au moins quarante-huit heures — peut-être même depuis vingt-quatre heures de plus. À partir de là, sans disposer d'autres éléments que ceux que nous venons d'énumérer, je peux situer la mort du chemineau au matin du 7 juin.

Je le fixai avec effarement.

— Mais pourquoi ? Comment diable pouvez-vous le savoir ?

— Parce que c'est la seule solution pour que cette série d'événements s'enchaîne de façon logique. Mon ami, je vous ai mené pas à pas sur le chemin de la vérité. Vous ne voyez donc pas ce qui crève les yeux ?

— Mon cher Poirot, je ne vois rien qui crève les yeux dans tout ceci. J'ai cru entrevoir quelques lueurs tout à l'heure, mais cette fois je suis dans le brouillard le plus complet. Je vous en prie, allez au fait, et dites-moi une bonne fois qui a tué M. Renauld.

— C'est précisément ce dont je ne suis pas encore certain.

— Mais vous venez de dire que ça crevait les yeux !

— Nous ne nous comprenons pas, mon bon ami. N'oubliez pas que nous enquêtons sur deux crimes — pour lesquels, comme je vous l'ai déjà dit, il nous faut nécessairement deux cadavres. Là, là, ne vous impatientez pas ! Je vais tout vous expliquer. Et d'abord, servons-nous de notre psychologie. Nous distinguons trois moments où M. Renauld adopte un changement radical de point de vue et d'action — donc, trois charnières psychologiques. Le premier immédiatement après son arrivée à Merlinville, le second après qu'il se fut disputé avec son fils, et le troisième, le matin du 7 juin. Examinons à présent les causes. Nous pouvons attribuer le changement n° 1 à la rencontre avec Mme Daubreuil. Le second est indirectement lié à elle, puisqu'il concerne un mariage entre Jack Renauld et sa fille. Mais la cause du n° 3 nous est inconnue. Nous devons la déduire nous-mêmes. À présent, mon bon ami, permettez-moi une question : qui, à votre avis, a prémédité ce crime ?

— Georges Conneau, dis-je en hésitant, et en regardant Poirot avec inquiétude.

— Exactement. Par ailleurs, Giraud a postulé qu'une femme ment pour se sauver, pour sauver l'homme qu'elle aime ou pour sauver son enfant. Si nous tenons pour acquis que c'est Georges Conneau qui lui a soufflé ce mensonge, et que

Georges Conneau n'est pas Jack Renauld, nous pouvons écarter la troisième hypothèse. De même, si l'on continue d'attribuer le crime à Georges Conneau, la première hypothèse ne tient pas non plus. Il nous faut donc nous rabattre sur la deuxième proposition, à savoir que Mme Renauld a menti pour sauver l'homme qu'elle aimait — en d'autres termes, pour Georges Conneau. Êtes-vous d'accord avec moi là-dessus ?

— Oui, cela semble logique.

— Bien ! Mme Renauld aime Georges Conneau. Qui donc, alors, est Georges Conneau ?

— Le vagabond.

— Quelle preuve avons-nous que Mme Renauld aimait le vagabond ?

— Aucune, mais...

— Très bien. Ne vous accrochez pas aux théories quand les faits refusent de s'y conformer. Demandez-vous plutôt : de qui Mme Renauld était-elle amoureuse ?

Je secouai la tête, perplexe.

— Mais si, vous le savez parfaitement ! Qui Mme Renauld aimait-elle si profondément qu'elle s'est évanouie à la vue de son cadavre ?

Je le contemplai, ahuri.

— Son mari ? balbutiai-je.

Poirot hocha la tête.

— Son mari, ou Georges Conneau, comme il vous plaira de l'appeler.

Je repris mes esprits.

— Mais c'est impossible !

— Comment cela, « impossible » ? Ne venons-nous pas d'établir que Mme Daubreuil était en position de faire chanter Georges Conneau ?

— Oui, mais...

— N'a-t-elle pas fait chanter M. Renauld, en effet ?

— C'est bien possible, mais...

— Et n'ignorons-nous pas tout de l'enfance et de la jeunesse de M. Renauld ? Il surgit soudain sous l'identité d'un Canadien français, il y a exactement vingt-deux ans de cela...

— Tout cela est bel et bon, dis-je d'un ton plus ferme. Mais vous semblez oublier un point essentiel.

— Lequel, mon ami ?

— Celui-ci : si nous admettons que c'est Georges Conneau

qui a organisé ce crime, nous en arrivons à cette conclusion ridicule qu'il a organisé son propre assassinat !

— Eh bien, mon bon ami, dit placidement Poirot, c'est précisément ce qu'il a fait !

## 21

## Les déductions d'Hercule Poirot

Sur un ton mesuré, Poirot entama son exposé :

— Il vous paraît étrange, mon ami, qu'un homme organise sa propre mort ? Si étrange que vous préférez rejeter la vérité comme trop invraisemblable et vous rabattre sur une histoire qui l'est en fait dix fois plus. Oui, M. Renauld a organisé sa propre mort, mais le détail qui vous échappe peut-être encore, c'est qu'il n'avait pas l'intention de mourir.

Je le contemplai d'un air hébété.

— Allons, tout cela est très simple, au fond, dit gentiment Poirot. Pour le crime que se proposait de perpétrer M. Renauld, il n'y avait nul besoin d'un meurtrier. En revanche, il fallait un cadavre. Essayons de reconstituer toute l'histoire, en prenant cette fois les choses sous un autre angle.

» Georges Conneau échappe à la justice en s'enfuyant au Canada. Il adopte une fausse identité, se marie, et finit par acquérir une immense fortune en Amérique du Sud. Mais il a la nostalgie de son pays natal. Vingt ans ont passé, il a considérablement changé d'aspect, il est en outre devenu un homme respectable, que nul ne songerait à comparer à celui qui a fui la justice quelque vingt ans plus tôt. Il revient, croyant sa sécurité assurée. Il s'installe en Angleterre, et il passe ses étés en France. Mais la malchance, ou la justice immanente qui pèse sur tout homme et l'oblige tôt ou tard à rendre compte de ses actes, l'amène à Merlinville. Merlinville, où habite précisément la seule personne en France susceptible de le reconnaître. Pour Mme Daubreuil, il représente une mine d'or qu'elle s'empresse d'exploiter. Renauld n'a aucun recours, il est entièrement entre ses mains. Et elle le saigne à blanc.

» C'est alors que l'inévitable se produit : Jack Renauld tombe amoureux de la splendide jeune fille qu'il voit chaque jour. Il se met en tête de l'épouser, ce qui provoque la fureur de son père. Il faut à tout prix éviter le mariage de son fils avec la fille de ce démon, n'est-ce pas ? Si Jack Renauld ne sait rien du passé de son père, Mme Renauld en connaît tous les détails. C'est une femme d'une grande force de caractère qui est en outre passionnément éprise de son mari. Le couple se consulte. Renauld ne voit qu'un moyen d'échapper au chantage : la mort. Il faut qu'il se fasse passer pour mort, tandis qu'il fuira dans un autre pays où il pourra recommencer sa vie sous une autre identité. Mme Renauld le rejoindra plus tard, après avoir joué le rôle de la veuve éplorée. Comme il est vital qu'elle contrôle la totalité de sa fortune, il modifie son testament. J'ignore comment ils envisageaient au départ de résoudre la question du corps ; peut-être en dérobant un cadavre à la faculté de médecine et en le brûlant ensuite. Mais avant qu'ils aient bien arrêté leur plan, la question se trouve réglée d'elle-même : un chemineau, violent et querelleur, pénètre par hasard dans le jardin. Renauld s'efforce de le jeter dehors, ils se battent, et soudain le vagabond tombe raide, frappé d'une crise d'épilepsie. Il meurt. Renauld appelle sa femme. Ils le traînent tous les deux dans la cabane à outils — la scène s'étant déroulée à deux pas de là — et ils comprennent bientôt le parti qu'ils peuvent tirer de cette mort. L'homme ne ressemble pas à Renauld, mais il est d'âge moyen, et il a un type français banal. C'est largement suffisant, n'est-ce pas ?

» J'imagine qu'ils ont dû s'asseoir sur le banc là-haut, face à la mer, hors de portée de voix de la maison, pour discuter les détails de leur plan. Leur décision est bientôt prise. L'identification du corps doit reposer sur le seul témoignage de Mme Renauld. Il faut se débarrasser de Jack Renauld et du chauffeur, qui est à leur service depuis deux ans. Il y avait peu de chances pour que les domestiques approchent le corps et, de toute façon, Renauld entendait bien prendre des mesures pour tromper quiconque risquerait de se montrer trop curieux. Masters est expédié en congé, Jack reçoit un télégramme l'envoyant à Buenos Aires, ville choisie pour étayer la fable que Renauld a préparée. Ayant entendu parler de moi comme d'un vieil et obscur détective, il m'envoie cet appel au secours, sachant quel effet produira cette lettre quand je la montrerai au juge d'instruction — effet qu'elle n'a d'ailleurs pas manqué de provoquer. Ils habillent le cadavre du chemineau d'un complet appartenant à Renauld, et, n'osant pas les emporter dans la villa, laissent ses haillons dans un coin de la remise. Enfin, pour donner quelque crédit à l'histoire que Mme Renauld s'apprête à raconter, ils lui plongent le poignard-coupe-papier dans le cœur. Cette nuit-là, Renauld va d'abord ligoter et bâillonner sa femme, puis, à l'aide d'une bêche, il ira creuser une tombe sur l'emplacement du futur... comment dites-vous? bunkair? Il faut absolument qu'on retrouve le corps — pour Mme Daubreuil, il ne doit y avoir aucun doute. Mais il vaut mieux aussi qu'on ne le découvre pas tout de suite, pour limiter le risque d'identification. Puis, Renauld endossera les haillons du chemineau et s'en ira à la gare, où il prendra discrètement le dernier train, celui de 0 h 17. Comme le crime sera censé avoir été commis deux heures plus tard, aucun soupçon ne pourra peser sur lui.

» Dans ces conditions, vous imaginez sa contrariété devant la visite inopportune de cette fille, Bella. Chaque minute perdue peut être fatale. Il arrive enfin à se débarrasser d'elle, et ensuite, au travail! Il laisse la porte d'entrée entrouverte pour donner l'impression que les assassins sont partis par là. Il ligote et bâillonne Mme Renauld, mais sans répéter l'erreur qu'il a commise vingt ans plus tôt, quand il avait noué des liens si lâches qu'ils avaient suffi à attirer l'attention de la justice sur sa complice. Toutefois, elle est censée répéter en gros la même histoire, démontrant une fois de plus combien l'inconscient répugne à l'originalité. La nuit est plutôt fraîche, il passe un léger pardessus sur ses sous-vêtements, pardessus qu'il entend laisser dans la tombe avec le cadavre. Il sort par la fenêtre et efface soigneusement ses empreintes dans le massif de fleurs, établissant ainsi la meilleure preuve contre lui-même. Il parvient au terrain de golf désert et commence à creuser. Et alors...

— Et alors?

— Et alors, dit Poirot d'un ton grave, la justice qu'il fuit depuis si longtemps le rattrape enfin. Une main inconnue le poignarde dans le dos... Vous voyez à présent, Hastings, ce que je voulais dire en parlant de deux crimes, n'est-ce pas? Le premier crime, celui pour lequel M. Renauld nous a si imprudemment demandé d'enquêter, est résolu. Mais il se cache derrière un plus profond mystère qu'il sera difficile d'élucider, car le meurtrier, dans sa sagesse, s'est contenté d'utiliser les outils préparés par Renauld lui-même. C'était là un problème particulièrement déroutant, je le reconnais.

— Vous êtes formidable, Poirot ! dis-je avec une admiration sincère. Vraiment formidable. Il n'y a que vous qui pouviez résoudre cette énigme !

Ces louanges durent lui faire plaisir ; pour une fois, il eut l'air presque confus.

— Ce pauvre Giraud, reprit-il en essayant sans succès de prendre l'air modeste, ce n'est sans doute pas que de la stupidité de sa part. Il n'a pas eu de chance. Ce cheveu noir enroulé autour du poignard, par exemple. Il y avait de quoi l'égarer.

— Pour vous dire la vérité, Poirot, même à présent, je ne vois pas très bien... À qui appartenait ce cheveu ?

— Mais à Mme Renauld, bien sûr ! C'est là que la malchance intervient. Ses cheveux sont presque tous blancs, à présent. Elle aurait aussi bien pu perdre un cheveu blanc, et dans ce cas, Giraud n'aurait pas pu prétendre qu'il venait de la tête de Jack Renauld ! Mais c'est toujours la même chose : on déforme les faits dans tous les sens pour les faire coïncider avec une théorie !

» Il ne fait aucun doute que Mme Renauld parlera quand elle aura retrouvé ses esprits. Elle n'a jamais envisagé la possibilité que son fils puisse être accusé de meurtre. Comment l'aurait-elle pu, alors qu'elle le croyait en sécurité à bord de l'*Anzora* ? Ah ! Voilà une femme, Hastings ! Quelle force, quelle maîtrise de soi ! Elle n'a commis qu'un petit impair. En voyant son fils débarquer de façon si inattendue, elle a dit : « Cela n'a plus d'importance, *à présent.* » Et personne n'y a fait attention, personne ne s'est rendu compte de l'importance de ces mots. Quel terrible rôle elle a été forcée de jouer, la pauvre femme ! Imaginez le choc qu'elle a dû éprouver quand elle est venue identifier le corps, et qu'au lieu de trouver celui auquel elle s'attendait, elle a découvert le corps de son mari qu'elle croyait à des kilomètres de là. Pas étonnant qu'elle se soit évanouie ! Mais depuis, malgré son désespoir, avec quelle fermeté elle a joué son rôle, et quelle doit être son angoisse ! Elle ne peut pas dire un mot qui nous mettrait sur la piste des meurtriers, sous peine de dévoiler que son fils Jack est le fils d'un meurtrier !

Enfin, dernier coup du sort, elle a été forcée d'admettre publiquement que Mme Daubreuil était la maîtresse de son mari — puisque le moindre soupçon de chantage pouvait être fatal à son secret. Et quelle intelligence dans sa réponse au juge d'instruction, quand il lui a demandé s'il y avait un mystère dans le passé de son mari : « Rien de bien romanesque, je crois, monsieur. » Le ton indulgent, la pointe de moquerie un peu triste, c'était splendide ! Du coup, le père Hautet s'est senti stupide et mélodramatique. Oui, quelle femme ! Si elle a aimé un criminel, elle l'a aimé de façon grandiose !

Poirot se tut, perdu dans ses pensées.

— Encore une chose, Poirot. Et le bout de tuyau de plomb ?

— Vous ne voyez pas ? Il aurait servi à défigurer le cadavre, à le rendre méconnaissable. C'est ce qui m'a mis sur la piste. Et cet imbécile de Giraud qui tournait autour pour trouver des bouts d'allumettes ! Ne vous ai-je pas dit qu'un indice de soixante centimètres valait tout autant qu'un indice de deux millimètres ? Voyez-vous, Hastings, il nous faut tout reprendre depuis le début. Qui a tué M. Renauld ? Quelqu'un qui se trouvait à proximité de la villa juste avant minuit, quelqu'un qui tirait bénéfice de cette mort — description qui correspond trop bien à Jack Renauld. Il n'aurait même pas eu besoin de préméditer le crime. Et puis, il y a le poignard...

Je m'aperçus que j'avais complètement oublié ce détail.

— Bien sûr, dis-je, le poignard que nous avons trouvé fiché dans le corps du chemineau était celui de Mme Renauld. Mais alors, il y en avait deux ?

— Certainement. Et comme ce sont deux répliques exactes, on peut raisonnablement penser que l'autre appartenait à Jack Renauld. Mais ce n'est pas ce qui me trouble le plus. J'ai d'ailleurs ma petite idée là-dessus. Non, la plus grave présomption est une fois encore d'ordre psychologique. L'hérédité, mon ami, l'hérédité ! Tel père, tel fils — et Jack Renauld, au bout du compte, est le fils de Georges Conneau.

Son ton grave m'impressionna malgré moi.

— Quelle est la petite idée dont vous venez de parler ?

Pour toute réponse, Poirot consulta son oignon et demanda :

— À quelle heure part le bateau de Calais ?

— Vers 5 heures, il me semble

— C'est parfait. Nous avons juste le temps.

— Vous retournez en Angleterre ?

— Oui, mon ami.

— Pourquoi ?

— Pour trouver un éventuel témoin.

— Qui ça ?

Avec un indéfinissable sourire, Poirot répondit :

— Mlle Bella Duveen.

— Mais comment allez-vous la retrouver ? Que savez-vous d'elle ?

— Je ne sais rien d'elle, mais je devine beaucoup de choses. Nous pouvons tenir pour certain que Bella Duveen est son véritable nom, et comme ce nom était vaguement familier à M. Stonor, quoique apparemment sans lien avec la famille Renauld, il s'agit selon toutes probabilités d'une artiste. Jack Renauld est un jeune homme de vingt ans qui dispose de beaucoup d'argent. Il n'y aurait rien d'étonnant à ce qu'il ait cherché son premier amour sur les planches. Cela cadre bien, également, avec la tentative de M. Renauld de l'apaiser avec un chèque. Je crois pouvoir la retrouver sans mal, surtout avec l'aide de ceci.

Et il sortit la photographie que je l'avais vu prendre dans un des tiroirs de Jack Renauld. « Avec tout l'amour de Bella », disait la dédicace barrant le portrait. Mais ce n'était pas cette dédicace qui me fascinait. La ressemblance était loin d'être parfaite, mais à mes yeux, elle était absolument frappante. Je sentis le froid m'envahir, comme si un malheur incommensurable venait de fondre sur moi.

C'était le portrait de Cendrillon.

## 22

### Je découvre l'amour

Je restai pétrifié, la photographie à la main. Puis, rassemblant tout mon courage pour paraître indifférent, je la rendis à Poirot, non sans lui lancer un rapide coup d'œil au passage. Avait-il remarqué mon trouble ? À mon grand soulagement, il ne semblait pas m'observer. Sans doute n'avait-il rien vu. Il sauta soudain sur ses pieds.

— Nous n'avons pas de temps à perdre. Il faut partir à l'instant. Tout va bien ! Par ce.temps, la mer sera calme !

L'affairement du départ ne me laissa guère de temps pour réfléchir. Mais une fois à bord, loin des regards inquisiteurs de Poirot, je me ressaisis et m'efforçai d'examiner les faits d'un œil impartial. Que savait au juste Poirot, et pourquoi tenait-il tant à retrouver cette fille ? La soupçonnait-il d'avoir vu Jack Renauld commettre le meurtre ? Ou bien la soupçonnait-il... Mais c'était impossible ! Elle n'avait aucun grief contre M. Renauld père, et aucune raison de souhaiter sa mort. Qu'est-ce qui l'avait poussée à revenir sur le lieu du crime ? Je repris tous les faits dans l'ordre. Elle avait dû rester à Calais, où nous nous étions séparés. Inutile de se demander pourquoi je ne l'avais pas retrouvée sur le bateau ! Si elle avait dîné à Calais, puis attrapé un train pour Merlinville, elle avait dû arriver à la villa Geneviève vers l'heure indiquée par Françoise. Qu'avait-elle fait en sortant de la maison, peu après 10 heures ? Elle avait sans doute cherché un hôtel, ou bien elle était retournée à Calais. Et ensuite ? Le crime avait eu lieu le mardi dans la nuit, et le jeudi matin elle était de retour à Merlinville. Avait-elle jamais quitté la France ? J'en doutais fort. Qu'est-ce qui l'avait retenue ? Le désir de voir Jack Renauld ? Je lui avais dit ce que je croyais alors être la vérité, à savoir qu'il voguait vers Buenos Aires. Peut-être savait-elle déjà que l'*Anzora* était resté à quai. Mais pour le savoir, il fallait qu'elle ait vu Jack. Etait-ce cela que Poirot cherchait à vérifier ? Et Jack ? Revenu pour voir Marthe Daubreuil, s'était-il trouvé nez à nez avec Bella Duveen, la jeune fille qu'il avait si cruellement abandonnée ? Je commençai à y voir clair. Si c'était bien le cas, Bella pouvait fournir à Jack l'alibi dont il avait besoin. Mais alors, le silence du garçon restait inexplicable. Craignait-il donc tant que cette première toquade ne revienne aux oreilles de Marthe Daubreuil ? Je secouai la tête, peu satisfait de cette explication. Ç'avait été une histoire sans conséquence, un simple flirt de jeunesse, et je songeai cyniquement qu'il eût fallu une raison autrement plus grave pour qu'un fils de millionnaire se vît abandonné par une jeune Française sans le sou, et en outre passionnément éprise de lui.

Poirot réapparut à Douvres frais et rose, et le voyage jusqu'à

Londres se passa sans incident. Quand nous descendîmes du train à 9 heures et demie, je supposai que c'en était fini pour la journée et je m'apprêtais déjà à rentrer directement à la maison.

C'était compter sans Poirot.

— Nous n'avons pas de temps à perdre, mon ami. La nouvelle de l'arrestation ne paraîtra pas dans les journaux anglais avant après-demain, mais quand même, il faut faire vite.

J'éprouvais quelque difficulté à suivre son raisonnement, mais je me bornai à lui demander comment il pensait retrouver la jeune fille.

— Vous rappelez-vous Joseph Aarons, l'agent théâtral? Non? Je lui ai rendu un petit service autrefois, dans l'affaire d'un lutteur japonais. Un sacré problème, vous me ferez penser à vous raconter ça un de ces jours. Aarons devrait pouvoir nous aider à trouver ce que nous cherchons.

Il nous fallut un certain temps pour mettre la main sur Mr Aarons, et il était plus de minuit quand nous y parvînmes enfin. Il accueillit Poirot avec chaleur, et se mit à notre entière disposition.

— En matière de théâtre, je connais à peu près tout, dit-il avec un large sourire.

— Eh bien, Mr Aarons, je désire retrouver une jeune fille du nom de Bella Duveen.

— Bella Duveen, voyons... Je connais ce nom, mais je n'arrive pas à la situer. Quelle est sa spécialité?

— Je n'en sais rien, mais voilà sa photographie.

Mr Aarons l'examina un moment, puis son visage s'éclaira:

— J'y suis! dit-il en se donnant une grande claque sur la cuisse. Bon sang, c'est une des Dulcibella Kids!

— Les Dulcibella Kids?

— Tout juste! Deux sœurs. Acrobates, danseuses, chanteuses. Un numéro pas mauvais du tout. Elles doivent être en tournée quelque part en province, à moins qu'elles ne fassent relâche. Elles se sont produites à Paris dernièrement.

— Pourriez-vous découvrir l'endroit exact où elles se trouvent?

— Facile comme bonjour. Rentrez chez vous, je vous ferai passer le tuyau aux aurores!

Sur cette promesse, nous prîmes congé de lui. Aarons tint parole : le lendemain, sur le coup de 11 heures, nous reçûmes un petit mot griffonné de sa main. « Les Dulcibella Kids passent en ce moment au Palace, à Coventry. Bonne chance ! »

Nous partîmes aussitôt pour Coventry. Poirot ne chercha pas à se renseigner au théâtre, il se contenta de retenir deux fauteuils d'orchestre pour le soir même.

Le spectacle était d'un ennui à pleurer — ou peut-être étais-je dans un état d'esprit à le trouver tel. Des familles japonaises s'empilaient en pyramides humaines à l'équilibre précaire, des gentlemen aux cheveux gominés, portant des smokings verdâtres qui avaient des prétentions à l'élégance, débitaient des fadaises avec des manières de danseurs mondains. D'énormes prima donna lançaient des aigus à la limite du registre humain et un comique entreprit une série d'imitations lamentables.

Ce fut enfin au tour des Dulcibella Kids de paraître sur scène. Mon cœur se mit à battre. C'était bien elle — ou plutôt *elles*, la brune et la blonde. De la même taille, elles portaient chacune un tutu et un grand nœud dans les cheveux, formant un couple fort piquant. Elles se mirent à chanter : elles avaient toutes les deux un joli filet de voix, frais et juste.

C'était un bon petit numéro. Leurs chansons étaient entraînantes, leurs acrobaties très réussies, et elles dansaient avec beaucoup de grâce. Il y eut un tonnerre d'applaudissements quand le rideau tomba. À l'évidence, les Dulcibella Kids avaient du succès.

J'eus soudain l'impression que je ne pouvais plus tenir en place. Il me fallait de l'air. Je suggérai à Poirot de partir.

— Bien sûr, mon ami, allez-y. Pour ma part, je m'amuse bien, et je compte rester jusqu'à la fin. Je vous rejoindrai plus tard.

Notre hôtel n'était qu'à quelques pas du théâtre. Je m'installai au salon, commandai un whisky-soda et restai assis là, à contempler pensivement la grille du foyer vide. Je tournai la tête en entendant la porte s'ouvrir pensant que c'était Poirot qui rentrait. Mais je bondis sur mes pieds : c'était Cendrillon qui se tenait là, sur le pas de la porte.

— Je vous ai vus à l'orchestre, dit-elle d'une voix saccadée, haletante. Vous et votre ami. Quand vous avez quitté la salle, je vous ai suivi. Pourquoi êtes-vous ici, à Coventry ? Que faisiez-vous ce soir au théâtre ? Et l'homme qui était avec vous, c'est lui, le... détective ?

Elle était debout sur le seuil et, la cape qu'elle avait jetée sur son costume de scène glissait de ses épaules. Son visage était blême sous le fard, et je la devinais terrorisée. En un éclair, je compris tout ! Je compris pourquoi Poirot était à sa recherche, ce qu'elle redoutait, et je compris enfin mon propre cœur...

— Oui, c'est lui, dis-je gentiment.

— Il me cherche ? demanda-t-elle dans un souffle.

Puis, comme je restais silencieux, elle se laissa tomber à côté de moi et se mit à sangloter amèrement.

Je m'agenouillai près d'elle et la pris dans mes bras, tout en écartant doucement les mèches qui lui tombaient sur le visage.

— Ne pleurez pas, mon petit, je vous en prie. Vous êtes en sécurité, ici. Je prendrai soin de vous. Ne pleurez pas, mon enfant. Je sais, je sais tout !

— Oh, non, vous ne savez pas tout !

— Je crois que si.

J'attendis un moment que ses sanglots se soient un peu apaisés, puis je demandai :

— C'est vous qui avez pris le poignard, n'est-ce pas ?

— Oui.

— C'est pour cela que vous vouliez tout voir ? Et que vous avez fait semblant de vous trouver mal ?

Elle fit oui de la tête.

— Pourquoi avoir pris ce poignard ? demandai-je d'un ton pressant.

Elle répondit avec une simplicité d'enfant :

— J'avais peur qu'il y ait des empreintes dessus.

— Mais vous ne vous rappeliez pas que vous portiez des gants ?

Elle secoua la tête, l'air abasourdi, puis elle dit lentement :

— Vous allez me livrer à... la police ?

— Grands dieux, non !

Ses yeux cherchèrent les miens avec anxiété, puis elle finit par dire tout bas, comme effrayée par le son de sa propre voix :

— Pourquoi pas ?

C'était sans doute un bien étrange endroit et un bien curieux moment pour une déclaration. Jamais, dans mes plus folles rêveries, je n'aurais imaginé que l'amour me viendrait un jour dans ces conditions. Mais je répondis simplement, de la façon la plus naturelle :

— Parce que je vous aime, Cendrillon.

Elle baissa la tête, comme si elle avait honte, et murmura d'une voix brisée :

— C'est impossible... impossible...

Puis, se ressaisissant soudain, elle me regarda bien en face et demanda :

— Que savez-vous exactement ?

— Je sais que vous êtes venue voir M. Renauld ce soir-là. Il vous a offert un chèque que vous avez déchiré avec indignation. Puis vous êtes sortie de la maison...

Je m'arrêtai.

— Continuez. Ensuite ?

— J'ignore si vous saviez que Jack Renauld viendrait ce soir-là, ou si vous avez simplement attendu dans l'espoir de le rencontrer, mais en tout cas vous avez attendu. Peut-être étiez-vous tout simplement malheureuse et avez-vous erré sans but... Toujours est-il que juste avant minuit vous étiez encore dans les parages et que vous avez vu un homme sur les links...

Je fis une nouvelle pause. La vérité m'était apparue en un éclair au moment où elle avait passé la porte, mais cette fois l'image surgit devant moi avec une force terrible. Je revis la coupe particulière du pardessus qui recouvrait le cadavre de M. Renauld et je me souvins de l'étonnante ressemblance qui m'avait frappé, au moment où son fils avait fait irruption dans le salon et où j'avais cru un instant que l'homme assassiné s'était relevé d'entre les morts.

— Continuez, répéta la jeune fille d'un ton ferme.

— J'imagine qu'il vous tournait le dos, mais vous l'avez reconnu quand même — ou vous avez cru le reconnaître. Cette démarche vous était familière, ainsi que la coupe du pardessus. Vous aviez déjà menacé Jack Renauld dans une de vos lettres. Quand vous l'avez vu là, vous êtes soudain devenue folle de colère et de jalousie, et vous avez frappé ! Je ne crois pas un instant que vous ayez eu l'intention de le tuer. Mais vous l'avez tué, Cendrillon.

Elle enfouit son visage dans ses mains et elle dit d'une voix étranglée :

— C'est vrai... C'est vrai... Je vois tout cela exactement comme vous le décrivez...

Puis, elle se tourna vers moi presque avec fureur :

— Et vous m'aimez ? Sachant tout ça, comment pouvez-vous m'aimer ?

— Je ne sais pas, dis-je d'un ton las. Je suppose que c'est ça, l'amour, une chose dont on ne peut pas se défendre. J'ai essayé pourtant, tout de suite après vous avoir vue... Mais l'amour était plus fort que moi...

Soudain, elle se remit à sangloter éperdument.

— Oh ! C'est impossible ! s'écria-t-elle. Je ne sais plus quoi faire, vers qui me tourner. Oh ! Je vous en prie, je vous en supplie, que quelqu'un me dise ce que je dois faire !

Je m'agenouillai de nouveau près d'elle, l'apaisant du mieux que je le pouvais.

— Bella, n'ayez pas peur de moi. Je vous en prie, ne craignez rien. Je vous aime, c'est vrai, mais je ne demande rien en retour. Laissez-moi seulement vous aider. Continuez à l'aimer, si vous voulez, mais laissez-moi vous aider, puisque lui ne le peut pas.

On eût dit que mes paroles l'avaient changée en statue de pierre. Elle se leva et me regarda longuement.

— Vous croyez cela ? chuchota-t-elle. Vous croyez que j'aime Jack Renauld ?

Moitié pleurant, moitié riant, elle me jeta les bras autour du cou dans un mouvement passionné, et pressa son doux visage contre le mien.

— Pas autant que je vous aime, vous ! murmura-t-elle. Jamais autant !

Ses lèvres glissèrent sur ma joue, cherchant les miennes. Elle les couvrit de baisers brûlants et doux à la fois. Jamais, non, jamais de ma vie je n'oublierai l'ardeur de ces baisers, ni la merveilleuse sensation qu'ils me donnèrent !

Un bruit nous interrompit. Poirot était là et nous regardait.

Je n'hésitai pas une seconde. D'un bond, je fus sur lui et lui maintins les bras le long du corps.

— Vite, dis-je à la jeune fille. Sortez d'ici, courez ! Je le tiens.

Elle me jeta un rapide coup d'œil, puis bondit hors de la pièce. Je maintenais toujours Poirot d'une poigne de fer.

— Mon ami, observa-t-il d'un ton paisible, vous excellez à ce genre de choses. Le preux chevalier me tient dans sa poigne d'acier et je suis aussi impuissant qu'un enfant. Mais outre que la situation manque de confort, tout ceci est légèrement ridicule. Asseyons-nous tranquillement.

— Vous ne la poursuivrez pas ?

— Mon Dieu, non ! Me prenez-vous pour Giraud ? Lâchez-moi, mon ami.

Tout en gardant sur lui un œil soupçonneux — je sais fort bien que je n'arrive pas à la cheville de Poirot en matière d'astuce — je finis par le relâcher. Il se laissa tomber dans un fauteuil en se frottant les bras.

— Mais c'est que vous êtes fort comme un taureau, quand vous êtes en colère, Hastings ! Eh bien ! Vous trouvez que c'est une façon de se conduire envers un vieil ami ? Je vous montre la photo de la jeune fille, vous la reconnaissez, et vous ne m'en soufflez pas mot !

— À quoi bon, puisque vous saviez que je l'avais reconnue, dis-je avec amertume.

Ainsi, Poirot avait perçu mon trouble ! Pas un instant je ne lui avais donné le change.

— Taratata ! Vous ne saviez pas que je savais. Et ce soir, après tout le mal que nous avons eu à mettre la main sur elle, vous ne trouvez rien de mieux à faire que de l'aider à s'échapper. Eh bien ! Nous en sommes là : allez-vous travailler pour ou contre moi, Hastings ?

Je ne répondis pas tout de suite. Il m'en coûtait beaucoup de me séparer de mon vieil ami. Et pourtant, j'avais déjà choisi mon camp contre lui. Me le pardonnerait-il jamais ? Il avait fait preuve jusqu'à présent d'un calme olympien, mais je connaissais sa remarquable maîtrise de soi.

— Poirot, je suis désolé. Je reconnais que je me suis fort mal conduit envers vous dans cette affaire. Mais il arrive dans la vie qu'on n'ait pas le choix. Désormais, il me faudra aller mon propre chemin.

Poirot hocha la tête à plusieurs reprises.

— Je comprends, dit-il.

La lueur moqueuse qui brillait dans ses yeux avait disparu. Il parlait avec une sincérité et une douceur qui me surprirent.

— C'est bien ça, mon ami ? C'est l'amour qui vous est venu — non pas comme vous l'imaginiez, triomphant et paré de plumes légères, mais triste et blessé... C'est bon, c'est bon, je vous avais prévenu. Quand j'ai compris que c'était elle qui avait dû prendre le poignard, je vous ai prévenu, rappelez-vous. Mais il était déjà trop tard. À propos, que savez-vous, au juste ?

Je le regardai droit dans les yeux.

— Rien de ce que vous pourrez me dire ne me surprendra, Poirot. Comprenez-le bien. Mais au cas où vous envisageriez de continuer à rechercher miss Duveen, je veux que ceci soit bien clair : si vous pensez qu'elle a trempé dans ce crime, ou que c'est elle la mystérieuse dame qui a rendu visite à M. Renauld cette nuit-là, vous vous trompez. Je suis revenu de Paris avec elle ce jour-là, et nous nous sommes séparés à Victoria Station le soir même, de sorte qu'il est tout à fait impossible qu'elle ait pu se trouver en même temps à Merlinville.

— Ah ! dit Poirot en me considérant d'un air pensif. Seriez-vous prêt à le jurer devant un tribunal ?

— Certainement.

Poirot se leva et s'inclina devant moi.

— Vive l'amour, mon ami ! Il fait des miracles. C'est vraiment très ingénieux, ce que vous avez trouvé là. Même Hercule Poirot s'avoue vaincu.

## 23

## Des soucis en perspective

Après des émotions aussi intenses que celles que je viens de décrire, il vient un moment où la tension retombe. Si j'allai me coucher cette nuit-là en pleine euphorie, je compris dès mon réveil que j'étais loin d'être sorti de l'auberge. Certes, je ne voyais aucune faille dans l'alibi que m'avait suggéré l'inspiration du moment. Si je me cramponnais obstinément à mon histoire, je voyais mal comment on pourrait accuser Bella.

Je sentais malgré tout qu'il me faudrait avancer avec les plus grandes précautions. Poirot n'accepterait pas sa défaite sans réagir. Il ferait tout pour reprendre l'avantage, et ses manœuvres risquaient de me prendre de court.

Nous nous retrouvâmes comme si de rien n'était le lendemain au petit déjeuner. Poirot semblait d'une bonne humeur inaltérable, mais je sentais chez lui une réserve qui ne lui était pas habituelle. Quand, le repas terminé, j'annonçai mon intention d'aller faire un tour, une lueur de malice brilla dans ses yeux.

— Si vous cherchez à glaner des renseignements, ce n'est pas la peine de vous déranger. Je peux vous dire dès maintenant ce que vous désirez savoir. Les sœurs Dulcibella ont annulé leur contrat et ont quitté Coventry pour une destination inconnue.

— Est-ce bien la vérité, Poirot ?

— Vous pouvez me croire sur parole, Hastings. J'ai fait ma petite enquête ce matin dès l'aube. Après tout, à quoi vous attendiez-vous ?

Dans de telles circonstances, on ne pouvait guère en effet s'attendre à autre chose. Cendrillon avait mis à profit la courte avance que j'avais pu lui assurer, et il était bien normal qu'elle n'ait pas perdu une minute pour échapper à son poursuivant. C'était ce que j'avais voulu et prévu. Néanmoins, j'avais conscience de me trouver plongé dans de nouvelles difficultés.

Je n'avais aucun moyen de communiquer avec la jeune fille. Or, il était vital qu'elle connût la ligne de défense que j'avais préparée pour elle et que j'étais prêt à soutenir jusqu'au bout. Bien sûr, elle pouvait toujours essayer de me faire parvenir un mot, mais l'opération me semblait risquée. Elle devait se douter que Poirot pourrait intercepter son message, ce qui le relancerait aussitôt sur sa piste. Au fond, sa seule ressource pour l'instant était de s'évanouir complètement dans la nature.

Mais qu'allait faire Poirot pendant ce temps ? Je l'étudiai avec attention. Il avait l'air le plus innocent du monde, les yeux pensivement fixés au loin. Sa placidité et son indolence ne me rassuraient pas le moins du monde. J'avais appris qu'il n'était jamais plus dangereux que dans ces moments-là. Il parut soudain remarquer mon trouble et me gratifia d'un sourire bienveillant.

— Quelque chose vous intrigue, Hastings ? Vous vous demandez pourquoi je ne me lance pas à sa poursuite ?

— Eh bien... Oui, en gros.

— C'est ce que vous feriez à ma place, bien sûr. Mais je ne suis pas de ces gens qui s'amusent à arpenter tout un pays pour chercher une aiguille dans une botte de foin, comme vous dites. Non, laissons Mlle Duveen aller où elle veut. Je saurai bien la retrouver le moment venu. Jusque-là, je me contenterai d'attendre.

Je le contemplai d'un air de doute. Cherchait-il à me fourvoyer ? J'avais l'irritante impression que, même maintenant, il était maître de la situation. Mon sentiment de supériorité s'évanouissait peu à peu. J'avais permis à cette jeune fille de fuir, et j'avais monté un brillant scénario pour la mettre à l'abri des conséquences de son acte irréfléchi. Et pourtant, je n'étais pas tranquille : le calme imperturbable de Poirot ne faisait qu'éveiller chez moi les pires appréhensions.

Je finis par lui demander, un peu gêné :

— J'imagine, Poirot, que je ne peux plus vous interroger sur vos projets ? J'en ai sans doute perdu le droit.

— Mais pas du tout, mon ami. Je n'en fais aucun mystère : nous retournons en France sans plus attendre.

— Nous ?

— Bien sûr, nous ! Vous savez bien que vous ne pouvez pas vous permettre de lâcher papa Poirot d'une semelle, pas vrai, mon ami ? Mais si vous préférez rester en Angleterre...

Je secouai la tête. Poirot avait touché juste : je ne devais à aucun prix le perdre de vue. Même si je n'espérais plus aucune confidence de sa part, je pouvais encore surveiller ses agissements. C'était lui le danger pour Bella, puisque Giraud et la police française ignoraient jusqu'à son existence. Il ne me restait qu'à suivre Poirot à la trace.

Celui-ci m'observait avec attention tandis que je réfléchissais, et il hocha enfin la tête avec satisfaction.

— J'ai raison, n'est-ce pas ? Et comme vous êtes bien capable de me filer sous un déguisement aussi absurde qu'une fausse barbe — repérable à une lieue, bien entendu —, j'aime autant que nous voyagions ensemble. Je serais très peiné de voir les gens se moquer de vous.

— Eh bien, dans ce cas ! Mais je dois vous prévenir...

— Je sais, je sais. Vous êtes mon ennemi! Eh bien, soyez mon ennemi, cela ne me dérange nullement.

— Tant que tout reste clair entre nous, je ne vois aucun inconvénient à vous accompagner.

— Mon cher, vous possédez au plus haut degré ce sens du « fair play » qui caractérise les Anglais! Puisque voilà vos scrupules apaisés, allons-y! Il n'y a pas de temps à perdre. Notre séjour en Angleterre a été bref, mais instructif. Je sais ce que je voulais savoir.

Son ton était léger, mais il recelait une menace voilée.

— Pourtant..., commençai-je.

— Pourtant, comme vous dites, je vous vois très satisfait du rôle que vous avez joué. Seulement moi, c'est pour Jack Renauld que je me fais du souci!

Jack Renauld! Ce nom me fit sursauter. J'avais complètement oublié cet aspect de la question. Jack Renauld en prison, avec l'ombre de la guillotine planant sur lui. Le rôle que j'avais joué m'apparut soudain sous un jour beaucoup plus sinistre. Je pouvais sauver Bella, mais, ce faisant, je risquais d'envoyer un innocent à la mort.

Je repoussai cette pensée avec horreur. C'était impossible. Il serait sûrement acquitté. Mais la terreur me reprit. Et s'il ne l'était pas? Que se passerait-il, alors? Pouvais-je garder cela sur la conscience? Affreuse pensée. Faudrait-il en arriver là? Être amené à choisir entre Bella et Jack Renauld? Mon cœur me poussait à sauver la jeune fille que j'aimais, quoi qu'il puisse m'en coûter à moi. Mais si c'était un autre qui devait en payer le prix, le problème n'était plus le même...

Et que dirait la jeune fille de son côté? Je ne lui avais pas soufflé mot de l'arrestation de Jack Renauld. Pour l'instant, elle ignorait totalement que son ancien amoureux était en prison, accusé d'un crime affreux qu'il n'avait pas commis. Comment réagirait-elle quand elle le saurait? Consentirait-elle à avoir la vie sauve au prix de la sienne? J'espérais qu'elle ne ferait rien d'irréfléchi, puisque Jack Renauld serait sans doute acquitté sans aucune intervention de sa part. Dans ce cas, rien à craindre. Mais dans le cas contraire? C'était là le terrible, l'insoluble dilemme. Elle n'encourrait sans doute pas la peine capitale. Elle avait pour elle toutes les circonstances atténuantes: elle invoquerait la jalousie, et les événements qui avaient exaspéré cette jalousie. Sa jeunesse et sa beauté feraient le reste. Le fait que par une tragique erreur, c'était M. Renauld, et non son fils, qui avait subi les conséquences de son geste, ne changerait cependant rien aux mobiles du crime. Quelle que soit l'indulgence du jury, elle ne pourrait échapper à de longues années de prison.

Non, il fallait à tout prix protéger Bella. Et, en même temps, il fallait sauver Jack Renauld. Je voyais mal comment accomplir un tel miracle, mais je me reposais entièrement sur Poirot. Il savait. Quoi qu'il advienne, il ne laisserait pas condamner un innocent. Il inventerait une histoire quelconque. Ce ne serait pas facile, mais il y parviendrait. Bella ne serait pas soupçonnée, Jack Renauld serait acquitté, et tout s'arrangerait.

Mais j'avais beau me répéter tout cela, un étau glacé continuait de me serrer le cœur.

## 24

## SAUVEZ-LE !

Nous revînmes en France par le bateau du soir, pour nous trouver le lendemain matin à St-Omer, où l'on avait transféré Jack Renauld. Poirot voulut aussitôt rendre visite à M. Hautet. Comme il ne semblait voir aucune objection à ma présence, je l'accompagnai.

Après diverses formalités, nous fûmes introduits dans le bureau du magistrat, qui nous accueillit avec cordialité.

— Je m'étais laissé dire que vous étiez retourné en Angleterre, monsieur Poirot. Je me réjouis de constater qu'il n'en est rien.

— J'y suis allé, en effet, mais pour une simple visite éclair. Une piste d'intérêt secondaire, qui méritait malgré tout d'être examinée de près.

— Et vous êtes satisfait ?

Poirot haussa les épaules. M. Hautet hocha la tête avec un soupir.

— Je crois qu'il faut nous faire une raison. Cet animal de Giraud a des manières épouvantables, mais c'est un malin, aucun doute là-dessus ! Il y a peu de chances qu'il se trompe, celui-là !

— Vous croyez ?

Ce fut au tour du juge d'instruction de hausser les épaules.

— Eh bien... Pour parler franchement — et cela reste entre nous, bien sûr — voyez-vous une autre conclusion possible ?

— À dire vrai, il me semble qu'il reste bien des points obscurs.

— Lesquels, par exemple ?

Mais Poirot ne se laissa rien soutirer.

— Oh ! Je ne les ai pas encore bien catalogués. C'était plutôt une réflexion d'ordre général. Ce jeune homme m'est sympathique, et j'ai du mal à le croire coupable d'un crime aussi affreux. À ce propos, que dit-il pour sa défense ?

Le magistrat fronça les sourcils.

— Je n'arrive pas à le comprendre. Il semble incapable de nous en fournir une, et nous avons eu le plus grand mal à obtenir qu'il réponde à nos questions. Il se borne à tout nier en bloc, et se réfugie ensuite dans un silence obstiné. Je procéderai demain à un nouvel interrogatoire. Peut-être souhaitez-vous y assister ?

Nous acceptâmes cette invitation avec empressement.

— Une bien pénible affaire, reprit le juge d'instruction avec un petit soupir. J'ai la plus profonde sympathie pour Mme Renauld.

— Comment va-t-elle ?

— Elle n'a pas encore repris connaissance. En un sens, c'est aussi bien pour elle, la pauvre femme ! Cela lui épargne bien des tourments. Le docteur affirme qu'elle n'est pas en danger, mais qu'il lui faudra beaucoup de calme et de silence quand elle aura repris ses esprits. Plus encore que sa chute, c'est le choc qu'elle a éprouvé qui l'a mise dans cet état. Ce serait terrible si son cerveau en gardait des traces, mais je n'en serais qu'à moitié surpris !

M. Hautet se renversa dans son fauteuil en secouant la tête, plein d'une délectation morbide devant cette sombre perspective. Il émergea de sa torpeur pour lancer soudain :

— À propos, j'ai reçu une lettre pour vous, monsieur Poirot. Voyons voir, où ai-je bien pu la mettre ?

Il se mit à fourrager dans ses papiers, d'où il finit par extraire une enveloppe qu'il tendit à Poirot.

— Elle m'a été adressée sous pli cacheté pour que je vous la fasse suivre. Mais comme vous n'aviez pas laissé d'adresse, je n'ai pas pu vous l'envoyer.

Poirot examina l'enveloppe avec curiosité. L'écriture, longue et penchée, était visiblement celle d'une femme. Poirot la glissa dans sa poche sans l'ouvrir et se leva pour prendre congé.

— À demain, donc. Et merci encore de votre amabilité.

— Je vous en prie. Je suis à votre entière disposition.

Au moment précis où nous sortions de l'immeuble, nous tombâmes nez à nez avec Giraud, l'air plus dandy et content de lui que jamais.

— Ah ah ! Monsieur Poirot, dit-il d'un ton nonchalant, vous voilà donc revenu d'Angleterre ?

— Comme vous pouvez le constater.

— Nous ne sommes plus loin de la conclusion de cette affaire, j'imagine.

— En effet, monsieur Giraud.

L'air déconfit de Poirot semblait combler d'aise l'inspecteur parisien.

— De tous les criminels sans odeur ni saveur que j'ai rencontrés... ! Il ne cherche même pas à se défendre, c'est tout de même extraordinaire !

— Si extraordinaire que cela donne à penser, vous ne trouvez pas ? suggéra doucement Poirot.

Mais Giraud ne l'écoutait même pas. Il fit tournoyer sa canne.

— Eh bien, bonne journée, monsieur Poirot. Je constate avec plaisir que vous admettez enfin la culpabilité de Jack Renauld.

— Ah pardon ! je n'admets rien du tout ! Jack Renauld est innocent.

Giraud le dévisagea un instant, puis il éclata de rire en se tapotant le front de l'index :

— Complètement toqué ! laissa-t-il tomber.

Poirot se redressa et une lueur menaçante passa dans son regard.

— Monsieur Giraud, tout au long de cette affaire, vous avez eu envers moi une attitude délibérément insultante. Vous méritez une leçon. Je suis prêt à parier cinq cents francs que je trouverai le meurtrier de M. Renauld avant vous. C'est d'accord ?

Giraud le toisa avec commisération et répéta :

— Complètement toqué !

— Allons, le pressa Poirot. Pari tenu ?

— Mais je n'ai pas envie de vous prendre votre argent !

— Soyez sans crainte, vous ne me le prendrez pas.

— Eh bien, d'accord ! Et si vous trouvez que j'ai été insultant à votre égard, laissez-moi vous dire qu'une ou deux fois, vous m'avez exaspéré, vous aussi.

— Vous m'en voyez ravi, rétorqua Poirot. Monsieur Giraud, je vous souhaite le bonjour. Venez, Hastings.

Nous marchâmes dans la rue en silence. J'avais le cœur lourd. Poirot n'avait que trop clairement annoncé ses intentions. Je doutais plus que jamais d'arriver à sauver Bella. La malheureuse rencontre avec Giraud avait rendu Poirot fou de rage et l'avait complètement remonté.

Je me retournai en sentant une main se poser soudain sur mon épaule, et je me trouvai face à Gabriel Stonor. Après un cordial échange de civilités, il nous proposa de nous raccompagner à notre hôtel.

— Que faites-vous ici, monsieur Stonor ? demanda Poirot.

— La place d'un homme est auprès de ses amis, répliqua Stonor d'un ton sec. Surtout quand ils sont injustement accusés.

— Vous pensez donc que Jack Renauld n'a pas commis ce crime ? demandai-je anxieusement.

— J'en suis certain. Je connais ce garçon. J'admets qu'il y a des aspects stupéfiants dans cette affaire. Mais quand même, et bien qu'il se conduise comme un imbécile, on ne me fera jamais croire que Jack Renauld est un meurtrier.

Je me sentis aussitôt plus proche de Gabriel Stonor. Il venait sans le savoir de m'ôter un poids du cœur.

— Vous savez, m'exclamai-je, vous n'êtes pas le seul à le penser. Les preuves contre lui sont ridiculement faibles. Pour moi, son acquittement ne fait aucun doute, aucun !

La réponse de Stonor ne fut pas celle que j'aurais souhaitée.

— Je donnerais cher pour en être aussi sûr, dit-il d'un ton grave. (Puis, se tournant vers Poirot :) Qu'en dites-vous, monsieur ?

— Je pense que son cas est bien mauvais, répondit tranquillement Poirot.

— Vous le croyez coupable ? répliqua vivement Stonor.

— Non. Mais je pense qu'il sera difficile de le prouver.

— Il a un comportement si bizarre, murmura Stonor. Bien sûr, je me doute qu'il y a derrière ce meurtre bien plus de choses qu'il n'y paraît. Giraud n'y voit que du feu parce qu'il n'est pas dans le coup, mais toute cette histoire est fichtrement bizarre. Enfin, moins on en dit et mieux on se porte. Si Mme Renauld préfère taire certaines choses, je suis son homme. C'est elle que ça regarde, et je respecte trop son jugement pour m'en mêler. Mais c'est l'attitude de Jack que je n'arrive pas à comprendre. C'est à croire qu'il cherche à tout prix à se faire accuser !

— Mais c'est absurde ! m'écriai-je. Et d'abord, le poignard...

Je m'interrompis, ne sachant pas trop ce que Poirot souhaitait voir révéler. Je repris en choisissant mes mots :

— Nous savons que le poignard ne pouvait être en possession de Jack Renauld ce soir-là. Mme Renauld le sait aussi.

— C'est vrai, dit Stonor. C'est sans doute ce qu'elle dira quand elle reprendra connaissance, et bien d'autres choses encore. Eh bien, je vais vous laisser.

Poirot l'arrêta d'un geste :

— Un instant. Vous serait-il possible de m'envoyer un mot dès que Mme Renauld aura repris conscience ?

— Mais certainement. Rien de plus facile.

— Poirot, cette histoire de poignard est un bon point pour nous, dis-je d'un ton pressant en montant l'escalier. Mais j'ai préféré ne pas trop en dire devant Stonor.

— Et vous avez bien fait. Autant garder ça pour nous le plus longtemps possible. Mais ce que vous avez dit à propos de ce poignard ne suffira pas à sauver Jack Renauld. Vous avez vu que je me suis absenté une petite heure ce matin, avant de quitter Londres ?

— Et alors ?

— Alors je me suis employé à retrouver la firme à laquelle s'est adressé Jack Renauld pour fabriquer ces coupe-papier. Cela n'a pas été très difficile. Eh bien, Hastings, ils ont fabriqué à sa demande non pas *deux*, mais *trois* coupe-papier.

— De sorte que...

— De sorte qu'après en avoir donné un à sa mère et un autre à Bella Duveen, il lui en restait un troisième qu'il destinait sans doute à son propre usage. Non, Hastings, je crains que la question des poignards ne nous soit d'aucun secours pour le sauver de la guillotine.

— Mais on n'en arrivera pas là !

Poirot secoua la tête d'un air de doute.

— Vous le sauverez ! affirmai-je avec énergie.

Poirot me lança un coup d'œil peu amène.

— N'est-ce pas vous qui m'avez rendu la tâche impossible, mon ami ?

— Vous trouverez bien un moyen, marmottai-je.

— Ah, sapristi ! Mais ce sont des miracles que vous me demandez ! Non, plus un mot là-dessus. Voyons plutôt ce que dit cette lettre.

Il sortit l'enveloppe de sa poche ; je vis son visage se contracter tandis qu'il lisait, puis il me tendit une mince feuille de papier pelure.

— Il y a d'autres femmes qui souffrent en ce monde, Hastings.

À voir l'écriture heurtée, il était clair déjà qu'on avait rédigé ce mot à la hâte et dans un état de grande agitation.

*Cher monsieur Poirot,*

*Si vous recevez ceci, je vous supplie de me venir en aide. Je n'ai personne vers qui me tourner, et il faut sauver Jack à tout prix. J'implore votre secours à genoux.*

*Marthe Daubreuil*

Je lui rendis la lettre, ému.

— Vous irez ?

— À l'instant. Nous allons demander une voiture.

Une demi-heure plus tard, nous étions à la villa Marguerite. Marthe nous attendait sur le seuil ; elle retint longuement la main de Poirot dans les siennes.

— Ah ! Vous êtes venu ! Vous êtes bon ! J'étais désespérée, je ne savais plus que faire. Ils ne me laissent même pas lui rendre visite en prison. Je souffre horriblement. J'en deviens folle. C'est vrai, ce qu'ils disent ? Qu'il ne nie même pas le crime ?

Mais c'est de la folie ! Il ne peut pas l'avoir commis ! Je ne l'ai pas cru une minute !

— Je ne le crois pas non plus, mademoiselle, dit Poirot avec douceur.

— Mais alors, pourquoi ne parle-t-il pas ? C'est incompréhensible.

— Peut-être parce qu'il protège quelqu'un, suggéra Poirot en scrutant le visage de la jeune fille.

Marthe fronça les sourcils.

— Protéger quelqu'un ? Vous voulez dire sa mère ? Ah ! Je l'ai soupçonnée depuis le début. Qui donc hérite de cette immense fortune, sinon elle ? On peut toujours prendre un air de veuve éplorée et jouer les hypocrites. On dit aussi que quand Jack a été arrêté, elle est tombée raide, comme ça ! (Elle fit un geste grandiloquent.) Et c'est sans doute le secrétaire, M. Stonor, qui l'a aidée. Ils s'entendent comme larrons en foire, ces deux-là. Elle est bien plus vieille que lui, mais les hommes s'en moquent, quand une femme a de l'argent !

Je remarquai la pointe d'amertume dans sa voix.

— Stonor était en Angleterre, glissai-je.

— C'est ce qu'il dit. Mais qu'en sait-on ?

— Mademoiselle, dit calmement Poirot, si nous devons travailler ensemble, il faut que les choses soient claires entre nous. Laissez-moi d'abord vous poser une question.

— Oui, monsieur.

— Connaissez-vous le véritable nom de votre mère ?

Marthe le regarda un moment sans rien dire, puis elle se couvrit le visage et éclata en sanglots.

— Là, là, dit Poirot en lui tapotant gentiment l'épaule. Calmez-vous, mon petit. Je vois que vous le connaissez. Maintenant, encore une question : savez-vous qui était M. Renauld ?

— M. Renauld ?

Elle releva la tête et contempla Poirot avec stupéfaction.

— Ah ! je vois que ça, vous ne le savez pas. Alors écoutez-moi bien.

Il lui exposa toute l'affaire en détail, comme il l'avait fait pour moi le jour de notre départ en Angleterre. Marthe écoutait, bouche bée. Quand il eut terminé, elle poussa un long soupir.

— Mais vous êtes formidable, merveilleux ! Vous êtes le plus grand détective du monde !

Elle glissa vivement de sa chaise et s'agenouilla devant lui avec une spontanéité bien française.

— Sauvez-le, monsieur ! s'écria-t-elle. Je l'aime tant ! Je vous en supplie, sauvez-le !

## 25

## Un dénouement inattendu

Nous assistâmes le lendemain matin à l'interrogatoire de Jack Renauld. Si peu de temps qu'ait duré son incarcération, je fus frappé de voir le changement qu'elle avait produit sur lui. Il avait les joues creuses, les yeux profondément cernés, l'air hagard et défait d'un homme qui cherche en vain le sommeil depuis des nuits. Il ne manifesta aucune émotion en nous voyant.

— Jack Renauld, commença le juge d'instruction, niez-vous avoir été présent à Merlinville le soir du meurtre ?

Jack ne répondit pas tout de suite. Enfin, il balbutia avec une hésitation pitoyable :

— Je... Je vous ai déjà dit que j'étais à Cherbourg.

Le magistrat se détourna avec brusquerie.

— Introduisez les témoins.

La porte s'ouvrit au bout de quelques secondes, livrant passage à un homme en qui je reconnus le porteur de la gare de Merlinville.

— Vous étiez de service la nuit du 7 juin ?

— Oui, monsieur.

— Vous avez assisté à l'arrivée en gare du train de 23 h 50 n'est-ce pas ?

— Oui, monsieur.

— Regardez le prisonnier. Faisait-il partie des voyageurs qui sont descendus de ce train ?

— Oui, monsieur.

— Êtes-vous certain de ce que vous avancez ?

— Certain, monsieur. Je connais bien M. Jack Renauld.

— Et vous êtes sûr de ne pas vous tromper de date ?

— Oui, monsieur, puisque c'est précisément le lendemain matin 8 juin que nous avons entendu parler du meurtre.

Un autre employé des chemins de fer vint confirmer le témoignage du premier. Le juge d'instruction se tourna alors vers Jack Renauld :

— Ces deux hommes vous ont formellement reconnu. Qu'avez-vous à répondre ?

Jack haussa les épaules.

— Rien.

— Renauld, poursuivit le magistrat, reconnaissez-vous ceci ?

Il prit sur la table un petit objet qu'il tendit au prisonnier. Je frémis en reconnaissant le fameux coupe-papier.

— Un instant, intervint Me Grosier, l'avocat de Jack. Je demande à parler à mon client avant qu'il réponde à cette question.

Mais Jack Renauld se souciait fort peu du malheureux Grosier. Il lui fit signe de se taire et déclara d'un ton calme :

— Je le reconnais parfaitement. C'est un cadeau que j'avais fait à ma mère, un souvenir de guerre.

— À votre connaissance, existe-t-il des copies de ce poignard ?

Me Grosier voulut de nouveau intervenir ; encore une fois, Jack passa outre.

— Pas que je sache, puisqu'il a été exécuté selon mes indications.

Le juge d'instruction lui-même étouffa une exclamation devant l'impudence de cette réponse. Jack Renauld s'obstinait à courir à la catastrophe ! Je compris aussitôt qu'il lui fallait dissimuler à tout prix l'existence de l'autre poignard s'il voulait sauver Bella. Tant qu'on croirait qu'il n'existait qu'une seule arme, on ne pourrait pas soupçonner la jeune fille d'en avoir eu une autre en sa possession. Il protégeait vaillamment celle qu'il avait aimée, mais à quel prix ! Je commençai à mesurer l'ampleur de la tâche que j'avais si légèrement assignée à Poirot. Il serait difficile d'obtenir l'acquittement de Jack Renauld sans avouer la vérité pure et simple.

M. Hautet reprit la parole sur un ton mordant :

— Mme Renauld nous a dit que ce poignard se trouvait sur sa coiffeuse la nuit du drame. Mais Mme Renauld est une mère ! Cela va sans doute vous étonner, monsieur Renauld, mais il me paraît fort probable que Mme Renauld se soit trompée et que vous ayez emporté le poignard à Paris — par pure inadvertance, peut-être. Vous allez sans doute vous empresser de me contredire...

Je vis les mains du jeune homme se crisper et la sueur perler à son front. Dans un suprême effort, il interrompit le magistrat d'une voix rauque :

— Je ne vous contredirai pas. C'est possible.

Il y eut un moment de stupéfaction. Me Grosier bondit :

— Je proteste ! Mon client a été soumis ces derniers temps à une trop forte tension nerveuse. Je tiens à déclarer que je ne le considère pas comme responsable de ses déclarations.

Le magistrat le fit taire d'un geste sec. Un instant, à voir combien son prisonnier forçait son rôle, le doute parut s'emparer de lui. Il se pencha et l'examina d'un œil scrutateur.

— Monsieur Renauld, avez-vous bien conscience que vos réponses ne me laissent d'autre possibilité que de vous traduire devant un tribunal ?

Un flot de sang envahit les joues pâles de Jack. Il soutint fermement le regard du juge d'instruction.

— Monsieur Hautet, je jure que je n'ai pas tué mon père.

Mais le bref moment de doute du magistrat était passé. Il eut un rire déplaisant.

— Sans doute, sans doute ! Vous êtes toujours comme l'agneau qui vient de naître, vous autres, les prisonniers. Mais vous vous êtes condamné vous-même. Vous êtes incapable de fournir le moindre alibi et vous n'avez rien à dire pour votre défense — à part des protestations d'innocence qui ne tromperaient pas un enfant ! Renauld, vous avez tué votre père : un meurtre cruel et lâche, pour l'argent que vous espériez tirer de sa mort. Votre mère n'a fait que vous protéger après coup. La Cour, jugeant qu'elle a agi en mère, lui accordera sans doute une indulgence dont vous ne devez pas espérer bénéficier. Et à juste titre ! Vous avez commis un crime abominable, qui doit inspirer l'horreur aux dieux comme aux hommes !

Soudain la porte s'ouvrit, brisant le flot d'éloquence de M. Hautet, au grand dépit de celui-ci.

— Monsieur le juge, monsieur le juge ! bafouilla l'huissier, il y a là une dame qui dit... Qui dit que...

— Qui dit quoi ? cria le juge, plein d'une juste indignation. C'est on ne peut plus irrégulier ! J'interdis toute interruption... Je l'interdis formellement !

Mais une délicate silhouette apparut. Toute de noir vêtue, le visage recouvert d'un long voile, elle écarta l'huissier et entra dans la pièce.

Mon cœur bondit douloureusement. Elle était venue ! Tous mes efforts avaient été vains. Pourtant, je ne pouvais m'empêcher d'admirer le courage qui l'avait poussée à une telle démarche.

Elle leva son voile et j'étouffai un cri. Bien qu'elle lui ressemblât comme deux gouttes d'eau, cette jeune fille n'était pas Cendrillon ! En la voyant sans la perruque blonde qu'elle portait sur scène, je reconnus cette fois la jeune fille de la photographie prise dans le tiroir de Jack Renauld.

— Vous êtes monsieur Hautet, le juge d'instruction ? demanda-t-elle.

— Oui, mais j'interdis formellement...

— Je m'appelle Bella Duveen. Je viens me constituer prisonnière pour le meurtre de M. Renauld.

## 26

## Je reçois une lettre

*Mon ami,*

*Lorsque vous recevrez ceci, tout sera déjà découvert. Rien de ce que j'ai dit n'a pu ébranler Bella. Elle est allée se livrer à la justice. Pour ma part, j'abandonne la lutte.*

*Vous devez déjà savoir que je vous ai trompé, et que j'ai payé de mensonges la confiance que vous aviez placée en moi. Vous jugerez sans doute que je suis sans excuses, mais avant de sortir pour jamais de votre vie, je voudrais m'efforcer de vous expliquer comment tout cela a pu arriver. La vie me sera plus légère si je peux croire que vous m'avez pardonnée. Ce n'est pas pour moi que j'ai menti — c'est la seule chose que j'ai à dire pour ma défense.*

*Je voudrais partir de ce jour où nous nous sommes rencontrés dans le train de Paris. Je me faisais beaucoup de souci pour Bella. Elle était si follement éprise de Jack Renauld qu'elle aurait embrassé le sol où il marchait. Et quand elle a senti qu'il changeait, quand ses lettres ont commencé à s'espacer, elle s'est mise dans tous ses états. Elle s'est alors fourré dans la tête qu'il y avait une autre femme dans sa vie — et la suite a montré qu'elle avait vu juste. Là-dessus, elle a décidé d'aller à Merlinville pour essayer de voir Jack. Sachant combien j'étais opposée à ce projet, elle a tout fait pour me semer. Quand j'ai découvert qu'elle n'avait pas pris le train de Paris, j'ai décidé de ne pas retourner en Angleterre sans elle. J'avais l'affreux pressentiment qu'il allait se passer quelque chose de terrible si je n'arrivais pas à temps pour l'empêcher d'agir.*

*J'ai attendu le train suivant. Elle s'y trouvait, bien déterminée à courir aussitôt à Merlinville. J'ai tâché de l'en dissuader par tous les moyens, mais rien n'y a fait. J'ai décidé alors de m'en laver les mains : j'avais vraiment tout essayé. Il se faisait tard. J'ai trouvé un hôtel, et Bella est partie pour Merlinville. Mais je gardais malgré tout l'obsédante sensation de ce qu'on appelle dans les livres « un désastre imminent ». Le lendemain, pas de Bella. Nous avions rendez-vous à mon hôtel, mais elle n'est pas venue. Elle n'a pas donné signe de vie de toute la journée, et mon inquiétude grandissait à chaque minute. Et puis, j'ai lu la nouvelle dans un journal du soir.*

*Ç'a été un moment affreux ! Je n'avais aucune certitude, bien sûr, mais j'avais terriblement peur. Je m'imaginai que Bella avait rencontré le père de Jack, qu'elle lui avait parlé de son histoire avec son fils et qu'il l'avait insultée ou offensée d'une manière ou d'une autre. Nous avons toutes les deux des caractères très emportés.*

*Et puis, quand on a sorti toute cette histoire d'hommes masqués, je me suis sentie un peu rassurée. Mais je continuais à me demander où avait bien pu passer Bella.*

*Le lendemain matin, j'étais dans un tel état de nervosité que j'ai décidé d'aller voir moi-même ce que je pouvais faire. Là-dessus, je suis tombée sur vous. Vous connaissez la suite... Quand j'ai vu le mort, qui ressemblait tellement à Jack, recouvert du pardessus de Jack, j'ai compris ! Et puis j'ai vu le coupe-papier —*

*l'affreux objet ! — que Jack avait offert à Bella. Dix contre un qu'elle avait laissé ses empreintes digitales. Je ne peux vous expliquer l'horrible désespoir qui s'est emparé de moi à ce moment-là.*

*Je ne voyais plus qu'une chose : je devais m'emparer de ce poignard et m'enfuir avec avant qu'on ne s'aperçoive de sa disparition. J'ai fait semblant de m'évanouir et, pendant que vous étiez parti chercher de l'eau, je l'ai pris et je l'ai caché dans ma robe.*

*Je vous ai raconté que j'étais descendue à l'*Hôtel du Phare. *En fait j'ai pris aussitôt le train pour Calais et, de là, le premier bateau pour l'Angleterre. Une fois en pleine mer, j'ai jeté l'horrible petit poignard dans les eaux de la Manche. Après, j'ai eu l'impression de pouvoir respirer enfin plus librement.*

*Bella était revenue à Londres. Elle avait une tête épouvantable. Je lui ai raconté ce que j'avais fait, en lui disant qu'elle était en sécurité pour l'instant. Elle m'a regardée bouche bée, et puis elle s'est mise à rire... à rire... C'était affreux de l'entendre ! Je me suis dit que le mieux pour elle était encore de s'étourdir de travail. Elle allait devenir folle si elle restait là à se ronger. Grâce au ciel, nous avons trouvé un engagement presque aussitôt.*

*Et puis, je vous ai vu avec votre ami dans la salle, ce soir-là. J'ai été prise de panique. Vous deviez la soupçonner, puisque vous étiez sur nos traces. J'étais prête à entendre le pire et je vous ai suivi, totalement désemparée. Et là, avant que j'aie eu le temps d'ouvrir la bouche, j'ai compris que c'était moi que vous soupçonniez, non pas Bella ! Ou du moins, vous me preniez pour Bella, puisque c'était moi qui avais volé le poignard.*

*Mon ami, si vous aviez pu lire au fond de mon cœur à ce moment-là ! Peut-être me pardonneriez-vous... J'avais peur, j'étais désespérée, je ne savais quel parti prendre. Je ne voyais qu'une chose, c'est que vous étiez prêt à tout pour me sauver, et je n'étais pas sûre que vous auriez été prêt à la sauver, elle ! Sans doute pas... Ce n'était pas pareil ! Je ne pouvais pas courir ce risque : Bella est ma jumelle, je dois tout faire pour la protéger. C'est pourquoi j'ai continué à mentir. J'avais honte... J'ai honte aujourd'hui encore. C'est tout — vous devez vous dire que c'est bien assez. J'aurais dû vous faire confiance. Si je l'avais fait...*

*Dès que la nouvelle de l'arrestation de Jack Renauld est parue dans les journaux, ç'a été fini. Bella n'a même pas voulu attendre de voir comment les choses allaient tourner...*

*Je suis extrêmement fatiguée. Je ne peux pas en écrire plus.*

Elle avait d'abord signé *Cendrillon*, puis elle avait barré ce nom et écrit à la place : *Dulcie Duveen.*

C'était une lettre confuse, mal écrite, presque un brouillon, mais je l'ai conservée jusqu'à ce jour.

Poirot était près de moi. Je laissai les feuillets glisser à terre et je levai les yeux :

— Vous saviez dès le début que c'était l'autre ?

— Oui, mon ami.

— Pourquoi ne pas me l'avoir dit ?

— Avant toute chose, j'avais peine à imaginer que vous ayez pu commettre une telle erreur. Vous aviez vu la photographie. Les deux sœurs se ressemblent beaucoup, mais pas au point qu'on ne puisse les distinguer l'une de l'autre.

— Mais les cheveux blonds ?

— Une perruque, un accessoire de scène qui servait à former un contraste piquant pour leur numéro. Avez-vous déjà vu des jumelles qui soient l'une brune et l'autre blonde ?

— Pourquoi ne m'avez-vous rien dit à l'hôtel ce soir-là, à Coventry ?

— Vous avez été plutôt brusque dans vos méthodes, mon ami, répondit sèchement Poirot, de sorte que vous ne m'en avez pas laissé l'occasion.

— Mais après ?

— Ah, après ! Eh bien, pour commencer, j'étais blessé de votre manque de confiance. Et puis, je voulais savoir si vos sentiments supporteraient l'épreuve du temps, en bref, si c'était de l'amour ou une simple toquade. Rassurez-vous, je ne vous aurais pas laissé mijoter bien longtemps.

Je hochai la tête. Il y avait trop d'affection dans sa voix pour que je puisse lui garder rancune. D'un geste impulsif, je ramassai les feuillets et les tendis à Poirot.

— Lisez. J'insiste.

Il lut la lettre en silence, puis leva les yeux sur moi.

— Qu'est-ce qui vous inquiète, Hastings ?

Poirot avait changé de ton. Il avait perdu son air moqueur, ce qui m'aida beaucoup à lui avouer ce que j'avais sur le cœur.

— Elle ne dit pas... elle ne dit nulle part si elle m'aime ou non.

— Je crois que vous vous trompez, Hastings.

— Où cela ? m'écriai-je en me penchant avidement.

Poirot eut un sourire.

— Elle vous le dit à chaque ligne de sa lettre, mon bon ami.

— Mais comment vais-je la retrouver? Elle n'a pas mis d'adresse. Il y a un timbre français, c'est tout.

— Ne vous énervez donc pas comme ça ! Laissez faire papa Poirot. Je vous la retrouverai dès que j'aurai une minute à moi !

## 27

## LE RÉCIT DE JACK RENAULD

— Toutes mes félicitations, monsieur Jack, dit Poirot en serrant chaleureusement la main du jeune homme.

Jack Renauld était venu nous trouver aussitôt après sa libération, avant d'aller rejoindre sa mère et Marthe à Merlinville. Stonor l'accompagnait. Son air de bonne santé contrastait grandement avec le visage épuisé du jeune homme, qui semblait au bord de la dépression nerveuse. Il adressa à Poirot un sourire triste et dit d'une voix sourde :

— Quand je pense que j'ai subi tout cela pour la protéger, et que ça n'a servi à rien !

— Vous ne vous attendiez quand même pas à ce que cette fille vous laisse payer ses fautes de votre vie, répliqua Stonor d'un ton sec. C'était le moins qu'elle pouvait faire, quand elle vous a vu marcher tout droit à la guillotine !

— Ma foi, vous y mettiez du vôtre, vous aussi ! ajouta Poirot avec un petit clin d'œil. Au train où vous alliez, Me Grosier était bon pour s'étouffer de rage et vous auriez eu sa mort sur la conscience !

— C'était sans doute un bon bougre plein de bonnes intentions, dit Jack, mais il m'a donné des sueurs froides : vous comprenez, je ne pouvais guère me confier à lui ! Mais à présent, que va-t-il arriver à Bella ?

— À votre place, dit Poirot, je ne me ferais pas trop de souci pour elle. Les tribunaux français ont beaucoup d'indulgence pour la jeunesse, la beauté et les crimes passionnels ! Un avocat intelligent en fera un cas exemplaire de circonstances atténuantes. Cela risque d'être assez déplaisant pour vous...

— Je m'en fiche. Voyez-vous, monsieur Poirot, je me sens en partie responsable de la mort de mon père. Si je n'avais pas eu cette histoire avec cette fille, il serait encore vivant à l'heure qu'il est. Et ma fichue négligence, quand je me suis trompé de pardessus ! Je ne peux m'empêcher de me sentir coupable de sa mort. Cela me hantera jusqu'à la fin de mes jours !

— Mais non, mais non, dis-je d'un ton apaisant.

— Bien sûr, c'est affreux pour moi de penser que Bella a tué mon père, poursuivit Jack. Mais je l'ai traitée d'une façon honteuse. Quand j'ai rencontré Marthe et que j'ai compris mon erreur, j'aurais dû lui écrire aussitôt pour tout lui avouer. Mais j'ai eu peur qu'elle me fasse une scène, que tout cela revienne aux oreilles de Marthe, et que Marthe croie que cette histoire était sérieuse. J'ai laissé courir, en espérant qu'elle se lasserait. Je me suis tout simplement défilé, sans comprendre que la pauvre petite était au désespoir. Si elle m'avait vraiment poignardé, comme elle a cru le faire, je n'aurais eu que ce que je méritais ! Sans compter qu'il lui a fallu un sacré courage pour venir se constituer prisonnière. Mais j'étais prêt à jouer le jeu jusqu'au bout, vous savez.

Il resta silencieux un moment, puis, sautant du coq à l'âne :

— Ce qui m'échappe, quand même, c'est ce que pouvait bien fabriquer mon paternel dehors à une heure pareille, en sous-vêtements et avec mon pardessus sur le dos. Je suppose qu'il venait tout juste d'échapper aux deux malfrats, et que ma mère s'est trompée en disant qu'ils sont arrivés à 2 heures du matin. À moins que... Ce n'était pas un coup monté, au moins ? Je veux dire que ma mère ne croyait pas... elle n'a pas pu croire que c'était moi ?

Poirot le rassura aussitôt.

— Non, non, monsieur Jack. N'ayez aucune crainte là-dessus. Quant au reste, je vous l'expliquerai en détail le moment venu. C'est une histoire assez curieuse. Mais allez-vous nous raconter ce qui s'est passé exactement au cours de cette terrible nuit ?

— Il y a fort peu à raconter. Comme je vous l'ai dit, je suis revenu de Cherbourg afin de voir Marthe avant de m'embarquer pour l'autre bout du monde. Le train avait du retard, de sorte que j'ai décidé de prendre le raccourci à travers le terrain de golf, qui menait directement à la villa Marguerite. J'étais presque arrivé, quand soudain...

Il s'interrompit, la gorge serrée.

— J'ai entendu un cri affreux. Pas un cri très fort — plutôt un son étouffé, étranglé, mais qui m'a fait peur. J'en suis resté cloué sur place quelques instants. La lune était pleine. Et en contournant un buisson j'ai vu la tombe, et une forme gisant face contre terre avec un poignard fiché dans le dos. C'est alors... c'est alors qu'en relevant les yeux je l'ai vue, elle. Elle me regardait comme si elle avait vu un spectre — et elle a dû me prendre pour un fantôme, en effet —, le visage dénué d'expression, pétrifiée d'horreur. Et puis elle a poussé un cri, et elle s'est enfuie en courant.

Il fit une pause, s'efforçant de maîtriser son émotion.

— Et ensuite ? demanda doucement Poirot.

— Honnêtement, je ne sais plus. Je suis resté planté là quelques minutes, hébété. Et puis j'ai compris qu'il valait mieux ficher le camp au plus vite. Je n'ai pas pensé un instant qu'on pouvait me soupçonner, mais j'ai eu peur qu'on vienne me demander plus tard de témoigner contre elle. J'ai marché jusqu'à Saint-Beauvais, comme je vous l'ai dit, et j'ai loué une voiture pour retourner à Cherbourg.

On frappa à la porte et un chasseur entra, porteur d'un télégramme qu'il remit à Gabriel Stonor. Celui-ci l'ouvrit en hâte et sauta de sa chaise.

— Mme Renauld a repris connaissance, dit-il.

— Ah ! dit Poirot en bondissant sur ses pieds. En route pour Merlinville !

Nous ne perdîmes pas une seconde. À la demande de Jack Renauld, Stonor accepta de rester sur place pour veiller à ce qu'on fît le maximum pour Bella Duveen. Poirot, Jack et moi, nous prîmes place dans la voiture de Renauld.

Nous atteignîmes Merlinville en moins de trois quarts d'heure. Comme nous approchions de la villa Marguerite, Jack lança à Poirot un coup d'œil interrogateur.

— Que diriez-vous de passer devant pour annoncer à ma mère que j'ai été libéré...?

— Tandis que vous irez annoncer vous-même la nouvelle à Mlle Marthe, hein ? acheva Poirot avec un petit clin d'œil. Mais oui, allez donc, j'allais moi-même vous proposer un arrangement de ce genre.

Jack Renauld ne se le fit pas dire deux fois. Il arrêta la voiture, en sortit comme une fusée et prit l'allée en courant. Poirot et moi poursuivîmes jusqu'à la villa Geneviève.

— Poirot, dis-je, vous souvenez-vous de notre arrivée ici, quand nous avons été accueillis par la nouvelle du meurtre de M. Renauld ?

— Et comment ! Ça ne fait d'ailleurs pas si longtemps. Mais que d'événements depuis lors, surtout pour vous, mon ami !

— En effet, soupirai-je.

— Vous péchez toujours par sentimentalisme, Hastings. Ce n'est pas ce que je voulais dire. Il ne reste qu'à espérer que Mlle Bella bénéficiera de l'indulgence du jury, et après tout, Jack Renauld ne peut pas les épouser toutes les deux ! Non, je parlais d'un point de vue professionnel. Nous ne sommes pas en présence d'un crime bien ordonné, bien organisé, comme les détectives les aiment. La mise en scène préparée par Georges Conneau était parfaite, c'est vrai. Mais pas le dénouement, ça non ! Un homme qui se fait tuer par accident sous le coup de la colère d'une jeune fille jalouse — non mais, vraiment, où sont l'ordre et la logique dans tout cela ?

Je riais encore de la bizarrerie des idées de mon ami Poirot, quand Françoise ouvrit la porte.

Poirot lui expliqua qu'il devait voir Mme Renauld d'urgence, et la vieille femme le fit monter. Je restai au salon, où j'attendis un bon moment avant de le voir réapparaître. Il avait l'air exceptionnellement grave.

— Vous voilà, Hastings ! Sacré tonnerre ! C'est qu'il y a du grabuge en perspective !

— Que voulez-vous dire ? m'écriai-je.

— J'osais à peine y croire, dit pensivement Poirot, mais les femmes sont toujours imprévisibles.

— Voici Jack, en compagnie de Marthe Daubreuil, dis-je en regardant par la fenêtre.

Poirot bondit hors du salon et arrêta le jeune couple sur les marches du perron.

— N'entrez pas, c'est préférable. Votre mère est profondément bouleversée.

— Je sais, je sais, dit Jack Renauld. Mais je tiens à la voir tout de suite.

— Je vous dis que non. Cela vaut mieux.

— Mais Marthe et moi...

— En tout cas, laissez Mademoiselle en bas. Montez si vous y tenez, mais vous devriez suivre mon conseil.

Une voix tombant du haut de l'escalier nous fit sursauter.

— Je vous remercie de vos bons offices, monsieur Poirot, mais je tiens à exprimer moi-même ma volonté à mon fils.

Stupéfaits, nous regardâmes Mme Renauld, la tête encore entourée de bandages, descendre les marches appuyée au bras de Léonie. La jeune Française, en larmes, implorait sa maîtresse de retourner se coucher.

— Madame va se tuer ! C'est contraire aux ordres du docteur !

Visiblement, Mme Renauld n'en avait cure.

— Mère ! s'écria Jack en s'élançant vers elle.

Mais elle le repoussa d'un geste.

— Je ne suis plus ta mère ! Tu n'es plus mon fils ! À compter de ce jour et de cette minute, je te renie.

— Mère ! répéta le jeune homme, abasourdi.

Un instant, l'angoisse qu'elle perçut dans sa voix parut la faire fléchir. Poirot esquissa un geste, mais elle retrouva aussitôt son sang-froid.

— Le sang de ton père est sur toi ! Tu es moralement responsable de sa mort. Tu as bafoué son autorité, tu l'as défié à propos d'une fille, et le cruel abandon d'une autre a fini par causer sa mort. Sors de ma maison sur l'heure. Je veillerai dès demain à prendre toutes les mesures nécessaires pour que tu ne touches jamais un sou de sa fortune ! Fais ton chemin dans le monde du mieux que tu pourras, avec l'aide de cette jeune femme, la fille de la plus cruelle ennemie de ton père.

Et là-dessus, d'une démarche lente et douloureuse, elle entreprit de remonter l'escalier.

Nous étions confondus : aucun de nous ne s'était attendu à une telle sortie. Jack Renauld, épuisé par ses précédentes épreuves, chancela et manqua de tomber. Poirot et moi, nous nous précipitâmes vers lui.

— Il n'en peut plus, murmura Poirot à Marthe Daubreuil. Où pouvons-nous l'emmener ?

— Mais chez nous, à la villa Marguerite ! Nous prendrons soin de lui, ma mère et moi. Mon pauvre Jack !

Nous emmenâmes le jeune homme à la villa, où il s'affala

aussitôt sur une chaise, dans un état proche de l'évanouissement. Poirot lui tâta le front et les mains.

— Il a de la fièvre. La tension nerveuse a été trop forte. Ce coup l'a achevé. Mettez-le au lit, Hastings et moi, nous allons chercher un médecin.

Le médecin arriva bientôt. Après avoir examiné le patient, il déclara qu'il s'agissait d'un cas bénin d'épuisement nerveux. Avec du repos et du calme, le jeune homme devrait être sur pied dès le lendemain. Cependant, on pouvait craindre aussi une fièvre cérébrale. Il était préférable que quelqu'un passât la nuit à son chevet.

Ayant fait tout ce qui était en notre pouvoir, nous laissâmes Jack aux soins de Marthe et de sa mère, et nous retournâmes en ville. L'heure habituelle de notre dîner étant passée depuis longtemps, nous étions aussi affamés l'un que l'autre. Nous nous rassasiâmes au premier restaurant venu d'une excellente omelette, suivie d'une non moins excellente entrecôte.

— Et maintenant, prenons nos quartiers pour la nuit, dit Poirot après qu'un café noir eut complété le repas. Si nous essayions notre vieille connaissance, l'*Hôtel des Bains*?

Nous nous y rendîmes sur-le-champ. Certainement, on pouvait offrir à ces messieurs deux belles chambres donnant sur la mer... À ma grande surprise, Poirot demanda :

— Est-ce que miss Robinson est déjà arrivée?

— Mais oui, monsieur. Elle vous attend dans le petit salon.

— Ah !

— Poirot, m'écriai-je en m'efforçant de rester à sa hauteur dans le corridor, qui diable est cette miss Robinson?

Poirot me fit un gracieux sourire.

— C'est que, voyez-vous, Hastings, je vous ai arrangé un gentil petit mariage.

— Mais enfin...

— Bah ! dit Poirot en me faisant franchir le seuil d'une tape amicale dans le dos. Croyez-vous que j'aie envie d'aller crier le nom de Duveen sur les toits de Merlinville?

C'était bien Cendrillon. Comme elle se levait pour nous accueillir, je retins longuement sa main dans les miennes, et mes yeux dirent le reste.

Poirot s'éclaircit la gorge.

— Mes enfants, dit-il, ce n'est pas l'heure de faire du

sentiment. Nous avons du pain sur la planche. Mademoiselle, avez-vous fait ce que je vous avais demandé ?

Pour toute réponse, Cendrillon sortit de son sac un objet enveloppé dans du papier de soie qu'elle tendit à Poirot. Je sursautai quand il eut fini de le déballer : c'était le fameux coupe-papier qu'elle prétendait avoir jeté dans les eaux de la Manche ! C'est étrange cette manie qu'ont les femmes de ne pas vouloir se séparer des objets ou des documents même les plus compromettants !

— Très bien, mon enfant, dit Poirot. Je suis content de vous. Allez vous reposer, maintenant. Hastings et moi, nous avons du travail cette nuit. Nous vous retrouverons demain matin.

— Où allez-vous ? demanda la jeune fille en ouvrant de grands yeux.

— Vous le saurez demain.

— Où que vous alliez, je viens avec vous.

— Mais enfin, mademoiselle...

— Je vous dis que je viens avec vous.

Poirot comprit que toute discussion était inutile. Il baissa les bras.

— Eh bien, venez, mademoiselle. Mais je vous préviens que cela n'aura rien d'amusant. Et il peut fort bien ne rien se passer du tout.

Vingt minutes plus tard, nous nous mettions en route. La nuit était tombée, et l'obscurité oppressante. Poirot nous mena hors de la ville en direction de la villa Geneviève. Mais une fois en vue de la villa Marguerite, il s'arrêta.

— J'aimerais m'assurer que tout va bien pour Jack Renauld. Venez avec moi, Hastings. Il vaut mieux que Mademoiselle nous attende dehors. Mme Daubreuil pourrait avoir pour elle des mots blessants.

Nous ouvrîmes la porte du jardin et remontâmes l'allée. Comme nous longions la maison, j'attirai l'attention de Poirot sur une fenêtre du premier étage. Le profil de Marthe Daubreuil se découpait nettement derrière les rideaux.

— Ah ! dit Poirot. C'est sans doute dans cette chambre que nous trouverons Jack Renauld.

Mme Daubreuil vint nous ouvrir la porte. L'état de Jack était stationnaire, nous dit-elle, mais si nous préférions nous en assurer nous-mêmes... Elle nous fit monter dans la chambre à coucher où nous trouvâmes sa fille occupée à coudre à la lumière d'une lampe posée sur une table. Elle mit un doigt sur ses lèvres en nous voyant entrer.

Jack Renauld dormait d'un sommeil agité, tournant la tête de droite et de gauche, le visage encore congestionné.

— Est-ce que le docteur va revenir? chuchota Poirot.

— Non, à moins que nous ne le fassions appeler. Il s'est enfin endormi, c'est le principal. Maman lui a préparé une tisane.

Elle se rassit avec son ouvrage quand nous sortîmes de la chambre. Mme Daubreuil nous raccompagna à la porte. Depuis que je connaissais son passé, je regardais cette femme avec un intérêt accru. Elle se tenait les yeux baissés, et sur ses lèvres flottait ce sourire vaguement énigmatique que je me rappelais si bien. Soudain elle me fit peur, comme on peut avoir peur d'un splendide serpent venimeux.

— Nous espérons ne pas vous avoir trop dérangée, madame, dit poliment Poirot en sortant.

— Mais pas du tout, monsieur.

— À propos, dit Poirot comme frappé par une idée soudaine, M. Stonor n'était pas à Merlinville aujourd'hui, n'est-ce pas?

Je comprenais mal pourquoi Poirot lui posait cette question dont la réponse ne l'intéressait nullement.

— Pas à ma connaissance, dit Mme Daubreuil posément.

— Il n'a pas eu un entretien avec Mme Renauld?

— Comment le saurais-je, monsieur?

— C'est juste, reconnut Poirot. Je pensais que vous auriez pu le voir aller et venir, c'est tout. Bonne nuit, madame.

— Mais enfin..., commençai-je.

— Plus tard, Hastings. Quand nous aurons le temps.

Nous rejoignîmes Cendrillon et nous nous dirigeâmes rapidement vers la villa Geneviève. Poirot regarda par-dessus son épaule la fenêtre éclairée et le profil de Marthe penchée sur son ouvrage.

— En tout cas, il est bien gardé, grogna-t-il entre ses dents.

À la villa Geneviève, Poirot se posta derrière les buissons, à gauche de l'allée; de là, nous étions à l'abri des regards, tout en ayant une vue parfaite sur la maison. Celle-ci était plongée dans une obscurité totale; tout le monde dormait, sans doute. Nous étions presque au-dessous de la chambre à coucher de

Mme Renauld, dont je remarquai la fenêtre ouverte. Il me sembla que Poirot avait les yeux fixés dans cette direction.

— Qu'allons-nous faire ? chuchotai-je.

— Vous allez voir.

— Mais...

— Je ne m'attends pas à ce qu'il se passe quoi que ce soit avant une heure ou deux. Mais la...

Il fut brutalement interrompu par un long cri rauque :

— Au secours !

Une lumière s'alluma soudain au premier étage, sur le côté droit de la façade. Le cri venait de là. Et devant la fenêtre éclairée, nous vîmes se découper les silhouettes de deux personnes qui se battaient.

— Mille tonnerres ! s'écria Poirot. Elle a dû changer de chambre !

Bondissant hors des buissons, il alla frapper violemment à la porte d'entrée. Puis, se précipitant vers l'arbre planté derrière le massif de fleurs, il l'escalada avec l'agilité d'un chat. Je le suivis, tandis qu'il pénétrait dans une chambre vide par la fenêtre ouverte. En jetant un coup d'œil vers le bas, je vis Dulcie sur la branche située juste au-dessous de moi.

— Prenez garde, je vous en prie ! m'exclamai-je.

— Occupez-vous de votre grand-mère ! répliqua la jeune fille. Pour moi, c'est un jeu d'enfants.

Poirot, ayant traversé en courant la chambre vide, frappait maintenant à coups redoublés contre la porte.

— Fermée et verrouillée de l'extérieur, gronda-t-il. Il va nous falloir du temps pour l'enfoncer.

Les appels au secours étaient de plus en plus faibles. Je vis du désespoir dans les yeux de Poirot comme nous attaquions ensemble la porte à coups d'épaule.

De la fenêtre nous parvint la voix calme et résolue de Cendrillon :

— Vous n'arriverez pas à temps. Je crois que je suis la seule à pouvoir tenter quelque chose.

Avant que j'aie pu faire un geste pour l'en empêcher, elle s'élança et se jeta dans le vide. Je courus à la fenêtre. À ma grande terreur, je la vis suspendue par les mains au bord du toit, en train de se propulser vers la fenêtre allumée.

— Grands dieux ! Mais elle va se tuer ! m'écriai-je.

— Vous semblez oublier que c'est une acrobate professionnelle, Hastings. C'est la providence du bon Dieu qui a voulu qu'elle vienne avec nous ce soir. Prions simplement pour qu'elle arrive à temps. Ah !

Un horrible cri traversa la nuit au moment où la jeune fille disparaissait à l'intérieur de la chambre. Puis on entendit la voix claire de Cendrillon :

— Non ! Il n'en est pas question ! Je vous tiens, et je vous préviens que j'ai une poigne d'acier.

Au même moment, la porte de notre prison fut ouverte avec précaution par Françoise. Poirot l'écarta brutalement de son passage et se rua dans le couloir jusqu'à la porte du fond, devant laquelle les domestiques étaient réunis.

— C'est verrouillé de l'intérieur, monsieur.

On entendit un bruit de chute. Au bout de quelques secondes, la clé tourna dans la serrure et la porte s'ouvrit doucement. Cendrillon, le visage très pâle, nous fit signe de passer.

— Elle est sauvée ? demanda Poirot.

— Oui, mais de justesse. Elle n'en pouvait plus.

Mme Renauld, à demi couchée sur son lit, respirait avec difficulté.

— Elle a failli m'étrangler, dit-elle dans un souffle.

La jeune fille se pencha pour ramasser un objet qu'elle tendit à Poirot. C'était une fine échelle de corde en soie.

— Tout était prévu, dit Poirot, y compris la fuite par la fenêtre, pendant que nous frappions désespérément à la porte. Où est... l'autre ?

Cendrillon s'écarta. Une silhouette recouverte d'un tissu sombre gisait sur le sol, le visage caché.

— Morte ?

Cendrillon hocha la tête.

— Je crois. Sa tête a dû heurter le marbre de la cheminée.

— Mais qui est-ce ? m'écriai-je.

— La meurtrière de Renauld, Hastings. Et à quelques secondes près, celle de Mme Renauld.

Stupéfait, abasourdi, je m'agenouillai. Et en écartant le tissu, je découvris le beau visage sans vie de Marthe Daubreuil.

## 28

## La fin du voyage

Je ne garde qu'un souvenir confus des événements qui suivirent cette nuit-là. Poirot restait sourd à toutes mes questions, trop occupé à accabler Françoise de reproches pour ne pas lui avoir dit que Mme Renauld avait changé de chambre à coucher.

Je le tirai par le bras, bien décidé à me faire entendre.

— Mais vous auriez dû le savoir, protestai-je. Vous lui avez rendu visite cet après-midi même !

Poirot consentit à m'accorder une seconde d'attention.

— Non, on l'avait transportée dans son boudoir en fauteuil roulant !

— Mais enfin, monsieur, s'écria Françoise, Madame a changé de chambre aussitôt après le drame. Tous ces souvenirs, vous comprenez, ça lui était trop pénible !

— Et pourquoi ne m'a-t-on rien dit? vociféra Poirot en tapant du poing sur la table, tandis que sa colère montait à toute allure. Je vous pose la question, pourquoi-donc-ne-m'a-t-on-rien-dit? Vous n'êtes qu'une pauvre vieille idiote ! Et Léonie et Denise ne valent pas plus cher. Ah ! vous faites une belle brochette d'imbéciles, toutes autant que vous êtes ! Votre bêtise a bien failli causer la mort de votre maîtresse ! Sans cette courageuse enfant...

S'interrompant soudain, il bondit dans la chambre où Cendrillon administrait à Mme Renauld les premiers soins, et l'embrassa avec une ardeur toute latine, ce qui ne manqua pas de me contrarier un peu.

Je fus réveillé de mon état somnambulique par la voix de Poirot qui m'ordonnait sèchement de trouver sur l'heure un médecin pour Mme Renauld. Après quoi, j'étais prié d'avertir la police. Enfin, il m'acheva en ajoutant :

— Vous n'avez même pas besoin de revenir ici. Je vais être trop occupé pour vous parler. Quant à mademoiselle, je l'engage comme garde-malade.

Je me retirai, drapé dans ma dignité. Après avoir accompli mes diverses missions, je retournai à l'hôtel. Je ne comprenais à peu près rien à ce qui venait de se passer. Les événements de la nuit m'apparaissaient sous une lumière irréelle et fantastique. Personne ne voulait répondre à mes questions. Personne d'ailleurs ne semblait les entendre. Épuisé et furieux, je me jetai sur mon lit où je ne tardai pas à sombrer dans un sommeil de brute.

Quand j'ouvris les yeux, le soleil entrait à flots par la fenêtre ouverte et Poirot, impeccable et souriant, était assis à mon chevet.

— Enfin, vous émergez ! C'est que vous avez un sommeil de plomb, Hastings. Savez-vous qu'il est bientôt 11 heures ?

Je poussai un grognement et portai la main à mon front.

— J'ai dû rêver, dis-je. Vous n'allez pas le croire, mais j'ai rêvé que nous avions trouvé le cadavre de Marthe Daubreuil dans la chambre de Mme Renauld ! et vous prétendiez qu'elle était la meurtrière de M. Renauld !

— Mais vous n'avez pas rêvé, mon ami. C'est la pure vérité.

— Ce n'est pas Bella Duveen qui a tué M. Renauld ?

— Oh non ! Hastings, ce n'est pas elle ! Si elle l'a prétendu, c'était uniquement pour sauver de la guillotine l'homme qu'elle aimait.

— Quoi ?

— Rappelez-vous le récit de Jack Renauld. Ils sont arrivés sur le lieu du drame au même moment, et chacun a pris l'autre pour le meurtrier. La jeune fille le fixe d'un air épouvanté, puis elle pousse un cri et prend la fuite. Mais quand elle entend dire qu'il vient d'être accusé de ce crime, c'est plus qu'elle ne peut en supporter : elle vient alors s'accuser pour le sauver d'une mort certaine.

Poirot joignit le bout des doigts en un geste qui lui était familier.

— Cette affaire ne me satisfaisait pas, déclara-t-il. J'ai toujours eu l'impression que nous étions devant un meurtre prémédité et commis de sang-froid par un criminel, assez intelligent pour utiliser à ses propres fins les plans de M. Renauld lui-même, et brouiller ainsi les pistes. Le grand criminel — comme je n'ai cessé de vous le répéter depuis le début — choisit toujours la simplicité.

J'acquiesçai.

— Seulement, pour que cette théorie tienne, il fallait que le meurtrier ait été au courant des projets de M. Renauld. Cela nous mène à Mme Renauld. Mais la théorie de sa culpabilité ne résiste pas à l'examen. Qui d'autre pouvait connaître ses projets ? Nous tenons de la bouche même de Marthe Daubreuil qu'elle avait surpris la dispute entre M. Renauld et le vagabond. Si elle a pu surprendre cette scène, rien ne nous dit qu'elle n'a rien entendu d'autre, surtout si les Renauld ont eu l'imprudence de discuter de leur projet là-haut, sur le banc. Rappelez-vous avec quelle facilité vous avez surpris la conversation entre Marthe et Jack au même endroit.

— Mais quel mobile pouvait bien avoir Marthe Daubreuil pour tuer M. Renauld ? objectai-je.

— Quel mobile ? Mais l'argent ! Renauld était multimillionnaire, et à sa mort — c'est du moins ce que croyaient Jack et Marthe — son immense fortune devait revenir à son fils. Reprenons, si vous le voulez bien, toute l'affaire du point de vue de Marthe Daubreuil.

» Marthe Daubreuil surprend la conversation entre M. Renauld et sa femme. Renauld était une source de revenus non négligeable pour les Daubreuil mère et fille, mais voilà qu'il entend se soustraire à leurs griffes. Elle songe peut-être d'abord à se mettre en travers de ses plans, mais il lui vient bientôt une idée bien plus audacieuse, une idée qui n'effraie pas un instant la digne fille de Jeanne Beroldy ! Renauld constitue à présent un obstacle définitif à son mariage avec Jack. Si ce dernier passe outre, il sera déshérité et pauvre — ce qui n'est nullement du goût de Marthe. J'en viens d'ailleurs à douter qu'elle se soit jamais beaucoup souciée de Jack Renauld. Elle peut simuler une forte émotion, mais en réalité elle est comme sa mère, du type froid et calculateur. Je me demande également si elle a jamais été très sûre de son empire sur le garçon. Elle l'avait ébloui et ensorcelé, mais s'il était séparé d'elle — et son père pouvait aisément les séparer —, il risquait de l'oublier. En revanche, Renauld mort et son fils en possession de la moitié de sa fortune, le mariage pourra avoir lieu aussitôt. Elle sera enfin riche, d'une richesse sans rapport avec les quelques milliers de livres péniblement extorqués jusqu'ici à Renauld. Sa remarquable intelligence lui suggère aussitôt un plan très simple. C'est tellement facile ! Renauld a organisé lui-même les circonstances de sa mort : il lui suffit de surgir au bon moment pour faire de cette comédie une tragique réalité. Et c'est là qu'apparaît le second indice qui mène infailliblement à Marthe

Daubreuil : le poignard ! Jack Renauld en avait fait fabriquer trois. Il en a donné un à sa mère, un autre à Bella Duveen ; n'était-il pas vraisemblable qu'il ait donné le troisième à Marthe Daubreuil ?

» Pour nous résumer, j'avais noté quatre points défavorables à Marthe Daubreuil :

» (1) Marthe Daubreuil avait pu être au courant des projets de disparition de M. Renauld.

» (2) Marthe Daubreuil avait un intérêt direct à la mort de Renauld.

» (3) Marthe Daubreuil était la fille de la fameuse Mme Beroldy qui porte à mon avis la responsabilité morale et virtuelle de l'assassinat de son mari, même si le coup fatal a été porté par Georges Conneau.

» (4) Marthe Daubreuil était la seule personne, hormis Jack Renauld, susceptible d'avoir un troisième poignard en sa possession.

Poirot fit une pause et s'éclaircit la gorge avant de reprendre :

— Bien sûr, quand j'ai appris l'existence de l'autre jeune fille, Bella Duveen, j'ai compris qu'elle avait eu également la possibilité de tuer Renauld. Cette solution ne me satisfaisait guère car, comme je vous l'ai déjà expliqué, un expert comme moi aime à affronter un criminel à sa mesure. Mais enfin, il faut bien prendre les crimes tels qu'ils sont et non tels qu'ils devraient être, n'est-ce pas ? Il paraissait peu probable que Bella Duveen se soit promenée avec un coupe-papier-souvenir-de-guerre à la main, mais elle aurait pu vouloir se venger de Jack Renauld. Quand elle est venue s'avouer coupable du meurtre, on pouvait penser que tout était fini. Et pourtant...

» Pourtant je n'étais pas satisfait, mon bon ami. Loin de là ! J'ai repris l'affaire de fond en comble pour en arriver à la même conclusion que précédemment. Si ce n'était pas Bella Duveen qui avait tué, alors ce ne pouvait être que Marthe Daubreuil. Mais je n'avais pas l'ombre d'une preuve contre elle !

» Et puis, vous m'avez montré la lettre de Mlle Dulcie, et j'y ai vu l'occasion de régler le problème une fois pour toutes. Dulcie Duveen avait volé le poignard de la remise et l'avait jeté en pensant qu'il appartenait à sa sœur. Or, si ce poignard n'était pas celui de sa sœur, mais celui que Jack Renauld avait donné à Marthe, il fallait bien que celui de Bella fût quelque part ! Je ne vous ai rien dit, Hastings — ce n'était pas l'heure de faire du sentiment —, mais j'ai retrouvé Mlle Dulcie, je lui ai expliqué ce que je jugeais nécessaire, et je lui ai demandé de fouiller dans les affaires de sa sœur. Imaginez mon enthousiasme quand, suivant mes instructions, elle s'est présentée à l'hôtel sous le nom de miss Robinson et m'a remis le précieux petit souvenir.

» Pendant ce temps, j'avais entrepris des démarches pour forcer Mlle Marthe à se découvrir. Sur mon ordre, Mme Renauld a renié son fils et déclaré qu'elle avait l'intention de rédiger un nouveau testament le privant de la totalité de la fortune de son père. C'était un coup de poker, mais c'était notre dernière chance, et Mme Renauld était décidée à courir le risque. À ceci près qu'elle a oublié de m'avertir qu'elle avait changé de chambre, persuadée sans doute que je le savais ! Et tout s'est passé comme je le prévoyais. Marthe Daubreuil a fait une dernière tentative — la plus hardie de toutes — pour s'emparer des millions de Renauld. Et elle a échoué !

— Ce que je ne comprends toujours pas, murmurai-je, c'est qu'elle ait pu pénétrer dans la maison sans que nous l'ayons vue. Pour moi, cela tient du miracle. Nous la laissons à la villa Marguerite, nous allons tout droit à la villa Geneviève, et elle trouve le moyen d'y arriver avant nous !

— Ah, mais c'est que nous ne l'avons pas laissée derrière nous. Elle est sortie de la villa Marguerite par-derrière pendant que nous parlions à sa mère dans le vestibule. C'est là qu'Hercule Poirot s'est fait avoir, comme on dit !

— Mais l'ombre derrière les rideaux ? Nous l'avons aperçue de la route !

— Eh bien, à ce moment-là, Mme Daubreuil avait déjà eu le temps de prendre sa place.

— Mme Daubreuil ?

— Oui. L'une est plus âgée que l'autre, l'une est brune et l'autre blonde, mais quand il s'agit d'une ombre se découpant derrière des rideaux, elles ont à peu près le même profil. Et même là, je n'ai rien soupçonné, triple idiot que je suis ! J'étais persuadé d'avoir tout mon temps. Je croyais qu'elle n'essaierait pas de s'introduire dans la villa avant plusieurs heures ! Ah ! c'est qu'elle a de la cervelle, la belle Marthe Daubreuil !

— Et son but était d'assassiner Mme Renauld ?

— Oui : la totalité de sa fortune serait alors revenue à son fils ! Mais cela aurait pris les apparences d'un suicide, mon bon ami ! Par terre, près du corps de Marthe Daubreuil, j'ai trouvé un tampon de coton, une petite bouteille de chloroforme et une seringue hypodermique contenant une dose mortelle de morphine. Vous saisissez ? D'abord le chloroforme, et quand la victime est endormie, la morphine. Au matin, l'odeur du chloroforme se serait dissipée, et on aurait trouvé la seringue au pied du lit, là où Mme Renauld était censée l'avoir laissée tomber. Et qu'aurait dit cet excellent M. Hautet, à votre avis ? « Pauvre femme ! La joie de voir son fils libéré, après tout le reste, c'en était trop ! Quand je vous disais que cela risquait de laisser des traces dans son cerveau ! Décidément une tragique affaire, l'affaire Renauld ! »

» Néanmoins, Hastings, les choses ne se sont pas tout à fait passées comme Mlle Marthe l'avait prévu. D'abord, Mme Renauld était réveillée et elle l'attendait. Il y a eu lutte. Mais Mme Renauld étant encore très faible, il restait une dernière chance à Marthe Daubreuil. Le plan du suicide était à l'eau, mais si elle arrivait à faire taire Mme Renauld en l'étranglant, à s'enfuir par sa petite échelle de corde pendant que nous tentions de défoncer la porte, et à revenir avant nous à la villa Marguerite, il serait difficile de prouver quoi que ce soit contre elle. Seulement, elle a été mise échec et mat, non par Hercule Poirot, mais par une petite acrobate à la poigne d'acier.

Je retournai l'histoire dans ma tête pendant un moment.

— Quand avez-vous commencé à soupçonner Marthe Daubreuil, Poirot ? Quand elle nous a dit qu'elle avait surpris la dispute avec le vagabond dans le jardin ?

Poirot eut un sourire.

— Vous rappelez-vous le premier jour de notre arrivée à Merlinville, mon bon ami ? Et la splendide jeune fille immobile à la porte de sa villa ? Vous m'avez demandé si j'avais remarqué cette jeune déesse, et je vous ai répondu que j'avais simplement vu une jeune fille aux yeux inquiets. C'est toujours de cette façon que j'ai pensé à Marthe Daubreuil, depuis le début : comme à la jeune fille aux yeux inquiets ! De quoi avait-elle si peur ? Pour qui était-elle si inquiète ? Pas pour Jack Renauld, puisqu'elle ignorait à ce moment qu'il se trouvait la veille à Merlinville.

— À ce propos, m'écriai-je, comment se porte Jack Renauld ?

— Beaucoup mieux. Il est encore à la villa Marguerite, mais Mme Daubreuil a disparu. La police est à sa recherche.

— Était-elle de mèche avec sa fille, à votre avis ?

— Nous ne le saurons jamais. C'est une dame qui sait fort bien garder ses secrets, et je doute fort que la police remette jamais la main sur elle.

— Et Jack Renauld sait-il, à propos de ...

— Pas encore.

— Il va en éprouver un choc terrible.

— Bien sûr. Et pourtant, Hastings, je ne suis pas certain que son cœur ait jamais été pleinement engagé. Jusqu'ici, nous avons pris Bella Duveen pour une séductrice, et Marthe Daubreuil pour la jeune fille qu'il aimait vraiment. Mais je me demande si nous ne serions pas plus près de la vérité en inversant les rôles. Marthe Daubreuil était très belle. Elle s'est appliquée à fasciner Jack et elle y est parvenue, mais rappelez-vous la curieuse répugnance de celui-ci à rompre avec l'autre jeune fille. Et voyez comment il a préféré risquer la guillotine plutôt que de l'accuser. J'ai dans l'idée que lorsqu'il apprendra la vérité, il sera horrifié et révolté, et que cet amour illusoire s'évanouira assez vite.

— Et que devient Giraud ?

— Ah, celui-là ! Il a piqué une crise de nerfs qui l'a obligé à rentrer à Paris.

Nous échangeâmes un sourire complice.

Poirot se révéla bon prophète. Quand le médecin déclara que Jack Renauld était suffisamment remis pour entendre toute la vérité, ce fut Poirot qui se chargea de la lui apprendre. Le choc fut en effet terrible, mais Jack s'en remit mieux que je ne l'aurais cru. Le dévouement de sa mère lui fut d'un grand secours dans ces jours difficiles, car Mme Renauld et son fils étaient devenus inséparables.

Il lui restait à subir une dernière épreuve. Poirot avait appris à Mme Renauld qu'il connaissait son secret et l'avait vivement incitée à ne pas laisser plus longtemps Jack dans l'ignorance du passé de son père.

— Madame, il n'est jamais bon de cacher la vérité ! Soyez courageuse et expliquez-lui tout.

Le cœur lourd, Mme Renauld finit par y consentir, et elle révéla à Jack que son père, l'homme qu'elle avait aimé, fuyait la justice depuis des années. Poirot répondit à la question du jeune homme avant même qu'il l'eût posée :

— Rassurez-vous, monsieur Jack. Je ne suis pas tenu de mettre la police dans la confidence. Ce n'est pas pour elle que j'ai travaillé dans cette affaire, c'est pour votre père. La justice a fini par le rattraper, mais nul n'a besoin de savoir que Georges Conneau et lui étaient une seule et même personne.

Certains points demeurèrent bien entendu assez obscurs pour la police, mais Poirot fournit à chaque fois des explications si plausibles qu'il mit un terme à toutes les questions.

Peu de temps après notre retour à Londres, je remarquai un magnifique chien de chasse en porcelaine sur sa cheminée. Poirot répondit par un hochement de tête à mon regard interrogateur :

— Mais oui ! J'ai gagné mes cinq cents francs ! N'est-ce pas qu'il est beau ? Je l'ai baptisé Giraud !

Quelques jours plus tard, Jack Renauld vint nous rendre visite, l'air résolu.

— Monsieur Poirot, je suis venu prendre congé de vous. Je m'embarque dans quelques jours pour l'Amérique du Sud. Mon père gérait de puissants intérêts sur tout ce continent, et je vais recommencer une nouvelle vie là-bas.

— Vous partez seul, monsieur Jack ?

— Ma mère m'accompagne, et je garde Stonor comme secrétaire. Il aime les contrées lointaines.

— Vous n'emmenez personne d'autre ?

Jack rougit.

— Vous voulez parler de...

— D'une jeune fille qui vous aime si tendrement qu'elle était prête à sacrifier sa vie pour vous.

— Comment pourrais-je lui demander quoi que ce soit ? dit le jeune homme d'une voix sourde. Après tout ce qui s'est passé, comment pourrais-je aller la trouver et... Bon sang, quelle histoire boiteuse pourrais-je bien lui raconter ?

— Les femmes ont l'art de trouver de merveilleuses béquilles aux histoires de ce genre.

— Peut-être, mais... Quel imbécile j'ai été !

— Nous le sommes tous, à un moment ou à un autre, observa Poirot avec philosophie.

Le visage de Jack s'était durci.

— Il y a encore autre chose. Je suis le fils de mon père. Sachant cela, qui accepterait de m'épouser ?

— Vous dites que vous êtes le fils de votre père. Hastings ici présent vous confirmera que je crois à l'hérédité...

— Alors, vous voyez !

— Une minute. Je connais aussi une femme, une femme d'un très grand courage, capable d'un amour immense et d'une abnégation sans limites...

Le jeune homme leva les yeux et son regard s'adoucit.

— Ma mère !

— Oui. Vous êtes autant son fils que le fils de votre père. Allez trouver Mlle Bella. Dites-lui la vérité. Ne lui cachez rien, et vous verrez ce qu'elle vous répondra !

Jack hésitait encore.

— Allez la trouver non plus comme un gamin, mais comme un homme. Un homme conscient du poids du Passé et du Présent, mais qui aspire à une vie nouvelle et très belle. Demandez-lui de la partager avec vous. Peut-être ne l'avez vous pas compris encore, mais votre amour réciproque est passé par l'épreuve du feu et il a résisté. Chacun de vous n'était-il pas prêt à donner sa vie pour l'autre ?

Et qu'est-il advenu du capitaine Hastings, l'humble chroniqueur de cette histoire ?

Il est question qu'il aille rejoindre les Renauld dans leur ranch au-delà des mers, mais pour terminer ce récit, je préfère revenir à un certain matin dans le jardin de la villa Geneviève.

— Je ne peux pas vous appeler Bella, dis-je, puisque ce n'est pas votre nom. Dulcie me paraît bizarre, je n'y suis pas habitué. Je vous appellerai donc Cendrillon. Souvenez-vous que Cendrillon a épousé le Prince... Je ne suis pas un Prince, mais...

Elle m'interrompit :

— Je suis sûre que Cendrillon l'avait prévenu. Elle ne pouvait pas lui promettre de devenir une princesse. Ce n'était jamais qu'une petite souillon, après tout...

— Maintenant, c'est au Prince de l'interrompre, dis-je. Et savez-vous ce qu'il lui a répondu ?

— Non ?

— Le Prince a dit : "Au diable !" et il l'a embrassée.

Et j'ai joint le geste à la parole.

# *Postface*

*Le personnage d'Hercule Poirot ayant rencontré un certain succès pour sa première apparition publique dans* La Mystérieuse Affaire de Styles, *« on*[1]*» avait conseillé à Agatha Christie de le réemployer. Ce qu'elle fit dans son troisième roman,* Le Crime du Golf.

*Elle écrivit celui-ci peu de temps après une affaire criminelle qui avait défrayé la chronique en France. Des hommes masqués s'étaient introduits dans une maison, avaient tué le propriétaire, ligoté et bâillonné son épouse. La belle-mère était également morte, mais étouffée par son dentier. Le récit de l'épouse fut contesté. On insinua qu'elle avait assassiné son mari et qu'elle avait été ligotée ensuite par un complice.*

*« Cela me parut un bon point de départ sur lequel greffer ma propre histoire : une vie de l'épouse qui commencerait après son acquittement. Une femme mystérieuse apparaîtrait quelque part, des années après avoir été l'héroïne d'une affaire criminelle. » On sait comment l'intrigue s'est développée à partir de cet argument.*

*Agatha Christie situa l'action du roman en France. Ce qui lui permit de remplacer l'inspecteur Japp par un policier de la Sûreté parisienne, M. Giraud, dont les rapports avec Hercule seront rien moins qu'amicaux, Giraud jugeant les méthodes de Poirot dépassées et leur promoteur quasi gâteux !*

*Agatha Christie se rendit compte au cours de la rédaction du* Crime du Golf *de « l'erreur monumentale » qu'elle avait commise en débutant avec un Hercule Poirot si vieux. Dans son* Autobiographie, *elle avoue : « J'aurais dû l'abandonner au bout*

1. *Dans son* Autobiographie, *elle ne précise pas l'identité de ce « on », mais il recouvre vraisemblablement plusieurs personnes.*

*de trois ou quatre romans pour prendre un héros beaucoup plus jeune. »*

*Non seulement elle s'en abstint, mais elle réitéra même, plus tard, cette « erreur » en donnant naissance à miss Marple...*

*En revanche, elle résolut de se débarrasser de Hastings en le mariant : « À dire la vérité, je crois que je commençais à en être un peu fatiguée. Déjà encombrée de Poirot, quel besoin avais-je de m'encombrer de Hastings par-dessus le marché ? » Du roman lui-même, elle a écrit que, « bien qu'un peu mélodramatique », c'était « un exemple passable du genre appréhendé », et elle y décelait — dans l'écriture « fleurie et ampoulée », notamment — une nette influence du* Mystère de la Chambre Jaune *qui lui avait permis de se dégager du modèle holmesien.*

Le Crime du Golf *est dédié à Archie - « To my husband ». C'est qu'à l'époque où le roman fut écrit, les époux Christie s'entendaient bien, et ils passaient quelquefois leurs week-ends au golf d'East Croydon. Agatha Christie n'était pas très douée pour manier le club, mais Archie, qui jusqu'alors n'avait guère pratiqué ce sport, se mit à l'apprécier de plus en plus.*

*Quelques mois plus tard, Archie faisait partie du club de golf de Sunningdale et y consacrait l'essentiel de ses loisirs.*

*Agatha Christie, qui regrettait beaucoup le temps des excursions ferroviaires et des longues promenades à pied, était devenue un personnage classique de la vie quotidienne : « une veuve de golf ».*

*Ainsi le lieu où le cadavre de M. Renauld avait été découvert devenait-il le premier indice de la mort d'un couple...*

# 1924

# L'HOMME AU COMPLET MARRON

Traduit de l'anglais par
Sylvie Durastanti

*Ce roman a paru sous le titre original :*
THE MAN IN THE BROWN SUIT

## Prologue

Sous un tonnerre d'applaudissements, Nadine, la danseuse russe qui avait enthousiasmé Paris, revint saluer une dernière fois. Ses yeux noirs en amande se fendirent encore plus et les coins de sa bouche écarlate se soulevèrent légèrement. Le public conquis trépignait toujours quand le rideau retomba sur les bleus, les rouges et les magentas de l'étrange décor. Dans un envol de voiles bleu et tango, la danseuse sortit de scène. Elle tomba dans les bras d'un gentleman barbu — le directeur du théâtre.

— Magnifique, petite, magnifique ! s'exclama-t-il. Tu t'es surpassée, ce soir.

Et il lui plaqua sur les joues deux baisers sonores.

Nadine accepta ce tribut avec une aisance qui trahissait une longue habitude et fila dans sa loge où, parmi les costumes à motifs futuristes pendus aux patères, s'entassaient d'innombrables bouquets saturant la chaude atmosphère de senteurs qui se mêlaient aux parfums et aux essences les plus raffinées. Jeanne, l'habilleuse, vint officier auprès de sa maîtresse, sans cesser de lui déverser des flots de compliments outranciers.

Mais un coup frappé à la porte l'interrompit. Elle alla répondre, et revint, une carte à la main :

— Madame va le recevoir ?

— Fais voir.

La danseuse prit la carte d'une main languide, mais à la vue du nom : Comte Sergueï Pavlovitch, une lueur d'intérêt s'alluma dans ses yeux.

— Je vais le recevoir. Jeanne, mon peignoir safran, vite ! Et quand tu auras fait entrer le comte, tu pourras disposer.

— Bien, madame.

Jeanne lui apporta un ravissant peignoir de mousseline bordé d'hermine. Nadine l'enfila, se rassit, sourit à son miroir et se mit à tambouriner sur le plateau vitré de sa coiffeuse.

Le comte s'empressa de profiter de la faveur qui lui était accordée. C'était un homme de taille moyenne, très mince, très élégant, très pâle et à l'air épuisé. Ses traits n'avaient rien de remarquable, et, n'était son comportement maniéré, on n'aurait su à quoi se raccrocher pour le reconnaître. Il baisa la main de la danseuse avec une courtoisie exagérée :

— C'est un vrai plaisir de vous voir, madame.

Jeanne n'en entendit pas plus. Elle sortit et ferma la porte derrière elle. Dès qu'elle se retrouva seule avec son visiteur, le sourire de Nadine se modifia imperceptiblement.

— Nous avons beau être compatriotes, nous n'allons pas parler russe, je pense, dit-elle.

— Comme nous n'en connaissons pas un traître mot ni l'un ni l'autre, c'est sans doute préférable en effet, convint son visiteur.

D'un commun accord, ils passèrent à l'anglais ; et dès que le comte abandonna son maniérisme, personne n'aurait douté que c'était bien là sa langue maternelle. En fait, il avait débuté dans la vie comme spécialiste des transformations rapides dans un music-hall londonien.

— Vous avez eu beaucoup de succès ce soir, ma chère, fit-il remarquer. Félicitations.

— Il n'empêche que je suis inquiète. Ma situation n'est plus ce qu'elle était. Les soupçons nés durant la guerre me poursuivent. Je suis sans cesse surveillée, épiée.

— Vous n'avez jamais été formellement accusée d'espionnage ?

— Les plans du Chef sont trop bien conçus pour cela !

— Vive le « Colonel », donc ! fit le comte en souriant. Étonnant, non, d'apprendre qu'il se retire ! Se retirer... Comme le boucher du coin, ou le plombier atteint par la limite d'âge, ou encore comme le médecin dépassé par l'évolution de la science...

— ... ou tout bonnement comme le premier homme d'affaires venu, poursuivit Nadine. Cela ne devrait pas nous étonner. C'est ce que le « Colonel » a toujours été, un remarquable homme d'affaires. Il a organisé le crime comme un autre une fabrique de chaussures. Sans jamais se compromettre, il aura conçu et dirigé une série de coups prodigieux, et dans toutes les branches de ce qu'on peut appeler la profession : vol de bijoux, falsification de documents, espionnage — si profitable en temps de guerre—, sabotage, assassinats discrets... Il aura touché à tout, tout en sachant toujours s'arrêter à temps, qui plus est ! Le jeu devient-il dangereux ? Il se retire en beauté, avec une fortune colossale !

— Hum ! fit le comte d'un air dubitatif. C'est tout de même assez contrariant pour nous tous ! Nous allons nous retrouver le bec dans l'eau.

— Mais nous en serons assez largement dédommagés.

Alerté par une espèce de sous-entendu moqueur, le comte regarda vivement Nadine. Son sourire éveilla sa curiosité, mais il décida d'user de diplomatie.

— Effectivement, le « Colonel » a toujours été généreux. Il doit même une bonne part de son succès à sa générosité, ainsi qu'à son invariable tactique consistant à tout faire endosser par un bouc émissaire. C'est un cerveau, il n'y a pas de doute là-dessus. Toujours partisan de la maxime: « Si tu veux réaliser une opération en toute impunité, fais-la exécuter par un autre ! » C'est ainsi que nous nous retrouvons tous compromis jusqu'au cou, et totalement à sa merci. Aucun d'entre nous n'a prise sur lui !

Il se tut, comme s'il s'attendait à une objection, mais, souriant toujours du même air entendu, elle ne souffla mot.

— Aucun d'entre nous, répéta-t-il, songeur. Et pourtant, il est superstitieux, le vieux. Il y a des années, il est allé consulter une voyante. Elle lui a prédit une vie de succès, mais qu'une femme causerait sa perte !

Nadine le regarda, très intéressée maintenant :

— Tiens ! Ça, c'est curieux, très curieux ! Une femme, dites-vous ?

Il haussa les épaules en souriant.

— Maintenant que le voilà retiré des affaires, il va sûrement épouser une jeune beauté du meilleur monde, qui dilapidera sa fortune plus rapidement encore qu'il ne l'a accumulée.

— Non, non, ça ne se passera pas comme cela. Écoutez, mon ami, demain je pars pour Londres.

— Mais votre contrat, ici ?

— Je ne m'absenterai qu'une nuit. Et je voyagerai incognito, comme une reine. Personne ne saura que j'ai quitté la France. Et pourquoi croyez-vous que j'aille là-bas ?

— Sûrement pas par plaisir, en cette saison. Londres est

abominable en janvier, noyé dans le brouillard. Alors, par intérêt ?

— Tout juste ! dit-elle en venant se camper devant lui, avec une grâce hautaine et provocante. Vous venez de dire que personne d'entre nous n'a prise sur le chef. Vous vous trompez. Moi, j'ai prise sur lui. Moi, une femme, j'ai eu l'astuce et, oui, le courage — car il en fallait — de le doubler. Vous vous rappelez l'affaire des diamants De Beer ?

— Et comment ! L'affaire de Kimberley, juste avant guerre ? Je n'y ai pas été mêlé, et j'en ignore le détail: elle a été étouffée pour je ne sais quelle raison, non ? Un fameux butin, je crois.

— Cent mille livres de diamants ! Deux des nôtres l'ont menée à bien — sous les ordres du « Colonel », évidemment. C'est là que j'ai su profiter de l'occasion. Voyez-vous, la manœuvre consistait à substituer à certains des diamants De Beer d'autres diamants ramenés d'Amérique du Sud par deux jeunes prospecteurs qui se trouvaient alors à Kimberley. Les soupçons devaient donc tomber sur eux.

— Très astucieux, remarqua le comte approbateur.

— Le « Colonel » est toujours astucieux. J'ai donc joué mon rôle dans l'affaire. Mais j'ai pris quelques initiatives que le « Colonel » n'avait pas prévues. J'ai fait main basse sur quelques-uns des diamants d'Amérique du Sud — dont un ou deux assez exceptionnels pour qu'il soit facile de prouver qu'ils ne sont jamais passés entre les mains de De Beer. Avec ces diamants en ma possession, j'ai barre sur notre estimé chef. Une fois les deux jeunes gens innocentés, c'est lui qui devient suspect. Je n'ai pas bougé pendant des années, satisfaite d'avoir cette arme en poche. Mais maintenant, c'est différent. J'en veux mon prix — un très gros prix, je dirai même un prix stupéfiant.

— Fantastique, dit le comte. Et vous vous promenez sans doute partout avec ces diamants ?

Il balaya du regard le désordre de la loge.

Nadine eut un petit rire :

— Ne croyez pas ça. Je ne suis pas idiote ! Les diamants sont en lieu sûr, là où nul ne songera à les chercher.

— Je ne vous ai jamais prise pour une idiote, ma chère. Mais puis-je me risquer à vous dire que vous êtes un peu imprudente ? Le « Colonel » n'est pas homme à tolérer gentiment qu'on le fasse chanter.

— Il ne me fait pas peur. Le seul homme que j'aie jamais redouté est mort.

Le comte lui jeta un regard intrigué :

— Espérons qu'il ne ressuscitera pas, alors.

— Que voulez-vous dire ? s'écria vivement la danseuse.

Le comte parut étonné.

— Seulement que sa résurrection pourrait vous mettre dans une situation embarrassante, expliqua-t-il. Oh ! Tout juste une plaisanterie stupide.

Elle poussa un soupir de soulagement.

— Oh non, il est aussi mort qu'on peut l'être. Mort à la guerre. Un homme qui, un jour, m'a aimée...

— En Afrique du Sud ? s'enquit négligemment le comte.

— Oui, en Afrique du Sud, puisque vous voulez le savoir.

— Votre pays natal, non ?

Elle hocha la tête. Son visiteur se leva et prit son chapeau :

— Je n'ai pas à vous donner de conseils, mais à votre place, je redouterais bien davantage le « Colonel » qu'un amant éconduit. Le « Colonel » est un homme qu'on a trop vite fait de sous-estimer.

Elle eut un rire dédaigneux.

— Comme si, après tant d'années, je ne le connaissais pas !

— Je me le demande, dit-il doucement. Je me le demande vraiment.

— Oh ! je ne suis pas si bête. Je ne me suis pas lancée toute seule dans cette affaire. Demain, un paquebot d'Afrique du Sud accostera à Southampton, avec à son bord un homme qui, après avoir exécuté diverses missions pour mon compte, vient à ma demande. Le « Colonel » n'aura donc pas affaire à une, mais à deux personnes.

— Est-ce bien raisonnable ?

— C'est indispensable.

— Et vous êtes sûre de cet homme ?

La danseuse eut un sourire étrange :

— Tout à fait sûre. Il est remarquablement dépourvu de compétence, mais on peut avoir en lui une confiance absolue.

Après un silence, elle ajouta d'un ton neutre :

— En fait, il s'agit de mon mari.

# 1

Ce récit m'aura été réclamé à cor et à cri par tous mes amis, des plus célèbres — tels que lord Nasby —, aux plus modestes, à commencer par notre bonne à tout faire, Emily, qui s'exclama, lors de mon dernier séjour en Angleterre : « Pour sûr, mam'zelle, vous pourriez en tirer un bien beau livre — aussi beau qu'un film de cinéma ! »

Ayant été d'emblée mêlée à l'affaire, entraînée dans tous ses rebondissements et témoin de son dénouement, je m'estime bien placée pour le faire. Par ailleurs, les lacunes que je ne serais pas en mesure de combler pourront l'être grâce au Journal intime de sir Eustache Pedler, qu'il a lui-même mis à ma disposition.

Eh bien, allons-y. Moi, Anne Beddingfeld, je vais vous raconter mes aventures.

J'avais toujours rêvé d'aventures. Or, ma vie était d'une monotonie accablante. En matière d'Homme Primitif, mon père, le Pr Beddingfeld, était la plus grande autorité vivante. Un génie — tout le monde en convenait. En esprit, il habitait le Paléolithique. L'ennui, c'est que son corps, lui, habitait le monde moderne. Papa ne s'intéressait pas à l'homme moderne, il n'avait même que mépris pour l'Homme du Néolithique — un vulgaire gardien de troupeaux — et il fallait remonter jusqu'au moustérien pour soulever son enthousiasme.

Hélas ! il est difficile d'ignorer ses contemporains et il faut bien parfois avoir affaire au boucher, au boulanger, au laitier ou à l'épicier. Ma mère étant morte peu après ma naissance, et mon père se réfugiant dans le passé, je devais me colleter seule avec les réalités de la vie. Je dois l'avouer, j'exècre l'Homme Paléolithique, aurignacien, moustérien, chellien ou autre. Bien que j'aie dactylographié et revu l'œuvre maîtresse de mon père, *L'Homme de Néanderthal et ses prédécesseurs*, l'Homme de Néanderthal m'inspire une telle répugnance que je bénis le sort qui le raya jadis de la surface de la terre.

J'ignore si papa avait deviné les sentiments que m'inspirait ce sujet. Probablement pas... D'ailleurs, quel intérêt ? Il était suprêmement indifférent à l'opinion d'autrui. Cette indifférence faisait partie de son génie, comme son détachement des réalités de la vie quotidienne. Il mangeait sans broncher ce qu'il trouvait dans son assiette, mais payer cette nourriture le désolait. Nous n'avions jamais un sou. Sa célébrité n'était pas de celles qui apportent la fortune. Membre de diverses sociétés scientifiques et bardé de titres, il restait ignoré du grand public : ses ouvrages, sans l'atteindre, ne manquaient pas, malgré tout, d'enrichir les connaissances humaines. Il n'attira l'attention sur lui-même qu'une seule fois. Il avait fait, un jour, devant une société savante, une communication sur le petit du chimpanzé. La démonstration était la suivante : le bébé humain a des traits anthropoïdes, tandis que le bébé du chimpanzé a des traits plus humains que le chimpanzé adulte. Ce qui semblerait prouver que nos ancêtres étaient plus simiesques que nous, tandis que les ancêtres du chimpanzé étaient, eux, d'un type supérieur à ceux d'aujourd'hui. En d'autres termes, le chimpanzé aurait dégénéré. Toujours avide de sensationnel, le *Daily Budget* en profita immédiatement pour titrer: « Nous ne descendons pas du singe, mais le singe descend-il de nous ? D'après un savant éminent, le chimpanzé est un homme dégénéré. » Peu après, un reporter vint rendre visite à papa pour lui proposer d'écrire une série d'articles de vulgarisation sur le sujet. J'ai rarement vu mon père dans un tel état de fureur. Il chassa le reporter sans autre forme de procès — à mon vif regret, car nous étions alors dans une passe particulièrement difficile. En fait, j'envisageai même un instant de rattraper le jeune homme pour lui raconter que mon père avait changé d'avis. J'aurais pu aisément rédiger ces articles moi-même, à son insu , car il ne lisait jamais le *Daily Budget*. Mais ç'aurait été trop risqué. Au lieu de quoi, plantant mon meilleur chapeau sur ma tête, je descendis au village pour tâcher de calmer le juste courroux de l'épicier.

À l'exception de l'envoyé du *Daily Budget*, aucun jeune homme n'avait jamais franchi notre porte. Parfois, j'en venais à envier notre petite bonne Emily, qui « sortait » à tout bout de champ avec un grand matelot auquel elle était fiancée. Le reste du temps, histoire de « garder la main » comme elle disait, elle sortait avec le livreur de l'épicerie ou le préparateur en pharmacie. Moi, je pensais avec tristesse que je n'avais personne avec qui « garder la main ». Tous les amis de papa étaient de vénérables savants, barbus pour la plupart. Il est vrai qu'un jour, le Pr Peterson m'avait serrée affectueusement contre lui en disant que j'avais une « taille de guêpe », et puis il avait essayé de m'embrasser. L'expression suffisait déjà à dater le bonhomme : j'étais encore au berceau qu'aucune femme qui se respectait ne parlait plus de sa « taille de guêpe ».

Moi qui rêvais d'aventures, d'amour et de romanesque, j'étais condamnée à la plus morne des existences. La bibliothèque de prêt de notre village était remplie de livres de fiction en lambeaux. Je vivais donc des aventures et des amours de seconde main, et j'allais me coucher la tête pleine de Rhodésiens farouches et taciturnes, d'hommes forts qui abattaient toujours leur adversaire d'« un simple crochet du droit ». Malheureusement, dans mon entourage, aucun homme ne semblait en mesure d'abattre un adversaire d'un simple crochet du droit, ni même en s'y reprenant à plusieurs fois.

Il y avait aussi le cinéma, où j'allais chaque semaine voir un nouvel épisode des *Aventures de Pamela*. C'était une fascinante jeune femme. Elle avait un cran époustouflant. Elle sautait d'avion, explorait les mers en sous-marin, escaladait les gratte-ciel ou hantait les bas-fonds sans qu'un cheveu se déplace sur sa tête. Elle n'était pas vraiment futée, puisqu'elle retombait continuellement entre les griffes du Roi de la Pègre ; mais comme, apparemment, celui-ci répugnait à lui défoncer carrément le crâne, et la condamnait à périr asphyxiée dans quelque obscure cellule, ou de toute autre manière originale et extraordinaire, le héros pouvait toujours la délivrer au début de l'épisode suivant. Je sortais du cinéma le cerveau en ébullition — et, en rentrant à la maison, je trouvais un avis de la compagnie du Gaz nous menaçant de coupure si la note n'était pas payée de toute urgence.

Et pourtant, sans que je m'en doute, avec chaque seconde qui passait, l'aventure se rapprochait de moi.

Peut-être existe-t-il de par le monde des gens ignorant encore qu'un crâne de primitif a été exhumé des mines de Broken Hill, en Rhodésie. Un beau matin, je descendis de ma chambre pour trouver mon père frisant la crise d'apoplexie à cette nouvelle qu'il me commenta aussitôt.

— Tu comprends, Anne... Ce crâne présente certaines ressemblances avec celui de Java. Mais des ressemblances superficielles... très superficielles. Non, ce que nous tenons là, comme je l'ai toujours soutenu, c'est l'ancêtre du Néanderthalien. Tu penses peut-être que le crâne de Gibraltar est le plus primitif des crânes des Néanderthaliens ? Pourquoi, diable ? Le berceau de la race est l'Afrique. Ils sont passés en Europe...

— Ne mettez pas de confiture sur vos harengs, papa ! m'exclamai-je en retenant sa main. Vous disiez ?

— Ils sont passés en Europe en...

Là-dessus, il manqua s'étrangler avec une énorme bouchée de hareng.

— Nous devons partir sans tarder, déclara-t-il en se levant sitôt le déjeuner terminé. Il n'y a pas de temps à perdre. Nous devons nous rendre sur les lieux mêmes. Il y a sans doute d'innombrables découvertes à faire aux alentours. Je serais curieux de voir si les vestiges sont typiques de l'ère moustérienne — sans doute des ossements du bovidé primitif, à mon avis, et non du rhinocéros laineux. Il y aura bientôt toute une armée là-bas. Il faut les devancer. Tu vas écrire aujourd'hui même à l'agence Cook, Anne.

— Et l'argent, papa ? hasardai-je observer aussi délicatement que faire se pouvait.

Il me jeta un regard plein de reproche :

— Ta façon de voir me déprime toujours, mon enfant. Ne soyons pas sordides. Non, quand la science est en jeu, il ne faut pas se montrer sordide.

— Je crains que Cook se montre sordide, papa.

Papa prit un air peiné.

— Ma chère Anne, tu les payeras en liquide.

— Je n'ai pas d'argent liquide, papa.

Il parut exaspéré :

— Ma chère enfant... Je ne peux pas m'occuper de vulgaires histoires d'argent. J'ai reçu quelque chose du directeur de la banque hier, où on disait que j'avais vingt-sept livres !

— Vingt-sept livres de découvert, j'imagine.

— Bon, alors écris à mes éditeurs.

J'acquiesçai sans conviction, les ouvrages de papa lui rapportant plus de célébrité que d'argent, comme je l'ai déjà signalé. Toutefois, l'idée de partir pour la Rhodésie m'enthousiasmait. « Des hommes farouches et taciturnes ! » me disais-je avec émerveillement. Tout à coup, je remarquai quelque chose d'insolite dans l'accoutrement de mon père.

— Vos chaussures sont dépareillées, papa. Enlevez la marron et mettez l'autre noire à la place. Et n'oubliez pas votre écharpe, il fait très froid aujourd'hui.

Papa partit un peu plus tard, bien emmitouflé, avec des chaussures assorties.

Il rentra tard ce soir-là, et, à ma consternation, sans écharpe ni pardessus.

— Je m'en suis débarrassé pour descendre dans la grotte. On s'y salit tellement...

J'approuvai du fond du cœur, me rappelant le jour où papa était revenu moulé des pieds à la tête dans une gangue d'argile du pléistocène.

Nous nous étions installés à Little Hampsly avant tout en raison de la proximité de la célèbre grotte troglodyte de Hampsly, riche en vestiges de la civilisation aurignacienne. Il y avait un petit musée dans le village. Papa et le conservateur y entassaient les restes du rhinocéros laineux et de l'ours des cavernes qu'ils consacraient l'essentiel de leur temps à exhumer.

Mon père toussa toute la soirée, et le lendemain matin, le trouvant fiévreux, j'appelai le médecin.

Pauvre papa... Il n'a jamais eu de chance ! Quatre jours plus tard, une congestion pulmonaire l'emportait.

## 2

Tout mon entourage me manifesta une bienveillance qui me toucha malgré l'état d'hébétude où je me trouvais. À vrai dire, je n'étais pas accablée de chagrin. Mon père ne m'avait jamais aimée. Je le savais très bien. S'il m'avait manifesté de l'affection, je la lui aurais rendue. Non, nous ne nous aimions pas mais nous étions liés l'un à l'autre, et j'avais veillé sur lui, admirant en secret sa prodigieuse érudition et son dévouement total à la science. Et dire qu'il était mort à l'heure même où son existence allait prendre un tour passionnant ! Si seulement j'avais pu le faire enterrer dans sa chère grotte, entre les peintures rupestres et les silex taillés, ma peine s'en serait trouvée allégée. Mais, l'opinion publique étant souveraine, il n'eut droit qu'à une banale sépulture, sous une dalle de marbre, dans le vilain petit cimetière du village. Et si bien intentionnées fussent-elles, les condoléances du pasteur ne me consolèrent pas le moins du monde.

Il me fallut du temps avant de comprendre que je jouissais enfin de ma liberté, objet de tous mes vœux. J'étais orpheline, pratiquement sans le sou, mais libre. Dans le même temps, je mesurais l'extraordinaire bonté de tous ces braves gens. Le pasteur s'évertua à me persuader que son épouse avait besoin d'une demoiselle de compagnie, la bibliothécaire se décida subitement à engager une assistante. Enfin, le médecin passa me voir et, après avoir invoqué des prétextes ridicules pour se justifier de ne pas m'avoir envoyé sa note d'honoraires, il me proposa soudain, après force bredouillements et balbutiements, de devenir sa femme.

J'étais stupéfaite. Plutôt rondouillard, ce brave docteur, qui frisait la quarantaine, ne ressemblait guère au héros des *Aventures de Pamela*, et moins encore aux Rhodésiens farouches et taciturnes de mes rêves. Après un instant de réflexion, je lui demandai pourquoi il désirait m'épouser. Décontenancé par ma question, il finit par bredouiller qu'un généraliste avait besoin des services d'une épouse. Ce qui me parut encore moins romanesque. Et cependant, quelque chose me poussait à accepter. Somme toute, il m'offrait la sécurité. La sécurité et une maison confortable. Rétrospectivement, je crois m'être montrée injuste envers ce petit bonhomme. Il m'aimait réellement mais, par fausse délicatesse, n'avait pas osé mettre les choses sur ce terrain. En tout état de cause, je me laissai emporter par mes penchants romanesques.

— C'est très gentil à vous, lui dis-je, mais c'est impossible. Je ne pourrais jamais épouser un homme sans en être éperdument amoureuse.

— Et vous ne pensez pas que...

— Non. Je ne le pense pas, dis-je fermement.

Il poussa un soupir et poursuivit:

— Mais, ma chère petite, que comptez-vous faire?

— Voir le monde et courir l'aventure, lui répliquai-je sans la moindre hésitation.

— Miss Anne, vous n'êtes encore qu'une enfant! Vous ne mesurez pas...

— Les difficultés de la vie? Oh! que si, docteur! Je ne suis pas une gamine sentimentale. Je suis une mégère, têtue et obstinée! Vous vous en apercevriez vite si vous m'épousiez.

— J'aimerais que vous réfléchissiez encore.

— C'est tout réfléchi.

Il poussa un nouveau soupir.

— J'ai une autre offre à vous faire. L'une de mes tantes, qui vit au Pays de Galles, aurait besoin d'une jeune personne pour l'aider. Cela vous intéresserait-il ?

— Non, docteur. Je pars pour Londres. C'est à Londres que tout se passe. Je veillerai au grain, et quelque chose finira bien par arriver. La prochaine fois que vous entendrez parler de moi, ce sera de Chine ou de Tombouctou !

Je reçus ensuite la visite de Mr Flemming, le notaire de mon père, venu tout spécialement de Londres pour me voir. Passionné d'anthropologie, il vouait une ardente admiration à mon père pour ses travaux. C'était un homme grand et maigre, aux traits émaciés et aux cheveux gris. Comme je le rejoignais dans le salon, il se leva et, prenant mes mains entre les siennes, les tapota affectueusement.

— Ma pauvre enfant ! Ma pauvre, pauvre enfant !

Non sans hypocrisie, je pris une mine d'orpheline éplorée. Son attitude m'y contraignait. Bienveillant et paternel, il me considérait comme une gamine stupide, égarée dans un monde hostile et cruel. Et j'eus aussitôt le sentiment qu'il était inutile de tenter de le convaincre qu'il n'en était rien. Étant donné la suite, j'ai peut-être aussi bien fait.

— Ma chère enfant, vous pensez pouvoir écouter mes explications ?

— Oh, oui !

— Comme vous le savez, votre père était un grand homme. La postérité l'appréciera à sa juste valeur. Mais il n'était guère homme d'affaires.

Cela, je le savais aussi bien sinon mieux que Mr Flemming, mais je m'abstins de le lui dire.

— Je ne pense pas que vous entendez grand-chose à ces questions, poursuivit-il, mais je vais m'efforcer de vous expliquer la situation, le plus clairement possible.

Il me l'expliqua plus longuement que nécessaire. En conclusion de son discours, je devais affronter l'existence avec quatre-vingt-sept livres, dix-sept shillings et quatre pence en poche. Montant curieusement peu satisfaisant. Non sans inquiétude, j'attendis la suite. Mr Flemming avait certainement en Écosse une tante qui cherchait une compagne jeune et intelligente. Mais apparemment il n'en était rien.

— Votre avenir, c'est là le problème, poursuivit-il. J'ai cru comprendre que vous n'avez plus aucun parent vivant.

— Je suis seule au monde, fis-je, de nouveau frappée par ma ressemblance avec celle d'une héroïne de cinéma.

— Avez-vous au moins des amis ?

— Tout le monde s'est montré très gentil envers moi, répondis-je, avec gratitude.

— Qui ne le serait pas envers une si jeune et si charmante jeune personne ? me répliqua galamment Mr Flemming. Eh bien, mon petit, voyons ce qu'il est possible de faire. (Il hésita un instant.) Et si..., et si vous veniez passer quelque temps chez nous ?

Je me jetai sur l'occasion. Londres ! Là où tout se passe !

— C'est très aimable à vous. Je peux ? Vraiment ? Juste le temps de me retourner... Il va falloir que je gagne ma vie, maintenant, vous comprenez.

— Oui, oui, ma chère enfant, je comprends parfaitement. Nous tâcherons de vous trouver quelque chose de... de convenable.

D'instinct, je sentis que Mr Flemming se faisait du mot convenable une idée différant sensiblement de la mienne, mais ce n'était pas le moment d'en débattre.

— Eh bien, c'est entendu. Pourquoi ne viendriez-vous pas aujourd'hui même avec moi ?

— Oh, merci ! Mais qu'est-ce que Mrs Flemming...

— Ma femme sera ravie de vous accueillir.

Je me demande si les hommes connaissent aussi bien leurs épouses qu'ils se le figurent. Si j'avais un mari, j'aurais horreur de le voir revenir avec une orpheline sans m'avoir consultée.

— Nous lui télégraphierons de la gare, ajouta le notaire.

Mes valises furent vite bouclées. J'eus un regard plein de mélancolie pour mon chapeau avant de me l'enfoncer sur la tête. Je l'appelais mon « Marie » parce que c'était le genre de chapeau que les bonnes devraient porter quand elles sortent — et qu'elles ne portent d'ailleurs jamais. Une pauvre chose de paille noire que, sous l'effet d'une inspiration géniale, j'avais soigneusement piétinée, et bourrée de coups de poing, avant d'en redresser les bords et d'y piquer une carotte criarde qui évoquait un cauchemar de cubiste. L'effet était du dernier chic.

J'avais déjà supprimé la carotte, bien sûr, et je tentais à présent de défaire le reste de mon travail. Quand le « Marie » eut enfin repris sa forme originelle, il était endommagé par-dessus le marché, ce qui le rendait encore plus déprimant qu'avant. Mais autant se conformer à l'idée que les gens se font d'une orpheline. J'appréhendais un peu l'accueil de Mrs Flemming, et je comptais sur mon apparence pour la désarmer.

En fait, Mr Flemming n'était pas moins inquiet que moi. Je m'en aperçus à l'instant où nous gravissions le perron de sa demeure, qui se dressait sur une place du paisible quartier de Kensington. Mrs Flemming me reçut assez aimablement. C'était une femme solide et placide à la fois, incarnation de la bonne épouse et de la bonne mère. Elle me conduisit dans une chambre aux impeccables rideaux de chintz, s'assura que je ne manquais de rien, et avant de m'abandonner à mes réflexions, m'annonça que le thé serait servi dans un quart d'heure.

Cependant, comme elle retournait au salon situé au rez-de-chaussée, je l'entendis élever la voix.

— Enfin, Henry ! Pourquoi, au nom du ciel...

Le reste de ses propos m'échappa, mais l'intonation était suffisamment acerbe pour ne laisser planer aucun doute. D'autant que quelques instants plus tard, me parvint une autre bribe de phrase, émise sur un ton plus acide encore:

— Je suis d'accord avec toi, elle est *très* jolie !

La vie est bien difficile. Les hommes ne sont pas gentils avec vous si vous n'êtes pas jolie et les femmes ne sont pas gentilles avec vous si vous l'êtes.

Avec un profond soupir, je décidai de modifier ma coiffure. J'ai de beaux cheveux. Noirs — du plus beau noir, pas châtain foncé — qui me dégagent le front et couvrent mes oreilles. Je les serrai sans pitié en un affreux chignon. En tant qu'oreilles, mes oreilles sont tout à fait convenables, mais les oreilles sont démodées aujourd'hui, comme « les jambes de la reine d'Espagne », au temps du Pr Peterson. Quand j'en eus fini, j'avais exactement l'allure de ces orphelines qui passent en rangs dans les rues, avec leur capuchon et leur petit bonnet. Lorsque je redescendis, je pus constater que le regard de Mrs Flemming s'attardait avec bienveillance sur mes oreilles. Mr Flemming, quant à lui, parut perplexe. « Comment cette enfant s'est-elle attifée ? » devait-il se demander.

Le reste de la journée se passa sans incident notable. Il fut décidé que je me mettrais sans tarder en quête d'un emploi.

Ce soir-là, avant de me fourrer au lit, je me considérai d'un œil grave dans mon miroir. Étais-je vraiment jolie ? Franchement, ce n'était pas mon avis. Je n'avais ni nez grec, ni bouche en cœur, ni rien de ce qu'il fallait. Il est vrai qu'un curé avait déclaré un jour que mes yeux étaient « comme un rayon de soleil prisonnier de l'obscurité profonde des forêts » — mais les curés connaissent une foule de citations qu'ils sortent à tout propos. Pour moi, j'aurais préféré avoir des yeux bleus, plutôt que vert foncé pailleté de taches jaunes. Encore que le vert convienne plutôt bien à une aventurière.

Je m'entortillai dans une écharpe noire laissant nus mes bras et mes épaules, puis je brossai mes cheveux, les laissai retomber de nouveau sur mes oreilles. Je me poudrai généreusement de façon à ce que ma peau paraisse encore plus blanche. Je retournai toutes mes affaires pour dénicher un vieux rouge à lèvres, et je m'en badigeonnai un kilo sur les lèvres. Puis, à l'aide d'une allumette brûlée, je soulignai mes yeux d'un trait charbonneux. Enfin, je rehaussai d'un ruban rouge mon épaule nue, piquai une aigrette écarlate dans mes cheveux et me glissai une cigarette entre les lèvres. « Anna l'Aventurière ! » déclamai-je à voix haute en saluant mon image dans le miroir. « Anna l'Aventurière, premier épisode : “La maison de Kensington.” »

Les filles sont parfois un peu folles.

## 3

Au cours des semaines suivantes, je m'ennuyai ferme. Mrs Flemming et ses amies me parurent suprêmement inintéressantes. Elles parlaient des heures durant d'elles-mêmes et de leurs enfants, des difficultés qu'elles avaient à se procurer du bon lait, ou de ce qu'elles avaient dit au laitier lorsque le lait n'était pas frais. Après quoi, elles en venaient aux problèmes des domestiques, aux difficultés qu'elles avaient à en trouver de bons, à ce qu'elles avaient dit à la directrice du bureau de placement et à ce que la directrice du bureau de placement leur avait répondu. Apparemment, elles ne lisaient jamais les journaux et ne se préoccupaient pas de ce qui se passait dans le monde. Elles n'aimaient pas voyager. Tout était si différent de l'Angleterre... sauf la Riviera, bien sûr, parce qu'on y rencontrait tous ses amis.

À les écouter, j'avais peine à me contenir. La plupart de ces femmes étaient riches. Elles pouvaient parcourir le monde entier et elles restaient là, dans ce Londres morne et crasseux, à papoter domestiques et laitier ! En y songeant aujourd'hui, je me dis que je manquais alors de tolérance. Mais elles étaient vraiment stupides, trop bêtes même pour le métier qu'elles avaient choisi : incapables pour la plupart de tenir leur maison ou leurs livres de comptes.

Mes propres affaires n'avançaient guère. La vente de la maison — mobilier compris — avait tout juste couvert les dettes. Et je n'avais pas trouvé d'emploi jusqu'à présent. Sans doute n'y avais-je pas mis trop d'acharnement. J'étais convaincue qu'à force de courir après l'aventure, je finirais par la rencontrer. Ne finit-on pas toujours par obtenir ce qu'on veut ? Telle est du moins ma théorie. Or, cette théorie allait se vérifier.

On était début janvier — le 8 pour être exacte. Je rentrais après une entrevue infructueuse avec une dame qui cherchait soi-disant une secrétaire-dame de compagnie, mais désirait en fait une solide femme de charge disposée à trimer douze heures par jour pour vingt-cinq livres par an. Cette entrevue s'était déroulée à St John's Wood, et nous nous étions séparées avec une grossièreté à peine déguisée de part et d'autre. Après avoir descendu Edgeware Road et traversé Hyde Park jusqu'à St George's Hospital, je pris le métro, à destination de Gloucester Road.

J'allai jusqu'au bout du quai, juste pour vérifier qu'il existait bien un passage entre les deux tunnels, à l'entrée de la station, en direction de Down Street. Je fus stupidement ravie de découvrir qu'il en était bien ainsi. Il y avait très peu de monde sur le quai et, à l'extrémité où je me trouvais, un homme seul. En passant devant lui, je reniflais une odeur bizarre. S'il est une odeur que je ne peux pas supporter, c'est bien celle de la naphtaline ! Et le pardessus de cet individu empestait la naphtaline. D'ordinaire, les hommes portent leur pardessus d'hiver bien avant le mois de janvier, l'odeur aurait donc dû s'être dissipée depuis longtemps. Planté au bord du quai, devant moi, l'inconnu semblait perdu dans ses pensées et je pouvais l'observer sans me montrer impolie. Petit, maigrichon, il avait le teint basané, des yeux bleus et une barbiche noire.

« Il arrive de l'étranger, me dis-je. D'où l'odeur de naphtaline. Il vient des Indes. Avec cette barbiche, ce n'est pas un officier — un planteur de thé peut-être. » À cet instant, l'homme se retourna comme s'il s'apprêtait à revenir sur ses pas. Il me jeta un coup d'œil, puis regarda quelque chose derrière moi et changea de visage. Il avait l'air terrorisé, pris de panique. Comme devant un danger imprévu, il eut un mouvement de recul involontaire et, oubliant qu'il se trouvait au bord du quai, tomba à la renverse sur la voie. Il y eut une lueur fulgurante, suivie d'un crépitement électrique. Je poussai un hurlement. Des gens accoururent. Deux employés surgirent d'on ne sait où et prirent la situation en main.

Je restai comme pétrifiée, en proie à une fascination morbide. D'un côté, j'étais terrifiée par cette soudaine catastrophe, de l'autre, je notai d'un œil froid la technique employée pour dégager le corps des rails et le ramener à quai.

— Laissez-moi passer ! Je suis médecin ! lança un homme de grande taille, à la barbe châtain, qui alla se pencher sur le corps inerte.

Comme il l'examinait, je ressentis une étrange impression d'irréalité. Non, tout cela n'était pas vrai, ne pouvait pas l'être... Finalement, le médecin se releva en secouant la tête.

— Tout ce qu'il y a de plus mort. Rien à faire.

Un employé, furieux, lança aux gens qui s'attroupaient:

— Ne restez pas plantés là ! Ça sert à rien !

Brusquement prise de nausée, je tournai les talons et me ruai vers l'escalier menant aux ascenseurs. C'était trop horrible. J'avais besoin d'air. Le médecin qui venait d'examiner le corps me précédait et, comme un ascenseur allait partir, il se mit à courir. Ce faisant, il laissa tomber un morceau de papier. Je m'arrêtai pour le ramasser et courus après lui. Mais la grille de l'ascenseur se ferma sous mon nez et je restai là, le papier à la main. Quand l'ascenseur suivant me ramena enfin au niveau de la rue, mon gibier avait disparu. Pourvu qu'il n'ait pas perdu là un papier important, me dis-je en y jetant un coup d'œil.

C'était une simple demi-feuille de carnet ne portant que des mots et des chiffres griffonnés au crayon:

1 7·1 22 Kilmorden Castle

Apparemment, ce bout de papier n'avait aucune valeur. J'hésitai pourtant à le jeter. Je le tenais encore entre mes doigts quand une affreuse odeur me fit froncer le nez. Encore cette naphtaline ! Je portai le papier à mes narines. Effectivement, il empestait. Mais en ce cas...

Le repliant avec soin, je le glissai dans mon sac. Puis, je rentrai lentement à pied, tout en retournant ces événements dans ma tête.

J'expliquai à Mrs Flemming que je venais d'être témoin d'un horrible accident dans le métro, que j'étais bouleversée et que je désirais aller m'étendre un peu dans ma chambre. Cette brave femme m'obligea d'abord à prendre une tasse de thé. Après quoi, livrée à moi-même, je me mis en devoir d'exécuter le plan que j'avais mûri en rentrant. Je voulais comprendre pourquoi j'avais éprouvé cette bizarre impression d'irréalité tandis que le médecin examinait le corps. Je commençai par m'étendre sur le plancher dans la même position que le cadavre, puis je posai un traversin à ma place, avant de refaire, pour autant que je puisse me les rappeler, chacun des gestes et des mouvements du médecin. Quand j'en eus terminé, j'avais trouvé. Je demeurai un instant accroupie par terre, à fixer le mur, les sourcils froncés.

Un entrefilet parut dans les journaux du soir, annonçant qu'un homme avait été tué dans le métro. On ignorait s'il s'agissait d'un suicide ou d'un accident. Dès lors, je sus où était mon devoir et Mr Flemming fut du même avis quand je lui racontai mon histoire.

— Vous serez sûrement convoquée par le coroner. Vous dites qu'il n'y avait personne d'autre à proximité ?

— J'ai eu l'impression que quelqu'un arrivait derrière moi, mais je n'en jurerais pas. De toute façon, personne n'était aussi près que moi.

Une enquête fut en effet ouverte. Mr Flemming fit le nécessaire et m'accompagna à l'instruction. Il semblait redouter que cette épreuve ne fût trop pénible pour moi, m'obligeant ainsi à lui dissimuler ma parfaite sérénité.

Le défunt avait été identifié : il s'agissait d'un certain L.B. Carton. Ses poches ne renfermaient qu'une carte d'agence immobilière, autorisant le susdit, domicilié à l'hôtel *Russell*, à visiter une villa à louer, aux alentours de Marlow. À l'hôtel, l'employé de la réception reconnut en lui l'homme qui avait pris une chambre la veille sous ce nom. Il venait de Kimberley, Afrique du Sud. De toute évidence, il avait débarqué tout droit du paquebot.

Quant à moi, j'étais le seul témoin de l'accident.

— Vous pensez que c'est un accident ? me demanda le coroner.

— J'en suis sûre. Quelque chose lui a fait peur, et il a reculé, sans regarder, sans songer à ce qu'il faisait.

— De quoi a-t-il bien pu avoir peur ?

— Je l'ignore. Mais il s'est bel et bien passé quelque chose. Il a eu l'air terrifié.

L'un des jurés suggéra qu'il avait pu voir un chat. Il y a des gens qui ont peur des chats. Cette suggestion ne me sembla pas des plus brillantes, mais elle emporta la conviction des jurés, impatients de rentrer chez eux et trop heureux de pouvoir rendre un verdict d'accident.

— Il me paraît étonnant, déclara le coroner, que le médecin qui a examiné le corps ne se soit pas fait connaître. On aurait dû relever son nom et son adresse. Cette façon de procéder est tout à fait irrégulière.

Je ne pus m'empêcher de sourire par-devers moi. Pour ce qui était du médecin en question, j'avais ma propre théorie. Et, bien décidée à m'y tenir, je résolus de me rendre sans tarder à Scotland Yard.

Mais le lendemain matin me réservait une surprise. Les Flemming étaient abonnés au *Daily Budget*, et le *Daily Budget* avait enfin pu sortir un numéro selon son cœur :

*REBONDISSEMENT DANS L'AFFAIRE DE*
*L'ACCIDENT DU MÉTRO*
*UNE FEMME TROUVÉE ASSASSINÉE DANS UNE VILLA INHABITÉE*

Je dévorai l'article :

*Une découverte macabre a été faite hier à la villa du Moulin à Marlow. Cette villa, appartenant à sir Eustache Pedler, membre du Parlement, était à louer non meublée et la carte de l'agence chargée de la transaction avait été retrouvée dans la poche de l'homme dont on pensait d'abord qu'il s'était suicidé en se jetant sur les voies du métro à Hyde Park Corner. Et hier, une belle jeune femme, vraisemblablement étrangère mais non encore identifiée, a été retrouvée étranglée dans l'une des pièces de cette villa. La police pense tenir une piste. Le propriétaire, sir Eustache Pedler, séjourne actuellement sur la Riviera.*

## 4

Personne ne se présenta pour identifier la femme assassinée. L'enquête devait établir les faits suivants:

Le 8 janvier, sur le coup de 13 heures, une femme élégante, s'exprimant avec un léger accent étranger, avait poussé la porte de l'agence immobilière Butler & Park, à Knightsbridge. Elle souhaitait louer — ou acheter — une maison sur la Tamise, facilement accessible de Londres. On lui en proposa plusieurs, dont le Moulin. Elle avait déclaré se nommer Mme de Castina et être descendue au *Ritz*, mais personne n'était inscrit sous ce nom à l'hôtel, et aucun des employés n'avait reconnu le corps.

Mrs James, épouse du jardinier de sir Eustache Pedler et gardienne de la villa, demeurant dans un pavillon en bordure de la grand-route, avait fait une déposition. Aux alentours de 3 heures de l'après-midi, une dame, nantie d'une carte de l'agence, s'était présentée pour visiter la propriété. Comme convenu, Mrs James lui avait remis les clés de la villa, trop éloignée de son propre pavillon, pour qu'elle prenne là peine d'y accompagner d'éventuels locataires. Quelques instants plus tard était arrivé un jeune homme, qu'elle avait décrit ainsi : grand, bronzé, bien découplé, avec des yeux gris, rasé de près et vêtu d'un complet marron. Il lui avait déclaré être un ami de la dame en question et s'être arrêté à la poste pour envoyer un télégramme. Elle lui avait indiqué la maison et n'y avait plus pensé.

Cinq minutes après, il était revenu et lui avait rendu les clés en déclarant que la villa ne leur convenait malheureusement pas. Ne revoyant pas la dame, Mrs James avait supposé que celle-ci était partie la première. Toutefois, elle avait remarqué que le jeune homme avait l'air bouleversé. « Il avait la tête d'un homme qui vient de voir un fantôme. Je croyais qu'il allait se trouver mal. »

Le lendemain, un autre couple venu visiter la villa avait découvert le corps d'une femme gisant sur le plancher d'une des pièces du premier. Mrs James avait reconnu en elle la dame de la veille. Et les agents immobiliers, la prétendue Mme de Castina. Selon le médecin légiste, la femme était morte depuis vingt-quatre heures environ. Le *Daily Budget* en déduisait que l'homme du métro s'était suicidé après avoir assassiné la malheureuse. Toutefois, comme l'accident du métro avait eu lieu à 2 heures et que la femme était encore parfaitement vivante à 3, il s'ensuivait que ces deux affaires n'étaient nullement liées et que la découverte d'une carte de l'agence immobilière dans la poche du mort était une simple coïncidence, comme il arrive souvent dans la vie.

La cour rendit un « verdict d'homicide volontaire contre inconnu ou inconnus ». Il ne restait plus à la police — comme au *Daily Budget* — qu'à retrouver « l'Homme au Complet Marron ». Mrs James ayant affirmé que la villa était vide quand la dame y avait pénétré et que nul autre que le jeune homme en question n'y avait pénétré jusqu'au lendemain après-midi, une seule conclusion logique s'imposait: « l'Homme au Complet Marron » était l'assassin de la malheureuse Mme de Castina. Elle avait été étranglée par surprise à l'aide d'un bout de cordelette noire, sans avoir le temps d'appeler au secours. Quant à son sac à main de satin noir, il renfermait : un mouchoir brodé (mais sans initiales), un ticket de retour en première classe pour Londres et une confortable somme d'argent en billets ainsi qu'un peu de menue monnaie. Autrement dit, pas le moindre indice intéressant.

Tels furent les détails publiés par le *Daily Budget*. « Trouvez l'homme au complet marron » était devenu leur cri de guerre quotidien. Le journal recevait environ cinq cents lettres par jour de lecteurs qui déclaraient tous avoir localisé l'assassin ; bon nombre de grands jeunes gens bronzés se mirent à maudire le jour où leur tailleur les avait persuadés d'acheter un complet marron. Quant à l'accident du métro, écarté comme simple coïncidence, il fut rapidement oublié.

Mais était-ce vraiment une coïncidence ? Je n'en étais pas si sûre. Bien entendu, cet accident était mon petit mystère à moi, mais quand même, il me semblait qu'il existait une espèce de lien entre ces deux événements. Dans l'un comme dans l'autre, il y avait un homme bronzé — de toute évidence un Anglais vivant à l'étranger —, et puis il y avait aussi d'autres choses... Ce sont ces autres choses qui me poussèrent finalement à faire ce que je considère comme un pas audacieux. J'allai me présenter à Scotland Yard, et demandai à voir le responsable de l'affaire du Moulin.

Il me fallut quelque temps pour me faire comprendre, car je m'étais adressée par inadvertance au service des objets trouvés. Finalement je fus introduite dans un petit bureau et présentée à un certain inspecteur Meadows.

Meadows était un petit rouquin aux façons exaspérantes. Un quelconque sous-fifre, également en civil, était assis dans un coin.

— Bonjour, fis-je, un peu nerveuse.

— Bonjour. Asseyez-vous. Si je comprends bien, vous désirez m'apprendre quelque chose qui peut nous être utile.

Son ton laissait entendre que cette éventualité était plus qu'invraisemblable. Mon sang ne fit qu'un tour.

— Vous avez entendu parler de l'homme qui a été tué dans le métro ? L'homme qui avait en poche une carte de l'agence immobilière portant l'adresse de la maison de Marlow ?

— Ah ! s'exclama l'inspecteur. Vous êtes la miss Beddingfeld qui a témoigné lors de l'enquête ? Effectivement, l'homme avait cette carte en poche, comme bien d'autres personnes, sans doute, qui n'en sont pas mortes pour autant.

Je rassemblai tout mon courage.

— Vous ne trouvez pas curieux que cet homme n'ait pas eu de ticket sur lui ?

— Rien de plus facile que de perdre un ticket de métro. Cela m'arrive souvent.

— Ni d'argent ?

— Il avait de la monnaie dans la poche de son pantalon.

— Mais pas d'agenda ?

— La plupart des hommes se promènent sans carnet ni agenda.

J'essayai autre chose :

— Vous ne trouvez pas curieux non plus que le médecin ne se soit jamais manifesté ?

— Un médecin débordé ne lit pas forcément les journaux. Il a probablement tout oublié.

— Somme toute, inspecteur, vous êtes décidé à ne rien trouver curieux, dis-je, suavement.

— Ma foi, j'aurais tendance à penser que vous avez un peu trop de goût pour ce mot, miss Beddingfeld. Les jeunes filles sont romanesques, je sais. Elles adorent les mystères et autres fariboles de ce genre. Malheureusement, je suis un homme très occupé et...

Ayant saisi l'allusion, je me levai.

L'homme qui était assis dans le coin dit d'une voix douce :

— Cette jeune personne pourrait peut-être nous expliquer brièvement son opinion sur cette affaire, inspecteur.

Celui-ci se rallia à cette suggestion :

— Oui, allez-y, miss Beddingfeld, ne vous fâchez pas. Vous avez posé des questions, fait des allusions... Dites-nous donc carrément ce que vous avez en tête.

J'hésitai un instant, partagée entre ma dignité outragée et mon ardent désir d'exposer mes théories. Je sacrifiai ma dignité.

— Vous avez affirmé lors de l'enquête qu'il ne pouvait s'agir d'un suicide, reprit-il.

— Oui, j'en suis certaine. Cet homme a eu peur. Peur de quoi ? Pas de moi ! Peut-être de quelqu'un qui venait vers nous — quelqu'un qu'il aura reconnu.

— Vous n'avez vu personne ?

— Non, je ne me suis pas retournée. Mais sitôt que le corps a été hissé sur le quai, un homme se disant médecin s'est précipité pour l'examiner.

— Rien de curieux là-dedans, fit sèchement l'inspecteur.

— Ce n'était pas un médecin.

— Quoi ?

— Ce n'était pas un médecin, répétai-je.

— Comment savez-vous ça, miss Beddingfeld ?

— C'est difficile à dire. Mais j'ai travaillé dans des hôpitaux durant la guerre et j'ai vu les médecins manier les corps. Ils le font avec une espèce de rudesse professionnelle que cet homme n'avait pas. De plus, un médecin ne va pas chercher le cœur à droite, d'habitude.

— Il a fait ça ?

— Oui. Sur le moment, je ne l'ai pas remarqué, j'ai

eu simplement l'impression de quelque chose de bizarre. Mais une fois rentrée chez moi, en revoyant la scène, j'ai compris pourquoi il m'avait semblé que ça n'allait pas.

— Hum ! fit l'inspecteur en prenant lentement un stylo et un bloc de papier.

— En passant la main sur sa poitrine, il a eu tout loisir de prendre ce qu'il voulait dans ses poches.

— Cela me paraît peu vraisemblable, objecta l'inspecteur. Mais enfin... Pourriez-vous nous décrire ce médecin ?

— Grand, bien bâti. Il portait un manteau foncé, des souliers noirs et un melon, des lunettes à monture d'or et une barbiche noire.

— Enlevez-lui son pardessus, sa barbe et ses lunettes, et vous aurez n'importe qui, grommela l'inspecteur. Il lui suffisait de cinq minutes pour changer radicalement d'apparence — ce qu'il aura fait s'il est bien le rusé pickpocket que vous supposez.

Je n'avais rien supposé de tel, mais à compter de cet instant, je compris qu'il n'y avait rien à espérer de l'inspecteur.

— Rien d'autre à nous signaler ? me demanda-t-il comme je me levais pour partir.

— Si, dis-je, mettant à profit cette occasion pour lui décocher une flèche du Parthe. Il était nettement brachycéphale. Et ça, ça n'est pas si facile à changer.

Je notai avec plaisir que la main de l'inspecteur Meadows hésitait. C'était clair : il ne savait pas comment écrire « brachycéphale ».

## 5

Dans le feu de l'indignation, je sus trouver un courage inattendu pour poursuivre mon entreprise. En me rendant à Scotland Yard, j'avais conçu un vague projet que je gardais en réserve, pour le cas où mon entretien avec l'inspecteur serait décevant — et il avait été plus que décevant. Mon projet, il ne me restait donc plus qu'à trouver le courage de le mettre en œuvre.

Sous le coup de la colère, on ose faire des choses que l'on

n'envisagerait jamais d'ordinaire. Sans même prendre le temps de réfléchir, je me précipitai chez lord Nasby.

Lord Nasby, c'était le propriétaire du *Daily Budget.* Millionnaire, à la tête de nombreux autres journaux, le *Daily Budget* était son enfant chéri. C'est d'ailleurs en tant que patron de ce journal qu'il était connu dans tous les foyers du Royaume-Uni. Or, comme on venait justement de publier l'emploi du temps détaillé de ce grand personnage, je savais précisément où le trouver. C'était l'heure où il dictait son courrier à sa secrétaire, chez lui.

Évidemment, je me doutais bien que la première jeune femme venue ne serait pas admise sans difficulté devant son auguste personne. Mais j'avais trouvé le moyen de contourner l'obstacle. Dans le vestibule des Flemming, j'avais remarqué, parmi diverses cartes de visite, celle d'un des plus célèbres *sportsmen* d'Angleterre, le marquis de Loamsley. Ayant fait main basse sur cette carte, je l'avais soigneusement nettoyée avec de la mie de pain, et j'y avais griffonné : « Je vous prie d'accorder quelques instants à miss Beddingfeld. » Une aventurière qui se respecte ne peut être à cheval sur les principes.

Ce subterfuge me réussit. Un laquais à perruque poudrée s'empara de ma carte. Un secrétaire pâlichon se présenta. Nous croisâmes le fer et il se retira, battu. Il reparut pour me prier de le suivre, ce que je fis. J'entrai dans une grande pièce d'où s'enfuit aussitôt une secrétaire effrayée comme devant un visiteur venu de l'autre monde. La porte se referma, et je me retrouvai face à face avec lord Nasby. Homme imposant. Tête imposante. Traits imposants. Moustache imposante. Ventre imposant... Mais je me repris. Je n'étais pas venue là afin d'apprécier l'importance du ventre de lord Nasby. Il rugissait déjà :

— Eh bien ? Qu'est-ce que c'est ? Que veut Loamsley ? Vous êtes sa secrétaire ? De quoi s'agit-il ?

— Pour commencer, dis-je, aussi tranquillement que possible, je ne connais pas lord Loamsley et il n'a certainement jamais entendu parler de moi. J'ai trouvé sa carte sur un plateau dans le vestibule des gens chez qui j'habite, et c'est moi qui ai écrit ces quelques mots. Il fallait absolument que je vous voie.

Durant un instant, la crise d'apoplexie de lord Nasby se joua à pile ou face. Mais il déglutit à deux reprises et la surmonta.

— J'admire votre sang-froid, jeune femme. Eh bien, vous me voyez. Si vous parvenez à m'intéresser, vous pourrez continuer à me voir pendant deux minutes encore.

— Cela sera amplement suffisant, répliquai-je. Et je suis certaine de vous intéresser. Il s'agit du mystère du Moulin.

— Si vous avez découvert « l'Homme au Complet Marron », adressez-vous au rédacteur en chef, dit-il précipitamment.

— Si vous m'interrompez, il me faudra plus de deux minutes, remarquai-je gravement. Je n'ai pas encore découvert « l'Homme au Complet Marron », mais j'ai des chances d'y arriver.

Je lui résumai aussi brièvement que possible les événements du métro et les conclusions que j'en avais tirées. Quand j'eus terminé, il me posa une question inattendue:

— Que savez-vous des crânes brachycéphales ?

Je lui parlai de mon père.

— L'Homme aux Singes ? Ma foi, vous me semblez avoir la tête sur les épaules, jeune femme. Mais tout cela est bien mince, vous comprenez. Rien de solide à se mettre sous la dent, rien qui puisse nous servir.

— J'en ai parfaitement conscience.

— Eh bien, alors, qu'est-ce que vous voulez ?

— Je veux être chargée d'enquêter pour le compte de votre journal.

— Impossible. Nous avons déjà un envoyé spécial sur l'affaire.

— Et moi, j'ai des renseignements spéciaux sur l'affaire.

— Ce que vous venez de me raconter, c'est ça ?

— Oh non ! lord Nasby. J'ai gardé des munitions.

— Ah, oui ? Vous m'avez l'air d'une jeune fille pleine de ressources. De quoi s'agit-il ?

— Quand le prétendu médecin est entré dans l'ascenseur, il a laissé tomber un bout de papier. Je l'ai ramassé. Il empestait la naphtaline. Comme le mort. Le médecin, lui, ne sentait rien. J'en ai donc déduit que le médecin l'avait pris sur le mort. On pouvait y lire deux mots et quelques chiffres.

— Faites voir, fit lord Nasby en tendant la main.

— Je n'y tiens pas, répliquai-je en souriant. C'est moi qui l'ai trouvé, vous comprenez.

— Je ne me trompais pas. Vous êtes pleine de ressources. Vous avez raison. Mais la police... ça ne vous gêne pas de ne pas lui remettre le papier ?

— C'est ce que j'avais l'intention de faire ce matin. Mais puisqu'ils persistent à penser que cette histoire n'a pas le moindre rapport avec le crime de Marlow, je ne vois pas pourquoi je le leur donnerais. D'ailleurs, l'inspecteur m'a prise à rebrousse-poil.

— Il a manqué de perspicacité. Eh bien, ma chère enfant, voici tout ce que je peux faire pour vous : creusez cette piste. Et si vous déterrez quelque chose de publiable, envoyez-le-moi et je vous donnerai votre chance. Le talent trouvera toujours place dans les colonnes du *Daily Budget*, mais vous devez d'abord montrer ce que vous savez faire. Vu ?

Je le remerciai et le priai d'excuser mes méthodes.

— N'en parlons plus. J'aime assez qu'une jolie fille ait du culot. À propos, vous aviez exigé deux minutes et vous en avez pris trois, sans les interruptions. Pour une femme, c'est tout à fait remarquable. À mettre sur le compte de votre formation scientifique, sans doute.

Je me retrouvai dans la rue, essoufflée comme si je venais de courir un cent mètres. La fréquentation de lord Nasby n'était pas un exercice de tout repos.

## 6

En rentrant chez moi, j'exultais. Mon plan avait réussi au-delà de mes espérances. Lord Nasby s'était montré positivement cordial. Il ne me restait plus qu'à montrer ce que je savais faire, comme il disait. Une fois bouclée à double tour dans ma chambre, je sortis le précieux papier pour l'examiner attentivement. Il renfermait la clé du mystère.

Pour commencer, que pouvaient signifier ces chiffres ? Il y en avait cinq, avec un point après les deux premiers. « Dix-sept — cent vingt-deux », murmurai-je.

Cela ne menait nulle part.

J'entrepris donc de les additionner. Cela se pratique très

souvent dans les romans policiers, et cela y entraîne parfois même des résultats surprenants.

« Un plus sept égale huit, plus un égale neuf, plus deux égale onze, plus deux égale treize. »

Treize ! Nombre fatal ! Fallait-il y voir un avertissement visant à me dissuader de poursuivre l'affaire ? Peut-être. Mais hormis cet avertissement, ma trouvaille ne paraissait pas d'une grande utilité. Je me refusais à croire qu'un conspirateur, dans la vie réelle, choisirait d'aligner cinq chiffres pour indiquer « treize ». S'il voulait dire « treize », il écrirait treize. Ou « 13 », tout simplement.

Il y avait un léger espace entre le un et le deux. J'essayai donc de soustraire vingt-deux à cent soixante et onze. J'obtins comme résultat cent cinquante-neuf. Je recommençai en obtenant cette fois cent quarante-neuf. Ces problèmes d'arithmétique constituaient sans doute d'excellents exercices, mais ils semblaient rigoureusement inefficaces pour apporter une solution au mystère. Je laissai tomber l'arithmétique, sans m'attaquer à la division ou à la multiplication et me tournai vers les mots.

*Kilmorden Castle.* Ça, au moins, c'était précis. Sans doute un lieu. Probablement le berceau d'une famille aristocratique (héritier disparu ? prétendant au titre ?). Ou peut-être une pittoresque ruine (trésor enfoui ?).

Ma préférence allait à l'hypothèse du trésor enfoui. Les trésors enfouis s'accompagnent toujours de chiffres. Un pas à droite, sept pas à gauche, creuser un mètre, descendre vingt-deux marches. Quelque chose dans ce genre. Je verrais ça plus tard. L'essentiel, c'était de me rendre aussi rapidement que possible à *Kilmorden Castle.*

J'opérai donc une sortie dans le vestibule et en revins chargée d'ouvrages de référence: le *Who's Who*, l'annuaire régional, le Répertoire des Demeures et Châteaux de Grande-Bretagne et d'Écosse.

Le temps passa. Malgré une exaspération croissante, je poursuivais mes recherches avec obstination. Enfin, je refermai le dernier ouvrage, j'étais hors de moi : *Kilmorden Castle* n'existait pas.

L'échec était inattendu. *Kilmorden Castle* existait forcément. Qui irait inventer un nom pareil et l'écrire sur un bout de papier ? Ridicule !

Il me vint une autre idée. C'était peut-être une abominable bicoque banlieusarde et de style féodal, que son propriétaire avait baptisée de ce nom pompeux. En ce cas, les recherches promettaient d'être ardues. Très abattue, je me rassis en tailleur par terre (je m'assieds toujours par terre quand je dois faire quelque chose de vraiment important) et me demandai comment diable procéder.

Y avait-il une autre piste à suivre? Ayant longuement réfléchi, je sautai sur mes pieds, ravie. Bien sûr ! Je devais aller voir « le théâtre du crime »... C'est ce que font tous les grands détectives. Et peu importe combien de temps après: ils trouvent toujours un indice qui avait échappé à la police. Ma route était toute tracée: je devais me rendre à Marlow.

Mais comment m'introduire dans la maison? J'écartai diverses méthodes, plus ou moins risquées, pour m'en tenir à la plus stricte simplicité. Avant le meurtre, cette villa était à louer. Elle devait l'être encore. Je serais une locataire potentielle.

Je décidai donc de m'adresser à l'agence immobilière locale: le choix y serait moins grand.

Toutefois, j'avais compté sans l'employé qui me reçut. Particulièrement aimable, il me proposa une demi-douzaine de propriétés intéressantes. Je n'eus pas trop de toute mon ingéniosité pour décliner ses offres les unes après les autres. À la fin, je craignis d'avoir fait chou blanc.

— Vous n'avez vraiment rien d'autre? lui demandai-je en le fixant avec des yeux suppliants. En bordure de la rivière, avec un grand jardin et un petit pavillon, ajoutai-je en récapitulant tous les renseignements fournis par les journaux sur le Moulin.

— Évidemment, il y a la villa de sir Eustache Pedler, me répondit-il avec un peu d'hésitation. Vous savez, le Moulin...

— Pas... pas celle où..., balbutiai-je. (Décidément, balbutier était devenu une spécialité.)

— C'est ça ! Le lieu même du meurtre. Vous n'aimerez sans doute pas...

— Oh ! je ne crois pas que cela me dérangerait, répliquai-je en faisant mine de me raviser. (Ma bonne foi était maintenant solidement établie.) Je pourrais peut-être bénéficier d'un abattement, vu les circonstances.

Un vrai trait de génie, me félicitai-je intérieurement.

— Ma foi, c'est possible. Inutile de prétendre qu'elle sera

facile à louer à présent... Les domestiques et tout ça, vous voyez... Si l'endroit vous convient encore quand vous l'aurez vue, je vous conseille de faire une offre. Voulez-vous que je vous donne un permis de visiter?

— Oui, s'il vous plaît.

Un quart d'heure plus tard, j'étais devant le pavillon du Moulin. Sitôt que j'eus frappé, la porte s'ouvrit et une grande femme d'âge mûr en bondit comme un diable sort de sa boîte.

— Personne ne peut entrer dans la maison, vous m'entendez! J'en ai plus qu'assez, des journalistes! Sir Eustache a donné des ordres...

— Je croyais que la villa était à louer, fis-je sur un ton glacial en lui tendant mon permis de visiter. Évidemment, si elle n'est plus libre...

— Oh! veuillez m'excuser, mademoiselle! Mais les journalistes n'ont pas cessé de m'empoisonner. Pas une seconde de paix. Non, la villa n'est pas louée, et elle n'est pas près de l'être.

— Y aurait-il des problèmes de tuyauterie? chuchotai-je avec angoisse.

— Seigneur, mademoiselle! Les tuyaux sont parfaits. Mais vous avez sûrement entendu parler de cette étrangère qui a été assassinée ici.

— Je crois avoir lu quelque chose là-dessus dans les journaux, fis-je sur un ton indifférent.

Cette brave femme en fut piquée au vif. Si j'avais manifesté le moindre intérêt, elle se serait sûrement fermée comme une huître. Mais en l'occurrence, elle ne put se contenir.

— Je pense bien, mademoiselle! C'était dans tous les journaux. Le *Daily Budget* essaie de trouver celui qui a fait le coup. D'après eux, notre police ne serait bonne à rien. Enfin, j'espère qu'ils l'attraperont — un jeune homme qui avait l'air bien sympathique, pourtant. Une espèce de militaire — peut-être bien qu'il a été blessé à la guerre, ça les rend un peu bizarres quelquefois. Comme mon neveu, par exemple. Mais elle lui en avait peut-être fait voir — ces étrangères, elles ne valent pas cher... Enfin, elle était bien belle, celle-là. Elle se tenait à la même place que vous en ce moment.

— Blonde ou brune? risquai-je. Avec ces photos de presse, c'est difficile à dire...

— Brune, et le teint très pâle — trop pâle pour être naturel, à mon avis — et les lèvres d'un rouge, mais d'un rouge... Moi, je n'aime pas ça. Un peu de poudre de temps en temps, c'est autre chose.

Nous bavardions comme deux vieilles amies à présent. Je risquai une autre question.

— Elle vous avait paru nerveuse, bouleversée ?

— Absolument pas. Elle souriait, comme si quelque chose l'amusait. Même que j'en suis tombée à la renverse quand, le lendemain, ces gens se sont rués ici pour appeler la police parce qu'un meurtre avait été commis. Jamais je ne m'en remettrai. Quant à remettre les pieds dans cette maison, une fois la nuit tombée... ça, jamais ! Oh ! là ! là ! Je ne serais même pas restée ici. Il a fallu que sir Eustache me supplie à genoux...

— Mais je croyais que sir Eustache Pedler se trouvait à Cannes ?

— Effectivement, mademoiselle. Mais il est revenu en Angleterre sitôt qu'il a appris la nouvelle ; et quand je disais à genoux, c'était façon de parler. C'est son secrétaire, Mr Pagett, qui nous a offert de doubler notre salaire pour qu'on reste. Et comme mon John dit toujours : de nos jours, un sou est un sou.

J'approuvai de tout cœur la remarque on ne peut plus originale de John.

— Mais le jeune homme, dit Mrs James en revenant au début de notre conversation, lui, il était agité. Ses yeux, des yeux clairs, ça m'avait frappée, étaient brillants. Bien nerveux, je me suis dit. Mais je ne pensais pas à quelque chose d'anormal. Même quand il est ressorti, avec une drôle de tête.

— Combien de temps est-il resté à l'intérieur ?

— Bah ! cinq minutes, tout au plus !

— Vous diriez qu'il était grand ? Autour d'un mètre quatre-vingts ?

— Oui, à peu près.

— Sans barbe ni moustache ?

— Oui, mademoiselle. Pas même une petite brosse à dents sur la lèvre.

— Avait-il le menton luisant par hasard ? demandai-je, cédant à une impulsion subite.

Mrs James me dévisagea, impressionnée :

— Mais oui, maintenant que vous le dites, mademoiselle. Comment le savez-vous ?

— C'est curieux, mais les assassins ont souvent le menton luisant, expliquai-je.

Mrs James ne mit pas en doute cette information.

— Vraiment, mademoiselle ? Je n'avais jamais entendu parler de cela !

— Quel genre de tête avait-il ? Vous n'y avez pas fait attention ?

— Une tête tout ce qu'il y a de plus ordinaire, mademoiselle. Je vais vous chercher les clés ?

Elle me les donna et je me rendis à la villa. Jusque-là, mes hypothèses se révélaient justes. Entre l'homme décrit par Mrs James et mon « docteur » du métro, les différences n'étaient pas essentielles : un pardessus, une barbe et des lunettes à monture d'or. Le « médecin » m'avait paru d'âge mûr, mais il s'était penché sur le corps avec des mouvements de jeune homme.

La victime de l'accident — ou l'homme à la naphtaline, comme je l'avais baptisé — devait avoir rendez-vous au Moulin avec l'étrangère, Mme de Castina, ou Dieu sait quel était son vrai nom. C'est ainsi que je reconstituais les choses. Parce qu'ils avaient peur d'être surveillés ou pour tout autre raison, ils avaient décidé de s'y rendre chacun de leur côté, sous prétexte de visiter la maison. Grâce à quoi leur rencontre aurait toutes les apparences du hasard.

J'étais convaincue également que la rencontre dans le métro de l'Homme à la naphtaline avec le « docteur » avait été inattendue pour le premier et l'avait effrayé. Que s'était-il passé ensuite ? Le « docteur » s'était débarrassé de son accoutrement pour rejoindre l'étrangère à Marlow. En arrachant en hâte sa fausse barbe, il avait peut-être laissé des traces de colle sur son menton. D'où la question que j'avais posée à Mrs James.

Tout en réfléchissant, j'étais arrivée devant la vieille porte du Moulin. Je l'ouvris et j'entrai. Bas de plafond, le vestibule était sombre et la maison abandonnée sentait le moisi. Involontairement, je frissonnai. L'étrangère qui était entrée là en souriant quelques jours auparavant n'avait-elle pas éprouvé une prémonition ? me demandai-je. Son sourire ne s'était-il pas effacé tandis qu'une angoisse indéfinissable lui étreignait le cœur ? Ou était-elle montée, toujours souriante, à la rencontre de son destin ? Mon cœur se mit à battre plus vite. La maison était-elle réellement déserte ? Pour la première fois, je saisis le sens du terme si galvaudé d'atmosphère. Sur cette demeure, pesait en effet une atmosphère menaçante, maléfique et funeste.

## 7

Surmontant le sentiment qui m'oppressait, je grimpai vivement l'escalier. Je trouvai sans difficulté le lieu du drame. Le jour où le corps avait été découvert, il avait plu et le parquet était resté maculé en tous sens d'empreintes de bottes boueuses. Je me demandai si l'assassin en avait laissé lui aussi, le jour précédent. La police n'en avait évidemment pas parlé. Mais, en réfléchissant, je compris que c'était peu vraisemblable : il avait fait beau et sec ce jour-là.

En elle-même, la pièce ne présentait aucun intérêt. C'était une chambre presque carrée, avec deux grandes baies, des murs chaulés et un parquet nu, sali tout autour de ce qui avait été l'emplacement du tapis. J'eus beau chercher, je ne trouvai même pas une épingle. Notre jeune et géniale détective ne semblait pas près de relever un indice négligé par la police...

J'avais pris avec moi un carnet et un crayon. Il n'y avait pas grand-chose à noter, mais histoire d'atténuer le dépit que m'inspirait cet échec, je fis un relevé sommaire des lieux. Quand je voulus ensuite ranger mon crayon dans mon sac, il m'échappa et roula sur le plancher.

Comme dans toutes les maisons anciennes, le plancher était incliné. Mon crayon alla rouler jusqu'à l'une des deux fenêtres. Dans le renfoncement de chacune d'elles se trouvait une large banquette, fermée en-dessous par une porte. Mon crayon alla buter contre cette porte. Il me vint à l'esprit qu'il serait passé sous la banquette si cette porte avait été ouverte. Je l'ouvris et le crayon fila aussitôt jusque dans le coin le plus reculé. Faute de lumière, je le récupérai en tâtonnant. Mis à part mon crayon, l'endroit était vide. Mais comme je suis d'un naturel méthodique, je décidai d'aller explorer l'autre banquette.

À première vue, l'endroit était également vide. Je me mis cependant à fouiller consciencieusement, et j'en fus récompensée quand ma main se referma sur un petit cylindre — du mica ? — qui avait roulé dans un creux, tout au fond. Je compris aussitôt qu'il s'agissait d'un rouleau de pellicule. Ça, c'était une trouvaille !

Évidemment, ce rouleau aurait pu appartenir à sir Eustache Pedler et avoir été oublié là depuis. Mais ce n'était pas mon avis. Le papier rouge qui l'entourait avait l'air trop neuf, sous une couche de poussière si mince qu'elle remontait à deux ou trois jours tout au plus — soit au jour même du meurtre. S'il était demeuré là très longtemps, il aurait été recouvert d'une couche plus épaisse.

Qui l'avait perdu ? L'homme ou la femme ? Je me rappelai que le contenu du sac de la femme avait paru intact. Si le rouleau s'en était échappé au cours de la lutte, il en serait également tombé de la monnaie. Non, ce n'était pas la femme qui avait perdu cette pellicule.

Je reniflai soudain. L'odeur de naphtaline était-elle devenue une obsession, chez moi ? J'aurais juré que le rouleau empestait lui aussi la naphtaline. Je me le mis sous le nez. Outre son odeur propre, je détectai celle que j'avais en horreur. Et je découvris aussitôt sa provenance. Un brin de tissu était accroché au rouleau et c'est ce brin de tissu qui était imprégné de naphtaline. À un moment donné, ce film s'était donc trouvé dans la poche du mort du métro. Était-ce lui qui l'avait laissé tomber ici ? Peu probable...

Non, c'était l'autre, le prétendu « médecin ». Il avait dû s'emparer du rouleau en même temps que du bout de papier, et c'était lui qui l'avait perdu dans sa lutte avec la femme.

Je tenais mon indice ! Ce film, une fois développé, m'indiquerait la marche à suivre.

Transportée de joie, je quittai la maison, rendis les clés à Mrs James et regagnai rapidement la gare. Une fois dans le train, je ressortis le papier et l'examinai de nouveau. Soudain ces chiffres prirent un sens pour moi. Et si c'était une date ? 17 1 22. 17 janvier 1922, c'était cela, bien sûr ! Fallait-il être bête pour ne pas y avoir songé plus tôt ! Mais dans ce cas, je devais absolument découvrir de toute urgence où se trouvait *Kilmorden Castle*, car nous étions déjà le 14. Il ne me restait que trois jours, autant dire fort peu de temps, quand on ne sait où chercher.

Comme il était trop tard pour donner mon film à développer, je me hâtai de rentrer à Kensington pour ne pas manquer le dîner. Il me vint alors à l'esprit que je pouvais aisément vérifier la justesse de mes déductions. Je demandai à Mr Flemming si un appareil photo avait été retrouvé parmi les affaires du mort du métro. Je savais qu'il s'intéressait à ce fait divers et était au courant de tous ses détails.

Je fus fort surprise et contrariée d'apprendre qu'il n'en était rien. Toutes les affaires de Carton avaient été soigneusement fouillées, dans l'espoir d'y découvrir un indice de nature à faire la lumière sur son état d'esprit. Non, aucune espèce de matériel photographique n'y figurait.

Ma théorie s'en trouva fortement ébranlée. S'il n'avait pas d'appareil, pourquoi transportait-il un rouleau de pellicule ?

Dès le lendemain matin, je courus faire développer mon précieux film. J'y tenais tant, que j'allai jusqu'au centre Kodak, dans Regent Street, et je demandai un tirage de chaque cliché. L'employé finit tranquillement d'emballer dans des rouleaux métallisés un lot de pellicule vierge destinée aux tropiques, prit enfin mon rouleau et me regarda :

— Vous avez fait une erreur, je crois, dit-il en souriant.

— Oh, non ! dis-je. Sûrement pas.

— Vous m'avez donné le mauvais rouleau, celui-ci n'est pas impressionné.

Je ressortis, l'air aussi digne que possible. Je me dois d'avouer qu'il est bon, de temps à autre, de prendre la mesure de sa propre stupidité. Mais personne n'y trouve du plaisir.

Comme je passais devant les bureaux d'une grande compagnie de navigation, je m'arrêtai net. Il y avait en vitrine une magnifique maquette de l'un des paquebots de la compagnie, le *Kenilworth Castle*... Une idée folle me traversa l'esprit. Je poussai la porte, j'entrai et j'allai droit au comptoir. D'une voix cette fois vraiment balbutiante, je murmurai :

— *Kilmorden Castle* ?

— Départ de Southampton le 17. Pour Le Cap ? Première ou seconde classe ?

— C'est combien ?

— En première classe, quatre-vingt-sept livres...

Je l'interrompis. La coïncidence était trop forte. Le montant exact de mon héritage ! J'allais mettre tout mes œufs dans le même panier...

— Première classe.

L'aventure commençait pour de bon.

## 8

## Extraits du journal intime de sir Eustache Pedler, membre du Parlement

C'est inouï, je ne peux jamais avoir la paix !

Je suis pourtant un homme de tempérament paisible. J'apprécie mon club, ma partie de bridge, un bon repas et un bon vin. J'apprécie l'Angleterre en été et la Côte d'Azur en hiver. Les événements sortant de l'ordinaire n'ont aucun attrait pour moi —même si, de temps à autre, j'aime les voir relatés dans les journaux que je savoure au coin du feu. Mais jamais je n'irais plus loin, car je privilégie par-dessus tout mon confort et j'y consacre une large part de mes réflexions et de ma fortune. Hélas, pas toujours avec bonheur. S'il ne m'arrive pas de mésaventures personnelles, il en arrive à ceux qui m'entourent. Je m'y trouve fréquemment mêlé malgré moi, et je déteste ça.

Tout cela pour dire que Guy Pagett a surgi ce matin dans ma chambre avec une mine de six pieds de long, en agitant un télégramme.

Guy Pagett est mon secrétaire particulier. Méthodique, plein de zèle et travailleur, ce jeune homme est digne de tous les éloges. C'est également l'être le plus ennuyeux de la terre. Depuis une éternité, je me creuse la cervelle afin de trouver un moyen de m'en débarrasser. Mais allez donc renvoyer un secrétaire sous prétexte qu'il préfère travailler plutôt que de se distraire, qu'il aime se lever aux aurores et qu'il n'a pas le moindre défaut ! Il n'y a qu'une seule chose drôle chez ce garçon, c'est sa tête. Il a tout d'un empoisonneur du *Quattrocento* — d'un sbire à la solde des Borgia.

Pagett me porterait moins sur les nerfs s'il ne me forçait à travailler moi aussi. Dans mon esprit, le travail doit être pris à la légère et expédié de même. Mais je doute que Pagett ait jamais rien expédié à la légère de toute son existence. Il prend tout au sérieux, et c'est bien ce qui le rend si pénible à vivre.

La semaine dernière, j'ai eu la brillante idée de l'expédier à Florence. Il ne cessait de parler de cette ville et de l'envie qu'il avait d'y aller.

— Mon garçon, me suis-je exclamé, vous irez dès demain ! Je réglerai tous vos frais.

D'ordinaire, personne ne va à Florence en janvier, mais pour Pagett c'était tout un. Je pouvais l'imaginer arpentant religieusement tous les musées, son guide à la main. Ce n'était pas cher payer pour une semaine de liberté.

La semaine a été divine. J'ai fait tout ce que je voulais et rien fait de ce que je ne voulais pas. Malheureusement, en ouvrant les yeux et en découvrant Pagett planté devant mon lit à une heure aussi invraisemblable que 9 heures du matin, je compris que ma liberté avait touché à son terme.

— Mon brave Pagett, lui ai-je demandé, a-t-on déjà procédé à l'enterrement, ou est-ce pour cet après-midi ?

Pagett n'a pas le sens de l'humour. Il m'a regardé fixement :

— Vous êtes donc au courant, sir Eustache ?

Au courant de quoi ? fis-je, furieux. À voir votre mine, j'ai tout lieu de croire que l'un de vos proches doit être inhumé aujourd'hui même.

Pagett n'a pas relevé cette boutade :

— Je me disais bien que vous ne pouviez pas être au courant, dit-il en brandissant un télégramme. Je sais que vous avez horreur que l'on vous réveille tôt — mais il est déjà 9 heures ! (Pour Pagett, 9 heures, c'était déjà la mi-journée.) Et j'ai pensé que, vu les circonstances...

Il agitait de nouveau son télégramme.

— Qu'est-ce que c'est que cette chose ? demandai-je.

— C'est un télégramme émanant de la police de Marlow. On a trouvé une femme assassinée dans votre maison.

Cette fois-ci, je ne plaisantai plus.

— Quel incroyable culot ! Pourquoi dans *ma* maison ? Et d'abord, qui l'a assassinée ?

— Le télégramme ne le dit pas. Je pense que nous devons rentrer immédiatement en Angleterre, sir Eustache ?

— Vous n'avez rien à penser de tel ! Pourquoi devrions-nous rentrer ?

— Mais la police...

— Qu'ai-je à faire de la police ?

— Eh bien... il s'agit de votre maison.

— Il semble que ce soit un malheur plutôt qu'une faute.

Guy Pagett secoua tristement la tête.

— Cela fera certainement le plus mauvais effet sur vos électeurs, dit-il, lugubre.

Je ne sais pas pourquoi, j'ai l'impression qu'en ces matières, l'instinct de Pagett ne le trompe jamais. À première vue, pourtant, pourquoi un membre du Parlement se montrerait-il moins efficace parce qu'une jeune femme égarée est venue se faire assassiner dans une maison déserte qui lui appartient ? Mais les respectables électeurs britanniques réagissent à leur façon.

— Et ce qui ne fait qu'aggraver les choses, c'est une étrangère, poursuivit sombrement Pagett.

Là encore, je crains qu'il n'ait raison. Il est déjà mal vu de trouver une femme assassinée chez soi, mais une étrangère ! Une autre idée me frappa :

— Seigneur ! J'espère que cette affaire ne va pas tourneboule Caroline ?

Caroline est la personne qui me fait la cuisine. Accessoirement, c'est l'épouse de mon jardinier. Je ne sais pas quelle sorte d'épouse elle est, mais c'est une excellente cuisinière. En revanche James est un piètre jardinier ; mais j'entretiens sa paresse et je le loge pour bénéficier des talents de cordon-bleu de Caroline.

— Je doute qu'elle veuille rester après ça, fit remarquer Pagett.

— Toujours aussi encourageant, Pagett.

Je crains qu'il ne me faille rentrer en Angleterre. Pagett me l'a clairement laissé entendre. Et il faut apaiser Caroline.

*Trois jours plus tard*

Je ne puis croire que les gens qui en ont les moyens ne fuient pas l'Angleterre en hiver. Le climat est abominable. Et toute cette affaire est bien ennuyeuse. À en croire mes agents immobiliers, il sera quasi impossible de louer la maison désormais. J'ai calmé Caroline... en doublant ses gages. On aurait aussi bien pu lui annoncer l'heureuse nouvelle par un simple télégramme sans avoir à quitter Cannes. En fait, comme je n'ai pas arrêté de le dire, il ne servait à rien de venir. Je regagnerai Cannes dès demain.

*Le lendemain*

Il m'est arrivé plusieurs choses curieuses. Pour commencer, j'ai rencontré Augustus Milray, qui est sans doute le plus parfait exemple de vieux crétin que notre Gouvernement ait jamais produit. Avec force mystères, il m'a pris à part dans un coin retiré du club et m'a longuement entretenu de l'état de l'industrie sud-africaine, des rumeurs de grève risquant de secouer le Rand et des causes cachées qui pourraient être à l'origine de cette grève. Je l'ai écouté aussi patiemment que possible. Pour finir, il m'a confié à voix basse qu'il faudrait remettre certains documents entre les mains du général Smuts.

— Vous avez sûrement raison, ai-je dit en étouffant un bâillement.

— Mais comment pouvons-nous le joindre ? Notre position dans cette affaire est délicate... très délicate.

— Pourquoi ne pas utiliser la poste ? ai-je suggéré gaiement. Mettez ces documents dans une enveloppe avec un timbre de deux pence et jetez-les dans la boîte à lettres la plus proche.

Cette idée a paru l'horrifier.

— Mon cher Pedler ! Par le courrier ordinaire !

Je me suis toujours demandé pourquoi le Gouvernement croit nécessaire d'employer des messagers et d'accorder une pareille attention à ses documents confidentiels.

— Si vous n'aimez pas la poste, envoyez donc l'un de vos jeunes subalternes. Il sera enchanté de faire le voyage.

— Impossible, a décrété Milray en branlant du chef. Il y a des raisons qui s'y opposent, mon cher Pedler, je vous assure qu'il y a des raisons.

— Eh bien, ai-je dit en me levant, tout cela est passionnant, mais je dois partir...

— Un instant, mon cher Pedler, un instant, je vous prie. Entre nous, est-il vrai que vous comptez vous rendre en Afrique du Sud prochainement ? Je sais que vous avez de gros intérêts en Rhodésie. Le ralliement de ce pays à l'Union sud-africaine est une question vitale pour vous.

— Ma foi, je pense y aller dans un mois environ.

— Vous ne pourriez pas partir plus tôt ? Ce mois-ci ? Cette semaine, même.

— Ce serait possible, ai-je répondu en le considérant avec plus d'intérêt. Mais je ne crois pas en avoir particulièrement envie...

— Vous rendriez un grand service au Gouvernement... un très grand service. Et il saura ne pas se montrer, euh... ingrat.

— Somme toute, vous voudriez que je vous serve de messager ?

— Tout juste. Votre position n'a rien d'officiel, ce sera un vrai voyage. Pour la satisfaction de tous.

— Ma foi, ai-je dit lentement, je n'y vois pas d'inconvénient. Tout ce qui m'importe, c'est de quitter l'Angleterre aussi rapidement que possible.

— En Afrique du Sud, le climat est délicieux, absolument délicieux.

— Mon cher, je connais bien ce climat. Je me trouvais là-bas juste avant la guerre.

— Je vous suis fort obligé, Pedler. Je vous ferai parvenir le paquet par messager. À remettre en mains propres au général Smuts. C'est entendu ? Le *Kilmorden Castle* — un excellent paquebot — lève l'ancre samedi.

Je lui ai fait un bout de conduite le long de Pall Mall avant de le quitter. Il m'a longuement serré la main tout en me remerciant avec effusion. Je suis rentré chez moi en méditant sur les curieux méandres de la politique gouvernementale.

Le lendemain soir, Jarvis, mon majordome, m'a averti qu'un monsieur désirait me voir pour raison privée, mais refusait de décliner son nom. Comme je crains toujours d'être persécuté par des assureurs, j'ai dit à Jarvis que je ne pouvais le recevoir. Malheureusement, Pagett, qui aurait pu se rendre utile pour une fois, était au lit avec une crise de foie. Ces jeunes gens sérieux et travailleurs à l'estomac fragile sont tous sujets aux crises de foie.

— Ce monsieur m'a prié de vous dire, sir Eustache, qu'il vient de la part de Mr Milray, m'a dit Jarvis en revenant à la charge.

Voilà qui changeait tout ! Quelques instants plus tard, j'ai reçu mon visiteur dans la bibliothèque. C'était un jeune homme bronzé, bien découplé. Une cicatrice, allant de la tempe à la mâchoire, défigurait son beau visage, à l'expression téméraire.

— Eh bien, lui ai-je demandé, de quoi s'agit-il ?

— Je suis dépêché par Mr Milray, sir Eustache, pour vous accompagner en Afrique du Sud en qualité de secrétaire.

— Mais mon cher, j'ai déjà un secrétaire. Je n'en ai pas besoin d'un autre.

— Je pense que si, sir Eustache. Où se trouve votre secrétaire en ce moment ?

— Il est alité, avec une crise de foie, expliquai-je.

— Vous êtes sûr que c'est seulement une crise de foie ?

— Évidemment ! Il y est sujet.

Mon visiteur a souri.

— Peut-être est-ce une crise de foie, peut-être pas. L'avenir nous le dira. Ce que je puis vous affirmer, sir Eustache, c'est que Mr Milray ne serait pas étonné que l'on tente d'écarter votre secrétaire. Oh ! vous n'avez rien à craindre pour vous-même, ajouta-t-il. (J'avais dû avoir une expression alarmée.) Vous n'êtes pas menacé. Mais une fois votre secrétaire écarté, vous seriez plus facilement accessible. En tout état de cause, Mr Milray désire que je vous accompagne. Bien entendu, mes frais seront pris en charge, mais vous devrez vous occuper de mon passeport, comme si vous aviez décidé qu'il vous fallait un deuxième secrétaire.

Il me paraissait extrêmement déterminé. Nous nous sommes affrontés du regard, mais j'ai fini par baisser les yeux.

— Très bien, ai-je concédé.

— Et vous ne confierez à personne que je dois vous accompagner.

— Très bien, ai-je répété.

Après tout, peut-être était-il préférable qu'il m'accompagne. Toutefois, j'avais le sentiment d'aller au-devant de graves ennuis. Juste quand je croyais avoir trouvé enfin la paix !

Comme il me quittait, je l'ai arrêté.

— Il vaudrait peut-être mieux que je connaisse le nom de mon nouveau secrétaire, lui ai-je lancé, non sans ironie.

Il a réfléchi un instant.

— Harry Rayburn me paraît convenir, a-t-il déclaré.

Quelle curieuse façon de s'exprimer...

— Très bien, ai-je répété pour la troisième fois.

# 9

## SUITE DES AVENTURES D'ANNE

Une héroïne qui se respecte ne devrait pas être sujette au mal de mer. Dans les romans, plus le navire roule ou tangue, et mieux elle s'en trouve. Quand tous les autres passagers sont malades, elle arpente seule le pont, bravant les éléments et savourant la tempête. Hélas ! je dois en convenir, sitôt que le *Kilmorden* se mit à tanguer, je blêmis et gagnai rapidement l'entrepont. Un sympathique steward me conseilla les toasts et le ginger ale.

Je passai trois jours à gémir dans ma cabine. J'avais oublié pourquoi j'étais là. Je ne songeais plus à résoudre des mystères. Je n'avais plus rien de la fière héroïne qui avait quitté les bureaux de la compagnie maritime pour rentrer en jubilant à South Kensington.

Je souris aujourd'hui en pensant à la façon dont j'avais fait irruption dans le salon de Mrs Flemming. Elle s'y trouvait seule.

— C'est vous, ma petite Anne ? Il y a une chose dont je désirerais vous entretenir.

— Oui, dis-je en dominant mon impatience.

— Miss Emery nous quitte (miss Emery était la gouvernante) et comme vous n'avez pas encore trouvé de situation, je me demandais si vous voudriez... ce serait si gentil que vous restiez tout à fait avec nous...

J'en fus touchée. Je savais bien qu'elle ne voulait pas de moi. Elle me faisait cette offre par pure charité chrétienne. Du coup, je me reprochai de l'avoir jugée trop sévèrement. Je me levai et courus me jeter à son cou.

— Vous êtes un amour ! m'écriai-je, un amour, un amour, un amour ! Merci infiniment. Mais la question est reglée, je pars samedi pour l'Afrique du Sud.

Ma brusque sortie stupéfia cette brave femme. Déjà interloquée par mes débordements d'affection, elle le fut encore plus par ma déclaration.

— Pour l'Afrique du Sud ? Ma chère Anne, ce genre de choses exige qu'on y réfléchisse posément.

C'était justement ce que je ne voulais pas. Je lui expliquai que j'avais déjà pris mon billet et que, sitôt arrivée, je comptais chercher un emploi de femme de chambre. C'est la seule idée qui me vint sur l'instant. On avait un énorme besoin de femmes de chambre en Afrique du Sud, lui assurai-je. Je me sentais parfaitement capable de me débrouiller seule. À la fin, avec un soupir de soulagement à l'idée d'être débarrassée de ma présence, elle se rallia à mon projet sans poser d'autres questions. Lorsque je quittai la maison, elle me glissa une enveloppe dans la main. Elle contenait cinq billets tout neufs de cinq livres et un petit mot: « J'espère que vous ne vous sentirez pas offensée et que vous les accepterez avec mon affection. » C'était une bonne et brave femme. Je n'aurais pas pu vivre avec elle plus longtemps, mais je lui reconnaissais beaucoup de mérite.

Je me retrouvai donc, avec vingt-cinq livres en poche, confrontée au monde et cherchant l'aventure.

Au bout du quatrième jour de traversée, la femme de chambre m'obligea à monter sur le pont. Persuadée que j'avais plus de chances d'y mourir, j'avais obstinément refusé jusque-là de quitter ma couchette. Elle réussit à me tenter, en m'annonçant que nous arrivions à Madère. Mon cœur se gonfla d'espoir. Je pourrais quitter le bateau, gagner la terre et m'engager comme gouvernante là-bas. N'importe quoi pourvu que ce soit sur la terre ferme.

Emmitouflée de vestes et de plaids, flageolant comme un chaton sur mes jambes, je me laissai hisser et déposer, comme une masse inerte sur une chaise longue. Je restai là, les yeux fermés, maudissant l'existence. Le commissaire de bord, un jeune homme blond au visage lunaire, vint s'asseoir à côté de moi.

— Hello ! Vous faites piteuse mine, hein ?

— Oui, répliquai-je en le maudissant, lui aussi.

— Bah ! d'ici un jour ou deux, vous aurez tout oublié. Nous avons essuyé un coup de tabac, mais ça va s'arranger. Demain nous jouerons ensemble au palet.

Je ne répondis pas.

— Vous pensez sans doute que vous ne récupérerez jamais, hein ? J'en ai connu de bien plus malades que vous... deux jours après, ils étaient devenus les boute-en-train du *Kilmorden*. Vous verrez !

Faute de trouver la force de le traiter ouvertement de

menteur, je chargeai mon regard de le lui exprimer. Il bavarda encore quelques minutes et, Dieu merci, finit par s'en aller. Couples prenant l'air, gamins remuants et jeunes gens rieurs passaient et repassaient tandis que quelques autres épaves gisaient comme moi sur leurs transats.

L'air vif et le soleil éclatant me ragaillardirent peu à peu. Je commençai à m'intéresser aux passagers. Notamment à une femme d'une trentaine d'années, de taille moyenne, très blonde, au visage rond, tout creusé de fossettes et aux yeux très bleus. Malgré leur simplicité, quelque chose d'indéfinissable dans la coupe de ses vêtements trahissait Paris. Avec une grâce et une assurance remarquables elle allait et venait sur le pont comme chez elle.

Les stewards s'empressaient de satisfaire ses moindres désirs. Elle avait droit à une chaise longue spéciale et à une quantité inépuisable de coussins. Elle changea trois fois de place. Toujours charmante, toujours séduisante. Elle faisait partie de ces êtres d'exception qui savent ce qu'ils veulent et l'obtiennent, sans se montrer jamais blessants. Je me dis que, si jamais je me remettais — hypothèse évidemment absurde —, je prendrais plaisir à bavarder avec elle.

Nous touchâmes Madère vers midi. Encore trop faible pour bouger, je m'amusai néanmoins à regarder les marchands ambulants étaler leurs marchandises sur le pont. Comme ils vendaient aussi des fleurs, j'enfouis mon nez dans un énorme bouquet de violettes fraîches et je me sentis indéniablement mieux. En fait, j'envisageais même de survivre jusqu'à la fin de la traversée. Quand le steward me proposa un bouillon de volaille, je protestai mollement et l'avalai avec plaisir. La séduisante passagère était descendue à terre. Elle revint escortée d'un gaillard brun et bronzé, à l'allure martiale, que j'avais déjà vu arpenter le pont dans la matinée. Je l'avais immédiatement catalogué comme un de ces Rhodésiens farouches et taciturnes. Frisant la quarantaine, les tempes grisonnantes, c'était, et de loin, le plus bel homme à bord.

Quand le steward m'apporta un plaid supplémentaire, je lui demandai qui était cette dame si jolie.

— Une dame du meilleur monde, Mrs Clarence Blair. Vous avez dû voir son nom dans les journaux.

J'opinai tout en l'observant avec plus d'intérêt encore. Mrs Blair était effectivement connue comme l'une des femmes les plus élégantes du moment. Je remarquai avec amusement qu'elle était un véritable centre d'attraction. Sous prétexte que les formalités d'usage sont abolies sur un bateau, certains essayaient même de faire sa connaissance. Elle les décourageait avec une courtoisie qui força mon admiration. Elle semblait avoir pris pour chevalier servant le Rhodésien farouche et taciturne — et il paraissait très sensible à ce privilège.

Le lendemain matin, à ma vive surprise, après quelques allées et venues sur le pont avec son cavalier, Mrs Blair s'arrêta devant moi :

— Vous allez mieux, ce matin ?

Je la remerciai et lui répondis que je me sentais un peu plus proche de l'être humain.

— Vous aviez l'air bien mal en point hier. Le colonel Race et moi pensions même avoir le plaisir d'assister à des funérailles en mer. Quelle déception !

J'éclatai de rire :

— Le grand air m'a fait du bien.

— Rien de tel que l'air frais, dit le colonel Race en souriant.

— L'atmosphère confinée des cabines tuerait n'importe qui, dit Mrs Blair en se laissant choir dans un fauteuil à côté de moi et en libérant son compagnon d'un signe de tête. Vous avez une cabine avec hublot, j'espère ? Non ? Ma pauvre enfant ! Pourquoi ne pas en changer ? Il y en a de libres. De nombreux passagers sont descendus à Madère et le paquebot n'est plus complet. Parlez-en donc au commissaire de bord. C'est un garçon charmant. Comme ma cabine ne me plaisait pas, il m'en a donné une superbe. Parlez-en donc avec lui, quand vous descendrez déjeuner.

Je frémis à cette idée.

— Je me sens incapable de bouger !

— Ne soyez pas ridicule ! Levez-vous et venez vous promener avec moi.

Elle m'adressa un sourire encourageant. Je me sentis d'abord très faible sur mes jambes, mais à force d'aller et de venir, je retrouvai un peu d'entrain.

Nous avions fait un ou deux tours quand le colonel Race nous rejoignit :

— De l'autre côté, on aperçoit le pic de Ténériffe.

— Ah oui ? Vous croyez que je peux réussir une photo ?

— Non, mais ce n'est pas ce qui vous dissuadera d'en rater quelques-unes.

— Vous êtes injuste, dit Mrs Blair en riant. Certaines de mes photos sont très bonnes.

— Oui, dans une proportion de trois pour cent...

Nous passâmes à bâbord : le sommet enneigé apparut, blanc et étincelant, enveloppé d'un brouillard rose. Je poussai un cri de ravissement. Mrs Blair courut chercher son appareil photo.

Sans se laisser abattre par les sarcasmes du colonel Race, elle mitrailla vigoureusement le pic.

— Et voilà, c'est la fin du rouleau. Oh ! s'écria-t-elle, tout à coup désolée : je l'avais laissé en position « flash »...

— J'adore voir les enfants s'amuser avec un nouveau jouet, murmura le colonel.

— Vous êtes odieux. Mais j'ai encore une pellicule !

Elle la tira triomphalement de la poche de son cardigan. Mais à cet instant, déstabilisée par le roulis, elle manqua perdre l'équilibre, se rattrapa au bastingage, et laissa échapper le rouleau.

— Oh ! s'écria-t-elle, comiquement désespérée, en se penchant par-dessus la rambarde. Vous pensez qu'il est tombé à l'eau ?

— Non. Vous avez peut-être eu la chance d'assommer un malheureux steward qui passait sur le pont inférieur.

Un petit mousse, que nous n'avions pas vu approcher, donna soudain un coup de trompe assourdissant.

— Le déjeuner ! déclara Mrs Blair. Je n'ai rien pris depuis le petit déjeuner, sinon deux tasses de consommé. Vous venez déjeuner, miss Beddingfeld ?

— Ma foi, fis-je avec quelque hésitation, j'ai plutôt faim...

— Parfait ! Vous serez à la table du commissaire de bord. Parlez-lui de votre cabine.

Je gagnai la salle à manger, commençai par picorer et finis par engloutir un plantureux repas. Mon ami de la veille me félicita d'avoir repris le dessus, m'annonça que tout le monde allait changer de cabine et me promit que mes affaires seraient installées dans l'une de celles qui disposaient d'un hublot. Nous n'étions que quatre à notre table : deux vieilles dames, moi-même et un missionnaire qui parlait sans cesse de « nos pauvres frères de couleur ».

Je regardai autour de moi. Mrs Blair était à la table du capitaine, en compagnie du colonel Race, lui-même assis à côté d'un monsieur distingué et grisonnant. J'avais déjà aperçu sur le pont la plupart des gens que je voyais, à l'exception d'un personnage qui ne s'était pas encore montré, sans quoi je n'aurais pu manquer de le remarquer. Grand et brun, il avait l'air si menaçant que j'en fus saisie. Poussée par la curiosité, j'interrogeai le commissaire à son sujet.

— Celui-là ? Oh ! c'est le secrétaire de sir Eustache Pedler. Il a été tellement malade, le pauvre garçon, qu'il ne s'était pas encore manifesté. Sir Eustache est accompagné de deux secrétaires, qui n'ont ni l'un ni l'autre le pied marin. L'autre ne s'est toujours pas montré. Celui-ci s'appelle Pagett.

Ainsi donc, le propriétaire du Moulin, sir Eustache Pedler, se trouvait à bord... Une coïncidence sans doute. Et cependant...

— Et voilà sir Eustache assis à côté du capitaine, poursuivit mon informateur. Une vieille baderne...

Plus je dévisageais son secrétaire, et moins sa tête me revenait. Son teint livide, ses lourdes paupières, son crâne curieusement aplati, tout en lui m'inspirait de l'aversion et m'inquiétait.

Comme je quittais la salle à manger derrière lui pour gagner le pont, je saisis quelques bribes des propos qu'il échangeait avec sir Eustache:

— Je vais m'occuper tout de suite de la cabine. Impossible de travailler dans la vôtre, au milieu de toutes vos malles.

— Mon cher ami, répliqua sir Eustache, ma cabine est censée servir: a) à dormir et b) à me changer. Je n'ai jamais eu l'intention de vous laisser vous y étaler pour y faire un bruit infernal avec votre machine à écrire.

— C'est justement ce que je disais, sir Eustache, il nous faut un endroit pour travailler...

Là-dessus je les quittai et descendis voir où en était mon déménagement. Le steward était en train de s'en occuper :

— Une très jolie cabine, mademoiselle. Sur le pont D, n° 13.

— Oh non ! m'exclamai-je. Pas la 13 !

Le chiffre 13 est ma seule superstition. Pourtant la cabine était très agréable. Je l'inspectai, hésitai, mais ma stupide superstition l'emporta. J'allai trouver le steward, les larmes aux yeux :

— Vous ne pouvez pas m'en trouver une autre ?

Le steward réfléchit un instant.

— Il y a bien la 17, à tribord. Elle était encore libre ce matin, mais je crois qu'elle a été attribuée depuis. Enfin, puisque les affaires du monsieur en question n'y sont pas encore et que les messieurs sont généralement moins superstitieux que les dames, il ne verra sans doute pas d'inconvénient à vous la céder.

J'acceptai sa proposition avec gratitude et il partit demander l'autorisation du commissaire de bord. Il revint tout sourire.

— C'est d'accord, mademoiselle. Nous pouvons y aller.

Il me conduisit à la cabine n° 17. Elle était plus petite que la 13 mais tout à fait satisfaisante.

— Je vais chercher vos affaires, mademoiselle, me dit le steward.

Mais à cet instant précis, apparut l'homme à la mine patibulaire — comme je l'avais surnommé.

— Excusez-moi, dit-il, mais cette cabine est réservée à sir Eustache Pedler.

— C'est arrangé, monsieur, expliqua le steward. Vous aurez le n° 13 à la place.

— Non, je devais avoir le n° 17 !

— La 13 est préférable, monsieur. Elle est plus grande.

— J'avais spécialement réservé la 17, et le commissaire de bord était d'accord.

— Je regrette, dis-je froidement, la 17 m'a été attribuée.

— Je ne peux pas l'accepter.

Le steward s'en mêla à nouveau :

— Mais l'autre cabine est identique, elle est même mieux.

— Je veux le n° 17.

— Que se passe-t-il ? fit une nouvelle voix. Steward, installez mes affaires ici, cette cabine est la mienne.

C'était mon voisin de table, le révérend Edward Chichester.

— Je vous demande pardon, dis-je, mais cette cabine est la mienne !

— Pas du tout ! Elle a été attribuée à sir Eustache Pedler ! dit Mr Pagett.

Nous commencions à nous échauffer.

— Désolé de vous contredire, déclara Chichester avec un doux sourire dissimulant mal sa volonté de l'emporter.

Les hommes les plus doux sont toujours les plus obstinés, je l'ai souvent remarqué.

Il essaya de se glisser dans la cabine.

— Vous avez la 28 à bâbord, dit le steward. Une excellente cabine, monsieur.

— Je crains de devoir insister. On m'avait promis la 17.

Nous nous trouvions dans une impasse. Aucun de nous ne voulait céder. En ce qui me concernait du moins, j'aurais pu me retirer de la lutte et simplifier les choses en proposant de prendre la cabine 28. Du moment qu'on ne m'attribuait pas le numéro 13, le reste m'était égal. Mais excédée comme je l'étais, je n'avais nullement l'intention de céder la première. D'ailleurs, je détestais Chichester. Il faisait du bruit avec son râtelier en mangeant. On peut haïr pour moins que cela.

Nous reprîmes les mêmes arguments. Le steward nous assura derechef, avec encore plus de force, que les deux autres cabines étaient meilleures. Personne ne lui prêta la moindre attention.

Pagett commençait à perdre son flegme. Chichester conservait sa sérénité. Au prix de violents efforts, j'y parvenais aussi. Mais pas un de nous ne voulait céder d'un pouce.

Un clin d'œil et un mot que me souffla le steward m'indiquèrent la solution. Je m'éclipsai discrètement et j'eus la bonne fortune de croiser presque aussitôt le commissaire de bord.

— Oh, je vous en prie ! Vous m'avez bien dit que je pouvais avoir la cabine 17 ? Les autres ne veulent pas s'en aller, Mr Chichester et Mr Pagett. Vous allez me la donner, n'est-ce pas ?

Comme je le dis toujours, rien n'égale la galanterie des officiers de marine. Mon petit commissaire se montra à la hauteur. Fonçant sur les lieux, il informa les plaideurs que la 17 m'avait été attribuée et qu'ils pouvaient soit prendre les cabines 13 et 28, soit rester où ils étaient. Au choix.

Du regard, je lui fis comprendre qu'il était un héros, et je pris possession de mon nouveau domaine. Ce petit affrontement m'avait fait le plus grand bien. La mer était étale, l'air se réchauffait. Mon mal de mer n'était plus qu'un mauvais souvenir.

Je montai sur le pont, où je m'initiai aux mystères du jeu de palet. Je m'inscrivis à diverses activités sportives. Le thé fut servi sur le pont et je mangeai de bon appétit. Je fis ensuite une partie — non plus de palet mais de galet — avec de charmants jeunes gens. Ils se montrèrent extraordinairement gentils avec moi. Je commençais à trouver que la vie valait la peine d'être vécue.

La sonnerie de trompe du dîner me prit par surprise. Je me précipitai dans ma cabine. Le steward m'y attendait, l'air désolé.

— Il y a une horrible odeur dans votre cabine, mademoiselle. Je ne vois pas d'où cela peut venir, mais vous ne pourrez pas y dormir. Il y a encore une cabine libre sur le pont C, je crois. Vous pourriez vous y installer, ne serait-ce que pour une nuit.

Effectivement l'odeur était atroce, à vous lever le cœur. Je déclarai au steward que j'allais réfléchir à la question tout en me changeant. Je me dépêchai de m'habiller, en reniflant avec dégoût..

Quelle était l'origine de cette puanteur? Un rat crevé? Non, c'était pire... Cette odeur, je la connaissais! C'était quelque chose que j'avais déjà senti. Quelque chose... Ah! mais oui! L'assa-fœtida! J'avais travaillé quelque temps dans un hôpital pendant la guerre et je m'étais familiarisée avec l'odeur nauséabonde de divers médicaments.

Sans aucun doute, c'était de l'assa-fœtida. Mais comment diable...? Je compris soudain et me laissai tomber sur ma couchette. Quelqu'un avait mis une pincée d'assa-fœtida dans ma cabine. Mais pourquoi? Pour m'en chasser? Pourquoi était-on si désireux de m'en voir partir? Je revis avec des yeux différents la scène de l'après-midi. Qu'avait donc de particulier cette cabine 17 pour attirer tant de monde? Les deux autres étaient bien plus agréables; pourquoi ces deux passagers tenaient-ils tant à avoir la 17?

17, ce nombre ne cessait de revenir! C'était le 17 que je m'étais embarquée de Southampton. C'était le 17... Je m'arrêtai, le souffle coupé. J'ouvris vivement ma valise, et en tirai le précieux papier que j'avais caché parmi mes bas, roulé en boule.

17.1 22: j'avais pris cela pour une date, celle du départ du *Kilmorden Castle*. Et si je m'étais trompée? À y repenser, qui jugerait nécessaire, en notant une date, de préciser, non seulement le mois, mais l'année? Et si le 17 signifiait cabine 17? En ce cas, que signifierait le 1? L'heure — 1 heure! Du coup, le 22 devait représenter la date. Je consultai mon petit calendrier.

Le 22, c'était demain!

## 10

J'étais surexcitée, certaine d'être enfin sur la bonne piste. Une chose m'apparaissait clairement: je ne devais pas quitter ma cabine. Il fallait supporter l'assa-fœtida. Je repassai tous les faits en mémoire.

Le 22 tombait le lendemain et, soit à 1 heure du matin, soit à 1 heure de l'après-midi, quelque chose devait se produire. Je penchais pour 1 heure du matin. Il était 7 heures du soir. Dans six heures, je serais fixée.

La soirée me parut interminable. Je me retirai assez tôt dans ma cabine. J'avais déclaré au steward qu'ayant attrapé un rhume, les odeurs ne me gênaient pas. Il paraissait quand même très ennuyé mais je tins bon.

La soirée n'en finissait pas. J'allai enfin me coucher, pantoufles aux pieds, enveloppée dans une épaisse robe de chambre de flanelle. Ainsi accoutrée, j'étais prête à sauter du lit et à prendre une part active à tout ce qui pouvait arriver.

Que pouvait-il bien arriver? Je n'en avais pas la moindre idée. Les hypothèses les plus invraisemblables me traversaient l'esprit. Mais de ceci j'étais bien convaincue: à 1 heure, il se passerait *quelque chose*.

À diverses reprises, j'entendis des passagers regagner leurs cabines. Des fragments de conversations, des bonsoirs entrecoupés de rires me parvenaient par l'imposte. Puis ce fut le silence. Presque toutes les lumières s'éteignirent. Il en restait cependant une dans la coursive qui éclairait vaguement ma cabine. La cloche piqua minuit. L'heure qui suivit me parut la plus longue que j'aie jamais connue. Je consultais subrepticement ma montre pour m'assurer que je ne me trompais pas. Si mes déductions étaient fausses, s'il ne se passait rien à 1 heure, je me serais ridiculisée et j'aurais dépensé jusqu'à mon dernier sou pour rien... Mon cœur cognait dans ma poitrine.

La cloche piqua deux coups : 1 heure ! Toujours rien. Mais... qu'est-ce que c'était que ça ? Un bruit de pas... on courait dans la coursive.

Subitement, ma porte s'ouvrit à la volée et un homme faillit tomber en entrant comme une bombe dans ma cabine.

— Sauvez-moi ! fit-il d'une voix rauque. Ils sont après moi.

Ce n'était pas le moment de discuter ni de demander des explications. J'entendais des pas approcher. J'avais environ quarante secondes pour agir. J'avais bondi sur mes pieds et je m'étais plantée devant l'étranger, au milieu de la cabine.

Il n'y a pas trente-six endroits où cacher un homme d'un mètre quatre-vingt-dix dans une cabine de bateau. Je tirai ma malle et il se glissa derrière, sous ma couchette. D'une main, je soulevai le couvercle et, de l'autre main, j'attrapai la cuvette. En deux temps trois mouvements je me fis un petit chignon, très peu artistique d'un côté, suprêmement artistique de l'autre : qui diable irait soupçonner d'abriter un fugitif une femme aux cheveux tirebouchonnés en un vilain chignon, en train de sortir de sa malle une savonnette avec laquelle elle compte, de toute évidence, se laver le cou ?

Quelqu'un frappa à la porte et l'ouvrit sans attendre qu'on lui dise d'entrer. J'ignore ce que je m'attendais à voir : peut-être Mr Pagett brandissant un revolver, ou mon missionnaire armé d'une matraque ou de quelque arme meurtrière... mais certainement pas une femme de chambre, l'air interrogateur, et l'incarnation même de la respectabilité.

— Veuillez m'excuser, mademoiselle, j'ai cru que vous aviez appelé.

— Non, dis-je. Pas du tout.

— Je suis désolée de vous avoir dérangée.

— Il n'y a pas de mal. Comme je ne pouvais pas dormir, j'ai pensé qu'un brin de toilette me ferait du bien.

À m'entendre, on aurait pu croire que ce n'était pas dans mes habitudes.

— Je suis désolée, mademoiselle, répéta la femme de chambre. Mais il y a un monsieur passablement ivre qui traîne dans les parages et nous avons peur qu'il effraie les dames en entrant dans leurs cabines.

— Quelle horreur ! dis-je, sur un ton faussement alarmé. Vous croyez qu'il va venir ici ?

— Oh non ! je ne pense pas, mademoiselle. Mais n'hésitez pas à sonner, en ce cas. Bonne nuit.

— Bonne nuit.

J'ouvris la porte et jetai un coup d'œil dans la coursive. Mais hormis la femme de chambre qui s'éloignait, je ne vis personne.

Ivre ! C'était l'explication... J'avais déployé en vain mes talents de comédienne. Tirant la malle un peu plus, je lançai d'une voix acerbe :

— Sortez d'ici immédiatement, s'il vous plaît.

Pas de réponse.

Je risquai un œil sous la couchette. Mon visiteur ne bougeait pas. Il avait l'air endormi. Je lui tapai sur l'épaule. Il ne bougea toujours pas.

« Ivre mort, songeai-je, vexée. Qu'est-ce que je vais faire de lui ? » Soudain je remarquai quelque chose qui me coupa le souffle : une petite tache rouge sur le plancher.

En y mettant toutes mes forces, je parvins à le tirer jusqu'au milieu de la cabine. À sa pâleur cadavérique, je compris qu'il était évanoui. Et la cause de son évanouissement était assez claire : il avait reçu un coup de couteau sous l'omoplate gauche. Une vilaine blessure, assez profonde, que j'entrepris de panser, après l'avoir débarrassé de sa veste et de sa chemise.

Au contact de l'eau froide, il reprit conscience et s'assit.

— Restez tranquille, s'il vous plaît, lui dis-je.

C'était un de ces hommes qui récupèrent rapidement. Il se remit sur pied, un peu chancelant :

— Merci. Je n'ai besoin de rien.

Il avait l'air méfiant, presque agressif. Pas un mot de remerciement, de simple gratitude !

— C'est une vilaine blessure, laissez-moi la panser.

— Vous ne ferez rien de pareil.

Il me jeta ces mots à la figure comme si j'avais imploré une faveur. N'étant pas d'un naturel placide, mon sang ne fit qu'un tour.

— Je n'ai pas lieu de vous féliciter de vos manières, dis-je froidement.

— Je peux en tout cas vous débarrasser de ma présence.

Il alla vers la porte mais vacilla aussitôt. D'un mouvement brusque, je le fis tomber sur la couchette.

— Ne soyez pas stupide, dis-je sans cérémonie. Vous voulez répandre votre sang sur tout le bateau ?

Apparemment sensible à l'argument, il se tint tranquille, tandis que je bandais sa blessure de mon mieux.

— Et voilà, dis-je en contemplant mon ouvrage. Cela devrait suffire dans l'immédiat. Êtes-vous de meilleure humeur à présent, êtes-vous disposé à me dire ce qui se passe ?

— Je suis désolé de ne pouvoir satisfaire une curiosité bien naturelle.

— Et pourquoi pas ? fis-je, contrariée.

Il eut un sourire déplaisant.

— Si vous voulez qu'une nouvelle soit diffusée, confiez-la à une femme. Sinon, n'ouvrez pas la bouche.

— Vous pensez que je suis incapable de garder un secret ?

— Je ne pense pas. Je sais.

Il se remit sur ses pieds.

— En tout cas, j'ai déjà de quoi alimenter la rumeur avec les événements de la soirée, répliquai-je, histoire de me venger.

— Je ne doute pas un instant que vous le fassiez, remarqua-t-il avec indifférence.

— Comment osez-vous... ? criai-je, furieuse.

Nous nous affrontâmes, nous foudroyant mutuellement du regard, comme deux ennemis mortels. Pour la première fois, je le dévisageai, remarquant ses cheveux bruns coupés ras, la cicatrice barrant sa joue bronzée, et ses yeux d'un curieux gris clair, plantés dans les miens avec une expression ironique et intrépide, difficile à décrire. Il y avait chez lui quelque chose d'inquiétant.

— Vous ne m'avez pas encore remerciée de vous avoir sauvé la vie, fis-je remarquer avec une douceur feinte.

Piqué au vif, il accusa le coup. Je compris intuitivement que la simple idée qu'il me devait la vie lui faisait horreur. Mais je m'en moquais. Je voulais le blesser. Je n'avais jamais eu pareille envie de blesser quelqu'un.

— Si seulement vous aviez eu la bonne idée de vous abstenir ! J'aurais préféré mourir et en être quitte ! s'écria-t-il.

— Ravie que vous reconnaissiez votre dette. Mais vous ne pourrez pas vous en tirer comme ça. Je vous ai sauvé la vie et j'attends que vous me disiez merci.

Si un regard pouvait tuer, il m'aurait tuée sur-le-champ. Il me bouscula pour passer.

À la porte, il tourna la tête :

— Je ne vous remercierai pas, ni maintenant ni jamais ! Mais je reconnais ma dette. Un jour, je m'en acquitterai.

Il disparut, me laissant les poings serrés et le cœur battant à tout rompre.

## 11

Le reste de la nuit se déroula sans incident. Le lendemain matin, je pris mon petit déjeuner au lit et me levai tard. J'étais à peine arrivée sur le pont que Mrs Blair me hélait :

— Bonjour, petite bohémienne ! Venez donc vous asseoir à côté de moi. Vous m'avez l'air d'avoir mal dormi.

— Pourquoi m'appelez-vous ainsi ? lui demandai-je en obéissant.

— Cela vous déplaît ? Ça vous va bien, pourtant. Je vous ai baptisée ainsi, du jour où je vous ai vue. Vous avez un côté bohème qui vous rend bien différente des autres. J'ai décidé que vous étiez la seule personne à bord, avec le colonel Race, que je pourrai fréquenter sans mourir d'ennui.

— C'est drôle, j'ai pensé la même chose de vous... mais c'est plus compréhensible. Vous êtes... vous êtes le raffinement incarné.

— Pas mal tourné, fit Mrs Blair en hochant la tête. Racontez-moi tout, petite bohémienne. Pourquoi vous rendez-vous en Afrique du Sud ?

Je lui parlai de l'œuvre de mon père.

— Vous êtes la fille de Charles Beddingfeld ? Je savais bien que vous ne pouviez être une banale petite provinciale. Vous allez à Broken Hill pour exhumer d'autres crânes ?

— Pourquoi pas ? répondis-je prudemment. Mais j'ai aussi d'autres projets.

— Quelle petite cachottière vous faites ! Vous m'avez l'air bien fatiguée, ce matin. Vous avez mal dormi ? Moi, je n'arrive pas à rester éveillée sur un bateau. On dit qu'un idiot a besoin de dix heures de sommeil. Moi, il m'en faudrait presque vingt !

Elle bâilla comme un petit chat.

— Un imbécile de steward m'a réveillée au milieu de la nuit pour me rendre le rouleau de pellicule que j'avais perdu hier. Et de quelle façon ! Il a passé le bras par le hublot et me l'a jeté sur le ventre. J'ai cru qu'il s'agissait d'une bombe !

— Voici votre colonel ! dis-je en avisant la silhouette martiale du colonel Race qui venait d'apparaître sur le pont.

— Pourquoi *mon* colonel ? En fait, c'est vous qu'il admire, petite bohémienne. Alors, ne vous sauvez pas.

— Je vais juste m'attacher les cheveux avec un foulard. Je me sentirai mieux qu'avec un chapeau.

Je m'éclipsai aussitôt. Sans que je sache pourquoi, le colonel Race me mettait mal à l'aise. C'était une des rares personnes capables de m'intimider.

Je descendis donc dans ma cabine et cherchai quelque chose pour discipliner mes boucles rebelles. Je suis quelqu'un d'ordonné, qui range toujours tout au même endroit. Dès que j'ouvris mon tiroir, je sus que quelqu'un avait fouillé dans mes affaires. Tout avait été tourné et retourné. Je jetai un coup d'œil dans l'autre tiroir, ainsi que dans le petit placard. Le tableau était le même. Comme si quelqu'un avait hâtivement fouillé ma cabine, sans résultat.

Je m'assis sur ma couchette, l'air grave. Qui avait fouillé ma cabine et pour y chercher quoi ? Mon bout de papier, avec ses mystérieuses indications ? Non, je secouai la tête. C'était de l'histoire ancienne, maintenant. Mais alors quoi ?

Je m'obligeai à réfléchir. Pour trépidante qu'elle eût été, la nuit passée ne m'avait guère renseignée. Qui était le garçon qui s'était introduit si brusquement dans ma cabine ? Je ne me rappelais pas l'avoir vu à bord, ni sur le pont, ni au salon. Était-ce un passager ou bien un membre du personnel navigant ? Qui lui avait porté ce coup de couteau ? Et pourquoi, au nom du ciel, la cabine 17 jouait-elle un rôle si important ? Quoi qu'il en soit, il se passait de bien curieux événements à bord du *Kilmorden Castle* !

Sur les doigts de la main, je fis le compte des passagers sur lesquels je devais avoir l'œil.

Excluant momentanément de cette liste mon visiteur de la nuit — mais déterminée à ce que la journée ne s'achève pas sans que je l'aie trouvé à bord—, je me concentrai sur les personnes suivantes :

1) Sir Eustache Pedler. C'était le propriétaire du Moulin, et sa présence à bord du *Kilmorden Castle* était une curieuse coïncidence.

2) Mr Pagett, le secrétaire à la mine patibulaire qui avait tant insisté pour se faire attribuer la cabine 17.

N.B. : tâcher de savoir s'il avait accompagné sir Eustache à Cannes.

3) Le révérend Edward Chichester. Tout ce que j'avais contre lui, c'était son obstination à occuper la cabine 17, mais peut-être n'était-ce là qu'un effet de son caractère. Les gens sont si têtus, parfois.

Mais une petite conversation avec Mr Chichester ne serait pas superflue. Je nouai vivement un foulard sur mes cheveux et montai résolument sur le pont. La chance était avec moi. Mon gibier était accoudé au bastingage, une tasse de bouillon à la main. J'allai me planter devant lui.

— J'espère que vous ne m'en voulez plus pour la cabine 17, lui dis-je avec mon plus charmant sourire.

— Le pardon est la première des vertus chrétiennes, répondit Mr Chichester d'un ton glacial. Mais le commissaire de bord m'avait promis cette cabine.

— Ces gens-là sont si occupés... répondis-je évasivement. Il est normal qu'ils commettent des oublis de temps en temps.

Mr Chichester ne répondit pas.

— C'est votre premier voyage en Afrique ? repris-je sur le ton de la conversation.

— En Afrique du Sud, oui. Mais je viens de passer deux ans en mission auprès des tribus cannibales d'Afrique orientale.

— Comme c'est excitant ! Et vous avez été souvent sur le point d'y passer ?

— D'y passer ?

— D'être mangé, je veux dire.

— Vous ne devriez pas traiter aussi légèrement les sujets sacrés, miss Beddingfeld.

— Je ne savais pas que le cannibalisme était un sujet sacré, rétorquai-je, piquée.

Mais en même temps, une idée venait de me frapper. Si Mr Chichester avait vraiment passé deux ans au cœur de l'Afrique, pourquoi n'était-il pas bronzé ? Il avait la peau aussi rose et blanche que celle d'un bébé. Il y avait là quelque chose de louche. Et pourtant, son ton, ses manières étaient tout à fait *ça.* Un peu trop, peut-être? Jouait-il ou non l'homme d'Église?

J'essayai de me remémorer les ecclésiastiques que j'avais connus à Little Hampsley. Certains m'avaient plu, les autres, non, mais aucun ne ressemblait à Mr Chichester. Ils étaient des hommes — celui-là incarnait un modèle.

Je réfléchissais à tout ça lorsque sir Eustache Pedler passa sur le pont. En arrivant devant Mr Chichester, il se baissa et ramassa un bout de papier qu'il lui tendit.

— Vous avez laissé tomber quelque chose...

Sir Eustache continua son chemin sans remarquer comme moi le trouble qui s'emparait de Mr Chichester. Quoi qu'il ait perdu, le retrouver l'avait beaucoup agité. Il devint vert et roula le morceau de papier en boule. Mes soupçons s'en trouvèrent accrus au centuple.

Saisissant mon regard, il s'empressa de se justifier:

— C'est... c'est le sermon que je suis en train de rédiger, fit-il avec un pâle sourire.

— Ah, oui? fis-je poliment.

Un sermon, vraiment! Non, Mr Chichester. L'explication est un peu facile!

Il me quitta rapidement après avoir marmonné une excuse. Ah! si seulement j'avais pu ramasser ce papier à la place de sir Eustache Pedler! En tout cas, il n'était plus question de rayer Chichester de la liste des suspects. Je l'aurais même volontiers mis en tête de liste.

Après le déjeuner, comme j'allais prendre le café au salon, j'y trouvai sir Eustache et Pagett en compagnie de Mrs Blair et du colonel Race. Mrs Blair m'invita d'un sourire à me joindre à eux. Ils parlaient de l'Italie.

— La langue est trompeuse? déclara Mrs Blair. *Aqua calda* devrait être l'eau froide, pas l'eau chaude.

— Vous n'êtes pas très ferrée en latin, remarqua sir Eustache en souriant.

— Les hommes sont tellement fiers de leur latin! s'écria Mrs Blair. N'empêche que quand on leur demande de traduire les inscriptions latines qu'on trouve dans les vieilles églises, ils en sont incapables. Ils bafouillent et se débrouillent pour ficher le camp.

— Très juste, dit le colonel Race. C'est toujours ce que je fais.

— Mais j'adore les Italiens ! poursuivit Mrs Blair. Ils sont obligeants au point d'en devenir parfois gênants ! Si vous leur demandez votre chemin, au lieu de vous répondre : première à droite, deuxième à gauche — ou de vous donner une direction à suivre —, ils déversent sur vous un tel flot d'indications que vous n'y comprenez plus rien. Alors, ils vous prennent gentiment par le bras et vous conduisent eux-mêmes à destination.

— En a-t-il été de même pour vous à Florence, Pagett ? demanda sir Eustache.

Pour quelque obscure raison, cette question parut plonger le secrétaire dans l'embarras.

— Oh ! tout à fait, oui... euh... tout à fait, bredouilla-t-il en rougissant.

Il bégaya une vague excuse, se leva et quitta la table.

— Je commence à soupçonner Pagett d'avoir commis un noir forfait à Florence, déclara sir Eustache en le regardant s'éloigner. Dès qu'on parle de Florence ou de l'Italie, il change de sujet ou disparaît précipitamment.

— Il a peut-être assassiné quelqu'un là-bas, lança Mrs Blair, pleine d'espoir. Je ne voudrais pas vous blesser, sir Eustache, mais je lui trouve vraiment une tête d'assassin.

— Oui, du pur *Cinquecento*. Parfois, cela m'amuse, surtout quand on sait, comme moi, à quel point ce pauvre garçon est respectable et respectueux des lois.

— Vous l'employez depuis longtemps, n'est-ce pas ? demanda le colonel Race.

— Six ans, répondit sir Eustache avec un profond soupir.

— Il doit vous être très précieux, déclara Mrs Blair.

— Oh ! très précieux, oui, très précieux, répliqua le pauvre homme sur un ton encore plus accablé, comme si la valeur de Mr Pagett était pour lui une souffrance. Mais sa tête devrait vous inspirer confiance, chère madame, ajouta-t-il plus gaiement. Aucun malfaiteur qui se respecte ne se permettrait d'avoir une tête d'assassin. Je crois que Crippen, par exemple, était un garçon des plus séduisants.

— Il a été précisément arrêté à bord d'un paquebot, non ? murmura Mrs Blair.

J'entendis un bruit dans mon dos et me retournai vivement. Mr Chichester venait de laisser tomber sa tasse de café.

Nous nous séparâmes bientôt. Mrs Blair descendit se coucher et je montai prendre l'air sur le pont. Le colonel Race me suivit.

— Vous êtes insaisissable, miss Beddingfeld. Je vous ai cherchée partout hier soir pour vous inviter à danser.

— Je me suis couchée de bonne heure, expliquai-je.

— Comptez-vous disparaître également ce soir, ou accepterez-vous de danser avec moi ?

— Je serais ravie de danser avec vous, murmurai-je timidement. Mais Mrs Blair...

— Notre amie Mrs Blair n'aime pas danser.

— Et vous, vous aimez ça ?

— Moi, j'aimerais danser avec vous.

— Oh ! fis-je, un rien nerveuse.

Le colonel Race me faisait un peu peur. Néanmoins, je m'amusais beaucoup. Cela ne valait-il pas mieux que de discuter de crânes fossiles avec de vieux professeurs ? Le colonel Race incarnait à merveille le Rhodésien farouche et taciturne de mes rêves. J'allais peut-être l'épouser ? Il est vrai qu'il ne me l'avait pas demandé, mais comme disent les scouts : « Toujours prêt. » Sans vraiment y croire, les femmes ne voient-elles pas toutes, en chaque homme qu'elles rencontrent, un mari possible, pour elles ou pour leur meilleure amie ?

Je dansai plusieurs fois avec lui ce soir-là. Il dansait bien. Quand nous eûmes épuisé toutes les danses, et alors que je songeais à aller me coucher, il me proposa une promenade sur le pont. Après avoir fait trois tours, nous nous installâmes dans des transats. Il n'y avait personne d'autre en vue.

— Savez-vous, miss Beddingfeld, que je crois avoir rencontré votre père ? Un homme fort intéressant, dans un domaine qui m'a toujours fasciné. Je m'y suis un peu frotté moi-même, en amateur. Ainsi, quand j'étais en Dordogne...

Notre conversation devint technique. Le colonel n'avait pas menti. Il connaissait bien le sujet. Toutefois, il lui échappa une ou deux erreurs curieuses, que j'aurais prises pour des lapsus s'il ne s'était empressé de m'emboîter le pas et de les faire oublier. Ainsi, il parla une fois du moustérien comme succédant à l'aurignacien — erreur absurde pour quiconque a la moindre idée de la question.

Il était minuit quand je regagnai ma cabine. Je pensais encore à ces étranges erreurs. Était-il possible qu'il ne connaisse rien à l'anthropologie? Qu'il ait monté ça de toutes pièces pour la circonstance? Je secouai la tête, peu satisfaite par cette hypothèse.

J'allais sombrer dans le sommeil, quand je me rassis d'un bond: une nouvelle idée venait de me traverser l'esprit. Et si c'était *lui* qui m'avait mise à l'épreuve? Ces légères erreurs ne visaient peut-être qu'à sonder mes propres connaissances en la matière? Autrement dit, il me soupçonnait de n'être pas réellement Anne Beddingfeld...

Mais pourquoi?

## 12

### Extraits du journal intime de sir Eustache Pedler

La vie à bord offre au moins un avantage: la tranquillité. Mes cheveux gris me dispensent heureusement d'indignités telles que d'essayer d'attraper avec les dents des pommes flottant sur l'eau, de courir sur le pont avec des œufs et des pommes de terre, ou de m'adonner à des sports encore plus douloureux. Que les gens éprouvent du plaisir à exercer ces pénibles activités, ce sera toujours pour moi un mystère. Il y a beaucoup d'idiots de par le monde. Que Dieu soit loué pour leur existence et m'écarte de leur chemin.

Par bonheur, j'ai le pied marin, ce qui n'est pas le cas de ce malheureux Pagett. Il a verdi, sitôt en haute mer. Quant à mon second secrétaire, il doit lui aussi souffrir du mal de mer. Toujours est-il qu'il ne s'est pas encore montré. Mais peut-être est-ce simplement de sa part de la haute diplomatie? L'essentiel, c'est que *je* ne sois pas importuné par lui.

Dans l'ensemble, les passagers sont plutôt minables. À part deux joueurs de bridge à peu près convenables et une femme assez présentable — Mrs Clarence Blair. Je l'avais déjà rencontrée à Londres, bien sûr. C'est la seule femme que je connaisse qui ne manque pas d'humour. J'ai plaisir à bavarder avec elle, et j'en aurais plus encore, n'était le grand type taciturne, qui se cramponne à elle comme une moule à son rocher. Je ne peux pas croire que le colonel Race l'amuse vraiment. Il n'est pas mal dans son genre, mais ennuyeux comme la pluie. Un de ces hommes farouches et silencieux qui font les délices des jeunes filles et des romancières sur le retour.

Sitôt quitté Madère, Guy Pagett s'est hissé jusqu'au pont pour m'entretenir, d'une voix creuse, de travail. Qui diable a envie de travailler à bord d'un bateau ? Il est vrai que j'ai promis à mon éditeur de livrer mes *Mémoires* avant l'été, mais quoi ? Qui lit encore des *Mémoires* ? Les vieilles dames de banlieue. Et d'ailleurs, de quoi sont faits mes *Mémoires* ? Au cours de mon existence, je me suis heurté à un certain nombre de soi-disant célébrités. Avec l'aide de Pagett, j'invente des anecdotes insipides à leur sujet. L'ennui, c'est que Pagett est trop honnête pour ce travail. Il ne me laisse pas inventer des anecdotes à propos de gens, que j'aurais pu, mais que je n'ai pas rencontrés

J'ai essayé la bienveillance :

— Vous avez une tête à faire peur, mon cher ami. Une chaise longue au soleil, voilà ce qu'il vous faut. Non, pas un mot. Le travail attendra.

À la suite de quoi, j'ai appris qu'il cherchait à se faire attribuer une cabine supplémentaire. « Il n'y a pas de place pour travailler dans la vôtre, sir Eustache. Elle est pleine de malles. »

À l'entendre, on aurait pu croire que mes malles étaient d'horribles cafards qui n'avaient aucune raison de se trouver là.

Je lui ai expliqué pour le cas où il ne l'aurait pas remarqué, que les gens ont l'habitude d'emporter du linge de rechange quand ils voyagent. Il m'a gratifié du sourire las que lui arrachent toujours mes plaisanteries, et il est revenu à son idée.

— Et nous ne pouvons pas travailler dans mon petit trou.

Je connais les « petits trous » de Pagett : il obtient toujours la plus belle cabine du bateau.

— Désolé que le capitaine ne se soit pas mis en quatre pour vous cette fois-ci, persiflai-je. Vous voulez peut-être déposer vos excédents de bagages dans ma cabine ?

Il est dangereux de plaisanter avec un homme comme Pagett. Son visage s'est éclairé aussitôt :

— Eh bien, si je pouvais me débarrasser de la machine à écrire et de la malle contenant la papeterie...

Cette malle pèse plusieurs tonnes. Elle nous cause des ennuis sans fin avec les porteurs, et Pagett ne songe qu'à me la refiler. C'est un sujet de perpétuelle dispute entre nous. Il a l'air de considérer qu'elle est ma propriété personnelle. Et moi, j'estime que la seule utilité d'un secrétaire, c'est justement de prendre cet objet en charge.

— Eh bien, demandons une cabine supplémentaire, dis-je précipitamment.

La chose semblait simple, mais Pagett adore les mystères. Le lendemain, je l'ai vu arriver avec une tête de conspirateur de la Renaissance.

— Vous m'avez bien dit de me faire attribuer la cabine 17 pour qu'elle nous serve de bureau ?

— Oui, et alors ? La malle aux papiers est restée coincée dans la porte ?

— Toutes les portes ont la même dimension, répliqua Pagett. Mais laissez-moi vous dire, sir Eustache, que cette cabine 17 a quelque chose de très bizarre.

— Si vous voulez dire par là qu'elle est hantée, comme nous n'avons pas l'intention d'y dormir, je ne pense pas que cela soit gênant. Les fantômes ne troublent pas les machines à écrire.

Pagett m'a déclaré qu'il n'y avait pas de fantôme, et que, d'ailleurs, il n'avait pas obtenu la cabine n° 17. Il m'a raconté une histoire longue et embrouillée. Il semblerait qu'un certain Mr Chichester, une certaine demoiselle Beddingfeld et lui-même en soient presque venus aux mains à propos de cette cabine. Inutile de dire que c'est la demoiselle qui l'a emporté, au vif mécontentement de Pagett. « Les cabines 13 et 28 sont bien meilleures », répétait-il, mais ils n'ont même pas voulu y jeter un coup d'œil.

— Ma foi, vous non plus, mon cher Pagett, lui ai-je fait remarquer en étouffant un bâillement.

— Mais vous m'aviez dit de prendre la 17, m'a-t-il rétorqué avec un regard plein de reproche.

Pagett a un côté petit garçon en détresse.

— Mon cher, lui ai-je déclaré, agacé, si j'ai parlé de la cabine 17, c'est qu'elle était libre. Mais je ne vous ai jamais dit de vous battre jusqu'à la mort pour l'obtenir. La 13 ou la 28 faisait aussi bien l'affaire.

Il a paru blessé.

— Mais ce n'est pas tout, a-t-il insisté. C'est miss Beddingfeld qui a eu la cabine. Or, ce matin, j'ai vu Chichester en sortir furtivement.

Je l'ai fixé d'un œil sévère.

— Si vous tentez de créer un horrible scandale autour de Chichester — un individu ignoble mais un missionnaire — et de la charmante Anne Beddingfeld, je n'en croirai pas un mot, lui ai-je dit. Anne Beddingfeld est une fille très gentille — avec des jambes particulièrement bien faites. J'irai même jusqu'à dire que ce sont de loin les jambes les mieux faites à bord.

Pagett n'a pas apprécié que je fasse allusion aux jambes d'Anne Beddingfeld. C'est le genre d'homme qui ne remarque jamais les jambes... ou qui , s'il les remarque, préférerait mourir plutôt que d'en convenir. Il considère que mes jugements sont frivoles. Mais comme j'adore le contrarier, j'ai poursuivi malicieusement :

— D'ailleurs, puisque vous avez fait sa connaissance, invitez-la donc de ma part à dîner demain soir à notre table. Il y aura bal masqué. À propos, passez donc chez le barbier pour me choisir un déguisement.

— Vous ne comptez tout de même pas vous déguiser ? me répliqua-t-il, horrifié.

J'ai bien vu que cette éventualité lui semblait incompatible avec l'idée qu'il se fait de ma dignité. Il a eu l'air choqué et peiné. Jusque-là, je n'avais pas l'intention de me déguiser, mais je n'ai pas pu résister à l'envie d'assister à sa totale déconfiture :

— Que voulez-vous dire ? Bien sûr que je vais me déguiser ! Et vous aussi. Allez donc vous en occuper, ai-je dit.

Pagett frémit.

— Je ne pense pas qu'il y ait des tailles hors norme, murmura Pagett en me mesurant du regard.

Sans mauvaise intention, Pagett peut parfois se montrer vexant.

— Et retenez une table pour six, ajoutai-je. Nous aurons le capitaine, la fille aux jolies jambes, Mrs Blair...

— Elle ne viendra pas sans le colonel Race, glissa Pagett. Je sais qu'il l'a déjà invitée à dîner.

Pagett sait toujours tout. J'en ai été contrarié, à juste titre.

— Mais qui est donc ce Race? lui ai-je demandé, exaspéré.

Comme je viens de le dire, Pagett sait toujours tout — ou croit tout savoir. Il a repris ses airs mystérieux.

— Le bruit court qu'il fait partie des Services secrets, sir Eustache. Ce serait même une huile. Mais évidemment, je n'en suis pas sûr.

— Voilà bien la façon d'agir de notre Gouvernement ! Il se trouve à bord un homme dont le travail consiste à transporter des documents secrets, et il faut qu'on aille les confier à un paisible individu, qui ne demandait rien à personne.

Prenant des airs plus mystérieux encore, Pagett m'a glissé en se rapprochant de moi :

— Si vous voulez mon avis, toute cette affaire est fort étrange, sir Eustache. Prenez l'indisposition qui m'a frappé à la veille de notre départ...

Je l'ai interrompu brutalement :

— Mon cher Pagett, c'était une crise de foie. Et des crises de foie, vous en avez sans arrêt.

Pagett a légèrement tiqué :

— Ce n'était pas une crise de foie ordinaire. Cette fois-ci...

— Pour l'amour du ciel ! Ne me décrivez pas vos symptômes en détail, Pagett. Je ne tiens pas à les entendre.

— Très bien, sir Eustache. Mais je suis persuadé d'avoir été délibérément *empoisonné*.

— Ah ! vous avez parlé à Rayburn.

Il ne l'a pas nié.

— En tout cas, sir Eustache, c'est ce qu'*il* pense. Et *il* est bien placé pour le savoir.

— À propos, où est-il passé? Je ne l'ai pas aperçu depuis que nous avons embarqué.

— Il se prétend malade et ne quitte pas sa cabine, sir Eustache. (Pagett baissa de nouveau la voix.) Mais je suis sûr que c'est un *camouflage*. Pour veiller plus tranquillement.

— Pour veiller?

— Sur votre sécurité, sir Eustache, pour le cas où l'on voudrait attenter à votre vie.

— Vous êtes toujours si réconfortant, Pagett! Vous vous laissez emporter par votre imagination. À votre place, je me déguiserais pour le bal masqué en squelette ou en bourreau. Rien ne siérait mieux à votre sinistre genre de beauté.

Cela lui a cloué provisoirement le bec. Je suis monté sur le pont. La petite Beddingfeld était en grande conversation avec Chichester, le missionnaire. Les femmes sont toujours à papillonner autour des ecclésiastiques.

Quoiqu'il soit fort désagréable de se baisser pour un homme de ma corpulence, j'ai néanmoins eu la courtoisie de ramasser un morceau de papier traînant aux pieds du missionnaire.

Il n'a pas eu un mot pour me remercier d'avoir pris cette peine. En fait, je n'avais pas pu m'empêcher de voir ce qui était écrit. C'était une simple phrase.

*N'essayez pas de faire cavalier seul, ou vous ne l'emporterez pas au paradis.*

Qu'est-ce qu'une chose pareille fait dans les mains d'un ecclésiastique? Qui est ce Chichester, je me le demande. Il a l'air doux comme du miel. Mais les apparences sont trompeuses. Il faudra que j'interroge Pagett à son sujet. Pagett sait toujours tout.

Tout en déplorant que le clergé ne soit plus ce qu'il était, je me suis laissé gracieusement tomber sur ma chaise longue à côté de Mrs Blair, interrompant ainsi son tête-à-tête avec Race. Puis, j'ai invité Mrs Blair à dîner pour le soir du bal masqué. Je ne sais comment, Race s'est arrangé pour être inclus dans l'invitation.

La petite Beddingfeld est venue nous rejoindre pour le café. J'avais raison à propos de ses jambes. Ce sont les mieux faites du bateau. Je compte bien l'inviter également à dîner.

J'aimerais bien savoir quelle bêtise Pagett a pu commettre à Florence. Sitôt qu'on évoque l'Italie, il se décompose. Si je n'étais certain de sa respectabilité, je le soupçonnerais d'un amour inavouable...

Après tout, qui sait? Même les hommes les plus respectables... Cette éventualité me réjouirait beaucoup.

Pagett... Pagett et son secret honteux! Merveilleux!

Ce fut une curieuse soirée. Dans le magasin du barbier, je n'avais trouvé qu'un costume de Teddy Bear à ma taille. J'aurais volontiers joué les ours avec de charmantes jeunes filles par un soir d'hiver, en Angleterre, mais ce n'était pas la tenue idéale sous l'Équateur. Quoi qu'il en soit, je me suis taillé un certain succès de fou rire et j'ai décroché le premier prix des déguisements « apportés à bord », dénomination absurde pour un costume loué pour la soirée. Mais personne ne se souciant de ce qui avait été fait sur place ou apporté, c'était sans importance.

Mrs Blair a refusé de se déguiser. Elle partage apparemment le point de vue de Pagett sur ce chapitre. Le colonel Race a suivi son exemple. Anne Beddingfeld s'était confectionné un costume de bohémienne qui lui allait à merveille. Pagett a invoqué une migraine pour éviter de se montrer. J'ai invité un curieux personnage du nom de Reeves à prendre sa place. C'est un membre éminent du Parti travailliste d'Afrique du Sud. Un horrible petit bonhomme, mais je dois le ménager, car il me fournit des informations utiles. Je tiens à connaître les deux points de vue sur l'affaire du Rand.

La danse est un exercice échauffant. J'ai dansé deux fois avec Anne Beddingfeld, qui a fait semblant d'y trouver plaisir. J'ai dansé une fois avec Mrs Blair, qui n'a pas éprouvé le besoin de faire semblant. Et j'ai fait quelques autres victimes, des demoiselles qui m'avaient favorablement impressionné.

Puis nous sommes allés souper. J'avais commandé du champagne et accepté la Veuve Clicquot 1911 proposée par le sommelier. J'avais tapé dans le mille. C'était apparemment la seule chose capable de délier la langue du colonel Race. Loin d'être taciturne, il s'est montré particulièrement loquace. Cela m'a d'abord amusé, puis je me suis rendu compte que ce n'était plus moi, que c'était lui maintenant l'âme de la soirée. À la fin, il m'a taquiné à propos de mon journal..

— Un de ces jours, Pedler, toutes vos indiscrétions paraîtront à la lumière...

— Mon cher Race, je ne suis peut-être pas tout à fait l'imbécile que vous croyez. Je peux commettre des indiscrétions, mais je ne les couche pas noir sur blanc. Après ma mort, mes exécuteurs testamentaires connaîtront mon opinion sur beaucoup de gens, mais je doute qu'ils trouvent de quoi confirmer ou infirmer leur opinion sur *moi.* Un journal sert à noter les travers d'autrui, non les siens propres.

— On peut se trahir inconsciemment, c'est fréquent.

— Aux yeux du psychanalyste, tout est abject, répliquai-je sentencieusement.

— Vous devez avoir eu une vie passionnante, colonel Race, lança soudain miss Beddingfeld en le dévisageant avec de grands yeux brillants.

Voilà comment s'y prennent les jeunes filles ! Othello a séduit Desdémone en lui racontant des histoires, mais Desdémone n'a-t-elle pas séduit Othello par la manière dont elle l'a écouté ?

En tout cas, Race était lancé. Il a commencé à raconter des histoires de lions. L'homme qui a abattu un grand nombre de lions jouit d'un injuste avantage sur les autres. Il m'a semblé qu'il était temps que, moi aussi, je raconte une histoire de lion. Mais en un peu plus enlevé.

— À propos, dis-je, cela me rappelle quelque chose d'assez extraordinaire que j'ai entendu. Un de mes amis était parti chasser quelque part en Afrique noire. Un soir, il sort de sa tente pour Dieu sait quelle raison, et il est surpris par un rugissement sourd. Il se retourne brusquement : un lion se ramasse, prêt à bondir. Il avait bien entendu laissé sa carabine dans sa tente. Vif comme l'éclair, il se baisse et le lion saute par-dessus sa tête. Contrarié de voir sa proie lui échapper, l'animal rugit et s'apprête à bondir encore. Mon ami se baisse de nouveau, et de nouveau le lion saute par-dessus sa tête. Puis une troisième fois. Mais comme il se trouve maintenant près de l'entrée de sa tente, il se rue à l'intérieur et empoigne son arme. Quand il ressort, carabine en main, le lion a disparu. Cela l'intrigue grandement. Il fait le tour de sa tente et marche jusqu'à la petite clairière, juste derrière. Et là, en effet, il retrouve le lion. Et que croyez-vous qu'il était en train de faire, ce brave lion ? Il s'entraînait à faire des sauts... des sauts beaucoup moins hauts.

Cela me valut un tonnerre d'applaudissements. J'ai bu un peu de champagne.

— À une autre occasion, mon ami a fait encore une curieuse expérience. Il voyageait à travers le pays. Comme il voulait arriver à destination avant qu'il ne fasse trop chaud, il ordonna à ses porteurs d'atteler pendant qu'il faisait encore nuit. Ce ne fut pas une mince affaire, les mules étaient rétives, mais enfin ils y parvinrent et la colonne s'ébranla. Les mules filèrent comme le vent. Au lever du jour ils comprirent pourquoi. Dans l'obscurité, les boys avaient attelé un lion juste derrière la mule de queue.

Cette anecdote fut également bien accueillie. Les rires ont fusé autour de la table. Mais je crois que le plus grand hommage m'a été rendu par mon ami, le membre du Parti Travailliste, qui était resté silencieux jusque-là.

— Mon Dieu, fit-il d'une voix angoissée. Et qui s'est chargé de les dételer ?

— Il faut que j'aille en Rhodésie, déclara Mrs Blair. Après ce que vous nous avez raconté, colonel Race, il le faut absolument. Mais cinq jours de train, quelle horrible voyage !

— J'espère que vous me ferez l'honneur de partager mon compartiment privé, ai-je dit galamment.

— Oh, sir Eustache ! Comme c'est aimable à vous ! Vous parlez sérieusement ?

— Si je parle sérieusement ! m'exclamai-je d'un ton de reproche en vidant une nouvelle coupe de champagne.

— Dire que d'ici une semaine, nous serons en Afrique du Sud ! soupira Mrs Blair.

— Ah ! l'Afrique du Sud, fis-je, avec émotion. Et je me suis mis à citer des passages de mon dernier discours à l'Institut Colonial. « Que peut montrer au monde l'Afrique du Sud ? Oui, quoi donc ? Ses fruits et ses fermes, sa laine et ses cardeuses, ses troupeaux et ses cuirs, son or et ses diamants... » Je parlais sans m'arrêter, sachant que si j'avais le malheur de le faire, Reeves s'empresserait d'intervenir pour déclarer que les peaux n'avaient aucune valeur parce que les animaux s'accrochaient aux barbelés ou pour une autre raison de ce genre, dénigrerait tout le reste et terminerait sur les dures épreuves des mineurs du Rand. Et je n'étais pas d'humeur à me faire traiter de sale capitaliste ! Toutefois, l'interruption est venue d'ailleurs, provoquée par le mot magique : « diamant ».

— Ses diamants ! soupira Mrs Blair, en extase.

— Ses diamants ! souffla miss Beddingfeld.

— Vous êtes sans doute déjà allé à Kimberley? demandèrent-elles en chœur au colonel Race.

Moi aussi, j'étais allé à Kimberley, mais elles ne me laissèrent pas le temps de le leur apprendre. Elles submergeaient Race de questions : à quoi ressemblaient les mines? Était-il vrai que les indigènes n'avaient pas le droit d'en sortir? Et ainsi de suite.

Race a répondu à toutes leurs questions en montrant une bonne connaissance du sujet. Il a décrit les cantonnements des indigènes, les fouilles auxquelles ils étaient régulièrement soumis et les diverses précautions prises par la De Beers.

— Alors, il doit être pratiquement impossible de voler des diamants, déclara Mrs Blair, l'air aussi déçu que si elle avait entrepris cette croisière dans ce seul but.

— Rien n'est impossible, Mrs Blair, décréta Race. Il arrive qu'il y ait des vols. Je vous ai déjà raconté l'histoire du Kafir qui avait dissimulé un diamant dans sa blessure.

— Oui, mais sur une plus grande échelle?

— C'est arrivé une fois ces dernières années. En fait, juste avant la guerre. Vous devez vous en souvenir, Pedler, vous étiez en Afrique du Sud, à l'époque.

J'acquiesçai.

— Oh, je vous en prie! Racontez-nous cela, colonel! s'écria miss Beddingfeld.

— Très bien, fit Race en souriant, voici donc l'histoire. Je suppose que vous avez tous entendu parler de sir Laurence Eardsley, le grand industriel d'Afrique du Sud? Il possédait des mines d'or, mais c'est à cause de son fils qu'il s'est trouvé mêlé à l'affaire. Vous vous souvenez sans doute qu'avant-guerre circulaient certaines rumeurs : on pensait à l'époque que le sous-sol rocheux des jungles de la Guyane anglaise constituait un nouveau Kimberley. D'après ce qu'on racontait, deux jeunes explorateurs étaient revenus de là avec des diamants bruts dont certains d'une taille considérable. Des diamants de petite taille avaient déjà été découverts aux alentours des fleuves Essequibo et Mazaruni ; mais ces deux jeunes gens, John Eardsley et son ami Lucas, prétendaient avoir découvert des gisements diamantifères à la source commune des deux fleuves. Il y avait des diamants de toutes les couleurs : roses, bleus, champagne, verts, noirs ou du blanc le plus pur. Eardsley et Lucas vinrent à Kimberley faire expertiser leurs pierres. Au même moment, on découvrait un vol sensationnel chez De Beers. Afin d'être expédiés en Angleterre, les diamants sont mis dans des sachets. On les garde à l'intérieur d'un grand coffre, dont les deux clefs sont confiées à deux personnes différentes et la combinaison à une troisième. Ils sont ensuite confiés à la banque et c'est la banque qui les expédie en Angleterre. Chaque sachet vaut, environ, cent mille livres.

»À cette occasion-là, la banque fut frappée par un détail inhabituel dans la fermeture d'un sachet. On l'ouvrit : il contenait des petits morceaux de sucre !

»J'ignore comment les soupçons se portèrent sur John Eardsley. On se rappela que, du temps où il était à Cambridge, il avait été un fort mauvais sujet, et que son père avait dû plus d'une fois payer ses dettes. Quoi qu'il en soit, le bruit courut bientôt que l'histoire du champ diamantifère en Amérique du Sud était une pure invention. John Eardsley fut arrêté et l'on trouva en sa possession certains des diamants de chez De Beers.

» L'affaire ne fut toutefois jamais portée devant les tribunaux. Sir Laurence Eardsley versa une somme égale à la valeur des diamants manquants et De Beers arrêta les poursuites. Nul ne sut jamais comment avait pu être commis le vol. Mais le vieil homme, le cœur brisé d'apprendre que son fils était un voleur, eut peu après une attaque. Quant à John, il bénéficia en un sens d'un destin plus clément. Il s'enrôla, partit pour le front, se battit comme un lion et mourut en première ligne, lavant ainsi l'honneur de sa famille. Quant à sir Laurence, il est mort il y a environ un mois, après une troisième attaque. Il est mort intestat et son immense fortune est échue à son plus proche parent, un homme qu'il connaissait à peine.

Le colonel marqua une pause. Un concert d'exclamations et de questions s'ensuivit. Quelque chose parut attirer l'attention de miss Beddingfeld, qui se retourna sur son siège. Comme un petit cri lui échappait, je me retournai également.

Mon nouveau secrétaire, Rayburn, était sur le seuil. Sous son hâle, il avait le visage blême de quelqu'un qui vient d'apercevoir un fantôme. De toute évidence, l'histoire du colonel Race l'avait profondément remué.

S'avisant soudain que nous le dévisagions, il a tourné les talons et a disparu.

— Savez-vous qui c'est ? m'a demandé Anne Beddingfeld.

— C'est mon autre secrétaire, Mr Rayburn. Il était patraque, jusqu'à présent.

Elle tripotait un morceau de pain.

— Il y a longtemps qu'il est à votre service ?

— Pas très longtemps, répondis-je, prudent.

Mais à quoi bon la prudence avec une femme ? Plus vous êtes réticent, plus elle insiste. Anne Beddingfeld y est allée carrément.

— Depuis combien de temps ?

— Eh bien, euh... Je l'ai engagé juste avant d'appareiller. Sur la recommandation d'un vieil ami.

Sans plus rien ajouter, elle est tombée dans un silence pensif. Estimant que c'était mon tour de manifester quelque intérêt pour son histoire, je demandai à Race :

— À propos, qui est le plus proche parent de sir Laurence ? Vous le connaissez ?

— Je devrais, m'a-t-il répondu en souriant. C'est moi !

## 14

### Suite des aventures d'Anne

Le soir du bal costumé, je jugeai le moment venu de me confier à quelqu'un. Jusque-là, j'avais joué en franc-tireur — et non sans plaisir. Mais maintenant, tout avait brusquement changé. Je ne me fiais plus à mon propre jugement. Pour la première fois, j'éprouvais un sentiment de solitude et d'abandon.

Toujours déguisée en bohémienne, je m'assis sur le rebord de ma couchette pour examiner la situation. Je songeai d'abord au colonel Race. Il semblait avoir de la sympathie pour moi. Il m'écouterait sûrement avec bienveillance. Et il était loin d'être bête. Mais en y réfléchissant, j'hésitai. Il avait un tempérament de meneur d'hommes. Il prendrait aussitôt tout en main. Mais c'était mon mystère ! D'autres raisons aussi, que je ne voulais pas m'avouer, me dissuadaient de me confier à lui.

Puis je songeai à Mrs Blair. Elle aussi m'avait témoigné beaucoup de gentillesse. Cependant, je ne pouvais m'empêcher de penser que cela ne voulait rien dire. Je ne représentais pour elle qu'un caprice du moment. Néanmoins, il était en mon pouvoir de l'intéresser. C'était une femme qui avait éprouvé la plupart des sensations ordinaires de l'existence. Moi, j'étais en mesure de lui en procurer d'extraordinaires. De plus, je l'aimais bien. J'aimais son aisance, son absence de sentimentalisme, son refus de toute affectation.

Ma décision était prise. J'irais la chercher séance tenante. Elle ne devait pas être encore couchée.

Sur ces entrefaites, il me revint que j'ignorais le numéro de sa cabine. Mais la femme de chambre qui s'était montrée si aimable l'autre nuit pourrait sans doute me renseigner.

Je sonnai. Quelques instants plus tard, un steward se présenta, qui me fournit obligeamment l'information désirée. La cabine de Mrs Blair était la 71. Il s'excusa d'avoir tardé à répondre à mon appel mais, comme il me l'expliqua, il était seul pour s'occuper de toutes les cabines.

— Mais où est la femme de chambre ? demandai-je.

— Elles terminent toutes leur service à 22 heures.

— Non, je veux parler de celle qui est de service la nuit.

— Il n'y a pas de femmes de chambre de service la nuit, mademoiselle.

— Mais... mais il y en a une qui est venue l'autre jour... vers 1 heure du matin...

— Vous avez dû rêver, mademoiselle. Il n'y a pas de femmes de chambre de service après 22 heures.

Il se retira, me laissant digérer cette information. Qui était donc la femme qui était entrée dans ma cabine la nuit du 22 ? Je prenais conscience de la ruse et de l'audace dont faisaient preuve mes adversaires anonymes. Puis, je me ressaisis et quittai ma cabine pour me rendre chez Mrs Blair. Je frappai à sa porte.

— Qui est là ? lança-t-elle.

— C'est moi, Anne Beddingfeld.

— Oh ! entrez, petite bohémienne.

J'entrai. Au milieu d'un fouillis de toilettes, je trouvai Mrs Blair drapée dans un des plus jolis kimonos que j'aie jamais vu. Noir, orange et or, il me faisait venir l'eau à la bouche.

— Madame, lui déclarai-je de but en blanc, je voudrais vous

raconter l'histoire de ma vie... du moins s'il n'est pas trop tard et si cela ne vous ennuie pas.

— Mais pas le moins du monde. J'ai horreur d'aller au lit, répondit-elle avec un de ces sourires qui lui plissaient le visage de manière si charmante. Et je serais ravie d'entendre le récit de votre vie. Vous êtes un drôle de phénomène, petite bohémienne ! Personne d'autre ne songerait à faire irruption chez moi à 1 heure du matin pour me raconter sa vie. Surtout après avoir tenu en échec ma curiosité naturelle durant des semaines, comme vous l'avez fait. Je n'ai pas l'habitude d'être tenue en échec. C'était une nouveauté assez plaisante. Installez-vous sur le sofa et videz votre cœur.

Je lui racontai tout. Cela prit un certain temps car je n'omis aucun détail. Quand j'en eus fini, elle poussa un profond soupir et me fit une réflexion inattendue.

— Savez-vous, Anne, dit-elle avec un petit rire, que vous n'êtes pas ordinaire ! Connaissez-vous le doute ?

— Le doute ? fis-je, perplexe.

— Oui, le doute, l'inquiétude, l'hésitation ! Partir ainsi toute seule, quasiment sans un sou ! Que ferez-vous quand vous vous retrouverez sans ressource dans un pays étranger ?

— Inutile de se faire du souci à l'avance. Il me reste plein d'argent. Je n'ai pratiquement pas touché aux vingt-cinq livres de Mrs Flemming. Et hier, j'ai gagné à la loterie. Ce qui me fait encore quinze livres. Quarante livres ! Vous voyez, j'ai un argent fou.

— Un argent fou ! Seigneur ! murmura Mrs Blair. Moi, je ne pourrais pas le faire, Anne, et pourtant, à ma façon, je ne manque pas de cran. Je ne pourrais pas partir gaiement, avec quelques livres en poche, sans savoir où je vais ni ce que je vais faire.

— Mais c'est justement ça qui est amusant ! m'écriai-je. C'est ce qui vous donne le sentiment de l'aventure !

Elle me regarda, hocha la tête et sourit.

— Heureuse Anne ! Il n'y a pas beaucoup de gens, sur cette terre, qui réagissent comme vous !

— Eh bien, fis-je impatiemment, que pensez-vous de tout ça, Mrs Blair ?

— Je pense que c'est l'histoire la plus excitante que j'aie jamais entendue. Mais pour commencer, vous allez cesser de m'appeler Mrs Blair. Suzanne fera beaucoup mieux l'affaire. C'est d'accord ?

— J'en serai ravie, Suzanne.

— Parfait. Et maintenant, revenons à notre histoire. Vous prétendez que le secrétaire de sir Eustache — pas l'homme à la triste figure, ce Pagett, non, l'autre... serait l'individu qui est venu se réfugier dans votre cabine après avoir été poignardé ?

J'acquiesçai d'un signe de tête.

— Nous avons là deux chaînons qui relient sir Eustache à l'intrigue. La femme a été assassinée dans *sa* maison et c'est *son* propre secrétaire qui s'est fait poignarder à 1 heure du matin, heure fatidique. Sans aller jusqu'à soupçonner sir Eustache en personne, tout cela ne peut être pure coïncidence. Il y a forcément un lien quelque part, même s'il n'en a pas conscience. Et puis il y a cette bizarre histoire de femme de chambre... poursuivit-elle pensivement. À quoi ressemblait-elle ?

— Je n'y ai guère fait attention. J'étais si tendue, si énervée et une femme de chambre, c'était quelque chose de tellement terre à terre... Mais... oui, je crois que j'ai pensé qu'elle ne m'était pas inconnue. Ce qui est normal si je l'avais déjà vue à bord.

— Elle ne vous était pas inconnue, répéta Suzanne. Vous êtes sûre que ce n'était pas un homme ?

— Elle était très grande, dus-je admettre.

— Hum ! Sans doute pas sir Eustache ni Mr Pagett... Attendez !

Elle s'empara d'une feuille de papier et se mit à crayonner fièvreusement. Puis, la tête penchée, elle contempla le résultat.

— Voici un croquis assez ressemblant du révérend Edward Chichester. Avec quelques détails supplémentaires... (Elle me tendit le papier.) Est-ce là votre femme de chambre ?

— Mais Dieu, oui, Suzanne ! m'écriai-je. Que vous êtes astucieuse !

D'un geste négligent elle écarta le compliment.

— J'ai toujours soupçonné ce Chichester. Vous vous rappelez qu'il a laissé tomber sa tasse et qu'il est devenu vert, l'autre jour, quand nous parlions de Crippen ?

— Et il a essayé d'obtenir la cabine 17.

— Oui, jusque-là tout concorde. Mais quel est le *sens* de

tout ça? Que devait-il réellement se produire à 1 heure du matin dans la cabine 17? Pas l'attaque du secrétaire avec un couteau. On ne voit pas pourquoi on l'aurait programmée à une heure précise, un jour précis, en un lieu précis. Non, il devait se rendre à un rendez-vous quand il s'est fait poignarder. Mais qui allait-il retrouver? Sûrement pas vous. Peut-être Chichester. Ou peut-être Pagett.

— C'est peu vraisemblable. Ils peuvent se voir n'importe quand.

Nous restâmes silencieuses un instant, puis Suzanne repartit sur une autre piste.

— A-t-on pensé que quelque chose pouvait se trouver caché dans la cabine?

— C'est le plus vraisemblable. Cela expliquerait pourquoi mes affaires ont été fouillées le lendemain matin. Mais je suis sûre qu'il n'y avait rien.

— Le jeune homme n'aurait pas pu glisser quelque chose dans un tiroir, la veille?

Je secouai la tête:

— Je l'aurais vu faire.

— Ils cherchaient peut-être votre précieux bout de papier?

— C'est possible, mais cela n'aurait pas beaucoup de sens. Il ne portait qu'une heure et qu'une date. Et toutes deux étaient déjà révolues à ce moment-là.

— Evidemment. Ce n'était donc pas le papier. À propos, vous l'avez sur vous? J'aimerais bien le voir.

Je m'en étais munie comme pièce à conviction n°1. Je le lui tendis.

Elle l'examina attentivement.

— Il y a un point après le 17. Dans ce cas, pourquoi n'y en a-t-il pas après le 1?

— Mais il y a un espace, remarquai-je.

— Effectivement il y a un espace, mais...

Se levant soudain, elle scruta le papier à la lumière de la lampe. On la sentait très excitée.

— Anne, ce n'est pas un point! C'est un défaut du papier! Un défaut du papier, vous comprenez? Il n'y a donc que les espaces qui comptent. Seulement les espaces!

Je me levai et regardai à mon tour. Je lus les chiffres comme je les voyais maintenant:

— 1 71 22.

— Voyez-vous, dit Suzanne, c'est presque pareil, mais pas tout à fait. On a toujours 1 heure du matin et le 22, mais c'est la cabine 71 ! *Ma* cabine, Anne !

Nous nous regardions, si enchantées de notre découverte, si transportées d'excitation qu'on aurait pu croire que nous tenions la clé du mystère. Je retombai brusquement sur terre.

— Mais, Suzanne, il n'est rien arrivé ici, à 1 heure du matin, le 22 ?

Sa mine s'allongea.

— Non... rien...

Une autre idée vint me frapper :

— Mais ce n'est pas votre cabine, Suzanne ? Je veux dire, ce n'est pas celle que vous aviez retenue ?

— Non, le commissaire de bord me l'a changée pour celle-ci.

— Je me demande si elle avait été retenue avant le départ par quelqu'un, qui n'aurait pas embarqué. On doit pouvoir le savoir.

— Inutile, petite bohémienne ! s'exclama Suzanne. Je le sais déjà. Je le tiens du commissaire de bord. La cabine était retenue au nom de Mrs Grey — pseudonyme de Nadine — une célèbre danseuse russe. Elle ne s'est jamais produite à Londres, mais elle était la coqueluche de Paris pendant la guerre. Une femme peu recommandable, je crois, mais très séduisante. Quand il m'a donné sa cabine, le commissaire de bord a déploré son absence de la façon la plus sincère. Et par la suite, le colonel Race m'a longuement parlé d'elle. Il courait toutes sortes de bruits sur son compte à Paris. On l'a soupçonnée d'espionnage mais on n'a rien pu prouver. Je pense que le colonel Race a suivi l'affaire de près. Il m'a appris des choses très intéressantes. Il existait une bande organisée, qui n'avait rien d'allemand à l'origine. Elle était dirigée par un homme, qui se fait appeler le « Colonel », supposé être anglais mais dont on n'a jamais pu établir l'identité. Mais il est certain qu'il est à la tête d'une énorme organisation d'escrocs internationaux. Espionnage, coups de main, cambriolages, tout lui est bon. Et il s'arrange en général pour fournir une innocente victime qui paye pour les autres. Un homme d'une ingéniosité diabolique ! On soupçonnait cette femme d'être un de ses agents, sans jamais réussir à le prouver. Oui, Anne, nous sommes sur la bonne piste. Nadine est exactement le genre de femme susceptible de tremper dans ce genre d'affaire. Et à l'aube du 22, quelqu'un devait venir la retrouver dans cette cabine. Mais où est-elle ? Pourquoi n'a-t-elle pas embarqué ?

La lumière se fit dans mon esprit.

— Elle en avait pourtant l'intention, dis-je lentement.

— Alors pourquoi ne l'a-t-elle pas fait ?

— *Parce qu'elle est morte.* Nadine, c'est la femme qui a été assassinée à Marlow !

Je revis la chambre vide, la maison déserte et je ressentis de nouveau une indéfinissable impression de menace et de maléfice. Un souvenir me revint : celui du crayon tombé à terre et du rouleau de pellicule que j'avais découvert. Un rouleau de pellicule ? Cela me rappelait aussi quelque chose de plus récent. Où avais-je entendu parler d'un rouleau de pellicule ? Et pourquoi cela me faisait-il penser à Mrs Blair ?

Soudain, surexcitée, je me précipitai sur elle et la secouai :

— Votre rouleau de pellicule ! Celui qui vous a été lancé par le hublot ? Est-ce que ce n'était pas le 22 ?

— Celui que j'avais perdu ?

— Comment savez-vous que c'est le même ? Pourquoi vous l'aurait-on rendu de cette façon, au beau milieu de la nuit ? C'est une idée folle. Non, c'était un message. On a retiré le film de la boîte et mis quelque chose à la place. Vous l'avez encore ?

— Je m'en suis peut-être servie. Non, le voilà. Je me rappelle l'avoir posé sur l'étagère, derrière la couchette.

Elle me le tendit.

C'était un cylindre de métal, de ceux qu'on utilise pour protéger les films sous les tropiques. Je le pris d'une main tremblante, et le cœur me manqua. Il était bien plus lourd qu'il n'aurait dû.

J'arrachai la bande adhésive qui le scellait, je fis sauter l'opercule, et un flot de cailloux ternes et vitreux roula sur le lit.

— Des cailloux ! fis-je, profondément déçue.

— Des cailloux ? s'écria Suzanne.

Sa voix vibrait d'une excitation contagieuse.

— Des cailloux ? Non, Anne, pas des cailloux ! Des *diamants* !

# 15

Des diamants !

Fascinée, je contemplais les cailloux vitreux entassés sur la couchette. J'en ramassai un qui, mis à part son poids, ressemblait à un fragment de bouteille cassée.

— Vous en êtes sûre, Suzanne ?

— Oh ! oui, mon petit. J'ai vu trop de diamants bruts pour pouvoir en douter ! Ils sont superbes. Certains même doivent être uniques. Ils cachent sûrement une histoire.

— L'histoire que nous avons entendue ce soir, m'exclamai-je.

— Vous voulez dire... ?

— Celle du colonel Race. Cela ne peut pas être une coïncidence. Il l'a racontée exprès.

— Afin de voir l'effet qu'elle produirait ?

J'acquiesçai d'un signe de tête.

— Sur sir Eustache ?

— Oui.

Au même instant, je fus saisie d'un doute. L'histoire était-elle destinée à sir Eustache, ou à moi ? Je me rappelai avoir eu l'impression qu'il me sondait. Pour une raison quelconque, le colonel Race me suspectait. Mais quel était son rôle dans l'affaire ? Comment y était-il mêlé ?

— Mais *qui* est le colonel Race ? demandai-je à Suzanne.

— C'est la question. Il a la réputation d'être un grand chasseur de fauves et, comme vous l'avez entendu dire hier, il est aussi le lointain cousin de sir Laurence Eardsley. Mais je ne l'avais jamais rencontré. Il se rend souvent en Afrique. On pense en général qu'il fait partie des Services secrets. Je ne sais pas si c'est vrai. C'est un personnage assez mystérieux.

— Je suppose que la mort de sir Laurence Eardsley lui a rapporté pas mal d'argent ?

— Ma chère Anne, il doit rouler sur l'or. Vous savez, ce serait un excellent parti pour vous !

— Tant que vous serez à bord, je n'ai aucune chance avec lui, répliquai-je en riant. Oh, ces femmes mariées !

— Nous exerçons une attraction certaine, convint Suzanne. Mais tout le monde sait que je suis la plus fidèle des épouses.

Rien n'est plus plaisant, moins dangereux que de courtiser une femme fidèle.

— Cela doit être bien agréable d'être marié à une femme comme vous.

— Oh ! je ne suis pas très facile à vivre ! Enfin, Clarence peut toujours aller se réfugier dans son bureau, au Foreign Office, son monocle sur l'œil et s'endormir dans son fauteuil. Nous pourrions lui demander par télégramme tout ce qu'il sait sur le compte du colonel Race. J'adore envoyer des télégrammes. Et cela exaspère tellement Clarence ! Il dit toujours qu'une simple lettre aurait fait l'affaire. Néanmoins, je ne pense pas qu'il nous raconterait grand-chose. Il est d'une horrible discrétion. C'est ce qui le rend si difficile à supporter à la longue. Mais revenons à nos projets de mariage. Je suis sûre que le colonel Race vous trouve très attirante, Anne. Coulez-lui deux ou trois de vos regards coquins et l'affaire est faite. Tout le monde se fiance sur les bateaux. Il n'y a rien d'autre à faire.

— Mais je ne veux pas me marier !

— Vraiment ! Pourquoi ? Moi, j'adore être mariée. Même à Clarence !

Je ne relevai pas cette remarque irrévérencieuse.

— Ce que j'aimerais savoir, repris-je avec obstination, c'est en quoi le colonel Race se trouve mêlé à cette affaire. Il y joue un rôle, c'est évident.

— Vous ne pensez pas qu'il a pu nous raconter cette histoire par hasard ?

— Non, dis-je résolument. Il surveillait nos réactions ! Souvenez-vous, certains des diamants ont été retrouvés, d'autres non... Ceux-ci sont peut-être les diamants manquants. Ou peut-être...

— Peut-être quoi ?

Je ne répondis pas directement.

— J'aimerais bien savoir ce qu'il est advenu de l'autre jeune homme. Pas Eardsley, mais... Comment s'appelle-t-il, déjà ? Lucas !

— En tout cas, nous commençons à y voir plus clair. Tous ces gens courent après ces diamants. C'est pour les récupérer que « l'Homme au Complet Marron » a tué Nadine.

— Ce n'est pas lui qui l'a tuée, dis-je vivement.

— Bien sûr que si ! Sinon qui d'autre ?

— Je ne sais pas. Mais je suis sûre qu'il ne l'a pas tuée.

— Il est entré dans la maison trois minutes après elle et en est ressorti blanc comme un linge !

— Parce qu'il l'a trouvée morte !

— Mais personne d'autre n'est entré !

— Ou bien le meurtrier se trouvait déjà dans la maison, ou bien il y est entré par un autre chemin. Il n'avait pas besoin de passer par chez le gardien. Il pouvait escalader le mur.

Suzanne me jeta un regard aigu.

— « L'Homme au Complet Marron », fit-elle sur un ton pensif. Je me demande... En tout cas, il correspond au signalement du médecin du métro. Il aurait eu tout le temps de se démaquiller et de suivre la femme jusqu'à Marlow. Elle avait rendez-vous là avec Carton, et ils avaient chacun un permis de visite pour que cette rencontre ait l'air accidentelle. Ils n'auraient jamais pris tant de précautions s'ils n'avaient craint d'être suivis. Et pourtant, Carton ne savait pas que c'était « l'Homme au Complet Marron » qui le suivait. Quand il l'a reconnu, le choc a été si grand qu'il a perdu la tête ; il a reculé et est tombé sur la voie. Tout cela semble assez clair, non, Anne ?

Je ne répondis pas.

— Oui, je crois que les choses ont bien dû se passer ainsi. Il aura dérobé le papier au mort, et l'aura laissé tomber en s'enfuyant. Ensuite, il a suivi la femme à Marlow. Mais qu'a-t-il fait ensuite, après l'avoir tuée ou, selon vous, l'avoir trouvée morte ? Où est-il allé ?

Je ne répondis pas davantage .

— Je me demande maintenant... poursuivit Suzanne. Serait-il possible qu'il ait persuadé sir Eustache Pedler de l'amener à bord en tant que secrétaire particulier ? C'était sa seule chance de fuir l'Angleterre et d'esquiver les poursuites. Mais comment aurait-il bien pu circonvenir sir Eustache ? Il faudrait qu'il ait prise sur lui.

— Ou sur Pagett, soufflai-je malgré moi.

— Vous ne semblez pas porter Pagett dans votre cœur, Anne. D'après sir Eustache, c'est un garçon capable et travailleur. En vérité, pour ce que nous en savons, il peut aussi bien être contre lui. Bon. Je reprends mes conjectures : Rayburn est « l'Homme au Complet Marron ». Il a lu le papier qu'il a perdu ensuite. Induit comme vous en erreur par le prétendu point entre le 17 et le 1, il essaie d'aller à 1 heure du matin, le 22, dans la cabine 17, après avoir tenté de se la faire attribuer grâce à Pagett. Mais sur son chemin, quelqu'un le poignarde.

— Mais qui ?

— Chichester. Oui, tout concorde. Télégraphiez à lord Nasby que vous avez percé l'identité de « l'Homme au Complet Marron », et votre fortune est faite, Anne !

— Vous avez négligé plusieurs détails.

— Lesquels ? Je sais bien que Rayburn a une cicatrice assez voyante, mais rien n'est plus facile à imiter ! Il a la taille et la carrure correspondantes. Comment appelez-vous cette forme de tête, avec laquelle vous les avez tous pulvérisés, à Scotland Yard ?

Je ne pus m'empêcher de trembler. Suzanne était une femme cultivée, mais je priai pour qu'elle ne s'y connaisse pas en termes d'anthropologie.

— Dolichocéphale, dis-je avec légèreté.

Suzanne me jeta un regard dubitatif.

— C'était bien ce mot-là ?

— Oui. Une tête allongée. Une tête dont la largeur est de 75% inférieure à la longueur, expliquai-je.

Un silence suivit. Je recommençais à respirer librement, quand Suzanne demanda soudain:

— Et le contraire ?

— Que voulez-vous dire par « le contraire » ?

— Il doit bien y avoir un contraire. Comment appelez-vous une tête dont la largeur est de 75% supérieure à la longueur ?

— Brachycéphale, murmurai-je à contrecœur.

— Voilà. Je crois que c'est ce que vous aviez dit.

— Ah bon ? Ma langue a dû fourcher, alors. Je voulais dire dolichocéphale, affirmai-je avec toute l'assurance dont j'étais capable.

Suzanne me dévisagea. Puis elle éclata de rire.

— Vous mentez très bien, petite bohémienne. Mais maintenant, racontez-moi tout, cela nous épargnera pas mal de temps et d'ennuis.

— Il n'y a rien à raconter, répondis-je de mauvaise grâce.

— Vraiment ? répliqua Suzanne avec gentillesse.

— Après tout, je vais vous le dire. Je n'ai pas à en rougir. On n'a pas à rougir de ce qui... de quelque chose qui vous arrive comme ça. C'est ce qui s'est passé. Il s'est montré odieux — grossier, ingrat —, mais je crois comprendre pourquoi. Un chien qui a toujours été maltraité ou enchaîné mordrait n'importe qui. Il était amer, agressif. J'ignore pourquoi il m'intéresse, mais c'est un fait. Il m'intéresse terriblement. Dès que je l'ai vu, ma vie a basculé. Je l'aime. Je le veux. Je traverserais l'Afrique, pieds nus s'il le faut, jusqu'à ce que je le retrouve et je l'obligerai à s'intéresser à moi. Je suis prête à mourir pour lui. Je travaillerai, je serai son esclave, je volerai pour lui, j'irai même jusqu'à mendier ou à emprunter de l'argent pour lui. Voilà, maintenant, vous savez tout !

Suzanne me regarda longuement.

— Décidément, vous n'avez rien d'une Anglaise, petite bohémienne, déclara-t-elle enfin. Vous n'êtes pas sentimentale pour deux sous. Je n'ai encore jamais rencontré personne d'aussi passionné et réaliste à la fois ! Je n'aimerai jamais personne comme ça — Dieu soit loué ! Et pourtant, je vous envie, petite bohémienne. C'est quelque chose de pouvoir s'attacher ainsi. La plupart des gens en sont incapables. Mais quelle chance pour votre petit docteur de ne pas vous avoir épousée ! Il ne semble pas être le genre d'homme à stocker de la dynamite sous son toit. Donc, il n'y aura pas de télégramme pour lord Nasby ?

Je secouai la tête.

— Et pourtant, vous le croyez innocent ?

— Je crois aussi que les innocents peuvent être pendus.

— Hum... évidemment. Mais, ma petite Anne, vous devez voir les choses en face et convenir dès à présent qu'en dépit de tout ce que vous dites, il a peut-être assassiné cette femme.

— Non, il ne l'a pas fait.

— Vous faites du sentiment.

— Mais non ! Il aurait pu la tuer. Et même la suivre jusqu'à la maison avec cette idée en tête. Mais il n'aurait pas pris un bout de cordon noir pour l'étrangler. Il l'aurait étranglée à mains nues.

Suzanne frissonna :

— Hum... Anne, je commence à comprendre pourquoi vous trouvez ce jeune homme si séduisant !

# 16

Le lendemain matin, j'eus l'occasion de questionner le colonel Race. Au terme d'une vente aux enchères, nous arpentions le pont.

— Comment va notre petite bohémienne, ce matin? Elle regrette la terre ferme et sa roulotte?

— Non. À présent que la mer se conduit de manière plus civilisée, j'aimerais voguer pour l'éternité.

— Quel enthousiasme!

— C'est que le temps est splendide, aujourd'hui!

Nous nous accoudâmes au bastingage. Sous le ciel transparent, s'étendait une mer d'huile, avec de grandes taches de couleur bleu, vert pâle, émeraude, violine et orange foncé, pareille à une peinture cubiste. Des éclairs argentés signalaient la présence de poissons volants. L'air était humide et chaud, un peu moite. Il soufflait comme une caresse parfumée.

— Vous nous avez raconté une histoire très intéressante, hier, lançai-je, rompant le silence.

— Quelle histoire?

— Celle des diamants!

— Les histoires de diamants passionnent toujours les femmes.

— Bien sûr! À propos, qu'est donc devenu l'autre jeune homme? Vous avez dit qu'ils étaient deux.

— Le jeune Lucas? Ma foi, comme il eût été difficile d'incriminer l'un sans l'autre, il en est sorti indemne, lui aussi.

— Qu'est-ce qui lui est arrivé... je veux dire, après? Est-ce que quelqu'un le sait?

Le colonel Race regardait droit devant lui. Son visage était comme un masque, parfaitement dénué d'expression, mais j'avais le sentiment que mes questions lui déplaisaient. Néanmoins, il y répondit sans se faire prier.

— Il est parti pour le front et s'est conduit bravement. Il a été porté blessé et disparu — sans doute tué au combat.

C'était tout ce que je voulais savoir. J'arrêtai là mes questions. Mais plus que jamais, je me demandais ce que pouvait savoir le colonel Race. Son rôle dans cette affaire ne cessait de m'intriguer.

Je fis encore autre chose. J'allais interroger le steward de nuit. À l'aide d'un petit encouragement financier, je lui déliai la langue.

— Cette dame n'a tout de même pas eu peur, miss? Ça m'avait l'air d'une blague inoffensive... la suite d'un pari, d'après ce que j'ai compris.

Peu à peu, je lui soutirai toute l'histoire. Lors de la traversée du Cap en Angleterre, un passager lui avait confié un rouleau de pellicule, en lui enjoignant de le lancer au retour, vers 1 heure du matin, le 22 janvier, sur la couchette de la cabine 71. L'homme lui avait présenté la chose comme un pari. Je supposai que le steward avait été largement récompensé pour son rôle dans l'opération. La cabine devait être occupée par une dame. Aussi, quand Mrs Blair alla directement occuper la cabine 71, après avoir parlé avec le commissaire de bord, le steward ne douta pas avoir affaire à la dame en question. Le passager qui avait manigancé cette histoire s'appelait Carton, et sa description correspondait exactement à celle du mort du métro.

L'un des mystères se trouvait résolu, et de toute évidence, les diamants constituaient la clé de toute l'affaire.

Les derniers jours à bord du *Kilmorden* passèrent très vite. Au fur et à mesure que nous approchions du Cap, je mettais mes plans plus soigneusement au point. J'avais tellement de gens à surveiller : sir Eustache, son secrétaire, Mr Chichester, et... oui, même le colonel Race! Comment faire? Naturellement, mon attention se portait surtout sur Chichester. J'allais même écarter de ma liste de suspects sir Eustache et Mr Pagett, quand une conversation surprise par hasard éveilla en moi de nouveaux doutes.

Je n'avais pas oublié l'incompréhensible émotion que le mot Florence avait provoquée chez Pagett. Au cours de notre dernière soirée à bord, nous nous trouvions tous assis, sur le pont, quand sir Eustache posa à son secrétaire une question des plus anodines. J'ai oublié de quoi il s'agissait exactement — quelque chose concernant les sempiternels retards de trains en Italie — mais je remarquai aussitôt qu'elle éveillait chez Pagett le même malaise. Quand sir Eustache invita Mrs Blair à danser, je m'installai à sa place, à côté du secrétaire. J'étais décidée à aller au fond des choses :

— J'ai toujours rêvé d'aller en Italie, dis-je. Tout particulièrement à Florence. Votre séjour là-bas vous a plu?

— Bien sûr, miss Beddingfeld. À présent, si vous voulez bien m'excuser, j'ai du courrier à faire pour sir Eustache qui...

Je le retins fermement par la manche:

— Oh, ne vous enfuyez pas! m'écriai-je, jouant la coquette comme une douairière. Je suis certaine que sir Eustache ne verrait pas d'un bon œil que vous m'abandonniez, sans personne avec qui bavarder. On dirait que vous ne voulez jamais parler de Florence! Oh! Mr Pagett, je suis sûre que vous nous cachez un inavouable secret!

Comme je ne lui avais pas encore lâché le bras, je le sentis sursauter.

— Mais pas du tout, miss Beddingfeld, pas du tout, répondit-il avec sérieux. J'aimerais vous en parler longuement, mais j'ai des télégrammes...

— Oh! Mr Pagett, quelle piètre excuse! Je vais dire à sir Eustache...

Je m'en tins là. Il avait de nouveau sursauté. Ses nerfs étaient dans un état épouvantable.

— Que voulez-vous savoir?

Je ne pus m'empêcher de sourire, en mon for intérieur, de son ton de martyr résigné.

— Mais tout! Les tableaux, les oliviers...

Je m'arrêtai, à court d'imagination.

— Vous parlez italien, sans doute? repris-je.

— Pas un traître mot, malheureusement. Mais vous savez, avec les portiers et les guides...

— Très juste, me hâtai-je de répliquer. Et quel est votre tableau préféré?

— Oh, euh... La Madone... euh, Raphaël, vous savez...

— Chère vieille Florence, murmurai-je avec émotion. Si pittoresque, sur les rives de l'Arno... Un fleuve superbe! Et le Duomo, vous vous souvenez du Duomo?

— Bien sûr, bien sûr!

— Un autre fleuve superbe, n'est-ce pas? hasardai-je. Presque plus beau que l'Arno?

— C'est mon avis aussi.

Enhardie par le succès de mon petit piège, je poussai mon avantage. Il n'y avait plus lieu d'en douter. Chaque mot qu'il prononçait le livrait entre mes mains : Mr Pagett n'avait jamais vu Florence de sa vie.

Mais s'il n'était pas à Florence, où se trouvait-il au moment du mystère du Moulin ? En Angleterre ? Je décidai de payer d'audace.

— Le plus curieux, c'est que j'ai l'impression de vous avoir déjà vu quelque part. Mais je dois me tromper, puisque vous étiez à Florence à ce moment-là. Et cependant...

Je ne le quittais pas des yeux. Il avait un regard de bête traquée. Il passa sa langue sur ses lèvres desséchées.

— Où ça... Où... ?

— Où je pense vous avoir vu ? À Marlow. Vous connaissez Marlow ? Mais bien sûr, que je suis bête ! Sir Eustache a une maison là-bas !

Ma victime bredouilla une excuse, se leva et s'enfuit.

Le soir même, surexcitée, j'étais chez Suzanne.

— Voyez-vous, Suzanne, dis-je en terminant mon récit, il était en Angleterre, à Marlow, le jour du meurtre. Êtes-vous toujours aussi sûre de la culpabilité de « l'Homme au Complet Marron » ?

— Je ne suis sûre que d'une chose, répliqua Suzanne avec un clin d'œil inattendu.

— Et de quoi ?

— C'est que « l'Homme au Complet Marron » doit être plus beau à voir que ce pauvre Mr Pagett. Non, Anne, ne vous fâchez pas. Je ne faisais que vous taquiner. Asseyez-vous. Plaisanterie mise à part, je pense que vous venez de faire une découverte importante. Jusqu'à présent, nous considérions que Pagett disposait d'un alibi. Maintenant, nous savons qu'il n'en a pas.

— Exactement. Nous devons garder l'œil sur lui.

— Comme sur tous les autres, poursuivit-elle tristement. C'est une des choses dont je voulais vous parler. De ça... et d'argent. Non, ne prenez pas votre air offensé. Je sais combien vous êtes ridiculement fière et indépendante. Mais sur ce chapitre, il faut prêter l'oreille au bon sens. Nous sommes associées. Je ne vous proposerais pas un sou parce que vous m'êtes sympathique ou parce que vous vous trouvez sans appui. Mais je cherche le frisson et je suis disposée à payer pour ça. Nous allons mener cette affaire sans regarder à la dépense. Et pour commencer, vous allez descendre avec moi, à mes frais, à l'hôtel *Mont-Nelson*, et nous dresserons un plan de campagne.

Ce dernier point donna lieu à une longue discussion. Je finis par céder. Mais cela ne me plaisait pas. Je tenais à garder la haute main sur cette affaire.

— Bon, c'est décidé, décréta Suzanne en se levant et s'étirant. Je suis épuisée par ma propre éloquence. À présent, passons à nos victimes. Mr Chichester part pour Durban. Sir Eustache va descendre à l'hôtel *Mont-Nelson* au Cap, en attendant de partir pour la Rhodésie. L'autre soir, dans un moment d'expansion, après sa quatrième coupe de champagne, il m'a offert une place dans son compartiment privé. Bien sûr, c'était une proposition de pure forme, mais il peut difficilement se dédire si je le prends au mot.

— Bien, approuvai-je. Vous surveillerez sir Eustache et Pagett, et moi, je m'occuperai de Chichester. Et le colonel Race ?

Suzanne me regarda d'un drôle d'œil :

— Anne, vous n'allez tout de même pas soupçonner...

— Mais si ! Je soupçonne tout le monde ! Je suis dans l'état d'esprit de celui qui soupçonne de préférence la personne qui paraît la plus innocente.

— Le colonel Race doit aussi se rendre en Rhodésie, déclara Suzanne pensivement. Si nous pouvions nous débrouiller pour que sir Eustache invite également...

— Vous pourriez lui obtenir ça. Vous seriez capable d'obtenir n'importe quoi.

— J'adore la pommade, ronronna Suzanne.

Nous nous séparâmes après être convenues que Suzanne s'emploierait à tirer le meilleur parti de ses dons de séductrice.

J'étais trop excitée pour aller me coucher. C'était ma dernière nuit à bord. Nous devions arriver à la baie de Table le lendemain, de bonne heure.

Je grimpai sur le pont. La brise était douce et fraîche. Le paquebot tanguait légèrement sur une mer un peu agitée. Le pont était noir et désert. Il était plus de minuit.

Accoudée au bastingage, je contemplais le sillage d'écume phosphorescente. Devant nous, s'étendait l'Afrique, vers laquelle nous voguions à travers les eaux sombres. Je me sentais seule dans un monde merveilleux. Entourée d'une paix étrange, j'étais là, perdue dans mes rêveries, oublieuse du temps qui passe.

Et tout à coup, j'eus la curieuse sensation qu'un danger me menaçait. Je n'avais rien entendu, mais je me retournai d'instinct. Une ombre venait de se glisser derrière moi. Au moment où je pivotais sur mes talons, elle bondit. Une main me serra la gorge, étouffant le cri que j'aurais pu pousser. Je luttais désespérément, mais je n'avais aucune chance. À demi étranglée par une main de fer, je mordais, je me cramponnais, je griffais, de la façon la plus typiquement féminine. L'homme devait à tout prix m'empêcher de crier, ce qui compliquait sa tâche. S'il m'avait eue par surprise, il m'aurait expédiée sans peine par-dessus le bastingage. Les requins auraient pris soin du reste.

J'avais beau me débattre, je me sentais faiblir. Mon agresseur le sentit aussi. Il y alla de toutes ses forces. C'est alors que, courant vite et sans bruit, une autre ombre nous rejoignit. D'un seul coup de poing, elle envoya mon adversaire s'écraser de tout son long sur le pont. Libérée, je retombai contre le bastingage, épuisée et tremblante.

Mon sauveur se tourna vivement vers moi :

— Vous êtes blessée !

Son ton avait quelque chose de sauvage — de menaçant envers celui qui avait osé lever la main sur moi. Avant même qu'il n'ait ouvert la bouche, je l'avais reconnu. C'était mon homme, l'homme à la cicatrice.

Ce bref instant où il avait reporté sur moi son attention avait suffi à mon ennemi. Vif comme l'éclair, il s'était remis sur pied et avait pris ses jambes à son cou. Avec un juron, Rayburn se lança à ses trousses.

Je n'ai jamais pu supporter de rester sur la touche. Je me joignis à la chasse, bonne troisième. Nous courûmes jusqu'à bâbord. À l'entrée du bar, un homme était écroulé, Rayburn était penché sur lui.

— Vous l'avez de nouveau frappé ? lançai-je, hors d'haleine.

— Je n'ai pas eu besoin de le faire, répliqua-t-il d'un air sombre. Je l'ai trouvé effondré devant la porte. À moins qu'il n'ait pas pu l'ouvrir et qu'il ne fasse semblant d'être évanoui. Nous allons bien voir. Et nous allons savoir aussi qui il est.

Le cœur battant, je m'approchai. J'avais vu tout de suite que mon agresseur était plus grand que Chichester. De toute façon, Chichester était une créature flasque qui pouvait jouer du couteau le cas échéant, mais qui devait être sans force les mains nues.

Rayburn craqua une allumette. Nous poussâmes tous les deux une exclamation. C'était Guy Pagett.

Rayburn parut stupéfait par cette découverte.

— Pagett ! Ça, par exemple ! Pagett !

Je ne pus m'empêcher d'éprouver un léger sentiment de supériorité.

— Vous semblez surpris.

— Je le suis, dit-il lentement. Je n'aurais jamais cru... (Il se tourna soudain vers moi:) Et vous ? Vous n'êtes pas surprise ? Vous l'aviez sans doute reconnu quand il vous a attaquée ?

— Non, je ne l'avais pas reconnu. Et pourtant, je n'en suis pas surprise.

Il me jeta un regard soupçonneux.

— Comment se fait-il que vous soyez mêlée à cette histoire ? Et que savez-vous, au juste ?

Je souris :

— Pas mal de choses, monsieur... euh... Lucas.

Il m'empoigna par le bras et le serra sans s'en rendre compte avec une violence qui me tira une grimace.

— D'où tenez-vous ce nom ? fit-il d'une voix rauque.

— Ce n'est pas le vôtre ? demandai-je gentiment. Ou préférez-vous qu'on vous appelle « l'Homme au Complet Marron » ?

Effaré, il me lâcha et recula d'un pas :

— Êtes-vous une femme ou une sorcière ?

— Une amie, dis-je en faisant un pas vers lui. Je vous ai offert mon aide une fois, je vous l'offre à nouveau. Voulez-vous l'accepter ?

La brutalité de sa réponse m'abasourdit.

— Non. Je ne veux rien avoir à faire, ni avec vous ni avec une autre femme. Fichez le camp.

Comme la première fois, mon sang ne fit qu'un tour.

— Vous ne vous rendez peut-être pas compte que vous êtes en mon pouvoir. Un mot de moi au commandant...

— Eh bien, dites-le, ce mot, grinça-t-il, sarcastique. (Il fit un pas en avant.) Mais quitte à se rendre compte, vous rendez-vous compte, ma chère petite, qu'en cet instant c'est vous qui êtes en mon pouvoir? Je pourrais vous prendre la gorge, comme ceci... (Il joignit le geste à la parole. Je sentis ses deux mains se refermer autour de mon cou et serrer... un tout petit peu.) Comme ceci... et en expulser toute vie. Après quoi, avec plus de succès que notre ami inconscient, je pourrais vous jeter en pâture aux requins. Que dites-vous de ça?

Je ne dis rien. Je ris. Et pourtant, je savais que le danger était réel. En cet instant, il me haïssait. Mais j'aimais le danger, j'aimais sentir ses mains sur ma gorge. Je n'aurais pas échangé ce moment contre tout autre moment de ma vie.

Avec un rire bref, il me relâcha.

— Comment vous appelez-vous? demanda-t-il brusquement.

— Anne Beddingfeld.

— Vous n'avez donc peur de rien, Anne Beddingfeld?

— Oh! si, dis-je en affectant un flegme que j'étais loin d'éprouver. J'ai peur des guêpes, des femmes sarcastiques, des très jeunes gens, des cafards et des vendeuses qui cherchent à vous en imposer.

Il eut à nouveau le même rire bref. Puis, du pied, il remua du pied le corps de Pagett, toujours inconscient.

— Qu'allons-nous faire de ce pantin? Le flanquer par-dessus bord? demanda-t-il négligemment.

— Si vous voulez, répliquai-je sur un ton tout aussi calme.

— J'admire vos profonds instincts sanguinaires, miss Beddingfeld. Mais nous allons le laisser reprendre ses esprits. Il n'est pas sérieusement blessé.

— Je vois que vous reculez devant un second meurtre, fis-je, suave.

— Un second meurtre?

Il avait l'air sincèrement stupéfait.

— La femme de Marlow, lui rappelai-je, en surveillant l'effet de mes paroles.

Son visage prit une expression effrayante, absente. Il semblait avoir oublié ma présence.

— J'aurais pu la tuer, déclara-t-il. Parfois je me dis que j'en avais l'intention...

Je sentis monter en moi une violente haine pour cette femme. Si je l'avais tenue, je crois que je l'aurais tuée moi-même à cet instant-là. Car il avait dû l'aimer, oh oui ! l'aimer, pour éprouver des sentiments pareils.

Je me ressaisis et déclarai d'une voix normale :

— Il me semble que nous nous sommes dit tout ce que nous pouvions nous dire, hormis bonne nuit.

— Bonne nuit et adieu, miss Beddingfeld.

— Au revoir, Mr Lucas !

À nouveau, ce nom le fit tiquer. Il s'approcha de moi.

— Pourquoi dites-vous ça ? J'entends : « au revoir » ?

— Parce que j'ai dans l'idée que nous nous reverrons.

— Pas si je peux l'éviter !

Malgré l'énergie qu'il avait mise dans sa réplique, je ne me sentis pas offensée. J'en éprouvai au contraire une secrète satisfaction. Je ne suis pas complètement idiote !

— Néanmoins, dis-je gravement, je pense que nous nous reverrons.

— Pourquoi ?

Je secouai la tête, incapable d'expliquer ce qui m'avait poussée à l'affirmer.

— Moi, j'espère bien que ça n'arrivera jamais ! me lança-t-il tout à coup avec violence.

Cette déclaration était de la dernière grossièreté, mais je ne fis qu'en rire et m'éclipsai dans les ténèbres.

Il commença par me suivre, s'arrêta, et un mot arriva jusqu'à moi. Je crois avoir entendu : « sorcière ! »

## 17

### Extraits du journal intime de sir Eustache Pedler

*Hôtel Mont-Nelson. Le Cap*

C'est un grand soulagement pour moi de quitter le *Kilmorden*. Durant toute la traversée, j'ai eu l'impression d'être pris dans un réseau d'intrigues. Pour couronner le tout, il a fallu que la nuit dernière Guy Pagett se trouve mêlé à une rixe d'ivrognes. Car, en dépit de ses explications, il ne peut s'agir que de cela. Que penser d'un homme qui vous revient avec une bosse grosse comme un œuf sur la tempe et un œil qui affiche toutes les couleurs de l'arc-en-ciel ?

Comme de bien entendu, Pagett en fait un nouveau mystère. À l'en croire, c'est par pur dévouement envers moi qu'il aurait écopé d'un œil poché. Il m'aura fallu un temps fou pour démêler l'histoire extraordinairement vague et décousue qu'il m'a racontée.

Pour commencer, il aurait remarqué un homme au comportement suspect. Ce sont les propres paroles de Pagett. Il les a sorties tout droit d'un roman d'espionnage allemand. Il ne sait pas lui-même ce qu'il entend par « comportement suspect ». Je le lui ai dit.

— Au beau milieu de la nuit, cet individu se déplaçait de façon furtive, sir Eustache.

— Mais, et vous-même ? Pourquoi n'étiez-vous pas au lit, endormi comme tout bon chrétien ? lui ai-je rétorqué, agacé.

— Je venais de coder vos télégrammes, sir Eustache, et de mettre votre journal à jour.

Faites confiance à Pagett. Toujours dans son droit, et martyr par-dessus le marché !

— Et alors ?

— Je voulais juste faire un tour de guet avant d'aller me coucher, sir Eustache. J'ai été alerté par l'allure furtive de cet individu qui venait de votre coursive. J'ai pensé qu'il y avait du louche. Il a pris l'escalier près du bar. Je l'ai suivi.

— Mon cher Pagett, pourquoi ce pauvre homme n'aurait il pas le droit de grimper sur le pont sans qu'on lui emboîte le pas ? Il y a des tas de gens qui dorment sur le pont. J'ai d'ailleurs toujours pensé que ce devait être très inconfortable. On vous balaie de là avec le reste à 5 heures du matin, dis-je en frissonnant à cette idée. En tout cas, si vous êtes allé chercher des poux à un pauvre diable souffrant d'insomnie, je ne m'étonne pas qu'il vous ait assommé.

Pagett ne perdit pas patience.

— Si vous vouliez bien m'écouter jusqu'au bout, sir Eustache. J'étais convaincu que cet homme rôdait autour de votre cabine, alors qu'il n'avait rien à y faire. Au bout de la coursive, il n'y a que deux cabines : la vôtre, et celle du colonel Race.

— Race doit pouvoir se débrouiller sans votre aide, Pagett,

ai-je fait en allumant mon cigare avec soin. Et moi aussi, d'ailleurs, ai-je ajouté après réflexion.

Pagett s'est rapproché de moi en respirant bruyamment, comme à chaque fois qu'il veut vous confier un secret.

— Voyez-vous, sir Eustache, j'ai pensé — et maintenant, j'en suis sûr — que c'était Rayburn.

— Rayburn ?

— Oui, sir Eustache.

Je secouai la tête :

— Rayburn est bien trop sensé pour vouloir me réveiller en pleine nuit.

— Très juste, sir Eustache. Aussi, je pense qu'il venait voir le colonel Race. Un rendez-vous secret pour recevoir ses instructions.

— Ne me sifflez pas dans les oreilles, Pagett, fis-je en reculant, et ne soufflez pas comme ça. Votre idée est absurde ! Pourquoi se donneraient-ils des rendez-vous secrets en pleine nuit ? S'ils avaient quoi que ce soit à se dire, ils pouvaient le faire tout naturellement, autour d'une tasse de thé !

Pagett n'était pas du tout convaincu.

— Il s'est passé *quelque chose* la nuit dernière, sir Eustache. Sinon, pourquoi Rayburn m'aurait-il attaqué si brutalement ?

— Vous êtes certain que c'était Rayburn ?

Pagett en était persuadé. C'était le seul point sûr de son histoire.

— Tout cela est extrêmement louche, dit-il. Et pour commencer, où est passé Rayburn ?

Il est exact que Rayburn n'a pas reparu depuis que nous avons accosté. Il n'est pas descendu au même hôtel que nous. Je me refuse à croire que ce soit par peur de Pagett.

Néanmoins, toute cette histoire est bien contrariante. L'un de mes secrétaires s'est évaporé dans la nature, et l'autre a l'air d'un boxeur malheureux. Je ne peux pas le traîner avec moi dans cet état. Je serais la risée du Cap. J'ai rendez-vous en fin de journée, pour remettre à qui de droit le billet doux de ce vieux Milray, mais je n'emmènerai pas Pagett avec moi. Qu'il aille au diable, lui et ses façons de rôdeur !

Tout cela m'a mis de fort mauvaise humeur. J'ai eu un petit déjeuner infect, servi par un personnel infect. Des serveuses hollandaises aux chevilles épaisses ont mis une demi-heure à m'apporter un méchant petit bout de poisson ! Sans compter cette façon grotesque de vous faire lever à 5 heures du matin en arrivant au port, et de vous obliger à tenir les mains au-dessus de la tête devant un médecin aux yeux papillonnants ! J'en ai assez.

*Plus tard*

Il est arrivé une chose très grave. Je suis allé remettre au Premier ministre le pli cacheté que m'avait remis Milray. L'enveloppe semblait intacte, mais elle ne renfermait qu'une feuille de papier blanc !

Me voilà dans de beaux draps ! Je ne comprends pas comment j'ai pu me laisser entraîner dans cette histoire par ce vieil imbécile de Milray.

Pagett est un consolateur de premier ordre. Il affiche un air sombrement satisfait qui me rend fou. Et il a profité de mon désarroi pour m'imposer la malle aux papiers. S'il n'y prend garde, le prochain enterrement auquel il assistera sera le sien.

Toutefois, j'ai bien été obligé de finir par l'écouter.

— Supposons, sir Eustache, que Rayburn ait surpris quelques mots de votre conversation avec Mr Milray. N'oubliez pas que vous n'avez aucune recommandation écrite de sa part. Vous n'avez que la parole de Rayburn !

— Alors, vous pensez que Rayburn est un escroc ?

Pagett le pensait, en effet. Je ne sais dans quelle mesure cette opinion était influencée par le ressentiment que lui inspirait son œil poché. Cependant, il m'a exposé l'accusation de manière assez convaincante. Même sa dernière apparition plaiderait contre Rayburn. En ce qui me concerne, je préférerais laisser tomber. Quand un homme s'est conduit comme un imbécile, il n'a pas envie de le crier sur les toits.

Mais Pagett, avec une énergie que n'avaient pas entamée ses récentes mésaventures, penchait pour des mesures draconiennes. Bien entendu, il n'en a fait qu'à sa tête. Il s'est précipité au poste de police, a envoyé d'innombrables télégrammes, et a ramené tout un troupeau d'officiels anglais et hollandais, auxquels il a offert des whiskies-soda à mes frais.

Nous avons reçu cet après-midi la réponse de Milray. Il ignore tout de mon secrétaire ! C'est la seule nouvelle réconfortante pour l'instant.

— En tout cas, dis-je à Pagett, vous n'avez pas été empoisonné. Vous avez eu une de vos crises de foie habituelles.

Il a accusé le coup. C'est le seul point que j'ai pu marquer.

*Plus tard*

Pagett est dans son élément. Son cerveau scintille littéralement d'idées lumineuses. Il est maintenant persuadé que Rayburn n'est autre que le fameux « Homme au Complet Marron ». Il a sans doute raison. Comme d'habitude. Mais tout cela devient très déplaisant. Plus tôt je partirai pour la Rhodésie, mieux cela vaudra. J'ai prévenu Pagett qu'il ne m'accompagnerait pas.

— Voyez-vous, mon cher ami, il faut que vous restiez ici, sur place. On peut avoir besoin de vous dans l'instant, pour identifier Rayburn. En outre, je dois songer à protéger ma dignité de membre du Parlement. Je ne peux pas promener avec moi un secrétaire qui a l'air d'avoir trempé dans une rixe d'ivrognes.

Pagett a accusé le coup. Pour un garçon aussi soucieux de sa respectabilité, l'aspect qu'il offre actuellement est une véritable souffrance.

— Mais comment ferez-vous pour votre courrier, et pour préparer vos allocutions, sir Eustache ?

— Je me débrouillerai, lançai-je avec désinvolture.

— Votre wagon particulier sera attelé demain mercredi, au train de 11 heures du matin, poursuivit Pagett. Tout est déjà arrangé. Mrs Blair compte-t-elle emmener une femme de chambre ?

— Mrs Blair ?

— Elle m'a dit que vous l'aviez invitée.

En effet, maintenant que j'y pensais... La nuit du bal masqué. J'avais même insisté pour qu'elle vienne. Mais je n'aurais jamais cru qu'elle me prendrait au mot. Aussi charmante qu'elle soit, je ne suis pas sûr d'avoir envie de la compagnie de Mrs Blair jusqu'en Rhodésie, et retour. Les femmes réclament tant d'attentions. Et elles sont parfois si emcombrantes !

— Ai-je encore invité quelqu'un d'autre ? demandai-je alors très inquiet.

On a quelquefois de ces impulsions !

— Mrs Blair a l'air de penser que vous auriez également offert une place au colonel Race.

— Je devais être complètement saoul pour avoir invité Race, grommelai-je. Oui, complètement saoul, même. Un bon conseil, Pagett ; que cet œil poché vous serve de leçon. Ne vous laissez plus aller à la boisson !

— Vous savez bien, sir Eustache, que je suis membre de la ligue anti-alcoolique.

— Mieux vaut faire vœu de tempérance en effet, si l'on a une faiblesse de ce côté-là. Je n'ai invité personne d'autre, n'est-ce pas, Pagett ?

— Pas à ma connaissance, monsieur.

J'ai poussé un soupir de soulagement.

— Il y a aussi miss Beddingfeld, dis-je pensivement. Elle veut aller en Rodhésie pour déterrer des os, si j'ai bien compris. J'ai envie de lui proposer de me servir de secrétaire, à titre temporaire. Je sais qu'elle tape à la machine. Elle me l'a dit.

À ma surprise, Pagett s'est opposé avec véhémence à cette idée. Il n'aime pas Anne Beddingfeld. Depuis la fameuse nuit qui lui a valu un œil poché, il ne supporte plus qu'on prononce son nom. Pagett ou l'homme aux mystères.

Rien que pour l'embêter, je vais inviter cette fille. Comme je l'ai déjà dit, elle a de très jolies jambes.

## 18

## Suite des aventures d'Anne

Tant que je vivrai, je n'oublierai jamais l'instant où j'ai découvert la montagne de la Table. Je m'étais levée horriblement tôt et, j'étais montée tout droit sur le pont des embarcations, ce qui est un épouvantable délit. Je m'y étais risquée, cherchant la solitude. Nous allions entrer dans la baie. Des nuages blancs et floconneux couronnaient la montagne, tandis qu'à flanc de coteau, juste au bord de la mer, la ville était nichée, endormie, dorée et fascinante sous le soleil levant.

J'en restai le souffle coupé. J'éprouvais cette curieuse

douleur qui vous creuse parfois le ventre devant trop de beauté. Je ne sais pas très bien m'exprimer, mais j'avais compris que je venais de trouver, ne fût-ce que l'espace d'un instant, ce que je cherchais depuis mon départ de Little Hampsley. Quelque chose de nouveau, d'inimaginable jusque-là, quelque chose qui venait combler mon horrible faim de romanesque.

Dans un silence absolu, ou qui, du moins, me paraissait tel, le *Kilmorden* approchait de plus en plus près. Tout à fait comme en rêve. Mais comme tous les rêveurs, je ne pouvais pas me contenter de rêver. Pauvres humains que nous sommes : nous avons tellement peur de rater quelque chose !

— C'est l'Afrique du Sud, ne cessai-je de me répéter. L'Afrique du Sud, l'Afrique du Sud ! Tu découvres le monde. C'est ça, le monde. Le voilà. Rends-toi compte, Anne Beddingfeld ! Tu découvres le monde !

Je me croyais seule sur le pont. Mais, à cet instant, je remarquai quelqu'un, accoudé comme moi au bastingage, et qui comme moi était plongé dans la contemplation de la ville. Avant même qu'il n'ait tourné la tête, je sus qui c'était. Dans la douce lumière du matin, la scène de la nuit précédente paraissait irréelle et mélodramatique. Qu'avait-il dû penser de moi ? Je rougis en y songeant. Croyais-je ou non à ce que je lui avais dit à ce moment-là ?

Je détournai résolument la tête, les yeux fixés sur la montagne de la Table. Si Rayburn était venu là afin d'être seul, je n'allais pas le déranger en lui signalant ma présence.

Mais à ma vive surprise, j'entendis des pas légers approcher derrière moi, puis une voix agréable et normale :

— Miss Beddingfeld ?

— Oui ?

Je me retournai.

— Je voudrais vous présenter mes excuses. Je me suis conduit comme un rustre, la nuit dernière.

— Ce... c'était une nuit un peu particulière, m'empressai-je de dire.

Ce n'était pas très brillant, mais il ne m'était rien venu de mieux à l'esprit.

— Me pardonnerez-vous ?

Sans un mot, je lui tendis la main. Il la prit.

— Je veux vous dire encore autre chose, me déclara-t-il sur un ton plus grave. Vous ne le savez sans doute pas, miss

Beddingfeld, mais vous vous trouvez mêlée à une affaire dangereuse.

— C'est ce que j'avais cru comprendre.

— Non. Vous ne pouvez pas le savoir. Je tiens à vous mettre en garde. Laissez tomber cette histoire. Elle ne vous concerne pas. N'allez pas fourrer votre nez dans les affaires des autres par pure curiosité. Non, je vous en prie, ne vous fâchez pas encore une fois. Je ne parle pas de moi. Mais vous n'avez aucune idée des gens auxquels vous allez vous heurter. Des hommes impitoyables. Des hommes que rien n'arrête. Vous êtes déjà en danger, songez à la nuit dernière. Ils se figurent que vous savez quelque chose. Votre seule chance serait de les persuader qu'ils se trompent. Mais soyez prudente, soyez toujours sur vos gardes. Et si jamais vous tombiez entre leurs mains, n'essayez pas de jouer au plus fin, dites-leur la vérité: c'est votre seule chance.

— Vous me donnez la chair de poule, Mr Rayburn, dis-je — et ce n'était pas tout à fait faux. Mais pourquoi prenez-vous la peine de m'avertir?

Il ne répondit pas tout de suite. Enfin il dit à voix basse:

— C'est peut-être la dernière chose que j'aurai pu faire pour vous. Une fois à terre, je serai hors de danger, mais je ne parviendrai peut-être jamais à terre.

— Quoi? m'écriai-je?

— Voyez-vous, je crains que vous ne soyez pas la seule personne ici à savoir que je suis « l'Homme au Complet Marron ».

— Si vous croyez que j'ai parlé... dis-je avec feu.

Il me rassura d'un sourire:

— Je ne doute pas de vous, miss Beddingfeld. Si je l'ai dit, j'ai menti. Non, mais il y a une autre personne à bord qui le sait. Il n'a qu'à parler et mon compte est bon. Mais il ne parlera peut-être pas.

— Pourquoi?

— Parce qu'il aime faire cavalier seul. Si la police mettait la main sur moi, je lui deviendrais inutile, alors qu'en liberté... Enfin, d'ici une heure, nous serons fixés.

Il eut un petit rire moqueur, mais je vis ses traits se durcir. S'il jouait avec le Destin, il n'était pas mauvais joueur. Il savait perdre avec le sourire.

— En tout cas, fit-il sur un ton léger, je ne crois pas que nous nous reverrons.

— Non, dis-je lentement. En effet.

— Eh bien... adieu.

— Adieu.

Il me serra la main très fort, fixa sur moi un instant son regard curieusement clair, mais brûlant, puis il tourna les talons et me planta là. J'entendis ses pas résonner sur le pont. Et leur écho, encore et encore. J'avais l'impression que je les entendrais toujours. Des pas sortant de ma vie.

Je dois avouer que les deux heures qui suivirent n'eurent rien d'agréable. Ce ne fut qu'une fois à quai, en ayant fini avec les ridicules formalités que les bureaucrates vous imposent, que je respirai de nouveau librement. Il n'y avait pas eu d'arrestation, il faisait un temps superbe, et je mourais de faim. Je rejoignis Suzanne. De toute façon, j'allais passer au moins une nuit dans le même hôtel qu'elle. Il n'y avait pas de bateau pour Port Elisabeth et Durban avant le lendemain matin. Nous prîmes un taxi qui nous emmena au *Mont-Nelson*.

Tout était divin : l'air, le soleil, les fleurs, tout était divin ! Quand je pensais à Little Hampsley en janvier — à la boue qui vous monte jusqu'aux genoux, à la pluie qui va tomber à coup sûr — je me félicitais d'être là. Mais Suzanne était loin d'être aussi enthousiaste. Elle avait déjà beaucoup voyagé. Et elle n'était pas du genre à s'enthousiasmer avant le petit déjeuner. Comme je poussais un cri d'émerveillement devant un liseron bleu géant, elle me morigéna sévèrement.

À propos, je voudrais qu'il soit bien établi dès maintenant que cette histoire ne sera pas une histoire sud-africaine. Je ne garantis pas la couleur locale, une dizaine de mots en italique à chaque page, ce genre de choses-là. J'admire beaucoup ça, mais j'en suis incapable. Dans les mers du Sud, par exemple, vous devez faire immédiatement allusion à la *bêche-de-mer*. Je ne sais pas ce qu'est une *bêche-de-mer*, je ne l'ai jamais su et je ne le saurai sans doute jamais. En Afrique du Sud, vous devez aussitôt parler de *stoep*. Ça, je sais ce que c'est. C'est une chose qui entoure la maison et où vous pouvez vous asseoir. Dans d'autres parties du monde, on appelle ça une *véranda*, une *piazza* ou un *ha-ha*. Et puis il y a les *papayes*. J'ai tout de suite compris ce que c'était parce que j'en ai trouvé une en plein devant moi au petit déjeuner. J'ai d'abord pensé qu'il s'agissait d'un melon pourri. La servante hollandaise m'a convaincu d'y goûter de nouveau en y ajoutant du sucre et du jus de citron. J'ai été enchantée de faire connaissance avec une papaye. Pour moi, ce mot se trouvait vaguement associé au *hula-hula* qui, je crois, mais je peux me tromper, est une espèce de jupe de paille que portent les danseuses hawaïennes. Non, je crois que je confonds, ça c'est un *lava-lava*.

Quoi qu'il en soit, ce sont des choses plutôt gaies après l'Angleterre. Je ne peux pas m'empêcher de penser que notre froide vie d'insulaires serait illuminée si on pouvait avoir du *bacon-bacon* au petit déjeuner et se mettre un *blazer-blazer* sur le dos pour aller ensuite jouer aux courses.

Après le petit déjeuner, Suzanne s'apprivoisa un peu. J'occupais la chambre voisine, avec une vue splendide sur la baie. Je m'absorbai dans sa contemplation, tandis que Suzanne partait à la chasse de je ne sais quelle crème de jour. Après l'avoir trouvée et avoir aussitôt commencé à se l'appliquer, elle devint capable de m'écouter.

— Avez-vous vu sir Eustache ? lui demandai-je. Il sortait de la salle à manger quand nous sommes entrées. On lui avait donné un poisson ou je ne sais quoi de mauvais, et il était en train d'expliquer au maître d'hôtel ce qu'il en pensait. Et puis il a jeté une pêche par terre, histoire de lui prouver à quel point elle était dure, seulement elle n'était pas aussi dure qu'il le croyait et elle s'est écrabouillée.

Suzanne sourit.

— Apparemment, sir Eustache n'aime pas plus que moi se lever de bonne heure. Mais, Anne, avez-vous vu Mr Pagett ? Je l'ai croisé dans le couloir, il a un œil au beurre noir. Qu'est-ce qu'il a pu faire ?

— Il a simplement tenté de me jeter par-dessus bord, répliquai-je avec nonchalance.

Je marquai un point. Abandonnant sa joue à moitié ointe, Suzanne exigea des détails. Je les lui donnai.

— Le mystère s'épaissit ! s'écria-t-elle. Je me figurais que surveiller sir Eustache serait un travail de tout repos, et qu'avec le révérend Chichester, tout le plaisir serait pour vous. À présent, j'en suis moins sûre. J'espère que Pagett ne profitera pas de l'obscurité pour me pousser hors du train.

— À mon avis, vous êtes encore au-dessus de tout soupçon,

Suzanne. Mais si le pire arrivait, je télégraphierais à Clarence.

— Cela me fait penser... Passez-moi un formulaire de télégramme. Voyons, que vais-je mettre ? *Impliquée dans le plus passionnant des mystères prière de m'envoyer d'urgence mille livres Suzanne.*

Je lui pris le formulaire des mains et lui fis remarquer qu'elle pouvait supprimer « le plus », « des » et même « prière de », si elle ne craignait pas d'être impolie. Mais en matière d'argent, Suzanne n'était pas timorée. Au lieu de suivre mes conseils d'économie, elle ajouta deux mots encore : *m'amuse énormément.*

Suzanne devait déjeuner avec des amis qui passèrent la chercher à l'hôtel vers 11 heures. Je me retrouvai livrée à moi-même. Je sortis par les jardins de l'hôtel, puis traversai les voies du tramway et pris une avenue ombragée qui m'amena jusqu'à la rue principale. Je marchais en flânant, regardant tout, ravie de sentir le soleil, de voir autour de moi les visages noirs des vendeurs de fleurs et de fruits. Je découvris aussi quelque part des glaces délicieuses. Pour finir, j'achetai un panier de pêches de six pence et regagnai mon hôtel.

À mon heureuse surprise, j'y trouvai un message. Il émanait du conservateur du Muséum d'histoire naturelle. Il avait lu dans un journal que la fille de feu le Pr Beddingfeld venait de débarquer du *Kilmorden*. Il avait vaguement connu mon père et avait une grande admiration pour lui. Sa femme, continuait-il, serait ravie si j'acceptais de venir prendre le thé avec eux cet après-midi, à leur villa de Muizenberg. Il m'indiquait en outre comment m'y rendre.

Cela me faisait plaisir de voir qu'on se souvenait encore de mon pauvre papa avec autant d'estime. Je prévoyais déjà que je ne pourrais pas échapper à une visite guidée du Muséum avant mon départ du Cap, mais je décidai de prendre le risque. La plupart des gens auraient d'ailleurs considéré ça comme une fête, mais on se lasse des meilleures choses quand on en a été gavé matin, midi et soir.

Je mis mon plus beau chapeau (un laissé pour compte de Suzanne), mon linge le moins chiffonné et partis aussitôt après le déjeuner, pris l'express et arrivai une demi-heure plus tard à Muizenberg. Le trajet fut très agréable. À allure réduite, nous longeâmes le pied de la montagne de la Table, tapissé de fleurs ravissantes. Mes notions de géographie étant très approximatives, je ne m'étais jamais avisée que le Cap se trouvait sur une péninsule ; aussi fus-je très étonnée, en descendant du train, d'être de nouveau face à la mer. On s'y baignait, c'était charmant. Des gens arrivaient, chevauchant les vagues sur de courtes planches incurvées. Il était beaucoup trop tôt pour le thé. Je décidai d'aller me baigner et quand on me proposa une planche de surf, je dis : « Oui, s'il vous plaît ». Le surf, ça a l'air très facile. Ça ne l'est *pas*. Je n'en dirai pas plus. Je finis par me mettre en colère et faillis envoyer ma planche au diable. Néanmoins, je décidai de faire une nouvelle tentative, à la première occasion. Je refusais de m'avouer vaincue. Tout à coup, par le plus grand des hasards, je réussis un bout de course sur ma planche et je sortis de là, délirante de joie. C'est ça, le surf : ou vous poussez des jurons, ou vous êtes stupidement content de vous.

Je trouvai la villa Medgee sans trop de mal. Elle se dressait à flanc de coteau, isolée des autres. Je sonnai et un boy Kafir, souriant, vint m'ouvrir.

— Mrs Raffini ? demandai-je.

Il me fit entrer, me précéda dans le couloir et m'ouvrit une autre porte. Au moment d'entrer, j'hésitai, saisie d'une soudaine appréhension. Dès que je l'eus franchie, la porte se referma vivement derrière moi.

L'homme, qui était assis derrière un bureau, se leva et avança, la main tendue.

— Ravi d'avoir pu vous persuader de nous rendre visite, miss Beddingfeld.

Il était grand, visiblement hollandais, avec une barbe orange flamboyante. Il ne ressemblait pas le moins du monde à un conservateur de musée. En un éclair, je compris que je m'étais laissé berner.

J'étais entre les mains de l'ennemi.

## 19

Cela me rappela irrésistiblement l'épisode III des *Aventures de Pamela*. Combien de fois, assise à ma place à six pence, et grignotant une tablette de chocolat au lait à deux pence, n'avais-je pas rêvé que pareille mésaventure m'arrive ! Eh bien, voilà qu'elle m'arrivait pour de bon ! Je ne sais pas pourquoi, mais ce n'était pas aussi amusant que je me l'étais imaginé. C'est parfait sur un écran de cinéma quand on a la réconfortante certitude qu'un épisode IV est prévu. Mais dans la vie réelle, rien ne me garantissait que les Aventures d'Anne ne se termineraient pas brusquement à la fin de n'importe quel épisode.

Oui, j'étais dans une situation difficile. Tout ce que m'avait dit Rayburn ce matin-là me revint à l'esprit avec une déplaisante netteté. Dites la vérité, m'avait-il conseillé. Ma foi, je pouvais toujours le faire, mais cela m'aiderait-il ? Pour commencer, croirait-on à mon histoire ? Jugerait-on vraisemblable ou même possible que j'aie pu me lancer dans cette folle équipée à cause d'un bout de papier empestant la naphtaline ? Cela sonnait comme un conte invraisemblable à mes propres oreilles. À la lumière de la froide raison, saisie de nostalgie pour Little Hampsley et son paisible ennui, je me traitai d'incurable idiote en quête de mélodrame.

Toutes ces idées me traversèrent l'esprit en moins de temps qu'il n'en faut pour le dire. Instinctivement, je reculai vers la porte et mis la main sur la poignée. Mon ravisseur se contenta de sourire.

— Vous êtes ici et vous y resterez, remarqua-t-il sur un ton facétieux.

Je m'efforçai de faire bonne figure :

— J'ai été invité par le conservateur du Muséum du Cap. Si j'ai fait une erreur...

— Une erreur ? Oh oui, une grave erreur, déclara-t-il avec un gros rire.

— De quel droit me retenez-vous ici ? J'irai à la police...

— Ouah, ouah, ouah ! On dirait un petit chien mécanique ! fit-il en riant toujours.

Je m'assis.

— J'en conclus que vous devez être fou ! fis-je froidement.

— Vraiment ?

— Je tiens à vous faire remarquer que mes amis savent très bien où je suis allée et qu'ils ne manqueront pas de venir me chercher si je ne suis pas rentrée ce soir. Vous comprenez ?

— Ainsi vos amis savent où vous êtes ? Quels amis ?

Ainsi mise au défi, je calculai mes chances en un éclair. Fallait-il citer sir Eustache? Il était très connu, son nom pèserait peut-être d'un certain poids. Mais si ces gens-là étaient en cheville avec Pagett, ils sauraient que je mentais. Je préférai ne pas risquer sir Eustache.

— Mrs Blair, par exemple, lançai-je. L'amie avec laquelle je suis descendue à l'hôtel.

— Je ne pense pas, répondit mon interlocuteur en secouant sa tête orange d'un air sournois. Vous ne l'avez pas revue depuis 11 heures ce matin. Et vous avez trouvé le message vous invitant à venir ici à midi.

Ces paroles montraient qu'ils étaient au courant de tous mes mouvements, mais je n'allais pas renoncer sans me battre.

— Vous n'êtes pas bête, dis-je. Mais peut-être avez-vous entendu parler de cette invention très utile connue sous le nom de téléphone? Mrs Blair m'a appelée après le déjeuner, alors que je me reposais dans ma chambre. C'est là que je lui ai dit où j'allais cet après-midi.

À ma vive satisfaction, je vis une ombre d'inquiétude passer sur son visage. De toute évidence, il n'avait pas envisagé que Suzanne pût me téléphoner. J'aurais bien voulu qu'elle l'ait vraiment fait!

— En voilà assez, fit-il brusquement en se levant.

— Que comptez-vous faire de moi? lui demandai-je, essayant toujours de paraître calme.

— Vous installer dans un endroit où vous ne serez pas dangereuse, au cas où vos amis viendraient effectivement vous chercher.

Cela me glaça le sang, mais la suite me rassura:

— Demain, vous aurez à répondre à certaines questions. Après quoi, nous saurons quoi faire de vous. Et je peux vous assurer, jeune personne, que nous avons plus d'un moyen pour faire parler les petites idiotes entêtées.

Il n'y avait pas de quoi pousser des cris de joie, mais c'était au moins un répit. J'avais jusqu'au lendemain. Cet homme n'était, de toute évidence, qu'un subalterne, chargé d'exécuter les ordres de son supérieur. Ce supérieur serait-il par hasard Pagett?

Il appela deux Kafirs, qui m'obligèrent à monter à l'étage. J'eus beau me débattre, ils me bâillonnèrent et me déposèrent pieds et poings liés dans une mansarde poussiéreuse, apparemment inoccupée depuis longtemps. Le Hollandais me fit un salut moqueur et se retira en fermant la porte derrière lui.

J'étais réduite à l'impuissance. J'avais beau me tourner et me retourner, je n'arrivais pas à desserrer mes liens, et mon bâillon m'empêchait d'appeler à l'aide. Quand bien même quelqu'un serait passé près de la maison, je ne pouvais rien faire pour attirer son attention. J'entendis une porte se fermer en bas. Le Hollandais venait sans doute de sortir.

J'étais hors de moi de ne pouvoir rien faire. Je forçai encore sur mes liens, mais les nœuds tenaient bon. Finalement, je renonçai et je m'évanouis — ou m'endormis. Quand je repris conscience, j'avais mal partout. La nuit était tombée et devait même être assez avancée car la lune était haute dans le ciel et éclairait ma mansarde à travers la tabatière poussiéreuse. Mon bâillon m'étouffait et mes membres étaient si raides et si douloureux que c'en était insupportable.

Tout à coup, mes yeux tombèrent sur un petit morceau de verre cassé, abandonné dans un coin. Je l'avais aperçu grâce au rayon de lune qui le faisait briller. Il me vint une idée.

Je ne pouvais remuer ni les bras ni les jambes, mais je pouvais sûrement rouler... Lentement, maladroitement, je me mis en mouvement. Ce n'était pas facile. Non seulement je m'abîmais la figure car je ne pouvais pas la protéger avec mes bras, mais je ne pouvais pas non plus contrôler ma direction.

Je roulais en tous sens, sauf dans le bon. Je finis quand même par atteindre mon objectif. Je le touchais presque de mes mains liées.

Ce n'était pas gagné pour autant. Il me fallut une éternité pour pousser le bout de verre, par à-coups, jusqu'au mur et arriver à le caler, de façon à pouvoir y frotter mes liens de haut en bas. La procédure fut longue et difficile, et je faillis désespérer. Mais, à la fin, je réussis à entamer les cordes qui me liaient les mains. Le reste fut une question de temps. Après m'être vigoureusement massé les poignets, la circulation du sang fut rétablie, et je pus défaire mon bâillon. Et quand j'eus respiré une ou deux fois à pleins poumons, je me sentis mieux.

Après avoir défait le dernier nœud, je ne parvins pas tout de suite à me lever. Quand j'y parvins enfin, j'agitai les bras pour combattre l'ankylose et n'eus bientôt plus qu'un seul désir : trouver quelque chose à me mettre sous la dent.

Je patientai environ un quart d'heure, afin de m'assurer que j'avais récupéré mes forces. Après quoi, je me glissai sur la pointe des pieds jusqu'à la porte. Comme je l'avais espéré, elle n'était pas fermée à clé. Je l'ouvris et risquai un œil dehors.

Tout était tranquille. Le rayon de lune, qui filtrait par la fenêtre, m'éclairait un escalier aux marches nues et poussiéreuses. Avec précaution, je m'y engageai. Toujours pas le moindre bruit. Mais en arrivant sur le palier, j'entendis un murmure de voix. Je m'arrêtai net et restai un certain temps sans bouger. Une horloge sonna, me signalant qu'il était passé minuit.

J'étais tout à fait consciente des risques que je prendrais en m'aventurant plus bas, mais la curiosité fut la plus forte. Le cœur battant, j'entrepris mon exploration. Je descendis sans bruit la dernière volée de marches et me retrouvai dans une entrée carrée. Je regardai autour de moi et étouffai un cri : un boy kafir était assis à côté de la porte d'entrée. Il ne m'avait pas vue et, à en juger par sa respiration, il était profondément endormi.

Devais-je battre en retraite ou au contraire aller de l'avant ? Les voix venaient de la pièce où l'on m'avait introduite à mon arrivée. L'une était celle de mon ami hollandais, l'autre, je ne la reconnaissais pas, bien qu'elle me parût vaguement familière.

Je finis par décider que j'avais le devoir d'écouter tout ce qui pouvait se dire, au risque de réveiller le Kafir. Je traversai sans bruit le vestibule et m'accroupis devant la porte du bureau. Je n'entendis pas mieux. Les voix me parvenaient avec plus de force, mais je ne distinguais pas les paroles.

Au lieu d'écouter, j'appliquai mon œil au trou de la serrure. Comme je l'avais deviné, l'un de mes interlocuteurs était bien le gros Hollandais, mais l'autre échappait à mon champ de vision.

Soudain, il se leva pour se servir à boire. J'aperçus son dos, noir et digne. Avant qu'il ne se retourne, je l'avais reconnu.

Mr Chichester !

Maintenant je commençais à distinguer les mots.

— Tout de même, c'est dangereux. Et si ses amis venaient la chercher ?

C'était le grand qui venait de parler. Chichester lui répondit, mais sans rien de l'onction du missionnaire. Pas étonnant que je ne l'aie pas reconnu plus tôt !

— C'est du bluff ! Ils n'ont pas la moindre idée de l'endroit où elle se trouve.

— Elle semblait très sûre d'elle.

— C'est bien possible. Mais nous n'avons rien à craindre, je m'en suis assuré. D'ailleurs, ce sont les ordres du « Colonel ». Vous n'avez pas l'intention de vous y opposer, j'imagine ?

Le Hollandais lâcha un mot dans sa langue, sans doute une vive dénégation.

— Pourquoi ne pas lui donner un bon coup sur la tête, alors ? gronda-t-il. Le bateau est prêt. Nous pourrions l'emmener en mer.

— Oui, dit Chichester d'un ton pensif, c'est ce que je devrais faire. Elle en sait trop, c'est certain. Mais le « Colonel » mène ses affaires en solitaire, les autres n'en ont pas le droit. (Un souvenir pénible sembla lui revenir.) Il veut tirer des informations de la fille.

Avant de prononcer le mot « informations », il avait fait un petit arrêt, ce qui n'avait pas échappé au Hollandais.

— Des informations ?

— Quelque chose comme ça.

Les diamants ! me dis-je.

— Et maintenant, poursuivit Chichester, donnez-moi les listes.

Leur conversation me devint tout à fait incompréhensible. Il était question d'énormes quantités de légumes. Ils donnaient des prix, des dates, des noms de lieux qui m'étaient inconnus. Ces vérifications et ces calculs les occupèrent une bonne demi-heure.

— Bon, dit Chichester, tandis que je percevais le raclement d'un siège qu'on repousse. Je vais aller montrer ces chiffres au « Colonel ».

— Quand comptez-vous partir ?

— À 10 heures demain matin, je pense.

— Vous voulez voir la fille avant ?

— Non. Les ordres sont formels, personne ne doit la voir avant l'arrivée du « Colonel ». Elle va bien ?

— Elle dormait quand j'y suis allé avant le dîner. Et pour la nourriture ?

— Une petite diète ne lui fera pas de mal. Le « Colonel » sera là demain dans la journée. Affamée, elle répondra mieux à ses questions. D'ici là, il vaut mieux que personne ne l'approche. Elle est bien ligotée?

Le Hollandais se mit à rire.

— Qu'est-ce que vous croyez?

Ils se mirent à rire encore tous les deux. J'en fis de même, sous cape. Mais comprenant qu'ils s'apprêtaient à sortir de la pièce, je battis vivement en retraite. Juste à temps. Je n'avais pas plus tôt grimpé l'escalier que j'entendis la porte du bureau s'ouvrir et le Kafir s'agiter. Je ne pouvais plus songer à m'échapper par la porte d'entrée. Je regagnai prudemment mon grenier, rassemblai mes liens autour de moi et me rallongeai sur le sol, pour le cas où ils se mettraient en tête de venir jeter un coup d'œil.

Ils n'en firent rien, cependant. Au bout d'une heure environ, je descendis les escaliers à pas de loup. Mais le Kafir était à la porte, éveillé, et chantonnait en sourdine. J'étais impatiente de sortir de cette maison, mais je ne voyais pas du tout comment m'y prendre.

Je finis par regagner encore une fois mon grenier. De toute évidence, le Kafir était de garde pour la nuit. J'écoutai sans broncher le bruit des préparatifs matinaux. Les hommes prirent leur petit déjeuner dans l'entrée. Leurs voix me parvenaient distinctement. Je commençais à perdre mon courage. Comment diable s'échapper de cette maison?

Je m'efforçais de rester calme. Un geste inconsidéré risquait de tout gâcher. Après le petit déjeuner, j'entendis partir Chichester. À mon grand soulagement, le Hollandais l'accompagna.

J'attendais, la respiration coupée. On desservit, on fit le ménage... Enfin, toute activité sembla cesser. Une fois de plus, je sortis de mon antre. Multipliant les précautions, je descendis l'escalier. L'entrée était déserte. En un clin d'œil, je la traversai, ouvris la porte et me retrouvai dehors, au soleil. Je dévalai l'allée comme une possédée.

Dans la rue, je repris un pas normal. Les gens me dévisageaient, ce qui n'avait rien d'étonnant. J'avais dû me couvrir de poussière en me roulant par terre dans le grenier. J'arrivai enfin devant un garage. J'entrai.

— Je viens d'avoir un accident, déclarai-je. Il me faut une

voiture pour aller immédiatement au Cap. Je dois attraper le bateau pour Durban.

Je n'attendis pas longtemps. Dix minutes après, je fonçais en direction du Cap. Il fallait que je découvre si Chichester était à bord. Je ne savais pas si je devais embarquer ou non moi-même, mais finalement, je décidai de le faire. Chichester ne pouvait pas savoir que je l'avais vu à la villa de Muizenberg. Il me tendrait sans doute d'autres pièges, mais je serais sur mes gardes. Et c'était lui, l'homme que je cherchais, l'homme lancé à la poursuite des diamants pour le compte du mystérieux « Colonel ». Hélas ! quand j'arrivai sur les quais, le *Kilmorden Castle* filait vers le large. Et je n'avais aucun moyen de savoir si Chichester se trouvait ou non à bord.

## 20

Je retournai à l'hôtel. N'apercevant personne de connu dans le hall, je montai quatre à quatre et frappai à la porte de Suzanne. Elle me cria d'entrer. En me voyant, elle se jeta à mon cou :

— Anne, mon petit ! où étiez-vous passée ? Je me suis fait un sang d'encre ! Que vous est-il arrivé ?

— Des aventures, répondis-je. *Les Aventures de Pamela*, Épisode III.

Je lui racontai toute l'histoire. Quand j'eus fini, elle poussa un profond soupir.

— Pourquoi faut-il que ces choses-là tombent toujours sur vous ? s'exclama-t-elle sur un ton plaintif. Pourquoi est-ce qu'on ne me bâillonne pas, pourquoi est-ce qu'on ne m'attache pas les pieds et les mains, à moi aussi ?

— Cela ne vous plairait pas du tout, lui assurai-je. Pour vous dire la vérité, je n'ai plus tellement soif d'aventures, moi non plus. Un petit peu à la fois, c'est suffisant.

Suzanne ne parut pas convaincue. Bâillonnée et ficelée pendant une heure ou deux, elle aurait vite changé d'avis. Suzanne aime les frissons mais déteste l'inconfort.

— Qu'allons-nous faire à présent ? demanda-t-elle.

— Je n'en sais rien, dis-je pensivement. Vous partez toujours pour la Rhodésie, bien sûr, pour garder un œil sur Pagett.

— Et vous ?

C'était bien là le problème. Chichester était-il ou non à bord du *Kilmorden* ? Comptait-il toujours se rendre à Durban ? À en juger par l'heure à laquelle il avait quitté Muizenberg, il semblait que la réponse fût « oui » aux deux questions. En ce cas, je pouvais aller à Durban par le train. J'arriverais peut-être même avant le bateau. D'un autre côté, si on lui avait télégraphié que je m'étais enfuie, et aussi que j'avais quitté le Cap pour Durban, il lui serait facile de débarquer à Port Elisabeth ou à East London, et de m'échapper définitivement.

Le problème était plutôt épineux.

— En tout état de cause, nous allons nous renseigner sur les trains à destination de Durban, dis-je.

— Il n'est pas trop tard pour le thé du matin, dit Suzanne. Nous le prendrons au salon.

À la réception, on m'informa que le prochain train pour Durban partait ce soir, à 20 h 15. Sans rien décider encore, je rejoignis Suzanne au salon pour un thé du matin un peu retardé.

— Croyez-vous que vous pourriez vraiment reconnaître encore Chichester, sous un autre déguisement, j'entends ? me demanda Suzanne.

Je secouai la tête d'un air piteux.

— Sans votre croquis, jamais je ne l'aurais reconnu, déguisé en femme de chambre.

— C'est un acteur professionnel, j'en suis sûre, décréta Suzanne. Il n'a pas son pareil pour se grimer. Il peut débarquer en marin ou en Dieu sait quoi, et vous serez incapable de le repérer.

— Vous êtes très encourageante !

À cet instant, le colonel Race entra par la porte-fenêtre, et vint nous rejoindre.

— Que fait donc sir Eustache ? s'enquit Suzanne. Je ne l'ai pas vu de la journée.

Une curieuse expression passa sur les traits du colonel.

— Il a quelques petits problèmes personnels qui le tiennent occupé.

— Racontez-nous ça !

— Vous me prenez pour qui !

— Voyons, racontez-nous un petit quelque chose — quitte à l'inventer pour nous distraire.

— Eh bien, nous avons voyagé avec le fameux « Homme au Complet Marron ». Que dites-vous de cela ?

— *Quoi ?*

Le sang se retira de mon visage, puis afflua de nouveau. Par bonheur, le colonel Race ne me regardait pas.

— C'est un fait. Tous les ports étaient en alerte, mais il a embobiné Pedler qui l'a embauché comme secrétaire !

— Ce n'est quand même pas Mr Pagett ?

— Non, pas lui, l'autre. Celui qui se fait appeler Rayburn.

— Est-ce qu'on l'a arrêté ? demanda Suzanne, en me serrant la main sous la table.

J'attendis la réponse, la respiration coupée.

— Il semble s'être volatilisé.

— Comment sir Eustache le prend-il ?

— Comme une insulte personnelle du destin.

Un peu plus tard, dans la journée, Sir Eustache eut l'occasion de nous exposer lui-même son point de vue. Nous faisions une petite sieste quand un chasseur nous apporta un mot. Il nous priait, en termes attendrissants, de lui faire le plaisir de lui tenir compagnie pour le thé, dans son salon.

Le pauvre homme était dans un triste état. Encouragé par les murmures compatissants de Suzanne (elle fait très bien ce genre de choses), il nous confia ses ennuis.

— Tout d'abord, une parfaite étrangère a l'impertinence de se faire assassiner dans ma maison — histoire de m'embêter, j'imagine. Pourquoi ma maison ? Pourquoi diable, de toutes les maisons du Royaume-Uni, aller choisir le Moulin ? Quel mal ai-je fait à cette femme pour qu'elle aille se faire assassiner là-bas ?

Suzanne émit un de ces bruits compatissants et sir Eustache poursuivit, sur un ton encore plus chagriné :

— Et, comme si cela ne suffisait pas, l'individu qui l'a assassinée a l'outrecuidance, la colossale outrecuidance de se faire embaucher par moi comme secrétaire ! Mon secrétaire, rien que ça ! Je suis fatigué des secrétaires, je n'aurai plus jamais de secrétaire ! Quand ce ne sont pas des tueurs déguisés, ce sont des ivrognes querelleurs. Vous avez vu l'œil au beurre noir de Pagett ? Évidemment, vous l'avez vu ! Est-ce que je peux me promener avec un secrétaire pareil? Sans compter sa figure qui est d'un jaune affreux — la couleur qui va le plus mal avec un œil poché! J'en ai fini avec les secrétaires — à moins de trouver une fille... une jolie fille aux yeux humides, qui me prendra la main, quand je suis énervé. Qu'en dites-vous, miss Anne? Le poste vous tente-t-il?

— Tous les combien de temps devrai-je vous prendre la main? demandai-je en riant.

— Tout le jour durant, répliqua galamment sir Eustache.

— Dans ce cas, je ne taperai pas grand-chose à la machine!

— Aucune importance. C'est Pagett qui invente tout ce travail. Il me ferait travailler à mort! J'attends avec impatience de le laisser au Cap.

— Il va rester derrière vous?

— Oui, la perspective de filer Rayburn l'enthousiasme. C'est le genre de chose qui lui va comme un gant! Il adore les complots. Mais mon offre est des plus sérieuses. Voulez-vous venir avec moi? Mrs Blair ferait un parfait chaperon et vous pourriez avoir une demi-journée de temps en temps pour aller déterrer vos os.

— Merci infiniment, sir Eustache, dis-je prudemment, mais je compte partir ce soir pour Durban.

— Allons, ne soyez pas si têtue! N'oubliez pas qu'il y a beaucoup de lions en Rhodésie. Vous les aimerez. Toutes les filles aiment les lions.

— S'entraînent-ils à sauter très bas? lui lançai-je en riant. Non, merci infiniment, mais je dois aller à Durban.

Sir Eustache me regarda, poussa un profond soupir, alla ouvrir la porte de la chambre communicante, et appela Pagett.

— Si vous avez fini votre petite sieste, mon cher ami, vous pourriez peut-être travailler un peu, pour changer.

Guy Pagett apparut. Il s'inclina devant nous, sans avoir pu réprimer un léger sursaut à ma vue, puis répliqua d'un ton mélancolique:

— J'ai passé tout l'après-midi à taper ce mémorandum, sir Eustache.

— Eh bien, arrêtez de taper, alors. Filez donc à la Bourse du Commerce, à la Chambre d'Agriculture, au Service des Mines, ou à un de ces endroits-là et demandez-leur de me prêter une secrétaire quelconque pour m'accompagner en Rhodésie. Elle doit avoir, de préférence, des yeux humides, et accepter que je lui tienne la main.

— Oui, sir Eustache. Je vais leur demander une bonne sténo-dactylo.

— Il est redoutable, ce Pagett ! dit sir Eustache, sitôt celui-ci parti. Je suis prêt à parier qu'il va me trouver une créature au visage en lame de couteau — rien que pour m'embêter. Ah ! il faut qu'elle ait aussi de jolies jambes — j'ai oublié de le mentionner.

Très agitée, je saisis Suzanne par la main, je la traînai presque jusque dans sa chambre.

— Suzanne, il nous faut dresser un plan d'action, et vite ! Vous avez entendu ? Pagett va rester ici !

— Oui. Cela signifie sans doute que je ne pourrai pas aller en Rhodésie, ce qui me contrarie beaucoup. Je *veux* aller en Rhodésie ! Quel ennui !

— Vous irez, n'ayez pas peur. Je ne vois pas comment vous pourriez vous dédire au dernier moment sans éveiller de graves soupçons. D'autre part, sir Eustache peut convoquer Pagett à tout instant — auquel cas, il vous sera encore plus difficile de le suivre.

— Cela ne serait guère convenable, dit Suzanne en souriant. Je serais obligée de faire semblant d'être follement amoureuse de lui !

— En revanche, si vous êtes déjà sur place quand il arrivera, cela paraîtra tout à fait naturel. D'ailleurs, je crois que nous ne devrions pas perdre de vue les deux autres.

— Oh ! Anne, vous ne soupçonnez quand même pas le colonel Race ou sir Eustache ?

— Je soupçonne tout le monde, répliquai-je, l'air sombre. Si si vous avez lu des romans policiers, Suzanne, vous sauriez que le coupable est toujours celui qu'on ne soupçonnait pas. Les criminels gras et joyeux comme sir Eustache ne se comptent plus.

— Le colonel Race n'est ni particulièrement gras, ni particulièrement gai.

— Ils sont parfois maigres et taciturnes, rétorquai-je. Non que je les suspecte sérieusement l'un ou l'autre — mais après tout, c'est dans la maison de sir Eustache que cette femme a été assassinée...

— Bon, bon, nous n'allons pas encore revenir là-dessus. Je le surveillerai pour vous, Anne, et si je le vois devenir encore plus gros et encore plus joyeux, je vous télégraphierai aussitôt: *Embonpoint de sir E. hautement suspect Venez vite.*

— Vraiment, Suzanne, m'écriai-je, vous semblez croire que tout cela n'est qu'un jeu !

— Je sais bien, fit Suzanne, sans se démonter. C'est l'impression que j'ai, c'est votre faute, Anne. Je me suis laissé gagner par votre désir d'aventures. Cela n'a pas l'air réel du tout. Seigneur ! Si Clarence apprenait que je traque de dangereux criminels à travers l'Afrique, il en aurait une attaque.

— Pourquoi ne lui enverriez-vous pas un câble pour l'en avertir ? suggérai-je, sarcastique.

Dès qu'il est question d'expédier un câble, Suzanne perd tout son humour. Elle prit ma suggestion au sérieux.

— Je pourrais, évidemment. Mais il faudrait qu'il soit très long, remarqua-t-elle, son regard s'illuminant à cette perspective. Non, il vaut mieux pas. Les maris vous gâchent toujours les distractions les plus innocentes !

— Bon, dis-je pour résumer la situation, vous garderez l'œil sur sir Eustache et sur le colonel Race...

— Je sais pourquoi je dois surveiller sir Eustache, dit Suzanne, m'interrompant. C'est à cause de sa silhouette et à cause de sa conversation amusante. Mais il me semble que c'est aller un peu loin que de soupçonner le colonel Race. Il a même quelque chose à voir avec les Services secrets ! Vous savez, Anne, je crois que nous ferions bien de nous confier à lui, et de lui raconter toute l'histoire.

Je m'opposai vigoureusement à cette proposition déloyale. Je reconnaissais bien là un des effets du mariage. Combien de fois n'ai-je pas entendu une femme, par ailleurs fort intelligente, affirmer comme s'il s'agissait d'un argument irréfutable : « Edgar dit que... ». Alors que vous tenez cet Edgar pour un parfait imbécile. En raison de son statut de femme mariée, Suzanne éprouvait le besoin de s'appuyer sur un homme quel qu'il fût.

Toutefois, elle promit de ne pas souffler mot de notre histoire au colonel Race, et nous nous remîmes à échafauder nos plans.

— Il est clair que je dois rester, dis-je, et surveiller Pagett.

La meilleure façon de m'y prendre, c'est de faire semblant de partir ce soir pour Durban, de descendre mes bagages et d'aller m'installer dans un petit hôtel quelconque. Quand il se croira débarrassé de moi et que je me serai un peu changée — en mettant une perruque blonde et une de ces épaisses voilettes blanches, par exemple —, j'aurai plus de chances de voir clair dans son jeu.

Suzanne approuva chaudement ce plan. Nous nous livrâmes ostensiblement à tous les préparatifs nécessaires, je bouclai mes valises et j'allai demander encore une fois les horaires des trains.

Nous descendîmes déjeuner au restaurant. Le colonel Race ne se montra pas, mais sir Eustache et Pagett occupaient leur table, à côté de la fenêtre. Pagett s'éclipsa au beau milieu du déjeuner, ce qui me contraria, car j'avais prévu de lui faire mes adieux. Cependant, sir Eustache ferait aussi bien l'affaire. Je me dirigeai vers lui, sitôt mon dîner terminé.

— Au revoir, sir Eustache, lui dis-je. Je pars ce soir pour Durban.

Il poussa un profond soupir :

— C'est ce que j'ai entendu dire. Vous ne voulez pas que je vous accompagne, non ?

— J'en serais ravie.

— Charmante enfant ! Vous êtes bien sûre que vous ne voulez pas changer d'avis et venir voir les lions en Rhodésie ?

— Tout à fait sûre.

— Ce doit être un très beau garçon, gémit sir Eustache. Un jeune freluquet de Durban, j'imagine, qui rejette loin dans l'ombre mes charmes mûrissants. À propos, Pagett descend en ville avec la voiture dans quelques minutes. Il pourra vous déposer à la gare.

— Oh, non, merci, dis-je précipitamment. Mrs Blair et moi avons déjà commandé un taxi.

Aller à la gare avec Pagett, c'était tout ce que je ne voulais pas ! Sir Eustache me regarda attentivement.

— Je crois que vous n'avez pas beaucoup de sympathie pour Pagett. Je ne vous le reproche pas. On chercherait en vain un pareil âne, aussi zélé et se mêlant de tout ; il se promène partout avec des airs de martyr et fait tout ce qu'il peut pour m'exaspérer !

— Qu'a-t-il encore fait ? demandai-je avec curiosité.

— Il m'a trouvé une secrétaire. Vous n'avez jamais vu une femme pareille ! La quarantaine bien sonnée, avec un pince-nez, des chaussures compensées et un air d'efficacité qui sera ma mort. En plus, comme je l'avais prévu, elle a le visage en forme de brise-glace !

— Est-ce qu'elle vous tiendra la main ?

— J'espère bien que non ! s'exclama sir Eustache. Ce serait le comble ! Eh bien, adieu, yeux humides ! Si j'abats un lion, je ne vous donnerai pas la peau étant donné l'ignoble façon dont vous m'avez abandonné !

Il me serra chaleureusement la main et nous nous quittâmes. Suzanne m'attendait dans le hall. Elle devait m'accompagner à la gare.

— Filons en vitesse, dis-je, en faisant signe au portier de héler un taxi.

Une voix me fit sursauter.

— Excusez-moi, miss Beddingfeld, mais je descends justement dans le centre. Je peux vous déposer à la gare, Mrs Blair et vous.

— Oh, merci, dis-je vivement, mais je ne voudrais pas vous déranger. Je...

— Cela ne me dérange pas du tout, je vous assure. Portier, chargez les bagages !

Que faire ? J'aurais pu continuer à protester, mais un discret coup de coude de Suzanne m'incita à la prudence.

— Je vous remercie, Mr Pagett, dis-je sèchement.

Nous montâmes tous dans la voiture. Tandis que nous roulions vers la ville, je me creusai vainement la cervelle pour trouver quelque chose à dire. À la fin, Pagett rompit le silence :

— J'ai trouvé une secrétaire très compétente pour sir Eustache. Miss Pettigrew.

— Il ne délire pas d'enthousiasme à son sujet, remarquai-je.

Pagett me regarda froidement.

— C'est une excellente sténodactylo, fit-il sur un ton définitif.

Nous nous arrêtâmes devant la gare. Il allait sûrement nous laisser là. Je lui tendis la main. Mais non...

— Je vais vous accompagner. Il est juste 8 heures. Votre train part dans un quart d'heure.

Il donna des instructions au porteur. Je restai sans réaction, n'osant pas même regarder Suzanne. Cet homme avait des soupçons. Il était décidé à s'assurer que je partais bien par ce train. Que faire ? Rien. Je me voyais déjà, un quart d'heure plus tard, quittant la station, tandis que Pagett, planté sur le quai, me ferait des gestes d'adieu. Il avait habilement retourné la situation. Son comportement envers moi s'était modifié. Il affectait à présent une cordialité forcée qui lui seyait mal et qui me levait le cœur. Il était mielleux et hypocrite. D'abord, il essayait de me tuer et maintenant il me faisait des compliments. Se figurait-il que je ne l'avais pas reconnu, cette nuit-là, sur le bateau ? Non, c'était une comédie, une comédie qu'il me forçait de jouer, en se moquant de moi en son for intérieur.

Comme un agneau qu'on mène à l'abattoir, j'obéissais sans broncher. On entassa mes bagages dans le wagon-lit — je disposais de deux couchettes pour moi toute seule. Il était 8 h 12. Dans trois minutes, le train s'ébranlerait.

Mais Pagett avait compté sans Suzanne.

— Anne, vous allez traverser des contrées torrides, me déclara-t-elle soudain. Surtout demain, dans le Karou. Vous n'avez pas oublié de prendre de l'eau de Cologne ou de la lavande, j'espère ?

Je renvoyai la balle aussitôt.

— Mon Dieu ! m'écriai-je. J'ai laissé mon eau de Cologne sur la coiffeuse, à l'hôtel.

Suzanne a l'habitude de se faire obéir.

— Vite, Mr Pagett ! s'écria-t-elle d'un ton impérieux. Vous avez juste le temps. Il y a une pharmacie devant la gare. Anne ne peut pas partir sans eau de Cologne !

Il hésita, mais résister à Suzanne, c'était trop lui demander. Suzanne est un autocrate-né. Il partit. Suzanne le suivit des yeux jusqu'à ce qu'il ait disparu.

— Vite, Anne ! descendez de l'autre côté pour le cas où il nous surveillerait du bout du quai. Tant pis pour vos bagages. Vous enverrez un télégramme demain à ce sujet. Oh, pourvu que le train parte à l'heure !

J'ouvris la portière donnant sur l'autre quai et je descendis. Personne ne m'observait. Je voyais Suzanne, là où je l'avais laissée, la tête levée, apparemment en conversation avec moi. Sur un coup de sifflet, le train s'ébranla. J'entendis des pas précipités sur le quai. Je me dissimulai dans l'ombre complice d'un kiosque pour observer la scène.

Suzanne arrêta d'agiter son mouchoir en direction du train.

— Trop tard, Mr Pagett, dit-elle sur un ton enjoué. Elle est partie ! C'est l'eau de Cologne ? Quel dommage de ne pas y avoir pensé plus tôt !

Ils passèrent tout près de moi pour sortir de la gare. Guy Pagett était en nage. Il avait dû aller jusqu'à la pharmacie et retour en courant.

— Dois-je vous appeler un taxi, Mrs Blair ?

Suzanne joua son rôle à la perfection.

— Oui, je vous en prie. Puis-je vous déposer quelque part ? Vous avez beaucoup à faire pour sir Eustache ? Ah ! j'aurais aimé qu'Anne soit des nôtres demain. L'idée qu'une jeune fille comme elle voyage seule ne me plaît pas du tout. Mais elle n'a pas voulu en démordre. Il faut croire que quelque chose l'attire là-bas...

Je n'entendis pas la suite. Astucieuse Suzanne ! Elle m'avait sauvée...

Je laissai passer quelques minutes et sortis à mon tour de la gare. Ce faisant, je faillis heurter quelqu'un, un homme à l'aspect déplaisant et un nez démesurément grand.

## 21

Mes plans ne rencontrèrent plus d'obstacles. Dans une rue éloignée du centre, je trouvai un petit hôtel, je pris une chambre, versai des arrhes car je n'avais pas de bagages, et allai gentiment me coucher. Le lendemain, je me levai de bonne heure et sortis acheter une modeste garde-robe. Je ne comptais rien faire avant le départ du train de 11 heures pour la Rodhésie qui emmènerait à peu près tout le monde. D'ici là, Pagett se tiendrait sans doute tranquille. Je sautai donc dans un tram pour aller me promener en dehors de la ville. Il faisait relativement frais et j'étais heureuse de pouvoir me dégourdir les jambes après cette longue traversée et mon emprisonnement à Muizenberg.

Le destin dépend souvent de petites choses. Mon lacet s'étant défait, je m'arrêtai pour le renouer. Je venais de tourner le coin d'une rue. J'étais pliée sur ma chaussure quand un homme arriva, faillit me heurter. Il souleva son chapeau, murmura une vague excuse et poursuivit son chemin. Son visage me parut vaguement familier, mais je l'oubliai aussitôt. Je jetai un coup d'œil à ma montre. Le temps avait passé. Je décidai de regagner le Cap.

Un tram allait partir. Je me suis mise à courir. J'entendis courir derrière moi. Je sautai dans le tram, l'autre aussi. Je le reconnus immédiatement. C'était l'homme qui avait failli me heurter quand je renouais mon lacet, et en un éclair, je compris pourquoi ses traits me paraissaient familiers. C'était le petit homme au gros nez que j'avais bousculé la veille en sortant de la gare.

La coïncidence était plutôt ahurissante. Était-il possible que cet homme me suive délibérément? Je décidai d'en avoir le cœur net sur-le-champ. Je tirai la cloche et descendis au premier arrêt. L'homme resta dans le tram. Je me cachai dans l'ombre d'un porche et attendis. L'homme descendit à l'arrêt suivant, et revint en arrière dans ma direction.

Le doute n'était plus permis. J'étais suivie. Je m'étais félicitée trop tôt. Ma victoire sur Pagett prenait un nouvel aspect. Je hélai le tram suivant, et comme je le pensais, mon poursuivant monta derrière moi. Je me mis à réfléchir sérieusement.

C'était clair, j'avais mis le pied sur quelque chose de plus important que je ne l'avais cru. Le meurtre de Marlow n'était pas un acte isolé commis par un individu isolé. J'avais affaire à un gang et, grâce aux révélations que le colonel Race avait faites à Suzanne, grâce aux propos que j'avais surpris à Muizenberg, je commençais à entrevoir quelques-unes de ses multiples activités. Activités criminelles, organisées par celui que ses hommes appelaient « Le Colonel ». Certains des propos que j'avais entendus à bord me revinrent à propos de la grève du Rand qui aurait été fomentée par une organisation secrète. C'était l'œuvre du « Colonel ». Ses émissaires agissaient selon un plan soigneusement ourdi. Il n'intervenait jamais lui-même, d'après ce que j'avais entendu dire, il ne faisait qu'organiser et diriger. Il se réservait le travail noble — à d'autres le travail dangereux. Mais il pouvait lui arriver d'aller lui-même sur le terrain et de mener des opérations depuis une position tout à la fois stratégique et insoupçonnable.

C'est ce qui expliquait sans doute la présence du colonel Race à bord du *Kilmorden*. Il traquait un grand criminel. Tout semblait concorder. Haut placé dans les Services secrets, Race était chargé d'épingler le « Colonel ».

Je hochai la tête. Tout me devenait clair. Mais, et moi dans cette affaire ? Où intervenais-je ? Ces gens convoitaient-ils simplement les diamants ? C'était peu probable. Quelle que fût la valeur de ces diamants, elle ne pouvait justifier les tentatives désespérées faites pour m'éliminer. Non, je représentais plus que ça. D'une certaine façon, que j'ignorais, j'étais pour eux une menace, un danger ! Je savais quelque chose ou ils me soupçonnaient de savoir quelque chose qui les rendait anxieux de se débarrasser de moi — et ce quelque chose avait un rapport avec les diamants. Une seule personne était capable de m'éclairer — s'il y consentait ! C'était Harry Rayburn, « l'Homme au Complet Marron ». Il connaissait, lui, l'autre moitié de l'histoire. Malheureusement, il s'était évanoui dans la nuit, c'était une créature pourchassée. Selon toutes probabilités, nous ne nous reverrions jamais...

Je revins brusquement à la réalité. Je ne devais pas faire du sentiment à propos de Harry Rayburn. Dès la première minute, il m'avait témoigné la plus vive antipathie. Ou du moins... Mais voilà que je recommençais à rêver. Le vrai problème, c'était : que faire *maintenant* ?

Moi qui me faisais fort de filer les autres, j'étais filée à mon tour. Et j'avais peur ! Pour la première fois, je commençais à perdre mon sang-froid. J'étais le petit grain de sable qui risquait d'entraver le fonctionnement de la grosse machine — et j'avais dans l'idée que la machine trouverait un moyen expéditif pour se débarrasser du grain de sable. Harry Rayburn m'avait déjà tirée d'affaire une fois et je m'étais moi-même tirée d'affaire une autre fois, mais j'avais soudain l'impression que les chances étaient contre moi. J'étais cernée de toutes parts par des ennemis qui se rapprochaient inexorablement. Si je continuais à faire cavalier seul, j'étais perdue.

Non sans effort, je me ressaisis. Après tout, que pouvaient-ils faire ? Je me trouvais dans une ville civilisée, avec des agents de police à chaque coin de rue. Il suffisait que je reste sur mes gardes. Je ne devais pas me laisser prendre au piège comme à Muizenberg.

À ce point de mes méditations, le tram arrivait à Adderley. Je descendis. Ne sachant où aller, je remontai lentement la rue du côté gauche. Je ne pris pas la peine de me retourner pour voir si j'étais suivie. Je savais que je l'étais. J'entrai dans un café et commandai deux cafés glacés pour me soutenir les nerfs. Un homme aurait sans doute pris un whisky bien tassé, mais les filles tirent un grand réconfort du café glacé. J'aspirai avidement le liquide froid avec ma paille. Il me procura un véritable bien-être. Je poussai de côté le premier verre, vide.

Je m'étais installée au comptoir, sur un tabouret. Du coin de l'œil, je vis mon suiveur arriver et s'asseoir discrètement à une table, près de l'entrée. Je terminai mon deuxième café glacé et en commandai un troisième. Je peux avaler une quantité pratiquement illimitée de cafés glacés.

Soudain à ma grande surprise, je vis l'homme se lever et sortir. S'il comptait m'attendre dehors, pourquoi ne pas l'avoir fait tout de suite ? Je me laissai glisser de mon siège et j'allai avec précaution à la porte. Je me reculai vivement dans l'ombre. Le type était en train de parler à Guy Pagett !

Si j'avais eu encore des doutes, ils se seraient dissipés. Pagett tira sa montre et la consulta. Ils échangèrent quelques mots, puis Pagett repartit vers la gare. De toute évidence, il venait de donner ses ordres. Mais lesquels ?

Soudain, j'eus un coup au cœur. L'homme qui m'avait suivie traversa la rue et s'adressa à un agent. Il lui parla longuement, en gesticulant, lui montrant le café. Je compris aussitôt son plan : me faire arrêter, sous un prétexte ou un autre, pour vol à la tire peut-être. Quoi de plus facile pour eux que de monter une petite affaire de ce genre ! Je pourrais toujours protester de mon innocence ! Ils auront tout prévu. Harry Rayburn, dont l'innocence me semblait indubitable, n'avait pas pu se disculper de l'accusation de vol des diamants De Beers. Quelle chance avais-je, moi, de me défendre contre un coup monté par le « Colonel » ?

Machinalement, je jetai un coup d'œil à l'horloge, et aussitôt, je vis l'incident sous un jour nouveau. Je compris pourquoi Pagett avait consulté sa montre. Il était presque 11 heures et à 11 heures, le train postal partait pour la Rhodésie, emportant tous les amis influents susceptibles de me venir en aide. Voilà pourquoi j'étais encore saine et sauve. Jusqu'à 11 heures ce matin, j'avais été en sûreté, mais à présent, le filet allait se resserrer autour de moi.

J'ouvris mon sac en hâte pour régler mes consommations... et mon cœur s'arrêta. Dans mon sac, il y avait un portefeuille, bourré de billets de banque. On avait dû l'y glisser adroitement lorsque j'étais descendue du tram.

Je perdis la tête. Je me ruai hors du café, au moment où le petit type au gros nez et l'agent traversaient la chaussée. En me voyant, le petit type, tout excité, me désigna à l'agent. Je pris mes jambes à mon cou. Cet agent de police n'avait pas l'air d'être un rapide. Je devais me lancer. Sans aucun plan en tête. Je dévalai simplement Adderley Street pour sauver ma peau. Les gens me regardaient. L'un d'eux n'allait pas tarder à m'arrêter.

Une idée me traversa soudain l'esprit.

— La gare? demandai-je, hors d'haleine.

— Un peu plus loin, à droite.

Je fonçai. Il est permis de courir pour attraper un train. Je venais de me ruer dans la gare, quand j'entendis des pas derrière moi. Le petit bonhomme au gros nez était un sprinter de première classe. Il allait me rejoindre avant que je ne trouve le quai que je cherchais. Je jetai un coup d'œil à l'horloge : il était 11 heures moins une. Mon plan pouvait encore réussir.

Je m'étais précipitée dans la gare par la grande entrée, j'en ressortis tout aussi vite, par une autre issue. En face, se trouvait une entrée latérale de la poste, dont la porte principale se situait également sur Adderley Street.

Comme je m'y attendais, au lieu de me suivre à l'intérieur, mon poursuivant dévala la rue pour me barrer la route quand je sortirais de la poste, ou pour demander à l'agent de police de le faire.

En un rien de temps, je retraversai la rue et rentrai dans la gare. Je courais comme une folle. Il était 11 heures juste. Le train s'ébranlait quand je déboulai sur le quai. Un porteur tenta de me retenir, mais je m'arrachai à lui et sautai sur le marchepied. Je grimpai les deux marches et ouvris la portière. J'étais sauvée !

Le train prit de la vitesse. Nous passâmes devant un homme, planté tout seul au bout du quai. J'agitai la main.

— Au revoir, Mr Pagett ! lui criai-je.

Je n'ai jamais vu quelqu'un d'aussi ahuri. Il avait l'air d'avoir aperçu un fantôme.

Quelques instants après, le contrôleur voulut me créer des difficultés, mais je le pris de haut.

— Je suis la secrétaire de sir Eustache Pedler, fis-je sur un ton plein de morgue. Veuillez me conduire à son compartiment privé.

Suzanne et le colonel Race se trouvaient sur l'impériale. À ma vue, ils poussèrent tous les deux un cri de surprise.

— Salut ! miss Anne, me lança le colonel. D'où sortez-vous ? Je vous croyais partie pour Durban ! Quelle surprenante personne vous faites !

Suzanne ne dit rien, mais ses yeux posaient mille questions.

— Je dois me présenter à mon patron, déclarai-je sans me démonter. Où se trouve-t-il ?

— Dans le bureau — le compartiment du milieu —, occupé à dicter une foule de lettres à cette pauvre miss Pettigrew.

— Ce goût du labeur me semble bien soudain, fis-je remarquer.

— Hum ! fit le colonel Race, je crois qu'il a dans l'idée de lui donner suffisamment de travail pour l'enchaîner à sa machine à écrire le restant de la journée.

J'éclatai de rire. Suivie par les deux autres, je partis à la recherche de sir Eustache. Il allait et venait dans l'espace exigu, déversant un flot de paroles sur l'infortunée secrétaire que je voyais pour la première fois. C'était une grande femme massive à l'air efficace, habillée de gris et portant lorgnon. À voir sa grimace et la façon dont son crayon volait, j'eus l'impression qu'elle avait du mal à suivre le rythme de sir Eustache.

J'entrai dans le compartiment.

— Au rapport, monsieur ! lançai-je crânement.

Sir Eustache s'arrêta net au milieu d'une phrase alambiquée sur la situation du monde du travail, et me fixa, abasourdi. Malgré son air efficace, miss Pettigrew devait avoir les nerfs fragiles, car elle fit un bond comme si on lui avait tiré dessus.

— Dieu vous bénisse ! s'exclama sir Eustache. Et le jeune homme de Durban ?

— C'est vous que je préfère, soufflai-je.

— Chère petite ! Vous pouvez commencer à me tenir la main dès maintenant.

Miss Pettigrew toussota, et sir Eustache retira précipitamment la main qu'il me tendait.

— Ah, oui, fit-il. Voyons, où en étions-nous ? Oui : Tylman Roos, dans son discours à... — Eh bien, que se passe-t-il ? Pourquoi ne notez-vous pas ?

— Je crois, dit le colonel Race aimablement, que miss Pettigrew a cassé son crayon.

Il le lui prit des mains et se mit à le tailler. Sir Eustache et moi, nous le regardâmes, étonnés. Il y avait quelque chose dans le ton du colonel Race, que je ne comprenais pas.

## 22

### EXTRAITS DU JOURNAL INTIME DE SIR EUSTACHE PEDLER

J'ai envie d'abandonner mes Mémoires. À la place, j'écrirai un court article intitulé : « Mes secrétaires. » En ce qui concerne les secrétaires, je n'ai vraiment pas de chance. Ou je n'en ai pas du tout, ou j'en ai trop. À l'heure actuelle, je m'achemine vers la Rhodésie avec une meute de femmes. Naturellement, Race s'est réservé les deux plus jolies, et m'a laissé le canard boiteux. C'est toujours comme ça. Et pourtant, c'est *mon* wagon privé, pas celui de Race.

Anne Beddingfeld m'accompagne aussi en Rhodésie, à titre de secrétaire intérimaire. Mais elle a passé tout l'après-midi sur la plate-forme, avec Race, à admirer le paysage. Je lui avais dit, il est vrai, que son principal devoir serait de me tenir la main. Mais elle ne fait même pas ça ! Elle a peut-être peur de miss Pettigrew. Ce n'est pas moi qui l'en blâmerai. La demoiselle en question manque totalement de charme. C'est une femelle repoussante aux grands pieds, plutôt masculine.

Cette Anne Beddingfeld a quelque chose de très mystérieux. Elle a sauté dans le train à la dernière minute, soufflant comme une locomotive, comme si elle venait de disputer une course, alors que Pagett m'avait dit l'avoir vue partir pour Durban la veille au soir. De deux choses l'une : ou Pagett avait encore bu, ou cette fille joue de son corps astral.

Et elle ne s'explique jamais. Personne n'explique rien. Oui.

« Mes secrétaires »... Numéro 1 : un meurtrier fuyant la justice. Numéro 2 : un alcoolique honteux qui mène des intrigues louches en Italie. Numéro 3 : une fille ravissante qui possède la très utile faculté de se trouver en deux lieux à la fois. Numéro 4 : miss Pettigrew, un dangereux malfaiteur travesti, j'en suis sûr. Probablement un ami italien de Pagett. Je ne serais pas étonné d'apprendre un jour que Pagett a grossièrement trompé son monde. Somme toute, le meilleur de la bande était encore Rayburn. Il ne m'a jamais gêné ni contrarié. Quant à Pagett, il a eu le culot de faire entreposer la malle aux papiers dans mon compartiment. On ne peut plus faire un pas sans buter dessus.

Je suis allé sur la plate-forme, espérant être accueilli avec des cris de joie. Mais Race tenait les deux dames sous son charme avec une de ses histoires de voyages. Ce wagon devrait être étiqueté non pas « sir Eustache et invités », mais « colonel Race et harem ».

Mrs Blair s'est mise en tête de prendre de ridicules photos. Chaque fois que nous abordons un virage dangereux, tandis que nous grimpons de plus en plus haut, elle prend une photo de la locomotive.

— Comprenez ! s'est-elle exclamée, ravie. Il faut un tournant pour pouvoir photographier de l'arrière la tête du train ! Et avec les montagnes dans le fond, ça aura l'air terriblement dangereux !

Je lui ai fait remarquer que personne ne verra que cette photo a été prise du train même. Elle m'a regardé avec pitié.

— J'écrirai dessous : « Prise du train. Locomotive abordant un tournant. »

— Mais vous pourriez écrire cela sous n'importe quel cliché de train ! lui ai-je fait remarquer.

Les femmes ne pensent jamais à ces choses simples.

— Je suis contente de traverser cette région en plein jour, s'exclama Anne Beddingfeld. Je n'aurais rien vu de tout ça si j'étais partie pour Durban la nuit dernière.

— Sûrement pas, dit le colonel Race en souriant. Vous vous seriez réveillée demain matin au beau milieu du désert brûlant et rocailleux du Karou.

— Je me félicite d'avoir changé d'avis, fit Anne avec un soupir d'aise en regardant autour d'elle.

Il faut reconnaître que la vue était sublime. Nous tournions en zigzag, nous nous hissions de plus en plus haut dans les immenses montagnes qui nous entouraient.

— Est-ce le meilleur train de la journée pour la Rhodésie? demanda Anne Beddingfeld.

— De la journée? a répété Race en riant. Mais, chère mademoiselle, il n'y a que trois trains par semaine, le lundi, le mercredi et le samedi. Vous rendez-vous compte que nous n'arriverons pas aux Chutes avant samedi prochain?

— Comme nous nous connaîtrons bien d'ici là! glissa malicieusement Mrs Blair. Combien de temps comptez-vous rester aux Chutes, sir Eustache?

— Cela dépendra, ai-je répondu prudemment.

— De quoi?

— De ce qui se passe à Johannesburg. J'avais prévu de rester deux ou trois jours aux Chutes — que je n'ai encore jamais vues, bien que ce soit mon troisième séjour en Afrique —, puis de pousser jusqu'à Johannesburg pour étudier la situation dans le Rand. Chez nous, vous savez, je fais autorité en matière de politique sud-africaine. Mais d'après les rumeurs qui courent, d'ici une semaine, il ne fera pas bon séjourner à Johannesburg. Je n'ai aucune envie d'étudier la situation en pleine révolution.

Race m'a gratifié d'un sourire supérieur.

— Je crois que vos craintes sont exagérées, sir Eustache. Vous ne courrez pas grand danger à Johannesburg.

Les femmes l'ont aussitôt regardé comme un héros. Cela m'agace énormément. Je suis au moins aussi courageux que Race, mais je n'ai pas sa prestance. Ces hommes grands, minces et bronzés, tout leur sourit.

— Je suppose que vous y serez, vous-même? lui ai-je dit avec froideur.

— C'est très possible. Nous pourrons voyager ensemble.

— Je resterai peut-être quelque temps aux Chutes, lui ai-je répondu sans m'engager.

Pourquoi Race tient-il tant à me voir partir pour Johannesburg? Sans doute parce qu'il a jeté son dévolu sur la petite Anne.

— Et vous, miss Anne, quels sont vos projets?

— Cela dépend, a-t-elle répondu avec une circonspection égale à la mienne.

— N'êtes-vous pas ma secrétaire?

— Oh ! mais j'ai été supplantée par miss Pettigrew. Vous avez passé tout l'après-midi à lui tenir la main.

— Quoi que j'aie fait, je peux jurer que ce n'était pas ça, lui ai-je assuré.

*Jeudi soir*

Nous venons de quitter Kimberley. Une fois de plus, les dames ont prié Race de raconter l'histoire du vol des diamants. Pourquoi les femmes sont-elles si émoustillées par tout ce qui touche aux diamants ?

Anne Beddingfeld a enfin levé son voile de mystère. Il semblerait qu'elle travaille pour un journal. Elle a envoyé un interminable télégramme depuis De Aar, ce matin. À en juger par le baragouinage qui s'est prolongé presque toute la nuit dans le compartiment de Mrs Blair, elle a dû lui lire à haute voix la totalité des articles qu'elle a rédigés pour les années à venir.

Il semblerait en outre qu'elle soit depuis longtemps sur les traces de « l'Homme au Complet Marron ». Apparemment, elle ne l'avait pas repéré à bord du *Kilmorden Castle* — en fait, elle n'en a pas eu l'occasion —, mais maintenant elle télégraphie à son journal : *Comment j'ai voyagé avec l'assassin*, et elle invente des histoires du genre : *Ce qu'il m'a déclaré*, etc. Je sais comment on s'y prend. Je le fais moi-même dans mes Mémoires, quand Pagett m'en laisse le loisir. Bien entendu, un de ces efficaces rédacteurs de Nasby rajoutera encore des détails, si bien que lorsque l'article paraîtra enfin dans le *Daily Budget*, lui-même ne pourra pas se reconnaître.

Néanmoins, cette petite ne manque pas de finesse. Toute seule, elle a apparemment réussi à établir l'identité de la femme assassinée dans ma maison. Une danseuse russe, connue sous le nom de Nadine. J'ai demandé à Anne Beddingfeld si elle en était sûre. Elle m'a répondu — tout à fait à la manière de Sherlock Holmes — que c'était une simple déduction. Cependant, j'imagine qu'elle a télégraphié la nouvelle à Nasby comme un fait avéré. Les femmes ont parfois de ces intuitions ! Seulement un peu de simplicité, que diable ! Même si je ne mets pas en doute qu'Anne Beddingfeld ait deviné juste, appeler ça une déduction, c'est absurde.

Comment elle est parvenue à se faire embaucher par le *Daily Budget*, je ne peux pas l'imaginer. Mais c'est le genre de choses dont elle est capable. Impossible de lui résister. Elle a des façons enjôleuses qui dissimulent une invincible détermination. Il suffit de voir comment elle s'est introduite dans mon wagon !

Je commence d'ailleurs à me douter pourquoi. Race a laissé entendre que la police soupçonnait Rayburn de se trouver en Rhodésie. Il aurait pris le train lundi. Je suppose que toutes les gares ont été alertées par télégraphe. On n'a trouvé personne correspondant à son signalement, mais cela ne signifie pas grand-chose. Ce jeune homme est malin et il connaît l'Afrique. Il s'est sûrement habilement travesti en vieille femme kafir, tandis que la police continue à rechercher un beau jeune homme avec une cicatrice, habillé à la dernière mode européenne. Pour ma part, je n'ai jamais cru à cette cicatrice.

En tout cas, Anne Beddingfeld est sur ses traces. Elle aspire à la gloire de le découvrir, pour elle et son journal. De nos jours, les jeunes femmes ont un sang-froid étonnant. Je lui ai laissé entendre que ces façons de faire n'étaient pas très féminines. Elle m'a ri au nez. Et m'a assuré que si elle l'attrapait, sa fortune était faite. Cela ne plaît pas non plus à Race, je le vois bien. Rayburn se trouve peut-être à bord de ce train. En ce cas, nous risquons tous d'être assassinés dans nos couchettes. Je l'ai fait remarquer à Mrs Blair — qui a eu l'air enchantée à cette idée. Elle m'a dit que mon assassinat serait un scoop sensationnel pour Anne. Un scoop sensationnel pour Anne ! Charmant !

Demain, nous traverserons le Bechuanaland, la poussière sera effroyable. À chaque arrêt, des petits Kafirs vont nous proposer de curieuses statuettes en bois, sculptées de leurs propres mains, ainsi que des calebasses et des paniers. Je crains que Mrs Blair en perde la tête. Ces jouets ont un charme primitif qui doit agir sur elle.

*Vendredi soir*

C'est bien ce que je craignais. Mrs Blair et Anne ont acheté quarante-neuf petits animaux en bois !

## 23

### SUITE DES AVENTURES D'ANNE

Je prenais un immense plaisir à ce voyage vers la Rhodésie. Chaque jour nous apportait quelque chose de nouveau et d'excitant. D'abord le merveilleux paysage de la vallée du Hew, puis les immensités désolées du Karou, l'horizon plat du Bechuanaland, et ces adorables jouets que nous proposaient les indigènes. À chaque station — si tant est qu'on puisse appeler ça des stations — nous manquions de rater le train, Suzanne et moi. Ce train donnait l'impression de stopper quand l'envie lui en prenait, et sitôt fait, une horde d'indigènes surgissait du désert, nous tendant des calebasses pleines de bouillie de maïs, des cannes à sucre, des pagnes et d'adorables petits animaux sculptés dans du bois. Suzanne commença aussitôt une collection. Je suivis son exemple. Ils coûtaient un *tiki* (trois pence) et ils étaient tous différents. Il y avait des girafes, des tigres, des serpents, des élans au regard mélancolique et de ridicules petits guerriers noirs. Cela nous plaisait énormément.

Sir Eustache essaya en vain de nous modérer. C'est un miracle si nous ne sommes pas restées dans l'une des oasis de la ligne. En Afrique du Sud, les trains ne sifflent pas, on ne s'agite pas quand ils vont démarrer. Ils s'ébranlent en douceur alors que vous êtes en plein marchandage, et il ne vous reste plus qu'à prendre vos jambes à votre cou.

On peut imaginer avec quelle stupeur Suzanne m'avait vue sauter dans le train, en gare du Cap. Notre première soirée avait été consacrée à un examen exhaustif de la situation. Nous avions parlé jusqu'au milieu de la nuit.

Désormais, il me semblait nécessaire de prévoir une stratégie défensive aussi bien qu'offensive. Tant que je voyagerais avec sir Eustache et ses invités, j'étais à peu près en sécurité. Sir Eustache et le colonel Race étaient des protecteurs puissants et mes ennemis n'allaient pas venir se fourrer dans un tel guêpier. En outre, tant que j'étais près de sir Eustache, je restais plus ou moins en rapport avec Guy Pagett — et Pagett était au cœur du mystère. Je demandai à Suzanne si elle pensait que Pagett pouvait être le mystérieux « Colonel ». Sa position subalterne rendait la chose improbable, pourtant j'avais remarqué que sir Eustache, en dépit de ses manières autocratiques, était très influencé par son secrétaire. C'était un homme facile à vivre et un individu adroit pouvait le mener par le bout du nez. En outre, la relative obscurité de la position de secrétaire pouvait être un écran très utile.

Suzanne n'était pas de cet avis. Elle se refusait à voir en Pagett le cerveau de l'affaire. Le vrai chef, le « Colonel », devait tout diriger dans l'ombre et se trouver déjà en Afrique avant notre arrivée.

Cette idée paraissait plausible, encore qu'elle ne me satisfît pas totalement. Car à chaque événement suspect, on retrouvait Pagett comme un mauvais génie, dirigeant les opérations. Il est vrai qu'il paraissait manquer de la détermination et de l'assurance propres aux grands criminels. Mais après tout, selon le colonel Race, le mystérieux chef se contentait d'échafauder des plans et le génie créatif va souvent de pair avec une faible constitution et un tempérament timoré.

— C'est la fille du professeur qui parle, déclara Suzanne quand je fus arrivée à ce point de mes déductions.

— Cela n'empêche pas que ce soit vrai. D'un autre côté, Pagett n'est peut-être que le grand vizir de Sa Majesté. Enfin, j'aimerais bien savoir d'où sir Eustache tire son argent, ajoutai-je d'un ton rêveur, après un instant de réflexion.

— Vous le soupçonnez donc de nouveau ?

— Suzanne, j'en suis arrivée à un point où je soupçonne tout le monde ! Je ne le soupçonne pas sérieusement... mais, après tout, il est le patron de Pagett, et le propriétaire du Moulin !

— J'ai toujours entendu dire qu'il refuse d'expliquer d'où il tient sa fortune, répondit pensivement Suzanne. Mais cela n'implique pas forcément un crime. Il s'est peut-être enrichi en vendant des clous ou des lotions capillaires !

À contrecœur, je dus en convenir.

— J'espère, fit Suzanne dubitative, que nous ne courons pas le mauvais lièvre ! Que nous ne nous trompons pas du tout au tout en tablant sur la complicité de Pagett ! Et s'il était on ne peut plus honnête ?

— Je ne peux pas le croire, dis-je après un temps de réflexion.

— Après tout, il a toujours justifié le moindre de ses faits et gestes.

— Peut-être, mais pas de façon très convaincante. Par exemple, pour la nuit où il a tenté de m'expédier par-dessus bord, il prétend avoir suivi Rayburn sur le pont, et que Rayburn s'est retourné et l'a assommé ! Mais maintenant nous savons que c'est faux !

— Effectivement, me concéda Suzanne. Mais nous avons entendu l'histoire racontée par sir Eustache. Racontée par Pagett lui-même, ce serait peut-être différent. Vous savez que personne ne rapporte rien sans le déformer un peu.

Je retournai cet argument dans ma tête.

— Non, dis-je enfin, l'hypothèse est insoutenable. Pagett est coupable. On ne peut pas nier qu'il ait tenté de me faire passer par-dessus bord, et tout le reste concorde. Pourquoi tenez-vous tellement à cette nouvelle idée ?

— À cause de sa tête.

— Sa tête ? Mais...

— Oui, je sais ce que vous allez dire. Il a une tête à faire peur. Eh bien, justement. Un homme affligé d'une tête pareille ne peut pas être un homme à faire peur. Il ne peut s'agir que d'une immense farce de la Nature !

L'argument de Suzanne ne me convainquit pas. Je connais bien les premiers âges de la Nature. Si elle a le sens de l'humour, elle ne le montre pas souvent ! Suzanne est bien du genre à revêtir la Nature de ses propres attributs !

Nous passâmes à l'élaboration d'un plan d'action. D'abord, il était clair que je ne pouvais pas continuer à me dérober à toutes les questions. Il me fallait un état social quelconque. J'avais la solution à portée de la main, mais je n'y pensai pas tout de suite : le *Daily Budget* ! Que je parle, ou que je me taise, Harry Rayburn ne s'en trouverait pas davantage compromis. S'il était considéré comme étant « l'Homme au Complet Marron », je n'y étais pour rien. Peut-être même serais-je mieux en mesure de lui venir en aide du le camp adverse. Le « Colonel » et sa bande ne devaient pas soupçonner qu'il existait un lien entre moi et celui qu'ils avaient choisi pour servir de bouc émissaire dans le meurtre de Marlow. Pour autant que je sache, la femme assassinée n'avait toujours pas été identifiée. J'allais télégraphier à lord Nasby, lui suggérer qu'il s'agissait peut-être de « Nadine », la fameuse danseuse russe qui avait si longtemps enchanté Paris. Il me semblait incroyable qu'elle n'ait pas encore été identifiée. C'est plus tard seulement que j'ai compris pourquoi.

Nadine n'était jamais venue en Angleterre. Elle poursuivait à Paris sa brillante carrière et était inconnue du public londonien. D'autre part, les photos de la victime de Marlow qui avaient paru dans la presse étaient si floues que personne n'aurait pu la reconnaître. Enfin, Nadine avait tenu secret son projet de se rendre en Angleterre. Et le lendemain du meurtre, son agent avait reçu une prétendue lettre d'elle, lui annonçant qu'elle retournait en Russie pour affaire privée urgente, et le priant de régler au mieux sa rupture du contrat.

Bien entendu, j'appris tout cela beaucoup plus tard. Avec l'entière approbation de Suzanne, j'envoyai de De Aar un long télégramme. Il arriva à un moment psychologique. (Cela aussi, je l'appris plus tard, bien évidemment.) Le *Daily Budget* était à court de nouvelles sensationnelles. Après vérification, ma supposition s'étant révélée exacte, le *Daily Budget* tenait le scoop de son existence : *La victime du Moulin identifiée par notre envoyée spéciale.* Et ainsi de suite. *Notre envoyée spéciale voyage avec le meurtrier. L'Homme au Complet Marron. Ce qu'il est en réalité.*

Bien entendu, on télégraphia les faits principaux aux journaux d'Afrique du Sud, mais c'est bien plus tard seulement que j'ai pu lire mes articles dans leur intégralité. Je reçus des compliments et des instructions par câble, à Bulawayo. Désormais, je faisais partie de l'équipe du *Daily Budget*, et je reçus un petit mot de félicitations de lord Nasby en personne. J'étais définitivement autorisée à traquer le meurtrier, moi qui savais, et qui étais seule à savoir, que le meurtrier n'était pas Harry Rayburn ! Mais que le monde entier reste dans l'erreur ! Cela valait mieux pour le moment.

## 24

Nous arrivâmes à Bulawayo de bonne heure le samedi matin. L'endroit me déçut. La chaleur était terrible et je détestai l'hôtel. En outre, sir Eustache était, ce que j'appellerai d'humeur archi-maussade. Je pense que nos petits animaux en bois l'agaçaient, en particulier la grande girafe. C'était une girafe colossale, à l'œil doux, au cou invraisemblable et à la queue de travers. Elle avait du caractère. Elle avait du charme. Nous nous disputions déjà pour savoir à qui elle appartenait — à moi ou à Suzanne. Nous avions donné chacune un *tiki* pour son acquisition. Suzanne arguait de son droit d'aînesse et de son statut de femme mariée pour l'emporter, et moi du fait que j'avais été la première à remarquer sa beauté.

Je dois toutefois admettre qu'en attendant, cela occupait une bonne part de notre espace tridimensionnel. Transporter quarante-neuf statuettes de bois très cassant, aux formes les plus bizarres, pose un véritable problème. Nous en avions confié un lot à deux porteurs, mais l'un d'eux laissa aussitôt tomber un ravissant groupe d'autruches, qui y perdirent la tête. Mises en alerte par cet incident, Suzanne et moi nous chargeâmes de tout ce qui était possible, avec l'aide du colonel Race, et je fourrai la grande girafe dans les bras de sir Eustache. Même la sévère miss Pettigrew ne put y échapper et obtint en partage un gros hippopotame et deux guerriers noirs. J'avais l'impression que miss Pettigrew ne m'aimait pas. Elle me prenait sans doute pour une effrontée gourgandine. Toujours est-il qu'elle m'évitait autant que possible. Et le plus curieux, c'est que ses traits me rappelaient vaguement quelqu'un, sans que je puisse dire qui.

Après nous être reposés une bonne partie de la matinée, nous nous rendîmes en voiture sur la tombe de Rhodes, dans le Matoppos. C'était du moins notre projet quand, au dernier moment, sir Eustache changea d'avis. Il était d'humeur presque aussi massacrante que le jour où nous étions arrivés au Cap, et qu'il avait jeté par terre une pêche qui s'était écrasée. De toute évidence, arriver quelque part de bonne heure le matin ne convient pas à son tempérament. Il injuria les portiers, il injuria le garçon au petit déjeuner, il injuria la direction de l'hôtel, il aurait volontiers injurié miss Pettigrew qui voltigeait autour de lui avec son crayon et son bloc, mais même sir Eustache n'osait pas injurier miss Pettigrew. Elle était l'image même de la secrétaire parfaite. J'arrivai juste à temps pour sauver notre chère girafe. J'avais senti que sir Eustache se retenait de l'écraser sur le sol.

Pour en revenir à notre expédition, sitôt que sir Eustache y eut renoncé, miss Pettigrew déclara qu'elle resterait sur place, pour le cas où il aurait besoin d'elle. Et à la dernière minute, Suzanne nous fit dire qu'elle avait la migraine. Je partis donc seule avec le colonel Race.

C'est un homme étrange. Cela ne se remarque pas au milieu des autres. Mais en tête-à-tête, on est presque subjugué par sa personnalité. Il est encore plus taciturne, mais son silence semble plus éloquent que des paroles.

C'était ainsi, ce jour-là, tandis que nous roulions entourés de broussailles jaune ocre, en direction du Matoppos. Tout paraissait étrangement silencieux — hormis notre voiture, sans doute la première Ford jamais construite par l'homme ! La garniture partait en lambeaux, et même moi, qui ne connais rien aux moteurs, je devinais que dans ses intérieurs, tout n'allait pas comme il le devrait.

Peu à peu, le paysage se modifia. De gros rochers empilés, aux formes fantastiques, apparurent. J'eus soudain le sentiment de me retrouver dans des temps primitifs. Un instant, les hommes de Néanderthal prirent autant de réalité pour moi qu'ils en avaient eu pour mon père. Je me tournai vers le colonel Race :

— Ce pays devait être peuplé de géants, fis-je rêveusement. Et leurs enfants jouaient avec des cailloux comme les enfants d'aujourd'hui, ils les entassaient et les jetaient ensuite par terre, et plus ils étaient habiles à les faire tenir en équilibre, plus ils étaient contents. Si je devais donner un nom à cet endroit, je le baptiserais « Le Pays des Enfants Géants ».

— Vous ne croyez peut-être pas si bien dire, déclara gravement le colonel Race. Simple, primitive, immense, c'est ça, l'Afrique.

Je hochai la tête :

— Vous l'aimez beaucoup, n'est-ce pas ?

— Oui. Mais si l'on y vit trop longtemps, on devient... on devient cruel. On prend la vie et la mort à la légère.

— Oui, dis-je, en pensant à Harry Rayburn. Mais pas cruel envers les faibles ? ajoutai-je.

— Tout dépend de ce qu'on appelle faible, miss Anne.

Il avait dit ça sur un ton si sérieux que j'en fus saisie. Je me rendis compte que je le connaissais, au fond, bien peu.

— Je pensais aux enfants et aux chiens.

— Je peux dire sans mentir que je ne me suis jamais montré

cruel envers un enfant ou un chien. Ainsi vous ne classez pas les femmes parmi les êtres faibles ?

Je réfléchis un instant.

— Non, je ne crois pas... encore qu'elles le soient, sans doute... enfin, de nos jours. Mais il fut un temps, disait mon père, où les hommes et les femmes parcouraient le monde ensemble — de force égale, comme lions et tigres...

— Et girafes ? glissa malicieusement le colonel Race.

Je ris. Tout le monde se moquait de notre girafe.

— Et girafes... Ils étaient nomades, voyez-vous. C'est seulement quand ils se sont installés pour vivre en communauté et qu'ils se sont partagé les tâches que les femmes sont devenues faibles. Mais en profondeur bien sûr, elles sont restées les mêmes — elles se sentent les mêmes — et c'est pourquoi les femmes admirent la force physique chez les hommes : c'est ce qu'elles ont eu jadis et qu'elles ont perdu...

— Un culte ancestral, alors ?

— Quelque chose comme ça.

— Et vous y croyez ? Vous pensez vraiment que les femmes adorent la force ?

— Si l'on est honnête, on doit le reconnaître. On s'imagine admirer des qualités morales, mais quand on tombe amoureuse, on régresse jusqu'à cet état primitif où seul compte le physique. Seulement, je ne crois pas que cela s'arrête là ; si l'on vivait dans des conditions primitives, ce serait parfait, mais comme ce n'est pas le cas, en fin de compte, le reste l'emporte. Ce sont toujours les choses qu'on a cru conquérir qui remportent la victoire, non ? Et de la seule façon qui importe. Comme on parle dans la Bible de perdre sa vie pour la trouver.

— En définitive, dit le colonel Race d'un air songeur, on s'éprend de quelqu'un... et puis on se déprend, si je vous comprends bien ?

— Pas exactement, mais on peut le formuler ainsi.

— Je ne pense pas que vous vous soyez jamais déprise, miss Anne.

— Non, effectivement, admis-je franchement.

— Ni que vous vous soyez jamais éprise, non plus ?

Je ne répondis pas.

Nous arrivions à destination, notre conversation prit fin. Nous descendîmes de voiture et commençâmes notre lente ascension. Ce n'était pas la première fois que je me sentais mal à l'aise avec le colonel Race. Il dissimulait si bien ses pensées derrière ses impénétrables yeux noirs ! Il me faisait un peu peur. Il m'avait toujours fait peur. Je ne savais jamais sur quel pied danser avec lui.

Nous grimpâmes en silence jusqu'à l'endroit où gisait Rodhes, sous la garde de géants de pierre. Lieu étrange, à l'écart des hommes, qui chante un hymne sans fin à la beauté sauvage. Nous restâmes assis un moment sans rien dire, puis nous redescendîmes, mais en nous éloignant un peu du chemin. Nous étions parfois obligés de nous frayer un passage des pieds et des mains. Une fois, nous nous trouvâmes devant une pente rocheuse, presque à-pic.

Le colonel Race passa le premier, puis se retourna pour m'aider.

— Autant vous porter, dit-il soudain en me soulevant vivement du sol sans effort.

Il me reposa à terre et me lâcha. Un homme de fer, aux muscles d'acier trempé... Une fois de plus, il me fit peur — d'autant que, loin de s'écarter, il resta planté devant moi, à me dévisager.

— Que faites-vous ici en réalité, Anne Beddingfeld ? me demanda-t-il brusquement.

— J'erre de par le monde, comme une bohémienne.

— Oui, cela doit être vrai. Le reportage n'est qu'un prétexte. Vous n'avez pas l'âme du journaliste. Vous menez votre propre vie. Mais ce n'est pas tout.

Que voulait-il me faire avouer ? J'avais peur. Très peur. Je le regardai bien en face. Mes yeux ne savent pas, comme les siens, dissimuler des secrets, mais ils peuvent porter la guerre en pays ennemi.

— Et que faites-*vous* ici en réalité, colonel Race ? lui demandai-je carrément.

J'ai cru d'abord qu'il ne répondrait pas. Visiblement, il était décontenancé. La réponse vint enfin, sardonique :

— Je suis ambitieux, dit-il. Tout simplement ambitieux. Rappelez-vous, miss Beddingfeld, que l'ambition perdit les anges.

— On prétend, articulai-je lentement, que vous travaillez pour le Gouvernement, que vous êtes dans les Services secrets.

Était-ce un effet de mon imagination ou hésita-t-il un quart de seconde avant de me répondre ?

— Je peux vous assurer, miss Beddingfeld, que je suis ici à titre privé et que je voyage pour mon propre plaisir.

En y repensant, par la suite, je fus frappée par l'ambiguïté de cette réponse. C'était peut-être délibéré.

Nous regagnâmes la voiture en silence. À mi-chemin de Bulawayo, nous nous arrêtâmes pour prendre le thé dans une cabane plutôt primitive, au bord de la route. Le propriétaire, qui bêchait son lopin de terre, parut contrarié d'être dérangé, mais il nous promit de faire ce qu'il pouvait. Après une interminable attente, il nous apporta quelques biscuits rassis et du thé tiédasse. Ensuite il s'éclipsa de nouveau dans son jardin.

Il ne fut pas plus tôt parti que nous nous trouvâmes environnés de chats. Six chats miaulant tous à fendre l'âme. Le vacarme était assourdissant. Je leur jetai quelques miettes de biscuits. Ils les dévorèrent avec avidité. Je leur versai tout le lait dans une soucoupe et ils se battirent pour le laper.

— Oh, m'écriai-je, indignée. Ils sont affamés ! C'est honteux ! Je vous en prie, allez commander encore du lait et des biscuits.

Le colonel Race obéit en silence. Les chats avaient recommencé à miauler. Il revint avec une grande cruche de lait que les chats lapèrent jusqu'à la dernière goutte.

Je me levai, absolument décidée.

— Je vais emmener ces chats avec nous. Je ne peux pas les laisser ici !

— Ma chère enfant, ne soyez pas ridicule. Vous ne pouvez pas emporter six chats *et* cinquante animaux en bois.

— Tant pis pour les animaux en bois. Mais les chats sont vivants. Je veux les ramener avec moi.

— Pas question.

Je lui jetai un regard de colère, mais il poursuivit :

— Vous me jugez cruel, mais on ne peut pas vivre en faisant du sentiment à propos de ce genre de choses. Il n'est pas bon de se singulariser. Je ne vous permettrai pas de les emmener. Nous sommes dans un pays primitif et je suis plus fort que vous.

Je sais m'avouer battue. Je regagnai la voiture, les larmes aux yeux.

— Il n'a sans doute pas de quoi leur donner à manger aujourd'hui, m'expliqua le colonel Race pour me consoler. Sa femme a dû aller faire des courses à Bulawayo. Tout ira bien après. De toute façon, vous savez, le monde est plein de chats affamés.

— Oh, taisez-vous ! répliquai-je avec violence.

— Je veux vous apprendre à voir la vie telle qu'elle est, à être dure et impitoyable comme moi-même... C'est le secret de la force... le secret de la réussite.

— Plutôt la mort ! m'écriai-je.

Nous montâmes dans la voiture et reprîmes notre route. Je me calmai peu à peu. Soudain, à ma vive stupéfaction, le colonel Race me prit la main.

— Anne, me dit-il doucement, voulez-vous m'épouser ?

J'en fus littéralement abasourdie.

— Oh non, bredouillai-je, c'est impossible.

— Pourquoi ?

— Je ne vous aime pas de cette façon... Je n'ai jamais pensé à vous comme ça...

— Je vois. C'est la seule raison ?

Je décidai d'être honnête. Je lui devais bien ça.

— Non, dis-je. Voyez-vous... je... je me suis attachée à quelqu'un d'autre.

— Je vois, répéta-t-il. Est-ce le cas depuis le début... quand je vous ai vue la première fois, sur le *Kilmorden* ?

— Non, soufflai-je, c'est arrivé... après.

— Je vois, dit-il pour la troisième fois, mais d'un ton si décidé que je levai les yeux. Il avait l'air plus sombre que jamais.

— Que... que voulez-vous dire ? balbutiai-je.

Il me regarda, impénétrable, dominateur.

— Seulement... que je sais désormais ce que j'ai à faire.

Ces mots me firent frémir. Ils sous-entendaient une détermination incompréhensible — et cela m'effrayait.

Nous n'échangeâmes plus un mot jusqu'à l'hôtel. J'allai droit chez Suzanne. Elle était allongée en train de lire, et ne semblait pas le moins du monde avoir mal à la tête.

— Le chaperon plein de tact se repose, déclara-t-elle. Voyons, ma petite Anne, qu'y a-t-il ?

Je venais de fondre en larmes.

Je lui racontai seulement les chats. Je trouvais indélicat de lui parler du colonel Race. Mais, fine mouche, Suzanne devina que cela cachait autre chose.

— Vous n'auriez pas attrapé froid, Anne? Cela paraît absurde par cette chaleur, mais vous n'arrêtez pas de frissonner.

— Ce n'est rien, dis-je. Les nerfs sans doute — je tremble comme une feuille... Et j'ai l'impression qu'il va arriver quelque chose d'épouvantable.

— Ne soyez pas ridicule, dit Suzanne. Parlons d'un sujet plus intéressant, Anne, à propos de ces diamants...

— Oui, eh bien?

— Je me demande s'ils sont vraiment en sécurité avec moi. Avant, personne n'aurait pensé à les chercher dans mes affaires. Mais à présent que tout le monde sait à quel point nous sommes amies toutes les deux, on va me soupçonner aussi.

— Mais personne ne sait qu'ils sont dans un rouleau de pellicule! rétorquai-je. C'est une cachette extraordinaire. Je ne peux pas en imaginer une meilleure.

Suzanne accepta de remettre cette discussion jusqu'à ce que nous soyons arrivés aux Chutes.

Notre train partit à 9 heures du matin. Sir Eustache n'était pas de meilleure humeur et miss Pettigrew filait doux. Le colonel Race était égal à lui-même. J'avais l'impression d'avoir rêvé notre conversation de la veille.

Cette nuit-là, sur mon inconfortable couchette, je dormis d'un mauvais sommeil, hanté par des rêves confus et menaçants. Je me réveillai avec la migraine et sortis prendre l'air sur la plate-forme. Il faisait un temps merveilleux, assez frais; aussi loin que portait le regard s'étendaient des collines boisées. Ce paysage m'enchanta. Il me plaisait plus que tout ce que j'avais jamais vu. J'aurais voulu avoir une petite cabane quelque part au cœur du bush — y vivre toujours, toujours...

Il était presque 2 heures et demie quand le colonel Race sortit du « bureau » pour me montrer un brouillard blanc en forme de bouquet qui planait au-dessus d'un secteur du bush.

— Ce sont déjà les embruns, expliqua-t-il. Nous approchons des Chutes.

J'étais toujours en proie au curieux sentiment d'exaltation qui s'était emparé de moi après cette nuit troublée. J'avais le sentiment d'être arrivée chez moi... Chez moi ! Je n'étais pourtant jamais venue ici — ou alors en rêve ?

Nous nous rendîmes à pied de la gare à l'hôtel, vaste bâtisse blanche, aux fenêtres soigneusement garnies de moustiquaires. Il n'y avait ni route, ni habitation. Nous sortîmes sur le *stoep* et je poussai une exclamation étouffée. Devant nous, à cinq cents mètres, les Chutes étaient là. Je n'avais jamais rien vu — et je ne verrais jamais plus rien — d'aussi grandiose et d'aussi beau.

— Anne, vous avez l'air ensorcelée, déclara Suzanne comme nous allions déjeuner. Je ne vous ai encore jamais vue comme ça.

Elle me regardait avec curiosité.

— Ah bon ? fis-je en riant d'un rire qui ne me sembla pas très naturel. C'est sans doute parce que tout cela m'enchante.

— Non, pas seulement, dit-elle, l'air inquiet avec un petit froncement de sourcils plein d'appréhension.

Oui, j'étais heureuse, mais j'avais en outre l'étrange impression d'attendre quelque chose — quelque chose qui n'allait pas tarder à arriver. J'étais tendue, surexcitée.

Après avoir pris le thé, nous sortîmes faire un tour et grimpâmes dans une draisine que des Noirs souriants poussèrent le long des rails jusqu'au pont.

Merveilleux spectacle que ce gouffre immense au fond duquel bouillonnaient les eaux, sous un voile de brume et d'embruns qui, de temps à autre, se déchirait un bref instant pour laisser entrevoir les cataractes, avant de se refermer sur son impénétrable mystère. Tel a toujours été, à mon sens, le charme fascinant et mystérieux des Chutes. Vous pensez à chaque instant que vous allez les voir... et vous ne les voyez jamais.

Nous traversâmes le pont et suivîmes lentement le chemin bordé de pierres blanches qui longeait le précipice. Nous débouchâmes finalement dans une vaste clairière. À gauche, un sentier descendait vers l'abîme.

— Le ravin aux palmiers, précisa le colonel Race. Descendons-nous ou remettons-nous cela à demain ? Cela prendra du temps, et la remontée est assez dure.

— Remettons cela à demain, décida sir Eustache.

J'avais déjà remarqué qu'il n'était pas friand d'exercices physiques.

Il nous fit rebrousser chemin aussitôt. En route, nous croisâmes un bel indigène, suivi d'une femme qui semblait porter toutes leurs possessions — poêle à frire comprise — sur sa tête.

— Je n'ai jamais mon appareil photo quand il le faut, gémit Suzanne.

— Ne craignez rien, Mrs Blair, répliqua le colonel Race. Vous verrez ça encore souvent.

Nous étions de retour sur le pont.

— Voulez-vous traverser la forêt aux arcs-en-ciel, proposa le colonel Race, ou avez-vous peur de l'humidité ?

Suzanne et moi, nous le suivîmes, tandis que sir Eustache rentrait à l'hôtel. Je fus plutôt déçue par cette forêt. Il n'y avait guère d'arcs-en-ciel et nous fûmes trempés jusqu'aux os. Mais de temps à autre, il était possible d'entrevoir les Chutes et d'en apprécier l'immensité. Oh ! ces chutes, comme je les aime, comme je les admire !

Nous rentrâmes à l'hôtel juste à temps pour nous changer avant le dîner. Sir Eustache paraissait avoir définitivement pris en grippe le colonel Race. Suzanne et moi tentâmes de l'égayer, sans grand succès.

Après le dîner, il se retira dans son salon, traînant miss Pettigrew à sa suite. Suzanne et moi bavardâmes un moment avec le colonel Race, puis Suzanne annonça en bâillant qu'elle montait se coucher. Peu désireuse de me retrouver seule avec le colonel, je montai moi aussi.

Mais j'étais beaucoup trop excitée pour dormir. Je ne me déshabillai même pas. Je m'installai dans un fauteuil. Le sentiment ne me quittait pas que quelque chose allait venir, se rapprochait...

Un coup frappé à la porte me fit sursauter. Je me levai et allai ouvrir : un petit boy noir me tendit un message. Il m'était adressé d'une écriture que je ne connaissais pas. Je restai plantée au milieu de la chambre, le message à la main. Je l'ouvris enfin. Il était très court.

« *Je dois absolument vous voir. Je n'ose pas venir à l'hôtel. Pouvez-vous me rejoindre à la clairière, devant le ravin aux palmiers ? Venez, je vous en prie, en souvenir de la cabine 17.*

*L'homme que vous connaissez sous le nom de Harry Rayburn.* »

J'avais cessé de respirer. Alors il était là ! Oh ! je le savais, j'en étais sûre ! j'avais senti sa présence. Sans m'en douter, j'avais rejoint sa retraite.

Je nouai un foulard sur ma tête et sortis sur la pointe des pieds. Je devais me montrer prudente. Il était traqué. Personne ne devait me voir avec lui. Je me faufilai devant la chambre de Suzanne. Elle était profondément endormie. J'entendais sa respiration régulière.

Et sir Eustache ? Je m'arrêtai devant la porte de son salon. Il était bien là, en train de dicter à miss Pettigrew, qui répétait de sa voix monotone : « Je proposerais donc, si l'on veut s'attaquer au problème du travail des indigènes... » Elle se tut pour le laisser continuer et j'entendis sir Eustache grommeler quelque chose d'un ton irrité.

Je poursuivis mon chemin à pas de loup. Le colonel Race n'était pas dans sa chambre. Je ne le vis pas au bar. C'est lui que je redoutais le plus, mais je ne pouvais pas perdre davantage de temps. Je me glissai hors de l'hôtel et pris le chemin qui menait au pont.

Je le traversai et attendis dans l'ombre. Si quelqu'un m'avait suivie, je le verrais forcément sur le pont. Les minutes passèrent sans que personne n'apparaisse. Je n'avais pas été suivie. J'obliquai vers la clairière. Je n'avais pas fait six pas que je m'arrêtai. J'avais entendu du bruit derrière moi. On ne m'avait pas suivie depuis l'hôtel. C'est donc que quelqu'un était déjà là, et m'attendait... Sans rime ni raison mais avec la sûreté de l'instinct, je compris que c'était moi qui étais menacée. J'éprouvais la même impression qu'à bord du *Kilmorden*, cette fameuse nuit... le sentiment d'un danger imminent.

Je scrutai l'ombre derrière moi. Silence. Je fis quelques pas. J'entendis de nouveau un bruissement. Je continuai à marcher et jetai un coup d'œil en arrière. Une silhouette sortit de l'ombre. Comprenant que je l'avais vu, l'homme se lança à mes trousses.

Il faisait bien trop sombre pour pouvoir reconnaître qui que ce soit. Tout ce que je pus voir, c'est qu'il était grand et que c'était un Européen, pas un indigène. Je pris mes jambes à mon cou et détalai. Je l'entendis qui courait derrière moi. Je courus plus vite, les yeux fixés sur les pierres blanches qui guidaient mes pas, car il n'y avait pas de lune cette nuit-là.

Soudain, mon pied rencontra le vide. J'entendis l'homme éclater d'un rire sinistre, diabolique. Un rire qui me résonna à l'oreille tandis que je tombais la tête la première en bas, tout en bas, jusqu'au fond de l'abîme où m'attendait ma mort.

## 25

Je repris lentement conscience. J'avais mal à la tête et, dès que j'essayais de bouger, de douloureux élancements dans le bras gauche. Tout me paraissait flou, comme en rêve. Des visions cauchemardesques flottaient devant moi. J'avais l'impression de tomber, de tomber encore. À un moment donné, le visage de Harry Rayburn parut surgir du brouillard. Presque réel. Puis il s'évanouit. Je me souviens aussi qu'à un autre moment quelqu'un me fit boire. Une face noire grimaça, une face qui me parut démoniaque. Je hurlai. Puis les rêves recommencèrent, des rêves agités dans lesquels je cherchais en vain Harry Rayburn pour l'avertir... l'avertir... mais de quoi? Je l'ignorais moi-même. Mais moi seule pouvais le sauver d'un danger... d'un grand danger... Puis de nouveau l'obscurité, la miséricordieuse obscurité, et le sommeil.

Je me réveillai enfin moi-même. Le long cauchemar était fini. Je me rappelais exactement tout ce qui s'était passé: ma fuite de l'hôtel pour rencontrer Harry, l'homme tapi dans l'ombre et mon effroyable chute...

Par je ne sais quel miracle, je n'avais pas été tuée. J'étais blessée, je souffrais, j'étais faible, mais j'étais en vie. Mais où? Je tournai la tête avec effort et regardai autour de moi. J'étais dans une petite case aux murs de bois mal équarri, décorés de peaux de bêtes et de défenses d'éléphants. Je gisais sur un bat-flanc, également couvert de peaux de bêtes, le bras gauche en écharpe, bandé et ankylosé. Je me crus d'abord seule, puis je distinguai, à contre-jour, la silhouette d'un homme assis près de la fenêtre. Il était si immobile qu'on aurait pu le croire taillé dans du bois. Quelque chose dans sa coupe de cheveux me parut familier, mais je refusai de me laisser emporter à nouveau par mon imagination. Subitement, il se retourna et je retins mon souffle. C'était Harry Rayburn. Harry Rayburn, en chair et en os.

Il se leva et s'approcha de moi.

— Ça va mieux ? me demanda-t-il, un peu gêné.

Je fus incapable de répondre. Des larmes m'inondaient le visage. J'étais encore faible, mais je serrai sa main dans les miennes. J'aurais voulu mourir comme ça, lui debout et me regardant avec ce nouveau regard.

— Ne pleurez pas, Anne. Je vous en prie, ne pleurez pas. Vous êtes en sécurité, à présent. Personne ne peut vous faire de mal.

Il alla chercher une tasse qu'il me tendit :

— Buvez un peu de lait.

J'obéis. Il continua à me parler avec douceur, comme on parle à un enfant.

— Ne posez pas de questions maintenant. Dormez. Peu à peu les forces vous reviendront. Je vais m'en aller si vous voulez.

— Non, dis-je d'une voix pressante. Non, non, non.

— Alors, je reste.

Il approcha un petit tabouret, s'assit et posa sa main sur la mienne. Ainsi calmée et réconfortée, je me rendormis.

Quand je me réveillai de nouveau, le soleil était haut dans le ciel. J'étais seule dans la case, mais sitôt que je m'agitai, une vieille indigène accourut. Elle était laide comme le péché, mais elle me fit un sourire qui se voulait réconfortant. Elle m'apporta une cuvette pleine d'eau et m'aida à me laver la figure et les mains. Puis elle m'apporta un grand bol de soupe, que je vidai jusqu'à la dernière goutte. Je lui posai plusieurs questions, mais je n'en tirai que des sourires, des hochements de tête et des jacasseries gutturales, d'où j'en déduisis qu'elle ne parlait pas l'anglais.

Soudain, elle se leva et recula respectueusement devant Harry Rayburn qui entrait. Il la renvoya d'un geste et s'approcha de moi en souriant :

— Vous m'avez l'air d'aller mieux, aujourd'hui !

— Oui, c'est vrai. Mais encore complètement égarée. Où suis-je ?

— Sur une petite île du Zambèze, à six kilomètres en amont des chutes.

— Et... et mes amis... ils savent que je suis là ?

Il fit signe que non.

— Il faut que je les prévienne.

— Vous ferez comme vous voudrez, bien sûr. Mais, à votre place, j'attendrais d'avoir repris quelques forces.

— Pourquoi ?

Comme il ne répondait pas, je demandai encore :

— Depuis combien de temps suis-je ici ?

Sa réponse m'ébahit.

— Presque un mois.

— Mais il faut que je prévienne Suzanne ! m'écriai-je. Elle doit être aux cent coups.

— Qui est Suzanne ?

— Mrs Blair. J'étais descendue à l'hôtel avec elle, sir Eustache et le colonel Race. Mais vous le savez sûrement !

Il secoua la tête :

— Je ne sais rien, sinon que je vous ai « cueillie » inconsciente, un bras démis, entre les branches d'un arbre.

— Mais où se trouvait cet arbre ?

— En surplomb du ravin. Si vos vêtements n'étaient pas restés accrochés aux branches, vous auriez été réduite en bouillie.

Je frissonnai. Puis une idée me frappa :

— Vous dites que vous ne saviez pas que j'étais ici. Et votre message ?

— Quel message ?

— Celui que vous m'avez envoyé pour me donner rendez-vous dans la clairière !

Il me dévisagea :

— Je ne vous ai pas envoyé de message !

Je me sentis rougir jusqu'à la racine des cheveux. Par bonheur, il ne sembla pas le remarquer.

— Mais alors, comment avez-vous fait pour vous trouver là si miraculeusement ? lui demandai-je d'un air aussi dégagé que possible. Et que faites-vous dans un endroit pareil ?

— Je vis ici, répondit-il simplement.

— Sur cette île ?

— Oui. Je m'y suis installé après la guerre. De temps en temps, j'emmène les touristes de l'hôtel faire un tour sur mon bateau. Mais je n'ai pas besoin de grand-chose pour vivre et, la plupart du temps, je fais ce qui me plaît.

— Et vous vivez ici tout seul?

— Je me passe très bien de relations mondaines, je vous assure, répliqua-t-il froidement.

— Je suis désolée de vous avoir infligé la mienne, rétorquai-je. Il est vrai que je n'ai pas eu grand-chose à dire...

À ma surprise, son œil brilla un instant:

— Rien du tout, oui! Je vous ai jetée sur mon épaule comme un sac de charbon, et je vous ai transportée sur mon bateau. Comme un homme de l'âge de pierre!

— Mais pour une autre raison, remarquai-je.

Ce fut lui, cette fois, qui rougit sous son hâle.

— Vous ne m'avez pas encore expliqué par quel heureux hasard pour moi vous êtes passé par là, m'empressai-je d'ajouter afin de le tirer d'embarras.

— Je n'arrivais pas à dormir. J'étais agité, troublé, j'avais le sentiment qu'il allait y avoir un pépin. Alors, j'ai pris ma barque, et je suis descendu vers les Chutes; j'arrivais juste au ravin des palmiers, quand je vous ai entendue crier.

— Pourquoi n'êtes-vous pas allé chercher de l'aide à l'hôtel, au lieu de me trimballer jusqu'ici? lui demandai-je.

Il rougit de nouveau.

— Cela vous paraît sans doute une liberté impardonnable, mais je crains que, même maintenant, vous ne mesuriez pas le danger! Vous pensez que j'aurais dû avertir vos amis? Jolis amis, qui permettent qu'on vous attire dans un piège mortel! Non, je me suis juré de veiller sur vous mieux que personne! Il ne vient pas une âme sur cette île. J'ai demandé à la vieille Batani, que j'ai sauvée jadis des fièvres, de s'occuper de vous. Elle est fidèle. Elle ne soufflera pas mot. Je pourrais vous garder ici des mois, personne n'en saurait jamais rien.

*Je pourrais vous garder ici des mois, personne n'en saurait jamais rien!* Comme il y a des mots agréables à entendre!

— Vous avez bien fait, dis-je tranquillement. Et je ne préviendrai personne. Un jour ou deux de plus ne changeront rien. Ce n'est pas comme s'il s'agissait de ma famille. Ce sont de simples relations, même Suzanne. Et celui qui m'a écrit ce message devait savoir... beaucoup de choses! Ça ne peut pas être le fruit du hasard.

Cette fois, j'étais parvenue à parler de ce message sans rougir.

— Si vous vouliez bien vous laisser guider par moi..., dit-il en hésitant.

— Cela m'étonnerait, lui répondis-je avec franchise. Mais dites toujours...

— Vous en faites toujours à votre tête, miss Beddingfeld?

— La plupart du temps, hasardai-je.

À tout autre, j'aurais dit: toujours.

— Je plains votre mari, répliqua-t-il de façon inattendue.

— Vous auriez tort! Je n'épouserai qu'un homme dont je serai follement amoureuse. Et une femme n'aime rien tant que de faire tout ce qu'elle n'aime pas faire, pour l'amour de celui qu'elle aime! Et plus elle est entêtée, plus elle aime ça!

— Je crains de ne pas être de votre avis! D'ordinaire, c'est la femme qui porte la culotte, lança-t-il d'un ton grinçant.

— Mais oui! Et c'est bien pourquoi il y a tant de mariages malheureux! C'est la faute des hommes! Ou ils cèdent, et les femmes les méprisent, ou ils sont profondément égoïstes, exigent qu'elles se plient à leurs façons de voir, sans jamais les en remercier. Les bons maris obligent leurs femmes à faire exactement ce qu'ils veulent, et s'extasient ensuite de ce qu'elles l'aient fait. Les femmes aiment être dominées, mais elles détestent que leurs sacrifices passent inaperçus! D'un autre côté, les hommes n'aiment pas que les femmes soient toujours gentilles avec eux. Quand je serai mariée, je serai un démon la plupart du temps, puis au moment où mon mari s'y attendra le moins, je lui montrerai quel ange je peux être!

Harry éclata de rire.

— Vous vivrez comme chien et chat!

— Les gens qui s'aiment passent leur temps à se disputer, lui affirmai-je, parce qu'ils ne se comprennent pas. Et quand ils finissent par se comprendre, ils ne s'aiment plus.

— L'inverse serait-il vrai aussi? Les gens qui se disputent s'aiment-ils forcément?

— Je... je n'en sais rien, fis-je, décontenancée.

Il se tourna vers la cheminée.

— Encore un peu de soupe? demanda-t-il d'un ton neutre.

— Oui, s'il vous plaît. Je suis si affamée que je pourrais manger tout un hippopotame!

— Voilà qui est bien.

Je le regardai tisonner le feu.

— Quand je pourrai tenir debout, je vous ferai la cuisine, dis-je.

— Je ne pense pas que vous connaissiez quoi que ce soit à la cuisine.

— Je peux réchauffer des conserves aussi bien que vous ! répliquai-je en lui montrant les boîtes alignées sur la cheminée.

— Touché ! fit-il en s'esclaffant.

Il n'était plus le même quand il riait. Il avait l'air d'un grand gosse heureux... un autre homme, quoi !

Tout en avalant ma soupe avec plaisir, je lui fis remarquer qu'il ne m'avait toujours pas fait part de ses conseils.

— Ah, oui ! voici ce que j'allais vous dire. À votre place, je resterais tranquillement dans ce coin perdu jusqu'à ce que j'aie retrouvé mes forces. Vos ennemis vous croiront morte. Ils ne s'étonneront pas de ne pas retrouver votre corps. Ils penseront que vous vous êtes écrasée sur les rochers et qu'il a été entraîné par le torrent.

Je frissonnai.

— Quand vous serez tout à fait rétablie, vous pourrez tranquillement regagner Beira, et de là, embarquer sur un paquebot qui vous ramènera en Angleterre.

— Ce serait de la lâcheté, dis-je avec mépris.

— Vous parlez comme une gamine stupide !

— Je ne suis pas une gamine stupide ! m'écriai-je. Je suis une femme !

Tandis que je me redressais dans mon lit, rouge d'indignation, il me jeta un regard que je ne compris pas.

— Nom de Dieu ! C'est pourtant vrai ! marmonna-t-il — et il sortit en coup de vent.

Je fus vite remise sur pied. Mes blessures ? Elles se limitaient à une énorme bosse au sommet du crâne et à une entorse au bras — si mauvaise celle-là que mon sauveteur avait cru à une fracture. Mais à y regarder de plus près, c'était moins grave. Si douloureuse que fût cette entorse, je recouvrai vite l'usage de mon bras.

Durant cette étrange période, nous vécûmes coupés du monde, tels Adam et Eve, à une différence près cependant ! La vieille Batani traînait toujours dans les parages, mais nous n'y prêtions guère plus attention qu'à une potiche. J'insistai pour faire la cuisine, autant que me le permettait mon bras unique. Harry était absent une bonne partie du temps, mais nous passions aussi de longues heures à l'ombre des palmiers, à bavarder, à discuter de tout et de rien sous le ciel bleu — nous disputant fréquemment, nous réconciliant aussitôt. Au milieu de nos chamailleries, se noua l'une de ces camaraderies profondes, durables que je n'aurais jamais cru possibles. Une camaraderie, oui... Et puis autre chose, aussi...

Bientôt viendrait pour moi l'heure de m'en aller quand je serais en assez bon état pour le faire. Je le savais et le redoutais à la fois. Me laisserait-il repartir ? Sans un mot ? Sans un signe ? Parfois, il sombrait dans de longs silences, d'interminables périodes d'humeur maussade. Puis il se levait d'un bond et allait se promener tout seul. Un beau soir, ce fut la crise. Nous venions de terminer notre repas, et nous étions assis sur le seuil de sa cabane. Le soleil se couchait.

Comme Harry n'avait pu me trouver d'épingles à cheveux, ma chevelure me descendait jusqu'aux reins. Assise, le menton calé dans les mains et perdue dans mes songes, je sentis que Harry m'observait.

— Vous avez tout d'une sorcière, Anne, dit-il enfin, d'une voix vibrante que je ne connaissais pas.

Il m'effleura les cheveux et je frissonnai. D'un bond, il fut debout.

— Demain, il faut que vous soyez partie, compris ? cria-t-il. Je... je n'en peux plus. Après tout, je suis un homme. Il faut que vous partiez, Anne. Il le faut. Vous n'êtes pas une gamine. Vous comprenez bien que cette situation ne peut pas s'éterniser !

— Non, bien sûr, dis-je lentement. Mais, ç'a été merveilleux, non ?

— Merveilleux ? C'était l'enfer, oui !

— À ce point-là ?

— Pourquoi me tourmentez-vous ? Pourquoi vous moquez-vous de moi ? Pourquoi me dites-vous ça... tout en pouffant derrière vos cheveux ?

— Je ne riais pas. Et je ne me moque pas de vous. Si vous voulez que je parte, je partirai. Mais si vous voulez que je reste... je resterai.

— Pas de ça ! cria-t-il, avec véhémence. Pas de ça ! Ne me

tentez pas, Anne ! Rendez-vous compte de ce que je suis : un homme traqué, recherché pour deux meurtres. Ici, où je suis connu sous le nom de Harry Parker, j'ai invoqué une randonnée à l'autre bout du pays pour justifier mon escapade en Angleterre. Mais un de ces jours, la police pourra additionner deux et deux... et alors, gare à moi ! Vous êtes si jeune, Anne ! Si belle !... de cette beauté qui rend les hommes fous. Vous avez l'avenir devant vous — l'amour, la vie... et tout le reste. Tandis que mon avenir, à moi, il est derrière moi, fini, dévasté, gâché... et je n'en garde qu'un goût de cendres.

— Si vous ne voulez pas de moi, je...

— Vous savez bien que je vous veux. Vous savez bien que je vendrais mon âme pour vous prendre dans mes bras et vous garder ici, loin du monde, à jamais. Et vous me tentez, Anne... Vous me tentez avec vos longs cheveux de sorcière et vos yeux pailletés de brun, de vert et d'or, toujours rieurs, même quand votre bouche est grave. Mais je saurai vous protéger de moi... et de vous-même. Vous partirez ce soir. Vous irez à Beira...

— Je n'irai pas à Beira ! l'interrompis-je.

— Oh, si ! Vous irez à Beira, même si je dois vous y traîner en personne et vous jeter sur le bateau. De quoi croyez-vous donc que je sois fait ? Croyez-vous que je veuille me réveiller en sursaut nuit après nuit, dans l'angoisse qu'ils aient remis la main sur vous ? Ne vous figurez pas que les miracles se reproduisent éternellement ! Vous devez retourner en Angleterre, Anne... et... et vous marier et être heureuse.

— Avec un homme raisonnable, capable de m'assurer un foyer ?

— Mieux vaut cela que... que le désastre intégral.

— Et vous ? Qu'allez-vous devenir ?

Ses traits s'assombrirent, son menton se durcit :

— Je sais ce que j'ai à faire. Ne me posez pas de questions. Je crois que vous vous en doutez, mais je peux vous dire une bonne chose : je laverai mon nom, ou j'y laisserai ma peau, et j'étranglerai de mes mains jusqu'à ce que mort s'ensuive l'ignoble individu qui a tenté de vous assassiner l'autre nuit.

— Soyons justes, il ne m'a pas poussée dans le gouffre.

— Il n'avait pas besoin de le faire. Son plan était bien plus malin que ça. Je suis repassé sur ce chemin le lendemain. Tout avait l'air normal. Mais il restait des traces sur le sol et je me suis rendu compte que les pierres qui bordent le chemin avaient été déplacées. L'extrême bord de la falaise est tapissé de buissons, et c'est sur ces buissons qu'avaient été placées en équilibre les pierres délimitant le sentier, pour vous faire croire que vous le suiviez encore, alors même que vous alliez basculer dans l'abîme. C'est pourquoi si cet individu tombe entre mes mains...

Il marqua un temps avant d'ajouter, sur un tout autre ton :

— Nous n'avons encore jamais abordé ces choses, Anne. Mais l'heure est venue. Je veux vous raconter toute l'histoire... toute *mon* histoire... depuis le début.

— Si revivre ce passé vous fait mal, ne m'en dites rien, soufflai-je.

— Mais je veux que vous sachiez. Jamais je n'aurais cru que je confierais cet épisode de ma vie à quelqu'un. Mais le destin nous joue des drôles de tours, pas vrai ?

Durant quelques instants, il resta silencieux. Le soleil s'était couché et la sombre nuit africaine nous enveloppait, telle une cape de velours.

— Je sais déjà une chose, murmurai-je.

— Que savez-vous ?

— Je sais que votre vrai nom est Harry Lucas.

Il hésitait pourtant encore — évitant de me regarder, les yeux fixés devant lui. Je ne pouvais deviner les pensées contradictoires qui lui traversaient l'esprit. Au bout d'un moment, il hocha la tête comme s'il venait de prendre une décision importante, et il entama son récit.

## 26

— Vous avez raison. Mon vrai nom est Harry Lucas. Mon père, officier en retraite, était venu s'établir comme fermier en Rhodésie. Il est mort alors que j'étais en deuxième année d'université à Cambridge.

— Vous l'aimiez beaucoup ? lui demandai-je tout à trac.

— Je n'en sais rien.

Puis il rougit, avant de poursuivre, avec une soudaine véhémence :

— Pourquoi ai-je dit cela ? Bien sûr que j'aimais beaucoup

mon père. La dernière fois que je l'ai vu, nous avons échangé des propos aigres-doux et nous nous sommes chamaillés au sujet de mes dettes et de mes incartades. Mais je l'aimais bien. Je l'aimais... oh ! maintenant qu'il est trop tard, je sais à quel point, ajouta-t-il plus calmement. C'est à Cambridge que j'avais connu ce garçon...

— Le jeune Eardsley ?

— Oui, Eardsley. Comme vous le savez, son père était l'un des hommes les plus en vue d'Afrique du Sud. Eardsley et moi nous sommes aussitôt liés d'amitié. Nous adorions tous deux notre pays, et nous avions le même goût de l'aventure. Après avoir quitté Cambridge, Eardsley s'est disputé une fois de plus avec son père, qui, ayant réglé ses dettes par deux fois, a refusé de les couvrir à nouveau. Au cours d'une scène pénible, sir Laurence n'a rien voulu faire de plus pour son fils et l'a mis au défi de se débrouiller seul. C'est comme ça que nous sommes partis ensemble pour l'Amérique du Sud, dans le but d'y prospecter les diamants. Je ne vais pas vous raconter ça en détail, mais nous avons passé là des moments merveilleux. Les difficultés, il y en avait à la pelle, cela va de soi, mais c'était une bonne vie, une vie à la dure, hors des sentiers battus — et, après tout, c'est comme ça qu'on apprend à connaître ses amis. Il s'est forgé entre nous des liens que seule la mort a pu rompre. Bref, comme vous l'a raconté le colonel Race, nos efforts ont été couronnés de succès. En pleine jungle de Guyane britannique, nous avons découvert un nouveau Kimberley. Je suis incapable de vous décrire notre enthousiasme. Oh ! ce n'était pas tant le profit que nous pouvions en tirer qui nous exaltait — Eardsley savait ce que c'était que la fortune, tout comme il savait que les millions de son père lui reviendraient un jour. Quant à Lucas, il avait toujours été pauvre et c'était devenu pour lui un état naturel. Non, ce qui comptait pour nous, c'était la pure et simple jouissance de la découverte..

Harry prit un temps avant d'ajouter, comme pour s'excuser :

— Cela ne vous gêne pas que je vous raconte ainsi mon histoire, comme celle d'un autre ? Voyez-vous, avec le recul, quand je pense à ces deux garçons, j'oublie presque toujours que l'un des deux était... Harry Rayburn.

— Racontez-moi votre histoire comme vous voulez, répondis-je.

— Nous sommes donc revenus fiers comme Artaban à Kimberley, avec un magnifique échantillonnage de diamants que nous comptions faire expertiser. Et c'est alors qu'à l'hôtel de Kimberley, nous l'avons rencontrée, elle...

Soudain tendue, je crispai sans le vouloir ma main sur le chambranle de la porte.

— Elle prétendait s'appeler Anita Grünberg. C'était une actrice, jeune, très belle. Elle était née en Afrique du Sud, de mère hongroise, je crois. Il y avait un mystère qui planait autour d'elle et la rendait d'autant plus attirante, pour deux jeunes gens qui revenaient sans transition de la jungle à la civilisation. Elle n'a donc guère eu de mal à se donner. Nous sommes tous deux tombés amoureux d'elle. Mais si c'était le premier nuage sur notre amitié, celle-ci n'a pas été entamée pour autant. Chacun de nous — je le crois sincèrement — était prêt à céder la place à l'autre. Seulement elle ne l'entendait pas de cette oreille. Souvent, par la suite, je me suis demandé pourquoi. Car après tout, l'unique héritier de sir Laurence Eardsley représentait un beau parti. Mais en fait, elle était déjà mariée à un employé de chez De Beers — ce que personne ne savait. Elle se prétendait passionnée par notre découverte, si bien que nous lui avons tout raconté. Nous avons même été jusqu'à lui montrer les pierres. Elle aurait pu s'appeler Dalila, tant ce rôle était taillé pour elle !

» Sitôt que l'affaire De Beers a éclaté, la police est tombée sur nous et a fait main basse sur nos diamants. Pour commencer, nous n'avons fait qu'en rire — cela nous paraissait si absurde ! Mais les pierres ont été produites au tribunal — et il est apparu que c'étaient bien celles volées chez De Beers. Entre-temps, Anita Grünberg avait disparu, après avoir habilement procédé à la substitution. Et quand nous avons raconté que nous n'avions jamais eu ces pierres en notre possession, la police nous a ri au nez.

» Sir Laurence Eardsley jouissait d'une énorme influence. Il a pu faire classer l'affaire. Cependant, cette sale affaire laissait deux garçons ruinés et déshonorés aux yeux du monde. Sir Laurence ne put se remettre de voir accolé le qualificatif infamant de voleurs aux noms de son fils et de l'ami de celui-ci. Il a eu une effroyable entrevue avec son fils, qu'il a alors accablé de tous les reproches imaginables. Et, après avoir fait de son mieux pour sauver leur nom, il a renié son enfant. Ainsi désavoué, ce garçon a refusé par fierté juvénile de se disculper. Il est sorti furieux de l'entrevue pour rejoindre son ami qui l'attendait. Une semaine plus tard, la guerre éclatait et les deux jeunes gens s'engageaient ensemble. Vous connaissez la suite : le meilleur ami qu'ait jamais pu avoir un homme a été tué en se jetant follement au-devant du danger. Il a trouvé ainsi une mort qu'il appelait de ses vœux, mais son nom est resté entaché à jamais...

» Je vous assure, Anne, que la haine que j'ai vouée à cette femme m'était surtout inspirée par le souvenir de cet ami. Il l'avait aimée bien plus profondément que moi. Moi, j'avais éprouvé pour elle une passion dévorante au point de lui faire peur parfois — mais lui l'aimait d'un amour plus tendre et plus profond. Cette femme était devenue le centre de son univers et une telle trahison lui a ôté toute envie de vivre. Sous le choc, il est resté anéanti, paralysé.

Harry fit une pause avant de poursuivre.

— Comme vous le savez, j'ai été porté sur la liste des « Disparu, présumé tué ». Je ne me suis jamais donné le mal de faire rectifier cette erreur. J'ai pris le nom de Parker et suis venu me réfugier sur cette île que je connaissais depuis longtemps. Au tout début de la guerre, j'avais eu l'envie folle de prouver mon innocence. Désormais, ce désir s'était éteint. À quoi bon ? me disais-je. Mon ami était mort. Ni lui ni moi n'avions plus de parents pour s'en soucier. J'étais censé mort, moi aussi. Les choses pouvaient en rester là. Je menais donc ici une existence paisible, ni heureux ni malheureux — inaccessible à tout sentiment. Je me rends compte aujourd'hui — et ce n'était pas le cas à l'époque — que cette indifférence n'était que l'une des séquelles de la guerre.

» Et puis un jour, un incident est venu me tirer de ma torpeur. Je devais emmener un groupe de touristes en promenade sur le fleuve et je me trouvais sur le ponton pour les aider à embarquer quand l'un des hommes a poussé un cri de surprise. C'était un petit type mince et barbu qui me fixait de tous ses yeux, comme si j'étais un spectre. Il paraissait si bouleversé que ma curiosité a été éveillée. Je suis allé à l'hôtel pour y obtenir des renseignements sur son compte. Et là j'ai appris qu'il s'agissait d'un certain Carton, employé chez De Beers à Kimberley.

» Toutefois, je n'y ai pratiquement rien découvert de plus.

J'ai alors décidé de forcer Carton à parler. J'avais pris mon revolver sur moi, car dès que je l'avais entrevu, j'avais compris que c'était un lâche. Nous ne nous sommes pas plutôt retrouvés face à face que j'ai bien vu qu'il avait peur de moi. Et je l'ai obligé à m'avouer en vitesse tout ce qu'il savait. Il avait en partie manigancé le vol et Anita Grünberg était sa femme. Il nous avait apercus un jour, mon ami et moi, alors que nous dînions avec elle à l'hôtel. Et, ayant lu dans les journaux que j'étais mort, il avait été bouleversé de me voir réapparaître en chair et en os aux Chutes. Anita et lui s'étaient mariés très jeunes, mais elle avait eu tôt fait de le quitter. J'ai appris qu'elle était entrée dans une bande de malfaiteurs. Et c'est ainsi que j'ai entendu pour la première fois parler du « Colonel ». Quant à Carton lui-même, il n'avait jamais été mêlé à une affaire louche en dehors de celle-là. C'est du moins ce qu'il m'a juré sur sa propre tête. Et j'ai été tenté de le croire. De toute évidence, il n'était pas de l'étoffe dont sont faits les grands criminels.

» Je sentais néanmoins qu'il me cachait encore quelque chose. Pour en avoir le cœur net, je l'ai menacé de l'abattre sur-le-champ, quelles que puissent en être les conséquences. Terrorisé, il a fini par tout avouer. Apparemment, Anita Grünberg n'avait pas une confiance totale dans le « Colonel ». Aussi, tout en prétendant lui remettre la totalité des pierres qu'elle avait dérobées à l'hôtel, elle en avait gardé certaines en sa possession. Orfèvre en la matière, Carton lui avait précisé lesquelles mettre de côté : des pierres d'une couleur et d'une eau si aisément identifiables que les experts de De Beers conviendraient forcément ne jamais les avoir eues en main. Dans un sens, la thèse de la substitution s'en trouverait confirmée, mon nom lavé de tout soupçon et le véritable criminel confondu. En effet, contrairement à son habitude, il semblait qu'en cette occasion, le « Colonel » s'était lui-même compromis dans l'affaire. Anita était dès lors assurée d'avoir barre sur lui, si nécessaire. Carton m'a donc proposé de négocier avec Anita Grünberg — ou plutôt Nadine, comme elle se faisait désormais appeler. Il estimait qu'en échange d'une somme appréciable, elle accepterait de me rendre les diamants et de trahir son ancien patron. Carton m'a quitté ce soir-là sur la promesse de lui télégraphier sans tarder.

» Pourtant je me défiais encore de lui. C'était un homme

facile à terroriser, mais capable, sous l'empire de la terreur, de mentir à un point tel qu'il n'était pas facile de démêler le vrai du faux. J'ai donc regagné mon hôtel et patienté jusqu'au lendemain soir, où j'estimais qu'il devrait avoir reçu une réponse à son télégramme. Quand je suis repassé chez lui, on m'a dit qu'il s'était absenté pour revenir le lendemain. Soupçonnant un coup fourré, j'ai découvert qu'il était en réalité monté à bord du *Kilmorden Castle* qui devait quitter le Cap deux jours plus tard pour l'Angleterre. Cela me laissait le temps de rallier le Cap et d'embarquer sur le même paquebot.

» Je n'avais pas la moindre envie de mettre la puce à l'oreille de Carton en révélant ma présence à bord. Je me suis grimé en individu barbu et dans la quarantaine. Cela m'était d'autant plus facile que du temps où j'étais à Cambridge, j'avais fait un peu de théâtre. Durant toute la traversée, je suis resté cloîtré dans ma cabine, sous prétexte de mal de mer, pour éviter Carton.

» Une fois à Londres, je n'ai eu aucun mal à le suivre. Il était descendu dans un hôtel dont il n'est pas ressorti avant le lendemain, aux alentours de 1 heure de l'après-midi. Je l'ai filé jusqu'à une agence de location de Knightsbridge où il s'est déclaré intéressé par une villa située au bord de la Tamise.

» Je me faisais moi-même donner des renseignements quand j'ai soudain vu entrer Anita Grünberg, ou Nadine, comme il vous plaira. Superbe, insolente, et presque aussi belle que par le passé. Seigneur ! Comme je la détestais ! Elle était là, devant moi, cette femme qui avait brisé mon existence, ainsi que celle du meilleur des amis. À ce moment-là, j'aurais pu mettre mes mains autour de son cou et l'étrangler ! Pendant quelques instants, j'ai vu rouge. Au point de ne même plus comprendre ce que me disait l'agent immobilier. Puis j'ai entendu sa voix, haute et claire, affectant un accent étranger parfaitement exagéré :

» — Le Moulin à Marlow, propriété de sir Eustache Pedler ? Peut-être cette maison pourrait-elle en effet me convenir. Enfin... Je vais toujours la visiter.

» L'agent immobilier lui a donné une carte et elle a fait une sortie remarquée. Rien ne laissait à penser qu'elle avait reconnu Carton. Et pourtant, j'étais sûr que leur rencontre n'était pas fortuite. Aussitôt, j'en ai tiré certaines conclusions.

Ignorant que sir Eustache Pedler se trouvait à Cannes, j'ai cru que toute cette histoire de visite était un pur prétexte pour le retrouver au Moulin. Et sachant, sans l'avoir jamais vu, qu'il se trouvait en Afrique du Sud à l'époque du vol, j'en ai aussitôt déduit qu'il devait être le mystérieux « Colonel » dont j'avais tant entendu parler.

» J'ai donc suivi mes deux suspects le long de Knightsbridge. Nadine a pénétré dans le *Hyde Park Hotel.* J'ai accéléré le pas et l'ai imitée ; mais la voyant entrer au restaurant, j'ai décidé de ne pas prendre le risque d'être reconnu par elle, afin de continuer à pister Carton. J'espérais qu'il allait récupérer les diamants. Et je comptais, en me manifestant au moment où il s'y attendrait le moins, lui extorquer la vérité. Je l'ai suivi jusque dans la station de métro de Hyde Park Corner. Il se trouvait planté seul au bout du quai. Une jeune fille se tenait à proximité, mais personne d'autre. J'ai décidé d'accoster Carton sur-le-champ. Vous savez ce qui est alors arrivé ; en voyant apparaître un homme qu'il croyait encore en Afrique du Sud — et, en lâche qu'il était —, il a perdu la tête et il est tombé sur les rails. En me faisant passer pour médecin, j'ai réussi à lui faire les poches. J'y ai trouvé un portefeuille renfermant quelques billets et une ou deux lettres sans intérêt, plus un rouleau de pellicule que j'ai dû perdre ailleurs, plus tard, ainsi qu'un bout de papier indiquant qu'il avait rendez-vous le 22 à bord du *Kilmorden Castle.* Pressé de ficher le camp avant qu'on ne me demande mon témoignage, j'ai laissé tomber ce papier. Par bonheur, les chiffres étaient déjà gravés dans ma mémoire.

» Dans les premières toilettes venues, je me suis débarrassé de ma fausse barbe. Je ne tenais pas à être arrêté pour avoir détroussé un mort. Puis je suis revenu au *Hyde Park Hotel*, où Nadine n'avait pas terminé de déjeuner. Inutile de vous décrire en détail comment je l'ai suivie jusqu'à Marlow, puis dans la villa. En déclarant à la gardienne que je l'accompagnais, il m'était facile d'y entrer derrière elle.

Là, Harry s'arrêta et un lourd silence s'ensuivit.

— Vous allez me croire, Anne ? Je jure devant Dieu que je vais vous dire la vérité. Je suis entré dans cette maison presque résolu à la tuer et je l'y ai trouvée morte. Je l'ai découverte dans une chambre, au premier. Seigneur ! C'était horrible ! Morte, alors que je venais d'arriver moins de trois minutes après elle ! Sans compter que la maison semblait déserte ! J'ai compris aussitôt dans quel pétrin je m'étais fourré. Celui qu'elle avait voulu faire chanter venait magistralement de se débarrasser d'elle. Et moi, je serais le bouc émissaire à qui l'on imputerait ce crime. Je reconnaissais là la main du « Colonel » dont, pour la deuxième fois, j'allais être la victime. Fallait-il que je sois bête pour m'être jeté dans cette souricière !

» C'est à peine si j'ai eu conscience de ce qui s'est passé ensuite. J'ai réussi à ressortir de cette villa aussi naturellement que possible. Mais je savais que sous peu le crime serait découvert et que mon signalement ne tarderait pas à être diffusé à travers tout le pays. Pendant quelques jours, je me suis terré sans oser bouger. Puis sur ces entrefaites, la chance m'a souri. En pleine rue, j'ai surpris la conversation de deux messieurs, dont l'un se révéla être sir Eustache Pedler. Mettant à profit ce que j'avais entendu de cette conversation, j'ai aussitôt décidé de me faire embaucher par lui comme secrétaire. Je n'étais plus si certain que sir Eustache était le « Colonel ». Quant aux deux autres, ils s'étaient peut-être donné rendez-vous dans sa villa par hasard ou pour Dieu sait quelle raison qui m'échappait.

— Est-ce que vous savez, lui demandai-je, que Guy Pagett se trouvait à Marlow, le jour du meurtre ?

— Si c'est exact, l'affaire est limpide. Je le croyais à Cannes en compagnie de sir Eustache.

— Il était censé se trouver à Florence, mais il n'y a sûrement jamais mis les pieds. Et je suis sûre et certaine qu'il était à Marlow. Mais je serais bien incapable de le prouver.

— Et dire que jamais un instant je n'ai soupçonné Pagett, jusqu'au soir où il a tenté de vous faire passer par-dessus bord. Ce type est un acteur hors pair.

— Ça, oui, alors !

— Voilà pourquoi ils auront choisi le Moulin ! Pagett pouvait sûrement y pénétrer et en ressortir sans être vu. Et bien entendu, s'il ne s'est pas opposé à ce que j'accompagne sir Eustache durant la traversée, c'est qu'il ne tenait pas à ce que je sois arrêté tout de suite. Voyez-vous, contrairement à leurs espérances, Nadine n'est sûrement pas venue au rendez-vous avec les diamants en poche. J'imagine que Carton les avait dissimulés quelque part à bord du *Kilmorden Castle* : tel était son rôle. Les autres se sont figuré alors que je saurais où ils étaient cachés. Tant qu'il n'aurait pas récupéré les diamants, le « Colonel » restait en danger ; d'où son obstination à remettre la main dessus, à n'importe quel prix. Mais où diable Carton a-t-il pu les cacher — s'il les a effectivement cachés ? Je n'en ai pas la moindre idée !

— Ça, fis-je, c'est une autre histoire. La mienne, et je vais vous la conter à mon tour.

## 27

Harry écouta attentivement toutes les péripéties de l'odyssée relatées à travers ces pages. Ce qui le stupéfia plus que tout ? Que les diamants soient depuis belle lurette en ma possession, ou plutôt en celle de Suzanne. Il ne s'en était jamais douté. Bien entendu, après avoir entendu son récit, je compris mieux pourquoi Carton, ou plutôt Nadine — car c'était sûrement elle qui avait conçu tout le plan —, avait pris de telles précautions. Même en cas d'attaque surprise lancée contre elle et son mari, les diamants restaient en sûreté. Elle était seule à connaître son secret et le « Colonel » ne risquait pas de deviner que les diamants avaient été confiés au steward d'une compagnie maritime !

Harry allait être en mesure de se disculper de l'accusation de vol qui pesait sur lui. Mais il en restait une autre, plus grave, qui entraverait notre action. Étant donné la situation, il ne pouvait apparaître au grand jour pour prouver son innocence.

Sans cesse, nous en revenions donc au même problème : l'identité du « Colonel ». Était-ce ou non Guy Pagett ?

— Je dirais volontiers que c'est oui, si un détail ne clochait, me déclara Harry. Il semble à peu près certain que c'est Pagett qui a assassiné Anita Grünberg à Marlow — ce qui donnerait du poids à l'hypothèse selon laquelle il serait le « Colonel ». En effet, Anita ne se serait pas dérangée pour traiter avec un subalterne. Non, ce qui ne colle pas, c'est la tentative d'assassinat dont vous avez été victime, le soir même de votre arrivée ici. Vous avez vu Pagett obligé de rester au Cap. Or, jamais il n'aurait pu trouver le moyen d'arriver ici avant le mercredi suivant. Il est peu vraisemblable qu'il ait des comparses dans ce coin perdu. Par-dessus le marché, son plan consistait à se débarrasser de vous au Cap même. Sans doute aurait-il pu télégraphier de nouvelles instructions à un complice de Johannesburg qui aurait pris le train à Mafeking pour la Rhodésie. Mais encore aurait-il fallu que ses instructions soient assez détaillées pour que l'on puisse vous adresser le fameux message !

Nous demeurâmes silencieux un instant. Puis Harry reprit, en pesant ses mots :

— Vous me dites que, quand vous avez quitté l'hôtel, Mrs Blair dormait et sir Eustache dictait son courrier à miss Pettigrew. Mais où se trouvait le colonel Race ?

— Je ne l'ai vu nulle part.

— Avait-il des raisons de croire que... que vous et moi puissions être amis ?

— C'est possible, répondis-je pensivement en me remémorant notre conversation sur le chemin de retour des Mattopos. Il a une forte personnalité, poursuivis-je, mais qui ne correspond pas du tout à l'idée que je me fais du « Colonel ». D'ailleurs, cette idée ne tient pas debout : il fait partie des Services secrets.

— Comment savons-nous qu'il en fait vraiment partie ? Rien de plus facile que de laisser courir ce genre de bruit. Car si personne ne vient le contredire, il se propagera jusqu'à ce que chacun y croie comme parole d'Évangile. Cela permet de se livrer à toutes sortes d'agissements louches. Anne, est-ce que vous aimez bien le colonel Race ?

— Oui et non. J'éprouve à la fois de l'attirance et de la répulsion pour lui. Mais ce qu'il y a de sûr, c'est qu'il me fait un peu peur.

— Vous saviez qu'il se trouvait en Afrique du Sud, à l'époque du vol de Kimberley ? énonça lentement Harry.

— C'est pourtant lui qui a appris à « Suzanne » l'existence du « Colonel », avant de lui raconter qu'il l'avait traqué jusqu'à Paris !

— Manœuvre d'intoxication particulièrement habile !

— Mais alors, que viendrait faire Pagett là-dedans ? Il serait à la solde de Race ?

— Peut-être qu'il ne vient précisément rien faire là-dedans, comme vous dites, avança Harry d'un air songeur.

— Comment ça?

— Réfléchissez, Anne. Avez-vous jamais entendu Pagett raconter lui-même ce qui s'est passé au cours de la fameuse nuit à bord du *Kilmorden*?

— Non, mais j'ai entendu sir Eustache rapporter sa version.

Je la rapportai à Harry qui m'écouta avec attention.

— Il aurait donc vu un homme arriver du côté de la cabine de sir Eustache et l'aurait suivi sur le pont. C'est bien ce qu'il prétend? Or, qui avait la cabine en face de celle de sir Eustache? Le colonel Race. Supposons que le colonel Race se soit glissé sur le pont et, mis en déroute par mon attaque, se soit enfui pour tomber sur Pagett, qui sortait justement du salon. Il l'assomme et se réfugie à l'intérieur du salon en refermant la porte derrière lui. Et quand nous arrivons sur ces entrefaites, nous trouvons Pagett gisant sur le pont. Que dites-vous de ça?

— Vous oubliez qu'il affirme avoir été assommé par vous.

— Supposons qu'à l'instant même où il reprenait conscience, il m'ait vu m'éloigner. N'en conclurait-il pas que je suis son agresseur? D'autant qu'il croyait bien me filer depuis le début.

— C'est possible, oui, convins-je. Mais ça bouleverse toutes nos hypothèses. Et puis il y a une foule d'autres détails.

— La plupart s'expliquent facilement. L'homme qui vous filait au Cap a parlé à Pagett et celui-ci a regardé sa montre. Peut-être tout simplement parce que cet homme venait de lui demander l'heure!

— Simple coïncidence, d'après vous?

— Non, pas exactement. Il y a là toute une série d'indices qui concordent pour que Pagett se trouve mêlé à l'affaire. Pourquoi avoir choisi d'assassiner cette femme au Moulin? Parce que Pagett se trouvait à Kimberley à l'époque où a été commis le vol? N'aurait-il pas servi, *lui*, de bouc émissaire si je ne m'étais pas trouvé là providentiellement?

— Ainsi, il pourrait être parfaitement innocent?

— Ça m'en a tout l'air. Mais si c'est le cas, il faut découvrir ce qu'il faisait à Marlow. S'il peut fournir une explication qui se tienne, nous sommes sur la bonne piste.

Il se leva.

— Il est minuit passé. Allez vous coucher, Anne, et tâchez

de dormir. Peu avant l'aube, je vous emmènerai en pirogue. Vous prendrez le train à Livingstone. J'ai là-bas un ami qui pourra vous cacher jusqu'à l'heure du départ. De là, vous irez à Bulawayo où vous attraperez la correspondance pour Beira.

— Beira ? murmurai-je.

— Oui, Anne, Beira. Cette affaire est une affaire d'hommes. Laissez-moi faire.

Tant que nous démêlions la situation, nous avions joui d'un certain répit. Mais à présent, de nouveau étreints par l'émotion, nous n'osions même plus nous regarder.

— Très bien, dis-je — et je rentrai dans la case.

Je m'allongeai sur le bat-flanc couvert de peaux de bêtes mais ne pus trouver le sommeil. J'entendis au-dehors Harry Rayburn marcher de long en large toute la nuit. Il finit par m'appeler :

— Allons, Anne, il est temps de partir.

Je me levai et sortis docilement. Il faisait encore nuit noire, mais je savais l'aube proche.

— Nous allons prendre la pirogue, pas le canot à moteur...

Soudain Harry se tut et resta sans bouger.

— Chut ! Qu'est-ce que c'est ?

J'eus beau prêter l'oreille, je n'entendis rien. À force de vivre en pleine nature, il avait l'ouïe plus exercée que moi. Mais au bout d'un moment, je distinguai, venant de la rive droite du fleuve, un bruit de rames fendant l'eau et se rapprochant rapidement de notre ponton.

En scrutant l'obscurité, nous distinguâmes la masse sombre d'un canot, puis soudain, la lueur brève d'une allumette ; je reconnus une seule silhouette, celle du Hollandais roux de la villa de Muizenberg. Il était entouré d'indigènes.

— Vite, à la case !

Harry m'entraîna avec lui à l'intérieur. Il décrocha du mur deux fusils et un revolver :

— Vous savez charger une arme ?

— Je ne l'ai jamais fait. Montrez-moi.

J'eus vite fait d'apprendre. Nous barricadâmes la porte et Harry se posta près de la fenêtre d'où il pouvait couvrir le ponton. Le canot allait aborder.

— Qui va là ? lança Harry d'une voix sonore.

Les doutes que nous pouvions nourrir quant aux intentions de nos visiteurs furent rapidement levés. Une rafale de balles s'écrasa autour de nous. Heureusement, nous ne fûmes atteints ni l'un ni l'autre. Harry pointa son fusil, qui claqua et fit mouche à plusieurs reprises. J'entendis deux cris de souffrance et le bruit d'un corps tombant à l'eau.

— Voilà qui devrait les faire réfléchir, grommela-t-il d'un air sombre en s'emparant du second fusil. Bon sang ! Anne, ne vous exposez pas et rechargez en vitesse.

Il y eut une autre rafale . Une balle effleura la joue de Harry. Sa riposte n'en parut qu'encore plus meurtrière. J'avais déjà rechargé le second fusil quand il voulut le prendre. Me serrant contre lui de son bras gauche, il me vola un baiser sauvage avant de retourner à la fenêtre. Soudain, il poussa un cri :

— Ils décampent ! Ils ont leur compte ! Sur l'eau, ils font une cible épatante et ils ne savent pas combien nous sommes. Pour l'instant ils détalent, mais ils vont revenir. Autant nous préparer à les accueillir.

Jetant son arme, il se tourna vers moi.

— Anne, ma belle, ma merveille, ma princesse ! Mon petit cœur de lion ! Ma sorcière aux noirs cheveux !

Il m'étreignit à nouveau dans ses bras. Il baisa mes cheveux, mes yeux, mes lèvres.

— Et maintenant, au boulot ! dit-il en me relâchant soudain. Passez-moi ces boîtes de paraffine.

Je m'exécutai. Il s'affaira à l'intérieur de la case, puis grimpa sur le toit où il rampa en tenant quelque chose serré contre lui. Quelques instants plus tard, il me rejoignit.

— Filez jusqu'à la pirogue. Nous devrons la porter de l'autre côté de l'île.

Comme je m'éclipsais, il ramassa la paraffine.

— Les voilà qui reviennent ! soufflai-je, en voyant l'embarcation se détacher de la rive opposée.

Il me rejoignit à toutes jambes :

— Juste à temps ! Mais où est passée la pirogue ?

La pirogue et le canot à moteur avaient disparu, lâchés au fil du courant. Harry siffla entre ses dents.

— Nous sommes dans de beaux draps. Pas trop peur ?

— Pas avec vous.

— Mourir ensemble, on pourrait imaginer des trucs plus drôles. Mais nous allons essayer de nous en tirer. Regardez !

Cette fois, ils viennent à deux pirogues. Ils vont accoster en deux endroits différents. Voyons ce que donne mon petit effet scénique.

Comme il parlait, une flamme immense s'éleva de la case, illuminant deux silhouettes accroupies sur le toit.

— Mes vieux vêtements — rembourrés avec des nattes —, mais ils ne vont pas faire illusion très longtemps. Allons, Anne, risquons le tout pour le tout.

Main dans la main, nous traversâmes l'îlot en courant. De ce côté-ci, seul un chenal étroit le séparait de l'autre berge.

— Il va falloir nager. Vous savez nager? Aucune importance, d'ailleurs. J'arriverai bien à vous sortir de là. C'est le mauvais côté pour un canot : trop de rochers. Mais c'est le bon pour nager. Et c'est aussi le bon pour filer jusqu'à Livingstone.

— J'ai déjà nagé plus loin que ça. C'est quoi, le danger, Harry? ajoutai-je en voyant son air soucieux. Des requins?

— Non, petite dinde, les requins vivent dans la mer. Mais il y a des crocos dans les parages.

— Des crocodiles?

— Oui, mais n'y pensez pas — ou faites une prière, à votre guise.

Nous plongeâmes. Ma prière dut avoir l'effet escompté, car nous touchâmes l'autre rive sans encombre, pour nous effondrer, ruisselants, sur la berge.

— Et maintenant, en route pour Livingstone! La route sera dure. Et plus pénible encore avec ces frusques trempées. Mais il faut y aller.

Ce fut une équipée de cauchemar. Ma jupe trempée me battait les mollets et mes bas furent bientôt déchiquetés par les épineux. Je finis par m'arrêter, complètement épuisée. Harry revint sur ses pas :

— Courage, ma chérie! Je vais vous porter.

Et c'est ainsi que je fis mon entrée dans Livingstone : sur son épaule, comme un sac de charbon. Comment il a réussi à tenir bon et à parcourir tout ce chemin, je n'en sais rien. L'ami de Harry était un jeune homme d'une vingtaine d'années qui tenait une boutique d'artisanat local. Il s'appelait Ned. Peut-être avait-il un nom de famille, mais je ne l'ai jamais su. Il ne sembla pas le moins du monde surpris de voir entrer Harry trempé jusqu'aux os et tenant par la main une jeune femme tout aussi trempée. Les hommes sont merveilleux.

Il nous offrit de quoi manger et du café chaud. Et il fit sécher nos vêtements tandis que nous étions emmitouflés dans des couvertures aux couleurs invraisemblables, tout droit venues de Manchester. Il nous laissa cachés dans l'arrière-boutique pour aller vérifier si certains des invités de sir Eustache ne se trouveraient pas encore à l'hôtel.

De mon côté, j'en profitai pour déclarer à Harry que rien ne pourrait me forcer à rejoindre Beira. Je n'en avais d'ailleurs jamais eu l'intention. Et désormais je ne voyais plus aucune raison de le faire. La manœuvre aurait visé à persuader mes ennemis que j'étais bien morte. Du moment qu'ils me savaient en vie, qu'irais-je faire à Beira ? Ils pourraient m'y suivre sans problème et se débarrasser tranquillement de moi. Je n'y aurais personne pour me défendre. En définitive, il fut convenu que je tâcherais de rejoindre Suzanne — où qu'elle se trouve — et que je consacrerais toute mon énergie à me protéger. Je ne devrais chercher l'aventure sous aucun prétexte — et encore bien moins tenter de contrer le « Colonel ».

Je resterais tranquillement en compagnie de Suzanne à attendre des instructions de Harry. Quant aux diamants, ils seraient déposés à la banque de Kimberley, sous le nom de Parker.

— Il reste un détail, murmurai-je. Autant convenir d'un code. Inutile de nous laisser piéger une nouvelle fois avec des messages truqués.

— Rien de plus facile. Dans tous mes messages, je barrerai le mot « et »...

— Méfiez-vous des imitations, murmurai-je. Mais les télégrammes ?

— Je signerai les miens « Andy ».

— Le train va partir, glissa Ned en passant la tête par la porte et en la retirant aussitôt.

Je me levai.

— Est-ce que je dois toujours épouser un homme raisonnable si j'en déniche un ? demandai-je malicieusement.

Harry s'approcha de moi.

— Bon Dieu ! Anne, si vous en épousez jamais un autre que moi, je lui tordrai le cou. Et quant à vous...

— Oui ? fis-je, ravie.

— J'irai vous chercher par la peau du cou et je vous flanquerai une bonne raclée à tout casser !

— Quel charmant mari que je me suis trouvé là ! raillai-je. Vous ne trouvez pas que vous changez d'avis comme de chemise ?

## 28

## Extraits du journal intime de sir Eustache Pedler

Comme je l'ai déjà noté, je place ma tranquillité au-dessus de tout et n'aspire qu'à une existence paisible. Hélas ! je vis perpétuellement dans l'agitation et les tourments. Je suis certes bien soulagé d'être débarrassé de Pagett, toujours avide de nouveaux mystères, et ravi des services de miss Pettigrew. Cette femme sait se montrer utile, et sans rien avoir d'une houri, elle a d'autres qualités. Il est exact que, souffrant d'une crise de foie, je me suis conduit comme un ours à Bulawayo. Il se trouve que j'avais passé une mauvaise nuit à bord du train, car aux alentours de 3 heures du matin, un jeune homme déguisé en cow-boy avait fait irruption dans mon compartiment pour me demander quelle était ma destination. Négligeant mon premier balbutiement : « Du thé — et, par pitié, ne le bourrez pas de sucre », il avait réitéré sa question, m'expliquant qu'il n'était pas steward mais agent de l'Immigration. Je parvins à le persuader que je ne souffrais d'aucune maladie contagieuse, que j'étais venu en Rhodésie pour les motifs les plus purs, et lui déclinai mes nom et lieu de naissance. Après quoi, je tentai de repiquer un petit somme, hélas interrompu vers 5 heures et demie par un individu qui m'apportait une tasse de sirop de sucre qu'il baptisait « thé ». Si je ne le lui ai pas jeté à la figure, ce n'est pas que l'envie m'en ait manqué. Vers 6 heures, il m'apporta du thé non sucré, mais complètement froid, après quoi je me rendormis, épuisé, jusqu'à l'arrivée du train à Bulawayo, où je me retrouvai chargé d'une gigantesque girafe, au cou et aux jambes démesurés !

Toutefois, ces contretemps exceptés, notre arrivée se déroula sans encombre... Mais de nouvelles calamités m'attendaient.

Le soir même de notre arrivée aux Chutes, je dictais du courrier à miss Pettigrew quand Mrs Blair déboula dans ma suite sans crier gare, et dans une tenue plutôt compromettante.

— Où est passée Anne ? nous lança-t-elle.

Charmante question ! Comme si j'étais responsable de cette fille ! Qu'allait penser miss Pettigrew ? Que j'avais coutume de tirer Anne Beddingfeld de ma poche, sur le coup de minuit ? Tout cela était fort compromettant pour un homme dans ma position.

— Au lit, je suppose, répliquai-je avec froideur.

Et m'éclaircissant la gorge, je jetai un coup d'œil à miss Pettigrew, afin de lui signifier que nous n'allions pas nous interrompre pour si peu dans notre travail. J'espérais que Mrs Blair, comprenant à demi-mot, s'éclipserait aussitôt. Elle n'en fit rien. Tout au contraire, elle se laissa tomber dans un fauteuil, en faisant danser sa mule au bout de son pied.

— Elle n'est pas dans sa chambre. J'en viens. J'avais fait un cauchemar, un affreux cauchemar, où elle courait un énorme danger. Histoire d'en avoir le cœur net, je suis allée dans sa chambre. Non seulement elle n'y était pas, mais son lit n'était même pas défait !

Elle me jeta un regard implorant :

— Qu'est-ce que je peux faire, sir Eustache ?

Réprimant l'envie de lui répondre: « Allez vous coucher sans vous inquiéter de rien ; une jeune femme dégourdie comme Anne Beddingfeld est parfaitement capable de se débrouiller toute seule », je fronçai les sourcils.

— Qu'en pense Race ?

Après tout, je ne vois pas pourquoi Race aurait la part si belle : s'il jouit des avantages qu'offre la société des femmes, qu'il en assume au moins les inconvénients !

— Je ne le trouve nulle part.

Apparemment, Mrs Blair comptait passer la nuit sur cette affaire. Avec un soupir, je me carrai dans un fauteuil :

— Je ne vois pas très bien pourquoi vous êtes si agitée.

— Mais mon cauchemar...

— Je l'imputerais au curry que nous avons mangé ce soir.

— Oh, sir Eustache !

Elle manifestait une indignation sans bornes.

Chacun sait pourtant que les cauchemars sont généralement liés aux excès de table.

— Après tout, poursuivis-je sur un ton persuasif, pourquoi Anne Beddingfeld et le colonel Race ne pourraient-ils pas sortir faire un tour sans jeter la perturbation dans tout l'hôtel ?

— Vous croyez qu'ils sont simplement sortis faire un tour ensemble ? Mais il est minuit passé !

— C'est le genre de bêtise que l'on peut faire quand on est jeune, marmonnai-je. Encore que Race soit trop vieux pour ça !

— Vous pensez vraiment ce que vous dites ?

— Je dirais même qu'ils ont filé pour se marier en cachette, poursuivis-je pour la rassurer, tout en ayant conscience de faire là une suggestion stupide. (Après tout, où peut-on bien « filer » dans ce trou perdu ?)

J'aurais pu faire encore un certain nombre de remarques aussi ineptes ; mais sur ces entrefaites, le colonel Race en personne fit son apparition. Il s'avérait que je ne m'étais pas trompé sur un point : Race était bien sorti faire un tour, mais sans Anne. En revanche, je n'avais pas su faire face à la situation comme le fit Race, qui, en trois minutes, mit tout l'hôtel sens dessus dessous. Je n'avais jamais vu un homme aussi bouleversé.

Cet incident est des plus extraordinaires. Où a bien pu passer cette jeune fille ? Habillée de pied en cap, elle a quitté l'hôtel aux environs de 11 h 10, et elle n'a pas été revue depuis. Connaissant la jeune personne, impossible de songer à un suicide. Elle est en effet de ces jeunes femmes énergiques qui adorent la vie et ne manifestent jamais la moindre tentation d'y renoncer. Mais d'un autre côté, aucun train ne s'arrêtant ici avant demain midi, elle n'a pu quitter l'endroit. Alors, où diable est-elle passée ?

Le malheureux Race semble quasiment hors de lui. Pauvre garçon, il aura fait retourner jusqu'aux moindres pierres. Tous les commissaires régionaux — si c'est bien comme ça qu'on les appelle — ont été mis sur le pied de guerre à deux cents kilomètres à la ronde. Les pisteurs indigènes ont scruté le terrain à quatre pattes. Tout ce qui pouvait être entrepris l'a été — et pas d'Anne Beddingfeld ! D'après l'hypothèse la plus vraisemblable, elle serait sortie dans un accès de somnambulisme. Des traces de pas, sur le sentier menant au pont, semblent attester qu'elle serait tombée dans l'abîme. Si c'est le cas, elle sera sans doute allée s'écraser sur les rochers. Par malheur, ses empreintes ont été brouillées par celles d'une bande de touristes passés dans les parages le lundi matin.

Je ne sais si cette théorie paraît plausible. Dans mon jeune temps, on disait que les somnambules ne risquaient jamais de se faire mal, protégés qu'ils étaient par un sixième sens. D'ailleurs Mrs Blair ne semble pas convaincue par cette hypothèse.

Je ne comprends rien à cette femme, qui a totalement changé d'attitude vis-à-vis de Race. Elle le surveille désormais comme un chat guette une souris, et elle se force même à rester polie avec lui. Dire qu'ils étaient tellement amis ! Cela étant, elle n'est plus la même : elle est nerveuse, tendue, elle sursaute et tressaille au moindre bruit. Je commence à me dire qu'il est grand temps pour moi de gagner Johannesburg.

Hier, Race s'est montré bouleversé par une rumeur selon laquelle un homme et une jeune femme vivraient sur une île mystérieuse, en amont du fleuve. Il apparut toutefois que c'était une fausse piste. L'homme, qui vit là depuis des années, est bien connu du directeur de l'hôtel. Durant la saison, il emmène des touristes sur le fleuve pour leur faire voir des crocodiles et des hippopotames. Je me suis même laissé dire qu'il aurait apprivoisé un hippopotame qui, de temps à autre, fait mine de s'attaquer à sa pirogue, jusqu'à ce qu'il le chasse à coups de gaffe, histoire de procurer aux touristes le frisson de l'exotisme. Quant à la fille, nul ne sait depuis quand elle est là, mais il me semble clair que ce ne peut être Anne. En outre, il est un peu délicat de se mêler des affaires d'autrui. À la place de ce jeune homme, je chasserais Race à coups de pied, s'il venait s'occuper de ma vie sexuelle.

*Plus tard*

Voilà qui est décidé : je pars demain pour Johannesburg. Race me presse de le faire. À ce que j'apprends, la situation empire là-bas, mais autant y aller avant qu'elle ne se soit totalement détériorée ! En tout cas, j'espère bien ne pas être abattu par un gréviste ! Mrs Blair, qui s'apprêtait à m'accompagner, a changé d'avis au tout dernier moment et a décidé de rester sur les lieux. Il semblerait qu'elle ne veuille pas perdre Race de vue. Elle est venue ce soir me demander timidement de lui rendre un service : celui de me charger des divers souvenirs dont elle a fait l'acquisition.

— Pas de vos statuettes ? demandai-je, inquiet.

J'ai redouté de me retrouver tôt ou tard chargé de trimbaler ces maudites bestioles. Finalement, nous sommes parvenus à un compromis. Je me suis chargé de deux petites boîtes de bois renfermant des objets fragiles. Quant aux fameuses statuettes, elles seront emballées par les soins du commerçant local et acheminées par rail jusqu'au Cap où Pagett devra les réceptionner.

Selon l'expéditeur, ces statuettes ont des formes si extravagantes qu'il va falloir les emballer dans des caisses spéciales. J'ai fait remarquer à Mrs Blair que le jour où elles arriveront en Angleterre, chacune de ces bestioles lui aura coûté une livre au minimum.

Pagett est si impatient de venir me rejoindre à Johannesburg qu'il me faudra prétexter ces fameuses caisses pour le retenir au Cap. Je l'ai prié par lettre de les réceptionner et de les mettre en lieu sûr, car elles renferment des pièces rares, d'une valeur immense.

Tout est donc arrangé. Miss Pettigrew et moi-même allons partir ensemble à l'aventure. Mais quiconque a vu miss Pettigrew conviendra volontiers qu'il n'y a rien là que de très respectable.

## 29

*Johannesburg, 6 mars*

La situation ici est assez préoccupante. Pour employer une expression que j'ai bien souvent lue sous différentes plumes : nous dansons sur un volcan. Des bandes de grévistes — ou prétendus tels — écument les rues en invectivant les passants avec la dernière brutalité, sans doute afin de repérer les gros capitalistes qu'ils ont l'intention de massacrer. Impossible de prendre un taxi, sous peine de s'en voir extrait *manu militari*, et les hôteliers vous laissent aimablement entendre qu'une fois leurs provisions épuisées, ils vous flanqueront dehors.

Hier soir, j'ai retrouvé Reeves — le député travailliste du *Kilmorden.* Je n'ai jamais vu pareil froussard. Comme tous ceux de son espèce, il prononce toujours, à des fins exclusivement politiques, des harangues interminables et enflammées qu'il déplore ensuite. Et à l'heure actuelle, il se promène partout en protestant n'avoir jamais rien fait de tel. Quand je l'ai trouvé, il s'apprêtait à partir pour le Cap où il comptait faire un nouveau et tout aussi interminable discours. En expliquant à loisir que les propos qu'il avait tenus avaient été mal interprétés, il espérait se dédouaner. Je suis ravi de ne pas avoir à m'asseoir sur les bancs de l'Assemblée législative d'Afrique du Sud. Il est déjà assez pénible de siéger à la Chambre des Communes ; mais au moins nous exprimons-nous tous dans la même langue, et tenons-nous des discours limités en longueur. Avant de quitter le Cap, je me suis rendu à l'Assemblée, où j'ai dû subir les interventions d'un monsieur grisonnant à moustache tombante qui ressemblait fort à la Fausse Tortue d'*Alice au Pays des Merveilles.* Il laissait tomber ses phrases d'un air accablé en y intercalant de temps à autre d'une voix forte quelque chose sonnant à peu près comme: Platt Skeet. Et à chaque fois qu'il prononçait ces mots, la moitié de l'Assemblée hurlait: « Wouf ! Wouf ! », équivalent hollandais de « Oyez ! oyez ! », tirant ainsi d'un sommeil réparateur l'autre moitié de l'Assemblée. On m'a laissé entendre que ce monsieur discourait ainsi depuis plus de trois jours. Il faut croire que les gens sont très patients en Afrique du Sud.

Après avoir inventé mille et un prétextes susceptibles de retenir Pagett au Cap, je me suis trouvé à court d'idées. Aussi doit-il venir me rejoindre demain, dans l'humeur du chien fidèle qui vient mourir aux pieds de son maître. Et cela au moment où j'avançais si bien dans mes Mémoires ! Je venais d'imaginer de toutes pièces les fines réflexions que m'auraient adressées les meneurs des grévistes et les non moins fines répliques que je leur aurais servies.

Ce matin, j'ai été interrogé par un représentant du gouvernement qui s'est montré tour à tour courtois, persuasif et mystérieux. Pour commencer, après avoir souligné ma position et mon statut élevé, il m'a suggéré de gagner Pretoria au plus vite, de gré ou de force.

— Vous craignez donc des affrontements?

Sa réponse était formulée de façon à n'avoir aucun sens ; j'en déduisis donc qu'il s'attendait à des troubles sérieux. Je lui glissai que son gouvernement laissait peut-être les choses aller trop loin.

— Il est parfois de bonne politique de donner à un homme assez de corde pour se pendre, sir Eustache.

— Oh ! certes, certes.

— Les fauteurs de troubles ne sont pas les grévistes eux-mêmes, mais une organisation secrète œuvrant en coulisse. La ville regorge d'armes et d'explosifs et nous avons mis la main sur certains documents révélant les méthodes employées pour les introduire ici en contrebande. Ces gens utilisent un code selon lequel pomme de terre signifie « détonateur », chou-fleur, « fusil », et divers autres légumes, différents explosifs.

— Très intéressant, dis-je.

— En outre, sir Eustache, nous avons tout lieu de croire que le cerveau de l'affaire, l'homme qui tire toutes les ficelles en coulisse, se trouverait en ce moment à Johannesburg.

Il me fixait avec tant d'intensité que je me mis à redouter qu'il ne me tienne pour le fauteur des troubles en question. À cette idée, pris de sueurs froides, je commençai à regretter d'avoir jamais conçu le projet d'observer de mes propres yeux une révolution dans l'œuf.

— Il n'y a plus de trains pour Pretoria, poursuivit-il. Mais je peux toujours vous trouver une automobile, ainsi que deux laissez-passer distincts : l'un délivré par le gouvernement de l'Union et l'autre établissant que vous êtes un visiteur anglais n'entretenant aucun lien avec l'Union.

— Un pour les officiels, et un pour les grévistes, c'est bien cela?

— Absolument.

Ce projet ne me séduisait guère — je sais ce qui risque de se passer en pareil cas. Vous perdez votre sang-froid et vous embrouillez tout. Je tendrai le mauvais laissez-passer à la mauvaise personne et finirai fusillé sommairement soit par des rebelles assoiffés de sang, soit par l'un de ces défenseurs de la loi et de l'ordre qui parcourent les rues, la pipe au bec, le melon sur la tête et le fusil en bandoulière. D'ailleurs, qu'irais-je faire à Pretoria? Admirer l'architecture des bâtiments officiels en prêtant l'oreille à l'écho des détonations en provenance de Johannesburg? Je risquais de me retrouver coincé là une éternité. D'autant que, la voie ferrée aurait déjà été minée, semble-t-il. Sans compter qu'il est devenu impossible de boire un verre dans Pretoria, qui vit déjà depuis deux jours le régime de la loi martiale.

— Mon cher ami, dis-je, vous ne semblez pas vous rendre compte que je suis venu étudier la situation régnant actuellement dans le Rand. Comment pourrais-je le faire à partir de Pretoria? J'apprécie votre sollicitude, mais ne vous inquiétez pas pour moi, je saurai très bien m'en tirer.

— Je vous préviens, sir Eustache, les problèmes de ravitaillement sont déjà préoccupants.

— Un peu de jeûne me fera le plus grand bien, fis-je avec un soupir.

À cet instant, nous avons été interrompus par l'arrivée d'un télégramme dont le contenu devait me stupéfier.

*Anne saine et sauve avec moi à Kimberley. Suzanne Blair.*

En fait, je crois bien n'avoir jamais cru à cette fable selon laquelle Anne aurait été réduite en bouillie sur les rochers. Cette jeune personne m'a toujours paru particulièrement indestructible — un peu comme ces balles brevetées qu'on donne aux fox-terriers pour qu'ils s'y fassent les dents. Elle a une singulière propension à triompher avec le sourire de toutes les difficultés. Cela dit, je ne m'explique pourtant pas pourquoi elle a quitté notre hôtel en pleine nuit, pour réapparaître subitement à Kimberley, d'autant plus qu'il n'y avait pas de trains. Peut-être a-t-elle volé sur les ailes d'un ange? Enfin, je doute qu'elle s'en explique jamais. En tout cas pas à moi. Je ne semble pas être du genre à qui on se confie, ce qui me condamne à tout deviner par moi-même. C'est bien lassant, à la longue. Peut-être s'agit-il d'un talent propre aux journalistes: *Comment j'ai descendu les rapides*, par notre envoyée spéciale.

Je repliai le télégramme et me débarrassai du représentant du gouvernement. Je n'apprécie pas la perspective de souffrir de la faim. Mais je ne m'inquiète pas pour ma sécurité personnelle. Smuts est parfaitement capable d'enrayer une révolution. Seulement, je donnerais une fortune pour un verre d'alcool. Je me demande si Pagett aura seulement eu l'idée de glisser une bouteille de whisky dans ses bagages, puisqu'il doit arriver demain.

Je mis mon chapeau et sortis avec l'intention d'acheter quelques souvenirs du pays. Les boutiques de curiosités de Johannesburg sont assez tentantes. J'étais plongé dans la contemplation d'un étalage de pagnes quand je faillis être renversé par un homme qui sortait de la boutique. À ma vive surprise, je reconnus le colonel Race.

Je ne puis prétendre qu'il parut ravi de me voir. En fait, il semblait même contrarié. Toutefois, j'insistai pour le raccompagner à l'hôtel. J'en viens à me lasser de la seule conversation de miss Pettigrew.

— Je ne me doutais absolument pas que vous étiez à Johannesburg, lançai-je. Quand êtes-vous donc arrivé ?

— Hier soir.

— Et où êtes-vous descendu ?

— Chez des amis.

Il paraissait incroyablement taciturne et gêné par mes questions.

— J'espère qu'ils ont une basse-cour, remarquai-je. Car, s'il faut en croire les bruits qui circulent, un régime à base d'œufs frais, agrémenté de temps à autre d'un vieux coq dur comme du bois, sera d'ici peu assez enviable dans cette ville.

Nous atteignîmes l'hôtel.

— À propos, ajoutai-je une fois dans le hall, saviez-vous que miss Beddingfeld est bel et bien vivante ?

Il hocha la tête.

— Elle nous aura fait une belle peur, lançai-je. Mais où diable a-t-elle bien pu aller cette nuit-là, c'est ce que j'aimerais savoir.

— Durant tout ce temps, elle est restée sur l'île.

— Quelle île ? Pas celle où se trouve ce jeune homme ?

— Si.

— Quelle inconvenance ! Pagett en sera très choqué. Il n'a jamais apprécié Anne Beddingfeld. Je suppose qu'il s'agissait du garçon qu'elle comptait retrouver à Durban ?

— Je ne le crois pas.

— Surtout, ne me dites rien de plus que ce que vous souhaitez me dire, hasardai-je, histoire de le pousser à parler.

— J'imagine qu'il s'agit du jeune homme sur lequel nous serions tous ravis de mettre la main.

— Pas possible ! m'écriai-je, tout excité.

— Harry Rayburn, alias Harry Lucas, qui est son vrai nom. Une fois de plus, il nous a échappé. Mais nous n'allons plus tarder à lui passer la corde autour du cou.

— Seigneur Dieu ! soufflai-je, abasourdi.

— La fille n'est pas soupçonnée de complicité, en tout cas. En ce qui la concerne... c'est tout simplement une histoire d'amour.

J'avais toujours soupçonné Race d'être amoureux d'Anne et la façon dont il prononça cette dernière phrase confirma mes soupçons.

— Elle est partie pour Beira, s'empressa-t-il d'ajouter.

— Tiens donc ! dis-je en le fixant. Et comment le savez-vous ?

— Elle m'a écrit de Bulawayo qu'elle comptait y embarquer pour rentrer en Angleterre. C'est le mieux qu'elle puisse faire, la pauvre gosse.

— Je ne sais pas pourquoi, mais je ne l'imagine pas du tout à Beira, fis-je d'un ton pensif.

— Elle se mettait en route quand elle m'a écrit.

J'étais perplexe. De toute évidence, quelqu'un mentait. Sans prendre le temps de songer qu'Anne pourrait avoir d'excellentes raisons de dissimuler la vérité à Race, je me suis offert le plaisir de lui river son clou. Il est toujours tellement sûr de lui ! Tirant le télégramme de ma poche, je le lui ai tendu.

— Alors comment expliquez-vous ceci ?

Il a paru abasourdi.

— Elle disait pourtant qu'elle partait pour Beira, fit-il d'une voix blanche.

Je sais que Race passe pour un homme futé. À mon avis, il serait plutôt du genre stupide. Il ne paraît pas se douter que les jeunes filles ne disent pas toujours la vérité.

— Et à Kimberley, par-dessus le marché ! Que peuvent-elles bien y faire ? a-t-il marmonné.

— Oui, cela m'a étonné. J'aurais plutôt cru que miss Anne tiendrait à venir sur le théâtre des événements, dans l'espoir d'amasser de la copie pour le *Daily Budget*.

— Kimberley, a-t-il répété, apparemment bouleversé. Mais

il n'y a rien à voir là-bas. Les mines n'y sont même plus exploitées !

— Vous connaissez les femmes.

Il secoua la tête et s'éloigna. De toute évidence, je venais de lui fournir matière à réflexion.

Il n'avait pas plus tôt tourné les talons que le représentant du gouvernement a réapparu.

— J'espère que vous me pardonnerez de vous déranger à nouveau, sir Eustache, m'a-t-il dit en manière d'excuse. Mais j'aimerais vous poser une ou deux questions.

— Mais volontiers, mon cher. Faites donc, dis-je de fort bonne humeur.

— C'est au sujet de votre secrétaire...

— Je ne sais rien de ce garçon, me suis-je empressé de déclarer. Il s'est imposé à moi à Londres, m'a dérobé divers documents importants — ce qui risque de me valoir des ennuis — et a disparu au Cap. Il est exact que je me trouvais aux Chutes en même temps que lui, mais moi, j'étais à l'hôtel, et lui, sur une île. Et je peux vous assurer que, durant tout le temps de mon séjour, je ne l'ai pas vu.

Sur ce, je m'interrompis pour reprendre haleine.

— Vous m'avez mal compris. Je parlais de votre autre secrétaire.

— Qui ? Pagett ? me suis-je écrié, proprement ébahi. Il travaille pour moi depuis huit ans... c'est un homme de confiance.

Mon interlocuteur souriait :

— Décidément, vous n'y êtes pas. Je faisais allusion à la demoiselle.

— Miss Pettigrew ?

— Effectivement. On l'a vue ressortir de la boutique de curiosités d'Agrasato.

— Bon sang ! l'interrompis-je. Mais j'y suis passé moi-même, pas plus tard que cet après-midi. Vous auriez aussi bien pu *me* voir en ressortir.

Il semble qu'on ne puisse rien faire à Johannesburg sans être aussitôt suspecté des pires intentions !

— Oh ! Mais elle y a été vue plus d'une fois, et dans des circonstances plutôt louches. En confidence, je peux bien vous le confier, sir Eustache : cette boutique pourrait servir de repaire à l'organisation secrète qui a fomenté ce soulèvement.

C'est pourquoi je serais ravi d'apprendre tout ce que vous pourrez me dire sur le compte de cette demoiselle. Dans quelles circonstances l'avez-vous engagée ?

— Ses services m'ont été recommandés par votre propre gouvernement, lui ai-je déclaré froidement.

Il en est resté pétrifié.

## 30

## Suite des aventures d'Anne

Sitôt arrivée à Kimberley, j'ai télégraphié à Suzanne. Elle est venue me rejoindre en toute hâte, en se faisant précéder de divers télégrammes. Moi qui croyais avoir bénéficié d'un simple engouement, je fus ravie de découvrir qu'elle s'était vraiment attachée à moi. En me retrouvant, elle se jeta à mon cou, et versa même quelques larmes.

Quand nous fûmes remises de nos émotions, je m'assis sur le lit et lui contai toute mon histoire de A à Z.

— Vous aviez toujours soupçonné le colonel Race, me dit-elle pensivement, quand j'en eus terminé. Moi pas, jusqu'à la nuit de votre disparition. Jusque-là, j'avais tant d'affection pour lui, et je vous voyais déjà mariés ensemble. Oh ! Anne, ma chérie, ne m'en veuillez pas... Mais enfin, comment pouvez-vous être sûre que ce garçon vous dit la vérité ? Pour vous, tout ce qu'il raconte est parole d'Évangile ?

— Bien sûr que oui ! m'exclamai-je, indignée.

— Mais qu'est-ce que vous lui trouvez donc de si attirant ? Je ne vois vraiment pas... à part, évidemment, son physique d'aventurier casse-cou et ses charmes de Fils du Cheik mitigé d'Homme de Cro-Magnon.

Je sermonnai vertement Suzanne.

— Tout ça, c'est parce que vous êtes confortablement installée dans le mariage et que vous vous empâtez ! Vous avez oublié que l'amour existe en ce monde !

— Si vous croyez que je m'empâte, Anne. Je me suis fait tant de mauvais sang pour vous que je dois être maigre comme un clou.

— Vous m'avez l'air en pleine forme, lui rétorquai-je. À vue de nez, vous avez pris trois kilos.

— Et je ne crois pas non plus être confortablement installée dans le mariage, reprit Suzanne, sur un ton mélancolique. Clarence n'a pas cessé de me bombarder de télégrammes m'enjoignant de revenir illico... J'ai fini par ne plus y répondre, et il y a quinze jours que je n'ai pas eu de ses nouvelles.

Je crains de ne pas avoir pris au sérieux les difficultés conjugales de Suzanne. Sitôt qu'elle le désirera, elle fera de Clarence ce qu'elle voudra. J'amenai la conversation sur les diamants.

Suzanne fit une drôle de tête :

— Il faut que je vous explique, Anne. Voyez-vous, sitôt que je me suis mise à soupçonner le colonel Race, je me suis tracassée pour ces diamants. Comme je voulais rester aux Chutes, pour le cas où il vous retiendrait prisonnière dans les environs, je ne savais plus qu'en faire. J'avais peur de les garder avec moi...

Suzanne jeta autour d'elle un regard inquiet, comme si elle redoutait que les murs aient des oreilles. Puis elle me chuchota quelque chose.

— C'était une excellente idée, approuvai-je. Sur le moment, du moins. Mais maintenant, ça devient un peu contrariant. Qu'est-ce qu'a fait sir Eustache de ces caisses ?

— Il a fait expédier les plus grosses au Cap ; c'est ce que m'a appris Pagett en me faisant parvenir un récépissé avant que je ne reparte des Chutes. Quant à Pagett lui-même, il devrait quitter le Cap aujourd'hui pour aller rejoindre sir Eustache à Johannesburg.

— Et les plus petites, où sont-elles ?

— J'imagine que sir Eustache les aura emmenées avec lui.

Je retournai l'information dans ma tête.

— Enfin, convins-je, c'est ennuyeux... mais c'est sans doute prudent. Autant nous abstenir d'agir pour l'instant.

Suzanne me regarda, un petit sourire aux lèvres.

— Vous n'aimez pas beaucoup vous abstenir d'agir, pas vrai, Anne ?

— Pas beaucoup, convins-je.

En tout cas, je pouvais faire une chose : trouver l'indicateur des chemins de fer et vérifier à quelle heure le train de Pagett passerait à Kimberley. Je découvris qu'il arriverait le lendemain après-midi, vers 17 h 40, pour repartir à 18 heures. Je voulais le voir aussi vite que possible. Autant saisir cette occasion car, avec la détérioration du climat dans le Rand, je n'en aurais peut-être pas d'autre de sitôt.

Un seul fait vint éclairer cette journée, à savoir un télégramme apparemment anodin, en provenance de Johannesburg.

*Arrivé sans anicroches. Tout va bien. Eric ici. Eustache aussi, mais pas Guy. Restez où vous êtes pour l'instant. Andy.*

Eric était le nom de code que nous avions attribué à Race. Je l'avais choisi, car c'est un prénom que je déteste. Je ne pouvais plus rien faire, jusqu'à l'arrivée de Pagett. Suzanne employa son temps à envoyer un interminable télégramme destiné à rassurer son cher Clarence. Elle se révèle de plus en plus sentimentale. À sa façon, elle adore Clarence, même si ce n'est pas ainsi que nous nous aimons, Harry et moi.

— J'aimerais tant qu'il soit là, Anne, me confia-t-elle. Il y a si longtemps que je ne l'ai pas vu.

— Mettez-vous donc un peu de crème sur la figure, fis-je, pour lui changer les idées.

Elle en mit un peu au bout de son joli petit nez.

— Je serai bientôt à court, et il n'y a qu'à Paris que je peux en trouver. Ah, Paris ! soupira-t-elle.

— Suzanne, dis-je, sous peu, vous en aurez assez de l'Afrique et des aventures.

— J'achèterais bien un joli petit chapeau, admit-elle. Pourrai-je venir avec vous demain pour voir Guy Pagett ?

— Je préfère y aller seule. Il sera trop intimidé pour parler devant nous deux.

C'est ainsi que, le lendemain après-midi, je me retrouvai devant l'hôtel, me débattant avec une ombrelle qui refusait de s'ouvrir, tandis que Suzanne gardait la chambre, avec un livre et une corbeille de fruits.

Aux dires du portier, le train devait arriver peu ou prou à l'heure prévue, même s'il semblait peu vraisemblable qu'il pût poursuivre sur Johannesburg. En effet, le portier m'assura d'une voix grave que la ligne venait de sauter. Dans le genre bonne nouvelle !

Le train entra en gare avec dix minutes de retard. Les voyageurs envahirent le quai qu'ils se mirent à arpenter fiévreusement. Je repérai Pagett sans difficulté, et m'empressai d'aller l'accoster. Comme toujours, il sursauta en me voyant — et encore plus ostensiblement que d'ordinaire.

— Seigneur ! Miss Beddingfeld ! Je vous croyais disparue !

— Eh bien, j'ai fait ma réapparition, lui déclarai-je. Comment allez-vous, Mr Pagett ?

— Fort bien, je vous remercie... J'attends impatiemment de pouvoir me remettre au travail avec sir Eustache.

— Mr Pagett, lui dis-je, il y a unc chose que je désire vous demander. J'espère que ma question ne vous offensera pas. Mais énormément de choses — et bien plus que vous ne pouvez l'imaginer — en dépendent. Je désire savoir ce que vous faisiez à Marlow le 8 janvier dernier.

Il sursauta de plus belle :

— Vraiment, miss Beddingfeld... Je... Vraiment...

— Vous vous trouviez à Marlow, n'est-ce pas ?

— Je... Effectivement, pour des raisons personnelles, je me trouvais dans ces parages.

— Ne voulez-vous pas me confier vos raisons ?

— Sir Eustache ne vous les a pas déjà apprises ?

— Sir Eustache ? Il est au courant ?

— J'en suis presque sûr. J'espère qu'il ne m'a pas reconnu, mais certaines allusions et remarques qu'il a laissé tomber m'ont donné la triste certitude du contraire. Quoi qu'il en soit, je compte bien décharger ma conscience à cet égard en lui présentant ma démission. C'est un homme étrange, miss Beddingfeld, doué d'un sens de l'humour bizarre. Il semble s'amuser à me laisser sur des charbons ardents. Et pourtant, je croirais volontiers qu'il sait tout, depuis le début. Et peut-être même depuis des années.

J'espérais pouvoir tôt ou tard comprendre de quoi parlait Pagett, qui poursuivit :

— Certes, un homme jouissant de la situation de sir Eustache ne saurait se mettre à ma place. J'ai eu tort, j'en conviens, mais la tromperie ne semblait pas bien grave. De son côté, il aurait pu aborder franchement les choses, plutôt que de m'accabler d'allusions incessantes.

Sur un coup de sifflet, les voyageurs commencèrent à regagner leurs compartiments.

— Effectivement, Mr Pagett, intervins-je, je partage votre

opinion, concernant sir Eustache. *Mais pourquoi êtes-vous allé à Marlow?*

— J'ai eu tort, certes, mais c'était bien naturel, vu les circonstances... oui, bien naturel, tout de même, vu les circonstances.

— Mais quelles circonstances? m'écriai-je, excédée.

Pour la première fois, Pagett parut s'apercevoir que je lui posais une question. Et sa pensée se détacha des travers de sir Eustache et de ses propres justifications pour se reporter sur moi.

— Je vous demande pardon, miss Beddingfeld, me dit-il avec raideur, mais je ne vois pas en quoi tout ceci vous concerne.

Il venait de remonter dans le train, et me parlait maintenant penché à la portière. Désespérée, je me demandais que faire avec un homme pareil.

— Bien sûr, si vous avez lieu d'en avoir honte..., lançai-je avec mépris.

Je venais de trouver son point faible. Pagett se raidit et piqua un fard.

— Honte? Je ne vous comprends pas.

— Alors dites-moi tout!

En trois phrases, il m'eut tout dit. Et je sus enfin quel était le secret de Pagett! Rien de ce que j'avais pu imaginer.

Je revins à pas lents à mon hôtel, où m'attendait un télégramme. Je le déchirai vivement. Il renfermait des instructions précises et détaillées: je devais me rendre à Johannesburg, ou plus exactement à la gare précédente où je trouverais une voiture. Ce télégramme était signé Harry et non pas Andy.

Je me carrai dans un fauteuil et m'abîmai dans de profondes réflexions.

## 31

### EXTRAITS DU JOURNAL INTIME DE SIR EUSTACHE PEDLER

*Johannesburg, le 7 mars*

Pagett vient d'arriver. Bien entendu, il a une peur bleue, et m'a aussitôt suggéré de rallier Pretoria. Mais quand je lui ai annoncé avec douceur et fermeté que nous allions rester ici même, il a viré de bord. Que n'avait-il apporté des armes dans ses bagages, lui qui avait défendu à lui seul, durant la Grande Guerre, un pont... Un vague pont de chemin de fer perdu en pleine campagne, sans doute...

J'ai abrégé ses confidences en le priant de déballer la machine à écrire. J'espérais que, comme d'ordinaire, elle serait détraquée et que je pourrais ainsi envoyer Pagett la faire réparer, ce qui m'aurait débarrassé de lui. Mais c'était compter sans ses ressources.

— J'ai déjà déballé toutes les caisses, sir Eustache. La machine est en parfait état.

— Que voulez-vous dire par « toutes les caisses » ?

— Les deux petites caisses également.

— Quel zèle excessif, Pagett ! Vous n'aviez pas à toucher à ces deux petites caisses, qui appartiennent à Mrs Blair.

Pagett a paru contrarié. Il a horreur de commettre un impair.

— Vous allez donc les remballer proprement. Après quoi, vous pourrez sortir faire un tour en ville. Mettez cette occasion à profit, car demain, Johannesburg ne sera peut-être plus qu'un monceau de ruines.

J'espérais être débarrassé de sa présence pour toute la matinée au moins.

— Il y a une chose dont j'aimerais vous entretenir, quand vous en aurez le temps, sir Eustache.

— Pas maintenant, me suis-je empressé de lui répondre. Pour l'instant, je n'ai pas une minute de libre. À propos, lui ai-je lancé comme il se retirait, que contenaient donc les caisses de Mrs Blair ?

— Des peaux de bêtes, et deux espèces de bonnets de... de fourrure, si je ne me trompe pas.

— Ah oui ! Elle les a achetés en cours de route. Ce sont bel et bien des bonnets — enfin, si on veut — et je ne suis guère surpris que vous ayez du mal à les identifier. Je crois bien qu'elle compte en arborer un aux courses d'Ascott. Et à part cela ?

— Des rouleaux de pellicule, et des papiers, en quantité industrielle...

— Ça ne m'étonne pas, affirmai-je. Mrs Blair est le genre de femme, qui achète toujours par douzaine.

— Je crois que c'était tout, sir Eustache, à l'exception de quelques bricoles, écharpe, gants, etc.

— Si vous n'étiez pas si obtus, Pagett, vous vous seriez aperçu aussitôt que ces affaires ne pouvaient être les miennes.

— J'ai cru qu'elles pouvaient appartenir à miss Pettigrew.

— À propos... Qu'est-ce qui vous a pris d'aller me dénicher une secrétaire aussi louche ?

Sur ce, je lui ai rapporté le contre-interrogatoire qu'elle m'avait valu. Je l'ai aussitôt regretté lorsque j'ai vu s'allumer dans son œil une lueur qui m'est familière. Je me suis empressé de changer de sujet, mais il était déjà trop tard. Pagett était sur le sentier de la guerre.

Il s'est lancé dans une histoire interminable et totalement dépourvue d'intérêt qui se serait déroulée à bord du *Kilmorden*. Il s'agissait d'un rouleau de pellicule et d'un pari. Un rouleau de pellicule aurait été jeté en pleine nuit à travers le hublot d'une cabine, par un steward qui aurait pu faire preuve de plus de discernement ! J'exècre les plaisanteries d'un goût douteux. Je l'ai dit à Pagett, qui du coup m'a de nouveau raconté toute l'histoire. Et comme il raconte fort mal, j'ai mis un temps fou à comprendre de quoi il retournait en l'occurrence.

Je n'ai pas vu Pagett avant le déjeuner du lendemain, où il est arrivé tout bouillant d'excitation, tel un chien de meute flairant une bonne piste. J'ai horreur de ce genre de chien. J'ai fini par comprendre qu'il aurait vu Rayburn.

— Quoi ? m'écriai-je stupéfait.

Effectivement, il aurait vu un passant ressemblant fort à Rayburn traverser la rue, et lui aurait emboîté le pas.

— Et à qui croyez-vous que je l'ai vu parler? À miss Pettigrew !

— Quoi ?

— Mais oui, sir Eustache. Et ce n'est pas tout. Je me suis renseigné sur elle...

— Un instant. Qu'est devenu Rayburn ?

— Miss Pettigrew et lui sont entrés dans cette fameuse boutique de curiosités...

Là, je n'ai pu réprimer un cri. Du coup, Pagett s'est tu.

— Ce n'est rien, ai-je dit. Continuez.

— J'ai attendu dehors pendant une éternité, mais ils ne sont pas ressortis. Alors, j'ai fini par y entrer moi-même. Sir Eustache, la boutique en question était déserte ! Sans doute a-t-elle une autre issue.

Je le regardais fixement.

— Comme je vous le disais, je suis alors revenu à l'hôtel, afin de me renseigner sur miss Pettigrew.

Là, Pagett a baissé le ton et s'est mis à souffler comme un phoque, ainsi qu'à chaque fois qu'il me fait des confidences.

— Sir Eustache, m'a-t-il soufflé, la nuit dernière, un homme a été vu sortant de sa chambre.

— Et moi qui croyais cette demoiselle si respectable ! me suis-je exclamé.

Mais négligeant ma remarque, Pagett a poursuivi:

— Je suis monté dans sa chambre, et je l'ai fouillée. Et que croyez-vous que j'y ai découvert ?

J'ai secoué la tête pour lui signifier que je n'en avais pas la moindre idée.

— Ceci !

Et sur ce mot, Pagett m'a tendu un rasoir et du savon à barbe.

— Qu'est-ce qu'une femme, selon vous, peut bien faire avec ça ?

Je ne pense pas que Pagett lise les publicités des magazines féminins. Moi si. Et tout en me refusant à discuter avec lui de cette question, je répugnais à voir dans la seule présence de ce rasoir une preuve irréfutable du sexe de miss Pettigrew. Pagett est si désespérement vieux jeu ! Je n'aurais pas été surpris qu'il exhibe un porte-cigarettes à l'appui de sa théorie. Cependant, même Pagett a ses limites.

— Vous n'êtes pas convaincu, sir Eustache ? Eh bien que direz-vous de ceci ?

J'examinai l'objet qu'il brandissait triomphalement.

— Cela m'a tout l'air de cheveux, remarquai-je non sans dégoût.

— Ce sont des cheveux ! Et je crois même que c'est ce que l'on appelle un postiche.

— Tiens donc ! fis-je.

— Eh bien, à présent, êtes-vous convaincu que cette demoiselle Pettigrew est un homme ?

— Ma foi, mon cher Pagett, je crois bien que oui. J'aurais d'ailleurs dû m'en douter, rien qu'à voir ses pieds.

— Alors, tout est dit là-dessus. Et maintenant, sir Eustache, je désirerais vous entretenir de mes affaires personnelles. Si j'en juge d'après vos perpétuelles allusions à mon voyage en Italie, vous m'avez déjà démasqué.

Pagett s'apprêtait enfin à me dévoiler le mystère de son séjour à Florence !

— Mon cher, vous pouvez tout me dire, fis-je sur un ton bienveillant. C'est bien préférable.

— Merci, sir Eustache.

— C'est le mari ? Quels raseurs, ces maris ! Toujours là quand on ne les attend pas.

— Je ne vous suis pas, sir Eustache. Le mari de qui ?

— Mais le mari de la dame !

— Quelle dame ?

— Enfin bon sang, Pagett ! La dame que vous avez retrouvée à Florence ! Car c'était forcément une dame. Ne me dites pas que vous vous êtes contenté de dévaliser une église ou de trucider un Italien dont la tête ne vous revenait pas.

— J'ai de la peine à vous comprendre, sir Eustache. Vous plaisantez, sans doute ?

— Je sais me montrer drôle à l'occasion, pour peu que je m'en donne la peine, mais je vous assure que, pour l'heure, je ne plaisante nullement.

— J'espérais qu'à la distance où je me trouvais, vous ne m'auriez pas reconnu, sir Eustache.

— Mais reconnu où ?

— À Marlow, sir Eustache.

— À Marlow ? Mais que diable faisiez-vous à Marlow ?

— Je croyais que vous aviez compris que...

— Plus vous parlez et moins je comprends. Reprenez donc votre histoire depuis le début : vous êtes allé à Florence et...

— Ainsi, vous ne saviez donc pas... et vous ne m'aviez pas reconnu !

— Pour autant que je puisse en juger, vous venez de vous trahir inutilement, par excès de scrupules ! Mais je serais mieux à même d'en juger quand j'aurai entendu toute l'histoire. Respirez un bon coup et reprenez tout depuis le début : vous êtes allé à Florence et...

— Mais justement : je ne suis pas allé à Florence !

— Eh bien, où êtes-vous allé, en ce cas ?

— Je suis rentré chez moi... à Marlow.

— Et pourquoi diable vouliez-vous aller à Marlow ?

— Je voulais voir ma femme, qui est de santé délicate et qui attendait justement...

— Votre femme ? Mais je ne vous savais pas marié !

— Effectivement, sir Eustache, et c'est pourquoi je vous l'apprends aujourd'hui. Je vous ai trompé à cet égard.

— Depuis quand êtes-vous marié ?

— Plus de huit ans. J'étais marié depuis six mois quand je suis devenu votre secrétaire. Mais comme je tenais à cette situation et qu'un secrétaire à demeure est censé être célibataire, j'ai préféré garder mon mariage secret.

— J'en ai le souffle coupé. Mais où était donc votre femme pendant toutes ces années ?

— Dans un petit pavillon au bord de la rivière, tout près du Moulin, à Marlow.

— Seigneur ! balbutiai-je. Et vous avez des enfants ?

— Quatre, sir Eustache.

Je considérais Pagett avec stupeur. Depuis tout ce temps j'aurais dû me douter qu'un homme comme Pagett ne pouvait dissimuler de secret inavouable. Sa respectabilité m'avait toujours empoisonné l'existence. Voilà bien le genre de secret que pouvait avoir Pagett : une femme et quatre marmots.

— Auriez-vous confié ce secret à quelqu'un d'autre ? ai-je fini par lui demander après l'avoir dévisagé avec un sentiment proche de la fascination.

— Seulement à miss Beddingfeld, qui se trouvait à la gare de Kimberley.

Sous mon regard, Pagett commençait à se sentir mal à l'aise.

— J'espère, sir Eustache, que vous n'êtes pas sérieusement contrarié ?

— Mon brave, ai-je répondu, laissez-moi vous dire que vous avez tout fichu par terre.

Et là-dessus je sortis, passablement irrité.

Comme je passais devant la fameuse boutique de curiosités, je ne pus résister à l'envie d'y entrer. Le patron vint m'accueillir avec une certaine obséquiosité, en se frottant les mains.

— Que désirez-vous voir? Des fourrures? des objets insolites?

— Je désirerais quelque chose qui sorte de l'ordinaire, dis-je, pour une occasion particulière. Voulez-vous me montrer ce que vous avez?

— Voulez-vous passer dans l'arrière-boutique? J'ai quelques articles qui vous intéresseront sûrement.

C'est là que j'ai commis une gaffe. Et dire que je me croyais futé. J'ai franchi avec lui les portes battantes.

## 32

## Suite des aventures d'Anne

Suzanne m'a donné bien du fil à retordre. Elle a discuté, supplié, pleuré même pour m'empêcher de suivre mon plan. Mais j'ai fini par l'emporter. Elle a promis d'exécuter mes instructions à la lettre et m'a accompagnée jusqu'à la gare.

Le lendemain matin de bonne heure, j'arrivais à destination. Un petit Hollandais à la barbe noire, que je n'avais encore jamais vu, m'attendait avec une voiture. Comme j'entendais de bizarres explosions dans le lointain, je lui demandai ce que c'était. « Des fusils », me répondit-il laconiquement. On se battait dans Johannesburg!

Je crus comprendre que notre objectif se trouvait dans les faubourgs de la ville. Nous faisions des tours et des détours, et les détonations se rapprochaient à chaque instant. C'était très excitant. Nous avons fini par nous arrêter devant un immeuble délabré. Un boy Kafir nous ouvrit la porte. Mon guide me fit signe d'entrer. J'hésitai, plantée dans le vestibule crasseux. L'"homme me précéda et m'ouvrit une autre porte.

— La jeune dame qui veut voir Mr Harry Rayburn, annonça-t-il en riant.

J'entrai. La pièce était chichement meublée et empestait le tabac bon marché. Un homme écrivait derrière un bureau. Il leva les yeux et haussa les sourcils.

— Tiens, tiens ! s'écria-t-il. Ne serait-ce pas miss Beddingfeld ?

— Je dois voir double, dis-je. Est-ce Mr Chichester ou miss Pettigrew ? Vous ressemblez extraordinairement aux deux.

— Les deux sont en disponibilité, pour le moment. J'ai quitté mes jupons — et ma tenue de clergyman. Voulez-vous vous asseoir ?

J'acceptai tranquillement un siège.

— Il semblerait, dis-je, que je me sois trompée d'adresse.

— De votre point de vue, je crains que oui. Vraiment, miss Beddingfeld, tomber une seconde fois dans le piège !...

— Ce n'est pas très malin de ma part, reconnus-je humblement.

Mon attitude parut l'intriguer :

— Vous ne me paraissez pas très inquiète, fit-il remarquer sèchement.

— Si je donnais dans le mélodrame, cela vous impressionnerait ? lui demandai-je.

— Sûrement pas.

— Ma grand-tante Jane avait coutume de dire qu'une vraie dame n'est jamais ni démontée ni surprise, quoi qu'il arrive, murmurai-je d'un ton rêveur. Je m'efforce de vivre selon ses préceptes.

L'opinion de Mr Chichester-Pettigrew était si clairement écrite sur son visage que je m'empressai de poursuivre.

— Vous avez l'art de vous déguiser, lui accordai-je généreusement. Je ne vous ai pas reconnu en miss Pettigrew — pas même quand, de saisissement, vous avez cassé votre crayon, en me voyant monter dans le train, en gare au Cap.

Il tapa sur son bureau avec le crayon qu'il tenait maintenant à la main.

— Tout cela est très bien, mais il serait temps de passer aux affaires sérieuses. Vous devinez peut-être pourquoi, miss Beddingfeld, nous avions besoin de votre présence ici ?

— Vous m'excuserez, mais je ne traite jamais avec les subalternes.

J'avais lu cette phrase, ou quelque chose d'approchant, dans un prospectus de prêt à intérêt, et j'en étais plutôt contente. Elle produisit un effet remarquable sur Mr Chichester-Pettigrew. Il ouvrit la bouche et la referma aussitôt. Je lui décochai mon plus beau sourire.

— Une maxime de mon grand-oncle George, ajoutai-je... Le mari de ma grand-tante Jane, celle que vous savez. Il fabriquait des boules pour les lits de cuivre.

On ne s'était sans doute encore jamais moqué de Mr Chichester-Pettigrew. Cela ne lui plut pas du tout.

— Vous feriez mieux de changer de ton, ma petite demoiselle.

Je ne répondis pas, je bâillai — le genre de délicat petit bâillement qui dissimule un horrible ennui..

— Bon sang ! commença-t-il. Vous...

Je l'interrompis.

— Je puis vous assurer qu'il est inutile de crier. Nous ne faisons que perdre notre temps. Je n'ai pas l'intention de discuter avec un subalterne. Vous gagnerez du temps et vous éviterez bien des ennuis en m'emmenant directement à sir Eustache Pedler.

— À...

Il semblait abasourdi.

— Oui, dis-je. À sir Eustache Pedler.

— Je... Je... Excusez-moi...

Il bondit dehors comme un lapin. J'en profitai pour ouvrir mon sac et me repoudrer le nez. Je rectifiai aussi l'inclinaison de mon chapeau. Puis je m'armai de patience pour attendre le retour de mon ennemi.

Il revint, d'humeur plus calme.

— Si vous voulez bien me suivre, miss Beddingfeld ?

Je le suivis jusqu'au haut de l'escalier. Il frappa à une porte, un vif « Entrez ! » nous parvint de l'intérieur, il ouvrit la porte et me fit signe de passer.

Sir Eustache Pedler sauta sur ses pieds pour m'accueillir, aimable et souriant.

— Eh bien, miss Anne ! fit-il en me serrant chaleureusement la main. Je suis enchanté de vous voir ! Venez, asseyez-vous. Pas trop fatiguée du voyage ? Parfait !

Toujours souriant, il s'assit en face de moi. Il était si parfaitement naturel que j'en fus décontenancée.

— Vous avez eu raison d'insister pour avoir affaire directement à moi, poursuivit-il. Minks est un imbécile — un remarquable acteur, mais un imbécile. C'est Minks que vous avez vu au rez-de-chaussée.

— Ah bon ? dis-je, d'une voix éteinte.

— Et maintenant, venons-en aux faits, déclara sir Eustache avec entrain. Depuis quand savez-vous que je suis le « Colonel » ?

— Depuis que Mr Pagett m'a dit qu'il vous a vu à Marlow, alors qu'on vous croyait à Cannes.

Sir Eustache hocha la tête avec regret.

— Oui, j'ai dit à cet imbécile qu'il avait tout fichu par terre. Il n'a pas compris, bien sûr. Tout ce qui le préoccupait, c'était de savoir si je l'avais reconnu, lui. Pas un instant, il ne s'était demandé ce que, moi, je faisais là. Ce n'est vraiment pas de chance ! Tout était si bien organisé ! Je l'avais expédié à Florence et j'avais annoncé à mon hôtel que j'allais passer un jour ou deux à Nice. Lorsque le meurtre a été découvert, j'étais déjà de retour à Cannes, et personne ne pouvait imaginer que j'avais quitté la Riviera.

Il parlait avec un naturel parfait, sans la moindre affectation. Je dus me pincer pour me convaincre que tout cela était bien réel, que l'homme qui se trouvait devant moi était bel et bien le redoutable malfaiteur surnommé le « Colonel ». Je repassai en esprit les événements.

— Alors, c'est vous qui avez tenté de me faire passer par-dessus bord sur le *Kilmorden* ? dis-je lentement. C'est vous que Pagett avait suivi sur le pont cette nuit-là ?

Il haussa les épaules.

— Je vous en demande vraiment pardon, ma chère enfant. J'ai toujours eu beaucoup de sympathie pour vous, mais vous étiez si encombrante ! Je n'allais tout de même pas laisser une gamine réduire tous mes plans à néant !

— Je crois que le plan que vous avez adopté aux Chutes était le plus intelligent, dis-je, en m'efforçant de considérer les événements avec détachement. J'aurais été prête à jurer que vous étiez à l'hôtel quand je suis sortie ! On dit généralement que voir, c'est croire. Mais parfois, il suffit de croire pour voir !

— Oui, le rôle de miss Pettigrew est un des plus grands

succès de Minks. Mais, par ailleurs, il imite ma voix à la perfection.

— Il y a une chose que j'aimerais savoir.

— Quoi donc ?

— Comment avez-vous pu inciter Pagett à l'embaucher ?

— Oh ! c'est tout simple. Elle a attendu Pagett à l'entrée de la Bourse du Travail ou de la Chambre des Mines, enfin là où il est allé, elle lui a raconté que j'avais téléphoné de façon urgente et qu'elle avait été sélectionnée par le service en question. Pagett a tout avalé, le pauvre agneau.

— Vous faites preuve de beaucoup de franchise, dis-je en l'observant.

— Je n'ai aucune raison de ne pas être franc.

Cela ne me plut pas. Je m'empressai de l'interpréter à ma manière.

— Vous avez brûlé vos vaisseaux. Vous croyez donc au succès de la révolution ?

— Pour une aussi intelligente jeune femme, cette remarque l'est bien peu. Non, ma chère enfant, je ne crois pas à la révolution. Je lui donne encore deux jours pour finir ignominieusement en eau de boudin.

— Elle ne fait pas partie de vos succès alors ? dis-je méchamment.

— Comme toutes les femmes, vous ne comprenez rien aux affaires. Je m'étais engagé à fournir des armes et des explosifs — au prix fort — à fomenter des troubles, et à compromettre à fond certaines personnes. J'ai rempli mon contrat avec succès. J'ai même pris un soin particulier à cette affaire, car c'est mon dernier contrat. J'ai l'intention de me retirer. Quant à brûler mes vaisseaux, comme vous dites, je ne vois pas ce que vous entendez par là. Je ne suis ni un chef rebelle ni rien de ce genre. Je suis un distingué touriste britannique, qui a la malchance de s'aventurer dans une certaine boutique de curiosités, et de voir plus de choses qu'il n'aurait dû, si bien qu'il a été kidnappé. Demain, ou après-demain, selon les circonstances, on me retrouvera ligoté quelque part, dans un état pitoyable, affamé et terrorisé.

— Ah ! fis-je lentement. Et moi ?

— C'est la question, dit doucement sir Eustache. Et vous ? Je vous tiens — je ne voudrais pas remuer le couteau dans la plaie mais je vous tiens bien. Tout le problème est là : que vais-je faire de vous ? La façon la plus simple, et ajouterais-je, la plus agréable pour moi, de me débarrasser de vous, serait encore de vous épouser. Comme vous le savez, une femme ne peut témoigner contre son époux, et j'aimerais bien avoir une jolie petite femme pour me tenir la main et me regarder avec des yeux humides — oh ! ne me foudroyez pas comme ça ! vous me faites peur. Je vois que mon projet ne vous séduit pas ?

— Pas du tout.

— Dommage ! soupira sir Eustache. Mais je ne suis pas le méchant Arnolphe. L'ennui habituel, je suppose ? Vous en aimez un autre, comme on dit dans les livres ?

— J'en aime un autre.

— Je m'en doutais — au début, j'ai cru que c'était ce grand dadais prétentieux de Race, mais je suppose que c'est le jeune héros qui vous a repêchée dans les Chutes, cette nuit-là ? Les femmes n'ont pas de goût. Aucun de ces deux-là ne possède la moitié de ma cervelle. On a trop tendance à me sous-estimer.

Je pense qu'il avait raison. J'avais beau savoir quel genre d'homme il était et devait être, je n'arrivais pas à m'en pénétrer. Il avait tenté à plus d'une reprise de me tuer, il avait effectivement tué une autre femme, il était coupable d'innombrables méfaits dont j'ignorais tout, et pourtant j'étais incapable de le juger sur ses actes. Je ne voyais en lui que notre drôle et sympathique compagnon de voyage. Je ne pouvais même pas avoir peur de lui, et pourtant je savais qu'il me tuerait de sang-froid si cela lui était nécessaire. Je ne peux guère le comparer qu'au *Long John Silver* de Stevenson. Ce devait être un homme du même genre.

— Ma foi, me déclara cet extraordinaire personnage en se renfonçant dans son fauteuil, je déplore que l'idée de devenir lady Pedler ne vous tente pas. Les autres solutions sont plutôt brutales.

Une sensation déplaisante me parcourut la colonne vertébrale. Bien sûr, je savais que j'avais pris un gros risque, mais il m'avait semblé que le jeu en valait la chandelle. Les choses allaient-elles tourner comme je l'avais prévu, oui ou non ?

— Mais là où le bât blesse, poursuivit sir Eustache, c'est que j'ai un faible pour vous. Je n'ai pas envie d'en venir aux extrêmes. Racontez-moi l'histoire depuis le début et nous verrons ce qu'il est possible de faire. Mais attention, pas de roman ! Je veux la vérité.

Je n'aurais pas commis cette erreur. J'avais trop de respect pour la perspicacité de sir Eustache. L'heure était venue de dire la vérité, toute la vérité et rien que la vérité. Je lui racontai toute l'histoire, sans rien omettre, jusqu'au moment où Harry était venu à ma rescousse. Quand j'eus terminé, il hocha la tête.

— Vous êtes une jeune personne avisée. Vous n'avez rien gardé pour vous. D'ailleurs, laissez-moi vous dire que si vous aviez tenté de le faire, je m'en serais vite aperçu. Bien des gens pourtant ne vous croiraient pas, ils douteraient surtout du début de votre histoire. Mais moi, je vous crois. Vous êtes bien le genre de fille à vous lancer comme ça — sur l'instant et avec le plus léger des prétextes. Vous avez eu une chance folle, bien sûr, mais tôt ou tard, l'amateur finit par se heurter au professionnel, et le résultat n'est que trop prévisible. Je suis le professionnel. J'ai commencé très jeune. Tout bien considéré, j'y voyais le moyen de faire fortune rapidement. J'ai toujours su concevoir et mettre au point des plans ingénieux et je n'ai jamais commis l'erreur de vouloir les exécuter moi-même. Faire appel à des spécialistes, telle était ma devise. La seule fois où j'ai failli à cette règle, cela m'a valu bien des ennuis, mais je ne pouvais me fier à personne. Nadine en savait trop. Je suis plutôt facile à vivre, compréhensif et débonnaire... tant qu'on ne contrarie pas mes plans. Nadine est venue me contrarier et me menacer alors que j'accédais à l'apogée d'une brillante carrière. Nadine morte, et les diamants en ma possession, je n'avais plus rien à craindre. Je me dis à présent que j'ai gâché toute cette affaire. Cet imbécile de Pagett, avec sa femme et sa marmaille ! C'est ma faute, cela titillait mon sens de l'humour d'employer ce garçon à la tête d'empoisonneur du *Cinquecento* et à l'âme victorienne. Une règle pour vous, ma chère Anne : ne vous laissez jamais mener par votre sens de l'humour. Il y a des années que je sentais la nécessité de me débarrasser de Pagett, mais il était si zélé et si consciencieux que je ne trouvais honnêtement pas d'excuse pour le renvoyer. J'ai laissé aller les choses.

» Mais nous nous écartons de notre sujet : Que faire de vous ? C'est la question. Votre récit était d'une admirable clarté, mais une chose m'échappe encore. Où se trouvent les diamants à présent ?

— C'est Harry Rayburn qui les a, répondis-je sans le quitter des yeux.

Il ne se départit pas de sa sardonique bonne humeur.

— Hum ! il me faut ces diamants.

— Je ne vois pas très bien comment, répliquai-je.

— Vraiment? Moi, si. Je ne voudrais pas me montrer déplaisant, mais songez que, dans ces faubourgs, une jeune femme morte ou mourante n'étonnera personne. Il y a au rez-de-chaussée un homme qui accomplit très proprement ce genre de besognes. Comme vous êtes une jeune femme raisonnable, voici ce que je vous propose : vous allez vous asseoir et écrire à Harry Rayburn de venir vous retrouver avec les diamants et...

— Je ne ferai rien de pareil !

— N'interrompez pas vos aînés ! Je vous propose un marché : les diamants en échange de votre vie. Et ne vous méprenez pas là-dessus : votre vie est entre mes mains.

— Et Harry ?

— J'ai le cœur trop sensible pour séparer deux amoureux. Il pourra repartir libre lui aussi... à condition bien sûr qu'aucun de vous deux ne s'immisce dans mes affaires à l'avenir.

— Et qu'est-ce qui me garantit que vous tiendrez parole ?

— Mais rien, ma chère enfant ! Vous devez me faire confiance et espérer que tout se passera bien. Évidemment, si vous êtes d'humeur héroïque et si vous préférez l'anéantissement, c'est une autre histoire.

C'était ce que j'attendais. Je pris soin de ne pas mordre trop vite à l'hameçon. Je cédai peu à peu à ses menaces et à ses arguments et finis par écrire sous sa dictée :

*Cher Harry,*

*J'entrevois une chance d'établir définitivement votre innocence. Suivez donc mes instructions à la lettre. Passez à la boutique de curiosités d'Agrasato. Demandez à voir quelque chose « sortant de l'ordinaire » pour une « occasion particulière ». L'homme vous priera alors de le « suivre dans l'arrière-boutique ». Suivez-le. Vous trouverez un messager qui vous mènera jusqu'à moi. Faites exactement ce qu'il vous dira. N'oubliez pas d'apporter les diamants. Pas un mot à qui que ce soit.*

Sir Eustache marqua un temps.

— Je laisse à votre fantaisie la touche personnelle, déclara-t-il. Mais attention : pas d'erreur !

— *À vous pour toujours, Anne* devrait suffire, dis-je.

Je l'ajoutai. Sir Eustache prit la lettre et la relut.

— Cela me semble correct, dit-il. Et maintenant, l'adresse.

Je la lui donnai. C'était celle d'une petite boutique qui servait de boîte aux lettres contre rétribution. Il agita la sonnette posée sur la table. Chichester-Pettigrew, alias Minks, répondit à l'appel.

— Faites porter cette lettre immédiatement — par le chemin habituel.

— Bien, Colonel.

Minks regarda le nom qui figurait sur l'enveloppe. Sir Eustache l'observait attentivement.

— Un ami à vous, non?

— À moi? fit l'autre en sursautant.

— Vous avez eu hier une longue conversation avec lui hier à Johannesburg.

— J'ai effectivement été accosté par un homme qui m'a posé des questions sur vous et le colonel Race. Je lui ai donné de faux renseignements.

— Parfait, mon ami, parfait, fit sir Eustache sur un ton enjoué. Je me suis trompé.

Comme Chichester-Pettigrew quittait la pièce, je lui jetai un coup d'œil. Il était mortellement pâle, terrifié. Dès qu'il fut sorti, sir Eustache décrocha le téléphone intérieur.

— C'est vous, Schwart? Surveillez Minks. Il ne doit pas quitter la maison sans ordres.

Il reposa le téléphone et fronça les sourcils en tambourinant du bout des doigts sur la table.

— Puis-je vous poser quelques questions, sir Eustache? demandai-je après quelques instants de silence.

— Certainement. Quel sang-froid vous avez, Anne! Vous êtes capable de vous intéresser à ce qui se passe, là où la plupart des femmes seraient en train de renifler et de se tordre les mains.

— Pourquoi avez-vous embauché Harry comme secrétaire au lieu de le livrer à la police?

— Parce que je voulais ces maudits diamants! Ce petit démon de Nadine jouait Harry contre moi. Elle me menaçait de les lui revendre si je ne lui en donnais pas le prix qu'elle voulait. C'est là que j'ai commis une autre faute. J'ai pensé qu'elle les aurait sur elle ce jour-là. Mais elle était bien trop maligne pour ça. Carton, son mari, étant mort aussi, j'ignorais où les diamants pouvaient se trouver. Sur ces entrefaites, j'ai réussi à mettre la main sur la copie d'un télégramme envoyé à Nadine par quelqu'un qui se trouvait à bord du *Kilmorden*, soit Carton, soit Rayburn, j'ignorais lequel des deux. C'était un double du morceau de papier que vous aviez ramassé, « Dix-sept, un, vingt-deux ». J'ai pensé qu'il s'agissait d'un rendez-vous avec Rayburn, et quand j'ai vu qu'il tentait désespérément d'embarquer sur le *Kilmorden*, j'ai été convaincu d'avoir raison. C'est pourquoi j'ai fait mine de tomber dans le panneau et je l'ai laissé venir. Je l'ai surveillé de près dans l'espoir d'en apprendre davantage. Puis j'ai découvert que Minks essayait de faire cavalier seul et se mêlait de mes affaires. Je l'en ai rapidement dissuadé et il y a renoncé. J'ai été contrarié de ne pouvoir obtenir la cabine 17, et je n'arrivais pas à saisir le rôle que vous jouiez dans cette affaire. Étiez-vous ou non l'innocente jeune fille que vous paraissiez ? Cette nuit-là, quand Rayburn a voulu se rendre au rendez-vous fixé, j'ai ordonné à Minks de l'intercepter. Évidemment, Minks a raté son coup.

— Mais pourquoi ce télégramme portait-il « dix-sept » au lieu de « soixante et onze » ?

— J'ai réfléchi à ce problème. Carton a dû remettre son texte au télégraphiste pour qu'il le reporte sur une formule, et il n'a pas pris la peine de relire la copie. Le télégraphiste a dû faire la même erreur que nous, lire 17 1 22, au lieu de 1 71 22. Ce que j'ignore en revanche, c'est comment Minks est arrivé à s'intéresser à la cabine 17. Pur instinct, sans doute.

— Et le message au général Smuts ? Qui a pu le falsifier ?

— Ma chère Anne ! Vous n'imaginez tout de même pas que j'allais voir divulguer tous mes plans, sans rien tenter pour les sauver. Avec un homme recherché pour meurtre en guise de secrétaire, je n'ai pas hésité à substituer des feuilles vierges au document. Personne n'aurait songé à soupçonner ce pauvre vieux Pedler.

— Et le colonel Race ?

— Cela a été un choc. Quand Pagett m'a appris qu'il appartenait aux Services secrets, j'ai eu un frisson dans le dos. Je me suis rappelé qu'il avait tourné autour de Nadine, à Paris, pendant la guerre, et j'ai été pris de l'horrible soupçon qu'il en avait après moi. Je n'aime pas la façon dont il ne m'a plus quitté depuis. C'est un de ces hommes forts et taciturnes dont on ne sait jamais ce qu'ils vous réservent.

Le téléphone sonna. Sir Eustache décrocha, écouta et dit :

— Très bien, je vais le voir. (Puis, s'adressant à moi :) Les affaires, miss Anne ! Venez, je vais vous montrer votre chambre.

Il me fit entrer dans un petit appartement, un Kafir m'apporta ma valise, et après m'avoir priée de réclamer tout ce que je voulais, sir Eustache se retira, image même de l'hôte courtois. Un broc d'eau chaude était posé sur la cuvette et je me mis à déballer mes affaires. Je sentis quelque chose de dur et d'inhabituel dans mon sac de toilette, qui m'étonna. Je l'ouvris et y jetai un coup d'œil.

À ma stupeur, j'en sortis un petit revolver à crosse de nacre. Il n'y était pas quand j'avais quitté Kimberley. Je l'examinai avec précaution. Il était chargé.

Le sentir dans ma main me réconforta. Cela pouvait être très utile dans une maison comme celle-là. Malheureusement, la mode n'a pas prévu le port des armes à feu. Je finis donc par le glisser avec précaution dans ma jarretière. Il faisait une énorme bosse sous ma jupe. Je craignais à tout moment que le coup ne parte et ne m'arrache le pied, mais je n'avais pas d'autre endroit où le mettre.

## 33

Sir Eustache ne me fit pas venir avant la fin de l'après-midi. On m'avait servi du thé vers 11 heures, ensuite un déjeuner substantiel, et je me sentais d'attaque pour un nouvel affrontement.

Sir Eustache était seul. Il marchait de long en large, agité et l'œil brillant. Il exultait visiblement. Son attitude envers moi s'était sensiblement modifiée.

— J'ai des nouvelles à vous apprendre. Votre amoureux est en chemin. Il sera là dans quelques minutes. Ne vous réjouissez pas trop vite, j'ai encore autre chose à vous dire. Vous avez tenté de me tromper, ce matin. Je vous avais prévenue que vous feriez bien de vous en tenir à la vérité et, jusqu'à un certain point, vous m'avez obéi. Mais après, vous êtes sortie du droit chemin. Vous avez essayé de me faire avaler que les diamants étaient en la possession de Harry Rayburn. Sur le moment, j'ai fait semblant de vous croire, car cela me simplifiait la tâche, celle qui consistait à attirer Harry Rayburn ici. Seulement, ma chère Anne, les diamants sont en ma possession depuis que j'ai quitté les Chutes — même si je ne l'ai découvert qu'hier.

— Vous le savez donc ! m'écriai-je.

— Cela vous intéressera peut-être d'apprendre que c'est Pagett qui m'a dévoilé le pot aux roses. Il a tenu absolument à m'ennuyer avec une histoire sans queue ni tête de pari et de rouleau de pellicule... Je n'ai pas mis longtemps à faire le rapprochement avec Mrs Blair, sa méfiance envers le colonel Race, son agitation, son insistance à me confier ses souvenirs. Par excès de zèle, ce brave Pagett avait d'ailleurs déjà déballé les caisses. Avant de quitter l'hôtel, j'ai simplement transféré tous les rouleaux de pellicule dans ma propre poche. Ils sont ici, dans le coin. Je n'ai pas encore eu le temps de les examiner, mais j'en ai remarqué un qui pèse plus lourd que les autres, qui fait entendre un cliquetis quand on l'agite et qui, de toute évidence, a été fermé avec de la Seccotine, ce qui m'obligera à employer un ouvre-boîte. Le cas est clair, non ? Vous voyez, je vous tiens tous les deux à présent... Dommage que vous n'ayez pas été tentée par l'idée de devenir lady Pedler...

Je le fixai sans mot dire.

Soudain j'entendis des pas dans l'escalier, la porte s'ouvrit violemment et deux hommes traînèrent Harry Rayburn dans la pièce. Sir Eustache me jeta un regard triomphant.

— Selon mes prévisions, déclara-t-il doucement. Vous les amateurs, vous essayez de jouer au plus fin avec des professionnels.

— Qu'est-ce que cela signifie ? s'écria Harry d'une voix rauque.

— Cela signifie que vous venez de pénétrer dans mon antichambre, dit l'araignée à la mouche, plaisanta sir Eustache. Décidément, mon cher Rayburn, vous jouez de malchance !

— Vous m'avez écrit que je ne risquais rien, Anne ?

— Ne lui en tenez pas rigueur, mon garçon. Ce message a été écrit sous ma dictée, et bien à contrecœur. Elle aurait mieux fait de s'en abstenir, mais je ne lui ai pas dit ça sur le moment. Suivant ses instructions, vous vous êtes rendu à la boutique de curiosités et on vous a conduit — par le passage secret qui part de l'arrière-boutique — droit dans les bras de vos ennemis.

Harry me regarda. Ayant compris son regard, je me rapprochai de sir Eustache.

— Oui, déclara ce dernier, décidément vous jouez de malchance. C'est notre... voyons voir... notre troisième rencontre, non ?

— Tout juste, répondit Harry. C'est notre troisième rencontre. Deux fois, vous avez eu le dessus... Vous n'avez jamais entendu dire que, la troisième fois, la chance tourne ? Mon tour est venu... Tenez-le en respect, Anne.

J'étais prête. En un éclair, je tirai le revolver de ma jarretière et le braquai sur sa tête. Les deux hommes qui encadraient Harry voulurent bondir, mais il les arrêta :

— Un pas de plus, et il est mort. S'ils approchent, Anne, n'hésitez pas à tirer.

— Je n'hésiterai pas, répliquai-je gaiement. J'ai plutôt peur de tirer sans le vouloir.

Je crois que sir Eustache partageait ma terreur. Il tremblait comme de la gelée.

— Restez où vous êtes, intima-t-il aux deux hommes qui obéirent aussitôt.

— Ordonnez-leur de quitter la pièce, dit Harry.

Sur l'ordre de sir Eustache, les deux hommes sortirent l'un derrière l'autre. Harry ferma la porte à clé.

— À présent, nous allons pouvoir parler, déclara-t-il sur un ton menaçant.

Il vint me prendre le revolver des mains. Avec un soupir de soulagement, sir Eustache s'essuya le front.

— Je ne suis pas en forme, c'est honteux. Je dois avoir le cœur fragile. Je suis content de voir ce revolver entre des mains compétentes. Je ne faisais pas confiance à miss Anne. Et maintenant, mon jeune ami, comme vous dites, nous allons pouvoir parler. Je dois admettre que vous m'avez pris de vitesse. D'où diable tirez-vous ce revolver, je me le demande. On a fouillé les bagages de la fille quand elle est arrivée. D'où sort-il ? Il y a une minute encore, vous ne l'aviez pas.

— Si, je l'avais, répliquai-je. Il était dans ma jarretière.

— Ah ! je connais bien mal les femmes, déplora sir Eustache. J'aurais dû les étudier d'un peu plus près. Je me demande si Pagett s'en serait douté, lui.

Harry tambourina sur la table.

— Ne jouez pas les imbéciles ! N'étaient vos cheveux gris, je vous expédierais par la fenêtre. Espèce de crapule ! D'ailleurs, cheveux gris ou pas, je...

Harry fit un pas en avant et sir Eustache se replia prudemment derrière la table.

— Les jeunes sont toujours si violents, dit-il d'un air réprobateur. Incapables d'utiliser leur cervelle, ils ne font confiance qu'à leurs muscles. Discutons raisonnablement. Pour l'instant, vous avez le dessus. Mais cet état de choses ne durera pas. La maison est pleine d'hommes à ma solde. Vous serez vite écrasés sous le nombre. Vous l'avez emporté provisoirement tout à fait par hasard.

— Ah oui ? fit Harry, railleur.

Intrigué, sir Eustache le dévisagea.

— Ah oui ? répéta Harry. Asseyez-vous, sir Eustache, et écoutez donc ce que j'ai à vous dire. (Et le gardant en joue, il poursuivit :) Cette fois-ci, les cartes sont contre vous. Pour commencer, écoutez *ça*.

*Ça*, c'était des coups sourds venant du rez-de-chaussée. On frappait à la porte. Des cris, des jurons et enfin des détonations retentirent. Sir Eustache pâlit.

— Qu'est-ce que c'est ?

— Race et ses hommes. Vous ignoriez, n'est-ce pas, sir Eustache, qu'Anne et moi étions convenus de chiffrer nos messages ? Je devais signer mes télégrammes du nom d'Andy et elle barrer au moins une fois le mot « et » dans ses lettres. Anne savait que votre télégramme était un faux. C'est en pleine connaissance de cause qu'elle s'est jetée dans votre piège, en espérant vous prendre à votre propre jeu. Avant de quitter Kimberley, elle a envoyé deux télégrammes, un à Race, un à moi. Depuis, nous sommes restés en communication constante avec Mrs Blair. La lettre que vous avez dictée à Anne était exactement ce que j'espérais. Race et moi pensions déjà qu'il existait un passage secret pour sortir de la boutique, et Race a découvert où il se trouvait.

On entendit un son aigu, déchirant, et une violente explosion secoua la pièce.

— Ils bombardent le quartier. Il faut que je vous sorte d'ici, Anne.

Une vive lumière jaillit. La maison d'en face était en feu.

Sir Eustache s'était levé et marchait de long en large. Harry le tenait toujours en joue.

— Vous voyez, sir Eustache, le jeu est fini. C'est vous-même qui nous avez gentiment indiqué où vous étiez. Les hommes de Race surveillaient la sortie du passage secret. En dépit des précautions que vous avez prises, ils ont réussi à me suivre jusqu'ici.

Sir Eustache se retourna brusquement.

— Très intelligent. Très bien joué. Cependant, j'ai encore un mot à dire. J'ai perdu la partie, mais vous aussi. Vous ne parviendrez jamais à me faire endosser le meurtre de Nadine. J'étais à Marlow ce jour-là, c'est tout ce que vous avez contre moi. Personne ne peut rien prouver, pas même que je connaissais cette femme. En revanche, vous, vous la connaissiez, vous aviez des raisons de la tuer et votre passé jouera contre vous. N'oubliez pas que vous êtes un voleur. Et il y a une chose que vous ignorez peut-être : *J'ai les diamants.* Et voilà ce que j'en fais !

D'un mouvement vif, il s'accroupit, balança le bras dans un tintement de verre brisé, quelque chose traversa la fenêtre et disparut dans les flammes, de l'autre côté de la rue.

— Envolé le dernier espoir de vous disculper du vol de Kimberley ! Et maintenant, nous pouvons discuter. Je vous propose un marché. Vous me tenez. Race trouvera tout ce qu'il lui faut dans cette maison. Si je peux m'échapper, j'ai encore une chance. Si je reste, je suis perdu, mais vous aussi, jeune homme. Il y a une lucarne ouvrant sur les toits dans la pièce à côté. Donnez-moi deux minutes d'avance, et tout ira bien. J'ai déjà pris quelques dispositions. Vous me laissez partir, vous me laissez une petite avance et je vous remets des aveux signés disant que j'ai tué Nadine.

— Oui, Harry ! m'écriai-je. Oui, oui, oui !

Harry tourna vers moi un visage grave :

— Non, Anne ! Mille fois non ! Vous ne savez pas ce que vous dites.

— Mais si ! Cela arrange tout.

— Non, je ne pourrais jamais plus regarder Race en face. Je vais courir ma chance mais que je sois pendu si je laisse échapper ce vieux renard. Ce ne serait pas bien, Anne. Je ne le ferai pas.

Sir Eustache eut un petit rire. Il acceptait sa défaite sans aucune émotion.

— Parfait, parfait, dit-il. Il semble que vous avez trouvé votre maître, Anne. Mais je puis vous assurer, à tous les deux, que la droiture n'est pas toujours récompensée.

On entendit un bruit de bois cassé et des pas dans l'escalier. Harry tira le verrou. Le colonel Race pénétra le premier dans la pièce. En nous voyant, son visage s'éclaira :

— Vous êtes saine et sauve, Anne ! Je redoutais... (Il se tourna vers sir Eustache :) Il y a longtemps que je vous traque, Pedler. Enfin je vous tiens !

— Mais c'est à croire que tout le monde est devenu fou, déclara sir Eustache avec désinvolture. Ces jeunes gens me tenaient sous la menace d'un revolver en m'accusant des plus effroyables méfaits. Je ne comprends rien à tout ça.

— Vraiment ? Cela signifie que j'ai trouvé le « Colonel ». Cela signifie que le 8 janvier dernier, vous ne vous trouviez pas à Cannes, mais à Marlow. Cela signifie que lorsque votre âme damnée, la trop fameuse Nadine, s'est retournée contre vous, vous avez décidé de vous en débarrasser — et que nous allons enfin pouvoir vous mettre ce crime sur le dos.

— Oui ? Et de qui tenez-vous ces intéressantes informations ? D'un homme recherché par la police ? Son témoignage aura beaucoup de valeur !

— Nous en avons d'autres. Quelqu'un d'autre savait que Nadine devait vous retrouver au Moulin.

Sir Eustache parut surpris. Sur un geste du colonel Race, Arthur Minks, alias le révérend Chichester, alias miss Pettigrew, s'avança. Pâle et nerveux, il déclara cependant clairement :

— J'ai vu Nadine à Paris, la veille de son départ pour l'Angleterre. À l'époque, je me faisais passer pour un comte russe. Elle m'a confié son projet. Je l'ai mise en garde, sachant à quel genre d'homme elle allait s'attaquer, mais elle n'en a fait qu'à sa tête. Un télégramme traînait sur sa coiffeuse. Je l'ai lu. Après coup, j'ai songé à m'approprier les diamants. À Johannesburg, j'ai été accosté par Mr Rayburn. Il m'a persuadé de rallier son camp.

Sir Eustache le regardait. Il ne dit rien, mais Minks parut se décomposer.

— Les rats quittent toujours le navire en détresse, commenta sir Eustache. Je n'aime pas les rats ! Tôt ou tard, je détruis la vermine.

— Il y a une chose que je tiens à vous faire remarquer, dis-je. Le rouleau que vous avez jeté par la fenêtre ne contenait pas les diamants, mais de vulgaires cailloux. Les diamants sont en sécurité. En fait, ils sont dans le ventre de la grande girafe : Suzanne l'a évidé, y a mis les diamants enveloppés dans du coton hydrophile pour qu'ils ne fassent pas de bruit, et l'a refermé.

Sir Eustache me fixa longuement. Sa réplique fut digne de lui :

— J'ai toujours exécré cette maudite girafe. L'instinct, sans doute.

## 34

Il ne nous fut pas possible de regagner Johannesburg le soir même. Le bombardement s'était intensifié et, à présent que les rebelles occupaient une bonne partie des faubourgs, nous étions plus ou moins encerclés.

Nous trouvâmes refuge dans une ferme, à une trentaine de kilomètres de Johannesburg, en plein veldt. Je tombais de fatigue. Après deux jours d'angoisse et de surexcitation, je me sentais molle comme une chiffe.

Sans oser encore y croire, je ne cessais de me répéter que tous nos ennuis étaient finis. Nous étions réunis, Harry et moi, et nous ne nous séparerions jamais plus. Et pourtant, je sentais une barrière entre nous — une contrainte de sa part dont la raison m'échappait.

Sir Eustache avait été emmené, sous bonne garde, dans la direction opposée. Avant de partir, il nous avait adressé un petit salut désinvolte.

Le lendemain matin, je sortis de bonne heure sur le *stoep* et contemplai le veldt en direction de Johannesburg. Je voyais les grands terrils briller sous le pâle soleil du matin, et j'entendais l'écho assourdi de la canonnade. La révolution n'était pas terminée.

La fermière vint me prévenir que le petit déjeuner était prêt.

C'était une brave femme, pour laquelle j'avais déjà beaucoup de sympathie. Elle m'apprit que Harry était parti à l'aube et n'était toujours pas revenu. Une fois de plus, j'éprouvai un sentiment de malaise. Quelle était cette ombre entre nous dont je n'étais que trop consciente ?

Après le petit déjeuner, je revins sur le *stoep* avec un livre, mais je fus incapable de lire. J'étais tellement absorbée dans mes pensées que je ne vis même pas le colonel Race approcher et descendre de cheval.

— Bonjour, Anne !

— Oh ! dis-je en rougissant. C'est vous ?

— Oui. Puis-je m'asseoir ?

Il tira une chaise près de la mienne. C'était la première fois que nous nous retrouvions en tête-à-tête, depuis notre excursion au Matoppos. J'éprouvais encore cette fascination mêlée d'inquiétude qu'il m'inspirait toujours.

— Quelles sont les nouvelles ? demandai-je.

— Smuts arrivera demain à Johannesburg. Je leur donne encore trois jours et le soulèvement sera définitivement écrasé. En attendant, les combats continuent.

— J'aimerais qu'on soit sûr que ce sont les bons qui se font tuer. Je veux dire par là ceux qui voulaient la bagarre — pas les innocents qui ont le malheur d'habiter les quartiers où on se bat.

— Je vous comprends, Anne. C'est l'injustice de la guerre ! Mais j'ai d'autres nouvelles pour vous.

— Ah oui ?

— Un aveu d'incompétence de ma part. Pedler a réussi à s'échapper.

— Quoi ?

— Oui. Et personne ne sait comment il s'est débrouillé. On l'avait bouclé pour la nuit dans le grenier d'une des fermes des environs reprises par l'armée. Mais au matin, le grenier était vide... et l'oiseau envolé.

Sans que je puisse l'avouer, cela me faisait plutôt plaisir. Jamais jusqu'à ce jour, je n'ai pu me défendre d'une certaine faiblesse pour sir Eustache. Je n'aurais pas dû, mais c'est comme ça : je l'admirais. C'était peut-être une effroyable crapule, mais aussi une joyeuse crapule. Et, depuis, je n'ai jamais rencontré personne qui soit — et de loin — aussi amusant.

Bien entendu, je ne dis rien de tout ça. Le colonel Race ne risquait pas de partager mes sentiments. Il voulait que sir Eustache soit traduit devant la justice. À la réflexion, son évasion n'avait rien de bien surprenant. Il devait avoir d'innombrables espions et complices aux alentours de Johannesburg. Et quoi qu'en puisse penser le colonel Race, je doutais fort qu'on le reprenne jamais. Il avait sûrement mis sur pied plusieurs plans de replis possibles. Il nous l'avait laissé entendre.

Je déclarai ce qu'il est convenu de déclarer dans ce genre de circonstances. Mais je n'y mis guère de conviction. Et notre conversation ne tarda pas à languir. Subitement, le colonel Race s'enquit de Harry. Je lui appris qu'il était parti dès l'aube, avant même que je ne l'aie vu.

— Vous avez bien saisi, Anne, qu'il est désormais parfaitement disculpé ? Restent quelques formalités, quelques paperasses, mais la culpabilité de sir Eustache ne fait plus de doute. Rien ne vous sépare plus.

Il avait dit cela sans me regarder, d'une voix sourde et étranglée.

— J'ai parfaitement saisi, lui répondis-je avec gratitude.

— Rien ne s'oppose non plus à ce qu'il reprenne son nom.

— Non, bien sûr que non.

— Vous connaissez son vrai nom ?

Cette question me surprit.

— Bien sûr ! C'est Harry Lucas.

Il resta un instant silencieux, ce qui me frappa.

— Anne, vous souvenez-vous du jour où, en revenant du Matoppos, je vous ai dit que je savais ce qu'il me restait à faire ?

— Bien sûr que je m'en souviens !

— Eh bien, je pense pouvoir dire honnêtement que je l'ai fait. L'homme que vous aimez est aujourd'hui lavé de tout soupçon.

— C'est ce que vous vouliez dire par là ?

— Évidemment !

Je baissai la tête, honteuse de m'être défiée du colonel Race. Il reprit, d'une voix songeuse :

— Quand j'avais vingt ans, je suis tombé amoureux d'une jeune fille qui m'a envoyé sur les roses. Après ça, je n'ai plus songé qu'à mon travail. Ma carrière a tout signifié pour moi.

Mais du jour où je vous ai rencontrée, Anne, tout cela m'a paru sans intérêt. Malheureusement, la jeunesse attire la jeunesse... Enfin, il me reste mon travail...

Je restai silencieuse. J'imagine qu'on ne peut aimer profondément deux hommes à la fois. Et pourtant, c'est un peu ce que j'éprouvais en cet instant, sous l'empire du magnétisme de cet homme. Soudain, je relevai les yeux sur lui.

— Je crois que vous irez loin, lui déclarai-je. Je crois que vous avez devant vous une grande carrière. Vous deviendrez l'un des grands hommes de ce monde.

En prononçant ces mots, j'eus le sentiment de prophétiser.

— Oui, mais je serai seul.

— Comme tous les gens qui font de grandes choses.

— Vous croyez?

— J'en suis sûre.

Il prit ma main, et me souffla :

— J'aurais préféré... l'autre éventualité.

À cet instant, Harry apparut de derrière la maison. Le colonel Race se leva.

— Bonjour... Lucas, dit-il.

Pour Dieu sait quelle raison, Harry rougit comme une pivoine.

— Hé oui, lui lançai-je, il faut qu'on vous appelle par votre vrai nom, désormais.

Mais Harry fixait toujours Race.

— Vous savez donc, colonel ! articula-t-il enfin.

— Je n'oublie jamais un visage. Je vous avais vu, quand vous étiez tout enfant.

— Mais de quoi parlez-vous donc? leur demandai-je, perplexe, en les dévisageant alternativement.

On aurait dit que leurs volontés se dressaient l'une contre l'autre. Ce fut Race qui l'emporta. Et Harry détourna les yeux.

— Vous avez sans doute raison, colonel. Apprenez-lui mon vrai nom.

— Anne, ce garçon n'est pas Harry Lucas, qui a été tué pendant la guerre. Son nom est John Harold Eardsley.

Sur ces derniers mots, le colonel Race avait tourné les talons et s'était éloigné. Je le suivis du regard. La voix de Harry me ramena à la réalité.

— Pardonne-moi, Anne, dis-moi que tu me pardonnes.

Il me prit la main, mais, presque machinalement, je la lui retirai.

— Pourquoi m'avoir trompée ?

— Je ne savais pas si tu pourrais comprendre. Et puis la puissance et la fascination que peut exercer la fortune, tout cela me faisait peur. Je voulais que tu m'aimes pour moi-même, pour ce que j'étais, sans plus.

— Tu veux dire que tu n'avais pas confiance en moi ?

— Tu peux formuler les choses comme ça, si tu veux, mais ce n'est pas tout à fait exact. J'étais devenu aigri, soupçonneux, prêt à voir le mal partout. C'était merveilleux d'être enfin aimé pour moi-même, comme tu le faisais.

— Je vois, fis-je lentement.

Je me remémorai toute l'histoire. Pour la première fois, je relevais certains détails que j'avais négligés jusqu'alors. N'avait-il pas toujours eu cet aplomb que confère l'argent ? N'avait-il pas eu les moyens de racheter les diamants à Nadine ? Et puis il y avait ce détachement avec lequel il m'avait conté les aventures de deux amis. Ainsi, en parlant de son « ami », ne désignait-il pas Eardsley, mais Lucas... Lucas, cet homme si doux, qui avait voué à Nadine un amour si profond.

— Comment cela est-il arrivé ?

— Nous voulions tous les deux mourir. Et un soir, nous avons échangé nos plaques, pour que cela nous porte bonheur ! Et Lucas a été tué le lendemain, volatilisé par un obus.

Un frisson me parcourut.

— Mais pourquoi ne pas me l'avoir avoué depuis ? Ce matin encore ? Après tout ce temps, tu doutais toujours de moi ?

— Anne, je craignais de tout gâcher. Je voulais te ramener dans l'île. À quoi bon l'argent ? Le bonheur ne s'achète pas ! Nous avons été heureux là-bas. Je t'assure que j'ai peur de retrouver le monde, qui a déjà failli causer une fois ma perte.

— Et sir Eustache, il connaissait ta véritable identité ?

— Bien sûr !

— Et Carton ?

— Non, pas lui. Un soir, il nous avait vus, Lucas et moi, avec Nadine, à Kimberley, mais il ignorait qui était qui. Quand j'ai prétendu être Lucas, il m'a cru, et Nadine a été abusée par son télégramme. Elle n'avait jamais redouté Lucas, garçon tranquille, renfermé. Mais moi, j'ai toujours eu un fichu caractère, et, si elle m'avait cru ressuscité d'entre les morts, elle aurait été terrifiée.

— Harry, à supposer que le colonel Race ne m'ait rien dit, que comptais-tu faire ?

— Ne rien te dire, et continuer à me faire passer pour Lucas.

— Et les millions de ton père ?

— Ils seraient revenus à Race, qui en aurait fait meilleur usage que moi. Anne, à quoi songes-tu ? Tu fronces les sourcils.

— Je me dis, murmurai-je lentement, que je souhaiterais presque que le colonel Race ne t'ait pas obligé de parler.

— Non, il a eu raison. Je te devais la vérité. (Puis il ajouta soudain :) Tu sais, Anne, je suis jaloux de Race. Il t'aime, lui aussi, et c'est quelqu'un de bien plus remarquable que je ne le serai jamais.

Je ne pus m'empêcher de rire :

— Harry, cher idiot. C'est toi que je veux — et c'est tout ce qui compte !

Sitôt que possible, nous regagnâmes Le Cap, où Suzanne nous attendait sur le quai. Après quoi, nous ouvrîmes ensemble le ventre de la grande girafe. Quand le soulèvement fut jugulé, le colonel Race nous rejoignit à son tour, et proposa que nous nous installions tous dans la grande villa de Muizenberg, qui avait appartenu à sir Laurence Eardsley.

C'est là que nous établîmes nos plans. J'allais regagner l'Angleterre avec Suzanne, et mon mariage serait célébré à Londres, en grandes pompes. Et mon trousseau viendrait de Paris ! Suzanne s'amusa comme une folle à régler tous ces détails. Moi aussi. Pourtant, l'avenir me semblait irréel. Et parfois, sans savoir pourquoi, je me sentais oppressée.

C'était la nuit précédant notre embarquement. Je n'arrivais pas à fermer l'œil. Je me sentais triste, sans pouvoir dire pourquoi. Je détestais l'idée de quitter l'Afrique. Quand j'y reviendrais, retrouverais-je le même pays ? Est-ce que ce serait la même chose ?

Un coup autoritaire frappé au volet me fit sursauter. Je me levai d'un bond. Harry était dehors, sur le *stoep*.

— Habille-toi, Anne, et sors. J'ai quelque chose à te dire.

Je me vêtis sommairement et sortis dans l'air embaumé d'une nuit veloutée. Harry m'entraîna à l'écart de la maison, loin des oreilles indiscrètes. Dans son visage pâle et déterminé, ses yeux flamboyaient.

— Anne, tu te rappelles m'avoir expliqué une fois qu'une femme fait volontiers ce qu'elle déteste le plus, du moment que c'est pour l'homme qu'elle aime ?

— Oui, répondis-je me demandant ce qui allait suivre.

Il me prit dans ses bras :

— Anne, pars avec moi, ce soir, sur l'heure. Retournons en Rhodésie, retournons dans notre île. Toutes ces simagrées m'ennuient. Je ne peux plus t'attendre.

J'échappai un instant à son étreinte.

— Et mes robes de Paris ? dis-je sur un ton faussement larmoyant.

Aujourd'hui encore, Harry ne sait jamais quand je parle sérieusement et quand je plaisante.

— Au diable, tes toilettes de Paris ! Tu crois que j'aie envie de te couvrir de toilettes ? J'ai plutôt envie de te les arracher, je t'assure ! Et je ne vais pas te laisser partir, tu m'entends ? Tu es ma femme. Si je te laisse partir, je risque encore de te perdre. Alors, viens avec moi, ce soir, sur l'heure, et au diable les autres !

Il me serra contre lui, m'étouffant de baisers :

— Je ne peux plus vivre sans toi, Anne ! Je ne peux plus. Je hais toute cette fortune. Laissons-la à Race. Allez, viens !

— Et ma brosse à dents ? soufflai-je.

— Tu t'en achèteras une autre. Je sais que je suis cinglé, mais, bon Dieu, *viens !*

Et il partit à grands pas. Moi, je le suivis, aussi docilement que la femme Barotsi que j'avais vue aux Chutes — à cela près que je ne trimbalais pas de poêle à frire sur ma tête. Mais il filait si vite que j'avais du mal à le suivre.

— Harry, soufflai-je enfin, est-ce que nous allons rallier la Rhodésie à pied ?

Il se retourna soudain, et avec un grand rire, me serra dans ses bras.

— Je suis fou, ma douce, je le sais. Mais je t'aime tant !

— Nous sommes aussi fous l'un que l'autre. Et tu sais, Harry : tu ne m'as jamais demandé mon avis sur la question mais je ne sacrifie rien ! Rien du tout ! Je n'avais qu'une envie : te suivre.

## 36

Deux ans ont passé. Nous vivons toujours sur notre île. Devant mes yeux, sur notre table de bois grossièrement équarri, se trouve une lettre de Suzanne.

*Chers petits sauvages... Chers amoureux égarés,*

*La tournure des événements ne m'a pas étonnée — pas le moins du monde. Déjà du temps où nous parlions chiffons toutes deux, je savais que Paris et sa mode n'avaient au fond guère d'attraits pour vous. Je savais qu'un jour vous vous évanouiriez dans la nature pour vous marier à la mode des bohémiens. Mais vous êtes un couple de toqués ! C'est ridicule de renoncer à cette fortune ! Le colonel Race voulait vous en dissuader, mais je l'ai convaincu de laisser faire le temps. Race gérera la fortune de Harry mieux que personne. Car, après tout, les lunes de miel n'ont qu'un temps, je puis le dire d'autant plus librement qu'à cette distance Anne ne risque pas de se jeter sur moi comme un chat sauvage. Quand vous aurez épuisé les charmes de la passion en pleine nature, vous vous mettrez un beau jour à rêver d'un hôtel particulier à Park Lane, de fourrures somptueuses, de toilettes chic, de voitures puissantes, de landaus dernier cri, de bonnes françaises et de nounous nordiques ! Mais si, mais si !*

*Passez tout de même une merveilleuse lune de miel, aussi longue que possible, chers toqués, et pensez parfois à moi, qui m'amollis dans les délices de Capoue.*

*Votre amie sincère,*
*Suzanne Blair*

*PS: Voici, en guise de cadeau de noces, un jeu complet de poêles à frire, et une énorme terrine de* foie gras, *pour que vous ne m'oubliiez pas.*

Il y a aussi une autre lettre que je relis de temps à autre. Elle m'est parvenue bien après la première, avec un gros colis, apparemment postés en Bolivie.

*Ma chère Anne Beddingfeld,*

*Je ne puis résister à l'envie de vous écrire, moins pour le plaisir que j'en retirerai moi-même que pour celui que vous éprouverez à recevoir de mes nouvelles. Il faut croire que notre ami Race n'était pas si habile qu'il se le figurait !*

*J'ai décidé de faire de vous mon agent littéraire et je vous envoie donc mon* Journal Intime. *Il ne contient rien de nature à intéresser Race et ses acolytes, mais j'imagine que certains passages pourront vous amuser. Faites-en l'usage qu'il vous plaira. Je vous suggère de proposer au* Daily Budget *un article intitulé:* Les criminels que j'ai connus, *à la seule condition de m'en réserver la vedette.*

*Je suis certain qu'à l'heure actuelle, vous n'êtes d'ailleurs plus la petite Anne Beddingfeld que j'ai connue, mais lady Eardsley, roulant carrosse dans Park Lane. Je tiens seulement à vous dire que je ne vous en veux nullement. Certes, il est dur à mon âge de repartir de zéro, mais, entre nous, je vous dirai que j'avais eu la prudence de mettre quelque argent de côté pour faire face à l'adversité. Je m'en suis fort bien trouvé et j'ai d'ores et déjà remonté un petit réseau. À ce propos, si vous croisez jamais l'étrange ami que vous avez en la personne d'Arthur Minks, dites-lui simplement que je ne l'ai pas oublié. Cela ne manquera pas de produire son petit effet.*

*Je crois dans l'ensemble avoir fait preuve d'une magnanimité toute chrétienne, même envers Pagett. J'ai d'ailleurs appris que celui-ci, ou plutôt son épouse, aurait récemment mis au monde un sixième enfant. L'Angleterre sera bientôt peuplée de ses rejetons. Je lui ai fait parvenir une timbale d'argent et lui ai proposé d'être le parrain du bambin. Je vois d'ici ce pauvre Pagett s'empresser d'aller porter timbale et lettre à Scotland Yard, sans l'ombre d'un sourire !*

*Soyez bénie, vous et vos beaux yeux. Nul doute qu'un jour, vous mesurerez l'erreur que vous avez commise en vous refusant à m'épouser.*

*Bien à vous,*
*Eustache Pedler*

Harry était furieux. C'est la seule question que nous n'envisagions pas du même œil. Pour lui, sir Eustache restera l'homme qui a tenté de m'assassiner et qu'il juge responsable de la mort de son ami. Ces diverses tentatives de meurtre sur ma personne m'ont toujours laissée perplexe : elles jurent avec la personnalité de sir Eustache. Je suis certaine que, au fond, il éprouvait pour moi une affection sincère.

Dans ce cas, pourquoi a-t-il donc tenté de m'assassiner à deux reprises ? Harry, lui, décrète : « parce que c'est une effroyable crapule », et semble estimer que, cela dit, tout est dit. Mais Suzanne voit plus loin ; j'en ai discuté avec elle et elle attribue ces tentatives à « une sorte d'angoisse existentielle ». Il faut dire que Suzanne est à présent très versée en psychanalyse. Elle m'a fait remarquer que tous les faits et gestes de sir Eustache trahissaient une aspiration à la sécurité et au confort, et surtout une farouche volonté de se préserver en toute occasion. Le meurtre de Nadine aurait ainsi levé chez lui certaines inhibitions. Ses actes ne traduiraient donc pas ses sentiments réels pour moi, mais bien la volonté de se mettre à l'abri du danger. J'incline à croire que Suzanne a raison. Quant à Nadine, c'était à mon sens une femme qui méritait bien son châtiment. Les hommes font des tas de choses plus ou moins répréhensibles pour s'enrichir, mais les femmes ne devraient pas faire semblant d'être amoureuses par pure cupidité.

Je pardonne volontiers à sir Eustache, mais jamais je ne pardonnerai à Nadine. Jamais ! jamais ! jamais !

Il y a quelques jours, je déballais des boîtes de conserves enveloppées dans un vieil exemplaire du *Daily Budget*, quand mon regard fut arrêté par ce titre: *L'Homme au Complet Marron.* Tout cela semble déjà si loin ! Évidemment, il y a déjà fort longtemps que j'ai rompu avec le *Daily Budget*, dont je me suis lassée la première. *Mon mariage romanesque* avait fait la une du journal.

Mon fils gigote au soleil. Il est le moins vêtu possible — ce qui est la tenue idéale pour l'Afrique — bronzé comme ce n'est pas permis : digne héritier de l'homme au complet marron, en quelque sorte. Il ne cesse de farfouiller dans la terre : sans doute a-t-il aussi hérité de la passion grand-paternelle pour la boue du Pléistocène. À sa naissance, j'ai reçu un télégramme de Suzanne :

*Félicitations et tendresses au dernier arrivant sur l'île des toqués. Est-il dolichocéphale ou brachycéphale ?*

Je n'allais tout de même pas supporter ça de Suzanne ! Économique, concise et précise, ma réponse tint en un seul mot :

*Platycéphale !*

# *Postface*

*Entre la rédaction du* Crime du Golf *et celle de* L'Homme au Complet Marron, *Agatha Christie et son mari effectuèrent un tour du monde. Bien des années plus tard, lorsqu'elle écrivit son autobiographie, elle se remémora ce voyage comme l'un des « événements les plus palpitants » de sa vie et lui consacra un long chapitre...*

L'Homme au Complet Marron *doit beaucoup à cette expédition circum-terrestre. À commencer par son point de départ.*

*Archibald avait un ami, le major Belcher, qui avait été professeur à Clifton, et qui était, selon le mot d'Agatha, un « sacré personnage », doté d'un « incontestable talent de bluffeur ». Il avait réussi à se faire nommer pendant la guerre « Contrôleur des pommes de terre », alors même qu'il ne connaissait rien à la culture de ces tubercules. De même, en 1922, il avait obtenu la direction de la « British Empire Mission », chargée de préparer la grande exposition de l'Empire britannique de 1924. Il proposa à Archie, dont il appréciait les compétences en matière économique, de l'accompagner dans cette mission au titre de conseiller financier.*

*C'est au cours d'un dîner, peu avant leur départ, dans sa maison de Dorney baptisée « Le Moulin », qu'il suggéra à Agatha d'écrire un roman policier intitulé* Le Mystère du Moulin, *dont il serait un des personnages. Agatha Christie eut beau lui rétorquer qu'elle ne s'était jamais inspirée de gens qu'elle connaissait pour imaginer ses personnages, il n'eut de cesse de lui faire réaliser l'un de ses rêves les plus chers : devenir un héros de roman policier. Un jour, excédée par ses incessantes questions sur sa place dans le futur roman, Agatha lui déclara qu'elle en avait fait sa victime. Il insista alors pour devenir le meurtrier parce que « c'est toujours le personnage le plus intéressant du livre ».*

*Agatha Christie finira par en faire le félon de l'aventure : sir Eustache Pedler. « Ce n'était pas Belcher, naturellement, mais il employait certaines de ses expressions, et racontait certaines de ses histoires. Lui aussi était un maître dans l'art du bluff et, derrière ce bluff, on devinait aisément le personnage intéressant et dénué de scrupules. » Mais bien vite, sir Eustache Pedler prit son autonomie, et s'éloigna de son modèle.*

*L'intrigue de* L'Homme au Complet Marron *fut imaginée dans ses grandes lignes au cours du séjour de la mission en Afrique du Sud. C'est en effet là-bas qu'Agatha Christie décida d'écrire un thriller plutôt qu'un roman d'énigme, qui se déroulerait partiellement en Afrique du Sud et aurait pour héroïne une jeune orpheline éprise d'aventure.*

*Ce roman fut également nourri de quelques épisodes de leur voyage : de même qu'Agatha Christie souffrit terriblement du mal de mer à bord du navire — le « Kildonan Castle » — qui l'amenait en Afrique du Sud, de même son héroïne, Anne Beddingfeld, souffre-t-elle de ce mal à bord du «Kilmorden Castle » — qui l'emmène au Cap.*

*Durant le séjour d'Agatha Christie en Afrique du Sud se produisit une sorte de crise révolutionnaire, et la fin de* L'Homme au Complet Marron *se déroule dans un contexte analogue d'agitation sociale. Enfin, si Agatha Christie passa à l'acte, c'est-à-dire à l'écriture, c'est parce qu'Archie, ayant dû quitter l'emploi qu'il exerçait dans la City pour pouvoir suivre Belcher, avait eu du mal au retour à retrouver un poste intéressant. Se remettre au roman constituait certainement la possibilité de gagner un peu d'argent.*

*Quand* Le Mystère du Moulin *fut terminé, elle le proposa à son éditeur, qui renâcla bien un peu mais se décida quand même à le faire paraître.*

*Déçue par la manière dont John Lane s'était comporté avec elle, par la façon dont il avait profité de son inexpérience pour lui proposer un contrat fort peu avantageux qui la liait à The Bodley Head pour cinq volumes, Agatha Christie était bien décidée, quand il viendrait à échéance, à trouver un nouvel éditeur et à prendre un agent littéraire. Elle rencontra Edmund Cork, le successeur de Hugues Massie — ce Massie que lui avait jadis recommandé Eden Philpotts —, et plaça ses affaires entre ses mains.*

*Aussi, quand l'éditeur John Lane lui proposa un nouveau contrat, elle refusa, sans donner de raison précise.*

Le Mystère du Moulin *fut finalement publié sous le titre* L'Homme au Complet Marron, *dédié à E.A.B. — en souvenir d'un voyage, de quelques histoires de lion et de son désir de me voir écrire un jour* Le Mystère du Moulin.

*L'« Evening News », un important journal, acheta les droits de publication en feuilleton du roman pour la somme de 500 livres, ce qui représentait à l'époque une fort jolie somme.*

*Si elle n'apprécia guère le titre sous lequel l'« Evening News » le publia :* Anna l'Aventurière — *« le titre le plus idiot que j'aie jamais entendu » — elle se fit, sur la suggestion d'Archie, un grand plaisir avec la somme que cette publication lui rapporta : elle s'acheta une voiture.*

*« Je dois avouer ici que deux choses m'ont comblée de joie dans ma vie : ma première voiture, une Morris Cowley grise, et, quarante ans plus tard, mon dîner avec la Reine à Buckingham Palace. Chaque fois, ce fut comme un conte de fées. »*

*La première fois, la fée avait pour nom Anne Beddingfeld, l'aventurière.*

# 1925

# LES ENQUÊTES D'HERCULE POIROT

Traduit de l'anglais par
Laure Terilli, Marie-Josée Lacube et Michel Averlant

*Ce roman a paru sous le titre original :*
POIROT INVESTIGATES

1

## L'ÉNIGME DE « L'ÉTOILE DE L'OCCIDENT »

*(The Adventure of « The Western Star »)*

Je me trouvais chez Poirot et regardais distraitement par la fenêtre.

— Voilà qui est étrange, laissai-je soudain échapper à mi-voix.

— Qu'y a-t-il, mon bon ami ? s'enquit Poirot.

Sa voix placide me parvenait des profondeurs de son fauteuil.

— Que déduiriez-vous des faits suivants, Poirot ? Une jeune femme richement vêtue — chapeau à la mode, manteau de fourrure somptueux — vient par ici en regardant les maisons les unes après les autres. À son insu, elle est suivie par trois hommes et une femme d'âge mûr. Un garçon de courses les rejoint et désigne la jeune femme avec force gesticulations. Quel est le drame qui se joue ? La jeune femme est elle une aventurière et ses poursuivants des inspecteurs de police sur le point de l'arrêter ? Ou encore sont-ils des malfaiteurs qui s'apprêtent à agresser une innocente victime ? Qu'en pense le grand détective ?

— Le grand détective, mon ami, choisit, comme toujours, la voie la plus simple. Il se lève et va voir de ses propres yeux.

Mon ami me rejoignit à la fenêtre. Un instant plus tard, il émettait un gloussement amusé :

— Comme d'habitude, votre exposé est imprégné d'un incurable romantisme. Cette jeune femme n'est autre que miss Mary Marvell, la star de cinéma. Une horde d'admirateurs qui l'ont reconnue est à ses trousses. Et soit dit en passant, mon cher Hastings, elle en est parfaitement consciente.

Je me mis à rire.

— Tout s'explique donc! Mais nul besoin d'être un génie pour en arriver à cette conclusion, Poirot. Il suffisait de la reconnaître.

— En vérité ? Et combien de fois avez-vous vu miss Marvell à l'écran, mon cher?

— Une douzaine, peut-être.

— Moi, une seule. Et cependant, je l'ai reconnue, et pas vous.

— Elle est si différente de l'image que l'on se fait d'elle, avançai-je timidement.

— Sacrebleu ! s'exclama Poirot, utilisant un de ses affreux jurons français. Vous attendiez-vous à la voir se promener dans les rues de Londres, coiffée d'un chapeau de cow-boy, ou pieds nus et les cheveux en queue de cheval comme une jeune Irlandaise ? Avec vous, c'est toujours pareil. Vous n'allez pas à l'essentiel. Souvenez-vous de l'affaire de la danseuse, Valérie Saintclair.

Je haussai les épaules, légèrement agacé.

— Allons, consolez-vous, mon bon ami, reprit Poirot, retrouvant son calme. Tout le monde n'est pas Hercule Poirot. Je le sais bien.

— Vraiment, vous êtes l'individu le plus présomptueux que j'aie jamais rencontré, répliquai-je, mi amusé mi irrité.

— Que voulez-vous ? Quand on est unique, on le sait. Et je ne suis pas le seul à partager cette opinion. Miss Mary Marvell est de cet avis, si je ne m'abuse.

— Comment ?

— Cela ne fait pas l'ombre d'un doute : elle vient me voir.

— Par quel détour en arrivez-vous à cette conclusion ?

— Fort simplement. Cette rue n'a rien d'aristocratique, mon bon ami. Il n'y a ni médecin ni dentiste en renom, et encore moins de modiste! Seulement un détective à la mode. Oui, très cher, c'est vrai, je suis à la mode, dernier cri! Les gens disent : « Comment ? Vous avez perdu votre étui à stylo en or ? Allez donc voir le petit Belge. Il massacre notre belle langue anglaise, mais il est sensationnel. Tout le monde y va, courez-y! » Et ils accourent. En masse, mon ami. Avec les problèmes les plus abracadabrants. (La sonnette de la porte d'entrée retentit.) Que vous avais-je dit ? Voici miss Marvell.

Une fois de plus, Poirot avait raison. L'instant d'après, la star américaine était introduite dans la pièce. Poirot se leva. J'en fis autant.

Mary Marvell était sans nul doute une des comédiennes les plus populaires de l'écran. Elle venait d'arriver en Angleterre en compagnie de son mari, Gregory B. Rolf, acteur lui aussi. Ils s'étaient mariés l'année précédente aux États-Unis et c'était leur premier voyage en Angleterre où on leur avait réservé un accueil des plus chaleureux. Tout le monde était prêt à s'enticher de Mary Marvell, de ses toilettes, de ses fourrures, de ses bijoux et d'un joyau en particulier, un énorme diamant baptisé en hommage à sa propriétaire : *Étoile de l'Occident*. On avait beaucoup écrit, à tort ou à raison, sur cette célèbre pierre qui, disait-on, était assurée pour la somme fabuleuse de 50 000 livres sterling.

Tous ces détails me traversèrent l'esprit tandis que je me joignais à Poirot pour accueillir notre gracieuse cliente.

De petite taille, menue, sa pâle blondeur et l'innocence de ses grands yeux bleus étaient celles d'une enfant.

Poirot lui offrit un siège et elle nous exposa aussitôt le motif de sa visite.

— Vous allez sans doute penser que je m'affole pour un rien, monsieur Poirot, mais lord Cronshaw m'a dit hier soir que vous aviez merveilleusement résolu le mystère de la mort de son neveu et j'en ai tout de suite conclu que votre avis me serait précieux. Peut-être ne s'agit-il que d'un canular, c'est ce que m'assure Gregory, mais je suis malade d'inquiétude.

Elle s'interrompit pour reprendre son souffle. Le visage de Poirot s'épanouit en un sourire encourageant :

— Veuillez poursuivre, madame. Car n'allez pas croire que vous ayez éclairé ma lanterne.

— Ce sont ces lettres.

Miss Marvell ouvrit son sac et en tira trois enveloppes qu'elle tendit à Poirot. Ce dernier les examina avec attention.

— Papier bon marché, nom et adresse en caractères d'imprimerie. Voyons à l'intérieur.

Il sortit le contenu de la première enveloppe.

Je m'étais approché de lui et me penchai par-dessus son épaule. Sur le feuillet, une seule phrase, écrite, comme l'intitulé de l'enveloppe, en caractères d'imprimerie :

*LE DIAMANT, ŒIL GAUCHE DU DIEU, DOIT RETOURNER D'OÙ IL VIENT.*

La deuxième lettre reprenait exactement les mêmes termes, mais la troisième était plus explicite :

*Vous avez été prévenue. Vous n'avez pas obéi. Le diamant vous sera enlevé. À la pleine lune, les deux diamants, œil droit et œil gauche du dieu, retrouveront leur place. Car cela est écrit.*

— Je n'ai pas pris la première lettre au sérieux, expliqua miss Marvell. Quand j'ai reçu la seconde, j'ai commencé à m'interroger. La troisième est arrivée hier et il m'a semblé que l'affaire était peut-être plus grave qu'il n'y paraissait au départ.

— Je constate qu'elles n'ont pas été expédiées par la poste.

— Non, on me les a remises en main propre. Un Chinois. C'est ce qui me fait peur.

— Pourquoi ?

— Parce que c'est à un Chinois de San Francisco que Gregory a acheté la pierre il y a trois ans.

— Je vois, madame, qu'à votre avis le diamant dont nous parlons, est bel et bien...

— L'*Étoile de l'Occident*, acheva miss Marvell. En effet. Gregory se souvient qu'à l'époque une étrange légende entourait ce joyau, mais le Chinois qui le lui a vendu a refusé de parler. Gregory m'a simplement dit qu'il paraissait mort de peur et pressé de s'en débarrasser. D'ailleurs, il n'en a demandé que le dixième de sa valeur. Greg me l'a offerte en cadeau de mariage.

Poirot hocha la tête d'un air pensif :

— Ce récit pèche par son excès de romanesque. Et pourtant, qui sait ? Hastings, passez-moi, je vous prie, mon petit almanach. Voyons, poursuivit-il en tournant les pages. Quand a lieu la pleine lune ?... Ah! vendredi prochain. C'est-à-dire dans trois jours. Eh bien, madame, vous désirez un conseil ? Je vous le donne : cette belle histoire est peut-être forgée de toutes pièces, il n'est pas non plus impossible qu'elle soit vraie. Par conséquent, je vous suggère de me confier le diamant jusqu'à vendredi prochain. Ensuite, nous pourrons prendre les mesures souhaitables.

Une expression de déplaisir sembla passer, tel un léger nuage, sur le visage de l'actrice.

— Je regrette, mais c'est exclu, répondit-elle sur un air contraint.

— Vous l'avez avec vous, n'est-ce pas?

Poirot fixait sur elle un regard pénétrant.

La jeune femme hésita un instant avant de glisser la main dans l'échancrure de son corsage pour en retirer une chaîne longue et fine. Elle se pencha en avant et ouvrit la main. Dans sa paume, une pierre éblouissante, sertie dans une ravissante monture de platine, brillait de tous ses feux.

Poirot émit un long sifflement.

— Fabuleux! murmura-t-il. Vous permettez, madame? (Il s'empara du joyau, l'examina avec soin, puis le rendit à sa propriétaire avec une courbette.) Une pierre magnifique... sans aucun défaut. Mille tonnerres! Et vous vous promenez souvent avec ce trésor?

— Non, non, je suis très prudente, monsieur Poirot. D'ordinaire, il est rangé dans ma cassette à bijoux que je laisse dans le coffre-fort de l'hôtel. Nous sommes descendus au *Magnificent*. Je ne l'ai sorti aujourd'hui que pour vous le montrer.

— Et vous voudrez bien me le laisser, n'est-ce pas? Vous voudrez bien écouter les conseils de papa Poirot.

— Écoutez... Voilà ce qui se passe, monsieur Poirot. Vendredi, nous sommes invités pour quelques jours à Yardly Chase chez lord et lady Yardly.

Les paroles de la jeune femme éveillèrent en moi de vagues réminiscences. Des rumeurs... De quoi s'agissait-il? Quelques années auparavant, lord et lady Yardly s'étaient rendus aux États-Unis. Le bruit avait couru que Sa Grâce avait défrayé la chronique avec le concours de quelques ladies de son entourage. Mais ce n'était pas tout. D'autres ragots associaient le nom de lady Yardly à un acteur Californien. Eh oui! Cela me revint en un éclair, il ne pouvait s'agir que de Gregory B. Rolf.

— Je vais vous confier un secret, monsieur Poirot, continuait pendant ce temps miss Marvell. Nous sommes sur le point de conclure un accord avec lord Yardly. Il se peut que nous tournions un film dans son manoir de famille.

— À Yardly Chase? m'écriai-je. En effet, c'est un des plus beaux d'Angleterre.

— Oui, opina miss Marvell, dans le genre féodal, c'est ce qu'il y a de mieux, je crois. Mais il exige le prix fort en échange de son autorisation. Peut-être que notre projet n'aboutira pas, ce qui serait dommage, car Greg et moi adorons associer tournages et loisirs.

— Je vous demande pardon d'insister lourdement, madame, mais vous pouvez sûrement vous rendre à Yardly Chase sans le diamant.

Dans les yeux de miss Marvell passa une lueur rusée qui démentit son expression enfantine. Elle parut soudain beaucoup plus âgée :

— Je tiens à le porter là-bas.

— La collection Yardly, dis-je, doit receler de célèbres joyaux, dont un énorme diamant, je crois.

— Oui, répondit miss Marvell, laconique.

— Ah, c'est donc ça! entendis-je Poirot murmurer tout bas.

Puis il ajouta à voix haute avec son inquiétante faculté de faire mouche à tous les coups — il appelait cela faire preuve de psychologie :

— Ainsi vous avez déjà rencontré lady Yardly... à moins que ce ne soit plutôt le cas de votre mari ?

— Gregory l'a connue alors qu'elle voyageait dans l'Ouest américain il y a trois ans, voulut bien admettre miss Marvell.

Elle eut un instant d'hésitation, puis brusquement :

— L'un de vous deux a-t-il déjà eu l'occasion de feuilleter *Les Potins mondains* ?

Poirot plaida coupable d'un air penaud, moi aussi.

— Je vous pose cette question parce que, dans le numéro de cette semaine, il y a un article sur les joyaux célèbres et c'est vraiment très curieux...

Elle s'interrompit. Je me levai, traversai la pièce et pris sur la table le journal en question. Elle l'ouvrit et se mit à lire à voix haute :

— « ... Parmi d'autres pierres précieuses célèbres, on peut citer l'*Étoile de l'Orient*, diamant que possède la famille Yardly. Un ancêtre de l'actuel lord Yardly le ramena de Chine. Une histoire romanesque, rapporte-t-on, lui est attachée : la pierre aurait été jadis l'œil droit de la divinité d'un temple. Un autre diamant, de forme et de taille similaires, représenterait l'œil gauche. La légende dit que l'un comme l'autre seraient, le moment venu, volés à leurs propriétaires respectifs. « Un œil ira à l'ouest, l'autre à l'est, jusqu'à ce qu'ils soient réunis une fois de plus. Alors, ils retourneront triomphalement au dieu. »

Coïncidence curieuse : il existe en ce moment même une pierre dont la description correspond parfaitement au joyau du temple. Elle est connue sous le nom d'*Étoile de l'Ouest* ou *Étoile de l'Occident*. Elle appartient à une vedette de cinéma adulée, miss Mary Marvell. Il serait intéressant de comparer ces deux pierres. »

Elle se tut.

— Extraordinaire ! murmura Poirot. Romanesque à souhait ! (Il se tourna vers notre visiteuse.) Et vous n'avez pas peur, madame ? Vous n'êtes pas la proie de terreurs superstitieuses ? Vous ne craignez pas de présenter ces deux jumeaux l'un à l'autre ? Un Chinois apparaît et hop! le tour est joué, il les subtilise et les ramène en Chine.

Il parlait d'un ton moqueur, mais sous cette remarque badine je percevais tout le sérieux de mon ami.

— Je ne crois pas que le diamant de lady Yardly soit aussi beau que le mien, dit miss Marvell. Enfin, je verrai bien.

J'ignore quelle aurait été la réponse de Poirot, car au même moment, la porte s'ouvrit brusquement sur un homme jeune, grand, à la beauté fracassante et qui entra d'un pas décidé. De ses cheveux ondulés jusqu'à ses bottines de cuir verni, il était l'incarnation parfaite d'un héros de film sentimental.

— Je t'avais promis que je passerais te prendre, Mary, dit Gregory B. Rolf. Au fait, que pense M. Poirot de notre problème ? Comme moi : qu'il ne s'agit que d'une mauvaise plaisanterie ?

Le petit détective adressa un sourire au géant. Le contraste entre les deux hommes était parfaitement bouffon.

— Plaisanterie ou pas, Mr Rolf, dit Poirot sans amabilité excessive, j'ai conseillé à madame votre épouse de ne pas emporter le diamant avec elle vendredi à Yardly Chase.

— Tout à fait d'accord avec vous sur ce point, monsieur. C'est ce que j'ai dit à Mary. Mais voilà, elle est femme jusqu'au bout des ongles et l'idée qu'une autre l'éclipse, côté bijoux, lui est insupportable.

— Gregory raconte n'importe quoi! s'exclama Mary Marvell tandis que la colère empourprait son visage.

Poirot eut un haussement d'épaules.

— Madame, je vous ai donné mon avis. Je ne peux rien de plus. Restons-en là.

Il s'inclina et les raccompagna à la porte.

— Ah, là, là! me fit-il observer avec une exubérance toute continentale. Ces histoires de bonnes femmes!... Le gentil mari a fait mouche, mais quel manque de tact ! Oui, quel manque de tact !

Je lui fis part de mes vagues souvenirs et il acquiesça d'un vigoureux hochement de tête.

— C'est ce que j'ai pensé. De toute façon, il y a anguille sous roche. Avec votre permission, mon bon ami, je vais aller prendre l'air. Attendez mon retour, je vous en prie, je ne serai pas long.

Je m'étais assoupi dans mon fauteuil quand la logeuse frappa à la porte et passa la tête dans l'entrebâillement.

— Une autre jeune femme est là, qui désire voir M. Poirot. Je lui ai dit qu'il était sorti, mais elle demande si elle peut l'attendre, vu qu'elle vient de la campagne.

— Faites-la entrer, Mrs Murchinson. Peut-être pourrai-je résoudre son problème.

Un instant plus tard, la visiteuse en question pénétrait dans la pièce. J'eus un coup au cœur en la reconnaissant : le visage de la belle lady Yardly occupait trop souvent les colonnes de la presse mondaine pour demeurer anonyme.

— Veuillez vous asseoir, lady Yardly, dis-je en la guidant vers un fauteuil. Mon ami Poirot est sorti mais ne va pas tarder.

Elle me remercia et prit place devant moi.

Un genre très différent de celui de Mary Marvell, et nettement moins stéréotypée : grande, brune, les yeux brillants, le teint pâle, le visage fier et cependant, aux coins des lèvres, une certaine mélancolie.

J'éprouvai le désir soudain de sauter sur l'occasion. Pourquoi pas ? En présence de Poirot, je me sens souvent embarrassé, je n'apparais pas à mon avantage. Néanmoins, il ne fait aucun doute que je possède moi aussi un sens évident de la déduction.

— Lady Yardly, préludai-je, je connais la raison de votre visite : vous avez reçu des lettres de chantage au sujet de votre diamant.

Mon coup avait porté. Cette beauté me dévisagea bouche bée. Toute couleur s'était retirée de ses joues.

— Vous savez, murmura-t-elle dans un souffle. Comment ?

J'eus un sourire.

— Simple question de logique. Si miss Marvell a reçu des lettres de menace...

— Miss Marvell ? Elle est venue vous voir ?

— Elle sort d'ici. Comme je vous le disais, si elle, qui détient l'un des deux diamants, a reçu une série de mystérieuses lettres de menace, vous, qui détenez l'autre, devez avoir reçu les mêmes. C'est simple, non ? J'ai donc raison... Vous avez reçu, vous aussi, ces étranges missives ?

L'espace d'un instant, elle hésita, comme si elle n'était pas sûre de pouvoir me faire confiance. Puis, elle inclina la tête en signe d'assentiment, un léger sourire aux lèvres.

— En effet, reconnut-elle.

— Les vôtres vous ont-elles également été remises en main propre par un Chinois ?

— Non, je les ai reçues par la poste. Mais, dites-moi, miss Marvell a donc subi les mêmes pressions que moi, si je vous comprends bien ?

Je lui relatai les événements du matin. Elle m'écouta avec attention.

— Tout cadre parfaitement. Mes lettres et celles de miss Marvell sont identiques. Il est vrai que les miennes ont été postées, mais elles étaient imprégnées d'un étrange parfum, comme une odeur d'encens qui m'a fait penser à l'Orient. Qu'est-ce que cela peut bien signifier ?

— C'est ce qu'il nous faut éclaircir. Avez-vous apporté ces lettres ? Le cachet de la poste pourrait nous fournir une indication.

— Je les ai, hélas ! détruites. Sur le moment, j'ai en effet pensé à une plaisanterie stupide. Un gang chinois qui essaierait de rentrer en possession des diamants ! Cela paraît incroyable.

Repasser en revue les faits sous tous leurs aspects n'apporta aucune lumière. Impossible de progresser dans nos hypothèses. Enfin lady Yardly se leva.

— Je ne vois pas la nécessité d'attendre M. Poirot. Vous pouvez lui relater notre entretien. Merci beaucoup, monsieur... euh...

Elle hésita, la main tendue.

— Capitaine Hastings, m'empressai-je de préciser.

— Bien sûr ! Où avais-je la tête ? Vous êtes un intime des

Cavendish, n'est-ce pas? C'est Mary Cavendish qui m'a conseillé de consulter M. Poirot.

Lorsque mon ami revint, je lui narrai avec un certain plaisir la visite que j'avais reçue en son absence. Il me harcela de questions sur un ton plutôt sec et ce, afin de connaître tous les détails de notre conversation. Je devinai entre les mots qu'il était plutôt mécontent d'avoir manqué lady Yardly. Je suspectai également ce bon vieil ami d'être à deux doigts de se montrer jaloux. Il affectait immanquablement de déprécier mes compétences — c'était devenu une manie chez lui —, et je crois qu'il était contrarié de ne pouvoir trouver de point faible dans mon exposé. J'étais au fond assez fier de moi, ce que je cherchais à lui cacher de peur de l'irriter... et de voir par là-même son redoutable accent frôler l'intolérable. En dépit de ses travers, j'étais sincèrement attaché à cet ami peu banal.

— Bien ! finit-il par dire avec une expression inhabituelle chez lui. L'affaire se corse. Passez-moi, je vous prie, ce nobiliaire là-bas sur l'étagère du dessus... Ah ! nous y voici, dit-il en tournant les pages. *Yardly...10e vicomte, a servi pendant la guerre d'Afrique du Sud...*Tout cela ne nous avance guère... *Épouse en 1907 l'honorable Maude Stopperton, 4e fille du 3e baron Cotteril...* Hum ! hum ! hum !... *Deux filles, nées en 1908 et 1910... Clubs...Résidences...*Bon, cela ne nous apprend pas grand-chose, mais demain matin, nous ferons la connaissance de ce milord.

— Comment cela ?

— Je viens de lui télégraphier.

— Et moi qui croyais que vous vous laviez les mains de cette affaire.

— Je n'agis pas pour le compte de miss Marvell puisqu'elle refuse de suivre mes conseils. Si je poursuis cette enquête, c'est pour ma propre satisfaction : celle d'Hercule Poirot. C'est décidé, je dois mettre mon grain de sel dans cette histoire.

— Et vous n'hésitez pas à câbler à lord Yardly de venir en toute hâte à Londres uniquement pour satisfaire votre caprice ? Il n'appréciera guère ce procédé cavalier.

— Au contraire ! Si, grâce à mon intervention, le diamant ne quitte pas la collection Yardly, il m'en témoignera une grande reconnaissance.

— Vous pensez donc vraiment que le diamant risque d'être dérobé ?

— C'est presque une certitude, répondit Poirot d'un ton serein. Tout tend à le démontrer.

— Mais comment...

D'un geste désinvolte de la main, Poirot m'interrompit :

— Pas maintenant, je vous prie. Gardons la tête froide. Et ce nobiliaire! Comment l'avez-vous replacé? Ne voyez-vous pas que les livres les plus grands se rangent sur l'étagère supérieure, les moins grands sur le rayon suivant et ainsi de suite par ordre décroissant? Grâce à quoi, nous maintenons l'ordre, la méthode, ce qui, comme je vous l'ai souvent répété, Hastings...

— Absolument, m'empressai-je de répondre en remettant le livre incriminé à la place qui lui était due.

Lord Yardly était un sportsman au teint coloré, jovial, parlant haut et fort ; mais de sa bonhomie se dégageait une séduction incontestable qui compensait son manque de finesse.

— Cette affaire est extravagante, monsieur Poirot. Pour moi, elle n'a ni queue ni tête. Il paraît que ma femme reçoit des lettres bizarres. Miss Marvell aussi. À quoi rime ce petit jeu ?

Poirot lui tendit l'exemplaire des *Potins mondains* :

— Avant tout, milord, je vous demanderai de confirmer les faits relatés dans cet article.

Le noble personnage saisit le magazine. Au fur et à mesure qu'il lisait, la colère assombrissait son front.

— Quel ramassis d'inepties! s'exclama-t-il. Il n'y a jamais eu de légende autour de ce diamant. Il vient des Indes, je crois. Je n'ai jamais entendu parler de cette histoire de divinité chinoise.

— Pourtant, votre joyau est bel et bien connu sous le nom de l'*Étoile de l'Orient* ?

— Et alors ? rétorqua-t-il avec emportement.

Esquissant un léger sourire, Poirot ignora la question :

— Ce que j'aimerais, milord, c'est que vous vous en remettiez à moi. Si vous le faites sans réserve, j'ai bon espoir d'éviter une catastrophe.

— Vous pensez donc qu'il y a du vrai dans ce conte à dormir debout ?

— Acceptez-vous de faire ce que je vous demande ?

— Naturellement, mais...

— Bien. Dans ce cas, permettez-moi de vous poser quelques questions. Au sujet de la location de Yardly Chase, est-il exact que, comme on me l'a laissé entendre, « l'affaire est dans le sac » entre Mr Rolf et vous ?

— Il vous en a donc touché un mot ? Non, rien n'est encore réglé. (Il hésita. Le rouge brique de son visage s'intensifia.) Mieux vaudrait que je vous parle sans détours. Dans pas mal de circonstances, je me suis conduit comme un imbécile, monsieur Poirot. Je me suis endetté jusqu'au cou, mais je veux me sortir de ce mauvais pas. J'aime mes filles. Je veux reprendre la situation en main et pouvoir continuer à vivre au château. Gregory Rolf m'offre une grosse somme — assez pour me remettre à flot —, mais je ne veux pas de son argent. Je frémis à l'idée que ces étrangers pourraient tourner un film dans Yardly Chase. Et pourtant, il se peut que je sois contraint de jouer cette carte, à moins que...

Il s'interrompit.

Poirot lui décocha un regard acéré :

— Vous avez donc une autre corde à votre arc ? Permettez-moi de hasarder une conjecture... Il s'agit de vendre l'*Étoile de l'Orient*, n'est-ce pas ?

— C'est cela, acquiesça lord Yardly. Le diamant est dans la famille depuis des générations mais ce n'est pas un bien inaliénable. Le problème est de trouver un acquéreur. Hoffberg, l'homme de Hatton Garden, cherche le client adéquat. Mais il faut qu'il fasse vite, sinon c'est la banqueroute.

— Une question encore... Lequel de ces deux projets a les faveurs de lady Yardly ?

— Elle s'oppose catégoriquement à la vente du joyau. Vous connaissez les jolies femmes. Elle est... tout acquise à ce jeune premier de pacotille.

— Je comprends, dit Poirot. (Il resta quelques instants songeur, puis sauta sur ses pieds.) Vous rentrez à Yardly Chase tout de suite ? Bien. Pas un mot à qui que ce soit, vous entendez ? À qui que ce soit. Attendez-nous ce soir. Nous arriverons peu après 17 heures.

— Fort bien, mais je ne vois pas...

— Aucune importance, dit Poirot gentiment. Vous voulez garder votre diamant, non ?

— Oui, mais...

— Alors, faites ce que je vous dis.

Ce fut un lord Yardly morose et quelque peu désorienté qui nous quitta.

Il était 5 heures et demie quand nous arrivâmes à Yardly Chase. Un maître d'hôtel d'une dignité exemplaire nous conduisit jusqu'à l'ancestrale salle lambrissée où flambait un feu de cheminée. Là, un charmant tableau s'offrit à nos yeux : lady Yardly et ses deux filles ; la mère ravissante et fière, sa tête brune penchée sur les deux têtes blondes. Debout près d'elles, Lord Yardly leur souriait.

M. Poirot, le capitaine Hastings, annonça le maître-d'hôtel.

Lady Yardly sursauta et releva la tête. Son mari vint nous accueillir, peu sûr de lui, cherchant à lire sur le visage de Poirot une indication quant à la conduite à tenir. Le petit homme sut se montrer à la hauteur de la situation :

— Je vous présente toutes mes excuses! J'enquête toujours pour le compte de miss Marvell. Elle vient chez vous vendredi, c'est bien cela? Je me livre à une tournée d'inspection pour m'assurer des problèmes de sécurité. Je voulais également demander à lady Yardly si elle a gardé le moindre souvenir du cachet de la poste sur les lettres de menace qui lui ont été adressées.

Lady Yardly secoua la tête d'un air de regret :

— Hélas non! C'est peut-être puéril de ma part, mais je n'ai jamais songé un instant qu'il fallait prendre ces lettres au sérieux.

— Resterez-vous parmi nous pour la nuit? s'enquit lord Yardly.

— Oh! milord, je craindrais de vous importuner! Nous avons laissé nos sacs à l'auberge.

— Vous n'y songez pas! (Lord Yardly reprenait pied :) J'envoie un domestique les chercher. Non, non, cela ne nous dérange en rien, je vous assure.

Poirot se laissa convaincre et, s'asseyant à côté de lady Yardly, entreprit de faire la conquête des enfants. En peu de temps, tous quatre semblèrent devenus les meilleurs amis du monde et ils réussirent même à m'entraîner dans leur jeu.

— Vous êtes une mère idéale, dit Poirot en s'inclinant

galamment comme les enfants suivaient à contrecœur une gouvernante à l'air sévère.

Lady Yardly remit de l'ordre dans ses cheveux ébouriffés.

— Je les adore, commenta-t-elle d'une voix entrecoupée d'un adorable petit hoquet d'émotion.

— Vos filles vous le rendent bien, elles aussi, et on les comprend, dit Poirot en s'inclinant de nouveau.

Le gong sonna le premier coup du dîner. Chacun se leva pour aller se préparer. Au même moment, le maître d'hôtel entra, un plateau à la main, avec un télégramme qu'il présenta à lord Yardly. Ce dernier l'ouvrit après un bref mot d'excuse. Son visage s'épanouit. Sans pouvoir retenir une exclamation de soulagement, il tendit le télégramme à sa femme, puis se tourna vers moi :

— Un instant, monsieur Poirot. J'estime que vous devriez être mis au courant. C'est un pneumatique de Hoffberg. Il croit avoir trouvé un acquéreur pour le diamant. Un Américain qui retourne demain aux États-Unis par bateau. Hoffberg envoie ce soir quelqu'un pour évaluer le joyau. Sapristi ! Si par hasard le marché se concluait...

Les mots lui manquaient.

Lady Yardly s'était détournée. Elle tenait toujours le télégramme à la main.

— J'aimerais que vous renonciez à cette vente, George, dit-elle d'une voix grave. Il est dans la famille depuis si longtemps. (Elle attendit, espérant une réponse qui ne vint pas. Son beau visage se durcit. Elle haussa les épaules.) Je dois aller m'habiller. Je suppose qu'il convient d'« exposer la marchandise ». (Elle se tourna vers Poirot avec une légère moue.) On ne pourrait imaginer collier plus hideux. George m'a toujours promis d'en faire changer la monture mais il n'est jamais passé à l'acte.

Puis elle quitta la pièce.

Une demi-heure plus tard, nous attendions tous trois la maîtresse de maison dans l'immense salle à manger. L'heure du dîner était annoncée depuis quelques minutes déjà.

Soudain un frou-frou se fit entendre et lady Yardly apparut sur le seuil, silhouette radieuse dans une longue robe chatoyante. Autour de son cou gracile étincelait une rivière de pierreries. Elle se tenait immobile, une main sur le collier.

— Admirez le sacrifice, dit-elle, enjouée. (Sa mauvaise

humeur semblait s'être évanouie.) Attendez, j'allume le grand lustre. Contemplez à loisir le plus vilain collier de toute l'Angleterre !

Les interrupteurs étaient près de la porte, dans le vestibule. Elle tendit la main. Et l'incroyable se produisit. Soudain toutes les lumières s'éteignirent, la porte claqua et, du couloir, s'éleva un long cri perçant de femme.

— Mon Dieu! s'exclama lord Yardly. C'est la voix de Maude. Que se passe-t-il?

Nous nous élançâmes à tâtons en direction de la porte, nous heurtant les uns aux autres. Quelques instants s'écoulèrent avant que nous la trouvions. Oh, l'affreux spectacle! Lady Yardly gisait, inanimée, sur le dallage de marbre. Une traînée rouge marquait la blancheur de sa gorge, là où se trouvait le collier quelques secondes auparavant. Nous nous penchâmes sur le corps. Était-elle encore en vie? Elle ouvrit les yeux.

— Le Chinois, murmura-t-elle avec effort. Le Chinois... la porte de service.

Lâchant un juron, lord Yardly se précipita. Je lui emboîtai le pas, mon cœur battant à tout rompre.

Encore ce satané Chinois !

La porte de service était petite et située dans un angle, à une dizaine de mètres de la scène de la tragédie. Arrivé là, je poussai un cri. Par terre, à deux pas du seuil, étincelait le collier. De toute évidence, le voleur, affolé, l'avait laissé tomber dans sa fuite. Je me baissai pour le ramasser. Un second cri m'échappa, repris en écho par lord Yardly. Au milieu de la monture il y avait un énorme vide. L'*Étoile de l'Orient* avait disparu.

— Voilà qui règle la question, dis-je dans un souffle. Ce ne sont pas des voleurs ordinaires. C'est bien le diamant qu'ils voulaient.

— Mais comment ce type est-il entré?

— Par cette porte.

— Mais elle est toujours fermée à clé.

Je secouai la tête.

— Pas en ce moment. Voyez, dis-je en l'ouvrant.

Quelque chose voleta sur le sol. Je le ramassai. C'était un morceau de soie brodée, facilement identifiable: il provenait d'une tunique chinoise.

— Dans sa précipitation, le voleur a coincé un pan de son

vêtement dans la porte, expliquai-je. Venez, vite! Il n'a pas pu aller bien loin.

C'est en vain que nous passâmes les alentours au peigne fin. À la faveur de l'obscurité, le voleur s'était échappé sans difficulté. Nous revînmes sur nos pas, dépités. Lord Yardly dépêcha aussitôt un domestique pour prévenir la police.

Son épouse, secourue avec compétence par Poirot — qui dans ce domaine a la douceur d'une femme —, avait recouvré ses esprits et pouvait parler.

— J'allais allumer le grand lustre quand un homme a surgi derrière moi. Il m'a arraché le collier si brutalement que je suis tombée de tout mon long. Mais j'ai eu le temps, dans ma chute, de le voir s'enfuir par la porte de service. Il avait une natte et une tunique brodée. C'était... c'était un Chinois.

Elle fut secouée d'un long frisson.

Le maître d'hôtel s'approcha de lord Yardly et lui parla à voix basse.

— Un monsieur de la part de Mr Hoffberg. Il dit que vous l'attendez.

— Seigneur! s'écria lord Yardly, affolé. Il faut bien que je le reçoive. Non, pas ici, Mullings. Dans la bibliothèque.

J'attirai Poirot à l'écart.

— Dites-moi, cher ami, ne ferions-nous pas mieux de rentrer à Londres?

— Vous trouvez, Hastings? Et pourquoi diable?

— Eh bien...(Je toussotai discrètement.) L'affaire a mal tourné, non? Vous persuadez lord Yardly de s'en remettre à vous, vous lui assurez que tout ira comme sur des roulettes et voilà qu'on dérobe le diamant sous votre nez!

— Certes, admit Poirot, plutôt déconfit. On ne peut dire que je viens de remporter là une des victoires les plus éclatantes de ma carrière.

Cette façon de décrire les événements faillit m'arracher un sourire. Je n'en continuai pas moins mon tir de harcèlement :

— Pardonnez ma franchise, mais étant donné le gâchis que vous avez fait, ne croyez-vous pas qu'il serait plus délicat de notre part de quitter les lieux?

— Et que devient le dîner? Cet excellent dîner préparé par le chef de lord Yardly?

— Bah! quelle importance! m'exclamai-je, impatient.

Poirot eut un geste horrifié. On eût dit un Français, alors qu'il n'est après tout que Belge.

— Seigneur! Dans ce pays vous traitez vraiment la gastronomie avec une indifférence criminelle.

— Une autre raison nous oblige à rentrer à Londres sans tarder, insistai-je, exaspéré.

— Laquelle, mon bon ami?

— Le second diamant, dis-je en baissant la voix. Celui de miss Marvell.

— Pourquoi? Que lui voulez-vous?

— Ne comprenez-vous pas? (L'inhabituelle stupidité dont témoignait Poirot me mettait hors de moi. Qu'était-il advenu de sa vivacité d'esprit coutumière?) Ils ont mis la main sur le premier: ils vont vouloir récupérer le second.

— Ça, par exemple! s'écria Poirot en reculant d'un pas pour m'admirer plus à son aise. Mais votre cerveau fonctionne à merveille, mon bon ami! Figurez-vous que je n'avais pas encore pensé à ça. Cependant rien ne presse. La pleine lune, c'est vendredi, pas avant.

Je secouai la tête, sceptique. La théorie de la pleine lune me laissait totalement froid. Toutefois, je parvins à convaincre Poirot et nous partîmes sur-le-champ, laissant un mot d'excuse à lord Yardly.

J'avais dans l'idée d'aller sans perdre de temps au *Magnificent* et de relater à miss Marvell l'épisode du vol. Mais Poirot mit son veto à ce projet et décréta qu'il suffirait de s'y rendre au petit matin. Je cédai à contrecœur.

Le lendemain, curieusement, Poirot parut peu enclin à se mettre en route. Je commençais à le soupçonner d'éprouver une singulière réticence à poursuivre ses investigations: avoir à reconnaître une première erreur, voilà qui devait quelque peu doucher son enthousiasme. En réponse à mes exhortations, il souligna avec un admirable bon sens que l'affaire de Yardly Chase était déjà relatée en détail dans les journaux du matin: les Rolf en savaient autant que nous. Une fois de plus, je cédai de mauvaise grâce.

La suite des événements prouva que mes craintes étaient justifiées. Vers 2 heures, le téléphone sonna. Poirot décrocha. Il écouta pendant quelques instants, puis conclut d'un bref « Bien, j'y serai », raccrocha et se tourna vers moi.

— Que pensez-vous de ça, mon bon ami? (Il paraissait

partagé entre honte et jubilation.) Le diamant de miss Marvell... eh bien, on le lui a volé !

— Quoi ? M'écriai-je en bondissant de mon siège. Et la pleine lune dans tout cela ? (Poirot baissa la tête.) Quand le vol a-t-il été commis ?

— Ce matin, d'après ce que j'ai compris.

Le découragement m'envahit.

— Si seulement vous m'aviez écouté ! Vous voyez bien que j'étais dans le vrai.

— En effet, c'est ce qu'il semble, mon bon ami, admit Poirot avec circonspection. Les apparences sont trompeuses, dit-on, mais en effet, il semble que vous soyez dans le vrai.

Nous nous engouffrâmes dans un taxi pour nous rendre au *Magnificent*. Pendant le trajet, je remuai les pièces du puzzle pour en arriver à la conclusion suivante :

— L'idée de la pleine lune était excellente. Elle consistait à nous axer sur le vendredi, de sorte que nous ne soyons pas sur nos gardes les jours précédents. Quel dommage que vous ne l'ayez pas compris !

— Ma foi, on ne peut penser à tout, dit Poirot, désinvolte, ayant semble-t-il retrouvé, après une brève éclipse, sa nonchalance coutumière.

J'étais navré pour lui. Il a tellement horreur de l'échec.

— Courage, dis-je, consolant. Vous aurez plus de chance la prochaine fois.

Au *Magnificent*, on nous fit pénétrer aussitôt dans le bureau du directeur. Gregory Rolf s'y trouvait avec deux hommes de Scotland Yard. En face d'eux, le visage blême, était assis le réceptionniste de l'hôtel.

Rolf nous accueillit d'un signe de tête.

— Nous sommes en train de découvrir le fin fond de cette histoire, dit-il. C'est incroyable ! Comment ce type a-t-il pu faire preuve d'un culot pareil ? Ça me dépasse.

Quelques minutes à peine suffirent pour nous exposer les faits.

Mr Rolf avait quitté l'hôtel à 11h15. À 11h30, un homme était entré au *Magnificent*. La ressemblance frappante qu'il présentait avec l'acteur américain avait amené le réceptionniste à lui remettre sans sourciller la cassette de bijoux qui se trouvait au coffre. L'homme avait signé le reçu en faisant remarquer d'un ton badin : « Ma signature n'est pas tout à fait conforme, aujourd'hui. Je me suis blessé à la main en descendant du taxi. » L'employé s'était contenté de sourire et d'observer qu'il n'y avait pas grande différence entre les deux. « Rolf » s'était alors mis à rire et avait ajouté : « Eh bien ! ne m'accusez pas d'être un escroc, alors ! Un Chinois m'envoie des lettres de menace, et le comble, c'est que j'ai moi-même l'air d'un Chinetoque. Ce sont les yeux. »

— Je l'ai regardé, dit l'employé qui rapportait la conversation, et j'ai vu tout de suite ce qu'il entendait par là. Il avait les yeux bridés comme un Oriental. Jusque-là, cette particularité m'avait échappé.

— Bon sang! rugit Gregory Rolf en se penchant vers lui. Et maintenant comment sont mes yeux ? Bridés ?

L'employé le regarda d'un air épouvanté :

— Non, monsieur, pas du tout.

En effet, rien dans ce regard franc et direct n'évoquait l'Orient, même de très loin.

— Un type culotté, grommela l'homme de Scotland Yard. Il a pensé que ses yeux pouvaient le trahir et a préféré prendre les devants pour déjouer les soupçons. Il a dû guetter votre sortie pour entrer à son tour dans l'hôtel.

— Et la cassette à bijoux ? demandai-je.

— On l'a retrouvée dans le hall. Un seul bijou avait été dérobé : l'*Étoile de l'Occident*.

Nous nous entre-regardâmes. Tout était si étrange, si irréel. Poirot se leva.

— Je crains de ne pas vous avoir été d'un grand secours, dit-il d'un ton de regret. Puis-je voir madame votre épouse ?

— Elle est encore sous le choc, rétorqua Rolf.

— Dans ce cas, voulez-vous bien m'accorder vous-même quelques instants en particulier ?

— Volontiers.

Cinq minutes plus tard, Poirot réapparut.

— Maintenant, mon ami, à la poste ! dit-il gaiement. J'ai un télégramme à envoyer.

— À qui ?

— À lord Yardly. (Éludant les questions qui se pressaient à mes lèvres, il glissa son bras sous le mien.) Allons, allons, mon bon ami. Je sais ce que vous éprouvez. Dans cette lamentable affaire, je ne me suis vraiment pas distingué. Vous, à ma place, vous seriez montré à la hauteur. Bien, c'est entendu. Oublions tout ceci et allons déjeuner.

Nous étions de retour chez Poirot vers 4 heures. Une silhouette assise dans un fauteuil près de la fenêtre se dressa. C'était lord Yardly. Il avait l'air hagard, désemparé :

— Je suis venu dès que j'ai reçu votre câble. J'ai vu Hoffberg. Ils ignoraient tout du télégramme d'hier soir et de l'homme qui s'est présenté de leur part. Pensez-vous que... ?

Poirot l'interrompit d'un geste.

— Toutes mes excuses! C'est moi qui avais télégraphié et loué les services du monsieur en question.

— Vous ? Mais pourquoi ? Comment ?

Lord Yardly bredouillait d'impuissance.

— Ma petite idée consistait à précipiter la crise, expliqua Poirot de son ton le plus flegmatique.

— Précipiter la crise ? Seigneur ! s'écria lord Yardly.

— Et le piège a fonctionné, ajouta Poirot avec bonne humeur. Par conséquent, milord, j'ai le vif plaisir de vous rendre ceci.

Le geste théâtral, il exhiba un objet brillant. C'était un énorme diamant.

— L'*Étoile de l'Orient*! haleta lord Yardly. Mais je ne comprends pas...

— Non ? releva Poirot. Peu importe. Croyez-moi, il était nécessaire que le diamant fût volé. Je vous avais promis de le protéger et j'ai tenu parole. Vous m'obligeriez beaucoup en gardant mon petit secret. Transmettez, je vous prie, à lady Yardly l'assurance de mon profond respect et dites-lui combien je suis heureux de lui restituer son joyau. Quel beau temps, n'est-ce pas ? Je vous souhaite le bonjour, milord.

Tout en souriant et en discourant dans son anglais si particulier, le stupéfiant petit homme guida vers la porte un lord Yardly complètement hébété. Il revint vers moi en se frottant les mains.

— Poirot, ai-je perdu la raison ?

— Non, mon bon ami. Mais, comme toujours, vous errez dans un brouillard mental.

— Comment avez-vous mis la main sur le diamant ?

— Mr Rolf me l'a donné.

— Rolf ?

— Mais oui ! Les lettres de menace, le Chinois, l'article dans

*Les Potins mondains*, tout cela a germé dans l'imagination de l'ingénieux Mr Rolf. Les deux diamants, censés être si semblables que cela tenait du miracle, bah! ils n'existaient pas. Il n'y a qu'un seul et unique diamant, mon ami. À l'origine, il appartenait à la collection Yardly et, depuis trois ans, il est la propriété de Mr Rolf. Ce dernier l'a volé ce matin, grâce à une touche de maquillage au coin de chaque œil. Ah ! il faudra que j'aille le voir au cinéma ! C'est un véritable artiste, ce diable d'homme !

— Mais pourquoi aurait-il volé son propre diamant ? demandai-je, perplexe.

— Pour de nombreuses raisons. En premier lieu, lady Yardly commençait à ruer dans les brancards.

— Lady Yardly ?

— La malheureuse s'était sentie très seule, en Californie. Son mari s'offrait du bon temps de son côté. Et puis Mr Rolf était beau, auréolé de son statut de star internationale. Mais au fond, c'est un homme d'affaires, ce monsieur. Il avait séduit lady Yardly, puis l'avait fait chanter. L'autre soir, j'ai confronté notre hôtesse avec la vérité et elle a reconnu les faits. Elle a juré ne s'être montrée qu'imprudente et je la crois volontiers. Mais nul doute que Rolf n'ait gardé des lettres d'elle dont le contenu pouvait prêter à équivoque, n'est-ce pas ? Terrifiée par la menace d'un divorce et la perspective d'être séparée de ses enfants, elle a donc cédé à toutes ses exigences et, à défaut de fortune personnelle, s'est vue contrainte d'accepter que Rolf substitue une copie en strass au véritable joyau qu'il s'appropriait. J'ai été frappé d'emblée par la coïncidence entre l'arrivée de Gregory Rolf en Angleterre et la révélation par la presse de l'existence d'une *Étoile de l'Occident*. Jusque-là, tout se déroule sans trop de grabuge. Et puis soudain, lord Yardly décide de faire une fin, de se ranger. Survient alors la menace de la vente éventuelle du diamant. La substitution va être découverte. Lady Yardly écrit sans doute une lettre affolée à Gregory Rolf qui vient de débarquer. Il la rassure, lui promet de tout arranger et combine un double vol : lady Yardly fera disparaître le faux diamant tandis que ce joli monsieur subtilisera le vrai, dont il avait fait cadeau à sa femme. Ainsi, il tranquillise la digne lady qui risquait de tout raconter à son mari — ce qui n'aurait pas fait l'affaire de notre maître chanteur, qui compte bien toucher 50 000 livres sterling de l'assurance (ah! ce point vous avait échappé!) et conserver le diamant. Là-dessus, je viens mettre mon grain de sel. On annonce l'arrivée d'un expert. Selon mes prévisions, lady Yardly, prise de court, devance la date du vol et s'en tire avec panache. Mais Hercule Poirot, lui, ne voit rien d'autre que les faits. Que se passe-t-il en réalité? La dame éteint la lumière, claque la porte, jette le collier dans le vestibule et crie. Auparavant, dans sa chambre, elle a déjà arraché le diamant de sa monture à l'aide d'une pince.

— Mais nous avons vu le collier autour de son cou! objectai-je.

— Je vous demande pardon, mon bon. Elle cachait d'une main la monture vide. Quant à coincer un morceau de soierie dans la porte juste avant, c'est là un jeu d'enfant, n'est-ce pas? Naturellement, dès que Rolf a appris par la presse le vol du diamant, il s'est livré de son côté à sa propre petite mise en scène. Qu'il a jouée avec brio!

— Que lui avez-vous dit? demandai-je, dévoré de curiosité.

— Que lady Yardly avait tout avoué à son mari, que l'on m'avait chargé de retrouver le joyau et que, s'il ne me le remettait pas immédiatement, des poursuites judiciaires seraient engagées contre lui. Plus deux ou trois mensonges annexes qui me sont venus à l'esprit. Il s'est laissé manœuvrer comme un pantin.

Je méditai quelques instants sur ces révélations.

— Cette solution me paraît quelque peu injuste à l'égard de Mary Marvell, alors que la pauvre petite est blanche comme neige.

— Bah! fit Poirot sans s'émouvoir. Votre « pauvre petite » y gagne une fabuleuse publicité. C'est tout ce qui l'intéresse dans la vie. Lady Yardly, c'est différent. C'est une excellente mère, une vraie femme, dans le plus beau sens du terme.

— Oui, dis-je, dubitatif, ne partageant guère le point de vue de Poirot sur l'idéal féminin. Quant aux lettres similaires reçues par les deux détentrices de l'*Étoile*, je suppose que c'est Rolf qui s'est chargé de les envoyer.

— Vous n'y êtes pas: il n'en avait remis qu'à sa propre épouse, et pas à lady Yardly, qui n'en avait nul besoin, répliqua vivement Poirot. C'est sur les conseils de Mary Cavendish que lady Yardly est venue me consulter pour son dilemme. Et là, quand elle a appris que Mary Marvell, dont elle connaissait les sentiments à son égard, était venue me voir, elle a changé d'avis et saisi le prétexte que vous, mon ami, lui avez offert. Quelques questions à peine ont suffi pour que je comprenne : c'est vous qui lui avez parlé des lettres, pas elle. Lady Yardly a saisi la perche que vous lui tendiez sans le vouloir.

— Je ne crois pas un mot de ce que vous racontez là ! m'écriai-je, vexé.

— Mais, si, mon bon ami. Il est regrettable que vous vous obstiniez à ne pas étudier la psychologie. Elle vous a affirmé avoir détruit les lettres ? Oh, là, là ! s'exclama-t-il avec cet effroyable mauvais goût des Franco-Belges. Une femme ne détruit jamais une lettre de gaieté de cœur. Même si elle commet une imprudence en la gardant.

— Fort bien, dis-je. (La moutarde me montait au nez.) Mais vous vous êtes payé ma tête. Du début à la fin. Ah ! c'est bien beau de débiter des explications après coup ! Mais il y a des limites à ce qu'un être humain peut supporter.

— Vous vous amusiez tant, mon bon ami. Je n'ai pas eu le cœur de briser vos illusions.

— Ah non ! Je vous en prie ! Cette fois, vous êtes allé trop loin.

— Seigneur Jésus ! Mais vous vous énervez pour un rien, mon cher !

— J'en ai assez!

Sur ce, je quittai la pièce en claquant la porte.

Poirot s'était bien moqué de moi. Je décidai qu'il méritait une bonne leçon. Je laisserais passer un peu de temps avant de lui pardonner. Après tout, c'était lui qui m'avait poussé à me conduire de façon grotesque.

*(Traduction de Laure Terilli)*

## 2

## Tragédie à Marsdon Manor

## *(The Tragedy at Marsdon Manor)*

Je m'étais absenté de Londres quelques jours. À mon retour, je trouvai Poirot en train de boucler sa valise.

— À la bonne heure, Hastings. J'avais peur que vous ne rentriez pas à temps pour m'accompagner.

— On vous appelle sur une enquête ?

— Oui, mais je dois avouer qu'à première vue l'affaire ne me paraît guère passionnante. La compagnie d'assurances de l'Union du Nord me demande d'enquêter sur le décès d'un certain Mr Maltravers, client qui, quelques semaines auparavant, avait contracté chez eux une police d'assurance sur la vie pour la somme rondelette de 50 000 livres sterling.

— Tiens, tiens ! fis-je avec une vive curiosité.

— Naturellement, le contrat comprend la clause habituelle du suicide. Si l'assuré met fin à ses jours au cours de la première année, il y a résiliation. Le médecin de la compagnie de l'Union du Nord avait examiné Mr Maltravers, et conclu que, déjà dans la fleur de l'âge, il jouissait toutefois d'une parfaite santé. Or, mercredi dernier, c'est-à-dire avant-hier, on a retrouvé son cadavre dans le parc de sa propriété de l'Essex, Marsdon Manor. La cause du décès serait une hémorragie interne — ce qui, en soi, n'aurait rien qui puisse éveiller les soupçons si depuis quelque temps ne couraient des rumeurs concernant la situation pécuniaire de Mr Maltravers. La compagnie de l'Union du Nord a toutes les raisons de croire que son client était au bord de la faillite. Et, compte tenu du fait que Maltravers avait une jeune et ravissante épouse cela change tout. L'hypothèse envisagée est la suivante : Maltravers réunit ses liquidités afin de payer les premiers versements d'une assurance-vie qui profitera à sa femme, puis se suicide. Cela s'est déjà vu. En tout cas, mon ami Alfred Wright, le directeur de l'Union du Nord, m'a demandé d'examiner l'affaire de près. Comme je le lui ai dit, je n'ai pas beaucoup d'espoir quant à la découverte d'éléments nouveaux. Si le décès était dû à une crise cardiaque, je serais plus optimiste. Derrière un arrêt du cœur se cache la plupart du temps l'incompétence du généraliste de quartier, incapable de diagnostiquer la véritable cause du décès. Mais une hémorragie ne laisse planer aucun doute. Enfin, il ne nous reste qu'à nous livrer aux investigations de routine. Vous avez cinq minutes pour boucler votre sac, Hastings. Nous prenons un taxi jusqu'à Liverpool Street.

Une heure plus tard, nous descendions à la petite gare de Marsdon Leigh. Sur place, on nous indiqua que Marsdon Manor se trouvait à un bon kilomètre du village. Poirot décida de marcher.

— Quel est notre plan de bataille? demandai-je tandis que nous arpentions la rue principale.

— En premier lieu, nous allons rendre visite au médecin qui a examiné le corps. Il n'existe qu'un seul médecin à Marsdon Leigh : le Dr Bernard. Ah ! nous y voici.

La maison du Dr Bernard était une sorte d'élégant cottage construit en retrait. Sur le portail une plaque de cuivre portait le nom du généraliste. Nous remontâmes l'allée et je sonnai à la porte.

Par chance, c'était l'heure des consultations et la salle d'attente était déserte. Le Dr Bernard, homme d'un certain âge, maigre et voûté, et qui dégageait une charmante impression d'étourderie, nous reçut dans le hall.

Poirot se présenta et exposa le motif de notre visite, expliquant que dans un cas de ce genre, les compagnies d'assurances étaient obligées de se livrer à une enquête minutieuse.

— Bien sûr, bien sûr, fit le Dr Bernard d'un air distrait. Maltravers avait une fortune considérable. J'imagine qu'il avait souscrit une grosse assurance-vie

— À votre avis, il était donc riche, docteur?

La question parut surprendre le médecin.

— Je me trompe? Il possédait deux voitures, et Marsdon Manor, bien qu'il l'ait achetée, je crois, à bas prix, est une belle propriété, d'un entretien coûteux.

— On prétend qu'il venait d'essuyer un grave revers de fortune, dit Poirot en regardant avec insistance la porte du cabinet du médecin.

Le Dr Bernard se contenta de hocher tristement la tête.

— Vraiment? Heureusement pour sa veuve, il a contracté à temps cette assurance-vie. Mrs Maltravers est exquise et d'une grande beauté. Ce malheur l'a fortement ébranlée : un paquet de nerfs, la pauvre petite. J'ai essayé de la réconforter de mon mieux, mais le choc a été terrible.

— Aviez-vous soigné Mr Maltravers récemment ?

— Cher monsieur, je ne l'ai jamais soigné.

— Comment ça ?

— J'ai cru comprendre que Mr Maltravers était scientiste chrétien ou quelque chose dans ce goût-là.

— Mais c'est bien vous qui avez examiné le corps, quand même ?

— Oui. Un jardinier était venu me chercher.

— Et la cause du décès ne souffre aucun doute ?

— Aucun. Il y avait du sang sur les lèvres, mais la plus grande partie de l'hémorragie a été interne.

— Avait-on déplacé le corps ?

— Non, le corps n'avait pas été touché. Il gisait aux abords d'une futaie. De toute évidence, Mr Maltravers était sorti pour tirer des corneilles. On a retrouvé une carabine à côté de lui. L'hémorragie a dû être soudaine — ulcère gastrique, à mon avis.

— Pas question d'envisager l'assassinat, donc.

— Voyons, cher monsieur !

— Toutes mes excuses, dit humblement Poirot, mais si ma mémoire ne me fait pas défaut, dans une récente affaire de meurtre, le médecin, qui avait d'abord décelé un arrêt cardiaque, dut modifier son diagnostic quand la police lui fit remarquer qu'une balle avait traversé la tête de la victime.

— Vous ne trouverez aucune trace de balle sur le corps de Mr Maltravers, répliqua le docteur d'un ton sec. Maintenant, messieurs, si vous n'avez rien d'autre à me dire...

Manifestement il était temps de prendre congé.

— Bonne journée et merci mille fois, docteur, d'avoir été assez aimable pour répondre avec courtoisie à nos questions, débita mon ami dans ce style fleuri qui le rend souvent insupportable. Au fait, vous n'avez pas jugé nécessaire de demander l'autopsie ?

— Certainement pas. (Le médecin était au comble de l'irritation.) La cause du décès ne faisait aucun doute et, dans ma profession nous ne jugeons pas nécessaire de tourmenter sans raison la famille du défunt.

Sur quoi il tourna les talons et nous claqua la porte au nez.

— Quel sentiment vous inspire le Dr Bernard, Hastings? s'enquit Poirot tandis que nous prenions le chemin de Marsdon Manor.

— C'est un vieux schnock.

— Très juste. En matière de psychologie, vous avez le don de porter des jugements d'une profondeur vertigineuse.

Mal à l'aise, j'observai Poirot à la dérobée, mais il semblait des plus sérieux.

— Sauf quand il est question de jolies femmes, ajouta-t-il, malicieux, une lueur amusée dans les yeux.

Je lui adressai un regard glacial.

À notre arrivée au manoir, une domestique d'un certain âge nous ouvrit la porte. Poirot lui tendit sa carte de visite et une lettre de la compagnie d'assurances de l'Union du Nord à l'intention de Mrs Maltravers. Elle nous introduisit dans un petit salon et alla prévenir sa maîtresse. Une dizaine de minutes s'écoulèrent, puis la porte s'ouvrit et une mince silhouette vêtue de noir apparut sur le seuil.

— Monsieur Poirot? dit Mrs Maltravers, la voix brisée.

— Chère petite madame! (Poirot sauta galamment sur ses pieds et, « continental » jusqu'à en être gênant, se précipita à la rencontre de notre hôtesse en multipliant les courbettes.) Je suis navré de devoir vous importuner en un pareil moment. Mais que voulez-vous?... Les affaires ne connaissent pas la pitié.

Mrs Maltravers se laissa conduire à un siège. Ses yeux étaient rouges d'avoir trop pleuré, mais les traces de son chagrin n'avaient pu altérer son extraordinaire beauté. Elle avait vingt-sept ou vingt-huit ans, des cheveux très blonds, de grands yeux bleus, une jolie bouche qui devait volontiers faire la moue.

— Vous désirez me voir au sujet de l'assurance-vie de mon mari? Un tel sujet ne peut-il attendre?

— Courage, chère petite madame, courage! Voyez-vous, votre défunt époux a contracté une importante assurance sur la vie et en pareil cas, la compagnie se doit de vérifier certains points de détails. Elle m'a confié cette tâche et j'ai le pouvoir d'agir en son nom. Soyez assurée que je ferai de mon mieux pour rendre mon enquête le moins pénible possible. Voulez-vous bien me relater brièvement les tristes événements de mercredi?

— Je me changeais pour le thé, ma femme de chambre est

arrivée : un des jardiniers venait d'accourir à la maison, il avait trouvé...

La voix lui manqua. Poirot lui palpa — bien exagérément — la main dans un geste de compassion.

— Je comprends. Brisons là. Aviez-vous vu votre époux en début d'après-midi ?

— Non, pas depuis le déjeuner. J'étais allée à pied jusqu'au village pour acheter des timbres, et je le savais dans le parc.

— Occupé à tirer des corneilles ?

— Oui, il emportait toujours son petit fusil à corneille avec lui et j'ai entendu un ou deux coups de feu dans le lointain.

— Où est-il ce petit fusil ?

— Dans le hall, sans doute.

Nous la suivîmes dans le vestibule. Elle tendit l'arme en question à Poirot, qui ne lui accorda qu'une attention distraite.

— Deux coups ont été tirés, dit-il en la lui rendant. Et maintenant, madame, s'il m'était possible de voir...

Par souci de délicatesse, il s'interrompit.

— On va vous conduire à sa chambre, murmura Mrs Maltravers en détournant la tête. J'appelle un domestique.

Elle sonna la bonne qui conduisit Poirot à l'étage. Je restai en tête-à-tête avec la ravissante veuve éplorée. Valait-il mieux parler ou garder le silence ? Je hasardai une ou deux vérités premières auxquelles elle répondit d'un air absent. Quelques minutes plus tard à peine, Poirot nous rejoignit.

— Merci de votre amabilité, madame. Je ne pense pas devoir vous importuner davantage. Au fait, connaissez-vous la situation financière de votre époux ?

Elle secoua la tête.

— Je l'ignore. Je ne comprends rien aux affaires.

— Par conséquent, vous ne pouvez nous donner aucun éclaircissement sur la raison qui l'a poussé à contracter une assurance-vie ? Car c'est bien la première fois qu'il en prenait une ?

— Nous étions mariés depuis un peu plus d'un an, il était persuadé qu'il ne vivrait pas longtemps, il a donc souscrit à une assurance-vie... Il pressentait sa mort prochaine. Je crois qu'il avait déjà eu une hémorragie. Il savait qu'une seconde lui serait fatale. J'ai bien tenté de dissiper ces craintes morbides, mais en vain. Hélas ! il ne se trompait pas.

Les larmes aux yeux, elle prit congé avec dignité.

— Eh bien, voilà qui est fait ! s'épanouit Poirot, tandis que nous redescendions l'allée. Apparemment il n'y a pas anguille sous roche. Et pourtant...

— Oui ?

— Je note une légère incohérence. L'avez-vous remarquée ? Non ? Enfin, la vie est truffée de contradictions et assurément Mr Maltravers n'a pu se suicider : il n'existe aucun poison qui provoque une hémorragie dans la bouche. Non, non, il faut se résigner, les faits sont clairs et, par-dessus le marché... Tiens ! qui est-ce ?

Un jeune homme de haute taille remontait l'allée à longues enjambées. Il nous dépassa sans nous saluer. J'eus le temps de remarquer qu'il était plutôt beau garçon, avec un visage bronzé qui témoignait d'une vie passée sous un climat tropical.

Poirot s'approcha d'un jardinier qui balayait les feuilles mortes et venait de s'interrompre dans sa besogne.

— Dites-moi, mon brave, qui est ce jeune homme ? Vous le connaissez ?

— Je n'ai pas retenu son nom, monsieur, mais il a dormi au manoir la semaine dernière. La nuit de mardi, je crois bien.

— Vite ! mon ami, suivons-le !

Nous nous élançâmes sur les traces de l'inconnu qui s'éloignait d'un pas vif. Sur la terrasse qui occupait un côté de la bâtisse se profila une silhouette vêtue de noir. Notre proie modifia aussitôt sa trajectoire. Nous aussi, ce qui nous permit d'assister à la rencontre entre Mrs Maltravers et le jeune homme.

À sa vue, Mrs Maltravers pâlit et parut sur le point de vaciller.

— Vous ? souffla-t-elle. Je vous croyais en mer, en route pour l'Afrique orientale.

— J'ai appris par mes hommes de loi une nouvelle qui m'a retenu en Angleterre, dit le jeune homme. Mon vieil oncle d'Écosse vient de mourir inopinément et m'a légué un peu d'argent. Vu les circonstances, il m'a semblé préférable de différer mon voyage. Et puis, j'ai lu dans le journal le décès de Mr Maltravers. Je suis venu voir si je pouvais vous être utile. Vous avez peut-être besoin de quelqu'un qui s'occupe des formalités à votre place.

À ce moment-là, ils s'avisèrent de notre présence. Poirot

s'avança et, avec force excuses, expliqua qu'il avait oublié sa canne dans le hall. De fort mauvaise grâce, me sembla-t-il, Mrs Maltravers fit les présentations.

— Monsieur Poirot, capitaine Black.

Une conversation à bâtons rompus s'ensuivit, au cours de laquelle Poirot réussit à apprendre que le capitaine Black était descendu à l'*Auberge de l'Ancre*. La canne oubliée dans le hall n'ayant pas été retrouvée — ce qui n'avait rien de surprenant —, Poirot renouvela ses excuses et prit congé.

Comme nous regagnions le village au pas de course, Poirot mit le cap droit sur l'*Auberge de l'Ancre*.

— Nous allons nous établir ici jusqu'au retour de notre ami le capitaine, mon bon ami. J'ignore si vous l'avez remarqué, mais j'ai souligné à plusieurs reprises que nous rentrions à Londres par le premier train. Peut-être avez-vous cru que telle était mon intention. Il n'en est rien... Avez-vous vu la réaction de Mrs Maltravers lorsqu'elle a aperçu le jeune capitaine Black ? Elle était visiblement prise au dépourvu. Cela ne vous a pas frappé ? Nous savons, en outre, qu'il a passé la nuit de mardi au manoir, la veille de l'accident. Notre tâche consiste donc à vérifier l'emploi du temps du capitaine Black, Hastings.

Une demi-heure plus tard environ, notre proie se dirigeait vers l'auberge. Poirot alla à sa rencontre, l'accosta et ne tarda pas à la ramener dans la chambre que nous avions louée.

— J'ai expliqué au capitaine Black la raison de notre présence ici, dit-il. Vous comprendrez, capitaine, qu'il est essentiel pour mon enquête que je sache dans quelle disposition d'esprit se trouvait Mr Maltravers avant sa mort. Or, je souhaite ne pas importuner davantage sa veuve par des questions qui ne peuvent que lui être pénibles. Et, comme vous étiez à Marsdon Manor la veille de cette tragique disparition, vous pouvez sans doute me fournir quelques renseignements utiles.

— Je suis prêt à vous aider de mon mieux, répondit Black, mais je crains de n'avoir rien remarqué d'anormal dans le comportement de Mr Maltravers. Voyez-vous, Mr Maltravers était un vieil ami de ma famille, mais personnellement je le connaissais peu.

— Vous êtes arrivé... quand ?

— Mardi après-midi. Pour repartir tôt le mercredi matin,

car mon bateau levait l'ancre de Tilbury vers midi. Et puis, une nouvelle inattendue m'a obligé à modifier mes plans. Vous avez dû entendre les explications que j'ai données à Mrs Maltravers.

— Vous retourniez en Afrique orientale, c'est cela?

— Oui, j'y vis depuis la guerre... C'est un pays splendide.

— Je suis bien de votre avis. Au fait, quel a été le sujet de conversation au dîner mardi soir?

— Bah! je ne m'en souviens plus guère. Rien de bien particulier, j'imagine. Maltravers m'a demandé des nouvelles de ma famille, nous avons évoqué la question des réparations allemandes... Mrs Maltravers m'a longuement questionné sur l'Afrique orientale, j'ai raconté une ou deux histoires locales. C'est à peu près tout, je crois.

— Merci.

— Avec votre permission, reprit, après un instant de silence, Poirot de sa voix feutrée, j'aimerais tenter une expérience. Ce que vous venez de nous dire, c'est ce que sait votre moi conscient. Maintenant j'aimerais interroger votre subconscient.

— Quoi? De la psychanalyse? s'exclama Black, visiblement alarmé.

— Oh! non, répliqua Poirot d'un ton rassurant. Voyez-vous, c'est l'enfance de l'art: je vous propose un mot, vous me répondez par un autre — le premier qui vous vient à l'esprit. Vous êtes prêt?

— D'accord, dit Black sans empressement et toujours mal à l'aise.

— Hastings, veuillez noter les mots, s'il vous plaît, ordonna Poirot. (Il sortit de son gousset sa grosse montre en forme d'oignon et la posa sur la table à côté de lui.) Nous commençons. Jour.

Il y eut un silence.

— *Nuit*, dit enfin Black.

Au fil de l'exercice, les réponses se firent plus rapides.

— Nom, dit Poirot

— *Lieu.*

— Bernard.

— *Shaw.*

— Mardi.

— *Dîner.*

— Voyage.
— *Bateau.*
— Pays.
— *Ouganda.*
— Récit.
— *Lions.*
— Fusil à corneille.
— *Ferme.*
— Coup de feu.
— *Suicide.*
— Éléphant.
— *Défense.*
— Argent.
— *Notaire.*
— Merci, capitaine. Voudrez-vous bien m'accorder quelques minutes encore d'ici une demi-heure ?
— Volontiers.

Le jeune homme regarda son interlocuteur avec curiosité, puis il se leva en se passant une main sur le front.

— C'est clair comme de l'eau de roche, vous ne trouvez pas ? me dit Poirot avec un sourire tandis que la porte se refermait sur le capitaine.

— Je ne vois pas ce que vous voulez dire.

— Cette liste de mots, elle ne vous « parle » pas ?

Je la relus avec soin. Contraint de m'avouer vaincu, je secouai piteusement la tête. Alors Poirot se lança dans un de ses discours fleuris dont il avait le secret et où son anglais s'enlise.

— Je vais vous aider. Premier point, Black a répondu sans dépasser la limite de temps imposée, sans hésiter. Ainsi, il nous est possible de conclure qu'il n'a pas mauvaise conscience, et donc rien à cacher. Les associations d'idées « Jour/Nuit », « Lieu/Nom » sont courantes. Mon travail véritable commence donc avec « Bernard » qui aurait pu évoquer à Black le nom du médecin généraliste de Marsdon Leigh s'il l'avait rencontré. De toute évidence, il ne le connaît pas. À la suite de la conversation que nous venions d'avoir, il répond *Dîner* à mon « Mardi », mais *Bateau* et *Ouganda* à « Voyage » et « Pays », ce qui prouve clairement que c'est son voyage en Afrique qui revêt de l'importance à ses yeux et non celui qui l'a amené à Marsdon Manor. « Récit » le renvoie à une histoire de *Lions* qu'il a relatée au dîner. Je poursuis avec « Fusil à corneille ». Là, sa réponse est totalement inattendue : il propose *Ferme*. Et lorsque j'enchaîne avec « Coup de feu », il répond sans hésiter *Suicide*. L'association est limpide : un homme de sa connaissance s'est suicidé avec une carabine dans une ferme. N'oubliez pas que son esprit est encore imprégné des diverses anecdotes sur l'Afrique qu'il a évoquées. Vous conviendrez donc que je ne suis pas loin de la vérité si je demande maintenant au capitaine de nous rejoindre et de nous rapporter l'histoire du suicide qu'il a racontée à ses hôtes mardi soir au cours du dîner.

Poirot soulevant ce point, Black ne montra aucune hésitation.

— Oui, maintenant que j'y pense, je leur ai parlé d'un suicide. Un type qui s'est tué dans sa propriété en Afrique. Il s'était introduit dans la bouche une carabine tournée vers le haut du palais, et la balle s'est logée dans le cerveau. Les médecins étaient totalement déroutés. On ne voyait qu'un filet de sang qui coulait entre les lèvres. Mais enfin quel rapport...

— Quel rapport il existe entre cette histoire et Mr Maltravers ? Vous ignorez donc qu'on l'a retrouvé avec une petite carabine à côté de lui.

— Si je comprends bien, mon histoire lui aurait suggéré un moyen de... Mais c'est épouvantable !

— Ne vous affligez pas. Cela serait arrivé de toute manière... Maintenant, si vous voulez bien m'excuser, j'ai un coup de fil à donner à Londres.

Poirot eut une longue conversation téléphonique dont il revint pensif. Puis il sortit seul dans l'après-midi et ce n'est que vers les 7 heures du soir qu'il décréta qu'il ne pouvait plus remettre la corvée à plus tard : il fallait annoncer la nouvelle à la jeune veuve.

Ma compassion allait déjà sans réserve à la malheureuse. Être abandonnée, sans ressources, et savoir que votre mari s'est tué pour assurer votre avenir, quel fardeau à supporter ! Je nourrissais le secret espoir toutefois que le jeune Black se montrerait capable de la consoler lorsque le temps aurait quelque peu atténué son chagrin. De toute évidence, il lui vouait une admiration sans bornes.

Notre entretien avec Mrs Maltravers fut pénible. Elle refusa d'abord avec véhémence de croire aux faits avancés par Poirot et, lorsqu'il parvint enfin à l'en convaincre, elle éclata en sanglots. Un examen du corps confirma nos soupçons. Poirot était navré pour la pauvre femme, mais, après tout, la compagnie d'assurances lui ayant confié cette enquête, quelle autre position pouvait-il bien adopter ?

— Madame, conclut-il d'une voix apaisante au moment de prendre congé, vous, entre mille, devriez savoir que les morts n'existent pas.

— Que voulez-vous dire ? bredouilla-t-elle, une lueur effarée dans le regard.

— N'avez-vous jamais participé à des séances de spiritisme ? Je devine en vous un pouvoir médiumnique certain.

— On me l'a déjà dit, mais... mais vous ne croyez pas aux forces occultes, n'est-ce pas ?

— Madame, j'ai vu des choses bien étranges. Savez-vous qu'au village on raconte que Marsdon Manor est hanté ?

Elle inclina la tête en signe de confirmation.

La servante vint annoncer que le repas était prêt.

— Ne voulez-vous pas rester à dîner ?

Nous acceptâmes avec plaisir. Je songeai que notre présence la distrairait un peu de son chagrin.

Nous venions de terminer le potage lorsqu'un cri retentit derrière la porte, suivi d'un fracas de vaisselle brisée. Nous sursautâmes tous trois. La domestique apparut, une main sur le cœur.

— Un homme... un homme dans le vestibule.

Poirot sortit de la pièce en coup de vent pour revenir aussitôt.

— Il n'y a personne.

— Personne ? articula faiblement la servante. Seigneur ! quelle peur j'ai eue ! C'est terrible !

— Mais enfin qu'est-ce qui est terrible ?

— J'ai cru, chuchota-t-elle, j'ai cru que c'était le maître. Il lui ressemblait.

Mrs Maltravers se recroquevilla à ces mots. Sa réaction ne m'échappa bien entendu pas, et la vieille croyance qui affirme qu'un suicidé ne connaît jamais le repos s'imposa à mon esprit. Notre hôtesse y pensait également, j'en étais sûr, car quelques instants plus tard, elle agrippait fébrilement Poirot par le bras et poussait un cri.

— Vous avez entendu ? Ces trois coups à la fenêtre ? Il

frappait toujours trois coups sur la vitre en passant devant la fenêtre.

— Le lierre ! m'écriai-je. C'est le lierre qui bat contre le carreau.

Cependant, un sentiment de terreur s'emparait de nous peu à peu. La domestique était épouvantée, et, le repas terminé, Mrs Maltravers supplia Poirot de ne pas partir tout de suite. Il était clair que l'idée de se retrouver seule la terrifiait. Nous nous installâmes au petit salon. Le vent, qui s'était levé, mugissait autour de la maison de façon quasi irréelle. À deux reprises, le pêne de la serrure sauta et la porte s'entrebâilla. À chaque fois, Mrs Maltravers s'accrocha à mon bras en étouffant une exclamation horrifiée.

— Ah ! mais cette porte est ensorcelée ! s'écria Poirot, exaspéré. (Il alla la refermer une fois de plus et tourna la clé dans la serrure.) Voilà, je la ferme à clé.

— Non, pas ça ! haleta Mrs Maltravers. Si elle venait à s'ouvrir maintenant...

Alors l'impossible se produisit. La porte pourtant fermée à clé s'ouvrit lentement. De ma place je ne voyais pas le vestibule, mais Poirot et notre hôtesse lui faisaient face. Un long cri perçant échappa à la jeune femme.

— Vous l'avez vu ? s'écria-t-elle en se tournant vers mon ami. Là... dans le couloir ?

Il la regarda longuement, l'air interdit, puis fit non de la tête.

— Je l'ai vu... mon mari... vous avez forcément dû le voir, vous aussi.

— Je n'ai rien vu, madame. Vous êtes à bout de nerfs, vous cédez à l'affolement.

— Pas du tout, je vais très bien, je... Oh, mon Dieu !

Les lumières vacillèrent, puis s'éteignirent. Dans l'obscurité soudaine, trois coups résonnèrent. J'entendis Mrs Maltravers gémir. C'est alors que je le vis.

Le défunt Mr Maltravers se tenait dans la pièce, irradiant une faible lueur spectrale, la main droite tendue devant lui, un filet de sang aux lèvres. De son poing jaillit un éclair incandescent qui passa sur Poirot et sur moi avant de s'abattre sur Mrs Maltravers dont le visage grimaçait sous l'effet de la terreur.

— Mon Dieu, Poirot ! m'écriai-je. Regardez sa main... sa main droite... Elle est rouge !

Mrs Maltravers baissa les yeux sur sa main et se laissa tomber sur le sol.

— Du sang ! hurla-t-elle, hystérique. Oui, c'est du sang... Je l'ai tué... C'est moi qui l'ai tué... Il m'a montré comment faire et alors j'ai mis le doigt sur la détente et j'ai appuyé... Sauvez-moi de cet homme ! Sauvez-moi ! Il revient !

Sa voix s'étrangla.

— Lumières ! ordonna Poirot d'un ton sec.

Comme par magie l'électricité revint.

— Et voilà, continua-t-il. Vous avez entendu, Hastings ? Et vous, Everett ? Au fait, je vous présente Mr Everett, membre éminent de la congrégation des gens de théâtre. Je lui ai téléphoné cet après-midi. Son maquillage est parfait, n'est-ce pas ? Il ressemble au mort à s'y méprendre. Grâce à une lampe torche et à des produits phosphorescents, il a su créer l'ambiance propice. Non, Hastings, à votre place, je ne toucherais pas la main de Mrs Maltravers. C'est de la peinture rouge. J'ai profité de la panique créée par la fausse panne de courant pour lui attraper la main. Pressons-nous ! il ne faudrait pas que nous rations notre train. L'inspecteur Japp est dehors, à la fenêtre. Mauvaise nuit que la sienne... mais il a réussi à tromper son attente en frappant de temps à autre au carreau.

» Vous voyez, poursuivit Poirot tandis que, luttant contre le vent et la pluie, nous nous dirigions d'un pas vif vers la gare, mon analyse se heurtait à une légère contradiction. Le Dr Bernard semblait persuadé que Mr Maltravers était un scientiste chrétien. Comment une idée pareille lui serait-elle venue si Mrs Maltravers en personne ne la lui avait soufflée ? Mais à nous, elle avait tracé le portrait d'un homme terriblement inquiet pour sa santé. En outre, pourquoi était-elle si troublée par l'apparition inattendue du jeune Black ? Enfin, je sais bien que les conventions exigent qu'une veuve offre un visage éploré, mais se rougir les paupières à ce point ! Ne vous en êtes-vous pas aperçu, Hastings ? Non ? Je ne cesse de vous le répéter, vous ne voyez jamais rien.

» Il se présentait donc deux possibilités : soit le récit de Black avait suggéré à Mr Maltravers un ingénieux moyen de se suicider, soit le second auditeur de Black, Mrs Maltravers, avait vu dans ce récit un ingénieux moyen de commettre un meurtre. Je me suis laissé séduire par la seconde éventualité. Car pour se tuer selon la méthode explicitée par Black, Mr Maltravers aurait dû utiliser son gros orteil pour appuyer sur la détente ! C'est du moins ce que j'imagine. Or, si on avait retrouvé Mr Maltravers avec un pied déchaussé, nous l'aurions su. Un détail aussi insolite n'aurait pas manqué d'être rapporté. Donc, comme je viens de vous le dire, c'est l'hypothèse du meurtre et non celle du suicide que j'ai retenue. L'ennui, c'est que je n'avais pas l'ombre d'une preuve pour étayer ma théorie. D'où cette petite mise en scène, à laquelle vous venez d'assister ce soir.

— Même après ces aveux publics, les détails du crime m'échappent, dis-je.

— Commençons par le commencement. Nous avons une jeune femme astucieuse et calculatrice qui, au courant de la débâcle financière de son mari et lasse de ce compagnon âgé qu'elle n'a épousé que pour son argent, persuade ce dernier de prendre une grosse assurance sur la vie. Cela fait, il ne lui reste plus qu'à trouver le moyen de se débarrasser de lui. Et c'est par hasard, en écoutant le récit du capitaine Black, que s'impose à son esprit la solution à son problème. Le lendemain après-midi, alors qu'elle croit le capitaine en mer, elle se promène avec son mari dans le parc. « Quelle curieuse histoire le capitaine nous a racontée hier soir ! dit-elle. Peut-on vraiment se suicider de cette façon ? Tu veux bien me faire une démonstration ? » Le malheureux mari obéit. Il place l'extrémité de sa carabine dans sa bouche. Elle se baisse, pose le doigt sur la détente et le regarde en riant. « Et maintenant, monsieur, ajoute-t-elle, plaisantant, si j'appuyais sur cette détente ? »

» Et alors, Hastings, et alors — elle appuie...

(*Traduction de Laure Terilli*)

## 3

## Un appartement trop bon marché

*(The Adventure of the Cheap Flat)*

Jusqu'à présent, dans les enquêtes que j'ai consignées, Poirot partait d'un fait majeur — meurtre ou cambriolage — et, selon un processus de déduction logique, s'acheminait vers la fulgurante élucidation du mystère. Les événements dont je me propose maintenant de faire la chronique se sont enchaînés, eux, de la plus étonnante façon: quelques incidents, en apparence insigifiants, mais qui n'avaient toutefois pas manqué d'attirer l'attention d'Hercule Poirot, ont fini par constituer, au terme de dramatiques développements, un cas unique dans les annales du crime.

Je passais la soirée chez mon vieil ami Gerald Parker. Cinq ou six autres personnes s'y trouvaient également. La conversation roula sur la chasse au logement à Londres, sujet inévitable quand Parker se trouvait dans les parages.

Depuis la fin de la guerre, il avait habité une bonne demi-douzaine d'appartements et de maisons. À peine venait-il d'emménager qu'il mettait inopinément la main sur une nouvelle trouvaille et repartait sur-le-champ avec armes et bagages. Ses manœuvres s'accompagnaient d'ordinaire d'un gain financier, car il avait le sens des affaires. Toutefois, ce n'étaient pas les considérations pécuniaires mais bien l'amour du sport qui l'incitait à agir ainsi.

Pendant un bon moment nous avions prêté une oreille attentive à Parker avec tout le respect que le novice nourrit à l'égard du maître. Puis ce fut au tour de la vieille garde de parler et un grand brouhaha se déchaîna. Enfin, la parole fut laissée à Mrs Robinson, exquise jeune femme accompagnée de son mari. C'était la première fois que je les voyais, car Parker avait fait leur connaissance depuis peu.

— À propos d'appartements, dit-elle, savez-vous que nous avons une chance inouïe, Mr Parker? Nous en avons enfin trouvé un. Ce n'est pas trop tôt. Dans Montaigu Mansions.

— Je l'ai toujours dit, les appartements ne manquent pas, mais à quel prix!

— Oui, mais celui-ci n'a pas un loyer astronomique. Il est même plutôt bon marché. Quatre-vingts livres par an.

— Voyons ! voyons ! Montaigu Mansions, c'est pourtant juste à Knightsbridge, non ? Une grande bâtisse cossue. À moins qu'il n'en existe un parent pauvre affublé du même nom dans un quartier sordide.

— Non, non, il s'agit bien de celui de Knightsbridge. C'est bien pour cela que je parle de chance inouïe.

— Inouï est le mot adéquat. C'est même un sacré miracle. À mon avis, cela cache une entourloupe. Il doit y avoir une grosse caution.

— Justement, il n'y en a pas.

— Pas de... Oh ! vite, mes amis, pincez-moi ! gémit Parker.

— Mais nous sommes tenus de racheter le mobilier, continua Mrs Robinson.

— Ah ! fit Parker, se ressaisissant. Je savais bien qu'il y avait un os.

— Pour cinquante livres. Un mobilier superbe.

— J'abandonne, dit Parker. Les propriétaires doivent être des cinglés qui nourrissent un goût immodéré pour la philanthropie.

Mrs Robinson sembla quelque peu troublée par la réaction de Parker. Une ridule se creusa entre ses sourcils finement dessinés.

— C'est bizarre, étrange, n'est-ce pas ? Vous ne croyez pas que... que l'appartement est hanté ?

— Je n'ai jamais entendu parler d'appartements hantés, trancha Parker d'un ton sans réplique.

— Non, bien sûr. (Mrs Robinson semblait loin d'être convaincue.) Enfin, j'avoue que plusieurs détails m'ont paru... euh... insolites.

— Par exemple ? demandai-je.

— Ah ! la curiosité de notre expert en criminologie est éveillée ! s'exclama Parker. Épanchez-vous dans son giron, Mrs Robinson : Hastings est un as dans l'art de résoudre les énigmes.

Tout en n'étant pas le moins du monde mécontent du rôle que l'on venait de m'attribuer, j'opposai à ce compliment un rire gêné.

— Oh ! quand je dis insolite, j'exagère un peu, capitaine

Hastings. Lorsque nous sommes allés en dernier recours à l'agence Stosser & Paul — nous ne les avions pas encore consultés, car ils n'ont que des appartements de luxe dans Mayfair, mais après tout, nous n'en étions pas à une démarche près—, donc chez Stosser & Paul, on ne nous a proposé que des logements à quatre cents et cinq cents livres par an, ou alors avec d'énormes cautions. Au moment où nous nous apprêtions à nous éclipser, on nous a parlé d'un appartement à quatre-vingts livres. L'agent immobilier ne savait pas s'il était encore libre et donc si cela valait la peine d'aller le visiter, car il figurait depuis pas mal de temps dans leurs dossiers et il y avait envoyé beaucoup de monde. D'après lui, il était loué : on avait dû « se l'arracher », pour reprendre son expression. « Les gens sont pénibles, car ils ne nous tiennent pas au courant de leurs transactions, a-t-il ajouté. On continue de faire visiter des appartements alors qu'ils ont changé de main, et nos clients sont furieux de s'être déplacés pour rien. »

Essoufflée par ce long préambule, Mrs Robinson s'interrompit pour reprendre haleine puis enchaîna :

— Nous lui avons expliqué que, même si cela ne servait à rien, nous aimerions tenter notre chance et avoir une autorisation de visite. Nous avons pris un taxi pour nous rendre à l'adresse indiquée. Après tout, on ne sait jamais. L'appartement n°4 était au deuxième étage. Nous attendions l'ascenseur quand Elsie Ferguson — une amie à moi, capitaine Hastings, elle aussi à la recherche d'un logement — déboucha de l'escalier. « Pour une fois je vous devance, dit-elle, mais inutile de monter. C'est déjà loué. » Bon ! voilà qui mettait un point final à notre démarche, mais John estima que, vu la modicité du loyer, on pouvait offrir un meilleur prix et peut-être aussi grossir la caution. C'est là une manœuvre peu honorable et j'ai honte de vous l'avouer, mais vous savez ce que c'est : quand on cherche à se loger, on est prêt à toutes les compromissions.

Je l'assurai que j'étais loin d'ignorer que, dans la chasse au logement, l'aspect le plus vil de la nature humaine prenait souvent le pas sur le plus noble et que la loi bien connue des loups qui se dévorent entre eux avait plus que jamais cours.

— Nous sommes donc montés au second, et croyez-le ou non, l'appartement n'était *pas* loué. Une bonne nous l'a fait visiter, la maîtresse de maison nous a reçus et le marché a été conclu sur-le-champ. Le lendemain, nous signions le bail... Et nous emménageons demain.

Mrs Robinson se tut, pas peu fière d'un tel exploit.

— Et Mrs Ferguson, dans tout ça ? s'enquit Parker. Voyons un peu ce que vous déduisez de ces faits, Hastings.

— « Élémentaire, mon cher Watson », dis-je d'un ton léger. Elle s'était trompée d'appartement.

— Oh ! capitaine Hastings, que vous êtes intelligent ! s'émerveilla Mrs Robinson.

Je déplorai dans mon for intérieur que Poirot ne fût pas présent. J'ai parfois l'impression qu'il sous-estime mes capacités d'analyse.

Amusé par cette anecdote, je la racontai à Poirot le lendemain matin, lui proposant ainsi un exercice de déduction. Il parut intéressé et me questionna longuement sur le prix des loyers dans les différents quartiers de Londres.

— Curieuse histoire, conclut-il, pensif. Excusez-moi, Hastings, j'ai besoin de prendre l'air.

À son retour, une heure plus tard, ses yeux brillaient d'une excitation particulière. Il posa sa canne sur la table et brossa son chapeau avec son soin habituel.

— Il est heureux, mon bon ami, que nous n'ayons pas d'affaire sur les bras pour l'instant, dit-il enfin avec un accent à faire frémir. Nous pourrons ainsi nous consacrer corps et âme à la présente enquête.

— Quelle enquête ?

— Sur le loyer étonnamment modéré du nouvel appartement de votre amie, Mrs Robinson.

— Poirot, vous n'êtes pas sérieux !

— Je ne l'ai jamais été davantage. Figurez-vous, mon bon ami, que le véritable prix des appartements de Montaigu Mansions est de trois cent cinquante livres. Je viens d'en avoir confirmation auprès de l'agence immobilière qui représente le propriétaire. Or, l'appartement de Mrs Robinson est sous-loué à quatre-vingts livres. Pourquoi ?

— Il doit souffrir d'un défaut quelconque. Peut-être est-il hanté, comme Mrs Robinson l'a suggéré.

Poirot écarta cette éventualité d'un mouvement de tête qui trahissait son insatisfaction :

— Et la réflexion de Mrs Ferguson, n'est-elle pas curieuse ?

Elle annonce que l'appartement est loué et, quand Mrs Robinson le visite, coup de théâtre, il n'en est plus rien !

— Vous êtes tout de même d'accord avec moi pour dire que Mrs Ferguson s'était trompée d'appartement ? C'est la seule explication possible.

— Sur ce point, Hastings, il se peut que vous ayez raison... comme il se peut que vous ayez tort. Une constante n'en demeure pas moins : l'agence a envoyé un grand nombre de ses clients visiter cet appartement et, malgré le loyer excessivement modique qui en est demandé, il était toujours à louer quand Mrs Robinson s'est présentée à son tour.

— Ce qui prouve qu'il y a bel et bien quelque chose qui cloche.

— Apparemment, Mrs Robinson n'a rien remarqué d'anormal. Curieux, non ? Vous a-t-elle donné l'impression d'une créature à qui on peut se fier, Hastings ?

— C'est une femme merveilleuse !

— Je n'en doute pas, puisqu'elle vous a rendu incapable de répondre à ma question. Décrivez-la.

— Elle est grande et belle. Des cheveux avec de superbes reflets auburn, des...

— Vous avez toujours manifesté un faible pour les cheveux auburn, murmura Poirot. Mais veuillez poursuivre.

— De grands yeux bleus, un teint de pêche et... eh bien... euh... je crois que c'est tout, dis-je avec quelque maladresse.

— Et son mari ?

— Oh ! un brave type. Pas de quoi faire un plat à son sujet.

— Brun ou blond ?

— Je n'en sais rien. Entre les deux, et avec un visage plutôt quelconque.

Poirot acquiesça :

— Je vois ça d'ici : le modèle en est répandu à des milliers d'exemplaires. Il est intéressant de noter que vous décrivez la gent féminine avec une sympathie plus manifeste — et une émotion plus vive. Que savez-vous de ce jeune couple ? Parker les connaît bien ?

— Non, seulement depuis peu. Voyons, Poirot, vous n'imaginez tout de même pas...

Il coupa court à mon intervention en levant une main replète :

— Tout doux, mon bon ami. Ai-je dit que j'imaginais quoi que ce soit? Tout ce que j'affirme, c'est qu'il s'agit d'une bien étrange histoire... et que nous ne disposons d'aucun élément qui pourrait nous éclairer de sa bienveillante lumière. Sauf peut-être le prénom de cette délicieuse jeune femme, Hastings?

— Elle s'appelle Stella, ripostai-je, sur la défensive, et je ne vois pas...

Poirot m'interrompit d'un gloussement amusé — et, semblait-il, impossible à refréner. Quelque chose paraissait le divertir grandement :

— Stella, ça veut dire étoile, si je ne m'abuse? Merveilleux !

— Bon sang, à quoi diable... ?

— Et les étoiles donnent de la lumière, voilà tout. Recouvrez votre calme, Hastings. N'affichez pas cet air de dignité offensée. Venez, allons faire un tour à Montaigu Mansions. Nous nous y livrerons à quelques investigations.

Je le suivis, en proie à des sentiments hostiles.

Montaigu Mansions était une belle bâtisse en excellent état. Un portier en uniforme prenait le soleil à l'entrée. Poirot s'approcha de lui.

— Je vous prie de bien vouloir me pardonner, mais auriez-vous l'amabilité de me dire si Mr et Mrs Robinson demeurent ici?

Le portier était un homme peu loquace, d'un tempérament acariâtre ou peut-être simplement soupçonneux. C'est à peine s'il daigna nous accorder un regard.

— Appartement n°4. Deuxième étage, grommela-il.

— Je vous remercie. Auriez-vous l'extrême courtoisie de me préciser depuis quand ils demeurent ici? fit-il dans ce style fleuri, insupportable à toute oreille anglaise qui se respecte.

— Six mois.

Je bondis, interloqué.

— Impossible ! m'écriai-je, conscient du sourire malicieux de Poirot qui m'observait. Vous devez faire erreur.

— Six mois.

— Vous en êtes sûr? Mrs Robinson est une femme grande, belle, aux cheveux dorés nuancés de reflets roux...

— C'est bien elle, interrompit le portier. Z'ont emménagé à l'automne, que j'vous dis : y a six mois de ça.

Il sembla se désintéresser de notre cas et se retira à pas lents dans le vestibule. Je suivis Poirot au-dehors.

— Eh bien, Hastings? fit mon ami d'un air railleur. Êtes-vous toujours convaincu que les délicieuses créatures féminines ne disent que la vérité, rien que la vérité?

Je ne relevais pas cette perfidie.

Poirot s'engagea dans Brompton Road avant que je n'aie pu lui demander quelles étaient son intention et notre destination.

— L'agence immobilière, Hastings. J'ai le plus vif désir de louer un appartement dans Montaigu Mansions. Si je ne me trompe, plusieurs événements d'un intérêt non négligeable vont s'y produire sous peu.

La chance nous servit. Au quatrième étage de Montaigu Mansions le meublé n°8 était à louer pour la somme de dix guinées par semaine. Poirot s'empressa de signer pour un mois. Lorsque nous nous retrouvâmes dans la rue, il étouffa mes protestations :

— Je gagne de l'argent. Pourquoi me refuserais-je une fantaisie? Au fait, Hastings, possédez-vous un revolver?

— Oui, je dois l'avoir fourré quelque part, répondis-je, aussitôt saisi du frisson de l'aventure. Vous pensez que...?

— Que vous en aurez l'usage? C'est fort probable. Je constate que cette perspective vous enchante. Vous succombez toujours au spectaculaire et au romanesque.

Nous emménageâmes le lendemain dans notre domicile temporaire. Il était meublé avec goût. L'appartement des Robinson se situait deux étages plus bas.

Le surlendemain était un dimanche. Dans l'après-midi, Poirot laissa la porte palière entrebâillée et m'appela discrètement quand le claquement d'une autre porte retentit aux étages inférieurs.

— Penchez-vous par-dessus la rampe. Ce sont là vos amis? Attention ! ne vous faites pas voir.

Je tendis prudemment le cou au-dessus de la cage d'escalier.

— C'est eux, déclarai-je dans un chuchotement agrammatical.

— Parfait. Patientons un moment.

Une demi-heure plus tard environ, une jeune femme vêtue d'une toilette criarde quitta à son tour l'appartement n°4. Avec un soupir de satisfaction, Poirot se retira sur la pointe des pieds dans notre meublé.

— De mieux en mieux. Après le maître et la maîtresse de maison, la bonne. L'appartement devrait être vide, à présent.

— Qu'avez-vous l'intention de faire? m'inquiétai-je.

Poirot avait gagné d'un petit pas pressé l'arrière-cuisine et tirait la corde du monte-charge.

— Nous sommes sur le point de descendre suivant la méthode éprouvée des poubelles, expliqua-t-il avec une joyeuse bonhomie. Nous passerons inaperçus. Le concert dominical, la promenade dominicale, le petit somme dominical qui conclut le plat de résistance de l'Angleterre dominicale — je nomme là le roast-beef —, voilà qui détournera l'attention générale des faits et gestes d'Hercule Poirot. Venez, mon bon ami.

Il se glissa sur la plate-forme de bois grossier. Je le suivis avec précaution.

— Nous allons nous introduire par effraction dans l'appartement des Robinson? demandai-je sans y croire.

La réponse de Poirot n'eut rien qui pût me rassurer:

— Pas forcément aujourd'hui.

En tirant sur la corde, nous descendîmes lentement jusqu'au niveau du deuxième étage. Poirot poussa un soupir de soulagement en découvrant que le battant du monte-charge de l'appartement n°4 était ouvert.

— Observez ce phénomène. Les gens ne repoussent jamais le verrou du monte-charge dans la journée, alors que n'importe qui peut l'emprunter au gré de sa fantaisie. Nous venons d'en faire la démonstration. En revanche, la nuit, oui, ils verrouillent le monte-charge — en général du moins —, et c'est pour parer à cette éventualité que nous allons à présent prendre quelques dispositions.

Tout en parlant, il avait sorti des outils de sa poche. Et il s'attela prestement à sa tâche: fixer le verrou de façon qu'on puisse le pousser de l'intérieur. L'opération ne prit que quelques instants. Poirot rempocha ses outils. Il était temps de regagner notre domaine.

Le lundi, Poirot s'absenta toute la journée. À son retour dans la soirée, il se jeta dans un fauteuil avec un soupir d'aise.

— Hastings, voulez-vous que je vous raconte une petite histoire ? Une histoire comme vous les aimez et qui vous rappellera vos films préférés.

— Allez-y, dis-je en riant. J'ose espérer qu'il s'agit d'un fait divers, et non d'une de vos extrapolations farfelues.

— Il s'agit bel et bien d'un fait véridique. L'inspecteur Japp, de Scotland Yard, vous garantira l'exactitude de ce récit, puisque c'est grâce à ses bons offices qu'il m'est parvenu aux oreilles. Écoutez donc, Hastings... Il y a un peu plus de six mois, d'importants documents de la marine militaire ont été volés au ministère de la Défense américaine. Ces documents établissent la position des ports stratégiques les plus importants et pourraient se vendre très cher à n'importe quel pays étranger, le Japon par exemple. Les soupçons se sont portés sur un jeune homme qui répond au nom de Luigi Valdarno, italien d'origine, qui occupait un poste subalterne au ministère en question et qui s'est volatilisé en même temps que les papiers. Que Luigi Valdarno soit l'auteur du vol ou non, peu importe : on l'a retrouvé deux jours plus tard dans l'East Side new-yorkais, tué d'une balle de revolver. Les documents n'étaient pas sur lui. Ce Luigi Valdarno avait en outre fréquenté pendant quelque temps une certaine Elsa Hardt, jeune chanteuse qui commençait à faire parler d'elle et qui partageait à Washington un appartement avec son frère. On ne sait rien du passé de miss Elsa Hardt, mais elle disparaît brusquement au moment de la mort de Valdarno. Or, on a des raisons de croire que la chanteuse est en réalité une habile espionne internationale, responsable, sous des identités diverses et variées, de nombreuses missions aux conséquences fâcheuses. Les services secrets américains, tout en faisant de leur mieux pour retrouver la trace de miss Hardt, ont également gardé l'œil sur plusieurs Japonais domiciliés à Washington. Ils étaient à peu près sûrs qu'une fois en sécurité, Elsa Hardt entrerait en contact avec eux. Il y a quinze jours, l'un d'eux est parti pour l'Angleterre. Par conséquent il est permis de supposer qu'Elsa Hardt s'y trouve également.

Poirot s'interrompit pour reprendre sur un ton doucereux :

— Le signalement de miss Hardt est le suivant : 1,70 m, yeux bleus, cheveux auburn, teint de pêche, nez droit, pas de signe particulier.

— Mrs Robinson, fis-je dans un souffle.

— Disons qu'il y a une chance pour que ce soit elle, corrigea Poirot. J'ai également appris qu'un homme au teint basané, un étranger, a questionné le portier de Montaigu Mansions au sujet des locataires de l'appartement n°4 pas plus tard que ce matin. Par conséquent, mon bon ami, vous allez devoir renoncer à vous coucher tôt et vous résigner à partager, muni de cet excellent revolver qui est le vôtre, ma nuit de veille dans l'appartement des Robinson.

— Comptez sur moi ! m'écriai-je avec enthousiasme. Quand faut-il être prêt ?

— Minuit me semble une heure solennelle à souhait et fort appropriée. Il ne se produira probablement rien avant.

À minuit pile nous nous glissâmes avec précaution sur le monte-charge qui nous mena au deuxième étage. Poirot manipula le verrou, et le battant de bois s'ouvrit aussitôt. Nous prîmes pied dans l'appartement. De l'arrière-cuisine nous nous faufilâmes dans la cuisine, où nous nous installâmes le plus confortablement possible sur des chaises. La porte qui donnait sur le couloir était entrebâillée.

— Maintenant, il ne nous reste plus qu'à patienter, décréta Poirot avec un air de contentement manifeste.

Et il ferma les yeux.

Terrifié que j'étais à l'idée de m'assoupir, l'attente me parut interminable. Il me semblait que je veillais depuis une bonne dizaine d'heures — alors que nous n'étions en faction, à la seconde près, que depuis une heure et vingt minutes — quand je perçus le bruit d'un léger frottement.

La main de Poirot se posa sur la mienne. Je me levai pour le suivre tandis qu'il se glissait à pas de loup dans le vestibule.

— La porte d'entrée, me chuchota Poirot à l'oreille. Quelqu'un lime la serrure. À mon signal, mais pas avant, attrapez-le par-derrière et ne le laissez pas échapper. Attention, il a un couteau.

Bientôt on entendit le bruit du métal qui cède, et un petit cercle de lumière apparut à travers le trou laissé par la serrure. Il disparut aussitôt et la porte s'ouvrit doucement. Nous étions, Poirot et moi, aplatis contre le mur. Une respiration nous effleura. Une lampe torche s'alluma.

— Allez-y, me dit Poirot tout bas.

Nous bondîmes comme un seul homme. D'un mouvement

rapide, Poirot lança sur la tête de l'inconnu une écharpe de laine tandis que je le maîtrisais en lui tenant les bras. L'opération fut menée rondement et sans bruit. Je saisis le couteau du cambrioleur, Poirot lui rabattit l'écharpe sur la bouche pour former un bâillon serré. Enfin, je brandis mon revolver sous les yeux de notre prisonnier pour achever de le convaincre qu'il était inutile de résister.

Il cessa de se débattre. Poirot lui murmura quelques mots à l'oreille et l'homme répondit d'un hochement de tête. Alors, m'enjoignant le silence d'un geste de la main, Poirot sortit sur le palier et emprunta l'escalier. Notre prisonnier lui emboîta le pas. Je fermai la marche, revolver au poing.

Dans la rue, Poirot se tourna vers moi :

— Un taxi attend à l'angle. Donnez-moi votre arme. Nous n'en aurons plus besoin.

— Et s'il tente de s'enfuir ?

Poirot eut un sourire :

— Loin de lui cette idée.

Je revins avec le taxi. L'écharpe ne masquait plus le visage de l'inconnu. J'eus un sursaut.

— Mais il n'est pas japonais, murmurai-je à Poirot.

— Le sens de l'observation, c'est là votre point fort, Hastings. Rien ne vous échappe jamais. Non, en effet, cet homme n'est pas japonais, mais italien.

S'engouffrant le premier dans le taxi, Poirot donna au chauffeur une adresse dans le quartier de St John's Wood. Je nageais dans le brouillard le plus complet. Tout en me refusant à demander en présence de notre prisonnier quelle était notre destination, je m'efforçai en vain d'obtenir quelque éclaircissement sur les événements en cours.

Le taxi nous déposa devant une petite maison en retrait de la rue. Un passant attardé, passablement éméché et qui titubait sur le trottoir, faillit heurter Poirot qui lui lança quelques mots acerbes dont le sens m'échappa.

Nous gravîmes les marches du perron. Poirot sonna et nous fit signe de nous tenir légèrement sur le côté. Comme personne ne répondait, il resonna, puis saisit le marteau pour en frapper vigoureusement le battant. Enfin, une lumière apparut au-dessus de l'imposte et la porte s'entrebâilla.

— Qu'est-ce que vous voulez ? fit une voix d'homme.

— Un médecin. Ma femme est malade.

— Il n'y a pas de médecin ici.

L'homme s'apprêtait à refermer, mais Poirot avait placé un pied dans l'ouverture.

— Comment ça, il n'y a pas de médecin? s'écria-t-il. Je vais appeler la police. Il faut que vous veniez, sinon je ne bouge pas d'ici. Je suis prêt à frapper toute la nuit si nécessaire.

Poirot incarnait la caricature du Français furieux avec un naturel qui avait de quoi laisser pantois.

— Mon cher monsieur...

L'homme, en peignoir et pantoufles, sortit sur le perron pour tenter d'apaiser le visiteur tout en jetant un coup d'œil gêné autour de lui.

— J'appelle la police, dit Poirot, faisant mine de redescendre les marches du perron.

— Non, non, pas ça!

L'homme s'élança à sa suite. D'un mouvement vigoureux, Poirot le poussa et l'homme roula dans l'escalier. La seconde d'après, nous nous précipitions, Poirot, l'Italien et moi, dans la maison en ayant soin de refermer la porte à clé.

— Vite, par ici! (Poirot entra dans la pièce la plus proche et alluma.) Vous, derrière le rideau.

— Si, signor, dit l'Italien en se glissant prestement derrière la tenture de velours rose pâle qui retombait en plis lourds de part et d'autre de la fenêtre.

Il était temps. À peine venait-il de se cacher qu'une femme surgit, affolée. Elle était grande, les cheveux auburn. Sa mince silhouette était drapée dans un kimono rouge vif.

— Où est mon mari? hurla-t-elle, le regard empli de terreur. Qui êtes-vous?

Poirot s'inclina galamment:

— Il est à espérer que votre époux ne prendra pas froid. J'ai été heureux de noter cependant qu'il était chaussé de pantoufles et que sa robe de chambre était fort douillette.

— Qui êtes-vous? Que faites-vous chez moi?

— Il est vrai que nous n'avons pas le plaisir de vous connaître, madame. Je le déplore, d'ailleurs, car l'un de nos agents s'est déplacé tout spécialement de New York pour vous rencontrer.

Les rideaux s'écartèrent et l'Italien s'avança, revolver au poing. Je frémis d'horreur. Il s'était emparé de mon arme que Poirot avait sans doute laissée par inadvertance sur la banquette du taxi. Avec un cri perçant, la jeune femme virevolta pour s'enfuir, mais Poirot se tenait devant la porte fermée.

— Laissez-moi passer ! hurla-t-elle. Il va me tuer.

— Qui a descendu Luigi Valdarno ? articula l'Italien d'une voix rauque en pointant son arme tour à tour sur chacun de nous.

Nous n'osions bouger d'un pouce.

— Mon Dieu, Poirot, c'est affreux ! Qu'allons-nous devenir ? m'écriai-je.

— Vous m'obligeriez beaucoup en refrénant vos bavardages excessifs, Hastings. Je peux vous assurer que notre ami ne tirera pas sans mon signal.

— T'en es si sûr que ça ? fit l'Italien, le regard mauvais.

J'étais épouvanté. La femme se tourna vers Poirot :

— Mais enfin, qu'est-ce que vous voulez ?

Poirot s'inclina :

— Je crois inutile de faire insulte à l'intelligence de miss Elsa Hardt en répondant à cette question.

D'un geste preste, la femme saisit un gros chat en peluche noire qui servait de cache-téléphone.

— Le tout est cousu dans la doublure.

— Astucieux, murmura Poirot, l'air admiratif. (Il s'écarta de la porte.) Bonsoir, madame. Je me charge de retenir votre ami new-yorkais pendant que vous assurez votre retraite.

— L'abruti ! rugit le grand Italien.

Il braqua le revolver et tira à bout portant sur la femme qui lui échappait. Je me jetai sur lui mais le revolver émit un simple cliquetis inoffensif et la voix de Poirot s'éleva sur un ton de doux reproche :

— Vous ne ferez donc jamais confiance à votre vieux Poirot, Hastings. Je ne laisse déjà pas mes amis porter des armes chargées sur eux, je permets encore moins à une simple connaissance de commettre pareille imprudence. Non, non, mon bon ami.

Ces derniers mots s'adressaient à l'Italien qui jurait de sa voix rauque. Poirot poursuivit sur le même ton faussement peiné :

— Réfléchissez donc un instant à ce que j'ai fait pour vous. Grâce à mon intervention, vous venez d'échapper à la pendaison. Et n'allez pas imaginer, en revanche, que miss Elsa

Hardt y échappera. La maison est surveillée, devant comme derrière. Les deux complices vont se jeter droit dans les bras de la police. N'est-ce pas là une pensée réconfortante? Oui, je vous autorise à partir maintenant. Mais soyez prudent... soyez très prudent. Je... Ah ! il a filé ! Et voilà mon bon ami Hastings qui me foudroie du regard. C'est simple pourtant : c'était limpide dès le début... Sur plusieurs centaines de visiteurs intéressés par l'appartement n°4 de Montaigu Mansions, seuls les Robinson satisfont aux exigences des occupants. Pourquoi ? Quel élément les singularise au premier coup d'œil? Leur apparence? Soit, mais elle n'a rien de particulier. Il ne peut donc s'agir que de leur patronyme !

— Robinson n'a rien d'extraordinaire. C'est un nom extrêmement courant.

— Ah ! sapristi, justement ! Et c'est là que réside l'astuce. Elsa Hardt et son mari — ou son frère, je ne sais — débarquent de New York et louent un appartement au nom de Mr et Mrs Robinson. Or, ils apprennent que l'une de ces sociétés secrètes, la mafia ou la camorra, à laquelle Luigi Valdarno appartenait, est sur leur piste afin de venger sa mort. Que faire? Ils dressent alors un plan de bataille d'une simplicité élémentaire. Leurs ennemis les connaissent-ils personnellement? Pas le moins du monde ! La parade est donc toute trouvée. Ils décident de sous-louer leur appartement pour un loyer ridiculement bas. Parmi les milliers de jeunes couples qui cherchent à se loger à Londres, il ne peut pas ne pas se présenter plusieurs Robinson. En somme, c'est une affaire de patience. Si vous consultez l'annuaire, vous comprendrez qu'il était inévitable qu'une Mrs Robinson aux cheveux auburn finisse par sonner à la porte de l'appartement n°4 de Montaigu Mansions. Ainsi les nouveaux Robinson s'installent à la place de miss Hardt et de son frère, l'homme de la mafia arrive — car il connaît le nom et l'adresse. Il procède à un massacre en règle. Tout est fini, la vengeance est assouvie ! Quant à miss Elsa Hardt, elle aura échappé une fois de plus à la mort. Au fait, Hastings, il faudra me présenter à la véritable Mrs Robinson, cette délicieuse et charmante créature. Que vont-ils penser en s'apercevant que l'on s'est introduit par effraction dans leur appartement? Il faut nous hâter, n'est-ce pas? Ah ! on dirait que Japp et ses acolytes arrivent.

— Mais comment avez-vous su qu'Elsa Hardt se cachait

dans cette maison de St John's Wood? demandai-je en suivant Poirot dans le vestibule. Ah! j'y suis!... Vous avez fait filer la première Mrs Robinson à son départ de l'appartement n°4.

— À la bonne heure, Hastings, vous utilisez donc enfin vos petites cellules grises. Maintenant, nous avons une surprise pour Japp.

Tirant sans bruit le verrou, il glissa la tête du chat en velours dans l'entrebâillement de la porte et poussa un miaou suraigu. L'inspecteur de Scotland Yard, qui se tenait sur le perron en compagnie d'un autre homme, sursauta malgré lui.

— Oh! ce n'est que M. Poirot qui se livre à l'une de ses facéties! s'exclama-t-il tandis que la tête de Poirot apparaissait dans l'embrasure à la place de celle du chat. On peut entrer, monsieur?

— Nos amis sont-ils en lieu sûr?

— Oui, nous avons mis la main sur ces oiseaux. Mais ils n'avaient pas les documents sur eux.

— Vous venez donc fouiller la maison? Fort bien. Hastings et moi nous apprêtions à nous en aller, mais j'aimerais vous donner un petit cours sur l'histoire et les habitudes du chat domestique.

— Bon sang! vous êtes devenu complètement cinglé ou quoi?

— Le chat était un animal vénéré par les anciens Égyptiens, commença Poirot avec emphase. Encore de nos jours, on considère que croiser sur son chemin un chat noir est signe de chance. Ce soir, Japp, ce chat noir se trouve sur votre chemin. Je sais qu'il n'est guère prisé en Angleterre d'évoquer les entrailles d'une personne ou d'un animal, mais l'intérieur de ce chat vaut de l'or en barres.

Avec une exclamation sourde, le collègue de Japp s'empara du chat en peluche.

— J'oubliais de faire les présentations, dit Japp. Monsieur Poirot, voici Mr Burt, des services secrets des États-Unis...

Les doigts experts de l'Américain venaient de trouver ce qu'ils cherchaient. Il ouvrit la main et, l'espace de quelques secondes, la parole lui manqua. Puis il retrouva le sens des convenances.

— Ravi de faire votre connaissance, dit-il enfin.

(*Traduction de Laure Terilli*)

## 4

## Le mystère de Hunter's Lodge

*(The Mystery of Hunter's Lodge)*

— En définitive, murmura,Poirot il est possible que je ne meure pas cette fois-ci.

Cette remarque d'un convalescent relevant d'une grippe me parut d'un optimisme salutaire. J'avais été le premier à souffrir de cette maladie que Poirot avait à son tour contractée.

Assis dans son lit, le dos appuyé contre une pile d'oreillers, une écharpe de laine autour de la tête, il buvait à petites gorgées une tisane particulièrement ignoble que j'avais préparée selon ses indications. Son regard se posa avec un plaisir évident sur les fioles médicinales — soigneusement alignées par rang de taille —, qui ornaient le manteau de la cheminée.

— Oui, je vais bientôt redevenir moi-même, poursuivit-il. Redevenir le grand Hercule Poirot, la terreur des malfaiteurs ! Figurez-vous, mon bon ami, que *Les Potins mondains* m'ont dédié quelques lignes. Mais oui, les voici :

« Allez-y, criminels de tout poil, quittez vos planques et vos abris ! Hercule Poirot — et croyez-moi, mesdemoiselles, il n'a pas d'Hercule que le nom ! —, notre détective mondain bien-aimé, donc, ne peut plus s'agripper à vos basques. Et pourquoi diable ? Parce que la grippe lui a grippé les méninges ! »

J'éclatai de rire.

— Pas mal du tout pour votre publicité, Poirot. Vous devenez un personnage public. Heureusement, ces derniers temps, vous n'avez pas laissé passer une seule affaire intéressante.

— C'est vrai. Les rares enquêtes que je me suis vu contraint de refuser, je ne les regrette pas.

Notre logeuse passa la tête dans l'entrebâillement de la porte :

— Il y a un monsieur en bas. Il veut voir M. Poirot ou le capitaine Hastings. Il a l'air dans tous ses états, et pourtant c'est un vrai gentleman. Voici sa carte.

Elle me tendit un bristol que je lus à voix haute :

— Mr Roger Havering.

D'un signe de tête, Poirot indiqua la bibliothèque. Je m'exécutai et sortis le *Who's Who*. Poirot me prit le volume des mains et le feuilleta fébrilement.

— « 2e fils du 5e baron de Windsor. Épouse en 1923 Zoe, 4e fille de William Crabb. »

— Hum ! fis-je. Je me demande s'il ne s'agit pas de cette jeune fille qui jouait au *Frivolity*. Elle s'appelait alors Zoe Carrisbrook. Je me souviens qu'en effet elle a épousé un jeune homme de la bonne société juste avant la guerre.

— Cela vous dit, Hastings, de descendre recevoir notre visiteur et de vous enquérir du petit problème qu'il désire nous soumettre ? Présentez-lui toutes mes excuses.

La quarantaine bien conservée, beaucoup d'allure, tel était Roger Havering. Une expression hagarde tirait toutefois ses traits et il ne faisait aucun doute qu'il refrénait à grand-peine une vive agitation.

— Capitaine Hastings ? Je crois savoir que vous êtes le bras droit de M. Poirot. Il faut impérativement qu'il m'accompagne aujourd'hui dans le Derbyshire.

— C'est hélas impossible, répondis-je. Poirot est au lit, malade...la grippe.

Mon interlocuteur parut consterné.

— Mon Dieu, quelle malchance !

— Vous désiriez le consulter pour un problème grave ?

— Ma foi, oui ! Hier soir, mon oncle, le meilleur ami que j'aie jamais eu au monde, a été lâchement assassiné. C'est une ignominie sans nom.

— À Londres ?

— Non, dans le Derbyshire. J'étais ici en ville et j'ai reçu ce matin un télégramme de ma femme. J'ai aussitôt décidé de venir frapper à la porte de M. Poirot afin de lui demander de bien vouloir se charger de cette affaire.

— Excusez-moi un instant, dis-je.

Une idée lumineuse venait de me traverser l'esprit.

Je montai l'escalier quatre à quatre et mis en quelques mots Poirot au courant de la situation.

— Je vois, je vois. Vous voulez aller dans le Derbyshire, c'est cela ? Eh bien pourquoi pas ? Mes méthodes devraient vous être familières, depuis le temps. Tout ce que je vous demande, c'est de m'envoyer tous les jours un compte rendu détaillé des événements et de suivre les instructions que je vous télégraphierai le cas échéant.

J'acceptai volontiers ces conditions.

Une heure plus tard, j'étais assis en face de Mr Havering dans un compartiment de 1ère. Le train des Midlands quitta Londres et prit immédiatement de la vitesse.

— Pour commencer, capitaine Hastings, il faut que vous sachiez que Hunter's Lodge où nous nous rendons et où la tragédie a eu lieu n'est qu'un pavillon de chasse niché au cœur des landes du Derbyshire. Notre véritable demeure se situe près de Newmarket et nous avons l'habitude de louer un appartement à Londres pendant la saison. Hunter's Lodge est entretenu par une domestique qui suffit à notre service quand nous allons y passer un week-end. Bien sûr, pendant la saison de chasse, nous emmenons une partie de notre personnel de Newmarket. Mon oncle, Mr Harrington Pace — peut-être le savez-vous, ma mère était une Pace, de New York —, habitait avec nous depuis trois ans. Il ne s'est jamais bien entendu avec mon père, ni avec mon frère aîné, et j'imagine que, étant moi-même une sorte de fils prodigue, son affection à mon égard s'en est trouvée accrue d'autant. Naturellement je suis pauvre et mon oncle était riche. En d'autres termes, il payait l'addition, quoi ! Malgré son caractère exigeant, il n'était pas vraiment difficile à vivre lui et nous menions tous trois une existence harmonieuse. Il y a deux jours, mon oncle, fatigué par les mondanités, nous proposa d'aller passer quelques jours à Hunter's Lodge. Mon épouse a télégraphié à Mrs Middleton, la femme de charge, et nous nous y sommes rendus dans l'après-midi. Hier soir, j'ai dû rentrer à Londres, mais Zoe et mon oncle ont préféré rester. Et puis ce matin, j'ai reçu ce télégramme.

Il me tendit la dépêche.

« *Reviens au plus vite. Oncle Harrington assassiné hier soir. Amène si possible bon détective. Mais viens vite, je t'en prie. Zoe.* »

— Vous n'avez donc aucune information précise concernant la mort de votre oncle ?

— Non. Je suppose que la nouvelle du décès paraîtra dans les journaux du soir. La police a dû ouvrir une enquête.

Il était environ 15 heures lorsque nous arrivâmes à la petite gare d'Elmer's Dale. Là nous attendait une voiture : huit kilomètres nous séparaient encore de notre destination. Enfin Hunter's Lodge, petite bâtisse de pierre grise, se dressa, solitaire au milieu d'un paysage de lande déchiqueté.

— Plutôt lugubre, cet endroit ! dis-je avec un frisson.

Havering acquiesça d'un signe de tête.

— Je suis bien d'accord avec vous. Je vais d'ailleurs m'en débarrasser. Je ne pourrai plus jamais vivre ici.

Il poussa le portail et, comme nous remontions l'allée qui menait à une massive porte de chêne, une silhouette familière vint à notre rencontre.

— Japp ! m'écriai-je.

L'inspecteur de Scotland Yard m'adressa un large sourire avant de se tourner vers mon compagnon :

— Mr Havering, je présume ? Scotland Yard m'a confié l'affaire. J'aimerais m'entretenir un instant avec vous, si vous n'y voyez pas d'inconvénient.

— Mon épouse...

— J'ai vu votre charmante épouse, monsieur, et la femme de charge également. Je ne vous retiendrai pas longtemps. J'ai hâte de rentrer à Londres, car j'ai vu tout ce qu'il y a à voir ici.

— J'ignore tout de...

— Bien sûr, interrompit Japp d'un ton apaisant, mais j'aimerais quand même avoir votre avis sur un ou deux points de détail. Le capitaine Hastings me connaît. Il va prévenir votre épouse de votre arrivée. Au fait, capitaine, qu'avez-vous fait du petit homme ?

— Il est au lit, grippé.

— Oh ! j'en suis navré ! Vous sans lui, c'est un peu la charrue sans les bœufs, non ?

Ignorant cette réflexion désobligeante, je gagnai la maison et dus sonner, car Japp avait refermé la porte derrière lui. Au bout de quelques instants une femme d'âge mûr, vêtue de noir, vint ouvrir.

— Mr Havering sera ici dans un instant, expliquai-je. L'inspecteur lui pose quelques questions. J'arrive de Londres pour m'occuper du meurtre. Pourriez-vous me relater brièvement les événements de la nuit dernière ?

— Entrez, monsieur. (Elle referma la porte derrière moi et je me retrouvai dans un vestibule mal éclairé.) C'est hier soir après le dîner qu'un homme est venu voir Mr Pace. Il avait le même accent américain que Mr Pace et j'ai pensé que c'était un de ses amis des États-Unis. Je l'ai fait entrer dans le bureau et je suis allée prévenir Mr Pace. Il n'a pas voulu me donner son nom, ce qui est bizarre maintenant que j'y pense. Mr Pace a eu l'air étonné. Il a dit à ma maîtresse : « Veuillez m'excuser, Zoe, je vais voir ce que me veut ce type. » Il s'est rendu dans son bureau et je suis retournée à la cuisine. Au bout d'un moment, j'ai entendu des éclats de voix comme si on se disputait. Je suis sortie dans le vestibule. Ma maîtresse aussi. Il y a eu un coup de feu, et puis un silence effroyable. Quand on a voulu entrer dans le bureau, la porte était fermée à clé. On a fait le tour de la maison pour passer par la fenêtre qui, elle, était ouverte, et on a trouvé Mr Pace, mort, baignant dans une mare de sang.

— Et le visiteur ?

— Il aura eu le temps de s'enfuir par la fenêtre.

— Et ensuite ?

— Mrs Havering m'a envoyée chercher la police. J'ai dû marcher jusqu'au village : huit kilomètres à pied. Les policiers sont revenus avec moi, le commissaire est resté toute la nuit. Et puis ce matin, l'inspecteur de Londres est arrivé.

— À quoi ressemblait l'homme que Mr Pace a reçu ?

La gouvernante réfléchit un instant.

— Il avait une barbe noire, la quarantaine, un pardessus léger. C'est surtout son accent qui m'a frappée. Il parlait comme un Américain. En dehors de ça, je n'ai pas remarqué grand chose.

— Je vois. Pourrais-je parler à Mrs Havering ?

— Elle est dans sa chambre. Voulez-vous que je l'appelle ?

— S'il vous plaît. Dites-lui que Mr Havering s'entretient avec l'inspecteur Japp et que le monsieur qu'il a ramené de Londres souhaite lui parler.

— Bien, monsieur.

J'étais impatient de réunir les éléments de mon enquête. Japp avait deux ou trois heures d'avance sur moi et son désir de regagner Londres au plus vite me disait que je ne devais pas le lâcher d'une semelle.

Mrs Havering ne me fit guère attendre. Au bout de quelques minutes, j'entendis un pas léger dans l'escalier. Je levai les yeux. Une ravissante jeune femme s'avançait vers moi. Elle était vêtue d'un pull-over rouge feu qui soulignait la minceur presque enfantine de sa silhouette. Sur ses cheveux sombres était posé un petit chapeau de cuir fauve. Même la terrible catastrophe qui venait de la toucher n'avait pu atténuer son dynamisme.

Je me présentai. Elle acquiesça vivement de la tête.

— Oh ! j'ai souvent entendu parler de vous et de votre collègue, M. Poirot. Vous avez accompli ensemble de véritables prouesses. Je me félicite de ce que mon mari ait pu vous joindre aussi rapidement. Vous voulez sans doute me poser des questions ? C'est le meilleur moyen de vous faire une idée de cette triste affaire ?

— Je vous remercie, Mrs Havering. À quelle heure le visiteur est-il arrivé ?

— Il n'était pas encore 21 heures, me semble-t-il. Nous avions terminé de dîner et prenions le café en fumant une cigarette.

— Votre époux était déjà parti pour Londres ?

— Oui, il avait pris le train de 18 h 15.

— Comment s'était-il rendu à la gare ? À pied ou en voiture ?

— Nous n'avons pas notre voiture ici. Lorsque nous devons nous déplacer, nous appelons le garage du village. Le garagiste d'Elmer's Dale est donc venu chercher mon mari à temps pour son train.

— Mr Pace vous a-t-il paru dans son état normal ?

— Absolument. Tout à fait normal... à tout point de vue.

— Bien. Vous serait-il possible de me décrire le visiteur ?

— Hélas, non ! je ne l'ai pas vu. Mrs Middleton l'a fait entrer directement dans le bureau. Elle n'est venue prévenir mon oncle qu'après.

— Quelle a été sa réaction ?

— Il a paru contrarié, mais il est allé voir tout de suite cet homme. Ce n'est que cinq minutes plus tard environ que j'ai entendu de violents éclats de voix. Je me suis précipitée dans le couloir. Alertée de son côté, Mrs Middleton est arrivée, elle aussi. C'est alors que nous avons entendu le coup de feu. La porte du bureau était fermée de l'intérieur. Nous avons dû faire le tour de la maison pour passer par la fenêtre. Cela nous a donc pris un certain temps, et l'assassin a eu tout loisir de s'enfuir. Mon pauvre oncle (ici la voix de la jeune femme se brisa) avait reçu une balle dans la tête. J'ai tout de suite compris qu'il était mort et j'ai envoyé Mrs Middleton chercher la police. Bien sûr, je n'ai touché à rien et tout laissé comme je l'avais trouvé.

J'approuvai d'un signe de tête cette bonne réaction.

— Et l'arme du crime?

— Je ne peux que vous soumettre ma suggestion, capitaine Hastings. Mon mari a une paire de revolvers accrochée au mur du bureau. Or, il en manquait un. Je l'ai fait remarquer aux policiers. Ils ont emporté l'autre. Quand ils auront extrait la balle du corps, ils pourront identifier l'arme du meurtre.

— Puis-je voir le bureau?

— Bien sûr. La police en a terminé avec cette pièce. Mais je vous signale que le corps a été enlevé.

Au moment où nous nous dirigions vers le lieu du crime, Havering fit irruption dans le hall. Sa femme murmura quelques mots d'excuse et courut à lui. Je me retrouvai seul pour entreprendre mes recherches.

Autant avouer qu'elles furent plutôt décevantes. En général, dans tout roman policier, les indices abondent. Or, voilà que je ne découvrais rien d'insolite, excepté une grosse tache de sang sur le tapis, là où la victime était tombée. J'examinai tout avec un soin minutieux et pris deux photographies de la pièce avec le petit appareil que j'avais eu soin d'emporter. Puis, je sortis dans le jardin inspecter le terrain devant la fenêtre, mais la terre avait été tellement piétinée que c'était une pure perte de temps. J'avais vu tout ce que Hunter's Lodge avait à me montrer. Il ne me restait plus qu'à retourner à Elmer's Dale et à me mettre en rapport avec Japp. En conséquence, je pris congé des Havering. Le garagiste qui nous avait amenés de la gare à Hunter's Lodge me redéposa au village.

Je trouvai Japp aux *Armes de Matlock* où il avait établi ses quartiers. Il m'emmena voir le corps à la morgue du commissariat. Harrington Pace avait été un petit homme maigre, net et bien rasé, avec un type américain prononcé. La balle l'avait atteint à la nuque et le coup avait été tiré de très près.

— Il a dû se retourner, commenta Japp. L'autre en aura profité pour sortir son revolver et lui tirer dessus. L'arme que nous a confiée Mrs Havering était chargée. L'autre devait donc l'être aussi. Curieux tout de même comme les gens sont imprudents. Quelle idée d'accrocher au mur deux revolvers chargés !

— Que pensez-vous de l'affaire ? demandai-je en quittant la petite pièce sinistre.

— Pour l'instant, j'ai Havering à l'œil. Eh oui ! s'exclama-t-il en remarquant ma stupéfaction. Havering a un passé : deux ou trois affaires crapuleuses. Entre autres, quand il était étudiant à Oxford, il a imité la signature de son père sur un chèque. En outre, et depuis pas mal de temps, il est endetté jusqu'au cou — le genre de dettes qu'on préfère cacher à son bon oncle d'Amérique. Alors que, détail non négligeable, on peut être sûr que le testament de Harrington Pace sera en sa faveur. Oui, j'ai Havering à l'œil. C'est pour cela que je voulais l'interroger avant qu'il n'ait le temps de voir sa femme. Enfin, leurs dépositions concordent. Et je suis allé à la gare. Aucun doute sur ce point : il a bien pris le train de 18 h 15 qui arrive à Londres vers 22 h 30. Il prétend s'être rendu directement à son club. Si j'en ai confirmation, eh bien, c'est simple : ça signifiera qu'il n'a pas pu s'affubler d'une barbe noire et tirer sur son oncle à 9 heures du soir.

— À propos de cette barbe, qu'en pensez-vous ?

Japp m'adressa un clin d'œil malicieux.

— Je pense qu'elle a poussé en un temps record au cours des huit kilomètres qui séparent Elmer's Dale de Hunter's Lodge et que les Américains que j'ai rencontrés jusqu'à présent sont toujours rasés de près. Je crois que c'est parmi les associés de Mr Pace qu'il faudra plutôt chercher le meurtrier. J'ai interrogé tout d'abord la femme de charge, puis la maîtresse des lieux : les deux récits de la soirée concordent. Dommage que Mrs Havering n'ait pas entrevu le visiteur. C'est une femme intelligente. Elle aurait pu remarquer un détail qui nous aurait mis sur la piste.

Je m'installai à une table pour rédiger un rapport détaillé à l'intention de Poirot. Avant de le poster, je le complétai par les renseignements supplémentaires qu'on m'avait fournis entre-temps. La police avait procédé à l'extraction de la balle qui, après examen, provenait bel et bien d'un revolver identique à celui qui avait été remis à la police par Mrs Havering. En outre, les allées et venues de Mr Havering le soir du crime avaient été vérifiées et l'on avait la preuve qu'il était arrivé à Londres par le train de 18 h 15. Enfin, on venait de faire une découverte essentielle : dans la banlieue londonienne, un respectable citoyen de Ealing, qui franchissait le pont de Haven Green pour se rendre à la gare de la District Railway, avait remarqué un paquet enveloppé de papier brun coincé entre les barreaux du garde-fou. Il l'avait ouvert : à l'intérieur se trouvait une arme qu'il avait remise aussitôt au commissariat le plus proche. Avant le soir, on avait la preuve qu'il s'agissait du deuxième revolver accroché au mur dans le burau de Hunter's Lodge. Une seule balle avait été tirée.

Tous ces éléments, je les rajoutai à mon rapport. Et, dès le lendemain matin, je recevais un câble de Poirot alors que je prenais mon petit déjeuner :

« *Évident qu'inconnu à barbe noire n'est pas Havering. Il n'y a que vous ou Japp pour avoir idées pareilles. Télégraphiez-moi description de femme de charge et vêtements qu'elle portait hier matin. Même chose pour Mrs Havering. Ne perdez pas de temps à prendre des photographies d'intérieurs. Vos clichés sont sous-exposés et loin d'être artistiques.* »

Il me sembla que le ton de Poirot était inutilement facétieux. J'en conclus aussitôt qu'il jalousait quelque peu ma situation privilégiée. N'étais-je pas sur les lieux du crime et ne bénéficiais-je pas de toutes les facilités pour mener l'enquête ? Quant à son désir d'avoir une description des vêtements portés par Mrs Havering et Mrs Middleton, cela me parut tout bonnement grotesque. Je me pliai néanmoins à cette exigence sans trop manifester mon irritation — mais je ne suis qu'un homme, après tout !

À 11 heures, un deuxième câble de Poirot arriva :

« *Dites Japp arrêter femme de charge avant qu'il ne soit trop tard.* »

Sidéré, j'allai montrer le télégramme à Japp. Ce dernier laissa échapper un juron.

— Poirot a toujours eu le nez creux. S'il dit ça, c'est qu'il a de bonnes raisons. Je n'ai pas fait attention à la femme de charge et je ne sais pas si je peux l'arrêter, mais je vais la faire surveiller. Allons à Hunter's Lodge pour la réinterroger.

Lorsque nous arrivâmes, il était trop tard : Mrs Middleton — cette créature d'âge mûr à l'allure si tranquille, qui nous avait semblé si normale et respectable — venait de se volatiliser. Elle avait laissé une malle pleine de vêtements qui n'avaient rien de compromettant. Nous ne possédions aucun indice quant à sa véritable identité ou à son lieu de destination.

Mrs Havering nous fournit à son sujet les renseignements suivants :

— Je l'ai engagée il y a trois semaines environ pour remplacer Mrs Emery, notre ancienne femme de charge qui venait de nous quitter. Elle m'avait été envoyée par l'agence de placement de Mrs Selbourne, dans Mont Street — agence qui jouit d'une excellente réputation. Tous mes domestiques viennent de là. Plusieurs personnes étaient venues se présenter. C'est Mrs Middleton qui m'avait paru le mieux convenir. De plus, elle avait d'excellentes références. Je l'ai engagée sur-le-champ et j'ai prévenu l'agence. Vraiment je n'arrive pas à croire qu'elle n'était pas de confiance. Elle était si douce, si posée.

Quel coup de théâtre ! Il était clair que la femme de charge n'avait pas commis le meurtre puisque, au moment du coup de feu, elle se trouvait dans le hall avec Mrs Havering. Cependant elle jouait un rôle dans cet assassinat, sinon pourquoi disparaître sans tambour ni trompette, et du jour au lendemain ?

Je télégraphiai la nouvelle à Poirot et lui proposai de me rendre à l'agence de Mrs Selbourne. La réponse de Poirot ne se fit pas attendre :

« *Inutile aller agence. Ils ne connaîtront pas de Mrs Middleton. Tâchez de savoir dans quel véhicule Mrs Middleton était venue se présenter à Hunter's Lodge.* »

Tout intrigué que je fusse, j'obéis. À Elmer's Dale, les moyens de transport étaient limités. Le garage du village possédait deux vieilles Ford cabossées et deux fiacres en faction assuraient la permanence devant la gare. Or, aucun véhicule n'avait été requis le jour en question.

Interrogée, Mrs Havering expliqua qu'elle avait pourtant remboursé à la domestique la somme nécessaire pour le trajet de Londres à Elmer's Dale — sans oublier de compter le prix de la course pour Hunter's Lodge. Mais la mystérieuse femme de charge s'était bel et bien déplacée par ses propres moyens. Comme, le soir du crime, personne à la gare n'avait remarqué d'inconnu, à barbe noire ou non, et tout semblait indiquer que le meurtrier était venu à Hunter's Lodge dans sa propre voiture — laissée non loin de la maison et, le meurtre commis, reprise pour s'enfuir —, la conclusion s'imposait : le même véhicule avait servi à la femme de charge et à l'assassin.

Je me dois de mentionner que les renseignements recueillis à l'agence de Mrs Selbourne confirmèrent les pronostics de Poirot : il n'y avait jamais eu de Mrs Middleton dans leurs registres. En revanche, ils avaient reçu la demande de l'Honorable Mrs Havering qui désirait engager une gouvernante et lui avaient en effet envoyé plusieurs personnes. Mais lorsque Mrs Havering leur avait versé leur commission, elle avait omis de mentionner le nom de la personne sur laquelle son choix s'était porté.

Quelque peu déconfit, je rentrai à Londres. Installé dans un fauteuil près du feu et drapé dans une robe de chambre de soie aux couleurs criardes, Poirot m'accueillit avec effusion :

— Mon cher Hastings ! Que je suis heureux de vous revoir ! Je nourris pour vous une véritable affection ! Vous êtes-vous bien amusé ? Avez-vous bien trotté avec ce bon Japp ? Avez-vous interrogé et enquêté tout votre saoul ?

— Poirot ! m'écriai-je, cette affaire est un sombre mystère. Personne ne l'élucidera jamais.

— Nous ne tirerons certes pas grande gloire de cette affaire.

— Vous l'avez dit. Nous sommes tombés sur un os !

— Oh ! s'il ne s'agit que de cela, je suis passé maître dans l'art de faire parler ce genre d'os. Un véritable légiste. Non, ce n'est pas ce qui m'embarrasse. Je sais fort bien qui a tué Mr Harrington Pace.

— Vous le savez ? Comment ?

— Grâce aux lumineux télégrammes que vous m'avez envoyés en réponse aux miens, la vérité m'est apparue. Voyons, Hastings, procédons à l'examen méthodique et systématique des faits. Mr Harrington Pace possède une fortune considérable, n'est-ce pas ? laquelle, à sa mort, ira sans aucun doute à son neveu : c'est là notre premier point. Deuxième point : on sait que le neveu est désespérément fauché. Troisième point : on sait également que le neveu est... disons connu pour sa moralité douteuse.

— Mais nous avons la preuve que Roger Havering a pris un train direct pour Londres.

— Précisément. Par conséquent, Mr Havering ayant quitté Elmer's Dale à 18 h 15 et Mr Pace n'ayant pas pu être tué avant le départ de son neveu — sinon le médecin légiste aurait signalé cette incohérence —, nous ne nous trompons pas en concluant que ce n'est pas Mr Havering qui a tué son oncle. Reste Mrs Havering, Hastings.

— Impossible ! La femme de charge était avec elle quand le coup de feu a été tiré.

— Ah oui ! la fameuse femme de charge... Mais elle a disparu.

— On va la retrouver.

— Ça m'étonnerait ! Il semble qu'elle soit particulièrement insaisissable, cette gouvernante... N'est-ce pas votre avis, Hastings ? Cela m'a tout de suite frappé.

— Elle a joué son rôle et, le moment venu, elle a quitté les feux de la rampe.

— Et quel était-il, son rôle ?

— Eh bien, introduire dans la maison l'assassin, son complice : l'inconnu à la barbe noire.

— Grand Dieu, non ! Et c'est bien là que vous faites erreur. Son rôle consistait — et vous l'avez fort justement noté — à fournir un alibi à Mrs Havering pour le moment du coup de feu. Et personne ne la retrouvera jamais, mon bon ami, car il n'y a jamais eu de Mrs Middleton. « Cette personne n'est pas », a dit votre grand Shakespeare.

— C'est Dickens, rectifiai-je à mi-voix, incapable de réprimer un sourire. Mais expliquez-vous, Poirot.

— Voilà : Zoe Havering était actrice avant son mariage. Japp et vous avez vu la femme de charge dans un hall d'entrée mal éclairé : une silhouette informe vêtue de noir, la quarantaine, un timbre de voix assourdi. En définitive, ni Japp, ni vous, ni les policiers du village que ladite femme de charge est allée chercher, n'ont jamais vu Mrs Middleton et Mrs Havering *en même temps*. C'était là un jeu d'enfant, pour une femme intelligente et qui n'a pas froid aux yeux. Sous prétexte d'aller prévenir sa maîtresse de votre arrivée, la prétendue Mrs Middleton monte à l'étage, enfile un pull-over de couleur vive et se coiffe d'un chapeau auquel sont attachées des mèches brunes bouclées qui recouvrent la perruque grise de la fausse femme de charge. Quelques touches habiles, et le maquillage de « Mrs Middleton » disparaît tandis qu'un peu de poudre carmin achève la métamorphose. Et c'est alors la pétulante Zoe Havering qui vous reçoit, la voix haute et claire. Le contraste est tel qu'on ne prête qu'une attention distraite à Mrs Middleton. Et pourquoi d'ailleurs la surveillerait-on ? On ne peut la mêler au crime, car elle aussi, elle a un alibi.

— On a pourtant bien retrouvé le revolver à Ealing ? Mrs Havering n'a pas pu le déposer là-bas !

— Certes. C'est là qu'intervient Roger Havering, et c'est d'ailleurs là leur erreur. La découverte de l'arme m'a mis sur la bonne voie. Un homme qui a commis un meurtre à l'aide d'une arme trouvée sur place s'en débarrasse immédiatement. Il ne l'emporte pas avec lui jusqu'à Londres. Non, le calcul était évident. Le but des meurtriers était d'attirer l'attention de la police loin du Derbyshire. Il fallait que la police en finisse au plus vite avec Hunter's Lodge et ses parages. Il va donc de soi que le revolver retrouvé à Ealing n'est pas celui qui a tué Mr Pace. Roger Havering tire un coup de feu avant de prendre le train pour Londres. Il va droit à son club, histoire de se ménager un alibi, puis gagne rapidement Ealing en empruntant la ligne du District Railway — un détour d'une vingtaine de minutes à peine —, dépose le paquet près du garde-fou et retourne en ville. Pendant ce temps, sa délicieuse épouse tue tranquillement Mr Pace après le dîner. Vous souvenez-vous qu'il reçoit une balle dans la nuque ? Si ce n'est pas un élément significatif, ça, eh bien que le diable m'emporte ! Mrs Havering recharge ensuite le revolver et le remet en place avant de se lancer dans sa petite comédie du désespoir.

— Incroyable, articulai-je, fasciné. Mais...

— Mais vrai ! Bien sûr, mon ami, c'est vrai. En revanche, procéder à l'arrestation de ce couple infernal que sont les Havering, c'est là une autre paire de manches. Enfin, Japp devra faire au mieux... Je lui ai consigné tous les faits par le menu. Je crains cependant que nous ne soyons contraints de nous en remettre au destin, ou au bon Dieu, à votre convenance !

— Les méchants prospèrent comme le chiendent !

— Mais ils n'échappent pas au châtiment, Hastings, croyez-moi. Ils n'y échappent jamais.

Les prédictions de Poirot se confirmèrent. Japp, convaincu de la justesse du raisonnement de Poirot, ne put toutefois réunir les preuves qui lui auraient permis d'arrêter les Havering. L'immense fortune de Mr Pace passa donc aux mains de ses meurtriers. Toutefois, Némésis finit par avoir raison d'eux — et lorsque je lus dans le journal que l'Honorable Roger Havering et son épouse venaient de trouver la mort dans le courrier Londres-Paris qui s'était écrasé au sol, je songeai que justice était faite.

(*Traduction de Laure Terilli.*)

## 5

## Un million de dollars en bons volatilisés

*(The Million Dollar Bond Robbery)*

— Quelle recrudescence de vols de valeurs, en ce moment ! soupirai-je un matin en reposant le journal. Poirot, renonçons à la science de l'investigation et adonnons-nous au crime pour changer !

— Vous êtes sur la voie du... — comment dites-vous ? — du devenez-riche-en-deux-temps-trois-mouvements, mon cher.

— Vous avez lu le dernier coup ? Un million de dollars en bons Liberty, que la banque de Londres et d'Écosse envoyait à New York, viennent de disparaître à bord du paquebot *Olympia* dans des circonstances extraordinaires.

— N'était le mal de mer et, afin de le combattre, la difficulté de pratiquer l'excellente méthode de Laverguier au-delà des quelques heures que dure la traversée de la Manche, j'aurais un plaisir infini à voyager sur l'un de ces gros navires, murmura Poirot, rêveur.

— Oh oui ! fis-je, enthousiaste. Certains doivent être de véritables palaces : piscines, salons, restaurants, thés dansants... Oui, vraiment, sait-on même que l'on s'y trouve en pleine mer ?

— Pour ma part, c'est une réalité qui ne m'échappe jamais, remarqua tristement Poirot. Quant aux bagatelles que vous énumérez, elles me laissent insensible. Songez plutôt, ne serait-ce qu'un instant, aux brillants cerveaux qui les fréquentent pour ainsi dire incognito ! À bord de ces palaces flottants, comme vous les nommez si justement, on côtoie l'élite, la haute noblesse du monde criminel.

J'éclatai de rire.

— Voilà donc ce qui vous exalte dans une traversée en mer ! Vous auriez aimé croiser le fer avec l'escroc qui a subtilisé les bons Liberty ?

Notre logeuse surgit à cet instant précis, interrompant notre conversation :

— Une jeune personne demande à vous voir, monsieur Poirot. Voici sa carte.

Le bristol portait un nom : Miss Esmée Farquhar.

Poirot, qui avait plongé sous la table pour y repêcher une miette de pain égarée afin de la déposer avec soin dans la corbeille à papier, se redressa et fit signe à la logeuse d'introduire la visiteuse.

Quelques instants plus tard, l'une des plus charmantes jeunes filles que j'aie jamais vue déboucha sur le seuil. Vingt-cinq ans environ, grands yeux bruns, silhouette harmonieuse, une allure folle, elle était vêtue avec élégance.

— Veuillez prendre un siège, mademoiselle. Je vous présente mon ami, le capitaine Hastings, qui m'aide à élucider mes petits problèmes.

— Moi, c'est plutôt un gros problème que je viens vous soumettre, monsieur Poirot, rétorqua la jeune fille. (Elle s'assit avec un gracieux signe de tête à mon adresse.) Vous avez dû lire les journaux : je veux parler du vol des bons Liberty à bord de *l'Olympia*.

Le visage de Poirot dut exprimer un certain étonnement, car elle s'empressa d'ajouter :

— Vous vous demandez sans doute en quoi je suis liée à une institution aussi austère que la banque de Londres et d'Écosse. Je pourrais vous répondre « en rien comme en tout ». Voyez-vous, monsieur Poirot, je suis fiancée à Mr Philip Ridgeway.

— Ah ! Et Mr Philip Ridgeway...

— ... était responsable des bons qui ont été volés. Bien sûr, on ne peut lui adresser aucun reproche à proprement parler, ce n'est vraiment pas sa faute, mais il est dans tous ses états et son oncle pense qu'il a dû mentionner à quelqu'un la présence de ces valeurs dans sa malle. C'est un coup terrible pour sa carrière.

— Qui est l'oncle de votre fiancé ?

— Mr Vavasour, le codirecteur général de la banque de Londres et d'Écosse.

— Pourquoi, miss Farquhar, ne pas me relater toute l'histoire ?

— Très bien. Comme vous le savez, la banque souhaite étendre son crédit en Amérique et c'est dans ce but qu'elle a décidé d'y envoyer un million de dollars en bons Liberty. Mr Vavasour a choisi son neveu pour remplir cette mission : Philip occupe depuis de nombreuses années un poste de confiance au sein de la banque et il est au courant de tous les détails concernant les opérations qui s'effectuent entre Londres et New York. L'*Olympia* a levé l'ancre de Liverpool le 23. C'est le 23 au matin que Mr Vavasour et Mr Shaw, les deux codirecteurs de la banque, ont remis en main propre à Philip les bons en question. Les bons avaient été comptés, empaquetés et scellés en sa présence. Philip a aussitôt rangé le paquet dans sa malle.

— Une malle munie d'une serrure ordinaire ?

— Non, Mr Shaw avait tenu à faire poser par la maison Hubbs's une serrure spéciale. Philip a donc rangé le paquet au fond de sa malle. On le lui a volé quelques heures à peine avant d'arriver à New York. Le bateau a été fouillé de fond en comble. En vain. Les bons se sont littéralement volatilisés.

Poirot fit la grimace.

— Voilà une formulation quelque peu exagérée puisqu'ils se sont vendus comme des petits pains dans la demi-heure qui a suivi l'arrivée à quai de l'*Olympia* ! Enfin, il faudrait que je rencontre Mr Ridgeway.

— J'allais justement vous proposer de déjeuner avec moi au *Cheshire Cheese*. Philip m'y rejoint mais il ignore que j'ai pris la liberté de venir vous consulter en son nom.

Cette solution nous convenant parfaitement, un taxi nous déposa au *Cheshire Cheese*. Philip Ridgeway, qui s'y trouvait déjà, ne cacha pas sa surprise en voyant arriver sa fiancée escortée de deux inconnus. C'était un beau jeune homme, grand, mince, à l'allure soignée, avec une touche de cheveux gris aux tempes bien qu'il n'eût guère plus de trente ans.

Miss Farquhar se porta à sa rencontre et posa une main sur son bras.

— Il faut me pardonner, Philip, d'avoir agi à ton insu, dit-elle. Voici monsieur Poirot, dont le nom doit t'être familier, et son ami le capitaine Hastings.

Une vive stupéfaction se lut sur les traits de Ridgeway.

— Naturellement que j'ai entendu parler de vous, monsieur Poirot ! dit-il en serrant la main du détective. Mais j'étais loin de me douter qu'Esmée irait vous consulter au sujet de mes... de nos ennuis.

— Je craignais que tu ne t'y opposes, Philip, avoua Esmée à mi-voix.

— Tu as donc pris soin de mettre toutes les chances de ton côté, dit-il avec un sourire. J'espère, monsieur Poirot, que vous allez pouvoir résoudre cet épouvantable casse-tête car, pour ma part, je l'avoue franchement, je deviens fou d'inquiétude.

En effet, il avait le visage tiré et hagard, signe indéniable du souci qui le minait.

— Bien, bien, fit Poirot, si nous nous mettions à table ? Et, tout en déjeunant, voyons ce qu'il en est de ce mystère. J'aimerais que Mr Ridgeway me raconte son histoire lui-même.

Ainsi, tandis que nous nous régalions de l'excellent pudding au bœuf et aux rognons, spécialité de l'établissement, Philip Ridgeway entreprit de relater les événements qui avaient précédé la disparition des bons. Son récit coïncidait en tous points avec celui de miss Farquhar.

— Qu'est-ce au juste qui vous a amené à découvrir que les bons avaient disparu, Mr Ridgeway ?

Le jeune homme laissa échapper un rire amer :

— Ça m'a sauté aux yeux, monsieur Poirot ! Impossible de s'y méprendre. Ma malle était à demi tirée de dessous la couchette où je l'avais glissée, et la serrure portait des marques prouvant qu'on avait tenté de la forcer.

— J'avais pourtant cru comprendre que la malle avait été ouverte avec une clé.

— C'est exact, en effet. Le voleur a d'abord essayé de forcer la serrure puis, comme il n'y parvenait pas, il a eu recours à un moyen plus radical.

— Voilà qui est curieux, commenta Poirot, ses yeux verts pétillant de cette lueur malicieuse que je connaissais si bien. Vraiment curieux. Le voleur perd du temps, beaucoup de temps à forcer une serrure pour s'apercevoir soudain que — voyons, mais c'est bien sûr ! — il a la clé qui ouvre la malle...

N'oublions pas par parenthèse que les serrures de la maison Hubbs's sont uniques.

— C'est d'ailleurs bien pour cette raison que le voleur ne peut avoir eu la clé en sa possession. Je l'ai gardée sur moi jour et nuit.

— En êtes-vous sûr ?

— Sûr et certain. Et puis, si le voleur avait eu la clé en question ou un double, pourquoi perdre du temps à essayer de forcer une serrure incrochetable ?

— Voilà précisément la question que je soulevais. Je me permets de prophétiser que la solution, si nous la trouvons, s'articulera donc autour de ce fait insolite. Je vous en prie, pardonnez-moi mon insistance, mais êtes-vous absolument sûr de n'avoir à aucun moment oublié de refermer la malle à clé ?

Philip Ridgeway se contenta de le regarder. Poirot eut un geste d'excuse :

— Ce sont là des choses qui arrivent, je vous assure. Fort bien. Les bons sont volés. Qu'en a fait le voleur ? Comment a-t-il pu descendre à terre ?

— Tout est là ! s'écria Ridgeway. Comment ? Les autorités douanières que j'ai prévenues sans délai ont fouillé tous les voyageurs qui descendaient.

— Et les bons, j'imagine, formaient un paquet volumineux ?

— Bien sûr. On n'aurait pas pu le dissimuler à bord. De toute façon, ce n'est pas ce qui s'est passé puisqu'ils se sont vendus une demi-heure après l'arrivée du paquebot — et bien avant que j'aie pu câbler la nouvelle à Londres et communiquer les numéros. Un courtier m'a affirmé qu'il en avait même acheté avant que l'*Olympia* soit à quai. Or, il est impossible d'envoyer des bons par pneumatique.

— Certes, mais un remorqueur aurait pu rejoindre le paquebot.

— Il n'y a eu que ceux des services officiels qui sont arrivés seulement après que l'alarme a été donnée, c'est-à-dire quand on fouillait le bateau. J'ai surveillé moi aussi les remorqueurs pour le cas où quelqu'un aurait essayé de faire passer le paquet. Cette affaire me rend fou monsieur Poirot ! Le bruit commence à courir que je pourrais être l'auteur de ce vol.

— Pourtant on vous a fouillé, vous aussi, lorsque vous avez mis pied à terre, non ? demanda gentiment Poirot.

— Oui.

Le jeune homme le regarda, intrigué.

— Vous ne saisissez pas ma pensée, me semble-t-il, dit Poirot avec un sourire énigmatique. À présent, j'aurais des renseignements à demander à la banque.

Ridgeway sortit une carte de visite sur laquelle il griffonna quelques mots :

— Présentez ceci, mon oncle vous recevra immédiatement.

Poirot le remercia et salua miss Farquhar.

Il était temps de prendre le chemin de Threadneedle Street où se dressait la maison mère de la banque de Londres et d'Écosse. Sur présentation de la carte de Ridgeway, s'ouvrit à nous un labyrinthe de comptoirs et de bureaux, de guichets d'encaissements et de versements où s'affairaient les employés. On nous introduisit dans un petit bureau du premier étage où les deux codirecteurs généraux nous reçurent. Deux messieurs à la mine compassée, dont les cheveux avaient blanchi au service de la banque. Mr Vavasour avait une courte barbe grisonnante, Mr Shaw était rasé de près.

— Si je comprends bien, vous n'êtes qu'un détective privé ? s'enquit Mr Vavasour. Parfait, parfait. Nous avons fait appel à Scotland Yard, cela va de soi. C'est l'inspecteur McNeil qui est chargé de l'affaire. Un homme très compétent, je crois.

— Je n'en doute pas, dit Poirot, courtois. Pour ma part, j'enquête à la demande de votre neveu. Me permettez-vous de vous poser quelques questions ? Cette serrure... qui l'a commandée chez Hubbs's ?

— Moi, répondit Mr Shaw. Je n'aurais pas eu confiance en un employé. Quant aux clés, nous en avions une chacun : Mr Ridgeway, mon collègue et moi.

— Et aucun employé n'a pu y avoir accès ?

Mr Shaw se tourna vers Mr Vavasour, l'air interrogateur.

— Je pense ne pas me tromper en affirmant que ces clés n'ont pas bougé du coffre-fort où nous les avions placées jusqu'au 23, dit Mr Vavasour. Mon collègue est malheureusement tombé malade il y a quinze jours environ — en fait, le jour même du départ de Philip.

— Une mauvaise bronchite, ça ne plaisante pas à mon âge,

commenta Mr Shaw d'un ton lugubre. Mr Vavasour a dû faire face à un surcroît de travail, auquel, pour comble de malchance, s'est ajoutée cette histoire de vol.

Poirot posa encore quelques questions. Je le soupçonnais de chercher à évaluer le degré d'intimité qui existait entre l'oncle et le neveu. Les réponses de Mr Vavasour furent brèves et précises. Son neveu était un employé modèle en qui il plaçait une confiance absolue. On ne lui connaissait ni dettes ni difficultés financières. Il s'était déjà acquitté par le passé de missions semblables.

Enfin, les deux codirecteurs nous signifièrent poliment notre congé.

— Je suis assez déçu, commenta Poirot, une fois dehors.

— Vous espériez en apprendre davantage ? Que voulez-vous qu'ils disent ? Ce sont de vieux raseurs balourds !

— Ce n'est pas leur balourdise qui me déçoit, mon bon ami. Je ne m'attends pas à trouver chez un directeur de banque « un financier à l'esprit pénétrant et au regard d'aigle », pour reprendre les termes qui fleurissent dans vos romans préférés. Non, c'est l'affaire qui me déçoit. C'est trop facile.

— Facile ?

— Oui, c'est d'une simplicité enfantine, n'est-ce pas votre avis ?

— Vous savez qui a volé les bons ?

— Oui.

— Mais alors, il faut... ! Pourquoi ne pas... ?

— Pas d'affolement, Hastings. Pour l'instant, nous n'entreprenons rien.

— Mais encore une fois pourquoi ? Qu'attendons-nous ?

— Nous attendons le retour de l'*Olympia*. Le paquebot rentre de New York mardi.

— Mais si vous savez qui est l'auteur du vol, pourquoi attendre ? Il risque de s'enfuir.

— Vers une île des mers du Sud où l'extradition ne s'applique pas ? Non, mon ami, la vie lui serait trop peu agréable. Pourquoi choisir d'attendre ? Eh bien, en ce qui concerne l'intelligence d'Hercule Poirot, l'affaire est parfaitement claire, mais dans l'intérêt des autres que le bon Dieu n'a pas dotés des mêmes facultés — comme l'inspecteur McNeil par exemple —, il serait préférable de nous livrer à une petite enquête pour établir les faits. On se doit de manifester de la considération à l'égard des infortunés qui sont moins doués que nous, n'est-ce pas ?

— Bon sang, Poirot. Je payerais cher pour assister, ne serait-ce qu'une fois, à votre déconfiture. Vous êtes d'une vanité !...

— Ne vous mettez pas en colère, Hastings. En vérité, j'ai observé que par moments vous semblez près de me détester. Hélas ! c'est la rançon de ma grandeur.

Le petit Belge bomba le torse et soupira de façon si cocasse que je fus bien obligé de rire.

Le mardi suivant, Poirot m'entraîna à Liverpool. Le voyage s'effectua en première classe dans un train rapide de la ligne de chemin de fer Londres-Nord-Ouest. Mon ami, qui avait obstinément refusé de m'éclairer sur ses soupçons ou ses certitudes, se contenta de s'étonner que, tout comme l'inspecteur McNeil, je ne fusse pas au fait de la situation. Je renonçai à toute discussion et, dévoré de curiosité, me retranchai toutefois derrière le rempart d'une indifférence ostensible.

Sitôt sur le quai où était amarré le transatlantique, Poirot passa à l'action : nous interrogeâmes successivement quatre stewards au sujet d'un prétendu ami de Poirot qui aurait effectué la traversée Londres-New York le 23 du mois.

— Un homme âgé, avec des lunettes, un grand invalide qui ne se déplace qu'avec peine et n'a guère dû quitter sa cabine.

Cette description parut correspondre à celle d'un certain Mr Ventnor, de la cabine 24, voisine de celle de Mr Philip Ridgeway. J'ignorais comment Poirot avait appris l'existence de cet inconnu qu'il était même capable de décrire, mais ce rebondissement suscita chez moi un vif intérêt.

— Dites-moi, m'écriai-je, ce monsieur n'aurait-il pas été l'un des premiers passagers à descendre à terre à son arrivée à New York ?

— Pas du tout, monsieur, il était un des derniers.

Battant en retraite, déconfit, je remarquai le sourire rayonnant que Poirot m'adressait. Il remercia le steward, lui glissa un billet et prit congé.

— Tout ça, c'est bien beau, dis-je avec feu, mais cette information détruit votre précieuse théorie. Oh ! vous pouvez sourire !

— Comme d'habitude, vous ne voyez rien, Hastings. Ce

dernier élément, au contraire, confirme le succès de ma théorie.

Je levai les bras au ciel.

— Je renonce à comprendre !

À bord du train qui nous ramenait à Londres, Poirot s'absorba dans la rédaction d'une lettre, qu'il glissa dans une enveloppe et cacheta.

— Voilà pour ce bon inspecteur McNeil. Nous la déposerons à Scotland Yard avant de nous rendre au restaurant *Le Rendez-Vous* où j'ai prié miss Farquhar de nous faire l'honneur de dîner avec nous.

— Et Ridgeway ?

— Eh bien quoi, Ridgeway ? fit Poirot, une lueur amusée dans le regard.

— Vous ne pensez tout de même pas que... vous ne pouvez pas le...

— L'incohérence vous devient une seconde nature, Hastings. À dire le vrai, j'ai bel et bien envisagé ce cas. Si Ridgeway avait été le voleur — hypothèse plausible — , l'affaire aurait été divine : l'illustration parfaite des vertus de la pensée méthodique bien comprise.

— Mais pas si divine que ça pour miss Farquhar.

— Sans doute avez-vous raison. Par conséquent tout est pour le mieux. Maintenant, Hastings, repassons l'affaire en revue. Je devine à votre air que vous en mourez d'envie. Le paquet scellé disparaît de la malle, « se volatilise » pour reprendre l'expression de miss Farquhar. Écartons la théorie de la volatilisation, scientifiquement impossible à l'heure actuelle, et attardons-nous sur ce qu'il a pu en advenir. De l'avis unanime, il n'a pu passer en fraude...

— Non, mais nous savons que...

— Il se peut que vous, vous sachiez, Hastings, mais moi, je n'en sais rien. Je pars donc du principe que, puisque l'affaire paraît incroyable, elle est bel et bien incroyable. Deux possibilités demeurent : soit le paquet a été caché à bord du paquebot — mais le bateau ayant été fouillé, cela paraît difficile —, soit le paquet a été jeté par-dessus bord.

— Avec un flotteur ?

— Sans flotteur.

Je le regardai, ahuri.

— Mais si les bons ont été jetés à la mer, comment a-t-on pu les vendre à New York ?

— J'admire votre logique, Hastings. Par conséquent, comme les bons se sont vendus à New York, on n'a pas pu les jeter par-dessus bord. Voyez-vous où cela nous mène ?

— À la case de départ.

— Jamais de la vie ! Si le paquet a été jeté à la mer et que les bons ont été vendus à New York, on peut conclure que le paquet ne contenait pas les bons. Possède-t-on la preuve que le paquet renfermait les bons ? Il a été remis en main propre à Mr Ridgeway, qui ne l'a ouvert à aucun moment au cours de la traversée.

— Oui, mais alors...

Poirot eut un geste impatient de la main.

— Veuillez me laisser poursuivre. La dernière fois que les bons ont été vus, c'est dans les bureaux de la banque de Londres et d'Écosse, le matin du 23. Ils réapparaissent à New York une demi-heure après l'arrivée de l'*Olympia*, et — selon la déclaration d'un individu que personne ne daigne prendre en considération —, *avant même* l'arrivée du paquebot. Dans ce cas, pourquoi ne pas supposer qu'ils ne se sont jamais trouvés à bord de l'*Olympia* ? Auraient-ils pu se rendre à New York par un autre moyen ? Le paquebot le *Géant*, qui bat le record de vitesse pour la traversée de l'Atlantique, quitte Southampton le même jour que l'*Olympia*. Via le *Géant*, les bons auraient pu arriver à destination un jour avant l'*Olympia*. Tout est clair, le puzzle se reconstitue : le paquet scellé n'est qu'un faux, et c'est à la banque qu'a eu lieu la substitution. Rien de plus facile pour l'un des trois individus présents dans le bureau de préparer au préalable un paquet similaire, une copie qui va remplacer l'original. Les bons sont envoyés à un complice à New York qui a pour consigne de les mettre en vente sur le marché dès l'arrivée de l'*Olympia*. Bien sûr, quelqu'un doit cependant voyager à bord de l'*Olympia* pour déclencher le processus du vol.

— Pourquoi ?

— Parce que si Ridgeway ouvre le paquet et s'aperçoit de la supercherie, les soupçons vont se porter aussitôt sur Londres. Non. Le passager de la cabine 24 accomplit sa mission : il fait semblant de forcer la serrure de la malle en laissant des marques flagrantes, afin d'attirer l'attention sur le vol qui est censé avoir été commis, jette le faux paquet à la mer et quitte le bateau en dernier. Naturellement, il se dissimule derrière des lunettes et se fait passer pour un invalide, de peur de se trouver nez à nez avec Ridgeway. Une fois à New York, il regagne Londres par le premier bateau.

— Mais qui est-ce ?

— Il s'agit de l'homme qui détenait un double de la clé, qui a fait poser la serrure Hubbs's, qui *n'a pas* été retenu chez lui à la campagne à cause d'une mauvaise bronchite, bref, il s'agit de ce vieux raseur balourd qu'est Mr Shaw. Ah ! nous voici arrivés... Victoire, mademoiselle ! J'ai élucidé votre petit problème. Vous permettez ?

Et, souriant aux anges, Poirot déposa un baiser furtif sur les joues de la jeune femme stupéfaite.

(*Traduction de Laure Terilli*)

## 6

## La malédiction du tombeau égyptien

*(The Adventure of the Egyptian Tomb)*

La curieuse série de décès survenue après l'ouverture du tombeau du pharaon Men-Her-Ra a été à l'origine du mystère le plus passionnant et le plus tragique de toutes les nombreuses enquêtes auxquelles j'ai participé avec Poirot.

Lord Carnavon venait à peine de découvrir le tombeau de Toutankhamon lorsque sir John Willard et Mr Bleibner, de New York, poursuivant leurs travaux dans les environs du Caire, non loin des pyramides de Gizeh, mirent au jour, par le plus grand des hasards, plusieurs chambres funéraires. Ces fouilles soulevèrent un énorme intérêt. Il apparut qu'il s'agissait du tombeau du roi Men-Her-Ra, l'un de ces pharaons obscurs de la VIIIe dynastie qui régnaient à l'époque du déclin du Haut-Empire. Cette période était encore peu connue, et les journaux commentèrent à qui mieux mieux cette découverte.

Peu de temps après, survint un événement qui frappa les esprits : John Willard mourut d'un arrêt cardiaque. La presse à sensation saisit aussitôt cette occasion pour raviver les vieilles superstitions qui entretiennent l'idée d'une malédiction attachée à certains trésors égyptiens.

La légende concernant la malédiction de la momie du British Museum — ce vieux serpent de mer pour rêveurs en mal de sensations — fut ressortie, agrémentée de nouveaux détails piquants. Le musée eut beau démentir, preuves à l'appui, la rumeur n'en continua pas moins de connaître sa vogue habituelle.

Quinze jours plus tard environ, Mr Bleibner mourut d'un empoisonnement du sang et, peu après, un de ses neveux se tira une balle dans la tête à New York. On ne parlait plus que de la malédiction de Men-Her-Ra, et le pouvoir magique d'une Égypte disparue fut exalté jusqu'aux limites du fétichisme.

C'est alors que Poirot reçut un court billet de lady Willard, la veuve de l'archéologue disparu, le priant de lui rendre visite à son domicile de Kensington Square. J'y accompagnai mon ami.

Grande et mince, lady Willard portait le deuil. Son visage aux traits tirés témoignait avec éloquence du chagrin qui venait de la frapper.

— C'est fort aimable à vous d'être venu toute affaire cessante, monsieur Poirot.

— Je suis à votre entière disposition, madame. Vous désiriez me consulter ?

— Oui, je vous sais détective, mais ce n'est pas seulement en cette qualité que je désire votre aide. Vous êtes un esprit original, vous avez de l'imagination et l'expérience du monde. Dites-moi, monsieur Poirot, que pensez-vous du surnaturel ?

Poirot hésita un instant avant de répondre. Visiblement, il réfléchissait.

— Comprenons-nous bien, madame, ce n'est pas une question d'ordre général que vous me posez là. Elle vise une personne en particulier, n'est-ce pas ? Vous faites allusion à votre défunt époux ?

— En effet, admit-elle.

— Vous souhaitez que j'enquête sur les circonstances de sa mort ?

— J'aimerais que vous établissiez dans quelle mesure les

informations rapportées par la presse sont fondées ou se limitent à de simples ragots journalistiques. Nous déplorons trois morts, monsieur Poirot, qui, prises séparément, s'expliquent, mais qui constituent à elles trois la plus incroyable des coïncidences — et ce, dans le mois qui a suivi l'ouverture du tombeau. S'agit-il d'une simple superstition? ou bien alors d'une malédiction venue du fond des âges et dont le mécanisme échappe à la science moderne... Toujours est-il qu'il y a ces trois morts. Et j'ai peur, monsieur Poirot, terriblement peur. Si ce n'était pas fini...

— Pour qui vous inquiétez-vous?

— Pour mon fils. Lorsque nous avons appris le décès de mon mari, j'étais malade. Mon fils, qui était venu d'Oxford pour me voir, s'est rendu en Égypte. Il a ramené le corps. Mais il est reparti là-bas en dépit de mes prières. Les recherches de son père le fascinent. Il a l'intention de poursuivre les fouilles selon sa méthode de travail. Vous me prenez peut-être pour une femme naïve, déraisonnable, mais, monsieur Poirot, c'est vrai, j'ai peur. Je me dis que l'esprit du pharaon défunt n'est pas apaisé, qu'il réclame encore vengeance. Vous pensez que je déraisonne?

— Du tout, lady Willard, s'empressa de répondre Poirot. Je crois, moi aussi, au pouvoir de l'occulte. C'est d'ailleurs l'une des plus grandes forces que le monde ait jamais connues.

Je regardai mon ami d'un air sidéré. Je ne l'aurais jamais cru superstitieux. Pourtant, il s'exprimait avec une sincérité manifeste.

— Vous me demandez donc de protéger votre fils, c'est bien cela? Je ferai de mon mieux pour l'écarter de tout péril.

— Oui, dans des circonstances ordinaires, je n'en douterais pas... mais que pouvez-vous contre une force occulte?

– Dans les récits du Moyen Âge, lady Willard, on trouve de nombreuses recettes pour déjouer la magie noire. Peut-être en savait-on davantage, alors, que nous autres, gens modernes, avec toute notre belle science. Maintenant, venons-en aux faits afin que je puisse m'orienter. Votre époux était égyptologue dans l'âme, n'est-ce pas?

— Oui, depuis sa jeunesse. Dans ce domaine, c'était l'une des plus grandes autorités de ces dernières années.

— En revanche, Mr Bleibner était, si je ne me trompe, un amateur?

— En effet. Il possédait une fortune considérable et finançait tout projet qui l'enthousiasmait. Mon mari a réussi à l'intéresser à l'égyptologie et son argent a permis de mettre sur pied cette expédition.

— Et le neveu ? Que savez-vous de ses goûts ? S'était-il joint à l'entreprise ?

— Je ne le crois pas. En fait, j'ignorais son existence jusqu'à l'annonce de sa mort dans la presse. À mon avis, l'oncle et le neveu n'entretenaient pas des relations d'amitié. Mr Bleibner n'avait jamais laissé entendre qu'il avait de la famille.

— Quels étaient les autres membres de l'expédition ?

— Il y avait le Pr Tosswill, expert délégué par le British Museum, Mr Schneider, du Metropolitan Museum de New York, un jeune secrétaire américain, le Dr Ames, qui accompagnait l'expédition en sa qualité de médecin, et le domestique indigène de mon mari, Hassan, qui lui était entièrement dévoué.

— Vous souvenez-vous du nom du secrétaire américain ?

— Harper, il me semble, mais je ne l'affirmerais pas. Je sais qu'il était au service de Mr Bleibner depuis peu. Un jeune homme charmant.

— Merci, lady Willard.

— Y a-t-il autre chose... ?

— Pour l'instant, rien. Désormais, remettez-vous-en à moi et ayez l'assurance que je ferai l'impossible pour protéger votre fils.

Ce n'étaient pas là paroles particulièrement rassurantes et je vis frémir lady Willard. Cependant, Poirot n'ayant pas pris ses craintes à la légère, elle semblait éprouver un certain soulagement.

Pour ma part, je n'avais jamais imaginé jusque-là que Poirot possédât un tel fond de superstition. Je lui en touchai deux mots tandis que nous regagnions notre appartement. Il me répondit avec une gravité non feinte.

— Mais oui, Hastings, je crois à ces choses-là. Il ne faut pas sous-estimer le pouvoir de la superstition.

— Qu'allons-nous faire ?

— Toujours pratique, ce bon Hastings ! Eh bien, d'abord, nous allons envoyer un câble à New York pour demander de plus amples détails sur le décès du jeune Bleibner.

Il envoya donc son télégramme à New York. La réponse fut

précise et complète. Le jeune Rupert Bleibner connaissait la gêne depuis plusieurs années. Après avoir été un propre à rien vivant de l'air du temps sur les plages du sud Pacifique, il avait regagné New York où il avait rapidement sombré dans la déchéance. Au cours des derniers mois, il était parvenu à emprunter suffisamment d'argent pour se rendre en Égypte. C'était là l'élément le plus significatif à mon avis. « J'ai un bon copain là-bas, que je pourrai taper », avait-il déclaré. Mais ses projets avaient mal tourné. Il était rentré à New York, maudissant son vieil oncle qui se souciait davantage d'un tas d'ossements de rois morts et enterrés depuis belle lurette que de son propre neveu. C'est au cours de son séjour en Égypte que survint la mort de sir John Willard. De retour aux États-Unis, Rupert se replongea dans la débauche new-yorkaise, puis, contre toute attente, se tira une balle dans la tête. Il laissait une lettre, truffée de phrases bizarres, qui semblait avoir été écrite sous l'impulsion d'un cuisant remords. Il s'y traitait de lépreux, de parasite et de hors-la-loi, et achevait son mea culpa en déclarant que les êtres de son espèce n'avaient qu'à disparaître de la surface du globe.

Une vague théorie me traversa l'esprit. Je n'avais jamais réellement adhéré à la thèse de la vengeance d'un pharaon mort depuis des siècles. Non, je voyais dans ce suicide inexpliqué un crime d'essence plus moderne. Supposons que ce jeune homme eût décidé de se débarrasser de son oncle, par le poison de préférence, et que, par erreur, sir John Willard eût reçu la dose fatale... Le jeune homme rentre à New York, hanté par son meurtre. Puis il apprend la mort de son oncle. Il se rend compte avec horreur que son crime était bien inutile et, frappé de remords, met fin à ses jours.

Je soumis ma version des faits à Poirot, qui parut fort intéressé.

— Votre hypothèse est ingénieuse, décidément fort ingénieuse. Il se peut même qu'elle se vérifie. Cependant, vous ne tenez nullement compte de l'influence maléfique du tombeau.

Je haussai les épaules.

— Vous croyez donc à cette légende ?

— À tel point, mon ami, que nous partons demain pour l'Égypte.

— Comment ? m'écriai-je, éberlué.

— Ma décision est prise. (Une expression d'héroïsme intense se peignit sur le visage de Poirot. Puis il gémit :) Mais oh, là ! là ! toute cette mer ! Moi qui déteste la mer !

C'était une semaine plus tard. Sous nos pieds, le sable doré du désert. Au-dessus de nos têtes, le soleil implacable. Poirot, image même de la détresse, se décomposait à mes côtés. Le petit Belge supportait mal les voyages. Nos quatre jours de traversée depuis Marseille n'avaient été qu'une longue agonie. En débarquant à Alexandrie, il n'était plus que l'ombre de lui-même. Sa mise, d'ordinaire impeccable, lui faisait désormais défaut. À notre arrivée au Caire, nous nous étions rendus aussitôt à l'hôtel *Mena House*, situé à l'ombre des pyramides.

Le charme de l'Égypte m'avait déjà envoûté, mais Poirot y demeurait obstinément insensible. Vêtu comme à Londres, il avait dans la poche une petite brosse à habit et menait une guerre incessante contre la poussière qui se collait à son complet sombre.

— Et mes bottines ! gémit-il. Regardez-les, Hastings. Mes belles bottines vernies, toujours si élégantes et bien lustrées ! Voyez, le sable y rentre, ce qui est douloureux, et en ternit le brillant, ce qui offense la vue. Et cette chaleur ! Mes moustaches en perdent tout ressort. Voyez comme elles s'affaissent.

— Contemplez donc plutôt le sphinx, dis-je. Même moi, je ressens le mystère et le charme qui s'en dégagent.

Poirot le toisa, maussade.

— Il n'a pas l'air heureux, déclara-t-il. Et comment le serait-il, à demi étouffé qu'il est par le sable et si mal mis en valeur ? Ah ! ce maudit sable !

— Voyons, le sable ne manque pas non plus en Belgique, rappelai-je, me souvenant de vacances passées à Knokke-le-Zoute au milieu de « dunes immaculées », selon l'expression consacrée par le guide régional dont nous nous étions munis.

— Ce n'est pas le cas à Bruxelles, répliqua Poirot en observant pensivement les pyramides. Certes, ces pyramides ont une forme géométrique, mais les pierres présentent une surface irrégulière des plus déplaisantes. Et ces palmiers, je ne les aime pas. Ils ne sont même pas alignés.

Je coupai court à ces lamentations en l'invitant à nous mettre en route. Nous devions nous rendre sur le site des fouilles à dos de chameau et les bêtes, agenouillées, attendaient patiemment que nous les montions. Elles étaient gardées par quelques indigènes, eux-mêmes surveillés par un drogman volubile.

Je passe sur le spectacle de Poirot à dos de chameau. Ce ne furent d'abord que grognements et gémissements, qui se transformèrent bien vite en cris perçants, en gesticulations et en invocations à la Vierge Marie et à tous les saints du calendrier romain. Enfin, toute honte bue, il mit pied à terre et termina le trajet à califourchon sur un baudet. Il faut avouer qu'un chameau au trot n'est pas des plus confortables pour un novice et que cette expérience me laissa courbatu pour plusieurs jours.

Enfin les tentes du campement apparurent. Un homme au visage buriné par le soleil, la barbe poivre et sel, vêtu de blanc et coiffé d'un casque colonial, vint à notre rencontre.

— Monsieur Poirot? Le capitaine Hastings? Nous avons reçu votre télégramme. Nous sommes désolés de n'avoir pu vous accueillir au Caire. Un accident nous a contraint à modifier nos plans.

Poirot pâlit. S'apprêtant à brosser son veston, il suspendit son geste.

— Pas un autre mort, tout de même? haleta-t-il.

— Si.

— Sir Guy Willard? m'écriai-je.

— Non, capitaine. Mon collègue américain, Mr Schneider.

— La cause du décès? s'enquit Poirot.

— Tétanos.

Je blêmis. Soudain une sensation de maléfice m'oppressa. Une effroyable pensée s'imposa à mon esprit. Et si j'étais la prochaine victime?

— Mon Dieu, murmura Poirot. Je ne comprends pas. C'est épouvantable. Dites-moi, monsieur, le diagnostic ne fait-il aucun doute? Il s'agit bien d'un cas de tétanos?

— Je crois qu'il n'y a aucun doute possible, mais le Dr Ames pourra vous en dire davantage.

— Ah! bien sûr, vous n'êtes pas le médecin.

— Je m'appelle Tosswill.

C'était l'expert anglais délégué par le British Museum dont

nous avait parlé lady Willard. Son attitude grave et décidée me le rendit sympathique.

— Si vous voulez bien me suivre, reprit Tosswill en nous indiquant le chemin, je vais vous conduire auprès de sir Guy Willard. Il tenait à être informé de votre arrivée le plus tôt possible.

Le Pr Tosswill s'arrêta devant une grande tente dont il souleva le rabat pour nous laisser entrer. À l'intérieur, trois hommes étaient assis.

— Monsieur Poirot et le capitaine Hastings, sir Guy, dit Tosswill.

Le plus jeune des trois se leva d'un bond pour nous saluer. L'impulsivité de ses manières me rappela sa mère. Il avait le teint moins hâlé que ses compagnons et cette pâleur, accrue par l'expression hagarde de ses yeux, le faisait paraître plus âgé que ses vingt-deux ans. Il s'efforçait manifestement de surmonter la tension nerveuse qui le rongeait.

Il nous présenta ses deux compagnons : le Dr Ames, homme d'une trentaine d'années, l'air compétent, une touche de cheveux gris aux tempes, et Mr Harper, le secrétaire, jeune homme mince et sympathique lui aussi, le nez chaussé des traditionnelles lunettes à monture d'écaille.

Une conversation à bâtons rompus de quelques minutes suivit les présentations, puis Mr Harper et le Pr Tosswill sortirent, nous laissant seuls en compagnie de sir Guy et du Dr Ames.

— Posez-moi les questions que vous voulez, monsieur Poirot, je vous en prie, dit Willard. Nous ne savons que penser de cette série de catastrophes. C'est vraiment très étrange. Mais, bien sûr, il ne peut s'agir que d'une suite de coïncidences.

Sa nervosité démentait ses paroles. Je vis que Poirot l'observait avec attention.

— Ce travail vous tient vraiment à cœur, n'est-ce pas, sir Guy ?

— En effet. Quoi qu'il advienne ou quoi qu'il en résulte, les fouilles continueront. N'espérez pas me faire changer d'avis.

Poirot se tourna vers Ames.

— Qu'avez-vous à dire, docteur ?

— Moi aussi, fit ce dernier avec un fort accent américain, je suis d'avis de continuer.

Poirot eut une de ces grimaces si expressives dont il a le secret.

— Dans ce cas, évidemment, il faut faire le point de la situation. Quand est survenu le décès de Mr Schneider ?

— Il y a trois jours.

— Vous êtes sûr qu'il était atteint du tétanos ?

— Absolument.

— Impossible d'envisager par exemple un empoisonnement à la strychnine ?

— Non, monsieur Poirot. Je vois où vous voulez en venir, mais non : c'est un cas de tétanos, tout ce qu'il y a de plus simple.

— Avez-vous fait une piqûre de sérum antitétanique ?

— Naturellement. Nous avons fait tout ce qui était en notre pouvoir.

— Aviez-vous le sérum antitétanique avec vous ?

— Non, nous avons dû le faire venir du Caire.

— Y a-t-il eu d'autres cas de tétanos dans le campement ?

— Non, aucun.

— Êtes-vous sûr que Mr Bleibner n'est pas mort du tétanos ?

— Sûr et certain. Il avait au pouce une égratignure infectée, la septicémie s'est installée. Je reconnais qu'aux yeux d'un profane les deux cas pourraient paraître similaires, mais croyez-moi, ils ne le sont pas.

— Donc, nous avons quatre morts différentes : un arrêt du cœur, un empoisonnement du sang, un suicide et un cas de tétanos.

— Exactement, monsieur Poirot.

— Êtes-vous convaincu que ces quatre morts n'ont aucun point commun ?

— Qu'entendez-vous par là ?

— Simplement ceci : ces quatre hommes ont-ils commis une même action susceptible de passer pour de l'irrespect envers l'esprit du défunt Men-Her-Ra ?

Le médecin dévisagea Poirot, avec stupeur.

— Vous déraisonnez. Vous ne vous laissez tout de même pas impressionner par ces sottises ?

— Des histoires à dormir debout, renchérit Willard d'un ton acerbe.

Les yeux mi-clos, Poirot conservait une placidité à toute épreuve.

— Ainsi vous ne croyez pas à la vengeance du pharaon, monsieur le médecin ?

— Non, monsieur le détective, non, déclara Ames avec emphase. Je suis un scientifique et je ne crois qu'aux enseignements de la science.

— La science n'existait-elle donc pas du temps de l'Égypte ancienne ? s'enquit Poirot, doucereux.

Sans attendre de réponse, et profitant du désarroi de Ames, il enchaîna :

— Non, non ne me répondez pas, mais dites-moi une chose : que pensent les ouvriers indigènes de tout ceci ?

— En général, quand les Blancs perdent la raison, les indigènes ne sont pas loin de les imiter. J'avoue que la peur commence à les gagner, mais sans motif aucun.

— Je me le demande..., dit Poirot se gardant de se prononcer sur cette question.

— Voyons, vous ne pouvez tout de même pas ajouter foi à... ! s'écria sir Guy. Mais enfin, c'est inimaginable ! Vous n'avez rien compris à l'Égypte ancienne si vous croyez à de pareilles absurdités !

Pour toute réponse, Poirot tira de sa poche un petit livre éculé qu'il tendit à son interlocuteur. J'eus le temps de lire : *La magie chez les Égyptiens et les Chaldéens.* Puis il tourna les talons et sortit de la tente à grandes enjambées — tout au moins autant que ses courtes jambes le permettaient.

Ames me regarda :

— Quelle est l'idée farfelue qui lui trotte dans la tête ?

Je souris en entendant dans la bouche d'un autre cette expression si familière à Poirot.

— Je ne sais vraiment pas, avouai-je. Il doit vouloir exorciser les mauvais esprits.

Je partis à la recherche de Poirot et le trouvai en conversation avec le jeune homme au visage émacié qui avait été le secrétaire de Mr Bleibner.

— Non, disait Harper, je ne fais partie de l'expédition que depuis six mois. Oui, je connaissais bien les affaires de Mr Bleibner.

— Pourriez-vous me donner quelques renseignements sur son neveu ?

— Un beau jour, il a débarqué au campement. Un garçon assez bien de sa personne. C'était la première fois que je le voyais mais d'autres — comme Ames, je crois, et Schneider — l'avaient déjà rencontré. Le vieux Mr Bleibner n'avait pas l'air content pour deux sous. Ils n'ont pas tardé à se disputer. « Pas un sou ! ni de mon vivant, ni à ma mort. Je léguerai ma fortune à l'archéologie pour que le travail de ma vie soit poursuivi. Justement j'en ai parlé pas plus tard qu'aujourd'hui avec Mr Schneider. » J'en passe et des meilleures. Le jeune Bleibner n'a pas insisté. Il est reparti illico pour Le Caire.

— Était-il en parfaite santé ?

— Le vieux Mr Bleibner ?

— Non, le jeune.

— Je crois bien qu'il a mentionné un problème, mais ça ne devait pas être bien sérieux, sinon je m'en souviendrais.

— Un détail encore. Mr Bleibner a-t-il laissé un testament ?

— Pas à ma connaissance.

— Allez-vous rester avec l'expédition, monsieur Harper ?

— Non, je rentre à New York dès que j'aurai réglé mes affaires ici. Moquez-vous de moi tant qu'il vous plaira, mais je ne tiens pas à être la prochaine victime de ce maudit Men-Her-Ra. Or, si je ne file pas d'ici, il aura ma peau.

Et le jeune homme essuya les gouttes de sueur qui perlaient à son front.

— N'oubliez pas qu'il a atteint une de ses victimes à New York, jeta Poirot en s'éloignant, un sourire énigmatique aux lèvres.

— Oh ! et puis merde ! lança Harper, acerbe.

— Ce jeune homme est bien irritable, conclut pensivement Poirot. Il a les nerfs à vif, vraiment à vif.

J'adressai un coup d'œil interrogateur à mon ami mais son sourire énigmatique ne m'apprit rien.

Sir Guy Willard et le Pr Tosswill nous firent visiter les fouilles. Les trouvailles les plus importantes avaient été transportées au Caire. Cependant, ce qui restait du mobilier funéraire était fort intéressant. L'enthousiasme du jeune baronnet était manifeste, mais il me sembla également déceler dans son comportement une certaine nervosité, comme s'il ne pouvait se soustraire à la menace qui planait alentour.

Plus tard, devant l'entrée de la tente qui nous avait été

allouée et où nous allions nous changer pour le dîner, une haute silhouette sombre, vêtue d'un long burnous blanc, s'effaça pour nous laisser passer avec un geste gracieux tout en murmurant quelques paroles de bienvenue en arabe.

Poirot s'arrêta :

— Vous êtes Hassan, le domestique de feu sir John Willard ?

— J'étais au service de mon maître, sir John. Maintenant je sers son fils. (Il s'approcha de nous et ajouta à voix basse :) On dit que vous êtes un sage et que vous savez comment triompher des esprits du mal. Il faut que le jeune maître s'en aille. Le mal est présent autour de nous. Il y a du malheur dans l'air.

Sans attendre de réponse, il s'éloigna brusquement à grandes enjambées.

— Il y a du malheur dans l'air, murmura Poirot. Oui, je le sens.

Le repas fut loin d'être gai. La parole fut laissée au Pr Tosswill qui disserta longuement sur les antiquités égyptiennes. Au moment où nous nous apprêtions à nous retirer, sir Guy saisit soudain Poirot par le bras et désigna une silhouette fantomatique qui rôdait autour des tentes. Une silhouette qui n'avait rien d'humain. Je reconnus nettement la tête de chien que j'avais vue gravée sur les murs du tombeau. Mon sang se glaça.

— Mon Dieu, murmura Poirot en se signant d'un geste vigoureux. Anubis à la tête de chacal, le dieu des âmes qui quittent ce monde.

— Quelqu'un se moque de nous ! s'écria Tosswill, indigné, en bondissant sur ses pieds.

— La chose est entrée dans votre tente, Harper, chuchota sir Guy, affreusement pâle.

— Non, dit Poirot en secouant la tête, dans celle du Dr Ames.

Le médecin le regarda, incrédule, et ne put que répéter les paroles du Pr Tosswill.

— Quelqu'un se moque de nous ! Vite, il ne faut pas laisser s'échapper ce lascar.

Sans hésiter, il se précipita à la poursuite de l'apparition. Je le suivis. Malgré tous nos efforts, il fut impossible de trouver la trace de l'individu qui nous narguait. Cet incident nous troubla profondément. Il ne nous restait plus qu'à retourner auprès de nos compagnons. Je trouvai Poirot qui, à sa façon, prenait des mesures énergiques pour assurer sa propre sécurité. Il traçait fébrilement dans le sable tout autour de notre tente divers diagrammes et inscriptions. Je reconnus l'étoile à cinq branches — ou pentacle — répétée plusieurs fois. Suivant son habitude, il se livrait, ce faisant, à une conférence improvisée sur la sorcellerie et la magie en général, sur la magie blanche qui s'oppose à la noire, agrémentée de diverses références au Ka et au *Livre des Morts*. Cela eut pour effet manifeste de lui attirer le mépris le plus profond du Pr Tosswill qui, m'entraînant à l'écart, donna libre cours à son exaspération.

— Mais enfin cet individu est un imposteur ! explosa-t-il. Il ne sait pas faire la différence entre les superstitions du Moyen Âge et les croyances de l'Égypte ancienne. Je n'ai jamais entendu un tel ramassis d'ignorance et de crédulité.

Je calmai l'historien furieux et rejoignis Poirot sous notre tente. Le petit détective arborait un visage radieux.

— Maintenant, nous pouvons dormir en paix, déclara-t-il avec sérénité. Et c'est bien volontiers que je dormirais la nuit entière. J'ai un mal de tête abominable. Que ne donnerais-je pour une bonne tisane !

Comme en réponse à son souhait, le rabat de la tente se souleva et Hassan apparut, portant une tasse fumante qu'il offrit à Poirot. C'était une infusion de camomille, boisson que Poirot affectionnait tout particulièrement. Pour ma part, je refusai ce breuvage. Poirot remercia le domestique qui se retira. Je me déshabillai et restai quelques instants sur le seuil de la tente à contempler le désert.

— Quel paysage merveilleux ! dis-je. Quel travail passionnant ! Je comprends la fascination que l'on éprouve à vivre ainsi. Ce coup de sonde au cœur d'une civilisation disparue... voyons, Poirot, n'en ressentez-vous pas le charme, vous aussi ?

N'obtenant aucune réponse, je me retournai, légèrement irrité. Mon irritation se transforma aussitôt en inquiétude. Poirot était affalé sur son lit de camp, le visage horriblement convulsé. À côté de lui gisait la tasse vide. Je me précipitai d'abord à son chevet, puis au-dehors, à la recherche du Dr Ames.

— Dr Ames ! criai-je. Venez, vite !

— Que se passe-t-il ? dit-il en surgissant en pyjama.

— Mon ami ! Il se trouve mal ! Il est mourant ! L'infusion de camomille... Il ne faut pas que Hassan quitte le camp.

Ames courut à notre tente. Poirot était dans la même position que quand je l'avais quitté.

— Ça, c'est inouï ! s'exclama le médecin. Il semble avoir eu une attaque d'apoplexie ou...Vous avez dit qu'il avait bu quelque chose ?

Je ramassai la tasse vide.

— C'était une infusion... mais que je me suis bien gardé de boire, dit alors une voix placide qui nous fit nous retourner, stupéfaits.

Poirot s'était redressé sur son lit. Il souriait.

— Non, enchaîna-t-il tranquillement. Je ne l'ai pas bue. Pendant que mon bon ami Hastings apostrophait lyriquement la nuit, j'ai versé le contenu de ma tasse non pas dans ma gorge mais dans un flacon. Ce flacon ira au laboratoire. Non, reprit-il car le médecin venait d'avoir un geste brusque : en homme sensé, vous comprendrez que la violence ne vous serait d'aucun recours. Pendant que Hastings vous appelait, j'ai eu tout le temps nécessaire pour mettre le flacon en lieu sûr. Ah ! vite, Hastings, retenez-le !

Je me méprenais sur les inquiétudes de Poirot. Désireux de sauver mon ami, je me jetai devant lui pour lui faire un rempart de mon corps. Mais le mouvement rapide du médecin signifiait tout autre chose. Il porta la main à sa bouche. Une odeur d'amande amère envahit l'atmosphère. Il vacilla et tomba à terre.

— Encore une victime, constata gravement Poirot. Mais la dernière en tout cas. Peut-être est-ce mieux ainsi. Après tout, il avait trois morts sur la conscience.

— Le Dr Ames ? m'écriai-je, stupéfait. Mais vous ne croyiez donc pas à une influence occulte ?

— Vous m'avez mal compris, Hastings. Je voulais dire que je crois au pouvoir terrifiant qu'exercent les superstitions. Une fois qu'il est fermement établi que la disparition en série de plusieurs personnes est surnaturelle, on peut poignarder un homme en plein jour, sa mort sera également mise sur le compte de la malédiction. Cette propension à adhérer d'instinct au surnaturel est si fortement ancrée chez l'être humain ! D'emblée, j'ai soupçonné que quelqu'un profitait de ce phénomène. Le Dr Ames a eu cette idée, j'imagine, au moment de la mort de sir John Willard. Une furieuse vague de superstition a aussitôt pris naissance. La mort de sir Willard ne profitait à personne. Dans le cas du richissime Mr Bleibner, c'est différent. Les renseignements que j'ai reçus de New York présentaient plusieurs détails significatifs. Premièrement, le jeune Bleibner avait parlé d'un ami à lui, en Égypte, à qui il pourrait emprunter de l'argent. Il était tacitement entendu qu'il s'agissait de son oncle mais, à mon avis, si cela avait été le cas, il l'aurait dit ouvertement. La façon dont il en a parlé désigne plutôt un camarade de beuverie. Mais il y a autre chose : il parvient à réunir assez d'argent pour se rendre en Égypte, son oncle refuse catégoriquement de lui avancer un sou et cependant il peut se payer le voyage de retour à New York. C'est donc que quelqu'un lui a bel et bien prêté l'argent.

— Jusque-là vos déductions s'appuient sur peu de chose, objectai-je.

— Attendez, ce n'est pas tout, Hastings. Il arrive souvent que certains mots employés de façon métaphorique soient compris de façon littérale. Le phénomène inverse peut aussi se produire. Le jeune Bleibner a clairement écrit : « je suis un lépreux », mais personne n'a jamais pensé qu'il avait vraiment cru avoir contracté cette terrible maladie qui l'a d'ailleurs poussé au suicide.

— Comment ? m'écriai-je.

— C'est là l'astucieuse invention d'un esprit diabolique. Le jeune Bleibner souffrait d'une maladie de peau bénigne qu'il a contractée dans les îles du Pacifique où elle sévit couramment. Ames était un ancien ami à lui, et un médecin renommé. Bleibner n'aurait jamais mis sa parole en doute. Lorsque je suis arrivé ici, mes soupçons se portaient sur Harper et sur Ames. Très vite, je me suis aperçu que seul le médecin pouvait être l'auteur des crimes masqués en accidents. Harper m'a appris que Ames connaissait déjà le jeune Bleibner. Sans aucun doute ce dernier avait rédigé un testament ou souscrit une police d'assurance sur la vie en faveur du médecin. Ames vit là une chance de s'enrichir. Rien de plus facile que d'inoculer à Mr Bleibner des germes mortels. Puis, le neveu, désespéré d'apprendre de la bouche de son ami qu'il est atteint de la lèpre, se suicide. Quelles que fussent ses intentions, Mr Bleibner senior ne laissait aucun testament. Sa fortune irait donc directement à son neveu et, par voie de conséquence, du neveu au médecin.

— Et Mr Schneider ?

— Là, nous ne sommes sûrs de rien. Lui aussi connaissait le jeune Bleibner, ne l'oubliez pas. Il se peut qu'il ait eu des soupçons, ou, là encore, que le Dr Ames ait estimé qu'une victime supplémentaire renforcerait le climat de superstition qui planait autour de ces morts. En outre, Hastings, je vais vous révéler un fait psychologique intéressant : un assassin éprouve toujours le désir de répéter un crime qui a réussi. Il est en quelque sorte envoûté par son acte. D'où mes craintes pour le jeune Willard. La forme représentant Anubis que vous avez vue ce soir n'était autre que Hassan qui s'est déguisé à ma demande. Je voulais voir s'il était possible d'effrayer le médecin. Or, j'ai pu constater qu'il n'est pas homme à se laisser impressionner par un simple phénomène dit surnaturel ! J'ai bien vu aussi qu'il n'était pas complètement dupe de ma naïveté quand je faisais semblant de croire aux forces occultes. La petite comédie que j'ai jouée à son profit ne l'a pas trompé. Je me doutais qu'il tenterait de faire de moi sa prochaine victime. Que dites-vous de tout ça mon bon ami ? Pour ma part, je constate avec satisfaction qu'en dépit de cette maudite mer, de cette chaleur abominable et des désagréments provoqués par le sable, mes petites cellules grises continuent à fonctionner à merveille !

Les déductions de Poirot ne tardèrent pas à trouver leur confirmation.

Quelques années auparavant, le jeune Bleibner, sous l'effet euphorisant de l'alcool, avait rédigé un testament facétieux dans lequel il léguait « mon étui à cigarettes que tu admires tant et tout ce que je posséderai à ma mort, principalement des dettes, à mon bon ami Robert Ames qui m'a sauvé un jour la vie alors que je me noyais ».

L'affaire fut étouffée du mieux possible et, aujourd'hui encore, on évoque les victimes de Men-Her-Ra comme la preuve triomphante de la vengeance d'un pharaon disparu contre les profanateurs de son tombeau.

Croyance qui, comme le fit remarquer Poirot, est contraire à la philosophie égyptienne.

(*Traduction de Laure Terilli*)

## 7

## VOL DE BIJOUX À L'HÔTEL MÉTROPOLE

*(The Jewel Robbery at the Grand Metropolitan)*

— Poirot, dis-je, un changement d'air vous ferait du bien.
— Vous croyez, mon bon ami ?
— J'en suis sûr.
— Tiens ! tiens ! Vous avez donc déjà tiré vos plans ?
— Si tel était le cas, viendriez-vous ?
— Où avez-vous l'intention de m'emmener ?
— À Brighton. Un de mes amis cambiste vient de me faire réaliser une assez fructueuse opération et j'ai de l'argent à jeter par les fenêtres, comme on dit. Je pense qu'un week-end au *Métropole* nous ferait le plus grand bien du monde.
— Merci, j'accepte avec reconnaissance. C'est faire preuve de charité chrétienne que de penser à un vieil homme comme moi. Et, après tout, un cœur généreux vaut bien tout un tas de petites cellules grises. Si ! si ! moi-même qui vous parle, je serais parfois enclin à l'oublier.

Je ne goûtai guère cette remarque. Poirot a tendance à sous-estimer mes facultés mentales. Mais son plaisir était si manifeste que je dissimulai mon léger agacement.

Et c'est ainsi que le samedi soir nous vit souper au *Métropole* au sein d'une joyeuse affluence. Tout le monde et sa femme semblait avoir envahi Brighton. Les robes étaient sublimes et les bijoux — souvent portés avec plus de propension à l'esbroufe que de bon goût — avaient de quoi couper le souffle.

— Quel spectacle ! murmura Poirot. Ne se croirait-on pas au paradis des nouveaux riches, mon bon Hastings ?
— C'est censé l'être, répliquai-je.
— La vue de tant de joyaux m'inciterait presque à regretter de n'avoir point consacré mon cerveau au crime plutôt qu'à sa détection. Quelle occasion pour un voleur chevronné ! Voyez un peu, Hastings, cette énorme matrone, là-bas, près de la colonne. Son décolleté est aussi pavé de pierreries que certains enfers le sont, paraît-il, de bonnes intentions.

Je suivis son regard.

— Mais c'est Mrs Opalsen ! m'exclamai-je.

— Vous la connaissez ?

— Vaguement. Son mari est un boursicoteur qui a fait fortune lors du dernier boom pétrolier.

Après souper, nous croisâmes les Opalsen dans le hall et je leur présentai Poirot. Nous bavardâmes et décidâmes bientôt de prendre le café ensemble.

Poirot prononça quelques remarques élogieuses à propos des pierres les plus coûteuses éparpillées sur la poitrine généreuse de la dame qui s'épanouit aussitôt :

— C'est mon vice, monsieur Poirot. J'i-do-lâ-tre les bijoux. Ed connaît mes faiblesses et, chaque fois que la Bourse monte, il m'offre une nouvelle parure. Vous intéressez-vous aux pierres précieuses ?

— J'ai eu beaucoup affaire à elles au cours de ma carrière, madame. Et mes enquêtes m'ont amené à contempler quelques-uns des plus beaux joyaux du monde.

Il se mit alors à narrer, usant de pseudonymes, les mésaventures des bijoux historiques d'une famille royale, et Mrs Opalsen l'écouta, haletante.

— On jurerait un roman ! s'exclama-t-elle à la fin. Vous savez, je possède des perles qui, elles aussi, ont une histoire. Mon collier est probablement le plus beau du monde tant les perles en sont merveilleusement assorties et d'un orient parfait. Il faut absolument que je monte vous le chercher ! Je brûle de vous montrer un tel trésor !

L'imposante personne tangua et roula vers l'ascenseur tel un galion par vent debout. Son mari, qui m'avait parlé jusque-là, lança à Poirot un regard interrogateur.

— Madame votre épouse tient à me faire admirer son collier de perles, expliqua ce dernier.

— Ah ! ses perles ! s'exclama Opalsen avec un sourire satisfait. C'est vrai qu'elles valent le coup d'œil. Il faut dire qu'elles n'étaient pas données. Mais je n'ai pas fait là un mauvais placement : je pourrais à tout moment récupérer ma mise, sinon plus. Pas impossible, d'ailleurs, que je sois amené à m'y résoudre un de ces jours si le marasme persiste. Tous les indices sont à la baisse. Et ces absurdes impôts sur les plus-values ne vont pas arranger la situation.

Continuant à discourir, il se lança dans des considérations techniques où je ne tardai pas à perdre pied.

Son flot d'éloquence fut interrompu par un groom qui vint lui chuchoter quelques mots à l'oreille.

— Quoi ? Je monte tout de suite. Elle n'a pas eu un malaise, au moins ? Veuillez m'excuser, messieurs.

Il nous quitta brusquement. Poirot se carra dans son fauteuil et alluma une de ses minuscules cigarettes russes. Puis, avec un soin maniaque, il rangea les tasses à café vides en un alignement impeccable et leur sourit d'un air béat.

Dix minutes s'écoulèrent. Les Opalsen ne nous avaient toujours pas rejoints.

— C'est bizarre, remarquai-je au bout d'un moment. Je me demande s'ils vont redescendre.

Poirot s'abîma dans la contemplation de la spirale de fumée qui s'élevait de sa cigarette et décréta :

— Ils ne redescendront pas.

— Pourquoi ?

— Parce que, mon ami, il se passe des choses.

— Quel genre de choses ? Et d'abord, comment le savez-vous ? m'étonnai-je.

— Il y a quelques instants, le directeur est sorti en trombe de son bureau pour se précipiter dans l'escalier. Il semblait fort agité. Secundo, le liftier est en grande conversation avec un des grooms. La sonnerie d'appel a retenti trois fois mais il s'en soucie comme d'une guigne. Tertio, même les garçons sont distraits — et pour qu'un garçon se montre distrait, il doit se passer des événements de première grandeur. Ah ! c'est bien ce que je pensais ! Voici la police.

Deux hommes venaient d'entrer dans le hall — l'un en uniforme, l'autre en civil. Ils s'adressèrent à un groom qui les pilota immédiatement vers l'escalier. Quelques instants plus tard, le même groom redescendit et vint vers nous :

— Mr Opalsen vous fait demander si vous voudriez bien monter, messieurs.

Poirot bondit. On eût dit qu'il attendait l'invitation. Je lui emboîtai le pas avec un égal empressement.

Les appartements des Opalsen étaient situés au premier étage. Après avoir frappé, le groom s'éclipsa ; et nous obéîmes à l'injonction d'entrer. Un étrange tableau s'offrit alors à nos regards. Nous nous trouvions dans la chambre à coucher de Mrs Opalsen au beau milieu de laquelle, effondrée dans un fauteuil, la brave femme pleurait à gros sanglots. Ses larmes ravinant la couche de maquillage dont son visage était libéralement enduit présentaient un spectacle saisissant. Mr Opalsen marchait de long en large d'un air furibond. Les policiers se tenaient au milieu de la pièce — l'un d'eux un carnet à la main. Une femme de chambre de l'hôtel, qui avait l'air morte de peur, se tenait près de la cheminée ; et à l'autre bout de la pièce, une Française — manifestement la bonne de Mrs Opalsen — se tordait les mains dans une manifestation de désespoir qui rivalisait avec celui de sa maîtresse.

Poirot, impeccable et souriant, n'eut pas plus tôt pris pied dans ce pandémonium que Mrs Opalsen, jaillissant de son fauteuil avec une vigueur étonnante chez une personne de sa corpulence, se précipita vers lui :

— Enfin vous voici ! Ed peut dire ce qu'il veut, mais moi, je crois à la chance. Il était écrit que j'allais vous rencontrer ce soir et je suis persuadée que si vous ne parvenez pas à me retrouver mes perles, personne n'y parviendra jamais.

— Calmez-vous, je vous en supplie, madame, lui dit Poirot en lui tapotant la main. Et rassurez-vous. Tout ira bien. Hercule Poirot va vous venir en aide.

Mr Opalsen se tourna vers l'inspecteur :

— Vous ne voyez pas d'objection à ce que je fasse appel à M. Poirot j'imagine ?

— Pas la moindre, monsieur, répondit ce dernier avec la plus grande courtoisie mais aussi la plus parfaite indifférence. D'ailleurs, maintenant que votre épouse se sent mieux, peut-être consentira-t-elle à nous exposer les faits.

Mrs Opalsen jeta à Poirot un regard de noyée. Il la reconduisit à son fauteuil :

— Asseyez-vous, madame, et racontez-nous toute l'histoire avec le maximum de sang-froid.

Ainsi adjurée, Mrs Opalsen ravala ses larmes :

— Je suis montée après souper chercher mes perles pour les montrer à M. Poirot. La femme de chambre et Célestine étaient toutes deux ici, comme d'habitude, et...

— Pardonnez-moi, madame, mais qu'entendez-vous par « comme d'habitude » ?

— J'ai fixé pour règles, expliqua Mr Opalsen, que personne ne peut pénétrer dans cette pièce sans que Célestine, notre bonne, n'y soit aussi. La femme de chambre de l'hôtel fait le ménage le matin en présence de Célestine et revient ouvrir les lits le soir dans les mêmes conditions. Autrement, elle ne met pas le pied ici.

— Comme je le disais, poursuivit Mrs Opalsen, je suis montée. J'ai ouvert ce tiroir (elle désigna le tiroir de droite de sa coiffeuse), j'en ai sorti mon coffret à bijoux et j'ai mis la clé dans la serrure. Tout semblait normal... mais les perles n'étaient pas là.

— Quand les aviez-vous vues pour la dernière fois ? s'enquit l'inspecteur qui n'avait cessé de prendre des notes.

— Elles étaient là quand je suis descendue dîner.

— En êtes-vous sûre ?

— Certaine. J'hésitais pour savoir si j'allais les porter ou non et, en fin de compte, j'ai opté pour les émeraudes et les ai remises dans le coffret à bijoux.

— Qui a fermé le coffret à bijoux ?

— Moi. J'en porte la clé à une chaîne autour de mon cou.

Elle la tendit à l'inspecteur qui l'examina et haussa les épaules :

— Le voleur devait en posséder un double. Ce n'est pas difficile. La serrure est d'un modèle très simple. Qu'avez-vous fait après avoir refermé le coffret ?

— Je l'ai remis dans le tiroir de droite de ma coiffeuse où je le range toujours.

— Vous n'avez pas fermé le tiroir à clé ?

— Non, je ne le fais jamais. Ma bonne ne quitte pas la chambre jusqu'à mon retour, c'est donc inutile.

L'inspecteur blêmit :

— Dois-je comprendre que les bijoux étaient là quand vous êtes descendue dîner, et que depuis lors *votre bonne n'a pas quitté la chambre* ?

Brusquement, comme si l'horreur de sa situation lui apparaissait soudain, Célestine poussa un cri perçant et, se précipitant sur Poirot, déversa un torrent de phrases incohérentes — et en français.

Qu'on pût la soupçonner, elle, d'avoir volé Madame ! L'hypothèse était ignominieuse ! Certes, la police britannique était connue pour son incommensurable stupidité. Mais Monsieur, qui était français...

— Belge ! corrigea Poirot.

Mais Célestine ne tint aucun compte de l'interruption :

Monsieur ne resterait pas là à la laisser injustement accuser alors que cette abominable femme de chambre s'en tirait indemne. Elle ne l'avait jamais aimée, cette espèce d'effrontée... une voleuse née. Elle l'avait dit et répété depuis le début que ce n'était pas une fille honnête. Et elle ne l'avait jamais quittée de l'œil quand elle venait faire la chambre de Madame ! Que ces imbéciles de policiers la fouillent et tout le monde serait bien surpris s'ils ne trouvaient pas sur elle les bijoux de Madame !

Bien que cette harangue fût débitée dans un français aussi rapide que virulent, Célestine l'avait ponctuée d'une telle profusion de gestes dépourvus d'équivoque que la femme de chambre saisit une bonne part de sa signification. Elle devint rouge de fureur :

— Si cette sale étrangère raconte que j'ai pris les perles, c'est une menteuse ! s'emporta-t-elle. Je ne les ai même jamais vues.

— Fouillez-la ! hurla l'autre. Vous verrez bien que j'ai raison.

— Vous êtes une menteuse, vous m'entendez ? vociféra la femme de chambre en se précipitant vers son ennemie. Vous les avez volées vous-même et vous voulez qu'on m'accuse à votre place. Bon sang ! je n'ai guère passé plus de trois minutes dans cette chambre avant que Madame ne remonte ! Et vous n'avez pas bougé d'ici pendant ces trois minutes, ainsi que vous le faites toujours, comme le chat qui guette la souris.

L'inspecteur se tourna vers Célestine :

— Est-ce exact ? Vous n'avez pas quitté la chambre ?

— Je ne l'ai effectivement pas laissée seule, admit Célestine à contrecœur, mais je suis allée deux fois dans ma propre chambre en passant par cette porte-là : une fois pour chercher une bobine de coton, l'autre mes ciseaux. C'est pendant ce temps-là qu'elle a dû faire le coup.

— Vous ne vous êtes même pas absentée une minute ! protesta la femme de chambre. Vous n'avez fait qu'entrer et sortir. Je serais bien contente que la police me fouille. Je n'ai rien à cacher, moi !

Un coup venait d'être frappé à la porte. L'inspecteur alla ouvrir et son visage s'éclaira :

— Ah ! voilà qui tombe bien. J'avais demandé qu'on nous envoie une de nos auxiliaires, et c'est précisément elle qui arrive. Puisque vous n'y voyez pas d'inconvénient, peut-être pourriez-vous passer tout de suite avec elle dans la pièce voisine ?

Il s'était adressé à la femme de chambre qui franchit le seuil avec un mouvement dédaigneux de la tête, suivie de près par l'auxiliaire de police.

La Française, secouée de sanglots, s'était effondrée dans un fauteuil. Poirot, quant à lui, examinait la chambre dont j'ai relevé les grandes lignes sur le croquis ci-dessous :

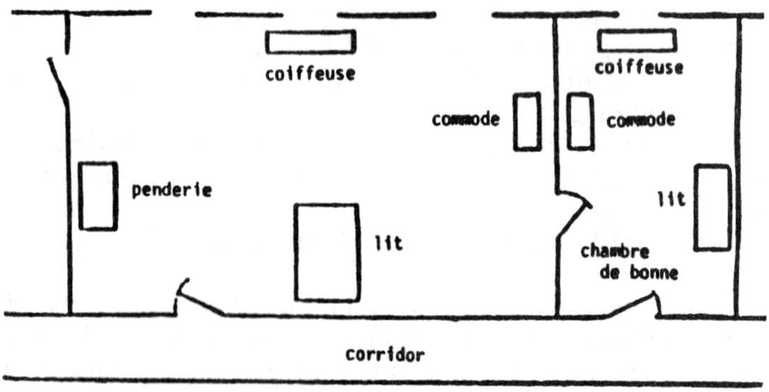


— Où mène cette porte ? demanda-t-il en indiquant celle qui se trouvait à gauche de la fenêtre.

— À l'appartement voisin, sans doute, répondit l'inspecteur. Quoi qu'il en soit, de ce côté-ci le verrou est mis.

Poirot essaya, en vain, de pousser le battant. Il tira le verrou et renouvela sa tentative, toujours en vain.

— De l'autre côté aussi, remarqua-t-il. Voilà qui règle la question.

Il passa en revue les fenêtres :

— Rien non plus ici. Pas même un balcon.

— Y en aurait-il un, s'énerva l'inspecteur, je ne vois pas en quoi cela nous aiderait puisque la bonne ne quittait jamais la chambre.

— Évidemment, admit Poirot sans se laisser démonter. Comme mademoiselle affirme qu'elle n'a pas...

Il fut interrompu par le retour de la femme de chambre et de l'auxiliaire.

— Rien, déclara laconiquement cette dernière.

— J'espère bien ! dit vertueusement la femme de chambre.

Cette garce de Française devrait avoir honte de vouloir ternir la réputation d'une honnête fille !

— Voyons ! voyons ! mon petit, c'est fini, lui dit l'inspecteur en ouvrant la porte. Personne ne vous soupçonne. Vous pouvez retourner à votre travail.

La femme de chambre sortit de mauvaise grâce.

— Et elle, vous n'allez pas la fouiller ? lança-t-elle en désignant Célestine d'un menton vengeur.

— Bien sûr que si ! dit-il en repoussant la porte qu'il ferma à clé.

Célestine accompagna à son tour l'auxiliaire dans la petite chambre voisine. Elle revint quelques instants plus tard. On n'avait rien trouvé sur elle.

Le visage de l'inspecteur s'assombrit :

— Je suis quand même obligé de vous demander de me suivre, mademoiselle. (Il se tourna vers Mrs Opalsen :) Navré, madame, mais tout la désigne. Si elle n'a pas le collier sur elle, c'est qu'il est caché quelque part dans cette chambre.

Célestine poussa un cri déchirant et s'accrocha au bras de Poirot. Ce dernier lui glissa quelques mots à l'oreille. Elle le regarda d'un air dubitatif.

— Si, si, mon enfant... je vous assure qu'il vaut mieux ne pas résister. (Il s'adressa à l'inspecteur :) Me permettez-vous une expérience, cher monsieur ? Pour mon édification personnelle.

— Cela dépend de quoi il s'agit, répondit prudemment l'inspecteur.

Poirot revint à Célestine :

— Vous nous avez dit être allée chercher une bobine de coton dans votre chambre. Où était-elle au juste ?

— Sur la commode, monsieur.

— Et vos ciseaux ?

— Eux aussi.

— Cela ne vous ennuierait-il pas, mademoiselle, de répéter ces deux actions ? Vous étiez installée ici avec votre ouvrage, dites-vous ?

Célestine s'assit, puis, sur un signe de Poirot, se leva, passa dans la chambre contiguë, prit un objet sur la commode et revint.

Poirot partagea son attention entre les mouvements de la

bonne et le cadran bombé d'un gros « oignon » qu'il tenait au creux de sa paume.

— Recommencez, je vous prie, mademoiselle.

À l'issue de la seconde exécution, il prit quelques notes et remit sa montre dans son gousset.

— Merci, mademoiselle. Et merci à vous aussi, cher monsieur, pour votre courtoisie, dit-il avec une courbette à l'adresse de l'inspecteur.

Ce dernier semblait se divertir fort de ce déploiement de politesse. Quant à Célestine, elle s'éloigna dans un flot de larmes, escortée par l'auxiliaire et le policier en civil.

Après de brèves excuses à l'adresse de Mrs Opalsen, l'inspecteur entreprit alors la mise à sac de la chambre. Il ouvrit les tiroirs, vida la penderie, défit le lit et ausculta le parquet.

— Vous pensez vraiment que vous allez retrouver les perles ? lui demanda Mr Opalsen, sceptique.

— Bien sûr, monsieur. Cela tombe sous le sens. Elle n'a pas eu le temps de les sortir de la chambre. Le fait que Mrs Opalsen ait si vite découvert le vol a bouleversé ses plans. Elles sont ici sans l'ombre d'un doute. Une des deux femmes les a cachées ici... et il est fort probable que la femme de chambre l'ait fait.

— Plus qu'improbable... impossible ! décréta Poirot.

— Hein ? fit l'inspecteur en écarquillant les yeux.

Poirot sourit, modeste :

— Je vais vous en faire la démonstration. Hastings, mon bel ami, veuillez tenir ma montre — avec soin, je vous prie, c'est une relique de famille ! Je viens de chronométrer les mouvements de Mlle Célestine : sa première absence a été de douze secondes, la deuxième de quinze. Observez maintenant mes faits et gestes. Madame aura la gentillesse de me confier la clé du coffret à bijoux. Merci. Mon ami Hastings aura la gentillesse de me dire : « allez-y. »

— Allez-y ! dis-je.

Avec une rapidité presque incroyable, Poirot arracha le tiroir de la coiffeuse, empoigna le coffret à bijoux, enfonça la clé dans la serrure, ouvrit le coffret, choisit un collier, referma le coffret à clé et le replaça dans le tiroir qu'il repoussa.

— Eh bien, mon ami ? s'enquit-il, à bout de souffle.

— Quarante-six secondes, répondis-je.

— Vous voyez bien ? La femme de chambre n'aurait pas eu le temps de prendre le collier, et encore moins de le cacher.

— Eh bien, voilà qui règle le cas de cette fille, se réjouit l'inspecteur qui retourna à ses recherches et passa dans la chambre de bonne.

Le front plissé, Poirot réfléchissait. Soudain il lança une question à Mr Opalsen :

— Ce collier... il était, sans nul doute, assuré ?

Mr Opalsen parut quelque peu désarçonné.

— Ou-oui, hésita-il. Oui, bien sûr.

— Mais qu'est-ce que cela peut bien faire ! coupa Mrs Opalsen en pleurant. C'est mon collier que je veux. Il était unique. Aucune somme ne pourrait le remplacer.

— Je comprends, madame, dit Poirot avec douceur. Je comprends et je compatis. Chez les représentants du beau sexe, le sentiment prime tout, n'est-il pas vrai ? Mais monsieur votre époux, dont la sensibilité n'est pas aussi aiguisée, y trouvera sans nul doute une légère consolation.

— Bien sûr, bien sûr, fit Mr Opalsen, mal à l'aise. Néanmoins...

Il fut interrompu par un cri de triomphe. Et l'inspecteur revint dans la chambre, balançant un collier au bout de ses doigts.

Avec un sanglot, Mrs Opalsen s'arracha à son fauteuil. C'était une autre femme.

— Oh, mon collier ! balbutia-t-elle en le plaquant des deux mains contre sa poitrine.

— Où était-il ? demanda Opalsen

— Dans le lit de la bonne. Entre les ressorts du sommier métallique. Elle doit l'avoir subtilisé et caché là avant l'arrivée de la femme de chambre.

— Vous permettez, madame ? murmura Poirot.

Il prit le collier qu'il examina attentivement avant de le rendre avec un profond salut.

— Je crains, madame, qu'il ne vous faille nous le confier pour quelque temps, dit l'inspecteur. Nous en aurons besoin pour l'accusation. Mais il vous sera restitué aussitôt que possible.

Mr Opalsen se rembrunit :

— Est-ce indispensable ?

— Hélas ! oui, monsieur. Mais ce n'est qu'une formalité.

— Oh ! laissez-le le garder, Ed ! s'écria sa femme. Je me sentirai plus tranquille comme cela. Je ne pourrais pas fermer l'œil à l'idée que quelqu'un ose encore essayer de me le voler. Quel monstre que cette fille ! Je n'aurais jamais cru ça d'elle ! Je...

— Allons ! allons ! ma chère amie, calmez-vous.

Je sentis qu'on me tirait doucement par le bras. C'était Poirot :

— Si nous nous éclipsions, mon ami ? Je crois que personne ici n'a plus besoin de nos services.

Une fois dans le corridor, il hésita cependant et, à mon intense surprise, déclara :

— J'aimerais assez jeter un coup d'œil à l'appartement voisin.

La porte n'étant pas fermée à clé, nous pénétrâmes dans une vaste chambre inoccupée. Une bonne couche de poussière s'étalait partout et mon délicat ami grimaça tandis qu'il promenait son doigt autour d'une marque rectangulaire sur la table placée près de la fenêtre.

— Le service laisse à désirer, marmonna-t-il tout en regardant machinalement par le carreau, plongé qu'il était dans ses réflexions.

— Eh bien ? m'impatientai-je. Que diable sommes-nous venus faire ici ?

Poirot sursauta :

— Je vous demande pardon, mon bon ami. Je souhaitais vérifier que le verrou était réellement mis de ce côté-ci aussi.

— Il est bel et bien mis, dis-je en regardant la porte qui communiquait avec l'appartement que nous venions de quitter.

Poirot hocha la tête. L'esprit ailleurs, il semblait toujours réfléchir.

— D'ailleurs, poursuivis-je, quelle importance ? L'affaire est réglée. J'aurais souhaité que vous ayez une meilleure occasion de vous distinguer. Mais c'était le genre de problème où même un parfait imbécile comme cet inspecteur ne pouvait se fourvoyer.

— Le problème n'est pas résolu, mon ami, il ne le sera pas tant que nous n'aurons pas découvert qui a volé les perles.

— Mais c'est la bonne !

— Qu'est-ce qui vous fait dire une chose pareille ?

— Mais b-bon sang! bégayai-je, on les a retrouvées dans son sommier!

— Taratata! fit Poirot. Ce n'étaient pas les vraies perles.

— Quoi?

— Il s'agissait d'imitations, mon bon ami.

Cette déclaration me coupa le souffle. Poirot, quant à lui, souriait benoîtement:

— Notre brave inspecteur n'y connaît manifestement rien en fait de bijoux. Mais tout ceci ne va pas tarder à faire un joli tapage.

— Venez! m'écriai-je en lui empoignant le bras. Il faut tout de suite prévenir les Opalsen!

— Ce n'est pas mon avis.

— Mais cette pauvre femme...

— Cette pauvre femme, comme vous l'appelez, passera une bien meilleure nuit si elle croit son collier en lieu sûr.

— Mais le voleur peut s'enfuir avec!

— Comme d'habitude, mon bon, vous parlez sans réfléchir. Comment pouvez-vous être sûr que les perles si soigneusement enfermées ce soir par Mrs Opalsen n'étaient pas les fausses? et que le véritable vol n'a pas eu lieu à une date antérieure?

Médusé, je demeurai sans voix.

— Hé oui! s'épanouit Poirot. Comme vous dites, mon bon! Nous recommençons tout.

Il me tira hors de la chambre, parut un instant réfléchir, puis se dirigea vers l'extrémité du corridor et ne s'arrêta qu'à la porte du réduit qui servait de lieu de ralliement aux valets et femmes de chambre des divers étages. « Notre » femme de chambre y recevait présentement sa cour, aux membres de laquelle elle contait ses mésaventures avec force détails. Elle s'interrompit au beau milieu d'une phrase et Poirot s'inclina avec sa politesse accoutumée:

— Mille pardons de vous déranger, mais je vous saurais infiniment gré de bien vouloir m'ouvrir la chambre de Mr Opalsen.

La jeune femme ne se fit pas prier et nous reprîmes à sa suite le corridor en sens inverse. L'appartement de Mr Opalsen faisait face à celui de son épouse. La femme de chambre nous en ouvrit la porte avec son passe. Nous entrâmes, et elle s'apprêtait à s'éclipser quand Poirot la retint:

— Un instant! N'auriez-vous pas remarqué parmi les affaires de Mr Opalsen une carte de ce type?

Il lui tendit une carte de visite vierge, assez fortement glacée et d'aspect inhabituel. Elle la prit et l'examina attentivement.

— Non, monsieur, je ne crois pas. Mais de toute façon, le valet a plus affaire que moi avec les chambres des messieurs.

— Bien sûr. Merci.

Poirot rempocha la carte. La femme prit congé. Mon ami parut alors réfléchir. Puis il secoua la tête:

— Sonnez, je vous en prie, Hastings. Trois coups, pour le valet.

J'obéis, dévoré par la curiosité. Pendant ce temps, Poirot avait déversé la corbeille à papier sur le parquet et en inventoriait rapidement le contenu.

Le valet ne tarda pas à répondre à mon coup de sonnette. Poirot lui posa la même question et lui tendit la carte pour qu'il l'examinât. Mais sa réponse fut identique. Il n'avait jamais vu une carte de cette qualité un peu particulière parmi les affaires de Mr Opalsen. Poirot le remercia et il se retira à regret, jetant un regard inquisiteur sur la corbeille à papier vidée de ses détritus qui jonchaient le sol. Et rien n'aurait pu l'empêcher d'entendre la remarque de Poirot tandis qu'il faisait une boule des papiers déchirés:

— Et le collier était fortement assuré...

— Poirot! m'écriai-je, j'ai tout compris...

— Vous n'avez rien compris, mon bon, répliqua Poirot. Rien du tout, comme d'habitude! C'est incroyable, mais c'est comme ça. Regagnons nos pénates.

Nous parcourûmes les corridors en silence. Une fois dans notre chambre, j'eus la surprise de voir Poirot changer prestement de vêtements.

— Je pars pour Londres, m'expliqua-t-il. C'est impératif.

— Quoi?

— Hé oui! Le vrai travail, celui du cerveau — ah! ces braves petites cellules grises! — est accompli. Je vais chercher la confirmation de ma thèse. J'y arriverai! Il n'est pas né, celui qui parviendra à abuser Hercule Poirot!

— Un de ces jours, vous finirez bien par tomber sur un bec, grimaçai-je, exaspéré par sa vanité si remarquablement franco-belge.

— Ne vous fâchez pas, je vous en conjure, mon bon. Je

compte sur vous — sur votre amitié — pour me rendre un service.

— Mais bien sûr ! m'empressai-je d'acquiescer, plutôt honteux de mon mouvement d'humeur. Qu'attendez-vous de moi ?

— La manche du veston que je viens d'ôter... pourrez-vous la brosser ? Voyez, mon bon, un peu de poudre blanche y adhère. Je gage que vous avez observé le rapide mouvement effectué par mon doigt autour du tiroir de la coiffeuse ?

— Non.

— Vous gagneriez à mieux observer mes faits et gestes, mon ami. J'ai ainsi récolté un peu de poudre au bout de mon index et — un tantinet surexcité, j'en conviens — j'ai essuyé ledit index sur ma manche. C'est là une inadvertance que je déplore et qui est contraire à tous mes principes.

— Mais qu'est-ce que c'était que cette poudre ? lançai-je, peu soucieux d'entendre un cours magistral sur les principes de Poirot.

— Pas le poison des Borgia, railla Poirot. Votre imagination s'emballe. À mon avis, il s'agit de talc.

— De talc ?

— De stéatite, si vous préférez. Les ébénistes l'utilisent pour améliorer le coulissement des tiroirs.

Je ne pus m'empêcher de rire de bon cœur :

— Espèce de vieux farceur ! Moi qui croyais que vous alliez en venir à quelque chose d'excitant.

— Au revoir, mon bon ami. Je me sauve !

La porte se referma sur lui. Avec un sourire — mi-tendre mi-moqueur —, je pris son veston d'une main et empoignai la brosse de l'autre.

Le lendemain matin, sans nouvelles de Poirot, je sortis faire un tour, rencontrai quelques amis et déjeunai à leur hôtel. L'après-midi, nous partîmes en randonnée. Une crevaison nous retarda et il était 8 heures passées lorsque je regagnai le *Métropole*.

La première personne que j'aperçus en entrant fut Poirot, qui me parut encore plus fluet que nature — pris qu'il était en sandwich entre les Opalsen —, mais qui rayonnait de satisfaction béate.

— Hastings, mon bon ami ! s'écria-t-il en se précipitant à

ma rencontre. Dans mes bras, mon bon ! Tout s'est passé le mieux du monde !

Dieu merci, l'étreinte annoncée n'était que clause de style — mais avec Poirot, le pire reste toujours à craindre.

— Vous avez vraiment..., commençai-je.

— Fantastique, le mot n'est pas trop fort ! roucoula Mrs Opalsen dont la face lunaire se fendait en un sourire d'extase. Ne vous avais-je pas dit, Ed, que s'il ne parvenait pas à me retrouver mes perles, personne n'y parviendrait jamais ?

— Si, ma chère amie, et vous aviez raison.

Je lançai à Poirot un regard de détresse auquel il répondit aussitôt :

— Mon ami Hastings se sent quelque peu laissé en carafe, comme on dit en France. Asseyez-vous, mon tout bon, et je vais vous conter par le menu toute cette affaire qui s'est si bien terminée.

— Terminée ?

— Bien sûr. Ils sont arrêtés.

— Qui ça : ils ?

— Le valet et la femme de chambre, parbleu ! Vous ne les avez pas soupçonnés ? Même après mon allusion à la stéatite ?

— Vous m'avez dit qu'elle est utilisée par les ébénistes...

— ... pour améliorer le coulissement des tiroirs, en effet. Or, quelqu'un souhaitait que les tiroirs coulissassent sans bruit. Qui cela pouvait-il être ? Uniquement la femme de chambre. Le plan était si ingénieux qu'il ne sautait pas tout de suite aux yeux... même à ceux d'Hercule Poirot.

» Voici comment le coup fut mené à bien. Le valet attendait derrière la porte, dans la chambre inoccupée. La bonne française quitte la pièce. Rapide comme l'éclair, la femme de chambre ouvre le tiroir, s'empare du coffret à bijoux et, tirant le verrou, le passe à son complice. Le valet l'ouvre tranquillement à l'aide du double de la clé qu'il s'est procuré, sort le collier et attend la suite. Célestine s'absente à nouveau et — psiit — le coffret réintègre la chambre et son tiroir.

» Madame arrive, le vol est découvert. La femme de chambre exige d'être fouillée, avec grandes protestations de vertu outragée, et quitte enfin l'appartement, sa réputation intacte. La copie du collier dont ils s'étaient munis avait été dissimulée le matin par la femme de chambre dans le sommier de la Française — un coup de maître, ça !

— Mais qu'êtes-vous allé faire à Londres ?

— Vous vous rappelez la carte ?

— Évidemment. Cela m'a intrigué... et m'intrigue encore. Je croyais...

J'hésitai et jetai un regard en coin à Mr Opalsen.

Poirot rit de bon cœur :

— C'était une blague ! Une blague et un coup fourré à l'intention du valet. La carte était de celles qui ont subi une préparation spéciale destinée à obtenir des empreintes digitales parfaites. Je me suis rendu tout droit à Scotland Yard où j'ai tout narré à notre vieil ami l'inspecteur Japp. Comme je le soupçonnais, les empreintes étaient celles de deux monte-en-l'air recherchés par la police. Japp est revenu ici avec moi, les voleurs ont été appréhendés et les perles retrouvées en possession du valet. Ils étaient malins, ces deux-là, ils possédaient la méthode, mais ils ont manqué de rigueur. Ne vous ai-je pas dit au moins trente-six fois, Hastings, que sans la rigueur...

— Au moins trente-six mille fois ! l'interrompis-je. Mais où leur « rigueur » s'est-elle relâchée ?

— Mon ami, c'est une bonne méthode que de prendre une place de femme de chambre ou de valet — mais il ne faut pas négliger son travail. Ils ont laissé une chambre inoccupée noyée sous la poussière. Et c'est ainsi que, lorsque le prétendu valet a posé le coffret à bijoux sur la petite table entre la fenêtre et la porte de communication, l'empreinte du coffret a laissé une marque rectangulaire...

— Mais oui ! je m'en souviens ! m'écriai-je.

— Avant, je n'étais pas sûr. Là... j'ai *su* !

Il y eut un moment de silence.

— Et moi j'ai retrouvé mes perles ! psalmodia Mrs Opalsen tel un chœur antique.

— Tout est bien qui finit bien, dis-je. Et je crois que je ne ferais pas mal d'aller dîner.

Poirot vint me tenir compagnie.

— Toute cette affaire va encore ajouter à votre gloire, fis-je observer.

— Pas le moins du monde, rétorqua Poirot. Japp et l'inspecteur local vont s'en partager le mérite. Mais — il tapota sa poche — j'ai un chèque de Mr Opalsen et... comment dire, mon bon ami?... Ce week-end ne s'est pas déroulé comme prévu... Pourquoi ne reviendrions-nous pas la semaine prochaine — à mes frais, cette fois.

(*Traduction de Michel Averlant*)

## 8

## L'enlèvement du Premier Ministre

*(The Kidnapped Prime Minister)*

Maintenant que la guerre et son cortège de difficultés appartiennent au passé, je crois pouvoir sans risque révéler au monde le rôle qu'a joué mon ami Poirot en un moment de crise nationale. Le secret a été bien gardé. La presse n'a eu vent d'aucun écho. Mais maintenant qu'il n'y a plus de raison de se taire, il me paraît juste que l'Angleterre connaisse la dette qu'elle a contractée envers mon étonnant ami qui, par sa merveilleuse intelligence, a su magistralement éviter une véritable catastrophe.

Un soir, après dîner, Poirot et moi étions assis au salon. Je ne préciserai pas la date. Qu'il suffise de dire que c'était le moment où « la paix négociée » était le refrain rabâché par les ennemis de l'Angleterre. À la suite d'une blessure, l'armée m'avait réformé et donné un emploi dans un bureau de recrutement. J'avais pris l'habitude de passer chez Poirot, le soir après le dîner, et de bavarder avec lui des cas intéressants qui lui étaient confiés.

Ce soir-là, je me battais sans résultat les flancs pour tenter d'orienter la conversation sur la nouvelle du jour. Or, il ne s'agissait de rien de moins qu'une tentative d'assassinat perpétrée sur la personne de Mr David MacAdam, Premier Ministre de Grande-Bretagne. Naturellement, le compte rendu publié dans la presse avait été soigneusement censuré. On ne donnait aucun détail, si ce n'est que le Premier Ministre avait échappé de justesse à la mort : un coup de feu avait été tiré, mais la balle n'avait fait que lui érafler la joue.

À mon avis, notre police avait fait preuve de négligence et il était honteux qu'un tel acte de violence ait pu se produire. Par ailleurs, je comprenais que les espions allemands en Angleterre fussent prêts à tout pour supprimer le Premier Ministre : en effet, « Mac-la-bagarre », comme l'avait surnommé son parti, combattait vigoureusement et sans équivoque l'influence pacifiste qui prenait tant d'ampleur.

À vrai dire, MacAdam était plus que le Premier Ministre de Grande-Bretagne : il incarnait l'Empire britannique, et l'écarter du pouvoir où il était si influent aurait paralysé notre pays en lui portant un coup terrible.

Poirot était occupé à nettoyer un costume gris à l'aide d'une petite éponge. Hercule Poirot est le pire dandy que le monde ait jamais connu. Il a la passion de l'ordre et de la propreté. Je savais que, tant que cette odeur de benzine remplirait l'air, il serait incapable de m'accorder la moindre attention.

— Je suis à vous dans une petite minute, mon ami. J'ai presque fini. Cette tache de graisse... ça n'est pas possible. Il faut qu'elle parte. Voilà.

Il agita l'éponge.

Je souris et allumai une autre cigarette.

— Rien d'intéressant en ce moment ? demandai-je au bout de quelques instants, bien décidé à réenfourcher mon cheval de bataille dès que l'occasion s'en présenterait.

— Une femme de ménage m'a demandé de lui retrouver son mari, affaire délicate qui exige du tact car j'ai ma petite idée là-dessus : lorsqu'on le retrouvera, ce mari, il ne sera pas content. Que voulez-vous ? Pour ma part, je le comprends et je compatis. Il a fait preuve de discernement en disparaissant.

Je me mis à rire.

— Ouf ! Ma tache de graisse est invisible. Maintenant je suis à vous. Que désirez-vous au juste ?

— Votre opinion au sujet de la tentative d'assassinat contre MacAdam.

— Billevesées ! répliqua aussitôt Poirot. C'est à peine si on peut prendre une telle histoire au sérieux. Tirer avec une carabine, c'est courir à l'échec. Autrefois, je ne dis pas... Mais de nos jours...

— Oui, mais l'attentat a quand même bien failli réussir.

Poirot eut un mouvement d'impatience. Il s'apprêtait à répondre lorsque la logeuse passa la tête dans l'entrebâillement de la porte pour annoncer que deux visiteurs désiraient le voir :

— Ils ne veulent pas donner leurs noms, mais il paraît que c'est de la plus haute importance.

— Faites-les monter, dit Poirot en pliant avec soin son pantalon gris.

Quelques minutes plus tard, la logeuse introduisait les deux visiteurs en question. J'eus un coup au cœur en reconnaissant dans le premier une personnalité aussi éminente que celle de lord Estair, président de la Chambre des Communes. Son compagnon, Mr Bernard Dodge, appartenait au ministère de la Guerre. C'était, je le savais, un ami intime du Premier Ministre.

— Monsieur Poirot ? demanda lord Estair.

Mon ami s'inclina. L'illustre personnage me regarda et hésita.

— C'est une affaire confidentielle qui m'amène chez vous.

— Vous pouvez parler en toute liberté devant le capitaine Hastings, dit Poirot en m'invitant d'un signe à rester. Non pas qu'il soit pourvu de toutes les qualités ! Loin de là ! Mais je réponds de sa discrétion.

Lord Estair hésitait cependant.

— Allons, intervint brusquement Mr Dodge. Inutile de tourner autour du pot. De toute façon, le pays entier ne va pas tarder à apprendre que nous sommes dans de mauvais draps. La seule solution, c'est de ne pas perdre de temps.

— Prenez un siège, messieurs, je vous en prie, s'empressa Poirot. Voulez-vous le grand fauteuil, milord ?

Lord Estair tressaillit quelque peu :

— Vous me reconnaissez ?

Poirot sourit.

— Certainement. Je lis les journaux et je regarde les photographies. Comment ne pas vous connaître ?

— Monsieur Poirot, je viens vous consulter au sujet d'une affaire qui ne saurait souffrir le moindre retard. Et pour laquelle je dois vous demander le secret absolu.

— Vous avez la parole d'Hercule Poirot. Voilà tout ce que je puis répondre à votre requête, déclara mon ami avec emphase.

— Il s'agit du Premier Ministre. Nous avons de sérieux ennuis.

— Nous sommes dans un sacré pétrin ! renchérit Mr Dodge.

— La blessure est donc grave ? demandai-je.

— Quelle blessure ?

— La blessure par balle.

— Oh, ça ! s'écria Dodge avec dédain. C'est de l'histoire ancienne.

— Comme dit mon collègue, expliqua lord Estair, cette histoire est classée. Il n'est plus question de ce coup de feu. Par chance, cette première tentative d'assassinat a échoué. Si seulement je pouvais en dire autant de la seconde.

— Il y a donc eu une seconde tentative ?

— Oui, mais pas de même nature. Monsieur Poirot, cette fois-ci, le Premier Ministre a disparu.

— Disparu ?

— On l'a enlevé.

— C'est impossible ! m'écriai-je, stupéfait.

Poirot me foudroya du regard, ce qui avait pour but, je le savais, de m'enjoindre au silence.

— Hélas ! c'est pourtant la triste vérité, conclut lord Estair.

— Vous venez de dire à l'instant que seul le temps compte, dit Poirot en s'adressant à Mr Dodge. Qu'est-ce que cela signifie au juste ?

Les deux hommes échangèrent un regard.

— Avez-vous entendu parler de la Conférence des Alliés qui aura bientôt lieu ? s'enquit lord Estair.

Mon ami fit un signe de tête affirmatif.

— Pour des raisons évidentes de sécurité, le jour et le lieu de cette réunion sont tenus secrets. Ces informations n'ont pas été communiquées à la presse ; cependant le jour est, bien sûr, connu des milieux diplomatiques. La Conférence a lieu demain, jeudi soir, à Versailles. Il ne nous reste plus maintenant qu'à mesurer l'étendue du désastre. Je ne vous cacherai pas que la présence du Premier Ministre est une nécessité vitale. La propagande pacifiste, entreprise et entretenue par les agents allemands en Angleterre, est très active. De l'avis unanime, la forte personnalité du Premier Ministre sera le facteur décisif pour la réussite de la Conférence. Son absence pourrait entraîner les conséquences les plus graves — peut-être même une paix négociée qui serait prématurée et désastreuse. Et nous n'avons personne capable de le remplacer. Lui seul peut représenter l'Angleterre.

Le visage de Poirot exprimait une réelle gravité.

— Ainsi, vous estimez que l'on a enlevé le Premier Ministre dans le but de l'empêcher de participer à la Conférence ?

— J'en suis persuadé. Il était en route pour la France au moment où le rapt s'est produit.

— Quand se tient la Conférence ?

— Demain soir à 21 heures.

Poirot tira de son gousset son énorme oignon.

— Il est 9 heures moins le quart.

— Ça nous donne vingt-quatre heures, dit Mr Dodge, soucieux.

— Et quinze minutes, corrigea Poirot. N'oubliez pas les quinze minutes. Elles risquent de nous être utiles. Bien. Les faits, maintenant. L'enlèvement est-il survenu en France ou en Angleterre ?

— En France. Mr MacAdam est parti ce matin. Il devait passer la nuit chez le commandant suprême des Forces Alliées et continuer le lendemain sur Paris. Il a traversé la Manche à bord d'un destroyer. À Boulogne, une voiture du Quartier général et un aide de camp du généralissime l'attendaient.

— Et alors ?

— Il est parti de Boulogne... mais il n'est jamais arrivé à destination.

— Quoi ?

— Monsieur Poirot, un imposteur s'est fait passer pour l'aide de camp, et c'est une fausse voiture du Q. G. qui est venue le chercher. On a retrouvé la vraie voiture sur une route secondaire avec son chauffeur et l'aide de camp bâillonnés et ligotés.

— Et la fausse ?

— Elle roule encore.

Poirot eut un geste d'impatience :

— C'est incroyable. Elle ne peut pourtant pas longtemps échapper à la police.

— C'est ce que nous pensions. Il nous semblait qu'il suffisait de passer au peigne fin cette région qui est sous gouvernement militaire. Nous étions convaincus que la voiture ne passerait pas longtemps inaperçue. La police française et nos hommes de Scotland Yard sont sur les dents. Comme vous dites, c'est incroyable — mais on n'a rien découvert.

À ce moment-là, on frappa à la porte et un jeune officier entra, tenant à la main une grosse enveloppe scellée qu'il tendit à lord Estair :

— J'arrive de France à l'instant, monsieur. J'apporte ceci selon vos instructions.

Le ministre déchira fébrilement l'enveloppe et poussa une exclamation. L'officier se retira.

— Enfin des nouvelles ! Ce télégramme vient d'être décodé. On a retrouvé la voiture des imposteurs et le secrétaire, le capitaine Daniels, chloroformé, bâillonné et ligoté dans une ferme abandonnée près de C... Il ne se souvient de rien, si ce n'est qu'on lui a appliqué un tampon sur la bouche et le nez et qu'il s'est débattu en vain. La police est convaincue de sa bonne foi.

— Ils n'ont rien trouvé d'autre ?

— Non.

— Pas le cadavre du Premier Ministre ? Bon, alors, il nous est permis d'espérer. Mais c'est étrange. Pourquoi, après avoir tenté de le tuer ce matin, se donner tant de mal pour le garder vivant ?

Dodge secoua la tête.

— Ce qui est sûr, c'est leur objectif : ils veulent à tout prix empêcher le ministre de se rendre à la Conférence.

— Je ferai l'impossible pour qu'il y participe. Dieu veuille qu'il ne soit pas trop tard. Maintenant, messieurs, racontez-moi tout depuis le début. Il me faut également connaître les détails du premier attentat.

— Hier soir, le Premier Ministre et l'un de ses secrétaires, le capitaine Daniels...

— L'homme qui l'a accompagné en France ?

— Oui. Donc, hier soir, ils s'étaient rendus en voiture à Windsor où le roi lui avait accordé audience. Ce matin de bonne heure, il rentrait en ville. C'est sur le trajet du retour qu'on a attenté à sa vie pour la première fois.

— Un instant, s'il vous plaît. Qui est le capitaine Daniels ? Avez-vous son dossier ?

Lord Estair sourit :

— J'avais bien pensé que vous me poseriez cette question. Nous ne savons pas grand-chose sur son compte. Il n'appartient pas à une famille connue. Mais il a servi dans l'armée anglaise et c'est un excellent officier, doué de surcroît pour les langues. Je crois qu'il en parle sept. C'est pour cette raison que le Premier Ministre l'avait choisi pour l'accompagner en France.

— A-t-il des parents en Angleterre ?

— Deux tantes. Une Mrs Everard, qui vit à Hampstead, et une miss Daniels, qui réside près d'Ascot.

— Ascot ? Ce n'est pas loin de Windsor, n'est-ce pas ?

— Nous n'avons pas négligé cette piste, mais elle n'a rien donné.

— Ainsi vous estimez le capitaine Daniels au-dessus de tout soupçon ?

— Non, monsieur Poirot, répondit lord Estair d'un ton amer. De nos jours, j'hésiterais avant de déclarer de quiconque qu'il est au-dessus de tout soupçon.

— Très bien. Maintenant — et détrompez-moi si je m'égare, milord —, j'imagine que toutes les précautions avaient été prises afin de garder le Premier Ministre sous la protection vigilante de la police ?

Lord Estair inclina la tête.

— Bien entendu. Un véhicule ayant à son bord des policiers en civil suivait de près la voiture du Premier Ministre. Mr MacAdam ignorait ce renforcement des mesures de sécurité. Il est très courageux et s'y serait probablement opposé. Mais il va de soi que la police prend toutes dispositions qui lui paraissent justifiées. J'ajoute que la voiture du Premier Ministre était conduite par son chauffeur habituel, O'Murphy, un homme du CID.

— O'Murphy ? C'est un nom irlandais, non ?

— Oui, il est irlandais.

— De quelle région ?

— Du comté de Clare, je crois.

— Tiens ! Mais veuillez poursuivre, milord.

— Le Premier Ministre était donc reparti pour Londres dans une voiture fermée où avait également pris place le capitaine Daniels. La voiture de la police suivait comme à l'aller. Hélas ! sans que l'on sache pourquoi, la voiture du Premier Ministre a bifurqué soudain...

— Dans un virage ? interrompit Poirot.

— Oui, mais comment le savez-vous ?

— C'est l'évidence même ! Continuez.

— Donc, pour une raison inconnue, la voiture du Premier Ministre a quitté la route principale. Les policiers de l'escorte n'ont rien remarqué et ont continué tout droit. Après quelques mètres sur un chemin désert, la voiture du Premier Ministre a soudain été stoppée par une bande d'individus masqués. D'abord pris de court, le chauffeur...

— Ce brave O'Murphy, murmura Poirot, pensif.

— D'abord pris de court, le chauffeur a écrasé la pédale du frein. Le Premier Ministre a mis la tête à la portière. Un coup de feu a claqué, puis un autre. La première balle lui a frôlé la joue. Par chance, la seconde a dévié. Comprenant le danger, le chauffeur a foncé droit devant et dispersé la bande d'agresseurs.

— « Mac-la-bagarre » l'a échappé belle ! dis-je sans le moindre respect mais avec un frisson.

— Mr MacAdam a refusé de se soucier de sa blessure, qu'il a qualifiée de simple égratignure. Il s'est toutefois arrêté à un poste de secours où on la lui a nettoyée et pansée. Naturellement, il n'a pas révélé son identité. Puis il s'est fait conduire, comme prévu, à Charing Cross où l'attendait un train spécial pour Douvres et — après un bref compte rendu du capitaine Daniels destiné à rassurer la police — il est parti pour la France. À Douvres, il a embarqué sur le destroyer. À Boulogne, l'attendait la fausse voiture avec le drapeau de l'Union Jack et qui ne présentait aucun signe suspect.

— Est-ce tout ?

— Oui.

— N'avez-vous omis aucun détail, milord ?

— Il y a une chose encore, quelque peu étrange.

— Laquelle ?

— Après avoir déposé le Premier Ministre à Charing Cross, la voiture qui l'avait ramené de Windsor a disparu. La police étant pressée d'interroger O'Murphy, une enquête a été ouverte. Cette voiture a été retrouvée devant une gargote de Soho, lieu de rendez-vous bien connu de bon nombre d'espions allemands.

— Et le chauffeur ?

— Aucune trace de lui. Il a également disparu.

— Ainsi, nous avons deux disparitions : celle du Premier

Ministre en France, et celle de O'Murphy en Angleterre, énonça pensivement Poirot.

Il posa un regard pénétrant sur lord Estair qui eut un geste d'impuissance.

— Je ne peux vous dire qu'une chose, monsieur Poirot. Si hier quelqu'un avait avancé l'hypothèse que O'Murphy était un traître, je lui aurais ri au nez.

— Et aujourd'hui ?

— Aujourd'hui, je ne sais plus que penser.

Poirot hocha gravement du chef, puis reconsulta sa grosse montre en forme d'oignon.

— Je pense, messieurs, que vous me donnez carte blanche ? Il faut que je puisse me rendre là où je le désire et comme je le désire.

— Parfaitement. Un train spécial quittera Douvres dans une heure avec un nouveau contingent de Scotland Yard. Un officier et un homme du CID vous accompagneront. Ils se tiendront à votre entière disposition. Êtes-vous satisfait ?

— Tout à fait. Une question encore avant que vous ne partiez, messieurs. Comment avez-vous eu l'idée de venir me consulter ? Je ne suis, dans votre grand Londres, qu'un pauvre petit Belge, obscur et anonyme.

— Nous sommes venus sur la recommandation expresse et le souhait d'un très grand homme de votre pays.

— Comment ? Mon vieil ami le préfet ?

— Plus haut que le préfet. Un homme dont la parole a fait et fera encore la loi en Belgique ! À qui l'Angleterre est liée par le serment le plus sacré.

Poirot fit de la main un salut théâtral :

— Alors, je m'incline, messieurs. Vous pouvez être sûrs que moi, Hercule Poirot, je vous servirai fidèlement. Pourvu seulement qu'il soit encore temps. Mais tout ceci est bien obscur... bien obscur. Je n'y comprends rien.

— Alors, Poirot, m'écriai-je impatiemment comme la porte se refermait derrière les visiteurs. Qu'en pensez-vous ?

Mon ami préparait déjà, à gestes rapides et précis, la minuscule valise qui le suivait partout. Il secoua la tête :

— Je ne sais que penser. Je me sens l'esprit vide.

Je réfléchissais à voix haute :

— Comme vous le disiez, pourquoi enlever le Premier

Ministre alors qu'un bon coup sur la tête aurait eu le même effet ?

— Pardonnez-moi, mon ami, mais ce ne sont pas là mes propos exacts. Il est sans doute beaucoup plus intéressant pour les ravisseurs d'avoir enlevé le Premier Ministre.

— Intéressant à quel point de vue ?

— Parce que l'incertitude engendre la panique. Voilà une première raison. Si le Premier Ministre était mort, ce serait une catastrophe, mais le gouvernement trouverait le moyen de faire face. Alors que — plongé dans l'incertitude, l'on est paralysé. Le Premier Ministre va-t-il réapparaître ou non ? Est-il mort ou vivant ? Personne ne sait. Et en attendant de savoir, comment prendre une décision ? Comme je vous le disais, l'incertitude engendre la panique — et c'est cette carte-là que jouent les Boches. Deuxièmement, là encore, si les ravisseurs le retiennent prisonnier quelque part, ils ont l'avantage de pouvoir imposer leurs conditions des deux côtés. En général, le gouvernement allemand ne témoigne pas d'une grande libéralité financière, mais il ne fait aucun doute que, dans un cas pareil, les auteurs du coup de main pourraient en obtenir des sommes substantielles. Troisièmement, les ravisseurs ne courent pas le risque d'être pendus... Décidément, oui, l'enlèvement est un moyen de pression qui leur convient parfaitement.

— Mais alors, s'il en est ainsi, pourquoi avoir voulu le tuer ?

Poirot eut un geste d'énervement qui trahit son irritabilité :

— C'est là ce qui m'échappe. Cela ne s'explique pas. C'est absurde. Toutes les dispositions — et des dispositions fort efficaces — sont prises pour l'enlèvement et ils n'hésitent pas à compromettre la réussite de leur plan en se livrant à une mise en scène rocambolesque, digne d'un roman feuilleton et tout aussi invraisemblable. Comment croire à une attaque à la carabine et à une bande d'individus masqués à une trentaine de kilomètres de Londres ?

— Peut-être n'y a-t-il aucun rapport entre ces deux tentatives, suggérai-je.

— C'est impossible ! De telles coïncidences n'existent pas. Et puis, une autre question se pose : qui serait le traître ? Il doit y avoir un traître — dans le cas de la fusillade tout au moins.

Qui est-ce ? Daniels ou O'Murphy ? C'est probablement l'un ou l'autre : sinon, comment expliquer que la voiture ait bifurqué ? On ne peut tout de même pas supposer que le Premier Ministre soit complice de son propre assassinat. O'Murphy a-t-il emprunté ce chemin de sa propre initiative ou est-ce Daniels qui le lui a ordonné ?

— O'Murphy est sans doute le traître.

— Juste. Parce que si c'était Daniels, le Premier Ministre aurait réagi et demandé pourquoi il donnait cet ordre au chauffeur. Néanmoins, cela fait beaucoup trop de pourquoi dans cette affaire — et des pourquoi qui, en outre, se contredisent. Si O'Murphy est un honnête et loyal sujet de Sa Majesté, pourquoi s'est-il engagé sur ce chemin ? Si c'est un traître, pourquoi a-t-il redémarré alors que deux coups de feu venaient à peine d'être tirés ? Grâce à cette initiative, le Premier Ministre lui doit la vie. Enfin, si ce n'est pas un traître, pourquoi, après avoir déposé le Premier Ministre à Charing Cross, s'est-il rendu à un lieu de rendez-vous bien connu des espions allemands ?

— La situation n'est pas brillante.

— Examinons les faits avec méthode, voulez-vous ? Quels sont les éléments qui jouent en faveur ou en défaveur de chacun de nos deux hommes ? Occupons-nous d'abord de O'Murphy. Contre : qu'il ait emprunté ce chemin secondaire attire les soupçons sur lui ; c'est un Irlandais du comté de Clare ; enfin, on perd sa trace devant un nid d'espions allemands. Pour : sa promptitude à faire redémarrer la voiture a sauvé la vie du Premier Ministre ; c'est un homme de Scotland Yard et, de toute évidence, vu le poste qu'on lui a attribué, un policier de confiance. Maintenant, passons à Daniels. Peu d'éléments en sa défaveur, si ce n'est le fait qu'on ne connaît pas ses antécédents et qu'il parle trop de langues étrangères pour être un bon Anglais...Pardonnez-moi, mon ami, mais sur le plan linguistique, vous êtes lamentables ! En revanche, joue en sa faveur le fait que, lors du second attentat, on l'ait retrouvé bâillonné, ligoté et chloroformé, ce qui laisse à penser qu'il n'a rien à voir avec les ravisseurs.

— Il pourrait s'être bâillonné et ligoté lui-même pour déjouer les soupçons.

Poirot écarta ma suggestion :

— La police française ne se serait pas laissée prendre à une ruse aussi grossière. En outre, une fois atteint son objectif — et le Premier Ministre proprement kidnappé —, cela ne rimerait pas à grand-chose qu'il reste en arrière. Ses complices pourraient bien sûr l'avoir chloroformé et bâillonné, mais là je ne saisis pas quel objectif ils poursuivraient : il ne peut plus guère leur être utile car, tant que les circonstances de l'enlèvement du Premier Ministre n'auront pas été éclaircies, la police va le surveiller de près.

— Peut-être espère-t-il lancer la police sur une fausse piste ?

— Pourquoi alors n'en a-t-il rien fait ? Il a simplement dit s'être débattu contre le tampon de chloroforme qu'on lui appliquait et ne se souvenir de rien d'autre. Il n'y a pas de fausse piste là-dedans. Non, son histoire sonne comme la pure et simple vérité.

— Quoi qu'il en soit, dis-je en jetant un coup d'œil à l'heure, nous ferions mieux de nous rendre à la gare. Il se peut que nous trouvions des indices supplémentaires en France.

— C'est possible, mon ami, mais j'en doute fort. J'ai vraiment du mal à comprendre qu'on n'ait pas réussi à retrouver le Premier Ministre dans un périmètre aussi limité et où il ne doit pas être facile de le cacher. Si l'armée et la police de deux pays ont échoué dans leurs recherches, je ne vois pas comment, moi, j'y parviendrai.

Mr Dodge nous attendait à Charing Cross :

— Voici l'inspecteur Barnes, de Scotland Yard, et le major Norman. Ils se tiendront à votre entière disposition. Bonne chance. C'est une sale affaire mais je n'abandonne pas tout espoir. Maintenant, il faut que je vous quitte.

Et le ministre s'éloigna d'un pas rapide.

Une conversation à bâtons rompus s'engagea avec le major Norman. Au centre du groupe d'individus qui se tenaient sur le quai, j'aperçus un petit homme à tête de fouine en train de parler à un grand type blond. C'était une vieille connaissance de Poirot, l'inspecteur Japp, qui jouissait de la réputation d'être l'un des meilleurs limiers de Scotland Yard. Il vint vers nous et salua chaleureusement Poirot.

— Il paraît que vous travaillez sur l'affaire, vous aussi ? Du beau boulot ! Jusqu'à présent, ils ont réussi à filer avec leur proie, mais j'ai du mal à croire qu'ils vont le cacher encore pendant longtemps. Nos hommes passent la France au peigne fin. Les Français aussi. Si vous voulez mon avis, ce n'est plus qu'une question d'heures.

— À supposer qu'il soit encore vivant, remarqua l'inspecteur Barnes, grande perche dégingandée, la mine sinistre, le ton acerbe.

Japp perdit contenance :

— Oui, bien sûr, mais je demeure persuadé qu'il l'est encore.

— Certes, acquiesça Poirot, il est vivant sans aucun doute, mais pourra-t-on le retrouver à temps ? Comme vous, je n'aurais pas cru qu'on pût le cacher si longtemps.

Un coup de sifflet retentit. Notre petit groupe monta dans le pullman. Lentement, avec un sursaut réticent, le train s'ébranla.

Ce fut un bien curieux voyage. Les hommes de Scotland Yard s'installèrent côte à côte. Des cartes du nord de la France furent dépliées et des doigts nerveux suivirent le tracé des routes et des villages. Chacun avait sa théorie personnelle. Toutefois, Poirot ne fit guère preuve de sa verve coutumière. Il resta assis, le regard dirigé droit devant lui, avec une expression butée qui évoquait celle d'un enfant confronté à un problème trop ardu. Je bavardai avec Norman que je trouvais plutôt amusant.

En arrivant à Douvres, Poirot se comporta de la façon la plus cocasse qui soit : il s'accrocha désespérément à mon bras pour embarquer à bord du destroyer de la Royal Navy. Le vent soufflait avec rage.

— Mon Dieu, c'est effroyable, murmura-t-il.

— Courage, Poirot ! m'écriai-je. Vous réussirez. Vous le retrouverez. J'en suis convaincu.

— Ah ! mon bon ami, vous vous méprenez sur la cause de mon émoi. C'est cette mer démontée qui m'effraie. Le mal de mer. Quelle souffrance atroce !

— Oh ! fis-je, plutôt décontenancé.

Aux premières vibrations des moteurs, Poirot eut un gémissement douloureux et ferma les yeux.

— Le major Norman a une carte du nord de la France. Vous aimeriez peut-être l'étudier ?

Poirot repoussa mon offre d'un mouvement de tête exaspéré.

— Mais non, non. Laissez-moi, mon ami. Voyez-vous, pour

réfléchir, l'estomac et le cerveau doivent être en harmonie. Laverguier enseigne une excellente méthode pour combattre le mal de mer. Vous inspirez et vous expirez lentement, comme ceci, en tournant la tête de gauche à droite et en comptant jusqu'à six entre chaque respiration.

Je le laissai à ses efforts gymniques et montai sur le pont.

Lorsque le destroyer glissa lentement dans le port de Boulogne, Poirot apparut, impeccable, le sourire aux lèvres, et me chuchota au creux de l'oreille que la méthode de Laverguier avait fait merveille.

De l'index, Japp s'obstinait à tracer des itinéraires imaginaires sur sa carte.

— C'est absurde ! La voiture a quitté Boulogne... Elle a pris cet embranchement, là... À mon avis, ils sont montés dans une autre voiture. Vous voyez ?

— Moi, fit Barnes, je vais m'occuper des ports. Je parie qu'ils l'ont embarqué sur un bateau.

Le jour se levait à peine quand notre petit groupe mit pied à terre. Le major Norman toucha Poirot au bras :

— Une voiture de l'armée vous attend, monsieur.

— Merci, monsieur, mais pour l'instant, je me propose de ne pas quitter Boulogne.

— Comment ça ?

— Nous allons nous reposer dans cet hôtel que voici, face au quai.

Joignant le geste à la parole, il alla demander une chambre particulière qu'on lui donna aussitôt. Comme nous le suivions tous les trois, interdits et désorientés, il nous adressa un rapide coup d'œil :

— Je saisis votre pensée. Ce n'est pas ainsi que devrait agir un bon détective, n'est-ce pas ? Il devrait être plein d'énergie. Courir de droite et de gauche. Ramper à plat ventre sur la route et chercher dans la poussière les traces de pneus à l'aide d'une loupe minuscule. Ramasser le mégot, l'allumette qu'on a craquée et jetée par terre. Je me trompe ?

Il nous défiait du regard.

— Pourtant, moi, Hercule Poirot, je vous déclare qu'un tel comportement serait une hérésie. Les véritables clés du mystère sont ici, à l'intérieur de cette boîte-là ! (Il se tapa le front.) Voyez-vous, je n'avais nul besoin de quitter Londres pour mener cette enquête. Rester tranquillement installé dans mon salon aurait suffi. Seules les petites cellules grises importent. En secret et en silence, elles s'acquittent de leur besogne à l'intérieur de mon crâne jusqu'à ce que je réclame soudain une carte et que je pointe un doigt sur un endroit précis, comme ceci, et que je dise : le Premier Ministre est ici. C'est ainsi et pas autrement. Avec méthode et logique, l'on peut tout accomplir. Ce voyage précipité en France est une erreur. C'est comme si l'on jouait à cache-cache. Désormais, bien qu'il soit peut-être trop tard, je vais me mettre au travail, de l'intérieur. Silence, mes amis, je vous en prie.

Et, pendant cinq longues heures, le petit homme demeura assis, immobile, fermant à demi les paupières comme un chat. Ses yeux brillaient et leur vert s'intensifiait peu à peu. L'inspecteur Barnes affichait un air de profond mépris. Le major Norman sombrait dans l'ennui et l'exaspération. Quant à moi, je trouvais que le temps s'écoulait avec une lenteur désespérante.

Enfin, je me levai et aussi silencieusement que possible, fis quelques pas en direction de la fenêtre. L'affaire prenait un tour grotesque. Dans mon for intérieur, je m'inquiétais pour mon ami. S'il devait échouer, je préférerais que ce fût en évitant le ridicule. Par la fenêtre, je regardai distraitement le ferry du soir qui, amarré à quai, vomissait d'épaisses colonnes de fumée.

Soudain la voix de Poirot me tira de ma rêverie :

— Mes amis, allons-y !

Je me retournai. Une extraordinaire métamorphose s'était opérée chez mon ami. Une lueur d'excitation pétillait dans ses yeux et l'enthousiasme gonflait sa poitrine :

— Je me suis conduit comme un sot, mais j'y vois enfin clair.

Le major Norman se dirigea vivement vers la porte.

— Je vais demander la voiture.

— Inutile. Je ne m'en servirai pas. Dieu merci, le vent est tombé.

— Vous avez l'intention de marcher, monsieur ?

— Non, mon jeune ami, je ne suis pas saint Pierre. Je préfère traverser la Manche en bateau.

— Traverser la Manche ?

— Oui. Pour travailler avec méthode, l'on doit commencer

par le commencement. Et c'est en Angleterre que cette affaire a débuté. Par conséquent, nous rentrons en Angleterre.

À 3 heures, nous nous retrouvions sur le quai de la gare de Charing Cross. Devant notre concert de protestations, Poirot fit la sourde oreille, se contentant de répéter à l'envi que commencer par le commencement ne représentait pas une perte de temps mais l'unique façon de procéder. Durant la traversée, il s'était entretenu à mi-voix avec Norman. À notre arrivée à Douvres, le major avait dépêché une liasse de télégrammes.

Grâce aux laissez-passer spéciaux que présenta Norman, les formalités douanières s'effectuèrent en un temps record. À Londres, une grosse voiture de police nous attendait. Un des inspecteurs en civil tendit à mon ami une feuille de papier dactylographiée.

— La liste des petits hôpitaux compris dans un rayon bien précis de l'ouest de Londres, expliqua Poirot, répondant à mon regard interrogateur. Je l'ai demandée par câble depuis Douvres.

La voiture fonça à travers les rues de Londres, rejoignit la route de Bath, dépassa Hammersmith, Chiswick et Brentford. Je commençais à entrevoir notre destination. Après Windsor, on se dirigerait vers Ascot. Les battements de mon cœur s'accélérèrent. Ascot... où habitait la tante de Daniels. C'était donc lui que nous poursuivions et pas O'Murphy.

En effet, la voiture s'immobilisa devant le portail d'une villa bien entretenue. Poirot bondit à terre et sonna à la porte. Je remarquai l'expression perplexe qui obscurcissait son visage réjoui. Manifestement, il n'était pas satisfait. La porte s'ouvrit. Il disparut dans la maison. Quelques minutes plus tard, il en ressortit et s'engouffra dans la voiture avec un bref mouvement de tête. Je commençais à perdre espoir. Il était 4 heures passées. Même s'il parvenait à prouver la culpabilité de Daniels, à quoi cela servirait-il si l'on ne pouvait découvrir à temps le lieu où le Premier Ministre était séquestré ?

Le chemin du retour fut souvent interrompu. La voiture quitta la route principale plus d'une fois pour s'arrêter devant un petit bâtiment qu'il était aisé de reconnaître : un hôpital. Poirot ne s'y attardait que quelques minutes à peine. À chaque halte, il semblait reprendre confiance.

Il chuchota quelques mots à Norman.

— Oui, répondit ce dernier. En tournant à gauche, vous les trouverez près du pont.

La voiture bifurqua et, à la lumière du jour déclinant, je distinguai une voiture qui stationnait sur le bas-côté de la route. À l'intérieur, il y avait deux inspecteurs. Poirot alla leur parler. Puis, notre voiture prit la direction du nord, suivie de près par les policiers.

Nous nous dirigions vers l'une des banlieues nord de Londres. Enfin, la voiture s'immobilisa devant une haute maison qui se dressait en retrait de la route, au milieu d'un jardin. À la demande de Poirot, je restai avec Norman dans la voiture. Poirot et l'un des détectives allèrent sonner à la porte. Une accorte soubrette ouvrit.

— Je suis officier de police, dit le détective, et j'ai un mandat de perquisition.

La jeune fille poussa un cri. Une femme d'âge mûr, grande et belle, surgit dans le hall derrière elle.

— Ne laissez entrer personne, Edith. Ce sont probablement des cambrioleurs.

Mais Poirot glissa prestement le pied dans l'entrebâillement. Au même moment retentit un coup de sifflet. Les autres policiers accoururent aussitôt pour se précipiter dans la maison. Ils refermèrent la porte derrière eux.

Je maudis pendant cinq bonnes minutes mon inactivité forcée. Norman également s'insurgea contre le rôle passif qui nous avait été attribué. Enfin, la porte se rouvrit sur les policiers qui escortaient trois prisonniers : une femme et deux hommes. Un homme et la femme furent conduits à la deuxième voiture. Poirot fit monter le troisième individu dans la nôtre.

— Je dois aller avec les autres, mon bon ami, mais prenez bien soin de ce monsieur. Vous ne le connaissez pas ? Dans ce cas, permettez-moi de vous présenter Mr O'Murphy.

O'Murphy ! Je le regardai, bouche bée, tandis que nous démarrions. On ne lui avait pas passé les menottes mais je devinais qu'il ne tenterait pas de s'échapper. Il regardait droit devant lui, comme hébété. D'ailleurs, s'il avait eu envie de fuir, avec Norman et moi, il aurait eu affaire à forte partie.

À ma vive surprise, nous continuions de nous diriger vers le nord. Nous ne retournions donc pas à Londres. Je n'y comprenais goutte. Soudain, la voiture ralentit. Je reconnus les abords de l'aérodrome de Hendron. Je saisis aussitôt l'intention de Poirot. Il se proposait d'atteindre la France par avion.

L'idée ne manquait pas de panache mais, vu les circonstances, elle était impraticable. Un télégramme serait plus rapide. La question temps était primordiale. Poirot devait laisser à d'autres la gloire de délivrer le Premier Ministre.

Le major Norman bondit hors de la voiture qui venait à peine de freiner et un policier en civil prit sa place. Il s'entretint quelques instants avec Poirot, puis revint d'un pas rapide à la voiture.

Je sautai à mon tour hors du véhicule et saisis Poirot par le bras.

— Félicitations, mon vieux ! Ils vous ont dit où ils séquestrent le Premier Ministre ? Mais il faut télégraphier tout de suite. Si vous vous déplacez, il sera trop tard.

Poirot me regarda avec curiosité.

— Hélas ! mon bon ami, il est des situations qu'on ne peut pas régler au moyen d'un télégramme.

Sur ce, le major Norman revint, accompagné d'un jeune officier en uniforme d'aviateur.

— Je vous présente le capitaine Lyall, qui va vous conduire en France. Il est prêt à décoller.

— Couvrez-vous chaudement, monsieur, conseilla le jeune pilote. Je peux vous prêter un blouson si vous voulez.

Poirot consulta sa grosse montre de gousset.

— Oui, nous sommes à temps, juste à temps, murmura-t-il entre ses dents.

Il releva la tête et salua poliment le jeune officier :

— Je vous remercie, monsieur, mais ce n'est pas moi qui suis votre passager. C'est le monsieur que voici.

Tout en parlant, il fit un pas de côté. Une silhouette surgit de l'obscurité. C'était le second prisonnier qui était monté avec Poirot. La lumière tomba sur son visage. Je sursautai, saisi de stupeur.

C'était le Premier Ministre.

— Bon sang, racontez-moi tout ! m'écriai-je, rongé d'impatience, tandis que nous regagnions Londres avec Norman. Comment diable ont-ils réussi à le ramener en douce en Angleterre ?

— Les ravisseurs n'ont pas eu à opérer en douce, répliqua

Poirot. Le Premier Ministre n'a jamais quitté l'Angleterre. On l'a enlevé après sa visite à Windsor, alors qu'il regagnait Londres.

— Comment ?

— Je vais tout vous expliquer. Le Premier Ministre revenait de Windsor avec son secrétaire. Soudain on lui applique un tampon imbibé de chloroforme.

— Mais qui « on » ?

— L'homme doué pour les langues, l'intelligent capitaine Daniels. Le Premier Ministre perd connaissance. Daniels saisit le cornet acoustique et ordonne à O'Murphy de tourner à droite. Confiant, le chauffeur obéit. Quelques mètres plus loin, sur la route déserte, une grosse voiture apparemment en panne stationne sur le bas-côté. Son conducteur fait signe à O'Murphy de s'arrêter. Celui-ci ralentit. L'inconnu s'avance. Daniels met la tête à la portière et, utilisant probablement un anesthésique instantané comme le chlorure d'éthyle, répète le coup du tampon. Quelques instants plus tard, les deux hommes inanimés sont transportés dans l'autre voiture et deux sosies prennent leur place.

— C'est impossible !

— Mais pas du tout. Vous n'avez jamais vu, dans les cabarets des artistes imiter avec un merveilleux réalisme toutes sortes de célébrités ? Il n'est rien de plus aisé que d'incarner un personnage public. Le Premier Ministre de Grande-Bretagne est beaucoup plus facile à doubler que Mr John Smith de Clapham, par exemple. Quant au sosie de O'Murphy, on n'y prêterait attention qu'après le départ du Premier Ministre et il n'a donc en aucun mal à s'évanouir dans la nature. De Charing Cross, il va directement retrouver ses amis. C'est O'Murphy qui pénètre dans ce lieu de rendez-vous des espions allemands, mais c'est un autre qui en ressort. O'Murphy a disparu, laissant derrière lui une piste suspecte à souhait.

— Mais tout le monde a vu le sosie du Premier Ministre !

— Sauf ses amis intimes ou son entourage proche. Daniels a évité que quiconque ne l'approche. En outre, il avait un pansement à la joue et tout ce qui pouvait surprendre dans son comportement serait à mettre sur le compte de l'attentat dont il venait d'être victime. D'autre part, Mr MacAdam a la gorge fragile et ménage toujours sa voix avant un discours important. La supercherie pouvait aisément tenir jusqu'à son arrivée en

France. Là-bas, c'est impossible — donc le Premier Ministre disparaît. La police anglaise se hâte de traverser la Manche et personne ne songe à analyser en détail la première tentative d'assassinat. Pour prolonger l'illusion qui consiste à faire croire que l'enlèvement a eu lieu en France, Daniels est bâillonné et ligoté : élément qui convainc la police.

— Et l'homme qui a pris la place du Premier Ministre ?

— Il abandonne son déguisement. Il se peut qu'on les arrête, le faux chauffeur et lui, en tant que suspects, mais personne n'osera envisager le véritable rôle qu'ils auront joué dans ce drame, et on finira par les relâcher par manque de preuve.

— Et le vrai Premier Ministre ?

— Les ravisseurs ont immédiatement conduit Mr MacAdam et O'Murphy à Hampstead chez Mrs Everard, la prétendue tante de Daniels. En réalité, il s'agit de Frau Bertha Ebenthal, que la police recherche depuis un certain temps. Je viens de leur faire un petit cadeau de prix, pour ne pas parler de Daniels ! Ah ! son plan était ingénieux..., mais c'était compter sans l'astuce d'Hercule Poirot.

Il me semble que mon ami mérite bien qu'on lui pardonne ce moment de vanité.

— Quand avez-vous commencé à soupçonner la vérité ?

— Lorsque je me suis mis à travailler comme il convient, c'est-à-dire... de l'intérieur ! Je ne parvenais pas à faire cadrer cette histoire de coup de feu. Je me suis aperçu soudain que cet attentat avait pour conséquence directe de faire voyager le Premier Ministre le visage en partie dissimulé par un pansement. J'ai alors commencé à comprendre. Et en visitant les hôpitaux entre Windsor et Londres, j'ai découvert qu'aucun individu correspondant à la description du Premier Ministre n'était venu se faire soigner une blessure par balle à la joue. J'acquis ainsi la certitude que je ne me trompais pas. Le reste ? Pour un esprit comme le mien, ce ne fut plus qu'un jeu d'enfant.

Le lendemain matin, Poirot me montra un télégramme qu'il venait de recevoir. Il ne portait ni mention du lieu d'expédition ni signature, mais seulement deux mots :

« À temps. »

Plus tard dans la soirée, les journaux publièrent un compte rendu de la Conférence des Alliés. Ils soulignèrent en particulier l'immense ovation que reçut Mr David MacAdam dont le discours inspiré avait produit une impression profonde et durable.

(*Traduction de Laure Terilli*)

## 9

## Une étrange disparition

*(The Disappearance of Mr Davenheim)*

Nous avions, Poirot et moi, invité notre vieil ami l'inspecteur Japp à prendre le thé. Assis au salon autour de la table basse, nous attendions sa venue d'un instant à l'autre. Poirot venait de redisposer avec soin les tasses et les soucoupes que notre logeuse avait l'habitude de jeter littéralement sur la table. Le spectacle de la théière en métal lui avait arraché un profond soupir d'exaspération et il l'avait lustrée avec un mouchoir de soie. L'eau frémissait dans la bouilloire et une petite casserole émaillée contenait un chocolat épais et plus conforme au goût de Poirot que notre thé qu'il appelait « votre pisse d'âne nationale ».

Deux petits coups secs retentirent en bas, à la porte d'entrée, et quelques instants plus tard Japp nous rejoignait de son pas alerte.

— J'espère que je ne suis pas en retard, dit-il en nous saluant. Je bavardais avec Miller, qui est sur l'affaire Davenheim.

Je dressai l'oreille.

Depuis trois jours, les journaux ne parlaient plus que de l'étrange disparition de Mr Davenheim, l'associé principal de Davenheim & Salmon, les banquiers et financiers bien connus. Il avait quitté son domicile le samedi précédent et, depuis, on ne l'avait plus revu. Je brûlais d'arracher à Japp quelques détails intéressants.

— J'aurais cru, remarquai-je, qu'il était pratiquement impossible à l'heure actuelle de « disparaître ».

Poirot déplaça d'un huitième de centimètre une assiette de tartines beurrées.

— Soyez précis, mon ami, fit-il d'un ton peu amène. Qu'entendez-vous par « disparaître » ? À quel type de disparition vous référez-vous ?

— Les disparitions sont donc classées et étiquetées ? demandai-je en riant.

Japp sourit, amusé lui aussi. Les sourcils froncés, Poirot nous adressa un regard sévère.

— Mais bien sûr ! Il en existe trois catégories. Dans la première, la plus courante, se rangent les disparitions volontaires. Dans la seconde, les cas d'amnésie dont on abuse beaucoup : peu fréquents, il arrive quand même de temps à autre qu'il y en ait d'authentiques. La troisième comprend les assassinats après lesquels on parvient plus ou moins bien à se débarrasser du corps. Ces trois types de disparition sont-ils, d'après vous, tous irréalisables ?

— En pratique oui, à mon avis. Si vous perdez la mémoire, il existe sûrement quelqu'un pour vous reconnaître, en particulier dans le cas d'un homme aussi connu que Davenheim. Ensuite, un corps ne se volatilise pas. Tôt ou tard, il réapparaît au grand jour, il ressurgit de l'endroit perdu où on l'avait enterré, ou de la malle où on l'avait caché. Le meurtre est découvert. De la même façon, et grâce au système de transmission télégraphique, l'employé qui a pris la fuite, ou le locataire qui n'a pas payé son loyer ne peuvent qu'être rattrapés. S'il a fui à l'étranger, on peut l'extrader. Les ports et les gares de chemin de fer sont surveillés. Et s'il vient à se cacher dans ce pays-ci, tout le monde lira son signalement dans le journal. Il est seul aux prises avec la civilisation.

— Mon bon ami, dit Poirot, vous commettez une erreur. Vous perdez de vue qu'un homme qui a décidé de faire disparaître un autre homme — ou de se débarrasser, au sens figuré, de lui-même —, pourrait être précisément cette mécanique si rare : un homme méthodique. Il pourrait apporter à son projet de l'intelligence, du talent et une attention minutieuse dans le calcul du moindre détail. Dans ce cas, je ne vois pas pourquoi il ne parviendrait pas à tromper la police.

— La police peut-être, mais pas vous, je suppose ? dit Japp, hilare, avec un clin d'œil dans ma direction. Cet homme-là ; il ne vous la ferait pas, hein, monsieur Poirot ?

Poirot s'efforça avec une évidente maladresse de jouer la carte de la modestie.

— Du tout, moi aussi je me tromperais. Pourquoi pas ? Il est vrai cependant que ma démarche consiste à aborder ce genre de problèmes en privilégiant la science exacte, la précision mathématique — démarche qui, hélas ! semble peu répandue dans les nouvelles générations de détectives.

Le sourire de Japp s'élargit.

— Je ne sais pas, dit-il. Miller, l'inspecteur qui est sur l'affaire, est très malin. Vous pouvez être sûr qu'il ne négligera nulle empreinte de pas, nulle cendre de cigarette ni la moindre miette de pain. Il a des yeux qui voient tout.

— Il partage ce privilège avec le moineau de Londres ? commenta Poirot. Quoi qu'il en soit, ce n'est pas à ce petit oiseau que je demanderais de résoudre l'énigme que pose la disparition de Mr Davenheim.

— Voyons ! vous n'allez pas vous mettre à nier aux détails leur valeur d'indice ?

— En aucun cas. Ces détails, comme vous dites, ont leur importance. Le danger, c'est de leur attribuer une importance démesurée. La plupart d'entre eux sont insignifiants. Seuls un ou deux sont essentiels. Ce sont le cerveau et ses petites cellules grises (il se tapota le front) qui comptent. Les sens égarent. La vérité, on doit la chercher à l'intérieur, non à l'extérieur.

— Vous ne voulez tout de même pas dire, monsieur Poirot, que vous entreprendriez de résoudre une énigme sans bouger de votre fauteuil ?

— Mais si, vous m'avez parfaitement compris... à condition que je dispose de tous les faits. Je me considère comme un expert en analyse.

Japp se frappa la cuisse :

— Je veux bien être pendu si je ne vous prends pas au mot ! Je vous parie un billet de 5 livres que d'ici une semaine vous n'aurez pas mis la main... ou plus exactement que vous ne pourrez pas me dire où se trouve Davenheim, qu'il soit mort ou vivant.

Poirot réfléchit :

— Soit, mon bon ami, je relève le défi. Le sport, c'est votre passion à tous, vous autres Anglais. Bon, les faits maintenant :

— Samedi dernier, selon son habitude, Mr Davenheim a pris le train de 12 h 40 à Victoria pour se rendre à Chingside, dans sa luxueuse résidence secondaire des « Cèdres ». Après déjeuner, il s'est promené dans le parc et a donné diverses consignes aux jardiniers. Tout le monde s'accorde à dire qu'il était dans un état tout à fait normal. Après le thé, il a entrouvert la porte du boudoir de sa femme pour la prévenir qu'il allait au village poster des lettres. Il a ajouté qu'il attendait pour affaire un certain Mr Lowen et que si ce dernier arrivait avant son retour, on devait le prier d'attendre dans son bureau. Mr Davenheim est sorti par la porte principale, il a descendu l'allée d'un pas nonchalant, franchi le portail... et on ne l'a plus revu. À partir de cet instant, il s'est évanoui dans la nature.

— Pas mal, pas mal du tout. Au total un charmant petit problème, murmura Poirot. Poursuivez, mon ami.

— Un quart d'heure plus tard environ, un homme grand et brun, avec une épaisse moustache noire, a sonné à la porte et a expliqué qu'il avait rendez-vous avec Mr Davenheim. Il a donné son nom : Lowen. La consigne du banquier fut respectée : on l'a fait entrer dans le bureau. Une heure environ s'est écoulée. Mr Davenheim n'était toujours pas de retour. Mr Lowen a fini par sonner. Il ne pouvait attendre plus longtemps car il avait un train à prendre pour rentrer en ville. Mrs Davenheim s'est montrée confuse : l'absence de son mari était vraiment inexplicable, puisqu'il lui avait parlé de ce rendez-vous. Mr Lowen a réitéré ses regrets et pris congé. Hum !... comme chacun sait, le soir Mr Davenheim n'était toujours pas rentré. Tôt le dimanche matin, la police a été prévenue mais n'a su que penser de ce casse-tête. On aurait dit que Mr Davenheim s'était littéralement volatilisé. Il n'est pas allé à la poste et personne ne l'a aperçu dans le village. À la gare, on est sûr qu'il n'a pas pris le train. Sa voiture personnelle n'a pas quitté le garage. S'il avait loué un véhicule qui l'aurait attendu dans un endroit isolé, on l'aurait su depuis. Vu la forte récompense que la famille offre pour tout renseignement, le chauffeur serait accouru. Il y avait des courses à Enfield, à huit kilomètres de Chingside. Il est vrai que s'il avait marché à pied jusque là-bas, il serait passé inaperçu dans la foule. Mais on a publié dans tous les journaux sa photographie avec son signalement complet et cela n'a rien donné. Bien sûr, on a reçu beaucoup de lettres venant de tout le pays, mais pour l'instant, tous les indices examinés ont débouché sur une fausse piste. Et puis, lundi matin, on a fait une découverte : derrière une portière, dans le bureau de Mr Davenheim, il y a un coffre-fort. Or, ce coffre a été forcé et dévalisé. Les fenêtres étaient verrouillées de l'intérieur, ce qui semble exclure l'hypothèse d'un cambriolage ordinaire — sauf, bien entendu, si un complice les avait refermées de l'intérieur. Néanmoins, il ne faut pas perdre de vue qu'après les événements du dimanche, la maison était en effervescence. Il est donc possible que le vol ait eu lieu le samedi et n'ait été découvert que le lundi.

— Précisément, fit Poirot d'un ton sec. Bon... L'a-t-on arrêté, ce pauvre Lowen ?

Japp eut un sourire :

— Pas encore, mais on le surveille de près.

Poirot opina du chef :

— Qu'a-t-on pris dans le coffre ? En avez-vous une idée ?

— Avec le directeur adjoint de la banque et Mrs Davenheim, nous nous sommes penchés là-dessus. Apparemment, il y avait une bonne quantité de titres au porteur, et une grosse somme d'argent en billets, résultat d'une récente et importante transaction. Il y avait aussi une véritable petite fortune en bijoux. Tous les bijoux de Mrs Davenheim étaient enfermés dans ce coffre. Depuis quelques années, son mari a la passion des joyaux. Il ne se passait pas un mois sans qu'il lui offre une pierre rare et coûteuse.

— Une bonne prise en somme, commenta Poirot, pensif. Revenons à Lowen. Sait-on pourquoi il avait rendez-vous avec Davenheim ?

— Il semble que les deux hommes n'étaient pas en très bons termes. Lowen est un spéculateur de petite envergure. Cependant, il lui est arrivé une ou deux fois de souffler une bonne affaire à Davenheim. Il paraît qu'ils ne se voyaient pratiquement jamais. C'est pour une histoire d'actions sud-américaines que le banquier aurait donné rendez-vous à Lowen.

— Davenheim a donc des intérêts en Amérique du Sud ?

— Je crois que oui. Mrs Davenheim m'a dit qu'il avait passé tout l'automne dernier à Buenos Aires.

— Aucun incident dans sa vie familiale? Le mari et la femme s'entendaient-ils bien?

— Je qualifierais sa vie conjugale de paisible et sans histoire. Mrs Davenheim est une jolie femme qui n'a pas inventé la poudre. Pour ma part je la trouve plutôt insignifiante.

— Alors, ce n'est pas là qu'il faut chercher la clé du mystère. Lui connaît-on des ennemis?

— Il comptait une flopée d'adversaires dans les milieux de la finance — et il y en a sans doute plus d'un à qui il ait pris de l'argent, et qui ne le portent pas forcément dans leur cœur. Mais je n'en crois aucun capable de le supprimer. Et d'ailleurs où serait le corps?

— Tout à fait. Comme l'a dit Hastings, les corps ont l'habitude de réapparaître au grand jour avec une persistance fatale.

— À propos, un jardinier du domaine croit avoir vu quelqu'un contourner la maison et se diriger vers la roseraie. La porte-fenêtre du bureau ouvre sur ladite roseraie et Mr Davenheim entrait et sortait souvent par là. Mais ce témoin était assez loin, occupé à des châssis de concombres et il ne peut pas affirmer si la silhouette qu'il a aperçue est ou non celle de son maître. De même qu'il ne peut donner d'heure précise. Ça s'est probablement passé avant 6 heures, heure à laquelle les jardiniers s'arrêtent de travailler.

— Et Mr Davenheim est sorti de chez lui à...?

— Vers 5 h 30.

— Qu'y a-t-il derrière la roseraie?

— Un lac.

— Avec un hangar à bateaux?

— Oui, deux barques y sont remisées. Vous pensez au suicide, monsieur Poirot, c'est ça? Eh bien, je peux vous annoncer que demain Miller va assister en personne au dragage de cette pièce d'eau. Ça lui ressemble bien, de faire une chose pareille!

Poirot esquissa un sourire et se tourna vers moi:

— Hastings, je vous prie, faites-moi passer l'exemplaire du *Daily Megaphone*. Si ma mémoire est bonne, ils ont publié une photographie du disparu où on le voit très bien.

Je me levai et trouvai le journal en question. Poirot l'étudia avec beaucoup d'attention.

— Hum ! fit-il. Cheveux plutôt longs et ondulés, moustaches épaisses, barbe en pointe, sourcils en broussaille, yeux bruns ?

— Oui.

— Grisonnants, les cheveux et la barbe ?

L'inspecteur acquiesça de la tête, puis ajouta :

— Alors, monsieur Poirot, votre commentaire sur tout ça ? Clair comme le jour, hein ?

— Au contraire, c'est des plus obscurs.

Cette réponse enchanta l'homme de Scotland Yard.

— Ce qui me permet de nourrir de grands espoirs quant à l'élucidation de ce mystère, acheva Poirot d'un ton égal.

— Comment cela ?

— J'ai appris à toujours bien augurer des affaires a priori obscures. En revanche, lorsqu'elles apparaissent à première vue claires comme le jour, il faut se méfier. Derrière cette apparente facilité, quelqu'un cherche à vous piéger.

Japp secoua la tête d'un air de pitié :

— Enfin, chacun son idée, mais tant mieux si vous y voyez clair.

— Je ne vois pas, corrigea Poirot à mi-voix. Je ferme les yeux et je réfléchis.

— Soit, soupira Japp.Vous avez une semaine entière pour réfléchir.

— Vous me tiendrez au courant des développements éventuels, n'est-ce pas ? Et notamment du résultat des travaux entrepris par votre consciencieux inspecteur au regard d'aigle.

— Certainement. Ça fait partie du marché.

— Dommage, hein ! me glissa Japp tandis que je le raccompagnais à la porte d'entrée. J'ai l'impression d'escroquer un enfant.

Je ne pus m'empêcher d'en convenir. Et mon sourire persista jusqu'à mon retour au salon.

— Comment ? releva aussitôt mon ami. Vous vous moquez de papa Poirot ? (Il me menaça du doigt.) Vous ne faites pas confiance à ma matière grise ? Ah ! ne prenez pas cet air gêné. Discutons plutôt de ce petit problème dont nous ne possédons certes pas encore toutes les données, je l'admets, mais qui présente un ou deux points intéressants.

— Le lac, dis-je d'un air entendu.

— Mieux que le lac, le hangar à bateaux.

J'observai Poirot à la dérobée : il avait son sourire le plus impénétrable. Pour l'instant, il était inutile de le questionner plus avant.

Ce n'est que le lendemain soir vers 9 heures que Japp revint nous voir. Je vis tout de suite à son expression qu'il détenait une nouvelle d'importance.

— Alors, mon bon ami, dit Poirot. Tout va bien ? Mais ne me dites pas que vous avez retrouvé le corps de Davenheim dans le lac car je ne vous croirais pas.

— On n'a pas retrouvé l*e corps*, mais *les vêtements* de Davenheim. Les vêtements qu'il portait le jour de sa disparition. Qu'en pensez-vous ?

— En manque-t-il d'autres dans la maison ?

— Non, le valet de chambre est formel sur ce point. Le reste de la garde-robe est intact. Il y a autre chose : nous avons arrêté Lowen. Une domestique chargée de verrouiller les fenêtres des chambres déclare avoir vu Lowen se diriger vers le bureau en passant par la roseraie vers 6 h 15, soit dix minutes environ avant son départ.

— Que répond-il à cela ?

— Son premier réflexe a été de nier avoir quitté le bureau, mais comme la domestique était catégorique, il a prétendu avoir oublié un détail : il était effectivement sorti pour examiner une espèce rare de rose. Pas convaincant, hein ? Et puis, nous avons une autre preuve contre lui. Mr Davenheim portait à l'auriculaire de la main droite une bague en or avec un solitaire au milieu. Eh bien, cette bague a été mise en gage à Londres samedi soir par un individu qui répond au nom de Billy Kellett, bien connu de la police. Il a fait trois mois de trou l'automne dernier pour une montre volée à un vieux monsieur. Il a dû voir cinq prêteurs avant de conclure le marché de la bague. Kellett s'est saoulé pour l'occasion et a agressé un policier. Du coup, on l'a fourré sous les verrous. Je suis allé le voir avec Miller à Bow Street. Il est dégrisé et j'avoue que nous lui avons fait tous les deux très peur, en insinuant qu'il risquait d'être inculpé pour meurtre s'il ne parlait pas. Voici ce qu'il raconte, et qui n'est pas très convaincant.

» Samedi, il était à Enfield pour les courses. À vrai dire, il était plutôt là pour voler des épingles de cravate que pour parier. Bref, la journée a été mauvaise, il n'a pas eu de veine. Il est rentré à pied à Chingside et s'est assis au bord de la route juste avant le village. Au bout de quelques instants, il a aperçu un homme qui venait dans sa direction : la peau mate, une grosse moustache, un « type de la ville » selon ses termes. Kellett était à demi dissimulé par un tas de pierres. Juste avant d'arriver à sa hauteur, l'inconnu a jeté un rapide coup d'œil devant et derrière lui. Comme la route était déserte, il a sorti un petit objet de sa poche et l'a jeté par-dessus la haie, puis il a continué sa route vers la gare. Or, l'objet dont l'inconnu s'est débarrassé a produit en tombant un léger tintement métallique, ce qui a aussitôt éveillé la curiosité de notre malheureux paumé caché dans le fossé. Il a fouillé dans l'herbe et n'a pas tardé à mettre la main sur la bague. Ça, c'est l'histoire de Kellett. Bien entendu, Lowen nie catégoriquement les faits. Et la parole d'un type comme Kellett ne vaut pas grand-chose. Il me semble tout à fait plausible d'envisager qu'il a croisé Davenheim sur la route de Chingside, qu'il l'a volé et assassiné.

Poirot secoua la tête, navré :

— Voilà qui est fort improbable, mon bon ami. Il ne disposait d'aucun moyen pour cacher le corps que l'on aurait retrouvé depuis. Deuxièmement, s'il avait tué pour voler, il aurait été plus discret dans sa quête d'un prêteur sur gages. Il n'a donc pas pu tuer. Troisièmement, les voleurs à la petite semaine sont rarement des assassins. Quatrièmement, s'il est en prison depuis samedi, ce serait une étonnante coïncidence qu'il puisse donner un signalement précis de Lowen.

— Je ne dis pas que vous n'avez pas raison, acquiesça Japp. Mais tout de même, vous ne voudriez pas que les juges prennent au sérieux le témoignage d'un voleur à la tire. Ce qui m'intrigue, moi, c'est que Lowen n'ait pas pensé à un autre moyen pour se débarrasser de cette bague.

Poirot haussa les épaules :

— Quelle importance ! Si on l'avait retrouvée dans les parages, on aurait décrété que Davenheim l'avait jetée.

— Mais pourquoi l'avoir enlevée du doigt de Davenheim ? demandai-je.

— Il doit y avoir une raison, dit Japp. Juste derrière le lac, il y a un petit portail qui ouvre sur la campagne. Trois minutes de marche au sommet d'une colline et vous tombez sur... — je vous le donne en mille — un four à chaux !

— Mon Dieu ! m'écriai-je. Vous voulez dire que la chaux,

qui aurait détruit le corps, n'aurait pas attaqué le métal de la bague ?

— Exactement.

— Voilà qui explique tout, me semble-t-il, dis-je. Quel crime atroce !

D'un commun accord, Japp et moi nous étions retournés vers Poirot. Le sourcil froncé, le détective paraissait perdu dans ses pensées, comme s'il se livrait à un suprême effort de réflexion. J'eus enfin le sentiment que son esprit pénétrant parvenait à une conclusion. Quelles seraient ses premières paroles ? Il ne nous laissa pas longtemps dans l'incertitude. Il soupira, et la tension nerveuse de son corps se relâcha.

— Savez-vous, mon bon ami, si Mr et Mrs Davenheim faisaient chambre à part ? demanda-t-il à Japp.

La question semblait si ridiculement hors de propos que, l'espace d'un instant, il nous fut impossible de réagir. Puis l'inspecteur éclata de rire :

— Bon sang, monsieur Poirot, moi qui croyais que vous alliez nous dire quelque chose de génial !... Je ne peux pas répondre à votre question car je n'en sais rien.

— Pourriez-vous m'obtenir cette information ? dit Poirot avec une curieuse insistance.

— Mais bien sûr, si vous y tenez.

— Merci, mon bon ami, je vous saurais gré de me rendre ce petit service.

Japp le regarda, stupéfait, mais Poirot semblait de nouveau avoir oublié notre présence.

— Pauvre vieux, me murmura l'inspecteur en secouant la tête d'un air affligé. La guerre lui a porté un rude coup.

Là-dessus, il nous quitta.

Comme Poirot était toujours plongé dans ses pensées, je pris une feuille de papier et m'amusai à griffonner quelques notes au sujet de l'affaire dont nous venions de nous entretenir. La voix de mon ami s'éleva soudain. Il était sorti de sa méditation et semblait frais et dispos.

— Que faites-vous là, mon ami ?

— Je notais les points intéressants de cette affaire.

— Voilà que vous devenez enfin méthodique, dit-il d'un ton approbateur.

Je dissimulai la satisfaction que me procurait ce compliment.

— Voulez-vous que je vous les lise ?

— Volontiers.

Je m'éclaircis la voix.

— 1 : tous les faits tendent à démontrer que c'est Lowen qui a forcé le coffre-fort. 2 : il avait une dent contre Davenheim. 3 : il a menti en déclarant dans sa première déposition ne pas avoir quitté le bureau. 4 : si on ne remet pas en cause le récit de Billy Kellett, Lowen est obligatoirement compromis.

Je me tus.

— Alors ? demandai-je, car je sentais que j'avais mis le doigt sur tous les faits essentiels.

Poirot me regarda avec pitié, puis secoua lentement la tête :

— Mon pauvre ami ! Vraiment, vous n'êtes pas doué. En premier lieu, un détail important vous échappe toujours. Ensuite, votre raisonnement ne tient pas debout.

— Expliquez-vous.

— Permettez-moi de reprendre vos quatre points. Un : comment Lowen pouvait-il savoir qu'il aurait l'occasion de dévaliser un coffre-fort ? Il était venu pour un rendez-vous d'affaires. Il ignorait que Mr Davenheim s'absenterait pour aller poster une lettre et que par conséquent on le laisserait seul dans le bureau.

— Il a pu profiter de la situation, suggérai-je.

— Et les outils ? Les hommes d'affaires de la City ne se déplacent pas avec des rossignols pour le cas où se présenterait l'occasion de voler. D'autre part, un coffre-fort ne s'ouvre pas avec un canif, cela va de soi !

— Bien, passons à mon deuxième point.

— Vous décrétez que Lowen a une dent contre Mr Davenheim. Ce que vous voulez dire, c'est qu'à une ou deux reprises, il lui a soufflé une affaire. Je suppose que ces transactions étaient censées lui rapporter un profit substantiel. De toute façon, l'on n'éprouve pas d'animosité à l'égard d'un adversaire dont on a triomphé. En général, c'est le phénomène inverse qui se produit. Si ressentiment il y avait entre les deux hommes, ce serait logiquement de la part de Mr Davenheim.

— Lowen a pourtant nié avoir quitté le bureau. Ça, c'est un fait.

— Certes, mais il se peut qu'il ait eu peur. Rappelez-vous que l'on venait de retrouver dans le lac les vêtements de

Mr Davenheim. Il va de soi, comme toujours, qu'il aurait mieux fait de dire d'emblée la vérité.

— Et le quatrième point ?

— Celui-ci, je vous l'accorde. Si le récit de Kellett est vrai, Lowen joue forcément un rôle. C'est ce qui fait le véritable intérêt de cette affaire.

— J'ai donc relevé un point essentiel ?

— L'avenir nous le dira, mais vous avez entièrement négligé les deux éléments les plus importants, ceux autour desquels s'articule sans aucun doute tout le mystère.

— Et quels sont-ils, je vous prie ? dis-je, piqué.

— Premièrement, la passion qu'a développée Mr Davenheim au cours de ces dernières années pour les bijoux. Deuxièmement, son voyage à Buenos Aires l'automne dernier.

— Poirot, vous plaisantez ?

— Je suis fort sérieux, au contraire. Ah, mille tonnerres ! J'espère bien que Japp n'oubliera pas de me fournir mon petit renseignement.

Or, l'inspecteur, pris au jeu, s'en était si bien souvenu que, le lendemain vers 11 heures, Poirot reçut un télégramme. À sa demande, je l'ouvris et le lus à voix haute.

« Le mari et la femme font chambre à part depuis l'hiver dernier. »

— Ah ! s'écria Poirot. Et nous sommes à la mi-juin. Le mystère est élucidé.

Je le regardai, ébahi.

— Vous n'avez pas d'argent à la banque Davenheim & Salmon, mon bon ami ?

— Non, dis-je, de plus en plus interdit. Pourquoi ?

— Parce que si tel était le cas, je vous conseillerais de le retirer... avant qu'il ne soit trop tard.

— Mais enfin, à quoi vous attendez-vous ?

— Je prévois un énorme krach boursier d'ici à quelques jours, peut-être même avant. Ce qui me fait penser que nous devons à Japp la politesse d'une dépêche. Un stylo, je vous prie, et un formulaire. Voilà. « Vous conseille retirer argent déposé dans banque en question. » Cela l'intriguera, ce bon Japp ! Il va ouvrir des yeux... comme des soucoupes ! Il ne comprendra que demain ou après-demain.

Je restais sceptique, mais les événements du lendemain

m'obligèrent à rendre hommage aux remarquables capacités de déduction de mon ami. Tous les gros titres des journaux annonçaient le spectaculaire krach de la banque Davenheim & Salmon. Dès lors, à la lumière de cette révélation et des difficultés que connaissait la banque, la disparition du célèbre financier revêtait un aspect totalement différent.

Nous venions de commencer notre petit déjeuner lorsque la porte s'ouvrit brusquement sur Japp qui entra en trombe. Dans la main gauche il tenait un journal, dans la droite le télégramme de Poirot qu'il jeta sur la table devant mon ami en l'accompagnant d'un coup de poing.

— Comment avez-vous su, monsieur Poirot? Comment diable avez-vous fait pour savoir?

Le détective lui retourna un sourire débonnaire:

— Ah! mon bon ami, après votre dépêche, ce fut une certitude. Depuis le commencement, voyez-vous, il m'avait semblé que le pillage du coffre-fort avait quelque chose d'intrigant. Les bijoux, l'argent liquide, les titres au porteur, tout paraissait comme préparé d'avance. Mais pour qui? Eh bien, ce bon Mr Davenheim appartient à cette catégorie d'individus qui pensent à eux avant tout. Et c'est pour lui, bien évidemment que tout avait été ainsi préparé. Et puis sa récente passion pour les bijoux... Comme c'est simple! Les fonds qu'il acquérait, il les convertissait en bijoux auxquels il substituait ensuite, selon toute vraisemblance, des imitations en strass. C'est ainsi qu'il a placé, dans un autre coffre-fort et sous un nom d'emprunt, une jolie fortune pour en jouir le temps venu lorsque tout le monde serait en pleine déroute. Ses préparatifs achevés, il prend rendez-vous avec Mr Lowen, qui a eu l'imprudence par le passé de contrarier le grand homme deux ou trois fois, perce un trou dans son coffre, donne pour consigne de faire attendre son visiteur dans le bureau et s'en va. Où?

Là, Poirot s'interrompit pour prendre un autre œuf à la coque. Il fronça les sourcils.

— Il est vraiment intolérable qu'une poule ponde des œufs de grosseur inégale, murmura-t-il. Dans ces conditions, quelle symétrie peut-on espérer sur la table du petit déjeuner? Le crémier devrait au moins les assortir par douzaines.

— Peu importent les œufs, dit Japp avec impatience. Les poules peuvent bien pondre des œufs cubiques si ça leur chante. Dites-nous où notre homme est allé... Si toutefois vous le savez.

— Eh bien, il est allé se planquer, comme on dit vulgairement. Ah! Ce Mr Davenheim! Il se peut que ses cellules grises aient mal tourné, mais elles n'en sont pas moins de première qualité.

— Est-ce que vous savez où il se cache?

— Certes, dans un endroit des plus ingénieux.

— Bon sang! Poirot, dites-nous où.

Poirot rassembla soigneusement chaque débris de coquille d'œuf éparpillé dans son assiette, plaça le tout dans le coquetier et renversa la coquille vide par-dessus. Cette petite opération terminée, il sourit, satisfait du résultat impeccable de son intervention, et leva vers nous un visage rayonnant :

— Allons, mes amis!... Vous êtes intelligents : posez-vous donc la question que je me suis posée. Si j'étais Davenheim, où irais-je me cacher? Hastings, que répondez-vous?

— Je suis tenté de penser, dis-je, que je ne chercherais pas à me cacher. Je resterais à Londres, au cœur de la grande ville, je prendrais métro et bus. Il y a neuf chances sur dix qu'on ne me reconnaisse pas. C'est perdu au milieu de la foule qu'on est le plus anonyme et le mieux protégé.

Poirot interrogea Japp du regard.

— Je ne suis pas d'accord, décréta l'homme du Yard. Partir loin et sur-le-champ, reste la seule façon d'échapper aux recherches. Un bateau m'aurait attendu, prêt à partir, et j'aurais filé vers l'un des coins les plus reculés du monde avant que l'alarme ne soit donnée.

Je regardai Poirot. Japp fit de même.

— Et vous, monsieur, quelle est votre solution? s'enquit l'inspecteur.

Poirot garda le silence, puis un sourire étrange flotta sur ses lèvres.

— Quant à moi, mes amis, si je devais fuir la police, savez-vous où j'irais? En prison.

— Quoi?

— Vous recherchez Mr Davenheim pour le jeter en prison. Il ne vous viendrait donc jamais à l'idée de regarder s'il n'y est pas déjà.

— Expliquez-vous!

— Vous m'avez dit que Mrs Davenheim n'est pas une

femme très futée. Toutefois, si vous l'ameniez à Bow Street et si vous la confrontiez avec le dénommé Billy Kellett, elle l'identifierait. Et ce en dépit de sa barbe, de sa moustache, de ses sourcils rasés et de ses cheveux coupés très court. Une femme reconnaît toujours son mari, même si le monde entier est dupe de la supercherie.

— Billy Kellett? Mais la police le connaît.

— Ne vous ai-je pas dit que Davenheim est un malin? Son alibi, il l'avait préparé de longue date. Ce n'est pas à Buenos Aires qu'il était l'automne dernier. Il était à Londres, où il créait le personnage de Billy Kellett, qui faisait trois mois de prison ferme pour que la police n'ait pas l'ombre d'un doute le moment venu. Il jouait gros jeu, ne l'oubliez pas: une fortune colossale et sa liberté. Cela valait bien la peine de subir quelques désagréments. Seulement...

— Oui?

— Par la suite, il dut porter une fausse barbe et une perruque, se refaire un maquillage en quelque sorte. Dormir avec une fausse barbe n'a rien d'aisé. Cela invite aux soupçons. Dans ces conditions, il ne pouvait continuer à partager la chambre de Madame son épouse. Sur ma requête, vous avez découvert que depuis six mois, c'est-à dire depuis son prétendu voyage à Buenos Aires, Mrs et Mr Davenheim faisaient chambre à part. J'avais tapé dans le mille. Tout cadrait parfaitement. Le jardinier qui a cru voir son maître contourner la maison en direction de la roseraie ne s'est pas trompé. Mr Davenheim est allé dans son hangar à bateaux, y a revêtu la tenue de « vagabond » qu'il avait — vous pouvez en être sûrs — soigneusement dissimulée à son valet, et a jeté ses vêtements dans le lac. Il a mené à bien la suite de son plan qui consistait à vendre sa bague de la façon la moins discrète possible et à agresser un policier afin de se faire enfermer dans le doux havre de Bow Street, là où personne n'irait jamais songer à le chercher.

— C'est impossible, murmura Japp.

— Demandez donc à Madame, répondit mon ami avec un sourire radieux.

Le lendemain, une lettre recommandée était posée à côté du couvert de Poirot. Il l'ouvrit: un billet de cinq livres en glissa. Mon ami fronça les sourcils:

— Sapristi! Que vais-je en faire? Le remords me dévore. Ce

pauvre Japp... Ah ! j'ai une idée. Nous allons nous offrir un bon petit dîner tous les trois. Voilà une pensée qui me réconforte. C'était vraiment trop simple. J'ai honte. Moi qui pour rien au monde n'irais escroquer un enfant ! Mille tonnerres ! Je... Mais voyons mon bon ami, qu'avez-vous à rire de si bon cœur ?

(*Traduction de Laure Terilli*)

## 10

## Un dîner peu ordinaire

*(The Adventure of the Italian Nobleman)*

Poirot et moi comptions de nombreux amis et connaissances hors du commun, parmi lesquels le Dr Hawker, un de nos voisins, honorable membre du corps médical. Le docteur avait la sympathique habitude de passer le soir pour bavarder un moment. C'était un fervent admirateur du génie de Poirot. D'une nature franche et sans malice, il était fasciné par des facultés aussi éloignées des siennes.

Un soir de juin, il arriva vers 20h30 et entama une conversation des plus réjouissantes sur la fréquence des crimes par empoisonnement à l'arsenic. Soudain — nous discutions depuis un quart d'heure environ —, une femme survoltée fit irruption dans notre salon :

— Docteur, on vous demande ! Cette voix, c'était horrible ! Ça m'a glacé les sangs !

Je reconnus dans notre visiteuse la femme de chambre de Hawker, miss Rider. Le médecin, qui était célibataire, habitait une vieille maison triste quelques rues plus loin. Miss Rider, d'ordinaire si placide, semblait au bord de la crise de nerfs.

— Qu'y a-t-il ? Quelle voix ? De qui parlez-vous ?

— Le téléphone a sonné, j'ai répondu. La voix a dit : « Au secours, docteur, au secours, ils m'ont tué. » Puis plus rien. J'ai demandé qui était à l'appareil... on a chuchoté, j'ai cru comprendre « Foscatin » — quelque chose comme ça — et « Regent's Court ».

Hawker lâcha une exclamation.

— Le comte Foscatini ! Il possède un appartement à Regent's Court. Il faut que j'y aille tout de suite. Qu'a-t-il bien pu lui arriver ?

— Un de vos patients ? s'enquit Poirot.

— Je l'ai soigné il y a quelques semaines pour une légère indisposition. Il est italien mais parle un anglais impeccable. Bon. Eh bien, je vous souhaite le bonsoir, monsieur Poirot, à moins que...

Il hésita.

— Je devine votre pensée, dit Poirot en souriant. Je serai ravi de vous accompagner. Hastings, vite, allez donc héler un taxi.

Il est toujours difficile de mettre la main sur un taxi en maraude lorsque l'on est pressé. Je finis cependant par en intercepter un et, peu après, nous foncions en direction de Regent's Park. Les luxueux appartements de Regent's Court, un immeuble récent tout près de St John Wood Road, étaient dotés des installations les plus modernes.

Il n'y avait personne dans le vaste hall. Avec un geste d'impatience, Hawker appela l'ascenseur et, quand la cabine arriva, apostropha le liftier en uniforme.

— Appartement 11. Le comte Foscatini. Il paraît qu'il y a eu un accident.

L'homme le regarda, étonné :

— Première nouvelle ! Mr Graves, le valet du comte, vient de sortir il y a environ une demi-heure. Il ne m'a rien dit.

— Le comte est seul chez lui ?

— Non, deux messieurs dînent avec lui.

— Comment sont-ils ? demandai-je tandis que l'ascenseur atteignait rapidement le deuxième étage où se trouvait l'appartement 11.

— Je ne les ai pas vus, monsieur, mais je crois que ce sont des étrangers.

Il repoussa la grille de fer et s'effaça pour nous laisser sortir. La porte de l'appartement 11 nous faisait face. Hawker sonna. Pas de réponse. Aucun bruit. Hawker sonna à plusieurs reprises. Nous entendions retentir le timbre de la sonnette, mais aucun signe de vie ne récompensa notre attente.

— Ça devient sérieux, marmonna Hawker.

Il se tourna vers le liftier :

— Avez-vous une clé de cette porte ?

— Dans le bureau du concierge, en bas.

— Allez la chercher et appelez également la police. Je crois que c'est préférable.

Poirot approuva cette décision d'un hochement de tête. Le garçon d'ascenseur ne tarda pas à revenir, accompagné du gérant.

— Allez-vous me dire, messieurs, à quoi rime tout ceci?

— Volontiers. Je viens de recevoir un appel téléphonique du comte Foscatini disant qu'on l'avait attaqué et qu'il se mourait. Vous comprendrez qu'il n'y a pas une seconde à perdre. Nous arrivons peut-être déjà trop tard.

Le gérant sortit la clé sans plus se faire prier.

L'appartement ouvrait sur une antichambre. À droite, une porte entrebâillée. Le gérant l'indiqua d'un signe de tête:

— La salle à manger.

Hawker s'y dirigea, Poirot et moi sur ses talons. Une exclamation sourde m'échappa. Au milieu de la pièce se dressait une table ronde encombrée des reliefs d'un repas. Trois chaises en avaient été écartées comme si leurs occupants venaient de se lever. Dans un angle, à droite de la cheminée, un homme était assis à un bureau, la main droite encore crispée sur le téléphone, le buste affaissé en avant, sans doute à la suite du coup terrible qu'il avait reçu sur l'occiput. Il ne fut pas difficile de trouver l'arme: une statuette de marbre avait été hâtivement remise à sa place. Son socle était maculé de sang.

Le diagnostic du médecin ne se fit pas attendre:

— Il n'y a plus rien à tenter. La mort a dû être instantanée. Je me demande comment il a eu la force de téléphoner. Mieux vaut ne toucher à rien avant l'arrivée de la police.

Le gérant suggéra de fouiller l'appartement. Le résultat était couru d'avance. Il était peu probable en effet que les assassins fussent encore cachés ici alors qu'ils avaient eu tout le temps de quitter les lieux du crime. De retour à la salle à manger, je trouvai Poirot — qui ne nous avait pas accompagnés dans notre tour d'inspection — profondément absorbé dans l'étude minutieuse du couvert mis sur la table. Je l'imitai.

Il s'agissait d'une table ronde, en acajou, lustrée avec soin. Des sets de dentelle blanche recouvraient en partie la surface brillante. Au centre, un vase de roses. Il y avait aussi un compotier de fruits. On n'avait pas touché aux trois assiettes. Il y avait trois tasses avec un reste de café dans chacune: deux contenant du café noir, l'autre du café au lait. Les trois hommes avaient bu du porto, et le carafon à demi plein se trouvait sur un plateau. L'un d'eux avait fumé un cigare, les deux autres des cigarettes. Un coffret en écaille de tortue et argent, contenant cigares et cigarettes, était posé, ouvert, sur la table.

Je passais en revue tous ces éléments, mais je devais admettre qu'ils n'apportaient aucune lumière sur la situation. Curieux de savoir ce que Poirot voyait de tellement captivant sur cette table, je finis par le lui demander.

— Mon bon ami, répondit-il, vous passez à côté de la question. Je cherche quelque chose que je ne vois pas.

— C'est-à-dire ?

— Une erreur, ne serait-ce qu'une petite erreur que le meurtrier aurait commise.

De son pas alerte, il alla dans la cuisine contiguë , la balaya un instant du regard, puis secoua la tête.

— Monsieur, dit-il au gérant, veuillez m'expliquer, je vous prie, comment sont servis les repas.

Le gérant se dirigea vers une ouverture pratiquée dans le mur.

— Voici le monte-charge relié aux cuisines situées au dernier étage de l'immeuble. Vous passez votre commande par téléphone et on vous envoie les plats par le monte-charge, les uns après les autres. La vaisselle sale remonte par le même système. Ainsi, pas de soucis domestiques, et il est plus agréable de pouvoir dîner chez soi de temps à autre que d'aller tous les jours au restaurant.

Poirot acquiesça du chef.

— Les assiettes et les plats utilisés ce soir sont donc à la cuisine. Puis-je la visiter ?

— Naturellement. Roberts, le garçon d'ascenseur, va vous y conduire. Je ne sais pas si ça servira à grand-chose. Il y a des centaines d'assiettes et de plats qui seront empilés et mélangés.

Poirot insista cependant. Je le suivis jusqu'aux cuisines où l'employé qui avait pris la commande de l'appartement 11 répondit à nos questions.

— On m'a commandé trois menus à la carte, expliqua-t-il. Soupe julienne, filet de sole normande, tournedos, soufflé au riz. L'heure ? Environ 20 heures, il me semble. Non, je crois que la vaisselle a déjà été faite. Désolé. C'était pour les empreintes digitales ?

— Pas exactement, dit Poirot, un sourire énigmatique aux lèvres. C'est plutôt l'appétit du comte Foscatini qui m'intéresse. A-t-il mangé de chaque mets ?

— Oui, mais je suis incapable de vous dire en quelle quantité. Les assiettes étaient toutes salies et les plats vides. Tous sauf pour celui du soufflé au riz, dont il restait une bonne partie.

— Ah ! fit Poirot que ce détail parut satisfaire.

» Décidément, nous avons affaire à un homme méthodique, commenta Poirot en regagnant l'appartement 11.

— Vous parlez de l'assassin ou du comte Foscatini ? demandai-je.

— Du comte Foscatini. C'était sans aucun doute un homme méticuleux. Après avoir appelé au secours et annoncé son décès imminent, il a pris soin de bien reposer le combiné du téléphone sur son support.

Je regardai Poirot, interdit. Les mots qu'il venait de prononcer, ajoutés à ses questions sur le dîner du comte et de ses invités, me mirent la puce à l'oreille.

— Vous pensez à un empoisonnement ? murmurai-je. Le coup sur la tête ne serait qu'un simulacre ?

Poirot se contenta de sourire.

L'inspecteur du commissariat le plus proche venait d'arriver avec deux policiers. En nous voyant, il fronça le sourcil mais Poirot l'apaisa en mentionnant notre ami de Scotland Yard, l'inspecteur Japp. De mauvaise grâce, il nous accorda la permission de rester.

Heureusement, car cinq minutes plus tard, un homme fit irruption dans la pièce, en proie à une grande agitation. C'était Graves, le valet et maître d'hôtel du défunt comte Foscatini. Son récit produisit une vive impression.

Le matin précédent, deux individus, deux Italiens, étaient venus voir son maître. Le plus âgé, la quarantaine environ, se nommait Ascanio. Le plus jeune avait une vingtaine d'années. De toute évidence, le comte attendait leur visite. Il envoya Graves en ville sous un prétexte futile. Là, le valet s'interrompit et hésita à poursuivre son histoire. Il finit par avouer que, curieux de connaître le motif de cette visite, au lieu d'obéir tout de suite, il avait écouté à la porte. Les trois hommes parlaient si bas qu'il avait eut du mal à saisir leurs propos. Cependant il était parvenu à comprendre qu'il était question d'argent... et de menaces. Le ton de la discussion ? il lui avait paru aigre-doux. Enfin, le comte avait haussé la voix et le valet avait clairement entendu les mots suivants :

— Je n'ai plus de temps à vous accorder, messieurs. Je vous donne rendez-vous ici demain soir à 20 heures. Nous reprendrons notre conversation.

De peur d'être surpris en flagrant délit d'indiscrétion, Graves était vite sorti s'acquitter de sa course. Le lendemain soir, les deux invités s'étaient présentés à 20 heures précises. Au cours du repas, la conversation avait roulé sur différents sujets : la politique, le temps et les pièces de théâtre en vogue. Lorsque Graves avait servi le porto et le café, son maître lui avait rendu sa liberté pour la fin de la soirée.

— En était-il toujours ainsi quand il recevait ? demanda l'inspecteur.

— Non, monsieur, ce n'était pas dans ses habitudes. C'est pourquoi j'ai pensé que l'affaire qu'il traitait avec ses invités sortait vraiment de l'ordinaire.

Le récit de Graves s'achevait là. Il s'était éclipsé vers 20h30 pour retrouver un ami qu'il devait accompagner au Metropolitan Music Hall dans Edgware Road.

Quant aux deux Italiens, personne ne les avait vus partir. Cependant, on était sûr que le meurtre avait été commis à 20h47. En s'affaissant sur le bureau, Foscatini avait renversé une pendulette qui s'était arrêtée du coup — et c'était à cette même heure que miss Rider avait reçu l'appel téléphonique du comte.

Le médecin légiste avait procédé à l'examen du corps que l'on avait allongé sur le canapé. Je vis le visage du comte Foscatini pour la première fois : teint olivâtre, long nez, moustache noire bien fournie, bouche charnue qui révélait des dents d'une blancheur éblouissante. Au total un visage peu amène.

— Bon, fit l'inspecteur en refermant son calepin. L'affaire n'est pas très compliquée. La seule difficulté sera de mettre la main sur ce signor Ascanio. Voyons, est-ce que son adresse ne serait pas inscrite, par hasard, dans le carnet de la victime ?

Comme Poirot l'avait remarqué, le défunt Foscatini était un homme d'ordre. Rédigés d'une petite écriture nette et bien moulée, on pouvait lire les mots suivants: Signor Paolo Ascanio, *Grosvenor Hotel.*

L'inspecteur s'empara aussitôt du téléphone pour appeler l'hôtel. Quelques minutes plus tard, il nous rejoignait avec un large sourire :

— Il était grand temps. Notre ami s'apprêtait à prendre le train ferry pour le Continent. Eh bien, messieurs, c'est à peu près tout ce que nous pouvons faire ici. C'est une sale affaire mais le problème était tout ce qu'il y a de plus simple : encore un de ces crimes à l'italienne — une sombre histoire de vendetta.

Ainsi congédiés non sans désinvolture, il ne nous resta plus qu'à redescendre l'escalier. Le Dr Hawker, lui, était au comble de l'excitation :

— Un vrai début de roman ! Passionnant ! Si on le lisait, on n'y croirait pas.

Poirot garda le silence. Il semblait absorbé par ses pensées. De toute la soirée, c'est à peine s'il avait ouvert la bouche.

— Que dit notre maître détective? fit Hawker en lui assenant une tape dans le dos. Il n'y a rien pour mettre en branle vos petites cellules grises, cette fois-ci.

— Vous croyez ?

— Qu'y aurait-il ?

— Par exemple, il y a la fenêtre.

— La fenêtre ? Mais elle était fermée. Personne n'a pu entrer ou sortir par là. C'est un détail qui ne m'a pas échappé.

Et qu'est-ce qui vous a permis de le remarquer ?

Hawker parut intrigué par cette question.

— Je faisais allusion aux rideaux, s'empressa d'ajouter Poirot. Les rideaux n'étaient pas tirés. Bizarre, à mon avis. Et puis, il y a le café. C'était du café très noir.

— Et alors ?

— Du café très noir, répéta Poirot. N'oublions pas qu'à cet élément s'ajoute le fait que nos dîneurs n'ont pratiquement pas touché au soufflé de riz. Par conséquent, nous obtenons... Comment ?

— Balivernes ! s'esclaffa le médecin. Vous me faites marcher.

— Je ne me permets jamais ce genre de plaisanterie. Hastings, ici présent, sait bien que je suis parfaitement sérieux.

— Peut-être bien, mais toujours est-il que je ne sais pas où vous voulez en venir, avouai-je. Vos soupçons ne se portent quand même pas sur le valet ? C'est vrai qu'il pourrait être de mèche avec le gang et avoir versé du poison dans le café. Je suppose qu'on va vérifier son alibi.

— Sans aucun doute, mon ami. D'ailleurs, c'est l'alibi du signor Ascanio qui m'intéresse.

— Vous pensez qu'il en a un ?

— C'est ce qui m'inquiète. Enfin, nous n'allons pas tarder à être éclairés sur ce point, je n'en doute pas.

En effet, le *Daily Newsmonger* nous permit de connaître la suite des événements.

Le signor Ascanio, qui était descendu à l'hôtel *Grosvenor* deux jours avant l'assassinat, fut arrêté et accusé du meurtre du comte Foscatini. Il nia connaître le comte et déclara ne s'être jamais rendu à Regent's Court, que ce fût le soir du crime ou la veille au matin. Quant à son acolyte, il avait disparu de la circulation et tous les efforts pour retrouver sa trace s'avérèrent infructueux.

Toutefois, Ascanio ne fut pas jugé. L'ambassadeur d'Italie en personne vint déclarer à la police que le soir du crime, Ascanio se trouvait avec lui à l'ambassade entre 20 et 21 heures. L'accusé fut relaxé. Naturellement, nombreux furent ceux qui conclurent à un crime politique que l'on s'empressait d'étouffer.

C'est avec un vif intérêt que Poirot avait suivi ces péripéties. Néanmoins, je tombai des nues lorsqu'il m'apprit un matin qu'il attendait un client à 11 heures et qu'il s'agissait d'Ascanio.

— Il désire vous consulter ?

— Pas du tout, Hastings, c'est moi qui désire le consulter.

— À quel sujet ?

— Au sujet du meurtre de Regent's Court.

— Avez-vous l'intention de prouver que c'est lui l'assassin ?

— Il est impossible de juger deux fois un homme pour le même délit, Hastings. Tâchez donc de faire appel à votre bon sens. Ah ! Voilà le coup de sonnette de notre ami.

Quelques instants plus tard, on introduisait le signor Ascanio, individu petit et maigrichon, qui jetait des regards furtifs à la ronde. Il restait debout, bombardant de coups d'œil soupçonneux tantôt Poirot, tantôt moi.

— Monsieur Poirot ?

Mon ami se tapota la poitrine pour se désigner.

— Veuillez prendre un siège, signor. Vous avez donc bien reçu mon mot. J'ai la ferme intention d'éclaircir ce mystère, et vous pouvez m'être de quelque secours. Commençons donc par le commencement. Vous avez rendu visite, en compagnie d'un ami, à feu le comte Foscatini, le mardi 9 dans la matinée...

L'Italien l'interrompit d'un geste énervé :

— Je n'ai rien fait de la sorte. J'ai juré...

— Précisément, et mon petit doigt me dit que vous avez menti.

— C'est une menace ? Bah ! Je n'ai rien à craindre de votre part. Je viens d'être acquitté.

— Juste. Et puisque je ne suis pas un imbécile, ce n'est pas la menace des galères que je brandis mais de la publicité. La publicité ! Je vois qu'à ce mot vous faites la grimace. Je m'en doutais. Cette petite idée m'a traversé l'esprit. Vous savez, mes petites idées me sont des plus précieuses. Voyons, signor, je vous recommande la franchise. Attention, je ne vous demande pas quelles raisons vous ont amené en Angleterre. Je sais que le but de votre voyage ici était de rencontrer le comte Foscatini.

— Il n'était pas comte, maugréa l'Italien.

— En effet, j'avais remarqué que son nom ne figurait pas dans l'Almanach du Gotha. Bah ! Chez les maîtres chanteurs, on use souvent du titre de comte.

— Bon, autant être franc. Vous avez l'air d'en savoir long.

— J'ai fait fonctionner mes cellules grises. Alors, signor Ascanio, vous avez donc rendu visite au mort le mardi matin. Je ne me trompe pas ?

— Non, en effet, mais je ne suis pas retourné à Regent's Court le lendemain soir. C'était inutile. Je vais tout vous raconter. Ce scélérat était en possession de documents qui concernaient un homme de haut rang en Italie. Il exigeait une grosse somme d'argent en échange. C'est pour cela que je suis venu en Angleterre. J'avais rendez-vous avec lui le mardi 9. Un secrétaire de l'ambassade m'a accompagné. Le comte s'est montré plus raisonnable que je ne l'espérais, même si la somme que je lui ai remise était considérable.

— Un instant, je vous prie. Comment l'avez-vous payé ?

— En devises italiennes. Des petites coupures. Je lui ai donné l'argent le mardi matin. Il m'a rendu les documents compromettants. Je ne l'ai plus revu.

— Pourquoi ne pas avoir dit la vérité lors de votre arrestation ?

— Ma position était délicate. Je ne pouvais pas faire autrement que de nier avoir jamais fréquenté cet individu.

— Et quelle est votre interprétation des événements de la soirée ?

— Je ne vois qu'une explication possible : quelqu'un s'est fait passer pour moi. Il paraît qu'on n'a pas retrouvé d'argent dans l'appartement.

Poirot le regarda un instant, puis secoua la tête.

— Étrange tout de même, murmura-t-il. Nous sommes tous pourvus des mêmes petites cellules grises et nous sommes si peu nombreux à savoir les utiliser ! Bien, signor Ascanio, je vous crois. Votre récit confirme ce que j'avais pressenti. Je tenais à m'en assurer.

Il raccompagna l'Italien à la porte, le salua, puis revint s'asseoir dans son fauteuil.

— Écoutons donc l'opinion du capitaine Hastings sur cette affaire, dit-il en souriant.

— Ma foi, Ascanio doit avoir raison : quelqu'un s'est fait passer pour lui.

— Vous n'utilisez donc jamais la matière grise dont vous a pourvu le bon Dieu ! Rappelez-vous l'observation que j'ai faite le soir du crime en quittant l'appartement : les rideaux n'étaient pas tirés. Nous sommes au mois de juin. Il fait encore jour à 20 heures. La lumière baisse vers 20h30. Cela vous dit quelque chose ? ...Allons, mon bon, un jour, vous finirez bien par y arriver, je le sens. Bien, continuons notre analyse. Le café était très noir, les dents du comte Foscatini d'un blanc éclatant. Or, le café tache les dents. Conclusion : le comte Foscatini n'a pas bu de café. Pourtant, il y avait du café dans les trois tasses. Pourquoi donc vouloir faire croire que le comte Foscatini a bu du café alors qu'il n'en est rien ?

Je secouai la tête, déconcerté.

— Ne désespérez pas, je vais vous aider. Quelle preuve

avons-nous qu'Ascanio et le secrétaire de l'ambassade, ou les deux imposteurs qui usurpent leur identité, se sont rendus à Regent's Court ce soir-là ? Personne ne les a vus entrer. Personne ne les a vus quitter l'immeuble. Nous avons pour seule preuve le témoignage d'un homme et d'une ribambelle d'objets inanimés.

— Que voulez-vous dire ?

— Je parle des couteaux et des fourchettes, des assiettes et des plats vides. Ah ! Je reconnais que l'idée est astucieuse. Graves est un vaurien et un voleur, certes, mais quel homme méthodique ! Le 9 dans la matinée, il surprend une bribe de conversation entre son maître et deux visiteurs. Il en entend assez pour comprendre qu'Ascanio est mal parti pour se défendre. Le lendemain dans la soirée, vers 20 heures, il dit à son maître qu'on l'appelle au téléphone. Foscatini s'assoit au bureau et prend l'appareil. Graves lui assène un coup au moyen de la statuette de marbre, puis se précipite sur le téléphone intérieur et commande trois menus. Le dîner arrive, il dresse le couvert, salit assiettes, couteaux et fourchettes. Il lui faut ensuite se débarrasser de la nourriture. Il est intelligent et également doté d'un bon estomac. Mais après avoir mangé trois tournedos, il ne peut pas avaler une seule bouchée du soufflé au riz. Il prend la peine de fumer malgré tout un cigare et deux cigarettes pour jouer le jeu jusqu'au bout. Ah ! c'est du grand art. Il a pensé à tout. Il tourne les aiguilles de la pendule pour marquer 20h47, la fracasse par terre pour qu'elle s'arrête. Un seul détail lui échappe : il oublie de tirer les rideaux. Car si le dîner avait réellement eu lieu, on aurait tiré les rideaux dès que le jour aurait décliné. Ensuite, Graves quitte l'appartement, parle des invités au garçon d'ascenseur, va dans une cabine téléphonique et, à 20h47, appelle le docteur en se faisant passer pour son maître censé agoniser. Son idée a si bien fonctionné que personne n'a pensé à vérifier si l'on avait bel et bien appelé depuis l'appartement 11 à l'heure dite.

— Sauf Hercule Poirot, j'imagine ? dis-je, sarcastique.

— Pas même Hercule Poirot, rectifia mon ami avec un sourire. Je vais vérifier cet élément dès à présent. Auparavant, je voulais vous exposer mon raisonnement. Vous verrez que j'ai raison, bien sûr. Ainsi, Japp, que j'ai déjà mis sur la voie, pourra procéder à l'arrestation du respectable Graves. Je me demande combien d'argent il a bien pu déjà dépenser.

Il va de soi que les faits donnèrent raison à Poirot. Il ne se trompe jamais, que le diable l'emporte !

(*Traduction de Laure Terilli*)

## 11

## L'affaire du testament disparu

*(The Case of the Missing Will)*

L'énigme que nous proposa miss Violet Marsh nous changea agréablement de la routine. La demoiselle en question avait envoyé un mot rédigé en termes clairs et concis pour prendre rendez-vous avec Poirot. Il l'avait priée de venir le voir à son domicile le lendemain matin à 11 heures.

Elle arriva, ponctuelle. C'était une grande et belle jeune femme, vêtue avec goût et qui affichait un air efficace et décidé — manifestement une personne qui avait l'intention de faire son chemin dans la vie. Pour ma part, je ne suis pas fervent admirateur de ce que l'on appelle la « femme moderne » et, en dépit de son allure avenante, je n'étais guère enclin à la trouver sympathique.

— L'affaire que je viens vous soumettre, monsieur Poirot, dit-elle après avoir pris un siège, est plutôt insolite. Il me semble donc préférable, pour plus de clarté, de commencer par mon histoire personnelle.

— Je vous en prie, mademoiselle.

— Je suis orpheline. Mon père était l'un des deux fils d'un modeste fermier du Devonshire. La ferme était pauvre et l'aîné des deux frères, mon oncle Andrew, a émigré en Australie. Là-bas, il a bien réussi et, à la suite de spéculations fructueuses sur des terres, il est même devenu très riche. En revanche, le cadet, mon père, n'avait aucun penchant pour l'agriculture. Il a réussi à faire quelques études et est entré comme employé de bureau dans une petite entreprise. Il a épousé la fille d'un artiste sans le sou mais d'un niveau social un peu au-dessus du sien. À l'âge de six ans, j'ai perdu mon père et, à quatorze ma mère. Le seul parent qui me restait, c'était mon oncle Andrew, qui venait de rentrer d'Australie. Très vite, il a acheté une propriété, Crabtree Manor, dans son comté natal. Il m'a témoigné beaucoup d'affection et m'a emmenée vivre chez lui, me traitant comme sa propre fille.

» Le manoir de Crabtree, en dépit de son nom, n'est rien qu'une vieille ferme. Mon oncle adorait la campagne. Il avait vraiment ça dans le sang et il s'intéressait à tous les types d'exploitation agricole modernes. Je ne peux pas me plaindre : il était la gentillesse même à mon égard. Mais il avait, hélas ! des préjugés bien ancrés au sujet de l'éducation des filles. Il avait reçu une instruction plutôt rudimentaire qu'il compensait par un remarquable bon sens, et il accordait peu de prix à ce qu'il appelait le « savoir livresque ». C'était un farouche opposant à l'instruction des femmes. À son avis, une jeune fille devait perdre le moins de temps possible à lire et se contenter d'apprendre à traire les vaches, cultiver son potager, élever ses poules et devenir une maîtresse de maison accomplie. À mon grand désespoir, il a voulu m'élever suivant ce principe. Je me suis ouvertement révoltée. J'étais consciente de mes capacités intellectuelles et de mon désintérêt pour les tâches ménagères. Nous nous sommes souvent heurtés à ce sujet, car, bien que très proches l'un de l'autre, nous étions en outre tous deux très têtus.

» J'ai eu la chance d'obtenir une bourse d'études et de suivre avec un certain succès la voie que j'avais choisie. La crise a éclaté le jour où j'ai pris la décision de poursuivre mes études à Girton. Je possédais un peu d'argent que m'avait laissé ma mère et j'étais bien résolue à utiliser les facultés dont Dieu m'avait pourvue. J'ai donc eu une ultime discussion avec mon oncle. Il m'exposa ses idées en termes explicites. J'étais sa seule parente et il avait l'intention de me faire son unique héritière. Je vous l'ai dit, il était très riche. Toutefois, si je persistais à adhérer à ces idées nouvelles, je ne devais plus rien attendre de lui. Je suis restée calme mais ferme. Je lui ai répondu que j'aurais toujours beaucoup d'affection pour lui, mais que je tenais à mener ma vie comme je l'entendais. « Ma petite, a-t-il conclu, tu t'imagines que les études, c'est tout. Moi, je n'ai pas d'instruction, mais je suis prêt à mesurer mon savoir au tien quand tu le voudras. On verra ce qu'on verra. » Nous nous sommes séparés sur ces mots.

» C'était il y a neuf ans. Depuis, je suis allée passer le week-end chez lui de temps à autre, et, même s'il restait sur ses positions, nous avons conservé de bons rapports. Jamais il n'évoqua ni ma réussite à l'examen d'entrée à l'université ni ma licence de sciences. Au cours de ces trois dernières années, sa santé s'est dégradée. Il est mort le mois dernier.

» J'en viens maintenant au but de ma visite. Mon oncle a laissé un testament des plus extraordinaires qui stipule que je disposerai de Crabtree Manor et des biens annexes un an après sa mort, « année au cours de laquelle ma savante nièce tentera de prouver l'ingéniosité de son esprit », a-t-il écrit. Au terme de cette période, « une fois démontrée la supériorité de *mon* intelligence sur la sienne », la maison et la totalité de sa fortune seront léguées à des institutions caritatives.

— Étant donné que vous êtes l'unique parente de Mr Marsh, c'est là une décision bien sévère.

— Je ne vois pas les choses sous cet angle. Oncle Andrew m'avait prévenue et j'ai choisi d'agir à ma guise. Puisque j'ai refusé de me plier à ses désirs, j'estime qu'il était entièrement libre de disposer de son argent comme il l'entendait.

— Le testament a-t-il été rédigé devant notaire ?

— Non, mon oncle l'a écrit lui-même sur un formulaire. Le couple de domestiques qui entretenaient la maison ont servi de témoins.

— Existe-t-il une possibilité de contester le testament ?

— Je m'y refuserais.

— Vous considérez la dernière volonté de votre oncle comme un défi à relever ?

— Absolument.

— Certes, cette interprétation paraît justifiée, dit Poirot, l'air pensif. Quelque part dans son vieux manoir plein de coins et de recoins, votre oncle a caché soit une somme d'argent, soit un second testament — et il vous accorde un an au cours duquel vous êtes censée prouver votre débrouillardise et « l'ingéniosité de votre esprit » en mettant la main sur le magot.

— C'est cela, monsieur Poirot, et je ne doute pas que votre ingéniosité dépasse la mienne.

— C'est là un charmant compliment. Mes cellules grises sont à votre disposition. Avez-vous effectué des recherches ?

— Pas de façon approfondie. J'ai toujours éprouvé trop

d'estime à l'égard de mon oncle pour m'imaginer que la tâche sera facile.

— M'avez-vous apporté le testament ou une copie?

Miss Marsh lui tendit un document. Poirot le parcourut en hochant la tête.

— Rédigé il y a trois ans, daté du 25 mars. Même l'heure est stipulée: 11 heures du matin. Voilà qui est significatif. Cela rétrécit le champ de recherches et m'indique que c'est bien un autre testament qu'il nous faut trouver. Un testament rédigé ne serait-ce qu'une demi-heure plus tard permettrait de contester celui-ci. Eh bien, mademoiselle, j'avoue que vous soumettez à ma perspicacité un problème subtil et amusant. J'aurai le plus grand plaisir à l'élucider. Quelle que soit la vicacité intellectuelle de votre oncle, ses cellules grises n'ont jamais pu égaler celles d'Hercule Poirot.

Décidément, Poirot est d'une vanité ahurissante.

— Par bonheur, je n'ai pas d'affaire importante à résoudre en ce moment. Hastings et moi allons nous rendre à Crabtree Manor dès ce soir. Je gage que le couple de domestiques de votre oncle doit toujours s'y trouver?

— Oui, ils s'appellent Baker.

Le lendemain matin, la course au trésor proprement dite commença.

Nous étions arrivés tard la veille au soir. Mr et Mrs Baker, prévenus par télégramme de notre venue, nous attendaient. C'était un couple sympathique: l'homme, sec et noueux, les joues rouges, semblables à des pommes de reinette fripées; la femme, massive et dotée du calme légendaire des natifs du Devonshire.

Fatigués par notre voyage et les douze kilomètres de voiture depuis la gare jusqu'à Crabtree Manor, nous étions allés nous coucher sitôt après avoir soupé d'un poulet rôti et d'une tarte aux pommes accompagnée de la fameuse crème fraîche du Devonshire. À présent, après avoir savouré un excellent petit déjeuner, nous étions installés dans une pièce lambrissée qui avait servi de bureau et de salon au défunt Mr Marsh. Contre un mur était adossé un bureau à cylindre bourré à craquer de dossiers, tous méticuleusement étiquetés. Un gros fauteuil de cuir montrait sans équivoque qu'il avait été le siège préféré de son maître. Un grand canapé en chintz occupait le mur opposé et les banquettes profondes et basses qu'abritaient les fenêtres en rotonde étaient recouvertes du même chintz fané au motif vieillot.

— Eh bien, mon ami, dit Poirot en allumant une de ses minuscules cigarettes. Il nous faut décider de notre stratégie. J'ai déjà griffonné un plan de la maison. Mais à mon avis, la clé de l'énigme se cache dans cette pièce-ci. Il va falloir étudier ces dossiers avec un soin minutieux. Naturellement, je ne m'attends pas à trouver le second testament parmi ces papiers, mais il est probable qu'un document en apparence innocent contienne l'indice qui nous mènera à la cachette. Mais avant tout, nous avons besoin de certains renseignements. Veuillez sonner, je vous prie.

Je m'exécutai. En attendant qu'on vienne, Poirot se mit à faire les cent pas, jetant autour de lui des coups d'œil approbateurs.

— Ce Mr Marsh était un homme méthodique. Admirez donc la minutie avec laquelle ces piles de dossiers sont classées — et notez que la clé de chaque tiroir possède son étiquette d'ivoire. Il en va de même pour la clé de cette petite vitrine murale. Remarquez avec quel soin la porcelaine y est disposée. Cela réjouit le cœur. Il n'y a rien ici qui offense la vue.

Il s'immobilisa brusquement, le regard captivé par la clé du bureau lui-même, au bout de laquelle pendait une vieille enveloppe et non une belle étiquette d'ivoire. Les sourcils froncés, Poirot retira la clé de la serrure. Sur le papier étaient griffonnés les mots suivants : clé du bureau à cylindre.

— Une note discordante, commenta Poirot. Je jurerais que ce n'est plus là l'expression de la personnalité de Mr Marsh. Mais qui est venu dans cette maison ? Il n'y a que miss Marsh. Et, si je ne m'abuse, cette jeune femme est, à l'image de son oncle, ordonnée et méthodique.

Sur ces entrefaites, Baker arriva, répondant à mon coup de sonnette.

— Voulez-vous bien aller chercher madame votre épouse et répondre tous les deux à quelques questions ?

Baker revint un moment plus tard avec Mrs Baker qui, le visage écarlate, s'essuyait les mains à son tablier. En quelques mots précis, Poirot expliqua l'objet de la mission que miss Marsh lui avait confiée. Les Baker compatirent aussitôt.

— On ne voudrait pas que miss Violet perde ce qui est à elle, déclara la femme. Ce serait pas juste que tout aille aux hôpitaux.

Poirot commença son interrogatoire. Oui, Mr et Mrs Baker se souvenaient parfaitement avoir signé le testament en tant que témoins. La veille, Baker s'était rendu à la ville voisine pour se procurer deux formules testamentaires.

— Deux? releva Poirot, son intérêt aiguisé.

— Oui, monsieur. Par précaution, j'imagine, au cas où il aurait raturé la première. D'ailleurs, c'est ce qui s'est passé. On en a signé une...

— À quelle heure?

Baker se gratta le crâne. Sa femme fut plus prompte:

— Je m'en souviens très bien. Je venais de mettre le lait sur le feu pour le chocolat de 11 heures. Tu t'en souviens pas? Quand on est revenus à la cuisine, le lait avait débordé.

— Ensuite?

— Une heure plus tard environ le maître a sonné. « J'ai fait une erreur, qu'il a dit. J'ai dû déchirer le testament et le réécrire. Je suis obligé de vous redemander de signer. » C'est ce qu'on a fait. Et après le maître nous a donné une jolie somme d'argent à chacun. « Je ne vous laisse rien par testament, il a dit, mais jusqu'à ma mort, vous recevrez cette même somme tous les ans. Ça vous permettra de vous constituer un petit pécule quand je ne serai plus là. » Et pour sûr, il a tenu sa promesse.

Poirot réfléchit un moment.

— Et après cette seconde signature, qu'a fait Mr Marsh? Le savez-vous?

— Il est allé au village payer ses fournisseurs.

Cette information n'apportait pas grand-chose. Poirot essaya une autre voie. Il montra la clé du secrétaire, qu'il avait à la main.

— Reconnaissez-vous l'écriture de votre maître?

Je fus peut-être victime de mon imagination, mais la fugitive impression que Baker hésitait avant de répondre s'imposa à moi.

— Oui, monsieur.

« Il ment, pensai-je. Pourquoi? »

— Votre maître a-t-il loué la maison? Quelqu'un est-il venu loger ici au cours de ces trois dernières années?

— Non, monsieur.

— Pas de visiteurs, pas d'amis ?

— Seulement miss Violet.

— Personne en dehors de miss Violet, de Mr Marsh et de vous deux n'est donc entré dans cette pièce ?

— Non, monsieur.

— Tu oublies les ouvriers, Jim, intervint sa femme.

— Les ouvriers ? (Poirot pirouetta vers la domestique.) Quels ouvriers ?

Mrs Baker expliqua que deux ans et demi auparavant, des ouvriers étaient venus effectuer des réparations. En quoi consistaient ces réparations ? Elle n'en avait aucune idée. À son avis, il ne s'agissait que d'une extravagance de plus de son maître. Les ouvriers avaient travaillé en partie dans le bureau, mais elle n'aurait pas su dire à quoi car, pendant ce temps M. Marsh n'avait laissé entrer dans la pièce ni Jim ni elle-même. Malheureusement, le nom de l'entreprise de maçonnerie qui s'était déplacée lui échappait, mais c'était une entreprise de Plymouth, elle en était sûre.

— Nous progressons, Hastings, dit Poirot en se frottant les mains quand les Baker retournèrent à leurs occupations. Il est clair que Mr Marsh a rédigé un second testament et a contacté une entreprise de Plymouth pour se faire construire une cachette appropriée au défi qu'il se proposait de lancer à sa nièce. Au lieu de perdre du temps à soulever le parquet et à sonder les murs, nous allons nous rendre à Plymouth.

Obtenir les renseignements que nous désirions fut un jeu d'enfant. Au bout de deux ou trois tentatives infructueuses, Poirot tomba sur l'entreprise de maçonnerie mandée par Mr Marsh.

Tous les ouvriers étaient des employés de longue date et il fut aisé de retrouver les deux hommes qui avaient travaillé à Crabtree Manor. Ils se souvenaient d'ailleurs fort bien de ce que Mr Marsh leur avait demandé de faire. Entre autres, ils avaient dû desceller une brique de la vieille cheminée du bureau, creuser une cavité derrière et replacer la brique de telle sorte qu'il soit impossible de remarquer qu'on l'avait déplacée. Il suffisait d'exercer une pression sur l'avant-dernière brique de la rangée pour que celle qui masquait la cavité se soulève. La mise en place de ce mécanisme avait été délicate, et le vieil homme s'était montré plutôt tâtillon. L'ouvrier qui nous donna ces renseignements s'appelait Coghan : un type à l'air intelligent, grand, maigre, avec une moustache poivre et sel.

De retour à Crabtree Manor, nous étions au comble de l'excitation. Il ne nous restait plus qu'à nous enfermer à clé dans le bureau et à mettre notre savoir récemment acquis en pratique. Il était impossible de déceler un signe particulier sur les briques mais en effet, en appuyant sur l'avant-dernière, le mécanisme joua et une cavité profonde apparut.

Poirot y plongea la main. Mais son expression de suffisance et de satisfaction mêlées fit bientôt place à la consternation. Il ne ramena en effet qu'un morceau de papier grossier et carbonisé. En dehors de cette trouvaille, la cavité était vide.

— Sacrebleu ! s'écria-t-il, furieux. On nous a devancés.

Nous nous empressâmes d'examiner le bout de papier. Nous tenions là une partie du document que nous recherchions, cela ne faisait pour moi aucun doute. Un fragment de la signature de Baker y était lisible mais il n'apparaissait aucune indication quant au contenu de ce second testament. Poirot s'accroupit. L'expression de son visage eût été cocasse si notre déconvenue n'avait pas été aussi amère.

— Je ne comprends pas, grommela-t-il. Qui a détruit ce document ? Et dans quel but ?

— Les Baker ? suggérai-je.

— Pourquoi ? Ils ne figurent dans aucun des deux testaments et ont plus de chances de garder leur place avec miss Marsh que si la maison devient la propriété d'un hôpital. Qui aurait eu intérêt à détruire ce testament ? Certes, cela pourrait profiter aux hôpitaux, mais l'on ne peut soupçonner de telles institutions.

— Le vieux Marsh a peut-être changé d'avis et, en définitive, il aura décidé de détruire son second testament.

Poirot se redressa en brossant la poussière de ses genoux avec le soin méticuleux qui lui était coutumier.

— C'est possible, admit-il. Voilà une de vos observations les plus sensées, Hastings. Soit, rien ne nous retient plus ici désormais. Nous avons fait tout ce qu'il était humainement faisable. Nous avons réussi à déjouer l'ingéniosité de feu Andrew Marsh. Malheureusement, sa nièce ne s'en trouve pas mieux lotie.

Un taxi nous redéposa tout de suite à la gare, ce qui nous permit d'attraper un omnibus pour Londres. Poirot était triste et déçu. Pour ma part, épuisé, je somnolais dans un coin du compartiment. Soudain, au moment où le train quittait la gare de Taunton, Poirot poussa un cri perçant :

— Vite, Hastings ! Réveillez-vous. Debout et sautez ! Sautez, vous dis-je !

Avant que je sache ce qui m'arrivait, je me retrouvai avec Poirot sur le quai, nu-tête et sans bagages, tandis que le train s'enfonçait dans la nuit. J'étais outré. Mais Poirot ne se formalisa pas de ma mauvaise humeur.

— Quel imbécile j'ai été ! s'écria-t-il. Un triple imbécile. Jamais plus je ne vanterai l'efficacité de mes petites cellules grises.

— Voilà qui serait une bonne chose, bougonnai-je, maussade. Alors, qu'est-ce qui se passe encore ?

Comme d'habitude lorsqu'il suit une idée, Poirot ne m'écoutait pas :

— Les comptes des fournisseurs... J'ai complètement négligé cet élément. Oui, mais où ? Aucune importance : je ne peux pas me tromper. Il nous faut retourner sans tarder à Crabtree Manor.

Plus facile à dire qu'à faire. Un omnibus nous ramena à Exeter. Là, Poirot loua une voiture qui nous déposa à Crabtree Manor au petit matin.

Je passe sous silence l'étonnement des Baker quand ils réagirent enfin à nos coups à la porte d'entrée. Indifférent à tous, Poirot se précipita dans le bureau.

— Je n'ai pas été trois fois imbécile, mais trente-six fois, mon bon ami, daigna-t-il constater. Et maintenant, regardez !

Allant droit au bureau à cylindre, il en retira la clé et détacha l'enveloppe qui y était fixée. Je suivis ses gestes d'un œil stupide. Comment pouvait-il espérer trouver une longue formule testamentaire dans cette minuscule enveloppe ?

Avec un soin infini, il l'ouvrit et la déplia. Puis il alluma le feu et présenta l'intérieur du papier à la flamme. Au bout d'un instant, de vagues caractères commencèrent à se former.

— Regardez, mon ami ! répéta Poirot, triomphant.

En quelques lignes à peine, d'une écriture presque invisible, Mr Marsh déclarait brièvement qu'il léguait toute sa fortune à sa nièce, miss Violet Marsh. Le document portait la date du

25 mars, l'heure : 12 h 30 et deux signatures : celles d'Albert Piker, confiseur et de Jessie Piker, son épouse.

— Mais est-ce légal ? soufflai-je.

— Pour autant que je sache, aucune loi n'interdit de rédiger un testament à l'encre sympathique. L'intention du testateur est claire et le bénéficiaire est la seule parente qui lui reste. Mais quelle astuce de sa part ! Il a prévu tous les pièges où l'on risquait de se fourvoyer, même moi, misérable idiot. Il s'est procuré deux formules testamentaires, a fait signer Mr et Mrs Baker deux fois, puis a rédigé ses dernières volontés à l'intérieur de cette vieille enveloppe avec un stylo contenant de l'encre sympathique. Sous un prétexte quelconque, il a réussi à faire signer le confiseur et son épouse sous sa propre signature. Enfin, il a attaché l'enveloppe à la clé de son bureau et a ri dans sa barbe. Si sa nièce découvrait sa ruse, elle justifiait ainsi le choix d'une vie orientée vers les études et méritait entièrement de profiter de son argent.

— Mais elle n'a rien découvert du tout, dis-je lentement. Ça me paraît plutôt injuste. C'est le vieil homme qui a gagné.

— Mais non, Hastings. C'est encore une fois votre vivacité d'esprit à vous qui vous fait défaut. Miss Marsh, elle, a démontré la finesse de son intelligence et établi le bien-fondé de l'enseignement universitaire destiné à la gent féminine en me remettant tout de suite l'affaire entre les mains. Il faut toujours s'adresser au meilleur spécialiste. L'argent lui revient d'autorité. Elle l'a mille fois mérité.

Je serais curieux — vraiment très curieux de savoir ce que le vieil Andrew Marsh aurait pensé de tout ça !

(*Traduction de Laure Terilli*)

## 12

## La Boîte de Chocolats

*(The chocolate box)*

Ce soir-là, il faisait un temps épouvantable. Le vent mugissait violemment et une pluie battante s'écrasait contre les vitres.

Poirot et moi étions assis face à la cheminée, les jambes étendues devant les flammes dansantes. Entre nous se trouvait une petite table sur laquelle étaient posés, de mon côté, un grog bien chaud et, du côté de Poirot, une tasse de chocolat épais et sirupeux que je n'aurais pas bu pour un empire ! Poirot avala une gorgée de ce breuvage écœurant et reposa la tasse en porcelaine rose avec un soupir d'aise.

— Que la vie est belle ! murmura-t-il.

— Oui, bien agréable. Moi j'ai un emploi, et un emploi qui me plaît ! Et vous, vous avez la célébrité...

— Oh ! mon bon ami, protesta Poirot modestement.

— C'est pourtant vrai. Et vous l'avez mérité ! Quand je pense à tous les succès que vous avez derrière vous, je n'en reviens pas. J'imagine que vous ne savez pas ce qu'est l'échec ?

— Il n'est pas d'homme sensé qui puisse se vanter d'une chose pareille.

— Non mais, sérieusement, avez-vous jamais échoué ?

— Un nombre incalculable de fois, mon ami. Qu'est-ce que vous croyez ? On ne peut pas toujours avoir la chance de son côté. Il est arrivé qu'on m'appelle trop tard. Très souvent aussi un enquêteur dont l'objectif était le même, l'a atteint avant moi. Enfin, à deux reprises, je suis tombé malade au moment où j'allais réussir. Il faut accepter les hauts et les bas, mon bon ami.

— Ce n'est pas ce que je voulais dire. Ma question était celle-ci : avez-vous jamais essuyé un échec dans une enquête par votre propre faute ?

— Ah ! je comprends. Vous voulez savoir s'il m'est arrivé de me ridiculiser ? Une fois, mon ami. (Une expression pensive et amusée apparut sur le visage de Poirot). Oui, une fois, je me suis ridiculisée.

Il se redressa vivement dans son fauteuil.

— Je sais, mon ami, que vous tenez à jour un registre de mes petits succès. Eh bien, vous ajouterez une pièce à votre collection ; l'histoire d'un échec !

Il se pencha pour remettre une bûche dans l'âtre. Puis après s'être soigneusement essuyé les mains sur le petit chiffon pendu à un clou près de la cheminée, il se réinstalla dans son fauteuil et commença son récit.

— Ce que je vais vous raconter, annonça-t-il, s'est passé en Belgique il y a bien des années. C'était à l'époque de la terrible lutte entre l'Église et l'État en France. M. Paul Déroulard était un député français très en vue. Tout le monde savait qu'un portefeuille de ministre l'attendait. C'était un des plus féroces adversaires du catholicisme et il ne faisait pas de doute qu'à son accession au pouvoir, il aurait à faire face à de violentes inimitiés. C'était un singulier personnage. S'il ne buvait ni ne fumait, il avait en revanche un comportement beaucoup moins ascétique dans d'autres domaines. Vous comprenez, Hastings, quel était son péché mignon : les femmes ! toujours les femmes !

» Quelques années auparavant, il avait épousé une jeune Bruxelloise, qui lui avait apporté une dot appréciable. Cet argent le servit sans aucun doute dans sa carrière, sa propre famille n'étant pas riche, bien qu'il eût le droit, s'il le désirait, de porter le titre de baron. Aucun enfant ne naquit de cette union et, deux ans plus tard, sa femme mourut... d'une chute dans l'escalier. Parmi les biens qu'elle lui léguait se trouvait une maison cossue sur l'avenue Louise à Bruxelles.

» C'est là que lui-même mourut brusquement, au moment précis de la démission du ministre dont il devait prendre la place. Les journaux donnèrent un compte rendu détaillé de sa carrière. Quant à sa mort, survenue de façon soudaine un soir après dîner, on l'attribua à une crise cardiaque.

» À cette époque, mon bon ami, j'étais, comme vous le savez, inspecteur dans la police belge. La mort de M. Paul Déroulard ne m'affecta pas particulièrement. Je suis, comme vous le savez aussi, un bon catholique, et, pour moi, son décès était plutôt un événement opportun.

» Ce fut trois jours plus tard, alors que mes vacances

venaient de commencer, que je reçus à mon appartement la visite d'une jeune femme au visage dissimulé par un voile de deuil, mais manifestement très jeune. Je pressentis aussitôt que c'était une jeune fille tout à fait " comme il faut ".

» — Vous êtes bien Monsieur Hercule Poirot ? me demanda-t-elle d'une voix douce.

» Je m'inclinai.

» — Des services de police ?

» Je m'inclinai de nouveau.

» — Asseyez-vous, je vous prie, Mademoiselle.

» Elle accepta le fauteuil que je lui présentais et releva son voile. Elle avait un visage charmant, bien que ravagé par les larmes et exprimant une angoisse poignante.

» — Monsieur, me dit-elle, je sais que vous êtes en vacances en ce moment. Aussi pouvez-vous accepter de mener une enquête à titre privé. Comme vous l'avez compris, je ne tiens pas à faire appel officiellement à la police.

» Je secouai la tête.

» — Je crains que ce que vous me demandez ne soit impossible, Mademoiselle. Bien qu'en vacances, je fais tout de même partie de la police.

» Elle se pencha.

» — Écoutez, Monsieur. Tout ce que je vous demande, c'est de mener une enquête. Vous serez parfaitement libre de faire part de vos conclusions à la police. En fait, si ce que je soupçonne est vrai, nous aurons besoin de la machine judiciaire.

» Cela plaçait la question sous un jour différent et je me mis à la disposition de cette jeune personne sans plus hésiter.

» Ses joues reprirent un peu de couleur.

» — Je vous remercie, Monsieur, me dit-elle. C'est sur la mort de M. Paul Déroulard que je vous demande d'enquêter.

» — Comment ! m'exclamai-je, surpris.

» — Monsieur, je n'ai aucune preuve, rien d'autre que mon intuition féminine, mais je suis convaincue, convaincue, vous entendez, que M. Déroulard n'est pas mort de mort naturelle.

» — Mais voyons, les médecins...

» — Les médecins peuvent se tromper. Il était si fort, si robuste. Ah ! Monsieur Poirot, je vous supplie de m'aider...

» La pauvre enfant était dans tous ses états. Elle se serait presque mise à genoux. Je l'apaisai de mon mieux.

» — Je vous aiderai, Mademoiselle. Je suis certain que vos craintes sont sans fondement, mais nous verrons bien. Tout d'abord, je vais vous demander de me dire qui sont les autres habitants de la maison.

» — Il y a les domestiques, bien sûr ; Jeannette, Félicie et Denise, la cuisinière. Elle y est depuis des années ; les autres sont de simples filles de la campagne. Il y a François, mais lui aussi est un vieux et fidèle serviteur. Ensuite, il y a la mère de M. Déroulard, qui vivait encore avec lui, et moi-même. Mon nom est Virginie Mesnard. Je suis une parente pauvre — une cousine — de feue Mme Déroulard, la femme de M. Paul, et je vis sous leur toit depuis trois ans. Voilà tous les membres de la maisonnée. Il y avait deux invités qui étaient là pour quelques jours.

» — À savoir ?

» — M. De Saint-Alard, un voisin de M. Déroulard en France. Et un ami anglais, Mr John Wilson.

» — Sont-ils toujours dans la maison ?

» — Mr Wilson, oui, mais M. de Saint-Alard est parti hier.

» — Et quel est votre plan, Mademoiselle ?

» — Si vous voulez bien vous présenter à la maison dans une demi-heure, j'aurai trouvé, entre-temps, une explication à votre visite. Le mieux serait de faire croire que vous travaillez pour un journal. Je dirai que vous êtes venu de Paris et que vous avez une lettre d'introduction de M. de Saint-Alard. Mme Déroulard n'est pas en très bonne santé et elle ne cherchera pas à en savoir davantage.

» Grâce à l'ingénieuse invention de cette demoiselle, je fus reçu sans problème, et, après une courte entrevue avec la mère du défunt député, qui était une femme très digne et imposante bien que de santé précaire, je fus libre de circuler à mon aise dans la maison.

» Je me demande, mon bon ami, poursuivit Poirot, si vous pouvez imaginer la difficulté de ma tâche ? La mort de l'homme sur laquelle j'étais chargé d'enquêter remontait déjà à trois jours. S'il n'était pas mort de mort naturelle, il n'y avait qu'une explication possible : l'empoisonnement ! Je n'avais pas pu voir le corps et je n'avais aucun moyen de déceler et d'analyser la façon dont le poison avait pu être administré. Pas le moindre indice, pas la moindre preuve dans un sens ou dans l'autre ! L'homme avait-il été empoisonné ? Était-il mort de mort naturelle ! C'était à moi, Hercule Poirot, d'en décider, sans aide d'aucune sorte.

» Pour commencer, j'interrogeai les domestiques et, avec leur concours, je reconstituai les événements de la soirée. Je fis particulièrement attention aux plats qui composaient le dîner et à la façon dont ils avaient été servis. La soupe avait été apportée dans une soupière et c'était M. Déroulard lui-même qui l'avait servie. Il y avait eu ensuite du poulet et des petits pois, puis une compote de fruits, le tout placé sur la table et servi par le maître de maison lui-même. Le café avait également été apporté sur la table dans une grande cafetière. Donc, rien de ce côté-là, mon ami. Impossible d'empoisonner un des convives sans les empoisonner tous !

» Après le dîner, Madame Déroulard s'était retirée dans ses appartements et Mlle Virginie l'avait accompagnée. Les trois hommes, eux, étaient passés dans le cabinet de travail de M. Déroulard. Là, ils avaient bavardé agréablement jusqu'au moment où, brusquement, sans crier gare, le député s'était écroulé à terre. M. de Saint-Alard s'était précipité hors de la pièce et avait dit à François d'aller chercher immédiatement un médecin. Selon lui, c'était sans doute une attaque d'apoplexie. En fait, lorsque le docteur arriva, il n'y avait plus rien à faire.

» Mr John Wilson, à qui Mlle Virginie m'avait présenté, était un homme d'âge moyen, le type même du grand gaillard anglais. La version des faits, qu'il me donna dans un français très britannique, était sensiblement la même :

» — Déroulard est devenu tout rouge et s'est écroulé.

» Il ne put rien m'apprendre de plus. Je me rendis ensuite sur les lieux du drame, le cabinet de travail, et demandai qu'on m'y laissât seul. Jusque-là, je n'avais rien trouvé qui pût étayer la théorie de Mlle Mesnard. J'en conclus que ses craintes n'étaient que le fruit de son imagination. Manifestement, elle nourissait pour M. Déroulard une passion romanesque, ce qui l'avait empêchée de juger les faits objectivement. Néanmoins, je fouillai le cabinet de travail avec un soin méticuleux. Il était possible qu'une seringue hypodermique eût été placée dans le fauteuil de Déroulard de façon à lui injecter une dose mortelle de poison. La minuscule piqûre qu'elle aurait causée serait vraisemblablement passée inaperçue. Mais je ne découvris aucune indice pour confirmer cette théorie. En désespoir de cause, je me laissai tomber dans le fauteuil en m'écriant :

» — J'abandonne ! Pas la moindre piste ! Tout est parfaitement normal.

» — À ce moment-là, mes yeux tombèrent sur une grande boîte de chocolats posée sur une table, à proximité du fauteuil, et mon cœur bondit dans ma poitrine. Cela n'avait peut-être rien à voir avec la mort de M. Déroulard, mais voilà du moins quelque chose qui n'était *pas* normal. Je soulevai le couvercle. La boîte était pleine, absolument intacte ; il n'y manquait pas un chocolat, mais c'est justement ce qui rendait le détail que j'avais remarqué d'autant plus bizarre. Car, voyez-vous Hastings, alors que la boîte était rose, le couvercle était *bleu.* On voit souvent un ruban bleu sur une boîte rose et vice versa, mais une boîte d'une couleur et le couvercle de l'autre, ça jamais !

» Je ne savais pas encore en quoi cette anomalie pouvait m'être utile, mais je décidai d'en chercher l'explication. Je sonnai François et lui demandai si son maître aimait les sucreries. Un sourire mélancolique se dessina sur ses lèvres.

» — Il les adorait, Monsieur. Il avait toujours une boîte de chocolats dans la maison. Il ne buvait jamais et ne prenait jamais de digestif, voyez-vous.

» — Pourtant cette boîte est intacte, lui fis-je remarquer en soulevant le couvercle.

» — Je vous demande pardon, Monsieur, mais cette boîte a été achetée le jour de sa mort, l'autre étant presque finie.

» — Quelqu'un a donc fini l'autre ce jour-là ? demandai-je.

» — Oui, Monsieur. Je l'ai trouvée vide le lendemain matin et je l'ai jetée.

» — M. Déroulard mangeait-il des sucreries à n'importe quelle heure ?

» — En principe seulement après le dîner, Monsieur.

» Je commençais seulement à entrevoir une lueur.

» — François, êtes-vous capable de discrétion ? demandai-je au valet.

» — S'il le faut, Monsieur.

» Bon. Sachez donc que je fais partie de la police. Pouvez-vous me trouver cette autre boîte ?

» — Certainement, Monsieur. Elle doit être dans la poubelle.

Il sortit et revint quelques instants plus tard avec un objet couvert de poussière. C'était la copie conforme de la boîte que je tenais à la main, excepté que la boîte était bleue et le couvercle rose. Je remerciai François, lui recommandai encore une fois la plus grande discrétion, et quittai la maison de l'avenue Louise.

Je rendis ensuite visite au médecin de M. Déroulard. Avec lui, la tâche ne fut pas facile. Il se retrancha adroitement derrière un mur de phraséologie scientifique, mais j'eus bien l'impression qu'il n'était pas aussi sûr de son diagnostic qu'il aurait aimé l'être.

» — Les morts soudaines de ce genre ne sont pas rares, remarqua-t-il lorsque j'eus réussi à le désarmer quelque peu. Un accès de colère subit, une vive émotion — après un copieux repas, c'est entendu — et cela suffit. Le sang monte à la tête et pff ! Il n'en faut pas plus.

» — Mais M. Déroulard n'avait pas eu d'émotion vive.

» — Non ? Il me semble bien qu'il avait eu une violente altercation avec M. de Saint-Alard.

» — À quel sujet ?

» — C'est évident ! déclara le médecin en haussant les épaules. M. de Saint-Alard n'est-il pas un catholique fanatique ? Cette question des rapports de l'Église et de l'État était la pierre d'achoppement dans leur amitié. Il ne se passait pas de jour sans qu'ils se disputent. Aux yeux de M. de Saint-Alard, Déroulard était quasiment l'Antéchrist.

» Cette révélation était inattendue, et me donna matière à réflexion.

» — Une dernière question, docteur : est-il possible d'introduire une dose mortelle de poison dans un chocolat ?

» — Oui, je pense que c'est possible, répondit le médecin. Une minuscule gouttelette d'acide prussique pur suffirait, dans la mesure où elle ne risque pas de s'évaporer, et l'on peut à la rigueur l'avaler sans s'en rendre compte... mais cette solution me paraît peu vraisemblable. En revanche, un chocolat plein de morphine et de strychnine... (Le médecin fit une grimace.) Vous comprenez, Monsieur Poirot, il suffirait d'une bouchée ! Si la personne ne se méfie pas, c'est facile !.

» — Merci, docteur.

» Je pris congé. Après quoi, j'allai interroger quelques pharmaciens, en particulier ceux des environs de l'avenue Louise. C'est pratique d'être dans la police. J'obtins tous les renseignements que je désirais sans aucun problème. Un seul d'entre eux déclara avoir vendu un médicament toxique à quelqu'un de la maison. Il s'agissait d'un collyre au sulfate d'atropine pour Mme Déroulard. L'atropine est un poison violent et, sur le moment, j'étais tout excité, mais les symptômes de l'empoisonnement par l'atropine ressemblent fort à ceux de l'intoxication alimentaire et pas du tout à ceux qui m'intéressaient. D'ailleurs, l'ordonnance remontait déjà à assez longtemps. Mme Déroulard souffrait de cataracte depuis des années.

» Je m'apprêtais à partir, découragé, lorsque le pharmacien me rappela.

» — Un moment, Monsieur Poirot. Je me souviens que la jeune fille qui est venue avec l'ordonnance m'a dit qu'elle devait aller à la pharmacie *anglaise*. Vous pourriez peut-être aller voir là-bas.

» C'est ce que je fis. Grâce, encore une fois, à ma qualité d'inspecteur de police, je pus obtenir le renseignement que je désirais. La veille de la mort de M. Déroulard, ils avaient fait une préparation pour Mr John Wilson. Oh ! rien de bien compliqué. Simplement des comprimés de trinitrine. Je demandai à voir à quoi cela ressemblait et, lorsque le pharmacien me le montra, mon cœur se mit à battre plus vite : les minuscules cachets étaient enrobés de chocolats.

» — Est-ce un poison ? demandai-je.

» — Non, Monsieur, me répondit le pharmacien.

» — Pouvez-vous me dire quels en sont les effets ?

» — Cela fait baisser la tension artérielles. On en prescrit dans certaines formes de troubles cardiaques ; l'angine de poitrine, par exemple. Dans le cas de l'artériosclérose...

» — Ma foi ! l'interrompis-je. Tout cela ne veut pas dire grand-chose pour moi. Est-ce que cela fait affluer le sang au visage ?

» — Ah ! ça oui !

» — Et si j'avalais une dizaine ou une vingtaine de ces petits comprimés, que se passerait-il ?

» — Je ne vous le conseillerais pas, répondit sèchement le pharmacien.

» — Vous dites pourtant que ce n'est pas du poison ?

» — Bien des substances qui ne sont pas considérées comme toxiques peuvent tuer un homme, me répondit-il sur le même ton.

» Je quittai la pharmacie en exultant. Enfin, j'avais une piste.

» Je savais à présent que John Wilson avait eu un moyen de tuer Déroulard... mais pour quel motif ? Il était venu en Belgique en voyage d'affaires et avait demandé l'hospitalité au député, qu'il connaissait un peu. Apparemment, la mort de celui-ci ne pouvait lui profiter d'aucune façon. En outre, j'avais appris en me renseignant en Angleterre qu'il souffrait depuis plusieurs années de cette forme de maladie cardiaque qu'on appelle l'angine de poitrine. Il n'y avait donc rien de suspect à ce qu'il ait en sa possession des cachets de trinitrine. Néanmoins, j'étais convaincu que quelqu'un avait touché aux chocolats ; par erreur, il avait ouvert la boîte pleine, mais il était ensuite passé à l'autre, y avait pris l'unique chocolat restant, l'avait évidé, puis bourré de petits comprimés de trinitrine. C'était de gros chocolats et j'étais certain qu'ils pouvaient en contenir vingt à trente. Mais qui avait supprimé Déroulard de cette façon ?

» Les deux hôtes de la maison pouvaient être suspectés. L'un, John Wilson, avait l'arme du crime ; l'autre, Saint-Alard, le mobile. Ce dernier était un fanatique, ne l'oubliez pas, et on ne peut être plus fanatique qu'en matière de religion. Se pouvait-il qu'il eût subtilisé la trinitrine de John Wilson ?

» Il me vint alors une autre petite idée. Ah ! cela vous fait sourire quand je parle de mes petites idées ! Pourquoi Wilson s'était-il trouvé à court de trinitrine ? Il était certainement venu d'Angleterre avec une réserve suffisante. Je retournai à la maison de l'avenue Louise. Wilson était sorti, mais je vis Félicie, la jeune domestique qui faisait habituellement sa chambre. Je lui demandai aussitôt si, par hasard, Mr Wilson n'avait pas constaté la disparition d'un flacon de son étagère de toilette quelques jours plus tôt. Elle me répondit vivement par l'affirmative en ajoutant que c'était elle, Félicie, qui avait été accusée. L'Anglais avait manifestement pensé qu'elle l'avait cassé et ne voulait pas l'avouer, mais elle n'y avait même jamais touché. C'était sûrement un coup de Jeannette, qui fourrait toujours son nez partout...

» J'arrêtai tant bien que mal son flot de paroles et pris congé. Je savais à présent tout ce que je désirais savoir. Il ne me restait plus qu'à prouver l'exactitude de mon hypothèse, mais cela — je m'en rendais compte — ne serait pas chose facile. J'avais peut-être la certitude que Saint-Alard avait dérobé le flacon de trinitrine sur l'étagère de toilette de John Wilson, mais, pour pouvoir en convaincre les autres, il me faudrait en apporter la preuve. Et je n'en avais pas la moindre !

» Peu importe, du moins *savais-je*... c'était l'essentiel. Vous vous rappelez les problèmes que nous avons rencontrés dans l'affaire de Styles, Hastings ? Là aussi, je *savais*, mais il m'a fallu très longtemps pour trouver le dernier maillon de la chaîne, qui prouvait indéniablement la culpabilité de l'assassin.

» Je demandai alors à parler à Mlle Mesnard. Elle vint aussitôt. Cependant, lorsque je la priai de me donner l'adresse de M. de Saint-Alard, elle parut troublée.

» — Pourquoi désirez-vous l'avoir, Monsieur ? me demanda-t-elle.

» — C'est nécessaire, Mademoiselle.

» Elle paraissait hésiter, toujours aussi troublée.

» — Il ne pourra rien vous apprendre. C'est un homme qui est constamment perdu dans ses pensées. Il ne fait pas attention à ce qui se passe autour de lui.

» — Peut-être, Mademoiselle. Néanmoins, c'était un vieil ami de M. Déroulard. Il pourra peut-être me parler de certaines choses... des choses du passé, de vieilles rancunes, d'anciennes amours...

» La jeune fille rougit et se mordit la lèvre.

» — Comme vous voudrez, mais... mais je suis certaine, à présent, que je me suis trompée. C'est très aimable de votre part d'avoir accédé à ma requête, mais j'étais alors bouleversée ; j'en avais presque perdu la tête. Maintenant, je me rends compte qu'il n'y a aucun mystère à élucider. Oubliez tout cela, je vous en prie, Monsieur.

» — Mademoiselle, lui dis-je alors, il est parfois difficile à un chien de découvrir une piste, mais lorsqu'il en a flairé une, rien ne pourra la lui faire abandonner. Du moins, si c'est un fin limier ! Or, moi, Hercule Poirot, je me considère comme un très fin limier.

» Sans un mot, elle s'éloigna et revint quelques instants plus tard avec l'adresse écrite sur une feuille de papier. Lorsque je quittai la maison, je trouvai François qui m'attendait à l'extérieur. Il me regarda d'un air anxieux.

» — Il n'y a rien de nouveau, Monsieur ?

» — Pas encore, mon ami.

» — Ah ! Pauvre M. Déroulard ! soupira-t-il. Moi aussi je partageais ses idées. Je ne pense pas beaucoup de bien des prêtres, je me garderais bien, cependant, de le dire ici. Les femmes sont toutes des bigotes... Remarquez, ce n'est peut-être pas plus mal. Madame est très pieuse, et Mlle Virginie aussi.

» Mlle Virginie ? Très pieuse ? En revoyant son visage ravagé par les larmes le jour où elle était venue me trouver, je me posais la question.

» Ayant obtenu l'adresse de M. de Saint-Alard, je ne perdis pas de temps. Une fois arrivé aux environs de son château dans les Ardennes, il me fallut cependant quelques jours pour trouver un moyen de pénétrer dans la place. Je finis par en trouver un ; vous ne devinerez jamais comment : en me faisant passer pour un plombier ! Il ne me fallut que quelques minutes pour provoquer une jolie petite fuite de gaz dans sa chambre à coucher. Je repartis chercher mes outils et fis en sorte de retourner là-bas à une heure où j'étais certain d'avoir pratiquement le champ libre. Je ne savais pas très bien ce que je cherchais. La seule pièce à conviction qui m'intéressât, je doutais fort d'avoir la moindre chance de tomber dessus. Saint-Alard n'aurait pas pris le risque de la garder.

» Pourtant, lorsque je trouvai la petite armoire de toilette de sa salle de bains fermée à clé, je ne pus résister à la tentation de jeter un coup d'œil à l'intérieur. La serrure était très facile à crocheter et, en quelques secondes, j'avais ouvert l'armoire de toilette. Elle était pleine de vieux flacons. Je les pris un à un d'une main tremblante et, soudain, je poussai un cri de triomphe. Figurez-vous, mon ami, que je tenais dans ma main une petite fiole portant l'étiquette d'une pharmacie anglaise sur laquelle était écrit : *Comprimés de trinitrine. En prendre un quand nécessaire. Mr John Wilson.*

» Je contins mon émoi, refermai la petite armoire, glissai le flacon dans ma poche et continuai de réparer la fuite de gaz. Il faut être méthodique ! Puis je quittai le château et repartis par le train suivant. J'arrivai à Bruxelles en fin de soirée. Le lendemain matin, j'étais occupé à rédiger un rapport pour le préfet, lorsqu'on m'apporta un mot. Il venait de la vieille Mme Déroulard, qui me demandait de me présenter à l'avenue Louise le plus tôt possible.

» Ce fut François qui m'ouvrit.

» — Madame la baronne vous attend, me dit-il.

» Il me conduisit aux appartements de la vieille dame, qui trônait dans un grand fauteuil. Mlle Virginie n'était pas là.

» — Monsieur Poirot, me dit Mme Déroulard, je viens de découvrir votre véritable identité. En réalité, vous êtes inspecteur de police.

» — C'est exact, Madame.

» — Et vous êtes venu ici pour enquêter sur les circonstances de la mort de mon fils.

» — C'est exact, Madame, répondis-je à nouveau.

» — Je serais heureuse que vous me disiez où vous en êtes.

» J'hésitais à répondre.

» — Auparavant, j'aimerais, pour ma part, savoir qui vous a mise au courant, Madame.

» — Quelqu'un qui s'est retiré de ce monde.

» Ses paroles et le ton lugubre sur lequel elle les avait prononcées me firent frissonner et, pendant un moment, je fus incapable de parler.

» — C'est pourquoi, Monsieur, je vous prie instamment de me dire exactement où en est votre enquête, poursuivit-elle.

» — Elle est terminée, Madame.

» — Mon fils ?

» — A été tué délibérément.

» — Vous savez par qui ?

» — Oui, Madame.

» — Qui donc ?

» — M. de Saint-Alard.

» La vieille dame secoua la tête.

» — Vous vous trompez. M. de Saint-Alard est incapable d'un tel crime.

» — J'ai les preuves en main.

» — À nouveau, je vous prie de tout me dire.

» Cette fois je m'exécutai, lui relatant les différentes démarches qui m'avaient conduit à la découverte de la vérité. Elle m'écouta attentivement et, lorsque j'eus terminé, elle hocha la tête.

» — Oui, oui, tout s'est passé comme vous le dites, mais

vous vous êtes trompé sur un point. Ce n'est pas M. de Saint-Alard qui a tué mon fils. C'est moi, sa mère.

» Je la regardai, ébahi, tandis qu'elle continuait de hocher doucement la tête.

» — C'est une bonne chose que je vous aie demandé de venir. Et c'est la providence divine qui a voulu que Virginie me dise, avant d'entrer au couvent, ce qu'elle avait fait. Écoutez, Monsieur Poirot ! Mon fils était un homme mauvais. Il persécutait l'Église. Il vivait dans le péché et il a entraîné d'autres âmes avec lui. Mais il y a pire. Un matin que je sortais de ma chambre, j'ai vu ma belle-fille debout en haut de l'escalier. Elle lisait une lettre. Mon fils est alors arrivé tout doucement derrière elle et l'a poussée brutalement. Elle est tombée et a heurté de la tête les marches en marbre. Lorsqu'on l'a relevée, elle était morte. Mon fils était un assassin et moi seule, sa mère, le savais.

» La vieille dame ferma les yeux un instant.

» — Vous ne pouvez imaginer, Monsieur, ma souffrance, mon désespoir. Que devais-je faire ? Le dénoncer à la police ? Je ne pouvais m'y résoudre. C'était mon devoir, mais mon cœur de mère y répugnait. D'ailleurs, m'aurait-on crue ? Ma vue avait beaucoup baissé depuis quelque temps. On m'aurait dit que je me trompais. Je gardai donc le silence. Mais ma conscience me torturait. En ne parlant pas, je me faisais complice d'un meurtre. Mon fils hérita de l'argent de sa femme et continua de mener la belle vie. Et voilà qu'il était sur le point d'accéder à un portefeuille de ministre. Il persécuterait plus que jamais l'Église. Et puis il y avait Virginie. Cette pauvre enfant, si belle, si pieuse, était fascinée par ce démon. Il avait un étrange et terrifiant pouvoir sur les femmes. J'ai deviné ce qui allait se passer, mais je ne pouvais l'empêcher. Il n'avait aucune intention de l'épouser. Et le moment arriva où je la sentis prête à lui céder.

» J'ai alors vu où était mon devoir. C'était mon fils. Je lui avais donné la vie. J'étais responsable de ses actes. Il avait déjà tué physiquement une femme, à présent il allait en tuer une autre moralement ! Je me suis introduite dans la chambre de Mr Wilson et j'ai pris le flacon de comprimés. Il avait dit une fois en riant qu'il y avait là de quoi tuer un homme ! Je suis allée dans le bureau et me suis approchée de la table où était toujours posée une grande boîte de chocolats. J'en ai ouvert une neuve par erreur, mais il y avait aussi l'autre. Il n'y restait qu'un chocolat, ce qui simplifiait les choses. Personne d'autre que mon fils et Virginie n'en mangeait après dîner. Il me suffisait donc de garder Virginie avec moi ce soir-là. Tout s'est passé comme je l'avais prévu.

» Mme Déroulard ferma les yeux un instant, puis les rouvrit.

» — Monsieur Poirot, je remets mon sort entre vos mains. Les médecins m'ont dit qu'il me restait peu dc temps à vivre. Je suis prête à répondre de mon acte devant dieu. Dois-je aussi en répondre sur terre devant les hommes ?

» J'hésitai.

» — Mais le flacon vide ? Madame, dis-je pour gagner du temps, comment est-il arrivé en la possession de M. de Saint-Alard ?

» — Lorsqu'il est venu me dire au revoir, je l'ai glissé dans sa poche. Je ne savais pas comment m'en débarrasser. Je suis si infirme que je ne peux pas tellement me déplacer sans aide, et si on l'avait trouvé dans mes appartements, cela aurait pu éveiller les soupçons. Comprenez bien, Monsieur, poursuivit la vieille dame en se redressant de toute sa hauteur, je n'ai absolument pas fait cela pour faire porter les soupçons sur M. de Saint-Alard ! Je n'ai jamais eu pareille intention. Je pensais qu'en trouvant un flacon vide dans ses affaires, son valet de chambre le jetterait sans se poser de question.

» Je hochai la tête.

» — Je comprends, Madame.

» — Et votre décision, Monsieur ?

» Elle m'avait posé la question d'une voix ferme, la tête toujours aussi haute.

» Je me levai.

» — Madame, lui dis-je, j'ai bien l'honneur de vous saluer. J'ai mené mon enquête... et j'ai échoué ! N'en parlons plus.

Poirot resta silencieux un moment, puis ajouta calmement :

— La vieille dame mourut une semaine plus tard. Mlle Virginie fit son noviciat et prit le voile. Voilà toute l'histoire, mon bon ami. Je dois reconnaître que je ne m'y suis pas montré à mon avantage.

— Mais ce n'était pas vraiment un échec ! répliquai-je.

Qu'auriez-vous pu penser d'autre étant donné les circonstances ?

— Comment, mon bon ami ? s'écria Poirot en s'animant brusquement. Vous ne comprenez donc pas ? Mais j'ai été le roi des imbéciles ? Je n'ai vraiment pas su faire fonctionner mes petites cellules grises ! Quand je pense que, depuis le début, je disposais d'un indice essentiel !

— Quel indice ?

— Mais la boîte de chocolats, voyons ! Quelqu'un qui a une bonne vue aurait-il commis une telle erreur ? Je savais que Mme Déroulard souffrait de cataracte ; le collyre à l'atropine en était la preuve. Il n'y avait qu'une personne dans la maison dont la vue était si faible qu'elle pouvait confondre les deux couvercles. C'est la boîte de chocolats qui m'a mis sur la piste et pourtant, à aucun moment, je n'ai saisi la véritable signification de l'interversion des couvercles ! J'ai aussi manqué de psychologie. Si M. de Saint-Alard avait été l'assassin, il n'aurait jamais gardé la pièce à conviction que constituait le flacon vide. Le fait que je l'aie trouvé dans ses affaires était justement une preuve de son innocence. Je savais déjà par Mlle Virginie que c'était un homme distrait... Oui, c'est vraiment une triste affaire que je vous ai contée là. D'ailleurs, vous êtes le seul à qui j'en ai parlé. Vous comprenez, je ne m'y suis pas montré bien brillant ! Une vieille dame commet un meurtre d'une façon si adroite et si simple que moi, Hercule Poirot, je me laisse complètement berner. Sapristi ! C'est inimaginable ! Oubliez cette histoire. Ou plutôt ; non... souvenez-vous-en et si, à un moment donné, vous trouvez que je deviens trop infatué de ma personne... c'est peu vraisemblable, mais cela pourrait arriver... (Je dissimulai un sourire)... eh bien, mon bon ami, reprit Poirot, dites-moi simplement : « Boîte de chocolats ». C'est entendu ?

— Marché conclu.

— Après tout, reprit Poirot d'un air pensif, ce fut une sacrée expérience ! Moi qui ai, incontestablement, l'esprit le plus brillant d'Europe, je pouvais me permettre d'être magnanime.

— Boîte de chocolats, murmurai-je avec douceur.

— Pardon, mon bon ami ?

Je regardai le visage innocent de Poirot tandis qu'il se penchait pour mieux entendre, et je fus pris de remords. Il m'avait souvent fait souffrir, mais moi aussi, bien que ne possédant pas l'esprit le plus brillant d'Europe, je pouvais me permettre de me montrer magnanime !

— Rien, rien, dis-je avant d'allumer une autre pipe en souriant intérieurement.

*(Traduction de Marie-Josée Lacube)*

## 13

## La Mine Perdue

*(The lost mine)*

Je reposai mon carnet de chèques en soupirant.

— C'est curieux, remarquai-je, mais mon découvert n'a jamais l'air de diminuer.

— Et cela ne vous dérange pas ? Moi, si j'avais le moindre découvert, je n'en fermerais pas l'œil de la nuit.

— Votre compte se porte bien, je suppose, rétorquai-je amèrement.

— Mon solde se monte à quatre cent quarante-quatre livres, quatre shillings et quatre *pence*, me dit Poirot avec une certaine complaisance. Un joli chiffre, n'est-ce pas ?

— Votre directeur de banque doit avoir du tact. Il connaît manifestement votre passion pour la symétrie. Pourquoi ne pas investir, disons, trois cents livres dans la *Compagnie pétrolière du Porc-Épic* ? D'après la publicité parue dans les journaux d'aujourd'hui, ils garantissent un dividende de cent pour cent l'année prochaine.

— Très peu pour moi, répondit Poirot en secouant la tête. Je n'aime pas prendre de risques. Je préfère les placements sûrs : les obligations, les bons du Trésor, les rentes convertibles...

— N'avez-vous donc jamais fait de spéculation ?

— Non, mon bon ami, répondit Poirot, le regard sévère. Les seuls titres que je possède, qui ne soient pas des valeurs dites de tout repos, ce sont quartorze mille actions dans la Société des Mines de Birmanie.

Poirot se tut, mais je voyais bien, à son air, qu'il ne demandait qu'à poursuivre.

— Oui? dis-je d'un ton encourageant.

— Et, pour ces actions, je n'ai pas déboursé un sou. Non, ce fut la récompense du travail de mes petites cellules grises. Aimeriez-vous connaître l'histoire?

— Bien sûr.

— Ces mines sont situées en Birmanie, à l'intérieur des terres, à environ trois cents kilomètres de Rangoon. Elles ont été découvertes par les Chinois au XVe siècle et exploitées jusqu'au moment des luttes intestines, pour être finalement abandonnées en 1868. Les Chinois extrayèrent le riche plomb argentifère de la couche supérieure du gisement, qu'ils fondirent uniquement pour l'argent qu'il contenait, laissant se perdre de grosses quantités de scories de plomb. Les Anglais s'en rendirent vite compte lorsqu'ils commencèrent à prospecter le sous-sol birman, mais étant donné que l'ancien chantier s'était rempli de matières inertes et d'eau, toutes les tentatives entreprises pour retrouver le gisement se révélèrent infructueuses. De nombreux chercheurs furent envoyés par des consortiums : ils creusèrent sur des kilomètres et des kilomètres, mais en vain. Toutefois, le représentant de l'un de ces consortiums retrouva la trace d'une famille chinoise qui était censée posséder des plans indiquant l'emplacement de la mine. Le chef de la famille était alors un certain Wu Ling.

— Quel passionnant roman d'aventures... commerciales !

— N'est-ce pas? Voyons, mon ami, il peut y avoir des histoires captivantes sans qu'il soit forcément question de filles à chevelure d'or d'une beauté sans pareille... Non, je me trompe ; ce sont les cheveux auburn qui vous émeuvent. Vous vous souvenez...

» Wu Ling, donc, fut contacté. C'était un honorable marchand, très respecté dans la province où il vivait. Il convint aussitôt être en possession des documents en question et se montra d'accord pour les vendre, mais il refusa de traiter avec des subalternes. Finalement, il fut décidé qu'il se rendrait en Angleterre pour rencontrer les membres du conseil d'administration d'une importante société.

» Wu Ling fit la traversée sur l'*Assunta*, qui arriva à Southampton par un froid et brumeux matin de novembre. L'un des membres du conseil d'administration, Mr Pearson, se rendit à Southampton pour l'accueillir, mais en raison du brouillard, son train fut considérablement retardé et, lorsqu'il arriva, Wu Ling avait déjà débarqué et pris un train spécial pour Londres. Mr Pearson s'en retourna fort ennuyé car il ignorait dans quel hôtel le Chinois comptait descendre. Dans la journée, cependant, Wu Ling appela les bureaux de la Compagnie pour dire qu'il était descendu au *Russell Square Hotel.* Il se sentait un peu fatigué par ce long voyage, mais affirma qu'il était prêt à se rendre le lendemain à une réunion du conseil..

» Celle-ci était prévue pour 11 heures. Comme Wu Ling n'était toujours pas là à 11 heures et demie, le secrétaire appela son hôtel. En réponse à ses questions, on lui dit que le Chinois était sorti avec un ami vers 10 heures et demie. Il était clair qu'il avait l'intention de se rendre à la réunion, mais la matinée passa sans qu'il parût. Il était possible, évidemment, que, ne connaissant pas Londres, il se fût perdu, mais à minuit, il n'était toujours pas rentré à son hôtel. Sérieusement inquiet, Mr Pearson remis alors l'affaire entres les mains de la police. Le lendemain on ne l'avait toujours pas retrouvé, mais le surlendemain en fin d'après-midi, un corps fut repêché dans la Tamise ; c'était celui du malheureux Chinois. Cependant, pas plus sur lui que dans ses bagages, restés à l'hôtel, on ne trouva trace des papiers concernant la mine.

» C'est à ce moment-là, mon bon ami, que j'entrai en scène. Je reçus en effet la visite de Mr Pearson. Bien qu'il fût bouleversé par la mort du Chinois, son principal souci était de retrouver les papiers qui avaient motivé la visite de Wu Ling en Angleterre. La police, pour sa part, se souciait uniquement de mettre la main sur le meurtrier, la récupération des documents était pour elle d'un intérêt secondaire. En fait, ce que Pearson me demandait, c'était de collaborer avec la police tout en agissant dans l'intérêt de la Compagnie.

» J'acceptai sans me faire prier. Il était clair que je pouvais orienter mes recherches de deux côtés différents : d'une part, les employés de la Compagnie qui étaient au courant de la venue du Chinois ; et, d'autre part, les passagers de l'*Assunta* à qui il avait pu parler de sa mission.

» Je commençai par ces derniers, estimant que mon champ d'investigation était plus restreint de ce côté-là. Il se trouva que j'avais eu la même idée que l'inspecteur Miller, officiellement chargé de l'affaire, un homme très différent de notre ami Japp, très imbu de sa personne, mal élevé et tout à fait insupportable. Nous interrogeâmes ensemble les officiers du paquebot, mais ils n'avaient pas grand-chose à dire. Wu Ling était pratiquement resté seul pendant tout le voyage. Il ne s'était lié qu'avec deux autres passagers, un Européen désargenté du nom de Dyer, qui n'avait pas très bonne réputation, et un jeune employé de banque du nom de Charles Lester, qui rentrait de Hong Kong. Nous eûmes la chance de pouvoir obtenir une photo des deux hommes. Il semblait évident que si l'un des deux pouvait être impliqué dans cette affaire, c'était Dyer. On le savait en relation avec une bande d'escrocs chinois et c'était donc un suspect de premier ordre.

» Nous nous rendîmes ensuite au *Russell Square Hotel*, où les employés de la réception reconnurent aussitôt la photo de Wu Ling. Nous leurs montrâmes ensuite celle de Dyer, mais, à notre grande déception, le chasseur déclara sans la moindre hésitation que ce n'était pas l'homme qui était venu le matin de la mort du Chinois. À tout hasard, je lui montrai alors la photo de Lester et, à ma grande surprise, il le reconnut aussitôt.

» — Oui, Monsieur, m'assura-t-il. C'est l'homme qui est venu à 10 heures et demie en demandant à voir Mr Wu Ling et qui est ressorti avec lui un moment après.

» Notre enquête progressait. Nous décidâmes alors d'interroger Charles Lester. Il parut sincèrement surpris et désolé en apprenant la mort du Chinois et se mit à notre entière disposition. Sa version des faits était la suivante : comme convenu avec Wu Ling, il s'était présenté à son hôtel à 10 heures et demie, mais ne l'avait pas vu. Le domestique de ce dernier était venu lui expliquer que son maître avait dû sortir, et lui avait proposé de le conduire auprès de lui. Sans méfiance, Lester avait accepté et le Chinois avait appelé un taxi. Ils avaient roulé pendant quelque temps en direction des quais. Mais soudain, sans doute pris de soupçons, Lester avait fait arrêter le taxi et en était descendu malgré les protestations du domestique. C'était tout ce qu'il pouvait nous dire.

» Satisfaits en apparence, nous le remerciâmes et prîmes congé. En fait, son histoire ne tarda pas à se révéler quelque peu inexacte. Pour commencer, Wu Ling n'avait pas de domestique, pas plus sur le bateau qu'à l'hôtel. Ensuite, le chauffeur de taxi qui avait transporté deux hommes ce matin-là se présenta de lui-même au commissariat et affirma que, loin d'être descendu en route, Lester et le Chinois s'étaient fait conduire tous deux à une maison louche de Limehouse, en plein cœur du quartier chinois. L'endroit en question était plus ou moins connu comme une fumerie d'opium de bas étage. Les deux hommes y étaient entrés ; environ une heure plus tard, l'Anglais, qu'il reconnaissait d'après la photo, en était ressorti, seul. Il était très pâle et paraissait malade. Il lui avait demandé de le conduire à la station de métro la plus proche.

» La police prit des renseignements sur Charles Lester et découvrit que, bien que jouissant d'une excellente réputation, il était couvert de dettes à cause de sa passion secrète du jeu. Évidemment, nous ne perdions pas Dyer de vue pour autant. Il se pouvait qu'il se fût fait passer pour Lester. Mais cette hypothèse se révéla sans fondement. Son alibi pour toute la journée en question était absolument inattaquable. Comme on pouvait s'y attendre, le propriétaire de la fumerie d'opium nia avec un aplomb tout oriental avoir jamais vu Charles Lester ou avoir reçu deux messieurs chez lui ce matin-là. En tout cas, la police avait tort de croire qu'on fumait de l'opium chez lui.

» Si bien intentionnés fussent-elles, ses dénégations n'aidèrent en rien Charles Lester. Il fut arrêté pour le meurtre de Wu Ling. On fouilla ses affaires, mais on n'y découvrit aucun papier se rapportant à la mine. Le propriétaire de la fumerie d'opium fut, lui aussi, arrêté, mais la rapide perquisition effectuée chez lui ne donna strictement rien. Pas la moindre boulette d'opium pour récompenser le zèle de la police.

» Pendant ce temps, mon ami, Mr Pearson, se rongeait les sangs. Il arpentait ma chambre de long en large en se lamentant à haute voix.

» — Voyons ! vous devez bien avoir une idée, Monsieur Poirot ! ne cessait-il de me répéter. Vous avez sûrement une idée !

» — Des idées, je n'en manque pas, en effet, répondis-je prudemment au bout d'un moment. Seulement voilà ! elles mènent toutes dans des directions différentes.

» — Par exemple ?

» — Par exemple... le chauffeur de taxi. Qui nous dit qu'il a bien emmené les deux hommes à cette maison ? Voilà une première idée. Ensuite.. est-ce bien dans cette maison qu'ils sont allés ? Supposons qu'ils se soient fait déposer devant, aient traversé la maison et soient sortis par une autre porte pour aller ailleurs...

» Cette hypothèse frappa Mr. Pearson.

» — Et alors, vous restez là, assis, à réfléchir ? Ne pourrions-nous pas plutôt passer à l'action ?

» Cet homme était impatient de nature, vous comprenez.

» — Monsieur, lui répondis-je avec dignité, ce n'est pas à Hercule Poirot de parcourir les rues nauséabondes de Limehouse comme un petit chien errant. Rassurez-vous. Mes agents sont au travail.

» Le lendemain, j'avais des nouvelles pour lui. Les deux hommes étaient bien entrés dans la maison en question, mais leur véritable destination était une gargote en bordure du fleuve. On les y avait vus entrer et Lester en ressortir seul un moment plus tard.

» Figurez-vous, Hasting, qu'une idée tout à fait invraisemblable vint alors à l'esprit de Mr Pearson. Il tenait absolument à ce que nous nous rendions nous-mêmes dans cette gargote et y menions notre petite enquête. Je protestai, l'implorai, mais il ne voulut rien savoir. Il suggéra que nous nous déguisions. Il essaya même de me persuader de... de... — je n'ose le dire — raser ma moustache ! Mais oui, rien que ça ! Je lui fis remarquer que cette idée était absurde et ridicule. On ne détruit pas les belles choses sans motif valable. D'ailleurs, je ne vois pas pourquoi un Belge à moustache n'aurait pas autant envie de voir le monde et de fumer l'opium qu'un Belge sans moustache.

» Il finit donc par céder sur ce point, mais il persista néanmoins dans son projet. Lorsque je le vis arriver ce soir-là... Mon Dieu, quel spectacle ! Il était vêtu d'un caban, son menton était sale et mal rasé, et il portait un cache-col répugnant qui offensait l'odorat. Le comble, figurez-vous, c'est qu'il était ravi. Vraiment, les Anglais sont complètement fous ! Il apporta quelques modifications à mon apparence extérieure et je le laissai faire. À quoi bon discuter avec un fou ? Puis nous nous mîmes en route... Pouvais-je le laisser partir seul, déguisé comme un enfant qui va jouer aux charades ?

— Non, bien sûr.

— Mais reprenons notre histoire... Nous arrivâmes donc à la gargote et, là, Mr. Pearson se mit à baragouiner un anglais des plus étranges. Voulant se faire passer pour un loup de mer, il parlait de gaillard d'avant, de marins d'eau douce et je ne sais quoi. Nous nous trouvions dans une petite pièce basse de plafond, pleine de Chinois. Nous mangeâmes des mets très particuliers. Ah, Dieu mon estomac ! (Poirot mit la main sur cette partie de son anatomie avant de poursuivre.) Puis le propriétaire s'approcha de nous, un Chinois au sourire diabolique.

» — Vous n'aimez pas trop notre cuisine, Messieurs, nous dit-il avec un accent grotesque. Venez goûter quelque chose de meilleur. Une petite pipe, ça vous dit ?

» Mr Pearson me donna un grand coup de pied sous la table — il avait aussi mis des bottes de marin ! — avant de répondre :

» — Pour ma part, je ne dis pas non. Montrez-nous le chemin.

» Le Chinois sourit et nous conduisit à une cave, nous fit passer par une trappe, descendre quelques marches et en remonter quelques autres pour déboucher dans une pièce garnie de divans et de coussins des plus confortables. Nous nous allongeâmes et un jeune Chinois nous enleva nos bottes. Ce fut le meilleur moment de la soirée. Puis on nous apporta les pipes et on fit chauffer devant nous les boulettes d'opium. Nous fîmes alors semblant de fumer et de sombrer dans un sommeil plein de rêves. Mais dès que nous nous retrouvâmes seuls, Mr Pearson m'appela tout doucement et se mit à ramper à quatre pattes. Je l'imitai, et nous entrâmes dans une seconde pièce où il y avait d'autres personnes endormies, puis une troisième, et une quatrième, où nous surprîmes deux hommes en grande conversation. Nous restâmes derrière le rideau et tendîmes l'oreille. Ils parlaient de Wu Ling.

» — Où sont les papiers ? dit l'un.

» — C'est Mr Lester qui les a pris, répondit l'autre, un Chinois, reconnaissable à son accent. Il m'a dit : "Mets-les à l'abri, dans un endroit où la police ira pas les chercher".

» — Oui, mais il s'est fait épingler, reprit le premier.

» — On le relâchera. La police est pas sûre que c'est lui le coupable.

» Cette conversation se poursuivit un moment, puis nous entendîmes les deux hommes approcher, et nous retournâmes en toute hâte à nos lits.

» — Nous ferions mieux de sortir d'ici, me dit Pearson au bout de quelques minutes. Cet endroit est malsain.

» — Je suis bien de votre avis, Monsieur, lui répondis-je. La comédie a assez duré !

» Nous réussîmes à ressortir sans encombre, en laissant une somme généreuse pour notre séance. Lorsque nous fûmes loin de Limehouse, Mr Pearson poussa un grand soupir et déclara :

» — Je suis content d'en être sorti ! Mais nous avons appris quelque chose d'intéressant.

» — C'est bien vrai, reconnus-je. Et je pense que nous n'aurons pas de mal à trouver ce que nous cherchons, après la mascarade de ce soir.

» Nous n'en eûmes aucun, en effet, ajouta Poirot en conclusion.

Je n'arrivai pas à croire que c'était la fin de l'histoire, et le considérai d'un œil rond.

— Mais... mais où étaient les documents ?

— Dans sa poche, tout simplement.

— Dans la poche de qui ?

— De Mr Pearson, parbleu !

Devant mon air ahuri, Poirot poursuivit calmement :

— Vous n'avez pas encore compris ? Mr Pearson, comme Charles Lester, était couvert de dettes. Comme Charles Lester, il aimait jouer. Il a donc conçu le projet de voler les papiers de Wu Ling. Il est bien allé à sa rencontre à Southampton, mais il est rentré à Londres avec lui et l'a aussitôt emmené à Limehouse. Il y avait du brouillard ce jour-là ; l'homme ne pouvait pas voir où ils allaient. J'imagine que Pearson s'y rendait assez souvent pour fumer l'opium et s'y était ainsi fait des amis d'un genre particulier. Je ne pense pas qu'il ait eu l'intention de tuer Wu Ling. Ce qu'il voulait, c'était qu'un de ses amis chinois se fasse passer pour lui et touche à sa place l'argent que devait lui rapporter la vente des documents. Jusque-là, tout allait bien ! mais, dans l'esprit oriental, il était infiniment plus simple de tuer Wu Ling et de jeter son corps dans le fleuve, et les complices de Pearson appliquèrent leurs propres méthodes sans le consulter. Imaginez la peur bleue de Pearson lorsqu'il s'en rendit compte. Quelqu'un pouvait l'avoir vu dans le train avec Wu Ling... C'est que le meurtre est autre chose qu'un simple enlèvement !

» Son salut dépend alors du Chinois qui va se faire passer pour Wu Ling au *Russell Square Hotel*. Il suffit que le corps ne soit pas découvert trop tôt ! Wu Ling lui a sans doute parlé de son rendez-vous du lendemain avec Charles Lester. Pearson voit là un merveilleux moyen de détourner les soupçons de la police. Charles Lester sera la dernière personne à avoir été vue en compagnie de Wu Ling. Le mystificateur a pour ordre de se présenter comme le domestique de Wu Ling et de l'amener le plus rapidement possible à Limehouse. Là, on offre vraisemblablement à Lester un verre contenant une drogue quelconque, de façon à ce que, en reprenant ses esprits une heure plus tard, il n'ait qu'un très vague souvenir de ce qui s'est passé. C'est si bien le cas que, dès qu'il apprend la mort de Wu Ling, Lester prend peur et nie carrément être allé jusqu'à Limehouse.

» Évidemment, cela fait le jeu de Pearson. Mais croyez-vous que celui-ci soit satisfait ? Non. Je l'inquiète et il décide alors de renforcer les soupçons qui pèsent déjà sur Lester. Il met donc au point cette mascarade compliquée, pensant que je serai totalement dupe. Ne vous ai-je pas dit il y a un instant qu'il était comme un enfant jouant aux charades ? Eh bien, je joue mon rôle jusqu'au bout et il rentre chez lui en se frottant les mains. Mais, le lendemain matin, l'inspecteur Miller se présente à son appartement. On trouve les papiers sur lui ; tout est terminé. Il n'a plus qu'à regretter amèrement de s'être permis de jouer au plus fin avec Hercule Poirot !... En fait, cette affaire n'a présenté qu'une seule difficulté.

— Laquelle ? m'enquis-je avec curiosité.

— Convaincre l'inspecteur Miller ! Quel animal, celui-là ! À la fois bête et têtu. Et, pour finir, c'est lui qui a été couvert de gloire.

— Quel dommage ! m'exclamai-je.

— Enfin, j'en ai retiré des compensations. Les autres membres du conseil d'administration de la Société des Mines de Birmanie m'ont donné quatorze mille actions à titre de modeste récompense pour mes services. Pas si mal, hein ?

» Néanmoins, quand vous aurez de l'argent à placer, je vous en prie, Hastings, tenez-vous-en strictement aux placements traditionnels. Rien ne prouve que ce qu'on lit dans les journaux soit vrai. Les membres du conseil d'administration de la

*Compagnie du Porc-Épic*... ce sont peut-être autant de Mr Pearson !

*(Traduction de Marie-Josée Lacube)*

## 14

## La Femme Voilée

*(The veiled lady)*

J'avais remarqué que, depuis quelque temps, Poirot était de plus en plus nerveux et irritable. Il se trouve que nous n'avions pas eu récemment d'affaire intéressante qui permît à mon ami d'exercer son don de perspicacité et ses remarquables pouvoirs de déduction. Ce matin-là, il jeta le journal à terre avec un « Tchah ! » rageur — une de ses exclamations préférées, qui faisait tout à fait penser à l'éternuement d'un chat.

— Ils ont peur de moi, Hastings ; vos criminels anglais ont peur de moi. Quand le chat est là, les petites souris ne s'approchent plus du fromage !

— Je doute que la plupart d'entre eux soient même au courant de votre existence, répliquai-je en riant.

Poirot me jeta un regard courroucé. Il s'imagine toujours que le monde entier pense à Hercule Poirot et parle de lui. Certes, il s'était fait une réputation à Londres, mais j'avais peine à croire que son existence pût semer la terreur dans les milieux criminels.

— Que pensez-vous de ce vol de bijoux en plein jour dans Bond Street ? lui demandai-je.

— Un joli coup, reconnu Poirot, mais sans intérêt pour moi. Pas de finesse, seulement de l'audace ! Avec un canne plombée, un homme casse la vitre d'un présentoir chez un bijoutier et s'empare d'un certain nombre de pierres précieuses. D'honnêtes citoyens se jettent aussitôt sur lui ; un agent de police arrive et l'homme est pris la main dans le sac, avec les bijoux sur lui. On le conduit au commissariat et, là, on s'aperçoit que les bijoux sont faux. Il a passé les vrais à un complice, l'un des honnêtes citoyens qui sont intervenus. Il ira en prison, c'est vrai ; mais quand il en sortira, un joli petit magot l'attendra. Oui, c'est assez astucieux. Mais je pourrais faire mieux. Quelquefois, Hastings, je regrette d'avoir tant de moralité. Agir contre la loi, ce serait amusant, pour changer un peu.

— Consolez-vous, Poirot. Vous savez bien que vous êtes unique dans votre branche.

— Mais qu'y a-t-il d'intéressant pour moi en ce moment ?

Je ramassai le journal.

— Voilà un Anglais qui est mort d'une cause mystérieuse en Hollande.

— On dit toujours ça et, après coup, on découvre qu'il a mangé du poisson en conserve et que sa mort est parfaitement naturelle.

— Bon, bon ! Si vous êtes décidé à faire la mauvaise tête !

— Tiens ! dit Poirot qui s'était approché de la fenêtre. J'aperçois en bas ce qu'on appelle dans les romans « une femme voilée ». Elle monte l'escalier ; elle sonne à la porte ; elle vient nous consulter. Voilà peut-être quelque chose d'intéressant. Quand on est aussi jeune et jolie que cette femme, on ne dissimule pas son visage derrière un voile épais, à moins d'une affaire importante.

Un instant plus tard, notre logeuse introduisait la visiteuse. Comme Poirot l'avait dit, elle portait un voile de dentelle noire si épais qu'il était difficile de distinguer ses traits. Lorsqu'elle le souleva, je vis que l'intuition de Poirot ne l'avait pas trompé ; c'était une ravissante jeune fille blonde aux yeux bleus. D'après la simplicité coûteuse de sa toilette, j'en conclus aussitôt qu'elle faisait partie de la haute société.

— Monsieur Poirot, dit-elle d'une voix douce et musicale. Je me trouve dans une situation épouvantable. Je crains bien que même vous ne puissiez m'aider, mais j'ai entendu dire tant de choses merveilleuses à votre sujet, que vous êtes mon dernier espoir. Je suis venue vous demander l'impossible.

— L'impossible, cela me tente toujours, répondit Poirot. Continuez, je vous en prie, Mademoiselle.

Notre jolie visiteuse hésitait.

— Mais vous devez être franche, ajouta Poirot. Vous ne devez absolument rien me cacher.

— Je suis prêt à vous faire confiance, dit la jeune fille, se décidant brusquement. Avez-vous entendu parler de lady Millicent Castle Vaughan?

Je levai la tête avec intérêt. L'annonce des fiançailles de lady Millicent au jeune duc de Southshire avait été publiée dans les journaux quelques jours plus tôt. Je savais que lady Millicent était la cinquième fille d'un pair irlandais sans fortune, et le duc de Southshire l'un des plus riches partis d'Angleterre.

— Je suis lady Millicent, poursuivit la visiteuse. Vous avez peut-être appris mes fiançailles par la presse. Je devrais être la jeune fille la plus heureuse du monde, mais, Monsieur Poirot, j'ai de graves ennuis ! Il y a un homme, un homme horrible — son nom est Lavington — qui... je ne sais comment vous le dire... C'est à cause d'une lettre que j'ai écrite ; je n'avais que seize ans à l'époque ; il... il...

— Une lettre que vous avez écrite à Mr Lavington?

— Oh, non ! pas à lui ! À un jeune soldat... Je l'aimais beaucoup... il a été tué pendant la guerre.

— Je comprends, dit Poirot avec douceur.

— C'était une lettre enflammée, aux termes inconsidérés, mais je vous assure, Monsieur Poirot, rien de plus. Cependant, il y a dedans des phrases qui... qui pourraient être interprétées différemment.

— Je vois, dit Poirot. Et cette lettre est arrivée entre les mains de Mr Lavington?

— Oui, et il me menace, à moins que je ne lui verse une somme d'argent considérable, une somme qu'il m'est impossible de trouver, de l'envoyer au duc.

— Le salaud ! éructai-je. Je vous demande pardon, lady Millicent.

— Ne serait-il pas plus sage de tout avouer à votre futur époux? suggéra Poirot.

— Je n'ose pas, Monsieur Poirot. Le duc est un homme étrange, jaloux, soupçonneux, et toujours enclin à croire le pire. Autant rompre tout de suite mes fiançailles.

— Eh bien, vrai ! fit Poirot avec une grimace expressive. Et qu'attendez-vous de moi, Mademoiselle?

— J'avais pensé demander à Mr Lavington de venir vous voir. Je pourrais lui dire que je vous ai chargé de régler cette question. Peut-être parviendriez-vous à lui faire baisser ses prétentions?

— Quelle somme demande-t-il?

— Vingt mille livres ! C'est tout à fait impossible. Je doute même de pouvoir en réunir mille.

— Vous pourriez peut-être emprunter l'argent en faisant jouer le fait que vous serez bientôt mariée au duc ; mais je ne suis même pas certain que vous puissiez obtenir la moitié de cette somme. Et puis... l'idée que vous payiez me répugne vraiment trop ? Non, l'ingéniosité d'Hercule Poirot viendra à bout de vos ennemis ! Envoyez-moi ce Mr Lavington. Y a-t-il des chances qu'il apporte la lettre ?

La jeune fille secoua la tête.

— Je ne pense pas. Il est très méfiant.

— Je suppose que cela ne fait aucun doute qu'il l'a en sa possession ?

— Il me l'a montrée quand je suis allée chez lui.

— Vous êtes allée à son domicile ? C'est très imprudent, Mademoiselle.

— Vous croyez ? J'étais si désespérée. Je pensais que mes supplications pourraient l'émouvoir.

— Oh là là ! Les hommes de ce genre ne se laissent pas émouvoir par des prières. Au contraire, cela lui a montré l'importance que vous attachiez à ce document. Où habite-t-il, ce scélérat ?

— À *Buona Vista*, dans Wimbledon. J'y suis allée à la nuit tombée. (Poirot poussa un grognement.) Je lui ai dit que j'allais prévenir la police, mais cela l'a simplement fait rire d'une façon cynique et méprisante. « Je vous en prie, ma chère lady Millicent, faites-le, si vous y tenez », m'a-t-il dit.

— Certes, murmura Poirot, ce n'est guère une affaire à mettre entre les mains de la police.

— « Mais je pense que vous serez plus avisée que cela », a-t-il ajouté. « Vous voyez, votre lettre est ici ; dans ce petit casse-tête chinois. » Il l'a prise en mains pour bien me la montrer. J'ai essayé de la lui arracher, mais il a été plus prompt que moi. Avec un ignoble sourire, il l'a pliée et l'a remise dans le casse-tête. « Elle est parfaitement en sécurité là-dedans, je vous assure », m'a-t-il dit. « Et le casse-tête est rangé dans un endroit si astucieux que vous n'arriveriez jamais à le trouver. » Mon regard s'est posé sur le petit coffre-fort mural et il a secoué la tête en éclatant de rire. « J'ai un coffre bien meilleur. » Oh ! il a été véritablement odieux ! Monsieur Poirot, pensez-vous pouvoir m'aider ?

— Ayez confiance en Hercule Poirot. Je trouverai une solution.

Ces paroles rassurantes étaient bien belles, pensai-je tandis que Poirot reconduisait galamment sa jolie cliente, mais cela ne résolvait pas le problème. Je lui fis part de ces réflexions lorsqu'il remonta, et il hocha la tête tristement.

— Oui, la solution n'est pas évidente. Il tient le bon bout, ce Lavington. Et, pour l'instant, je ne vois pas comment nous allons le posséder.

Ledit Lavington ne manqua pas de se présenter dans l'après-midi. Lady Millicent n'avait pas menti en le décrivant comme un homme odieux. Le bout de ma botte me démangeait affreusement, tant j'avais envie de le jeter à coups de pied au bas de l'escalier. Il était vulgaire et arrogant ; il rejeta avec un rire méprisant les suggestions de Poirot et se montra, d'une manière générale, entièrement maître de la situation. À tel point que je ne pus m'empêcher de penser que Poirot n'était vraiment pas à son avantage. Il paraissait déconfit et découragé.

— Eh bien, Messieurs, dit Lavington en ramassant son chapeau, nous ne semblons pas avoir beaucoup avancé. Voilà donc ce que je vous propose : lady Millicent étant une si charmante demoiselle, je veux bien lui faire un prix. (Il eut un ignoble sourire.) Disons, dix-huit mille livres. Je pars tout à l'heure pour Paris — une petite affaire à régler là-bas — et je serai de retour mardi. Si je n'ai pas reçu l'argent mardi soir, j'enverrai la lettre au duc. Ne me dites pas que lady Millicent ne peut pas se trouver cette somme. Certains de ses amis masculins ne seraient que trop heureux de prêter de l'argent à une si jolie femme... si elle sait s'y prendre comme il faut.

Je devins rouge de colère et fis un pas en avant, mais, sitôt sa phrase terminée, Lavington quitta la pièce.

— Bon Dieu ! m'écriai-je. Il faut faire quelque chose. Vous ne semblez pas réagir, Poirot.

— Vous avez peut-être très bon cœur, mon ami, mais votre matière grise est dans une état déplorable. Je ne tiens pas du tout à impressionner Mr Lavington par mes capacités. Plus il me croit faible, mieux cela vaut.

— Pourquoi ?

— C'est curieux, murmura Poirot d'un air pensif, que j'aie

exprimé le désir de commettre un acte illégal juste avant l'arrivée de lady Millicent !

— Vous avez l'intention de pénétrer chez lui par effraction pendant son absence ? demandai-je d'un ton incrédule.

— Vous faites parfois preuve d'une vivacité d'esprit surprenante, Hastings.

— Et s'il emporte la lettre avec lui ?

Poirot secoua la tête.

— C'est peu probable. Il y a manifestement dans sa maison une cachette qu'il croit introuvable.

— Quand allons-nous... euh... faire ça ?

— Demain soir. Nous partirons d'ici à 11 heures.

À l'heure dite, j'étais prêt. J'avais jugé bon de mettre un costume sombre et un chapeau mou noir. En me voyant, Poirot me sourit d'un air épanoui.

— Je vois que vous avez mis une tenue de circonstance, dit-il. Nous allons prendre le métro jusqu'à Wimbledon.

— Ne devons-nous rien emporter ? Des outils pour forcer les serrures ou je ne sais quoi ?

— Mon cher Hastings, Hercule Poirot n'a pas recours à ces viles méthodes.

Vexé, je ne répondis pas, mais ma curiosité était en éveil. Il était minuit juste lorsque nous pénétrâmes dans le petit jardin de banlieue de *Buona Vista*. La maison était sombre et silencieuse. Poirot alla tout droit à une des fenêtres de l'arrière, en souleva le châssis sans faire de bruit et m'invita à entrer.

— Comment saviez-vous que cette fenêtre serait ouverte ? lui demandai-je à voix basse, très intrigué par ce mystère.

— Parce que j'ai scié le loqueteau ce matin.

— Quoi !

— Mais oui, rien de plus simple. J'ai sonné, j'ai présenté une fausse carte et l'une des cartes de visites de l'inspecteur Japp et j'ai dit que je venais, recommandé par Scotland Yard, pour les fermetures de sécurité que Mr Lavington avait demandé qu'on installe pendant son absence. La domestique m'a accueilli avec enthousiasme, car il se trouve que la maison a été visitée par des cambrioleurs deux fois de suite récemment, bien qu'aucun objet de valeur n'ait été dérobé... Apparemment, d'autres clients de Mr Lavington ont eu la même idée que nous ! J'ai examiné toutes les fenêtres, j'ai fait ma petite affaire et je suis reparti en interdisant aux domestiques de toucher aux fenêtres jusqu'à demain car elles étaient reliées à une commande électrique.

— Vraiment, Poirot, vous êtes formidable !

— Mon ami, c'était l'enfance de l'art. Et maintenant, au travail ! Les domestiques dorment au tout dernier étage ; il n'y a donc pas trop de risques de les réveiller.

— Je suppose que le coffre se trouve quelque part dans un mur ?

— Le coffre ? Allons donc ! Il n'y a pas de coffre. Mr Lavington est un homme astucieux. Vous verrez. Il aura sûrement conçu une cachette beaucoup plus intelligente qu'un coffre. Un coffre, c'est la première chose qu'on cherche.

Là-dessus, nous nous lançâmes dans une fouille systématique de la maison. Mais après plusieurs heures de recherches, nous n'avions toujours rien trouvé. Des signes de colère commençaient à apparaître sur le visage de Poirot.

— Ah ! sapristi ! Hercule Poirot devrait-il s'avouer vaincu ? Jamais ? Jamais ! Gardons notre calme. Réfléchissons. Raisonnons. En un mot, faisons fonctionner nos petites cellules grises !

Il resta immobile un moment, les sourcils froncés dans un effort de concentration ; puis la lueur verte que je connaissais si bien s'alluma dans ses yeux.

— Suis-je bête ! La cuisine !

— La cuisine ? Mais c'est impossible ! m'écriai-je. Avec les domestiques ?

— Justement. C'est ce que diraient quatre-vingt-dix-neuf personnes sur cent ! Et c'est pour cette raison même que la cuisine est l'endroit idéal. Parce qu'elle est pleine d'objets ordinaires. En avant ! À la cuisine !

— Très sceptique, je suivis Poirot et l'observai tandis qu'il plongeait dans la huche à pain, secouait les casseroles et mettait la tête dans le four. Puis, lassé de le regarder faire, je finis par retourner dans le bureau. J'étais convaincu que c'était là seulement que nous avions une chance de découvrir la cachette. Je procédai à une seconde fouille méthodique de la pièce, remarquai qu'il était 4 heures et quart et que le jour ne tarderait pas à se lever, puis retournai du côté de la cuisine.

Je découvris avec étonnement Poirot, debout dans la caisse à charbon, au mépris de son costume de couleur claire.

— Eh oui, mon ami ! me dit-il en faisant la grimace. Ce n'est pas de gaieté de cœur que je me salis de cette façon, mais que voulez-vous...

— Lavington ne l'a tout de même pas enterrée sous le charbon !

— Si vous vous serviez de vos yeux, vous verriez que ce n'est pas le charbon que j'examine.

— Je vis, en effet, que des bûches étaient empilées sur une étagère derrière la caisse à charbon et que Poirot les retirait délicatement l'une après l'autre. Soudain, il poussa une exclamation !

— Votre canif, Hastings !

Je le lui tendis. Il en inséra la lame dans le bois d'une bûche et, brusquement, celle-ci s'ouvrit en deux. Elle était soigneusement sciée au milieu et une cavité était aménagée au centre. De cette cavité, Poirot sortit une petite boîte en bois chinoise.

— Bravo ! m'écriai-je, au comble de l'enthousiasme.

— Du calme, Hastings ! N'élevez pas trop la voix. Venez, partons avant qu'il ne fasse jour.

Après avoir glissé la boîte dans sa poche, Poirot sauta avec légèreté hors de la caisse à charbon et se brossa du mieux qu'il put. Nous quittâmes la maison de la même façon que nous y étions entrés et prîmes rapidement la direction de Londres.

— Mais quelle invraisemblable cachette ! m'exclamai-je. N'importe qui aurait pu se servir de cette bûche.

— En juillet, Hastings ? Et puis, elle était tout en dessous de la pile... C'est au contraire une cachette très ingénieuse. Ah ! voici un taxi ! Rentrons chez nous prendre un bon bain et nous reposer.

Après l'excitation de la nuit, je dormis longtemps. Lorsque j'entrai enfin dans notre petit salon, un peu avant 1 heure de l'après-midi, je fus surpris de trouver Poirot assis dans un fauteuil, le casse-tête ouvert à côté de lui, en train de lire calmement la lettre qu'il en avait sorti.

Il m'accueillit avec un grand sourire et tapota la feuille qu'il tenait en main.

— Lady Millicent avait raison ; le duc n'aurait jamais excusé une lettre semblable ! Elle contient les termes d'affection les plus extravagants que j'aie jamais vus.

— Vraiment, Poirot, dis-je d'un ton de reproche, je pense que vous n'auriez pas dû lire cette lettre ! Cela ne se fait pas.

— Hercule Poirot peut le faire, répondit mon ami avec un calme imperturbable.

— Et, d'autre part, j'estime que vous n'avez pas joué franc jeu en vous servant, hier, de la carte de visite de Japp.

— Mais je ne jouais pas, Hastings. Je menais une enquête.

Je haussai les épaules. Comment discuter devant une telle mauvaise foi ?

— J'entends des pas dans l'escalier, annonça Poirot. Ce doit être lady Millicent.

Notre jolie cliente entra avec une expression inquiète qui se transforma en ravissement lorsqu'elle aperçut la lettre et la boîte que Poirot tenait à la main.

— Oh ! Monsieur Poirot ! C'est merveilleux ! Comment y êtes-vous arrivé ?

— Par des méthodes assez répréhensibles, Mademoiselle. Mais Mr Lavington n'engagera pas de poursuites. Ceci est bien votre lettre, n'est-ce pas ?

Lady Millicent la parcourut rapidement.

— Oui. Oh ! je ne pourrai jamais assez vous remercier ! Vous êtes vraiment un homme merveilleux ! Où était-elle cachée ?

Poirot lui expliqua.

— Quelle ingéniosité de votre part d'y avoir pensé ! Je vais garder ceci en souvenir, ajouta la jeune fille en prenant sur la table.

— J'espérais, Mademoiselle, que vous m'autoriseriez à la garder... en souvenir également.

— Je compte bien vous envoyer un plus beau souvenir que cela... le jour de mon mariage. Vous verrez que je ne suis pas une ingrate, Monsieur Poirot.

— Le plaisir de vous avoir rendu service est pour moi une plus belle récompense qu'un chèque. Aussi, permettez-moi de garder cette boîte.

— Oh non, Monsieur Poirot ! Je la veux absolument, s'écria la jeune fille en riant.

Elle étendit la main, mais Poirot fut plus prompt qu'elle. Sa main se referma sur la boîte.

— Pas question ! déclara-t-il d'une voix changée.

— Que voulez-vous dire ? demanda Lady Millicent d'un ton cassant qui me surprit.

— Permettez-moi de retirer de cette boîte le restant de son contenu. Comme vous le voyez, la cavité a été réduite de moitié en profondeur. Dans la moitié supérieure, la lettre compromettante ; et au fond...

D'un geste adroit, Poirot sortit quelque chose de la boîte et étendit la main. Sur sa paume s'étalaient quatre grosses pierres scintillantes et deux énormes perles d'une blancheur de lait.

— Les bijoux volés l'autre jour dans Bond Street, je suppose, murmura-t-il. Japp nous dira ça.

À mon grand étonnement, je vis Japp en personne sortir de la chambre de Poirot.

— Un vieil ami à vous, je crois, dit poliment Poirot à la jeune fille.

— Mince ! Je suis refaite ! s'écria celle-ci en changeant totalement de manières. Vieux gredin ! ajouta-t-elle d'un ton presque affectueux en se tournant vers Poirot.

— Gertie, ma chère, lui dit Japp, je pense que cette fois-ci vous avez perdu la partie. Je ne m'attendais guère à vous retrouver si vite ! Nous tenons aussi votre ami, l'homme qui est venu ici l'autre jour en se faisant passer pour Lavington. Quant à Lavington lui-même, alias Croker et alias Reed, j'aimerais bien savoir lequel d'entre vous l'a poignardé il y a quelques jours en Hollande. Vous pensiez qu'il avait la marchandise avec lui, pas vrai ? Mais il ne l'avait pas. Il vous a doublés en cachant les bijoux chez lui. Vous avez envoyé deux acolytes fouiller la maison et, après ça, vous avez fait appel à Monsieur Poirot ici présent, qui, par une chance inouïe, a réussi à les retrouver.

— Vous aimez bien parler, à ce que je vois, dit la fausse lady Millicent. Lâchez-moi. Je veux bien vous suivre sans faire d'histoires. Vous ne pourrez pas dire que je ne suis pas une parfaite lady. Salut, la compagnie !

— C'étaient ses chaussures qui ne collaient pas, murmura Poirot d'un ton pensif, alors que j'étais moi-même encore trop stupéfait pour pouvoir parler. J'ai pu observer différentes petites choses dans votre chère patrie et j'ai remarqué qu'une grande dame, une vraie lady, est toujours très pointilleuse sur les chaussures qu'elle porte. Ses vêtements peuvent être usagés, mais elle sera toujours impeccablement chaussée. Or, cette lady Millicent avait une toilette élégante et coûteuse, mais des escarpins bon marché. Il y avait peu de chances que vous et moi ayons eu l'occasion de voir la véritable lady Millicent ; elle a passé très peu de temps à Londres et il faut reconnaître que cette fille lui ressemblait assez pour pouvoir se faire passer pour elle. Comme je vous l'ai dit, ce sont tout d'abord ses chaussures qui ont éveillé mes soupçons ; et puis, son histoire — et son voile : un peu trop mélodramatiques, vous ne trouvez pas ? Toute la bande devait être au courant que les bijoux étaient cachés dans le casse-tête renfermant une fausse lettre compromettante, mais l'idée de la bûche creuse devait être celle du défunt Lavington... En tout cas, Hastings, j'espère bien que vous ne me blesserez plus dans mon amour-propre comme vous l'avez fait hier en disant que mon nom est inconnu des milieux criminels. Que diable ! Ils vont jusqu'à faire appel à moi, quand, eux-mêmes, ils échouent !

*(Traduction de Marie-Josée Lacube)*

# *Postface*

*Parmi les lecteurs de* La Mystérieuse Affaire de Styles, *l'un fut particulièrement impressionné par le personnage d'Hercule Poirot : Bruce Ingram, alors rédacteur en chef du magazine « The Sketch ». Impressionné au point de contacter Agatha Christie et de lui demander d'écrire pour sa revue une série de nouvelles mettant en scène le détective belge qui savait si bien se servir de ses petites cellules grises.*

*Agatha Christie trouva l'idée passionnante, d'autant qu'être publiée dans « The Sketch » représentait une manière de consécration.*

*Bruce Ingram souhaitait une série de douze nouvelles. Agatha Christie en écrivit huit assez rapidement, ce qui, dans un premier temps semblait devoir suffire, mais quatre autres lui furent bientôt commandées qu'elle dut composer dans un laps de temps plus court qu'elle ne l'aurait souhaité.*

*La première de ses nouvelles parut dans « The Sketch » du 7 mars 1923, et l'éditeur attachait tant d'importance à cette publication qu'il avait commandé à l'illustrateur W. Smithson Brodhead un portrait d'Hercule Poirot : « Il n'était pas, écrit la romancière, trop différent de ma conception du personnage, bien qu'un peu plus élégant et aristocratique que je ne l'imaginais. »*

*Lorsque John Lane publia onze des douze nouvelles en recueil, Agatha Christie insista pour que l'illustration du « Sketch » soit utilisée pour la couverture du livre.*

*Plusieurs titres furent envisagés pour ce recueil. Le premier fut celui de la nouvelle* The Curious Disappearance of the Opalsen Pearl, *finalement publiée sous un autre titre :* The Jewel Robbery at the Grand Metropolitan. *Agatha Christie souhaitait un meilleur titre, et l'éditeur lui donna à choisir entre* The Gray

Cells of Monsieur Poirot *et* Poirot Investigates*: ce fut la deuxième proposition qui l'emporta.*

*L'édition américaine des* Enquêtes d'Hercule Poirot *fut publiée en 1925 chez Dodd, Mead & Co., enrichie de trois autres nouvelles:* The Chocolate Box, The Veiled Lady, *et* The Lost Mine. *(qui ne seront publiées en Angleterre en recueil qu'en 1974.) Nous avons choisi de donner le sommaire du recueil américain, composé de nouvelles écrites à la même époque et d'une grande unité d'inspiration.*

*C'est en écrivant les nouvelles qui composent* Les Enquêtes d'Hercule Poirot *qu'Agatha Christie comprit à quel point elle était désormais liée à ses personnages: « J'aimais bien le capitaine Hastings. C'était une création stéréotypée, mais Poirot et lui correspondaient à ma conception d'un tandem de détectives. J'écrivais encore dans la tradition de Sherlock Holmes: détective excentrique assisté d'un faire-valoir, avec un inspecteur de Scotland Yard du type Lestrade: Japp .»*

*Sans doute le format de la nouvelle, si propice au talent de Conan Doyle, devait-il renforcer le poids du modèle holmésien...*

*Quoi qu'il en soit,* Les Enquêtes d'Hercule Poirot *marquait les premiers pas d'Agatha Christie nouvelliste. Elle devait au cours de sa carrière en écrire plus d'une centaine, qui constituent une part non négligeable de son œuvre.*

# 1925

# LE SECRET DE CHIMNEYS

Traduit de l'anglais par
Pascale Guinard

*Ce roman a paru sous le titre original:*
THE SECRET OF CHIMNEYS

*À mon neveu, en souvenir d'une inscription au château de Compton, et d'une journée au zoo.*

# 1

## Du travail pour Anthony Cade

— Gentleman Joe !

— Ma parole, mais c'est ce vieux Jimmy McGrath !

Les membres du *Castle's Select Tour*, sept dames au bord de l'épuisement et trois messieurs en sueur, levèrent des yeux emplis de curiosité. Selon toutes les apparences, leur bien-aimé Mr Cade avait rencontré un vieil ami. Ils l'admiraient tant, Mr Cade, avec sa longue silhouette mince et musclée, son visage bronzé et cette façon enjouée qu'il avait de régler leurs petits différends et de rétablir la bonne humeur dans le groupe ! Qui pouvait donc bien être cet ami à l'allure étrange ? De même stature que Mr Cade, en plus massif, il était loin d'être aussi séduisant. C'était le type d'homme que l'on rencontre dans les romans, et qui avait la tête d'un tenancier de saloon. Intéressant, quand on y pense. Après tout, c'est bien pour ça qu'on voyage à l'étranger — pour y voir toutes ces choses insolites qu'on a lues dans les livres. Jusqu'à présent, ils s'étaient plutôt ennuyés à Bulawayo. Il y régnait une chaleur accablante, l'hôtel était dépourvu de confort et il n'y avait rien de spécial à faire ni à voir en attendant le départ pour la prochaine étape, les Matopos. Par bonheur, Mr Cade avait suggéré qu'on achète des cartes postales. Et l'endroit regorgeait de cartes postales.

Anthony Cade et son ami s'étaient éloignés du groupe.

— Mais que diable fabriques-tu au milieu de toutes ces bonnes femmes ? demanda McGrath. Tu montes ton harem ?

— Avec celles-là, ça me ferait mal, grimaça Anthony. Tu les as regardées de près ?

— J'ai fait ça. Et je me suis dit que ta vue baissait.

— Ma vue n'a jamais été aussi bonne. Non, tu as devant toi

le guide des voyages organisés *Castle's Select. Castle*, c'est moi ; enfin, disons le *Castle* local.

— Mais pourquoi diable as-tu accepté un boulot pareil ?

— Un tragique besoin d'argent. Mais je peux te garantir que ça ne convient pas du tout à mon tempérament, comme on dit.

Jimmy sourit.

— Toujours aussi allergique à un job normal, à ce que je vois.

Anthony ne releva pas l'allusion.

— Quoi qu'il en soit, une belle occase ne va pas tarder à s'offrir, déclara-t-il avec un louable optimisme. C'est toujours comme ça que ça se passe.

— J'en sais quelque chose, gloussa Jimmy. Si un coup fourré se prépare dans le coin, on peut parier que tôt ou tard Anthony Cade s'y trouvera plongé jusqu'aux oreilles. Tu as le don de toujours te fourrer là où il y a du grabuge — et la chance de sauver chaque fois ta peau. Dis-moi, vieux frère, quand fêtons-nous nos retrouvailles ?

Anthony soupira :

— Il faut d'abord que je conduise mon poulailler sur la tombe de Rhodes.

— Du tonnerre ! approuva Jimmy. Vu l'état de la route, ils vont revenir couverts de bleus et de bosses, et n'auront plus qu'une envie : se mettre au lit pour soulager leurs bobos. Ça nous permettra d'aller écluser un verre ou deux et d'échanger les nouvelles.

— D'ac ! À tout à l'heure, Jimmy.

Anthony rejoignit son troupeau. Miss Taylor, la plus jeune et aussi la plus coquette du petit groupe, l'entreprit immédiatement.

— Oh ! Mr Cade, c'était un vieil ami à vous ?

— En effet, miss Taylor. Un vieil ami du temps de ma jeunesse candide.

Miss Taylor poussa un petit gloussement.

— Je trouve que c'est un homme au physique... fascinant.

— Je le lui dirai, il en sera flatté.

— Oh ! Mr Cade, comment pouvez-vous être si taquin ! Quelle idée ! Mais de quel nom vous a-t-il appelé ?

— Gentleman Joe ?

— Oui. Votre prénom est Joe ?

— Vous savez pourtant bien que je m'appelle Anthony, miss Taylor.

— Oh ! vous me faites marcher ! s'écria miss Taylor avec coquetterie.

Jusqu'à présent, Anthony Cade s'était parfaitement acquitté de ses obligations. Outre l'organisation du voyage, il devait réconforter les vieux messieurs grincheux, apaiser les tensions, veiller à ce que les dames d'un certain âge puissent régulièrement se procurer des cartes postales, et flirter avec toute personne du sexe féminin âgée de moins de quarante ans. Cette dernière tâche lui était facilitée par l'extrême empressement des personnes en question à prendre pour de tendres propos ses remarques les plus anodines.

Miss Taylor revint à la charge.

— Pourquoi vous appelle-t-il Joe, alors ?

— Bah ! simplement parce que ça n'est pas mon nom !

— Et pourquoi *Gentleman* Joe ?

— Sans doute parce que je ne suis pas un gentleman.

— Oh ! Mr Cade, protesta miss Taylor, peinée. Vous ne devriez pas dire des insanités pareilles ! Papa vantait hier soir encore vos manières si distinguées.

— C'est très gentil de la part de Monsieur votre père, miss Taylor.

— Et nous pensons tous que vous êtes un parfait gentleman.

— Vous me comblez.

— Je suis sincère, je vous assure.

— Un cœur généreux vaut mieux qu'une couronne, déclara Anthony, sans trop savoir ce qu'il entendait par là et souhaitant ardemment qu'il fût l'heure du déjeuner.

— C'est un poète qui a écrit cela, n'est-ce pas ? J'aime tant la poésie. Et vous, Mr Cade ?

— En cas d'extrême nécessité, je pourrais réciter quelques vers extraits d'un petit poème en prose intitulé : « Le jeune homme sur le pont enflammé. » « Le jeune homme se tenait sur le pont enflammé, que tous avaient déjà déserté. » C'est tout ce que je connais, mais si vous le souhaitez, je peux mimer ce passage : « Le jeune homme se tenait sur le pont enflammé — vlouff — vlouff — vlouff (ce sont les flammes), que tous avaient déjà déserté », et là, je cours dans tous les sens comme un chien fou.

Miss Taylor rit à gorge déployée :

— Oh ! regardez Mr Cade, comme il est drôle !

— Il est temps d'aller prendre une légère collation avec une tasse de thé, dit brusquement Anthony. Venez, il y a un excellent petit café tout près d'ici.

— Je veux croire que cette dépense est comprise dans le forfait du voyage, dit Mrs Caldicott de sa voix de rogomme.

— La tasse de thé et la collation avant de prendre la route, Mrs Caldicott, dit Anthony avec tout le professionnalisme qui convenait en la circonstance, sont en supplément.

— C'est scandaleux !

— Que voulez-vous ! La vie est une longue suite d'épreuves douloureuses ! fit gaiement Anthony.

Le visage de Mrs Caldicott s'illumina d'une joie mauvaise, et elle déclara de l'air de qui lance une bombe :

— Je m'y attendais ! C'est pourquoi ce matin, au petit déjeuner, j'ai eu la prudence de verser du thé dans une carafe ! Je vais le réchauffer sur la lampe à alcool. Venez, mon ami.

Fiers comme Artaban, Mr et Mrs Caldicott se dirigèrent vers l'hôtel, les fesses de la digne matrone ne cachant pas la satisfaction qu'elle éprouvait de s'être montrée si prévoyante.

— Seigneur Dieu ! soupira Anthony, il faut vraiment de tout pour faire un monde !

Il emmena le reste du groupe au café. Miss Taylor, restée à ses côtés, reprit son interrogatoire :

— Votre ami, vous ne l'aviez pas revu depuis longtemps ?

— Cela doit faire près de sept ans.

— Vous l'avez rencontré en Afrique ?

— Oui, mais pas dans cette région. La première fois que j'ai vu Jimmy McGrath, il était solidement ligoté, prêt à être jeté dans la marmite.Certaines tribus dans ces contrées sont encore cannibales, vous savez. Nous sommes arrivés juste à temps.

— Que s'est-il passé ?

— Une belle bagarre. Nous avons mis en pièces une partie des sauvages, et les autres se sont enfuis sans demander leur reste.

— Oh ! Mr Cade, quelle vie d'aventurier vous avez menée !

— Non, très paisible, je vous assure.

Mais, de toute évidence, la dame énamourée n'en crut pas un traître mot.

Il était près de 10 heures, ce soir-là, lorsque Anthony Cade entra dans l'étroit local où Jimmy McGrath jonglait avec des bouteilles.

— Bien tassé, James ! implora-t-il. J'en ai besoin !

— Ça ne m'étonne pas, mon vieux. Pour rien au monde je ne voudrais être à ta place.

— Propose-moi autre chose, et je laisse tomber illico.

McGrath se versa un cocktail, secoué d'une main experte, et en prépara un second. Puis il dit lentement :

— Tu parles sérieusement ?

— À propos de quoi ?

— De laisser tomber ce travail si tu trouves autre chose ?

— Quoi ? Tu ne vas pas me dire que tu as déniché un de ces boulots dont personne ne veut ? Pourquoi est-ce que tu n'as pas sauté dessus pour ton compte ?

— J'avais sauté dessus. Mais ça ne m'emballe pas. C'est pour ça que j'ai pensé à toi.

Anthony lui jeta un regard soupçonneux :

— Qu'est-ce que tu lui reproches ? Tu n'as quand même pas été embauché pour enseigner le catéchisme, non ?

— Tu me vois prêchant la bonne parole ?

— Ne me fais pas rire.

— Crois-moi, le travail dont je te parle est tout ce qu'il y a de chouette — rien à redire.

— Ça ne serait pas en Amérique du Sud, par hasard ? J'ai l'œil sur l'Amérique du Sud. Rien de tel que ces petites républiques pour vous mijoter une révolution.

McGrath ne put s'empêcher de rire.

— Toi et tes révolutions ! Tu as toujours eu un faible pour les trucs où il y a du grabuge.

— Que veux-tu, je sens que c'est là-bas que mes talents seraient le mieux appréciés. Crois-moi, Jimmy, je serais drôlement utile dans une révolution — que ce soit dans un camp ou dans l'autre. Et puis, ça me plaît cent fois plus qu'un job honnête.

— Je crois t'avoir déjà entendu dire ça, mon vieux. Non, le boulot dont je te parle ne t'enverra pas en Amérique du Sud, mais en Angleterre.

— En Angleterre? Le héros revient dans sa patrie après de longues années d'errance... À ton avis, je ne risque pas d'être relancé pour dettes au bout de sept ans, Jimmy?

— Je ne crois pas! Alors? Ça t'intéresse d'en savoir davantage?

— Tu penses si ça m'intéresse! Ce qui me chiffonne, c'est que tu ne veuilles pas t'en occuper toi-même.

— C'est très simple: je crois qu'il y a de l'or dans les parages, tu vois, et je ne tiens pas à quitter ce bled pour l'instant.

Anthony émit un petit sifflement:

— Tu as toujours cherché de l'or, Jimmy, depuis que je te connais. C'est ton point faible, ta petite manie personnelle. Il n'y a que toi pour te lancer dans les entreprises les plus dingues, histoire de découvrir une mine d'or.

— Et je finirai bien par en dégotter une, tu verras.

— Eh bien, à chacun sa marotte. Moi, je cherche les complications et toi, tu cherches de l'or.

— Je vais tout te raconter. Tu es au courant de ce qui se passe en Herzoslovaquie?

Anthony le regarda d'un œil brillant.

— En Herzoslovaquie? fit-il avec une intonation étrange dans la voix.

— Oui. Tu sais quelque chose sur la question?

Il y eut un silence. Puis Anthony répondit en pesant ses mots:

— Ce que tout le monde sait, sans plus. Il s'agit de l'un des États balkaniques, je crois. Principaux fleuves: inconnus. Principales montagnes: également inconnues, mais relativement nombreuses. Capitale: Ekarest. Population: essentiellement des brigands. Leur occupation favorite: assassiner les rois et provoquer des révolutions. Le dernier roi, Nicholas IV, a été assassiné il y a sept ans environ. Depuis, la Herzoslovaquie est une république. Bref, un pays tout ce qu'il y a de calme. Tu aurais pu me dire plus tôt que la Herzoslovaquie était dans le coup.

— Elle ne l'est que de façon indirecte.

Anthony le dévisagea longuement, l'air moins irrité qu'affligé:

— James, tu n'es pas à la hauteur, mon vieux. Suis des cours par correspondance, fais quelque chose. Si tu avais raconté une histoire de cette façon-là au bon vieux temps, on t'aurait pendu par les talons et bastonné jusqu'à ce que mort s'ensuive. De quoi s'agit-il, bon sang?

Jimmy, impavide, poursuivit son récit.

— Tu as entendu parler du comte Stylptitch?

— Voilà qui devient intéressant, fit Anthony. Même ceux qui n'ont jamais entendu prononcer le mot Herzoslovaquie connaissent le comte Stylptitch. Le Libérateur des Balkans! Le Plus Grand Homme d'État des Temps Modernes! Le pire des brigands en liberté, oui! Les points de vue diffèrent selon les journaux consultés. Mais une chose est sûre, James, on se souviendra du comte Stylptitch alors que toi et moi serons redevenus poussière depuis longtemps. Il a été l'instigateur de tous les événements survenus au Proche-Orient au cours des vingt dernières années. Tour à tour dictateur, patriote et homme politique, personne ne sait au juste qui il est, sinon le roi de l'intrigue. Eh bien, en quoi cela nous concerne-t-il?

— Il était Premier ministre de Herzoslovaquie, c'est pourquoi je l'ai cité en premier.

— Tu n'as aucun sens des proportions, Jimmy. La Herzoslovaquie est sans aucune importance comparée au comte Stylptitch. Il se trouve simplement qu'il y est né et y a joué un rôle dans les affaires publiques. Mais je le croyais mort?

— Il l'est. Il est mort à Paris il y a environ deux mois. Je te parle de faits qui remontent à quelques années.

— Mais enfin, dit Anthony, *de quoi* me parles-tu au juste?

Le reproche était justifié et Jimmy accéléra son débit.

— Ça s'est passé comme ça. J'étais à Paris, il y a juste quatre ans — pour être précis. Je rentrais chez moi au milieu de la nuit, seul, lorsque j'ai aperçu une demi-douzaine de brutes en train de tabasser un vieux monsieur à l'allure respectable. J'ai jamais pu supporter les luttes inégales! Je me suis jeté dans la bagarre et j'ai réglé leur compte à ces brigands. Je crois bien qu'ils n'avaient jamais reçu une telle raclée. Ils ont détalé comme des lapins!

— Bien joué, James, marmonna Anthony. J'aurais aimé voir ça.

— Bah, il ne faut rien exagérer! dit Jimmy, modeste. Mais le vieux, bien que plutôt éméché, s'est montré assez lucide pour noter mes nom et adresse. Et le lendemain, il est venu me remercier en grande pompe. C'est à ce moment-là que j'ai compris que mon rescapé était le comte Stylptitch. Il avait un hôtel particulier près du Bois.

Anthony hocha la tête :

— Oui, Stylptitch est venu vivre à Paris après l'assassinat du roi Nicholas. Plus tard, on lui a proposé la présidence, mais il n'a rien voulu savoir. Il est resté fidèle à ses principes monarchistes. Pourtant, le bruit court qu'il aurait trempé dans toutes les révolutions qui ont éclaté depuis lors dans les Balkans. Très malin, feu le comte Stylptitch.

— Nicholas IV, c'est celui qui avait un goût discutable en matière de bonnes femmes ?

— Oui, dit Anthony, et ça ne lui a pas réussi, le pauvre diable ! Loin d'être stupide, elle était ravagée par une ambition folle. Hélas ! danseuse aux Folies-Bergère, elle n'avait même pas assez de classe pour faire un mariage morganatique. Mais Nicholas était fou d'elle et, de son côté, elle a tout fait pour devenir reine. Ça paraît fantastique, mais ils ont réussi leur coup. Nicholas l'a appelée la comtesse Popolevsky, ou quelque chose dans ce goût-là, et il a prétendu qu'elle avait du sang Romanov dans les veines. Ils se sont mariés dans la cathédrale d'Ekarest — où deux archevêques ont célébré l'union à contrecœur — et elle est devenue la reine Varaga. Nicholas s'est arrangé avec ses ministres pour leur faire gober la pilule et il a dû croire que ça suffisait, mais c'était compter sans le peuple. Ils sont très attachés à la noblesse et sacrément réactionnaires, en Herzoslovaquie. Ils veulent que leurs rois et leurs reines soient garantis bon teint. Il y a eu de la grogne et des grincements de dents, suivis des habituelles mesures de répression, puis du non moins habituel soulèvement final qui a balayé le trône. Le roi et la reine ont été trucidés et la République proclamée. Elle dure toujours, mais la situation là-bas est restée plutôt animée, d'après ce que je me suis laissé dire. On y a assassiné un ou deux présidents, histoire de ne pas perdre la main. Mais revenons à nos moutons. Tu me disais que le comte Stylptitch te vouait une reconnaissance éternelle.

— Oui. Eh bien, l'épisode s'arrête là. Je suis rentré en Afrique et je n'ai plus repensé à cette affaire. Et puis, il y a de ça une quinzaine, voilà que je reçois un paquet du genre bizarre, qui m'avait suivi partout depuis je ne sais combien de temps. J'avais appris par les journaux que le comte Stylptitch avait passé l'arme à gauche à Paris récemment. Eh bien, ce paquet contenait ses Mémoires, ou ses souvenirs, je ne sais comment on appelle ces trucs-là. Un mot les accompagnait, comme quoi si je donnais le manuscrit à une certaine maison d'édition londonienne avant le 13 octobre, ladite maison devait me remettre la somme de mille livres.

— Mille livres ? Tu as bien dit mille livres, Jimmy ?

— Je l'ai dit, mon pote. J'espère que ce n'est pas une blague. « Ne faites jamais confiance aux princes ni aux hommes politiques », à ce qu'on dit. Et voilà où j'en suis. Vu le train de sénateur auquel le manuscrit a suivi mes traces, j'ai pas de temps à perdre. Ça ne peut pas tomber plus mal. Je venais de décider cette expédition, histoire de dégotter la mine de ma vie... J'avais pris toutes mes dispositions... Jamais je ne retrouverai une occasion aussi chouette.

— Tu es incurable, Jimmy. Mille livres en poche valent mieux que des milliers d'hypothétiques pépites d'or, non ?

— Et si tout ce machin n'était qu'un coup monté ? Enfin, bref, me voilà, mon billet pour la traversée réservé et tout, fin prêt à faire route pour Le Cap, quand soudain... tu apparais !

Anthony se leva et alluma une cigarette.

— Je commence à piger où tu veux en venir, James. Toi, tu pars chercher ton or comme prévu, et moi, je vais récupérer les mille livres pour toi. Combien est-ce que je peux espérer toucher là-dessus ?

— Que dirais-tu d'un quart ?

— Deux cent cinquante livres, net d'impôt, comme on dit ?

— Tout juste.

— Tope là ! et rien que pour te faire grincer des dents, laisse-moi te dire que j'aurais accepté pour cent livres ! Si tu veux mon avis, James McGrath, ce n'est pas toi qui mourras dans ton lit en comptant tes liasses !

— Alors, marché conclu ?

— Marché conclu. Je suis ton homme. Et au diable les voyages *Castle's Select* !

Ils levèrent leur verre et burent solennellement à leur réussite.

## 2

### UNE FEMME EN DÉTRESSE

— Venons-en aux détails pratiques, dit Anthony en vidant son verre. Sur quel bateau est-ce que je dois m'embarquer ?

— Le *Granarth Castle.*

— Bien sûr, le billet est à ton nom ? Je devrai donc me faire passer pour James McGrath. Tu me prêteras ton passeport ?

— Oui, ça ne fera pas un pli. On ne se ressemble pas pour deux ronds, mais avec ces renseignements signalétiques à la noix, on répond à la même description : 1,85 m, cheveux bruns, yeux bleus, nez ordinaire, menton ordinaire...

— Arrête avec ton « ordinaire » ! Laisse-moi te dire que les voyages *Castle's* m'avaient sélectionné parmi plusieurs candidats uniquement en raison de mon physique séduisant et de mes bonnes manières.

— Tes fameuses bonnes manières, j'en ai été témoin ce matin même, s'esclaffa Jimmy.

— Oh ! la ferme !

Anthony se leva et fit les cent pas dans la pièce, les sourcils froncés. Plusieurs minutes s'écoulèrent avant qu'il ne prît la parole.

— Stylptitch est mort à Paris, dit-il enfin. Pourquoi est-ce qu'il a préféré faire passer son manuscrit par l'Afrique alors qu'il pouvait l'expédier directement de Paris à Londres ?

Jimmy secoua la tête et finit par avouer:

— Aucune idée.

— Pourquoi ne pas l'avoir enveloppé dans un beau paquet bien ficelé et envoyé par la poste ?

— Ç'aurait été beaucoup plus simple, en effet.

— Je sais bien, poursuivit Anthony, qu'une certaine étiquette interdit aux souverains et aux grands de ce monde de faire quoi que ce soit de manière simple et directe. D'ailleurs, au moyen âge, ne confiait-on pas aux messagers une chevalière qui devait leur tenir lieu de mot de passe : « La Chevalière du Roi ! Vous pouvez passer, Monseigneur ! » Moi, je me suis toujours demandé pourquoi un type intelligent n'avait jamais eu l'idée de copier la bague, d'en fabriquer une douzaine du même modèle et de les revendre pour cent ducats pièce. Apparemment, on manquait d'imagination, à l'époque.

Jimmy salua cette digression d'un long bâillement.

— Je constate que mes observations moyenâgeuses t'intéressent au plus haut point, reprit Anthony. Bon, revenons au comte Stylptitch. Transiter par l'Afrique pour faire passer un colis de France en Angleterre me paraît archi-compliqué, même de la part d'un diplomate. Si le comte avait simplement voulu s'assurer que tu toucherais mille livres, pourquoi ne pas te coucher sur son testament ? Par bonheur, ni toi ni moi ne sommes assez fiers pour dédaigner un héritage. Stylptitch devait être un peu timbré.

— Peut-être bien.

Anthony se replongea dans ses méditations.

— Tu l'as lu ? demanda-t-il à brûle-pourpoint.

— Si j'ai lu quoi ?

— Le manuscrit, voyons !

— Bon Dieu, non ! Tu me vois plongé dans un machin pareil ?

— Je me posais la question, voilà tout, répondit Anthony en souriant. Ça aurait pu éclairer notre lanterne. Tu sais que la publication de Mémoires, ça peut remuer pas mal de souvenirs et de vieilles affaires pas toujours très propres. Imagine qu'ils contiennent des révélations indiscrètes, quelque chose dans ce goût-là. Il arrive à des gens importants qui sont restés muets comme des tombes toute leur vie de jubiler à l'idée de semer la zizanie avec des divulgations posthumes... Jimmy, quel genre de bonhomme était le comte Stylptitch ? Tu l'as rencontré, tu lui as parlé, et tu es assez bon juge de la nature humaine à l'état brut. Peux-tu l'imaginer en vieux grincheux pétri de mauvaises intentions ?

Jimmy haussa les épaules :

— Difficile à dire. Tu vois, le soir de la bagarre, il avait un petit coup dans le nez, mais le lendemain, c'était un grand seigneur au verbe haut, aux manières distinguées, et qui m'accablait tellement de remerciements variés que j'en avais envie de disparaître dans un trou de souris.

— Est-ce qu'il n'a rien raconté d'autre quand il était rond ?

Jimmy fit un effort pour se rappeler la scène.

— P't'être bien que si : il a dit qu'il savait où se trouve le Koh-i-Noor, hasarda-t-il enfin.

— Ça, tout le monde est au courant, fit Anthony. Ton fameux diamant, il est à la Tour de Londres, derrière des grilles d'acier et des vitres en verre armé, ceinturé par un bataillon de gentlemen en uniforme de fantaisie qui veillent à ce que personne ne chaparde rien.

— Exact, concéda Jimmy.

— Est-ce que Stylptitch t'a donné d'autres informations du même acabit ? Il ne t'aurait pas nommé la ville où se trouve la Collection Wallace, par exemple ?

Jimmy secoua la tête.

— Tu es impayable, ricana Anthony.

Anthony alluma une autre cigarette et se remit à arpenter la pièce.

— Tu ne lis donc jamais les journaux, espèce de péquenot, lança-t-il.

— Pas très souvent, reconnut McGrath. On y cause peu de ce qui m'intéresse.

— Dieu merci ! je suis plus civilisé que toi ! Il a beaucoup été question de la Herzoslovaquie, ces derniers temps. On parle d'un renouveau royaliste.

— Je connais tout de même quelques détails, répliqua Jimmy, vexé. Nicholas IV est mort sans laisser d'héritier. Mais ça m'étonnerait que la dynastie Obolovitch soit éteinte. Je te parie qu'il y a une foultitude de descendants, neveux, petits-neveux, cousins germains et issus de germains qui ne demandent qu'à grimper sur le trône.

— De sorte que la Herzoslovaquie n'aura aucun mal à se trouver un roi.

— Pas le moindre, à mon avis, acquiesça Jimmy. Tu sais, je comprends qu'ils en aient leur claque des institutions républicaines. Un peuple de sanguins et d'excités comme celui-là doit trouver plutôt insipide de faire la peau à des présidents alors qu'on l'avait habitué à des rois. Et à propos de rois, ça me rappelle un autre truc qui a échappé à Stylptitch ce soir-là. Il a dit qu'il connaissait le gang qui s'était attaqué à lui. Il s'agit des hommes du Roi Victor.

— Quoi ? s'exclama Anthony en faisant soudain volte-face.

Un large sourire éclaira le visage de McGrath :

— Tu m'as l'air drôlement excité par mon histoire, tout d'un coup, Gentleman Joe !

— Ne sois pas stupide, Jimmy. Tu viens de dire quelque chose de très important.

Anthony s'approcha de la fenêtre et regarda au-dehors d'un air songeur.

— Qui est donc ce Roi Victor ? demanda Jimmy. Encore un monarque balkanique ?

— Non, fit lentement Anthony. C'est un autre genre de souverain.

— Comment ça ?

Il y eut une pause. Enfin, Anthony reprit la parole :

— C'est le roi des escrocs, Jimmy. Le plus célèbre voleur de bijoux du monde. Un type fantastique, d'un culot à toute épreuve, que rien n'arrête. Il était connu à Paris sous le sobriquet de Roi Victor. C'est là que se trouvait son quartier général. On l'a arrêté et bouclé pendant sept ans pour un délit mineur, les charges les plus importantes qui pesaient sur lui n'ont jamais pu être prouvées. Il aura bientôt purgé sa peine. D'ailleurs, il est peut-être déjà en liberté.

— Tu crois que le comte Stylptitch a eu quelque chose à voir avec sa mise à l'ombre ? Ça pourrait être par représailles que le gang s'en est pris à lui ?

— Je n'en sais rien, dit Anthony. À première vue, ça paraît peu probable. Le Roi Victor n'a jamais volé les bijoux de la couronne de Herzoslovaquie, que je sache. Mais cette affaire prend un tour pas banal, tu ne trouves pas ? La mort de Stylptitch, les Mémoires, ces rumeurs qui circulent dans la presse, vagues, mais intéressantes. On raconte également qu'il y aurait du pétrole en Herzoslovaquie. J'ai comme l'impression que certaines personnes ne vont pas tarder à s'intéresser à ce petit pays sans importance.

— Quel genre de personnes ?

— Toutes sortes de hauts responsables appartenant aux milieux financiers.

— Où veux-tu en venir, avec ton baratin ?

— Je suis en train d'essayer de rendre difficile un boulot facile, rien de plus !

— Tu ne vas pas me dire que le fait de remettre un simple manuscrit à un éditeur peut être un boulot difficile.

— Non, fit Anthony à regret. Je ne pense pas que ce soit au-dessus de mes forces. Mais tu veux savoir où je compte me rendre une fois mes deux cent cinquante livres en poche, James ?

— En Amérique du Sud ?

— Non, mon pote, en Herzoslovaquie. Je crois que je vais me ranger du côté des républicains et, avec un peu de chance, je deviendrai président.

— Pourquoi ne pas te faire passer pour le dernier descendant des Obolovitch et te faire couronner, pendant que tu y es ?

— Non, Jimmy. On est roi pour la vie. Les présidents, eux, ne gardent leur job que pendant quelques années seulement. Ça m'amuserait de gouverner un État comme la Herzoslovaquie pendant quatre ans.

— La moyenne pour les rois est encore moins longue, apparemment, rétorqua Jimmy.

— En tout cas, j'aurai du mal à résister à la tentation de m'approprier ta part des mille livres. Après tout, tu n'en auras plus besoin lorsque tu reviendras des pépites plein les poches. Je pourrais investir ton argent dans le pétrole herzoslovaque, par exemple. Tu sais, James, plus j'y pense, plus cette idée me plaît. Jamais je n'aurais pensé à la Herzoslovaquie si tu ne m'en avais pas parlé. Dès que j'aurai remis le manuscrit à Londres, je m'empoche les mille livres et je file par le Balkanique Express !

— Tu ne t'en tireras pas si vite, mon vieux ! J'ai oublié de t'en parler, mais j'ai encore une petite mission à te confier.

Anthony s'écroula dans un fauteuil et regarda son ami d'un œil sévère :

— Je me doutais bien que tu me cachais quelque chose. Je flaire l'entourloupe. Je t'écoute !

— Tu te fourres le doigt dans l'œil. Il s'agit simplement d'un petit service à rendre à une dame en détresse.

— Une bonne fois pour toutes, James, je refuse d'être mêlé à tes histoires de cœur.

— Ce n'est pas une histoire de cœur. Je ne l'ai jamais vue, cette femme. Laisse-moi te raconter.

— Si je dois encore supporter une seule de tes longues divagations, il me faut un autre verre.

Son hôte s'exécuta de bonne grâce et commença son récit :

— Ça remonte à l'époque où je me trouvais en Ouganda. J'ai sauvé la vie d'une espèce de type et...

— À ta place, Jimmy, j'écrirais un roman intitulé « Les hommes à qui j'ai sauvé la vie ». Ça en fait déjà deux en une soirée.

— Tu sais, cette fois-là, je n'ai pas eu grand-chose à faire. Juste à repêcher le bonhomme dans la rivière. Cet imbécile ne savait pas nager.

— Attends une seconde. Qu'est-ce que cette histoirc a à voir avec l'autre ?

— Rien de rien. Pourtant, tiens, maintenant que tu m'y fais penser, je me souviens que ce type était herzoslovaque. Pourtant, on l'appelait Pedro le Hollandais.

— Tous les noms sont bons pour un métèque, grommela Anthony. Continue avec l'histoire de ta B.A.

— Eh bien, ce type s'est montré très reconnaissant. Depuis ce jour-là, il m'a suivi partout comme un caniche. Environ six mois plus tard, il est mort, terrassé par la fièvre. J'étais à côté de lui. Avant de mourir, il m'a fourré dans la main un paquet enveloppé dans de la toile cirée, en murmurant des trucs incompréhensibles, une histoire de secret. Je crois qu'il a parlé d'une mine d'or. Et là, je dois avouer, j'ai été salement intrigué. Je n'aurais pas cru Pedro le Hollandais capable de tomber sur une mine d'or, mais on ne sait jamais...

— Et à l'idée de pépites, ton petit cœur a palpité, l'interrompit Anthony.

— Je n'ai jamais été aussi écœuré de ma vie qu'en ouvrant ce paquet. Tu parles d'une mine d'or ! Le salaud... il m'a eu dans les grandes largeurs ! Tu sais ce que c'était ? Des lettres de bonne femme. Oui, des lettres d'amour écrites par une Anglaise. Cette canaille la faisait chanter, et il a eu le culot de me refiler cette sale affaire pour que je prenne la relève.

— Ta vertueuse indignation te fait honneur, mon cher James, mais tu sais, il a cru bien faire. Tu lui avais sauvé la vie, il t'a offert un moyen efficace de gagner de l'argent... Ton sens très aigu et très britannique de la morale lui avait sans doute échappé.

— Mais qu'est-ce que je vais fabriquer de ces lettres ? Les brûler, c'est ce que j'ai d'abord pensé. Puis je me suis rendu compte que cette pauvre femme ne saurait pas qu'elles ont été détruites et vivrait toujours avec la pétoche que ce type ne revienne à la charge.

— Ma parole, mais tu as plus d'imagination que je ne l'aurais cru, Jimmy, remarqua Anthony en allumant une cigarette. J'admets que cette affaire présente plus de difficultés qu'il n'y paraît. Pourquoi ne pas lui envoyer le paquet par la poste ?

— C'est bien les femmes : la plupart du temps, elle n'écrit ni date ni adresse. Il n'y a qu'une fois qu'on trouve une vague indication, un seul mot : « Chimneys ».

Anthony laissa brusquement tomber l'allumette qui lui brûlait les doigts :

— Chimneys ? s'écria-t-il. Pas possible !

— Pourquoi, ça te dit quelque chose ?

— C'est l'une des plus belles demeures seigneuriales d'Angleterre, mon cher James. C'est là que les souverains vont passer le week-end, et que les diplomates se retrouvent pour conspirer.

— Eh bien, raison de plus pour me réjouir que tu ailles en Angleterre à ma place, se félicita Jimmy. Toi, tu connais le grand monde. Un trappeur canadien comme moi débarquant du fin fond de ma brousse africaine ne manquerait pas de flanquer les pieds dans le plat à tout bout de champ. Mais toi, qui sors de Eton et Harrow...

— Eton, seulement, corrigea Anthony avec un sourire.

— Quoi qu'il en soit, toi, tu sauras mener à bien cette mission. Pourquoi j'ai pas renvoyé ces lettres par la poste, comme tu dis ? Ça m'a paru dangereux. D'après ce que j'ai compris, la dame a un mari jaloux. Imagine qu'il ouvre le paquet à sa place ! La malheureuse se retrouverait dans le pétrin ! À moins qu'elle ne soit morte. Les lettres ont tout l'air d'avoir été écrites il y a un bout de temps. D'après moi, la seule solution est que quelqu'un aille en Angleterre pour les lui remettre en main propre.

Anthony jeta sa cigarette et, s'approchant de son ami, lui tapota affectueusement le dos.

— Tu es un authentique homme du monde, Jimmy, dit-il. Et du fin fond de ta brousse africaine, on peut être fier du Canadien que tu es. Je ne m'acquitterais pas de cette tâche avec autant de classe que toi.

— Alors tu es d'accord ?

— Bien sûr !

McGrath se leva et sortit d'un tiròir un paquet de lettres qu'il posa sur la table :

— Voilà. Tu peux y jeter un coup d'œil.

— Tu crois que c'est bien nécessaire ? À vrai dire, j'aimerais autant ne rien en savoir.

— Mais d'après ce que tu dis de ce Chimneys, elle n'a pu qu'y séjourner. On devrait chercher dans ces lettres des indices qui nous mettraient sur la voie.

— Tu as sans doute raison.

Ils lurent attentivement la correspondance, mais sans rien découvrir de plus. Anthony rassembla les lettres l'air pensif.

— Pauvre femme, fit-il, elle a l'air terrifiée.

Jimmy hocha la tête.

— Tu penses pouvoir la retrouver ? demanda-t-il avec inquiétude.

— Je ne quitterai pas l'Angleterre tant que je n'aurai pas découvert la dame de tes pensées. Dis-moi, tu m'as l'air drôlement intéressé par cette inconnue, James.

Jimmy effleura du doigt la signature.

— C'est un joli nom, dit-il en manière d'excuse. *Virginia Revel.*

## 3

## On s'inquiète en haut lieu

— Très bien, mon cher, très bien, déclara lord Caterham.

Il avait déjà acquiescé de la sorte à trois reprises, dans l'espoir de mettre un terme à l'entretien et de pouvoir s'échapper enfin. Il avait horreur de lanterner sur les marches de son club londonien si sélect, et d'être contraint d'écouter les interminables discours de l'honorable George Lomax.

Clement Edward Alistair Brent, neuvième marquis de Caterham, était un homme de petite taille, troussé comme l'as de pique. Il avait les yeux d'un bleu éteint, un nez pointu et triste, des manières distraites, mais courtoises, et il ne ressemblait en rien à un marquis.

Le grand malheur pour lord Caterham, c'était d'avoir succédé à son frère, huitième du nom, quelques années auparavant. Ce dernier s'était particulièrement distingué dans sa fonction, et il était connu dans toute l'Angleterre pour ses talents d'homme politique. D'abord Secrétaire d'État au Foreign Office, il avait par la suite joué un rôle de premier plan au sein du gouvernement et sa résidence secondaire, Chimneys, était célèbre pour son hospitalité. Avec l'aide efficace de son épouse, l'une des filles du duc de Perth, il avait largement contribué à l'histoire de l'Angleterre en organisant à Chimneys de petites réceptions sans cérémonie : il n'était guère de notabilités, aussi bien dans le pays que sur le continent, qui n'y eût séjourné.

Tout cela était bel et bon. Le neuvième marquis de Caterham professait le plus profond respect et la plus haute estime pour la mémoire de son frère Henry, qui s'était merveilleusement acquitté de son rôle d'homme public. En revanche, il ne pouvait admettre que la résidence de Chimneys qui lui était revenue fût universellement reconnue comme appartenant au patrimoine national plutôt que comme une propriété privée. Rien n'ennuyait autant lord Caterham que la politique, à l'exception peut-être des hommes politiques. C'est pourquoi il avait du mal à cacher son impatience devant la loquacité de George Lomax. Un homme grand et fort, enclin à l'embonpoint, George Lomax. La face rubiconde, les yeux saillants, il était particulièrement imbu de sa personne.

— Vous avez compris, Caterham ? Nous ne pouvons pas nous permettre de laisser éclater un scandale en ce moment. La situation est extrêmement délicate.

— Ne l'est-elle pas toujours ? répliqua lord Caterham avec une pointe d'ironie.

— Mais, mon cher ami, cette fois l'enjeu est d'importance, je vous assure !

— Oh ! bien sûr, bien sûr ! marmonna lord Caterham en renonçant à intervenir.

— Un mot de trop à propos de cette affaire herzoslovaque, et nous sommes perdus. Il est de la plus haute importance que les concessions pétrolières soient accordées à une entreprise britannique. Vous comprenez cela, n'est-ce pas ?

— Oui, oui, bien entendu...

— Le prince Michael Obolovitch arrive à la fin de la

semaine, et nous pourrions très bien traiter l'affaire à Chimneys, sous le couvert d'une partie de chasse.

— Je comptais me rendre à l'étranger cette semaine, interrompit lord Caterham.

— C'est ridicule, mon cher Caterham. Personne ne quitte Londres début octobre.

— Mon médecin estime que j'ai besoin de repos, ajouta lord Caterham, en regardant avec envie un taxi qui passait devant eux au ralenti.

Mais lorsqu'il était engagé dans une conversation sérieuse, Lomax avait la fâcheuse habitude — sans doute le fruit d'une longue expérience — de s'agripper à ses interlocuteurs. Dans le cas présent, il retenait fermement le revers du manteau de lord Caterham, qui se voyait dans l'impossibilité de se dérober.

— Mon ami, il est de votre devoir, dans cette conjoncture de crise nationale...

Lord Caterham se mit à danser d'un pied sur l'autre. Il voulait bien donner toutes les réceptions que l'on souhaitait pour échapper aux discours de George Lomax. Il savait par expérience que Lomax pouvait fort bien parler sans interruption pendant vingt minutes. Il s'empressa donc de l'arrêter :

— Parfait, je suis d'accord. Je compte sur vous pour tout organiser, n'est-ce pas ?

— Mais, mon cher, il n'y a rien à organiser ! Chimneys n'est pas seulement un lieu de rencontres historiques, c'est un emplacement idéal. Je me trouverai pour ma part dans ma propriété de Wyvern Abbey, à moins de cinq kilomètres de là, car bien entendu il serait déplacé que je me mêle aux invités.

— Certes, reconnut lord Caterham, qui n'avait aucune idée de ce dont il s'agissait — et pas la moindre envie de l'apprendre.

— Vous seriez d'accord pour inviter Bill Eversleigh, n'est-ce pas ? Il nous sera très utile pour faire la navette entre les deux résidences et transmettre les messages.

— J'en serai enchanté ! s'écria lord Caterham, manifestant ainsi pour la première fois de l'intérêt pour la conversation. Bill est un assez bon fusil et Bundle l'aime beaucoup.

— Vous comprenez, bien sûr, que la chasse sera secondaire. Il ne s'agit que d'un prétexte.

La mine de lord Caterham s'allongea de nouveau.

— Eh bien, je crois que nous n'avons oublié personne, reprit

Lomax. Le prince, sa suite, Bill Eversleigh, Herman Isaacstein...

— Qui ça ?

— Herman Isaacstein. Le représentant du Syndicat dont je vous ai parlé.

— Du Syndicat panbritannique ?

— Mais oui, pourquoi ?

— Rien, rien, je me posais la question, rien de plus... Drôle de nom !

— Et enfin naturellement, il nous faut deux ou trois autres invités pour sauver les apparences. Lady Eileen pourrait se charger de trouver quelques jeunes personnes dépourvues d'esprit critique et qui ne s'intéressent pas à la politique.

— Je suis certain que Bundle s'en sortira à merveille.

— Attendez ! fit soudain Lomax. Vous souvenez-vous de l'affaire dont je vous ai parlé tout à l'heure ?

— Vous m'avez parlé de tant de choses !

— J'entends ce malheureux contretemps. (Il baissa la voix et murmura d'un air de conspirateur :) Les Mémoires... les Mémoires du comte Stylptitch.

— Il me semble que vous vous tracassez pour rien, répondit lord Caterham en étouffant un bâillement. Le public adore les scandales. Bonté divine ! il m'arrive de lire moi-même des Mémoires, et j'avoue que cela m'amuse beaucoup !

— Il ne s'agit pas de savoir si les gens vont les lire ou non. Ils les liront bien assez tôt. Mais, compte tenu de la situation actuelle, leur publication risquerait de faire échouer tous nos projets. Le peuple de Herzoslovaquie veut rétablir la monarchie et il est prêt à offrir la couronne au prince Michael, qui est soutenu par le gouvernement de Sa Majesté...

— ... et disposé à accorder les concessions à votre Mr Ikey Hermanstein & Co. en remerciement d'un prêt d'un million de livres qui lui permettra de monter sur le trône...

— Caterham, Caterham ! implora Lomax dans un gémissement d'agonie. Je vous en conjure, parlez moins haut. De la discrétion ! Avant tout, de la discrétion !

— Et si je ne m'abuse, poursuivit lord Caterham, fort amusé, les révélations de Stylptitch risquent de tout bouleverser. Y dénoncerait-on la tyrannie et les méfaits de la famille Obolovitch ? Je devine la teneur des révélations : pourquoi remplacer le mode de gouvernement actuel, si démocratique et large d'esprit, par un despotisme absolu? Les hommes politiques sont des capitalistes avides et sans scrupules! C'est bien cela, n'est-ce pas?

— Et cela pourrait être bien pire encore, souffla Lomax en hochant la tête. Imaginez que l'on y fasse allusion à... à cette disparition malencontreuse... vous savez de quoi je veux parler.

— Mais non, je ne vois pas. Quelle disparition? s'étonna lord Caterham.

— Enfin! vous avez bien dû en entendre parler? Cela s'est passé à Chimneys. Henry en avait été bouleversé. L'affaire avait bien failli lui coûter sa carrière.

— Vous m'intéressez énormément, dit lord Caterham. Qu'est-ce qui a bien pu disparaître?

Lomax se pencha en avant et colla sa bouche dans l'oreille de lord Caterham, qui se dégagea vivement:

— Ne me sifflez pas dans l'oreille, sacrebleu!

— Avez-vous entendu ce que j'ai dit?

— Oui, j'ai entendu, admit lord Caterham à contrecœur. Je me souviens maintenant d'avoir entendu parler de cela à l'époque. Une bien étrange affaire en vérité. Je me demande qui en a été le cerveau. N'a-t-on jamais remis la main dessus?

— Jamais. Bien entendu, nous avons dû procéder aux recherches avec une discrétion absolue. L'affaire n'a pas été ébruitée, mais je suis convaincu que Stylptitch savait quelque chose. Or, nous avions été en désaccord à une ou deux reprises à propos de la question turque. Si, pour se venger, il a écrit tout ce qu'il sait de cette histoire, vous imaginez sans peine les conséquences dramatiques de telles indiscrétions! On ne manquerait pas de s'interroger sur le silence qui fut soigneusement gardé à l'époque.

— À juste titre! s'exclama lord Caterham, manifestement enchanté.

— Il faut que je conserve mon calme, se reprit Lomax, qui avait malgré lui élevé la voix. Il faut que je conserve mon calme. Mais à votre avis, mon cher, s'il n'avait pas eu d'intention malveillante, pourquoi Stylptitch aurait-il fait parvenir ses Mémoires à Londres par des moyens aussi détournés?

— C'est en effet assez bizarre. Vous tenez cela de source sûre ?

— Absolument. Nous... heu..., nous avions des agents à Paris. Les Mémoires ont été expédiés en secret quelques semaines avant la mort du comte.

— Certes, il y a anguille sous roche, dit lord Caterham, de plus en plus ravi de la tournure que prenaient les événements.

— Nous avons découvert que les Mémoires ont été envoyés à un certain Jimmy ou James McGrath, un Canadien qui sévit actuellement en Afrique.

— Diable ! On dirait que cette affaire prend des proportions internationales ! fit gaiement lord Caterham.

— James McGrath doit arriver à bord du *Granarth Castle.*

— Et que comptez-vous faire ?

— Nous prendrons contact avec lui dès son arrivée pour lui exposer la gravité de la situation, et le prierons de retarder la publication du manuscrit d'au moins un mois, ou en tout cas, de faire en sorte qu'il soit soumis à... à une révision judicieuse, si j'ose dire.

— Et s'il vous répond « Non, monsieur », ou « Allez au diable ! », ou toute autre remarque désinvolte de la même eau ?

— C'est bien ce que je crains, soupira Lomax. C'est pourquoi il m'est venu l'idée de l'inviter également à Chimneys. Il sera flatté, naturellement, d'y être reçu en compagnie du prince Michael, et cela pourra nous faciliter la tâche.

— Ne comptez pas sur moi pour ça, s'empressa de déclarer lord Caterham. Je ne me suis jamais bien entendu avec les Canadiens, surtout lorsqu'ils ont vécu en Afrique !

— Pourtant, c'est sans doute un très gentil garçon, sous des dehors peut-être un peu frustes.

— Non, Lomax, je refuse absolument d'être mêlé à cette affaire. Vous trouverez bien quelqu'un qui s'en chargera ?

— Eh bien, figurez-vous que j'ai pensé m'adresser à une femme. Une femme pourrait se révéler très utile, en la circonstance. Elle saurait présenter les choses avec tact et délicatesse, sans le brusquer. Non pas que j'approuve les interventions féminines en matière de politique, mais il est vrai que, dans certains domaines, les femmes sont capables de merveilles. Songez à l'épouse de Henry et à tout ce qu'elle a fait pour lui. Marcia était une maîtresse de maison merveilleuse, unique — hôtesse idéale aux côtés d'un homme politique.

— Vous n'avez tout de même pas l'intention de faire venir Marcia pour le week-end, j'espère ? s'inquiéta lord Caterham en pâlissant à l'évocation de sa redoutable belle-sœur.

— Non, non, rassurez-vous. Je parlais de l'influence des femmes en général. Dans le cas présent, je serais plutôt d'avis de nous adresser à une jeune femme qui possède charme, beauté, intelligence...

— Vous voulez parler de Bundle ? Mais elle ne vous serait d'aucune utilité. C'est une socialiste convaincue, et rien que cette idée la ferait hurler de rire !

— Je ne songeais pas à lady Eileen. Votre fille est charmante, Caterham, tout à fait charmante, mais c'est encore une enfant. Il nous faut une femme qui ait du savoir-faire, du doigté, la compétence de quelqu'un qui a l'habitude du monde... J'ai trouvé ! La seule personne possédant toutes ces qualités est ma cousine Virginia.

— Mrs Revel ? (Le visage de lord Caterham s'éclaira. La perspective de cette réception à Chimneys lui parut soudain beaucoup moins ennuyeuse.) Voilà une excellente idée, Lomax ! C'est la femme la plus charmante de Londres.

— Et elle connaît bien la Herzoslovaquie. N'oubliez pas que son mari y était ambassadeur. De plus, vous avez raison, elle dégage un charme exceptionnel.

— Une personne exquise, murmura lord Caterham.

— Eh bien, voilà qui est réglé.

Mr Lomax relâcha le pardessus de lord Caterham, qui ne laissa pas passer l'occasion de s'enfuir.

— Au revoir, Lomax, je compte sur vous pour vous occuper de tout cela, n'est-ce pas ?

Il s'élança vers un taxi. Lord Caterham détestait l'honorable George Lomax autant qu'un gentleman anglais pouvait en détester un autre. Il ne supportait pas son visage rouge et bouffi, sa respiration lourde, ses grands yeux bleus. Il songea au week-end qui l'attendait et soupira. C'était assommant, véritablement assommant. Seule l'image de Virginia Revel le rassérénait quelque peu.

— Elle est délicieuse, murmura-t-il. Tout simplement délicieuse !

## 4

## Une jeune femme charmante

George Lomax retourna directement au Foreign Office. En pénétrant dans les somptueux appartements qui lui servaient de bureau, il entendit un bruit de pas précipités.

Mr Bill Eversleigh était en train de classer des papiers avec zèle, mais le grand fauteuil situé près de la fenêtre gardait encore le souvenir de son passage.

Bill Eversleigh était un jeune homme très sympathique. Âgé de vingt-cinq ans environ, grand et plutôt dégingandé, il avait un visage quelconque, mais ouvert, des dents éclatantes et un regard franc.

— Richardson a-t-il fait parvenir son rapport ?

— Non, monsieur. Dois-je le lui rappeler ?

— Cela attendra. Y a-t-il eu des communications téléphoniques ?

— Miss Oscar les a notées, monsieur. Mr Isaacstein désire savoir si vous pouvez déjeuner avec lui demain au *Savoy.*

— Dites à miss Oscar de consulter mon carnet de rendez-vous. Si je suis libre, qu'elle accepte.

— Bien, monsieur.

— En attendant, Eversleigh, veuillez composer le numéro de Mrs Revel pour moi, 487, Pont Street. Vous le trouverez dans l'annuaire.

— Bien, monsieur.

Bill s'empara de l'annuaire du téléphone, parcourut sans la voir la colonne des M, referma l'annuaire et se dirigea vers le téléphone. La main sur le combiné, il marqua un temps d'arrêt et déclara soudain :

— Oh ! monsieur, je m'en souviens à présent ! La ligne de Mrs Revel est en dérangement. Je viens d'essayer de lui téléphoner.

George Lomax fronça les sourcils.

— C'est bien ennuyeux, dit-il, bien ennuyeux.

Il tapota la table en réfléchissant.

— Si c'est important, monsieur, je peux peut-être me rendre chez elle en taxi ? Elle s'y trouve certainement à cette heure-ci.

George Lomax hésita un moment. Bill attendait, prêt à bondir si la réponse était affirmative.

— C'est peut-être en effet la meilleure solution, déclara enfin Lomax. Bien, prenez un taxi et demandez à Mrs Revel si elle est chez elle cet après-midi à 16 heures. Dites-lui que j'ai à l'entretenir d'une question très importante.

— Très bien, monsieur, fit Bill en attrapant son chapeau.

Dix minutes plus tard, un taxi le déposait devant le numéro 487, Pont Street. Il sonna et tambourina bruyamment à la porte. Un valet de chambre solennel vint lui ouvrir, et Bill lui fit un signe avec l'aisance d'une vieille connaissance.

— Bonjour, Chilvers, Mrs Revel est-elle là ?

— Je crois, monsieur, qu'elle est sur le point de sortir.

— C'est vous, Bill ? fit une voix en haut de l'escalier. Il m'a bien semblé reconnaître votre façon énergique de frapper à la porte. Montez donc me voir.

Bill leva les yeux vers le visage souriant qui se penchait vers lui du haut de l'escalier. Virginia Revel avait le don de le faire bredouiller comme un collégien. D'ailleurs, il n'était pas le seul à perdre tous ses moyens devant elle. Il grimpa les marches quatre à quatre et serra avec ferveur les mains que lui tendait la jeune femme.

— Bonjour, Virginia !

— Bonjour, Bill !

Le charme est une chose bien singulière. Des centaines de jeunes femmes, fussent-elles plus belles que Virginia Revel, auraient pu dire « Bonjour, Bill » avec exactement la même intonation, sans pour autant produire le moindre effet. Mais ces deux mots, prononcés par Virginia, enivraient littéralement Bill.

Virginia Revel avait vingt-sept ans. Elle était grande, d'une minceur exquise. En vérité, un poème n'aurait pas suffi pour louer une silhouette si remarquablement proportionnée. Elle avait des cheveux dorés aux reflets ambrés, un petit menton décidé, un nez charmant, des yeux bleus pétillants de malice, et une bouche indescriptible à l'arc bien dessiné. C'était un visage si merveilleusement expressif, irradiant une telle vitalité, qu'on ne pouvait passer devant elle sans la remarquer.

Elle fit entrer Bill dans un charmant boudoir aux teintes pastel.

— Bill, mon petit chou, dit Virginia, que faites-vous donc hors du ministère ? Je croyais qu'on ne pouvait pas se passer de vous au Foreign Office !

— Je vous apporte un message de la part de Codders-le-Clown.

C'était ainsi que Bill — à cause des yeux protubérants du susdit — surnommait irrévérencieusement son supérieur.

— À propos, Virginia, ajouta-t-il, s'il vous en parle, n'oubliez pas que votre ligne téléphonique était en dérangement ce matin.

— Comment, mais elle fonctionne parfaitement !

— Je sais, mais ce n'est pas ce que j'ai dit à Codders-le-Clown.

— Pourquoi cela? Expliquez-moi ce mystère assurément digne du Foreign Office.

— J'ai usé de ce subterfuge pour qu'il m'envoie ici vous voir, bien sûr, répondit Bill d'un ton de reproche.

— Oh ! mon petit Bill, comme je suis sotte ! Et comme vous êtes touchant !

— Chilvers m'a dit que vous sortiez?

— J'allais partir, en effet. J'ai découvert un magasin où l'on trouve une gaine de maintien merveilleuse, du dernier modèle.

— Une gaine de maintien?

— Exactement, Bill. Pour maintenir les hanches. On porte cela à même la peau.

— Virginia, je suis très gêné. Vous ne devriez pas décrire vos sous-vêtements à un jeune homme. C'est indécent !

— Mais, Bill chéri, les hanches n'ont rien d'indécent ! Nous en avons tous, mais nous, pauvres femmes, devons nous donner un mal fou pour prétendre le contraire. Cette gaine en caoutchouc arrive juste au-dessus des genoux, et le simple fait de marcher devient une véritable torture.

— Mais c'est affreux ! s'exclama Bill. Pourquoi endurer un tel supplice?

— Allons, Bill, il est noble de souffrir pour sa silhouette !

Mais nous avons assez parlé de ma gaine. Dites-moi ce que me veut George ?

— Il désire savoir si vous pouvez le recevoir cet après-midi à 16 heures.

— Hélas non ! je suis invitée pour le thé ! Pourquoi une visite si officielle ? Croyez-vous que George va me demander en mariage ?

— Cela ne m'étonnerait pas !

— Car si tel était le cas, vous pouvez lui dire que je préfère les hommes qui agissent sous le coup d'une impulsion.

— Comme moi ?

— Avec vous, mon petit Bill, il ne s'agit pas d'une impulsion, mais d'une habitude.

— Virginia, allez-vous cesser...

— Non, non et non ! Bill. Pas de déclaration d'amour avant le déjeuner. Tâchez de me considérer comme une amie qui pourrait être votre mère et ne vous veut que du bien.

— Mais je vous aime tant, Virginia !

— Je sais, Bill, je sais. Et j'adore que l'on m'aime. N'est-ce pas terriblement pervers ? J'aimerais que tous les hommes séduisants au monde soient amoureux de moi.

— Je suis convaincu qu'ils le sont tous, fit Bill d'un air sombre.

— Mais j'espère que George, lui, n'est pas épris de moi. De toute façon, je ne crois pas qu'il puisse se consacrer à autre chose qu'à sa carrière. Que vous a-t-il dit d'autre ?

— Simplement qu'il s'agissait d'une chose très importante.

— Cela commence à m'intriguer, Bill. George me confie si rarement des secrets d'État ! Je crois bien que je vais laisser tomber mon invitation. Dites à George que je l'attendrai bien sagement à 16 heures.

Bill jeta un coup d'œil sur sa montre.

— Ce n'est plus la peine que je retourne au ministère avant le déjeuner. Vous êtes mon invitée, Virginia.

— Mais on m'attend déjà...

— Peu importe. Oubliez vos engagements ! Annulez tout et venez avec moi.

— Cela me semble un excellent programme, dit Virginia en souriant.

— Virginia, vous êtes un ange ! Avouez que vous avez un petit faible pour moi, une préférence même.

— Bill, je vous adore. Si je devais épouser quelqu'un, je dis bien si je devais — si, par exemple, un magicien sortait d'un conte de fées et me disait : « Épousez quelqu'un ou vous mourrez sous d'abominables tortures » —, eh bien je vous choisirais immédiatement, je vous le promets. Je dirais au magicien : « Donnez-moi donc ce petit Bill ».

— Eh bien, alors...

— Oui, mais il se trouve que je ne suis pas obligée de me marier. J'adore ma condition de veuve fatale.

— Mais vous resteriez entièrement libre. Vous pourriez continuer à sortir et faire tout ce que vous souhaitez. C'est tout juste si vous remarqueriez ma présence dans la maison !

— Bill, vous ne comprenez pas. Si je me remarie un jour, ce sera par passion !

— Eh bien, il ne me reste plus qu'à me tirer une balle dans la tête un de ces quatre matins, murmura Bill d'un air dramatique.

— Il n'en est pas question, Bill chéri. Il y a trop de jolies jeunes filles à qui faire la cour... d'ailleurs, il me semble que vous ne l'ignorez pas ?

— Comment ? Je... Si vous faites allusion à Dolly Kirkpatrick, la fille qui danse dans *Youp là boum*, fit Bill en rougissant, eh bien... c'est une très chic gosse, tout innocente comme au premier jour. Nous ne faisons rien de mal en...

— Bien sûr que non, mon petit Bill. Je suis ravie que vous vous amusiez. Mais ne me dites pas que vous avez le cœur brisé.

Mr Eversleigh recouvra sa dignité.

— Vous ne comprenez rien, Virginia, dit-il d'un air sévère. Les hommes...

— Sont polygames ! termina Virginia en riant. Quant à moi, j'ai bien peur d'être polyandre ! Allons, Bill, si vous m'aimez vraiment, emmenez-moi donc déjeuner sans plus attendre. Je meurs de faim !

# 5

## Première nuit à Londres

Les plans les mieux conçus ne sont jamais à l'abri d'une faille. Et George Lomax avait commis une erreur. Il y avait un point faible dans l'élaboration de son projet : Bill Eversleigh.

Bill était un garçon délicieux. Excellent joueur de cricket, golfeur émérite, il avait des manières charmantes et un tempérament aimable, mais il devait son poste au Foreign Office à ses bonnes relations plus qu'à son intelligence. Il était en quelque sorte l'homme à tout faire de George. Il n'entreprenait rien qui risquât d'engager sa responsabilité. Son rôle consistait à se tenir à l'entière disposition de son supérieur, à rencontrer les personnes subalternes que George n'avait ni le temps ni l'envie de voir, à délivrer des messages : en un mot, à se rendre utile. Il remplissait consciencieusement ces fonctions. En l'absence de George, Bill s'installait dans le fauteuil le plus confortable et lisait la rubrique sportive, ce en quoi il ne faisait que perpétuer une tradition consacrée.

Habitué à confier à Bill toutes sortes de missions, George l'avait envoyé à la Compagnie de navigation Castle afin de déterminer l'heure d'arrivée du *Granarth Castle*. Mais Bill, à l'instar de la plupart des jeunes gens de la bonne société, possédait une voix agréable mais quasi inaudible. Le meilleur professeur d'élocution aurait mal interprété sa prononciation du mot Granarth. On aurait pu comprendre n'importe quoi, sauf Granarth. Et l'employé comprit Carnfrae.

Le *Carnfrae Castle* était attendu le jeudi suivant. Une fois informé, George Lomax prépara son plan en conséquence. Il ignorait tout des long-courriers de la Compagnie Castle et ne douta pas une seconde que James McGrath arriverait le jeudi.

Ce mercredi matin, au moment même où il retenait lord Caterham sur le seuil de son club, il aurait été fort surpris d'apprendre que le *Granarth Castle* avait atteint le port de Southampton la veille. À 2 heures de l'après-midi, Anthony Cade, voyageant sous le nom de Jimmy McGrath, descendit du train à Waterloo, héla un taxi et, après un instant d'hésitation, demanda au chauffeur de le conduire à l'hôtel *Blitz*.

« Autant jouir au maximum de ce séjour », se dit Anthony en regardant avec intérêt par la vitre du taxi.

Cela faisait exactement quatorze ans qu'il n'était pas venu à Londres.

Arrivé à l'hôtel, il réserva une chambre et partit se promener le long des quais. Il était ravi de retrouver la capitale britannique. Tout avait changé. Il y avait un petit restaurant, autrefois, au bout de Blackfriars Bridge, où il venait souvent dîner avec de jeunes amis socialistes. Ils portaient tous des cravates rouges, à l'époque... Comme il était loin, ce temps-là !

Alors qu'il traversait la rue pour regagner l'hôtel, un homme le bouscula violemment et manqua lui faire perdre l'équilibre. Il murmura quelques mots d'excuse tout en scrutant le visage d'Anthony. C'était un individu de petite taille et râblé, un ouvrier, à l'air vaguement étranger.

Anthony pénétra dans l'hôtel en se demandant pourquoi l'homme avait paru si intrigué. Une idée sans doute. Peut-être avait-il eu le regard attiré par son teint bronzé qui tranchait sur la pâleur des Londoniens. Il monta dans sa chambre et, mû par une impulsion soudaine, la traversa d'un pas vif. Il se dévisagea devant le miroir. Se pouvait-il que les rares amis qu'il avait autrefois le reconnaissent s'ils venaient à le croiser ? Il secoua lentement la tête.

Lorsqu'il avait quitté Londres, il avait tout juste dix-huit ans. C'était à l'époque un garçon blond, un peu joufflu, à l'air trompeusement séraphique. Il était peu probable que l'on reconnût ce freluquet en l'homme mince au teint mat et à l'expression railleuse qui se reflétait présentement dans la glace.

Le téléphone sonna près du lit.

— Allô !

— Mr James McGrath ? demanda l'employé de la réception.

— Lui-même.

— Il y a ici un monsieur qui désire vous voir.

— Me voir ? demanda Anthony, surpris.

— Oui, monsieur, un étranger.

— Comment s'appelle-t-il ?

Il y eut une pause, puis l'employé répondit :

— Je vous envoie le groom avec sa carte.

Anthony replaça le combiné. Au bout de quelques minutes, on frappa à la porte et un chasseur lui présenta sur un plateau une carte de visite gravée :

*Baron Lolopretjzyl*

Anthony comprenait maintenant l'hésitation de l'employé. La carte de visite à la main, il demeura silencieux un instant sous le regard neutre du chasseur, puis déclara :

— Veuillez faire monter ce monsieur.

— Très bien, monsieur.

Le baron Lolopretjzyl ne tarda pas à faire son entrée. L'homme était grand. Le front haut et dégarni, il arborait une longue barbe noire.

Il rassembla les talons avec un claquement sec et s'inclina.

— Mr McGrath, dit-il avec un fort accent étranger.

Anthony s'efforça de lui rendre son salut militaire.

— Baron, dit-il. (Puis, approchant une chaise :) Veuillez vous asseoir. Je ne crois pas avoir l'honneur de vous connaître ?

— C'est vérité, fit le visiteur en s'asseyant. Et je le déplore, ajouta-t-il poliment.

— Croyez que je le déplore moi aussi, répondit Anthony du même ton.

— À ce qui m'amène venons-en, dit le baron. Représentant londonien du Parti Monarchiste de Herzoslovaquie je suis.

— Je suis convaincu que vous le représentez admirablement, murmura Anthony.

Le baron s'inclina devant le compliment.

— Vous trop aimable, dit-il avec raideur. Mr McGrath, je ne cacherai rien à vous. Grand temps il est que monarchie soit rétablie en Herzoslovaquie, en expiation martyre de Sa Très Gracieuse Majesté le roi Nicholas IV, de glorieuse mémoire.

— Amen, murmura Anthony. (Et, se reprenant immédiatement :) Je veux dire, très bien.

— Sur le trône s'apprête à monter Son Altesse le prince Michael, qui bénéficie soutien du gouvernement britannique.

— Splendide, approuva Anthony. Je vous suis reconnaissant de m'en informer.

Le baron regarda Anthony d'un œil sévère :

— Tout marche comme sur roulettes... jusqu'à votre arrivée.

— Mon cher baron ! protesta ce dernier.

L'œil dudit baron se fit accusateur :

— Oui, oui, je sais de quoi je parle. Dans votre main sont les Mémoires de feu le comte Stylptitch.

— Eh bien, même si c'est le cas, en quoi cela concerne-t-il le prince Michael ?

— Ces Mémoires véritable scandale vont causer.

— Il me semble que c'est là une caractéristique propre aux Mémoires, fit doucement Anthony.

— Beaucoup de secrets le comte savait. S'il n'en révélait que le quart, dans guerre sans merci serait plongée l'Europe.

— Allons, allons ! s'exclama Anthony. Ça ne peut pas être si grave que ça !

— Divulgations inopportunes concernant les Obolovitch rapidement seraient connues à l'étranger. Si grand est esprit de démocratie qui règne en Angleterre.

— Je veux bien croire, concéda Anthony, que les Obolovitch aient été quelque peu autoritaires, à l'occasion. Ils ont cela dans le sang ! Mais le peuple britannique n'en serait pas surpris de la part d'un pays balkanique. Ne me demandez pas pourquoi, mais c'est comme ça !

— Vous ne pas comprendre, soupira le baron. Vous ne pas comprendre du tout. Et ma bouche est... comment dites-vous ? ... cousue.

— Mais que craignez-vous au juste ?

— Jusqu'à ce que j'aie lu Mémoires, moi j'ignore, expliqua le baron. Mais je suis convaincu qu'indiscrétions de la plus haute importance ils contiennent. Grands diplomates comme comte Stylptitch sont toujours bavards. Et cela risque tout chambarder, comme on dit dans votre pays.

— Écoutez, dit Anthony gentiment, je vous assure que vous êtes trop pessimiste. Je connais bien les éditeurs, ils couvent leurs manuscrits comme une poule ses œufs. Les Mémoires ne seront pas publiés avant au moins un an !

— Jeune homme, soit un hypocrite, soit très naïf, vous êtes. Tout prévu pour que Mémoires du comte Stylptitch immédiatement paraissent dans presse du dimanche.

— Ah ! fit Anthony, décontenancé. Mais ne pourrez-vous pas tout démentir ? ajouta-t-il plein d'optimisme.

Le baron secoua la tête avec tristesse :

— Non, non, vous parlez à travers et à tort. Au but venons-en. Mille livres on vous a promis, n'est-ce pas ? Vous voyez que bien informé je suis.

— C'est tout à l'honneur des Services Secrets du Parti Monarchiste.

— Eh bien à vous j'offre mille cinq cents livres.

Anthony regarda le baron avec surprise, et secoua la tête.

— Malheureusement, c'est impossible, fit-il avec regret.

— Très bien. Deux mille j'offre.

— Vous me tentez, baron, vous me tentez. Mais je persiste à refuser.

— Votre prix, alors ?

— Baron, vous ne semblez pas comprendre ma situation. Je suis tout à fait disposé à admettre que votre cause est noble et que ces Mémoires risquent de la mettre en péril. Toutefois, j'ai accepté ce travail, et je dois m'en acquitter, comprenez-vous ? Je ne peux pas me laisser soudoyer par les deux camps. Ce serait contraire à mes principes.

Le baron écouta très attentivement. Lorsque Anthony eut fini de parler, il hocha la tête à plusieurs reprises.

— Je comprends. De votre honneur de gentleman il y va, n'est-ce pas ?

— Ce n'est pas en ces termes que je m'exprimerais, dit Anthony, mais j'avoue que, à quelques nuances de vocabulaire près, nous nous sommes compris, tous les deux.

Le baron se leva.

— J'éprouve grand respect pour l'honneur britannique, déclara-t-il avec emphase. Recourir à autre moyen je devrai donc. Je souhaite vous le bonjour, monsieur.

Il claqua des talons, s'inclina et quitta la pièce, dans un style très militaire.

— Que peut-il bien entendre par « un autre moyen » ? se demanda Anthony, perplexe. S'agirait-il d'une menace ? Non, ce vieil excentrique n'a pas l'air bien inquiétant. Son nom compliqué lui va plutôt bien, ma foi, mais je l'appellerai désormais le baron Lolo, ce sera plus simple.

Il arpenta la pièce, indécis. On était le 5 octobre. La date fixée pour remettre les Mémoires lui laissait plus d'une semaine. Anthony n'avait aucune intention de livrer le manuscrit en avance. À dire vrai, il était de plus en plus intrigué et brûlait de lire ces fameux Mémoires. Il en avait eu l'intention lors de la traversée, mais, terrassé par la fièvre, il avait dû garder le lit et n'avait pas eu le courage de déchiffrer l'écriture en pattes de mouche du comte. Il était maintenant bien déterminé à comprendre ce qui suscitait une telle agitation.

Il lui fallait également songer à sa deuxième mission. Les lettres.

Saisi d'une impulsion, il consulta l'annuaire du téléphone. Il y avait six Revel à Londres. Edward Henry Revel, chirurgien ; James Revel et Cie, selliers ; Lennox Revel ; miss Mary Revel ; Mrs Timothy Revel et Mrs Willis Revel. En éliminant les selliers et Mary Revel, il lui restait quatre adresses. Mais peut-être la dame en question ne vivait-elle pas à Londres ! Il referma l'annuaire et secoua la tête.

« Pour l'instant, je vais m'en remettre au hasard, se dit-il. J'ai confiance en ma bonne étoile. »

Si les gens comme Anthony Cade ont de la chance, c'est peut-être avant tout parce qu'ils y croient. Anthony découvrit ce qu'il cherchait une demi-heure plus tard, en tournant les pages d'un magazine. Il tomba sur une exposition de tableaux vivants organisée par la duchesse de Perth. Sous le personnage central — une femme en costume égyptien —, on pouvait lire la légende suivante :

*Mrs Timothy Revel, née Virginia Cawthron, fille de lord Edgbaston, dans le rôle de Cléopâtre.*

Anthony contempla la photo avec la mimique de quelqu'un qui va siffler. Il déchira la page, la plia en quatre et la fourra dans sa poche. Il remonta dans sa chambre, ouvrit sa valise, en sortit le paquet de lettres et glissa la page du magazine sous la ficelle qui l'enveloppait.

Soudain, il entendit un bruit derrière lui et fit volte-face. Un homme se tenait sur le seuil, un homme tel qu'il ne devait en exister que dans les chœurs d'opérettes. C'était un personnage sinistre au crâne aplati et aux traits épais, dont les lèvres minces étaient figées en un rictus menaçant.

— Que diable faites-vous ici ? s'exclama Anthony. Qui vous a laissé entrer ?

— J'entre où je le veux, dit l'inconnu.

Il avait une voix gutturale et un accent étranger à couper au couteau, mais semblait s'exprimer correctement.

— Eh bien, je vous somme de sortir, vous entendez ?

L'homme avait les yeux rivés sur le paquet de lettres qu'Anthony tenait à la main.

— Je sortirai quand vous m'aurez donné ce que je suis venu chercher.

— Puis-je vous demander de quoi il s'agit ?

L'homme fit un pas en avant.

— Des Mémoires du comte Stylptitch, siffla-t-il.

— Comment voulez-vous que je vous prenne au sérieux ? s'exclama Anthony. Vous m'avez l'air de sortir droit d'un opéra-comique. J'aime beaucoup votre accoutrement. C'est le baron Lolo qui vous envoie ?

— Le baron ?

Et l'homme prononça d'une voix cassante une étonnante suite de consonnes.

— C'est donc comme ça que cela se prononce ? Entre le gargarisme et l'aboiement. Ma foi, je vais m'en tenir à mon surnom. Vous venez donc bien de sa part ?

Mais l'inconnu eut un signe de dénégation véhémente. Il alla même jusqu'à cracher en signe de mépris pour une telle supposition. Puis il sortit de sa poche une feuille de papier qu'il jeta sur la table.

— De tous vos yeux regardez, dit-il. Regardez et tremblez, maudit Anglais !

Anthony contempla le papier avec curiosité, sans trembler le moins du monde. Sur la feuille, on avait tracé le contour d'une main en rouge.

— Ma foi, on dirait une main, remarqua-t-il. Mais, si vous m'en assurez, je suis tout disposé à admettre que cela représente un coucher de soleil cubiste au Pôle Nord.

— C'est le signe des Camarades de la Main Rouge. Je suis un Camarade de la Main Rouge.

— Vraiment ? fit Anthony en le regardant avec le plus grand intérêt. Les autres vous ressemblent-ils ? Je me demande ce qu'en penserait la Société des Sciences Eugéniques !

L'homme poussa un grondement de colère.

— Vermine ! lança-t-il avec hargne. Poussière de vermine ! Esclave à la solde d'une monarchie décadente ! Donnez-moi les Mémoires et vous serez racheté, car telle est la clémence de notre Confrérie.

— La Confrérie est trop aimable, en vérité, mais j'ai bien peur que vous ne vous fassiez des idées. Je suis chargé de remettre ce manuscrit, non pas à votre charmante société, mais à une certaine maison d'édition.

— Peuh ! lâcha l'inconnu avec un rire sardonique. Croyez-vous que l'on vous laissera sortir d'ici vivant ? Assez parlé, donnez-moi les Mémoires ou je tire.

Il sortit un revolver de sa poche et le brandit en l'air.

Mais c'était mal connaître Anthony Cade. L'homme ne comptait pas sur une réaction si rapide. Sans attendre d'être tenu en joue, Anthony bondit en avant et lui fit sauter l'arme des mains. Sous la violence du choc, l'homme tournoya et se retrouva dos à son assaillant. L'occasion était trop belle. D'un coup de pied puissant et bien senti, Anthony fit voler son adversaire dans le couloir, où il s'écroula comme une masse.

Le vaillant Camarade de la Main Rouge en avait vu assez : il se remit péniblement sur ses pieds et s'enfuit dans l'escalier.

— Et voilà pour les Camarades de la Main Rouge, murmura Anthony en retournant dans sa chambre. Certes, ce type ne manquait pas d'originalité, mais pour ce qui est de se battre !... Je me demande comment il a pu s'introduire ici. Quoi qu'il en soit, une chose est claire, la tâche est loin d'être aussi facile que je ne l'avais cru ! Je me suis déjà mis à dos le Parti Monarchiste et le Parti Révolutionnaire. Je ne vais pas tarder à recevoir une délégation des Nationalistes et des Indépendants Libéraux. J'ai bien l'intention de me plonger dans la lecture du document ce soir même !

Jetant un coup d'œil à sa montre, Anthony constata qu'il était déjà 9 heures. Il décida de dîner dans sa chambre, et de se tenir sur ses gardes : il n'avait nullement l'intention de se laisser dérober la valise pendant qu'il serait en train de dîner dans la salle à manger de l'hôtel. Il sonna, commanda au serveur un repas léger et une bouteille de chambertin.

En attendant l'arrivée du dîner, Anthony sortit le manuscrit et le posa sur la table, à côté des lettres.

On frappa à la porte et le serveur entra, poussant devant lui une petite table roulante. Anthony se trouvait alors devant la cheminée, face à la glace, sur laquelle il leva machinalement les yeux. Un étonnant spectacle s'offrait à lui. Le serveur avait les yeux rivés sur le manuscrit. Tout en jetant de brefs regards en coin dans le dos immobile d'Anthony, il s'approchait lentement de la table. Ses mains se tordaient et il ne cessait de passer sa langue sur ses lèvres desséchées. C'était un homme de grande taille, souple comme tous les serveurs, au visage mobile et rasé de près. Certainement italien, songea Anthony.

Au moment critique, Anthony se retourna brusquement. Le serveur sursauta, mais fit semblant de revisser le couvercle de la salière.

— Comment vous appelez-vous ? demanda Anthony brusquement.

— Giuseppe, monsieur.

— Vous êtes italien, n'est-ce pas ?

— Oui, monsieur.

Anthony lui parla dans sa langue, et l'homme répondit dans un parfait italien. Anthony le congédia enfin d'un signe de tête. Mais tout en dégustant l'excellent repas servi par Giuseppe, il ne cessait de réfléchir.

S'était-il trompé ? L'intérêt qu'avait manifesté Giuseppe pour le manuscrit était-il simple curiosité ? Pourtant, en se remémorant l'excitation fiévreuse de l'homme, Anthony en douta. Cette histoire le laissait perplexe.

« Au diable ! se dit-il, tout le monde ne peut pas en vouloir à ce satané manuscrit ! Mon imagination doit me jouer des tours. »

Son dîner terminé, il s'appliqua à lire attentivement les Mémoires. Tâche fastidieuse s'il en fut, tant l'écriture du comte était illisible. Anthony se mit à bâiller de plus en plus. À la fin du quatrième chapitre, il abandonna.

Jusqu'à présent, il trouvait ces Mémoires assommants et incapables de déclencher le moindre scandale.

Il rassembla les lettres et le dossier qui avait contenu le manuscrit et les plaça dans sa valise, qu'il ferma à clé. Il verrouilla la porte, contre laquelle il plaça une chaise. Enfin, il posa sur la chaise le broc d'eau qui se trouvait dans la salle de bains.

Satisfait de ces préparatifs, Anthony se déshabilla et se mit au lit. Il fit une dernière tentative pour parcourir les Mémoires, mais ses yeux se fermaient et, glissant le manuscrit sous son oreiller, il éteignit la lumière et s'endormit presque instantanément.

Il se réveilla soudain en sursaut. Il avait dû dormir quelques heures. Il ne savait pas ce qui l'avait arraché au sommeil, peut-être simplement la conscience du danger, particulièrement aiguë chez les hommes qui ont mené une vie aventureuse.

Il resta immobile un instant, rassemblant ses esprits. Il entendait comme un froissement furtif. Et soudain, il remarqua une forme ramassée devant la fenêtre, près de la valise.

D'un bond, Anthony jaillit du lit et alluma la lampe. L'homme se releva précipitamment.

C'était le serveur, Giuseppe. Dans sa main droite brillait un long couteau effilé. Il se jeta sur Anthony, qui n'était pas armé. Giuseppe, quant à lui, était de toute évidence parfaitement à l'aise avec son couteau.

Anthony fit un bond de côté et para le coup. Les deux hommes roulèrent sur le sol dans un violent corps à corps. Toutes les facultés d'Anthony étaient mobilisées pour ne pas lâcher le bras droit de l'Italien et l'empêcher ainsi d'utiliser son arme. Il lui retourna lentement le bras. Ce faisant, il sentit une main qui cherchait sa gorge, la serrait, l'étranglait. Il continua désespérément à tordre en arrière le bras droit de Giuseppe.

Soudain, le couteau tomba à terre avec un bruit métallique. Au même moment, d'une brusque secousse, Giuseppe se dégagea de l'étreinte d'Anthony. Ce dernier se releva en un clin d'œil, mais commit l'erreur de se diriger vers la porte pour barrer la route à son adversaire. Il s'aperçut trop tard que la chaise et le broc n'avaient pas bougé.

Giuseppe était entré par la fenêtre, et c'est par là qu'il allait ressortir, profitant du répit accordé par Anthony pour sauter sur le balcon, enjamber la balustrade et disparaître par le balcon voisin.

Anthony comprit qu'il était inutile de le poursuivre. La retraite de l'Italien était sans aucun doute parfaitement assurée et Anthony ne pourrait que s'attirer des ennuis.

Il s'approcha du lit, glissa sa main sous l'oreiller et en sortit les Mémoires, se félicitant de ne pas les avoir laissés dans la valise. Il traversa alors la pièce et fouilla la valise pour en sortir les lettres.

Il laissa échapper un juron.

Les lettres avaient disparu.

# 6

## De l'art du chantage

Il était exactement 15 h 55 lorsque Virginia Revel, qu'une saine curiosité rendait ponctuelle, rentra chez elle à Pont Street. Elle ouvrit la porte et pénétra dans le vestibule, où elle se trouva face à l'impassible Chilvers.

— Je vous demande pardon, madame, mais un... une personne est venue vous voir.

Virginia ne remarqua pas tout de suite le choix subtil des mots dont avait usé Chilvers.

— Mr Lomax ? Où est-il ? Au salon ?

— Oh non ! madame, pas Mr Lomax ! (Le ton de Chilvers était légèrement réprobateur.) Un homme... j'hésitais à le laisser entrer, mais il a dit qu'il s'agissait d'une affaire de la plus haute importance, qui concernait feu Mr Revel, a-t-il ajouté. J'ai donc pensé que cela pourrait intéresser Madame et je l'ai fait attendre... hum, dans le petit bureau.

Virginia réfléchit un instant. Veuve depuis quelques années déjà, le silence qu'elle observait à propos de son mari prouvait pour certains que sa blessure restait encore mal cicatrisée, et qu'elle la masquait par son attitude désinvolte. Pour d'autres, bien au contraire, Virginia n'avait jamais beaucoup aimé Tim Revel, et elle jugeait hypocrite d'afficher une douleur qu'elle ne ressentait pas.

— J'ajouterai, madame, poursuivit Chilvers, que l'homme a l'air d'un étranger.

Virginia montra un peu plus d'intérêt. Son mari avait été ambassadeur d'Angleterre en Herzoslovaquie, où ils s'étaient rendus ensemble juste avant le sensationnel assassinat du roi et de la reine. Il devait s'agir d'un Herzoslovaque, quelque vieux domestique tombé en disgrâce et cherchant du travail.

— Vous avez bien fait, Chilvers, approuva-t-elle d'un bref hochement de tête. Où m'avez-vous dit l'avoir introduit ? Dans le bureau ?

Elle traversa le hall de son pas souple et léger et ouvrit la porte de la pièce attenante à la salle à manger.

Le visiteur était assis sur une chaise près de la cheminée. Il se leva à son entrée. Virginia avait une excellente mémoire des visages, et elle était certaine de n'avoir jamais rencontré cet homme. Grand, brun, de type espagnol ou italien, c'était à coup sûr un étranger. Mais elle douta qu'il fût d'origine slave.

— Vous vouliez me parler? demanda-t-elle. Je suis Mrs Revel.

L'homme ne répondit pas. Il la dévisagea lentement d'un œil approbateur. Son attitude était empreinte d'une insolence voilée qui l'irrita.

— Si vous voulez bien me dire ce qui vous amène? dit-elle avec une touche d'impatience.

— Vous êtes Mrs Revel? Mrs Timothy Revel?

— Oui, je viens de me présenter.

— Très bien. Je suis heureux que vous consentiez à me recevoir, Mrs Revel. Faute de quoi, comme je l'ai dit à votre domestique, j'aurais été contraint de m'adresser à votre mari.

Virginia le regarda avec stupéfaction. Elle allait répliquer mais, mue par une impulsion, elle se contenta de remarquer froidement :

— Cela vous eût été difficile.

— Je ne crois pas. Je suis très entêté. Mais j'en viens au fait. Peut-être reconnaissez-vous ceci?

Il brandit un papier sur lequel Virginia jeta un coup d'œil distrait.

— Pouvez-vous me dire ce dont il s'agit, madame?

— On dirait une lettre, répondit Virginia qui pensait avoir affaire à un déséquilibré mental.

— Peut-être voyez-vous à qui elle s'adresse, dit l'homme d'un air entendu en lui tendant l'enveloppe.

— Je sais lire, le renseigna aimablement Virginia. Elle est adressée à un certain Capitaine O'Neill, 15 rue de Quenelles, à Paris.

L'homme scruta son visage en quête d'une réaction qu'il ne décela pas.

— Voulez-vous la lire, je vous prie?

Virginia lui prit l'enveloppe des mains, en sortit une lettre et y jeta un coup d'œil. L'air soudain figé, elle la lui rendit :

— Il s'agit d'une lettre personnelle. Je n'aurai pas l'indiscrétion d'en prendre connaissance.

L'homme eut un rire sarcastique.

— Je vous félicite, Mrs Revel. Vous jouez remarquablement la comédie. Toutefois, je pense que vous aurez du mal à nier la signature.

— La signature ?

Virginia retourna le feuillet et fut saisie de stupeur. D'une main délicate, le paraphe était signé : Virginia Revel. Réprimant l'exclamation qui lui montait aux lèvres, elle revint au début de la lettre et la lut attentivement jusqu'à la fin. Elle resta alors un moment perdue dans ses pensées. La nature de la lettre ne lui laissait aucun doute sur les intentions de l'inconnu.

— Eh bien, madame, c'est là votre nom, n'est-ce pas ?

— En effet, c'est bien mon nom.

« Mais pas mon écriture », aurait-elle pu ajouter.

Au lieu de quoi, elle lança un sourire éblouissant à son visiteur :

— Que diriez-vous de vous asseoir afin que nous discutions de tout cela ?

L'homme écarquilla les yeux. Il ne s'attendait certes pas à une telle réaction. Or, son instinct lui disait qu'elle n'avait pas peur de lui.

— Tout d'abord, j'aimerais savoir comment vous m'avez retrouvée.

— Cela ne m'a pas été difficile.

Il sortit de sa poche une page déchirée d'un magazine et la lui tendit. Anthony Cade l'aurait reconnue.

Elle la lui rendit en fronçant les sourcils d'un air pensif.

— Je vois.

— Vous comprenez, bien sûr, Mrs Revel, que ce n'est pas la seule lettre. Il y en a d'autres.

— Mon Dieu ! s'exclama Virginia, comme j'ai été indiscrète !

Elle remarqua encore une fois l'étonnement de l'homme devant son ton léger. Elle s'amusait follement.

— Quoi qu'il en soit, c'est très aimable de votre part d'être venu me les rendre, dit-elle en lui souriant gentiment.

L'homme marqua une pause et s'éclaircit la gorge.

— Je suis dans le besoin, Mrs Revel, dit-il enfin d'un ton lourd de sens.

— « Bienheureux les pauvres, car ils entreront au Royaume des Cieux », d'après ce que j'ai toujours entendu dire.

— Je ne peux pas vous laisser prendre possession de ces lettres sans rien obtenir en échange.

— Ne croyez-vous pas que ces lettres appartiennent à la personne qui les a écrites ?

— C'est peut-être la loi, madame, mais vous avez en Angleterre un adage qui dit « En fait de meubles, possession vaut titres ». Et quoi qu'il en soit, seriez-vous prête à invoquer la loi ?

— La loi est sévère à l'égard des maîtres chanteurs, lui rappela Virginia.

— Allons, Mrs Revel, je ne suis pas un enfant. J'ai lu ces lettres. Celles d'une femme à son amant et qui redoute que son mari les démasque. Voudriez-vous que je les montre à Mr Revel ?

— Vous oubliez une chose. Ces lettres ont été écrites il y a plusieurs années. Et si, depuis, j'avais perdu mon mari ?

Il secoua la tête d'un air confiant.

— Dans ce cas, si vous n'avez rien à craindre, pourquoi restez-vous là à discuter avec moi ?

Virginia sourit.

— Quel est votre prix ? demanda-t-elle d'un ton professionnel de femme d'affaires.

— Je vous remets l'ensemble des lettres pour mille livres. Je demande très peu, car, voyez-vous, j'ai pitié de vous.

— Jamais je ne paierai mille livres, déclara Virginia, catégorique.

— Madame, je n'ai pas l'habitude de marchander. Mille livres, et je vous rends les lettres.

— Laissez-moi le temps de songer à tout cela. Je vais avoir du mal à rassembler une telle somme.

— Si vous me donniez une petite avance, disons cinquante livres, je reviendrais plus tard.

Virginia regarda la pendule. Il était 16 h 05 et elle crut avoir entendu sonner.

— Très bien, dit-elle hâtivement. Revenez demain, vers 18 heures.

Elle se dirigea vers le bureau, ouvrit un tiroir et en sortit quelques billets.

— Vous devez avoir là quarante livres. Cela suffira pour l'instant. Et maintenant, veuillez partir immédiatement.

L'homme s'empara des billets avec avidité et quitta

docilement la pièce. Par la porte ouverte, Virginia aperçut Chilvers dans le vestibule, qui faisait entrer George Lomax, et appela :

— Venez, George ! Chilvers, voulez-vous nous servir le thé ici, je vous prie ?

Elle ouvrit les deux fenêtres et George Lomax entra dans le bureau. Il la trouva debout, légèrement échevelée et les yeux brillants.

— Je refermerai dans une minute, George, mais cette pièce avait bien besoin d'être aérée. Avez-vous croisé le maître chanteur dans le vestibule ?

— Le quoi ?

— Le maître chanteur, George, M-A-Î-T-R-E- C-H-A-N-T-E-U-R, celui qui fait chanter.

— Ma chère Virginia, vous plaisantez ?

— Oh ! Pas le moins du monde, George !

— Qui venait-il donc faire chanter ici ?

— Moi, mon cher George.

— Mais ma petite Virginia, qu'avez-vous donc fait ?

— Eh bien, pour une fois, justement rien ! Ce brave homme m'a prise pour une autre.

— Vous avez appelé la police, j'espère ?

— Non. Vous pensez sans doute que j'aurais dû le faire ?

— N-non, fit George en pesant le pour et le contre. Peut-être avez-vous agi sagement. Vous pourriez vous retrouver en butte à une publicité désagréable. Vous auriez peut-être même dû aller témoigner...

— Cela m'aurait beaucoup amusée ! s'exclama Virginia. J'adorerais être citée à comparaître, et voir si les juges sont aussi drôles qu'on le lit dans les journaux. Ce doit être très excitant ! Je suis allée au commissariat il y a quelques jours au sujet d'une broche en diamant que j'avais perdue, et j'ai trouvé l'inspecteur de police tout à fait charmant.

Selon son habitude, George ignora cette digression.

— Mais qu'avez-vous donc fait de ce maître chanteur ?

— Eh bien George, je dois avouer que je l'ai laissé faire.

— Faire quoi ?

— Me faire chanter.

Le visage de George exprimait tant d'horreur que Virginia dut se mordre les lèvres pour ne pas éclater de rire.

— Vous voulez dire... ai-je bien compris ?... Vous voulez dire que vous l'avez laissé dans l'erreur ?

Virginia secoua la tête en lui jetant un regard en biais.

— Mais ma pauvre enfant, vous êtes folle !

— Peut-être...

— Mais, pourquoi ? Pourquoi avoir fait une chose pareille ?

— Pour plusieurs raisons. Pour commencer, il faisait si merveilleusement son métier... j'ai horreur d'interrompre un artiste en pleine action. Et puis, vous voyez, on ne m'avait encore jamais fait chanter...

— Il ne manquait plus que cela !

— Et je voulais savoir quelle impression cela procurait.

— Virginia, vous me surprendrez toujours !

— Je savais que vous ne comprendriez pas...

— Vous ne lui avez tout de même pas donné d'argent, j'espère.

— Oh ! juste un petit peu ! dit Virginia d'un air confus.

— Combien ?

— Quarante livres.

— Virginia !

— Mon cher George, c'est ce que je dépense pour une simple robe du soir. Et, croyez-moi, c'est plus amusant que de s'acheter une robe !

George secoua la tête. C'est alors que Chilvers apporta le thé, lui évitant ainsi d'exprimer l'indignation qu'il ressentait. Une fois Chilvers reparti, Virginia emplit les tasses et reprit :

— J'avais aussi une autre raison, George. Une bien meilleure raison. Je sais que les femmes sont censées n'avoir aucune solidarité entre elles et se crêper le chignon toute la journée, mais dans le cas présent, je pense plutôt avoir rendu service. Mon homme ne se doute pas qu'il s'est adressé à une autre Virginia Revel. Pauvre femme... d'après ses lettres, elle avait une peur bleue de son mari. La victime idéale pour un maître chanteur. Mais avec moi, il va avoir du fil à retordre. Je possède l'avantage d'avoir toujours mené une vie irréprochable, aussi vais-je jouer avec lui comme au chat et à la souris... et ce sera moi le chat ! Croyez-moi, George, je saurai déployer beaucoup d'astuce.

George secoua de nouveau la tête :

— Cela ne me plaît pas, cela ne me plaît pas du tout.

— Eh bien, tant pis, mon cher George. Vous n'êtes pas venu ici pour parler de tout cela. D'ailleurs, pourquoi êtes-vous venu me trouver? À cette question, vous devez répondre: « Pour vous voir! » en pressant les mains de la gentille jeune femme que je suis, à moins d'avoir les mains moites, auquel cas il ne vous restera plus qu'à exprimer vos sentiments par un regard!

— Je suis effectivement venu vous voir, répondit George avec le plus grand sérieux. Et je suis heureux de vous trouver seule.

— George! Quelle impulsivité!

— Je voudrais vous demander une faveur. Vous savez, Virginia, que je n'ai jamais été insensible à votre charme.

— George, quel homme de goût vous faites!

— Et à votre esprit!

— Vraiment? Comme vous me connaissez bien!

— Ma chère Virginia, j'aimerais vous présenter un jeune homme qui arrive demain en Angleterre. Si vous le vouliez bien, vous pourriez exercer sur lui votre charme irrésistible.

Virginia pencha la tête avec une certaine coquetterie.

— George, je ne suis pas une charmeuse professionnelle, vous savez! Il m'arrive d'apprécier certaines personnes... qui très vite me le rendent bien. Mais je ne pense pas être capable d'attaquer de but en blanc un pauvre étranger sans défense! Vraiment, George, ces choses-là ne se font pas. Il existe des personnes qui vous aideraient beaucoup mieux que je ne saurais le faire!

— C'est hors de question, Virginia! Voyez-vous, ce jeune homme qui, soit dit en passant, est canadien et s'appelle McGrath...

— Tiens, un Canadien d'origine écossaise!

— Ce jeune homme, disais-je, n'a certainement aucune expérience des mondanités et de la haute société londonienne. J'aimerais lui faire découvrir et apprécier le charme et la distinction d'une véritable lady.

— Et je serais cette véritable lady?

— Précisément.

— Pourquoi?

— Je vous demande pardon?

— J'ai dit: pourquoi? On ne jette pas une véritable lady à la tête du premier Canadien venu. Quelle est l'idée, George? Ou, pour être plus directe, qu'avez-vous à y gagner?

— Je ne crois pas que cela vous concerne, Virginia.

— Comment voulez-vous que je passe une soirée avec un homme, à exercer sur lui mon ensorcelante fascination si j'ignore tout de ce qui se trame?

— Virginia, vous êtes d'un franc-parler! À vous entendre...

— N'est-ce pas? Allons, George, soyez gentil, dites-m'en un peu plus.

— Ma chère Virginia, sachez qu'une certaine nation d'Europe centrale va d'ici peu subir quelques remous. Il est essentiel, pour des raisons qui importent peu, que ce Mr... hem!... McGrath, comprenne que la restauration de la monarchie en Herzoslovaquie est la condition de la paix en Europe.

— Je ne crois pas un traître mot de votre histoire de paix en Europe, déclara tranquillement Virginia, mais je serais plutôt en faveur des monarchies, surtout lorsqu'il s'agit d'un peuple aussi pittoresque que les Herzoslovaques. Ainsi, vous avez un petit protégé à mettre sur le trône. De qui s'agit-il?

George hésita, cherchant vainement à éluder la question. Sa visite ne se déroulait pas du tout comme il l'avait prévu. Il avait pensé que Virginia ferait montre de bonne volonté et de docilité, en écoutant sagement ses directives et en ne posant aucune question embarrassante. Or, l'entrevue prenait une tout autre tournure. Virginia semblait décidée à connaître le fin mot de l'histoire et George, toujours méfiant quant à la discrétion féminine, n'avait aucune envie de le lui dévoiler. Il avait eu tort. Virginia était trop désinvolte pour jouer ce rôle. Elle risquait même de causer de graves ennuis. Son histoire de maître chanteur l'avait sérieusement inquiété. On ne pouvait pas compter sur elle, elle ne prenait jamais rien au sérieux.

— Le prince Michael Obolovitch, murmura-t-il devant le silence interrogateur de Virginia. Mais, pour l'amour du ciel, n'en soufflez mot à personne!

— Ne soyez pas ridicule, George! On ne parle que de cela depuis quelque temps dans les journaux. On y vante la dynastie Obolovitch, on se récrie en évoquant l'assassinat de Nicholas IV, que l'on élève au rang de saint et de héros alors qu'il n'était qu'un petit homme stupide entiché d'une gambilleuse de quat'sous.

Les traits de George se crispèrent. Il était désormais convaincu qu'il avait eu tort de s'adresser à Virginia. Il fallait à tout prix l'écarter au plus vite de cette affaire.

— Vous avez raison, ma chère Virginia, s'empressa-t-il de dire en se levant pour prendre congé. Je n'aurais pas dû vous faire cette proposition. Mais, que voulez-vous, nous souhaitons désespérément que les territoires britanniques soient de notre côté dans cette crise, et ce Mr McGrath semble avoir de l'influence dans les milieux journalistiques. Vous sachant acquise à la monarchie, et très informée sur ce pays, j'avais cru bon de vous présenter à lui.

— C'est donc cela ?

— Oui, mais je suis maintenant certain que cet homme ne vous plairait pas.

Virginia le regarda et éclata de rire.

— George, vous mentez effrontément !

— Virginia !

— Si, George, effrontément ! Pour un diplomate, vous auriez pu vous montrer un peu plus convaincant ! Mais ne vous inquiétez pas, mon cher cousin, je finirai par découvrir toute la vérité. Le mystère de Mr McGrath... Je ne serais pas étonnée d'en apprendre davantage à Chimneys ce week-end !

— À Chimneys ? Vous allez à Chimneys ?

George ne parvint pas à cacher son trouble. Il avait espéré qu'il pourrait encore prévenir lord Caterham de ne pas inviter Virginia.

— Oui, Bundle m'a téléphoné ce matin pour m'y convier.

George fit une dernière tentative :

— Ce week-end sera assommant, j'en suis persuadé. Vous vous y ennuierez à mourir.

— Mon pauvre George, pourquoi ne m'avez-vous pas dit la vérité tout de suite ? Allons, faites-moi confiance !

George lui prit la main et la laissa retomber mollement.

— Mais je vous ai dit la vérité, fit-il d'une voix neutre, sans rougir.

— À la bonne heure ! approuva Virginia. Mais vous pouvez mieux faire. Allons, George, un sourire ! J'irai à Chimneys, fidèle et dévouée, exercer mon charme irrésistible, comme vous l'appelez, sur votre Mr McGrath. La vie devient soudain très amusante. D'abord un maître chanteur, puis George qui s'empêtre dans ses circonlocutions diplomatiques. Allez-vous tout confier à votre ravissante cousine, qui vous en implore de façon si pathétique ? Non, vous ne révélerez rien ? Eh bien, tant pis, George, je me débrouillerai seule, adieu ! Oh ! Allons, n'ayez donc pas l'air si boudeur !

Dès que la lourde et gauche silhouette de George eut disparu, Virginia courut vers le téléphone et demanda à parler à lady Eileen Brent.

— Bundle ? C'est vous ? Finalement je viendrai à Chimneys ce week-end. Comment ? Ce sera ennuyeux ? Non, non, ne vous inquiétez pas, ma chérie, je me réjouis de venir. Rien ne saurait m'en empêcher. Eh bien, à demain, donc !

## 7

## Mr McGrath décline une invitation

Les lettres avaient disparu !

Anthony dut se résigner à l'impuissance. Il était trop tard pour rechercher Giuseppe dans les couloirs de l'hôtel, où il aurait risqué de se faire remarquer sans même parvenir à retrouver son homme.

Il en vint à la conclusion que Giuseppe avait dû prendre le paquet de lettres, qui était enveloppé dans le dossier des Mémoires, pour le manuscrit du comte. Lorsqu'il s'apercevrait de son erreur, il tenterait probablement à nouveau de s'emparer des Mémoires. Mais cette fois, Anthony l'attendrait de pied ferme.

Il eut l'idée de faire paraître dans les journaux une annonce discrète promettant une récompense en échange des lettres. Que Giuseppe fût un émissaire des Camarades de la Main Rouge, ou, ce qui était plus probable, à la solde du Parti Monarchiste, les lettres ne représentaient aucun intérêt pour ses supérieurs. Et il serait ravi de les restituer, moyennant une petite somme d'argent.

Giuseppe ne reviendrait pas cette nuit-là. Anthony se recoucha et s'endormit paisiblement.

Le lendemain matin, son plan d'action mis au point jusqu'au moindre détail, Anthony se leva et prit un copieux petit déjeuner. Il jeta un coup d'œil sur les journaux qui racontaient avec force détails la découverte de puits de pétrole en Herzoslovaquie, et demanda à rencontrer le gérant de l'hôtel. Avec la détermination tranquille qui lui était propre, Anthony n'eut aucun mal à obtenir satisfaction.

Le gérant, un Français d'une courtoisie exquise, le reçut dans son bureau particulier.

— On me dit que vous désirez me voir, Mr... hum, Mr McGrath ?

— En effet. Je suis descendu ici hier soir, et un serveur du nom de Giuseppe m'a servi à dîner dans ma chambre.

Puis, comme il marquait une pause :

— Nous avons en effet un serveur répondant à ce nom, dit le gérant d'un ton neutre.

— Les manières de cet homme m'ont paru étranges, mais je ne m'en suis pas formalisé, poursuivit Anthony. Plus tard dans la nuit, j'ai été réveillé par un bruit étouffé. J'ai allumé et qu'ai-je vu ? ce Giuseppe en train de fouiller dans ma valise.

L'indifférence du gérant s'était envolée.

— Je ne suis pas au courant de cet incident ! s'exclama-t-il. Pourquoi n'en ai-je pas été informé plus tôt ?

— L'homme était armé d'un couteau. Nous avons lutté quelques instants, et il a réussi à s'enfuir par la fenêtre.

— A-t-il emporté quelque chose, Mr McGrath ?

— Rien... d'important, répondit lentement Anthony.

Le gérant poussa un soupir de soulagement.

— J'en suis fort aise, dit-il. Mais, si je peux me permettre une remarque, Mr McGrath, votre attitude me surprend. Vous n'avez pas essayé d'alerter du monde et de poursuivre le voleur ?

Anthony haussa les épaules.

— L'homme n'avait dérobé aucun objet de valeur, comme je vous l'ai dit. Bien sûr, je sais qu'une telle affaire devrait être rapportée à la police...

Il s'interrompit, et le gérant murmura sans enthousiasme :

— À la police... bien sûr...

— Quoi qu'il en soit, j'étais certain que l'homme avait protégé ses arrières, et puisqu'il ne me manquait rien d'important, à quoi bon déranger la police ?

Le gérant sourit faiblement.

— Je vois, Mr McGrath, que vous comprenez mon hésitation à faire venir ici la police. Les conséquences sont toujours désastreuses. Si la presse apprend qu'un grand hôtel comme le nôtre est mêlé à un incident, elle en fera des gorges chaudes et montera l'événement en épingle.

— Exactement, approuva Anthony. Et je préfère moi aussi que cette affaire soit réglée discrètement. En effet, cet homme a dérobé une chose qui n'aura aucune valeur pour lui, mais qui, en revanche, m'est très précieuse.

— Ah?

— Il s'agit de lettres, comprenez-vous?

Jouant la discrétion la plus absolue, comme seul un Français en est capable, le gérant murmura:

— Je comprends, monsieur. Et vous avez raison, la police n'a pas à intervenir.

— Nous sommes bien d'accord sur ce point. Mais vous ne serez pas surpris que j'aie l'intention de récupérer ces lettres. Dans le pays d'où je viens, les gens ont l'habitude de se débrouiller seuls. Je vous demanderai donc de me dire tout ce que vous savez sur ce Giuseppe.

— Je n'y vois aucune objection, dit le gérant après un temps. Revenez me voir d'ici une demi-heure et j'aurai rassemblé tous les renseignements possibles à votre intention.

Une demi-heure plus tard, Anthony retournait dans le bureau du gérant. Tous les faits concernant Giuseppe Manelli avaient été consignés sur une feuille de papier.

— Il est arrivé ici il y a trois mois. C'est un serveur d'une grande expérience et il nous a donné entière satisfaction. Il est en Angleterre depuis environ cinq ans.

Les deux hommes parcoururent la liste des hôtels et des restaurants dans lesquels l'Italien avait travaillé. Une chose frappa Anthony. Dans deux endroits où avait servi Giuseppe, des vols importants avaient été commis, mais aucun soupçon ne s'était jamais porté sur lui.

Giuseppe n'était-il qu'un vulgaire, mais habile cambrioleur? Son effraction dans la chambre d'Anthony était-elle due au seul hasard? Peut-être tenait-il le paquet de lettres à la main lorsque Anthony avait allumé, et l'avait-il empoché machinalement pour garder les mains libres? Dans ce cas, il s'agissait bien d'un vol banal.

Toutefois, Anthony se souvint de la fascination qu'avaient exercée sur l'homme, la veille, les documents étalés sur la table. Il n'y avait là ni argent ni objet de valeur justifiant une telle convoitise de la part d'un simple voleur.

Non, Anthony était convaincu que Giuseppe avait été utilisé par un service de renseignement étranger. Grâce aux éléments que lui avait apportés le gérant, peut-être pourrait-il apprendre quelque chose sur la vie privée de l'Italien et retrouver sa trace. Il prit la feuille et se leva.

— Je vous remercie infiniment. Inutile de vous demander si Giuseppe se trouve encore à l'hôtel?

Le gérant sourit :

— Il n'a pas dormi dans son lit, et il a laissé tous ses effets. Il a dû s'enfuir précipitamment après son effraction ratée. Je ne pense pas que nous le revoyions de sitôt.

— En effet, approuva Anthony. Eh bien, merci. Je resterai encore ici un ou deux jours.

— Je vous souhaite d'aboutir dans vos démarches, Mr McGrath, mais cela me paraît, hélas ! peu probable.

— Je ne m'avoue jamais vaincu, j'ai confiance en ma bonne étoile.

Anthony interrogea les autres serveurs qui avaient pu sympathiser avec Giuseppe, mais sans résultat. Il rédigea une petite annonce qu'il envoya aux cinq principaux journaux de la ville. Il s'apprêtait à se rendre dans les restaurants où Giuseppe avait été employé auparavant, lorsque le téléphone sonna. Anthony décrocha le combiné.

— Allô ?

Une voix sans timbre répondit :

— Mr McGrath ?

— C'est moi. Qui est à l'appareil ?

— Ici les Éditions Balderson & Hodgkins. Veuillez patienter, je vous passe Mr Balderson.

« Nos chers éditeurs semblent s'inquiéter, pensa Anthony. Eh bien ils ont tort : il nous reste encore une semaine. »

Une voix chaleureuse résonna dans son oreille :

— Allô ! Mr McGrath ?

— Lui-même.

— Je suis Mr Balderson, de la maison Balderson & Hodgkins. Alors, Mr McGrath, qu'en est-il du manuscrit ?

— À quel point de vue ?

— J'ai appris, Mr McGrath, que vous arriviez d'Afrique du Sud. Vous devez donc tout ignorer de la situation. Ce manuscrit va soulever des problèmes, Mr McGrath, de graves problèmes. J'en viens parfois à regretter que nous nous soyons engagés à le publier.

— Vraiment ?

— Je peux vous l'affirmer. Pour l'instant, je n'aspire qu'à l'avoir en ma possession au plus tôt, afin d'en faire des copies. Ainsi, si l'original devait être détruit....

— Mon Dieu ! dit Anthony.

— Oui, je comprends que cela vous paraisse ridicule, Mr McGrath. Mais je vous assure que vous ne pouvez apprécier la situation telle qu'elle se présente. Certaines personnes semblent prêtes à tout pour vous empêcher de nous faire parvenir le manuscrit. Je vous le dis sans détours : si vous essayez de venir nous apporter les Mémoires vous-même, il y a neuf chances sur dix pour que vous n'y parveniez pas.

— Voilà qui m'étonnerait, rétorqua Anthony. Si je veux me rendre quelque part, croyez bien que j'y parviens la plupart du temps.

— Mais vous aurez affaire à des gens très dangereux ! Je ne l'aurais pas cru moi-même il y a un mois. Je vous le dis, Mr McGrath, différents groupes ont tenté de nous soudoyer, de nous menacer, de nous faire du charme... à tel point que nous ne savons plus du tout où nous en sommes. Je vous suggère de ne pas essayer de nous apporter le manuscrit. Nous allons envoyer un homme de confiance à votre hôtel pour en prendre possession.

— Et s'il tombe dans un piège ? demanda Anthony.

— Alors, ce sera notre responsabilité, pas la vôtre. Vous aurez remis le manuscrit à notre représentant contre une décharge écrite. Le chèque de ... de mille livres ne pourra pas vous être donné avant mercredi, si l'on s'en tient à notre accord avec les exécuteurs du défunt... auteur. Vous savez à qui je fais allusion, n'est-ce pas ? Mais si vous le souhaitez, je pourrai vous faire porter par le messager un chèque du même montant, tiré sur mon compte personnel.

Anthony réfléchit rapidement. Il aurait voulu garder ces

Mémoires jusqu'à la dernière minute, désireux de comprendre la raison d'un tel branle-bas. Toutefois, les arguments de l'éditeur étaient tout à fait justifiés.

— Très bien, dit-il avec un soupir de regret. Comme vous voudrez. Envoyez-moi votre homme. Et s'il pouvait également apporter votre chèque, cela me permettrait de quitter éventuellement l'Angleterre avant mercredi.

— Certainement, Mr McGrath. Notre représentant se rendra chez vous demain matin à la première heure. Il serait plus prudent de ne pas envoyer la personne directement de nos bureaux. Notre homme, Mr Holmes, habite au sud de Londres. Il passera donc prendre le manuscrit en chemin et vous donnera un reçu. Je vous suggère de placer ce soir un faux paquet dans le coffre-fort de l'hôtel. Vos ennemis l'apprendront certainement et cela vous évitera d'être agressé dans vos appartements.

— Très bien, je suivrai votre conseil.

Anthony raccrocha, pensif.

Il reprit ensuite ses recherches interrompues sur l'insaisissable Giuseppe, mais en vain. L'homme avait effectivement été employé dans les restaurants en question, mais on ne savait rien de sa vie privée ni de ses relations.

— Je te retrouverai, murmura Anthony entre ses dents. Je te retrouverai tôt ou tard. Ce n'est qu'une question de temps.

Sa deuxième nuit à Londres se déroula sans incident.

À 9 heures le lendemain matin, un certain Mr Holmes, venant de la part de la maison Balderson & Hodgkins, fut introduit. C'était un homme de petite taille, courtois et de bon aloi. Anthony lui remit les Mémoires et reçut en échange un chèque de mille livres. Mr Holmes plaça le manuscrit dans la serviette marron qu'il avait apportée à cet effet et prit congé. L'affaire avait été menée sans le moindre incident.

— Mais peut-être sera-t-il assassiné en chemin ? murmura Anthony en le regardant s'éloigner, debout à sa fenêtre. Je me demande ce que nous réservent les jours qui viennent...

Il glissa le chèque dans une enveloppe, accompagné d'un bref message, et la cacheta soigneusement. Jimmy, qui avait quelques économies lorsqu'il avait rencontré Anthony à Bulawayo, lui avait avancé une importante somme d'argent, et celle-ci était à peine entamée.

« Voilà une affaire réglée, se dit Anthony. Pour ce qui est de l'autre, jusqu'à présent, je m'y suis fort mal pris. Mais pas question de renoncer. J'ai bien envie d'aller voir ce qui se passe du côté de chez cette Mrs Revel. »

Il fit ses bagages, descendit payer la note, puis demanda que l'on mette sa valise dans un taxi. Il s'apprêtait à partir, après avoir généreusement gratifié tous ceux qui se trouvaient là, lorsqu'un petit chasseur, porteur d'une lettre, descendit en courant les marches de l'hôtel.

— Ceci vient d'arriver pour vous, monsieur !

« Encore un shilling », soupira Anthony. Le taxi mugit et démarra en cahotant dans un effrayant bruit de ferraille, tandis qu'Anthony ouvrait la lettre.

C'était une étrange missive. Il dut s'y reprendre à quatre fois avant d'être sûr de comprendre. Elle était rédigée dans le style officiel pompeux cher à l'administration gouvernementale. Mr McGrath, qui, comme on le savait, arrivait d'Afrique du Sud le jour même, était prié de ne prendre aucune décision concernant un certain manuscrit tant qu'il n'aurait pas eu un entretien confidentiel avec Mr George Lomax, ainsi que certaines instances non révélées dont la très haute importance était vaguement sous-entendue. Mr McGrath était également convié à Chimneys pour le week-end, en qualité d'hôte de lord Caterham, qui l'attendait le lendemain vendredi.

« Voilà un message mystérieux et délicieusement obscur », songea Anthony, qui s'en amusa comme un gosse.

— Cette chère vieille Angleterre ! murmura-t-il affectueusement. En retard de quarante-huit heures, comme d'habitude. C'est dommage, mais je ne peux décemment pas me rendre à Chimneys sous une fausse identité. Pourtant, je me demande s'il n'y aurait pas une petite auberge à proximité. Après tout, Mr Anthony Cade peut bien séjourner dans les environs à l'insu de tous et observer discrètement ce qui se passe.

Il se pencha par la vitre et donna d'autres intructions au chauffeur, qui changea de direction avec un gloussement de mépris.

Le taxi s'arrêta devant une hôtellerie des plus modestes, mais le prix de la course, lui, était à la hauteur du standing de l'hôtel *Blitz* qu'ils venaient de quitter.

Après avoir réservé une chambre au nom d'Anthony Cade, Anthony sortit une feuille de papier à en-tête du *Blitz* et y traça quelques mots d'une écriture rapide.

Il expliquait qu'il était arrivé à Londres l'avant-veille, qu'il avait déjà remis le manuscrit en question à la maison Balderson & Hodgkins, et qu'il était au regret de décliner l'aimable invitation de lord Caterham, car il quittait sous peu l'Angleterre. Il signa la lettre « James McGrath ».

— Et maintenant, dit Anthony en collant le timbre sur l'enveloppe, passons aux choses sérieuses. Adieu, James McGrath ! Anthony Cade entre en scène !

## 8

## Un cadavre

Ce même jeudi après-midi, Virginia Revel revenait d'une partie de tennis. Confortablement installée dans sa luxueuse limousine, elle songeait avec amusement à l'entrevue qui l'attendait. Il était certes possible que le maître chanteur ne donnât plus signe de vie, mais elle était pratiquement convaincue qu'il se manifesterait de nouveau, la croyant une proie facile. Eh bien, cette fois-ci, elle lui réservait une surprise !

Lorsque la voiture se rangea devant la maison, elle se tourna vers le chauffeur avant de monter les marches :

— J'allais oublier, Walton, comment va votre épouse ?

— Elle va mieux, je crois, madame. Le médecin a dit qu'il passerait la voir vers 6 heures et demie. Madame aura-t-elle encore besoin de la voiture ce soir ?

Virginia réfléchit un court instant :

— Je serai absente tout le week-end. Je prendrai le train de 18 h 40 à Paddington, mais je n'aurai pas besoin de vous : j'irai à la gare en taxi. Je préfère que vous soyez là pour voir le médecin. S'il pense que le grand air ferait du bien à votre femme, emmenez-la pour le week-end, Walton. À mes frais.

D'un signe de tête, Virginia coupa court aux remerciements et monta rapidement les marches tout en cherchant sa clé dans son sac. Elle s'aperçut qu'elle l'avait oubliée et sonna avec impatience.

On ne lui répondit pas immédiatement et, alors qu'elle

attendait, un jeune homme s'approcha. Il était pauvrement vêtu et tenait à la main une liasse de feuillets. Il en tendit un à Virginia, qui lut : *Comment j'ai servi mon pays.* De l'autre main, il tenait une boîte.

— De grâce, ne m'obligez pas à acheter deux de ces affreux poèmes dans la même journée ! dit Virginia d'un ton implorant. J'en ai déjà pris un ce matin, je vous en donne ma parole d'honneur !

Le jeune homme éclata de rire. Virginia rit avec lui. Elle constata qu'il était étonnamment séduisant par rapport aux habituels démarcheurs et chômeurs. Son visage bronzé, sa minceur musclée lui plaisaient. Elle alla même jusqu'à souhaiter avoir un emploi à lui proposer.

À cet instant, la porte s'ouvrit et Virginia oublia instantanément le sort des chômeurs, car, à sa grande surprise, c'est sa femme de chambre Élise qui lui ouvrit.

— Où est Chilvers ? s'étonna-t-elle en entrant dans le vestibule.

— Mais il est parti, madame, avec les autres.

— Quels autres ? Parti où ?

— Mais à Datchet, madame, à la villa, comme le spécifiait votre dépêche.

— Ma dépêche ? s'exclama Virginia, ébahie.

— Madame n'a pas envoyé de télégramme ? Pourtant, il ne peut y avoir d'erreur. Il est arrivé il y a à peine une heure.

— Je n'ai jamais envoyé de télégramme. Que disait-il ?

— Je crois qu'il est encore là-bas sur la table.

Élise courut chercher la dépêche et la tendit à sa maîtresse avec empressement.

— Voilà, madame !

Le télégramme, adressé à Chilvers, était ainsi libellé : *Veuillez partir immédiatement avec tous les domestiques pour villa de Datchet et y préparer réception pour le week-end. Prenez train de 17 h 49.*

Ce télégramme n'avait rien d'inhabituel. Elle envoyait fréquemment ce genre de message, lorsqu'elle organisait des soirées impromptues dans sa petite villa au bord de la rivière. Elle emmenait alors tout son personnel, ne laissant qu'une vieille servante pour garder la maison. Chilvers n'avait donc rien soupçonné d'anormal et, en bon serviteur qu'il était, il avait exécuté les ordres à la lettre.

— Moi, sachant que Madame aimerait que je prépare ses bagages, je suis restée, expliqua Élise.

— C'est une plaisanterie stupide ! s'écria Virginia en jetant le télégramme à terre dans un geste de colère. Vous savez bien, Élise, que je suis invitée à Chimneys. Je vous l'ai dit ce matin.

— J'ai pensé que Madame avait changé d'avis. Cela arrive parfois à Madame.

Virginia l'admit en esquissant un sourire. Elle s'efforçait de trouver une raison à cette farce extraordinaire. Soudain Élise poussa un cri :

— Mon Dieu ! Et si c'étaient des malfaiteurs, des voleurs ! Ils auront envoyé le faux télégramme pour que les domestiques quittent la maison, afin de mieux la cambrioler.

— C'est possible, dit Virginia, sceptique.

— Oui, madame, c'est certainement ce qui s'est passé. On lit ces choses-là dans les journaux tous les jours. Madame devrait appeler la police immédiatement, avant qu'ils ne viennent nous couper la gorge !

— Allons, Élise, calmez-vous. Ils ne viendront pas nous couper la gorge à 6 heures de l'après-midi.

— Madame, je vous en prie, laissez-moi courir chercher un agent de police !

Que diable voulez vous faire d'un agent de police ici ? Ne soyez pas si sotte, Élise. Allez plutôt emballer mes affaires pour Chimneys. La nouvelle robe du soir de chez Cailleaux, celle en crêpe marocain blanc et, voyons... la robe de velours noir. Le velours noir ne sied-il pas merveilleusement à la politique ?

— Madame est ravissante dans sa robe en satin vert Nil, suggéra Élise, ses instincts professionnels reprenant le dessus.

— Non, pas celle-là. Dépêchez-vous, Élise, le temps presse. Je vais envoyer une dépêche à Chilvers à la villa, et j'expliquerai au policier en faction au coin de la rue ce qui s'est passé pour qu'il surveille la maison en notre absence. Ne recommencez pas à rouler ainsi les yeux, Élise ! Si vous êtes déjà terrifiée maintenant, que feriez-vous si un homme jaillissait d'un recoin sombre et vous menaçait d'un couteau ?

Élise poussa un cri de frayeur et courut dans l'escalier, en jetant des coups d'œil par-dessus son épaule.

Virginia lui adressa une grimace et traversa le vestibule pour se rendre dans le petit bureau où se trouvait le téléphone, bien décidée à appeler la police.

Soudain, la main sur le combiné, elle s'arrêta. Un homme était assis dans le fauteuil, étrangement recroquevillé. Dans l'émotion du moment, elle avait complètement oublié qu'elle attendait un visiteur. Il avait dû s'endormir en l'attendant.

Elle s'approcha du fauteuil, un sourire malicieux aux lèvres. Mais soudain, son sourire s'évanouit.

L'homme n'était pas endormi. *Il était mort.*

Elle le devina au premier coup d'œil, d'instinct, avant même de remarquer le petit pistolet brillant qui gisait à terre, le minuscule trou juste au-dessus du cœur entouré d'une tache rouge, et l'affreuse mâchoire pendante.

Virginia demeura figée, les bras rigides. Le silence fut rompu par Élise qui descendait les escaliers en courant.

— Madame ! Madame !

— Qu'y a-t-il ?

Elle regagna rapidement la porte. Son instinct lui commandait de ne rien révéler à Élise, du moins pour le moment. Elle savait que sa soubrette piquerait immédiatement une crise de nerfs, or elle avait besoin de calme pour réfléchir.

— Madame ne croit-elle pas que je devrais mettre la chaîne devant la porte ? Ces malfaiteurs pourraient arriver d'une minute à l'autre.

— Oui, si vous voulez. Faites tout ce que vous voulez.

Elle entendit le bruit de la chaîne, puis Élise qui remontait les escaliers, et poussa un long soupir de soulagement.

Elle regarda l'homme dans le fauteuil, puis le téléphone. Il n'y avait pas à hésiter. Il fallait appeler la police sur-le-champ.

Pourtant, elle n'en fit rien. Elle se tenait debout, paralysée d'horreur, une multitude d'idées contradictoires lui traversant l'esprit. Le faux télégramme ! Avait-il quelque chose à voir avec cela ? Et si Élise n'était pas restée à la maison ? Elle aurait elle-même ouvert la porte — si, bien entendu, elle avait eu sa clé comme d'habitude — et se serait trouvée seule chez elle avec un homme assassiné... Un homme qui l'avait fait chanter la veille. Certes, elle avait une explication, mais cette explication lui parut soudain bien étrange. Elle se rappela que George l'avait trouvée franchement absurde. Qu'en penserait-on? Et ces lettres... bien sûr, elle ne les avait pas écrites, mais serait-ce si facile à prouver?

Elle serra sa tête entre ses mains. Que faire?

— Il faut que je réfléchisse, dit-elle tout haut, il faut que je réfléchisse.

Qui avait fait entrer cet homme? Certainement pas Élise. Elle le lui aurait annoncé tout de suite. Plus elle songeait à cette affaire, plus elle lui semblait énigmatique. Il n'y avait qu'une chose à faire: appeler la police.

Elle tendit la main vers le téléphone et pensa soudain à George. Un homme, voilà ce dont elle avait besoin. Un homme calme, ayant la tête sur les épaules, peu émotif, qui saurait replacer les choses dans leurs justes proportions et lui indiquer la voie à suivre.

Puis elle secoua la tête. Non, pas George. George penserait avant tout à sa situation. Il détesterait être mêlé à une telle histoire. George n'était pas du tout l'homme qu'il lui fallait.

Son visage s'éclaira soudain. Bill, bien sûr! Elle appela Bill immédiatement.

On lui apprit qu'il venait de partir pour Chimneys.

— Oh, zut! s'écria Virginia en laissant tomber le récepteur.

Quelle horreur! songea-t-elle. Enfermée avec un mort et personne à qui parler!

À ce moment, on sonna à la porte.

Virginia sursauta. Quelques instants plus tard, la sonnette retentit de nouveau. Élise était en haut et n'avait pas dû entendre.

Virginia alla dans le vestibule, retira la chaîne et ouvrit tous les verrous qu'Élise avait fermés dans son zèle. Prenant une longue inspiration, elle ouvrit toute grande la porte. Le jeune chômeur était debout sur les marches.

Virginia lui tendit la main avec impétuosité, envahie par un indicible soulagement.

— Entrez, dit-elle, vous tombez à pic. J'ai peut-être un travail à vous confier.

Elle le fit entrer dans la salle à manger, lui offrit une chaise, s'assit en face de lui et l'observa attentivement.

— Excusez-moi, dit-elle, mais êtes-vous... c'est-à-dire...

— Eton et Oxford, dit le jeune homme. C'est cela que vous voulez savoir, non?

— Quelque chose de ce genre, admit Virginia.

— Et j'en suis arrivé là en raison de mon incapacité à avoir un métier stable. J'espère que le travail que vous me proposez ne l'est pas ?

— Tout ce qu'il y a d'instable, répondit-elle avec un sourire au coin des lèvres.

— Parfait ! dit le jeune homme d'un air satisfait.

Virginia eut un regard approbateur pour son visage bronzé et son long corps mince et musclé.

— Voyez-vous, dit-elle, je me trouve dans une situation embarrassante, et la plupart de mes amis sont... trop haut placés. Ils ont tous une réputation à défendre.

— Je n'ai aucune réputation à défendre. Vous pouvez tout me raconter. De quoi s'agit-il ?

— Il y a un cadavre dans la pièce voisine, dit Virginia. Un homme a été assassiné et je ne sais qu'en faire.

Elle prononça ces mots avec une parfaite ingénuité, et, par sa réaction, le jeune homme grimpa considérablement dans son estime. On aurait cru qu'il entendait ce genre de déclaration tous les jours.

— Magnifique ! s'écria-t-il avec enthousiasme. J'ai toujours voulu jouer les détectives amateurs. Voulez-vous que j'aille examiner le corps, ou préférez-vous me raconter d'abord toute l'histoire ?

— Je crois qu'il vaut mieux que je vous explique les faits.

Elle marqua une pause. Puis, après avoir réfléchi, elle parla avec calme et concision :

— Cet homme est venu ici hier pour la première fois et a demandé à me voir. Il avait des lettres... des lettres d'amour, signées de mon nom.

— Mais que vous n'avez pas écrites, déclara le jeune homme d'un ton calme.

Virginia le regarda avec stupéfaction.

— Comment savez-vous cela ?

— Oh ! simple déduction ! Mais continuez.

— Il voulait me faire chanter et... je... enfin, je ne sais pas si vous comprendrez cela, mais... je l'ai laissé faire.

Elle le regarda d'un air suppliant et il hocha la tête en un geste rassurant.

— Si, je comprends. Vous vouliez savoir quelle impression cela vous ferait.

— Comme vous êtes perspicace ! C'est exactement ce que j'ai ressenti.

— Eh oui, je suis très perspicace, dit le jeune homme avec modestie. Mais, ne vous méprenez pas. Rares sont ceux qui comprendraient une telle réaction. Voyez-vous, les gens n'ont aucune imagination.

— Vous avez sans doute raison. Quoi qu'il en soit, j'ai dit à cet individu de revenir aujourd'hui à 6 heures. En rentrant tout à l'heure de Ranelagh, où je jouais au tennis, j'ai découvert qu'une fausse dépêche avait été envoyée à mes domestiques et qu'ils avaient tous quitté la maison, à l'exception de ma femme de chambre. Je suis alors entrée dans le bureau pour téléphoner à la police et j'y ai trouvé cet homme, mort.

— Qui l'a fait entrer ?

— Je l'ignore. Je pense que si c'était la femme de chambre, elle me l'aurait signalé.

— Est-elle au courant ?

— Je ne lui ai rien dit.

Le jeune homme hocha la tête et se leva.

— Allons voir le corps, dit-il brusquement. Mais je vais vous donner mon avis : il vaut toujours mieux s'en tenir à la vérité. Un seul mensonge peut en entraîner tant d'autres... D'ailleurs, mentir en permanence est extrêmement monotone.

— Vous me conseillez de prévenir la police ?

— Sans doute. Mais allons d'abord voir cet homme, nous aviserons ensuite.

Virginia le précéda hors de la pièce. Sur le seuil, elle s'arrêta et le regarda.

— À propos, dit-elle, vous ne m'avez pas encore dit votre nom.

— Mon nom ? Je m'appelle Anthony Cade.

# 9

## Comment on escamote un cadavre

Anthony suivit Virginia hors de la pièce en réprimant un sourire. Les événements avaient pris un tour inattendu. Toutefois, en se penchant sur l'homme assis dans le fauteuil, il redevint grave.

— Il est encore chaud, dit-il brièvement. Il a été tué il y a moins d'une demi-heure.

— Juste avant mon retour ?

— Exactement.

Il se redressa, le front soucieux. Soudain, il posa une question dont Virginia ne comprit pas immédiatement la portée :

— Votre femme de chambre n'a pas mis les pieds dans cette pièce, bien sûr ?

— Non.

— Sait-elle que vous y êtes entrée ?

— Euh... oui. J'en sortais lorsque je lui ai parlé.

— Après avoir découvert le corps ?

— Oui.

— Et vous n'avez rien dit ?

— Aurais-je dû lui en parler ? Elle est française, et un rien la perturbe, vous savez. Elle aurait eu une crise de nerfs, et j'avais envie de réfléchir dans le calme.

Anthony hocha la tête sans rien dire.

— On dirait que vous êtes déçu ? ajouta-t-elle.

— Eh bien, la situation est délicate, Mrs Revel. Si vous aviez découvert le corps ensemble dès votre retour, les choses auraient été beaucoup plus simples. L'homme aurait été assassiné sans contestation possible *avant* que vous ne rentriez chez vous.

— Alors que là, on peut croire qu'il a été tué *après*... Je comprends.

Tandis qu'elle se faisait peu à peu à cette idée, il ne la quittait pas des yeux. La première impression qu'il avait eue d'elle lorsqu'elle lui avait parlé sur le seuil de la maison se confirmait. Elle était très belle, mais courageuse aussi, et intelligente.

De son côté, Virginia était si absorbée dans ses réflexions qu'elle ne s'étonna pas que cet étranger connaisse son nom.

— Je me demande pourquoi Élise n'a pas entendu la détonation, murmura-t-elle.

Anthony montra du doigt la fenêtre ouverte au moment où une voiture cahotait bruyamment dans la rue.

— C'est très simple. À Londres, un coup de feu passe totalement inaperçu.

Virginia se tourna vers le corps avec un petit frisson.

— Il a l'air d'un Italien, remarqua-t-elle curieusement.

— Il *est* italien, dit Anthony. Et j'ajouterai qu'il exerçait le métier de serveur. Il n'était maître chanteur que pendant ses loisirs. Il s'appelle Giuseppe.

— Mon Dieu ! s'écria Virginia, vous êtes Sherlock Holmes en personne !

— Non, confessa Anthony à regret. La raison pour laquelle je connais le nom de cet homme est hélas très simple. Mais je vous raconterai cela plus tard. Pour l'instant, vous disiez qu'il vous avait montré des lettres et réclamé de l'argent en échange. Lui en avez-vous donné ?

— Oui.

— Combien ?

— Quarante livres.

— Dommage ! dit Anthony sans toutefois manifester la moindre surprise. Voyons maintenant ce que dit ce télégramme.

Virginia le lui tendit. Elle vit son visage s'assombrir.

— Qu'y a-t-il ?

— Il a été expédié de Barnes, dit-il en lui montrant le cachet de la poste. Or, vous étiez à Ranelagh cet après-midi. Rien ne vous aurait empêchée de l'envoyer vous-même.

Pétrifiée par cette dernière remarque, Virginia éprouvait le sentiment qu'un filet se resserrait lentement autour d'elle. Cet homme la forçait à prendre conscience de tout ce qu'elle avait relégué au fond de son esprit.

Sortant son mouchoir, Anthony s'en enveloppa la main, puis il ramassa le pistolet.

— Nous autres criminels devons être prudents, dit-il en manière d'excuse. Gare aux empreintes digitales !

Soudain, il se figea et sa voix s'altéra, devenant brusque et cassante :

— Mrs Revel, avez-vous déjà vu ce pistolet?
— Non, répondit Virginia d'un air étonné.
— En êtes-vous bien sûre?
— Sûre et certaine.
— Possédez-vous un pistolet?
— Non.
— En avez-vous déjà possédé un?
— Non, jamais.
— En êtes-vous bien sûre?
— Sûre et certaine.

Il resta un instant à l'observer tandis que Virginia de son côté le contemplait d'un air stupéfait.

— C'est étrange, dit-il enfin avec un soupir de soulagement. Comment expliquez-vous cela?

Et il lui tendit le pistolet. C'était une arme petite et délicate, presque un jouet, mais capable de tuer son homme. Un nom était gravé dessus: *Virginia.*

— Oh! mais c'est impossible! s'écria la jeune femme.

Sa stupeur était si spontanée qu'Anthony ne douta pas un instant de sa sincérité.

— Asseyez-vous, dit-il gentiment. L'affaire est beaucoup plus compliquée qu'il n'y paraît. Pour commencer, quelles hypothèses s'offrent à nous? Il n'y a guère que deux explications possibles. D'abord, bien sûr, la véritable Virginia qui a écrit ces lettres. Elle aurait pu le suivre, le tuer, lâcher son pistolet, voler les lettres et s'enfuir. C'est possible, n'est-ce pas?

— Peut-être, dit Virginia à contrecœur.

— J'ai une autre hypothèse beaucoup plus intéressante: la personne qui a tué Giuseppe voulait faire porter sur vous les soupçons. On aurait pu le tuer n'importe où, mais cette personne a pris la peine extraordinaire de venir le tuer ici, chez vous; et on connaissait tout de vous: votre villa, vos habitudes concernant les domestiques, et le fait que vous étiez à Ranelagh cet après-midi. Ma question va vous paraître absurde, mais... avez-vous des ennemis, Mrs Revel?

— Bien sûr que non! En tout cas, pas de cette sorte.

— Et maintenant, comment allons-nous nous sortir de ce guêpier? Nous avons deux solutions: *a* — appeler la police, raconter toute l'histoire, et nous en remettre à votre position inattaquable dans la société et à votre vie jusqu'à présent irréprochable. Ou bien *b* — escamoter le cadavre. Bien sûr, ma tendance me pousse à opter pour la solution *b* : j'ai toujours voulu savoir si je saurais cacher un crime avec toute la ruse nécessaire, mais je n'ai jamais pu me résoudre à assassiner quelqu'un pour en faire l'expérience. Tout bien pesé, j'estime que la solution *a* est la plus sage. Nous pourrions donc mettre au point une solution *a* expurgée : appeler la police, etc., mais en omettant le pistolet et les lettres de chantage... si notre homme les a encore en sa possession.

Anthony fouilla rapidement les poches du mort.

— On l'a dépouillé de tout, annonça-t-il. Ces lettres n'ont pas fini de nous causer du tracas. Attendez ! Qu'est-ce que c'est que cela ? Il y a un trou dans la doublure, quelque chose y est resté coincé. On dirait un morceau de papier roulé.

Tout en parlant, il extirpa le papier de la doublure, et s'approcha de la lumière.

— Dommage qu'il nous en manque une partie, grommela-t-il. *Chimneys 23 h 45 jeudi*. On dirait un rendez-vous.

— Chimneys ? s'écria Virginia. C'est extraordinaire !

— Pourquoi extraordinaire ? Parce que ce type n'a pas une dégaine à être invité à Chimneys ?

— Je vais à Chimneys ce soir même. Ou en tout cas, je devais y aller.

Anthony fit volte-face :

— Comment ? Qu'avez-vous dit ?

— J'allais partir pour Chimneys ce soir même, répéta Virginia.

— Je commence à comprendre, dit Anthony en la dévisageant. Je peux me tromper, mais j'ai au moins une petite idée. Si quelqu'un avait tout simplement voulu vous empêcher de vous rendre à Chimneys ?

— C'est ce qu'aimerait bien mon cousin George, dit Virginia en souriant. Mais je ne peux sérieusement soupçonner George d'un meurtre.

Anthony, perdu dans ses réflexions, ne souriait pas :

— Si vous appelez la police, vous pouvez dire adieu à votre week-end à Chimneys. Or, j'aimerais beaucoup que vous vous y rendiez. Je pense que nos amis inconnus apprécieront la surprise. Mrs Revel, acceptez-vous de vous en remettre à moi ?

— Alors nous optons pour le plan *b* ?

— Oui, et avant tout, il nous faut éloigner de la maison votre femme de chambre. Pouvez-vous arranger cela?

— Aisément.

Virginia sortit dans le vestibule et appela:

— Élise! Élise!

— Madame?

Il y eut un bref échange puis la porte d'entrée s'ouvrit et se referma. Virginia revint dans le petit bureau.

— Voilà, elle est partie. Je l'ai envoyée m'acheter un certain parfum, en lui disant que la boutique était ouverte jusqu'à 8 heures. Elle sera fermée, bien sûr. Elle me suivra par le prochain train sans repasser par ici.

— Parfait! approuva Anthony. Nous pouvons donc à présent nous débarrasser de ce cadavre. Le procédé est éculé, mais j'ai bien peur de devoir vous demander si vous avez dans la maison quelque chose qui ressemble à une malle.

— Oui, bien sûr. Venez au sous-sol et choisissez.

Parmi la grande variété de malles que renfermait le sous-sol, Anthony en choisit une solide et de bonne taille.

— Je m'occupe de cela, dit-il avec tact. Montez vous préparer.

Ce que fit Virginia. Ôtant sa tenue de tennis, elle enfila une robe de voyage d'une jolie teinte marron, posa sur sa tête un délicieux bibi orange et redescendit dans le vestibule, où Anthony l'attendait auprès d'une malle solidement ficelée.

— J'aimerais vous raconter l'histoire de ma vie, dit-il, mais je crains que la soirée ne m'en laisse guère le temps. Voici ce que vous allez faire: appelez un taxi, mettez-y vos bagages, sans oublier la malle, et rendez-vous à la gare de Paddington. Là, faites mettre la malle à la consigne. Je serai sur le quai. En passant devant moi, laissez tomber le ticket de la consigne. Je le ramasserai et ferai mine de vous le rendre, mais en réalité je le garderai. Partez pour Chimneys et, pour le reste, remettez-vous-en à moi.

— Vous êtes vraiment trop gentil, dit Virginia. J'ai terriblement honte d'imposer ainsi un cadavre à un parfait inconnu.

— Cela ne me dérange pas le moins du monde, répondit Anthony avec désinvolture. Si mon ami Jimmy McGrath était là, il vous dirait que ce genre de mission convient parfaitement à mon tempérament.

Virginia le regarda, stupéfaite.

— Quel nom avez-vous dit ? Jimmy McGrath ?

— Oui. Pourquoi ? Vous avez entendu parler de lui ?

— Mais oui, et même tout récemment. (Elle hésita, puis :) Mr Cade, il faut que je vous parle. Est-ce que vous ne pourriez pas m'accompagner à Chimneys ?

— Vous me reverrez avant peu, Mrs Revel, je vous le garantis. Et maintenant, le conspirateur A va prendre congé furtivement par la porte de derrière, tandis que le conspirateur B sortira, lui, par la grande porte, auréolé d'une glorieuse splendeur, en quête d'un taxi.

Le plan se déroula sans incident. Anthony, qui avait pris un autre taxi, se retrouva sur le quai, le ticket de la consigne à la main. Il partit alors chercher la voiture qu'il avait pris soin de louer auparavant, puis revint à Paddington au volant d'une Morris Cowley et tendit le ticket au portier, qui sortit la malle de la consigne et la fixa à l'arrière de la voiture. Anthony se mit en route.

Mieux valait s'éloigner de Londres. Il emprunta un itinéraire très fréquenté, où des véhicules passaient continuellement. On ne risquait pas de repérer des empreintes de pneus ou de pas. Anthony s'arrêta et coupa le moteur. Descendu de voiture, il macula de boue le numéro d'immatriculation, puis il attendit qu'il n'y ait plus une voiture à l'horizon pour ouvrir la malle, en tirer le corps de Giuseppe et l'allonger soigneusement sur le bas-côté, à l'intérieur d'un virage, afin que les phares des voitures ne révèlent pas sa présence.

Il reprit enfin la route. Tout cela n'avait pas duré plus d'une minute et demie. Après un détour, il regagna Londres en changeant d'itinéraire. Il arrêta de nouveau la voiture et, choisissant un immense arbre de la forêt, grimpa jusqu'aux plus hautes branches. Là, dans une niche, au creux du tronc, il dissimula un petit paquet brun.

« Voilà une façon fort intelligente de cacher un pistolet, se dit Anthony avec satisfaction. Lorsqu'on recherche quelque chose, on regarde par terre et on drague les étangs, mais personne n'aurait l'idée de grimper en haut de cet arbre. »

Une fois de retour à Londres, il revint à Paddington et y laissa la malle, dans une consigne différente, de l'autre côté de la gare. Soudain, il éprouva l'envie folle d'un bon rumsteck, ou d'une côte de porc avec des frites, mais il regarda sa montre : il n'avait pas le temps. Après avoir fait le plein d'essence, il reprit la route au volant de sa Morris, cette fois en direction du nord.

Il était 23 h 30 lorsqu'il arrêta sa voiture sur la route longeant le parc de Chimneys. Il escalada le mur avec souplesse et s'approcha de la maison. Cela lui demanda plus de temps qu'il ne l'avait pensé, et il se mit à courir. Une large masse grise se dessinait dans la pénombre... La respectable résidence de Chimneys.

Au loin, un clocher sonna. Il était 23 h 45. L'heure mentionnée sur le morceau de papier. Anthony avait atteint la terrasse et regardait la maison. Tout était sombre et silencieux.

— Ce sont des couche-tôt, ces hommes politiques, murmura Anthony.

Et soudain, un claquement parvint à ses oreilles. Une détonation. Anthony tourna sur ses talons. Le son provenait de l'intérieur de la maison, il en était certain. Il resta un instant à attendre, dans l'obscurité et le silence. Enfin, il s'approcha d'une grande porte-fenêtre d'où le coup avait semblé partir. Il actionna la poignée. La porte était close. Il essaya en vain d'autres portes-fenêtres, l'oreille tendue. Pas un bruit.

Son imagination lui avait sans doute joué un tour. Ou peut-être s'agissait-il d'un braconnier ? Anthony revint sur ses pas, vaguement mécontent et mal à l'aise.

Il se retournait pour jeter un dernier regard vers la maison quand soudain une lumière brilla à l'une des fenêtres du premier étage. Au bout d'une minute, elle s'éteignit et l'imposante demeure fut à nouveau plongée dans l'obscurité.

## 10

## Chimneys

L'inspecteur Badgworthy dans son bureau. L'heure ? 8 h 30 du matin. Un grand type corpulent à l'allure imposante, l'inspecteur Badgworthy. Enclin à souffler comme un phoque dans les moments de tension professionnelle. Pour l'assister :

l'agent Johnson, une bleusaille, avec l'air du poussin à peine éclos — une sorte de volatile à forme humaine.

Le téléphone sonna et l'inspecteur décrocha le combiné de manière quelque peu ostentatoire, avec sa solennité coutumière.

— Ici le commissariat de Market Basing. Inspecteur Badgworthy à l'appareil... *Quoi?*

Légère altération dans le ton de l'inspecteur. Comme Johnson est son subalterne, il est lui-même le subalterne de plus d'un.

— Lui-même, monsieur le marquis. Je vous demande pardon, monsieur le marquis? Je n'ai pas très bien entendu ce que vous avez dit.

Longue pause, pendant laquelle l'inspecteur écoute, une incroyable série d'expressions variées passant sur son visage d'ordinaire impassible. Finalement il raccroche, après un bref: « Tout de suite, monsieur le marquis. »

Visiblement gonflé d'importance et de satisfaction, il se tourna vers Johnson:

— Lord Caterham... de Chimneys: il y a eu un meurtre.

— Un meurtre? répéta Johnson, impressionné comme il se devait.

— Hé oui! Un meurtre, confirma l'inspecteur en se frottant les mains.

— Mais... mais il n'y a jamais eu de meurtre à Chimneys, il me semble, à l'exception du jour où Tom Pearse a tué sa fiancée.

— Ce qui n'était pas à proprement parler un meurtre, mais plutôt un excès de boisson, fit l'inspecteur d'un ton désapprobateur.

— Et il n'a pas été pendu, ajouta Johnson sombrement. Mais cette fois-ci, il s'agit d'un vrai meurtre, n'est-ce pas?

— En effet, Johnson. Un invité de lord Caterham, un monsieur étranger, a été découvert assassiné. La fenêtre était ouverte et il y avait des traces de pas à l'extérieur.

— Quel dommage que la victime soit un étranger! dit Johnson avec une pointe de regret.

Le meurtre en devenait moins impressionnant: pour Johnson, les étrangers étaient là pour se faire tuer.

— Lord Caterham est dans tous ses états, poursuivit l'inspecteur. Nous allons prévenir le Dr Cartwright et l'emmener avec nous immédiatement. J'espère qu'ils ne vont pas nous effacer ces empreintes.

Badgworthy était au septième ciel. Un assassinat ! À Chimneys ! L'inspecteur Badgworthy chargé de l'affaire. La police a des indices. Arrestation sensationnelle. Promotion et gloire de l'inspecteur susnommé.

« C'est-à-dire, songea soudain l'inspecteur, si Scotland Yard ne vient pas s'en mêler ! »

À cette pensée, il se rembrunit momentanément. Compte tenu des circonstances, hélas ! Scotland Yard serait alerté à coup sûr.

Ils s'arrêtèrent chez le Dr Cartwright et le médecin, jeune homme de nature enthousiaste, se montra extrêmement intéressé. Sa réaction fut tout à fait semblable à celle de Johnson.

— Mon Dieu ! s'exclama-t-il. Nous n'avons pas vu de meurtre depuis l'affaire de Tom Pearse.

Tous trois montèrent dans la petite voiture du médecin et partirent à vive allure en direction de Chimneys. En passant devant l'auberge locale, les *Jolly Cricketers*, le Dr Cartwright aperçut un homme sur le seuil, qui n'avait rien d'un joyeux joueur de cricket local.

— Inconnu, dit-il. Il a l'air plutôt sympathique. Je me demande s'il est là depuis longtemps, et pourquoi il séjourne aux *Joyeux Joueurs de Cricket*. Je ne l'ai jamais vu dans les environs. Il a dû arriver la nuit dernière.

— En tout cas, il n'a pas pris le train, déclara Johnson.

Son frère était le chef de gare local, et Johnson était au courant de toutes les allées et venues.

— Qui s'est rendu à Chimneys hier ? demanda l'inspecteur.

— Lady Eileen, par le train de 15 h 40, ainsi que deux messieurs, un Américain et un jeune homme en uniforme. Aucun domestique. Lord Caterham est arrivé en compagnie d'un monsieur étranger, probablement celui qui a été tué, par le train de 17 h 40, ainsi que le valet de chambre de ce dernier, et Mr Eversleigh. Mrs Revel a pris celui de 19 h 25, ainsi qu'un autre monsieur à l'air étranger, chauve, le nez crochu. La femme de chambre de Mrs Revel est arrivée par le train de 20 h 56.

Johnson marqua une pause, essoufflé.

— Et personne ne s'est rendu aux *Joyeux Joueurs de Cricket?*

Johnson secoua la tête.

— Donc il a dû arriver en voiture, dit l'inspecteur. Johnson, rappelez-moi de faire une petite enquête à l'auberge sur le chemin du retour. Je veux tout savoir sur les nouveaux pensionnaires. Ce jeune homme avait l'air bien bronzé. Il arrive sans doute de l'étranger, lui aussi.

L'inspecteur hocha la tête avec une grande sagacité, comme pour signifier qu'il était bien l'homme éveillé que l'on savait. Jamais pris en train de somnoler, quelles que soient les circonstances.

La voiture franchit les grilles du parc de Chimneys. Description de ce haut lieu historique dans tous les guides. Également n° 3 dans *Résidences Historiques d'Angleterre*, prix public 21 shillings. Tous les jeudis, des cars affrétés à Middlingham débarquent une flopée de touristes qui viennent admirer les parties ouvertes au public. Vu cette masse de documentation et de facilités variées, décrire Chimneys serait superfétatoire.

Ils furent reçus par un majordome aux cheveux blancs, extrêmement stylé et dont toute l'attitude semblait dire: « Dans ces murs, nous n'avons pas l'habitude des assassinats. Mais les temps ont changé. Faisons face à cette catastrophe avec sang-froid et, en rendant notre dernier soupir, nous prétendrons que rien d'anormal ne s'est jamais produit. »

— Lord Caterham attend ces messieurs, dit le majordome. Si ces messieurs veulent bien me suivre.

Il les conduisit dans une petite pièce accueillante, refuge de lord Caterham lorsqu'il voulait échapper à la somptueuse solennité des lieux, et les annonça:

— Voici ces messieurs de la police, Votre Seigneurie, ainsi que le Dr Cartwright.

Lord Caterham arpentait la pièce dans un état de grande agitation.

— Ah! Inspecteur, vous voici enfin! Le ciel soit loué! Comment allez-vous, Cartwright? C'est une histoire épouvantable, vous savez. Une histoire épouvantable!

Lord Caterham, les cheveux dressés sur la tête en petites touffes à force d'y passer frénétiquement la main, ressemblait moins que jamais à un pair du royaume.

— Où est le corps ? demanda brièvement le médecin.

Lord Caterham se retourna vers lui, soulagé d'avoir à répondre à une question directe.

— Dans la Salle du Conseil, à l'endroit même où il a été découvert. J'ai interdit qu'on y touche. J'ai pensé que... que c'était la mesure qui s'imposait.

— Vous avez bien fait, monsieur le marquis, approuva l'inspecteur en sortant un carnet et un crayon. Qui a découvert le corps ? Vous ?

— Mon Dieu, non ! s'écria lord Caterham. Vous ne croyez tout de même pas que je me lève à une heure aussi indue ? Non, c'est une femme de chambre. Il paraît qu'elle a poussé des clameurs à tous les échos. Pour ma part, je n'ai rien entendu. On est ensuite venu m'en informer, et je suis bien évidemment aussitôt descendu. C'est alors seulement que je l'ai vu.

— Avez-vous reconnu dans le cadavre l'un de vos invités ?

— Oui, inspecteur.

— Son nom ?

Cette question, parfaitement anodine, sembla embarrasser lord Caterham. Il ouvrit la bouche une ou deux fois, puis la referma, et demanda enfin d'une voix faible :

— Vous voulez dire... Vous voulez dire... quel était son nom, c'est cela ?

— Oui, monsieur le marquis.

— Eh bien, dit lord Caterham, en regardant lentement autour de lui, comme pour trouver l'inspiration. Il s'appelait... en vérité c'était... le comte Stanislas.

La réponse de lord Caterham était si étrange que l'inspecteur cessa de prendre des notes et le regarda longuement. Mais à cet instant, survint une diversion pour le plus grand soulagement du pauvre marquis.

La porte s'ouvrit et une jeune fille entra. Grande, mince et brune, elle avait des traits quelque peu garçonniers, mais infiniment séduisants, et des manières énergiques. C'était lady Eileen, la fille aînée de lord Caterham, mieux connue sous le sobriquet de Bundle-la-boulotte bien qu'elle fût d'une sveltesse spectaculaire. Après un petit signe de tête en direction des personnes présentes, elle s'adressa directement à son père :

— Ça y est, je l'ai eu ! annonça-t-elle.

Pendant un instant, l'inspecteur crut qu'elle avait pris le

meurtrier la main dans le sac, mais il comprit très vite qu'il s'agissait de tout autre chose.

Lord Caterham poussa un soupir de soulagement.

— Bravo. Qu'est-ce qu'il a dit?

— Il arrive ventre à terre. Nous devons faire preuve de « la plus grande discrétion ».

Son père poussa un grognement d'exaspération :

— Je me doutais bien que George Lomax se gargariserait d'une stupidité de ce genre ! Quoi qu'il en soit, dès qu'il sera là, je me laverai les mains de toute cette affaire.

Il sembla se rasséréner quelque peu à cette idée.

— Ainsi, la personne qui a été tuée est le comte Stanislas? s'enquit le médecin.

Le père et la fille échangèrent un rapide coup d'œil, et lord Caterham déclara avec dignité :

— Certainement. Je viens de vous le dire.

— Je me permets de vous reposer la question car vous ne sembliez pas sûr de votre réponse, expliqua Cartwright.

Un éclair malicieux brillait dans ses yeux, et lord Caterham le toisa d'un air réprobateur.

— Suivez-moi dans la Salle du Conseil, dit-il un peu sèchement.

Ils lui emboîtèrent le pas. L'inspecteur fermait la marche, lançant des regards fureteurs tout autour de lui à mesure qu'ils avançaient, comme s'il allait trouver des indices dans l'encadrement d'un tableau ou derrière une porte.

Sortant une clé de sa poche, lord Caterham ouvrit une porte à la volée. Dans une grande pièce lambrissée de chêne, avec trois portes-fenêtres donnant sur une terrasse, il y avait une longue table et de nombreux coffres en chêne, ainsi que quelques magnifiques fauteuils anciens. Sur le mur, étaient accrochés les portraits de tous les Caterham, morts ou vivants.

Près du mur de gauche, à mi-chemin entre la porte et la fenêtre, un homme gisait sur le dos, les bras en croix.

Le Dr Cartwright s'agenouilla près du corps. L'inspecteur s'approcha des portes-fenêtres, qu'il examina une à une. Celle du milieu était fermée, mais le loquet n'était pas tiré. Sur la terrasse, on pouvait voir des traces de pas en direction de la fenêtre, puis d'autres qui s'en éloignaient.

— Cela me paraît tout à fait clair, dit l'inspecteur en

hochant la tête. Mais il devrait aussi y avoir des empreintes à l'intérieur. On devrait les voir sur le parquet.

— Je crois pouvoir vous expliquer cela, intervint Bundle. La femme de chambre avait déjà ciré le parquet ce matin avant de découvrir le cadavre. Il faisait sombre lorsqu'elle est entrée. Elle est allée directement tirer les rideaux et a commencé à nettoyer par terre sans voir le corps qui se trouve caché par la table. Elle ne l'a remarqué qu'en arrivant à sa hauteur.

L'inspecteur acquiesça de nouveau.

— Eh bien, je vous laisse, inspecteur, dit lord Caterham, pressé de s'échapper. Vous me trouverez dans la maison si vous avez besoin de me parler. Mais Mr George Lomax arrivera bientôt de Wyvern Abbey, et il vous en dira plus que je ne saurais le faire. En vérité, c'est lui qui est le plus concerné par cette affaire. Je ne peux pas vous en expliquer davantage, mais croyez qu'il le fera dès son arrivée.

Sans attendre de réponse, le marquis battit précipitamment en retraite.

— Lomax exagère ! gémit-il. M'impliquer dans une affaire pareille ! Qu'y a-t-il, Tredwell ?

Le majordome aux cheveux blancs s'était respectueusement approché en silence.

— J'ai pris la liberté d'avancer l'heure du petit déjeuner de Sa Seigneurie. Tout est prêt.

— Je ne pourrai rien avaler, dit lord Caterham d'un air sombre, en se dirigeant malgré tout vers la salle à manger. Rien du tout.

Bundle le prit par le bras et ils entrèrent ensemble dans la grande pièce. Une demi-douzaine de lourds plats d'argent étaient installés sur une desserte et gardés ingénieusement au chaud grâce au système adéquat.

Lord Caterham souleva un à un les couvercles en cloche :

— Omelette, œufs au bacon, rognons, caille grillée, haddock, jambon, faisan froid. Rien de cela ne me tente, Tredwell. Voulez-vous demander au cuisinier de me préparer un œuf poché ?

— Très bien, Votre Seigneurie.

Tredwell se retira. Lord Caterham, l'air absent, se servit abondamment de rognons et de bacon, se versa une tasse de café et s'assit au bout de la longue table. Bundle avait déjà entamé une assiette d'œufs au bacon.

— Je crève de faim ! déclara-t-elle la bouche pleine. Ça doit être l'émotion.

— Eh bien tu as de la chance, se plaignit son père. Vous autres jeunes gens aimez les émotions fortes. Mais je suis de santé délicate. Le Dr Willis m'a recommandé d'éviter les tracas. C'est facile, pour lui, confortablement installé dans son luxueux cabinet de Harley Street, de me conseiller le calme. Comment pourrais-je rester serein alors que Lomax me met une telle affaire sur les bras ? J'aurais dû refuser fermement dès le début. J'aurais dû être intransigeant.

Tout en secouant la tête, lord Caterham se leva et se servit une pleine assiette de jambon.

— Codders-le-clown n'a pas lésiné, cette fois, observa gaiement Bundle. Il était d'une totale incohérence lorsque je l'ai eu au téléphone. Il sera là d'un instant à l'autre, à bafouiller force conseils de discrétion et de silence.

Cette perspective fit grimacer lord Caterham.

— Était-il réveillé ? demanda-t-il.

— Il a déclaré qu'il était debout, occupé à dicter des lettres et des notes, depuis 7 heures ce matin.

— Et il en est fier ! remarqua son père. Ces hommes politiques sont d'un égoïsme extraordinaire. Ils obligent leurs malheureuses secrétaires à se lever à des heures indues pour leur dicter des idioties. Si l'on votait une loi pour les obliger à rester au lit jusqu'à 11 heures, la nation s'en trouverait fort soulagée ! Tout cela m'ennuierait moins s'ils ne disaient pas tant de sottises. Lomax me rebat les oreilles avec ma « position ». Comme si j'avais une position ! Qui voudrait être marquis, de nos jours ?

— Personne, répondit Bundle. On est beaucoup plus tranquille comme propriétaire d'un petit débit de boisson prospère.

Tredwell réapparut en silence, portant deux œufs pochés sur un petit plat d'argent qu'il posa devant lord Caterham.

— Qu'est-ce que c'est que cela, Tredwell ? fit-il en les regardant avec dégoût.

— Des œufs pochés, milord.

— J'ai horreur des œufs pochés, dit lord Caterham d'un air maussade. C'est parfaitement insipide. Leur simple vue me répugne. Enlevez-les d'ici, voulez-vous, Tredwell.

— Très bien, milord.

Le majordome se retira avec ses œufs pochés, aussi silencieusement qu'il était entré.

— Dieu merci, personne n'est matinal, dans cette maison, remarqua lord Caterham. Il sera toujours assez tôt pour leur annoncer la nouvelle, ajouta-t-il avec un soupir.

— Je me demande qui l'a tué, dit Bundle, et pourquoi.

— Dieu soit loué, ce meurtre ne nous concerne pas, ma Boulotte ! C'est à la police de faire son métier. Mais je serais surpris que Badgworthy découvre quoi que ce soit. Quant à moi, j'aimerais bien que le coupable soit ce Machinstein.

— C'est-à-dire ?

— Le représentant du Syndicat panbritannique.

— Pourquoi Mr Isaacstein voudrait-il tuer un homme qu'il est venu expressément rencontrer ?

— La haute finance, dit lord Caterham d'un air vague. Tiens ! cela me fait penser à une chose : je ne serais pas autrement surpris si Isaacstein se levait tôt. Il est capable d'apparaître ici d'une minute à l'autre. Riches ou pauvres, ces gens qui travaillent dans la City ont tous l'habitude de prendre le train de 9 h 17.

Par la fenêtre ouverte on entendit une voiture arriver à vive allure.

— Codders-le-clown ! s'exclama Bundle.

Le père et la fille se penchèrent par la fenêtre et saluèrent l'occupant de la voiture tandis qu'elle s'arrêtait devant le perron.

— Par ici, mon cher ami, par ici ! s'écria lord Caterham en avalant à la hâte une bouchée de jambon.

George n'avait nulle intention d'enjamber la fenêtre. Aussi réapparut-il à la porte, annoncé par Tredwell.

— Asseyez-vous, mon cher, dit lord Caterham en lui serrant la main. Voulez-vous des rognons ?

— C'est un malheur épouvantable, épouvantable ! déclara George impatiemment en écartant l'idée des rognons.

— Assurément. Un peu de haddock ?

— Non, non. Il faut absolument garder cette affaire secrète, vous m'entendez ? À tout prix !

Comme l'avait prédit Bundle, George commençait à bafouiller.

— Je comprends ce que vous ressentez, dit lord Caterham

avec compassion. Prenez donc des œufs au bacon, ou du haddock.

— C'est un imprévu abominable, une catastrophe nationale. Les concessions...

— Allons, calmez-vous, dit lord Caterham. Et mangez quelque chose. Il faut vous restaurer et vous verrez la situation d'un autre œil. Que diriez-vous d'œufs pochés ? Il y en avait pas plus tard que tout à l'heure.

— Je ne veux rien, dit George. J'ai déjà pris mon petit déjeuner et, même si j'avais l'estomac vide, je ne pourrais rien avaler. Nous devons réfléchir à la situation. Personne n'est encore au courant ?

— Personne, à part Bundle et moi-même. Et la police locale. Et Cartwright. Et naturellement tous les domestiques.

George poussa un gémissement.

— Reprenez-vous, mon cher, dit lord Caterham gentiment. Vous devriez malgré tout manger quelque chose. Vous ne semblez pas comprendre que l'on ne peut pas dissimuler un cadavre. Il faut bien qu'il soit enterré, que l'on prévienne ses proches... C'est bien regrettable, mais c'est ainsi.

George reprit soudain son calme :

— Vous avez raison, Caterham. Vous dites que vous avez appelé la police locale ? Cela ne suffira pas. Il nous faut Battle.

— Battle ?

— Le superintendant Battle, de Scotland Yard. Un homme d'une discrétion absolue. Il a travaillé avec nous lors de cette déplorable affaire des fonds du parti.

— Quelle était donc cette affaire ? demanda lord Caterham avec intérêt.

Mais les yeux de George s'étaient posés sur Bundle qui s'asseyait sur le rebord de la fenêtre et, se rappelant juste à temps qu'il fallait faire preuve d'une totale discrétion, il se leva.

— Ne perdons pas de temps. Je dois envoyer des télégrammes immédiatement.

— Si vous voulez, vous pouvez les rédiger ici, et Bundle les transmettra par téléphone.

George sortit un stylo et se mit à écrire à une vitesse impressionnante. Il tendit la première feuille à Bundle, qui la lut avec un vif intérêt.

— Diable ! Quel drôle de nom ! remarqua-t-elle. Baron Lolo quoi ?

— Baron Lolopretjzyl.

Elle battit des paupières :

— J'ai bien peur que quelques lettres n'échappent à l'employé des postes !

George continua à écrire. Il tendit enfin le fruit de son travail à Bundle et, s'adressant au maître de maison :

— En ce qui vous concerne, Caterham, la meilleure chose à faire...

— Oui ? dit lord Caterham avec appréhension.

— C'est de tout remettre entre mes mains.

— Assurément, s'empressa-t-il d'approuver. C'est tout à fait ce que je pensais. Vous trouverez la police et le Dr Cartwright dans la Salle du Conseil. Avec le... hum !... avec le corps. Mon cher Lomax, je mets Chimneys à votre entière disposition. Faites comme bon vous semblera.

— Merci, dit George. Si j'avais besoin de vous voir...

Mais lord Caterham s'était déjà éclipsé par la porte de derrière. Bundle avait assisté à sa retraite avec un sourire.

— J'envoie ces télégrammes sur-le-champ, dit-elle. Saurez-vous trouver la Salle du Conseil ?

— Oui, merci, lady Eileen.

Et George quitta précipitamment la pièce.

## 11

## Le superintendant Battle entre en scène

Lord Caterham redoutait tellement une convocation de George qu'il passa la matinée entière à faire le tour de ses propriétés. Des tiraillements d'estomac eurent enfin raison de sa désertion, et il se résigna à rentrer. D'ailleurs, se disait-il, le pire devait être passé, maintenant.

Il se faufila dans la maison par une porte dérobée et se glissa habilement dans sa retraite favorite, se félicitant d'être passé inaperçu. Mais il se trompait. Il n'avait pas échappé à l'œil vigilant de Tredwell, qui se présenta sur le seuil :

— Que Votre Seigneurie veuille bien m'excuser...

— Qu'y a-t-il, Tredwell ?

— Mr Lomax a demandé que milord le rejoigne dans la bibliothèque dès son retour.

Grâce à cette délicate formulation, Tredwell signifiait que Sa Seigneurie n'était pas encore rentrée, mais qu'elle pouvait décider de se manifester.

Avec un soupir, lord Caterham se leva :

— Puisqu'il me faudra le voir tôt ou tard, autant m'en débarrasser. Dans la bibliothèque, m'avez-vous dit ?

— Oui, milord.

Poussant un nouveau soupir, lord Caterham traversa les longs corridors de son ancestrale demeure et gagna la bibliothèque. Il entrouvrit la porte et le visage soupçonneux de George Lomax apparut devant lui. Mais son expression changea dès qu'il aperçut le maître de céans.

— Ah, Caterham ! Entrez. Nous commencions à nous demander ce que vous deveniez.

Murmurant quelques mots à propos de tâches pressantes à accomplir sur son domaine, lord Caterham se glissa dans la pièce d'un air contrit. Deux autres hommes étaient présents. L'un d'eux était le colonel Melrose, le chef de la police du comté. L'autre était un homme trapu d'une cinquantaine d'années, au visage si singulièrement dépourvu d'expression qu'il en devenait remarquable.

— Le superintendant Battle est arrivé il y a une demi-heure, expliqua George. Il a examiné les lieux avec Badgworthy et a rencontré le Dr Cartwright. Il aimerait maintenant s'entretenir avec vous.

Lord Caterham salua Melrose, fit un signe de tête au superintendant Battle, et les quatre hommes s'assirent.

— Ai-je besoin de vous préciser, Battle, dit George, qu'il s'agit d'une affaire dans laquelle nous devons faire preuve de la plus totale discrétion ?

Le superintendant hocha la tête avec une désinvolture qui réjouit lord Caterham.

— Pas de problème, Mr Lomax. Mais ne nous cachez rien. J'ai appris que le mort était le comte Stanislas. Ou, du moins, c'est sous ce nom qu'il était connu ici. Était-ce là son vrai nom ?

— Non.

— Quelle était sa véritable identité ?

— Son Altesse le prince Michael de Herzoslovaquie.

Une lueur d'étonnement passa dans les yeux de Battle, mais il n'eut pas d'autre réaction.

— Et, si je peux me permettre cette question, quel était l'objet de son séjour ici ? S'agissait-il simplement d'un week-end sans cérémonie ?

— Il y avait une autre raison, Battle. Tout ceci restant bien sûr tout à fait confidentiel.

— Mais oui, mais oui, Mr Lomax.

— Vous aussi, colonel Melrose ?

— Cela va de soi.

— Eh bien, le prince Michael était ici dans l'intention expresse de rencontrer Mr Herman Isaacstein. Un prêt devait lui être consenti selon certaines conditions.

— Quelles conditions ?

— J'ignore les détails exacts. En réalité, l'affaire n'était pas encore conclue. Mais au cas où il monterait sur le trône, le prince Michael s'était engagé à offrir certaines concessions pétrolières à des compagnies dans lesquelles Mr Isaacstein possède des intérêts. Le gouvernement britannique était prêt à soutenir le prince Michael en raison des sympathies que celui-ci ne cachait pas pour notre pays.

— Eh bien, déclara le superintendant Battle, je crois que cela me suffit. Le prince Michael voulait l'argent, Mr Isaacstein voulait le pétrole, et le gouvernement britannique était prêt à patronner tout cela. Une question : y avait-il d'autres prétendants à ces concessions ?

— Je crois qu'un groupement financier américain avait fait des propositions à Son Altesse.

— Sans succès, n'est-ce pas ?

Mais George ne se laissa pas entraîner dans le piège.

— Les sympathies du prince Michael étaient entièrement probritanniques, répéta-t-il.

Le superintendant Battle n'insista pas. Il se tourna vers le maître des lieux :

— Lord Caterham, si je ne m'abuse, voici ce qui s'est passé hier : vous avez retrouvé le prince Michael en ville et avez voyagé jusqu'ici en sa compagnie. Le prince était accompagné de son valet de pied, un Herzoslovaque nommé Boris Anchoukoff, mais son aide de camp, le capitaine Andrassy, est resté en ville. En arrivant, le prince s'est déclaré très fatigué et s'est retiré dans les appartements qui lui avaient été réservés. C'est là qu'il s'est fait servir à dîner, et il n'a rencontré aucun autre invité. Est-ce exact?

— Tout à fait exact.

— Ce matin, une femme de chambre a découvert le corps aux alentours de 7 h 45. Le Dr Cartwright a examiné le cadavre et en a déduit que la mort avait été causée par une balle de revolver. On n'a pas retrouvé d'arme, et personne dans la maison ne semble avoir entendu de détonation. D'autre part, la montre du mort a été fracassée dans sa chute et indique que le crime a été commis très exactement à 23 h 45. Lord Caterham, à quelle heure êtes-vous monté vous coucher hier soir?

— De bonne heure. Tout le monde était un peu fatigué et la soirée manquait d'entrain. Nous nous sommes retirés vers 10 heures et demie, je pense.

— Je vous remercie. Et maintenant, lord Caterham, je vous demanderai de me donner une description détaillée de tous les invités présents dans cette maison.

— Mais je croyais que l'assassin venait de l'extérieur?

Le superintendant Battle sourit:

— C'est probable en effet. Toutefois, je dois savoir qui était présent dans la maison. C'est la routine, voyez-vous.

— Eh bien, il y avait le prince Michael et son valet de chambre, et Mr Isaacstein. Ceux-là, vous les connaissez déjà. Ensuite, Mr Eversleigh...

— Qui travaille dans mon service, ajouta George d'un air condescendant.

— Connaissait-il la véritable raison de la présence en ces lieux du prince Michael?

— Non, je ne le pense pas, dit George en pesant ses mots. Il a certainement compris que quelque chose d'important se préparait, mais je n'ai pas jugé utile de le mettre dans la confidence.

— Je vois. Voulez-vous continuer, lord Caterham?

— Voyons... il y avait encore Mr Hiram Fish.

— Qui est Mr Hiram Fish?

— Mr Fish est américain. Il est venu avec une lettre de recommandation de la part de Mr Lucius Gott. Vous avez entendu parler de Lucius Gott?

Le superintendant Battle sourit. Qui n'avait pas entendu parler du multimillionnaire Lucius C. Gott ?

— Il était très désireux de voir mes éditions originales. La collection de Mr Gott est certes sans égale, mais je possède moi-même quelques pièces exceptionnelles. Ce Mr Fish est un grand amateur et s'est montré fort intéressé. Mr Lomax m'ayant suggéré d'inviter quelques personnes ce week-end pour faire plus naturel, j'en ai profité pour convier Mr Fish. Voilà pour les messieurs. Quant aux dames, il n'y a que Mrs Revel, accompagnée sans doute d'une femme de chambre. Puis, il y a ma fille aînée, et bien sûr les petits et leur gouvernante, ainsi que tous les domestiques.

Lord Caterham s'interrompit pour souffler.

— Je vous remercie, dit le superintendant. C'est une pure question de routine, mais nous devons en passer par là.

— Il ne fait aucun doute, je suppose, demanda George d'une voix solennelle, que le meurtrier est entré par la fenêtre ?

Battle marqua une pause prolongée avant de répondre lentement :

— Il y avait des traces de pas menant à la fenêtre et en repartant. Une voiture s'est arrêtée à l'entrée du parc hier soir à 23 h 40. À minuit, un jeune homme s'est présenté en voiture à l'auberge des *Joyeux Joueurs de Cricket* et a pris une chambre. Il a mis ses bottines devant la porte pour qu'on les cire. Elles étaient trempées et couvertes de boue, comme s'il avait marché dans l'herbe haute du parc.

George se pencha en avant :

— Ne pourrait-on pas comparer ces bottines aux empreintes ?

— On l'a fait.

— Alors ?

— Elles correspondent.

— Eh bien, l'affaire est réglée ! s'exclama George. Nous tenons notre coupable. Ce jeune homme... à propos, comment s'appelle-t-il ?

— À l'auberge, il a signé Anthony Cade.

— Il faut immédiatement rechercher et arrêter cet Anthony Cade.

— Ce ne sera pas la peine de lancer des poursuites, dit le superintendant Battle.

— Pourquoi cela ?
— Parce qu'il est encore là.
— Comment ?
— Curieux, n'est-ce pas ?
Le colonel Melrose lui lança un regard perçant.
— Que me cachez-vous, Battle ? Dites-moi tout.
— Je trouve simplement cela curieux, c'est tout. Voilà un jeune homme qui devrait s'enfuir et qui, au contraire, reste ici et nous laisse tranquillement comparer les empreintes de ses bottines.
— Qu'en pensez-vous, alors ?
— À vrai dire, je ne sais qu'en penser. Et cela me contrarie beaucoup.
— Croyez-vous..., commença le colonel Melrose.
Mais on frappa un coup discret à la porte et il s'interrompit.
George alla ouvrir. Tredwell, souffrant intérieurement d'avoir à frapper aux portes avec une telle discrétion, se tenait sur le seuil et s'adressa à son maître.
— Pardonnez-moi, milord, mais un monsieur souhaite vous entretenir d'une affaire urgente et importante, liée, semble-t-il, au drame de ce matin.
— Comment s'appelle-t-il ? demanda soudain Battle.
— Il a précisé que son nom ne dirait rien à personne : il s'appelle Anthony Cade.
Et pourtant, ce nom semblait dire bien des choses aux quatre hommes présents dans la salle. Tous se redressèrent en manifestant à des degrés divers leur stupéfaction.
Lord Caterham pouffa :
— Je commence vraiment à m'amuser ! Faites-le entrer, Tredwell. Faites-le entrer tout de suite.

## 12

## Le récit d'Anthony

— Mr Anthony Cade, annonça Tredwell.
— Le suspect du village, ajouta Anthony.

Devinant avec un remarquable instinct que lord Caterham était le maître de maison, il s'approcha de lui tout en répartissant mentalement les rôles entre les protagonistes de la scène : 1) Scotland Yard ; 2) dignitaire local, sans doute le chef de la police locale ; 3) monsieur harassé au bord de l'apoplexie, peut-être un membre du gouvernement.

— Je vous prie de m'excuser, poursuivit Anthony, en s'adressant toujours à lord Caterham, de m'imposer ainsi à vous. Mais des rumeurs ont couru au *Joyeux Corniaud*, ou au *Daim en folie*, je ne me souviens plus du nom de cette joyeuse auberge, selon lesquelles un meurtre a été commis ici ; j'ai pensé que je pourrais peut-être vous fournir des renseignements utiles.

Pendant quelques instants, personne ne souffla mot. Le superintendant Battle parce que c'était un homme d'expérience qui savait parfaitement qu'il valait mieux écouter que parler, le colonel Melrose parce qu'il était d'un naturel taciturne, George parce qu'il avait l'habitude qu'on lui fasse des rapports, et lord Caterham parce qu'il n'avait pas la moindre idée de ce qu'il pourrait dire. Toutefois, le silence des trois autres, ajouté au fait que l'on s'était adressé directement à lui, eut raison de son mutisme :

— Hum !... eh bien... eh bien, bégaya-t-il d'un ton qui trahissait sa nervosité. Voulez-vous... hum ! voulez-vous vous asseoir ?

— Merci, dit Anthony.

George s'éclaircit la gorge et s'enquit d'un air pompeux :

— Hum !... qu'entendez-vous par des renseignements utiles ?

— Voilà : je me suis introduit hier soir, sans autorisation, dans la propriété de lord Caterham — j'espère qu'il me pardonnera ce délit — aux alentours de 23 h 45, et j'ai entendu la détonation. Je peux, si cela vous intéresse, vous informer de l'heure exacte du crime.

Il regarda les trois hommes tour à tour ; ses yeux s'arrêtèrent sur le superintendant Battle, dont il parut apprécier la physionomie impassible.

— Mais je ne pense pas vous apprendre là quoi que ce soit, ajouta-t-il doucement.

— Ce qui veut dire, Mr Cade ? demanda Battle.

— Simplement ceci : en me levant ce matin, j'ai enfilé mes

chaussures. Plus tard, lorsque j'ai demandé mes bottines, on n'a pas pu me les donner. Un jeune et aimable policier était venu les chercher. J'ai donc deviné ce qui avait dû se passer et suis venu me présenter sans plus attendre pour essayer, si possible, de me disculper.

— C'est une démarche très raisonnable, dit Battle sans se départir de son air neutre.

Les yeux d'Anthony brillèrent.

— J'apprécie votre réserve, inspecteur. Vous êtes bien inspecteur, n'est-ce pas ?

Lord Caterham s'interposa. Il commençait à bien aimer cet Anthony Cade.

— Superintendant Battle, de Scotland Yard. Et voici le colonel Melrose, le chef de notre police locale, et Mr Lomax.

Anthony lança un regard à George.

— Mr George Lomax ?

— Oui.

— Je crois, Mr Lomax, avoir eu l'honneur de recevoir hier une lettre de vous.

George le contempla fixement.

— Cela m'étonnerait, dit-il froidement.

Mais il aurait bien aimé que miss Oscar soit là pour l'en assurer. C'était elle qui s'occupait de tout son courrier, qui savait ce que l'on écrivait et à qui. Un grand homme comme George Lomax ne pouvait bien évidemment pas se souvenir de tous ces détails fastidieux.

— Il me semble, Mr Cade, ajouta-t-il, que vous alliez nous donner des... hum !... des explications quant à votre présence ici hier soir à 23 h 45.

D'après le ton de sa voix, Anthony comprit : « et quels que soient vos arguments, nous ne sommes aucunement disposés à vous croire ».

— Oui, Mr Cade, que faisiez-vous donc ? s'enquit lord Caterham avec le plus vif intérêt.

— Je crains, dit Anthony, que ce ne soit une histoire un peu longue. (Il sortit un étui à cigarettes.) Vous permettez ?

Lord Caterham hocha la tête et Anthony alluma une cigarette, puis il se prépara à l'épreuve qui l'attendait.

Il était parfaitement conscient du danger qu'il courait. En l'espace de vingt-quatre heures, il s'était trouvé mêlé à deux crimes. Et le rôle qu'il avait joué dans le premier ne contribuerait certes pas à l'innocenter. Après s'être débarrassé d'un cadavre, entravant de ce fait l'action de la justice, il était arrivé sur les lieux du second crime au moment précis où celui-ci était perpétré. Pour un jeune homme qui recherchait les ennuis, il aurait difficilement pu faire mieux !

« Comparée à notre bonne vieille Angleterre, l'Amérique du Sud, pensa-t-il, n'est plus à la hauteur ! »

Il avait déjà décidé de ce qu'il allait dire : la vérité — mais avec une petite modification et une grave omission.

— L'histoire commence, déclara Anthony, il y a environ trois semaines, à Bulawayo. Mr Lomax n'ignore rien de cet avant-poste de l'Empire britannique : « Que savons-nous de l'Angleterre qui la rend unique au monde... », j'en passe et des meilleures. Mais mon propos n'est pas de répéter ici l'un de ses discours. À Bulawayo, j'ai rencontré un vieil ami à moi, un certain Mr James McGrath.

Il prononça ce nom lentement, l'œil rivé sur George. Ce dernier bondit sur son siège et réprima difficilement une exclamation.

— Le résultat de notre rencontre fut le suivant : préférant rester en Afrique, Mr McGrath m'a chargé de me rendre en Angleterre et de m'acquitter d'une petite mission de sa part. La traversée ayant été réservée à son nom, j'ai voyagé sous l'identité de James McGrath. J'ignore si ce délit est grave. Le superintendant Battle pourra me le dire et m'arrêter si nécessaire sous l'inculpation que je mérite.

— Si vous le voulez bien, monsieur, poursuivez avant tout votre récit, dit Battle, un léger pétillement dans les yeux.

— En arrivant à Londres, je suis descendu au *Blitz*, toujours sous le nom de James McGrath. J'étais chargé de remettre certain manuscrit à une maison d'édition. Presque immédiatement, j'ai reçu les délégations de deux partis politiques d'un royaume étranger. Les méthodes des uns ont été strictement correctes, à la différence de celles des autres. J'ai donc traité chacun des deux groupes en conséquence. Pourtant mes ennuis ne faisaient que commencer. Cette nuit-là, l'un des serveurs de l'hôtel s'est introduit dans ma chambre et a essayé de me cambrioler.

— Ceci n'a pas été rapporté à la police, que je sache ? demanda le superintendant.

— Vous avez raison. Nous n'avons pas alerté la police, car,

voyez-vous, rien n'a été dérobé. Mais j'ai raconté l'incident au gérant de l'hôtel, qui vous confirmera mon récit et vous dira que l'homme en question s'est enfui au milieu de la nuit. Le lendemain, les éditeurs m'ont téléphoné et m'ont proposé de m'envoyer à l'hôtel un émissaire pour que je lui remette le manuscrit. J'ai accepté, et tout s'est déroulé sans aucun problème le lendemain matin. Depuis, je n'en ai plus entendu parler. Je suppose que le manuscrit est maintenant en sécurité entre leurs mains. Hier, alors que je vivais toujours sous l'identité de James McGrath, une lettre de Mr Lomax m'a été remise.

Anthony s'interrompit. Il commençait à franchement s'amuser. George s'agita sur son siège, l'air mal à l'aise.

— Je me souviens, murmura-t-il. J'ai une telle correspondance !... Et puis le nom n'étant pas le même, comment aurais-je pu savoir ? En outre, reprit-il d'une voix plus assurée, sûr de sa moralité irréprochable, j'ajouterai que je trouve cette histoire de fausse identité tout à fait incorrecte. Il ne fait absolument aucun doute que vous encourez une grave sanction juridique.

— Dans cette lettre, poursuivit Anthony d'une voix impassible, Mr Lomax émettait diverses suggestions concernant le manuscrit dont j'avais la charge. Et il me transmettait, de la part de lord Caterham, une invitation pour le week-end à Chimneys.

— Enchanté de vous voir, mon cher ami, hasarda le marquis. Mieux vaut tard que jamais, n'est-il pas vrai ?

George fronça les sourcils en regardant lord Caterham. Le superintendant Battle, quant à lui, continuait d'observer Anthony d'un œil imperturbable.

— Est-ce cela qui justifie votre présence ici la nuit dernière, monsieur ? demanda-t-il.

— Certainement pas ! se récria Anthony. Lorsqu'on m'invite à la campagne, je n'ai pas l'habitude d'escalader le mur au milieu de la nuit, de traverser le parc dans le noir et d'essayer d'ouvrir les fenêtres du rez-de-chaussée. J'arrive par la grande porte, je sonne et j'essuie mes pieds sur le paillasson. Si vous le voulez bien, je vais poursuivre mon récit. J'ai répondu à la lettre de Mr Lomax en lui expliquant que le manuscrit n'était plus en ma possession et qu'en conséquence, je me trouvais au regret de décliner l'aimable invitation de lord Caterham. J'ai signé : Jimmy McGrath. Mais, après coup, je me suis souvenu d'une chose que j'avais oubliée. (Il prit un temps. À ce stade du récit, il allait commencer à marcher sur des œufs.) Je dois vous dire que la nuit précédente, en luttant avec le serveur de l'hôtel, Giuseppe, je lui avais arraché des mains un morceau de papier sur lequel étaient griffonnés quelques mots. Cela ne m'a pas paru significatif sur le moment mais, en entendant parler de Chimneys, j'ai fait le rapprochement. J'ai ressorti ce morceau de papier et je l'ai relu. Le voici, messieurs, voyez vous-mêmes : *Chimneys 23 h 45 jeudi.*

Battle examina attentivement le papier.

— Bien sûr, poursuivit Anthony, le nom de Chimneys n'a peut-être rien à voir avec cette maison. Mais on ne sait jamais. Et, ce Giuseppe étant indéniablement un voleur, j'ai décidé de venir ici prendre une chambre à l'auberge et prévenir lord Caterham qu'on avait sans doute l'intention de le cambrioler au cours du week-end.

— C'est bien, dit lord Caterham d'un ton d'encouragement, c'est très bien.

— Il était tard lorsque je suis arrivé, presque minuit moins le quart. Je n'avais guère de temps devant moi, aussi ai-je escaladé le mur de la propriété et traversé le parc. En arrivant à la terrasse, j'ai constaté que la maison était silencieuse et qu'aucune lumière ne brillait. Je repartais lorsque j'ai entendu une détonation. Il m'a semblé qu'elle émanait de l'intérieur de la maison et je suis revenu en courant sur mes pas. J'ai essayé d'ouvrir les portes-fenêtres, mais elles étaient fermées. Aucun bruit ne venait plus de l'intérieur. J'ai attendu un instant, mais le silence continuait à régner. Alors j'ai pensé que j'avais dû me tromper. Il devait s'agir d'un braconnier. Cette conclusion, compte tenu des circonstances, s'est tout naturellement imposée à mon esprit.

— C'est tout naturel, en effet, fit Battle, toujours impassible.

— Je suis allé à l'auberge, où j'ai passé la nuit, comme je vous l'ai dit. Et ce matin, voilà que tout le monde ne parlait que de l'assassinat. J'ai tout de suite compris que je devenais le suspect numéro 1, et je suis venu vous raconter mon histoire en espérant qu'on n'allait pas me passer les menottes sur-le-champ.

Il y eut une pause. Le colonel Melrose jeta un regard en biais vers le superintendant Battle.

— Il me semble que cette histoire est claire, dit-il.

— Oui, acquiesça Battle. Je ne pense pas que nous sortirons les menottes ce matin.

— Avez-vous des questions à poser, Battle ?

— Il y a une chose que j'aimerais savoir. Qu'était donc ce manuscrit ?

Il regarda George, qui répondit d'un ton légèrement réticent :

— Les Mémoires de feu le comte Stylptitch. Voyez-vous...

— Inutile de m'en dire davantage, coupa Battle. Je comprends parfaitement. (Il se tourna vers Anthony :) Savez-vous qui a été tué, Mr Cade ?

— Au *Guilleret Chien d'arrêt*, on a parlé d'un certain comte Stanislas, je crois.

— Dites-le-lui, fit Battle brièvement en se tournant vers George Lomax.

De toute évidence, George n'en avait aucune envie, mais il déclara :

— Ce monsieur, qui séjournait à Chimneys incognito sous le nom de comte Stanislas, était en réalité Son Altesse le prince Michael de Herzoslovaquie.

Anthony laissa échapper un petit sifflement :

— Bigre ! La situation devient diablement délicate.

Le superintendant Battle, qui avait scruté le visage d'Anthony, poussa un bref grognement de satisfaction et se leva.

— Je voudrais poser une ou deux questions à Mr Cade, annonça-t-il. Puis-je l'emmener dans la Salle du Conseil ?

— Faites ! faites ! dit lord Caterham. Emmenez-le où bon vous semblera.

Anthony et le détective sortirent.

On avait enlevé le cadavre de la scène du crime. Seule une tache sombre sur le sol, marquant l'emplacement du corps, rappelait le drame. Le soleil inondait la pièce et rehaussait les teintes douces des vieilles boiseries. Anthony jeta un regard circulaire et déclara d'un ton approbateur :

— Magnifique. Rien de tel que notre bonne vieille Angleterre, vous ne trouvez pas ?

— Avez-vous pensé tout de suite que la détonation venait de

cette pièce? demanda le superintendant sans répondre à Anthony.

— Voyons... (Anthony ouvrit la fenêtre, sortit sur la terrasse et contempla la maison.) Oui, c'était bien là. Cette pièce occupe tout l'angle du château. Si le coup avait été tiré d'un autre endroit, j'aurais eu l'impression qu'il venait de la gauche, or, je suis certain qu'il a été tiré derrière moi, ou peut-être à droite. C'est pourquoi j'ai cru à des braconniers. Cette pièce occupe toute l'extrémité de l'aile, me semble-t-il.

Il revint vers le seuil et demanda soudain, comme si l'idée venait seulement de lui effleurer l'esprit :

— Mais pourquoi cette question? Il a été tué ici, non?

— Ah! fit le superintendant. Nous n'en savons jamais autant que nous le voudrions. Mais, en effet, il a été tué ici. Vous dites avoir essayé d'ouvrir les portes-fenêtres?

— Oui. Elles étaient fermées de l'intérieur.

— Combien de fenêtres avez-vous essayé d'ouvrir?

— Toutes les trois.

— En êtes-vous certain, monsieur?

— Je suis toujours certain de ce que j'avance, inspecteur. Pourquoi cela?

— C'est étrange... dit le superintendant.

— Qu'est-ce qui est étrange?

— Lorsqu'on a découvert le corps ce matin, la porte-fenêtre du milieu était ouverte. Elle n'était pas verrouillée, veux-je dire.

— Tiens, tiens! s'exclama Anthony en s'asseyant dans un fauteuil près de la fenêtre. (Il sortit son étui à cigarettes.) Voilà qui est intéressant, cela donne à l'affaire un aspect tout à fait nouveau. Nous avons maintenant deux solutions. Soit le prince a été tué par quelqu'un qui se trouvait dans la maison, et qui aura enlevé le loquet de la porte-fenêtre après mon départ pour faire croire à l'œuvre d'un intrus — et je suis un intrus tout trouvé —, soit, n'y allons pas par quatre chemins, je vous ai menti. À mon avis, vous penchez pour la deuxième solution, mais je vous donne ma parole d'honneur que je n'ai pas tué cet homme.

— Personne ne quittera Chimneys tant que je n'en aurai pas fini avec cette affaire, vous pouvez en être sûr, déclara le superintendant Battle d'un air déterminé.

Anthony l'observa avec insistance :

— Depuis quand soupçonnez-vous que le criminel pourrait être quelqu'un de la maison ? demanda-t-il.

— J'en ai la vague impression depuis le début, répondit Battle en souriant. Votre piste était un peu trop... flagrante, dirais-je. Dès que vos bottines ont correspondu aux empreintes que nous avions relevées, j'ai commencé à soupçonner autre chose.

— Je ne peux que féliciter Scotland Yard, dit Anthony d'un ton léger.

Mais à cet instant, alors même que Battle semblait apparemment lui faire confiance, Anthony éprouva plus que jamais le besoin de se tenir sur ses gardes. Le superintendant était un policier intelligent et astucieux. Mieux valait ne pas commettre d'impair tant qu'il était à proximité.

— C'est là que cela s'est passé, je suppose, dit Anthony avec un signe de tête du côté de la tache sombre.

— Oui.

— Avec quoi a-t-il été tué ? Un revolver ?

— Oui, mais nous serons définitivement fixés lorsqu'on aura extrait la balle, après l'autopsie.

— On ne l'a donc pas retrouvée ?

— Non.

— Aucun indice ?

— Ceci.

Tel un prestidigitateur, le superintendant Battle lui tendit un morceau de papier, tout en observant à la dérobée la réaction d'Anthony. Mais ce dernier reconnut sans ciller le signe qui y était inscrit.

— Tiens ! Revoilà les Camarades de la Main Rouge ! S'ils commencent à distribuer ce genre de message à tous les vents, ils feraient mieux d'en faire une lithographie. Ce doit être terriblement fastidieux de reproduire ce dessin à la main ! Où l'a-t-on trouvé ?

— Sous le corps. Vous avez donc déjà vu un tel papier, monsieur ?

Anthony lui raconta sa brève rencontre avec cette étonnante association.

— C'est ainsi que les Camarades signent leurs méfaits, conclut-il.

— Croyez-vous vraisemblable, monsieur, qu'ils aient assassiné le prince ?

— Eh bien, cela serait assez conforme aux idées qu'ils prônent, mais j'ai toujours pensé que ceux qui parlent le plus de sang ne l'ont en fait jamais versé. D'ailleurs, je ne crois guère les Camarades capables d'un tel forfait. Ce sont des gens fort peu discrets ! Je ne les imagine pas se déguisant en invités dans une demeure comme celle-ci. Mais on ne sait jamais...

— Très juste, Mr Cade, on ne sait jamais.

Anthony eut soudain l'air amusé :

— Je crois comprendre, maintenant ! La fenêtre ouverte, les traces de pas, l'inconnu suspect à l'auberge du village. Mais je vous assure, mon cher superintendant, quelle que soit mon identité, que je ne suis pas l'émissaire local de la Main Rouge.

Le superintendant Battle eut un petit sourire. Puis, il abattit sa dernière carte :

— Auriez-vous une objection à voir le cadavre ? lança-t-il à brûle-pourpoint.

— Aucune, dit Anthony.

Battle sortit une clé de sa poche et précédant Anthony dans le couloir, il s'arrêta devant une porte, qu'il ouvrit. C'était un petit salon. Le corps était allongé sur une table, recouvert d'un drap.

Le superintendant Battle attendit qu'Anthony soit près de lui et souleva brusquement le drap. Une vive curiosité éclaira son visage devant l'exclamation étouffée et le sursaut d'Anthony.

— Ainsi, vous le reconnaissez bel et bien, Mr Cade ? dit-il d'une voix non dénuée d'une certaine fierté.

— En effet, je l'ai déjà vu, répondit Anthony en recouvrant ses esprits. Mais il ne s'était pas présenté comme étant le prince Michael Obolovitch. Il prétendait venir de la part des éditions Balderson & Hodgkins et s'appeler Mr Holmes.

## 13

## Le visiteur américain

Le superintendant Battle replaça le drap sur le corps avec l'air quelque peu déconfit de celui dont la carte maîtresse vient d'être contrée. Anthony, debout, les mains dans les poches, restait perdu dans ses pensées.

— Ainsi, c'est cela que voulait dire le vieux baron Lolo quand il parlait « d'autres moyens », murmura-t-il enfin.

— Je vous demande pardon, Mr Cade ?

— Rien, superintendant. Je réfléchissais à voix haute. C'est que je viens, ou plutôt mon ami Jimmy McGrath, vient manifestement de rater l'occasion de gagner mille livres.

— Mille livres ! C'est une jolie somme.

— Ce n'est pas tant pour les mille livres, dit Anthony, bien que ce soit effectivement là une belle somme. Mais c'est de m'être laissé refaire qui me met en rage. J'ai lâché le manuscrit comme le dernier des débutants. Je suis ulcéré, superintendant, ulcéré.

Le policier ne dit rien.

— Enfin, rien ne sert de se lamenter, reprit Anthony. Tout n'est peut-être pas encore perdu. Il me reste jusqu'à mercredi prochain pour remettre la main sur les souvenirs de ce cher vieux Stylptitch et tout rentrera dans l'ordre.

— Voudriez-vous revenir dans la Salle du Conseil, Mr Cade ? demanda Battle. Il y a une petite chose que je voudrais vous montrer.

Une fois de retour dans la grande pièce lambrissée, le détective se dirigea immédiatement vers la porte-fenêtre du milieu.

— Dites-moi, Mr Cade, cette porte-fenêtre est très difficile à ouvrir. Vous avez pu vous tromper hier soir en la croyant fermée. Elle aurait pu être simplement... coinçée ? Je suis convaincu, oui, je suis presque convaincu que vous vous êtes trompé.

Anthony lui lança un regard pénétrant :

— Et si je vous disais que je suis certain du contraire ?

— Vous n'auriez pas pu vous tromper ? répéta Battle sans le quitter des yeux.

— Eh bien, pour vous faire plaisir, superintendant, je vous dirai qu'une erreur est toujours possible.

Battle eut un sourire satisfait :

— Vous comprenez vite, Mr Cade. Et vous voudrez bien le déclarer d'un ton détaché au moment opportun ?

— Certainement. Je...

Il s'interrompit : Battle lui avait saisi le bras et se penchait en avant en tendant l'oreille. D'un geste, il fit signe à Anthony de garder le silence et il marcha sur la pointe des pieds jusqu'à la porte, qu'il ouvrit brusquement.

Sur le seuil, se tenait un long individu aux cheveux noirs soigneusement séparés par une raie au milieu, aux yeux bleus parfaitement innocents dans un visage rond et placide.

— Je vous prie de m'excuser, messieurs, dit-il d'une voix traînante à l'accent américain prononcé. Me serait-il possible d'inspecter les lieux du crime ? Je suppose que vous êtes de Scotland Yard ?

— Je n'ai pas cet honneur, dit Anthony. Mais voici le superintendant Battle, qui est en effet de Scotland Yard.

— Vraiment ? dit l'Américain, vivement intéressé. Je suis enchanté de faire votre connaissance, monsieur. Je me présente : Hiram P. Fish, de New York.

— Et que désiriez-vous voir, Mr Fish ? demanda l'homme du Yard.

L'Américain entra dans la pièce et observa avec intérêt la tache sombre sur le sol.

— Je m'intéresse beaucoup à la criminologie, Mr Battle. C'est l'un de mes passe-temps favoris. J'ai rédigé une monographie dans l'une de nos revues hebdomadaires, intitulée « La dégénérescence et le criminel ».

Tout en parlant, il parcourait lentement la salle des yeux, semblant passer en revue les moindres détails. Son regard s'arrêta quelques instants sur la porte-fenêtre.

— Le corps, dit le superintendant Battle, a été enlevé.

— Naturellement, dit Mr Fish. (Ses yeux se posèrent sur les boiseries.) Il y a ici de remarquables tableaux, messieurs. Un Holbein, deux Van Dyck et, si je ne m'abuse, un Vélasquez. Je suis grand amateur de peinture et d'éditions originales. C'est d'ailleurs pour me montrer sa collection d'originaux que lord Caterham a eu la bonté de m'inviter ici. (Il poussa un léger soupir.) Hélas ! nous allons devoir y renoncer, je suppose. Il serait sans doute plus décent que les invités aient la courtoisie de rentrer en ville immédiatement ?

— Je crains que cela ne soit impossible, monsieur, dit le superintendant Battle. Personne ne doit quitter la maison tant que l'enquête par-devant jury ne sera pas close.

— Vraiment ? Et quand doit-elle avoir lieu ?

— Peut-être demain, peut-être seulement lundi. Nous devons nous occuper de l'autopsie et consulter le coroner.

— Je comprends, dit Mr Fish. Toutefois, compte tenu des circonstances, le week-end risque d'être un peu triste.

Battle se dirigea vers la porte.

— Partons, dit-il. Cette pièce doit encore rester fermée à clé.

Il attendit que les deux hommes sortent, puis ferma la porte et mit la clé dans sa poche.

— Je présume que vous recherchez les empreintes digitales, dit Mr Fish.

— Peut-être, répondit le superintendant, laconique.

— J'ajouterai qu'avec le temps humide d'hier, un intrus aurait dû laisser des traces sur le sol.

— Il n'y en a aucune à l'intérieur, mais beaucoup dehors.

— Les miennes, expliqua gaiement Anthony.

Mr Fish le dévisagea de ses yeux candides :

— Jeune homme, vous me surprenez.

Ils atteignirent le grand vestibule lui aussi lambrissé de vieux chêne, que surplombait une majestueuse galerie. Deux autres personnes apparurent à l'extrémité opposée.

— Ah ! dit Mr Fish, voici notre jovial marquis.

Lord Caterham n'avait rien de jovial, et Anthony dut détourner la tête pour cacher son sourire.

— Accompagné d'une dame dont je n'ai pas saisi le nom hier soir. Mais elle est charmante, tout simplement charmante.

La dame si charmante était Virginia Revel.

Anthony s'était attendu à cette rencontre depuis son arrivée. Il ne savait absolument pas comment il lui faudrait se conduire. Il ne pouvait que s'en remettre à Virginia mais, tout en faisant entièrement confiance à sa présence d'esprit, il n'avait aucune idée de l'attitude qu'elle allait adopter. Sa curiosité fut de courte durée :

— Mais c'est Mr Cade ! s'écria Virginia en lui tendant les mains. Ainsi, vous avez malgré tout décidé de venir ?

— Ma chère Mrs Revel, j'ignorais que Mr Cade était l'un de vos amis ! s'exclama lord Caterham.

— C'est un très vieil ami, dit Virginia en souriant à Anthony, l'œil pétillant de malice. Je l'ai retrouvé par hasard à Londres hier, et lui ai dit que je venais ici.

Anthony renchérit immédiatement :

— J'ai expliqué à Mrs Revel que j'avais été obligé de refuser votre aimable invitation, car elle s'adressait en vérité à un autre. Et il n'était pas question que je m'impose à vous sous une fausse identité.

— Allons, allons, mon cher ami, tout ceci est oublié, maintenant. Je vais faire chercher vos bagages aux *Joyeux Joueurs de Cricket*. Les *Joyeux Joueurs de Cricket* ! Je vous demande un peu !

— C'est très gentil à vous, lord Caterham, mais...

— Assez de balivernes ! Bien sûr, il faut que vous veniez à Chimneys. C'est une horrible auberge, ces *Joueurs de Cricket*... pour y séjourner, s'entend !

— Bien sûr, il faut que vous veniez à Chimneys, Mr Cade, roucoula Virginia.

Soudain, Anthony se rendit compte qu'en l'espace de quelques minutes, l'atmosphère avait imperceptiblement changé. Par sa simple présence, Virginia avait déjà beaucoup fait pour lui. Il n'était plus un étranger douteux. Elle avait une situation sociale si sûre et si inattaquable que toute personne dont elle se portait garante était spontanément acceptée. Il repensa au pistolet caché en haut d'un arbre à Burnham Beeches et réprima un sourire.

— J'envoie chercher vos affaires, déclara lord Caterham. Étant donné les circonstances, nous devrons malheureusement annuler la partie de chasse. Quel dommage ! Enfin, tant pis. Et cet Isaacstein qu'on me met sur les bras. Que vais-je bien pouvoir faire avec lui ? Tout ceci est fort contrariant.

Profondément déprimé, le marquis poussa un long soupir.

— Eh bien, voilà qui est réglé, dit Virginia. Vous pouvez vous rendre utile dès maintenant, Mr Cade, en m'emmenant au bord du lac. C'est un endroit très paisible, où nous pourrons oublier crimes et assassinats. Pauvre lord Caterham ! Un meurtre dans sa propre maison... Quelle horreur ! Mais c'est la faute de George, en réalité. C'est lui qui a organisé cette petite réunion, vous savez.

— Ah ! dit lord Caterham en prenant l'air d'un homme résolu qui a cédé à une faiblesse passagère. Jamais je n'aurais dû l'écouter !

— Mais on est obligé d'écouter George ! s'écria Virginia d'un ton réconfortant. Comment lui échapper alors qu'il vous attrape par le veston ? Je propose que nous inventions un veston à revers détachable !

— C'est une excellente idée ! dit son hôte en riant. Ah ! je suis content que vous soyez là, Cade. J'ai besoin de quelqu'un pour me remonter le moral.

— J'apprécie beaucoup votre gentillesse, lord Caterham, dit Anthony. D'autant plus que je suis un personnage infiniment suspect. Mais votre hospitalité va faciliter la tâche du superintendant Battle.

— Comment cela, monsieur ? demanda ce dernier.

— Vous pourrez plus aisément me surveiller, lui expliqua doucement Anthony.

Et il comprit, à l'imperceptible tressaillement de paupières du superintendant, qu'il avait visé juste.

## 14

### Politique et finance

Hormis cette fraction de seconde durant laquelle le superintendant Battle n'avait pu maîtriser un tic involontaire de la paupière, son superbe flegme était intact. S'il avait été surpris lorsque Virginia avait reconnu Anthony, il n'en montra rien. Resté avec lord Caterham et Mr Fish, il regarda les deux jeunes gens sortir par la porte du jardin.

— Voilà un jeune homme bien sympathique, dit lord Caterham.

— Mrs Revel a de la chance d'avoir retrouvé un vieil ami, murmura l'Américain. Ils se connaissent depuis longtemps, sans doute ?

— On le dirait, dit lord Caterham. Mais je ne l'ai jamais

entendue en parler. Oh ! à propos, Battle, Mr Lomax désire vous voir. Il est dans le petit salon bleu.

— Très bien, lord Caterham. J'y vais de ce pas.

Battle avait déjà parfaitement repéré la topographie des lieux et trouva sans difficulté le petit salon bleu.

— Ah ! Vous voilà, Battle ! fit Lomax.

Il arpentait la pièce en tous sens. Un gros homme de stature imposante était assis devant la cheminée. Il portait un costume de chasse anglais classique, mais qui ne parvenait pas à cacher son air indéniablement étranger. Il avait un visage rond et bilieux, des yeux noirs aussi impénétrables que ceux d'un cobra, un nez busqué et une mâchoire large et puissante.

— Entrez, Battle, dit Lomax d'un ton irrité. Et fermez la porte derrière vous. Je vous présente Mr Herman Isaacstein.

Battle inclina la tête avec respect. Il n'ignorait rien de Mr Herman Isaacstein et, bien que l'important financier restât assis en silence tandis que Lomax faisait les cent pas tout en parlant, Battle savait qui, dans cette pièce, détenait le pouvoir.

— Nous pouvons parler plus librement, maintenant, dit Lomax. Devant lord Caterham et le colonel Melrose, je ne voulais surtout pas trop en dire. Vous comprenez, Battle ? Nous ne pouvons pas nous permettre de laisser courir certains bruits.

— Ah ! dit Battle. Et pourtant, ils courent quand même, hélas !

Il aperçut l'ombre d'un sourire s'esquisser sur le visage blême et bouffi d'Isaacstein. Mais ce sourire disparut aussi vite qu'il était apparu.

— Alors, reprit George, que pensez-vous de ce jeune homme, cet Anthony Cade ? Le croyez-vous toujours innocent ?

Battle eut un très léger haussement d'épaules :

— Il me paraît sincère. Nous pourrons vérifier une partie de son histoire, qui explique apparemment sa présence ici hier soir. Je vais envoyer une dépêche en Afrique du Sud, naturellement, pour me renseigner sur ses antécédents.

— Vous le jugez donc lavé de tout soupçon ?

— Pas si vite, monsieur, fit Battle en levant une large main carrée. Je n'ai jamais dit cela.

— Que pensez-vous du crime, superintendant Battle? demanda Isaacstein, prenant la parole pour la première fois.

Sa voix était chaude et profonde, riche en modulations. Elle l'avait admirablement servi au cours de sa longue carrière, jalonnée d'importants conseils d'administration.

— Il est encore trop tôt pour porter un jugement, Mr Isaacstein. J'en suis encore à me poser la première question.

— C'est-à-dire?

— Oh! c'est toujours la même: le motif. À qui peut profiter la mort du prince Michael? Il nous faut avant tout trouver une réponse à cette question.

— Le Parti Révolutionnaire de Herzoslovaquie... commença George.

— Non, ce ne sont pas les Camarades de la Main Rouge, monsieur, si c'est à eux que vous pensez.

— Mais le papier, le papier sur lequel est tracée cette fameuse main rouge!

— On l'aura mis là pour détourner nos soupçons.

La dignité de George Lomax se trouva quelque peu offensée.

— Vraiment, Battle, je ne vois pas comment vous pouvez affirmer cela aussi catégoriquement!

— Mr Lomax, nous connaissons bien les Camarades de la Main Rouge. Nous les surveillons depuis que le prince Michael a posé le pied en Angleterre, et jamais nous ne les aurions laissés l'approcher. Ce genre de précaution est élémentaire.

— Je suis de l'avis du superintendant, dit Isaacstein. Nous devons trouver une autre piste.

— Vous voyez, monsieur! dit Battle, encouragé. Si nous ne savons pas à qui profite ce crime, nous savons en revanche à qui il ne profite pas.

— C'est-à-dire? demanda Isaacstein.

Avec ses yeux noirs rivés sur le détective, il ressemblait plus que jamais à un cobra.

— C'est-à-dire vous-même et Mr Lomax, sans parler du Parti Monarchiste de Herzoslovaquie. Si vous me pardonnez l'expression, monsieur, vous êtes dans le pétrin.

— Battle, voyons! interrompit George, profondément choqué.

— Continuez, Battle, dit Isaacstein. Dans le pétrin, c'est exactement cela. Vous êtes un homme intelligent.

— Il vous faut un monarque, expliqua l'homme du Yard. Vous avez perdu votre roi en l'espace d'une nuit. Et pour vous en trouver un autre rapidement, ce ne sera pas facile. Non, je ne veux pas connaître vos projets dans les détails, mais je suppose que l'enjeu est de la plus haute importance?

— De la plus haute importance, confirma Isaacstein en hochant lentement la tête.

— Cela m'amène à la deuxième question: qui est le prochain héritier du trône de Herzoslovaquie?

Isaacstein fixa Lomax. Ce dernier hésita, et répondit enfin, à contrecœur:

— Ce serait... Je dirais... Oui, très vraisemblablement, ce serait le prince Nicholas.

— Ah! Et qui est le prince Nicholas?

— Un cousin germain du prince Michael.

— Pourriez-vous me confier tout ce que vous savez sur lui, et surtout, où il se trouve actuellement?

— On ne sait pas grand-chose. Lorsqu'il était jeune, il avait des idées bien arrêtées, fréquentait socialistes et républicains et se comportait de façon tout à fait répréhensible pour un jeune homme de sa condition. Il a été renvoyé d'Oxford, je crois, pour je ne sais quelle escapade, sans doute scandaleuse. Des bruits ont couru selon lesquels il était mort il y a deux ans, au Congo, mais ce n'était qu'une rumeur. Il est réapparu il y a quelques mois lorsqu'on a parlé d'une restauration de la monarchie en Herzoslovaquie.

— Vraiment? Et où a-t-on retrouvé sa trace?

— En Amérique.

— En Amérique!

Battle se tourna vers Isaacstein et lâcha un mot, un seul:

— Pétrole?

Le financier hocha la tête:

— Il s'imaginait que si les Herzoslovaques choisissaient un roi, ils le préféreraient au prince Michael, car il était plus... « moderne ». Il a attiré l'attention sur ses vues démocratiques et sa sympathie pour les idéaux républicains. En échange d'un soutien financier, il était disposé à accorder des concessions pétrolières à un certain groupe de financiers américains.

Le superintendant Battle se départit de son impassibilité coutumière pour laisser échapper un petit sifflement.

— C'est donc cela ! murmura-t-il. Pendant ce temps, le Parti Monarchiste soutenait le prince Michael, et vous étiez certains d'obtenir ce que vous vouliez. Quand, soudain, voilà tous vos plans bouleversés !

— Vous ne songez tout de même pas..., commença George.

— L'enjeu est d'importance, comme vient de le dire Mr Isaacstein, intervint Battle. Et, à mon avis, ce que Mr Isaacstein juge important *est* important.

— On trouve toujours des gens sans scrupules capables du pire, pour peu que l'on sache les convaincre, déclara tranquillement Isaacstein. Pour l'instant, Wall Street a gagné. Mais je n'ai pas encore dit mon dernier mot. Trouvez qui a tué le prince Michael, superintendant Battle, si vous voulez rendre service à votre pays.

— Il y a une chose qui me paraît suspecte, avança soudain George. Pourquoi le capitaine Andrassy, aide de camp du prince Michael, n'est-il pas venu avec lui hier ?

— Je me suis renseigné, répondit Battle. C'est très simple. Il est resté en ville pour convenir d'un rendez-vous avec une certaine dame, de la part du prince Michael, le week-end prochain. Compte tenu de sa position, le prince devait organiser ses rencontres de façon discrète. C'était un jeune homme assez... hum !... dissipé, si je puis m'exprimer ainsi.

— Hélas ! oui, fit George d'un air compassé.

— Il reste un point que nous ne devons pas négliger, il me semble, reprit Battle d'un ton hésitant. Le Roi Victor est censé être en Angleterre.

— Le Roi Victor ? répéta Lomax en fronçant les sourcils dans un effort pour se souvenir.

— Un escroc français notoire, monsieur. Nous avons été mis en garde par la Sûreté de Paris.

— Ah, oui, bien sûr ! dit George. Je me souviens ! Le célèbre voleur de bijoux, n'est-ce pas ? Mais, c'est l'homme qui...

Il s'interrompit soudain. Isaacstein, perdu dans ses pensées, leva les yeux et, en homme habitué aux subtilités, il comprit :

— Vous n'avez plus besoin de moi, Lomax ?

— Non, mon cher ami, merci.

— Cela vous ennuirait-il si je rentrais à Londres, superintendant Battle ?

— Hélas oui ! monsieur, dit poliment le superintendant. Si vous quittez Chimneys, d'autres voudront partir. Or, je désire que tout le monde reste ici pour l'instant.

— Je comprends.

Le grand financier quitta la pièce en refermant la porte derrière lui.

— Un homme impressionnant, cet Isaacstein, murmura George.

— Une forte personnalité, approuva le superintendant Battle.

George se remit à arpenter le petit salon.

— Ce que vous dites là est très ennuyeux, déclara-t-il. Le Roi Victor ! Je le croyais en prison ?

— Il en est sorti voici quelques mois. La Sûreté de Paris le tenait à l'œil, mais il a réussi à leur filer sous le nez en un clin d'œil. Un sacré bonhomme ! Apparemment, ils le croient en Angleterre et nous en ont informés.

— Mais que ferait-il ici ?

— C'est à vous de me le dire, monsieur, dit Battle d'un air entendu.

— Comment cela ? Vous croyez que... ? Vous connaissez l'affaire ? Oui, bien sûr. Je n'étais pas en fonction à l'époque, mais je tiens toute l'histoire de feu lord Caterham. Une catastrophe sans précédent !

— Le Koh-i-Noor, dit Battle d'un air songeur.

— Chut, Battle ! (George jeta un regard soupçonneux alentour.) Je vous en supplie, pas de nom. Surtout, pas de nom ! Si vous devez en parler, appelez-le le « K ».

Le visage du superintendant redevint de marbre.

— Vous croyez que le Roi Victor a quelque chose à voir avec l'assassinat du prince Michael, Battle ?

— Ce n'est qu'une simple supposition. Souvenez-vous, monsieur, qu'il n'y a guère d'endroits où un... hum !... un certain visiteur royal aurait pu cacher le diamant. Chimneys en est un. Le Roi Victor a été arrêté à Paris trois jours après la... disparition, si je puis dire, du « K ». On a toujours espéré qu'il nous mènerait tôt ou tard au bijou.

— Mais on a fouillé Chimneys de fond en comble une douzaine de fois !

— Oui, concéda patiemment Battle. Mais si l'on ne sait pas où chercher, à quoi bon? Et si le Roi Victor était venu ici récupérer l'objet? S'il avait été surpris par le prince Michael et l'avait tué?

— C'est bien possible, admit George. C'est même tout à fait plausible.

— Je n'irais pas jusque-là. C'est possible, mais peu probable.

— Et pourquoi cela?

— Parce que le Roi Victor n'a jamais tué personne, dit Battle avec sérieux.

— Oh! Mais un homme comme lui! Un dangereux criminel...

Mais Battle secoua la tête d'un air obstiné:

— Les criminels sont toujours fidèles à une même ligne de conduite, Mr Lomax. C'est étonnant. Et pourtant...

— Oui?

— J'aimerais interroger le domestique du prince. Je l'ai réservé à dessein pour la fin. Nous allons le faire venir ici, monsieur, si vous le voulez bien.

George inclina la tête en signe d'assentiment. Le superintendant sonna et donna des instructions à Tredwell. Il revint accompagné d'un gigantesque homme blond aux pommettes saillantes, aux yeux bleus profondément enfoncés dans leurs orbites, et d'une impassibilité qui égalait presque celle de Battle.

— Vous êtes Boris Anchoukoff?

— Oui.

— Vous étiez le valet de pied du prince Michael?

— Oui, monsieur, j'étais le valet de Son Altesse.

L'homme parlait bien anglais, malgré un fort accent étranger.

— Vous savez que votre maître a été assassiné la nuit dernière?

En guise de réponse, l'homme émit un grognement féroce, comme celui d'une bête sauvage. George, alarmé, recula prudemment près de la fenêtre.

— Quand avez-vous vu votre maître pour la dernière fois?

— Son Altesse s'est couchée à 10 heures et demie. J'ai dormi, comme à l'accoutumée, dans l'antichambre. Le prince a dû descendre par l'autre porte, celle qui donne sur le couloir. Je ne l'ai pas entendu se lever. Peut-être ai-je été drogué. J'ai été un mauvais serviteur, j'ai dormi alors que mon maître était éveillé. Je suis maudit !

George le contempla fixement, fasciné.

— Vous aimiez votre maître, n'est-ce pas ? dit Battle en scrutant le visage de l'homme.

Les traits de Boris se contractèrent en un rictus douloureux. Il déglutit péniblement. Puis il parla, d'une voix dure et dépourvue d'émotion :

— Laissez-moi vous dire une chose, monsieur le policier anglais. Je serais mort pour lui ! Et puisqu'il a été tué et que je suis toujours en vie, mes yeux ne connaîtront plus le sommeil, ni mon cœur le repos, tant que je ne l'aurai pas vengé. Je chercherai l'assassin, je le traquerai comme un chien, et quand je l'aurai trouvé... Ah ! (Ses yeux brillèrent. Soudain, il sortit un immense couteau de sous son manteau et le brandit.) Je ne le tuerai pas d'un seul coup, oh non ! je lui couperai d'abord le nez, et puis je trancherai ses oreilles, et puis... et puis dans son cœur noir je plongerai ce couteau !

Il rempocha le couteau d'un geste vif et quitta la pièce. George Lomax, les yeux plus exorbités que jamais, regarda longuement la porte refermée.

— Un Herzoslovaque pur-sang, grommela-t-il enfin. Ces gens sont des sauvages ! Une race de brigands.

Le superintendant Battle se leva.

— Soit cet homme est sincère, remarqua-t-il, soit c'est l'un des meilleurs comédiens que j'aie jamais vus. Et s'il dit la vérité, que Dieu vienne en aide à l'assassin du prince Michael lorsque ce bonhomme assoiffé de sang l'aura retrouvé !

## 15

### L'ÉTRANGER FRANÇAIS

Virginia et Anthony descendirent en silence le sentier menant au lac. Virginia rompit le silence avec un petit rire :

— Mon Dieu ! s'exclama-t-elle. C'est terrible, je brûle

d'envie de vous assaillir de questions, j'ai mille choses à vous dire et je ne sais par où commencer. Tout d'abord (elle baissa la voix), *qu'avez-vous fait du cadavre?* Oh! Quelle abominable phrase! Jamais je n'aurais cru être mêlée d'aussi près à un crime!

— Ce doit être une sensation toute nouvelle, pour vous, dit Anthony.

— Mais pas pour vous?

— Eh bien, j'avoue que je n'ai jamais eu à me débarrasser d'un cadavre.

— Racontez-moi ça.

Brièvement, Anthony lui résuma ce qu'il avait fait la veille. Virginia l'écouta attentivement.

— Vous avez été parfait, remarqua-t-elle d'un ton approbateur lorsqu'il eut fini. Je pourrai aller récupérer la malle à la consigne de Paddington en rentrant. Mais que direz-vous si l'on vous demande où vous étiez hier soir?

— Cela m'étonnerait qu'on me pose la question. On n'a dû retrouver le corps que tard dans la nuit, ou peut-être même ce matin. Autrement, on en aurait parlé aujourd'hui dans les journaux. Et quoi qu'en disent les romans policiers, les médecins ne peuvent pas savoir exactement à quelle minute un homme est mort. L'heure supposée du décès sera sans doute approximative et il n'y a aucune raison pour qu'on songe à moi dans cette affaire. En revanche, il me faudrait plutôt un alibi pour la nuit dernière.

— Je sais. Lord Caterham m'en parlait tout à l'heure. Mais l'homme de Scotland Yard semble maintenant convaincu de votre innocence, non?

Anthony ne répondit pas tout de suite.

— Il n'a pas l'air particulièrement malin, ajouta Virginia.

— Je n'en suis pas si certain, répliqua lentement Anthony. J'ai l'impression que le superintendant Battle n'est pas tombé de la dernière pluie. Il paraît, certes, convaincu de mon innocence, mais je ne suis pas du tout sûr qu'il le soit. Pour l'instant, il s'interroge sur mon absence apparente de motif.

— Apparente? s'écria Virginia. Mais pour quelle raison auriez-vous donc assassiné un comte étranger que vous n'avez jamais vu?

Anthony lui lança un regard perçant.

— Vous avez vécu en Herzoslovaquie, non? demanda-t-il.

— Oui, pendant deux ans, avec mon mari, à l'ambassade.

— C'était juste avant l'assassinat du roi et de la reine. Y avez-vous rencontré le prince Michael Obolovitch ?

— Michael ? Bien sûr. Quel affreux bonhomme ! Il m'a proposé de l'épouser, une alliance morganatique, disait-il.

— Vraiment ? Et qu'aurait-il fait de votre mari ?

— Oh ! il avait déjà tout prévu pour le supprimer !

— Qu'avez-vous répondu à cette charmante proposition ?

— En tant qu'épouse de l'ambassadeur d'Angleterre, la plus élémentaire diplomatie m'a, hélas ! empêchée de lui dire franchement ce que j'en pensais. Mais j'ai tout de même réussi à blesser son amour-propre. Pourquoi vous intéressez-vous soudain au prince Michael ?

— J'ai ma petite idée. Vous n'avez sans doute pas rencontré l'homme qui s'est fait assassiner ?

— Non. Pour parler comme un livre, il s'est « retiré dans ses appartements immédiatement après son arrivée ».

— Et, bien sûr, vous n'avez pas vu le corps ? (Virginia le regarda avec curiosité et secoua la tête.) Croyez-vous qu'on vous autoriserait à le voir ?

— En usant de l'influence dont je dispose en haut lieu, à savoir auprès de lord Caterham, je crois que oui. Pourquoi ? Est-ce un ordre ?

— Seigneur, non ! s'écria Anthony horrifié. Ai-je donc l'air si dictatorial ? Non, c'est simplement pour la raison suivante : le comte Stanislas n'était autre que le prince Michael de Herzoslovaquie, qui séjournait ici incognito.

Les yeux de Virginia s'agrandirent.

— Je comprends. (Soudain, son visage s'illumina d'un de ses fascinants sourires en coin.) Voudriez-vous insinuer que Michael s'est retiré simplement pour m'éviter ?

— Quelque chose dans ce goût-là, admit Anthony. Vous voyez, si je ne me trompe pas et qu'on a bel et bien cherché à vous empêcher de venir à Chimneys, cela pourrait bien être parce que vous connaissez la Herzoslovaquie. Vous rendez-vous compte que vous êtes la seule personne ici à avoir déjà vu le prince Michael ?

— Vous voulez dire que cet homme qui a été assassiné est un imposteur ? demanda brusquement Virginia.

— Pourquoi pas ? Si vous obtenez de lord Caterham qu'il

vous laisse voir le corps, nous pourrons au moins élucider ce point sur-le-champ.

— Il a été tué à 23 h 45, dit Virginia, pensive. L'heure mentionnée sur le morceau de papier. Toute cette affaire est terriblement mystérieuse.

— Cela me rappelle une chose. Quelle chambre occupez-vous ? L'avant-dernière à l'extrémité de la maison, au-dessus de la Salle du Conseil ?

— Non, la mienne est dans l'aile élisabéthaine, de l'autre côté. Pourquoi ?

— Simplement parce qu'en repartant, cette nuit, après la détonation, j'ai vu la lumière de cette fenêtre s'éclairer.

— Comme c'est curieux ! Je ne sais pas qui occupe cette chambre, mais Bundle pourra me renseigner. Peut-être quelqu'un qui a entendu le coup de feu ?

— Si c'est le cas, on ne s'est pas empressé de venir en informer le superintendant Battle. D'après lui, personne ne l'a entendu. C'est la seule piste que je possède et je fais peut-être fausse route, mais j'ai bien l'intention de mener tout de même ma petite enquête.

— C'est curieux en effet, dit Virginia d'un air songeur.

Ils étaient arrivés près du lac, devant le petit hangar à bateaux.

— Et maintenant, pour le reste de l'histoire, nous allons faire un petit tour au beau milieu du lac, à l'abri des oreilles indiscrètes de Scotland Yard, des invités américains et des femmes de chambre trop curieuses.

— Lord Caterham m'a un peu parlé de vous, dit Virginia. Mais il ne m'a pas paru très clair. Pour commencer, qui êtes-vous ? Anthony Cade ou Jimmy McGrath ?

Pour la deuxième fois de la journée, Anthony conta l'histoire des six dernières semaines de sa vie, à cette différence près que, pour Virginia, il n'eut pas à modifier la vérité. Il décrivit, pour terminer, sa stupéfaction lorsqu'il avait reconnu « Mr Holmes ».

— À propos, Mrs Revel, conclut-il, je ne vous ai pas encore remerciée pour avoir menti, au péril de votre âme, en prétendant que j'étais de vos vieux amis.

— Mais vous en êtes ! s'écria Virginia. Vous ne croyez tout de même pas que je vais vous flanquer un cadavre dans les bras et raconter ensuite que nous sommes de vagues connaissances ! Enfin, voyons !

Elle s'interrompit un instant.

— Vous savez ce qui me frappe le plus, dans cette histoire ? reprit-elle. C'est qu'il doit y avoir dans ces fameux Mémoires une histoire pas banale où sont impliqués des gens pas banals eux non plus !

— Vous devez avoir raison, approuva Anthony. Mais je voudrais que vous me disiez une chose, poursuivit-il.

— Quoi donc ?

— Pourquoi avez-vous paru si surprise lorsque j'ai évoqué Jimmy McGrath hier, chez vous ? Aviez-vous déjà entendu ce nom ?

— Gagné, Sherlock Holmes ! George, mon cousin, est venu me voir l'autre jour pour me faire des tas de propositions éhontées. J'ai fini par comprendre qu'il s'agissait de venir à Chimneys déployer tout mon charme pour plaire à ce McGrath et lui extorquer les Mémoires par n'importe quel moyen. Oh ! bien sûr, il ne m'a pas présenté les choses aussi simplement. Il m'a parlé de la distinction des véritables ladies, de la paix de l'Europe, etc., tout cela avec mille circonlocutions. Pauvre vieux George, c'est tout lui ! Et lorsque j'ai commencé à m'intéresser d'un peu trop près à cette affaire, il a pris peur et a tenté de me dissuader de venir en usant d'arguments que n'aurait pas crus un enfant de deux ans !

— Eh bien, son plan initial semble avoir parfaitement fonctionné, remarqua Anthony. Me voici, le James McGrath auquel il pensait, et vous déployez bel et bien tout votre charme !

— Mais hélas pour ce pauvre George, pas de Mémoires ! J'ai une question à vous poser. Lorsque je vous ai dit que je n'avais pas écrit ces lettres, vous m'avez répondu que vous le saviez. Mais comment pouviez-vous savoir une chose pareille ?

— J'ai un infaillible instinct de psychologue, répondit Anthony en souriant.

— Vous voulez dire que vous avez immédiatement compris mon inébranlable élévation morale et...

Mais Anthony secoua la tête énergiquement.

— Pas le moins du monde. J'ignore tout de votre élévation morale. Mais je sais que jamais vous ne vous abaisseriez à laisser quelqu'un vous faire chanter. La Virginia Revel de ces lettres était terrifiée. Or, vous ne vous seriez pas laissé faire.

— Je me demande qui est cette Virginia Revel... et où elle est. J'ai l'étrange impression d'avoir un double quelque part.

Anthony alluma une cigarette.

— Vous savez que l'une des lettres a été écrite de Chimneys ? demanda-t-il enfin.

— Quoi? demanda Virginia avec un sursaut. De quand date-t-elle ?

— Elle n'était pas datée. Mais c'est étrange, non?

— Je suis parfaitement convaincue qu'aucune autre Virginia Revel n'a jamais séjourné à Chimneys. Bundle ou lord Caterham m'auraient parlé de cette coïncidence !

— Oui, tout cela est très étonnant. Vous savez ce que je pense, Mrs Revel ? Je commence à ne plus croire du tout à cette autre Virginia Revel.

— Le moins qu'on puisse dire, c'est qu'elle est insaisissable !

— Extraordinairement insaisissable. Et je me demande si la personne qui a écrit ces lettres n'a pas utilisé votre nom de façon intentionnelle.

— Mais pourquoi? s'exclama Virginia. Pourquoi faire une chose pareille ?

— C'est bien ce que j'ai l'intention de découvrir, et ce n'est pas le seul mystère à élucider !

— À votre avis, qui a tué le prince Michael ? demanda soudain Virginia. Les Camarades de la Main Rouge ?

— C'est possible, fit Anthony avec une grimace sceptique. Ils semblent prêts à tout.

— Mettons-nous à l'œuvre sans plus attendre ! s'écria Virginia. J'aperçois justement lord Caterham et Bundle qui se promènent ensemble. Nous allons déjà déterminer si le cadavre est oui ou non celui du prince Michael.

Anthony rama jusqu'à la rive et, quelques instants plus tard, ils rejoignirent lord Caterham et sa fille.

— Le déjeuner est retardé, annonça lord Caterham d'une voix déprimée.

— Battle a insulté la cuisinière, je parie.

— Bundle, je vous présente mon ami, Mr Cade, dit Virginia. Soyez gentille avec lui.

Bundle le dévisagea posément pendant un bon moment et déclara à Virginia comme si le jeune homme n'existait pas :

— Où dénichez-vous toujours de pareils beaux gosses, Virginia ? Et comment vous y prenez-vous ?

— Je vous l'offre, fit Virginia, généreuse. C'est lord Caterham qui m'intéresse.

Elle adressa son plus beau sourire au marquis rougissant, glissa sa main sous son bras et partit avec lui.

— Vous parlez, Mr Cade ? s'enquit Bundle. Ou vous contentez-vous d'être aussi divinement viril que tragiquement silencieux ?

— Si je parle ? demanda Anthony. Je gazouille, je murmure, je bruisse, ma voix n'a d'égal que le doux ruissellement des rivières de montagne... Et je pose même des questions.

— Dans quel genre ?

— Qui occupe l'avant-dernière chambre à gauche à l'extrémité de la maison ? demanda-t-il en montrant la fenêtre.

— En voilà une question extravagante ! dit Bundle. Vous m'intriguez au plus haut point. Voyons... oui... Oui, c'est la chambre de Mlle Brun, la gouvernante française. Elle s'occupe de son mieux de mater mes deux jeunes sœurs Dulcie et Daisy — comme dans la chanson. Je parie qu'ils auraient appelé la suivante Dorothy May. Hélas ! ma mère s'est fatiguée de n'avoir que des filles, et elle a rendu l'âme. Elle devait se dire que quelqu'un d'autre serait mieux à même de mettre au monde un mâle.

— Mlle Brun, dit Anthony d'un air songeur. Depuis combien de temps est-elle avec vous ?

— Deux mois. Elle est entrée dans la maison quand nous étions en Écosse.

— Ah ! s'exclama Anthony. Je flaire quelque chose de louche !

— Si nous essayions plutôt d'aller flairer le déjeuner, Mr Cade ? suggéra Bundle. À votre avis, dois-je proposer à ce policier de Scotland Yard de partager notre repas ? Vous qui êtes un homme du monde, vous devez savoir ce qui se fait dans ces cas-là. C'est la première fois que nous avons un vrai meurtre à domicile. C'est excitant, non ? Quel dommage que vous ayez été entièrement disculpé ce matin ! J'ai toujours voulu rencontrer un assassin pour voir s'ils ressemblent vraiment aux descriptions qu'en font les journaux du dimanche. Mon Dieu ! Qu'est-ce que c'est que ça ?

Un taxi conduisant deux personnages pittoresques s'approchait de la maison. L'un était grand, chauve et paré d'une longue barbe noire ; l'autre, plus petit et plus jeune, avait une moustache brune. Anthony reconnut le premier.

— À moins que je ne me trompe, remarqua-t-il, voici mon vieil ami le baron Lolo.

— Le baron quoi ?

— Je l'appelle Lolo pour simplifier les choses. Si vous voulez essayer de prononcer son nom, prévoyez quelques jours de repos, c'est épuisant !

— Ah ! Je vois. La standardiste des télégraphes a failli piquer une crise de nerfs, ce matin, fit Bundle. Ainsi c'est lui le fameux baron. Je sens qu'on va me demander de m'occuper de lui cet après-midi. Et j'ai déjà eu droit à Isaacstein toute la matinée ! Non, que George s'occupe tout seul de ses charmants invités, au diable la politique ! Excusez-moi, Mr Cade, je vais vous abandonner pour voler au secours de mon pauvre père.

Et Bundle retourna vers la maison.

Anthony la regarda s'éloigner et alluma une cigarette d'un air songeur. Il entendit soudain un léger bruit, provenant de l'autre côté du hangar à bateaux. On aurait dit que quelqu'un tentait vainement de réprimer un éternuement.

— Tiens ! tiens ! murmura Anthony, je me demande qui se cache là. Allons voir de plus près.

Joignant le geste à la parole, il contourna le hangar d'un pas léger et silencieux et tomba sur un homme agenouillé par terre, qui se releva précipitamment. Il était grand, portait un imperméable de couleur claire, des lunettes, et arborait une petite barbiche noire en pointe. Il devait avoir entre trente et quarante ans et, dans l'ensemble, son allure paraissait on ne peut plus respectable.

— Que faites-vous ici ? demanda Anthony.

De toute évidence, l'homme ne figurait pas parmi les invités de lord Caterham.

— Je vous demande pardon, dit l'inconnu avec un sourire qu'il voulait engageant. (Il avait un fort accent français.) Je cherche à retourner au village, je me suis perdu, Monsieur voudrait-il bien m'indiquer la direction ?

— Certainement, dit Anthony. Mais à votre place, je n'irais

pas à la nage, vous savez ! Il y a un chemin communal à l'autre bout du parc ; ici, c'est une propriété privée.

— Je suis vraiment désolé, dit l'inconnu. Je me suis égaré, et j'ai pensé que je pourrais venir ici demander ma route.

Anthony se retint de lui signaler que la meilleure façon de le faire n'était pas de rester agenouillé derrière un hangar à bateaux. Il lui prit le bras gentiment.

— Contournez le lac de ce côté et continuez tout droit. Vous ne pouvez pas manquer le petit chemin, qui vous mènera directement au village. Vous séjournez aux *Joyeux Joueurs de Cricket*, sans doute ?

— Oui, monsieur. Je suis arrivé ce matin. Vous êtes bien aimable.

— C'est tout naturel, dit Anthony. J'espère que vous n'avez pas pris froid.

— Hein ? fit l'inconnu.

— À force de rester ainsi à genoux sur le sol humide, expliqua Anthony. Il m'a semblé vous entendre éternuer.

— C'est possible, dit l'homme.

— Fort possible, en effet. Mais, vous savez, il ne faut jamais réprimer un éternuement. Les médecins les plus éminents sont tous d'accord : cela peut être terriblement dangereux pour les artères ! Vous devriez éviter cela à l'avenir. Au revoir.

— Au revoir, monsieur, et encore merci.

« Deuxième étranger suspect au village, songea Anthony en regardant l'homme battre en retraite. Celui-là, je me demande bien à quoi il joue. Il est manifestement français, et on dirait un voyageur de commerce. Il ne correspond guère aux Camarades de la Main Rouge. Peut-être représente-t-il un autre parti de ce pauvre État herzoslovaque ? Bon, récapitulons : la gouvernante française occupe l'avant-dernière chambre, un mystérieux Français fouine à quatre pattes dans le parc... Je parierais qu'il y a une piste là-dessous. »

Tout en réfléchissant, Anthony regagna la maison. Sur la terrasse, il rencontra lord Caterham, l'air plus déprimé que jamais, accompagné des deux nouveaux venus. Son visage s'éclaira un peu à la vue d'Anthony.

— Ah ! Vous voilà, dit-il. Je vous présente le baron... heu... et le capitaine Andrassy, Mr Anthony Cade.

Le baron regarda Anthony d'un air soupçonneux.

— Mr Cade ? dit-il sèchement. Je ne pas croire !

— J'aimerais vous parler en privé, baron, et vous expliquer ce qui inspire votre légitime étonnement.

Le baron s'inclina et les deux hommes s'éloignèrent.

— Baron, dit Anthony, je n'ai plus qu'à me jeter à vos pieds et implorer votre pitié. J'ai flétri l'honneur d'un gentleman britannique en voyageant dans son pays sous une fausse identité. Je me suis présenté à vous comme Mr James McGrath, mais vous allez comprendre que cette imposture est sans conséquence. Vous connaissez sans doute les observations de Shakespeare concernant l'insignifiance de la nomenclature des roses ? Eh bien, il en va de même dans le cas présent. L'homme que vous vouliez voir était l'homme qui détenait les Mémoires. C'était moi. Et je ne suis plus en leur possession, vous ne le savez que trop. C'était bien joué, baron, très bien joué. Qui en a eu l'idée ? Vous-même ou votre maître ?

— De Son Altesse l'idée c'était. Et qu'un autre que lui l'exécute il n'aurait pas permis.

— Il s'est remarquablement acquitté de cette tâche, ajouta Anthony d'un air admirateur. Jamais je ne l'aurais pris pour un étranger.

— L'éducation d'un gentleman britannique a reçu le prince, expliqua le baron. La coutume en Herzoslovaquie c'est.

— Un professionnel ne m'aurait pas si élégamment dépouillé. Puis-je vous demander, sans indiscrétion, ce que sont devenus les Mémoires ?

— Entre gentlemen..., commença le baron.

— Vous êtes trop aimable, baron, murmura Anthony. On ne m'a jamais aussi souvent traité de gentleman qu'au cours de ces deux derniers jours.

— Je à vous dis ceci : je crois que brûlés ils sont.

— Vous le croyez, mais vous n'en êtes pas sûr, c'est cela ?

— Le prince dans sa garde les a retenus. Son intention les lire c'était — et puis détruire eux par le feu.

— Je vois, dit Anthony. Mais ce n'est pas le genre de littérature que l'on peut parcourir en une heure de temps.

— Parmi les effets de feu mon maître et martyr n'ont pas été retrouvés eux. Il est clair, donc, que brûlés ils sont.

— Hum ! fit Anthony. Je me demande... (Il garda le silence pendant quelques instants avant de poursuivre :) Je vous ai posé ces questions, baron, parce que je me trouve moi-même indirectement mêlé au crime. Il est indispensable, si je ne veux pas me retrouver au banc des accusés, que je me libère de tout soupçon.

— Indoutablement, acquiesça le baron. Votre honneur exiger ça.

— C'est cela même. Vous exprimez les choses avec tant de délicatesse... Donc, je ne peux me disculper qu'en retrouvant le meurtrier, et pour cela, je dois connaître tous les faits. Or, la question des Mémoires est fondamentale : il se peut qu'ils aient été à l'origine du crime. Dites-moi, baron, croyez-vous que j'aie trop d'imagination ?

Le baron hésita.

— Vous, vous-même, les Mémoires avez-vous lus ? demanda-t-il enfin prudemment.

— Eh bien, voilà qui répond à ma question, dit Anthony en souriant. Et maintenant, baron, une dernière chose. Je vous avertis, à titre amical, que j'ai l'intention de remettre le manuscrit aux éditeurs mercredi prochain, le 13 octobre.

Le baron le regarda fixement.

— Mais vous ne possédez plus !

— Mercredi prochain, ai-je dit. Nous sommes vendredi. Cela me laisse cinq jours pour remettre la main dessus.

— Mais brûlé s'il a été ?

— Je ne le pense pas. J'ai de bonnes raisons de croire qu'il se trouve en ce moment quelque part.

Tout en parlant, ils arrivèrent au coin de la terrasse. Un imposant personnage s'approcha d'eux. Anthony, qui n'avait pas encore rencontré Mr Herman Isaacstein, le considéra avec le plus vif intérêt.

— Ah ! Baron, dit Isaacstein en tournant dans sa bouche son gros cigare noir. Voilà une histoire bien ennuyeuse, bien ennuyeuse en vérité.

— Mon bon ami, Mr Isaacstein, terrible vraiment c'est ! s'écria le baron. Tout notre noble édifice en ruine se trouve.

Avec tact, Anthony laissa les deux messieurs à leurs lamentations et se dirigea vers l'autre côté de la terrasse. Soudain, il s'arrêta net. Une mince volute de fumée montait dans les airs. Elle semblait provenir du milieu de la haie d'ifs.

« Cette haie doit être creuse, se dit-il. J'ai déjà vu ce genre de massifs dans les jardins. »

Il jeta un rapide coup d'œil autour de lui. Lord Caterham et le capitaine Andrassy avaient disparu, Isaacstein et le baron étaient à l'autre bout de la terrasse et lui tournaient le dos. Anthony se courba et se fraya un chemin à travers le massif.

Il avait deviné juste. La haie était en fait constituée de deux rangées d'ifs, séparées par un étroit passage. L'entrée de ce passage était à peu près au milieu du massif, du côté de la maison. Il n'y avait aucun mystère à ce passage, mais de la terrasse, personne n'aurait deviné son existence en voyant la haie.

Anthony jeta un coup d'œil à travers les ifs. Un homme était assoupi dans un fauteuil en osier ; un cigare se consumait dans le cendrier sur l'accoudoir.

« Hum ! se dit Anthony. De toute évidence, Mr Hiram Fish préfère se reposer à l'ombre. »

## 16

### L'HEURE DU THÉ CHEZ LA GOUVERNANTE

Anthony regagna la terrasse, convaincu que pour avoir une conversation privée en toute intimité, mieux valait somme toute être en bateau au beau milieu du lac.

Un gong résonna dans la maison, et Tredwell apparut majestueusement par une petite porte.

— Le déjeuner est servi, milord.

— Ah ! dit lord Caterham, quelque peu rasséréné. À table !

À cet instant, deux fillettes jaillirent de la maison. C'étaient de pétulantes jeunes personnes, âgées respectivement de dix et douze ans. Et, bien que leurs noms soient Dulcie et Daisy, comme Bundle l'avait affirmé, elles semblaient plus généralement connues comme Guggle-la-gargouillette et Winkle-la-bigornette. Elles exécutèrent une sorte de danse guerrière, ponctuée de hurlements perçants, jusqu'à ce que Bundle apparaisse pour les réprimander.

— Où est Mademoiselle ? demanda-t-elle.

— Elle a la migraine, la migraine, la migraine ! chantonna Gargouillette.

— Hourra ! hourra ! ajouta Bigornette sur le même ton.

Lord Caterham avait enfin rassemblé dans la maison la plupart des invités. Il prit le bras d'Anthony.

— Venez dans mon bureau, lui murmura-t-il. J'ai quelque chose pour vous.

Il longea le hall d'un pas furtif, qui évoquait plus le cambrioleur que le maître de céans, et regagna sa retraite personnelle. Il ouvrit une armoire avec une petite clé qu'il gardait dans sa poche et en sortit quelques bouteilles.

— Je ne sais pas pourquoi, mais ces conversations avec des étrangers me donnent toujours soif, expliqua-t-il en manière d'excuse. Je trouve cela particulièrement éprouvant. Ce doit être parce que ces gens sont si polis.

On frappa à la porte et Virginia passa sa tête par l'entrebâillement.

— Vous me préparez un petit cocktail spécial maison? demanda-t-elle.

— Bien sûr! fit chaleureusement lord Caterham. Entrez donc.

Leur hôte concocta les boissons avec l'air cérémonieux qui s'imposait en la circonstance.

— Ah! soupira-t-il en reposant son verre sur le bureau, voilà qui me remonte un peu le moral! Venez, allons déjeuner.

Tandis qu'il les conduisait vers la salle à manger, Virginia prit le bras d'Anthony et l'attira en retrait.

— J'ai fait ma bonne action de la journée, chuchota-t-elle. Lord Caterham a accepté de m'emmener voir le corps.

— Alors? demanda Anthony d'un ton pressant.

Virginia secoua la tête.

— Vous vous êtes trompé. C'était bien le prince Michael.

— Oh! fit Anthony, profondément déçu. Et Mademoiselle a la migraine, ajouta-t-il d'un ton mécontent.

— Quel rapport?

— Sans doute aucun. Mais j'aurais bien voulu la voir: j'ai découvert qu'elle occupe l'avant-dernière chambre à l'extrémité du château, là où j'ai vu hier de la lumière.

— Voilà qui est intéressant.

— Encore une fausse piste, peut-être. Mais j'ai bien l'intention de rencontrer cette demoiselle avant ce soir.

Le déjeuner fut un véritable supplice. Même l'entrain de Bundle ne parvint pas à dérider l'assemblée disparate. Le baron et Andrassy avaient une attitude cérémonieuse, formelle, empreinte de l'inévitable étiquette, comme s'ils déjeunaient dans un mausolée. Lord Caterham était léthargique et déprimé. Bill Eversleigh contemplait Virginia d'un air éploré. George, conscient de la délicate situation dans laquelle il se trouvait, discutait d'un air important avec le baron et Mr Isaacstein. Gargouillette et Bigornette, tout excitées à l'idée qu'un meurtre avait eu lieu dans leur propre maison et ravies de déjeuner avec « les grands », devaient être réprimandées continuellement, tandis que Mr Hiram Fish ponctuait sa lente mastication de brefs commentaires. Le superintendant Battle avait eu le bon goût de s'éclipser et personne ne savait où il était.

— Dieu merci, la corvée est terminée, soupira Bundle à l'oreille d'Anthony alors qu'ils quittaient la table. Et George emmène notre contingent étranger chez lui, cet après-midi. Ils ont à discuter d'affaires d'État.

— Ça va sans doute détendre l'atmosphère.

— Oui. Reste l'Américain, qui ne me dérange pas trop, poursuivit Bundle. Papa et lui seront ravis de se retirer dans un coin pour parler de leurs éditions originales... Mr Fish, ajouta-t-elle alors que ledit Américain s'approchait, je vous ai prévu un petit après-midi bien tranquille.

L'Américain s'inclina :

— C'est très aimable à vous, lady Eileen.

— Mr Fish, dit Anthony, a déjà eu une matinée bien tranquille.

Mr Fish lui jeta un rapide coup d'œil :

— Ah ! je vois que vous avez découvert ma petite retraite ! Il est vrai que, pour un homme paisible, il est parfois agréable de pouvoir se retirer au calme.

Bundle s'était éloignée. L'Américain et Anthony restèrent seuls. Mr Fish baissa la voix :

— J'incline à penser, dit-il, que cette histoire reste très mystérieuse.

— Très mystérieuse, en effet.

— Cet homme au crâne chauve, le baron, était peut-être un parent de la victime ?

— En quelque sorte, répondit Anthony.

— Ces nations d'Europe centrale nous réservent toujours

des surprises, déclara Mr Fish. J'ai cru entendre dire que la victime était de sang royal. Est-ce vrai?

— Il était ici sous le nom de comte Stanislas, répondit Anthony d'un air évasif.

En guise de repartie, Mr Fish poussa une vague exclamation et se réfugia dans le silence pendant quelques minutes. Enfin, il déclara :

— Ce policier, ce Battle, est-ce bien l'homme qu'il faut pour élucider cette affaire?

— Scotland Yard semble être de cet avis, répliqua sèchement Anthony.

— Il m'a l'air plutôt borné, remarqua Mr Fish. En tout cas, il prend son temps. Et cette idée de ne pas vouloir nous laisser quitter Chimneys, qu'est-ce que cela peut bien cacher?

Tout en parlant, il observait Anthony.

— Tout le monde doit être présent pour l'enquête demain matin.

— Croyez-vous? Est-ce que ce ne serait pas plutôt parce qu'on soupçonne l'un des invités?

— Allons, mon cher Mr Fish!

— Étant étranger à ce pays, je commence à me sentir un peu mal à l'aise... Mais bien sûr, je me souviens maintenant que le crime a été commis par quelqu'un de l'extérieur. On a trouvé la porte-fenêtre ouverte, n'est-ce pas?

— En effet, dit Anthony en regardant droit devant lui.

Mr Fish soupira. Quelques instants plus tard, il déclara :

— Jeune homme, savez-vous comment on assèche une mine?

— Comment?

— En pompant. Et ce n'est pas de tout repos. Ah ! j'aperçois notre jovial marquis qui se détache du groupe, là- bas. Je m'en vais le retrouver.

Mr Fish partit et Bundle réapparut.

— Drôle de bonhomme, ce Mr Fish, vous ne trouvez pas? demanda-t-elle.

— En effet.

— Inutile de chercher Virginia, dit Bundle avec brusquerie.

— Mais je ne la cherche pas!

— Allons donc! Je ne sais pas comment elle s'y prend, ce qu'elle fait ou dit, je ne pense même pas que ce soit sa beauté, mais... (Elle soupira.) Mais elle attire systématiquement tous les regards. Quoi qu'il en soit, pour l'instant, elle est occupée ailleurs et je vous ai pour moi toute seule. Elle m'a dit d'être gentille avec vous et je le serai. De force, s'il le faut !

— Vous n'aurez pas besoin d'employer la force ! la rassura Anthony. Mais, si cela ne vous ennuie pas, j'aimerais bien que vous me manifestiez votre gentillesse sur un bateau au beau milieu du lac.

— Ce n'est pas une mauvaise idée, approuva Bundle.

Ils marchèrent jusqu'au lac en échangeant des propos anodins.

— Je voudrais vous poser une question avant que nous n'en venions à des sujets vraiment intéressants, dit Anthony lorsqu'ils se furent éloignés du rivage. Les affaires passent hélas avant les loisirs.

— Quelle est la fenêtre qui vous intéresse, cette fois ? demanda Bundle avec une patience résignée.

— Aucune, pour l'instant. Mais j'aimerais savoir d'où vient votre gouvernante française.

— Ma parole, elle vous a ensorcelé ! Je l'ai trouvée par l'intermédiaire d'une agence, elle s'appelle Geneviève et elle est payée mille livres par an. Quoi d'autre ?

— Quelles sont ses références ?

— Oh ! Très brillantes. Elle a vécu pendant dix ans auprès de la comtesse Machin-Chose.

— C'est-à-dire ?

— La comtesse de Breteuil, château de Breteuil, à Dinard.

— Vous n'avez pas rencontré vous-même la comtesse ? Tout s'est passé par courrier ?

— Exactement.

— Hum ! fit Anthony.

— Vous m'intriguez, dit Bundle. Vous m'intriguez énormément. C'est une histoire d'amour ou de meurtre ?

— C'est probablement pure idiotie de ma part. Oublions cela.

— Maintenant que vous m'avez extorqué tous les renseignements que vous désiriez connaître ! dit-elle en riant. Mr Cade, qui soupçonnez-vous ? À mon avis, on peut tout de suite éliminer des suspects Virginia et Bill.

— Et vous-même ? demanda-t-il en souriant.

— Une aristocrate britannique se rallie en secret à la cause des Camarades de la Main Rouge. Voilà qui ferait certainement sensation !

Anthony éclata de rire. Il aimait bien Bundle, bien que la perspicacité malicieuse reflétée dans ses yeux gris l'inquiétât.

— Vous devez être fière de tout ça, dit-il soudain en désignant l'imposante demeure.

Bundle fit une grimace et pencha la tête de côté :

— Oui, c'est impressionnant, sans doute, mais j'y suis trop habituée. D'ailleurs, nous ne venons pas très souvent à Chimneys. On s'y ennuie à mourir ! Nous avons passé l'été à Cowes et Deauville, puis en Écosse. En notre absence, tout est recouvert de housses, ici. Une fois par semaine, on enlève les housses et des cars de touristes viennent s'extasier en écoutant les commentaires de Tredwell : « Sur votre droite, vous avez le portrait de la quatrième marquise de Caterham, peint par sir Joshua Reynolds », etc. Et il y a toujours un petit malin pour donner un coup de coude à sa voisine et lui dire « Tu as vu, Gladys, il y en a pour des millions ! » Et les voilà repartis en traînant des pieds dans la salle suivante, pour contempler d'autres peintures en bâillant et en attendant qu'il soit l'heure de rentrer.

— Pourtant, des événements historiques se sont produits ici, d'après ce que l'on dit.

— Vous, vous avez écouté George ! railla-t-elle. C'est exactement le genre de chose qu'il adore raconter.

Mais Anthony s'était redressé et observait le rivage.

— Est-ce un troisième suspect étranger que j'aperçois debout devant le hangar, ou l'un des invités ?

Bundle leva les yeux.

— C'est Bill, dit-elle.

— Il a l'air inconsolable. On dirait qu'il cherche quelque chose.

— C'est certainement moi, qu'il cherche, dit Bundle sans enthousiasme.

— Voulez-vous que nous ramions dans la direction opposée ?

— La réponse est parfaite, mais le ton pourrait être un peu plus convaincu.

— Eh bien, pour me faire pardonner, je ramerai avec une ardeur décuplée.

— Pas question, répliqua Bundle. J'ai mon amour-propre. Ramenez-moi donc au rivage. Il faut bien que quelqu'un s'occupe de ce jeune crétin. Virginia a dû l'abandonner à son sort. Vous verrez, un de ces jours, je finirai par épouser George, rien que pour jouer le rôle de la parfaite hôtesse d'un de nos célèbres hommes politiques.

Anthony regagna docilement le débarcadère.

— Et moi, que vais-je devenir ? se plaignit-il. Il est hors de question que je vienne troubler votre charmante intimité, Bill ne me le pardonnerait jamais. Ce sont vos jeunes sœurs, qui sont là sur le rivage ?

— Oui, prenez garde, ou elles ne vous lâcheront plus.

— J'adore les enfants, déclara Anthony. Je vais leur apprendre un jeu calme et intellectuel.

— En tout cas, ne venez pas dire que je ne vous ai pas prévenu.

Anthony laissa Bundle prendre soin de l'inconsolable Bill et s'approcha des deux enfants, dont les clameurs perturbaient la quiétude environnante. Il fut accueilli par des cris de joie.

— T'es cap' de jouer aux Indiens ? demanda Gargouillette avec solennité.

— Bien sûr, dit Anthony. Et si vous entendiez le cri que je pousse quand je me fais scalper !

Et il illustra sur-le-champ son propos.

— Pas trop mal, concéda Bigornette de mauvaise grâce. Et maintenant, le cri de guerre du Peau Rouge !

Anthony leur offrit un hurlement à glacer les sangs. Une fois brillamment passées ces épreuves d'admission, la bataille commença.

Une heure plus tard, le front en sueur, Anthony s'aventura à demander des nouvelles de Mlle Brun. Il fut heureux d'apprendre qu'elle allait beaucoup mieux. Il était devenu tellement populaire auprès des deux gamines qu'elles insistèrent pour qu'il vienne prendre le thé avec elles chez la gouvernante.

— Et il faudra nous raconter l'histoire de cet homme pendu au bout d'une corde ! s'écria Gargouillette.

— C'est vrai que tu as un morceau de la corde avec toi ? demanda Bigornette.

— Oui, dans ma valise, répondit gravement Anthony. Je vous en donnerai un morceau à chacune.

Bigornette manifesta son allégresse en vociférant sauvagement.

— Il faut que nous montions nous laver les mains, dit Gargouillette à regret. Tu n'oublieras pas de venir prendre le thé, hein ?

Anthony jura solennellement que rien ne saurait l'en empêcher. Satisfaites, les deux fillettes retournèrent vers la maison. Anthony restait à les regarder quand il remarqua soudain un homme qui s'enfuyait dans le parc, de bosquets en massifs. Anthony était pratiquement convaincu qu'il s'agissait de l'étranger à la barbiche noire qu'il avait vu le matin même. Tandis qu'il hésitait à le suivre, Mr Hiram Fish apparut devant lui. Il sursauta en apercevant Anthony.

— Alors, Mr Fish, cet après-midi ? Tranquille ?

— Oh ! tout ce qu'il y a de plus tranquille.

Mais tranquille, Mr Fish ne l'avait pas l'air tant que cela. Son visage était rouge et il soufflait, comme s'il avait couru. Il tira sa montre de son gousset.

— Je crois qu'il est l'heure de nous livrer à votre rituel britannique du thé, dit-il doucement.

Et, refermant sa montre d'un coup sec, Mr Fish se dirigea lentement vers la maison.

Plongé dans ses pensées, Anthony tressaillit soudain en apercevant à côté de lui le superintendant Battle. Il n'avait pas fait le moindre bruit et semblait avoir surgi du néant.

— D'où venez-vous ? lui demanda Anthony, légèrement irrité.

D'un signe de tête, Battle indiqua le petit bosquet derrière eux.

— C'est un véritable lieu de pèlerinage, cet après-midi, remarqua Anthony.

— Vous étiez perdu dans vos pensées, Mr Cade ?

— En effet. Savez-vous ce que j'étais en train de faire, Battle ? J'essayais de m'y retrouver dans cette affaire et, à vrai dire, j'y renonce.

— On ne peut nier que la situation soit confuse, reconnut le détective.

— Mais vous êtes justement l'homme que je souhaitais voir, Battle. Dites-moi, je voudrais faire un petit voyage. Serait-ce possible ?

Fidèle à ses principes, le superintendant Battle ne manifesta ni émotion ni surprise. Il répondit calmement :

— Cela dépend, Mr Cade, de l'endroit où vous désirez vous rendre.

— Je vais être franc avec vous, Battle. Je voudrais aller à Dinard, au château de Mme la comtesse de Breteuil.

— Quand voulez-vous partir, Mr Cade ?

— Disons demain, après l'enquête. Je pourrai être de retour dimanche soir.

— Je comprends, dit lentement le superintendant.

— Et alors ?

— Je n'y vois pas d'objection, à condition que vous alliez bien là où vous nous dites aller et que vous reveniez ici directement.

— Battle, vous êtes unique. Est-ce que je vous suis particulièrement sympathique, ou êtes-vous simplement d'une redoutable perspicacité ?

Le superintendant Battle eut un petit sourire, mais ne répondit pas.

— Bien, bien, dit Anthony. Je suppose que vous prendrez vos précautions et que de discrets serviteurs de la loi suivront ma trace suspecte. C'est naturel. Mais j'aimerais bien savoir ce qu'il en est exactement.

— Que voulez-vous dire, Mr Cade ?

— Les Mémoires. Pourquoi les monter ainsi en épingle ? S'agit-il simplement de Mémoires ou nous réservez-vous une petite surprise de votre cru ?

Battle eut un nouveau sourire.

— Écoutez, je vous accorde cette faveur parce que vous m'avez fait une impression favorable, Mr Cade. J'apprécie que vous m'apportiez votre contribution en cette affaire. Les amateurs peuvent être fort utiles aux professionnels, vous savez. Les uns ont accès à une certaine intimité, si je puis dire, interdite aux autres, qui eux, ont l'expérience.

— J'avoue que j'aimerais bien élucider ce crime doublé d'un mystère, dit doucement Anthony.

— Avez-vous déjà des idées, Mr Cade ?

— Beaucoup, répondit Anthony. Mais elles se présentent surtout sous la forme d'interrogations.

— Par exemple ?

— Une question essentielle : qui succédera au prince Michael sur le trône ?

Un sourire quelque peu forcé se dessina sur le visage du superintendant.

— Je me demandais si vous en viendriez à vous poser cette question, Mr Cade. Le prochain héritier est le prince Nicholas Obolovitch. Un cousin germain du prince Michael.

— Et où est-il en ce moment ? demanda Anthony en se détournant pour allumer une cigarette. Ne me dites pas que vous n'en savez rien, Battle, je ne vous croirais pas.

— Nous avons toutes les raisons de penser qu'il est aux États-Unis. Ou du moins, il s'y trouvait encore récemment. Il était en train de rassembler un beau petit pécule en s'imaginant déjà qu'il réussirait à accéder au trône.

Anthony poussa un petit sifflement surpris.

— Je comprends, dit-il. Michael était soutenu par l'Angleterre, et Nicholas par l'Amérique. Dans les deux cas, un groupe de financiers cherche à obtenir les concessions pétrolières. Le Parti Monarchiste, qui avait adopté Michael pour candidat, devra en trouver un autre. Messieurs Isaacstein et Lomax n'ont plus qu'à grincer des dents, tandis qu'on se réjouit à Wall Street. C'est bien cela ?

— À peu près, dit le superintendant Battle.

— Hum ! fit Anthony. Je jurerais presque que je sais ce que vous faisiez dans ce bosquet.

Le policier sourit sans répondre.

— La politique au niveau international est fascinante, reprit Anthony. Mais hélas ! je dois vous quitter ! J'ai rendez-vous chez la gouvernante.

Il s'éloigna vers la maison à grandes enjambées et, grâce aux renseignements de l'honorable Tredwell, trouva sans difficulté les appartements de la gouvernante. Il fut reçu par des acclamations d'allégresse. Gargouillette et Bigornette se précipitèrent vers lui et le menèrent à Mademoiselle en un cortège triomphal.

Anthony eut un imperceptible mouvement de recul. Mlle Brun était petite, entre deux âges ; elle avait le teint cireux, des cheveux grisonnants et un duvet prometteur au-dessus de la lèvre supérieure ! Rien à voir avec le profil d'aventurière que s'était imaginé Anthony.

« J'ai l'impression, se dit Anthony, que je suis en train de me ridiculiser. Tant pis, jouons le jeu jusqu'au bout. »

Il fut extrêmement courtois avec Mademoiselle qui, de son côté, parut ravie qu'un jeune homme aussi séduisant ait envahi son territoire. La petite réception fut un succès.

Mais ce soir-là, seul dans la magnifique chambre qu'on lui avait attribuée, Anthony fit les cent pas, perplexe.

« Je me suis trompé, songea-t-il. Pour la deuxième fois, je me suis trompé. Il y a dans cette affaire quelque chose qui m'échappe. »

Il s'interrompit soudain en voyant sa porte s'entrouvrir :

— Qu'est-ce que... commença-t-il.

Blond, très grand, les pommettes hautes et saillantes propres aux Slaves, de grands yeux fanatiques, un homme se tenait sur le seuil, dans une attitude extrêmement déférente.

— Mais qui êtes-vous ? demanda Anthony, stupéfait.

— Je suis Boris Anchoukoff.

— Vous étiez le valet de pied du prince Michael ?

— Oui. J'ai servi mon maître. Il est mort. Maintenant, c'est vous que je servirai.

— C'est très aimable à vous, répondit Anthony. Mais il se trouve que je n'ai pas besoin de domestique.

— Vous êtes mon maître, désormais. Je vous servirai fidèlement.

— Voyons... euh... je... comprenez-moi. Je n'ai pas les moyens de m'offrir un valet de chambre !

Boris Anchoukoff lui lança un regard empreint d'un léger mépris.

— Je ne demande pas d'argent. J'ai servi mon maître et je vous servirai. Jusqu'à la mort !

Il fit un pas en avant, mit un genou en terre, saisit la main d'Anthony et la plaça sur son front. Puis, il se releva vivement et quitta la pièce aussi soudainement qu'il y était entré.

Anthony resta pétrifié de stupeur.

« En voilà un original ! se dit-il. Un véritable chien fidèle à mon service. Ces gens-là ont des instincts étonnants. »

Il se leva et recommença à arpenter la pièce.

— Tout de même, marmonna-t-il, c'est bien embarrassant. Surtout en ce moment !

## 17

### Une aventure nocturne

L'enquête eut lieu le lendemain matin. Elle n'avait absolument rien à voir avec celles décrites dans les romans policiers. George Lomax lui-même se réjouit en constatant qu'on avait délicatement évité tout détail « indiscret ». Le superintendant Battle et le coroner, avec l'aide du chef de la police locale, avaient réussi à rendre cette formalité moins fastidieuse qu'elle n'aurait dû l'être.

Dès l'enquête terminée, Anthony partit.

Son départ ragaillardit un peu Bill Eversleigh. George Lomax, obsédé par la crainte que quelque indiscrétion ne vînt entacher son honorable fonction au Foreign Office, s'était montré particulièrement insupportable. Il avait exigé de miss Oscar et de Bill qu'ils soient présents en permanence. Toutes les missions utiles et intéressantes avaient été accomplies par miss Oscar, tandis que le rôle de Bill avait consisté à aller et venir — porteur d'innombrables messages —, à déchiffrer des télégrammes et écouter patiemment les discours répétitifs de George.

C'est donc un jeune homme complètement épuisé qui monta se coucher ce samedi soir. Il n'avait pratiquement pas eu une seule fois de la journée l'occasion de parler à Virginia, et il se sentait blessé et incompris. Par bonheur, ce nouveau venu des colonies était parti en voyage ! Il avait déjà suffisamment accaparé Virginia. Et bien sûr, si George Lomax continuait à le ridiculiser ainsi, comment pouvait-il espérer rivaliser avec lui... Bouillonnant de rancœur, Bill s'endormit. C'est en rêvant de Virginia qu'il trouva le réconfort.

Dans ce rêve héroïque, la belle Virginia était prisonnière du feu et, tel un preux chevalier, il volait à son secours. Il escaladait au péril de sa vie un immeuble en flammes, la prenait dans ses bras, inconsciente, et la déposait sur l'herbe. Elle avait faim et il partait désespérément à la recherche d'un sandwich... que George avait entre les mains, mais refusait de donner à Bill pour continuer à lui dicter des télégrammes. Puis, Virginia ayant enfin accepté de l'épouser, il l'attendait dans l'église. Mais... Oh ! horreur ! Il était en pyjama ! Il devait absolument rentrer chez lui se changer pour la circonstance. Il sautait dans sa voiture, mais elle ne démarrait pas. Soudain, Virginia apparaissait au bras du baron. Elle était délicieusement adorable, vêtue d'une ravissante robe grise. Elle s'approchait de lui et lui secouait l'épaule en souriant. « Bill, disait-elle, Oh, Bill ! » Elle le secouait de plus en plus fort. « Bill ; réveillez-vous, pour l'amour du ciel, réveillez-vous ! »

Hébété, Bill ouvrit les yeux. Il était dans sa chambre, à Chimneys, mais une partie de son rêve était toujours là. Virginia, penchée sur lui, répétait les mêmes mots, avec quelques variantes :

— Bill, réveillez-vous, Bill, je vous en prie !

— Bonjour, dit Bill en se redressant sur son lit. Que se passe-t-il ?

Virginia poussa un soupir de soulagement :

— Enfin ! J'ai cru que je n'y arriverais jamais. Cela fait des heures que je vous secoue, j'en ai les bras tout endoloris ! Êtes-vous bien réveillé, maintenant ?

— Je crois que oui, dit Bill sans conviction. Mais, que faites-vous ici, Virginia ? ajouta-t-il soudain. Votre présence dans ma chambre au milieu de la nuit... Est-ce bien une attitude convenable pour une jeune veuve respectable ?

— Ne faites pas l'enfant, Bill. Il se passe des choses.

— Quelles choses ?

— Des choses bizarres. Dans la Salle du Conseil. J'ai cru entendre une porte grincer et je suis descendue voir. C'est alors que j'ai aperçu de la lumière dans la Salle du Conseil. Je me suis approchée discrètement et j'ai regardé à travers le trou de la serrure. Ce que j'ai entr'aperçu m'a paru si extraordinaire que j'ai voulu en savoir davantage. Et tout à coup, j'ai pensé qu'il serait plus prudent d'être accompagnée d'un homme grand, fort et courageux, et j'ai bien sûr pensé tout de suite à vous. Mais cela fait si longtemps que je m'évertue à vous tirer du sommeil que nous avons perdu de précieuses minutes.

— Je vois, dit Bill. Et que voulez-vous que je fasse ? Que je descende attaquer les cambrioleurs ?

— Je ne suis pas sûre qu'il s'agisse de cambrioleurs, Bill, répliqua Virginia en fronçant les sourcils. C'est très curieux. Mais ne perdons pas plus de temps, venez.

— Attendez que j'enfile mes bottines — ou, mieux encore, mes gros brodequins cloutés, dit Bill en se levant. J'ai beau être grand, fort et courageux, je préfère ne pas affronter pieds nus des criminels endurcis.

— Quel magnifique pyjama vous avez là, Bill ! murmura Virginia. D'une élégance, malgré sa sobriété...

— À ce propos, Virginia, je voulais vous signaler que je trouve votre espèce de trucmuche ravissant, dit Bill en enfilant son second brodequin. Comment appelle-t-on ce genre de tenue ? Est-ce une banale chemise de nuit ? Un peignoir ?

— C'est un déshabillé, répondit Virginia. Je me réjouis de constater que vous êtes resté si pur, Bill.

— Comment ! s'exclama Bill, indigné.

— Vous venez de trahir votre innocence, mon ami. Vous êtes tout à fait gentil et je vous adore. Je vais même vous dire une chose. Demain matin, vers 10 heures, ce qui me paraît un moment raisonnable pour éviter toute émotion intempestive, il se pourrait même que je vous embrasse.

— J'ai toujours pensé que, pour ce genre de choses, on devrait obéir à l'impulsion du moment.

— Nous avons plus urgent à faire pour l'instant, répliqua Virginia. Pouvons-nous y aller, maintenant ? Ou voulez-vous encore enfiler une cotte de maille et un masque à gaz ?

— Je suis prêt, dit Bill. (Il passa une affreuse robe de chambre en soie brillante et s'empara d'un tisonnier.) L'arme fatale, précisa-t-il.

— Suivez-moi, dit Virginia. Et ne faites pas le moindre bruit.

Ils sortirent de la chambre et empruntèrent le couloir jusqu'à l'imposante double cage d'escalier. Lorsqu'ils arrivèrent en bas, Virginia se rembrunit.

— Vos brodequins sont-ils vraiment indispensables, Bill ? demanda-t-elle.

— Je fais de mon mieux, Virginia, mais avec tous ces clous...

— Enlevez-les, dit-elle fermement. (Bill poussa un grognement.) Vous les tiendrez à la main. Bill, ce qui se passe dans la Salle du Conseil m'a l'air terriblement mystérieux. À votre avis, pourquoi des cambrioleurs démantèleraient-ils l'armure ?

— Eh bien, sans doute parce qu'ils ne peuvent pas la transporter telle quelle. Ils la démontent pour prendre les pièces séparément.

Virginia secoua la tête en faisant la moue :

— Pourquoi diable démonter une vieille armure toute rouillée ? Chimneys regorge de trésors beaucoup plus faciles à dérober.

— Combien sont-ils ? demanda Bill en resserrant les mains autour du tisonnier.

— Je n'ai pas bien pu voir, par le trou de la serrure. Et ils n'étaient éclairés que par une lampe de poche.

— Ils sont sans doute partis, maintenant, fit Bill plein d'espoir.

Il s'assit sur la dernière marche et retira ses brodequins. Puis, les tenant à la main, il s'avança dans le passage qui menait à la Salle du Conseil, suivi de Virginia. Ils s'arrêtèrent devant la large porte de chêne. On n'entendait aucun bruit, mais soudain, Virginia lui prit le bras et Bill approuva en silence. À travers la serrure, une lumière était apparue l'espace de quelques secondes.

Bill se mit à genoux et appliqua son œil devant l'orifice. La scène était fort étrange en effet. Manifestement, le ou les hommes étaient hors de son champ de vision, sur la gauche. Des tintements étouffés se faisaient entendre de temps à autre : à l'évidence, les intrus n'avaient pas fini de démanteler l'armure. Il y en avait deux qui devaient se trouver, pour autant que Bill s'en souvenait, contre le mur, sous le portrait de Holbein. Le faisceau de la torche électrique semblait braqué sur ce qui se tramait, tandis que le reste de la pièce restait plongé dans une quasi-obscurité. À un moment, une silhouette entra dans le champ de vision de Bill, mais la lumière était trop faible pour qu'il pût rien distinguer. Était-ce un homme ou une femme ? On n'aurait pu le dire. Soudain, un autre son se fit entendre. Un coup léger, comme lorsque l'on tapote sur du bois.

Brusquement, Bill se redressa.

— Que se passe-t-il ? chuchota Virginia.

— Inutile de continuer à regarder ainsi par le trou de la serrure. On ne voit rien et on ne peut rien deviner. Je vais passer à l'attaque. D'homme à homme. (Il remit ses brodequins et se leva.) Écoutez-moi bien, Virginia. Savez-vous où se trouve l'interrupteur électrique ?

— Oui, juste à côté de la porte.

— Préparez-vous. Ils ne doivent pas être plus de deux, peut-être même n'y en a-t-il qu'un. Je vais entrer au milieu de la pièce, et quand je dirai « allez-y », vous allumerez. Vous avez compris ?

— Très bien.

— Ne criez pas, ne vous évanouissez pas. Je ne laisserai personne vous faire du mal.

— Mon héros ! murmura Virginia.

Bill chercha son regard à travers l'obscurité. Il perçut un petit bruit, un sanglot... ou un rire étouffé ? D'un geste décidé, il brandit son tisonnier. Il se sentait maître de la situation. Oui, il était un héros.

Tout doucement, il tourna la poignée de la porte, qui céda et s'ouvrit. Ensemble, ils entrèrent sans bruit.

À l'autre bout de la salle, la torche balaya le tableau de Holbein. La silhouette d'un homme debout sur une chaise se détachait dans la pénombre. Le dos tourné, il tapotait doucement la boiserie. On ne distinguait qu'une ombre terrifiante.

Bill ne fit ni une ni deux.

— Allez-y ! cria-t-il à Virginia.

Et il bondit vers l'homme tandis qu'elle tournait le commutateur. La lumière du lustre aurait dû inonder la pièce. Mais, à part le petit bruit sec du commutateur, il ne se produisit rien : la salle resta plongée dans l'obscurité.

Bill jura sans retenue. L'instant d'après, on entendait des halètements et des bruits de bagarre. Une lutte désespérée était en train de se livrer dans le noir, mais impossible de savoir qui avait le dessus. Hormis l'homme qu'ils avaient entr'aperçu, y avait-il quelqu'un d'autre dans la pièce ? Possible. Difficile à dire.

Virginia était paralysée. Que faire ? Elle n'osait pas se mêler à la bagarre, craignant de gêner Bill. Elle préféra se tenir sur le pas de la porte afin d'empêcher quiconque de s'enfuir par là. Désobéissant à la consigne expresse de Bill, Virginia cria à l'aide.

Elle entendit des portes s'ouvrir à l'étage, et soudain, l'escalier et le vestibule furent éclairés. Si seulement Bill pouvait retenir cet homme jusqu'à l'arrivée des secours !

Mais à cet instant, elle entendit un terrible branle-bas. Les deux hommes avaient dû se cogner à l'une des armures, qui tomba sur le sol dans un fracas assourdissant. Virginia aperçut une ombre s'élancer vers la fenêtre, tandis que Bill, enseveli sous l'armure, proférait des jurons en tentant de se dégager.

Virginia quitta son poste et se précipita vers la silhouette qui s'enfuyait. Mais la fenêtre était déjà ouverte et l'intrus bondit dehors sans perdre une seconde, dévala la terrasse et disparut. Virginia se lança sur ses traces. Jeune et sportive, elle l'aurait peut-être rejoint... Mais elle tomba tête la première dans les bras d'un homme qui surgissait à cet instant d'une petite porte latérale. C'était Mr Hiram P. Fish.

— Mais c'est une femme ! s'exclama-t-il. Oh ! je vous demande pardon, Mrs Revel. Je vous ai prise pour un criminel en fuite !

— Il est parti par là ! s'écria Virginia hors d'haleine. Nous pouvons encore le rattraper !

Mais elle savait qu'il était déjà trop tard. L'homme avait dû regagner le parc, et la nuit était noire, sans lune. Elle retourna vers la Salle du Conseil aux côtés de Mr Fish, qui lui racontait de sa voix monocorde les us et coutumes des cambrioleurs en général et en particulier, dont il semblait avoir une expérience approfondie.

Lord Caterham, Bundle et un certain nombre de domestiques terrifiés se tenaient sur le seuil de la pièce.

— Mais que diable se passe-t-il ? demanda Bundle. Ce sont des cambrioleurs ? Que faites-vous avec Mr Fish, Virginia ? Une petite promenade nocturne ?

Virginia se lança dans le récit des événements de la soirée.

— Comme c'est excitant ! s'exclama Bundle. Un meurtre et un cambriolage en l'espace de deux jours, quel exploit ! Mais pourquoi l'électricité ne fonctionne-t-elle pas, ici ?

Ce mystère fut rapidement résolu. Les ampoules avaient tout simplement été enlevées et posées par terre. Perché sur un escabeau, Tredwell, majestueux même en robe de chambre, fit jaillir la lumière dans la pièce sens dessus dessous.

— Si je ne m'abuse, dit lord Caterham de sa voix triste en jetant un coup d'œil autour de lui, ce lieu vient d'être la scène d'activités violentes.

C'était le moins que l'on pût dire. Tout ce qui pouvait être dévasté l'avait été. Le sol était jonché de chaises cassées, de débris de vaisselle et de pièces d'armure.

— Combien étaient-ils ? demanda Bundle. On dirait que la lutte a été terrible.

— Un seul, je crois, répondit Virginia d'un ton hésitant.

Elle n'en était pas convaincue. Certes, un seul homme s'était enfui par la fenêtre. Mais alors qu'elle se ruait à sa poursuite, elle avait eu la vague impression d'un frémissement tout près d'elle. Un deuxième homme aurait pu s'échapper par la porte. Toutefois, ce frémissement n'était peut-être que le fruit de son imagination.

Soudain Bill apparut à la fenêtre. Il était hors d'haleine et soufflait bruyamment.

— Satané individu ! s'exclama-t-il furieux. Il s'est enfui. Je l'ai cherché partout. Il a disparu.

— Allons, Bill, ne vous découragez pas, lui dit Virginia. Nous aurons plus de chance la prochaine fois.

— Eh bien, dit lord Caterham, qu'allons-nous faire, maintenant ? Retourner au lit ? Je ne peux pas appeler Badgworthy à cette heure indue. Tredwell, vous qui connaissez les usages dans ces cas-là, voulez-vous faire le nécessaire, je vous prie ?

— Très bien, milord.

Avec un soupir de soulagement, lord Caterham s'apprêta à quitter la pièce.

— Cet Isaacstein a le sommeil lourd, remarqua-t-il avec un soupçon de jalousie. Avec un tel raffut, il aurait dû se réveiller. (Il regarda Mr Fish.) Je vois que vous avez trouvé le temps de vous habiller, ajouta-t-il.

— En effet, j'ai enfilé quelques vêtements à la hâte, dit l'Américain.

— Vous avez bien fait, déclara lord Caterham en frissonnant. Il fait diablement froid, en pyjama !

Il ponctua cette remarque d'un bâillement morose, et les invités se retirèrent à sa suite dans leurs appartements.

## 18

## Encore une aventure nocturne

La première personne que vit Anthony, en descendant du train le lendemain après-midi, fut le superintendant Battle. Il lui adressa un large sourire.

— Me voici de retour, comme convenu, dit-il. Êtes-vous venu vous en assurer?

— Je n'en doutais pas, Mr Cade, répondit Battle en secouant la tête. Il se trouve simplement que je me rends à Londres.

— Vous êtes d'une nature si confiante, Battle.

— Croyez-vous?

— Non. Je vous crois plutôt subtil. Très subtil. Tout en finesse... Alors, vous allez à Londres?

— En effet, Mr Cade.

— Tiens! je me demande bien pourquoi. (L'homme du Yard ne répondit pas.) Vous êtes d'une loquacité à toute épreuve, superintendant! C'est ce que j'aime, en vous.

L'ombre d'un sourire anima les yeux de Battle.

— Et vous, Mr Cade, êtes-vous satisfait de votre petite excursion? demanda-t-il.

— J'ai fait chou blanc, Battle. Pour la deuxième fois, je me suis fourvoyé. Et pour vous parler franchement, je trouve cela très agaçant!

— Puis-je vous demander ce que vous étiez allé faire?

— Je soupçonnais la gouvernante française. D'une part, parce qu'elle est le suspect le moins probable, selon les critères des meilleurs romans policiers; d'autre part, parce que sa fenêtre était allumée la nuit du drame.

— C'étaient de maigres indices.

— Vous avez raison. Mais j'ai aussi appris qu'elle n'était embauchée que depuis peu et j'ai découvert en outre un Français suspect qui s'intéressait d'un peu trop près à Chimneys. Je suppose que vous le connaissez?

— Vous voulez dire l'homme qui se fait appeler M. Chelles? Qui séjourne à l'auberge des *Joyeux Joueurs de Cricket*? C'est un représentant en soieries.

— Ce doit être lui, en effet. Qu'en pense Scotland Yard?

— Il a certes agi d'étrange façon, répondit le superintendant Battle d'un ton neutre.

— Tout ce qu'il y a d'étrange, oui. J'ai fait le rapprochement: la gouvernante française dans la maison, l'inconnu français dehors. J'ai conclu qu'ils étaient de mèche et je suis allé rendre visite à la comtesse de Breteuil, chez qui Mlle Brun avait vécu ces dix dernières années. J'étais presque sûr d'apprendre que cette dame n'avait jamais entendu parler d'une Mlle Brun, mais je me suis trompé, Battle. Mademoiselle est bel et bien sincère.

Battle hocha la tête.

— Je dois admettre, poursuivit Anthony, que dès notre première rencontre, mes soupçons s'étaient estompés: elle incarne parfaitement le type même de la gouvernante!

Battle hocha la tête derechef:

— Et pourtant, Mr Cade, cela ne prouve rien. Les femmes, en particulier, sont expertes dans l'art du camouflage. J'ai vu un jour une jolie fille se faire colorer les cheveux, se mettre du fond de teint, se rougir les paupières et, plus efficace que tout, porter des vêtements informes. Neuf personnes sur dix ne l'auraient pas reconnue. Les hommes, eux, ne peuvent user des mêmes artifices. On peut toujours retoucher les sourcils et, bien sûr, les fausses dents font merveille pour modifier une expression, mais il reste toujours les oreilles. On peut savoir tout d'un caractère grâce aux oreilles, Mr Cade.

— Cessez de regarder ainsi les miennes, Battle, protesta Anthony. Vous me faites peur!

— Et je ne parle pas des postiches et des fards, poursuivit le superintendant. C'est bon pour les romans. Non, en vérité, rares sont les hommes capables de vous berner. En fait, je ne connais qu'une personne qui possède un véritable génie en matière de déguisement. Le Roi Victor. Vous avez entendu parler du Roi Victor, Mr Cade?

Il avait posé la question d'une façon si brusque et si incisive qu'Anthony réprima les mots qui lui vinrent aux lèvres et déclara d'un air songeur:

— Le Roi Victor? Oui, il me semble que j'ai déjà entendu ce nom.

— C'est l'un des voleurs de bijoux les plus célèbres au monde. Père irlandais, mère française. Il parle au moins cinq langues. Il a été emprisonné pendant sept ans, mais on l'a libéré il y a quelques mois.

— Vraiment ? Et où est-il censé se trouver maintenant ?

— J'aimerais bien le savoir, Mr Cade !

— Le complot s'épaissit, déclara Anthony d'un ton enjoué. Et s'il venait nous rendre visite à Chimneys ? Non, je suppose qu'il s'intéresse davantage aux bijoux qu'aux Mémoires d'un homme politique.

— On ne sait jamais, répliqua le superintendant Battle. Si cela se trouve, il est déjà ici.

— Déguisé en laquais ? Magnifique ! Vous allez le démasquer grâce à ses oreilles et vous ferez la une des journaux !

— Je vois que vous aimez plaisanter, Mr Cade. À propos, que pensez-vous de cette étrange affaire de Staines ?

— Staines ? Que s'est-il passé à Staines ?

— Les journaux de samedi et d'aujourd'hui ont rapporté toute l'histoire. Vous n'en avez pas entendu parler ? On a trouvé un homme tué d'une balle de revolver dans un fossé. Un étranger.

— Ah, oui ! J'ai vu ça, dit Anthony d'un ton désinvolte. Apparemment, il ne s'agirait pas d'un suicide ?

— Non. On n'a pas retrouvé d'arme. Pour l'instant, la victime n'a pas été identifiée.

— Cette affaire semble vous passionner, dit Anthony en souriant. Y aurait-il un rapport avec la mort du prince Michael ?

Impassible, il soutenait le regard du superintendant sans ciller. Était-ce le fruit de son imagination, ou Battle l'observait-il avec une intensité particulière ?

— Ces choses-là semblent se produire par séries, déclara Battle. Mais je ne m'aventurerais pas à dire qu'il existe un lien entre les deux crimes.

Il tourna les talons, hélant un porteur alors que le train en direction de Londres arrivait dans un fracas assourdissant. Anthony laissa échapper un léger soupir de soulagement.

De retour à Chimneys et d'humeur songeuse, ce qui chez lui était rare, il traversa lentement le parc. Il décida de s'approcher de la maison par le même chemin qu'il avait emprunté cette fameuse nuit du jeudi et, tout en marchant, il regarda les fenêtres en s'efforçant de se souvenir avec certitude de celle qu'il avait vue éclairée cette nuit-là. Était-il si sûr que c'était l'avant-dernière ?

Et c'est alors qu'il fit une découverte. Il y avait, au coin de la maison, un renfoncement percé d'une fenêtre. Il fallait se trouver sous un certain angle pour voir que cette fenêtre était la première, et que, de ce fait, la première au-dessus de la Salle du Conseil était la deuxième, mais, pour peu qu'on se déplace de quelques mètres sur la droite, on avait l'impression que la partie construite au-dessus de la Salle du Conseil était l'extrémité de la façade : la première ouverture était invisible et les deux fenêtres de la pièce qui se trouvait au-dessus de la Salle du Conseil devenaient les dernière et avant-dernière. Où se tenait-il exactement lorsqu'il avait vu cet éclat de lumière ?

C'était difficile à déterminer. Ne suffisait-il pas de quelques mètres pour voir Chimneys différemment ? Quoi qu'il en soit, une chose était certaine : il avait fort bien pu se tromper en pensant que la lumière venait de l'avant-dernière fenêtre. Elle aurait pu venir de la précédente.

Qui occupait la troisième pièce ? Anthony était décidé à se renseigner sans plus attendre. La chance lui sourit. Dans le vestibule, il tomba sur Tredwell, qui rangeait la théière en argent sur son plateau. Ils étaient seuls.

— Bonjour, Tredwell, dit Anthony. Vous allez sans doute pouvoir me renseigner : qui occupe la troisième chambre en partant de l'extrémité de la façade ouest, au-dessus de la Salle du Conseil ?

Le majordome réfléchit un instant :

— Ce doit être la chambre du gentleman américain, monsieur, Mr Fish.

— Oh ! vraiment ? Je vous remercie.

— À votre service, monsieur.

Tredwell s'apprêtait à repartir, mais il marqua un temps. Le désir d'être le premier à faire part d'une nouvelle l'emporta sur ses habitudes de laquais impénétrable.

— Peut-être avez-vous appris, monsieur, ce qui s'est passé hier soir ?

— Pas du tout, qu'est-il donc arrivé ?

— Une tentative de cambriolage, monsieur !

— Vraiment ? A-t-on dérobé quelque chose ?

— Non, monsieur. Les voleurs étaient en train de démanteler une armure dans la Salle du Conseil lorsqu'ils ont été surpris et contraints à s'enfuir. Malheureusement, ils ont disparu.

— Voilà qui n'est pas banal ! s'exclama Anthony. La Salle du Conseil, encore une fois... Est-ce par là qu'ils se sont introduits ?

— On pense, monsieur, qu'ils ont forcé la fenêtre.

Satisfait de l'intérêt suscité par sa nouvelle, Tredwell se disposait à se retirer, mais il se heurta à une tierce personne.

— Que Monsieur veuille bien m'excuser, je ne savais pas que Monsieur se tenait juste derrière moi.

Mr Isaacstein, victime du choc, fit un geste amical en direction du domestique.

— Il n'y a pas de mal, mon brave. Ne vous en faites pas.

Tredwell se retira avec un air de dédain souverain pour ce parvenu. Isaacstein se laissa lourdement tomber dans un fauteuil.

— Bonjour, Cade. Alors, vous revoilà. On vous a raconté la grande aventure d'hier soir ?

— Oui, répondit Anthony. Passionnant week-end, non ?

— À mon avis, ce qui s'est passé cette nuit est l'œuvre de cambrioleurs locaux, déclara Isaacstein. Des amateurs, manifestement.

— Quelqu'un collectionne-t-il les armures, dans la région ? Drôle d'idée d'aller voler un engin pareil.

— C'est curieux, en effet, concéda Mr Isaacstein. (Il s'interrompit, puis reprit lentement :) Toute cette histoire est bien fâcheuse.

Il y avait comme une menace dans la voix du financier.

— Je ne comprends pas très bien, dit Anthony.

— Pourquoi sommes-nous tous contraints de rester ? L'enquête s'est terminée hier. Le corps du prince va être emmené à Londres, où l'on annoncera qu'il est décédé d'un arrêt cardiaque. Et pourtant, on ne nous autorise toujours pas à quitter la maison. Mr Lomax n'en sait pas plus que moi. Il m'a dit de m'adresser au superintendant Battle.

— Le superintendant Battle doit mijoter un coup, dit Anthony d'un ton songeur. Et manifestement, pour la réussite de son plan, nul ne doit quitter le lieu du crime.

— Excusez-moi, Mr Cade, mais... vous êtes bien parti, vous.

— Avec un fil à la patte. Je suis convaincu que l'on m'a

suivi tout du long. On ne m'aurait pas laissé l'occasion de me débarrasser du revolver, par exemple !

— Ah ! Le revolver, dit Isaacstein, pensif. Pas encore retrouvé ?

— Pas encore, non.

— On a pu le jeter dans le lac.

— C'est tout à fait possible, acquiesça Anthony.

— Où est le superintendant Battle ? Je ne l'ai pas vu, cet après-midi.

— Il est parti pour Londres. Je l'ai rencontré à la gare.

— Pour Londres ? Vraiment ? Vous a-t-il dit quand il devait revenir ?

— Demain matin de bonne heure, si j'ai bien compris.

Virginia entra en compagnie de lord Caterham et de Mr Fish. Elle adressa à Anthony un large sourire de bienvenue.

— Vous voilà de retour, Mr Cade ! Vous a-t-on déjà raconté nos mésaventures de la nuit dernière ?

— En vérité, Mr Cade, dit Hiram Fish, nous avons vécu une nuit tout à fait extraordinaire. Figurez-vous que j'ai pris Mrs Revel pour l'un des cambrioleurs !

— Et pendant ce temps-là, le voleur...

— ... a détalé, termina Mr Fish avec regret.

— Voulez-vous bien servir le thé, ma chère ? demanda lord Caterham à Virginia. Je me demande bien où est passée Bundle.

Virginia s'exécuta, puis elle revint s'asseoir près d'Anthony.

— Venez dans le hangar à bateaux après le thé, lui dit-elle à voix basse. Bill et moi avons beaucoup de choses à vous raconter.

Puis, elle se joignit d'un ton léger à la conversation.

Ils se retrouvèrent comme convenu près du lac. Virginia et Bill étaient surexcités. Tous décidèrent d'un commun accord que le seul endroit tranquille pour une discussion confidentielle était le lac. Ils montèrent dans une barque et ramèrent jusqu'au milieu du lac, où l'aventure de la nuit précédente fut racontée à Anthony avec force détails. Bill boudait un peu. Il aurait préféré que Virginia n'insistât pas pour mêler cet homme bronzé venu des colonies à leurs faits et gestes.

— Eh bien, mes enfants, voilà qui sort de l'ordinaire !

déclara Anthony lorsqu'on lui eut tout raconté. Quelle conclusion en tirez-vous ? demanda-t-il à Virginia.

— Je crois qu'ils cherchaient quelque chose de bien précis, répondit-elle sans hésiter. Cette idée d'un cambriolage est ridicule.

— Et ils pensaient que la chose en question, quelle qu'elle fût, était peut-être cachée dans l'armure, c'est clair. Mais pourquoi tapoter la boiserie ? On dirait plutôt qu'ils cherchaient un escalier secret, ou un truc dans ce goût-là.

— Je sais qu'il existe un « trou de prêtre » — une chambre secrète — à Chimneys, dit Virginia. Et je crois qu'il y a également un escalier secret. Lord Caterham pourrait nous le confirmer. Ce que j'aimerais bien savoir, c'est sur quoi ils voulaient ainsi mettre la main.

— Certainement pas sur les Mémoires, dit Anthony. Ça représente un paquet beaucoup trop volumineux.

— George est certainement au courant. Je me demande si je parviendrais à lui tirer les vers du nez... J'ai toujours pensé qu'il nous cachait l'essentiel, dans cette affaire.

— Vous dites qu'il n'y avait qu'un homme, poursuivit Anthony, mais que lorsque vous vous êtes jetée vers la fenêtre, il n'était pas impossible qu'un autre se soit enfui par la porte.

— En fait, je n'ai entendu qu'un léger bruit, dit Virginia. Peut-être était-ce un effet de mon imagination.

— C'est possible. Mais, dans le cas contraire, la deuxième personne doit être un occupant de la maison. Je me demande...

— Quoi donc ? questionna Virginia.

— Ce Mr Hiram Fish, qui a pris le soin de s'habiller de pied en cap en entendant quelqu'un appeler à l'aide en bas.

— C'est étrange, en effet, approuva Virginia. Et il y a aussi Isaacstein, qui ne s'est pas réveillé alors qu'il y a eu un véritable branle-bas dans tout le reste de la maison. N'est-ce pas suspect ?

— Et ce Boris ? suggéra Bill. Le valet de chambre du prince Michael. Il m'a tout l'air d'une brute épaisse.

— Chimneys regorge d'individus suspects, dit Virginia. Sans compter que les autres doivent nous juger tout aussi suspects ! Quel dommage que le superintendant Battle soit à Londres ! Quelle drôle d'idée, ce départ précisément en ce moment. À propos, Mr Cade, j'ai revu une ou deux fois ce drôle de petit Français rôder dans le parc.

— Je suis perplexe, avoua Anthony. Quant à moi, j'ai suivi une fausse piste qui s'est terminée en queue de poisson. Écoutez, à mon avis, toute cette affaire repose sur un point : les hommes ont-ils trouvé ce qu'ils étaient venus chercher la nuit dernière ?

— Je suis presque convaincue que non, déclara Virginia.

— Dans ce cas, ils reviendront. Ils savent, ou sauront bientôt, que Battle est à Londres. Ils courront certainement le risque de revenir cette nuit.

— Vous croyez vraiment ?

— Nous verrons bien. Je propose qu'à nous trois, nous fomentions une petite conspiration. Eversleigh et moi, nous nous cacherons cette nuit dans la Salle du Conseil...

— Et moi ? intervint Virginia. Ne croyez pas que vous allez m'évincer si facilement !

— Écoutez, ma petite Virginia, dit Bill, c'est une affaire d'hommes...

— Ne faites pas l'idiot, Bill. J'en suis. Ne vous y trompez pas. Tous les conspirateurs veilleront, cette nuit !

Et ils mirent soigneusement au point les détails de leur plan.

Ce soir-là, lorsque tout le monde se fut retiré, nos trois conspirateurs descendirent l'escalier sur la pointe des pieds, munis de torches électriques. Dans sa poche, Anthony avait un revolver.

Il était convaincu que l'on ferait une nouvelle tentative pour récupérer l'objet recherché. Mais il ne pensait pas qu'il y aurait effraction. L'homme viendrait de l'intérieur. Sans doute Virginia avait-elle raison de croire qu'une deuxième personne était passée près d'elle la nuit précédente. Et, caché dans l'ombre d'un buffet en chêne, il surveillait non pas la fenêtre, mais la porte. Virginia était tapie derrière une armure contre le mur opposé. Et Bill était posté près de la porte-fenêtre.

Les minutes passèrent avec une lenteur interminable. On entendit sonner 1 heure, puis 2, puis la demie. Anthony était tout engourdi et une crampe lui gagnait le pied. Il commençait à croire qu'il s'était trompé. Personne ne viendrait.

Soudain, il se raidit, tous ses sens en alerte. Quelqu'un marchait dehors, sur la terrasse. Le silence revint, puis on entendit un grattement étouffé à la porte-fenêtre. Un homme l'ouvrit et pénétra dans la pièce.

Il resta un instant immobile à regarder autour de lui, l'oreille tendue. Au bout d'une minute ou deux, il parut rassuré, alluma la torche dont il était muni et en balaya rapidement la salle. Ne constatant rien d'anormal, il se dirigea vers la boiserie qu'il avait examinée la veille.

Les trois détectives amateurs retinrent leur respiration.

À cet instant, Bill fut envahi d'une certitude atroce. Il allait éternuer ! Dans sa course éperdue la veille dans l'herbe humide, il s'était enrhumé. Il sentait maintenant l'éternuement monter, et il ne pouvait rien faire pour l'éviter.

Il tenta toutes les diversions auxquelles il pouvait songer, se mordit la lèvre inférieure, déglutit, rejeta la tête en arrière, les yeux au plafond. En dernier ressort, il se pinça le nez et le tordit violemment. Inutile. Il éternua.

Un éternuement étouffé, réprimé, mais dans le silence de mort qui régnait, ce n'en était pas moins un éternuement.

L'étranger fit volte-face et au même instant, Anthony réagit. Il alluma sa torche et lui bondit dessus. Une seconde plus tard, ils roulaient tous deux à terre.

— Lumière ! cria Anthony.

Virginia se tenait prête et actionna le commutateur. Cette fois, la lumière inonda la pièce. Anthony était aux prises avec son homme. Bill vint à sa rescousse.

— Et maintenant, dit Anthony, voyons qui tu es, mon ami.

Il fit rouler sa victime. C'était l'élégant étranger de l'auberge, l'homme à la barbiche noire.

— Bien joué, dit une voix posée mais approbatrice.

Tous levèrent les yeux, stupéfaits. La silhouette massive du superintendant Battle se dressait sur le seuil.

— Je vous croyais à Londres, superintendant Battle ! dit Anthony.

Les yeux de Battle pétillèrent :

— Vraiment, Mr Cade ? Eh bien, disons qu'il m'a semblé opportun que l'on m'ait cru parti.

— Et cela s'est révélé efficace, constata Anthony en regardant l'homme prostré devant lui.

À sa grande surprise, un léger sourire se dessina sur le visage de l'étranger.

— Puis-je me relever, messieurs ? demanda-t-il. Vous êtes à trois contre un.

Anthony l'aida à se remettre sur pied. L'étranger rajusta son manteau, redressa son col et leva les yeux sur Battle.

— Je vous demande pardon, mais je crois comprendre que vous êtes de Scotland Yard ?

— En effet, répondit Battle.

— Dans ce cas, je vais vous montrer mes papiers. (Il eut un sourire un peu triste.) J'aurais dû avoir la sagesse de le faire plus tôt.

Il sortit des papiers de sa poche et les tendit à l'homme du Yard. Ce faisant, il retourna le revers de son veston et montra l'insigne qui y était accroché.

Battle poussa une exclamation de surprise. Il regarda les papiers et les rendit à l'homme en s'inclinant légèrement.

— Je suis désolé que vous ayez été rudoyé, monsieur, dit-il, mais nous ne pouvions pas savoir...

Et constatant l'expression ahurie des trois conspirateurs, il eut un sourire.

— Je vous présente un confrère que j'attendais, dit-il. M. Lemoine, de la Sûreté de Paris.

## 19

### Le secret

Tous trois contemplèrent le policier français avec stupeur.

— Mais oui, c'est exact, fit-il en souriant.

Il y eut une pause, pendant laquelle chacun reprit ses esprits. Puis, Virginia se tourna vers Battle.

— Savez-vous ce que je pense, superintendant Battle ?

— Que pensez-vous, Mrs Revel ?

— Il me semble qu'il serait temps de nous expliquer certaines choses.

— Certaines choses ? Je ne comprends pas très bien, Mrs Revel.

— Superintendant Battle, vous comprenez parfaitement. Je suppose que Mr Lomax vous a fait jurer le secret. Je le connais, il ne peut pas s'en empêcher. Mais vous conviendrez qu'il vaut mieux nous révéler toute l'histoire franchement, plutôt que de nous laisser deviner ce secret nous-mêmes, au risque de perturber certains plans. N'êtes-vous pas d'accord, monsieur Lemoine ?

— Entièrement d'accord, madame.

— En effet, on ne peut pas garder un secret indéfiniment, dit Battle. Je l'ai expliqué à Mr Lomax. Mr Eversleigh étant son secrétaire, il n'y a aucune raison qu'il ne soit pas mis au courant. Quant à Mr Cade, il s'est retrouvé malgré lui mêlé à cette affaire et j'estime qu'il est en droit de savoir de quoi il retourne. Mais...

Battle s'interrompit.

— J'ai compris, dit Virginia. Les femmes sont si indiscrètes, n'est-ce pas ? J'ai souvent entendu George tenir ce genre de propos.

Lemoine, qui avait observé attentivement le visage de Virginia, se tourna vers Battle.

— Ne vous ai-je pas entendu appeler Madame du nom de Revel ?

— C'est mon nom, en effet, dit Virginia.

— Votre mari était ambassadeur d'Angleterre en Herzoslovaquie, n'est-ce pas ? Et vous y étiez juste avant l'assassinat du roi et de la reine ?

— C'est exact.

Lemoine se retourna de nouveau vers son collègue :

— Je crois que Madame est en droit d'apprendre la vérité. Elle est d'ailleurs indirectement concernée. En outre (il eut un petit clin d'œil), la réputation de Mrs Revel en matière de discrétion n'est plus à faire dans les milieux diplomatiques.

— Je suis heureuse d'avoir un tel renom ! déclara Virginia en riant, et plus heureuse encore de ne pas être tenue à l'écart de vos confidences.

— Que diriez-vous d'un rafraîchissement ? proposa Anthony. Où allons-nous tenir cette conférence ? Ici même ?

— Si vous le voulez bien, monsieur, dit Battle, j'aimerais autant que nous ne quittions pas cette pièce avant le jour. Vous comprendrez pourquoi lorsque vous aurez entendu toute l'histoire.

— Dans ce cas, je vais aller chercher de quoi nous désaltérer.

Bill l'accompagna et ils revinrent avec un plateau chargé de verres, de siphons et de tous les autres ingrédients indispensables à une veillée.

Les conspirateurs et leurs deux nouvelles recrues s'installèrent confortablement devant la fenêtre, autour d'une grande table en chêne.

— Il va de soi, commença Battle, que tout ce qui se dira ici sera strictement confidentiel. Personne ne doit se douter de quoi que ce soit. Je savais bien qu'il faudrait en parler tôt ou tard. J'ai dit à Mr Lomax qu'il prenait des risques plus gros qu'il ne le croyait. Cette affaire a débuté il y a un peu plus de sept ans. À l'époque, on parlait beaucoup de restauration monarchique dans certains États balkaniques, et l'Angleterre s'intéressait particulièrement à la Herzoslovaquie. Le comte Stylptitch n'était pas étranger à ces démarches. De nombreux membres de la famille royale sont venus à l'époque en Angleterre, et certains ont séjourné à Chimneys. Je n'entrerai pas dans les détails, sachez simplement qu'un objet a disparu, de la façon la plus incroyable, et il a bien fallu admettre deux choses : d'une part, le voleur était un personnage royal, d'autre part, le vol avait été réalisé par un professionnel. M. Lemoine va vous expliquer comment ces deux conditions ont pu être réunies.

Le Français s'inclina courtoisement et poursuivit le récit :

— Il se peut qu'en Angleterre vous n'ayez pas entendu parler de notre célèbre et fantastique Roi Victor. On ignore son vrai nom, mais c'est un voleur de bijoux d'un courage et d'une audace inouïs, qui parle cinq langues et est passé maître dans l'art du déguisement. On sait que son père était anglais ou irlandais, mais il a commis la plupart de ses méfaits à Paris. C'est là que, voici près de huit ans, il a exécuté une audacieuse série de cambriolages, sous le nom de capitaine O'Neill.

Une exclamation étouffée échappa à Virginia. M. Lemoine lui lança un regard entendu :

— Je crois comprendre ce qui émeut Madame. Vous verrez pourquoi dans une minute. À la Sûreté, nous soupçonnions que ce capitaine O'Neill n'était autre que le Roi Victor, mais nous n'avons pas pu obtenir de preuve tangible. Par ailleurs, à l'époque, se produisait aux *Folies-Bergère* une jeune danseuse très futée, nommée Angèle Mory, et connue du Tout-Paris.

Nous la soupçonnions d'être la complice du Roi Victor mais, là encore, nous manquions de preuves.

» À peu près à la même époque, Paris se préparait à recevoir la visite du jeune Nicholas IV de Herzoslovaquie. À la Sûreté, nous avions pris des mesures exceptionnelles pour assurer la protection de Sa Majesté. Et notamment, on nous avait chargés de surveiller de près les activités d'une certaine organisation révolutionnaire, les Camarades de la Main Rouge. Nous sommes maintenant quasiment convaincus que les Camarades ont approché Angèle Mory et lui ont offert une forte somme pour qu'elle les aide à réaliser leur plan. Son rôle consistait à séduire le roi Nicholas, et à l'attirer dans un lieu convenu avec eux. Angèle Mory s'est laissé soudoyer et a promis de jouer le rôle qu'on lui avait confié.

» Mais cette jeune femme était plus intelligente et plus ambitieuse qu'ils ne l'avaient cru. Elle a réussi à séduire le roi, qui est tombé éperdument amoureux d'elle et l'a couverte de bijoux. C'est alors qu'elle a conçu l'idée de devenir, non plus une simple favorite, mais la reine ! Comme chacun le sait, elle a réalisé son fantastique projet. On l'a présentée en Herzoslovaquie comme la comtesse Varaga Popolevsky, descendante des Romanov, et elle a fini par devenir la reine Varaga de Herzoslovaquie. Pas mal, pour une petite danseuse parisienne ! J'ai toujours entendu dire qu'elle avait remarquablement joué son rôle. Mais son triomphe fut de courte durée. Les Camarades de la Main Rouge, furieux de sa trahison, devaient tenter à deux reprises de l'assassiner. Ils ont fini par exciter la population tant et si bien qu'une révolution a bientôt éclaté, dans laquelle ont péri le roi et la reine. Leurs corps ont été retrouvés horriblement mutilés et quasi méconnaissables, ce qui prouve à quel point le peuple haïssait sa reine étrangère et de basse extraction.

» Dans toute cette affaire, on est certain que la reine Varaga est restée en contact avec son complice le Roi Victor. Et il est fort possible que tout ce plan ait été conçu par lui depuis le début. Ce que l'on sait, c'est qu'elle a entretenu une correspondance avec lui, sous forme de lettres codées, depuis la cour de Herzoslovaquie. Par mesure de sécurité, elle écrivait en anglais et signait du nom d'une lady anglaise présente à l'ambassade à l'époque. Si l'on avait découvert les lettres, et que la dame en question avait nié les avoir écrites, sans doute ne l'aurait-on pas crue, car ces missives étaient celles d'une épouse coupable à son amant. C'est votre nom, Mrs Revel, qu'elle a utilisé.

— Je sais, dit Virginia, qui avait tour à tour rougi et pâli. Ainsi, c'était donc cela ! Je me suis posé tant de questions à propos de ces lettres !

— Quelle infamie ! s'écria Bill avec indignation.

— Les lettres étaient adressées au capitaine O'Neill à Paris, et un fait étrange révélé ultérieurement aurait pu nous éclairer quant à leur principal objectif. Après l'assassinat du roi et de la reine, nombre de bijoux de la couronne, tombés naturellement aux mains du peuple, ont été retrouvés à Paris. Or, on s'est aperçu que la plupart des pierres avaient été remplacées par des fausses. Or, parmi les bijoux de Herzoslovaquie, certaines pierres étaient très précieuses et fort célèbres. L'une d'entre elles, notamment. Ce qui tendrait à prouver que, tandis qu'elle était reine, Angèle Mory avait continué à pratiquer ses anciennes activités. Et voilà notre personnage royal doublé d'un escroc.

» Vous voyez où nous en arrivons. Nicholas IV et la reine Varaga sont venus en Angleterre et ont été les hôtes de feu le marquis de Caterham, alors secrétaire d'État au Foreign Office. La Herzoslovaquie est un pays petit, mais aux enjeux fondamentaux. Et il ne fait aucun doute que la... disons la substitution, si merveilleusement exécutée que seul un expert aurait pu déceler la duperie, n'avait pu être réalisée que par le Roi Victor. D'ailleurs, le plan tout entier, de par son audace et sa témérité, le désignait tout naturellement comme en étant l'auteur.

— Que s'est-il passé ? demanda Virginia.

— Conspiration du silence, lâcha Battle laconiquement. Jusqu'à ce jour, personne n'a jamais su le moindre mot de cette affaire. Nous avons tout fait pour l'étouffer, ce qui, soit dit en passant, a été beaucoup plus difficile que vous ne l'imaginez. Mais certaines de nos méthodes vous surprendraient. Quoi qu'il en soit, nous savons que la reine n'a pas remporté le bijou en Herzoslovaquie. Elle l'a caché quelque part et nous n'avons jamais pu le retrouver. Mais je ne serais pas autrement surpris (le superintendant Battle promena un lent regard circulaire) qu'il se trouve quelque part dans cette pièce.

Anthony bondit.

— Comment? Après tant d'années? s'écria-t-il, incrédule. Impossible!

— N'oubliez pas les circonstances, monsieur! répliqua vivement le Français. Quinze jours plus tard, la révolution éclatait en Herzoslovaquie et les souverains étaient assassinés. À ce moment-là, le capitaine O'Neill était arrêté à Paris, où il purgea une peine légère. Nous espérions retrouver le paquet de lettres codées chez lui, mais apparemment, quelque intermédiaire herzoslovaque le lui a dérobé, s'est rendu en Herzoslovaquie juste avant la révolution, puis s'est évanoui dans la nature.

— Il a dû partir pour l'étranger, dit Anthony d'un ton pensif. Pour l'Afrique, sans doute. Et vous pouvez être sûr qu'il ne s'est pas séparé une seule seconde de ce paquet de lettres. Pour lui, c'était une véritable mine d'or qu'il se promettait d'exploiter. C'est curieux comme les pièces du puzzle se remettent en place... Et là-bas, on l'appelait Pedro le Hollandais.

Anthony croisa le regard du superintendant et sourit.

— Contre toute apparence, ce n'est pas de la voyance, Battle, dit-il. Je vous raconterai cela tout à l'heure.

— Il y a une chose qui reste inexpliquée, intervint Virginia. Quel rapport avec les Mémoires? Il y a sûrement un lien?

— Madame a l'esprit vif, dit Lemoine d'un ton approbateur. Oui, il y a un rapport. Le comte Stylptitch était également invité à Chimneys, à l'époque où Leurs Majestés y séjournaient.

— De sorte qu'il aurait pu être au courant de cette histoire.

— Parfaitement.

— Et, bien sûr, ajouta Battle, s'il en parle dans ses précieux Mémoires, cela risque de provoquer un beau scandale. En particulier quand on songe à la façon dont la chose a été étouffée.

Anthony alluma une cigarette.

— Les Mémoires ne pourraient-ils pas contenir un indice quant à l'endroit où la pierre a été cachée? demanda-t-il.

— C'est très peu probable, répondit Battle d'un ton catégorique. Le comte n'a jamais aimé la reine. Il était radicalement opposé depuis le début à l'idée de ce mariage. Il serait fort étonnant qu'elle l'ait mis dans la confidence.

— Ce n'est pas ce que je voulais dire, répliqua Anthony. Mais c'était un vieux monsieur rusé. À son insu, il aurait pu découvrir où la reine avait caché le bijou. Dans ce cas, qu'aurait-il fait, à votre avis ?

— Rien, lâcha Battle après un instant de réflexion.

— Je suis d'accord, renchérit le Français. La situation était délicate, voyez-vous. Impossible de rendre la pierre anonymement. En outre, le fait d'en connaître la cachette lui conférait un pouvoir certain. Or, il aimait le pouvoir, ce drôle de bonhomme. Non seulement il tenait la reine à sa merci, mais il possédait une arme de négociation idéale. Et ce n'était pas le seul secret qu'il détenait, loin de là ! Il les collectionnait comme d'autres collectionnent des timbres rares. Avant de mourir, il s'est vanté de rendre certaines choses publiques si l'envie lui en prenait, et de faire des révélations surprenantes. D'où l'anxiété générale de s'emparer des Mémoires. (Le Français eut un petit sourire amer.) Notre police secrète espérait bien y parvenir, mais le comte a pris la précaution de les confier à quelqu'un avant sa mort.

— Mais rien ne prouve qu'il était au courant de ce secret en particulier, dit Battle.

— Si. Le comte l'a dit lui-même, déclara tranquillement Anthony.

— Quoi !

Les deux policiers le regardèrent stupéfaits.

— Lorsque Mr McGrath m'a confié le manuscrit pour que je l'apporte en Angleterre, il m'a raconté dans quelles circonstances il avait rencontré le comte Stylptitch. C'était à Paris. N'écoutant que son courage, Mr McGrath était venu au secours du comte qui était à la merci d'une bande de malfaiteurs. Le comte, semble-t-il, était quelque peu... éméché, dirons-nous. Dans cet état propice aux confidences, il a émis deux remarques intéressantes. D'une part, qu'il savait où était le Koh-i-Noor, détail auquel mon ami n'a prêté aucune attention. Et d'autre part, que les bandits en question étaient les hommes du Roi Victor. Ces deux remarques prennent maintenant toute leur signification.

— Grand Dieu ! s'exclama le superintendant Battle. C'est à peine croyable ! Même le meurtre du prince Michael s'éclaire d'un jour différent.

— N'oubliez pas que le Roi Victor n'a jamais tué personne, lui rappela le Français.

— Et s'il avait été surpris alors qu'il cherchait le bijou ?

— Il est en Angleterre, n'est-ce pas ? demanda vivement Anthony. Vous dites qu'il est sorti de prison il y a quelques mois, et que vous avez perdu sa trace ?

Un petit sourire triste marqua le visage du policier français :

— Nous avons essayé de le faire suivre, mais cet homme est un véritable démon. Il n'était pas plus tôt libre qu'il nous a filé entre les doigts. Nous avons bien entendu supposé qu'il se rendrait directement en Angleterre. Mais non. À votre avis, où est-il allé ?

— Je ne sais pas, dit Anthony.

Il regardait le Français avec une intensité nouvelle, tout en jouant machinalement avec une boîte d'allumettes.

— En Amérique ! Aux États-Unis !

— Quoi ? s'écria Anthony.

— Oui. Et quelle identité croyez-vous qu'il ait adopté, là-bas ? Quel rôle pensez-vous qu'il y ait joué ? Celui du prince Nicholas de Herzoslovaquie.

Anthony laissa tomber sa boîte d'allumettes, mais la stupeur de Battle était aussi grande que la sienne.

— Impossible.

— Hé non, mon ami, déclara Lemoine. Cela fera la une des journaux demain matin. C'est le coup monté le plus monumental qui soit. Comme vous le savez, selon la rumeur, le prince Nicholas serait mort au Congo il y a des années. Notre ami, le Roi Victor, se saisit de cette occasion. La mort du prince étant difficile à prouver, il le fait renaître, se fait passer pour lui et, sous prétexte d'accorder des concessions pétrolières, extorque d'énormes quantités de dollars aux Américains. Or, tout à fait par hasard, il est démasqué et doit quitter précipitamment le pays. Cette fois, en effet, il s'est rendu en Angleterre, et c'est pourquoi je suis là. Tôt ou tard, il viendra à Chimneys... S'il n'y est pas déjà !

— Vous croyez que...

— Je crois qu'il était là le soir de la mort du prince Michael, et qu'il s'y trouvait de nouveau la nuit dernière.

— C'était une nouvelle tentative, c'est cela ? dit Battle.

— En effet, répondit le Français.

— Je m'étonne, poursuivit Battle, que vous ne vous soyez pas présenté plus tôt. J'avais reçu un message de Paris m'annonçant qu'un certain M. Lemoine arrivait pour travailler avec moi, et je me demandais ce qui le retenait.

— Je vous dois des excuses, dit Lemoine. Mais comprenez-moi, je suis arrivé le lendemain du meurtre. J'ai tout de suite pensé qu'il valait mieux que j'analyse les faits d'un point de vue extérieur, sans me présenter officiellement comme votre collègue. Bien sûr, je savais que cela me plaçait d'emblée sur un terrain suspect, mais en quelque sorte, cela favorisait mon plan, car j'évitais ainsi que les coupables soient sur leurs gardes. Et je vous assure que j'ai découvert des tas de choses passionnantes au cours des deux derniers jours.

— Mais, dit Bill, que s'est-il réellement passé la nuit dernière ?

— J'ai bien peur, dit M. Lemoine, de vous avoir mis à rude épreuve !

— C'est donc vous que j'ai poursuivi ?

— Oui. Je vais tout vous raconter. J'étais venu ici pour observer ce qui se passait, convaincu que le secret se rapportait à cette pièce, puisque c'est là que le prince Michael a été assassiné. Je me suis installé dehors, sur la terrasse. Soudain, je me suis rendu compte que quelqu'un se trouvait dans cette pièce. J'ai aperçu la lumière d'une lampe-torche. J'ai essayé d'ouvrir la porte-fenêtre du milieu, qui n'était pas fermée. Soit l'homme avait emprunté ce même chemin pour s'introduire à l'intérieur, soit il l'avait ouverte pour s'assurer une issue en cas de besoin, je l'ignore. Tout doucement, j'ai repoussé le battant et suis entré. J'ai marché à tâtons sur la pointe des pieds jusqu'à ce que je puisse observer sans risquer d'être découvert. Je n'ai pas bien distingué l'homme. Il me tournait le dos, bien sûr, et seule sa silhouette se découpait à la lueur de la torche. Mais son attitude m'a surpris. Il a démantelé d'abord l'une des armures, puis l'autre, les examinant pièce par pièce. Lorsqu'il a vu qu'il n'y trouverait pas ce qu'il y cherchait, il a commencé à tapoter la boiserie, sous le tableau. Je n'ai aucune idée de ce qu'il aurait fait ensuite, et c'est alors qu'il a été interrompu... Par *vous*, qui êtes entré dans la pièce, ajouta-t-il en regardant Bill.

— Nous pensions bien faire, mais nous avons tout gâché, dit Virginia d'un ton songeur.

— Dans un sens, oui, madame. L'homme a éteint sa torche, et moi, qui ne tenais pas encore à révéler mon identité, je me suis élancé vers la fenêtre. J'ai heurté les deux autres dans l'obscurité et me suis étalé de tout mon long. En me relevant, je me suis enfui par la fenêtre et Mr Eversleigh, me prenant pour son assaillant, m'a poursuivi.

— C'est d'abord moi qui vous ai suivi, précisa Virginia. Bill n'a pris le relais qu'ensuite. Et notre homme a eu le bon sens de se tenir tranquille et de s'enfuir par la porte. Je me demande comment il a fait pour ne pas tomber sur les autres, qui venaient à notre secours.

— Cela lui fut aisé, dit Lemoine. Il lui suffisait de prétendre être le premier à arriver à votre secours.

— Croyez-vous vraiment que cet Arsène Lupin fasse partie des invités ? demanda Bill les yeux brillants.

— Pourquoi pas ? répondit Lemoine. Il pourrait très bien se faire passer pour un domestique. Ce pourrait aussi bien être Boris Anchoukoff, le fidèle valet de pied de feu le prince Michael.

— En tout cas, il a une drôle d'allure, remarqua Bill.

Mais Anthony souriait.

— C'est une supposition indigne de vous, monsieur Lemoine, dit-il doucement.

Le Français sourit à son tour.

— Vous l'avez pris à votre service, me semble-t-il, Mr Cade ? demanda le superintendant Battle.

— Battle, je vous tire mon chapeau. Rien ne vous échappe. Mais, à plus justement parler, c'est plutôt lui qui s'est jeté à mon service.

— Et pourquoi cela, Mr Cade ? C'est étrange, non ?

— Je ne sais pas, dit Anthony d'un ton léger. Il a fait un drôle de choix, mais peut-être ai-je simplement un visage qui lui plaît. Ou peut-être croit-il que j'ai assassiné son maître et veut-il rendre sa vengeance plus facile ?

Il se leva et s'approcha des fenêtres, dont il tira les rideaux.

— Il commence à faire jour, dit-il en réprimant un bâillement. Finies les mésaventures, pour cette nuit !

— Je vous laisse, dit Lemoine en se levant à son tour. Peut-être nous reverrons-nous dans la journée.

Il s'inclina galamment devant Virginia et sortit par la porte-fenêtre.

— Au lit ! dit Virginia en bâillant. Toute cette affaire est on ne peut plus intéressante. Allons, Bill, allez vous coucher comme un gentil garçon. J'ai bien peur que nous ne nous passions de petit déjeuner.

Anthony resta devant la fenêtre à regarder s'éloigner M. Lemoine.

— On ne le croirait pas, dit Battle dans son dos, mais cet homme est censé être la fine fleur de la police française.

— Oh ! ce n'est pas si incroyable, dit Anthony d'un ton pensif. En fait, cela ne m'étonne pas.

— En tout cas, vous avez raison. Plus rien d'intéressant ne se passera cette nuit. À propos, vous souvenez-vous de ce que je vous disais au sujet de cet homme qu'on a retrouvé mort à Staines ?

— Oui. Pourquoi ?

— Rien. On a identifié le corps, c'est tout. Il semblerait que ce soit un certain Giuseppe Manuelli. Il était serveur au *Blitz*, à Londres. Curieux, non ?

## 20

### Battle et Anthony ont une petite explication

Anthony ne répondit pas. Il continua à regarder par la fenêtre, immobile. Le superintendant contempla son dos un instant.

— Eh bien, bonne nuit, monsieur, dit-il enfin en se dirigeant vers la porte.

— Un instant, Battle, fit Anthony en se retournant.

Comme le superintendant attendait ce qui allait suivre, Anthony s'approcha de lui, sortit une cigarette de son étui et l'alluma. Entre deux bouffées, il déclara :

— Vous semblez très intéressé par cette affaire de Staines ?

— C'est beaucoup dire. Une étrange histoire, voilà tout.

— Croyez-vous que l'homme ait été assassiné là où on l'a

trouvé, ou pensez-vous qu'on l'a tué ailleurs et qu'on a ensuite transporté le corps ?

— Je crois qu'il a été tué ailleurs, puis transporté en voiture.

— Moi aussi, dit Anthony.

Intrigué, l'inspecteur le regarda attentivement.

— Que voulez-vous dire, Mr Cade? Savez-vous qui l'a amené là ?

— Oui, répondit Anthony. C'est moi. Je dois admettre que vous savez encaisser les chocs, Battle, ajouta-t-il, un peu agacé par l'absence totale de réaction chez le policier.

— « Ne jamais trahir ses émotions. » C'est une règle qu'on m'a inculquée autrefois, et je l'ai toujours trouvée très utile.

— Vous vous y conformez à ravir, dit Anthony. Je ne vous ai jamais vu troublé. Quoi qu'il en soit, voulez-vous entendre toute l'histoire ?

— Volontiers, Mr Cade.

Les deux hommes s'installèrent et Anthony raconta les événements survenus dans la nuit du jeudi précédent.

Battle écouta en silence.

— Vous savez, monsieur, un de ces jours, il va vous arriver des ennuis, dit-il avec un demi-sourire lorsque Anthony eut terminé.

— Dois-je comprendre que, pour la deuxième fois, vous m'accordez votre confiance ?

— Nous avons pour principe de laisser de la corde, dit le superintendant Battle.

— ... au condamné, termina Anthony. Comme c'est délicat de votre part de ne pas avoir terminé la phrase !

— Ce qui m'échappe, c'est la raison pour laquelle vous m'avouez cela maintenant.

— C'est assez difficile à expliquer, dit Anthony. Voyez-vous, Battle, j'en suis venu à avoir une très haute opinion de vos capacités. Vous êtes toujours là dans les moments critiques. Cette nuit, par exemple. Et j'ai pensé qu'en gardant le silence, je vous privais d'un renseignement qui pouvait vous être précieux. Or, il est juste que vous connaissiez tous les faits. J'ai toujours essayé d'agir de mon mieux et, pour le moment, cela s'est soldé par des complications. Jusqu'à cette nuit, je ne pouvais pas parler, pour protéger Mrs Revel. Mais, puisqu'il a été prouvé que ces lettres n'ont rien à voir avec elle, on ne risque plus de la croire complice. Je l'ai peut-être mal conseillée au départ, mais il m'a semblé que le fait d'avoir donné de l'argent à cet homme par pur caprice était quelque peu difficile à avaler.

— Pour des jurés, en effet, approuva Battle. Ils n'ont aucune imagination.

— Mais vous, vous ne paraissez pas le moins du monde sceptique? s'étonna Anthony en le regardant d'un air intrigué.

— Voyez-vous, Mr Cade, je pratique mon métier essentiellement dans les milieux de la haute société. Le commun des mortels pense toujours et avant tout au qu'en dira-t-on ; mais les aristocrates, eux, à l'instar des vagabonds, jamais. Ils agissent au gré de leurs lubies, en se moquant éperdument de ce qu'on peut penser d'eux. Je ne parle pas des riches oisifs qui font étalage de leur fortune en donnant de grandes réceptions. Je parle de ceux qui vivent depuis des générations dans l'idée qu'aucune autre opinion que la leur ne compte. Quant à moi, je trouve que les gens du monde se ressemblent tous : intrépides, francs, et parfois incroyablement écervelés.

— Votre discours est passionnant, Battle. Vous devriez écrire vos Mémoires, vous aussi. Ce serait passionnant.

L'inspecteur accueillit l'idée avec un sourire, mais ne répondit pas.

— J'aimerais vous poser une question, poursuivit Anthony. Pensiez-vous que j'avais quelque chose à voir avec l'affaire de Staines ? J'en ai bien l'impression. Est-ce que je me trompe ?

— C'est tout à fait exact. J'en avais l'intuition. Mais rien d'assez précis. Vous avez très bien joué la comédie, Mr Cade, si je puis me permettre. Vous n'avez jamais feint l'indifférence de façon outrée.

— J'en suis ravi, dit Anthony. J'ai le sentiment que depuis le premier jour, vous me tendez des pièges. Dans l'ensemble, j'ai réussi à les éviter, mais au prix de quels efforts !

Battle eut un sourire énigmatique.

— C'est ainsi que l'on arrive à piéger un criminel, monsieur. En le surveillant incessamment, en lui lançant attaque sur attaque. Tôt ou tard, ses nerfs flanchent et il se confesse.

— Vous êtes très réconfortant, Battle ! Et quand mes nerfs flancheront-ils, à votre avis ?

— Je vous laisse encore de la corde, répondit le superintendant.

— Et en attendant, demanda Anthony, puis-je continuer à jouer les détectives amateurs avec vous ?

— Certainement, Mr Cade.

— Je serai donc votre Watson, Mr Sherlock Holmes.

— Les romans policiers affabulent beaucoup, dit Battle sans s'émouvoir. Mais ils amusent le public, ajouta-t-il après réflexion. Et ils peuvent même nous être utiles, parfois.

— Comment cela ? demanda Anthony avec curiosité.

— Ils encouragent la théorie universelle selon laquelle la police est incapable. Lorsqu'il s'agit du crime d'un amateur, cela peut nous faciliter les choses.

Anthony le regarda quelques minutes en silence. Battle était tranquillement assis, battant des cils de temps à autre, sans que son visage calme et carré ne trahisse le moindre sentiment. Enfin, il se leva.

— Ce n'est plus la peine d'aller nous coucher, maintenant, constata-t-il. Dès que lord Caterham sera debout, j'aimerais lui dire quelques mots. Et je lui serais très obligé s'il voulait bien prier tous ses invités de rester quelques jours encore à Chimneys. J'espère que vous accepterez l'invitation, Mr Cade, ainsi que Mrs Revel.

— Avez-vous retrouvé le revolver ? demanda Anthony à brûle-pourpoint.

— Vous voulez dire, celui avec lequel le prince Michael a été tué ? Non. Et pourtant, il doit être dans la propriété. Je vais m'inspirer de votre idée, Mr Cade, et envoyer des hommes faire la chasse aux nids d'oiseaux. Si je pouvais retrouver cette arme, nous aurions au moins un indice. Cela, et le paquet de lettres. Vous disiez que l'une d'entre elles portait l'adresse de Chimneys ? Ce doit être la dernière qui ait été écrite. Les instructions pour retrouver le diamant figurent certainement dans cette lettre sous forme codée.

— Et que pensez-vous de l'assassinat de Giuseppe ? demanda Anthony.

— Je pense que c'était un banal voleur, embauché par le Roi Victor ou les Camarades de la Main Rouge. D'ailleurs, je ne serais pas surpris d'apprendre que les Camarades et le Roi Victor sont alliés. Cette organisation est aussi riche que puissante, mais elle manque de chefs intelligents. Le rôle de

Giuseppe était de dérober les Mémoires. Personne ne pouvait savoir que vous aviez les lettres. D'ailleurs, la coïncidence est vraiment étonnante.

— Je sais, dit Anthony. C'est tout à fait surprenant.

— Au lieu des Mémoires, Giuseppe s'empare des lettres, poursuivit Battle. D'abord, il est furieux. Puis, il trouve la page du magazine et comprend qu'il peut aller faire chanter la dame en question. Bien sûr, il ignore tout de leur véritable signification. Les Camarades ont vent de son initiative, croient qu'il essaye de les doubler, et décident qu'il doit mourir. Ces gens-là aiment beaucoup exécuter les traîtres, ils trouvent cela chevaleresque. Ce qui me surprend, c'est ce revolver sur lequel est gravé le nom de « Virginia ». Cela me semble un peu trop subtil pour nos Camarades. En général, ils préfèrent laisser une feuille avec leur habituelle Main Rouge, pour inspirer la crainte à d'autres traîtres éventuels. Non, voyez-vous, je serais plutôt enclin à croire que le Roi Victor est passé par là. Mais pour ce qui est de son motif, je reste perplexe. On dirait vraiment qu'il s'est efforcé de nuire à Mrs Revel en faisant d'elle la coupable ; or, à première vue, je n'en vois pas l'intérêt.

— J'avais bien une théorie, dit Anthony, mais elle était trop fantaisiste.

Et il raconta à Battle qu'il avait soupçonné Michael de n'être pas le prince. Battle secoua la tête.

— Or il n'y a pas de doute à avoir quant à son identité. À propos, le vieux baron a la plus haute opinion de vous. Il m'a parlé de vous dans des termes enthousiastes.

— C'est trop aimable à lui. D'autant plus que je l'ai averti de ma ferme intention de retrouver les Mémoires d'ici à mercredi prochain pour les remettre aux éditeurs !

— Ce ne sera pas facile ! remarqua Battle.

— Vous croyez ? Et quant aux lettres, je suppose que le Roi Victor et sa clique les ont en leur possession.

Battle acquiesça.

— Ils les ont dérobées à Giuseppe ce jour-là chez Mrs Revel. Travail remarquablement organisé, je dois dire. Et nous pouvons être sûrs qu'ils les ont déchiffrées et qu'ils savent où chercher le bijou.

Les deux hommes s'apprêtaient à quitter la pièce.

— Ici ? demanda Anthony en se retournant.

— Exactement. Ici même. Mais comme ils n'ont pas encore

trouvé le diamant, ils vont devoir risquer gros pour revenir le récupérer.

— Et, bien sûr, vous avez déjà un plan ?

Battle ne répondit pas. Son visage était particulièrement impassible et vide d'expression. Puis, très lentement, il fit un clin d'œil à Anthony.

— Aurez-vous besoin de mon aide ? demanda Anthony.

— Oui. Et de celle d'une autre personne, aussi.

— Qui cela ?

— Mrs Revel. Vous avez peut-être remarqué, Mr Cade, que c'est une femme extrêmement séduisante.

— Figurez-vous que je m'en suis déjà aperçu, dit Anthony. (Il jeta un coup d'œil à sa montre.) Vous avez raison, superintendant, inutile d'aller nous coucher. Un bon plongeon dans le lac et un petit déjeuner substantiel me semblent beaucoup plus appropriés.

Il remonta dans sa chambre d'un pas léger. Tout en sifflotant, il se déshabilla et enfila un peignoir de bain.

Soudain, il s'arrêta net devant la table de toilette, fasciné par la liasse posée là, devant la glace, comme si de rien n'était. Pendant un instant, il ne put en croire ses yeux. Il ramassa la liasse et l'examina avec attention. Aucune erreur possible.

C'était le paquet de lettres signées Virginia Revel. Intact. Elles étaient toutes là.

— Je deviens fou ! murmura-t-il. Je ne comprends rien à ce qui se passe dans cette maison. Pourquoi ces lettres réapparaissent-elles ainsi chez moi comme par magie ? Pourquoi ?

Et à cette question tout à fait pertinente, il ne trouva aucune réponse satisfaisante.

## 21

## La valise de Mr Isaacstein

À 10 heures ce matin-là, lord Caterham et sa fille prenaient leur petit déjeuner. Bundle était plongée dans ses pensées.

— Papa, dit-elle enfin.

Lord Caterham, absorbé dans la lecture du *Times*, ne répondit pas.

— Papa, répéta Bundle en haussant le ton.

— Hein, ma Boulotte? Tu m'as parlé? demanda lord Caterham en levant les yeux d'un air absent, tout plongé encore qu'il était dans les petites annonces de ventes aux enchères.

— Oui. Qui a pris son petit déjeuner, ce matin?

Elle fit un signe de tête en direction d'une place qui avait manifestement été occupée. Toutes les autres étaient encore vides.

— Oh! c'est... comment s'appelle-t-il, déjà?

— Le gros Isaac?

Bundle-la-Boulotte et son père se comprenaient toujours parfaitement.

— Oui, c'est cela.

— Et c'est bien vous que j'ai vu parler à l'inspecteur tout à l'heure?

— Oui, répondit lord Caterham en soupirant. Il m'a épinglé dans le vestibule. Décidément, je trouve que les heures précédant le petit déjeuner sont sacrées et devraient être traitées avec des égards. (Il poussa un nouveau soupir.) Je crois que je vais partir faire un petit voyage à l'étranger. Toutes ces émotions...

Bundle l'interrompit sans cérémonie.

— Que vous a-t-il dit?

— Que tous ceux qui le désiraient pouvaient s'en aller.

— Eh bien, c'est ce que vous souhaitiez, non?

— Oui, mais ce n'est pas tout. Il m'a aussi prié de demander à tout le monde de rester.

— Je ne comprends pas, dit Bundle intriguée.

— Tout est si confus et si contradictoire, se lamenta lord Caterham. Et me demander cela avant le petit déjeuner!

— Qu'avez-vous répondu?

— Oh! que j'étais d'accord, bien sûr. Cela ne sert à rien de discuter avec ces gens-là. Surtout à l'aube! Ils n'ont aucun respect. Aucun respect, ajouta lord Caterham.

— À qui avez-vous déjà proposé de rester?

— Cade. Il était debout très tôt ce matin. Il restera. Et j'en suis assez content, d'ailleurs. C'est un drôle de garçon, mais je l'aime bien. Je le trouve fort sympathique.

— Virginia aussi, dit Bundle en dessinant d'invisibles traits sur la nappe avec sa fourchette.

— Comment ?

— Et moi aussi. Mais ça, tout le monde s'en moque.

— Et j'ai aussi demandé à Isaacstein, poursuivit lord Caterham.

— Alors ?

— Heureusement, il doit retourner en ville. À propos, peux-tu penser à faire avancer la voiture pour le train de 10 h 50 ?

— Très bien.

— Et peut-être pourrais-je aussi me débarrasser de Fish ! continua lord Caterham, dont le moral commençait à remonter.

— Je croyais que vous aimiez bien discuter avec lui de vos vieux bouquins poussiéreux.

— Certes, certes. C'était parfait le premier jour, mais cela devient monotone lorsqu'on s'aperçoit qu'on est toujours le seul à parler. Fish est bien entendu très attentif, mais il n'a jamais d'opinions personnelles.

— Cela vaut mieux que d'avoir à écouter sans pouvoir placer un mot. Comme avec George Lomax.

À cette seule évocation, lord Caterham frissonna.

— George est dans son élément devant une assemblée politique, déclara Bundle. Et j'aime assez l'entendre, bien qu'en tant que socialiste, j'estime qu'il ne raconte que des sottises, et...

— Je sais, ma Boulotte, je sais, s'empressa d'approuver lord Caterham.

— Ne vous inquiétez pas, je ne vais pas me mettre à faire de la politique à la maison. C'est bon pour George : introduire des débats publics dans la vie privée ! Cela devrait être interdit par la loi.

— Je suis entièrement d'accord ! approuva de nouveau lord Caterham.

— Et Virginia ? demanda Bundle. Va-t-on lui demander de rester ?

— Battle a dit « tout le monde ».

— Quelle aubaine, n'est-ce pas ? Lui avez-vous déjà proposé de devenir ma belle-mère ?

— Je ne crois pas que ce soit une bonne idée, dit lord Caterham à regret. Bien qu'elle m'ait dit hier soir que j'étais

« un amour ». Et c'est justement cela qui m'ennuie avec ces jeunes femmes ravissantes pétries d'aimables dispositions. Elles vous feront mille compliments, mais cela ne signifie absolument rien.

— C'est bien vrai, renchérit Bundle. Alors que si elle vous envoyait une chaussure à la tête ou tentait de vous mordre, tous les espoirs vous seraient permis !

— Vous autres, jeunes gens modernes, vous semblez avoir les idées les plus incongrues lorsqu'il s'agit de faire sa cour, se plaignit lord Caterham.

— Mon petit papa, vous êtes trop mignon, dit Bundle en se levant et en déposant un chaste baiser sur le front de son père.

Sur ce, elle s'enfuit par la porte-fenêtre et lord Caterham retourna à sa lecture. Soudain, il sursauta. Mr Hiram Fish, entré comme à l'accoutumée sans faire de bruit, lui adressait la parole :

— Bonjour, lord Caterham.

— Oh ! bonjour, bonjour. Beau temps, n'est-ce pas ?

— C'est une journée délicieuse, approuva Mr Fish.

Il se servit une tasse de café et beurra un toast.

— Est-il exact que le blocus est levé ? demanda-t-il après un silence. Pouvons-nous tous regagner nos foyers ?

— Oui... hum... oui. En fait, j'avais espéré... C'est-à-dire, je serais ravi (sa conscience le rappela à l'ordre), tout à fait ravi si vous pouviez rester encore quelques jours.

— Lord Caterham...

— Votre séjour a été si mouvementé, poursuivit très vite lord Caterham. J'en suis sincèrement désolé. Je ne vous en voudrai pas si vous préférez partir.

— Voyons, lord Caterham, c'est mal me connaître ! Les événements ont été regrettables, on ne saurait le nier. Mais la campagne anglaise, surtout dans une demeure aussi belle que la vôtre, exerce sur moi une fascination irrésistible. Je m'intéresse beaucoup à ce mode de vie. Vous savez, c'est une chose que nous ignorons totalement, en Amérique. J'accepte votre charmante invitation avec un immense plaisir, lord Caterham !

— Voilà qui est réglé, dit le marquis. Vous m'en voyez enchanté, mon cher ami, enchanté.

Avec une amabilité forcée, lord Caterham murmura quelques mots d'excuse et se retira. Dans le vestibule, il aperçut Virginia qui descendait l'escalier.

— Puis-je vous accompagner dans la salle à manger? demanda-t-il tendrement.

— Je vous remercie, j'ai pris mon petit déjeuner au lit. Je suis encore tout endormie, ajouta-t-elle en bâillant.

— Vous avez passé une mauvaise nuit?

— Non, non, pas une mauvaise nuit. Et même d'un certain point de vue, une très bonne nuit. Oh! lord Caterham (elle glissa sa main sous son bras et le pressa doucement), comme tout ceci est amusant! Vous êtes un amour de m'avoir invitée ce week-end.

— Vous prolongerez bien votre séjour, dans ce cas? Battle lève le blocus, mais je tiens à ce que vous restiez, et Bundle aussi.

— Bien sûr, avec plaisir. Comme c'est gentil à vous!

— Ah! soupira lord Caterham.

— Quel est donc ce chagrin mystérieux? demanda Virginia. Quelqu'un vous a mordu?

— Hélas! non, dit lord Caterham d'un ton boudeur. (Virginia le regarda d'un air stupéfait.) Est-ce que vous n'auriez pas l'intention de me jeter une chaussure à la tête, par hasard? poursuivit-il. Non, je vois bien que non. Eh bien, tant pis, c'est sans importance, de toute façon!

Et lord Caterham s'en alla, d'une démarche pesante, tandis que Virginia regagnait le jardin par une petite porte. Elle resta debout un instant, à respirer l'air vif de ce petit matin d'octobre, infiniment rafraîchissant après cette longue nuit de veille.

Elle tressaillit en découvrant le superintendant Battle à ses côtés. Cet homme avait le don de surgir du néant au moment où l'on s'y attendait le moins.

— Bonjour, Mrs Revel, pas trop fatiguée, j'espère?

Virginia secoua la tête:

— La nuit a été passionnante. Elle vaut bien quelques heures de sommeil en moins. Hélas! aujourd'hui, en comparaison, tout me semble un peu morne.

— Aimeriez-vous vous asseoir sous ce cèdre? demanda le superintendant. Puis-je vous y apporter un siège?

— Je suis toute prête à vous écouter, superintendant, déclara Virginia d'un ton solennel.

— Vous comprenez vite, Mrs Revel. En effet, j'aimerais vous parler quelques instants.

Il prit une chaise longue en osier et l'apporta sur la pelouse, suivi de Virginia, un coussin sous le bras.

— Cette terrasse est un endroit trop dangereux pour une conversation privée, expliqua l'inspecteur.

— Vous m'intriguez, superintendant Battle. On dirait que la journée me réserve quand même des surprises, finalement. Qu'avez-vous donc de si grave à me dire ?

— Oh ! rien d'important. (Il sortit de son gousset une grande montre et y jeta un coup d'œil.) Il est 10 heures et demie. Dans dix minutes, je me rends chez Mr Lomax pour lui faire un rapport sur les récents événements. Nous avons largement le temps. Je voudrais juste que vous me parliez un peu de Mr Cade.

— Mr Cade ? répéta Virginia, stupéfaite.

— Oui. Comment vous l'avez rencontré, depuis quand vous le connaissez, etc.

Battle parlait avec gentillesse et désinvolture. Il s'efforçait même de ne pas la regarder, et ce simple fait mit la jeune femme vaguement mal à l'aise.

— Eh bien, c'est plus compliqué que vous ne le croyez, dit-elle enfin. Il m'a rendu un grand service, un jour...

— Avant que vous ne poursuiviez, l'interrompit Battle, je voudrais vous préciser une chose, Mrs Revel. La nuit dernière, après que vous et Mr Eversleigh fûtes montés vous coucher, Mr Cade m'a tout raconté à propos des lettres et de l'homme qui a été tué chez vous.

— Comment ? s'exclama-t-elle, le souffle coupé.

— Oui. Et il a bien fait. Cela dissipe de nombreux malentendus. Il n'y a qu'une chose qu'il ait omis de me dire : depuis combien de temps vous vous connaissez. Il se trouve que j'ai ma petite idée à ce propos : je crois que le jour où il est venu vous voir à Pont Street, vous ne l'aviez jamais vu auparavant. Ah ! j'avais vu juste !

Virginia resta coite. Pour la première fois, elle avait peur de cet homme imperturbable au visage inexpressif. Elle comprenait ce qu'avait voulu dire Anthony lorsqu'il avait déclaré que le superintendant Battle n'était pas né de la dernière pluie.

— Vous a-t-il raconté son passé ? demanda le détective.

Avant l'Afrique du Sud, où était-il? Vous a-t-il parlé du Canada? Ou avant cela du Soudan? De son enfance?

Virginia secoua la tête.

— Et pourtant je suis convaincu qu'il aurait des tas de choses intéressantes à dire, s'il le voulait, poursuivit Battle. C'est un homme qui a mené une vie aventureuse et intrépide.

— Si vous voulez connaître ses antécédents, pourquoi ne pas envoyer une dépêche à son ami Mr McGrath? demanda Virginia.

— C'est ce que nous avons fait. Mais il est quelque part dans le fin fond du pays, où l'on ne peut le joindre. D'ailleurs, je ne doute pas que Mr Cade ait été à Bulawayo comme il nous l'a déclaré. Mais je m'interroge sur ce qu'il faisait avant l'Afrique du Sud. Il n'était employé comme guide chez *Castle's Select* que depuis un mois. (Il ressortit sa montre.) Il faut que je parte. La voiture va m'attendre.

Virginia le regarda s'éloigner. Mais elle ne bougea pas, dans l'espoir qu'Anthony allait venir la rejoindre. Ce fut Bill Eversleigh qui s'approcha, bâillant à s'en décrocher la mâchoire.

— Quel bonheur! Voici enfin une occasion de vous parler, Virginia, se plaignit-il.

— Alors parlez-moi gentiment, mon petit Bill, ou je vais éclater en sanglots.

— On vous a fait du mal?

— Pas exactement. On est rentré dans mon cerveau et on y a tout bouleversé. J'ai l'impression qu'un éléphant a sauté à la corde sur ma tête.

— Battle?

— Oui, Battle. Cet homme est terriblement perspicace!

— Oubliez Battle, Virginia! Je suis là, moi qui vous aime tant...

— Oh! Bill, pas ce matin! Je n'en ai pas la force. Et d'ailleurs, je vous ai déjà dit que l'on ne fait pas sa cour avant le déjeuner.

— Grand Dieu! s'écria Bill. Mais si je m'écoutais, je vous demanderais en mariage dès l'aube!

Virginia frissonna.

— Bill, soyez raisonnable..., commença-t-elle.

— Si vous acceptiez une bonne fois pour toutes de

m'épouser, vous vous sentiriez mille fois mieux, je vous le promets. Vous seriez... heureuse, détendue, épanouie.

— Écoutez-moi, Bill. Votre demande en mariage devient une idée fixe. N'auriez-vous pas un autre sujet de conversation ? Pensez à mon âge, Bill, je suis une veuve respectable ; allez plutôt courtiser une jeune fille pure et candide.

— Virginia, ma chérie... Oh ! zut, voilà ce satané inspecteur français qui arrive !

C'était bien M. Lemoine, toujours si soigné, avec sa barbichette résolument pointue.

— Bonjour, madame. J'espère que vous n'êtes pas trop fatiguée.

— Pas le moins du monde.

— Parfait, parfait. Bonjour, Mr Eversleigh. Que diriez-vous d'une petite promenade dans le parc ? suggéra le Français.

— Bonne idée. Vous venez, Bill ? demanda la jeune femme.

— Oh ! je viens, je viens, grogna-t-il.

Il se releva laborieusement et tous trois se promenèrent lentement à travers le parc. Virginia, qui marchait entre les deux hommes, remarqua immédiatement que Lemoine était en proie à une étrange exaltation, et elle s'interrogea à ce sujet.

Très vite, avec son habituelle adresse, elle sut le mettre à l'aise, lui posa des questions, écouta ses réponses, et peu à peu, le sortit de sa réserve. Il en vint bientôt à lui raconter des anecdotes concernant le fameux Roi Victor. Il s'exprimait bien, avec une certaine amertume toutefois, et leur décrivit les différentes façons dont l'escroc était parvenu à se jouer de la police.

Pendant tout ce temps, malgré l'attention que Lemoine portait à ce qu'il disait, Virginia avait l'impression qu'il pensait à autre chose. De plus, sous couvert de ses histoires, le Français les menait délibérément là où il le voulait à travers le parc. Ils ne déambulaient pas au hasard. Il avait un but.

Soudain, il interrompit son récit et regarda autour de lui. Ils se tenaient à l'endroit où la route traversait le parc avant de tourner brusquement derrière un bosquet. Et Lemoine contemplait un véhicule qui arrivait du château.

Virginia suivit son regard.

— Ce sont les bagages de Isaacstein et de son domestique que l'on emporte à la gare, dit-elle.

— Vraiment? dit Lemoine. (Il jeta un coup d'œil à sa montre et parut surpris.) Je vous demande pardon, je suis resté en votre aimable compagnie plus longtemps que je n'en avais l'intention. Le temps a passé trop vite. Peut-être le fourgon pourra-t-il me déposer au village?

Il se dirigea vers la route et fit un signe de la main. Le fourgon à bagages s'arrêta et, après un rapide conciliabule, Lemoine grimpa à l'arrière. Il souleva poliment son chapeau à l'attention de Virginia et le véhicule s'éloigna.

Les deux autres le regardèrent disparaître d'un air perplexe. Alors que le fourgon s'apprêtait à tourner, une valise tomba par terre. Mais le véhicule ne s'arrêta pas.

— Venez, dit Virginia à Bill. Nous allons assister à quelque chose d'intéressant. Cette valise n'est pas tombée toute seule. Quelqu'un l'a jetée à terre!

— Personne n'a rien remarqué, allons-y! dit Bill.

Ils coururent sur le bas-côté. Alors qu'ils s'approchaient de la valise, Lemoine apparut au tournant, tout essoufflé.

— J'ai dû redescendre, dit-il, un demi-sourire aux lèvres. Il m'a semblé avoir perdu quelque chose en route.

— Ceci? demanda Bill en montrant la valise.

C'était une belle valise en cuir épais, sur laquelle étaient gravées les initiales H.I.

— Quel dommage! dit doucement Lemoine. Elle a dû tomber. Si nous la ramassions?

Sans attendre de réponse, il s'empara de la valise et la porta jusqu'au bosquet. Il se pencha, quelque chose brilla dans ses mains et il lui suffit d'une seconde pour faire céder la serrure.

Lorsqu'il reprit la parole, sa voix n'était plus du tout la même: il parlait vite et d'un ton impérieux:

— La voiture va arriver dans une minute. La voyez-vous?

Virginia jeta un coup d'œil vers la maison:

— Non.

— Parfait.

D'une main habile, il vida le contenu de la valise. Une flasque à bouchon doré, un pyjama en soie, quelques paires de chaussettes. Soudain, il se figea. S'emparant de ce qui ressemblait, à première vue, à un sous-vêtement en soie, il le déroula prestement.

Bill laissa échapper une exclamation. Des replis du vêtement, Lemoine tira un volumineux revolver.

— J'entends klaxonner, l'avertit Virginia.

Vif comme l'éclair, Lemoine refit la valise et la referma. Il enveloppa le revolver dans son propre mouchoir en soie et le glissa dans sa poche. Puis il referma le cadenas et se tourna vivement vers Bill :

— Prenez la valise, vous et Madame. Arrêtez la voiture, expliquez au chauffeur que ce bagage est tombé du fourgon et ne parlez pas de moi.

Bill s'avança d'un bon pas sur la route au moment même où la grosse limousine apparaissait au coin. Isaacstein était à l'intérieur. Le chauffeur ralentit et Bill lui tendit la valise.

— Elle est tombée du fourgon, expliqua-t-il. Heureusement, nous étions là et nous l'avons ramassée.

Il aperçut l'espace d'une seconde le visage blême du financier qui le regardait d'un air étonné, puis la voiture repartit.

Ils revinrent vers Lemoine, qui tenait le revolver à la main. Son visage reflétait une satisfaction et une fierté indicibles.

— Enfin... Enfin, dit-il. J'avais vu juste !

## 22

### Le signal rouge

Le superintendant Battle se trouvait dans la bibliothèque de Wyvern Abbey, chez George Lomax qui brassait des papiers d'un air pontifiant.

Battle avait commencé par lui faire un rapport concis des événements. Depuis, la conversation avait été menée essentiellement par George, et le superintendant s'était contenté de réponses brèves et monosyllabiques aux questions du grand homme.

Sur le bureau, devant George, était posé le paquet de lettres qu'Anthony avait trouvées dans sa chambre.

— Je n'y comprends rien ! s'écria George en s'emparant du paquet d'un geste brusque. Elles sont codées, vous dites ?

— C'est cela, Mr Lomax.

— Il dit les avoir trouvées sur sa table de toilette ?

Battle lui répéta, mot pour mot, le récit d'Anthony.

— Et il vous les a apportées immédiatement ? Hum... voilà qui est honnête. Enfin, c'était la plus élémentaire des corrections. Mais qui a bien pu les déposer chez lui ?

Battle ne semblait pas capable de répondre.

— Voilà pourtant le genre de questions auxquelles la police devrait pouvoir répondre ! dit Lomax d'un ton plaintif. Tout cela me semble louche, très louche. Et puis, que sait-on sur cet Anthony Cade ? D'abord, il apparaît de la façon la plus mystérieuse, dans des circonstances tout à fait suspectes, et ensuite, on ignore absolument tout de lui. Pour ma part, je le trouve très vulgaire. Vous êtes-vous renseigné sur son compte, au moins ?

Le superintendant Battle s'autorisa un petit sourire.

— Nous avons envoyé un télégramme en Afrique du Sud, et son histoire nous a été confirmée en tout point. Il était bien à Bulawayo avec Mr McGrath, les dates concordent. Avant leur rencontre, il était employé par l'agence de voyages *Castle's Select.*

— J'en étais sûr ! s'exclama George. Il a l'assurance facile et artificielle qui convient à ce genre de métier. Mais pour ce qui est des lettres, nous devons prendre des mesures immédiatement ! Immédiatement !

Le superintendant ouvrit la bouche, mais George, gonflé d'orgueil, le devança :

— Ne perdons pas de temps ! Il faut les déchiffrer au plus vite. Voyons... Je connais quelqu'un, comment s'appelle cet homme... ? Un expert pour tout ce qui est chiffres et codes. Il nous a rendu de fiers services pendant la guerre. Où est miss Oscar ? Elle se souviendra de son nom. Quelque chose comme Win... Win...

— Wynwood, dit obligeamment Battle.

— C'est cela ! Je m'en souviens très bien, maintenant. Il faut lui téléphoner sans perdre une minute.

— C'est fait, Mr Lomax. Il sera là au train de 12 h 10.

— Ah ! très bien, très bien. Dieu merci, vous m'ôtez un souci de l'esprit. Bon, il va falloir que j'aille en ville. Pourrez-vous vous débrouiller sans moi ?

— Je pense que oui, monsieur.

— Eh bien, faites pour le mieux, Battle, faites pour le mieux.

Je suis terriblement pressé. À propos, pourquoi Mr Eversleigh ne vous a-t-il pas accompagné ?

— Il dormait encore, monsieur. La nuit a été courte, comme je vous l'ai raconté.

— Ah oui ! c'est vrai. Moi aussi, je reste souvent debout jusqu'à l'aube. Accomplir en vingt-quatre heures un travail de trente-six heures, voilà ma tâche quotidienne ! Envoyez-moi Mr Eversleigh dès que vous serez de retour à Chimneys, voulez-vous ?

— Très bien, monsieur.

— Merci, Battle. Dites-moi, je comprends que vous ayez dû lui révéler certaines choses, mais était-il vraiment nécessaire de mettre également dans la confidence ma cousine, Mrs Revel ?

— Je le crois, monsieur. N'oubliez pas que les lettres étaient signées de son nom.

— Voilà qui ne manque pas d'audace, murmura George, dont le visage s'assombrit. Je me souviens du roi Nicholas. Un homme charmant, mais d'une faiblesse... d'une déplorable faiblesse ! Un instrument parfait entre les mains d'une aventurière sans scrupules ! À votre avis, pourquoi ces lettres ont-elles été restituées à Mr Cade ?

— Ces gens doivent espérer que nous allons travailler pour eux, répondit Battle.

— Je ne vous suis pas très bien.

— Le Roi Victor sait parfaitement que la Salle du Conseil est désormais surveillée. Il nous rend donc les lettres afin que nous les décodions et que nous trouvions la cachette. C'est là que les choses vont se corser ! Mais, Lemoine et moi-même, nous l'attendons !

— Vous avez un plan, n'est-ce pas ?

— Peut-être. Mais j'ai surtout une idée. Et les idées peuvent parfois rendre de grands services.

Sur cette réponse énigmatique, le superintendant Battle prit congé. Il n'avait aucune intention de confier ses projets à George.

En arrivant à Chimneys, il croisa Anthony sur la route et fit stopper la voiture.

— Ah ! Quelle chance ! Vous allez pouvoir me ramener à la maison, lui dit ce dernier.

— D'où venez-vous, Mr Cade ?

— De la gare. Je suis allé me renseigner sur les horaires de trains.

— Vous nous quittez? demanda-t-il en fronçant les sourcils.

— Pas encore, rassurez-vous, répondit Anthony en riant. À propos, pourquoi Isaacstein a-t-il l'air si bouleversé? Je l'ai vu arriver en voiture alors que je repartais, et on aurait dit qu'il venait de recevoir un sacré choc.

— Mr Isaacstein? Curieux! Pour bouleverser cet homme-là, il faudrait quelque chose de vraiment grave.

— En effet! Bilieux, silencieux, puissant, le véritable grand financier dans toute sa splendeur!

Soudain, Battle se pencha en avant et mit la main sur l'épaule du chauffeur.

— Voulez-vous bien m'attendre ici? demanda-t-il.

Et, à la plus grande surprise d'Anthony, il bondit hors de la voiture. Mais, quelques instants plus tard, M. Lemoine apparut, marchant à la rencontre de son confrère. Le Français avait dû faire un signe à Battle pour attirer son attention.

Les deux hommes échangèrent quelques mots, puis le superintendant Battle revint à la voiture et demanda au chauffeur de poursuivre son chemin. Son expression avait changé du tout au tout.

— On a retrouvé le revolver, dit-il d'un ton bref.

— Quoi? s'écria Anthony, stupéfait. Où cela?

— Dans la valise de Mr Isaacstein.

— C'est impossible!

— Rien n'est impossible, dit Battle. Vous devriez savoir cela, Mr Cade.

Il était assis, parfaitement immobile, et regardait droit devant lui.

— Qui l'a trouvé?

— Lemoine. Un homme intelligent. On ne jure que par lui, à la Sûreté.

— Mais n'est-ce pas contraire à toutes vos théories?

— Non, répondit lentement le superintendant. Pas exactement. J'admets que la chose m'a d'abord surpris, mais en fin de compte, elle coïncide très bien avec une autre de mes théories.

— À savoir?

Mais le superintendant Battle changea de sujet.

— Voudriez-vous bien trouver Mr Eversleigh, Mr Cade? George Lomax lui demande de se rendre immédiatement à Wyvern Abbey.

— Je me charge de la commission, dit Anthony. Mais il doit être encore couché.

— Je ne pense pas, dit le détective. Regardez, le voilà qui se promène dans le parc en compagnie de Mrs Revel.

— Décidément, vous avez un œil de lynx, Battle, dit Anthony en souriant.

Il s'approcha des promeneurs et transmit le message à Bill, qui s'en montra profondément démoralisé.

— Oh, zut! grommela-t-il en se dirigeant vers la maison. Maudit soit Codders-le-clown! Il ne me laissera donc jamais tranquille? Et ces hommes séduisants et bronzés, ne pourraient-ils pas rester dans leurs colonies? D'abord, qu'ont-ils besoin de venir jusqu'en Angleterre accaparer nos plus belles femmes? Oh! J'en ai plus qu'assez de toute cette histoire!

— Vous êtes au courant, pour le revolver? demanda vivement Virginia tandis que Bill s'éloignait.

— Oui, Battle m'a raconté, répondit Anthony. Surprenant, n'est-ce pas? Isaacstein n'avait qu'une hâte, hier, c'était de s'en aller. Mais je pensais qu'il piaffait simplement d'être cloîtré à Chimneys. C'est bien la seule personne que je n'ai jamais songé à soupçonner. Pour quel motif valable aurait-il éliminé le prince Michael?

— C'est vrai que c'est très déroutant, approuva Virginia d'un air songeur.

— Tout est déroutant! dit Anthony avec irritation. Au début, j'aimais bien mon rôle de détective amateur, mais ma seule découverte, jusqu'à présent, n'a servi qu'à disculper la gouvernante française. Beaucoup d'agitation pour un maigre résultat!

— C'est pour cela que vous êtes allé en France?

— Oui. Je suis parti rencontrer la comtesse de Breteuil à Dinard, tout fier de ma perspicacité et convaincu que la comtesse n'avait jamais entendu parler d'une Mlle Brun. Au lieu de ça, on m'annonce que ladite demoiselle a été un pilier de la maison pendant les sept dernières années. Alors, à moins que la comtesse ne soit également un escroc, ma brillante théorie s'effondre comme un château de cartes.

— Mme de Breteuil est au-dessus de tout soupçon. Je la connais, et maintenant que vous m'en parlez, il me semble avoir aperçu cette demoiselle chez elle. En tout cas, son visage me disait quelque chose... Vous savez, il en est des gouvernantes commes des gens que l'on croise dans les trains. C'est terrible, mais j'avoue que je ne les remarque jamais vraiment. Et vous ?

— Seulement si elles sont exceptionnellement jolies, admit Anthony.

— Alors, dans ce cas... (Virginia s'interrompit.) Qu'y a-t-il ?

Anthony contemplait une silhouette qui se détachait du bosquet, raide comme un piquet. C'était Boris, le Herzoslovaque, qui attendait que l'on remarque sa présence.

— Veuillez m'excuser, dit Anthony à Virginia. Je dois dire un mot à mon grand chien fidèle.

Il s'approcha de Boris :

— Que se passe-t-il? Que voulez-vous ?

— Maître, dit Boris en s'inclinant.

— Écoutez, vous êtes bien gentil, mais il ne faut pas me suivre ainsi partout. Les gens vont se poser des questions !

Sans un mot, Boris sortit un morceau de papier taché, manifestement déchiré d'une lettre, et le tendit à Anthony. Il y avait une adresse, rien d'autre.

— Qu'est-ce que c'est ? demanda Anthony.

— Il l'a fait tomber, dit Boris. Je l'apporte à mon maître.

— Qui l'a fait tomber ?

— Le monsieur étranger.

— Pourquoi me l'apporter à moi ? (Boris lui jeta un regard réprobateur.) Bon, peu importe, voulez-vous bien partir ? Je suis occupé.

Boris salua, tourna les talons et s'éloigna. Fourrant le papier dans sa poche, Anthony rejoignit Virginia.

— Que voulait-il ? demanda-t-elle avec curiosité. Et pourquoi l'appelez-vous votre grand chien ?

— Parce qu'il se comporte comme un chien, dit Anthony en répondant d'abord à la dernière question. Il vient de m'apporter un morceau de papier qu'a fait tomber, m'a-t-il dit, le monsieur étranger. Je suppose qu'il veut parler de Lemoine.

— Sans doute, acquiesça Virginia.

— Il me suit partout comme un chien, poursuivit Anthony, et il me regarde sans dire un mot avec ses grands yeux ronds. Je n'y comprends rien !

— Peut-être voulait-il parler d'Isaacstein ? suggéra Virginia. Dieu sait s'il a l'air d'un étranger, lui aussi !

— Isaacstein, marmonna Anthony. Que vient-il faire là-dedans, celui-là ?

— Regrettez-vous d'avoir été mêlé à toute cette affaire ? demanda soudain Virginia.

— Si je regrette ? Grand Dieu, non ! Je suis ravi ! Depuis le temps que je cherche des complications... Cette fois, j'en ai peut-être même un peu plus que je n'osais l'espérer...

— Mais vous êtes totalement disculpé, maintenant, remarqua Virginia, quelque peu étonnée par la gravité de son compagnon.

— Pas tout à fait.

Ils marchèrent quelques minutes sans rien dire.

— Certaines personnes, reprit soudain Anthony, n'obéissent pas aux signaux. N'importe quelle locomotive bien réglée ralentit ou s'arrête devant un signal rouge. Peut-être suis-je né daltonien ? Lorsque le signal rouge s'allume, je ne peux pas m'empêcher de foncer tête baissée et cela se termine toujours de façon catastrophique. C'est inévitable ; c'est même normal. Mais cela peut être très dangereux !

Il continuait à parler sérieusement.

— Je suppose, dit Virginia, que vous avez souvent pris des risques, au cours de votre existence ?

— J'ai couru presque tous les risques imaginables. Sauf le mariage.

— Voilà une remarque bien cynique !

— Ce n'est pas ce que je voulais dire. Le mariage, tel que je l'envisage, serait la plus grande de toutes les aventures.

— J'aime mieux cela, dit Virginia en rougissant.

— Il n'y a qu'une femme que je voudrais épouser, mais nous sommes de deux mondes opposés. Que faire ? Doit-elle se mettre à mener la même vie que moi, ou dois-je, moi, me conformer à la sienne ?

— Si elle vous aime...

— C'est du sentimentalisme, Mrs Revel ! Vous le savez bien. L'amour n'est pas un médicament que l'on absorbe pour voir la vie en rose. Certes, ça l'est, dans un sens, mais il serait dommage de se cantonner à cela. L'amour peut être beaucoup plus. À votre avis, où en étaient le roi et sa petite danseuse, après un ou deux ans de mariage? Est-ce qu'elle regrettait sa vie misérable mais libre? Évidemment! Aurait-il plutôt dû renoncer, pour elle, à la couronne? Pas le moins du monde: il aurait fait un très mauvais pauvre. Et aucune femme ne respecte un homme qui ne réussit pas.

— Seriez-vous tombé amoureux d'une petite danseuse, Mr Cade? demanda doucement Virginia.

— Non, Mrs Revel, d'une reine. Mais le principe reste le même.

— Et c'est sans issue?

— Rien n'est jamais sans issue, déclara gravement Anthony. On peut toujours obtenir ce qu'on veut si l'on est prêt à en payer le prix. Et vous savez quel est le prix, neuf fois sur dix? Un compromis. C'est une chose terrible, le compromis, mais qui tôt ou tard devient inéluctable. Et je sens que mon heure est venue. Pour la femme que j'aime, je... je serais même prêt à accepter un travail routinier!

Virginia se mit à rire.

— Vous savez, on m'a enseigné un métier, poursuivit Anthony.

— Et vous y avez renoncé?

— Oui.

— Pourquoi?

— Par principe.

— Oh!

— Vous êtes une femme étonnante! dit soudain Anthony en la regardant.

— Pourquoi?

— Vous savez vous taire.

— Parce que je ne vous ai pas demandé quel était ce métier?

— Précisément.

Ils firent quelques pas en silence. Ils s'approchaient de la maison et longèrent la roseraie.

— Vous comprenez toujours tout, n'est-ce pas? dit Anthony. Si un homme est amoureux de vous, vous le savez. Je ne pense pas que vous éprouviez quoi que ce soit pour moi — ni pour quiconque, d'ailleurs — mais... oh! comme j'aimerais pouvoir vous inspirer de l'amour!

— Croyez-vous que cela soit possible ? demanda Virginia d'une voix profonde.

— Cela m'étonnerait, mais vous pouvez être sûre que je vais tout faire pour y parvenir !

— Regrettez-vous de m'avoir rencontrée ? demanda-t-elle à brûle-pourpoint.

— Mon Dieu, non ! Ça aussi, c'était un signal rouge. Dès que je vous ai vue, j'ai su que quelque chose allait m'arriver. Quelque chose qui me ferait souffrir. Il a suffi de votre visage. Simplement votre visage. Il émane de toute votre personne une sorte de charme, de magie. J'ai connu des femmes qui rayonnaient, mais elles ne vous arrivent pas à la cheville. Et maintenant, vous allez épouser un homme respectable et nanti. Quant à moi, je vais retourner à ma vie de vagabond... Mais avant de partir, je vous embrasserai, je le jure !

— En tout cas, pas maintenant, dit-elle doucement. Le superintendant Battle nous observe par la fenêtre de la bibliothèque.

Anthony la regarda longuement.

— Vous êtes un démon, Virginia, dit-il avec calme. Mais un adorable démon !

Il leva la main avec désinvolture vers le superintendant,

— Alors, Battle, vous avez arrêté des criminels, ce matin ?

— Pas encore, Mr Cade.

— Voilà qui semble prometteur !

Avec une agilité surprenante chez un homme aussi flegmatique, Battle enjamba la fenêtre de la bibliothèque et les rejoignit sur la terrasse.

— Le Pr Wynwood vient d'arriver, dit-il à voix basse. Il est en train de déchiffrer les lettres. Voulez-vous le voir à l'œuvre ?

Il les conduisit vers la fenêtre et, tel un montreur d'ours, les invita à regarder à l'intérieur.

Assis à une table, les lettres éparpillées devant lui, un petit homme roux entre deux âges était en train de prendre des notes à la hâte. Il ne cessait de grommeler et, de temps à autre, se frottait violemment le nez, qui prenait alors la couleur de sa chevelure.

— C'est vous, Battle ? demanda-t-il en relevant la tête. Pourquoi diable m'avoir fait venir jusqu'ici pour déchiffrer ces sottises ? Un enfant de deux ans aurait su le faire. Vous appelez cela un message codé ? Mais cela saute aux yeux, mon ami !

— J'en suis ravi, professeur, dit Battle sur le mode apaisant. Mais nous ne sommes pas aussi habiles que vous, vous savez.

— Ce n'est nullement une question d'habileté, rétorqua le professeur. Il suffit d'un peu d'application et d'attention, c'est de la pure routine. Faut-il que je déchiffre tout le paquet ? Cela risque de prendre longtemps, vous savez. J'ai décodé la lettre qui portait le nom de Chimneys, comme vous me l'aviez demandé. J'aimerais mieux emporter le reste à Londres et le confier à l'un de mes assistants. Je n'ai vraiment pas le temps de m'en charger moi-même. Vous m'avez tiré d'un travail difficile et intéressant, et j'ai hâte de m'y remettre.

Ses yeux brillaient à cette perspective.

— Bien sûr, professeur, dit Battle. Je suis désolé de vous avoir déçu. J'expliquerai cela à Mr Lomax. En fait, seule cette lettre semble importante. Lord Caterham espère que vous resterez déjeuner avec nous.

— Je ne déjeune jamais, déclara le professeur. C'est une mauvaise habitude. Une banane et un biscuit, voilà de quoi un homme sain devrait se contenter à midi.

Il attrapa son imperméable sur le dossier d'une chaise. Battle le raccompagna dehors et, quelques minutes plus tard, Anthony et Virginia entendirent une voiture s'éloigner.

Battle revint, avec à la main le feuillet que lui avait remis le professeur.

— Il est toujours comme ça, dit-il, toujours pressé... Un homme remarquablement intelligent. Voici donc l'essentiel du message de Sa Majesté. Voulez-vous y jeter un coup d'œil ?

Virginia tendit la main et Anthony lut les quelques lignes par-dessus son épaule. Le génie du Pr Wynwood avait transformé la longue lettre empreinte de passion et de désespoir en un bref message :

*Opération réussie, mais S. a tout compris. A trouvé cachette et a pris la pierre. Pas dans sa chambre. Ai déjà fouillé. Ai trouvé le message suivant, relatif je pense à nouvelle cachette : RICHMOND SEPT FACE HUIT GAUCHE TROIS DROITE.*

— S. ? dit Anthony. Stylptitch, bien sûr. Le vieux renard ! Il a découvert la pierre et l'a cachée ailleurs.

— Richmond... murmura Virginia. Le diamant serait-il caché quelque part à Richmond ?

— On y a souvent vu des membres de la famille royale, en effet, remarqua Anthony.

Battle secoua la tête :

— Je persiste à croire que ce nom a trait à une chose qui se trouve dans ces murs.

— J'ai trouvé ! s'écria soudain Virginia.

Les deux hommes se tournèrent vers elle.

— Le portrait de Holbein, dans la Salle du Conseil. Ils tapotaient la boiserie juste en dessous. Et c'est un portrait du comte de Richmond !

— Bravo ! s'écria Battle, sortant de son habituelle réserve. Ce portrait est le point de départ. Et les escrocs ne savent pas plus que nous à quoi correspondent les chiffres. Les deux armures étant en dessous du tableau, ils ont d'abord cru que le diamant était caché dedans. Ces chiffres représentent peut-être un nombre de pouces — ou de centimètres. Quoi qu'il en soit, et après de vaines recherches, ils ont estimé qu'il devait y avoir un passage secret, ou un panneau coulissant. Auriez-vous connaissance d'une chose de ce genre, Mrs Revel ?

— Je sais qu'il existe au moins un trou de prêtre — une espèce de chambre secrète, répondit Virginia. Il me semble qu'on me l'a montré, un jour, mais je ne m'en souviens guère. Tiens ! Voici Bundle, elle pourra nous renseigner.

Bundle arrivait en effet sur la terrasse.

— Je vais en ville avec la Panhard, après le déjeuner, annonça-t-elle. Quelqu'un est-il intéressé ? Voulez-vous m'accompagner, Mr Cade ? Nous serons de retour pour dîner.

— Non, je vous remercie. Je me trouve très bien ici, où il y a d'ailleurs beaucoup à faire.

— Cet homme a peur de moi, déclara Bundle. Est-ce ma façon de conduire ou mon charme irrésistible ? Dites-moi tout.

— J'opte résolument pour la deuxième supposition !

— Bundle, ma chérie, existe-t-il un passage secret menant à la Salle du Conseil ? intervint Virginia.

— Bien sûr. Mais il doit être du genre poussiéreux. Autrefois, il allait de Chimneys à Wyvern Abbey, mais il a été bloqué depuis. On ne peut l'emprunter que sur une centaine de mètres, de ce côté-ci. Au premier, vous avez la galerie Blanche, qui est beaucoup plus remarquable.

— Ce n'est pas son aspect artistique qui nous intéresse, expliqua Virginia. C'est très important, Bundle. Comment accède-t-on au passage de la Salle du Conseil ?

— Il y a un panneau pivotant. Je vous montrerai ça après le déjeuner, si ça vous chante.

— Merci, dit le superintendant Battle. Disons à 14 h 30 ?

Bundle le regarda d'un œil soupçonneux :

— Encore une arnaque ?

À cet instant, Tredwell apparut sur la terrasse plus solennel que jamais.

— Le déjeuner est servi, Votre Seigneurie, annonça-t-il d'un ton gourmé.

## 23

## Rencontre dans la roseraie

À 14 h 30, le petit groupe, composé de Bundle, Virginia, Battle, M. Lemoine et Anthony Cade, se retrouva dans la Salle du Conseil :

— Inutile d'attendre Mr Lomax, déclara le superintendant Battle. Réglons cette affaire au plus vite.

— N'allez pas croire que l'assassin du prince Michael soit entré par là, dit Bundle. C'est impossible. Le passage est entièrement bloqué.

— Il n'est pas question de cela, milady, dit vivement Lemoine. C'est une recherche d'un ordre différent que nous effectuons.

— Vous cherchez quelque chose ? s'écria Bundle. Ce ne serait tout de même pas le fameux diamant machin-truc-chose ?

Lemoine la regarda d'un air stupéfait.

— Expliquez-vous, Bundle, dit Virginia d'un ton encourageant. Vous savez très bien vous faire comprendre, quand vous le voulez.

— Oui, le diamant historique des princes de sang qui a été

fauché il y a des années, alors que j'étais encore dans les langes.

— Qui vous a raconté cela, lady Eileen ? demanda Battle.

— Je l'ai toujours su ! C'est un laquais qui m'en a parlé quand j'étais gamine.

— Un laquais ! Mon Dieu ! Si Lomax le savait !

— C'est un des secrets d'État de George ? demanda Bundle. C'est à se tirebouchonner ! Pauvre vieux George ! Il devrait bien savoir que les domestiques sont au courant de tout. Mais j'avoue que je n'avais jamais vraiment cru à cette histoire.

Elle s'approcha du portrait de Holbein, tira un cordon caché quelque part à côté et un panneau de la boiserie s'ouvrit en grinçant sur un trou sombre.

— *Entrez, mesdames et messieurs*, par ici s'il vous plaît ! déclama Bundle. Avancez ! avancez ! le plus grand spectacle de l'année... deux sous l'entrée seulement ! deux !

Lemoine et Battle étaient munis de torches électriques. Ils pénétrèrent les premiers dans le couloir obscur, suivis de près par les autres.

— L'air n'est pas vicié, remarqua Battle. Il doit y avoir une ouverture quelque part.

Il marchait devant. Le sol était en pierres irrégulières et les murs en brique. Comme l'avait dit Bundle, au bout d'une centaine de mètres, le passage était bouché par un amoncellement de gravats. Battle s'assura qu'il n'y avait aucune issue possible et ils retournèrent dans la Salle du Conseil.

— Je voulais simplement voir à quoi cela ressemblait, annonça-t-il. Et maintenant, comptons les pas, car c'est certainement de pas qu'il s'agit. Nous allons commencer à partir d'ici. Sept en avant, huit à gauche, trois à droite.

Il parcourut soigneusement sept pas en avant dans le passage et se pencha pour examiner le sol.

— Ce doit être cela. Il y a eu ici une marque tracée à la craie. Maintenant, huit à gauche. Non, cette fois, ce ne sont plus des pas : le passage est trop étroit pour avancer autrement qu'en file indienne.

— Peut-être des briques ? suggéra Anthony.

— Bonne idée, Mr Cade. Huit briques du côté gauche, mais à partir du bas ou du haut ? Commençons par le bas, ce sera plus facile. (Il compta huit briques.) Tiens, tiens, voilà qui est intéressant !

— Je vais hurler, je sens que je vais hurler, s'écria Bundle. Ce suspense est insoutenable !

Le superintendant Battle dégagea une brique avec la pointe de son canif. Son œil exercé avait tout de suite remarqué qu'elle était différente des autres. Au bout d'une minute ou deux, il parvint à la retirer. Derrière, il y avait une petite cavité sombre. Battle y plongea la main.

Tous attendaient, le souffle coupé.

Battle retira la main et poussa une exclamation de surprise et de colère.

Les autres se regroupèrent comme ils le purent autour de lui et contemplèrent sans comprendre les trois objets qu'il leur montra, une série de petits boutons en nacre, quelques rangées de mailles de tricot rouge, et un bout de papier sur lequel étaient alignés des R majuscules.

— Ca alors ! s'exclama Battle. Mais... ! Qu'est-ce que cela veut dire ?

— Mon Dieu, ça, c'est trop fort ! murmura le Français.

— Mais que signifie cette mise en scène ? s'exclama Virginia, stupéfaite.

— Cela ne peut signifier qu'une chose, déclara Anthony. Feu le comte Stylptitch devait avoir le sens de l'humour ! Et nous en faisons les frais. Pour ma part, je ne trouve pas cela particulièrement drôle.

— Voulez-vous être un peu plus clair, je vous prie ? demanda le superintendant Battle.

— Certainement. C'est une petite énigme que nous offre le comte. Il devait soupçonner qu'on avait lu son message et il a changé la cachette. À la place du diamant, les voleurs n'auraient trouvé que cette diabolique devinette. Cela rappelle ces jeux de société où l'on doit découvrir l'identité de quelqu'un.

— Çela signifie donc quelque chose ?

— À mon avis, sans le moindre doute. Si le comte avait simplement voulu faire une blague, il aurait laissé un mot disant « déjà vendu », ou quelque chose dans ce goût-là.

— Un tricot rouge, des R majuscules et des boutons, grogna Battle.

— C'est inouï ! dit Lemoine avec irritation.

— Je me demande ce que penserait le Pr Wynwood de ce deuxième rébus ? murmura Anthony.

— Quand ce passage a-t-il été utilisé pour la dernière fois, milady ? demanda le Français.

— Ça doit faire au moins deux ans, répondit Bundle après réflexion. D'habitude, c'est la galerie secrète du premier étage que l'on fait visiter aux touristes.

— Curieux, murmura le Français.

— Pourquoi curieux ?

Lemoine se baissa et ramassa quelque chose par terre. C'était une allumette en bois rose, avec une tête jaune.

— À cause de ceci. Cette allumette n'est sûrement pas là depuis deux ans. Je dirais deux jours, tout au plus. L'un d'entre vous l'aurait-il laissée tomber, par hasard ? demanda-t-il à l'assistance.

Tous répondirent par la négative.

— Eh bien, dans ce cas, dit le superintendant, il ne nous reste plus qu'à sortir d'ici.

Tous parurent soulagés. Le panneau s'était refermé derrière eux, mais Bundle leur montra comment l'ouvrir de l'intérieur. Il glissa en silence et la jeune fille sauta dans la Salle du Conseil, où elle atterrit en catastrophe.

— Seigneur ! s'écria lord Caterham en sursautant du fauteuil où il s'était assoupi.

— Pauvre petit papa, dit Bundle. Je vous ai fait peur ?

— Je ne comprends pas, soupira lord Caterham, pourquoi, de nos jours, les gens ne se reposent plus après les repas. C'est une excellente habitude qui se perd, ma Boulotte. Dieu sait si Chimneys est vaste, et pourtant, j'ai l'impression qu'il n'y a pas une seule pièce où je sois sûr d'être tranquille. Grand Dieu ! combien étiez-vous là-dedans ? Cela me rappelle les pantomimes de mon enfance, avec ces hordes de démons qui surgissaient de nulle part.

— Allons, ne vous fâchez pas, dit Virginia en lui tapotant l'épaule. Nous ne faisons qu'explorer les passages secrets, c'est tout.

— Décidément, tout le monde s'intéresse aux passages secrets, aujourd'hui ! grommela lord Caterham, encore un peu irrité. J'ai déjà dû tous les montrer à Mr Fish ce matin.

— Quand cela ? demanda vivement Battle.

— Juste avant le déjeuner. Apparemment, il en avait entendu parler. Je lui ai d'abord montré celui-ci, puis je l'ai emmené dans la galerie Blanche, et j'ai l'impression qu'il en a eu vite assez. Il m'a même paru s'ennuyer ferme. Mais je lui ai infligé la visite jusqu'au bout, sans rien lui épargner, ajouta lord Caterham en riant sous cape.

Anthony posa sa main sur la manche de M. Lemoine.

— Sortons, dit-il à voix basse. J'aimerais vous dire un mot.

Lorsque les deux hommes se furent suffisamment éloignés de la maison, Anthony tira de sa poche le morceau de papier que lui avait apporté Boris.

— Regardez. Avez-vous perdu ceci ?

Lemoine prit le papier et l'examina attentivement.

— Non. C'est la première fois que je le vois. Pourquoi ?

— En êtes-vous certain ?

— Absolument certain, monsieur.

— C'est étrange.

Il répéta à Lemoine ce que lui avait dit Boris. Le Français l'écouta avec intérêt.

— Non, ce n'est pas à moi. Vous dites que ce Boris l'a trouvé dans le bosquet ?

— C'est ce que je crois, mais il n'a pas dit exactement ça.

— Il est possible que ce papier se soit échappé de la valise de Mr Isaacstein. Interrogez Boris. (Il rendit le papier à Anthony puis, après un silence, lui demanda :) Que savez-vous exactement de ce Boris ?

Anthony haussa les épaules.

— C'était le bon et loyal valet de pied du prince Michael, je crois.

— C'est possible. Mais à vous de découvrir la vérité. Renseignez-vous auprès d'une source compétente, le baron Lolopretjzyl, par exemple. Peut-être Boris a-t-il été engagé il y a quelques semaines seulement. Quant à moi, je serais plutôt enclin à le croire honnête. Mais qui sait ? Le Roi Victor serait bien capable de se déguiser en valet de chambre !

— Croyez-vous vraiment... ?

— Je vais être franc, l'interrompit Lemoine, je vois le Roi Victor partout. C'est une véritable obsession. En ce moment même, par exemple, je suis en train de me demander si ce ne serait pas vous, par hasard.

— Bon sang ! Vous m'avez l'air passablement atteint, vous !

— Qu'ai-je à faire de ce diamant ? De l'assassin du prince

Michael? Je laisse volontiers ces affaires à mon confrère de Scotland Yard. Moi, je ne suis en Angleterre que pour une seule et unique raison : surprendre le Roi Victor en flagrant délit et l'arrêter. Rien d'autre ne compte, pour moi.

— Vous croyez que vous y arriverez? demanda Anthony en allumant une cigarette.

— Je n'en sais rien, dit Lemoine, soudain découragé.

Ils avaient regagné la terrasse. Le superintendant Battle se tenait devant la fenêtre, immobile.

— Regardez ce pauvre Battle, dit Anthony. Allons le réconforter. (Il marqua une pause, puis ajouta :) Vous savez, monsieur Lemoine, vous êtes un drôle de personnage.

— Comment cela, Mr Cade?

— Eh bien, à votre place, j'aurais noté l'adresse que je viens de vous montrer. Peut-être n'est-elle d'aucune importance... Mais peut-être aussi pourrait-elle vous donner une piste?

Lemoine le regarda un instant en silence. Puis, avec un très léger sourire, il releva la manche de son manteau. Au crayon, il avait noté « *Hurstmere, Langly Road, Douvres* ».

— Mille excuses, dit Anthony. Je me retire tout penaud.

Et il alla retrouver le superintendant Battle.

— Vous avez l'air bien pensif, Battle, remarqua-t-il.

— Je pense beaucoup, en effet, Mr Cade. Les faits ne concordent pas. Pas du tout, même.

— Ce doit être très éprouvant, dit gentiment Anthony. Tant pis, Battle. Si nous devons en arriver là, vous pouvez toujours vous rabattre sur moi et m'arrêter. N'oubliez pas les empreintes de mes bottines !

Mais le superintendant ne sourit pas.

— Vous vous connaissez des ennemis, ici, Mr Cade? demanda-t-il.

— Je crois que le troisième laquais doit avoir une dent contre moi, répondit Anthony d'un ton léger. Il oublie toujours de me passer les légumes, à table ! Pourquoi cette question?

— J'ai reçu des lettres anonymes, répondit le superintendant. Ou plus exactement, une lettre anonyme.

— Me concernant?

Sans répondre, Battle sortit de sa poche une feuille de carnet froissée et la tendit à Anthony. Les mots suivants étaient tracés, d'une écriture malhabile :

*Fête attention a Mr Cade. Il né pas ce qu'il parai.*

Anthony lui rendit le papier avec un petit rire.

— C'est tout ? Rassurez-vous, Battle, cela ne signifie sans doute rien du tout. Ou peut-être suis-je un roi qui se cache sous une autre identité !

Il rentra dans la maison en sifflotant. Mais une fois seul dans sa chambre, une ride se creusa sur son front. Il s'assit au bord du lit et pencha la tête d'un air sombre.

« Cela devient grave, se dit-il. Il faut que je fasse quelque chose ! Cette situation est diablement embarrassante. »

Il resta indécis quelques minutes, puis s'approcha de la fenêtre et contempla le parc d'un œil absent. Mais soudain, son regard s'arrêta sur quelque chose et tout son visage s'éclaira.

— Mais bien sûr ! s'exclama-t-il. Les roses ! C'est cela ! Les roses !

Il redescendit l'escalier quatre à quatre et sortit dans le jardin par une petite porte latérale. Il entra dans la roseraie et s'approcha du cadran solaire, qui se dressait sur un tertre, au beau milieu du parterre.

Soudain, il s'arrêta net.

— Je ne savais pas que vous aimiez les roses, Mr Fish, dit-il doucement.

— J'adore les roses, répondit l'Américain.

Les deux hommes s'observèrent avec circonspection, comme deux adversaires mesurant leurs forces.

— Moi aussi, déclara Anthony.

— Vraiment ?

— En fait, je ne peux pas m'en passer, ajouta Anthony négligemment.

Ils eurent tous deux un léger sourire, et la tension se relâcha quelque peu.

— Admirez cette splendeur, dit Mr Fish en se penchant pour lui montrer un bouton particulièrement délicat. On l'appelle Madame Abel Chatenay, je crois. Oui, c'est cela. Cette rose blanche, avant la guerre, était connue sous le nom de Frau Carl Drusky. Je crois qu'on l'a rebaptisée. C'est peut-être faire preuve de sentimentalisme, mais quoi qu'il en soit, c'est fort patriotique. Et celle-ci. Aimez-vous les roses rouges, Mr Cade ? Une rose rouge vif est...

L'intonation lente et traînante de Mr Hiram Fish fut

interrompue. Bundle se penchait par la fenêtre d'une chambre au premier étage.

— Vous voulez faire une virée en ville, Mr Fish ? Je file.

— Je vous remercie, lady Eileen, mais je préfère rester ici.

— Et vous, Mr Cade ? Vous êtes sûr que vous n'avez pas changé d'avis ?

Anthony éclata de rire et secoua la tête. Bundle disparut.

— Je crois que je vais plutôt faire un somme, dit Anthony en bâillant. Une bonne petite sieste pour digérer ! (Il sortit une cigarette.) Auriez-vous du feu, s'il vous plaît ?

Mr Fish lui tendit des allumettes. Anthony en prit une et lui rendit la boîte en le remerciant.

— Ces roses, dit Anthony, sont très belles. Mais finalement, je ne me sens guère d'humeur horticole, cet après-midi.

Avec un sourire désarmant, il hocha gaiement la tête. C'est alors qu'un bruit assourdissant se fit entendre juste devant la maison.

— Quelle puissance, ce moteur ! remarqua Anthony. La voilà partie !

La voiture disparut le long de l'allée. Poussant un nouveau bâillement, Anthony repartit nonchalamment vers la maison.

Mais à peine eut-il refermé la porte derrière lui qu'il parut transformé en vif-argent. Il s'élança dans le vestibule, enjamba une fenêtre de la façade opposée et courut à perdre haleine dans le parc. Il savait que Bundle devait faire un long détour derrière le pavillon du gardien et par le village.

Après une course désespérée, il atteignit le mur du parc juste au moment où la voiture arrivait. Il bondit par-dessus le faîte et atterrit au milieu de la route.

— Ohé ! cria-t-il.

Stupéfaite, Bundle fit une embardée et parvint à s'arrêter sans dégâts. Anthony se précipita, ouvrit la portière et sauta à côté de la jeune fille ébahie.

— Je vous accompagne à Londres, Boulotte de mon cœur ! dit-il. J'en avais l'intention depuis le début.

— Quel drôle de personnage vous êtes ! s'exclama Bundle. Qu'est-ce que vous tenez à la main ?

— Oh ! Tout bonnement une allumette.

Il la regarda d'un air pensif. Elle était rose, avec une tête jaune. Il jeta la cigarette qu'il n'avait pas allumée et glissa soigneusement l'allumette dans sa poche.

## 24

## La maison de Douvres

— Cela ne vous ennuie pas, j'espère, dit Bundle après quelques minutes, si je conduis un peu plus vite ? J'ai pris du retard au départ.

Ils roulaient déjà à une vitesse impressionnante, mais Anthony comprit bientôt que ce n'était rien en comparaison de ce que la jeune fille pouvait obtenir de la Panhard.

— Certaines personnes ont peur lorsque je suis au volant, déclara Bundle en ralentissant pour traverser un village. Ce pauvre papa, par exemple. Rien ne saurait le convaincre de monter avec moi dans ce vieux tacot.

Les craintes de lord Caterham étaient parfaitement légitimes, c'était bien l'avis d'Anthony. Se laisser conduire par Bundle n'était pas un sport pour les messieurs ayant dépassé un certain âge et nerveux de surcroît.

— Mais je me réjouis de vous voir si confiant, poursuivit la jeune fille d'un ton approbateur en prenant allégrement un virage sur les chapeaux de roue.

— J'ai de l'entraînement, expliqua Anthony avec sérieux. D'ailleurs, ajouta-t-il après un silence, je suis assez pressé, moi aussi.

— Voulez-vous que j'accélère encore un peu ? demanda poliment Bundle.

— Bon Dieu, non ! s'empressa de répondre Anthony. Nous roulons déjà assez vite !

— Je meurs d'envie de connaître la raison de ce départ précipité, dit Bundle en klaxonnant comme si la planète entière était sourde. Mais je ne dois sans doute pas vous poser de questions... Vous fuyez la justice ?

— À vrai dire, je ne sais pas trop, avoua Anthony. Je serai bientôt fixé.

— Cet homme de Scotland Yard n'est ni le mollusque ni la larve que j'avais cru, dit Bundle d'un air pensif.

— Battle est un type bien.

— Vous auriez dû faire carrière dans la diplomatie. Vous n'êtes pas bavard, vous au moins.

— J'ai pourtant l'impression que je ne cesse de papoter.

— Mon Dieu ! J'ai tout compris ! s'exclama soudain Bundle. Vous allez vous enfuir en enlevant Mlle Brun !

— Je plaide non coupable ! s'écria Anthony avec ferveur.

Il y eut une pause de quelques minutes, tandis que Bundle dépassait trois autres voitures. Soudain, elle demanda :

— Depuis quand connaissez-vous Virginia ?

— Comment vous répondre... Je ne l'ai pas souvent vue, en fait. Et pourtant, j'ai l'impression de l'avoir toujours connue.

— Virginia est une femme intelligente, remarqua-t-elle brusquement. Elle a beau débiter beaucoup d'insanités, elle est bigrement futée. Je crois qu'elle a été sensationnelle en Herzoslovaquie. Si Tim Revel avait vécu, il aurait eu une carrière formidable, et presque uniquement grâce à Virginia. Elle travaillait d'arrache-pied pour lui... Pourquoi ça, d'après vous ?

— Parce qu'elle l'aimait, dit Anthony en regardant droit devant lui.

— Non. Parce qu'elle ne l'aimait pas, justement. Vous ne comprenez pas ? Elle ne l'aimait pas. Elle ne l'a jamais aimé, c'est pourquoi elle faisait tout pour se racheter. C'est Virginia tout craché. Mais vous pouvez être certain que Virginia n'a jamais aimé Tim Revel.

— Vous paraissez bien sûre de vous, dit Anthony en se tournant vers elle.

Les petites mains de Bundle étaient cramponnées au volant et son menton était plus volontaire que jamais.

— J'ai appris des choses. Je n'étais encore qu'une gamine à l'époque de leur mariage, mais il y a eu des indiscrétions et, connaissant Virginia, il m'est facile de faire les recoupements. Elle a toujours ébloui Tim Revel. C'était un Irlandais, très séduisant, et qui savait comme pas deux piéger les gens avec ses beaux discours. Virginia n'avait que dix-huit ans. Partout où elle allait, Tim se montrait dans un état de désespoir absolu et jurait qu'il allait se tuer ou se noyer dans l'alcool si elle refusait de l'épouser. Les filles croient à ces grands mots. Ou du moins, à l'époque, elles y croyaient ; les choses ont beaucoup évolué, en huit ans. Quoi qu'il en soit, au vu des sentiments violents qu'elle pensait inspirer, Virginia s'est laissé avoir. Elle l'a épousé, et a toujours été adorable avec lui. Elle n'aurait pas été aussi gentille si elle l'avait aimé. Vous savez, Virginia a quelque chose d'un peu diabolique. Mais je peux vous garantir une chose, c'est qu'elle tient par-dessus tout à sa liberté. Et pour qu'elle y renonce...

Bundle s'interrompit.

— Pourquoi me racontez-vous tout ça ? demanda lentement Anthony.

— C'est intéressant de connaître les gens, non ? Enfin, certaines personnes, en tout cas.

— C'est vrai. Je me suis souvent interrogé sur Mrs Revel.

— Et ce n'est pas Virginia qui vous aurait renseigné. Mais vous pouvez me faire confiance. Virginia est un amour, même les femmes l'adorent : elle n'a rien d'une chipie. De toute façon, conclut Bundle, il faut bien être fair-play, non ?

— Bien sûr, marmonna Anthony.

Mais ces confidences ne laissaient pas de le surprendre. Pourquoi Bundle lui avait-elle débité tout ça sans même qu'il l'interroge ? Quoi qu'il en soit, rien n'aurait pu le réjouir davantage.

— Nous approchons de Londres, soupira Bundle. Il va falloir que je conduise prudemment, maintenant.

Mais pour Bundle, conduire prudemment n'était qu'une vue de l'esprit. Laissant derrière eux chiens, piétons et véhicules horrifiés, ils atteignirent enfin Oxford Street.

— Je crois que j'ai battu tous mes records ! déclara Bundle en consultant sa montre. Où voulez-vous que je vous dépose ?

— Où vous voudrez. Dans quelle direction allez-vous ?

— Du côté de Knightsbridge.

— Très bien, laissez-moi à Hyde Park Corner.

— Salut ! lança Bundle en s'arrêtant à l'endroit indiqué. Comment allez-vous rentrer ?

— Je me débrouillerai, merci beaucoup.

— Ainsi, vous avez quand même eu peur ! remarqua Bundle.

— Je ne recommanderais pas aux personnes âgées de

monter à côté de vous pour soigner leurs nerfs. Mais en ce qui me concerne, je me suis beaucoup amusé. La dernière fois que je me suis trouvé dans une situation aussi dangereuse, j'étais poursuivi par une horde d'éléphants sauvages !

— Je vous trouve extrêmement grossier, Mr Cade. Nous n'avons même pas eu un accrochage, aujourd'hui, ajouta-t-elle avec un sourire malicieux.

— Je suis désolé si ma présence vous a contrainte à baisser votre moyenne, répliqua-t-il.

— Finalement, les hommes sont tous des couards.

— Vous offensez ma dignité masculine, ma chère. Je me retire humilié, conclut-il en souriant.

Après un petit signe de tête, Bundle redémarra. Anthony héla un taxi et se fit conduire à la gare de Victoria. Il s'enquit du prochain train pour Douvres. Malheureusement, il venait d'en rater un. Résigné à attendre une heure, Anthony fit les cent pas dans la gare, plongé dans ses réflexions.

Le voyage se passa sans incident. Une fois à Douvres, il sortit de la gare puis revint sur ses pas, et demanda à un bagagiste comment se rendre à Hurstmere, Langly Road.

La rue en question était longue et se prolongeait hors de la ville. Anthony se mit en route, une petite ride entre les yeux. Pourtant, il n'était pas vraiment inquiet. Plutôt en proie à l'exaltation fiévreuse qu'il ressentait toujours lorsqu'il était confronté à un danger.

Hurstmere était la dernière maison de la rue. En retrait, entourée d'un grand jardin à l'abandon, elle paraissait désertée depuis des années. Une haute grille en fer forgé se balançait sur ses gonds rouillés, et le nom sur la boîte à lettres était presque effacé.

— Complètement désert..., murmura Anthony. Le lieu idéal.

Il hésita quelques instants, jeta un rapide coup d'œil alentour — personne — et franchit rapidement la grille. Il fit quelques pas dans la petite allée et s'arrêta, l'oreille tendue. La maison était encore assez loin. On n'entendait aucun bruit. Des feuilles jaunies se détachaient des arbres et tombaient avec un bruissement presque sinistre. Anthony sursauta.

— Allons, je ne me savais pas si émotif, murmura-t-il en souriant.

Il se glissa derrière un massif et, ainsi caché derrière les arbustes, remonta le reste de l'allée. Soudain, il s'arrêta et regarda à travers les feuilles. Un chien aboyait au loin, mais c'était un bruit plus proche qui avait attiré l'attention d'Anthony.

Son oreille exercée ne l'avait pas trompé. Un homme apparut au coin de la maison. Petit, trapu, les traits épais, un étranger apparemment. Il avança d'un pas régulier, contourna la maison et disparut.

Anthony hocha la tête.

« Une sentinelle, se dit-il. Rien n'est laissé au hasard. »

Dès que la sentinelle fut hors de vue, Anthony repartit à pas de loup dans la direction qu'elle avait prise. Soudain, il aperçut qu'un rayon de lumière éclairait l'allée devant lui. On entendait distinctement des voix.

Anthony se dirigea doucement vers la fenêtre, leva la tête jusqu'à hauteur du rebord et observa ce qui se passait à l'intérieur.

Six hommes étaient assis autour d'une table. Ils parlaient français. Deux d'entre eux — manifestement français — avaient l'air de petits rats et s'agitaient en tous sens. Les quatre autres étaient grands et costauds, les pommettes saillantes et les yeux légèrement bridés. Des Herzoslovaques.

— Quand arrive le patron ? grogna l'un d'entre eux avec une intonation gutturale.

L'un des deux nabots haussa les épaules.

— Il ne devrait pas tarder.

— Il serait temps, grommela le premier. Je ne l'ai jamais vu, votre patron, mais il dépasse les bornes. Quand je pense au travail fabuleux que nous aurions pu abattre au lieu de rester là sans rien faire !

— Idiot ! lui dit l'autre petit homme sèchement. Tout ce que vous auriez obtenu, toi et ta bande d'excités, c'est de vous faire coffrer !

— Ah ! rugit un autre Herzoslovaque. Tu insultes les Camarades ? Je vais te montrer ce que c'est qu'une Main Rouge autour de la gorge !

Il se leva à demi, regarda le Français d'un air féroce, mais l'un de ses compagnons le retint par la manche.

— Pas de dispute. N'oublie pas que nous devons travailler ensemble, et il paraît que le Roi Victor n'aime pas qu'on lui désobéisse.

À cet instant, Anthony entendit la sentinelle qui revenait, et il se retira vivement derrière un buisson.

— Qui va là ? demanda l'un des compères à l'intérieur.

— C'est Carlo, qui monte la garde.

— Ah ! Et le prisonnier ?

— Il ne va pas trop mal. Il revient à lui. Il s'en tire plutôt bien après le choc qu'il a reçu sur la tête !

« Mon Dieu, quels imbéciles ! songea Anthony. Ils discutent tranquillement la fenêtre ouverte, pendant que leur Carlo fait sa ronde avec la discrétion d'un éléphant et les yeux d'une taupe. Pour couronner le tout, les Herzoslovaques et les Français sont sur le point d'en venir aux mains. Décidément, l'État-major du Roi Victor me semble dans une situation bien précaire. Cela m'amuserait bien de leur donner une bonne leçon ! »

Il hésita un instant, assez amusé à cette idée.

Soudain, au-dessus de sa tête, il entendit un grognement sourd. Il leva les yeux. Un nouveau gémissement se fit entendre.

Anthony jeta un rapide coup d'œil circulaire. Carlo ne reviendrait pas tout de suite. Il s'accrocha à la vigne vierge, grimpa le long de la façade et atteignit le rebord d'une fenêtre au premier étage. Elle était fermée mais, à l'aide de son porte-clés, il réussit à l'ouvrir.

Il s'arrêta un instant, aux aguets, puis sauta prestement à l'intérieur. Dans la pénombre, il distingua un lit à l'extrémité de la chambre. Il alluma sa torche. Un homme gisait, pieds et poings liés, un étranger manifestement. Pâle, émacié, il avait la tête enveloppée d'un large bandage. Aveuglé par la lumière, l'homme cligna des yeux.

Anthony se pencha. À cet instant, il entendit un bruit derrière lui et fit volte-face tandis que sa main se glissait vers la poche de son veston.

Mais une voix impérieuse l'interrompit :

— Les mains en l'air, mon bonhomme ! Vous ne vous attendiez pas à me voir ici, hein ? Eh bien, figurez-vous que j'ai pris le même train que vous à la gare de Victoria.

Mr Hiram Fish se tenait sur le seuil de la chambre. Il souriait, un gros automatique à la main.

# 25

## Mardi soir à Chimneys

Ce mardi soir, après le dîner, lord Caterham, Virginia et Bundle étaient assis dans la bibliothèque. Plus de vingt-quatre heures s'étaient écoulées depuis le spectaculaire départ d'Anthony.

Pour la mille et unième fois, Bundle répétait les paroles d'Anthony lorsqu'ils s'étaient quittés.

— « Pour rentrer ? Je me débrouillerai », répéta Virginia d'un air songeur. Cela signifie bien qu'il n'avait pas l'intention de s'absenter si longtemps. D'ailleurs, il a laissé toutes ses affaires ici !

— Il ne vous a pas dit où il allait ?

— Non, répondit Virginia en regardant droit devant elle. Il ne m'a rien dit.

Il y eut un long silence.

— Somme toute, mieux vaut avoir un hôtel qu'une maison de campagne, déclara enfin lord Caterham.

— Comment cela ?

— Au moins, à l'hôtel, une note priant les visiteurs d'annoncer leur départ avant midi est affichée dans toutes les chambres. Je suis vieux jeu, que voulez-vous, poursuivit lord Caterham. Et je déplore qu'aujourd'hui on entre et on sorte de chez vous sans prévenir et sans avoir à débourser un centime...

Virginia sourit.

— Allons, ne ronchonnez pas, dit Bundle. Vous nous avez, Virginia et moi. Que demandez-vous de plus ?

— Rien de plus, rien de plus, ma Boulotte, lui assura lord Caterham. Ce n'est pas cela du tout. C'est une question de principe, comprends-tu ? On ne sait plus à quoi s'attendre ! Voilà vingt-quatre heures que nous jouissons d'une paix totale : ni crime, ni cambriolage, ni violence, ni policier, ni Américains... Et je ne peux même pas en profiter tranquillement, car je ne cesse de me dire « c'est trop beau, quelqu'un va surgir et tout gâcher ! »

— Eh bien, vous voyez, personne n'a surgi, dit Bundle. On

nous a laissés parfaitement seuls. On nous a même négligés. La disparition de Fish est bien étrange. Il a dit quelque chose?

— Pas un mot. La dernière fois que je l'ai vu, hier après-midi, il se promenait dans la roseraie en fumant l'un de ses affreux cigares. Depuis, il s'est évanoui dans la nature.

— On l'a peut-être kidnappé? fit Bundle tout heureuse à cette idée.

— D'ici un ou deux jours, Scotland Yard va faire draguer le lac pour retrouver son corps, déclara lord Caterham d'un air sombre. C'est bien fait pour moi! À mon âge, j'aurais dû partir tranquillement pour l'étranger et m'occuper de ma santé. Jamais je n'aurais dû laisser George Lomax m'embarquer dans ses projets scabreux. Je...

Il fut interrompu par Tredwell.

— Eh bien, dit lord Caterham d'une voix irritée, qu'est-ce que c'est?

— Le policier français est là, milord. Il souhaiterait que vous lui accordiez quelques minutes.

— Qu'est-ce que je vous disais! s'écria lord Caterham. Je savais que c'était trop beau, cela ne pouvait pas durer. Ils ont dû retrouver le cadavre de Fish dans la mare aux canards!

De son ton le plus respectueux, le majordome le rappela au sujet qui l'amenait:

— Dois-je lui dire que vous le recevrez, milord?

— Oui, oui. Faites-le entrer.

Tredwell revint quelques instants plus tard en annonçant d'un ton lugubre:

— M. Lemoine.

Le Français entra d'un pas souple et rapide. Plus que son visage, sa démarche trahissait une vive excitation.

— Bonsoir, Lemoine, dit lord Caterham. Voulez-vous boire quelque chose?

— Non, je vous remercie. (Il salua respectueusement les dames.) J'ai enfin progressé dans mon enquête. En l'état actuel des choses, il me semble que vous devriez être tenu au courant des découvertes, des très graves découvertes que j'ai faites au cours des dernières vingt-quatre heures.

— Je me doutais bien qu'il devait se passer des choses importantes quelque part!

— Milord, hier après-midi, l'un de vos invités a quitté cette maison de bien étrange façon. Depuis le début, je dois vous dire que je concevais certains soupçons à son égard. Voilà un homme surgi de nulle part. Il y a deux mois, il était en Afrique du Sud... et auparavant ?

Virginia prit une profonde inspiration. Pendant un instant, les yeux dubitatifs du Français se posèrent sur elle. Puis il reprit :

— Auparavant ? Nul ne le sait. Et c'est exactement l'homme que je cherche. Gai, audacieux, intrépide, un aventurier capable de tout. J'ai envoyé dépêche sur dépêche, mais impossible d'obtenir le moindre renseignement sur son passé. Il y a dix ans, il était au Canada, oui, mais depuis... silence total. Mes soupçons se sont confirmés. Puis, il y a deux jours, j'ai ramassé un morceau de papier en un endroit où il était passé peu de temps auparavant. Sur ce papier, était inscrite l'adresse d'une maison à Douvres. Un peu plus tard, comme par mégarde, j'ai laissé tomber ce même morceau de papier. Du coin de l'œil, j'ai vu Boris, ce Herzoslovaque, le ramasser et l'apporter à son maître. Depuis le début, je suis convaincu que ce Boris est un envoyé des Camarades de la Main Rouge. Nous savons que les Camarades travaillent avec le Roi Victor sur cette affaire. Si Boris est devenu le fidèle serviteur de Mr Anthony Cade, n'est-ce pas parce qu'il a reconnu en lui son maître ? Pour quelle autre raison se serait-il ainsi attaché à un étranger insignifiant ? C'était suspect, très suspect.

» Mais me voici presque désarmé, car Anthony Cade vient sur-le-champ m'apporter ce même morceau de papier, en me demandant si c'est moi qui l'ai égaré. Je reste perplexe... Cela peut signifier soit qu'il est innocent, soit qu'il est extrêmement rusé. Je lui réponds naturellement que ce papier n'est pas à moi. Mais entre-temps, j'avais fait mener ma petite enquête. Et c'est aujourd'hui que j'en apprends les résultats. La maison de Douvres a été abandonnée précipitamment mais, jusqu'à hier après-midi, elle était occupée par une bande d'étrangers. Aucun doute. C'était le quartier général du Roi Victor. Et maintenant, écoutez bien : hier après-midi, Mr Cade quitte Chimneys en catastrophe. Depuis qu'il a fait tomber ce papier, il doit savoir que les jeux sont faits. Il se rend immédiatement à Douvres et disperse ses hommes. Quant à savoir ce qu'ils vont faire maintenant, je l'ignore. Ce qui est certain, c'est qu'il n'abandonnera pas la partie avant d'avoir découvert le diamant. Et là, je l'attends !

Virginia se leva sans rien dire, traversa la pièce et s'approcha de la cheminée. Quand elle prit la parole sa voix résonna, froide et incisive comme l'acier.

— Je crois que vous oubliez une chose, monsieur, dit-elle. Mr Cade n'est pas le seul invité qui ait disparu hier de curieuse manière.

— Vous voulez dire, madame ?

— Que toutes vos observations s'appliquent aussi bien à une autre personne : Mr Hiram Fish.

— Oh, Mr Fish !

— Mais oui, Mr Fish ! Ne nous avez-vous pas dit le premier soir que le Roi Victor arrivait d'Amérique ? Mr Fish aussi. Il est vrai qu'il avait une lettre d'introduction d'une personnalité éminente, mais un homme comme le Roi Victor n'aurait eu aucun mal à se la procurer. Ce Mr Fish n'est certainement pas celui qu'il prétend être. Lord Caterham a remarqué qu'en matière d'éditions originales, ce qui, je vous le rappelle, est la raison de sa présence ici, il ne fait qu'écouter, attentivement, certes, mais sans jamais rien dire : il n'y connaît rien. En outre, plusieurs faits militent contre lui. La nuit du meurtre, sa fenêtre était allumée. Le soir du cambriolage, lorsque je l'ai rencontré sur la terrasse, il était habillé de pied en cap. Peut-être est-ce *lui*, qui a fait tomber ce papier. Vous n'avez pas effectivement *vu* Mr Cade l'égarer. Mr Cade s'est peut-être rendu à Douvres, mais n'était-ce pas pour y mener une petite enquête ? On a pu l'enlever, que sais-je ? À mon sens, Mr Fish est beaucoup plus suspect que Mr Cade !

Le Français se mit à glapir :

— De votre point de vue, cela se tient, madame. Et je suis d'accord avec vous sur un point : Mr Fish n'est pas l'homme qu'il prétend être.

— Alors ?

— Eh bien, voyez-vous, madame, Mr Fish est un policier américain.

— Quoi ? s'écria lord Caterham.

— Oui, milord. Il est venu ici pour retrouver le Roi Victor. Le superintendant Battle et moi étions au courant.

Virginia resta silencieuse. Très lentement, elle se rassit. En quelques mots, l'édifice qu'elle avait si soigneusement élaboré s'effondrait.

— Vous voyez, poursuivit Lemoine, nous savions tous que

le Roi Victor viendrait tôt ou tard à Chimneys. C'était le seul endroit où nous étions certains de mettre la main sur lui.

Virginia lui lança un regard étrange et, brusquement, elle se mit à rire.

— Vous ne l'avez pas encore attrapé ! dit-elle.

Lemoine la regarda avec curiosité.

— Non, madame. Mais je le ferai.

— Il a la réputation de déjouer tous les pièges, non ? dit Virginia.

Le visage du Français s'assombrit sous l'effet de la colère.

— Cette fois-ci, nous l'aurons ! dit-il entre ses dents.

— C'est un garçon très séduisant, intervint lord Caterham. Très séduisant. Mais je ne crois pas que... au fait, Virginia, n'est-ce pas un vieil ami à vous ?

— C'est pourquoi, répondit-elle avec calme, je pense que M. Lemoine se trompe.

Ses yeux tranquilles croisèrent ceux du détective, mais il n'en parut pas autrement démonté.

— Nous verrons, madame, dit-il.

— Et vous affirmez qu'il est l'assassin du prince Michael ? demanda-t-elle soudain.

— Certainement.

— Oh, non ! s'écria Virginia. Oh, non ! S'il y a une chose dont je suis parfaitement certaine, c'est qu'Anthony Cade n'a jamais tué le prince Michael.

Lemoine la regardait avec attention.

— Il est possible que vous ayez raison, madame, dit-il lentement. Je dis bien, possible. Peut-être ce Herzoslovaque, Boris, a-t-il outrepassé ses ordres en tuant le prince. Qui sait ? Le prince Michael lui a peut-être causé des torts considérables, et il l'aura tué pour se venger.

— En tout cas, il a bien l'air d'un meurtrier, approuva lord Caterham. Les femmes de chambre hurlent de terreur dès qu'elles le voient arriver.

— Bon, dit Lemoine. Il faut que je prenne congé. Il me semblait que je devais vous tenir au courant de la situation, milord.

— C'est très aimable à vous, répondit lord Caterham. Vous êtes sûr que vous ne voulez pas une liqueur ? Un cognac ? Comme vous voudrez. Bonne nuit, Lemoine.

— Je déteste cet homme ! Je déteste sa barbiche noire et ses lunettes ! lança Bundle dès que la porte se fut refermée sur lui. J'espère bien qu'Anthony va lui rabattre le caquet ! Je donnerais n'importe quoi pour le voir trépigner de colère. Que pensez-vous de tout ça, Virginia ?

— Je ne sais pas, je ne sais plus, dit Virginia. Je suis lasse, je monte me coucher.

— Bonne idée, dit lord Caterham. Il est 11 heures et demie.

En traversant le vestibule, Virginia aperçut une large silhouette familière, qui tentait de s'éclipser par une petite porte.

— Superintendant Battle ! appela-t-elle impérieusement.

Le superintendant revint sur ses pas, comme à contre-cœur :

— Oui, Mrs Revel ?

— M. Lemoine est venu. Il dit... Est-ce que c'est exact, est-ce que vous êtes sûr et certain que Mr Fish est un policier américain ?

— C'est exact.

— Vous le saviez depuis le début ?

Le superintendant Battle acquiesça et Virginia se dirigea vers l'escalier.

— Je comprends, dit-elle. Merci.

Jusqu'à cet instant, elle avait refusé de le croire.

Et maintenant ?

Assise dans sa chambre devant sa table de toilette, elle envisagea froidement la question. Toutes les paroles d'Anthony lui revinrent soudain en mémoire, chargées d'une nouvelle signification.

Ce serait donc cela, le « métier » dont il avait parlé ? Ce métier qu'il avait abandonné. Mais alors...

Un bruit inhabituel vint distraire le fil de sa méditation. Elle leva la tête, surprise. Son petit réveil en or indiquait 1 heure passée. Elle avait passé près de deux heures à réfléchir !

De nouveau, il y eut un coup sec contre le carreau. Virginia s'approcha de la fenêtre et l'ouvrit. En dessous, une haute silhouette se dressait, la main tendue pour lancer une nouvelle poignée de gravier.

Pendant un instant, le cœur de Virginia s'accéléra. Puis, elle reconnut le profil massif et carré de Boris, le Herzoslovaque.

— Oui, chuchota-t-elle. Qu'y a-t-il ?

— Je viens de la part de mon maître, répondit Boris d'une voix basse, mais parfaitement distincte. Il m'envoie vous chercher.

Sa voix était totalement neutre.

— Il vous envoie me chercher?

— Oui, je dois vous mener à lui. Il y a un mot pour vous. Je vous l'envoie.

Virginia fit quelques pas en arrière et un morceau de papier lesté d'une pierre atterrit à ses pieds. Elle le déplia et lut :

*Ma chérie. Je suis dans une situation délicate, mais je m'en sortirai. Faites-moi confiance et venez à moi.*

Pendant deux longues minutes, Virginia resta là, immobile, à lire et relire ces quelques mots.

Enfin, elle leva la tête, contempla d'un œil neuf sa luxueuse chambre à coucher, et se pencha par la fenêtre.

— Que dois-je faire? demanda-t-elle.

— Les inspecteurs sont de l'autre côté de la maison, devant la Salle du Conseil. Descendez et sortez par la petite porte. J'y serai. Une voiture nous attend sur la route.

Virginia acquiesça. Elle enleva rapidement sa robe du soir pour en enfiler une autre toute simple, en tricot, et se coiffa d'une petite toque de daim. Puis, avec un sourire en coin, elle écrivit une note à l'attention de Bundle, qu'elle épingla en évidence sur un coussin.

Elle descendit en silence et déverrouilla la petite porte. Après une légère hésitation, elle releva la tête avec la fière élégance de ses ancêtres lorsqu'ils partaient pour les Croisades. Et elle franchit la porte d'un pas décidé.

## 26

## Le 13 octobre

Ce mercredi 13 octobre, à 10 heures du matin, Anthony Cade traversa le hall de l'hôtel *Harridge* et demanda à être conduit aux appartements du baron Lolopretjzyl.

Après l'attente de rigueur, on l'introduisit dans la suite du baron. Ce dernier le reçut debout, droit comme un piquet. Le petit capitaine Andrassy, un brin hostile, était présent lui aussi.

Les saluts, claquements de talons et autres manifestations de l'étiquette militaire se déroulèrent conformément à la tradition. Anthony n'ignorait désormais plus rien de cette routine.

— Vous me pardonnerez, je l'espère, cette intrusion matinale, baron, dit Anthony gaiement en posant son chapeau et sa canne sur la table. J'ai une proposition à vous faire.

— Ah ! Vraiment ? dit le baron.

Le capitaine Andrassy, qui ne s'était jamais départi de sa méfiance envers Anthony, lui jeta un regard soupçonneux.

— Les affaires, reprit Anthony, sont fondées sur l'inévitable principe de l'offre et de la demande. Vous voulez quelque chose, un autre peut vous le fournir. La seule chose à régler, c'est le prix.

Le baron le regarda attentivement, sans rien dire.

— Entre un aristocrate herzoslovaque et un gentleman britannique, les conditions peuvent facilement s'arranger, dit Anthony rapidement.

Il rougit légèrement. Il n'avait pas l'habitude de s'exprimer de la sorte, mais il avait remarqué l'effet d'une telle phraséologie sur le baron. Et en vérité, le charme fonctionna.

— Exact, approuva le baron en hochant la tête. Exactement exact.

Même le capitaine Andrassy parut se détendre un peu, et il hocha lui aussi la tête.

— Très bien, dit Anthony. Je ne vais pas tourner autour du pot.

— Que dites-vous ? interrompit le baron. Autour du pot tourner ? Je ne pas comprendre.

— C'est une façon de parler, baron. Je vais être clair : vous voulez quelque chose que *nous* avons ! Votre navire est magnifique, mais il lui manque une figure de proue. Par navire, j'entends le Parti Monarchiste de Herzoslovaquie. Pour l'instant, il vous manque le fondement de votre programme politique : un prince ! Et supposez, supposez seulement que je puisse vous fournir ce prince ?

Le baron le regarda fixement.

— À toute cette histoire, je ne rien comprendre, déclara-t- il.

— Monsieur, dit le capitaine Andrassy en tortillant énergiquement sa moustache, vous nous insultez !

— Pas le moins du monde, répondit gentiment Anthony. J'essaye simplement de vous aider. Le principe de l'offre et la demande, vous comprenez ? C'est très simple. Un prince ne saurait être qu'authentique, de sang royal. Eh bien, sous certaines conditions, je m'engage à vous donner un véritable prince.

Le baron et Andrassy le regardèrent dans les yeux. Anthony reprit son chapeau et sa canne et s'apprêta à repartir.

— Réfléchissez à cette idée. Et il y a encore une chose, baron. Je vous prie de venir à Chimneys ce soir. Des événements très intéressants vont certainement s'y dérouler. Fixons-nous rendez-vous. Disons, 9 heures dans la Salle du Conseil ? Je vous remercie, messieurs. Je compte sur votre présence ce soir.

Le baron fit un pas en avant et scruta le visage d'Anthony.

— Mr Cade, dit-il, non sans dignité, vous ne pas vous moquer de moi, j'espère ?

Anthony soutint son regard sans ciller.

— Baron, dit-il avec une intonation nouvelle, à la fin de la soirée, je pense que vous serez le premier à comprendre que tout ceci n'a rien d'une mauvaise plaisanterie.

Et, s'inclinant respectueusement, il sortit.

Il se rendit ensuite à la City, où il fit porter sa carte à Mr Herman Isaacstein. Au bout de quelques minutes, il fut reçu par un secrétaire fort affable, d'une pâleur cadavérique, impeccablement vêtu.

— Vous voulez voir Mr Isaacstein, n'est-ce pas ? dit le jeune homme. Malheureusement, il est très occupé, ce matin. Il doit présider un conseil d'administration. Puis-je faire quelque chose pour vous ?

— Je dois le rencontrer en personne, dit Anthony en ajoutant négligemment : j'arrive de Chimneys.

Le jeune homme tressaillit.

— Oh ! dit-il. Eh bien, je vais voir.

— Dites-lui que c'est important.

— Un message de lord Caterham ? suggéra le secrétaire.

— Quelque chose comme cela, oui, répondit Anthony. Mais je dois absolument voir Mr Isaacstein tout de suite.

Deux minutes plus tard, Anthony fut introduit dans un impressionnant sanctuaire meublé d'immenses bureaux et de profonds fauteuils en cuir.

Mr Isaacstein se leva pour l'accueillir.

— Je vous prie d'excuser cette intrusion, dit Anthony. Je sais que vous êtes un homme très occupé et je ne perdrai pas de temps. Je suis venu vous parler affaires.

Un instant, les yeux pénétrants d'Isaacstein l'observèrent attentivement.

— Cigare? demanda-t-il soudain en tendant un étui ouvert.

— Avec plaisir, merci, répondit Anthony. Il s'agit de cette affaire herzoslovaque, poursuivit-il en allumant son cigare. (Il remarqua une lueur dans l'œil impassible du grand financier.) Le meurtre du prince Michael a dû bouleverser tous vos projets?

Mr Isaacstein fronça un sourcil, murmura « Ah? » d'un ton interrogateur et contempla le plafond.

— Le pétrole, dit Anthony en regardant d'un air songeur la surface bien polie du bureau. Une chose merveilleuse, le pétrole.

Mr Isaacstein eut un léger sursaut qui n'échappa nullement à Anthony.

— Voulez-vous en venir au but, Mr Cade?

— Certainement. Je suppose, Mr Isaacstein, que si ces concessions pétrolières sont accordées à une autre compagnie, vous n'en serez pas précisément ravi?

— Que me proposez-vous? demanda l'autre en le regardant droit dans les yeux.

— Un prétendant au trône, animé de sympathies pro-britanniques.

— D'où sort-il?

— C'est mon affaire.

Isaacstein eut un vague sourire, mais son regard restait dur et perçant.

— Un prince authentique et légitime? Pas un imposteur?

— Tout ce qu'il y a d'authentique.

— Je vous crois sur parole.

— Cela vous suffit? demanda Anthony en le regardant avec curiosité.

Herman Isaacstein sourit.

— Je n'en serais pas arrivé là si je n'avais pas appris à déterminer quand un homme dit la vérité, répondit-il simplement. Quels sont les termes du marché?

— Le même prêt, aux mêmes conditions, que celui que vous avez proposé au prince Michael.

— Et vous?

— Pour l'instant, rien. Ou plutôt si, je vous demande une faveur: venez ce soir à Chimneys.

— Non, dit Isaacstein d'un ton catégorique. Impossible.

— Pourquoi cela?

— J'ai un important dîner d'affaires.

— Eh bien, je crains que vous ne deviez l'annuler. Dans votre intérêt.

— Que voulez-vous dire?

Anthony l'observa avec insistance et répondit lentement:

— On a retrouvé le revolver, celui avec lequel le prince Michael a été assassiné. Et savez-vous où? Dans votre valise.

— Quoi?

Isaacstein bondit:

— Que racontez-vous là? Qu'est-ce que cela signifie?

Très obligeamment, Anthony lui conta dans quelles circonstances on avait découvert le revolver. Lorsqu'il eut terminé, le visage d'Isaacstein avait pris une teinte livide et reflétait une véritable terreur.

— Mais c'est faux! cria-t-il lorsque Anthony eut terminé. Je n'ai jamais vu ce pistolet, c'est un coup monté!

— Ne vous échauffez pas, lui dit Anthony d'un ton apaisant. Si c'est le cas, vous pourrez aisément le prouver.

— Le prouver? Mais comment?

— À votre place, dit doucement Anthony, je viendrais à Chimneys ce soir.

— Vous croyez? demanda Isaacstein, sceptique.

Anthony se pencha et lui murmura quelques mots à l'oreille. Le financier retomba au fond de son fauteuil, stupéfait, et le regarda bouche bée.

— Vous voulez dire...

— Venez ce soir, vous verrez, lui dit Anthony.

## 27

### Le 13 octobre (suite)

L'horloge de la Salle du Conseil sonna 9 heures.

— Eh bien, dit lord Caterham en soupirant bruyamment. Ça y est, les voilà tous revenus, à cavaler dans tous les sens ! (Il regarda autour de lui d'un air triste.) Toute la clique, l'orgue de barbarie avec le singe, etc. Et cette espèce de baron guindé...

— Allons, vous êtes injuste, papa ! protesta Bundle, à qui s'adressaient ces confidences. Le baron m'a dit qu'il vous considérait comme l'exemple parfait de l'hospitalité entre gens de la *haute noblesse.*

— Pff, proféra lord Caterham. Il adore tenir ce genre de discours. C'est d'ailleurs ce qui rend les conversations avec lui si fatigantes. Quant à mon hospitalité... Finies les réceptions ! Dès demain, je loue Chimneys à une société américaine et je pars vivre à l'hôtel. Là, au moins, si l'on vous embête, il suffit de régler la note et de s'en aller !

— Allons, réjouissez-vous, cette fois, on dirait que Mr Fish a bel et bien disparu.

— Je l'ai toujours trouvé très amusant, déclara lord Caterham, décidément d'humeur versatile. C'est ton petit protégé, ma Boulotte, qui nous met dans une situation pareille ! Pourquoi dois-je supporter tout cela et le laisser utiliser ma propre maison pour tenir ses grandes réunions ? Est-ce qu'il ne pourrait pas louer une propriété ou une maison dans les environs, pour ses conseils de famille ?

— L'ambiance s'y prête mieux ici, expliqua Bundle.

— J'espère que ce n'est pas un piège ? demanda lord Caterham, soudain nerveux. Je n'aime pas ce Lemoine. La police française est capable de tout. On vous attache des éprouvettes autour des bras, on reconstitue le crime et on analyse votre réaction avec un thermomètre. Et je sais déjà qu'en entendant crier « Qui a tué le prince Michael ? », je bondirai au plafond et on m'enverra droit en prison.

La porte s'ouvrit et Tredwell annonça :

— Mr George Lomax. Mr Eversleigh.

— Et voilà Codders-le-clown, suivi de son fidèle toutou, murmura Bundle.

Bill se dirigea droit sur elle, tandis que George accueillait lord Caterham avec l'inévitable cordialité qu'il affichait dans toutes les occasions officielles.

— Mon cher Caterham, dit-il en lui secouant la main. Je suis venu dès que j'ai reçu votre message.

— Vous avez bien fait, mon cher ami, vous avez bien fait. Je suis enchanté de vous voir. (Par devoir, lord Caterham se montrait d'autant plus aimable qu'il avait envie d'être désagréable.) Le message n'était pas de moi, mais cela n'a aucune importance.

Pendant ce temps, Bill harcelait Bundle :

— Dites-moi, que se passe-t-il ? Il paraît que Virginia a disparu au milieu de la nuit ? On ne l'a pas enlevée, au moins ?

— Oh, non ! dit Bundle. Elle a laissé un message épinglé à un coussin, comme dans tous les bons romans.

— Elle ne s'est pas enfuie avec quelqu'un, j'espère ? Avec notre ami des colonies, par exemple ? Je ne l'ai jamais aimé ; d'ailleurs, tout le monde semble penser que ce serait lui notre supercriminel. Personnellement, cela m'étonnerait.

— Pourquoi cela ?

— Parce que ce Roi Victor est français, et Cade, résolument anglais.

— Mais vous savez très bien que le Roi Victor parle couramment plusieurs langues et que, par-dessus le marché, il est à moitié irlandais ! répliqua Bundle.

— Oh, mon Dieu ! C'est donc pour ça qu'il a disparu ?

— Disparu, c'est beaucoup dire... Il avait effectivement disparu avant-hier. Mais ce matin, j'ai reçu de lui un télégramme disant qu'il serait ici à 9 heures, et me priant de convier Codders-le-clown. C'est lui qui a invité tous les autres.

— Belle assemblée ! dit Bill en jetant un regard circulaire. Un policier à la fenêtre, un policier anglais près de la porte. Présence en force d'éléments étrangers. Mais apparemment, pas d'Américain ?

— Non. Mr Fish a disparu dans la nature. Et Virginia n'est pas là non plus. Mais tous les autres sont présents à l'appel. Et j'ai comme l'impression, mon petit Bill, que le grand moment approche. Quelqu'un va soudain prononcer un nom et tout sera révélé. Il ne nous manque plus qu'Anthony Cade.

— Il ne viendra pas, déclara Bill.

— Alors, pourquoi ce conseil de famille, comme dit papa ?

— À mon avis, tout ceci n'est qu'une mise en scène. C'est évident. Il nous rassemble tous ici, et pendant ce temps-là, il s'enfuit tranquillement de son côté.

— Vous ne croyez donc pas qu'il viendra ?

— Certainement pas. Ce serait se jeter dans la gueule du loup ! Cette maison est truffée de détectives sur les dents !

— C'est mal connaître le Roi Victor. Il raffole de ce genre de situations et se débrouille toujours pour s'en sortir.

— Compte tenu des personnes ici présentes, il lui faudrait vraiment du cran ! dit Bill en secouant la tête d'un air sceptique. Jamais il ne...

La porte s'ouvrit et Tredwell annonça :

— Mr Cade.

Anthony entra et se dirigea droit vers son hôte.

— Lord Caterham, déclara-t-il sans préambule, je suis terriblement confus de vous causer autant de tracas, et je vous prie de bien vouloir pardonner les libertés que j'ai prises. Mais je crois que ce soir, nous allons enfin élucider le mystère.

Lord Caterham parut se radoucir. Il avait toujours eu un faible pour Anthony.

— Vous ne me causez aucun tracas, dit-il chaleureusement.

— C'est très gentil à vous, répondit Anthony. Bien ! je vois que nous sommes tous réunis. Nous allons donc pouvoir commencer.

— Je ne comprends pas, dit George Lomax avec hauteur. Je ne comprends pas du tout. Ceci me paraît on ne peut plus cavalier. Mr Cade n'a aucune raison, absolument aucune raison de prendre les choses en main. La situation est des plus délicates, et je suis...

Le discours de George fut interrompu par le superintendant Battle qui, se rapprochant discrètement du grand homme, lui murmura quelques mots à l'oreille. George parut déconcerté.

— Très bien, soit ! soit ! grommela-t-il. (Puis il ajouta en élevant la voix :) Nous sommes tous impatients d'entendre ce que Mr Cade va nous dire.

Anthony ne releva pas le ton condescendant de la remarque.

— C'est simplement une petite idée que j'ai eue, dit-il d'une voix enjouée. Vous savez tous que nous avons découvert un message codé l'autre jour. Il faisait référence à Richmond, et indiquait des chiffres. (Il marqua une pause.) Nous avons tenté de le vérifier. Et nous nous sommes trouvés devant une nouvelle énigme. Or, il se trouve que dans les Mémoires du comte Stylptitch — que j'ai lus —, il est fait allusion à un certain dîner, un dîner de fleurs, où chacun des convives portait une broche représentant une fleur. Le comte lui-même arborait l'exacte réplique de l'étrange rébus que nous avons trouvé dans le passage secret. Il représentait en fait une rose. Et, si vous vous souvenez bien, il s'agissait de *rangées* d'objets : de boutons, de lettres R, et de mailles de tricot rouge. Eh bien, messieurs, dans cette maison, qu'est-ce qui est installé en rangées ? Des livres, non ? Ajoutez à cela que dans la bibliothèque de lord Caterham, figure un ouvrage intitulé *La vie du comte de Richmond*, et vous aurez une idée approximative de la cachette. En commençant par le volume en question, et en utilisant les chiffres pour compter les étagères et les livres, je pense que vous trouverez le... l'objet que vous cherchez, caché dans une fausse jaquette ou dans quelque orifice secret derrière l'un des livres.

Anthony regarda autour de lui d'un air modeste, manifestement en quête de félicitations.

— Ma parole, voilà qui est remarquablement ingénieux ! s'exclama lord Caterham.

— Très ingénieux, reconnut George Lomax d'un air condescendant. Mais, reste à voir...

Anthony éclata de rire.

— ... Si j'ai raison ? Eh bien, nous serons rapidement fixés. (Il se leva d'un bond.) Allons vérifier dans la bibliothèque si le...

— Un instant, Mr Cade, l'interrompit M. Lemoine en faisant un pas en avant. Vous permettez, lord Caterham ?

Il s'approcha du secrétaire et griffonna quelques lignes à la hâte. Il glissa son message dans une enveloppe qu'il referma, puis sonna. Lorsque Tredwell apparut, Lemoine lui tendit l'enveloppe.

— Faites porter ce message immédiatement, je vous prie.

— Très bien, monsieur, dit le majordome en se retirant avec sa dignité habituelle.

Anthony, qui était resté debout à le regarder d'un air hésitant, se rassit.

— Qu'est-ce que cela signifie, Lemoine? demanda-t-il doucement.

Soudain, l'atmosphère se tendit.

— Si le bijou se trouve là où vous l'avez dit, cela fait plus de sept ans qu'il y est. Un quart d'heure de plus ou de moins n'y changera rien.

— Continuez, dit Anthony. Vous avez certainement une idée derrière la tête?

— En effet. Compte tenu de la situation, il serait... déraisonnable de permettre à quiconque de quitter la pièce. En particulier si cette personne a des antécédents discutables.

Anthony haussa les sourcils et alluma une cigarette.

— Je suppose qu'une vie de vagabondage est discutable, dit-il d'un air songeur.

— Il y a deux mois, Mr Cade, vous étiez en Afrique du Sud. Soit. Où étiez-vous avant cela?

Anthony se carra dans son fauteuil et s'absorba dans la confection de ronds de fumée.

— Au Canada. Dans les contrées sauvages du Nord-Ouest.

— Êtes-vous sûr que vous n'étiez pas en prison? Une prison française, ajouterais-je?

Machinalement, le superintendant Battle fit un pas vers la porte, comme pour couper une retraite de ce côté, mais Anthony n'eut aucune réaction spectaculaire. Il contempla fixement le policier français, et soudain, il éclata de rire.

— Mon pauvre Lemoine! Mais c'est une véritable obsession! Vous voyez le Roi Victor partout! Ainsi, vous croyez que je serais ce monsieur?

— Le niez-vous?

Anthony épousseta un grain de poussière de sa manche.

— Je ne nie jamais quelque chose qui m'amuse, dit-il d'un ton léger. Mais cette accusation est vraiment trop ridicule!

— Ah! Vous croyez?

Le Français se pencha en avant, le visage déformé par un tic nerveux qui paraissait presque douloureux. Il semblait déconcerté, comme si quelque chose le surprenait dans l'attitude d'Anthony.

— Et si je vous disais, monsieur, que cette fois, j'aurai le Roi Victor ! Je l'aurai coûte que coûte ! Rien ne saura m'en empêcher !

— C'est tout à votre honneur, fit Anthony. Mais, ce ne sera pas la première fois, Lemoine, il me semble. Et il vous a déjà filé entre les doigts. Ne craignez-vous pas que cela se reproduise ? Il aime bien jouer des tours à sa façon !

La conversation s'était transformée en un véritable duel entre les deux hommes, l'un acharné, nerveux et sûr de son bon droit, l'autre, très calme, fumant et discutant comme s'il n'avait pas le moindre souci au monde. Les membres de l'assistance retenaient leur souffle, conscients de la tension croissante.

— Si j'étais vous, Lemoine, poursuivit Anthony, je serais très, très prudent. Faites attention à ce que vous avancez.

— Cette fois-ci, déclara Lemoine d'un air sinistre, il n'y aura pas d'erreur.

— Vous semblez bien sûr de vous, remarqua Anthony. Mais il vous faudra des preuves, vous savez.

Avec un étrange sourire, Lemoine se leva et écrasa sa cigarette.

— Vous avez vu le message que je viens d'écrire ? demanda le Français. Je l'ai fait envoyer à mes hommes, à l'auberge des *Joyeux Joueurs de Cricket*. Hier, j'ai reçu de France les empreintes digitales et les mesures Bertillon du Roi Victor, alias le capitaine O'Neill. J'ai demandé qu'on me les envoie ici. Dans quelques minutes, nous *saurons* si vous êtes notre homme ou non.

Anthony soutint son regard sans ciller. Puis, un petit sourire éclaira son visage.

— Vous êtes un homme intelligent, Lemoine. Je n'avais pas pensé à cela. Lorsque les documents arriveront, vous me ferez plonger les doigts dans de l'encre, ou Dieu sait quel liquide tout aussi désagréable, vous mesurerez mes oreilles et chercherez mes signes particuliers. Si tout concorde...

— Oui, et si tout concorde... hein ? dit Lemoine.

Anthony se pencha en avant sur son siège.

— Eh bien, si tout concorde, dit-il très doucement, que se passera-t-il ?

— Que se passera-t-il ? répéta le détective, dérouté. Mais... j'aurai prouvé que vous êtes le Roi Victor !

Mais, pour la première fois, son attitude reflétait une vague incertitude.

— Pour votre plus grande satisfaction, je n'en doute pas, dit Anthony. Mais je ne vois pas très bien en quoi cela pourrait me nuire. Je n'admets rien, mais en supposant que je sois effectivement le Roi Victor, je pourrais fort bien être en train de me racheter.

— De vous racheter ?

— Mais oui. Mettez-vous à la place du Roi Victor, Lemoine. Ayez un peu d'imagination. Il sort à peine de prison et retrouve la liberté. Après les premières extases d'une vie aventureuse, supposez qu'il ait rencontré une ravissante jeune fille : il se marie, s'installe dans une petite maison à la campagne et cultive des courgettes. Dorénavant, il mènera une vie irréprochable. Encore une fois, mettez-vous à sa place ! Ne pourriez-vous pas réagir de cette façon ?

— Non, certainement pas, dit Lemoine avec un sourire sardonique. Vous divaguez !

— Pas le moins du monde. Allons, Lemoine, si je suis le Roi Victor, qu'avez-vous contre moi, après tout ? Autrefois déjà, vous n'avez jamais pu réunir les preuves nécessaires, souvenez-vous. J'ai purgé ma peine, un point, c'est tout. Voudriez-vous m'arrêter pour avoir rôdé de manière suspecte dans l'intention de commettre un crime ? Allons, cela serait une bien piètre satisfaction, non ?

— Vous oubliez l'Amérique ! cria Lemoine. Et votre tentative d'extorsion de fonds, en vous faisant passer pour le prince Nicholas Obolovitch !

— Cela ne marche pas, Lemoine. J'étais en Afrique, à cette époque, et je peux facilement le prouver. Si le Roi Victor s'est fait passer pour le prince Nicholas en Amérique, alors ce n'est pas moi. D'ailleurs, qui vous dit que ce n'était pas véritablement lui ?

Le superintendant Battle intervint :

— L'homme était bel et bien un imposteur, Mr Cade.

— Je ne vous contredirai pas, Battle, dit Anthony. Vous avez toujours raison ! Êtes-vous tout aussi certain que le prince Nicholas soit mort au Congo ?

— Je ne le jurerais pas, dit Battle en le regardant avec curiosité. Mais c'est ce que l'on croit.

— Vous êtes un homme prudent. Quelle est votre devise, déjà ? Laisser du mou ? Eh bien j'ai pris exemple sur vous : j'ai laissé beaucoup de mou à M. Lemoine. Je n'ai pas réfuté ses accusations. Et pourtant, j'ai l'impression qu'il va être déçu. Voyez-vous, je trouve qu'il vaut toujours mieux garder ses meilleures cartes pour la fin. Je m'étais attendu à cette désagréable conversation, et j'ai pris la précaution de me munir d'un atout. Cet atout se trouve au premier étage.

— Au premier étage ? répéta lord Caterham, très intéressé.

— En effet, et ce pauvre homme a été bien malmené, ces jours-ci. Il a reçu un coup sur la tête, et je l'ai soigné.

Soudain, de sa voix profonde, Herman Isaacstein déclara :

— Pouvons-nous deviner de qui il s'agit ?

— Si vous voulez, répondit Anthony, mais...

Il fut interrompu par Lemoine, qui s'écria avec une soudaine agressivité :

— Tout ceci est ridicule ! Vous espérez vous en tirer, une fois encore ! Il est possible que vous ayez dit vrai : peut-être n'étiez-vous pas en Amérique, vous êtes trop intelligent pour prétendre une chose pareille si c'est faux. Mais vous oubliez une chose. Le meurtre ! Le meurtre du prince Michael. Il vous a gêné cette nuit-là pendant que vous cherchiez le bijou et vous l'avez tué !

— Allons, Lemoine, le Roi Victor n'est pas un criminel, déclara Anthony sèchement. Vous savez aussi bien que moi, sinon mieux, qu'il n'a jamais versé de sang.

— Et qui aurait pu le tuer, hormis vous ? s'écria Lemoine. Qu'avez-vous à dire à cela ?

Ses dernières paroles s'éteignirent sur ses lèvres. Un coup de sifflet strident retentit soudain de la terrasse, et Anthony se leva d'un bond, oubliant toute nonchalance.

— Vous me demandez qui a tué le prince Michael ? demanda-t-il. Je ne vais pas vous le dire, je vais vous le *montrer*. Ce coup de sifflet est le signal que j'attendais. L'assassin du prince Michael se trouve en ce moment dans la bibliothèque.

Il bondit par la fenêtre et les autres le suivirent sur la terrasse, jusqu'à la fenêtre de la bibliothèque. Il poussa le battant, qui céda sous ses doigts. Tout doucement, il dégagea l'épais rideau de velours.

À la lueur d'une torche électrique, on distinguait quelqu'un devant les étagères qui tirait et replaçait en hâte les volumes les uns après les autres, totalement absorbé par sa tâche, au point d'être totalement étranger à ce qui se passait.

Soudain, alors qu'ils s'efforçaient d'identifier l'individu, un bolide jaillit devant eux et se jeta dans la pièce en poussant un rugissement de bête sauvage.

La torche tomba par terre, s'éteignit, et le bruit d'une lutte violente emplit la bibliothèque. Lord Caterham s'approcha à tâtons de l'interrupteur et alluma.

Deux personnes leur tournaient le dos. Tout se passa très vite. Le claquement bref d'une détonation résonna, et la silhouette la plus petite s'écroula sur le sol. L'autre se retourna et les regarda. C'était Boris, les yeux brillants de rage.

— Elle a assassiné mon maître, grogna-t-il. Et elle essayait de me faire subir le même sort. J'ai voulu lui arracher son arme des mains et la tuer, mais le coup est parti tout seul. C'est saint Michael qui l'a dirigé. La mauvaise femme est morte !

— Une femme ? s'écria George Lomax.

Ils s'approchèrent du corps. Le pistolet coincé dans ses doigts crispés, un rictus haineux sur le visage, Mlle Brun gisait à terre.

## 28

## Le roi Victor

— Je l'ai soupçonnée dès le début, expliqua Anthony, car sa fenêtre était allumée le soir du meurtre. Je suis même allé me renseigner sur elle en Bretagne et suis revenu bredouille. Elle était bien la personne qu'elle disait être. Mais je m'étais trompé. La comtesse de Breteuil avait en effet employé une certaine Mlle Brun et en parlait dans les termes les plus élogieux. Seulement, il ne m'est pas venu à l'idée que la véritable Mlle Brun ait pu être kidnappée et emprisonnée alors qu'elle se rendait dans sa nouvelle maison, et qu'une autre ait pris sa place. Au lieu de cela, j'ai porté mes soupçons sur Mr Fish. C'est seulement lorsqu'il m'a suivi à Douvres, et après une petite explication, que j'ai commencé à y voir plus clair. Lorsque j'ai su que c'était un policier sur les traces du Roi Victor, mes soupçons sont revenus vers leur objet initial.

» Une chose m'ennuyait : Mrs Revel pensait avoir déjà vu cette femme. Le superintendant Battle vous expliquera qu'on a tout fait pour essayer d'empêcher Mrs Revel de venir à Chimneys. On a même mis chez elle un cadavre ! Or, bien que le meurtre ait été manifestement commis par les Camarades de la Main Rouge, sa mise en scène élaborée et l'absence de signature des Camarades prouvait qu'un esprit supérieur en était à l'origine. Mais qui ? Depuis le début, j'ai soupçonné que la Herzoslovaquie était impliquée. Mrs Revel était en effet la seule des invités à s'être rendue dans ce pays, et à pouvoir par conséquent reconnaître des personnes qu'elle y aurait rencontrées. J'ai d'abord cru qu'un imposteur avait pris la place du prince Michael, mais ce n'était pas cela. Lorsque j'ai compris que Mlle Brun jouait peut-être un double jeu, je me suis souvenu que son visage n'était pas inconnu de Mrs Revel et j'ai commencé à comprendre : de toute évidence, cette femme tenait à se cacher. De qui ? Sans aucun doute de Mrs Revel, seule personne capable de la reconnaître.

— Mais qui était cette femme ? demanda lord Caterham. Mrs Revel l'avait-elle connue en Herzoslovaquie ?

— Je crois que le baron pourrait répondre à cette question, dit Anthony.

— Moi ? s'exclama le baron en écarquillant les yeux, puis en les baissant vers la forme immobile.

— Regardez bien, dit Anthony. Ne vous laissez pas abuser par le maquillage. Souvenez-vous qu'elle vivait sous les feux de la rampe, naguère.

Le baron tressaillit et l'observa de nouveau. Soudain, il eut un haut-le-corps.

— Dieu du ciel, souffla-t-il. Pas possible cela est !

— Qu'est-ce qui n'est pas possible ? demanda George. Qui est cette femme ? Vous la reconnaissez, baron ?

— Non, non, c'est impossible, gémit le baron. Tuée elle a été ! Tués tous les deux ils ont été... Sur marches du palais. On a retrouvé corps !

— Mutilé et méconnaissable, précisa Anthony. Elle a réussi

à s'en sortir. Je crois qu'elle s'est enfuie en Amérique, et qu'elle y a passé de nombreuses années dans la terreur des Camarades de la Main Rouge. N'oubliez pas que c'étaient eux les responsables de la révolution, et qu'ils n'avaient jamais aimé cette « usurpatrice ». Puis, le Roi Victor fut remis en liberté et les deux vieux complices décidèrent de retrouver le diamant. C'était elle qui le cherchait ce soir-là, lorsqu'elle est soudain tombée sur le prince Michael, qui l'a reconnue. Si les choses s'étaient déroulées normalement, ils n'auraient jamais eu l'occasion de se rencontrer, elle, simple gouvernante, et lui, un invité de sang royal. Éventuellement, elle pouvait toujours se retirer au besoin en prétextant une migraine, comme elle l'a fait le jour où le baron est venu ici.

» Donc, cette nuit-là, elle s'est retrouvée nez à nez avec le prince Michael au moment où elle s'y attendait le moins. Le danger et la honte l'ont épouvantée, et elle a tiré. C'est elle qui a mis le revolver dans la valise d'Isaacstein, pour détourner les soupçons, et c'est elle encore qui a rendu les lettres.

— Vous dites qu'elle était descendue chercher le diamant, cette nuit-là, dit Lemoine en faisant un pas en avant. Peut-être avait-elle rendez-vous avec son complice, le Roi Victor ? Peut-être devaient-ils se retrouver ce soir-là ? Qu'en dites-vous ?

Anthony soupira.

— Vous avez de la suite dans les idées, mon cher Lemoine ! Je vous ai dit que j'avais un atout dans mon jeu.

Mais George, dont l'esprit fonctionnait lentement, intervint :

— Que signifie tout ceci ? Qui est cette femme, baron ? Vous semblez la reconnaître ?

Mais le baron se redressa, droit et impénétrable.

— Erreur vous faites, Mr Lomax. C'est première fois que cette femme je vois.

— Mais...

George le contempla, stupéfait.

Le baron le prit à part dans un coin de la pièce et murmura quelques mots à son oreille. Fort amusé, Anthony regarda le visage de George s'empourprer lentement, ses yeux lui sortir de la tête, et tous les symptômes de l'apoplexie apparaître sur son visage rubicond. Un gargouillement sortit de la gorge du haut fonctionnaire.

— Certainement... Personne... sans aucun doute... absolument inutile... situation délicate... discrétion absolue.

— Ah ! fit Lemoine en frappant du poing sur la table. Cela suffit ! Le meurtre du prince Michael n'est pas mon affaire. Je veux le Roi Victor.

— Je suis désolé pour vous, Lemoine, murmura Anthony en secouant doucement la tête. Vous êtes un homme très capable, mais vous allez être surpris. Je vais donc vous dévoiler mon atout.

Il traversa la pièce et sonna. Tredwell apparut.

— Un monsieur est venu avec moi ce soir, Tredwell.

— Oui, monsieur. Un monsieur étranger.

— Exactement. Voudriez-vous lui demander de se joindre à nous le plus vite possible ?

— Oui, monsieur, dit Tredwell en se retirant.

— Mon atout va faire son entrée, déclara Anthony. Le mystérieux Monsieur X. Qui est-il ? Quelqu'un a-t-il deviné ?

— Eh bien, dit Herman Isaacstein, avec vos allusions énigmatiques de ce matin et votre attitude de ce soir, je pense que cela ne fait aucun doute. Vous avez réussi à retrouver le vrai prince Nicholas de Herzoslovaquie.

— Êtes-vous du même avis, baron ?

— Oui. À moins que nouvel imposteur vous présentiez. Mais ça je pas croire. Avec moi, toujours correcte conduite jusqu'à présent a été.

— Je vous remercie, baron. Je n'oublierai pas ces paroles. Ainsi, vous êtes tous d'accord ?

Il eut un regard circulaire sur les visages tournés vers lui, dans l'expectative. Seul Lemoine ne répondit pas et garda les yeux fixés sur la table.

Des pas retentirent dans le vestibule.

— Eh bien, déclara Anthony avec un étrange sourire, ce n'est pas ce que vous croyez !

Il se dirigea à grandes enjambées vers la porte et l'ouvrit brusquement.

Un homme se tenait sur le seuil. Un homme avec une barbe noire soignée et des lunettes, un homme d'une élégance indiscutable malgré le bandage qui lui ceignait le front.

— Je vous présente le vrai Lemoine, de la Sûreté de Paris.

Quelqu'un courut et bouscula tout le monde, mais la voix

nasillarde de Mr Hiram Fish retentit à la fenêtre, affable et rassurante :

— Oh non ! pas par là, mon petit bonhomme ! Je garde cette fenêtre depuis le début de la soirée, dans le seul but d'empêcher votre fuite. Et vous ne manquerez pas de constater que je vous tiens sous bonne garde, le pistolet braqué sur vous. Je suis venu vous trouver, et je vous ai trouvé. Et on peut dire que vous m'avez donné du fil à retordre ! Je vous tire mon chapeau !

## 29

## Anthony Cade s'explique

— Il me semble que vous nous devez une explication, Mr Cade, dit Herman Isaacstein quelques heures plus tard.

— Il n'y a pas grand-chose à expliquer, répondit modestement Anthony. Je suis allé à Douvres et Fish m'a suivi, pensant que j'étais peut-être le Roi Victor. Nous y avons trouvé un mystérieux étranger emprisonné, et dès qu'il nous a raconté son histoire, tout s'est éclairci. Le principe était le même que pour la gouvernante : on kidnappe la véritable personne pour lui en substituer une fausse, en l'occurrence le Roi Victor. Mais, apparemment, Battle s'est toujours vaguement méfié de son collègue français, et il a demandé qu'on lui envoie de Paris ses empreintes digitales et autres moyens d'identification.

— Ah ! s'exclama le baron. Empreintes digitales et mesures Bertillon dont scélérat parlait !

— L'idée était ingénieuse et admirable, dit Anthony. Je suis entré dans le jeu du faux Lemoine, ce qui l'a énormément surpris. Voyez-vous, dès que j'ai parlé de la fameuse cachette du diamant, parmi les livres, il n'a plus eu qu'une idée : transmettre le renseignement à sa complice, tout en nous gardant tous réunis dans cette pièce. Le billet qu'il a écrit s'adressait en réalité à Mlle Brun. Il a demandé à Tredwell de le lui remettre immédiatement, et Tredwell l'a porté au premier, chez la gouvernante. Il m'a alors accusé d'être le Roi Victor, créant une diversion et nous empêchant de quitter la pièce. Lorsque nous en aurions fini avec tout cela et que nous serions allés dans la bibliothèque y chercher le diamant, il aurait disparu !

George s'éclaircit la gorge.

— Je dois dire, Mr Cade, déclara-t-il d'un ton pompeux, que je considère votre attitude en la matière extrêmement répréhensible. S'il était survenu le moindre imprévu à votre plan, un des joyaux de notre patrimoine national aurait pu nous échapper à jamais. Vous avez été d'une désinvolture et d'une inconséquence inouïes, Mr Cade !

— Il me semble que vous n'avez pas compris le piège, Mr Lomax, intervint Mr Fish de sa voix traînante. Le diamant n'a jamais été caché derrière les livres de la bibliothèque.

— Comment ?

— Jamais.

— En effet, dit Anthony. Ce petit rébus du comte Stylptitch signifiait bel et bien une rose ; les boutons — de rose ! —, le tricot rouge pour la couleur, et les R pour Richmond. Je reconnais que le message est un peu tiré par les cheveux, mais il reflète assez bien l'esprit précautionneux du comte. Lorsque j'ai soudain compris cela, ce lundi après-midi, je me suis rendu directement à la roseraie. Mr Fish avait eu la même idée. Si, le dos au cadran solaire, on fait sept pas en avant, puis huit à gauche et trois à droite, on se trouve dans un massif de roses d'un rouge vif nommées Richmond. La maison a été fouillée de fond en comble, mais personne n'a jamais pensé au jardin. Je vous propose une petite séance d'archéologie demain matin.

— Alors, cette histoire de livres dans la bibliothèque...

— Inventée de toutes pièces pour attraper cette dame en flagrant délit et compromettre le faux Lemoine. Mr Fish montait la garde sur la terrasse, et devait siffler au moment crucial. Je vous avouerai qu'à Douvres, Fish et moi-même avons réussi à empêcher les Camarades de la Main Rouge de communiquer avec le faux Lemoine. Il leur avait envoyé l'ordre d'évacuer les lieux, et nous lui avons télégraphié que cela avait été fait. Il a donc poursuivi tranquillement son plan consistant à me dénoncer.

— Eh bien ! eh bien ! dit lord Caterham joyeusement. Toute cette affaire semble avoir été élucidée de la façon la plus satisfaisante.

— À l'exception d'un point, dit Mr Isaacstein.

— Lequel ?

Le grand financier regarda Anthony.

— Pourquoi m'avez-vous fait venir ici ? J'espère que ce n'est pas simplement pour assister à cette scène, fort intéressante, au demeurant.

— Non, Mr Isaacstein. Vous êtes un homme occupé, et je sais que pour vous, le temps c'est de l'argent. Pourquoi êtes-vous venu à Chimneys, la première fois ?

— Pour négocier un prêt.

— Avec qui ?

— Le prince Michael de Herzoslovaquie.

— Exactement. Et le prince Michael est mort. Seriez-vous d'accord pour offrir le même prêt aux mêmes conditions à son cousin le prince Nicholas ?

— S'il existe ! Je croyais qu'il avait été tué au Congo ?

— Il a été tué, en effet. C'est moi qui l'ai tué. Oh non ! je ne suis pas un assassin, rassurez-vous ! Lorsque je dis l'avoir tué, cela signifie que j'ai fait courir le bruit de sa mort. Je vous ai promis un prince, Mr Isaacstein. Est-ce que je vous conviendrais ?

— Vous ?

Un murmure parcourut l'assemblée.

— Oui, moi. Nicholas Sergius Alexandre Ferdinand Obolovitch. Le nom était un peu trop élaboré pour la vie que je voulais mener, c'est pourquoi je suis revenu au Congo sous le pseudonyme d'Anthony Cade.

Le capitaine Andrassy se leva d'un bond.

— Mais c'est incroyable ! Incroyable, bredouilla-t-il. Pensez à ce que vous dites, monsieur !

— Je peux vous fournir une multitude de preuves, répondit tranquillement Anthony. Je pense pouvoir convaincre aisément le baron.

— Preuves j'examinerai bien sûr. Mais d'elles vrai besoin je n'ai pas. Votre parole suffit à moi. D'ailleurs, à votre Anglaise de mère beaucoup vous ressemblez. Depuis début je me dis : « Ce jeune homme de la plus haute origine sûrement est. »

— Vous avez toujours eu confiance en moi, baron, déclara Anthony. Et je vous assure que je ne l'oublierai pas.

Puis, il tourna les yeux vers le superintendant Battle, dont le visage était resté parfaitement impassible.

— Vous comprendrez, dit Anthony avec un sourire, que ma situation a été fort précaire. De tous ceux qui, dans cette maison, pouvaient souhaiter écarter le prince Michael, j'étais, en tant que prochain héritier au trône, le coupable idéal. Battle, avec sa redoutable perspicacité, m'a effrayé. J'ai toujours eu le sentiment qu'il me soupçonnait, mais qu'il se demandait pour quelle raison j'aurais assassiné le prince.

— Je n'ai pas cru un seul instant que vous l'ayez tué, monsieur, dit le superintendant Battle. Nous avons une sorte d'instinct, dans ce genre d'affaires. Mais je savais que vous craigniez quelque chose, et vous m'étonniez. Si j'avais connu plus tôt votre véritable identité, je dois dire que je me serais rendu à l'évidence, et que je vous aurais peut-être arrêté.

— Je suis heureux d'avoir réussi à vous cacher un secret. Hormis ce point, vous m'avez extorqué tout le reste ! Vous êtes un homme sacrément précieux pour la police, Battle. Je repenserai toujours à Scotland Yard avec estime et respect.

— C'est ahurissant ! marmonna George. C'est l'histoire la plus insensée que j'aie jamais entendue ! Je... J'ai du mal à y croire. Êtes-vous certain, baron, que...

— Mon cher Lomax, dit Anthony d'une voix légèrement durcie, je n'ai aucune intention de solliciter la confiance du Foreign Office sans lui soumettre les preuves les plus formelles. Je vous propose donc pour l'instant de nous en tenir là, et que vous, le baron, Mr Isaacstein et moi-même discutions des termes du prêt en question.

Le baron se leva et claqua des talons.

— Le jour où sacré roi de Herzoslovaquie vous serez, monsieur, dit il d'un ton solennel, plus beau jour de ma vie sera.

— Oh ! à propos, baron, lâcha Anthony avec désinvolture en lui prenant le bras, j'ai oublié de vous prévenir : je suis marié !

Le baron recula de quelques pas. La consternation se lut sur son visage, soudain décomposé :

— C'était trop beau ! s'écria-t-il. Grand Dieu de tous les cieux ! Il a épousé une négresse en Afrique !

— Allons, allons, remettez-vous, baron. Ce n'est pas si grave ! dit Anthony en riant. Elle est blanche et respectable, Dieu la bénisse !

— Ah ! Mieux je respire. Alliance morganatique nous pourrons donc en faire !

— Il n'en est pas question ! Elle sera reine si je suis roi.

Inutile de secouer la tête. Elle est tout à fait qualifiée pour remplir cette fonction. C'est la fille d'un aristocrate anglais, un pair depuis l'époque du Conquérant, et il est de bon ton, à l'heure actuelle, que les souverains épousent des aristocrates. En outre, elle connaît fort bien la Herzoslovaquie.

— Mon Dieu ! s'exclama George Lomax, oubliant son ton compassé. Ce ne serait pas... Ce ne serait pas Virginia Revel ?

— Elle-même, répondit Anthony.

— Mon cher ami ! s'écria lord Caterham, je veux dire, monseigneur, je vous félicite. Je vous félicite sincèrement. C'est une femme délicieuse, tout à fait délicieuse.

— Merci, lord Caterham, dit Anthony. Elle est délicieuse en effet et possède bien d'autres qualités.

Mais Mr Isaacstein le regardait avec curiosité.

— Si Son Altesse veut bien excuser ma question, quand ce mariage a-t-il eu lieu ? demanda-t-il.

Anthony lui rendit son sourire.

— En fait, nous nous sommes mariés ce matin.

## 30

## Le nouveau métier d'Anthony

— Si vous voulez bien m'excuser, messieurs, je vous rejoins dans quelques instants, dit Anthony.

Il attendit que tout le monde quitte la pièce et se retourna vers le superintendant Battle, absorbé dans la contemplation du mur.

— Eh bien, Battle ? Vous avez une question à me poser, il me semble ?

— En effet, et je me demande comment vous l'avez deviné. Mais je vous ai toujours trouvé particulièrement intuitif. Si j'ai bien compris, Mlle Brun était la reine Varaga ?

— C'est bien cela, Battle. Et j'espère qu'on étouffera l'affaire. J'ai en effet peu de goût pour les cadavres dans le placard.

— Vous pouvez faire confiance à Mr Lomax. Personne n'en saura jamais rien. Ou plutôt, beaucoup de gens seront au courant, mais ils tiendront leur langue et le grand public ne l'apprendra jamais.

— C'est cela que vous vouliez savoir ?

— Non, monsieur, ce n'est qu'un détail. J'étais curieux de savoir pour quelle raison vous avez changé d'identité... si je ne suis pas trop indiscret.

— Pas du tout. Je vais vous expliquer : je me suis tué pour une raison très simple, Battle. Ma mère était anglaise, j'ai été élevé en Angleterre, et ce pays m'intéresse beaucoup plus que la Herzoslovaquie. En outre, je n'avais aucune envie de courir le monde affublé d'un titre à rallonges digne de l'opéra-comique. Voyez-vous, quand j'étais très jeune, j'avais des idées démocratiques. J'avais foi en la pureté des idéaux et l'égalité entre les hommes. Et surtout, je ne croyais ni aux rois ni aux princes.

— Et depuis ? demanda malicieusement Battle.

— Oh ! depuis, j'ai voyagé, j'ai vu le monde ! Et Dieu sait que l'égalité n'est qu'un mot ! Je crois toujours à la démocratie, vous savez. Mais il faut savoir être ferme et forcer les gens à l'adopter. Les hommes refusent d'être frères. Un jour, peut-être, ils l'accepteront, mais il est encore trop tôt. Ma foi en la fraternité entre les hommes s'est éteinte le jour même où je suis arrivé à Londres, la semaine dernière, lorsque j'ai observé les hommes debout dans une rame de métro refuser résolument de se pousser pour faire place aux nouveaux arrivants. On ne peut pas transformer les populations en faisant appel à leurs bons sentiments ; mais avec des règles bien adaptées, on peut contraindre les gens à se comporter plus ou moins décemment les uns envers les autres. Les hommes seront frères un jour, mais ce n'est pas pour tout de suite. Peut-être... dans dix mille ans ? Inutile de s'impatienter. L'évolution est un processus d'une infinie lenteur.

— Votre opinion est fort intéressante, dit Battle l'œil pétillant. Et je suis certain que vous ferez un roi admirable.

— Merci, dit Anthony en soupirant.

— Cela ne semble pas vous réjouir beaucoup ?

— Oh ! je ne sais pas ! Je pense que ce sera amusant. Mais c'est le fait d'avoir à m'atteler à un vrai métier qui me chagrine. J'ai toujours évité cela, dans le passé.

— Mais je suppose que vous considérez cela comme votre devoir ?

— Mon Dieu, non ! Quelle idée ! C'est à cause d'une femme... C'est toujours à cause d'une femme, Battle. Pour elle, je ferais même plus qu'être roi. Et tout le monde est content : grâce à moi, le baron et Isaacstein s'entendent. L'un veut un roi et l'autre du pétrole. Ils obtiendront tous deux ce qu'ils désirent. Quant à moi... Oh ! Battle, avez-vous déjà été amoureux ?

— Je suis très attaché à Mrs Battle, monsieur.

— Très attaché à Mrs... Mais, vous ne savez pas de quoi vous parlez ! Cela n'a rien à voir !

— Excusez-moi, monsieur. Cet homme, votre homme, attend derrière la porte-fenêtre.

— Boris ? Ah oui ! Formidable, ce Boris ! C'est une grâce que le coup de pistolet soit parti tout seul en tuant cette créature. Autrement, Boris lui aurait tordu le cou. Et vous auriez voulu le pendre. Son dévouement pour la dynastie Obolovitch est remarquable. Ce qui est étonnant, c'est qu'après la mort du prince Michael, il se soit attaché à moi, alors qu'il ne pouvait absolument pas deviner qui j'étais en réalité.

— L'instinct, dit Battle. L'instinct du chien.

— J'ai trouvé cet instinct bien embarrassant, au début. J'avais peur que cela ne vous mette la puce à l'oreille. Je vais aller voir ce qu'il me veut.

Il sortit par la porte-fenêtre. Le superintendant Battle, resté seul, le regarda quelques instants, puis il déclara à voix haute :

— Il sera parfait.

Dehors, Anthony retrouva Boris.

— Maître, dit le Herzoslovaque en l'emmenant à l'autre bout de la terrasse.

Anthony le suivit, perplexe. Soudain, Boris s'arrêta et pointa son index devant lui. Au clair de lune, on distinguait un banc de pierre sur lequel deux silhouettes étaient assises. Anthony s'approcha et Boris s'évanouit dans l'ombre.

Les deux personnes se levèrent. L'une d'elles était Virginia. L'autre...

— Salut Joe ! fit une voix familière. Elle est du tonnerre, ta pépée !

— Jimmy McGrath ! Ça alors, c'est formidable ! s'écria Anthony. Que diable fais-tu là ?

— Mon petit voyage dans l'intérieur des terres s'est terminé en eau de boudin. Et puis des cinglés sont venus me tournicoter autour pour m'acheter ce manuscrit. Et figure-toi qu'une nuit, je me suis même retrouvé avec un tranche-lard dans le paletot. Ça m'a fait me creuser le cervelet et j'ai pigé que je t'avais confié une mission beaucoup plus coton que je croyais. Alors je me suis dit comme ça que tu aurais peut-être besoin d'un coup de main et j'ai pris le rafiot suivant.

— Il est merveilleux ! s'écria Virginia en pressant le bras de Jimmy. Pourquoi ne m'avez-vous pas dit à quel point votre ami était charmant, Anthony. C'est vrai, Jimmy, vous êtes adorable !

— On dirait que vous vous entendez bien, tous les deux, dit Anthony.

— Je veux, oui ! renchérit Jimmy. Je cherchais partout à avoir de tes nouvelles, et puis j'ai rencontré cette gonz... cette dame, quoi ! Elle n'a pas du tout agi comme je l'aurais cru, comme une mémé de la haute qui ne se serait pas plus souciée de moi que de sa première chemise.

— Il m'a tout raconté, à propos des lettres, dit Virginia. Et j'ai presque honte de n'avoir pas été plus désespérée, tant votre ami s'est montré chevaleresque !

— Si j'avais su comment que vous étiez simple et tout, dit Jimmy galamment, je vous aurais apporté les lettres moi-même au lieu de confier à un quidam la charge de vous retrouver. Alors, mon vieux, tout est fini ? Je ne peux rien pour toi ?

— Oh ! mais si ! Une seconde, dit Anthony.

Il disparut dans la maison et revint quelques instants plus tard avec un paquet enveloppé dans du papier, qu'il mit entre les mains de Jimmy.

— Va dans le garage et choisis-toi une belle voiture. File à Londres et porte ce paquet au 17, Everdean Square. C'est l'adresse personnelle de Mr Balderson, l'éditeur. En échange, il te remettra mille livres.

— Comment ça ? Ce ne sont tout de même pas les Mémoires ? Je croyais qu'on les avait brûlés.

— Pour qui me prends-tu ? demanda Anthony. Je ne me serais pas laissé rouler si facilement ! J'avais rappelé les éditeurs, qui m'avaient alors déclaré ne jamais m'avoir téléphoné ; j'ai donc compris qu'on me préparait un coup monté et me suis arrangé en conséquence. J'ai fait un faux paquet, exactement comme on me l'avait recommandé. Seulement le vrai, je l'ai placé dans le coffre du directeur, et j'ai remis le faux. Les Mémoires sont restés tout le temps en ma possession. Je les ai récupérés tout à l'heure à l'hôtel.

— Bien joué, mon pote ! s'exclama Jimmy.

— Oh ! Anthony, vous allez autoriser qu'on les publie ?

— J'y suis plus ou moins obligé. Je ne peux pas laisser tomber un ami comme Jimmy. Mais ne vous inquiétez pas. J'ai eu le temps de les parcourir, et je comprends maintenant pourquoi les grands personnages engagent quelqu'un pour écrire leurs Mémoires. Stylptitch est un écrivain déplorable. Il parle de prétendues affaires d'État, dans un style ampoulé qui n'ajoute rien à son récit mortellement ennuyeux, et ne raconte pas la moindre anecdote amusante ou croustillante. Sa passion pour le secret a tenu bon jusqu'à la fin. Il n'y a pas un mot, dans ce manuscrit, qui risque de faire palpiter le cœur de l'homme politique le plus susceptible ou le plus vulnérable. J'ai téléphoné à Balderson aujourd'hui, et nous sommes convenus que je lui remettrais le manuscrit avant minuit. Mais puisque Jimmy est là, qu'il s'occupe donc lui-même de son sale boulot !

— Je file ! s'écria Jimmy. L'idée de gagner si facilement mille livres me botte drôlement... d'autant que j'avais tiré un trait dessus !

— Attends, dit Anthony. Il faut que je vous avoue une chose, Virginia. Une chose que tout le monde sait, mais que je ne vous ai pas révélée.

— Peu importe le nombre de femmes que vous avez aimées, pourvu que vous ne m'en parliez pas !

— Des femmes ? s'écria Anthony d'un air vertueux. Des femmes ? Demandez à James avec quel genre de femmes je me trouvais la dernière fois qu'il m'a vu !

— Des vieilles toupies, déclara Jimmy d'un air solennel. Authentique ! La plus jeune avait au moins quarante-cinq ans.

— Merci, Jimmy, dit Anthony. Je savais que je pouvais compter sur toi. Non, ce que j'ai à dire est bien pire que cela. Je vous ai trompée quant à ma véritable identité.

— Est-ce vraiment effroyable ? demanda Virginia, intéressée. J'espère que ce n'est pas un nom comme Duchoux ? Ce serait drôle de m'appeler Mrs Duchoux !

— Virginia ! Quand il s'agit de moi, vous envisagez toujours le pire !

— J'avoue avoir failli penser, pendant une minute et demie, que vous étiez le Roi Victor.

— À propos de roi, Jimmy, j'ai un travail pour toi. Chercheur d'or dans les lointaines contrées herzoslovaques. Que dis-tu de cela ?

— Il y a de l'or, là-bas ? demanda Jimmy les yeux brillants.

— Sûrement ! répondit Anthony. C'est un pays merveilleux.

— Alors, tu suis mon conseil et tu y vas, en fin de compte ?

— Oui, dit Anthony. Ton avis était beaucoup plus précieux que tu ne le pensais. Et maintenant, voici la confession que j'ai à vous faire. C'est d'un romanesque à toute épreuve ! On ne m'a pas kidnappé alors que j'étais dans les langes, ou quelque chose comme ça, mais je suis obligé de vous avouer... que je suis le prince Nicholas Obolovitch de Herzoslovaquie.

— Oh, Anthony ! s'exclama Virginia. C'est trop drôle ! Et dire que je vous ai épousé ! Qu'allons-nous faire ?

— Nous allons partir pour la Herzoslovaquie et y jouer au roi et à la reine. Jimmy McGrath m'a annoncé un jour que l'espérance de vie pour les souverains est d'une moyenne de quatre ans, là-bas. J'espère que cela ne vous ennuie pas ?

— M'ennuyer ? s'écria Virginia. Mais je suis enchantée !

— N'est-ce pas qu'elle est extraordinaire, cette gonz... cette fille ? murmura Jimmy.

Puis, discrètement, il disparut dans la nuit. Quelques minutes plus tard, on entendit le ronflement d'un moteur qui s'éloignait.

— Ah ! Brave Jimmy ! Je ne savais pas comment me débarrasser de lui. Depuis que nous sommes mariés, nous n'avons pas eu une minute en tête à tête !

— Nous allons follement nous amuser ! dit Virginia. Nous apprendrons aux brigands et aux assassins à rentrer dans le droit chemin et nous allons, d'une manière générale, élever les sentiments moraux du peuple herzoslovaque.

— Combien j'aime à entendre citer ces nobles idéaux, déclara Anthony. Cela me montre que mon sacrifice n'a pas été vain.

— Allons donc ! dit calmement Virginia. Vous allez adorer ça ! C'est dans votre sang, vous savez. On vous a élevé pour exercer le métier de roi, et vous avez pour le trône une aptitude naturelle, innée, tout comme les plombiers ont un don pour la plomberie.

— Personnellement, pour ce qui est des plombiers, je ne suis pas tout à fait d'accord, dit Anthony. Mais peu importe, ne perdons plus de temps ! Savez-vous qu'en ce moment même, je suis censé être en grande conférence avec Isaacstein et le brave vieux Lolo ? Ils veulent me parler de pétrole. De pétrole, Seigneur ! Eh bien, qu'ils attendent mon bon vouloir royal. Virginia, est-ce que vous vous souvenez du jour où je vous ai dit que je vous embrasserais ?

— Je m'en souviens, dit Virginia doucement. Mais le superintendant Battle nous regardait par la fenêtre.

— Eh bien, il ne regarde plus, maintenant, dit Anthony.

Et il la prit soudain dans ses bras, caressa ses cheveux blonds et soyeux, embrassa ses yeux, ses lèvres...

— Virginia, je vous aime, murmura-t-il. Je vous aime tant. Et vous, m'aimez-vous ?

Il la regarda. Sa tête reposait contre son épaule et, d'une voix un peu tremblante, elle répondit :

— Absolument pas.

— Vous êtes un petit diable ! s'écria Anthony en l'embrassant de nouveau. Maintenant, je sais que je vous aimerai jusqu'à mon dernier souffle...

## 31

### Épilogue
### sous forme de détails en vrac

*La Scène :*

Chimneys, jeudi, 11 heures du matin.

Johnson, agent de police, a tombé la veste et creuse.

Étrange atmosphère ; on se croirait à un enterrement. Amis et parents assistent, debout, à la cérémonie.

George Lomax joue le rôle du légataire universel, conformément aux dernières volontés du défunt. Plus flegmatique que jamais, le superintendant Battle semble satisfait que les diverses phases des funérailles se déroulent bien. En tant qu'entrepreneur des pompes funèbres, tout le crédit lui en revient. Lord Caterham revêt cette expression de recueillement ému propre aux Britanniques lors de toute célébration liturgique.

Mr Fish, lui, détonne au milieu de cet harmonieux tableau. Il manque de gravité.

Courbé en deux, Johnson se concentre sur sa tâche. Soudain, il se redresse. Un murmure parcourt l'assemblée.

— Ça suffira, mon gars, dit Mr Fish. Il faut y aller en douceur maintenant.

On comprend immédiatement qu'il est en fait le médecin de famille.

Johnson se retire. Mr Fish, avec toute la solennité requise, se penche sur l'excavation. Le chirurgien s'apprête à opérer.

Il ressort de l'incision pratiquée par Johnson un petit paquet enveloppé de grosse toile. D'un air cérémonieux, il le tend au superintendant Battle, qui, à son tour, le tend à George Lomax. Les règles de l'étiquette sont soigneusement observées.

George Lomax déroule le morceau de grosse toile, taillade la toile cirée qui se trouve en seconde couche, part à l'assaut de plusieurs strates de papier, déchire une espèce de boule de ouate. Un court instant, il tient quelque chose dans le creux de sa main. Quelque chose qui brille. Puis, brusquement, il ensevelit le quelque chose en question dans son enveloppe de ouate et s'éclaircit la gorge.

— En cet instant solennel..., prélude-t-il avec l'élocution aisée de l'homme habitué aux discours.

Lord Caterham bat précipitamment en retraite. Sur la terrasse, il retrouve sa fille.

— Bundle ma Boulotte, ta voiture est-elle en état de marche ?

— Bien sûr, pourquoi ?

— Alors, emmène-moi à Londres immédiatement. Je pars pour l'étranger. Aujourd'hui même.

— Mais, papa...

— Ne discute pas, ma Boulotte. George Lomax m'a dit en arrivant ce matin qu'il avait à discuter avec moi, en privé, d'un sujet de la plus haute importance. Il a ajouté que le roi de Tombouctou arrive à Londres dans quelques jours. Je refuse de me laisser entraîner dans une nouvelle affaire, tu m'entends, Bundle. Cinquante George Lomax ne sauraient m'y contraindre ! Si Chimneys est si précieux pour la nation, que la nation me l'achète. Sinon, je le vendrai à un syndicat et ils pourront en faire un hôtel !

— Où est Codders-le-clown ?

Bundle est à la hauteur des événements.

— À l'heure qu'il est, répond lord Caterham en regardant sa montre, il doit en avoir encore pour vingt bonnes minutes à discourir sur l'Empire.

*Autre tableau :*

Mr Bill Eversleigh, qui n'a pas été convié à la petite cérémonie, est pendu au téléphone.

— Non, vraiment, je vous le jure... Voyons, ne vous fâchez pas... Bon, je sais, je sais... Mais vous accepterez au moins de souper avec moi ce soir ?... Non, je n'ai pas pu. On ne m'a pas lâché les basques une seconde... Vous n'avez pas idée du genre de type qu'est Codders-le-clown... Mais, Dolly, vous savez très bien que je vous aime... Vous savez très bien que je n'ai jamais aimé que vous... Oui, je viendrai... Je viendrai d'abord au spectacle... Oui... Comment est-ce, encore ?... Ah oui !... « Youp là boum ! Youp là boum ! Tu me fais Youp là boum ! Et j'te fais Youp là boum ! »

Sons atroces. Mr Eversleigh vient de s'essayer à chanter.

La péroraison de George Lomax tire à sa fin :

— ... en gage de paix et de prospérité pour l'Empire britannique !

— Somme toute, se dit Mr Fish à voix basse — et à l'intention de l'univers dans son ensemble —, somme toute, nous avons vécu là un de ces petits week-ends des familles comme on en faisait encore dans le bon vieux temps.

# *Postface*

*Après le succès de* L'Homme au Complet Marron, *The Bodley Head proposa à Agatha Christie un nouveau contrat aux termes nettement plus avantageux. Celle-ci, toujours très mal disposée à leur égard, refusa.*

*Elle leur devait encore deux livres par contrat. Elle leur proposa donc un roman composé à partir d'une longue nouvelle écrite quelques années auparavant, relevant du fantastique et du surnaturel qu'elle étoffa et à laquelle elle ajouta des personnages supplémentaires. Ces textes devaient finalement constituer le recueil* The Hound of death and other stories *(Le Flambeau) et paraître ailleurs en 1933. En attendant, et ainsi qu'elle l'avait prévu, The Bodley Head refusa ce roman qui n'était pas spécifiquement policier. Voilà qui allait permettre à Agatha Christie de s'affranchir plus vite et de choisir un nouvel éditeur, sur les conseils avisés de Hughes Massie. Il ne lui restait plus en effet qu'un livre à fournir avant de recouvrer cette liberté : ce fut* Le Secret de Chimneys.

« *Mon livre suivant fut très léger, dans le genre de* Mr Brown. *Ce style de roman était plus amusant, plus rapide à écrire, et d'une légèreté en harmonie avec mon humeur à cette période de ma vie où tout allait si bien.* »

*C'est que la petite famille Christie venait de quitter Londres pour la campagne, pour Sunningdale précisément, banlieue résidentielle où elle louait un appartement dans une grande bâtisse victorienne plantée au milieu d'un vaste jardin : Scotswood. Archie appréciait d'être à proximité d'un golf, Rosalind profitait du jardin pour se livrer avec passion aux joies de la bicyclette et Agatha commençait à s'aviser qu'elle était peut-être devenue un écrivain professionnel.*

*La manière libre et allègre dont est mené ce « thriller » qui entremêle deux intrigues — une intrigue politique « mitteleuropa » façon* Prisonnier de Zenda, *et les exploits d'un voleur international de bijoux répondant au surnom du « Roi Victor » — reflète bien en effet l'euphorie de ces quelques mois de bonheur sans nuages...*

*Dédié à son neveu, James Watts Jr — le fils de sa sœur Madge —,* Le Secret de Chimneys *marque la fin des années d'apprentissage.*

*Accessoirement, il introduit — comme on dit dans les génériques de cinéma — un personnage de policier qui fera plusieurs apparitions dans l'œuvre d'Agatha Christie : le superintendant Battle, de Scotland Yard.*

*Nous le retrouverons dans* Les Sept Cadrans *(1929),* Cartes sur Table *(1936) où il partage la vedette avec quelques autres limiers de la bonne dame de Torquay,* Un meurtre est-il facile ? *(1939) et* L'Heure Zéro *(1944).*

*Apprécié des autorités pour sa discrétion et son habileté remarquable, il n'est dans* Le Secret de Chimneys *qu'une silhouette fonctionnelle. Plus tard, Agatha Christie lui concédera un peu plus d'épaisseur...*

**Inédit**

# REPRÉSENTATION PRIVÉE

Traduit de l'anglais par
Jean-Claude Dieuleveux

*Cette nouvelle a paru sous le titre original :*
A TRAP FOR THE UNWARY

## Document inédit

Représentation privée *est ici publié pour la première fois en France. Une des nouvelles les moins connues d'Agatha Christie, elle parut à l'origine en 1923, dans un magazine dont la durée fut assez brève, « The Novel ».*

*Avant d'être présentée en 1990 en Angleterre dans l'album officiel du Centenaire Agatha Christie publié par Belgrave Publishing, elle ne fut jamais reprise en recueil. C'est pourtant un excellent texte...*

L'homme aux habits râpés assis au quatrième rang de l'orchestre se pencha et fixa la scène avec incrédulité, plissant furtivement ses yeux fuyants.

« Nancy Taylor, murmura-t-il. Grands dieux, c'est la petite Nancy Taylor ! »

Son regard se posa sur le programme qu'il tenait à la main. Un nom y était imprimé en caractères légèrement plus gros que les autres.

« Olga Stormer ! C'est comme ça qu'elle se fait appeler. Alors on se prend pour une star, ma belle ? Et en plus, ça doit te rapporter un beau petit magot. Je parie que tu as oublié que tu t'es un jour appelée Nancy Taylor. Tiens, je me demande bien ce que tu dirais si Jake Levitt venait te rappeler tout ça... »

Le rideau tomba sur la fin du premier acte. La salle résonna de chaleureux applaudissements. Olga Stormer, la grande, la bouleversante actrice, dont le nom, en si peu d'années, était devenu si célèbre, venait d'ajouter un nouveau triomphe à la liste de ses succès dans le rôle de Cora, de « L'Ange exterminateur ».

Jake Levitt ne se joignit pas aux applaudissements. Seul un

lent sourire de connaisseur distendit sa bouche. Fichtre, ça c'était de la chance ! Et en plus, juste au moment où il commençait à toucher le fond. Elle essaierait sans doute de bluffer, mais à lui, on ne pouvait pas la faire. S'il savait l'exploiter, il y avait là une vraie mine d'or !

Le lendemain matin, les premiers résultats du travail de Jake Levitt commencèrent à se faire sentir. Dans son salon décoré de laque rouge et de tentures noires, Olga Stormer lisait et relisait une lettre d'un air pensif. Son visage au teint pâle et aux traits délicatement mobiles, était un petit peu moins serein que d'habitude, et, de temps en temps, les yeux gris vert sous les sourcils bien droits se fixaient sur un point de l'espace devant eux comme si elle envisageait, plutôt que les mots mêmes de la lettre, la menace qui se cachait derrière eux.

De sa voix merveilleuse qui pouvait aussi bien palpiter d'émotion que trancher avec la précision d'une lame, Olga appela : « Miss Jones ! ». Une jeune femme élégante portant des lunettes, un bloc de papier et un crayon à la main, fit rapidement son apparition.

— Téléphonez à Mr Danahan, et dites-lui de venir tout de suite.

Syd Danahan, l'imprésario d'Olga Stormer, pénétra dans le salon avec l'appréhension habituelle de l'homme dont la vie consiste à affronter et à régler les problèmes que posent les caprices d'une grande artiste. Et son lot quotidien était de cajoler, d'apaiser, de rudoyer alternativement ou tout à la fois. À son grand soulagement, elle lui apparut calme et sereine, et se contenta de lui passer un papier par-dessus la table.

— Lisez cela.

La lettre était griffonnée d'une écriture malhabile, sur du papier bon marché.

« Chère madame, disait-elle. J'ai beaucoup apprécié hier soir votre interprétation dans "L'Ange exterminateur". Il me semble que nous avons une amie commune, en la personne de Nancy Taylor, qui habitait autrefois Chicago. Un article la concernant doit bientôt paraître. Si vous désirez en discuter avec moi, je pourrai vous rendre visite à l'heure qui vous conviendra. Respectueux hommages. Jake Levitt. »

Danahan eut l'air légèrement décontenancé.

— Je ne comprends pas. Qui est cette Nancy Taylor ?

— Une fille que je préférerais savoir morte, Danny. (Il y

avait de l'amertume dans sa voix, et une lassitude qui trahissait ses trente-quatre ans.) Une fille qui était morte, jusqu'à ce que ce charognard la ressuscite.

« Oh ! tu veux dire que...

— Oui, Danny, c'est moi.

— Du chantage, alors ?

Elle acquiesça.

— Bien sûr. Et le maître-chanteur connaît son affaire.

Danahan fronça les sourcils en réfléchissant. Olga, la joue reposant dans le creux de sa main longue et fine, l'observait de son regard insondable.

— Il n'y a qu'à bluffer. Nier. Il n'a aucune certitude. Il pourrait très bien avoir été trompé par une ressemblance fortuite.

Elle secoua la tête.

— Faire chanter les femmes est son gagne-pain. Il est sûr de lui.

— Prévenir la police ? suggéra Danahan d'un ton dubitatif.

Un sourire moqueur suffit à lui répondre.

Bien qu'il ne put la distinguer sous le sang-froid dont elle faisait preuve, l'impatience l'habitait, l'impatience qu'une vive intelligence éprouve à observer un cerveau plus lent à parcourir le terrain qu'elle a exploré en un éclair.

— Vous ne pensez pas que... il serait sage de votre part de... d'en parler vous-même à sir Richard ? Cela contribuerait à déjouer ses plans.

Les fiançailles de l'actrice avec sir Richard, un membre du Parlement, avaient été annoncées quelques semaines auparavant.

— J'ai tout raconté à Richard quand il m'a demandé de l'épouser.

— Eh bien, voilà qui était habile de votre part ! dit Danahan, admiratif.

Olga eut un léger sourire.

— Ce n'était pas de l'habileté, mon petit Danny. Vous ne pourriez pas comprendre. Mais, de toute façon, si ce Levitt met sa menace à exécution, mon compte est bon, et par la même occasion, c'en est fini de la carrière parlementaire de Richard. Non, à mon avis, il n'y a que deux choses à faire.

— Lesquelles ?

— Payer, ce qui, bien sûr, n'aura jamais de fin. Ou alors, disparaître et recommencer à zéro.

Sa voix, de nouveau, laissait paraître sa lassitude.

— Encore, si j'avais fait quelque chose que je puisse regretter. J'étais à l'époque une pauvre gamine des rues mourant à moitié de faim et m'efforçant de rester dans le droit chemin. J'ai tué un homme, une brute qui le méritait. Les circonstances dans lesquelles je l'ai tué étaient telles qu'aucun jury au monde ne m'aurait condamnée. Aujourd'hui, je le sais, mais à cette époque, je n'étais qu'une enfant terrorisée, et je me suis enfuie.

Danahan hocha la tête.

— J'imagine, dit-il d'un ton dubitatif, qu'on ne pourrait rien trouver contre ce Levitt...

Olga secoua la tête.

— C'est très peu probable. Il est bien trop lâche pour faire quelque chose de criminel. (L'écho de ses propres paroles sembla la surprendre.) Un lâche ! Je me demande si nous ne pourrions pas en profiter d'une façon ou d'une autre.

— Et si sir Richard tentait de l'effrayer... suggéra Danahan.

— Richard est un instrument trop raffiné. Ce genre d'homme ne se manipule pas avec des gants.

— Alors, laissez-moi le rencontrer.

— Pardonnez-moi, Danny, mais je ne crois pas que vous soyez assez subtil. Ce qu'il faut, c'est un moyen terme entre les gants et les poings nus. Disons des mitaines ! C'est-à-dire une femme ! Oui, je crois qu'une femme ferait l'affaire. Une femme dotée d'une certaine finesse, mais qui connaît par expérience les côtés sordides de l'existence. Olga Stormer, par exemple ! Taisez-vous, il me vient une idée...

Elle se pencha, enfouissant son visage dans ses mains, puis se redressa brusquement.

— Comment s'appelle cette fille qui se voudrait ma doublure ? Margaret Ryan, non ? Celle qui a des cheveux qui ressemblent aux miens.

— Ses cheveux, ça va, admit Danahan avec réticence, en contemplant la masse de cheveux d'un bronze doré entourant le visage d'Olga. Mais le reste ne va pas du tout. Je m'apprêtais à la renvoyer la semaine prochaine.

— Si tout va bien, vous serez probablement obligé de

l'engager comme doublure pour le rôle de Cora. (Elle étouffa ses protestations, d'un geste.) Danny, répondez honnêtement à la question que je vais vous poser. Croyez-vous que je sois une bonne actrice? Je veux dire une véritable actrice. Ou bien ne suis-je qu'une femme séduisante qui se pavane dans de jolies toilettes?

— Une actrice? Mais, grands dieux! Olga, il n'y a eu personne d'autre que vous depuis la Duse!

— Alors, si Levitt est vraiment un lâche, comme je le soupçonne, mon plan réussira. Non, je ne vous en parlerai pas. Je veux que vous me trouviez cette Margaret Ryan. Dites-lui qu'elle m'intéresse et que je veux qu'elle vienne dîner ici demain soir. Elle ne devrait pas se faire prier.

— En effet, cela m'étonnerait.

— Ce qu'il me faut aussi, c'est un bon somnifère bien efficace, quelque chose qui puisse mettre quelqu'un hors de combat une heure ou deux, mais sans lui laisser de séquelles le lendemain.

Danahan eut un grand sourire.

— Je ne peux pas vous garantir que notre amie n'aura pas un peu mal à la tête, mais il ne lui en restera aucune trace sérieuse.

— Bien. Faites vite, Danny, et je me charge du reste. (Elle éleva la voix:) Miss Jones!

La jeune femme à lunettes apparut avec sa promptitude habituelle.

— Veuillez noter, s'il vous plaît.

Et marchant lentement de long en large, Olga dicta son courrier du jour. Il n'y eut qu'une lettre qu'elle écrivit de sa propre main.

Dans sa chambre minable, Jake Levitt sourit en déchirant l'enveloppe qu'il attendait.

La lettre disait:

*Cher monsieur. Je n'ai pas souvenir de la dame dont vous me parlez, mais je rencontre tellement de gens que la mémoire me fait parfois défaut. Je suis toujours très heureuse d'aider une collègue, et je vous attendrai ce soir, à 9 heures, si vous le souhaitez.*

*Salutations distinguées*
*Olga Stormer*

Levitt hocha la tête avec satisfaction. Pas bête ! Elle n'avouait rien. Néanmoins, elle était prête à négocier. La mine d'or était prometteuse...

À 9 heures précises, Levitt sonnait à la porte de l'appartement de l'actrice. Personne ne répondit, et il se disposait à sonner à nouveau quand il se rendit compte que le battant n'était pas fermé. Il le poussa et pénétra dans le hall d'entrée. À sa droite, une porte était ouverte sur une pièce brillamment éclairée, décorée en rouge et noir. Levitt entra. Sur la table, sous la lampe, se trouvait une feuille de papier portant ces mots : « Attendez mon retour, s'il vous plaît. O. Stormer ».

Levitt s'assit et attendit. Malgré lui, un certain malaise commençait à le gagner. Tout était bien calme dans cet appartement... Le silence avait quelque chose d'angoissant. Aucune raison de s'inquiéter, pourtant...

Mais c'était comme un silence de mort, et, malgré tout, il lui vint l'impression absurde et troublante qu'il n'était pas seul dans la pièce. C'était stupide ! Il essuya son front trempé de sueur. Mais l'impression se faisait plus forte. Il n'était pas seul ! Marmonnant un juron, il bondit et se mit à arpenter la pièce. Dans une minute, la femme reviendrait et alors...

Il s'arrêta net en étouffant un cri. Une main dépassait des tentures de velours noir qui drapaient la fenêtre ! Il se pencha. Elle était froide, horriblement froide, une main de cadavre.

Poussant un cri, il écarta les rideaux. Une femme était étendue là, un bras écarté, l'autre replié sous elle. Elle reposait face contre terre, sa chevelure dénouée, couleur bronze doré, était répandue sur son cou.

Olga Stormer ! Ses doigts tremblants cherchèrent le froid glacé du poignet et tâtèrent le pouls. Comme prévu, il n'y en avait plus. Elle était morte. Ainsi, elle lui avait échappé en choisissant l'issue la plus facile.

Soudain, son regard fut attiré par les deux extrémités d'un cordon rouge terminées par des glands de forme bizarre, à demi dissimulées dans la masse des cheveux. Il les toucha avec précaution, et la tête ballotta. Il entrevit alors un horrible visage violacé, et recula brusquement en poussant un cri. Un vertige le saisit. Il y avait quelque chose qu'il ne comprenait pas. La brève vision du visage défiguré lui avait révélé une chose : c'était un meurtre et non pas un suicide. La femme avait été étranglée et... ce n'était pas Olga Stormer !

Mais quel était ce bruit derrière lui ? Il se retourna, et son regard rencontra les yeux terrorisés d'une femme de chambre recroquevillée contre le mur. Son visage était aussi blanc que le bonnet et le tablier qu'elle portait, mais ce furent ses paroles étouffées qui lui révélèrent le péril qu'il courait et lui firent comprendre l'horreur fascinée de son regard.

— Mon Dieu ! Vous l'avez tuée !

Même à cet instant, il ne comprit pas tout à fait.

— Non, non, elle était morte quand je l'ai trouvée, protesta-t-il.

— Je vous ai vu la tuer ! Vous avez serré le cordon et vous l'avez étranglée. Même que j'ai entendu le gargouillement dans sa gorge.

Cette fois, la sueur lui inonda le front. Il repassa rapidement dans son esprit ce qu'il avait fait au cours des minutes précédentes. Elle avait dû entrer à l'instant même où il tenait dans ses mains les deux extrémités du cordon. Elle avait vu la tête affaissée et avait confondu son propre cri avec celui de la victime. Il ne pouvait douter de ce qu'il lisait sur le visage de la fille : c'était la terreur et la stupidité. Elle raconterait à la police qu'elle avait été témoin du crime, et aucun contre-interrogatoire n'ébranlerait sa conviction, il en était sûr. Elle l'enverrait à la mort de bonne foi, en jurant ses grands dieux qu'elle disait la vérité.

Quel enchaînement de circonstances horrible et imprévisible !

Au fait, tellement imprévisible ? N'y avait-il pas plutôt là une quelconque machination... Sur un coup de tête, en l'observant avec attention, il lui dit :

— Ce n'est pas votre maîtresse, vous savez.

La réponse spontanée éclaira la situation.

— Non, c'est son amie l'actrice, si on peut parler d'amie, vu qu'elles étaient comme chien et chat. Tenez ce soir, elles y allaient de bon cœur !

C'était un piège ! Il en était sûr maintenant.

— Où est votre maîtresse ?

— Elle est sortie il y a dix minutes.

Un piège ! Et il s'y était laissé prendre comme un novice. Cette Olga Stormer était d'une habileté diabolique : elle s'était débarrassée d'une rivale, et c'était lui qui allait payer pour elle.

Un meurtre ! Mon Dieu, c'était la potence qui l'attendait ! Et il était innocent... innocent !

Un bruissement furtif le tira de ses pensées. La petite femme de chambre se glissait en direction de la porte. Elle commençait à reprendre ses esprits. Son regard incertain se posa sur le téléphone, puis sur la porte. Il devait à tout prix la réduire au silence. C'était le seul moyen de s'en sortir. Autant payer pour un vrai crime en même temps que pour un faux. Elle n'avait pas d'arme et lui non plus. Mais il lui restait ses mains ! Son cœur bondit soudain dans sa poitrine. Sur la table à côté d'elle, presque à portée de sa main, se trouvait un petit revolver à la crosse incrustée de diamants. S'il pouvait l'atteindre le premier...

Ce fut son instinct, ou bien les yeux de l'homme, qui l'avertirent. Elle se saisit de l'arme au moment où il bondissait et la pointa en direction de sa poitrine. Même si elle la tenait maladroitement, elle avait le doigt sur la détente ; à cette distance, elle ne pouvait le manquer. Il s'immobilisa. Un revolver appartenant à une femme comme Olga Stormer ne pouvait qu'être chargé.

Pourtant... elle ne se tenait plus entre lui et la porte. Tant qu'il ne se jetait pas sur elle, peut-être n'aurait-elle pas le cran de tirer. De toute façon, il fallait prendre le risque. Il courut vers la porte en zigzagant, traversa le hall, franchit la porte d'entrée et la claqua violemment derrière lui. Il entendit sa voix tremblante et étouffée qui criait « Police ! À l'assassin ! » Si elle ne criait pas plus fort, personne ne risquait de l'entendre. En tout cas, il avait un peu d'avance. Il dévala les escaliers, s'élança dans la rue en courant et se remit à marcher lorsqu'un passant isolé tourna le coin de la rue. Son plan était bien arrêté. D'abord atteindre Gravesend, d'où, cette nuit-là, un bateau levait l'ancre pour le bout du monde. Il en connaissait le capitaine, un homme qui, moyennant rétribution, ne lui poserait pas de question. Une fois à bord, et en mer, il n'aurait plus rien à craindre.

À 11 heures, le téléphone sonna chez Danahan. C'était Olga.

— Rédigez un contrat pour miss Ryan, s'il vous plaît. Elle sera ma doublure dans le rôle de Cora. Inutile de discuter. Je lui dois bien cela après tout ce que je lui ai fait subir cette nuit ! Comment ? Oui, je crois que mes ennuis sont terminés. À propos, si elle vous dit demain que je suis une adepte du spiritisme et que je l'ai plongée en catalepsie la nuit dernière, ne vous montrez pas trop incrédule. Comment ai-je fait ? Le somnifère dans son café, suivi de passes magnétiques en bonne et due forme ! Après cela, je lui ai maquillé le visage avec un fard violet, et appliqué un garrot au bras gauche ! Vous êtes stupéfait ? Eh bien restez-le jusqu'à demain. Je n'ai pas le temps de vous expliquer maintenant. Je dois me débarrasser de mon bonnet et de mon tablier avant que ma fidèle Maud ne revienne du cinéma. Elle m'a dit qu'on donnait un beau film dramatique ce soir, mais elle a manqué le vrai spectacle. J'ai joué mon meilleur rôle ce soir, Danny. Ce sont les mitaines qui ont gagné ! Jake Levitt est bel et bien un lâche, et puis, oh ! Danny, je suis une véritable actrice !

# BIBLIOGRAPHIE

Cette bibliographie donne les premières éditions anglaises et américaines et les diverses éditions françaises.

## La Mystérieuse Affaire de Styles
## (The mysterious affair at Styles)

John Lane, Londres, New York, 1920.

*Traduction française* :
Le Masque, n° 106, *1932.*
Club des masques, n° 100, *1970.*
Livre de poche, n° 4905, *1977.*
« Œuvres complètes » d'Agatha Christie, n° 8, *1973.*

## Mr Brown
## (The secret adversary)

John Lane, Londres, *1922.*
Dodd, Mead & Co., New York, *1922.*

*Traduction française* :
Le Masque, n° 100, *1932.*
Club des masques, n° 68, *1968.*
Livre de poche, n° 5245, *1979.*
« Œuvres complètes » d'Agatha Christie, n° 12, *1974.*

## LE CRIME DU GOLF
(Murder on the links)

John Lane, Londres, *1923.*
Dodd, Mead & Co., *1923.*

*Traduction française* :
Le Masque, nº 118, *1932.*
Club des masques, nº 265, *1976.*
Livre de poche, nº 1401.
« Œuvres complètes » d'Agatha Christie, nº 3, *1973.*

## L'HOMME AU COMPLET MARRON
(The man in the brown suit)

John Lane, Londres, *1924.*
Dodd, Mead & Co., New York, *1924.*

*Traduction française* :
Le Masque, nº 69, *1930.*
Club des masques, nº 124, *1971.*
Livre de poche, nº 5374, *1980.*
« Œuvres complètes » d'Agatha Christie, nº 8, *1973.*

## LES ENQUÊTES D'HERCULE POIROT
(Poirot investigates)

John Lane, Londres, *1924.*
Dodd, Mead & Co., New York, *1925.*

Le recueil anglais comprend les textes suivants :
*1- The Adventure of the Western Star*
*Traduction française* : « L'aventure de l'étoile de l'ouest », dans *Les enquêtes d'Hercule Poirot.*
*2- The Tragedy at Marsdon Manor*
*Traduction française* : « La tragédie de Marsdon Manor », dans *Les enquêtes d'Hercule Poirot.*

*3- The Adventure of the Cheap Flat*
*Traduction française*: « L'aventure de l'appartement bon marché », dans *Les enquêtes d'Hercule Poirot.*
*4- The mystery of Hunter's Lodge*
*Traductions françaises*: « Le mystère de Hunter's Lodge », dans *Les enquêtes d'Hercule Poirot.*
Club des masques, nº 29, août 1933 (magazine).
« Enquête télégraphique », Mystère-magazine, nº 131, déc. 1958.
*5- The million dollar bond robbery*
*Traductions françaises*: « Vol d'un million de dollars de bons », dans *Les enquêtes d'Hercule Poirot.*
« Le vol impossible », Mystère-magazine, nº 208, mai 65.
*6- The adventure of the egyptian tomb*
*Traduction française*: « L'aventure du tombeau égyptien », dans *Les enquêtes d'Hercule Poirot.*
*7- The jewel robbery at the "Grand Metropolitan"*
*Traductions françaises*: « Vol de bijoux à l'hôtel Métropole », dans *Marple, Poirot, Pyne... et les autres.*
« Le collier volé », Mystère-magazine, nº 202, nov. 1964.
*8- The kidnapped prime minister*
*Traductions françaises*: « L'enlèvement du premier ministre », dans *Les enquêtes d'Hercule Poirot.*
Club des masques, nº 22, nov. 1933 (magazine).
« On a enlevé le premier ministre », Mystère-magazine, nº 168, jan. 1962.
*9- The disappearance of Mr Davenhelm*
*Traductions françaises*: « La disparition de M. Davenheim », dans *Allô, Hercule Poirot.*
Club des masques, nº 34, nov. 1934 (magazine).
« Enquête dans un fauteuil », Mystère-magazine, nº 139, août 59.
*10- The adventure of the italian nobleman*
*Traduction française*: « Le crime de Regent's court », dans *Les enquêtes d'Hercule Poirot.*
*11- The case of the missing will*
*Traductions françaises*: « L'énigme du testament de M. Marsh », dans *Les enquêtes d'Hercule Poirot.*
« Un défi loyal », Mystère-magazine, nº 219 bis, printemps 66.

L'édition américaine contient trois nouvelles supplémentaires :

*12- The veiled lady*

*Traductions françaises* : « La femme voilée », dans *Le bal de la victoire.*

« La boîte à surprise », Mystère-magazine, nº 201 bis, automne 64.

*13- The lost mine*

*Traduction française* : « La mine perdue », dans *Le bal de la victoire.*

*14- The chocolate box*

*Traductions françaises* : « La boîte de chocolat », dans *Le bal de la victoire.*

« L'échec d'Hercule Poirot », Mystère-magazine, nº 197, juin 1964.

Ces trois nouvelles ont été publiées en Angleterre dans le recueil *Poirot's early cases* (1974).

*Recueils français*

LES ENQUÊTES D'HERCULE POIROT :

Comprend 9 nouvelles extraites de *Poirot investigates* : nº 1-2-3-4-5-6-8-10-11.

Le Masque, nº 1014, *1968.*

Club des masques, nº 96, *1970.*

« Œuvres complètes » d'Agatha Christie, nº 19, *1977.*

LE BAL DE LA VICTOIRE :

Comprend 3 nouvelles extraites de *Poirot investigates* : nº 12-13-14.

Librairie des Champs-Élysées, hors série, *1979.*

Le Masque, nº 1655, *1981.*

« Œuvres complètes » d'Agatha Christie, nº 22, *1980.*

ALLÔ, HERCULE POIROT :

Comprend une nouvelle extraite de *Poirot investigates* : nº 9.

Le Masque, nº 1175, *1971.*

Club des masques, nº 284, *1976.*

« Œuvres complètes » d'Agatha Christie, nº 20, *1978.*

Livre de poche, nº 6573, *1989.*

MARPLE, POIROT, PYNE... ET LES AUTRES :
Comprend une nouvelle extraite de *Poirot investigates* : n° 7.
Le Masque, n° 1832, *1986*.
Club des masques, n° 583, *1988*.

LE SECRET DE CHIMNEYS
(The secret of Chimneys)

John Lane, Londres, *1925*.
Dodd, Mead & Co., New York, *1925*.

*Traduction française* :
Le Masque, n° 126, *1933*.
Club des masques, n° 218, *1974*.
Livre de poche, n° 5490, *1988*.
« Œuvres complètes » d'Agatha Christie, n° 10, *1974*.

# FILMOGRAPHIE

*par Jean-Jacques Schléret*

MR BROWN

*Cinéma*

**Die Abenteuer G.M.B.H.**
Allemagne 1928 - film muet
Prod. : Orplid Film (Berlin)
Réal. : Fred Sauer
Scén. : Jane Bess
avec : Carlo Aldini (Pierre = Tommy Beresford dans le roman), Eve Gray (Lucienne = Tuppence Cowley dans le roman), Michael Rasumny, Hilda Bailey
1er film adapté de l'œuvre d'Agatha Christie.

*Télévision*

**The Secret Adversary**
diffusé le 5 avril 1985 sur FR3 sous le titre : **Mr. Brown**
Téléfilm anglais 1983
Prod. : Jack Williams pour London Weekend Television
Réal. : Tony Wharmby
Scén. : Pat Sandys
Photo (couleur) : Mike Humphrey
Mont. : Ray Helm
Mus. : Joseph Horowitz
avec : Francesca Annis (Tuppence Cowley) James Warwick (Tommy Beresford) Gavan O'Herlihy (Julius Hersheimer) Toria Fuller (Jane Finn) Alec McCowan (Sir James) Peter Backworth (Mr. Carter) Donald Houston (Boris) Honor Blackman (Rita Vandemeyer) George Baker (Whittington) John Fraser (Kramenin) Joseph Brady (Dr Hall) Reece

Dinsdale (le groom Albert) Peter Lovstrom (le groom Henry) Matthew Scurfield (Conrad) Holly Watson (la fillette sur la plage)
Durée : 110 minutes
Ce téléfilm est le pilote de la série **Partners in Crime** (Le crime est notre affaire).

## L'HOMME AU COMPLET MARRON

*Télévision*

**The Man in the Brown Suit**
Téléfilm américain 1988
Prod. : Alan Shayne en association avec Warner Bros Television
Réal. : Alan Grint
Scén. : Carla Jean Wagner
avec : Rue McClanahan (Suzanne Blair) Tony Randall (Minks) Edward Woodward (Sir Eustace Pedler) Stephanie Zimbalist (Anne Beddingfeld) Ken Howard (Gordon Race) Nickolas Grace (Guy Underhill) Simon Dutton (Harry Lucas) Federico Luciano (Leo Carton)
Durée : 96 minutes.

## LES ENQUÊTES D'HERCULE POIROT

*Télévision*

**Hercule Poirot**
Téléfilm américain présenté le 8 août 1962 sur CBS dans le cadre de l'émission GENERAL ELECTRIC THEATRE
Sc. : inspiré de nouvelles de **Poirot Investigates**
avec : Martin Gabel (Hercule Poirot) Nina Foch, James Callahan
Présentateur : Ronald Reagan.

**Agatha Christie's Hercule Poirot**
3 séries britanniques de 10 épisodes chacune diffusées en 1989, 1990 et 1991
Prod. : Brian Eastman - London Weekend Television
Réal. : Ed Bennett, Renny Rye

Scén. : Clive Exton
avec : David Suchet (Hercule Poirot) Hugh Fraser (Captain Hastings) Philip Jackson (Chief Insp. Japp) Pauline Moran (Miss Lemon, la secrétaire de Poirot)
Durée de chaque épisode : 60 minutes.

# Table

## LES ENQUÊTES D'HERCULE POIROT



## LE SECRET DE CHIMNEYS

# A. CHRISTIE

## 1

**LES ANNÉES 1920-1925**

LA MYSTÉRIEUSE AFFAIRE DE STYLES

MR BROWN

LE CRIME DU GOLF

L'HOMME AU COMPLET MARRON

LES ENQUÊTES D'HERCULE POIROT

LE SECRET DE CHIMNEYS

## 2

**LES ANNÉES 1926-1930**

LE MEURTRE DE ROGER ACKROYD

LES QUATRE

LE TRAIN BLEU

LES SEPT CADRANS

LE CRIME EST NOTRE AFFAIRE

L'AFFAIRE PROTHEROE

## 3

**LES ANNÉES 1930-1933**

LE MYSTÉRIEUX MR QUINN

CINQ HEURES VINGT-CINQ

LA MAISON DU PÉRIL

MISS MARPLE AU CLUB DU MARDI

LE COUTEAU SUR LA NUQUE

LE FLAMBEAU

## 4

**LES ANNÉES 1934-1935**

MR PARKER PYNE

LE CRIME DE L'ORIENT-EXPRESS

POURQUOI PAS EVANS ?

LE MYSTÈRE DE LISTERDALE

DRAME EN TROIS ACTES

LA MORT DANS LES NUAGES

## 5

### LES ANNÉES 1936-1937

ABC CONTRE POIROT

CARTES SUR TABLE

MEURTRE EN MÉSOPOTAMIE

MORT SUR LE NIL

LE MIROIR DU MORT

TÉMOIN MUET

## 6

### LES ANNÉES 1938-1940

RENDEZ-VOUS AVEC LA MORT

LE NOËL D'HERCULE POIROT

UN MEURTRE EST-IL FACILE ?

DIX PETITS NÈGRES

UN, DEUX, TROIS

JE NE SUIS PAS COUPABLE

7

**LES ANNÉES 1941-1944**

LES VACANCES D'HERCULE POIROT

N OU M ?

LE CADAVRE DANS LA BIBLIOTHÈQUE

CINQ PETITS COCHONS

LA PLUME EMPOISONNÉE

L'HEURE ZÉRO

8

**LES ANNÉES 1944-1948**

LA MORT N'EST PAS UNE FIN

MEURTRE AU CHAMPAGNE

LE VALLON

LES TRAVAUX D'HERCULE

LE FLUX ET LE REFLUX

LA MAISON BISCORNUE

Dépôt légal 3718-09/1994
Collection 17
N° Édition 07

Achevé d'imprimer en Septembre 1994
par G. Canale & C. S.p.A. - Borgaro T.se (Torino)
Printed in Italy

52/0289/0